순수

* 이 도서의 국립중앙도서관 출판예정도서목록(CIP)은 서지정보유통지원시스템 홈페이지(http://seoji.nl.go.kr)와 국가자료공동목록시스템(http://www.nl.go.kr/korisnet)에서 이용하실 수 있습니다.
(CIP제어번호: CIP2018011372)

Purity

순수

Purity

조너선 프랜즌 장편소설 | 공보경 옮김

은행나무

엘리자베스 로빈슨에게

| 차 례 |

| 일러두기 |

* 본문의 각주는 모두 옮긴이의 것입니다.
* 원문의 이탤릭체가 강조의 의미일 경우 고딕체로 표기했습니다.

*……늘 악을 원하면서 도리어 항상 선을 행하게 되는 세력의 일부일지니**

---

* 괴테의 《파우스트》 6장에서 인용.

오클랜드의 퓨리티

Purity in Oakland

월 요 일

"아, 야옹아, 목소리 들으니까 너무 좋다. 요즘 또 엄마 몸이 마음 같지가 않아. 가끔은 내 인생이 말 안 듣는 몸뚱이를 억지로 끌고 나아가는 길고 긴 과정으로 느껴져." 전화기 너머에서 엄마가 한탄했다.

"다들 그렇게 살잖아요?" 핍이 대꾸했다. 리뉴어블 솔루션스에 다니는 핍은 점심시간에 엄마에게 전화를 걸었다. 자신은 이 일에 맞지 않는 사람이고, 이 일은 어느 누구에게도 맞을 수가 없으며, 자신은 어떤 일에도 안 맞는 사람이라는 기분을 내내 느끼다가 이렇게 전화라도 하면 잠시나마 그런 기분에서 벗어날 수 있었다. 그리고 20분쯤 통화하다가 다시 일해야 한다는 핑계로 전화를 끊을 수도 있었다.

"왼쪽 눈꺼풀이 자꾸 처져. 눈꺼풀에 무거운 게 매달려 있는 기분이야. 아주 작은 낚싯봉 같은 거." 엄마가 이유를 댔다.

"지금도 그래요?"

"이따금씩. 안면마비인가 싶어."

"안면마비가 뭔진 몰라도, 그건 아닐 거라고 확신합니다요."

"뭔지도 모른다면서 어떻게 확신하니?"

"엄마가 전에 갑상샘중독증이 아닐까 했었는데 아니었잖아요? 갑상샘항진증도 아니었죠? 흑색종도 아니었고?"

핍은 엄마를 놀려먹는 게 즐겁지만은 않았다. 하지만 이 모녀 관계는 도덕적 해이로 점철되어 있었다. 핍은 대학에서 경제학 수업을 받을 때 이 유용한 용어를 배웠다. 엄마의 경제 관념에서 핍이란 너무나 거대해 결코 도산할 수 없는 은행이고 아무리 태도가 나빠도 해고할 수 없을 정도로 업무에 꼭 필요한 직원이었다. 오클랜드에 사는 핍의 친구들 중에도 핍처럼 문제 부모를 둔 경우가 없지 않았지만, 그 친구들의 부모는 자녀와 극도로 괴상하지 않은 수준에서 대화를 나눴다. 아무리 문제 부모라고 해도 신경 쓸 자식이 두 명 이상이면 한 명에게만 오롯이 괴상함을 쏟아낼 수가 없으니까. 하지만 핍의 엄마에겐 자식이 핍뿐이었다.

"어쨌든 오늘은 일하러 못 가겠어. 그나마 영적 수행 덕분에 이 일을 겨우 하고 있는데 눈꺼풀에 투명한 낚싯봉이 매달려 있으니 영적 수행을 어떻게 하냔 말이야."

"엄마, 또 전화해서 병가 신청할 생각 마요. 아직 7월도 안 됐어. 진짜 독감이라도 걸리면 어쩌려고 그래요?"

"눈꺼풀이 어깨까지 축 처진 할머니가 식료품을 봉지에 담아주고 있으면 손님들이 어떻게 볼까. 엄마는 네 칸막이 자리가 정말 부러워. 칸막이가 널 남들 눈에 안 띄게 해주잖니."

"칸막이를 미화하진 말죠."

"우리 몸의 끔찍한 점이 바로 그거야. 눈에 너무 잘 보여. 확 띄어."

핍의 엄마는 만성 우울증을 앓고 있지만 정신이상은 아니었다. 엄마는 펠턴에 있는 뉴 리프 커뮤니티 마켓에서 계산원으로 그럭저럭 10여 년째 일을 해왔다. 핍이 본인 생각을 버리고 엄마의 사고에 맞추면 엄마가 하는 말의 뜻을 이해 못 할 것도 없었다. 펍의 회색 칸막이에 붙어 있는 장식이라고는 '환경 전쟁만큼은 우리가 우세합니다'라고 적힌 자동차 범퍼 스티커가 전부인 반면, 동료들의 칸막이에는 사진과 신문 잡지에서 오린 글이 잔뜩 붙어 있었다. 펍도 투명성의 매력을 잘 알았다. 언제 해고당할지 모르는 신세라 칸막이에 잘 적응해 투명 인간처럼 살고 있는 중이니까.

"엄마의 '생일 아닌 날'을 어떤 식으로 '축하하지 않을 작정'인지 생각해봤어요?" 펍이 물었다.

"이불을 머리까지 덮고 종일 침대에 누워 있고 싶어. 굳이 '생일 아닌 날'까지 챙겨가면서 내가 나이 한 살 더 먹었다는 사실을 일깨우고 싶지도 않고. 안 그래도 눈꺼풀 때문에 늙는 게 실감 나는 판인데."

"케이크 만들어서 가져갈 테니까 같이 먹어요. 엄마 목소리가 평소보다 더 우울한 것 같아."

"널 보면 안 우울하겠지."

"하, 내가 알약으로 만들어져 있지 않아 유감이네. 스테비아로 만든 케이크 어때요?"

"글쎄. 스테비아는 입에 이상한 화학작용을 일으키더라. 그간의 경험에 비춰보면 미뢰 가지고 장난쳐서 좋을 게 없어."

"설탕을 써도 혀에 뒷맛은 남아요." 이런 식의 논쟁이 아무 쓸모 없다는 걸 펍은 잘 알았다.

"설탕이 시큼한 뒷맛을 남기긴 하지만 미뢰에 문제를 일으키진 않잖니. 설탕이 닿으면 미뢰는 깊게 고민할 필요 없이 뒷맛이 시큼하다는 보고를 뇌로 보내니까. 괴상한 맛을 뇌에 등록하느라 다섯 시간이나 허비할 필요가 없는 거야. 괴상한 맛은 정말이지! 전에 스테비아 음료를 마시고 미뢰에 그런 일이 일어났었어."

"시큼한 맛도 혀에 오래 남아요."

"단맛 나는 음료를 마셨는데 다섯 시간이 지나도록 미뢰가 계속 뇌에 괴상한 맛을 등록하고 있으면 정말 크게 잘못된 일인 거야. 메타암페타민을 한번 흡입하면 뇌 전체의 화학작용이 완전히 바뀌어버리는 거 알지? 엄마한테는 스테비아 맛이 딱 그랬어."

"내가 메타암페타민 파이프나 빼끔거리면서 여기 앉아 있진 않다는 걸 엄마가 알아줬으면 좋겠네요."

"그냥 케이크가 필요 없단 뜻이야."

"아니, 다른 종류의 케이크로 하죠, 뭐. 스테비아 같은 독을 엄마한테 먹이려 해서 미안하게 됐네요."

"누가 독이래. 스테비아가 이상한 작용을 하니까—"

"아, 예. 엄마 입에 이상한 화학작용을 한다고요."

"야옹아. 어떤 케이크든 가져오면 먹을게. 정제 설탕 좀 먹는다고 죽진 않겠지. 네 속을 긁으려던 건 아니었어. 우리 예쁜 딸내미."

매번 이렇게 서로 기분을 잡치면서 통화가 끝나곤 했다. 핍이 엄마를 사랑하는 게 문제였다. 그게 바로 핍이 안고 사는 장애의 본질이요, 어떤 일에든 무능하게 된 잠정적 원인이었다. 엄마를 동정하고, 엄마의 일로 가슴앓이를 하고, 엄마의 목소리를 들으면 속이 따뜻해지고, 성(性)과 무관하게 엄마의 몸에 심란할 만큼 끌렸다. 그래서 엄마 입의 화학작용까지 염려했고, 엄마가 더 행복해지길 바랐으며, 엄마 속을 뒤집기 싫었고, 엄마를 아꼈다. 이런 감정은 핍의 인생 한가운데를 짓누르는 거대한 화강암 덩어리인 동시에 엄마를 향한 분노와 신랄함의 근원이었다. 최근 들어서는 점점 분노를 자멸적으로 스스로에게 쏟아내거나 아무한테나 퍼붓곤 했는데, 잘 따져보면 실은 엄마에 대한 분노가 아니라 이 화강암 덩어리에 대한 분노였다.

핍은 펠턴 외곽의 붉은 삼나무 숲에 있는 작은 오두막에서 엄마와 단둘이 살았다. 여덟 살인가 아홉 살 때부터 핍은 왜 이 집에서 자기 생일만 유일하게 축하를 받는지 문득 궁금해졌다. 엄마는 본인은 생일이 없으니 펍의 생일만 챙기면 된다고 했다. 하지만 펍은 엄마를 졸라, 하지(夏至)를 엄마의 '생일 아닌 날'로 부르며 케이크를 앞에 놓고 축하하기로 했다. 본인 생일이 없다고 하니 펍은 엄마의 나이가 궁금했지만 엄마는 끝까지 말해주지 않고 미소를 지으며 선문답하듯 "네 엄마가 될 만큼은 나이를 먹었어"라고만 했다.

"아니, 진짜 몇 살인데요?"

"엄마 손을 보렴. 연습만 하면 여자의 손만 보고도 나이를 맞힐 수가 있어." 엄마가 말했었다.

그래서 그때, 아마 처음으로, 펍은 엄마의 손을 자세히 보았더랬다. 엄마의 손등은 펍과는 달리 분홍빛을 띤 불투명한 피부가 아니었다. 뼈와 혈관이 피부 표면으로 올라오려 안간힘을 쓰듯 도드라져서, 피부는 마치 썰물로 인해 항구 밑의 구조를 훤히 드러낸 바다 같았다. 굵고 긴 엄마의 머리카락에는 건조해 보이는 잿빛 머리카락이 듬성듬성 섞여 있었다. 목 아래쪽 피부는 완전히 익은 채로 하루를 더 넘긴 복숭아 같았다. 그날 밤, 펍은 엄마가 곧 죽을까 봐 걱정이 돼서 잠을 이루지 못했다. 마음속에서 화강암 덩어리가 작용하기 시작한 게 아마 그날부터였을 것이다.

그 후 펍은 엄마가 남자를 만나기를, 남자든 아니든 엄마를 사랑해줄 누군가가 나타나주기를 간절히 바랐다. 수년에 걸쳐 후보들이 나타났다. 엄마처럼 싱글맘이고 산스크리트어를 배우는 학생인 옆집 아줌마 린다, 엄마처럼 엄격한 채식주의를 고집하는 뉴 리프 정육점 주인 어니, 엄마에게 강한 연정을 품더니 같이 새 관찰을 하자며 엄마를 꼬시기까지 한 소아과 의사 버네사 통, 유서 깊은 푸에블로족의 관점에서 볼 때 유지 보수 일은 무엇보다 중요한 직업이라 믿는 긴 수염의 잡부 소니 등이었다. 샌로렌조 계곡에 사는 이 선량한 사람들은 펍이 십대 초반부터 포착하고 자랑스럽게 여겼던 엄마의 훌륭한 내면을 알아보았다. 엄마는 무어라 형언할 수 없는 위대함을 간직한 사람이었다. 굳이 시를 써야만 시인이 되는 것이 아니고, 무언가를 창조해야만 예술가가 되는 것은 아니다. 엄마의 영적 수행은 그 자체로 예술이었다. 남들 눈에 띄지 않고 살아가는 투명성의 예술. 그들이 사는 오두막에는 텔레비전이 있었던 적이 없었고, 펍이 열두 살이 되기 전까지는 컴퓨터도 없었다. 엄마가 바깥세상 소식을 얻는 유일한 통로는 〈샌터크루즈 센티널〉이라는 지역 일간신문이었다. 이 신문을 읽으며 세상 돌아가는 일에 경악하는 것이 엄마가 누리는 일상의 소소한 재미였다. 물론 샌로렌조 계곡에서 그리 별난 삶은 아니었다. 문제는 엄마가 스스로를 대단한 사람이라 믿는 분위기를 풍기며 한때 굉장한 인물이었던 듯 굴면서 막상 펍이 태어나기 전까지의 구체적인 과거 얘기는 해주지 않는 데 있었다. 엄마는 옆집에 사는 린다 아줌마가, 개구리나 잡으러 다니고 코가 막혀 입으로 숨을 쉬는 자기 아들 대미언을 엄마의 완벽한 외동딸인 펍과 비교하며 얘기하자 몹시 당황하고 분노했다. 엄마는 어니가 샤워 후에도 몸에서 고기 냄새가 난다면서, 어니에게 그 얘기를 하면 그의 정신이 완전히 붕괴될 거라고 여겼다. 버네사 통이 같이 새 관찰을 하러 가자고 초대하면 새를 무서워한다고 솔직히 말하면 될 것을, 엄마는 버네사를 이리저리 피해 다녔다. 차체 바닥이 높은 소니의 픽업트럭이 집 앞 진입로로 들어오면, 엄마는 펍에게 현관문으로 나가보라 하고는 자신은 뒷문으로 빠져나가 붉은 삼나무 숲으로 도망쳐버렸다. 몹시 까다로운 엄마의 기준에 맞는 사람은 펍뿐이었다. 해가 거듭될수록 그 점은 확실해졌다. 펍은 엄마의 검열을 통과한 유일한 사람이며 엄마가 사랑하는 유일한 존재였다.

물론 펍은 사춘기가 되면서 엄마의 이런 점이 몹시 창피해졌다. 하지만 엄마를 미워하고 벌주는 데 정신이 팔린 나머지 엄마의 탈속적인 생활이 자신의 삶에 끼치게 될 해악까지는 생각지 못했다. 13만 달러의 학자금 대출을 지고 대학을 졸업해서는 세상에 나가 제대로 살 수 없다는 뻔한 사실을 펍에게 알려준 사람은 아무도 없었다. 리뉴어블 솔루션스의 소비자 지원 팀장 이고르와 취업 면접을 할 때도, 면접 시에 유의해서 봐야 할 숫자는 첫해에 받게 되리라는 영업 수당 '3~4만 달러'가 아니라 기본급 2만 1천 달러라는 것, 이고르처럼 말발 좋은 영업 담당은 세상 물정 모르는 스물한 살짜리에게 엿 같은 일자리를 잘도 떠안긴다는 사실을 핍에게 경고해준 사람도 없었다.

"미리 경고하는데, 주말에는 엄마가 하기 싫어하는 얘길 좀 해야겠어요."

핍이 강경하게 말하자 엄마는 무방비로 허를 찔렸음을 드러내듯 조그맣게 매력적으로 웃었다. "너랑 하기 싫은 얘기는 단 한 가지뿐인데."

"음, 바로 그 얘길 하고 싶은 거니까 각오하라고요."

엄마는 대꾸하지 않았다. 지금쯤 저 아래 펠턴에서는 안개가 햇볕에 타 사라졌을 것이다. 엄마는 아침이면 사라지는 안개를 안타까워했다. 안개가 사라지면 엄마가 소속되고 싶어 하지 않는 이 세상의 모습이 눈앞에 속속들이 드러나기 때문이었다. 엄마는 회색 안개가 자욱이 깔린 안전한 아침에 영적 수행이 최고로 잘된다고 했다. 지금쯤 붉은 삼나무의 바늘처럼 뾰족한 작은 잎사귀 사이로 초록색과 황금색을 띤 햇살이 쏟아지고 있을 것이다. 잠든 현관의 방충망 창문으로 여름의 열기가 몰래 비집고 들어와 침대로 타 넘어올 것이다. 핍은 사생활에 목숨을 걸기 시작한 십대 소녀 시절부터 그 침대를 쓰겠다고 우겼고 결국 엄마는 안방에 있는 간이침대로 밀려났다. 그러다 핍이 대학에 진학해 집을 떠나면서 엄마가 다시 그 침대를 차지하게 되었다. 아마 지금도 엄마는 그 침대에서 영적 수행을 하고 있지 않을까. 그렇다면 엄마는 핍이 말을 걸 때까지 입을 꾹 다물고 숨만 쉬고 있을 게 분명했다.

"나만 좋자고 이러는 게 아니에요, 엄마. 난 아무 데도 안 가. 하지만 돈은 필요해요. 그런데 엄마한테는 돈이 없고 나도 돈이 없잖아요. 돈 나올 구멍은 하나뿐이고요. 이론적으로 나한테 빚을 지고 있는 사람이 딱 한 명 있잖아요. 그러니까 그 얘길 해보자고요."

엄마는 처량하게 말했다. "야옹아, 엄마가 그 얘길 할 수 없다는 거 잘 알잖니. 네가 돈이 궁한 건 안된 일이지만, 그 얘기는 내가 말하고 싶고 아니고의 문제가 아니야. 할 수 있다 없다의 문제지. 그리고 엄마는 그 얘기를 할 수가 없어. 그러니까 다른 방도를 찾아보자."

펍은 미간을 찌푸렸다. 2년 전부터 펍은 구속복처럼 온몸을 죄어오는 환경의 압박을 느끼기 시작했고 그 후 가끔씩 그 압박에서 벗어나고 싶다는 생각을 했다. 세월이 흘렀으니 그동안 구속복의 소매에 약간이나마 틈이 생기지 않았을까. 하지만 매번 벌어진 틈새 따윈 전혀 없음을 재확인하곤 했다. 여전히 펍을 짓누르는 대출금은 엄마 입장에선 마음을 놓게 하는 유일한 요소였다. 펍은 4년간 대학에 다니며 자유를 누렸지만 졸업하는 순간 13만 달러의 빚에 발목을 잡혔다. 우울해할 여유라도 있었으면 우울증에 걸리고 말았을 것이다.

펍은 전화기에 대고 말했다. "됐고, 일단 전화 끊을게요. 엄마도 일하러 갈 준비해요. 눈꺼풀 문제는 수면 부족 때문일 거예요. 나도 가끔 잠을 제대로 못 자면 눈꺼풀이 처지더라고요."

"정말? 너도 그러니?" 엄마가 간절히 말했다.

이대로 통화가 길어지면 결국 유전병 얘기까지 나오게 될 테고, 그러면 펍은 또 엄청난 거짓말을 해야 할 것이다. 하지만 엄마가 안면마비보다는 불면증 때문에 고민하는 편이 나을 듯했다. 펍은 불면증에 좋은 약이 있다는 얘기를 수년째 엄마에게 해주고 있었다. 엄마는 약을 안 먹으려 했지만, 그래도 불면증에 듣는 약은 실제로 존재하니 해결책은 될 것이다. 오후 1시 22분, 펍이 엄마에게 그 얘기를 하려던 참인데 이고르가 펍의 칸막이 너머로 머리를 들이밀었다.

"엄마, 미안. 전화 끊을게요. 안녕." 펍은 전화를 끊었다.

이고르는 펍을 빤히 쳐다보았다. 금발의 러시아인 이고르는 쓰다듬기 좋은 길이로 턱수염을 길렀고 꽤 잘생긴 편이었다. 펍은 그가 아직까지 자기를 자르지 않고 두는 이유는 언젠가 한번 데리고 자보고 싶어서일 거라고, 막상 그와 자고 나면 얼마 안 있어 수치심을 느끼게 될 거라고 여겼다. 이고르는 잘생긴 데다 연봉도 높은 반면, 펍은 문제만 많은 여자니까. 펍은 이고르도 그 점을 잘 알고 있으리라 보았다.

"죄송합니다. 죄송하게도 7분 넘게 통화를 했네요. 엄마가 몸이 안 좋으셔서." 펍은 잠시 생각을 한 끝에 말을 바꿨다. "아뇨, 취소할게요. 안 죄송해요. 고작 7분인데, 그 시간을 고객한테 써서 긍정적인 대답을 얻어낼 가능성이 얼마나 되겠어요?"

"내가 지금 자넬 비난하는 거로 보여?" 이고르는 눈을 깜박이며 물었다.

"그게 아니면 왜 머리를 들이밀고 있는 건데요? 왜 그렇게 빤히 쳐다봐요?"

"자네가 스무고개 게임을 좋아하지 않을까 생각했지."

"안 좋아해요."

"내가 자네한테 바라는 바가 뭘지 추측해봐. 내가 아무 악의 없이 예, 아니요로만 대답을 할 테니까. 몇 번째 질문까지 가는지 보자고. 예, 아니요로만 대답할 거야."

"성희롱으로 고소당하고 싶어요?"

이고르는 혼자 재미있어하며 웃어댔다. "대답은 아니요야! 이제 질문은 열아홉 개 남았어."

"농담 아니거든요. 로스쿨에 다니는 친구 얘기로는 팀장님이 성희롱적인 분위기를 조장하는 걸로 보인댔어요."

"그건 질문이 아니잖아."

"이런 거 재미없다고 어떻게 말해야 알아듣겠어요?"

"예, 아니요로 답할 수 있는 질문으로 부탁해."

"맙소사. 저리 가세요."

"그럼 자네의 5월 실적에 대한 얘기를 할까?"

"가시라고요! 고객한테 당장 전화해야 돼요."

이고르가 물러가자 핍은 컴퓨터 화면에 고객 전화번호 목록을 띄우고 역겨워하는 시선으로 흘끗 쳐다보다가 목록 창을 최대한 조그맣게 줄였다. 리뉴어블 솔루션스에서 22개월을 일했는데, 실적에서 꼴찌를 면하고 꼴찌에서 두 번째를 한 달은 4개월뿐으로, 핍과 동료들의 '실적 점수'가 기록된 화이트보드에 그렇게 적혀 있었다. 22개월 중 4개월은 거울에 비친 본인 모습도 대체로 예쁘게 보였다. 실적이 나쁠 때는 거울을 들여다봐도 남의 얼굴이면 예쁘장하다 여겼을 만한 얼굴이 별로 안 예쁘게 보였더랬다. 엄마를 닮아 몸에 문제가 있기는 했지만 그간의 경험에 따르면 남자들은 확실히 핍에게 매력을 느꼈다. 하지만 핍에게 끌렸던 남자들 대다수는 결국 뭔가 잘못된 여자라는 걸 알아채고는 떨어져 나가곤 했다. 이고르는 2년째 핍이라는 퍼즐을 풀려고 애쓰고 있었다. 핍은 거울을 들여다보며 자신을 연구했고, 이고르는 늘 핍을 바라보며 핍을 연구했다. "어제는 괜찮게 보였는데 오늘은 좀……."

대학 시절, 핍은 어디선가 이런 아이디어—핍의 머리는 정전기가 이는 풍선 같아서 이리저리 부유하는 아이디어들을 끌어당겼다—를 얻었다. 문명 생활의 절정은 카페에 앉아 일요일 자 종이 신문 〈뉴욕 타임스〉를 읽으며 일요일 아침을 보내는 것이라고. 그런 아이디어가 어디서 비롯되었는지 몰라도 그것은 핍이 매주 행하는 의식이 되었다. 사실 일요일 아침마다 핍은 누구보다 세련된 사람이 된 기분이었다. 전날 술을 마시느라 아무리 늦게 잠들었어도 오전 8시면 어김없이 〈뉴욕 타임스〉를 사서 피츠 카페로 들고 가 스콘 하나와 더블 카푸치노 한 잔을 주문한 후, 제일 마음에 드는 구석 자리를 차지하고 앉아 단 몇 시간이지만 자신을 기분 좋게 잊곤 했다.

작년 겨울, 핍은 피츠 카페에서 꽤 괜찮게 생긴 깡마른 청년을 눈여겨보았다. 그 청년도 일요일마다 핍과 같은 의식을 치르는 듯했다. 몇 주 만에 핍은 신문을 읽기보다는, 신문을 읽는 자기 모습이 그 청년에게 어떻게 보일지를 신경 쓰게 됐다. 고개를 들면 그 청년과 눈이 마주치지 않을까 고민도 했다. 결국 다른 카페로 옮기든지 그 청년에게 말을 걸든지 둘 중 하나는 해야 할 시점이 왔다. 청년과 눈이 마주친 순간 핍은 고개를 약간 까딱였다. 어색하고 미리 계획한 티가 나는 동작인데도 곧장 효과를 발휘하자 핍은 당황했다. 청년은 곧바로 다가와 대담한 제안을 했다. 매주 같은 시간에 두 사람 다 이곳에 오니, 신문을 한 부만 사서 나눠 읽으며 나무를 한 그루라도 살리자는 것이었다.

핍은 약간 까칠하게 받아쳤다. "둘 다 같은 면을 읽고 싶으면요?"

청년이 대답했다. "그쪽이 나보다 먼저 여기 왔으니까 먼저 읽고 싶은 면을 고르면 되죠." 청년은 부모님이 텍사스주 칼리지스테이션에 사시는데 누가 어떤 면을 먼저 읽을지 다투지 않기 위해 일요일이면 〈뉴욕 타임스〉를 두 부 사서 따로 읽으며 종이 낭비를 했다고 설명했다.

제 이름과 간단한 단어 다섯 개만 알아듣는 개처럼, 핍의 귀에는 이 청년이 정상적인 부모 밑에서 자랐고 경제적으로 여유 있는 집안 출신이라는 내용만 쏙 들어왔다. "일주일 중에 온전히 나를 위한 시간은 지금뿐이에요."

핍의 말에 청년은 주춤했다. "미안합니다. 그쪽이 나랑 얘기를 하고 싶어 하는 것처럼 보여서."

핍은 자기에게 관심을 보이는 비슷한 나이대의 남자들에게 적대적으로 굴지 않는 방법을 몰랐다. 세상에서 핍이 믿을 수 있는 사람은 엄마뿐이라 그런 것도 있었다. 고등학교와 대학 시절을 통틀어 핍이 얻은 경험에 따르면, 남자들은 처음엔 핍의 매력에 끌려 사귀다가 나중에는 핍의 상태가 생각보다 훨씬 엉망진창임을 알아챘다. 괜찮은 남자일수록 헤어질 때 서로가 받는 고통이 컸다. 아직도 핍은 누가 자기한테 잘해주길 바라는 마음을 접는 방법을 알지 못했다. 질이 안 좋은 남자들은 핍의 이런 점을 쉽게 알아채 이용해먹곤 했다. 결국 핍은 좋은 남자든 안 좋은 남자든 믿지 않기로 했다. 실제로 잠자리를 해보기 전까지는 누가 좋은 남자인지 아닌지 구분할 수 없기 때문이기도 했다.

"나중에 커피나 같이 마셔요. 일요일 아침 말고 다른 때에."

핍의 제안에 남자는 주저하며 대답했다. "그러죠."

"이제 얘기도 나눴으니까 서로를 계속 흘끗거릴 필요 없겠네요. 그쪽 부모님처럼 각자 신문을 읽으면 되겠어요."

"내 이름은 제이슨입니다."

"난 핍이에요. 이제 이름도 알았으니까 더더욱 서로를 흘끗거릴 필요 없겠어요. 난 그쪽을 보면서 아, 저 사람은 제이슨이지, 하면 되고 그쪽은 날 보면서 아, 저 사람은 핍이지, 하면 되니까."

제이슨이 웃었다. 그는 스탠포드 대학교에서 수학을 전공했고, 수학 전공자의 꿈을 살려 미국인들의 수리력을 촉진하는 일을 하는 기관에서 근무하고 있으며, 언젠가는 통계학 교습 분야에 혁신적인 변화를 일으킬 교과서를 집필할 생각이라고 했다. 그와 두 번 데이트를 하고 나서, 핍은 둘 중 한 사람이 상처를 받기 전에 한번 자야겠다는 생각이 들 정도로 그가 좋아졌다. 너무 오래 뜸을 들이면 제이슨은 핍이 빚과 온갖 의무에 치여 엉망으로 살고 있음을 알아채고 줄행랑을 쳐버릴지도 몰랐다. 아니면 돈의 힘—특히 미국 통화로 유통되는 돈과 그 돈을 소유했을 때의 힘—을 믿지 않는 데다 나이도 많은 유부남을 마음속 깊이 좋아하고 있다는 사실을 핍이 제이슨에게 고백해버리거나.

모든 걸 밝히고 싶은 충동을 억누르며 핍은 다른 얘기를 꺼냈다. 근무시간이 끝난 후 자발적으로 참여하고 있는 핵무기 감축 관련 '활동'에 관한 얘기였다. 그런데 핍의 '활동'임에도 불구하고 그 주제에 관해 제이슨이 더 많이 알고 있는 듯해서 기분이 약간 상했다. 다행히 제이슨은 말주변이 좋았고 필립 K. 딕, 〈브레이킹 배드〉, 해달, 퓨마, 일상생활에 적용되는 수학, 특히 통계교육학의 기하학적 방법의 열렬한 팬이기도 했다. 그가 통계교육학의 기하학적 방법에 관해 어찌나 설명을 잘하는지 펍은 그 내용을 거의 이해한 기분이 들었다. 세 번째로 제이슨을 만난 곳은 면 전문 식당이었는데, 펍은 급료를 아직 정산받지 못해 수중에 돈이 없었고 그래서 배가 안 고픈 척해야 했다. 그날 펍은 제이슨과의 우정을 깨느냐 아니면 부담 없이 섹스를 하고 안전한 사이로 진입하느냐의 기로에 서 있었다.

식당 밖 텔레그래프가(街)는 일요일 저녁의 고요함 속에서 옅은 안개를 머금고 있었다. 그 거리에서 펍은 제이슨에게 같이 자자는 뜻을 내비쳤다. 제이슨은 즉각 넘어왔다. 그에게 몸을 밀착시키는데 펍의 배 속이 꼬르륵거렸다. 펍은 제이슨이 그 소리를 못 들었기를 바라며 그의 귀에 속삭였다. "자기네 집으로 갈까?"

제이슨은 안타깝지만 누나가 와 있어서 안 된다고 했다.

누나라는 단어를 듣는 순간 펍의 심장은 적대감으로 조여들었다. 펍은 형제자매가 없는 까닭에 남들이 형제자매에게 어떤 요구나 지원을 받았다고 하면 기분이 확 상했다. 핵가족의 평범한 삶, 물려받은 친밀한 관계에 대한 적대감이었다.

"그럼 우리 집으로 가든가." 펍은 짜증스럽게 내뱉었다. 제이슨과 손을 잡고 텔레그래프가를 걸으며, 제이슨의 누나 때문에 그의 침실에 못 들어가게 됐다는 사실(나아가 그의 마음에 들어갈 수 없다는 사실, 물론 그의 마음속에 한자리 차지하고 싶은 생각 따윈 없지만)이 짜증 나고 자신이 처한 상황에 분통이 터진 나머지, 펍은 집 현관문 앞에 도착해서야 이대로 집에 들어가면 안 된다는 사실을 깨달았다.

"아, 음. 잠깐 안에 들어가서 정리 좀 할 테니까 밖에서 기다릴래?"

"어, 알았어." 제이슨이 말했다.

펍은 그에게 고맙다는 뜻으로 키스를 했다. 그리고 문간에서 10분 동안 서로의 목을 애무하며 비비적댔다. 깔끔한 능력남의 손길에 기분이 한껏 좋아지려는 참인데 별안간 배 속이 요란하게 꼬르륵대는 바람에 산통이 깨졌다.

"잠깐이면 돼, 괜찮지?" 핍이 말했다.

"배고파?"

"아니! 그런데 지금 갑자기 배가 좀 고파진 것 같기도 하네. 약간. 아까 내가 식당에 안 들어갔잖아."

핍은 자물쇠 구멍에 열쇠를 넣고 돌려 안으로 들어갔다. 거실에는 조현병을 앓는 동거인 드레이퍼스가 장애가 있는 동거인 라몬과 함께 텔레비전으로 농구 경기를 보고 있었다. 텔레비전 세트는 길에서 주워 온 것이고 텔레비전의 디지털 변환기도 또 다른 동거인 스티븐이 길거리에서 물물교환으로 받아 온 것이었다. 핍이 반해 있는 남자가 바로 이 스티븐이었다. 지금까지 꼬박꼬박 약을 잘 복용 중인 드레이퍼스는 약 때문에 온몸이 팅팅 부었는데 그 몸을 밖에서 주워 온 야트막한 안락의자에 쑤셔 넣고 푸짐하게 앉아 있었다.

라몬이 소리쳤다. "핍, 핍, 핍, 지금 뭐 하는 거야. '어어휘' 공부 도와준대놓고. 지금 나 도와줄 거야?"

핍이 손가락을 입술에 대고 조용히 하라는 시늉을 하자 라몬은 두 손으로 제 입을 찰싹 쳤다.

드레이퍼스가 나지막하게 중얼거렸다. "글쎄. 핍은 자기가 여기 와 있다는 걸 아무도 몰랐으면 하지. 이유가 뭘까? 독일 스파이들이 주방에 있기 때문이 아닐까? 나는 이 스파이라는 단어를 느슨한 의미로 썼어. 완전히 부적합하게 쓴 건 아니지. 오클랜드 핵무기 감축 스터디 그룹은 서른다섯 명의 멤버로 구성돼 있는데, 그중에 핍과 스티븐은 필수 멤버야. 저 독일인들이 독일인다운 성실함과 참견질을 여지없이 발휘하면서 일주일째 머물고 있는 이 집은 바로 우리 집이고. 곱씹어볼 가치가 충분한 흥미로운 사실이지."

"드레이퍼스 아저씨." 핍은 화난 어조로 낮게 말하고 목소리를 높이지 않으려 하며 드레이퍼스에게 가까이 다가갔다.

드레이퍼스는 통통한 손가락을 깍지 껴 무덤덤하게 배에 얹고는 라몬에게 얘기를 계속했다. 라몬은 드레이퍼스의 얘기라면 지치지도 않고 늘 귀를 기울였다. "핍은 독일 스파이들과의 대화를 피하고 싶어 할까? 특히 오늘 밤엔? 젊은 신사를 집으로 데려왔으니까? 현관 앞에서 15분 동안 서로 신체 접촉을 하고 있던 남자 말이야."

발끈한 핍이 조용히 쏘아붙였다. "스파이 짓은 아저씨가 했네. 나 그런 거 딱 질색이거든."

드레이퍼스는 라몬에게 설명했다. "지능이 있는 사람이라면 못 보고 지나칠 수 없는 광경을 봤을 뿐인데 딱 질색이라는군. 빤히 보이는 걸 관찰하는 건 스파이 짓이 아니야, 라몬. 아마 독일인들이 하는 짓도 마찬가지겠지. 스파이의 구성 요건은 동기야. 그리고 핍—" 그는 핍을 돌아보았다. "참견하기 좋아하고 성실한 독일인들이 우리 집에서 무슨 짓을 하고 있는지 자문(自問)해 보기 바란다."

핍이 소곤거렸다. "요즘 약 안 먹는 거 아니에요?"

"라몬, 접촉이라는 단어를 알아두렴. 꽤 좋은 어휘야."

"무우슨 뜻이에요?"

"흠, 비비적대기를 뜻해. 입맞춤하기. 혀가 빠지게 키스하기."

"핍, 나 어어휘 공부 도와줄 거지?"

"핍은 오늘 밤에 다른 계획이 있을 거라네, 친구."

"예쁜아, 지금 말고 나중에 도와줄게." 핍은 라몬에게 속삭인 후 드레이퍼스에게 말했다. "독일인들이 이 집에 있는 건 우리가 그들을 초대해서잖아요. 남는 방이 있었으니까. 그건 그렇고 아저씨 말이 맞아. 내가 집에 왔다는 걸 독일인들에게 말하지 않았으면 좋겠어요."

"어떻게 생각하니, 라몬? 우리가 핍을 도와줘야 할까? 핍은 네 어휘 공부를 안 도와주는데."

"아, 진짜. 아저씨가 도와주면 되잖아요. 어휘력도 엄청나면서."

드레이퍼스는 고개를 돌려 펍을 가만히 쳐다보았다. 지성은 있지만 감정은 담겨 있지 않은 눈빛. 약 기운 덕에 당장 거리로 뛰쳐나가 칼로 사람들을 도살하지는 않지만, 약이 눈에서 살기마저 걷어내지는 못했다. 스티븐이 장담하기를 드레이퍼스의 눈빛은 누구를 쳐다보든 똑같다고 했지만, 만약 약 복용을 중단한다면 당장 칼이든 어떤 것이든 손에 들고 펍을 해치려 들 것이다. 펍을 세상의 골칫거리이자 자기를 살해하려는 음모를 꾸미는 자로 인식할 테니까. 그렇게 되면 드레이퍼스는 펍이 거짓으로 꾸며낸 모습 이면의 진실도 보게 될지 모른다.

드레이퍼스가 펍에게 투덜거렸다. "독일인들과 그들의 스파이 짓은 역겹기 짝이 없어. 아마 그들은 이 집에 발을 들여놓자마자 이 집을 어떻게 빼앗을까 그 궁리부터 했을 거다."

"그들은 평화운동가들이에요, 드레이퍼스 아저씨. 독일이 세계 정복을 그만둔 건 70년도 더 됐어요."

"너랑 스티븐이 독일인들을 이 집에서 내쫓으면 좋겠어."

"알았어요! 그렇게 할게! 나중에. 내일요."

"우린 그 독일인들이 싫어, 그렇지, 라몬?"

"우린 가아족처럼 딱 다섯 명일 때 좋아요." 라몬이 말했다.

"뭐…… 가족은 아니다만. 정확히는 아니지. 아니고말고. 우린 각자 가족이 있으니까, 그렇지 않아, 펍?"

드레이퍼스가 의미심장하게 다 알잖느냐는 눈빛으로, 그러나 인간다운 온기라곤 없이 펍의 눈을 똑바로 바라보았다. 욕망의 흔적이 전혀 없는 눈빛이라고 해야 하나? 이 세상에서 성(性)을 완전히 배제하면 펍을 쳐다보는 남자들의 눈빛이 이렇게 싸늘하지 않을까? 펍은 라몬에게 다가가 그의 살집 좋고 비스듬한 두 어깨에 손을 얹었다. "라몬, 예쁜아. 오늘 밤엔 내가 좀 바빠. 내일은 저녁 내내 집에 있을게. 그럼 됐지?"

"응, 됐어." 라몬은 펍을 전적으로 믿었다.

현관문으로 되돌아간 펍은 시린 손에 입김을 불며 문밖에 서 있던 제이슨을 집 안으로 들였다. 그와 함께 거실을 지나가는데, 라몬이 비밀을 지키겠다는 뜻으로 두 손을 모아 제 입에 갖다 댔다. 드레이퍼스는 태연히 농구 중계 화면만 쳐다보았다. 이 집 안에 제이슨의 시선을 빼앗을 만한 것은 너무나 많은데 펍이 그에게 보여주고픈 것은 거의 없었다. 게다가 드레이퍼스와 라몬은 독특한 체취를 풍겼다. 드레이퍼스는 이스트 냄새, 라몬은 지린내. 펍은 그들의 체취에 익숙했지만 손님들은 아니었다. 펍은 조용히 빨리 따라 올라오라는 뜻임을 제이슨이 눈치껏 알아채길 바라며 발끝으로 빠르게 계단을 올라갔다. 2층의 닫힌 방문 너머에서 스티븐과 그의 아내가 서로를 탓하며 싸우는 익숙한 소리가 들려왔다.

3층의 작은 자기 침실로 들어간 펍은 곤궁한 형편을 드러내기 싫어 불도 켜지 않고 제이슨을 매트리스로 이끌었다. 펍은 몹시 가난했지만 시트만큼은 깨끗했다. 청결에서만큼은 세상 누구 못지않았다. 1년 전 이 방으로 이사 들어오면서 스프레이식 살균제를 바닥과 창턱 구석구석에 뿌리고 박박 문질러 닦았다. 그리고 쥐들이 나타났을 땐 집 안의 틈새마다 철 수세미를 쑤셔 넣어 쥐들이 못 들어오게 막으라는 스티븐의 조언을 곧장 실행에 옮겼고 다시 한 번 바닥을 닦았다. 하지만 제이슨의 티셔츠를 위로 벗겨 올려 앙상한 어깨를 드러내게 하고 그의 손에 몸을 맡겨 옷을 벗은 펍은 다양한 전희를 즐기고 나서야 자신이 가진 유일한 콘돔이 1층 화장실의 세면도구 가방에 들어 있음을 떠올렸다. 아까 독일인들이 펍이 늘 쓰는 화장실을 점거한 바람에 펍은 하는 수 없이 1층 화장실을 쓰고 세면도구 가방을 그곳에 놓아둔 채로 외출했다가 지금 돌아온 것이었다. 청결이 또다시 그녀의 삶에 장애로 작용했다.

핍은 깔끔하게 포경수술이 된 제이슨의 성기에 가볍게 키스하며 속삭였다. "미안, 잠깐 기다리고 있어. 금방 돌아올게." 핍은 가운을 대충 몸에 걸치고 끈도 묶지 않은 채 계단을 달려 내려갔다. 2층에서 1층 사이의 계단을 절반쯤 내려가서야 제이슨에게 어디 가는지 말해주지도 않았음을 깨달았다.

"망할." 핍은 계단에 멈춰 섰다. 제이슨은 문란한 섹스를 즐길 것 같은 부류도 아니고, 핍은 아직 유통기한이 남은 사후피임약도 갖고 있었다. 지금 기분 같아선 섹스만이 유일하게 자신이 잘하는 분야로 여겨졌다. 그래도 몸을 청결하게 유지하면서 해야 했다. 남들은 안 그런데 왜 나에겐 섹스가 논리적으로 따지고 또 따져야 하는 꼴사나운 행위일까, 왜 맛은 좋은데 잔가시가 많아 먹기 성가신 생선 같을까 싶어 핍은 새삼 신세가 처량해졌다. 핍의 등 뒤, 스티븐 부부가 쓰는 방에서 스티븐의 아내가 도덕적 위선에 대해 악쓰는 소리가 흘러나왔다.

스티븐이 아내의 말을 가로막았다. "40억 인구를 핍박하는 하느님의 계획에 의지하느니 차라리 도덕적 위선자가 되고 말지."

"그게 바로 도덕적 위선이라고!" 아내가 울부짖었다.

스티븐의 목소리를 듣자 핍은 제이슨보다 스티븐에게 더 깊은 갈망을 느꼈다. 핍은 자신이 도덕적 위선이라는 죄보다는 도덕적으로 낮은 자존감이라는 죄를 저지른 여자라고 재빨리 결론 내렸다. 핍이 진정으로 원하는 남자는 지금 섹스를 하려고 방에 데려다 둔 남자가 아니었으니까. 1층까지 발끝으로 살금살금 내려간 핍은 길에서 주워다가 복도에 쌓아놓은 건축자재 더미 옆을 지나갔다. 주방에서 아나그레트라는 이름의 독일 여자가 독일어로 떠들고 있었다. 화장실로 쏜살같이 들어간 핍은 세 개가 한 줄로 붙은 콘돔을 목욕가운 주머니에 집어넣은 후 문밖을 살짝 내다보았다가 얼른 다시 화장실 안으로 머리를 들였다. 아나그레트가 주방 문간에 서 있었다.

아나그레트는 검은 눈동자의 미녀로 목소리도 듣기 좋았다. 독일인은 못생졌고 파란 눈을 가졌다는 핍의 선입견이 틀렸음을 증명하는 인물이기도 했다. 아나그레트와 남자 친구 마르틴은 미국의 도시 빈민가들을 돌아다니며 휴가를 보내고 있었다. 그들은 국제 불법 거주자 권리 옹호 단체에 관한 인식을 사람들에게 고취하고 미국 반핵운동과의 연계를 구축하기 위해서라는 이유를 내세웠지만, 낙천적인 분위기의 빈민가 벽화 앞에서 서로의 기념사진을 찍어주기 위해 여기 온 것처럼 보였다. 지난 화요일 저녁, 이 집에 거주하는 사람들이 모두 모여 함께 식사를 한 적이 있었다. 핍은 내키지 않았지만 그날이 저녁 식사 준비 당번이라서 어쩔 수 없이 참석했다. 그날 스티븐의 아내는 이스라엘의 핵무기 프로그램이라는 주제를 놓고 아나그레트에게 싸움을 걸었다. 스티븐의 아내는 미녀에게 무조건 반감을 품는 유의 여자였다. (핍에게는 반감을 품기는커녕 엄마 행세를 하려는 걸 보면 그 여자의 눈에는 핍의 외모가 변변찮게 보이는 모양이었다.) 아나그레트는 특별히 꾸미지 않아도 예뻤다. 머리카락을 아무렇게나 자르고 눈썹에 피어싱을 몇 개씩이나 해도 못생겨지기는커녕 더 사랑스러워 보이는 효과를 낳았다. 스티븐의 아내는 그런 게 속이 뒤틀리는지 이스라엘에 관해 사실도 아닌 말을 늘어놓으며 아나그레트를 공격했다. 이스라엘의 핵무기 프로그램은 핍이 잘 아는 군비축소 문제와 연결이 되어 있었다. 마침 핍은 최근에 스터디 그룹 활동을 하면서 보고서를 준비하느라 그 분야에 관해 공부를 꽤 해두었다. 스티븐의 아내를 질투하고 있던 참이기도 해서 핍은 곧장 대화에 끼어들어 이스라엘의 핵 보유 능력에 관한 증거를 주제로 5분간 막힘없이 지식을 뽐냈다.

우습게도 그런 핍의 모습이 아나그레트의 마음을 사로잡았다. 아나그레트는 핍에게 "굉장히 깊은 인상을 받았다"면서 핍을 따로 불러 거실로 데려갔고, 두 사람은 소파에 앉아 한참 수다를 떨었다. 아나그레트가 보이는 관심을 차마 거부할 수가 없었다. 아나그레트는 유명한 인터넷 무법자인 안드레아스 볼프에 대한 얘기를 꺼내면서 그와 개인적으로 아는 사이라고 했다. 핍이야말로 볼프의 '선라이트 프로젝트(Sunlight Project)'가 필요로 하는 젊은이라고, 지금 다니는 끔찍하고 착취적인 직장을 그만두고 선라이트 프로젝트가 제공하는 유급 인턴십을 신청하라고, 형식적인 '설문 조사'에만 응하면 인턴십을 따낼 수 있을 거라고 했다. 아나그레트가 이 동네를 떠나기 전에 직접 설문 조사를 해주겠다고 하자, 핍은 누군가 자기를 그토록 원한다는 말에 우쭐해져서 설문 조사를 받겠다고 약속을 해버렸다. 싸구려 저그 와인을 네 시간 동안 계속 마신 탓도 있었다.

다음 날 아침, 술이 깬 핍은 전날 한 약속을 후회했다. 안드레아스 볼프는 선라이트 프로젝트를 통해 유럽과 미국에서 해킹 및 스파이 활동을 한 혐의로 기소되어 체포 영장이 발부된 상태라 지금은 남아메리카를 거점으로 활동하고 있었다. 엄마를 두고 남아메리카로 건너가는 것은 불가능했다. 핍의 몇몇 친구들 사이에서 볼프가 영웅으로 추앙받고 있고, 핍 역시 비밀주의는 억압이며 정보의 투명성은 자유라는 볼프의 사상에 어느 정도 흥미를 느끼기도 했지만, 핍은 정치 문제에 열정적으로 나서는 사람은 아니었다. 체력 단련을 잠깐 하다 말았던 것처럼, 그저 스티븐 옆에 곁다리로 껴서 정치 문제를 조금 깔짝거리다 말았을 뿐이었다. 그런데 선라이트 프로젝트는, 아나그레트가 그 프로젝트에 관해 과도하게 열정적으로 떠드는 것도 그렇고, 마치 사이비 종교 집단 같은 느낌이었다. 게다가 설문 조사를 받게 되면, 핍이 지난밤 이스라엘에 관해 5분 동안 술술 지식을 늘어놓긴 했지만 사실 그리 똑똑하지도 않고 아는 것도 없는 사람인 게 들통나고 말 것이었다. 그래서 핍은 줄곧 집에서 독일인들을 마주치지 않으려 슬슬 피해 다녔다. 그런데 일요일인 오늘 아침, 제이슨과 〈뉴욕 타임스〉를 함께 읽으러 외출을 하려다가 방문 앞에 아나그레트가 붙여놓은 쪽지를 보았다. 기분이 상한 듯한 투라 핍은 하는 수 없이 오늘 밤에 만나서 얘기하자는 내용의 쪽지를 아나그레트의 방문에 붙여놓았던 것이다.

배 속이 줄기차게 꼬르륵댔지만 핍은 주방에서 들려오는 독일어의 흐름이 끊기고 아나그레트가 주방 문간을 떠나기를 기다리며 기척 않고 기다렸다. 제 이름이 나오는 부분만 알아듣는 개처럼 핍에게 아나그레트의 독일어 속에서 자신의 이름이 두 번 언급되는 것이 들렸다. 논리적으로 생각할 수 있었다면 핍은 주방으로 당당하게 들어가 지금 위층 자기 방에 남자가 와 있으니 오늘은 설문 조사를 할 수가 없다고 말하고 올라갔을 것이다. 하지만 핍은 몹시 배가 고파서 허기를 채우는 일에 비하면 섹스는 관념적인 일로 여겨질 지경이었다.

마침내 주방에서 발소리와 주방 의자 끄는 소리가 들렸다. 핍은 화장실에서 튀어나가다가 무언가에 목욕 가운 끄트머리가 걸리는 바람에 멈칫했다. 복도에 쌓인 목재에서 튀어나온 못에 걸린 것이었다. 목재들이 우르르 떨어지고 핍이 휘청대며 몸을 피하는데 등 뒤의 복도 저쪽에서 아나그레트의 목소리가 들려왔다.

"핍? 핍, 사흘 전부터 자기를 찾아다녔어!"

고개를 돌려보니 아나그레트가 이쪽으로 오고 있었다.

핍은 서둘러 목재를 다시 쌓으며 주절거렸다. "안녕하세요, 예, 미안하게 됐네요. 지금은 못 해요. 그게 그러니까…… 내일 할까요?"

아나그레트가 미소를 지었다. "안 돼. 지금 하자. 얼른 와. 얼른. 약속했잖아."

"으음." 핍은 우선순위를 제대로 판단할 수 있는 상태가 아니었다. 독일인들이 자리 잡은 이 주방에는 콘플레이크와 우유가 있었다. 제이슨에게 돌아가기 전에 뭐라도 먹어두는 것도 나쁘지 않은 생각 아닌가? 콘플레이크를 먹고 돌아가면 좀 더 효율적으로 재깍재깍 반응하면서 활기찬 섹스를 할 수 있지 않을까? "위층에 금방 뛰어갔다 올게요. 잠깐이면 돼요. 정말 금방 돌아올게요." 핍이 말했다.

"안 돼, 그러지 말고 얼른 와. 몇 분이면 돼. 딱 10분. 재미있을 거야. 형식적인 절차이긴 하지만 꼭 따라야 되거든. 얼른. 우린 저녁 내내 자길 기다렸어. 그러니까 지금 하자, 응?"

아름다운 아나그레트가 손짓하며 핍을 불렀다. 핍은 드레이퍼스가 독일인들을 놓고 한 말의 뜻을 십분 이해할 수 있었다. 누군가에게 명령을 받으니 묘하게 마음이 놓이기도 했다. 또한 아래층에서 이미 너무 오래 뭉그적대고 있었는데 이제 와서 다시 위층에 올라가 제이슨에게 좀 더 기다려달라 말하기도 마음이 불편했다. 지금까지 온갖 불편한 일들을 겪어온 터라 핍은 불편한 상황을 최대한 나중으로 미루는 전략을 구사하며 살았다. 그런 식으로 미루고 또 미루다가 상황이 훨씬 더 불편해져도 어쩔 수 없다 여겼다.

"핍." 아나그레트는 핍의 머리를 쓰다듬으며 운을 뗐다. 주방 식탁 앞에 앉아 큰 그릇에 콘플레이크를 담아 먹고 있던 핍은 머리에 아나그레트의 손길이 닿자 기분이 나빠졌다. "응해줘서 고마워."

"빨리 끝내자고요, 예?"

"그래, 알았어. 형식적인 절차일 뿐이야. 자길 보면 자기 나이 때 내가 떠올라. 그때 난 인생의 목적을 필요로 했어."

핍은 전혀 동조하고픈 기분이 아니었다. "아, 예. 물어보고 싶은 게 있는데요. 선라이트 프로젝트라는 데가 혹시 사이비 종교 단체예요?"

얼굴에 까칠하게 수염이 돋고 머리에는 팔레스타인식 카피예*를 쓴 마르틴이 식탁 끄트머리에서 웃음을 터뜨렸다. "사이비? 개인숭배를 하는 집단이기는 하지."

"이스트 도흐 크바치, 두. 알조 비르클리히(Ist doch Quatsch, du. Also wirklich)." 아나그레트가 열을 올렸다.

---

* 아랍 남자들이 머리에 쓰는 사각형 천.

"방금 뭐라고 했어요?" 핍이 물었다.

"웬 헛소리냐고 했어. 선라이트 프로젝트는 사이비 종교 집단과는 완전히 거리가 멀어. 정직과 진실, 투명성, 자유를 추구하는 단체니까. 개인숭배를 하는 체제들은 그래서 선라이트 프로젝트를 싫어해."

"그 프로젝트의 리더가 아주 케리스마 있기는 하잖아." 마르틴이 말했다.

"카리스마요?" 핍이 물었다.

"맞아, 카리스마. 내가 발음하니까 꼭 아리스마처럼 들리네. 안드레아스 볼프는 카리스마가 넘쳐." 마르틴은 다시 웃으며 말을 이었다. "어휘 교과서에 실릴 만한 단어로군. 카리스마를 문장에 넣어서 활용해볼게. '안드레아스 볼프는 카리스마가 대단하다.' 이러면 의미가 분명해지지. 단어의 뜻도 곧바로 이해가 되고. 볼프는 그 단어의 뜻 자체인 사람이니까."

마르틴은 아나그레트의 신경을 긁었고 아나그레트는 심기가 불편해 보였다. 어쩌면 아나그레트는 한때 안드레아스 볼프와 동침하는 사이였을지 모른다는 생각이 문득 핍의 뇌리를 스쳤다. 아나그레트는 핍보다 열 살 내지 열다섯 살 정도 많아 보였다. 아나그레트는 유럽 사무 용품인 티가 물씬 풍기는 반투명한 플라스틱 서류철에서 미국 종이보다 약간 더 길고 폭이 좁은 종이들을 꺼냈다.

핍이 아나그레트에게 물었다. "신입 모집 감독관이에요? 그래서 여기저기 다니면서 설문 조사를 하는 거예요?"

"그래, 그런 권한을 갖고 있긴 한데, 감독관은 아니야. 우린 권위를 거부하거든. 나는 그냥 우리 단체를 위해 이 일을 하는 여러 명 중 하나일 뿐이야."

"그래서 미국에 출장 와 있는 거예요? 신입을 모집하러?"

마르틴은 아나그레트를 숭배하는 듯도 하고 신경을 건드리는 것 같기도 한 미소를 지으며 말했다. "아나그레트는 여러 가지 일을 동시에 하는 사람이지."

아나그레트는 마르틴에게 핍과 둘만 있게 해달라고 했다. 마르틴은 거실 쪽으로 건너갔는데, 그가 근처에 있는 걸 드레이퍼스가 질색한다는 사실을 전혀 모르는 듯했다. 핍은 그 틈에 콘플레이크를 그릇에 추가로 부었다. 이 정도면 영양 성분을 그럭저럭 잘 섭취하는 것이리라.

"마르틴이 질투만 안 하면 우린 참 좋은 관계인데." 아나그레트가 설명했다.

핍이 콘플레이크를 우물거리며 물었다. "질투요? 안드레아스 볼프를요?"

아나그레트는 고개를 저었다. "오랫동안 안드레아스와 아주 가까운 사이였지만, 그건 마르틴을 알기 수년 전의 일일 뿐이야."

"젊었을 적 얘기인가 보네요."

"마르틴은 내 여자 사람 친구들을 질투하고 있어. 독일 남자는 여자가 자기 등 뒤에서 친한 친구들이랑 함께 있는 걸 제일 큰 위협으로 여겨. 아무리 좋은 남자라도 마찬가지야. 세상 돌아가는 게 잘못되기라도 한 것처럼 심란해하지. 여자들이 모여서 그의 비밀을 모조리 파헤쳐 그의 힘을 빼앗거나 더 이상 그를 필요로 하지 않게 될까 봐. 자기도 이런 문제를 겪은 적 있지?"

"나는 질투하는 쪽일걸요."

"어쨌든 이런 이유로 마르틴은 인터넷을 질투해. 내가 주로 인터넷을 통해 친구들과 얘기를 하고, 실제로 만난 적 없는 사람들하고도 인터넷으로 교류를 많이 하거든. 진짜 친구들이야. 이메일, 소셜미디어, 포럼이 주요 수단이지. 마르틴이 인터넷으로 가끔 포르노를 본다는 거 나도 알아. 우린 서로 비밀이 없으니까. 만약에 마르틴이 포르노를 안 본다면 아마 포르노를 안 보는 유일한 독일인일걸. 인터넷 포르노는 독일 남자들을 위해 만들어진 것 같아. 독일 남자들은 혼자 있는 걸 좋아하고 주변을 통제하려 들고 자신이 강력한 힘을 갖고 있다는 환상을 품고 있어. 마르틴은 내가 인터넷으로 여자 친구들을 잔뜩 만나니까 자기는 인터넷 포르노를 보는 것일 뿐이라고 하더라고."

"인터넷이란 게 여자들을 위한 포르노인지도 모르죠."

"아냐. 자기는 아직 젊어서 우정을 간절하게 필요로 하지 않으니까 그런 생각을 하는 거야."

"남자 말고 여자를 사귈 생각 해본 적 있어요?"

"남자고 여자고 간에 독일에서는 그런 쪽으로는 분위기가 아주 안 좋아." 그런 생각은 해본 적 없다는 의미인 듯했다.

"인터넷이 원거리에서 욕구를 충족해주는 역할을 한다는 말을 하려던 거였어요. 남자든 여자든요."

"여자들의 우정에 대한 욕구는 인터넷으로 충족이 가능해. 환상이 아니라 진짜로. 안드레아스가 인터넷의 그런 힘을 잘 알고 있고 그게 여자들한테 얼마나 큰 의미인지도 이해하니까, 마르틴은 그런 면 때문에 안드레아스를 질투해. 내가 예전에 안드레아스와 가까운 사이였기 때문이 아니라 인터넷 때문에."

"그렇군요. 하지만 안드레아스가 카리스마 있는 리더라면 당연히 권력도 쥐고 있겠네요. 그럼 당신 견해에 따르면 다른 남자들하고 별로 다를 게 없는 것 같은데요."

아나그레트는 고개를 저었다. "안드레아스의 멋진 점은 인터넷이 진실을 드러내는 최고로 위대한 장치란 걸 안다는 거야. 그게 우리한테 시사하는 바가 뭘까? 사회에서 모든 것이 남자들이 아닌 여자들을 중심으로 돌아간다는 걸 말해주지. 남자들은 여자들이 찍힌 사진을 보고, 여자들은 여자들끼리 소통을 해."

"게이 섹스와 애완동물 비디오가 있다는 걸 잊었나 보네요. 어쨌든 지금 설문 조사를 하겠다는 거죠? 위층에 날 기다리고 있는 남자가 있어요. 내가 이렇게 목욕 가운만 입고 그 안에 아무것도 안 입은 것도 그래서고요. 궁금해할까 봐 얘기해준 거예요."

"지금? 위층에?" 아나그레트는 놀란 얼굴이었다.

"설문 조사가 빨리 끝날 줄 알았거든요."

"다른 날 다시 오라고 하면 안 돼?"

"별로 그러고 싶지 않은데요."

"그럼 가서 몇 분만, 딱 10분만 여자 사람 친구와 얘기를 해야 한다고 말하고 와. 기분 전환 삼아서 이번엔 자기가 질투받는 쪽이 되어보는 거야."

아나그레트는 이 말을 하며 핍에게 윙크를 했다. 윙크는 빈정대기의 정반대인 행동이라 핍은 잘하지 못했다. 그런 핍에게 아나그레트의 윙크는 정말 대단한 재주로 보였다.

"그냥 여기 앉아 있는 동안 빨리하는 게 좋겠어요."

아나그레트는 질문에 대한 정답이나 오답은 없다고 미리 일러두었지만 핍은 그럴 리 없다고 생각했다. 오답이 없는데 굳이 성가시게 질문할 이유가 있을까? 하지만 아나그레트의 미모는 묘한 설득력이 있었다. 식탁 너머로 아나그레트를 바라보며, 핍은 아나그레트와 똑같은 사람이 되는 일에 지원해 면접을 보는 것 같은 기분이었다.

아나그레트가 설문지를 읽었다. "다음 중 제일 갖고 싶은 초능력은 무엇입니까? 비행 능력, 투명 인간 능력, 남의 마음을 읽는 능력, 나만 빼고 모든 사람들의 시간을 멈추게 하는 능력 중에 고르세요."

"남의 마음을 읽는 능력."

"정답은 없지만 좋은 대답이야."

아나그레트의 미소는 그 안에 들어가서 목욕을 해도 될 만큼 따뜻했다. 핍은 대학을 다니느라 등에 지게 된 대출금으로 여전히 힘겨워했지만 그래도 대학 시절에 시험을 꽤 잘 친 편이었다.

"그것을 선택한 이유를 설명하세요." 아나그레트가 읽었다.

"난 사람들을 믿지 못해요. 그나마 내가 믿는 엄마도 정작 중요한 부분에 대해서는 솔직하게 말을 해주지 않아요. 굳이 엄마한테 듣지 않더라도 내가 알고 싶은 걸 알아낼 방법이 있으면 좋겠어요. 남의 마음을 읽는 능력이 있으면 나는 알고 싶은 걸 알아내니 좋고 엄마도 성가실 일 없겠죠. 그리고 다른 사람들, 그러니까 말 그대로 다른 모든 사람들이 나에 대해 어떻게 생각하는지도 궁금하고요. 내가 남의 마음을 추측하는 데 별로 소질이 없거든요. 그러니 잠깐이라도 남의 머릿속을 들여다볼 수 있으면 좋긴 하겠죠. 남들이 나에 대해 내가 도저히 이유도 짐작 못 할 만큼 끔찍하게 생각하고 있지 않다는 걸 알게 되면 마음이 놓이고 그들을 믿을 수 있겠죠. 그 능력을 남용하지는 않을 거예요. 그냥 남들을 믿는 게 너무 어려우니까. 남들이 나한테 바라는 바가 뭔지 알아내기가 너무 힘들기도 하고요. 진이 빠지거든요."

"아, 핍. 나머지 질문은 할 필요도 없겠어. 자기가 방금 한 얘기 너무 환상적이야."

핍은 서글프게 미소 지었다. "그래요? 지금도 난 그쪽이 왜 그런 말을 하는지 이해가 안 되는데요. 설문 조사를 계속하게 하려고 그러는 것 같기도 하고. 그리고 왜 이렇게까지 내 대답을 듣고 싶어 하는지도 모르겠고요."

"난 믿어도 돼. 내가 자기한테 깊은 인상을 받아서 그래."

"말이 되는 소릴 해요. 난 그렇게 인상적인 사람이 아니에요. 핵무기 문제에 대해서 사실 별로 아는 것도 없어요. 이스라엘에 대해 어쩌다가 좀 알게 됐을 뿐이에요. 난 그쪽도 전혀 안 믿어요. 사람들을 아예 믿질 않는다고요." 핍의 얼굴이 벌겋게 달아올랐다. "이만 올라가봐야겠어요. 친구를 계속 혼자 두면 안 될 것 같아요."

이 정도면 눈치껏 사람을 놓아주거나 계속 붙잡고 있어서 미안하다고 사과라도 해야 마땅할 텐데 아나그레트는 눈치가 젬병인 듯했다. (독일인은 원래 이런가?) "우린 형식에 따라야 돼. 형식일 뿐이지만, 꼭 따라야만 해." 아나그레트는 핍의 손을 쓰다듬고 토닥였다. "빨리할게."

핍은 아나그레트가 왜 계속 손을 만지는지 의아했다.

"당신의 친구들이 사라지고 있습니다. 문자나 페이스북이나 전화에도 답을 하지 않습니다. 당신은 친구들의 직장 고용주에게 연락하고, 고용주는 당신의 친구들이 출근하지 않았다고 대답합니다. 당신은 친구들의 부모에게 연락하고, 부모들은 자신들도 무척 걱정이라고 대답합니다. 당신은 경찰서에 찾아갑니다. 경찰은 조사를 해보니 친구들은 무사하다고, 지금 다른 도시에 거주하고 있다고 알려줍니다. 얼마 후 당신의 친구들은 전부 사라집니다. 이럴 때 당신은 어떻게 하겠습니까? 친구들에게 무슨 일이 일어났는지 알아내기 위해 본인도 사라질 때까지 기다리겠습니까? 아니면 어떻게 된 일인지 조사를 해보겠습니까? 아니면 도망치겠습니까?"

"내 친구들만 사라지고 있다는 거죠? 내 친구가 아닌 동년배 사람들은 여전히 거리에 넘쳐나고요?"

"맞아."

"솔직히 그런 일이 일어나면 난 정신과 의사를 찾아가보겠어요."

"정신과 의사는 경찰에 직접 물어보고 자기가 한 얘기가 전부 사실이란 걸 알아내는 거야."

"그럼, 음, 적어도 난 친구 한 명은 곁에 둔 거잖아요. 정신과 의사요."

"그 정신과 의사도 사라져."

"완전히 편집증 환자 같은 시나리오네요. 드레이퍼스의 머리에서나 나올 법한 얘기예요."

"기다릴래, 조사할래, 도망칠래?"

"자살할 수도 있겠죠. 만약에 내가 자살을 한다면요?"

"오답은 없어."

"엄마랑 같이 살러 집으로 들어갈 것 같아요. 엄마를 내 시야 밖에 두고 싶지 않으니까. 그러다 엄마까지 사라지면 나는 아마 자살하겠죠. 나랑 관련된 사람들은 전부 신상에 문제가 생긴다는 게 확실해졌으니까요."

아나그레트가 다시 미소를 지었다. "훌륭해."

"뭐가요?"

"아주아주 잘하고 있어, 핍." 아나그레트는 식탁 너머로 손을 뻗어 섹시한 두 손을 핍의 뺨에 가져다 댔다.

"자살하겠다고 한 게 정답이라고요?"

아나그레트가 두 손을 도로 거둬들였다. "오답은 없어."

"잘하고 있다는데 듣는 나는 기분이 별로 안 좋네요."

"다음 중 어떤 행동을 허락 없이 한 적 있습니까? 남의 이메일을 몰래 열어보기, 남의 스마트폰 보기, 남의 컴퓨터를 조사하기, 남의 일기를 읽기, 남의 개인 문서를 살펴보기, 우연히 누군가의 전화가 당신 전화와 연결이 되었을 때 그쪽에서 나누는 사적인 대화를 몰래 듣기, 남을 속여서 누군가에 대한 정보를 얻기, 남의 대화를 엿듣기 위해 벽이나 문에 귀를 갖다 대기 등등."

핍은 눈살을 찌푸렸다. "그 질문은 넘어가도 되죠?"

아나그레트가 또 핍의 손을 토닥였다. "날 믿어. 대답하는 편이 나아."

핍은 망설이다가 솔직하게 털어놓았다. "엄마가 갖고 있는 종이란 종이는 다 읽어봤어요. 엄마가 일기를 썼으면 그것도 읽어봤을 텐데 엄마는 일기를 쓰지 않아요. 엄마 이메일 계정도 아이디와 비번을 알아내서 들어가봤어요. 인터넷에서 연관이 있을 것 같은 자료는 전부 다 조사했고요. 잘한 짓이라는 생각이 들진 않지만 엄마가 내 아빠가 누군지 말을 안 해주거든요. 내가 어디서 태어났는지 엄마의 진짜 이름이 뭔지도 말 안 해줘요. 나를 보호하기 위해서라는데, 내가 보기엔 엄마 혼자 위험하다는 망상을 하고 있는 것 같아요."

아나그레트가 엄숙하게 말했다. "자기가 알아야 할 필요가 있는 정보네."

"맞아요."

"자기는 그런 정보를 알 권리가 있어."

"그럼요."

"그런 정보는 선라이트 프로젝트의 도움으로 얻을 수 있는 거 알지?"

핍의 심장이 빠르게 뛰기 시작했다. 생각해본 적이 없는 일이라 막상 가능할 거란 얘기를 들으니 두렵기도 했고, 무엇보다 가슴이 두근거린 주된 이유는 제대로 유혹에 걸려들었다는 느낌이 들어서였다. 아나그레트가 그동안 손을 쓰다듬으며 했던 유혹은 서곡에 불과했다. 핍은 얼른 손을 뒤로 빼고 초조하게 제 몸을 감싸 안았다.

"선라이트 프로젝트는 기업과 국가의 보안상 비밀에 관한 일을 하잖아요."

"그래, 물론 그렇지. 그래도 프로젝트가 보유한 자원이 많잖아."

"그럼 혹시 내가 그곳에 편지를 써서 필요한 정보를 요청할 수도 있어요?"

아나그레트는 고개를 저었다. "거긴 사설탐정 사무소가 아니야."

"하지만 내가 거기 가서 인턴 일을 하면 정보를 알아낼 수는 있다?"

"그래, 맞아."

"흐음, 흥미롭네요."

"생각해볼 만하지, 응?"

"그렇네요."

"당신이 해외에서 여행 중이라고 가정합시다. 당신은 스파이 활동을 한 적도 없는데 어느 날 밤 경찰이 당신이 묵는 호텔 방으로 찾아와 스파이 활동을 했다며 체포해서 경찰서로 데려갑니다. 경찰은 당신에게 전화 한 통만 가능하다고 하면서, 통화를 하면 양측의 통화 내용을 다 듣겠다고 말합니다. 그리고 당신의 전화를 받은 상대방도 스파이 활동의 혐의를 받게 될 것이라 경고합니다. 당신은 누구에게 전화를 걸겠습니까?"

"스티븐."

아나그레트의 얼굴에 언뜻 실망한 기색이 비쳤다. "스티븐? 여기 사는 스티븐?"

"예, 뭐가 잘못됐나요?"

"미안해. 난 자기가 엄마한테 전화하겠다고 말할 줄 알았어. 지금까지 다른 답변에서는 줄곧 엄마를 언급했잖아. 자기가 믿는 유일한 사람이라며."

"그건 깊은 의미에서 유일하게 믿는다는 의미죠. 엄마는 걱정돼서 미쳐버릴 거예요. 엄마는 세상 돌아가는 이치도 모르니 누구한테 연락을 해야 나한테 도움이 될지도 모를걸요. 스티븐은 정확히 누구한테 연락해야 하는지 알겠지만요."

"그 사람은 좀 약해 보이던데."

"뭐라고요?"

"약해 보인다고. 늘 상황을 좌지우지하려 드는 성질 사나운 여자와 결혼한 것도 그렇고."

"아, 그래요. 스티븐의 결혼 생활이 불행하긴 하죠. 그건 나도 알아요."

"자기, 그 사람한테 마음 있구나!" 아나그레트는 당황한 표정이었다.

"예, 그래요. 그게 뭐요?"

"그런 얘길 나한테 한 적 없잖아. 그동안 우린 소파에 앉아 서로에게 모든 걸 다 털어놓고 지냈는데 그런 얘긴 한 적이 없잖아."

"그쪽이 안드레아스 볼프와 동침하는 사이였단 얘기도 난 지금 처음 들었거든요!"

"안드레아스는 공인이야. 난 조심해야 했다고. 게다가 그건 이미 오래전 일이야."

"당장이라도 그 사람하고 또 섹스를 할 수 있을 것처럼 얘기하더니만."

아나그레트는 핍의 두 손을 꼭 잡았다. "핍, 제발. 우리 싸우지 말자. 자기가 스티븐한테 마음이 있는 줄 몰랐어. 미안해."

하지만 스티븐이 약하다고 한 말이 핍의 가슴을 점점 더 심하게 후벼 팠다. 돌이켜 생각해보니 이 여자에게 사적인 정보를 너무 많이 줬다 싶어 어이없기도 했다. 미모에 대한 자신감이 넘쳐서 얼굴에 피어싱도 잔뜩 하고 머리카락도 잔디 깎는 가위로 아무렇게나 자른 (듯 보이는) 여자에게 말이다. 그런 자신감을 가질 근거라곤 없는 핍은 울화가 치밀어 두 손을 뒤로 확 빼고는 의자에서 일어나 콘플레이크 그릇을 싱크대에 요란하게 처박았다. "그만 올라갈래요—"

"아니, 아직 질문이 여섯 개 남았—"

"난 남아메리카로 갈 생각 없고요. 그쪽한테도 전혀 믿음이 안 가요. 포르노 보면서 자위나 하는 남친 데리고 LA로 꺼지지 그래요? 또 누구네 집에 불법으로 거주하면서 스티븐보다 강한 사람한테 마음이 있는 다른 누군가에게 설문 조사나 하라고요. 나도 그렇고 이 집에 사는 다른 사람들도 그쪽이랑 그쪽 남친이 이 집에 있는 거 더는 달가워하지 않아요. 그쪽이 조금이라도 나를 존중하는 마음이 있었으면 내가 지금 여기 있고 싶어 하지 않는다는 걸 알아채고도 남았겠죠."

"핍, 제발, 기다려. 내가 진짜진짜 미안해." 아나그레트는 진심으로 괴로워하는 표정이었다. "질문은 더 이상 안 해도 되니까—"

"꼭 따라야 하는 형식이라면서요. 꼭 따라야만 된다더니. 맙소사, 내가 멍청이지."

"아냐, 자기는 아주 똑똑해. 굉장한 사람이야. 그냥 자기 인생이 너무 남자들을 중심으로 돌아가는 것 같아서, 좀 그런 것 같아서."

또다시 모욕을 받은 핍은 충격을 받아 아나그레트를 쳐다보았다.

"자기보다 나이도 많고 예전에 자기처럼 살았던 여자 사람 친구가 필요하다고 생각했어."

"그쪽이 나처럼 살았을 리 없잖아요." 핍이 말했다.

"아냐, 있었어. 일단 좀 앉자, 응? 얘기 좀 해."

아나그레트의 목소리는 비단처럼 부드럽고 위엄이 있었다. 게다가 아나그레트가 가한 모욕으로 인해 핍은 침실에서 기다리고 있는 제이슨이 별 볼 일 없게 느껴져서 하마터면 그녀의 명령에 복종해 의자에 도로 앉을 뻔했다. 그러나 인간에 대한 불신이 다시금 솟구쳐 핍은 다른 인간과 함께 있는 이 자리를 참을 수 없었다. 핍은 그대로 복도로 나갔다. 뒤에서 의자를 밀치는 소리, 핍의 이름을 부르는 소리가 들려왔지만 아랑곳하지 않았다.

2층 층계참에 멈춰 선 핍은 속이 부글부글 끓었다. 스티븐이 약하다고? 내가 남자 생각을 너무 많이 한다고? 끝내주네. 그런 말까지 들으니 나 자신이 참 좋게도 느껴지는구나.

스티븐 부부가 싸움을 멈췄는지 방문 너머에서 고함은 들리지 않았다. 핍은 아래층에서 들려오는 농구 중계 소리를 피해 살금살금 방문 쪽으로 다가가 귀를 기울였다. 오래지 않아 침대 용수철이 삐걱대는 소리가 들리고, 힘들게 낑낑대다가 한숨을 내쉬는 소리가 들려왔다. 어쩌면 아나그레트의 말이 맞는지도 모르겠다. 스티븐은 약했다. 약한 남자였다. 하지만 부부가 섹스를 하는 건 잘못이 아니다. 그 소리를 듣고 안에서 벌어지고 있는 장면을 상상해 보니 자신은 그 행위에 배제된 사람이라, 핍은 고적감에 휩싸였다. 이 기분을 달랠 길은 하나뿐이었다.

핍은 나머지 계단을 한 번에 두 칸씩 빠르게 올라갔다. 이렇게 5초 더 빨리 올라가면 제이슨을 혼자 내버려둔 지난 30분을 벌충할 수 있다는 듯이. 방문 앞에 서서 핍은 미리 기죽고 미안해하는 표정을 지었다. 엄마한테 천 번쯤 써먹은 표정인데 비교적 효과가 좋았다. 그 표정을 유지한 채 방문을 열고 안을 들여다보았다.

방에 불이 켜져 있었다. 제이슨은 도로 옷을 입고 침대 가장자리에 앉아 휴대전화로 문자를 하는 중이었다.

"저기, 화 많이 났어?" 핍이 말했다.

그는 고개를 저었다. "11시까지 집에 들어갈 거라고 누나한테 문자 보냈었거든."

누나라는 단어를 듣자 핍의 얼굴에서 미안해하던 표정이 싹 사라졌다. 하지만 제이슨은 핍을 쳐다보지도 않았다. 핍은 옆에 다가가 앉아 그를 손으로 쓰다듬었다. "아직 11시 안 됐잖아?"

"11시 20분이야."

핍은 그의 어깨에 머리를 기대고 그의 팔을 두 손으로 감쌌다. 문자를 하느라 그의 근육이 움직이는 게 느껴졌다. "미안. 무슨 일 때문에 내려갔었는지는 설명 못 하겠어. 그게, 할 수는 있지만 하고 싶진 않아."

"설명할 필요 없어. 대충 알 것 같아."

"알긴 뭘 알아?"

"됐어. 신경 쓰지 마."

"아니, 뭐야? 뭘 아는데?"

그는 문자를 멈추고 바닥을 내려다보았다. "나도 정상은 아니지만, 그래도 비교적—"

"너랑 정상적인 사랑을 나누고 싶어. 지금 하면 되잖아? 30분도 안 돼? 누나한테는 조금 늦게 집에 갈 거라고 말해."

그는 미간을 찌푸렸다. "이봐, 핍. 이게 네 진짜 이름이기는 해?"

"난 나를 그렇게 불러."

"그 이름으로 부르면 진짜 너랑 얘기하고 있는 것 같지가 않아. 잘 모르겠어……. '핍, 핍.' 이건 마치…… 모르겠어……."

핍의 얼굴에서 미안한 기색이 완전히 빠졌다. 그를 잡고 있던 손도 뒤로 뺐다. 화를 참아야 한다는 걸 알지만 도저히 참아지지가 않았다. 그래도 최선을 다해 목소리를 낮추며 말했다.

"그래. 내 이름이 마음에 안 든다 이거지. 또 뭐가 마음에 안 드는데?"

"아, 이봐. 날 한 시간이나 여기 혼자 내버려둔 건 너야. 아니, 한 시간도 넘어."

"그래. 네 누나가 널 기다리고 있는데 말이지."

누나라는 단어가 다시 언급되자, 가스로 가득 찬 오븐에 성냥을 던져 넣은 듯했다. 핍이 매일 속에 품고 다니는 분노에 불이 붙은 것이다. 머릿속에서 쉭 소리가 들린 것도 같았다.

심장이 마구 쿵쾅거렸다. "내가 정상이 아니라서 우린 섹스를 못 하니까 나한테 마음에 안 드는 점 있으면 싹 다 말해. 내가 너무 비정상이라서 설명을 안 들으면 이해가 안 되거든."

"뭐야, 난 안 기다리고 그냥 갈 수도 있었어."

그의 독선적인 말투가 좀 더 크고 넓게 퍼져 있는 가스 웅덩이에 불을 질렀다. 그 가스는 엄마에게서, 어느 대학교수들한테서, 어느 역겨운 영화들로부터, 지금은 아나그레트에게서 흘러 들어온 가연성의 정치적 물질이었다. 핍은 어느 교수가 성별 관계의 이방성(異方性)이라 칭했던 불공평의 감각을 느꼈다. 남자들은 여자를 향한 욕구를 감정의 언어로 위장하고, 여자들은 위험을 무릅쓰고 남자들의 섹스 게임에 동참한다. 그 욕구를 품은 자는 '봉'이 되고, 욕구의 대상은 '희생자'가 되는 게임이다.

"제 성기가 내 입안에 있을 땐 좋아라 하더니."

"내가 집어넣은 적 없어. 네 입에 오래 있지도 않았고."

"그렇겠지. 네 성기를 내 몸에 넣을 수 있도록 아래층에 콘돔을 가지러 내려갔다 왔는데 말이야."

"참 나. 이게 다 내 탓이라고?"

부옇게 피어난 분노의 불꽃 사이로, 뜨겁게 달궈진 피 너머로 핍의 시선은 제이슨이 손에 쥔 휴대전화에 꽂혔다.

"야!" 제이슨이 소리쳤다.

핍은 그의 휴대전화를 낚아채 들고 방 저쪽 끝으로 뛰어갔다.

"야, 그러지 마!" 제이슨이 쫓아오며 고함쳤다.

"그럴 거야!"

"그러지 마. 공평하지가 않잖아. 아, 진짜, 그러지 말라고!"

펍은 이 방에 있는 유일한 가구인 어린이용 책상 밑으로 기어 들어갔다. 벽을 향해 배치된 책상 밑에서 책상 다리를 발로 걸어 몸을 고정했다. 제이슨은 펍의 가운 허리띠를 잡고 그녀를 밖으로 끄집어내려 했지만 불가능했고, 여기서 더 폭력적인 분위기로 몰아가고 싶지는 않아 보였다. "뭐 이런 또라이가 다 있어? 뭐 하는 짓이야?"

펍은 떨리는 손가락을 휴대전화 화면에 갖다 댔다.

4시에 샌프란시스코 현대미술관에서 보자.

제이슨이 책상 뒤에서 서성이며 내뱉었다. "제길, 제길, 제길. 뭐 하는 거냐고?"

펍은 화면을 내려 다음 줄을 확인했다.

한번 해보려는데 엄청 방해받음!

62분째 기다리는 중!

여자가 섹시하기는 해?

얼굴 괜찮고 몸매 환상적.

구체적으로 말해봐. 가슴은?

8+

기다릴 가치가 있겠군.

괴상한 여자가 취향이면

나중에 애 전화번호 줄게.

68분째!

옆으로 무너져 앉은 펍은 바닥에 휴대전화를 내려놓았다가 제이슨 쪽으로 훽 밀어 보냈다. 빠르게 타올랐던 분노는 그만큼 빠르게 사그라져 잿빛 슬픔만 남겨놓았다.

"친구들하고 원래 이런 식으로 얘기해. 별 뜻 없어."

펍이 조그맣게 말했다. "그만 가줄래?"

"다시 시작하자. 그러니까, 우리가 재부팅하면 되잖아? 정말 미안해."

제이슨이 어깨에 손을 대자 펍은 움찔했다. 제이슨은 손을 치웠다.

"알았어, 내일 다시 얘기하자, 응? 우리 둘 다 오늘 밤은 분위기가 영 아니네."

"당장 나가줘, 부탁이야."

리뉴어블 솔루션스는 장비를 만들거나 구축하거나 설치하는 일을 하지 않았다. 대신에 특정 날씨에 따라서 (기후가 아닌 날씨라 칭한 이유는 기상 상태가 계절에 따라 변하기도 하지만 매시간 달라지기도 하기 때문이다) 상품을 '세트로 팔고' '중개하고' '점유하고' '조사하고' '고객에게 제공'했다. 이론적으로는 매우 가치 있는 일이었다. 미국은 대기 중에 지나치게 많은 탄소를 배출하는 나라이고, 리뉴어블 에너지 즉 재생 가능한 에너지는 공기 오염을 해소하는 데 도움이 된다. 연방 정부와 주 정부는 늘 새로운 세금을 만들어 뜯어낼 궁리를 하고, 수도·가스·전기 등을 공급하는 공공기업체들은 자기네 이미지를 환경친화적으로 만드는 일에 아예 무관심하거나 적당한 열의만 보일 뿐이다. 꽤 많은 비율의 캘리포니아 가정 및 사업체가 보다 깨끗한 전기를 구입하는 데 기꺼이 높은 비용을 지불할 의향이 있는 만큼 그쪽에서 흘러드는 엄청난 돈에다가 워싱턴과 새크라멘토에서 들어오는 돈이 보태지고, 실제로 상품을 만들거나 설치한 회사로 빠져나가는 돈은 적으니, 남는 돈은 리뉴어블 솔루션스 직원들의 급료 15퍼센트를 지불하고 벤처 투자자이자 후원자들의 기분을 달래기에 충분했다. 회사에서는 집단, 공동체, 협력 같은 그럴듯한 용어들을 줄기차게 썼다. 핍은 다른 쪽으로 뭔가를 이루고픈 야망이 없는 터라 이 일이라도 잘하고 싶었다. 엄마한테서 핍은 도덕적으로 목적 있는 인생을 추구하는 게 중요하다는 것을 배웠고, 대학에서는 이 나라의 지속 불가능한 소비 패턴에 대해 우려하고 죄스러워하도록 배웠다. 리뉴어블 솔루션스를 다니면서 자신이 무엇을 팔고 있는지 제대로 이해하지 못했다는 게 핍의 문제였다. 고객들이 이 회사에서 판매하는 상품을 구입하는 걸 봐도 마찬가지였다. 그러다 겨우 판매하는 상품에 대해 이해를 하고 나면 다른 상품을 팔라는 지시를 받았다.

처음에 핍은 중소기업들을 대상으로 민자 발전소 생산 전력 일괄 구매 계약을 맺도록 하는 업무를 맡았는데 얼마 후 주 정부의 새로운 규제로 인해 그간 리뉴어블 솔루션스가 취해왔던 쥐꼬리만 한 이득마저 사라지자 그 업무를 중단하게 됐다. 나중에 생각해보니 이해 못 할 상황도 아니었다. 그때부터 리뉴어블 솔루션스는 재생 가능 에너지를 사용할 가능성이 있는 구역의 일반 가정에 집중해서 계약을 맺기 시작했고, 베일에 싸인 제3의 단체들로부터 계약 건별로 보조금을 받았다. 재생 가능 에너지라는 수익성 좋은 선물(先物) 시장을 만들어낸 단체들이었다. 또한 리뉴어블 솔루션스는 일반 에너지를 재생 가능 에너지로 전환하는 작업을 위해 세금을 인상하거나 그쪽으로 시 예산을 배정하는 문제에 관해 시민들이 얼마나 관심이 있는지 측정하고자 이런 재생 가능 에너지 사업을 진행하는 진보적 도시에 거주 중인 시민들을 대상으로 '여론조사'를 했다. 평범한 시민들은 그런 문제에 대해 잘 알지 못하는데 여론조사에 어떻게 제대로 응답하겠냐고 핍은 이고르에게 꼬집어 말했다. 그러자 이고르는 핍에게 응답자들에게는 절대 그런 얘기를 하지 말라고 입단속을 시켰다. 여론조사에 긍정적인 답변이 많이 나올수록 이런 상품을 제공하는 회사들은 물론 이 분야의 선물 시장에 투자한 제3의 단체들에게 이득이 돌아가기 때문이었다. 하지만 핍은 응답자들에게 긍정적인 답변을 별로 얻지 못해 이 사업의 현금 가치를 높이지 못했다. 아예 일을 그만둘까 하다가 결국 재생 가능한 태양에너지 인증 부서로 옮겨 갔다. 그 부서에선 6주 정도 그럭저럭 잘 지냈는데 사업 모델에서 결함이 발견됐다. 4월부터 핍은 폐기물 에너지 재활용을 위한 소집단 구성을 주 업무로 하는 사우스베이 부서로 옮기려고 눈치를 봐오다가 이제야 옮겨 온 것이었다.

핍과 함께 소비자 지원 팀에서 근무하는 동료들도 개떡 같은 상품을 팔고 있기는 마찬가지였다. 동료들이 핍보다 실적이 좋은 이유는 새로 '상품'이 나왔을 때 상품에 대해 이해하려는 노력 따윈 하지 않고 그냥 무작정 받아들이기 때문이었다. 이들은 새 상품에 대한 홍보 자료가 아무리 터무니없고 말도 안 되는 헛소리로 가득 차 있어도 아무 비판도 하지 않았다. 고객이 그 상품에 대해 이해가 안 된다고 말해도 그들은 자기네도 이해 못 한다는 사실을 절대 누설하지 않았고, 그럴 수밖에 없는 복잡한 이유를 설명하려 들지도 않았으며, 그저 홍보 자료에 적힌 내용만 줄기차게 읊어댔다. 그런데도 그들이 실적을 쌓아 올리는 걸 보며 핍은 더더욱 이 일에 환멸을 느꼈고 머리 쓸 일이 거의 없다는 생각에 고통스러웠다. 게다가 매달 실적 결과가 나올 때마다, 핍은 샌프란시스코 베이에어리어에 거주하는 소비자들이 상품을 이해할 수 있게 돕는 좋은 상담원보다는 홍보 자료나 달달 외워 터무니없는 말로 가입을 권유하는 상담원에게 더 잘 넘어간다는 사실을 계속 확인했다. 핍은 텔레비전 없이 어린 시절을 보낸 덕분에 언어 구사력이 좋은 편이어서, 광고 우편물과 소셜미디어 활동을 통해 상품을 판매할 때에는 그나마 재능을 덜 낭비하며 산다는 기분이 들었다.

월요일인 오늘도 핍은 65세가 넘는 수많은 사람들에게 전화를 걸어 상품 가입을 권유하며 성가시게 했다. 노인네들이라 소셜미디어 따윈 쓸 일이 없고 리뉴어블 솔루션스에서 샌터클래라 카운티의 주택단지 즉 랜초앤초 지역에 뿌려대는 광고 우편물에도 반응을 하지 않으니, 결국 상담원이 전화를 걸어야 하는 것이었다. 소집단을 구성하게 하려면 공동체 구성원 대부분의 동의를 얻어야 하고, 주민 50퍼센트 이상의 동의 없이는 회사에서 공동체 조직자를 파견할 수 없었다. 그렇게 되면 핍이 아무리 전화를 해가며 열심히 일을 했어도 '지원 활동 실적 포인트'를 챙길 수 없는 구조였다.

헤드셋을 쓰고 전화번호 목록을 억지로 쳐다보던 핍은 한 시간 전, 그러니까 점심시간 전의 자신에게 욕을 퍼부었다. 한 시간 전의 자신은 이 목록에 있는 번호로 전화를 하면서 구텐슈버더, 얼로이지어스, 버캐비지, 데니스 같은 이름을 가진 사람들의 번호는 점심시간 후에 전화할 대상으로 따로 빼놓았다. 핍은 발음하기 어려운 이름을 싫어했는데, 이름을 잘못 발음했다가는 고객의 기분을 상하게 만들 수 있기 때문이었다. 핍은 마음을 다잡고 다이얼을 눌렀다. 버캐비지라는 이름이 적힌 어느 가정집 번호였는데 신호가 가고 한 남자의 걸걸한 목소리가 전화를 받았다.

"안녕하세요오, 고객니임." 핍은 상대방이 불편한 마음에 쉽게 전화를 끊을 수 없도록 죄송하다는 느낌을 듬뿍 담아, 관능적으로 말끝을 길게 뺐다. "리뉴어블 솔루션스의 핍 타일러라고 합니다. 몇 주일 전에 고객님 댁으로 광고 우편물을 보내드렸는데요. 버캐비지 씨 댁 맞으시죠?"

"부카바즈요." 남자가 걸걸한 목소리로 정정했다.

"어머, 죄송합니다. 부카바즈 씨."

"용건이 뭡니까?"

"전기 요금을 낮춰서 지구도 도우시고 주 정부와 연방 정부로부터 세금 공제도 받으시라고 전화드렸어요." 사실, 전기 요금 절약은 그럴 가능성이 있다는 가설에 불과하고, 폐기물 에너지 재활용은 환경적으로 논란이 많으며, 리뉴어블 솔루션스와 그 파트너들이 실제로 고객들에게 세금 혜택을 크게 보게 해주고 있다면 상담원이 고객에게 일일이 이런 전화를 할 필요도 없었다.

"관심 없수다."

"그게요, 고객님. 이웃분들 중 상당수가 소집단 구성에 강한 관심을 보이고 계세요. 주변에 한번 물어보시면 다들 어떻게 생각하는지 아실 거예요."

"나는 이웃들과 얘기 안 합니다."

"아, 예, 그러시군요. 꼭 그렇게 하셔야 한다는 뜻은 아니에요. 그런데 이웃분들이 소집단 구성에 관심을 갖는 이유를 말씀드리자면, 공동체가 합심해 더 깨끗하고 값싼 에너지를 이용하면서 실질적인 절세 효과를 볼 수 있기 때문이거든요."

이고르의 영업 수칙 중 하나가 더 깨끗하고 값싼, 절세 효과라는 표현을 상담 중에 다섯 번 이상 사용하면 고객에게서 긍정적인 반응을 이끌어낼 수 있다는 것이었다.

부카바즈 씨는 약간 누그러진 투로 물었다. "그래서 뭘 팔겠다는 거요?"

"아, 상품을 판매하려는 전화가 아니고요." 물론 거짓말이었다. "저희는 마을 공동체가 폐기물 에너지를 재활용할 수 있도록 지원하는 일을 하고 있어요. 더 깨끗하고 값싼 에너지를 이용하면서 절세 효과를 볼 수 있기 때문에, 공동체가 안고 있는 제일 큰 두 가지 문제를 한 번에 해결할 수가 있거든요. 높은 에너지 비용 해결과 믿음직한 폐기물 처리에 관해 말씀드리고 있는 겁니다. 저희는 고객님 댁의 쓰레기를 깨끗한 고온으로 소각해서 그때 발생하는 전기를 곧바로 활용할 수 있도록 도울 거고요. 고객님은 비용을 절약하니 좋고 지구도 실질적인 혜택을 받는 것이죠. 어떤 식으로 작용하는지 좀 더 자세히 설명드려도 될까요?"

"꿍꿍이가 뭐요?"

"예?"

"낮잠 자려는 사람한테 전화를 해서 이렇게 떠들어대는 대가로 그쪽도 돈을 받을 거 아니오? 뭐 하는 꿍꿍이냐고?"

"그게, 저희는 고객님을 도와드리려는 거예요. 고객님과 이웃분들은 폐기물

에너지 재활용을 위한 소집단을 직접 구성할 시간도 전문지식도 없으셔서, 더 깨끗하고 값싼 전기를 활용하고 세금 혜택을 받을 기회를 놓치고 계시니까요. 저희 회사에서는 고객님께서 에너지 독립성을 더 크게 누리실 수 있도록 하는 데 필요한 경험과 노하우를 보유하고 있습니다."

"그래서 누가 그쪽한테 돈을 지불하냐니까?"

"그게, 아시다시피, 재생 가능 에너지 사업에 주 정부와 연방 정부의 예산이 꽤 많이 배정돼 있어요. 저희는 그 예산을 받아서 비용을 충당하고 나머지 혜택을 고객님의 공동체에 돌려드리고 있습니다."

"바꿔 말하면 그런 사업을 하기 위해 나한테서 세금을 거둬 갔다가 이제 그 일부를 나한테 돌려주겠다?"

"흥미로운 관점이네요. 실제로는 좀 더 복잡합니다. 고객님께서 이 사업에 필요한 자금을 대기 위해 직접 세금을 내시는 건 물론 아니에요. 하지만 결국 이 사업을 통해 세금 혜택을 받으실 수가 있고, 더 깨끗하고 값싼 에너지도 얻으실 수가 있어요."

"내 쓰레기를 태워서."

"예, 이 분야의 신기술은 아주 굉장하답니다. 무척 깨끗하고 경제적이에요." 절세 효과란 표현을 언제 다시 써먹을 수 있을까? 그동안 이런 식으로 고객들에게 전화를 하면서 핍은 이고르가 '압박점'이라고 불렀던 심한 스트레스를 느끼게 되는 순간이 올까 봐 늘 두려웠다. 그런데 지금 부카바즈 씨와 통화를 하면서 바로 그 압박점에 다다르는 기분이었다. 핍은 잠시 숨을 돌리고 말했다. "조금 더 자세한 설명을 듣고 싶으신가요?"

부카바즈 씨는 "내 쓰레기를 태워서 뭘 돌려준다는 거야"라며 구시렁거리더니 전화를 끊어버렸다.

"그래, 꺼져라." 핍은 끊어진 전화에 대고 투덜거렸다. 기분이 좋지 않았다. 부카바즈 씨는 타당한 질문을 했을 뿐 아니라 불행한 이름을 가진 남자였고 동네에 친구도 한 명 없는 듯했다. 엄마처럼 외로운 사람일지도 몰랐다. 핍은 엄마를 떠올리게 하는 사람에겐 어쩔 수 없이 연민을 느꼈다.

엄마는 운전을 하지 않았고, 펠턴 같은 작은 마을에서 굳이 사진이 들어간 신분증을 꺼내 보일 일도 없는 데다가, 펠턴에서 제일 멀리까지 가본 게 고작 샌터크루즈 카운티의 번화가 정도라서 공식적으로 보유한 신분증은 사회보장카드뿐이었다. 카드에 박혀 있는 엄마의 이름은 (중간 이름 없이) 퍼넬러피 타일러였다. 이름을 바꾼 상태에서 이 카드를 얻기 위해, 엄마는 위조한 출생증명서를 제출했거나 합법적으로 이름을 변경했음을 증빙하는 서류와 함께 진짜 출생증명서를 제출했을 터였다. 하지만 엄마의 소지품을 몇 번이나 샅샅이 훑어봐도 그런 서류는 없었고, 그런 서류를 보관했을 법한 금고 열쇠도 찾을 수 없었다. 새 사회보장번호를 받자마자 서류를 파기했거나 땅에 묻어버린 걸까. 다른 지역, 다른 카운티 법원에 가면 엄마의 이름 변경에 관한 공식 기록이 남아 있을지 모른다는 생각이 들었지만, 미국에 카운티는 엄청나게 많고, 그중에 온라인으로 기록을 조회할 수 있게 해놓은 카운티는 거의 없었다. 게다가 핍은 몇 년도 서류부터 조사를 시작해야 할지도 감이 잡히지 않았다. 인터넷 검색 사이트마다 다 들어가서 가능한 키워드를 모두 조합해 검색을 해보았지만 검색엔진의 한계만 통감했을 뿐 성과는 없었다.

핍이 아주 어렸을 때는 엄마의 애매모호한 설명에도 만족했지만, 열한 살 무렵부터는 엄마를 집요하게 물고 늘어져서 결국 엄마는 핍에게 '모든' 얘기를 해주겠다고 했다. 옛날에 엄마는 캘리포니아주가 아닌 다른 주에서 다른 이름으로 다른 삶을 살고 있었다. 그러다 한 남자를 만나 결혼을 했는데 핍이 태어난 후에야 그 남자가 폭력을 휘두르는 성향이 있음을 알게 됐다. 아빠는 엄마에게 폭력을 휘둘렀는데 굉장히 교활한 사람이라 남들 눈에 보이는 자리에는 심한 상처를 남기지 않았고, 육체적인 학대보다 정신적인 학대에 더 능했다. 엄마는 옴짝달싹 못 하고 폭력에 시달리며 살았다. 갓난아기인 핍이 우는 소리에 아빠가 격분해서 날뛰지만 않았어도 엄마는 죽임을 당할 때까지 결혼 생활을 유지했을지도 몰랐다. 남편이 자식까지 해칠지 모른다는 생각에 엄마는 결국 핍을 데리고 도망쳤다. 하지만 아빠는 엄마와 핍이 숨은 곳으로 찾아와 정신적인 폭력을 가하며 다시 집으로 끌고 돌아갔다. 그들이 사는 동네에서 아빠는 힘 있는 친구들을 여럿 두고 있었기에 엄마는 남편에게 학대당하고 있다는 사실을 증명하기 어려웠고, 만약 이혼을 한다고 해도 남편이 핍에 대한 부분적인 양육권을 갖게 될 터였다. 엄마는 그걸 두고 볼 수가 없었다. 엄마는 위험한 남자와 결혼을 했고 혼자 몸이라면 남자를 잘못 고른 실수를 그저 감내하고 살았겠지만 핍마저 위험에 노출할 수는 없었다. 결국 남편이 일 때문에 멀리 출장을 간 어느 날 밤, 엄마는 가방에 짐을 싸서 집을 나와 핍을 데리고 버스에 올라탔다. 그리고 다른 주에 있는 매 맞는 아내들을 위한 쉼터로 들어갔다. 쉼터 여자들의 도움으로 엄마는 새 신분증과 핍을 위한 가짜 출생증명서를 손에 넣었다. 그리고 다시 버스를 타고 샌터크루즈산맥에 있는 이 동네로 숨어들었다고 했다. 이 동네에서 엄마의 예전 이름을 아는 사람은 아무도 없었다.

엄마는 핍에게 말했다. "널 보호하려고 그랬어. 이제 얘기를 들려줬으니까 너 스스로를 지키려면 아무한테도 이 얘기를 하면 안 돼. 엄마는 네 아빠가 어떤 사람인지 잘 알아. 내가 너를 데리고 자기한테서 도망쳤으니 얼마나 화가 났겠어. 네가 사는 곳을 알아내면 분명히 찾아와서 널 엄마한테서 빼앗아 갈 거야."

당시 열한 살이던 핍은 엄마의 말을 곧이곧대로 믿었다. 엄마의 이마에는 길고 얇은 상처가 있었는데 얼굴이 상기되면 상처 부위가 도드라졌다. 엄마의 앞니는 사이가 벌어졌고 다른 치아와 색깔도 좀 달랐다. 아빠에게 얼굴을 맞아 그리된 것 같아서 핍은 엄마가 너무 가여웠다. 아빠한테 맞아서 그렇게 됐냐고 차마 물을 수도 없었다. 한동안 핍은 아빠가 잡으러 올까 봐 겁이 나서 밤에 혼자 자지 못했다. 엄마 침대에 같이 누우면 엄마는 펍을 숨 막히게 꼭 끌어안고 아무한테도 비밀을 누설하지 않는 한 우리 둘은 안전하다고 말하며 펍을 안심시켰다. 펍은 엄마의 얘기를 100퍼센트 믿었고 아빠에 대한 두려움도 커서, 반항기 넘치는 십대 청소년이 될 때까지 비밀을 입 밖에 내지 않았다. 십대 시절에 펍은 친구 두 명에게 비밀을 털어놓으면서 절대 아무한테도 얘기하지 말라고 다짐을 받았고, 대학에 가서도 친구 몇 명에게 비밀을 얘기했다.

그중에 캘리포니아주 머린 카운티에서 홈스쿨링으로 교육을 받다가 온 엘라라는 친구가 어이없어하며 말했다. "이상하네. 똑같은 얘길 들어본 것 같단 말이지. 머린에 사는 어떤 작가가 딱 그런 내용으로 회고록을 썼어."

작가의 이름은 캔디다 로런스였다. (엘라 얘기로는 가명이라 했다.) 펍은 그 작가의 회고록을 구해 읽어봤는데, 엄마가 '모든' 얘기를 들려주기 몇 년 전에 출간된 책이었다. 회고록 내용이 엄마 얘기와 완전히 똑같지는 않았지만 아주 흡사했다. 의심이 솟고 분이 난 펍은 싸늘한 분노를 품고 펠턴의 집으로 향했다. 그런데 여기서 이상한 일이 일어났다. 엄마에게 어떻게 된 일이냐고 다그쳐 묻는데 마치 본 적도 없는 아빠처럼 엄마를 학대하는 기분이었다. 엄마는 남편에게 학대받았다던 예전처럼 옴짝달싹 못 하는 모습으로 주저앉았다. 그런 모습을 보니, 어떻게 된 거냐고 따지면서도 펍은 엄마의 모든 얘기가 어느 정도는 사실일지 모른다는 생각이 들었다. 엄마는 지독하게 울며 펍에게 좀 봐달라고 애원하더니, 책장으로 달려가 로런스의 회고록을 뽑아 왔다. 지금까지 펍은 자립적인 여성을 위해 붙인 듯한 제목의 그 책이 거기 꽂혀 있는 줄도 몰랐다. 엄마는 제물을 바치듯 펍에게 그 책을 떠밀어 안기며 그 책 덕분에 지난 수년간 큰 위로를 받았다고, 그 책만 세 번 읽었고 로런스의 다른 책들도 읽었다고 했다. 나 말고도 이런 시련을 겪은 여자가 또 있고 그 여자가 굳건하게 온전한 모습으로 다시 일어서는 모습을 보면서 스스로 선택한 이 삶이 그나마 덜 외로웠다고 했다. 그리고 흐느끼며 말했다. "너한테 해준 얘기는 진실이야. 더 진실에 가까운 얘기를 해줬다간 너를 안전하게 지킬 수 있을지 알 수가 없어."

핍은 차분하고 냉정하게 엄마를 몰아붙였다. "그게 무슨 말이에요? 더 진실에 가까운 얘기가 있는데, 그 얘길 하면 내가 '안전하게' 살 수 없다는 거예요?"

"아니! 엄마 말 꼬아서 듣지 마. 진실을 얘기했으니까 엄마 믿어. 엄마한텐 너뿐이야!" 일을 마치고 집에 와 있던 엄마는 낮 동안 땋았던 머리를 풀어놓은 채였다. 엄마가 멘붕이 온 몸집만 큰 아이처럼 오열하며 헐떡이자, 회색 솜털 뭉치 같은 엄마의 머리카락이 이리저리 흔들렸다.

핍은 한층 더 날카롭고 침착하게 물었다. "공식적으로 대답해요. 나한테 옛날 얘기를 해주기 전에 로런스의 회고록을 읽었어요?"

"아! 아! 아! 엄마는 널 안전하게 지키려는 거야!"

"공식적으로 다시 물어요, 엄마. 지금 그 말도 거짓말이에요?"

"아! 아!"

엄마는 머리 주변에 댄 두 손을 경련하듯 떨었다. 머리가 당장 폭발하면 그 파편을 손으로 붙잡으려는 듯이. 핍은 엄마의 뺨을 때리고 싶은 충동을 느꼈다. 남들 눈에 띄지 않는 자리를 교활하게 때려 고통을 가하고 싶다는 생각도 들었다. "엄마의 노력은 효과가 없었어요. 난 안전하지 않아요. 엄마는 나를 안전하게 지키지 못했어요." 핍은 배낭을 집어 들고 현관문을 나섰다. 집 앞의 롬피코로(路)를 향해 난 가파르고 좁은 길을 내려가 차갑게 서 있는 붉은 삼나무 아래로 걸어갔다. 등 뒤에서 엄마가 애처롭게 "야옹아"를 외치고 있었다. 누가 들으면 반려동물이라도 잃어버린 줄 알 것이다.

핍은 아빠에 대해 '알고 싶은' 생각 따윈 없었다. 부모라면 엄마만으로도 충분했다. 하지만 아빠란 사람에게 받아야 할 돈이 있었다. 아빠는 핍을 양육

하지도 않고 대학에 보내주지도 않았으니 그만큼 돈을 아낀 건데, 지금 펍이 지고 있는 학자금 대출 13만 달러는 그에 비하면 턱없이 적은 돈일 것이다. 물론 아빠는 어린아이였던 펍을 자식으로 실컷 '이용'하지도 못했고 앞으로도 펍을 '이용'할 수 없을 테니, 지금 와서 펍에게 돈을 줘야 할 이유는 없을지도 모른다. 하지만 히스테리와 심기증이 심한 엄마가 어쩌면 멀쩡한 아빠한테서 최악의 모습을 이끌어냈을 수도 있었다. 아빠는 다른 누군가와 평화롭게 재혼을 해서 살고 있을 수도 있는데, 오래전에 잃어버린 딸이 이렇게 살아 있다는 걸 알게 되면 안심하고 감사해하지 않을까. 너무 감사해서 수표장을 꺼낼 만큼. 펍은 어쩔 수 없다면 아빠한테 기꺼이 딸 노릇을 할 용의도 있었다. 이따금 이메일을 쓰거나 전화를 하거나 매년 크리스마스카드를 보내거나 페이스북에서 친구 맺기를 하거나. 펍의 나이가 스물세 살이니 아빠는 양육권을 행사할 수도 없었다. 아빠를 찾으면 잃을 건 적고 얻을 건 많았다. 아빠의 이름과 생년월일만 알면 된다. 하지만 엄마는 그런 정보가 마치 몸 안의 중요 장기라도 되는 듯 절대 내놓질 않았다.

랜초앤초 지역 거주민들에게 오후 내내 전화를 돌린 끝에 겨우 저녁 6시가 됐다. 기운이 쭉 빠진 펍은 전화번호 목록을 저장하고 배낭과 자전거 헬멧을 걸머졌다. 이고르의 눈에 띄지 않고 그의 사무실 앞을 살금살금 지나가기만 하면 되었다.

"펍, 잠깐 얘기 좀 하지." 이고르의 목소리가 들려왔다.

펍은 책상에 앉은 그의 눈에 보이도록 발을 끌며 일어섰다. 이고르의 시선은 커다란 8자 무늬가 스텐실로 찍힌 펍의 가슴 부위를 훑고 아래로 내려가 다리에 머물렀다. 이고르의 눈에 펍은 아직 풀지 못한 스도쿠 퍼즐처럼 보이는 모양이었다. 그는 문제 풀이에 몰두한 사람처럼 미간에 주름을 잡았다.

"뭔데요?" 펍이 말했다.

그는 눈을 들어 펍의 얼굴을 쳐다보았다. "랜초앤초는 오늘 어땠어?"

"호의적인 응답을 몇 건 얻어냈어요. 지금은, 그러니까, 37퍼센트쯤 돼요."

이고르는 고개를 좌우로 흔들었다. 긍정인지 부정인지 모를 러시아식 고갯짓이었다. "하나만 물을게. 여기서 일하는 거 재미있어?"

"해고당하고 싶냐는 뜻인가요?"

"우리 회사가 구조 조정을 생각하고 있기는 해. 자네가 다른 기술을 써볼 기회이기도 하고."

"맙소사. '다른 기술'요? 진짜 성희롱 분위기 조성하시네요."

"8월 1일이면 2년째지, 아마. 자네같이 똑똑한 여성을 우리가 지원 팀에 얼마나 오래 처박아둬야겠어?"

"내가 결정할 일이 아닌가 보네요?"

이고르는 또 고개를 흔들었다. "야망은 있어? 계획은?"

"팀장님이 스무고개 게임을 하자고만 안 했어도 내가 그 질문을 진지하게 받아들일 텐데요"

그는 혀를 찼다. "화났구나."

"아니, 피곤해요. 피곤하면 안 되나요? 이제 퇴근해도 돼요?"

"이유는 모르겠는데 자네가 마음에 들어. 자네가 성공하는 모습을 보고 싶군."

펍은 더 듣기 싫어서 그 자리를 떠났다. 로비로 나와보니, 소비자 지원 팀에서 같이 일하는 여직원 셋이 운동화로 갈아 신고 있었다. 그들은 여자들끼리 친목을 다질 겸 월요일마다 근무가 끝난 후 함께 조깅을 했다. 모두 남편이 있는 삼사십대들이고 두 명은 아이가 있었다. 그들이 펍을 어떻게 생각하는지는 너무 뻔해서 속내를 들여다보기 위해 초능력을 쓸 필요도 없었다. 그들이 보기에 펍은 불평 많고 실적 나쁜 직원이고, 탱탱한 피부로 이고르의 시선을 사로잡는 젊은 여자이며, 이고르의 관심을 부도덕하게 이용해먹는 사람인 데다가, 칸막이 안에 아기 사진을 놓아두지 않는 별스러운 인간일 것이다.

그런 평가를 내린다고 해도 펍도 상당 부분 동의하는 바였다. 팀원들 중에 이고르에게 함부로 대하고도 해고당하지 않을 사람은 펍뿐인 게 사실이니까. 그래도 그들이 같이 조깅하자는 제안을 한 번도 하지 않아서 펍은 마음이 상해 있던 참이었다.

그중 한 명이 말을 걸었다. "오늘 어땠어, 펍?"

"글쎄요." 펍은 불평이 아닌 다른 말을 해보려고 머리를 굴렸다. "통밀 가루를 넣고 설탕은 많이 안 써서 엄격한 채식주의자를 위한 케이크를 만들려고 하는데 좋은 요리법 아는 분 있어요?"

여직원들은 펍을 빤히 쳐다보았다.

"모르시나 보네." 펍이 말했다.

"술과 디저트와 춤 없이 멋진 파티 여는 방법을 알려달라는 거랑 뭐가 달라." 다른 여자가 중얼거렸다.

"엄격한 채식주의자가 버터를 먹을 수 있나?" 또 다른 여자가 물었다.

"아니, 동물성 지방이라 안 돼." 첫 번째 여자가 대답했다.

"기 버터는 되잖아. 기 버터는 우유 성분이 없는 지방 아냐?"

"그것도 동물성 지방이야, 동물성 지방."

펍이 정리했다. "아, 예. 고마워요. 조깅 잘들 하세요."

펍은 계단을 내려가 자전거 거치대가 있는 곳으로 걸어갔다. 뒤에서 여자들이 웃는 소리가 들렸다. 요리법을 물어보는 건 여자들의 영역에 들어가는 좋은 방법 아니었나? 사실 요즘 펍은 또래 친구의 수가 점점 줄고 있기도 했다. 펍은 다소 신랄하게 빈정대는 말투 때문에 여럿이 모인 자리에서는 매력적이라는 평가를 받는 편이지만, 일대일로 우정을 쌓는 일에서는 어려움을 겪었다. 펍은 행복한 여자들처럼 트위터를 하고 포스팅을 하고 끝없이 사진을 찍어대는 일에는 도통 흥미가 없었고, 그 행복한 여자들은 펍이 왜 불법 건물에서 사는지 이유를 가늠조차 하지 못했다. 또한 펍은 불행한 여자들, 자기 파괴적인 성향을 가진 여자들, 공격적인 문신을 하고 돼먹지 않은 부모를 가진 여자들처럼 속이 심하게 꼬이지도 않았다. 요즘 들어 핍은 엄마처럼 친구 한 명 없는 삶을 살아가게 될 것 같은 예감을 느꼈다. 아나그레트 말대로 그래서 핍이 Y염색체에 별나게 흥미를 느끼는 걸까. 제이슨과 섹스를 하려다만 후로 4개월이나 금욕을 했더니 인생이 무척 따분했다.

바깥 날씨는 기분 나쁠 만큼 완벽했다. 기진맥진한 핍은 자전거 기어를 1단으로 맞추고 천천히 만델라 파크웨이를 나아갔다. 저 위 고속도로에서 교통체증으로 굼벵이처럼 기어가는 차량들과 거의 비슷한 속도였다. 만(灣) 저편에서 태양은 아직 하늘 높은 곳에 걸린 채 샌프란시스코를 내려다보았으나, 높이 솟은 바다 안개에 묻혀 한낮보다는 빛이 부드러웠다. 엄마 취향을 닮는지 핍도 책망 않는 듯한 보슬비와 짙은 안개가 점점 더 좋아졌다. 어수선한 34번가를 따라 페달을 밟던 핍은 길거리 마약상들과 눈을 마주치지 않으려 기어를 올렸다.

지금 핍이 살고 있는 집은 한때 드레이퍼스의 소유였다. 드레이퍼스는 모친이 자살한 후 물려받은 유산으로 그 집 계약금을 냈고 피드몬트가(街)에 중고 서점도 열었다. 집은 드레이퍼스의 머릿속 상태를 고스란히 반영했다. 오랫동안 정돈이 잘되어 있던 집에는 점점 빈티지 주크박스 같은 낡은 물건들이 여기저기 쌓이기 시작했고, 마침내 그의 '연구' 관련 서류들, 적에게 '포위' 당할 때를 대비해 비축해놓은 식료품들로 바닥부터 천장까지 가득 채워졌다. 한때 자기보다 똑똑한 사람과 대화하는 즐거움을 누리려는 사람들이 드레이퍼스의 서점을 즐겨 찾았으나 (드레이퍼스는 사진처럼 정확한 기억력을 가진 데다 높은 수준의 체스와 논리 문제를 오직 머릿속으로 풀어낼 수 있는 능력까지 갖춘 터라 그보다 똑똑한 사람은 찾기 어려웠다) 그 서점은 얼마 지나지 않아 썩어가는 냄새와 편집증으로 오염되었다. 드레이퍼스는 서점에 있는 책을 사 가려는 손님들에게 딱딱거렸고, 어느 날부터는 서점에 들어오는 사람이 누구든 고함부터 지르고 책을 집어 던지기 시작했다. 경찰이 수차례 찾아온 끝에 결국 그는 폭행죄로 기소되어 교도소에 수감됐다. 출소해서 새로 약물 치료를 받기 시작했을 무렵, 그는 서점을 잃었다. 서점에 있던 책들은 밀린 임대료와 실제 혹은 날조된 피해 보상을 위해 매각되었고 집마저 압류당했다.

하지만 드레이퍼스는 무조건 이 집으로 밀고 들어왔다. 은행과 그 직원들, 여러 정부 기관에 매일 열 장짜리 편지를 썼다. 6개월 동안 네 건의 소송을 진행해 은행을 궁지에 몰아넣었다. 그동안 집 안 꼴은 말이 아니었다. 드레이퍼스는 장애인 수당 외에는 수입이 없었으므로 점유 운동을 하는 이들과 연대를 시작했고 그 인연으로 스티븐과 친구가 됐으며 식료품과 유지 보수비, 공동 시설 비용을 받는 대신, 다른 불법 거주자들과 집을 공유하기로 했다. 점유 운동이 극에 달했을 무렵, 이 집은 단기 체류자들과 온갖 사고뭉치들이 모인 동물원이 됐다. 결국 스티븐의 아내가 나서서 집 안의 질서를 잡기 시작해, 단기 불법 거주자들에게 방 하나를 주었고, 가톨릭 노동자의 집에서 살다가 스티븐 부부와 함께 이 집에 들어온 라몬과 에두아르도 형제에게 방 두 개를 주었다.

핍이 스티븐을 처음 만난 건 에두아르도가 세탁소 트럭에 치여 사망하기 몇 달 전 핵무기 감축 스터디 그룹에서였다. 스티븐을 만나고 몇 달간 핍은 정말 행복했다. 스티븐과 그의 아내 사이가 꽤나 소원한 것 같았기 때문이었다. 핍은 스티븐의 강렬한 분위기, 익스트림 격투기 선수 같은 몸, 꼬마처럼 헝클어진 머리카락에 단번에 매혹됐다. 같이 스터디 그룹을 하는 다른 여자들도 스티븐에게 비슷한 감정을 느끼는 듯했다. 하지만 스터디가 끝난 후 같이 커피를 마시자며 스티븐을 따로 불러낼 만큼 대담한 여자는 핍뿐이었다. (물론 커피값은 핍이 냈다. 스티븐은 돈의 힘을 믿지 않는 사람이니까.) 커피를 마시자는 말에 스티븐이 어찌나 따뜻한 말투로 그러자고 대답했는지, 핍은 마치 첫 데이트를 하는 기분이었다.

그 후 몇 번 더 커피를 함께 마시며 핍은 대학생 때 느꼈던 핵무기에 대한 공포, 세상을 위해 좋은 일을 하고픈 바람, 이 스터디 그룹이 리뉴어블 솔루션스만큼이나 쓸모없는 집단이지 않을까 하는 두려움 등을 털어놓았다. 스티븐은 대학에서 사귄 연인과 결혼한 과정, 아내와 함께 가톨릭 노동자의 집에서 살았던 이십대 시절에 대해 들려주었다. 그들은 가톨릭 노동자의 집에서 청빈 서약을 하고 도러시 데이*처럼 살면서 급진적 정치사상과 종교관을 흡수했다. 그러다 아내는 종교 쪽에 더 치우치면서 정치를 멀리하게 됐고, 스티븐은 그 반대 방향으로 나아가면서 부부가 추구하는 방향이 달라지게 됐다. 아내는 은행 계좌를 열고 장애인 그룹홈에 일을 하러 나갔고, 스티븐은 점유 운동 세력을 조직화하고 현금으로부터 자유로운 삶을 영위하는 데 헌신했다. 신앙을 잃은 스티븐은 교회를 안 나가게 됐지만 가톨릭 노동자의 집에서 몇 년 생활한 덕분에 여자들처럼 감정을 솔직하게 표현할 줄 알았다. 한마디로 몸은 거리의 싸움꾼 같은데, 감정 문제에서는 곁다리를 긁지 않고 직선적으로 표현하는 남자였다. 핍은 이런 남자를 처음 봤다. 그를 믿게 되자 핍은 좀 더 사적인 얘기도 털어놓게 됐다. 대학 친구들과 한집에 살면서 높은 월세에 허덕이고 있다는 얘기도 그중 하나였는데, 스티븐은 집중해서 듣더니 얼마 전에 세상을 떠난 에두아르도의 방에서 월세 없이 살아보는 게 어떠냐고 제안했다. 핍은 자기랑 잘해보자는 뜻으로 한 제안이라 여겼다.

집도 둘러보고 면접도 볼 겸 그 집에 가서 보니, 소원한 사이라던 스티븐과 그의 아내는 여전히 한 침대를 쓰며 살고 있었다. 게다가 핍이 집을 둘러보러 온 그날 저녁, 스티븐은 핍에게 얼굴을 비치지도 않았다. 아내와 한 침대를 쓰

---

* 미국의 가톨릭 평화주의자이자 작가, 언론인, 생태운동가, 사회운동가, 사회주의자.

고 있다는 걸 펍이 알게 됐으니 충격을 받았으리라 생각해서일까? 스티븐은 펍에게 아내와의 관계를 오해하게 만들었는데, 도대체 무슨 이유에서였을까? 혹시 그와의 관계가 진척될 가능성이 있는 건가? 스티븐의 아내인 마리는 불그레한 얼굴에 금발인 삼십대 후반의 여자였다. 드레이퍼스가 한쪽 구석에 스핑크스처럼 앉아 있고 라몬이 형 보고 싶다며 울고 있는 동안 마리가 면접을 진행했다. 마리는 무슨 자신감에서인지 펍을 전혀 위협적인 존재로 보지 않았다. 가톨릭교도로서 자선을 베풀어야 한다는 믿음도 엄청 강해서, 재정적 곤란을 겪는 펍의 처지를 몹시 안타까워하며 엄마나 되는 듯이 굴었다. 그때도 그렇고 그 후에도 펍은 마리에게 속이 부글거릴 만큼 질투를 느꼈고 그 날의 면접은 치욕스러운 기억으로 남았다.

마리에 대한 질투심과 드레이퍼스에 대한 두려움에도 불구하고, 스티븐의 마음속을 혼자 헤아리고 그를 바라보는 기쁨이 워낙 크다 보니 펍은 그 집에서 행복했다. 라몬을 돌보면서 인간으로서 자신의 가치를 꾸준히 확인하기도 했다. 그 집으로 이사 들어가자마자 펍은 스티븐과 마리 부부가 에두아르도가 죽기 1년 전에 라몬을 법적으로 입양했음을 알게 됐다. 에두아르도가 자신의 인생을 살아나갈 수 있도록 하기 위해서였다. 라몬은 스티븐과 마리보다 겨우 한두 살 적은 나이였지만 합법적으로 그들 부부의 아들이었다. 라몬을 알게 되고 곧바로 그를 사랑하게 되지 않았다면, 펍은 스티븐과 마리가 라몬을 입양한 일을 두고 미친 짓이라 여겼을 것이다. 펍은 라몬이 어휘를 익히도록 도와주었고, 없는 돈을 긁어모아 크리스마스 선물로 콘솔을 사서 집에 들여놓고 라몬이 할 줄 아는 기본적인 비디오게임을 익혀 같이 놀았으며, 버터를 잔뜩 넣은 팝콘도 만들어주고, 라몬이 좋아하는 만화영화도 같이 보았다. 그러면서 그리스도교의 자선이 얼마나 매력적인 행위인지 깨닫게 됐다. 그 후 스티븐이 돈을 밝히고 여성과 지구에 대한 범죄를 저지르는 집단이라며 교회를 증오하게 되지 않았더라면 교회까지 다녔을 수도 있었다. 지금도 스티븐 부부의 방 너머에서 마리가 소리치고 있었다. 마리는 라몬에 대한 스티븐의 사랑을 면전에 대고 비난하면서 당신 머릿속에 독이 들어서 복음을 거부하고 있다고, 하지만 당신의 심장에는 아직 말씀이 가득하다고, 당신이 아직 그리스도의 삶을 본받으며 살고 있다는 것은 입양한 아들 라몬에게 보여주는 상냥한 태도만 봐도 알 수 있다고 목청을 높였다.

교회에 나간 적도 없는데 핍은 대학 친구들과의 사이가 점점 멀어졌다. 같이 놀자는 친구들의 문자에 못 나간다는 답장을 너무 자주 해서였다. 라몬과 게임을 하기로 이미 약속했거나 라몬에게 스니커즈 운동화를 사주러 중고품 할인점에 갈 일이 생기는 등 상황이 꼬이다 보니 친구들과 뭘 같이할 계획을 세울 수가 없었다. 무엇보다 친구들이 핍을 불법 주택에 사는 이상한 사람으로 보기 시작한 것 같았다. 이제는 토요일에 만나 같이 술을 마실 친구가 세 명밖에 남지 않았다. 그 친구들과 문자를 주고받을 때도 핍은 자신에 관한 얘기는 가급적 하지 않았는데, 불법 주택에 사는 이상한 사람인 걸 굳이 드러내고 싶지 않아서였다. 번듯한 중산층 가톨릭 집안 출신이지만 일부러 낮은 곳에 임해 살고 있는 스티븐과 마리와는 달리 핍은 처음부터 엄마의 작은 오두막집에서 가난하게 살다가 33번가의 불법 주택으로 옮겨 와 살고 있을 뿐이었다. 학자금 대출에 짓눌려 허덕이고 있으니 따로 청빈 서약을 할 필요도 없었다. 지금까지 살면서 해온 일 중 그나마 잘한다고 할 수 있는 건 집 안 살림과 라몬을 도와주는 일뿐이었다. 야망은 있냐던 이고르의 질문에 대답하자면 핍도 야망이 있기는 했다. 그 야망을 실현할 계획은 없지만. 엄마처럼 살지 않는 게 바로 핍의 야망이었다. 그러니 이런 불법 거주자의 삶이 만족스러울 리 없었고, 마음속에 자꾸만 두려움이 밀려들었다.

모퉁이를 돌아 33번가로 들어서는데 집 앞 계단에 스티븐이 앉아 있었다. 언제나처럼 어린 남자애 같은 차림이었다. 중고 케즈 단화에 중고 시어서커 셔츠, 튼실한 이두박근에 짤막한 셔츠 소매가 터질 듯했다. 근처 고속도로 고

가고 아래로 흘러든 황금색 햇빛이 얇게 퍼진 저녁 안개를 타고 부드럽게 흩어졌다. 스티븐은 고개를 푹 숙인 모습이었다.

핍은 자전거에서 내리며 명랑하게 인사를 건넸다. "안녕, 안녕."

고개를 든 스티븐의 두 눈은 벌겋게 핏발이 섰고 얼굴은 눈물에 젖어 있었다.

"무슨 일이에요?" 핍이 물었다.

"다 끝났어."

"뭐가 끝나요? 무슨 일 있어요?" 핍은 자전거를 바닥에 쓰러뜨려놓고 다급히 물었다. "드레이퍼스 아저씨가 이 집을 잃었대요? 뭔데요, 대체?"

그는 힘없이 미소 지었다. "드레이퍼스는 집을 안 잃었어. 집을 왜 잃어? 내 결혼이 끝장났지. 마리가 떠났어. 이 집에서 나갔어."

그의 얼굴이 일그러졌다. 핍의 가슴 한가운데서 싸늘한 두려움이 솟구쳤다. 그러나 두려움은 허리 아래로 내려와 지독한 온기로 화했다. 핍의 몸은 핍의 마음이 원하는 바를 너무나도 잘 알기에, 쓸 만한 뉴스임을 순식간에 간파했다. 핍은 헬멧을 벗고 계단에 나란히 앉았다.

"아, 스티븐. 정말 유감이에요." 지금까지 스티븐과 한 포옹은 만나고 헤어질 때 하는 형식적인 포옹뿐이었다. 지금은 그를 포옹하려니 팔다리가 너무 떨려서 이대로 그를 껴안았다가 팔이 떨어져 나갈 것 같아 어깨에 손만 살짝 얹었다. "너무 갑작스럽네요."

스티븐은 코를 조금 훌쩍였다. "예상 못 했어?"

"전혀요."

그는 씁쓸하게 탄식했다. "그래. 근데 어떻게 재혼을 할 수가 있지? 재혼은 내가 쓰려던 비장의 카드였는데."

핍은 그의 팔을 잡고 이두박근을 문지르며 위로했다. 잘못된 행동은 아니었다. 그는 지금 위로해줄 친구가 필요하니까. 하지만 남성호르몬이 넘쳐나는 그의 근육은 탄탄하고 따스했다. 게다가 지금은 큰 장애물이 사라졌다. 이 집에서 나갔다. 없어져주었다.

"두 사람 너무 많이 싸웠잖아요. 몇 달간 거의 밤마다요." 펍이 은근히 암시했다.

"최근엔 그렇게 자주 싸우지도 않았어. 그래서 난 우리 사이가 좋아지고 있는 줄 알았는데. 하지만……."

그는 두 손에 얼굴을 다시 묻었다.

"다른 사람이 있어요? 마리가 누구랑……."

그는 온몸으로 끄덕였다.

"어머, 세상에. 끔찍해라. 너무 심하네요, 스티븐." 펍은 스티븐의 어깨에 얼굴을 기댔다. "내가 어떻게 해주면 도움이 될지 말해봐요." 펍은 그의 시어서커 셔츠 안쪽에 대고 속삭였다.

"하나 있어."

"말해요." 펍은 그의 시어서커 셔츠에 코를 들이밀었다.

"라몬한테 설명 좀 해줘."

이 말에 펍은 환상에서 현실로 끌려 나왔다. 정신을 차리고 보니 그의 셔츠 안에 얼굴을 집어넣은 채였다. 펍은 그의 팔을 놓으며 중얼거렸다. "젠장."

"대박이지."

"라몬은 어떻게 되는 거예요?"

"마리는 계획을 다 세워놨어. 회사에서 사업 계획을 세우듯이 인생 계획을 다 세워놨더라고. 라몬의 양육권은 마리가 갖고, 난 면접교섭권만 갖게 돼. 이러려고 라몬을 입양했나 봐. 면접교섭권이라니. 마리는……." 그는 깊게 숨을 들이마셨다. "그룹홈 원장과 사귀고 있어."

"아, 맙소사. 끝내주네."

"그놈이 대주교와 친분이 있는데, 대주교가 힘을 써서 나와 마리의 결혼을 무효로 해줄 거래. 진짜 끝내주지? 그놈이랑 마리가 라몬을 그룹홈에 데려가서 직업교육을 시킬 거라고 하더라. 그리고 마리는 시간 여유가 될 때 애도 세 명 낳을 거라고 했어. 그런 계획을 다 세워놓은 거야. 라몬 같은 사람들을 돌봐주는 곳에서 풀타임에 유급으로 일하는 엄마한테 어떤 판사가 양육권을 안 주겠어? 마리는 계획을 다 세워놨던 거야. 믿을 수 없을 정도로 하나하나 똑 부러지게 준비를 해놨어."

"충분히 믿어지는데요." 핍이 조심스럽게 말했다.

스티븐의 목소리가 바르르 떨렸다. "난 마리의 그런 똑 부러지는 면을 사랑했어. 정말 똑 부러지는 여자거든. 도덕적인 목적을 위해 진짜로 열정을 불태우는 여자. 난 아이 셋을 낳고 싶지 않았던 것뿐인데."

흠, 그 점은 참 다행이야, 라고 핍은 생각했다.

"라몬은 아직 집에 있죠?"

"마리랑 빈센트가 내일 아침에 라몬을 데리러 오기로 했어. 둘은 몇 주 전부터 이런 계획을 세워놓고 있었나 봐. 그동안 그룹홈에 침대 하나가 비길 기다린 거지." 스티븐은 고개를 저었다. "난 라몬이 우리 부부 사이를 좋게 해줄 거라고 기대했어. 우리 둘이서 사랑하는 아들을 키우면, 다른 면에서는 의견이 맞지 않더라도 잘 살 수 있을 줄 알았지."

핍은 마리가 여전히 스티븐을 꽉 잡고 있는 게 짜증이 났다. "자녀를 같이 키운다고 해서 관계가 좋아지리라는 보장은 없죠. 어쩌면 나도 그런 가정의 자식이었는지도 모르고요."

스티븐이 고개를 돌려 핍을 쳐다보았다. "넌 참 좋은 친구야."

핍은 그의 손을 잡고 손가락에 깍지를 낀 뒤 그의 손을 얼마나 꽉 잡을지를 가늠했다. "그럼요. 좋은 친구죠." 핍이 동의했다. 그런데 깍지까지 껴서 그의 손을 잡고 있다 보니 심장이 쿵덕쿵덕 뛰고 호흡이 가빠지면서 몸이 반응하기 시작했다. 스티븐의 손에 몇 날 며칠, 아니 단 몇 시간만이라도 온몸을 맡기고 싶었다. 커다란 개가 이성의 끈을 끊고 달려 나가려 끈을 바짝 잡아당기는 느낌이었다. 핍은 그의 손이 자신의 허벅지에 닿도록 내버려두었다. 지금 이 순간 그의 손길을 가장 바라는 곳이 바로 허벅지니까. 그리고 허벅지 근육의 긴장을 풀었다. "라몬한테는 뭐라고 말했어요?"

"도저히 얼굴을 볼 수가 없어서 마리가 떠난 후부터 여기 이렇게 나와 앉아 있었어."

"그럼 라몬은 아무 얘기도 못 듣고 집 안에 앉아 있는 거예요?"

"마리가 떠난 지 30분도 안 됐어. 내가 우는 모습을 보면 라몬이 동요할 것 같아. 그래서 말인데, 네가 가서 라몬한테 미리 대충 설명 좀 해줘. 그럼 내가 나중에 다시 차분하게 라몬하고 얘기할게."

스티븐을 약하다고 했던 아나그레트의 말이 떠올랐지만, 그렇다고 스티븐에 대한 갈망이 덜해지진 않았다. 오히려 라몬에 대해서는 잊고 여기 죽치고 앉아 스티븐에게 계속 붙어 있고만 싶었다. 약한 사람이라는 건 유혹에 저항할 힘도 약하다는 의미일 테니까.

"그럼 나중에 나랑 둘이서 얘기할래요? 어때요? 난 꼭 둘이 얘기하고 싶은데."

"물론이지. 우리 생활은 바뀌는 거 없어. 여전히 이 집에서 살 거야. 드레이퍼스는 불도그처럼 이 집을 물고 놓지 않을 거니까 그 부분은 걱정 안 해도 돼."

상황이 달라진 만큼 핍의 몸은 스티븐에게 더욱 확실히 반응하고 있었지만, 핍의 머리는 스티븐이 그것을 눈치채지 못했어도 용서하기로 했다. 15년을 같이 산 부인에게 차인 지 얼마 안 됐으니까. 심장은 여전히 쿵쾅쿵쾅 뛰었지만 핍은 그만 일어나 자전거를 들고 집 안으로 들어갔다. 드레이퍼스는 거실에 혼자 앉아 있었다. 밖에서 주워 온 다리 여섯 개짜리 사무용 의자를 거대한 몸뚱이로 깔아뭉개고 앉아 컴퓨터 앞에서 클릭질을 하고 있는 중이었다.

"라몬은 어디 있어요?" 핍이 물었다.

"제 방에 있지."

"무슨 일이 일어났는지 아저씨는 이미 알고 있겠죠."

"알아도 남의 가정사에는 끼어들지 않아." 드레이퍼스는 냉랭하게 대답하고는 다리 여섯 개 달린 거미처럼 앉은 자리에서 의자를 빙글 돌려 핍을 바라보았다. "다만 몇 가지 사실관계는 파악을 해놓았지. 세인트 애그니스 홈은 주 정부의 승인을 받아 1984년부터 운영돼왔어. 침상 서른여섯 개짜리 시설인데 평판이 좋은 편이야. 그룹홈 원장인 빈센트 올리비에리는 마흔일곱 살의 홀아비이고 세 아들을 뒀는데 아들들의 나이대는 십대 후반에서 이십대 초반까지. 그는 샌프란시스코 주립대학에서 사회복지학 석사를 받았어. 그리고 에번스 대주교가 두 번 이상 그룹홈을 방문한 기록이 있어. 에번스와 올리비에리가 그룹홈 현관 계단에서 같이 찍은 사진이 있는데, 볼래?"

"아저씨, 이 일에 대해 느끼는 건 없어요?"

그는 핍을 빤히 쳐다보았다. "앞으로 라몬은 지금보다 더 적절한 보살핌을 받게 되겠지. 그 다정한 녀석이 그립긴 하겠지만 녀석의 비디오게임이나 제한적인 범위의 대화를 그리워할 것 같진 않아. 시간이 걸리긴 하겠지만 마리는 혼인을 무효화할 가능성이 높아. 확인해보니까 대교구 안에서 그런 선례들이 있더라고. 마리의 수입이 없어질 테니 이 집의 재정 상태가 걱정되기는 해. 스티븐 얘기로는 지붕도 새로 얹어야 한다는데. 너야 스티븐을 도와서 이 집을 보수하는 일을 맡으면 좋아라 하겠지만 너랑 스티븐이 지붕 공사를 잘할 것 같지는 않아."

드레이퍼스의 기준에서 이 정도면 감정이 아주 풍부한 말이었다. 핍은 라몬의 방으로 올라갔다. 라몬은 베이에어리어 스포츠 포스터로 도배된 벽을 쳐다보며 구겨진 침대 시트 위에 누워 있었다. 라몬의 지린내와 포스터 속에서 웃고 있는 유명 운동선수들의 조합이 묘하게 가슴을 아리게 해, 핍의 눈가에는 눈물이 차올랐다.

"라몬, 예쁜아?"

"안녕, 핍." 라몬은 꼼짝 않고 누운 채로 대답했다.

핍은 침대에 걸터앉아 그의 통통한 팔에 손을 얹었다. "네가 나를 보고 싶어 한다고 스티븐이 말하더라. 돌아누워서 나 좀 볼래?"

라몬은 움직이지 않았다. "난 우리가 가아족으로 사는 게 좋아."

"우린 여전히 가족이야. 우린 아무 데도 안 가."

"난 다른 데로 가야 된대. 마리가 그랬어. 마리가 일하는 홈에 가서 살아야 된대. 거긴 다른 가아족인데 난 우리 가아족이 좋아. 너도 우리 가아족이 좋지, 핍?"

"그래. 아주 많이 좋아."

"마리는 가고, 난 너랑 스티븐이랑 드레이퍼스랑 여기서 예전처럼 계속 살고 싶어."

"네가 다른 데 가도 우린 계속 널 만날 수 있어. 넌 거기 가서 새 친구들을 사귀는 거야."

"새 치인구 싫어어. 오래된 치인구가 좋아. 예전처럼."

"너도 마리 좋아하잖아. 마리는 거기 매일 있을 거니까 넌 혼자가 아니야. 지금이랑 같기도 하고 좀 새롭기도 한 생활일걸. 괜찮을 거야."

핍은 회사에서 전화로 고객들을 상대할 때처럼 거짓말을 하고 있었다.

"마리는 너랑 스티븐이랑 드레이퍼스처럼 나랑 놀아주지 않아. 엄청 바빠. 내가 왜 여기 안 살고 마리랑 다른 데 가야 되는지 모르겠어." 라몬이 말했다.

"그건 마리가 널 다른 방식으로 돌봐주려고 해서야. 마리는 돈을 벌고 우린 그 덕을 봤어. 마리는 스티븐 못지않게 널 사랑해. 어쨌든 마리가 네 엄마잖아. 엄마랑 같이 살아야지."

"그치만 난 여기가 좋아. 여기 가아족이 좋아. 우린 어떻게 되는 거야, 핍?"

펍은 이미 앞으로 일어날 일을 상상해보고 있었다. 스티븐과 단둘이서 얼마나 많은 시간을 보낼 수 있을까. 이 집에서 살 때 제일 좋은 점은, 남에게 자선을 베푸는 능력이 있음을 알게 된 것도 있지만, 무엇보다 매일 스티븐 주변에 머물 수 있다는 것이었다. 세상과 담을 쌓은 엄마 손에서 자란 탓에 펍은 벽에 액자 하나 걸 줄 몰랐다. 못을 박으려면 시내에 가서 망치를 사 와야 하는데 그건 엄마에겐 너무나 엄청난 일이었다. 33번가의 이 집으로 옮겨 올 때 펍은 실생활에 필요한 기술을 배우고픈 마음이 간절했다. 스티븐은 펍에게 그런 기술을 가르쳐주었다. 회반죽을 쓰는 방법, 틈을 메우는 방법, 전기톱을 사용하는 방법, 창문에 유리를 끼우는 방법, 주워 온 램프의 전선을 교체하는 방법, 자전거를 분해하는 방법 등등. 스티븐이 어찌나 참을성 있게 하나하나 친절하게 가르쳐주는지, 펍은 (적어도 펍의 몸은) 살림 관련 기술이라곤 주방 관련 기술뿐인 마리보다 더 가치 있는 짝으로 스티븐을 위해 준비되고 있는 기분이었다. 스티븐은 쓰레기통을 뒤질 일이 있을 때 펍을 데리고 나가서, 곧장 쓰레기통으로 뛰어들어 그 안을 헤집어서 쓸 만한 물건을 찾아내는 방법을 직접 보여주었다. 요즘은 괜찮은 물건이 들어 있는 쓰레기통이 보이면 펍 혼자 쓰레기통을 뒤지기도 했는데, 그러다 유용한 물건을 찾아내면 집으로 가져와 스티븐과 함께 기쁨을 나눴다. 쓰레기통 뒤지기는 둘이 함께 하는 활동이어서 더욱 즐거웠다. 펍은 마리보다 스티븐과 더 많은 공통점이 있으니 시간이 지날수록 그의 호감을 살 여지도 더 많다고 보았다. 스티븐에 대한 갈망으로 가슴이 아렸지만 앞으로 원하는 방향으로 풀릴 수 있다는 예상을 하니 참을 만했다.

펍과 함께 실컷 울고 난 라몬은 배가 안 고프다며 아래층에 안 내려가겠다고 했다. 아래층에는 스티븐과 함께 점유 운동을 하는 젊은 남자 두 명이 싸구려 맥주를 잔뜩 들고 와 있었다. 세 남자는 주방 식탁에 둘러앉아 마리에 관한 얘기가 아닌 임금과 물가의 피드백 루프에 관한 얘기를 하고 있었다. 다 같이 나눠 먹으려고 드레이퍼스가 사놓은 냉동 피자를 데우기 위해 핍은 오븐을 예열했다. 문득 이제 마리가 떠났으니 꼼짝없이 요리를 더 하게 생겼구나, 하는 생각이 들었다. 핍이 공동 노동 문제를 놓고 고민하는 동안 스티븐과 가스와 에릭은 노동 유토피아에 관한 상상을 늘어놓았다. 기술 발전으로 생산성이 비약적으로 증가하고 제조업 일자리가 감소하면 필연적으로 부의 분배가 더 잘 이루어지리라는 게 그들의 이론이었다. 자본주의사회는 소비자가 빈곤하면 로봇이 만든 생산품을 구매할 수 없음을 깨닫고, 무위도식하고 있는 대부분의 실업자 겸 소비자들에게 넉넉한 돈을 지급한다. 사람들은 노동자로서 가치가 떨어져 실업자가 되지만 소비자로서는 경제 시스템 내에서 꼭 필요한 존재가 되고, 여전히 서비스산업에 종사 중인 노동자들과 힘을 합해 영구적 실업자와 노동자를 아우르는 새로운 연합을 구성한다. 영구적 실업자의 수가 워낙 엄청나니 사회적 변화가 야기되는 것이다.

핍은 드레이퍼스가 다듬지 않고 먹어도 샐러드 요리 그 자체라 여기는 로메인 상추 머리를 따며 그들의 대화에 끼어들었다. "궁금한 게 있는데요. 누구는 놀면서도 소비자 역할을 할 수 있도록 1년에 4만 달러씩 지급받고 누구는 요양원에서 환자용 변기를 가는 힘든 일을 해가며 1년에 4만 달러씩 번다고 하면 노동을 해서 돈을 버는 사람은 놀면서 돈을 받는 사람한테 분노하지 않을까요?"

"서비스 노동자가 더 많은 돈을 지급받아야겠죠." 가스가 말했다.

"훨씬 많이 받아야죠." 핍이 말했다.

"공평한 세상이라면 요양원 근로자는 메르세데스를 몰고 다닐 만큼의 수입을 올려야 마땅할 거예요." 에릭이 말했다.

"그래야죠. 하지만 나라면 자전거를 타고 다니더라도, 환자용 변기를 가는 일 따윈 안 하는 쪽을 택할 거 같아요." 핍이 말했다.

"메르세데스를 타고 싶으면 환자용 변기를 가는 일을 하게 되지 않겠어요?"

"아니, 핍 말이 옳아." 스티븐이 두둔해주자 핍은 살짝 전율을 느꼈다. "그런 식으로 노동을 강제할 수 있겠지. 그리고 정년을 점점 낮춰서 서른두 살이나 서른다섯 살 미만인 사람들은 완전 취업 상태가 되고 그 나이를 넘는 사람들은 완전 실업 상태가 되는 거야."

"그런 세상에선 젊다는 게 참 엿 같겠네요. 지금도 충분히 엿 같지만요." 핍이 투덜거렸다.

"난 찬성. 서른다섯 살부터는 일을 안 해도 돈을 받으니까 내 인생은 온전히 내 것이네." 가스가 말했다.

스티븐이 다시 제안했다. "정년을 서른두 살로 낮추면 은퇴 전까지 자녀를 낳는 걸 불법으로 해야겠지. 그럼 인구문제 해결에도 도움이 될 거라고 봐."

"그건 그런데, 인구가 줄어들면 정년은 필히 올라갈 수밖에 없어. 일을 해줄 서비스 노동자가 필요하니까." 가스가 반박했다.

핍은 휴대전화를 들고 뒷베란다로 나갔다. 이런 유토피아적 논의는 수도 없이 들었다. 스티븐과 그의 친구들이 꿈꾸는 괴상한 생각들은 죄다 실현이 불가능한 것들뿐이고, 세상은 핍의 인생만큼이나 고치기 어려우니 듣고 있다 보면 마음이 놓이기도 했다. 어느덧 서쪽으로 해가 넘어가면서 빛이 흐려지고 있었다. 핍은 몇 안 되는 친구들이 보내온 문자에 의무적으로 답장을 한 후 엄마한테도 눈꺼풀 상태가 나아졌길 바란다는 내용을 담아 의무적으로 문자를 보냈다. 핍의 몸은 곧 굉장한 일을 겪으리라는 느낌을 받고 있었다. 고속도로 위의 하늘이 오렌지색에서 남색으로 변해가는 풍경을 바라보는 동안에도 핍의 심장은 쿵, 쿵, 쿵 뛰었다.

핍이 다시 주방으로 들어가자 드레이퍼스가 식탁에 둘러앉은 남자들에게 피자를 나눠주고 있었고, 남자들의 대화는 세상에 햇빛(sunlight)을 가져오는 사람으로 유명세를 떨치고 있는 안드레아스 볼프에 관한 얘기로 넘어갔다.

핍은 큰 유리잔에 맥주를 부었다.

"내부에서 유출된 걸까, 아니면 그들이 해킹을 한 걸까?"

에릭의 물음에 가스가 대답했다. "그야 모르지. 어쩌면 누가 그들에게 비밀번호나 실마리를 누출했을 수도 있지만 정보원을 절대 알리지 않고 보호하는 게 볼프의 방식이잖아."

"볼프는 사람들이 줄리언 어산지*란 존재를 잊게 만들고 싶어 하는 것 같아."

"코더로서의 능력만 따져봐도 볼프는 줄리언한테 상대가 안 돼. 볼프는 해커들을 전부 고용해서 쓰잖아. 혼자서는 엑스박스도 해킹 못해."

"위키는 너무 심했어. 위키 때문에 죽는 사람들까지 있으니 말 다 했지. 오히려 볼프는 순수해. 그게 바로 볼프의 브랜드이기도 하잖아. 퓨리티(Purity)** 말이야."

퓨리티라는 단어에 핍은 몸서리를 쳤다.

스티븐이 말했다. "이건 이스트베이 지역 부동산에 관한 자료라서 우리한테 확실히 도움이 돼. 우리가 외부로부터 얻어내려고 애써온 바로 그 자료니까. 유출된 서류에 기재된 이스트베이의 주택 소유자들에게 연락해서 그들을 우리 편으로 포섭하고 함께 집회를 열든지 해봐야지."

핍은 무슨 얘기인지 설명해달라는 눈빛으로 드레이퍼스를 돌아보았다. 드레이퍼스는 맛을 즐기지도 않는지 접시에 피자를 올려놓자마자 입에 쑤셔 넣으며 설명을 해주었다. "토요일 밤에 선라이트 프로젝트가 미공개 열대 지역에서 발신된 3만 통의 내부 이메일을 공개했어. 이메일 대부분은 릴렌틀리스 퍼수트 은행에서 나온 거야. 재미있는 건 알다시피 그 은행이 바로 내가 거래하는 은행이라는 거지. 이메일에 나랑 관련된 내용이 언급돼 있지는 않지만,

---

* 폭로 전문 사이트 위키리크스 설립자.

** '순수'라는 뜻.

독일 스파이들이 내가 거래하는 은행이 어딘지 알아내려고 우리한테 붙어서 잘 보이려 했던 것 같아. 이건 단순히 내 피해망상은 아니야. 은행 이메일이 누출된 것만 봐도 확실하잖아. 릴렌틀리스 퍼수트 은행은 허위 진술, 기만, 협박, 의사방해 같은 짓을 지금도 여전히 하고 있고, 일시적인 자금 압박을 받는 주택 소유자들을 속여 재산을 도둑질했어. 연방 정부와 은행들 간의 합의를 무색하게 만드는 더러운 짓거리지."

"독일인들은 스파이가 아니었어, 드레이퍼스. 네가 거래하는 은행에 대해 아나그레트한테 얘기한 사람은 나야." 스티븐이 말했다.

핍이 목소리에 날을 세우며 물었다. "뭐라고요? 언제요?"

"뭐가 언제야?"

"아나그레트한테 언제 그런 얘길 했냐고요? 두 사람 아직 연락해요?"

"당연하지."

핍은 맥주에 취해 불그레한 스티븐의 얼굴에 죄책감이 나타나는지 살펴보았다. 하지만 그런 기색이 보이지 않자 질투심에 불타올라 곧장 다음 상상으로 넘어갔다. 마리가 그림에서 빠지고 나니 아나그레트가 애인을 차버리고 오클랜드로 옮겨 와 스티븐을 차지한 후 핍을 이 집에서 쫓아내는 상상이었다.

스티븐은 핍에게 말했다. "이건 굉장한 폭로야. 모든 내용이 다 들어 있어. 주택 소유자들에게 재융자를 해주겠다고 해놓고 막상 진행은 안 해주다가 고의로 서류를 '분실'한 후 주택 압류 절차를 시작하는 짓거리를 했어. 순 자산이 7만 5천 달러가 넘지만 대출금을 두 번 연달아 납입하지 못했거나 부분적으로만 납입한 사람들에게 그런 전화를 거는 거야. 이곳 이스트베이 사람들도 꽤 많이 당했어. 이 정보는 우리한테 엄청난 선물이야. 아나그레트가 이번에 크게 한 건 했어."

애간장이 탄 핍은 음식이 목구멍으로 넘어가지 않아 맥주만 들이켰다. 지난 넉 달 동안 핍은 아나그레트한테서 스무 통이 넘는 이메일을 받았지만 '읽음' 표시만 해놓고 실제로는 읽지 않았다. 핍은 페이스북도 즐겨 사용하지 않았는데, 행복한 사람들의 사진이 넘쳐나는 사이트라 그런 식의 사진을 올려야 한다는 압박감이 느껴져 싫었고, 직장에서 페이스북 같은 사적인 소셜미디어 사이트를 들락거리면 눈총을 받기 때문이었다. 그래도 페이스북을 아예 안 쓸 수는 없으니, 아나그레트가 우정을 쌓자며 보내는 이메일들을 읽은 척 해놓았다. 그래야 아나그레트가 핍의 페이스북으로 메시지를 미친 듯이 보내지 않을 테니까. 아나그레트에 대한 핍의 기억은 제이슨에 대한 기억과 뒤엉켜서 이상하게 기분이 나빴다. 마치 설문에 응답하면서 목욕 가운도 없이 발가벗고 있었던 것처럼, 그래서 제이슨에게 비루한 짓을 한 것처럼, 아나그레트와 사적으로 따로 만나 찝찝하게 교제라도 한 것처럼, 마치 악몽을 꾼 것처럼. 그 기억은 퓨리티라는 단어와 연결되었다. 태어날 때 붙여진 이름인 까닭에 핍에게는 가장 치욕스러운 단어였다. 운전면허증도 창피해서 죽을 것 같았다. '퓨리티 타일러'라는 이름 옆에 박힌 부루퉁한 얼굴 사진. 지원서를 써낼 때마다 그 이름을 써야 하는 게 고문이었다. 그 이름은 핍에게 엄마의 의도와는 정반대의 영향을 미쳤다. 이름의 무게에서 벗어나기 위해 핍은 고등학교 때 일부러 지저분하게 놀았고, 지금도 남의 남편이나 노리며 더럽게 살고 있었다……. 핍은 정신이 멍해질 때까지 맥주를 마시다가 라몬에게 줄 피자를 챙겨 들고 주방을 나섰다.

라몬은 여전히 벽을 향해 얼굴을 돌린 채였다. "배 안 고파."

"예쁜아. 뭐라도 먹어야지."

"배 안 고파. 스티븐은 어디 있어?"

"친구들이 와서 같이 있어. 곧 올라올 거야."

"너랑 스티븐이랑 드레이퍼스랑 같이 여기서 계속 살고 싶어."

핍은 입술을 깨물며 도로 주방으로 내려가 가스와 에릭에게 말했다. "그만들 돌아가세요. 스티븐은 라몬이랑 얘길 해야 돼요."

"좀 있다가 올라갈게." 스티븐이 말했다.

스티븐의 얼굴에 담긴 두려움에 핍은 화가 치밀었다. "당신 아들이잖아요. 당신한테 얘기를 듣기 전까지 라몬은 아무것도 안 먹을 거라고요."

그러자 스티븐은 평소에 마리한테 했듯이 꼬마처럼 짜증스럽게 대꾸했다. "알았어."

주방을 나가는 스티븐의 모습을 보며 핍은 문득 그와의 관계가 더없이 행복한 단계를 벌써 건너뛰어 서로에게 짜증과 성질을 부리는 단계로 넘어가버린 건가 싶었다. 스티븐의 모임을 파투 놓은 후 핍은 앉아서 맥주를 마저 마셨다. 속이 터질 것 같았다. 잠을 자러 가야 할 시간이지만 심장이 미친 듯이 뛰었다. 결국 욕망과 분노와 질투와 불신이 하나로 합해져 취기 어린 슬픔으로 변했다. 스티븐은 오늘 밤 핍과 둘이서 얘기를 나누기로 해놓고 잊어버린 것이다. 아나그레트하고는 계속 연락을 하면서 핍은 버린 것이다. 위층 스티븐의 침실 문이 닫히는 소리가 들렸다. 그 문이 다시 열리는 소리가 들리기를 기다리며 핍은 조용히 비통한 감정을 곱씹었다. 씹고 또 씹으며, 이 버려진 기분으로 인한 무게를 어떻게든 견뎌보려 했지만 결국 그럴 수가 없었다. 핍은 계단을 올라가 스티븐의 방문을 두드렸다.

스티븐은 부부 침대에 앉아 빨간색 제목이 붙은 책을 읽고 있었다. 정치 서적인 듯했다.

"책을 읽고 있단 말이에요?" 핍이 물었다.

"내가 통제할 수 없는 일들에 대해 고민하는 것보다 낫지."

핍은 방문을 닫고 침대 모서리에 앉았다. "당신이 가스와 에릭이랑 수다 떨고 있는 걸 누가 봤으면 오늘이 별다른 일 하나 없는 날인 줄 알겠던데요."

"그 친구들이 알아봤자 뭘 해줄 수 있겠어? 난 아직 해야 할 일이 있고 친구들도 그대로 있어."

"나도 있어요. 당신에겐 나도 있다고요."

스티븐은 초조해하며 시선을 옆으로 돌렸다. "그래."

"나랑 따로 얘기하기로 해놓고 까먹었어요?"

"응, 깜박했네. 미안하다."

핍은 숨을 깊게 천천히 쉬려고 애를 썼다.

"무슨 얘긴데?" 그가 물었다.

"알잖아요."

"아니, 모르겠는데."

"나랑 둘이 얘기하기로 약속을 해놓고."

"미안. 잊어버렸다니까."

핍의 슬픔은 우려했던 대로 미약하고 쓸데없었다. 세 번이나 그런 감정을 분출할 필요도 없을 듯했다.

"우린 어떻게 되는 거예요?"

"너랑 나?" 스티븐은 책을 덮었다. "아무 일 없어. 이 집에 동거인을 두 명 더 들일 생각이야. 아무래도 여자들을 들이는 게 낫겠지. 지금 이 집에 여자는 너뿐이니까."

"아무것도 달라지지 않는다는 거네요. 똑같다는 거네요."

"달라질 이유가 뭐가 있어?"

핍은 뛰는 심장 소리를 들으며 잠시 침묵하다가 입을 열었다. "1년 전에 우리가 같이 커피를 마실 때 난 당신이 날 좋아한다는 인상을 받았어요."

"좋아해. 아주 많이."

"그때 당신은 결혼 안 한 사람처럼 굴었어요."

스티븐은 미소를 지었다. "그래, 결국은 그게 맞았다는 게 이번에 드러났지."

"아뇨, 그때 그랬다고요. 그때 그런 식으로 말을 했었다고요. 나한테 왜 그랬어요?"

"난 너한테 아무 짓도 안 했어. 같이 커피를 마셨던 것뿐이잖아."

펍은 애원하듯 그를 바라보며 그의 눈빛을 살폈다. 진짜 이 마음을 모르는지, 아니면 일부러 잔인하게 굴려고 모르는 척하는 건지 알아야 했다. 아무 생각도 읽히질 않자 펍은 죽을 것 같았다. 숨이 거칠어지고 눈물이 나왔다. 슬퍼서 흘리는 눈물이 아니라 속상하고 원망스러워 흘리는 눈물이었다.

"왜 그래?"

펍은 그의 눈을 계속 바라보았다. 마침내 그는 눈치챘다.

"아, 안 돼. 절대 안 돼. 안 돼, 안 돼."

"왜 안 돼요?"

"펍, 있을 수도 없는 일이야."

펍은 꺽꺽 울음을 삼켰다. "왜 몰라줘요? 내가 당신을 얼마나 간절히 원하는데요?"

"안 돼, 안 돼, 안 돼."

"난 우리가 때를 기다리고 있다고 생각했어요. 이제 마리가 떠났잖아요. 드디어 때가 된 거잖아요."

"맙소사, 펍, 안 되는 일이야."

"날 좋아하지 않아요?"

"물론 좋아해. 하지만 그런 의미로는 아니야. 진짜 미안한데, 그런 쪽으로는 아니야. 난 네 아버지뻘이야."

"아, 됐거든요! 겨우 열다섯 살 차이인데! 아무것도 아니에요!"

스티븐은 도망칠 곳을 찾듯 창문을 쳐다보다가 방문 쪽으로 시선을 돌렸다.

"아무 감정도 없었단 거예요? 다 내 망상이라고요?"

"뭔가 오해를 했나 보네."

"무슨 오해요?"

"난 아기를 원치 않았어. 마리와 늘 싸웠던 이유도 그래서야. 난 마리한테 늘 이렇게 말했어. '뭐 하러 애를 낳아? 우리한텐 라몬이 있고, 핍이 있는데. 우린 그 애들에게 좋은 부모가 될 수 있어.' 넌 나한테 그런 존재야. 딸 같은 존재."

핍은 그를 빤히 쳐다보았다. "그게 내 역할이에요? 당신에게 라몬과 같다고요? 나도 고약한 냄새를 풍기면 당신은 기분이 더 좋겠네요? 난 이미 부모가 있어요! 다른 부모는 필요 없어요!"

"그러니까, 그게, 내가 보기엔 그랬어. 네가 아버지를 필요로 하는 것 같았어. 앞으로도 계속 너한테 아버지 역할을 해줄 테니까, 여기서 계속 살아."

"미쳤어요? 여기서 계속 살라고요? 이렇게 된 마당에?"

핍은 벌떡 일어나 미친 듯이 주변을 둘러보았다. 상처를 받느니 화를 내는 편이 나았다. 그게 사랑을 받고 포옹을 받는 것보다 나았다. 이제껏 스티븐에게 느껴왔던 감정은 어쩌면 분노였을지도 몰랐다. 갈망으로 포장된 분노.

몹시 혼란스러워하던 핍은 어느새 스웨터를 벗었다. 브래지어도 벗어버리고 침대에 무릎을 꿇고 앉아 스티븐에게 몸을 가까이 붙였다. 벌거벗은 몸뚱이를 그에게 들이댔다. "이래도 딸 같아요? 딸처럼 보이냐고요?"

스티븐은 두 손으로 얼굴을 감싸며 움츠렸다. "그만해."

"날 봐요."

"안 봐. 너 지금 제정신 아니야."

"젠장! 젠장, 젠장, 젠장, 젠장. 날 쳐다보지도 못할 만큼 약한 사람이었어요?" 어쩌다 이런 말이 떠올랐을까? 어디 숨어 있다 튀어나왔을까? 후회의 물결이 무릎을 휘감았다. 여태 살면서 해온 후회들을 다 끌어모아도 이보다 더 나쁘지는 않을 것이다. 하지만 몸이 원하는 대로 끝까지 밀어붙이는 수밖에 없었다. 핍은 스티븐의 몸 위로 쓰러졌다. 그의 시어서커 셔츠에 맨가슴을 부비고 얼굴을 감싼 그의 두 손을 잡아내려 머리카락으로 휘감았다. 이번엔 제대로 확실히 밀어붙였다. 스티븐은 겁에 질린 표정이었다.

"확인해보자고요, 네? 내가 당신한테 그런 의미일 뿐인지 확인해봐요."

"이런 짓을 하다니 믿어지지가 않아. 마리가 이 집을 떠난 지 네 시간밖에 안 됐어."

"아, 나흘이 지나면 달라지나요? 넉 달이 지나면? 4년이 지나면?" 핍은 그에게 얼굴을 바짝 들이댔다. "날 만져요!"

핍은 그의 손을 잡아끌려 했지만 힘이 훨씬 센 스티븐은 어렵지 않게 핍을 밀어냈다. 그는 침대에서 재빨리 내려가 방문 쪽으로 달아났다.

그는 숨을 몰아쉬며 말했다. "내가 원래 약물 치료의 효과를 믿지 않지만, 넌 약물 치료를 받는 게 좋겠다."

"내게 그럴 돈이 있는 것처럼 말하시네."

"진지하게 하는 말이야, 핍. 이건 정말 말도 안 돼. 내가 지금 어떤 기분일 거 같아?"

"아까 보니까 당신은—" 핍은 그의 책을 집어 들었다. "그람시*를 읽고 있던데요."

"널 경계하지 않던 사람들한테까지 이렇게 미친 짓을 하면 너한테 좋을 거 없어. 이런 말 하고 싶진 않지만 충동 조절 장애가 있어 보여."

"그래요. 난 비정상이에요. 내 인생에서 이런 일은 후렴처럼 늘 되풀이 되죠."

"아니, 넌 훌륭해. 멋진 사람이야. 진심이야. 하지만 지금 이건 심각해."

"그 여자를 사랑해요?" 핍이 물었다.

문을 열고 나가려던 스티븐이 뒤돌아섰다. "뭐?"

---

* 서구 마르크스주의 형성에 크게 기여한 이탈리아 정치이론가.

"아나그레트요. 그래서 이러는 거예요? 그 여자를 사랑하죠?"

"아, 펍." 연민과 우려를 뚜렷이 담은 스티븐의 표정에 펍은 그와 아나그레트 사이를 의심하던 마음이 누그러질 뻔했다. 둘 사이를 질투할 이유가 없다고 믿을 뻔했다. "그 여자는 뒤셀도르프에 있잖아. 난 그 여자를 잘 알지도 못해."

"그러니까, 계속 연락을 하고 지냈단 거네요."

"지금 네가 하는 말을 들어봐. 네가 하는 짓 좀 봐봐."

"못 할 말 하는 것도 아니잖아요."

"맙소사."

"내가 틀렸다고 말해봐요. 착각이라고 말해보라고요."

"내가 원하는 여자는 마리야. 모르겠어?"

펍은 눈을 질끈 감고 그의 말을 이해해보려고 노력했지만 거부감이 앞섰다. "마리한테는 다른 남자가 생겼어요. 당신은 아나그레트랑 여전히 연락하고 있고요. 그 여자를 사랑하고 있는 줄 몰랐던 모양인데, 사랑하고 있는 게 분명해요. 지금은 아니더라도 곧 사랑하게 되겠죠. 그 여자는 당신이랑 나이대도 맞고요. 안 그래요?"

"바람 좀 쏘여야겠다. 그만 방에서 나가."

"증명해봐요. 내가 틀렸단 걸 증명해보라고요. 내 손을 잠깐 잡아봐요. 제발. 이대로는 당신 말 못 믿겠어요."

"무슨 말을 해도 어차피 안 믿을 거잖아."

펍은 몸을 바짝 웅크리며 속삭였다. "그럴 줄 알았어." 자신이 미쳐가고 있다는 생각을 하는 것보다는 질투로 인해 괴로워서 이런다고 여기는 게 마음이 편했다. 하지만 미쳐가고 있다는 생각이 점점 뚜렷해졌다.

"내가 나갈게."

스티븐은 침대에 누워 있는 펍을 내버려두고 나갔다.

화 요 일

핍은 위에 탈이 났다며 문자로 병가를 냈다. 속이 쓰리기는 하니 아주 거짓말은 아니었다. 오전 10시경, 마리가 와서 방문을 두드리며 이제 떠날 것이니 라몬에게 작별 인사를 하라고 말했다. 하지만 몸을 약간 움직이자마자 핍의 머리엔 어젯밤 자신이 한 짓이 떠올랐다. 잠시 후 마리는 또다시 계단을 올라와 핍의 방문을 열고 안으로 들어왔다. 핍은 겨우 들릴 듯 말 듯하게 가요, 그냥이라고 중얼거렸다.

"괜찮니?" 마리가 물었다.

"가주세요. 문 좀 닫아줘요."

마리가 가까이 다가와 무릎을 꿇고 앉는 소리가 들렸다. "작별 인사를 하려고 왔어."

핍은 눈을 감고 아무 말도 하지 않았다. 마리의 입에서 흘러나와 핍의 몸으로 쏟아지는 단어들은 핍의 뇌에 가해지는 주먹질이었고 끝날 때까지 참아야만 하는 고문이었다. 마침내 고문을 마친 마리는 핍의 어깨를 토닥이는 것으로 더 심한 고문을 했다. "나한테 아무 말도 안 할 거니?"

"제발, 제발, 제발, 가버려요." 핍은 간신히 내뱉었다.

마리가 마지못해 나가자 핍은 견딜 수 없을 만큼 괴로웠다. 방문이 닫히는 소리가 들린 후에도 고통은 멈추지 않았다. 그 무엇도 이 고통을 멈출 수 없었다. 핍은 침대에서 일어날 수도, 방에서 나갈 수도, 집 밖으로 나갈 수도 없었다. 소름 끼치도록 완벽한 날씨에 강렬한 햇살이 쏟아지는 밖으로 나갔다간 수치심에 쓰러져 죽고 말 것이다. 핍은 방에서 다크 초콜릿 바를 반쯤 먹었다. 종일 먹은 거라곤 그게 다였다. 초콜릿 바를 한 입 먹고 침대에 꼼짝 않고 누워, 어제 물리적 자아가 저지른 일을 잊어보려 했다. 엄마가 늘 하는 말처럼 물리적 자아는 '너무 잘 보이고, 확 띄었다'. 울면 그 사실을 또 상기하게 될까 봐 울 수도 없었다. 해가 지면 마음이 좀 편해질 줄 알았는데 그렇지도 않았다. 낮과 달라진 게 있다면, 스티븐을 잃은 슬픔을 마음껏 울음으로 토해낼 수 있다는 것뿐이었다. 핍은 울다 말다 하며 몇 시간을 그렇게 누워 있었다.

수 요 일

목이 마르고 배가 고파 새벽녘에 잠이 깼다. 소리 없이 움직여야 하다 보니 감각이 날카로워졌다. 핍은 서둘러 옷을 갈아입고 배낭에 짐을 챙긴 후 살금살금 계단을 내려가 주방으로 향했다. 스티븐과는 절대 마주치고 싶지 않았다. 평생 안 보고 싶었다. 스티븐이 아침에 일찍 일어나는 편은 아니었지만 핍은 주방에서 음식을 챙겨 먹느라 꿈지럭대지 않고 손에 잡히는 대로 먹을거리를 챙겨 배낭에 쑤셔 넣었다. 물 세 잔을 연달아 마신 후 화장실에 들렀다. 화장실을 나서는데 잠옷 겸 땀복을 입은 드레이퍼스가 현관 앞 복도에 서 있었다.

"어제보단 상태가 나아 보이네." 드레이퍼스가 말했다.

"어제는 위에 탈이 좀 났었어요."

"수요일에는 늘 늦게 출근하더니 오늘은 6시 15분밖에 안 됐는데 내려와 있네."

"아, 예. 어제 병가를 내서 오늘은 좀 빨리 가려고요."

뻔한 거짓말이었지만 드레이퍼스는 흔들리지 않았다. 그런 거짓말은 그의 뇌 작용을 잠시 멈칫하게 만들었을 뿐 곧장 판단을 위한 추가 자료로 작용했다. "이 집에서 이사 나갈 생각을 하는 것으로 추정되는데, 맞지?"

"아마 그래야 될 것 같아요."

"이유는?"

"추정했으니 이유를 알 거 아녜요. 알면서 왜 물어요? 이 집에서 일어나는 일은 다 알면서."

드레이퍼스는 아무런 감정 표현 없이 조용히 생각에 잠겼다가 다시 입을 열었다. "네가 관심을 가질 만한 얘기라서 해주는 거야. 그동안 스티븐이 그 독일 여자와 주고받은 이메일과 소셜미디어 메시지들을 다 읽어봤어. 두 사람은 따분하고 이념적인 얘기나 주고받고 있더구나. 연애 감정 같은 건 전혀 안 보였어. 난 그런 사소한 문제 때문에 너라는 지적인 벗을 잃고 싶지 않아."

"어휴. 이 집을 나가면 아저씨가 그리울 것 같단 얘기를 하려고 했는데 말아야겠네. 그동안 우리가 하는 얘길 엿듣는 걸로 모자라 이메일까지 훔쳐 읽고 있었네요."

"스티븐 것만 읽었어. 스티븐이랑 내가 컴퓨터 하나를 같이 쓰잖아. 스티븐은 컴퓨터를 쓰고 나서 로그아웃을 안 해. 그러니까 내가 한 행위는 법률 용어로 말하자면 '뻔히 보이는 자료를 본 것'뿐이야."

"어쨌든 이건 알아두세요. 아나그레트는 지금 완전히 내 관심 밖이에요."

"흥미로운 점은 그 여자가 스티븐에게 보낸 메시지 대부분이 너에 관한 내용이었다는 거야. 그 여자는 네가 자기와 친구로 지내고 싶어 하지 않는다면서 아주 힘들어하더구나. 넌 이 관계에서 아주 적절한 위치를 점하고 있어. 아주 권장할 만한 위치지. 그래, 권장할 만한 위치. 이 집에 사는 사람들 중에 그 독일 여자의 관심을 사로잡은 건 바로 너야. 우리의 스티븐이 아니라. 라몬이나 마리는 당연히 아니고, 엄격한 논리에 따라 사실만 갖고 따져봤을 때 나 역시 그 여자의 관심 대상이 아니야."

핍은 자전거 헬멧을 머리에 썼다. "아, 그렇군요. 잘 알았어요."

"그 독일인들은 뭔가 이상한 구석이 있어."

핍은 피드몬트가의 아무 스타벅스에 들어가 앉아 스콘과 라테를 소비하며 메일을 썼다 지웠다 고민했다. 그러다 마침내 용기를 내 스티븐에게 이메일을 보냈다. 스티븐은 돈 들어가는 휴대전화는 안 쓰는 주의라서 그에게는 문자로 말을 전할 수가 없었다. 스티븐에게 보낸 이메일을 드레이퍼스가 읽겠지만 상관없었다. 개나 컴퓨터가 펍에 관한 정보를 '아는 것'과 다름없으니.

내가 한 짓 사과할게요. 이번 주에 언제 집에 없을 예정인지 말해줘요. 그날 가서 짐을 빼게요.

이메일을 보내고 나니 허탈감이 더 짙어졌다. 어제 방에서 스티븐이 끝내 버티지 못하고 유혹에 넘어갔으면 어떻게 되었을지 상상해보려 했지만, 실제로 일어난 수치스러운 일이 자꾸만 눈앞에 펼쳐져 도저히 상상을 이어갈 수 없었다. 울고 싶었지만 남의 이목이 있으니 카페에서 울 수도 없었다.

얌전히 차나 마시게 생긴 흰 턱수염의 남자가 두 테이블 너머에서 펍을 쳐다보았다. 펍은 기습적으로 고개를 들어 그를 마주 보았다. 남자는 죄라도 지은 것처럼 얼른 태블릿으로 시선을 떨구었다. 스티븐은 왜 저런 식으로 펍을 쳐다보지 않을까? 아무리 애걸해도 도저히 안 되는 걸까?

네가 아버지를 필요로 하는 것 같았어. 어제 스티븐이 방에서 한 잔인한 짓들 중에 이 말이 제일 지독했다. 펍도 괴상하게 굴기는 했다. 응당 펍의 분노가 향했어야 할 대상은 바로 행방도 알 수 없는 아빠였다. 펍은 눈을 가늘게 뜨고 그 남자 쪽을 쳐다보았다. 남자가 다시 고개를 들어 시선을 맞추자 펍은 얼굴을 찡그리며 비웃었다. 남자는 알아들었다는 듯 정중하게 고개를 끄덕이고는 옆으로 몸을 돌려 펍을 외면했다.

펍은 서맨사에게 문자를 보내 오늘 집에 놀러 가도 되냐고 물었다. 몇 안 되는 친구인 서맨사는 자기 삶에 몰두하는 성향이 제일 강한 편이라 곤란한 질문은 하지 않을 것 같았다. 게다가 서맨사는 요리사라서 주방에 요리 도구도 갖춰놓고 있었다. 금요일이 엄마의 '생일 아닌 날'인데 핍은 그날 엄마에게 케이크를 가져가기로 한 걸 깜박 잊고 있었다.

출근 시간까지 세 시간이나 여유가 있었다. 지금쯤이면 집으로 전화를 해도 엄마가 받지 않을 테니 음성 메시지를 남기기에 딱 좋은 시간이었다. 이른 아침은 영적 수행에 푹 빠져 있을 시간이므로 엄마는 수화기를 들어 전화를 받지 않을 것이다. 하지만 생각해보니 엄마에게 전화를 하고 싶지 않았다. 그냥 자리에 앉아, 페이스트리 빵과 커피를 사기 위해 줄 선 사람들을 구경했다. 아침에 산뜻하게 샤워를 하고 나와서 이렇게 매일 아침을 사 먹을 여유가 되는 다양한 인종의 오클랜드 사람들. 아, 좋아하는 일을 직업으로 삼고 믿을 만한 배우자를 곁에 두고 부모를 사랑하는 아이를 기르고 인생의 목적을 추구하며 살아가는 사람들. 아나그레트는 핍에게 인생의 목적을 제시하려 했었다. 아나그레트는 핍을 원했다. 진심으로 핍을 원했다. 아나그레트와 스티븐 사이에 뭔가 있을 거라고 미친 듯이 집착했던 일을 떠올리자 핍은 심히 민망해졌다. 맥주를 퍼마셨던 탓일 것이다.

핍은 휴대전화를 꺼내 들고 지난 넉 달 동안 아나그레트가 보내온 이메일들을 쭉 모았다. 제일 오래된 이메일 제목은 '제발 용서해줘'였다. 아나그레트의 애원하는 말투, 핍의 지성과 성격을 칭찬하는 말들을 음미하며 이메일을 읽어 내려가는 동안, 핍은 어느새 이메일 제목에 맞게 아나그레트를 용서하고 있었다. 이것 또한 미친 짓 아닌가 싶었지만, 생각해보니 꼭 그렇지도 않은 듯했다. 아나그레트는 핍을 좋아했을 뿐 아니라 스티븐을 비롯한 남자들, 그 외의 온갖 일들에 대해 옳은 판단을 했다. 그리고 핍을 포기하지 않고 이메일을 스무 통이나 보냈다. 제일 최근에 보낸 이메일은 일주일 전의 것이었다. 핍의 인생에서 이렇게 끈질기게 성의를 보인 사람은 없었다.

핍은 '놀라운 소식'이라는 제목으로 두 달 전에 온 이메일을 열어보았다.

친애하는 펍에게. 아직 나한테 화가 안 풀렸나 보구나. 아마 내가 보낸 메일도 안 읽었겠지. 그래도 무척 좋은 소식이 있어서 알려주려고 메일 보내. 선라이트 프로젝트의 인턴십에 자기가 합격했어! 진짜 재미있고 보람 있는 일을 해볼 기회니까 놓치지 않으면 좋겠어. 개인적으로 꼭 알아내고 싶은 정보가 있다고 했었잖아. 아직도 기억나. 이 기회를 살려서 그 정보를 알아내면 좋겠어. 선라이트 프로젝트는 자기가 세상에서 제일 흥미진진한 지역에서 머물 수 있도록 숙식을 제공하고, 소액이지만 매달 보조금도 주고, 가끔 항공 여행 경비도 지급할 거야. 더 자세한 내용은 첨부한 편지와 자료표에 나와 있어. 내가 진심을 다해 자기를 강력하게 추천했다는 걸 알아줬으면 해. 안드레아스를 비롯한 선라이트 프로젝트 사람들은 자기를 선택한 내 결정을 아직 신뢰하고 있어. ;) 정말 잘된 일이라 나까지 흥분된다. 좋은 기회니까 잘 생각해봐. 그리고 자기가 선라이트 프로젝트에 합류할 때 내가 곁에 없을 것 같아서 아쉬워. ;) 포옹을 담아, 아나그레트. 추신: 안드레아스의 이메일 주소는 ahw@sonnenlicht.org야. 궁금한 게 있으면 그에게 직접 이메일 보내봐.

어째서인지 실망스러웠다. 또다시 오답이 없는 설문 조사를 받는 기분이었다. 이렇게 쉽게 주어지는 인턴십이라면 과연 할 만한 가치가 있을까? 아나그레트에 대한 생각을 달리하자마자, 아나그레트에게 속아서 이 남자 밑에서 괴상한 일이나 하게 되는 게 아닐까. 그가 아무리 유명하고 케리스마 있는 남자라고 해도 말이다. 짜증이 난 펍은 더 생각해볼 것도 없이 안드레아스 볼프의 이메일 주소를 손끝으로 누르고 메일을 보냈다.

친애하는 안드레아스 볼프 씨에게. 어쩌자는 거죠? 내가 잘 알지도 못하는 아나그레트라는 여자가 나더러 당신 프로젝트에서 유급 인턴을 해보라네요. 여자를 꼬셔서 섹스나 해보려는 수작은 아니겠죠? 후지게 쿨에이드 음료나 통으로 갖다 놓고 말이에요. 솔직히 까놓고 말하면 심히 오싹한 기분이 들어서 말이죠. 밀림인지 어딘지 어느 구석빼기에서 당신이 무슨 일을 하고 있는지 알고 싶지도 않지만, 아나그레트는 내가 해도 될 만한 일인 것처럼 말하더라고요. 그래서 더 의심스러워요. 그럼 이만. 미국 캘리포니아주 오클랜드에서 핍 타일러.

보내기 버튼을 클릭하자마자 후회가 밀려들었다. 생각을 행동으로 옮긴 후 후회가 밀려들기까지의 시간 간격이 급속도로 줄어들고 있으니, 조만간 뭘 하든 후회만 남아 결국 아무것도 못 하게 되지 않을까. 물론 그것도 아주 나쁘진 않겠지만.

후회를 만회하기 위해 핍은 검색 사이트를 열고 뒤늦게나마 볼프와 그의 프로젝트에 관해 조사를 해봤다. 인터넷이 원래 수많은 욕이 난무하는 공간인데, 줄리언 어산지를 옹호하는 고집쟁이들의 괜한 트집과 볼프를 범죄자로 몰아세움으로써 이득을 얻는 정부와 기업 쪽의 비방을 제외하면, 볼프에 관한 욕이 별로 없어서 꽤 인상적이었다. 대체적으로 안드레아스 볼프는 아웅산 수 치와 브루스 스프링스틴에 버금가는 훌륭한 인물로 칭송받고 있었다. 볼프와 퓨리티를 검색창에 넣었더니 일치하는 결과물이 25만 개나 나왔다.

볼프의 모토, 볼프가 이끄는 선라이트 프로젝트의 슬로건은 '선라이트는 최고의 살균제다'였다. 1960년 동독에서 태어난 볼프는 1980년대에 공산주의 체제를 대담하게 비판하면서 선풍적인 인기를 끌며 두각을 나타냈다. 베를린장벽이 붕괴된 후에는 동독 비밀 정보기관의 어마어마한 기록보관소를 보존해 대중에 공개할 것을 요구하는 운동을 이끌었다. 그런 그를 증오한 자들은 독일 통일 이후 가면을 쓰고 살아가려다 과거에 저지른 악행이 햇빛 아래 드러나버린 정보기관 끄나풀들이었다. 그 후 2000년에 볼프는 선라이트 프로젝트를 창립해 독일이 저지른 여러 악행을 조사하는 데 초점을 맞췄고, 곧 사회적 부정의와 전 세계의 추악한 비밀을 밝히는 작업으로 범위를 넓혔다. 웹에 올라온 그의 이미지 수십만 장을 보니 꽤 잘생긴 편이었다. 그는 결혼을 하거나 자녀를 낳은 적이 없는 것으로 알려졌다. 2006년에는 독일, 2010년에는 유럽 전체에서 기소당하는 바람에 도주를 했고, 망명을 허락받아 벨리즈*에서 머물다가 최근에는 볼리비아로 거처를 옮겼다. 볼리비아의 대통령이자 대중영합주의자인 에보 모랄레스가 볼프의 팬인 덕분에 가능했다. 다만 볼프가 프로젝트를 재정적으로 후원해주는 주요 인사들의 명단을 비밀로 유지하는 점(이것 때문에 그의 '모순'을 지적하는 논쟁이 온라인에서 불이 붙어 그 용량만 해도 1~2테라바이트에 달했다), 그리고 어산지에 대한 과도한 라이벌 의식을 드러내는 점이 부적절한 처신이라는 평가를 받고 있었다. 볼프가 어산지의 방식과 사생활을 입정 사납게 깎아내리는 반면, 어산지는 볼프라는 사람이 아예 세상에 존재하지도 않는 듯 처신했다. 볼프는 위키리크스—그의 표현에 따르면 '어중간하고 여과되지 않은 플랫폼'—를 자신이 만든 보다 '목적 지향적'인 선라이트 프로젝트와 즐겨 비교했다. 그리고 자신이 재정 후원자들의 정체를 숨겨 사생활을 보호하는 것은 공개적으로 인정받는 선량한 동기에서 비롯된 행동이지만, 그가 비밀을 까발린 단체들은 은밀하고 사악한 동기에서 부정부패를 저질렀다며 도덕적으로 엄연히 구별된다고 말했다.

그가 폭로하는 정보 대부분이 여성 탄압과 관련돼 있음을 알고 핍은 깊은 인상을 받았다. 전쟁 범죄로서의 강간, 의도적인 정책에 뿌리를 둔 임금 불평등 같은 큰 쟁점에 관한 정보뿐 아니라, 테네시주 어느 은행 지점장이 보낸 선정적이고 성차별적인 이메일 같은 작은 쟁점에 관한 정보에 이르기까지 다양했다. 그는 인터뷰나 보도 자료에서 늘 공격적 페미니즘 성향을 드러냈다. 아나그레트가 여자들끼리의 모임을 선호하고 지금도 여전히 볼프를 존경하는

* 중앙아메리카의 국가.

이유를 알 것 같았다.

볼프에 관한 인터넷상의 정보는 진지하고 양도 어마어마했다. 핍은 볼프에게 보낸 이메일이 심히 후회스러웠다. 볼프는 위험을 감수할 줄 아는 진짜 영웅이며 대통령들과도 친구 사이인 대단한 인물이었다. 반면에 핍은 괜히 흠이나 잡는 멍청이였다. 일하러 갈 시간이 다 되어서야 핍은 새로 온 이메일이 있는지 확인해봤다. 스티븐과 볼프가 보낸 이메일이 차례로 들어와 있었다.

사과받을게. 그 일은 실수일 뿐이니까 잊자. 네가 이 집에서 이사 나갈 이유는 없어. 넌 정말 좋은 동거인이잖아. 그리고 우린 일주일에 세 번씩 저녁때 라몬을 만날 수 있어. 그렇게 하기로 어제 마리하고 합의를 봤어. S.

이메일의 안 좋은 점은 삭제만 가능하다는 것이다. 확 구겨서 바닥에 패대기치고 발로 밟고 갈가리 찢고 불에 태울 수가 없다. 내 마음을 거절한 사람에게 동정 어린 관용을 받는 것보다 더 잔인한 일이 있을까? 순식간에 치솟은 분노가 후회와 수치심을 저만치 밀어냈다. 핍은 그날의 '그 일'을 스티븐이 기억하길 바랐다! 그의 관심을 받길 원했다!

핍은 답장을 썼다.

잊자고만 하고 내 물음에 대답 안 한 걸 보니 내 질문이 뭐였는지도 잊어버렸나 보네요. 이번 주에 언제 집에 없을 예정인지 말해달라고요.

평소보다 네 시간이나 일찍 일어났지만 이렇게 꾸물대다간 지각하고 말 것이었다. 하지만 피가 끓어오르고 후회가 밀려들기 직전이라 핍은 다시 화면에 눈을 꽂고 볼프가 보내온 이메일을 읽었다.

친애하는 핍 타일러에게,

당신이 보내온 이메일은 정말이지 ㅋㅋㅋ 재미있더군요. ㅋㅋㅋ를 잔뜩 써도 될 정도로요. 물론 궁금한 게 많겠죠. 당신이 의문을 품지 않았다면 우린 실망했을 겁니다. 결론부터 말하자면 난 백인 여자로 성매매를 하는 포주가 아니고, 여기서 우리가 마시는 음료는 쿨에이드가 아니라 병맥주입니다. 우리는 뛰어난 해커들과 변호사들, 이론가들을 보유하고 있는데, 앞으로 그들을 활용할 곳이 더 많으리라 예상합니다. (당신이 사용한 재미난 표현을 갖다 쓰자면) '솔직히 까놓고 말해' 우리는 높은 지능과 독립적인 성격을 지닌 사람, 우리로 하여금 세상을 있는 그대로 볼 수 있게 해주고 세상으로 하여금 우리를 있는 그대로 볼 수 있게 도와줄 비전문가를 필요로 합니다만, 아직까지 그 수가 모자란 실정입니다. 나는 아나그레트와 오랜 세월 알고 지내오면서 그녀를 신뢰하고 있습니다. 아나그레트가 인턴 지원자를 이토록 강력히 추천하는 걸 본 적이 없습니다. 당신이 이곳에 와서 우리가 활동하는 모습을 본다면 무척 기쁘겠습니다. 막상 와서 보니 우리가 마음에 안 들면, 휴가 온 셈 치고 이곳의 아름다운 풍경을 즐기다 집으로 돌아가도 좋습니다. 하지만 아마 와서 보면 우리를 마음에 들어 할 것입니다. 이건 비밀인데, 여기서 우린 엄청나게 재미나게 살고 있거든요.

더 많은 질문과 더 많은 ㅋㅋㅋ를 기대하며.

안드레아스 드림.

볼프에 관한 자료를 다 찾아 읽고 난 후라 그에게 이렇게 긴 이메일을 이렇게 빨리 받게 되자 핍은 믿어지지 않았다. 이메일을 한 번 더 읽고 자전거에 탄 후 비탈을 달려 내려갔다. 중력으로 가속도가 붙기도 했지만 이런저런 상상을 하니 흥분이 돼서 더 속도가 붙었다. 자신이 정말 특별한 존재라서 지금까지 삶이 엉망이었던 것이고 아나그레트는 처음으로 그걸 알아봐준 사람이라고, 어쩌면 볼프는 세상에서 제일 영악한 매력남이고 아나그레트는 성적인 트라우마를 가진 여자인 동시에 매춘부 알선자일지도 모르지만 만약에 핍이 볼프의 손아귀에 들어간다면 그것만으로도 스티븐에게 복수하는 셈이 될 거라는 상상. 어쨌든 볼프는 스티븐처럼 약하지는 않으니까.

사무실에 들어가기 전 5분쯤 여유가 있었다. 핍은 자전거 보관실로 들어가 머릿속으로 구상한 답장을 휴대전화로 썼다.

친애하는 볼프 씨에게, 상냥한 답멜을 의심스러울 정도로 후딱 보내줘서 고마워요. 내가 만약 순진한 젊은이를 볼리비아로 꾀어 성 노예로 삼으려고, 아니면 사이비 종교의 맹신자로 만들려고 작정했으면, 나도 그런 답멜을 보냈을 것 같아요. 사실…… 생각해보니까…… 당신이 운영하는 그 사이비 종교의 맹신자이자 성 노예인 조수가 그 답멜을 보낸 게 아니라는 걸 내가 어떻게 알죠? 인증이 필요할 것 같네요! 핍 타일러.

볼프가 또 ㅋㅋㅋ 하고 웃기를 기대하며 핍은 계단을 올라가 칸막이 자리로 갔다. 동료가 포스트잇 메모(이걸 찾았어—☺재닛)와 요리법을 인쇄한 종이를 핍의 컴퓨터 옆에 붙여놓았다. '크림치즈 프로스팅과 올랄리베리를 얹은, 엄격한 채식주의자용 화이트 통밀 케이크.' 핍은 무거운 한숨을 내쉬며 자리에 앉았다. 안 그래도 기분이 꿀꿀한데 그동안 동료들을 안 좋게만 생각했다는 후회가 밀려들어 마음이 무겁게 가라앉았다.

그래도 세계적인 유명 인사와 시시덕대는 이메일을 주고받기 시작한 것 같으니 그 점은 좋았다. 핍은 스스로를 유명세 따위엔 꿈쩍도 안 하는 사람으로 여겨왔다. 오히려, 형제자매가 있는 사람에게 분노하는 것과 비슷한 이유로, 유명인을 적대시하는 편이었다. 당신네가 나보다 뭐 그렇게 잘나서 주목을 받아?라는 생각에서였다. 예전에 어떤 대학 친구가 할리우드에서 일자리를 구했다며 자기가 만난 유명 배우들에 대해 자랑을 늘어놓자 핍은 조용히 그와의 연락을 끊어버렸다. 하지만 지금은 유명세가 왜 그리 중요한지 알 것 같았다. 사람들은 유명세에 무덤덤할 수가 없다. 핍이 유명 인사와 연락을 주고받는다고 하면 사람들은 감탄할 것이고, 아무 힘도 없던 핍은 그들에게 약간의 영향력을 갖게 되는 것이다. 으쓱해진 기분으로 핍은 랜초앤초 지역의 전화번호 목록을 열었다. 기대감을 한껏 즐기고 싶어서 휴대전화에 이메일이 새로 왔는지를 일부러 확인하지 않았다.

저녁 휴식 시간에 확인을 해보니 볼프의 답장이 와 있었다.

아나그레트가 당신을 좋아하는 이유를 알겠군요. 내가 보낸 이메일은 여느 이메일에 비해 네 배나 더 많은 서버들을 거칩니다. 그렇지 않았으면 훨씬 빨리 당신에게 도착했을 겁니다. 요즘 일 잘하는 사람들은 이메일에 답신을 바로바로 하는 습관이 있다고들 하죠. 보안 문제 때문에 당신과 영상 통화를 할 수 없어 안타깝습니다. 중요한 것은 우리 프로젝트가 판단력 좋고 위험을 감수할 줄 아는 인재를 필요로 한다는 점입니다. 내 이메일을 믿을지 말지에 관한 위험성 판단은 스스로 내려보세요. 판단에 도움이 될 자료는 인터넷에서 얼마든지 찾을 수 있습니다. 다만 이곳으로 와서 프로젝트에 합류한다면 우리는 쌍수를 들어 환영할 것입니다. 나를 믿을지 말지도 스스로 결정하세요. A.

이메일 맨 앞에 친애하는 어쩌고 하는 격식 차린 인사말을 생략한 것을 보고 핍은 기분이 좋아서, 자신도 똑같이 친밀하게 답 메일을 보냈다.

신뢰라는 건 쌍방향이어야겠죠? 그럼 당신도 나를 믿어야 되겠네요? 우리 서로 사소하지만 창피한 점을 얘기해주기로 하죠. 내가 먼저 할게요. 내 원래 이름은 퓨리티예요. 이 이름이 너무 쪽팔려서 친구들이랑 같이 있으면서 지갑을 꺼낼 일이 있을 땐 지갑을 손으로 꽉 쥐어요. 가끔 남의 지갑을 빼앗아 열고 그 안에 든 운전면허증 사진으로 놀리는 사람들이 있거든요. 내 이름은 운전면허증에 적혀 있죠.

어때요, 퓨리티 씨? 이제 당신 차례예요.

저돌적인 이메일을 보내놓고 너무 들떠서 핍은 저녁 식사도 생략한 채 당당히 복도를 걸어 이고르의 사무실로 들어갔다. 이고르는 업무를 마치고 퇴근하려던 참이었다. 그는 핍을 보더니 인상을 썼다.

"아, 예, 알아요. 사흘째 머리 안 감았어요."

"위장은 좋아졌어? 전염병에 걸린 건 아니지?"

핍은 손님용 의자에 털썩 앉았다. "있잖아요, 팀장님. 그 스무고개 말이에요."

"됐어, 그냥 잊어버려." 그는 서둘러 말을 잘랐다.

"나한테서 얻어내려 했던 답 있잖아요. 내가 추측해서 맞혀야 했던 그거. 그게 뭐예요?"

"핍, 미안한데, 아들들이랑 야구 경기장에 가기로 했어. 나중에 얘기하지."

"고소한다고 했던 건 농담이었어요."

"자네 정말 괜찮아? 평소 같지가 않은데."

"그 질문에 대한 답 말해줄 거예요?"

이고르의 두려워하는 표정을 보니 이틀 전 밤에 보았던 스티븐의 표정이 떠올랐다.

"휴가를 더 쓰고 싶으면 써. 주말까지 푹 쉬든지."

"아예 평생 쉬어버릴까 생각 중이에요."

"스무고개는 쓸데없는 농담일 뿐이야. 사과할게. 아들들이 기다리고 있어서 정말 가봐야 돼."

아들들이라. 형제자매보다 더 듣기 싫은 단어였다!

"5분만 기다리라고 해요."

"내일 아침에 출근하자마자 다시 얘기하자."

"이유는 모르겠지만 내가 좋다면서요. 내가 성공하는 모습을 보고 싶다고 했잖아요."

"둘 다 사실이야."

"사실이라면서 내가 이 회사를 사직하면 안 될 이유를 말해달라는데 5분도 못 내줘요?"

"내일 아침 시간을 통째로 내줄게. 지금은 곤란—"

"지금은 시시덕댈 시간이 없다는 거구나."

이고르는 한숨을 쉬며 손목시계를 내려다보더니 다른 손님용 의자에 앉았다. "오늘 저녁에는 사직하지 마."

"오늘 저녁에 사직할래요."

"지금 그게 시시덕댄 거야? 난 그러고 싶지 않거든. 이게 재미있나 보네."

핍은 미간을 찌푸렸다. "나한테서 바랐던 게 정말 없었나 보네요."

"당연히 없지. 농담하고 장난 좀 친 것뿐인데. 자넨 적대적으로 굴 때 꽤 재미있어." 그는 자신의 설명과 사람 좋은 척하는 태도, 무엇보다 자신의 잘생긴 외모에 흡족해하는 표정이었다. "캘리포니아에서 제일 적대적인 올해의 직원상이라는 게 있으면 자네가 바로 수상자일걸."

"시시덕댄 게 전부였다는 거네요."

"그렇다니까. 난 행복한 결혼 생활 중이야. 게다가 여긴 직장이고 규칙이란 게 있다고."

"바꿔 말하면 난 팀장님한테 최악의 직원일 뿐이라는 거고요."

"내일 아침에 다른 부서로 옮기는 방향으로 같이 얘기를 해보지."

이고르에게 당당히 맞서 할 말을 했지만 결국 그와 오랫동안 해오던 밀당을 끝장냈을 뿐이었다. 그나마 그런 밀당 덕분에 이 업무를 그럭저럭 견뎌왔던 것인데. 아침에 핍은 살면서 이보다 더 외로운 적은 없다고 생각했는데, 지금 더 지독한 외로움을 느꼈다.

"미친 소리 같겠지만요." 핍은 문득 울컥했다. "사모님한테 오늘 저녁에 야구경기장에 대신 가달라고 하면 안 돼요? 나랑 저녁 먹으면서 조언 좀 해줘요."

"다른 때 같으면 그래도 되지. 하지만 지금 아내는 다른 일정이 있어. 난 벌써 늦었고. 오늘은 그만 퇴근하고 내일 아침에 다시 와서 얘기하지 그래?"

핍은 고개를 저었다. "정말, 정말, 정말 지금 당장 친구가 필요해서 그래요."

"미안하군. 도와줄 수가 없어."

"딱 자르시네."

"자네한테 무슨 일이 있는지 모르겠지만 일단 집으로 가서 어머니도 만나고 며칠 쉬어. 월요일에 다시 출근해서 얘기하자고."

이고르의 휴대전화가 울어댔다. 그가 전화를 받는 동안 핍은 고개를 푹 숙인 채 앉아 있었다. 그는 전화에 대고 늦어서 미안하다고 사과를 했고, 사과를 받는 그의 아내가 핍은 부러웠다. 통화를 마친 이고르가 어깨에 손을 얹을까 말까 고민하고 있음을 핍은 등 뒤로 느낄 수 있었다. 그는 그러지 않기로 결심했는지 그대로 사무실을 나섰다.

이고르가 나가고 나서 핍은 자리로 돌아와 자판을 두드려 사직서를 썼다. 문자나 이메일이 왔는지 확인해봤지만 스티븐도 안드레아스 볼프도 잠잠했다. 핍은 엄마의 집으로 전화를 걸어, 원래 가기로 한 날보다 하루 일찍 펠턴에 가겠다고 음성 메시지를 남겼다.

목 요 일

오클랜드 버스 정류장은 서맨사의 아파트에서 걸어서 2.4킬로미터 거리였다. 등에 배낭을 메고, 아침나절에 서맨사의 집에서 만든 '엄격한 채식주의자를 위한 올랄리베리 케이크'를 서맨사에게서 빌린 롤러스케이트 상자에 담아 들고 버스 정류장에 도착한 핍은 소변을 봐야 할 필요를 느꼈다. 그런데 동년배로 보이는 콘로 머리* 여자가 여자 화장실 문 앞을 떡하니 가로막고 서 있었다. 마약중독자 및/혹은 매춘부 및/혹은 정신이상자인 듯한 그 여자는 핍이 화장실로 들어가려 하자 단호하게 고개를 가로저었다.

"오줌이 급한데요."

"기다려."

"얼마나 기다려요?"

"최대한 오래."

"왜 기다려야 되는데요? 아무것도 안 볼게요. 오줌만 눌 거예요."

"그 상자 안에 뭐 들었어? 스케이트?" 여자가 물었다.

결국 핍은 방광을 비우지 못하고 샌터크루즈행 버스에 올랐다. 그런데 버스 뒤쪽 화장실마저 고장이 났다. 핍의 인생에 위기는 아직 충분하지 않았단 말인가. 샌터크루즈까지는 고사하고 새너제이까지 오줌을 참고 버틸 수 있을지 걱정이었다.

참자, 핍은 속으로 되뇌었다. '오줌을 참다(control pee)'는 Control-P다. 십대 시절, 그러니까 핍이 펠턴에 살면서 샌터크루즈의 학교에 다니던 시절에 친구들은 모두 애플 컴퓨터를 갖고 있었는데, 핍만 어머니가 오피스맥스에서

* 머리털을 딴딴하게 여러 가닥으로 땋아 머리에 붙인 흑인 머리형.

사다 준 싸구려 일반 PC를 썼다. 그걸로 인쇄를 할 때는 Control-P 즉, 컨트롤 키와 P 키를 눌러야 했다. 인쇄는 소변보기와 마찬가지로 사람이라면 꼭 해야 할 필요가 있는 활동이다. 리뉴어블 솔루션스에서 직원들이 늘 하는 말 중 하나는 '나 프린트해야 할 필요가 있어'였다. 이건 참으로 이상한 구절이다. 프린트(print)를 해야 할 필요가 있다. P를 해야 할 필요가 있다. 오줌(pee)을 참을(control) 필요가 있다……. 이 생각이 뇌리에 박혔다. 이런 생각을 하며 사는 자신이 자랑스러웠다. 그러나 생각은 갈 곳을 모르고 한자리에 맴돌았다. 하루가 끝나가는 지금(리뉴어블 솔루션스 직원들이 늘 하는 말처럼 '일과를 마친 후'), 핍은 소변을 봐야 할 필요가 있었다.

산업 시설이 자리한 이스트베이 저지대를 벗어난 고속도로는 곧 오르막을 달렸다. 만 너머 산 뒤에서 꾸역꾸역 모여드는 안개가 핍의 시선을 사로잡았다. 오늘 밤에는 안개가 야트막한 산을 온통 뒤덮을 모양이었다. 어쩔 수 없이 바지에 오줌을 싸야 된다면 좀 더 기다렸다가 자비로운 안개가 남들의 시야를 덮어 가려준 후 기회를 노려야 할 것이다. 터질 듯한 방광에서 신경을 끄려고 핍은 어리사 프랭클린의 노래가 흘러나오는 이어폰을 귀에 쑤셔 넣었다. 적어도 이제는 스티븐이 좋아하는 거친 하드코어 록 음악을 좋아해보려고 노력하지 않아도 되겠구나 싶었다. 안드레아스 볼프와 주고받은 마지막 이메일을 다시 읽어보았다.

어젯밤 핍이 서맨사의 아파트 소파에서 서맨사의 아티반*을 먹고 곯아떨어져 있는 동안에 온 볼프의 이메일이었다.

당신 이름에 관한 비밀은 절대 누설 안 하겠습니다. 하지만 공인은 비밀 누설에

* 정신신경안정제.

특히 신중해야 됩니다. 내가 헤쳐나가고 있는 이 불신 가득한 세상의 모습만 상상해봐도 알 수가 있죠. 누군가의 부끄러운 비밀을 폭로하는 일을 하고 있는 까닭에 나는 내 위치가 탄로 날 위험은 물론이거니와 질책과 조롱을 받을 위험 또한 감수하며 살고 있습니다. 유명세를 얻고자 하는 사람이라면 유명세에 관한 진실을 꼭 알아야 하죠. 유명해지면 다시는 타인을 믿을 수 없게 된다는 사실입니다. 일종의 저주를 받게 되는 거죠. 평생 타인을 믿을 수 없게 될 뿐 아니라, 내가 얼마나 중요한 사람이며 뉴스거리가 되는 사람인지를 끝없이 상기하게 되고, 그로 인해 나 자신을 잃고 영혼을 해치는 결과를 낳게 되니까요. 이게 바로 유명인의 비애랍니다, 핍. 그런데도 사람들은 누구나 유명해지고 싶어 해요. 온 세상이 유명해지고 싶은 열망으로 가득합니다.

내가 일곱 살 때 어머니가 본인의 생식기를 나한테 보여준 적이 있습니다. 이 비밀을 알게 됐으니 이제 어찌할 겁니까?

아침에 메일을 읽으면서 볼프가 진짜 본인의 창피스러운 비밀을 알려준 건지 곧바로 의심이 들어 핍은 안드레아스 볼프 어머니 생식기 일곱 살을 검색창에 넣고 확인해봤다. 그럭저럭 일치하는 결과물이 일곱 개가 나왔고, 그중 하나는 '아돌프 히틀러에 관한 72가지 흥미로운 사실들'이라는 게시물이었다. 핍은 답장을 썼다.

장난 아니네요. 비밀 꼭 지킬게요. 유명인이 자기 연민에 빠져 쏟아낸 과장된 말인 것 같으니까요. 아무도 당신한테 관심이 없고 그런 이유로 당신은 아무 영향력도 없던 시절에 기분이 어떠했는지 벌써 잊어버렸나 보네요. 당신이 내 비밀을 누설하면 사람들은 그걸 믿겠죠. 하지만 내가 당신 비밀을 폭로하면 사람들은 내가 재수 없게 당신 이메일을 위조했다고 여길걸요. 왜냐하면 난 여자니까요. 우리 여자들은 원래 그런 짓을 아무렇지 않게 하는 족속이라고들 하죠. 그런데 내가 최근에 경험한 바에 따르면 그건 모든 힘을 차지하고 뿌듯하게 살고 싶은 남자들이 지어낸 거짓말일 뿐이에요.

볼리비아에서 볼프는 오후 시간을 이메일 송수신에 할애하고 있는지, 보안 때문에 추가로 무수한 서버들을 거쳐야 한다더니 얼마 안 있어 답장이 날아왔다.

자기 연민에 빠져 있는 것처럼 들렸다니 미안하게 됐습니다. 비극적으로 들리길 바랐는데!

내가 남성이고 약간이나마 힘을 가진 것도 사실이지만 남성으로 태어나게 해달라고 요청한 적은 없습니다. 남성으로 태어났다는 게 결국은 포식자로 태어났다는 것과 같은 말이겠죠. 포식자가 자신보다 작은 동물들의 처지에 공감하고 그들을 죽여 먹이로 삼아야 한다는 사실을 거부한다면, 결국 본성을 거스르고 굶어 죽는 수밖에 없습니다. 포식자란 달리 말하면 남들보다 더 많은 돈을 갖고 태어난 사람을 지칭할 수도 있죠. 그렇다면 포식자로서 해야 할 올바른 행동이 무엇인가를 따져보는 것이 좀 더 흥미로운 사회적 문제가 아닐까 합니다.

당신이 여기로 내려와 우리와 함께 일하게 되면 좋겠습니다. 어쩌면 당신은 스스로 생각하는 것보다 더 다양한 종류의 힘을 갖고 있을지도 모르죠.

이 답 메일을 받고 핍은 주눅이 들었다. 기분 좋게 시시덕대던 대화가 독일인 특유의 관념적 대화로 흘러가는 것 같아서였다. 케이크가 구워지고 있는 동안 핍은 답장을 썼다.

늑대(Wolf)라는 어울리는 이름을 가진 남자분께!

그동안 살면서 만나온 수많은 사람들이 증명하듯 내 심리 상태는 엉망 개판인 상태인데요. 그래서인지 나는 유약한 본성을 받아들이고 포식자에게 먹히고 싶어 하는 작은 동물에 더 가까운 것 같아요. 당신이 운영하는 그 프로젝트는 이 사회에 나보다 잘 적응한 많은 사람들이 행복한 마음으로 잠재력을 깨닫는 그런 곳이겠죠. 혹시 당신한테 13만 달러의 여윳돈이 있어서 내가 그걸 받아 학자금 대출을 갚을 수 있으면, 그리고 당신이 나의 (싱글로 외로이 우울하고 고립된 삶을 살고 있는) 엄마에게 이메일을 써서 앞으로 영원히 나 없이도 혼자 잘 사실 수 있을 거라고 설득해줄 수 있으면 내가 당신의 프로젝트에 합류할 수 있겠지만, 그게 아니면 나는 내가 가진 다른 놀라운 힘들을 찾아낼 수 없을 거예요.

그럼 이만, 핍.

자기 연민의 냄새가 풀풀 풍긴다 싶었지만 핍은 그냥 보내버렸다. 남자들에게 차였던 일들을 속으로 곱씹으며 퍼티처럼 생긴 엄격한 채식주의자용 크림으로 케이크를 장식한 후 펠턴으로 출발하기 위해 배낭을 꾸렸다.

버스는 교통 체증 때문에 새너제이에서 여유롭게 정차하지 않았다. 핍은 버스에서 내릴 수 없었다. 버스가 17번 도로를 지나 샌터크루즈산맥을 넘어가는 동안 방광이 터질 듯한 통증이 복부 전체로 퍼져나갔다. 스코츠 계곡을 돌아갈 무렵 친숙한 안개가 다시 나타났다. 별안간 계절이 바뀌고 시간이 모호해진 느낌이었다. 이곳에서는 6월이면 거의 저녁마다 태평양의 안개가 샌터크루즈를 향해 거대한 앞발을 뻗곤 했다. 안개는 롤러코스터처럼 오르내리는 숲의 윤곽을 쓰다듬고, 침체된 샌로렌조 계곡과 파도타기를 즐기는 이들이 살고 있는 너른 거리를 지나, 붉은 삼나무 숲이 우거진 언덕으로 파고들었다. 아침이면 바다가 내쉬는 날숨이 묵직한 이슬로 응축되어 홈통을 타고 흘렀다. 부연 회색 안개가 감돌고 느지막이 잠에서 깨어나는 이 아침 풍경이 샌터크루즈의 한 모습이라면, 바다가 다시 숨을 들이쉬는 오전 중반의 낙천적이고 화창한 풍경은 샌터크루즈의 또 다른 모습이었다. 그래도 안개의 거대한 앞발은 완전히 걷히지 않고 온종일 앞바다에서 도사리고 있었다. 해 질 무렵이면 희열 뒤에 찾아오는 우울함처럼 안개가 다시 밀려와 사람의 소리를 지우고 아름다운 풍경을 마감하는 한편, 이 지역 고유의 특색을 고스란히 드러내면서 방파제 아래서 떠드는 바다사자의 소리를 증폭했다. 수 킬로미터 떨어진 곳에서도 바다사자들이 껑, 껑, 껑 짖으며 안개 속에서 다이빙하는 가족들을 집으로 불러들이는 소리가 들렸다.

버스는 프런트가(街)를 지나 또 다른 정류장에 도착했다. 짙은 안개에 속아 이미 날이 저문 줄 아는지 벌써 가로등이 켜져 있었다. 절뚝거리며 정류장의 여자 화장실로 들어가 빈칸을 차지한 핍은 배낭을 더러운 바닥에 내려놓고 그 위에 케이크 상자를 올려놓은 후 청바지를 내렸다. 잔뜩 움츠렸던 근육들이 쭉 펴지는데 메시지 수신을 알리는 휴대전화 신호음이 울렸다.

인턴십 기간은 3개월이고 원한다면 기한을 연장할 수 있습니다. 급료는 학자금 대출을 상환할 수 있을 만큼은 됩니다. 모친께서 당신 없이 단기간 혼자 지내보시는 것도 좋지 않을까 싶군요.

힘들고 무력한 기분이 든다니 유감입니다. 가끔은 환경에 변화를 주는 것도 기분을 좋게 만드는 데 도움이 되더군요.

포식자에게 붙들린 먹잇감의 기분이 어떨지 궁금하긴 했습니다. 포식자의 입안에서 아무런 고통도 느끼지 못하는 것처럼 꼼짝도 않는 모습을 종종 보이니까요. 마치 마지막 죽음의 순간에 자연이 자비를 베풀어 고통을 못 느끼게 하는 것처럼요.

은근히 위협조로 말하는 게 아닌가 싶어 마지막 단락을 유심히 살피고 있는데 바닥에 놓아두었던 배낭이 조그맣게 마른 한숨을 내쉬었다. 위에 얹어 놓은 케이크 상자의 무게에 배낭이 옆으로 쓰러진 것이었다. 펩이 오줌 줄기를 끊고 앞으로 손을 뻗기도 전에, 케이크 상자는 바닥으로 떨어져 저 혼자 열리더니 타일 바닥에 얼굴을 처박고 말았다. 응축된 안개와 담뱃재와 똥, 거리의 여자 악사들과 걸인들의 부츠에서 묻어 온 흙이 잔뜩 묻어 있는 타일에 말이다. 올랄리베리 몇 알이 데구루루 굴렀다.

펩은 망가진 케이크에 대고 말했다. "잘하는 짓이다. 아주 잘하는 짓이야."

공들여 케이크를 만든 노력이 수포로 돌아가자 펩은 눈물을 흘리며 더럽혀지지 않은 부분만 상자에 도로 주워 담고 알비노 똥처럼 바닥에 묻은 크림을 휴지로 닦기 시작했다. 화장실 바닥의 청결에 신경 쓰는 사람이 있기라도 한 것처럼. 어찌나 오래 닦았는지 하마터면 펠턴행 버스를 놓칠 뻔했다.

가까스로 버스에 오르자 금발 머리카락을 드레드 스타일로 꼰 너저분한 여자가 옆자리에서 펩을 돌아보며 물었다. "롬피코로 가나 봐?"

"그냥 길 끝까지 가요." 펩이 대답했다.

"난 롬피코에 석 달 만에 가봐. 그런 곳은 어디에도 없지! 거기서 남자 둘이 자기네랑 섹스를 하는 조건으로 나를 자기네 집 소파에 재워준 적이 있어. 섹스야 뭐 아무래도 상관없지. 어쨌든 롬피코는 다른 곳과는 참 달라. 자기도 거기 가본 적 있어?"

롬피코는 펩이 처녀 딱지를 뗐던 곳이었다. 그런 의미에서도 롬피코 같은 곳은 또 없을 것이다.

펩은 정중하게 대꾸했다. "거기서 잘 지냈나 보네요."

"롬피코는 최고라니까." 여자가 맞장구쳤다. "거기는 고지대라서 그 동네 사람들은 트럭으로 물을 실어 와야 돼. 덕분에 교외 지역에서 잘난 척하며 사는 인간들하고는 안 엮여도 되지. 그곳 사람들은 나한테 먹을 거며 필요한 걸 다 줬어. 그런 곳은 또 없을 거야!"

여자는 자신의 인생에 완벽하게 만족해하는 듯 보였다. 핍에게는 순간적으로 버스 안에 시커먼 빗물이 쏟아지는 것처럼 느껴졌는데 말이다. 핍은 애써 미소를 지으며 귓구멍을 이어폰으로 막았다.

펠턴은 안개가 걷혀 있었다. 버스 정류장은 햇볕에 바짝 구워진 붉은 삼나무 숲의 흙냄새를 풍겼으나, 해는 이미 산등성이 너머로 저물었다. 핍이 그늘진 좁은 길을 걸어 올라가는데 핍의 어린 시절 친구였던 검은멧새들과 얼룩검은멧새들이 그 길을 깡충깡충 함께 뛰어 올라갔다. 엄마가 사는 오두막이 핍의 시야에 들어오자마자 문이 벌컥 열리며 엄마가 핍을 맞이하러 뛰어나왔다. "아, 아!" 엄마의 얼굴에는 딸에 대한 사랑이 터무니없을 정도로 적나라하게 담겨 있었다. 그래서 늘 그랬듯, 핍도 엄마를 마주 껴안을 수밖에 없었다. 엄마는 본인의 몸이 예전 같지 않다며 투덜댔지만, 엄마의 몸은 핍에게 소중했다. 그 몸의 온기와 부드러움, 필멸성. 엄마 피부의 희미한 체취를 맡고 있으면 엄마와 한 침대를 썼던 어린 시절이 떠올랐다. 엄마가 가만히 있었으면 핍은 그 자리에 서서 엄마의 가슴에 얼굴을 묻고 위안을 받을 수 있었을 것이다. 하지만 엄마는 핍이 집에 돌아오기 무섭게 속에 담고 있던 생각을 토해냈다.

"엄마가 일하는 마켓에서 말이야. 소냐 도슨이랑 너에 대한 얘기를 했지 뭐니. 그 여자는 네가 초등학교 3학년 때 유치원 아이들 모두에게 상냥하게 대해줬던 걸 기억하고 있더라. 너도 기억나지? 네가 자기네 쌍둥이들한테 만들어줬던 크리스마스카드를 아직도 갖고 있다고 하더라고. 네가 유치원생 모두에게 크리스마스카드를 만들어줬던 일을 나는 까맣게 잊고 있었는데. 그해 내내 누가 쌍둥이들한테 제일 좋아하는 게 뭐냐고 물으면 쌍둥이들은 늘 '핍!'이라고 대답했대. 제일 좋아하는 디저트가 뭐냐고 물어도 '핍!', 제일 좋아하는 색깔이 뭐냐고 물어도 '핍!', 넌 그 애들이 좋아하던 모든 것이었어! 너무나 사랑스러운 소녀였지. 어린아이들한테 특히 친절했고. 소냐네 쌍둥이들 기억나지?"

"어렴풋이요."

핍은 오두막으로 걸어 올라갔다.

"그 애들이 너를 굉장히 좋아했잖아. 거의 숭배했지. 유치원 애들이 전부 그랬잖아. 소냐한테 그때 얘기를 듣는데 어찌나 뿌듯한지."

"내가 여덟 살로 계속 있지 못한 게 한이네요."

엄마는 핍의 뒤를 따라오며 말했다. "다들 널 특별한 여자애라고 말했어. 선생님들도 다 그랬고. 다른 부모들도 마찬가지였어. 넌 사랑과 친절의 기운을 마법처럼 뿜는 아이였으니까. 그때를 생각하면 참 행복해."

오두막 안으로 들어온 핍은 짐을 내려놓자마자 울음을 터뜨렸다.

엄마는 깜짝 놀랐다. "야옹아?"

"엄마 케이크를 망가뜨렸어요!" 핍은 여덟 살짜리처럼 훌쩍훌쩍 울었다.

"아, 괜찮아. 아무 상관 없어." 핍을 두 팔로 감싼 엄마는 가슴뼈까지 바짝 끌어안고 가만가만 흔들었다. "네가 여기 온 것만으로도 엄마는 너무 좋아."

핍은 울먹이며 간신히 말했다. "온종일 만든 케이크인데. 버스 정류장에서 더러운 바닥에 떨어뜨렸어요. 바닥에 떨어뜨렸다고요, 엄마. 정말 미안해요. 내 손에 닿으면 뭐든 다 더러워져. 미안해요, 미안해요, 미안해요."

엄마는 쉿쉿 소리를 내며 핍을 달래고 머리에 입을 맞추고 꼭 안아주었다. 눈물 콧물로 비참한 기분을 일부 쏟아낸 후에야 핍은 심리적으로 무너진 바람에 엄마와의 대화에서 중요한 고지를 빼앗긴 것 같다는 기분을 느끼기 시작했다. 그제야 핍은 엄마의 품에서 벗어나 세수를 하러 화장실로 갔다.

화장실 안 선반에는 핍이 어렸을 때 깔고 잤던 색 바랜 플란넬 면 시트가 놓여 있고 받침대에는 엄마가 20년 동안 사용해온 마찬가지로 낡은 목욕 수건이 놓여 있었다. 비좁은 샤워실의 콘크리트 바닥은 엄마가 그동안 북북 문질러 닦아온 덕분에 오래전에 페인트칠이 벗겨졌다. 핍은 엄마가 낭만적인 데이트나 종교적인 의식이라도 치르는 것처럼 딸을 위해 싱크대 옆에 촛불 두 개를 밝히는 모습을 바라보다가 또 울컥할 뻔했다.

엄마는 문 앞에서 서성이며 말했다. "훈제 렌즈콩이랑 케일 샐러드 준비해놨어. 네가 엄청 좋아하잖니. 네가 여전히 고기를 먹는지 물어볼까 하다가 잊어버려서 포크촙*은 준비를 못 했고."

"공동주택에서 살면서 고기를 아예 안 먹긴 어려워요. 이제 더는 그 집에 안 살지만요."

핍은 혼자 마시려고 사둔 와인병을 땄다. 엄마가 뉴 리프 커뮤니티 마켓에서 직원 할인가로 잔뜩 사 온 음식들을 펼쳐놓는 동안 핍은 33번가의 집을 떠나게 된 이유를 죄다 꾸며서 늘어놓았다. 엄마는 전부 다 믿는 눈치였다. 핍은 와인을 계속 따라 마셨고 엄마는 눈꺼풀 얘기(지금은 경련이 없지만 언제든 다시 경련이 나면서 또 처질 것 같은 기분이 든다고), 최근 직장에서 받은 사생활 침해 얘기, 뉴 리프 커뮤니티 마켓의 쇼핑객들 때문에 최근 감수성에 상처를 받은 얘기, 새벽 3시에 이웃집 수탉이 울어대는 바람에 도덕적 갈등을 겪고 있다는 얘기를 털어놓았다. 핍은 원래 이 오두막에서 일주일쯤 은신하듯 지내면서 기운을 회복하고 앞으로 어떻게 할지를 계획해볼 생각이었다. 엄마는 핍이 엄마 인생의 중심이라고 늘 말했는데, 지금 같아선 강박과 비탄으로 가득한 엄마의 우주에 핍이 들어갈 자리는 없어 보였다.

---

* 돼지 갈빗살.

저녁을 다 먹고 와인병도 거의 비웠을 때쯤 펍이 말했다. "그래서 직장도 그만뒀어요."

"잘했다. 그런 일을 하면서 살기엔 네 재능이 아깝더라니."

"엄마, 난 재능 같은 건 없어요. 그다지 똑똑하지도 않고요. 돈도 없는 데다가 이제는 살 곳도 없는 처지예요."

"엄마랑 살면 되지."

"현실적으로 생각을 좀 해보자고요."

"네가 저 뒤쪽 베란다 침실을 써. 너 거기서 자는 걸 좋아했잖아."

펍은 병에 남은 와인을 잔에 마저 부었다. 어차피 도덕적 해이로 점철된 모녀 관계이니만큼 엄마의 그 말은 가볍게 무시하기로 했다. "내 생각은 이래요. 방법은 두 가지예요. 하나는 내가 아빠를 찾을 수 있게 엄마가 도와주면, 내가 아빠를 찾아가서 돈을 받아내는 거죠. 다른 하나는 잠시 남미에 가서 일을 하는 거예요. 내가 남미에 안 가고 계속 여기서 살길 바란다면 아빠를 찾을 수 있게 도와주든가요."

형편없는 자세로 구부정하게 앉아 있는 펍에 비해, 영적 수행으로 단련된 엄마의 자세는 아름다울 정도로 꼿꼿했다. 먼 곳을 응시하는 듯한 시선 때문인지 완전히 다른 종류의 얼굴, 어쩐지 더 젊어 보이는 얼굴이었다. 자식을 낳기 전 젊었을 적 엄마의 얼굴은 이렇지 않았을까.

식탁 옆 이제는 캄캄해진 창문을 바라보며 엄마는 입을 열었다. "아무리 널 위한 일이라고 해도 엄마는 도와줄 수가 없어."

"그럼 남미로 가죠, 뭐."

"남미라니……."

"엄마, 나도 거기 가고 싶지 않아요. 엄마 가까이에서 살고 싶다고요. 그러려면 엄마가 날 도와줘야 돼요."

"이럴 줄 알았어!" 엄마는 여전히 아득한 눈빛으로 외쳤다. 창문에 비친 자신의 모습 외에 다른 무언가를 보고 있는 듯한 눈빛이기도 했다. "그 작자는 아직도 나를 쥐고 흔들고 있어! 나한테서 널 빼앗아 가려고! 하지만 어림도 없는 소리지!"

"이건 정말이지 정신 나간 대화예요, 엄마. 난 스물세 살이나 먹었어요. 내가 살던 곳을 엄마가 와서 봤으면 내가 나 자신 정도는 챙길 수 있다는 걸 알았을 거예요."

그제야 엄마는 고개를 돌려 핍을 똑바로 쳐다보았다. "남아메리카에 뭐가 있는데?"

핍은 불순한 생각이나 행동을 고백하기라도 하듯 주저하며 대답했다. "거기, 거기엔 꽤 흥미로운 조직이 있어요. 선라이트 프로젝트라는 조직인데, 유급 인턴 제도를 운영하면서 인턴한테 모든 기술을 가르쳐줘요."

엄마는 미간을 찌푸렸다. "불법적으로 정보를 유출하는 것?"

"엄마가 뭘 안다고 그래요?"

"신문 읽잖아, 야옹아. 성범죄자가 만든 조직이라던데."

"아니에요. 그건, 그러니까, 그 조직은 위키리크스예요. 선라이트 프로젝트에 대해선 아무것도 모르면서. 엄마는 산속에 살아서 아무것도 모르잖아요."

엄마는 잠시 그 말에 흔들리는 듯했으나 곧 단호하게 말했다. "그래, 어산지가 아니지. 안드레아스겠지."

"아, 미안하게 됐네요. 엄마도 뭘 좀 아시네요."

"안드레아스도 어산지와 다를 바 없어. 더 안 좋아."

"아뇨, 엄마. 그렇지 않아요. 그 두 사람은 완전히 다르다고요."

이 말에 엄마는 눈을 감고 허리를 더 꼿꼿이 펴고 앉아 천천히 호흡을 고르기 시작했다. 속이 많이 상하면 엄마는 늘 이랬다. 핍은 엄마를 방해하고 싶지 않아서 어쩔 수 없이 입을 닫았지만, 엄마가 다시 수면 위로 올라와 대화를 할 때까지 한 시간이고 두 시간이고 기다리고 싶진 않았다.

"엄마가 그러고 있으면 진정된다는 건 아는데요. 엄마가 나를 상대도 안 하고 있는 동안 계속 이러고 앉아 있을 수는 없어요."

엄마는 숨만 들이쉬고 내쉬었다.

"내 아빠란 사람하고 진짜 무슨 일이 있었는지라도 말해주면 안 돼요?"

"말해줬잖아." 엄마는 눈도 뜨지 않고 중얼거렸다.

"거짓말이었잖아요. 얘기 하나 해줄까요? 안드레아스 볼프한테 도움을 받아서 아빠를 찾아보려고요."

엄마가 눈을 번쩍 떴다.

"그러니까 엄마 입으로 아빠에 대해 말을 해줘요. 안 해주면 남미로 가서 내가 직접 알아볼 거예요."

"퓨리티, 잘 들어. 내가 좀 별나긴 하지만 엄마 말 믿어야 돼. 네가 그곳에 가서 그런 짓을 하면 엄마는 죽어."

"왜요? 내 나이대 사람들은 여행 많이 다녀요. 내가 거기에 갔다가 돌아올 거라고 왜 못 믿어요? 내가 엄마를 얼마나 사랑하는지 몰라요?"

엄마는 고개를 저었다. "너무 끔찍한 악몽이야. 안드레아스 볼프라니. 정말 악몽이야, 악몽."

"안드레아스에 대해 아는 게 있어요?"

"좋은 사람이 아니라는 거."

"어떻게 아는데요? 어떻게 아냐고요? 반나절이나 시간을 들여서 자료를 찾아봤는데 전혀 나쁜 사람이 아니던데요. 그 사람한테 이메일도 받았어요. 보여줄 수도 있어요."

"아, 맙소사." 엄마는 고개를 절레절레 흔들었다.

"왜요? 뭐가 맙소사예요?"

"그런 사람이 왜 너한테 이메일을 보냈을지 생각 안 해봤니?"

"유급 인턴 프로그램을 운영한다잖아요. 그 일을 하려면 시험을 봐야 하는

데 난 시험을 봤고 합격했어요. 그 사람들은 대단한 일을 하고 있어요. 그런 사람들이 나를 원하는 거라고요. 엄청 바쁘고 유명한 사람이 나한테 직접 이메일을 보내고 있단 말이에요."

"그 사람 비서가 보낸 걸 수도 있지. 이메일이라는 게 그렇잖아? 누가 써서 보낸 건지 확실히 알 수 없잖니."

"그 사람이 보낸 거 확실해요."

"생각해봐, 퓨리티. 그들이 왜 너를 원할까?"

"23년 동안 나더러 특별한 사람이라고 계속 말한 사람이 엄마잖아요."

"부도덕한 남자가 돈까지 주면서 아름다운 젊은 여자를 남미로 불러들이는 이유가 뭐겠어?"

"엄마, 난 아름답지 않아요. 그렇다고 멍청하지도 않고요. 그 사람에 대해 검색도 해봤고 확인차 이메일도 보냈어요."

"야옹아, 베이에어리어에도 너를 원하는 사람들이 많아. 멀쩡하고 상냥한 사람들이야."

"난 그런 사람들 만나본 적도 없네요."

엄마는 핍의 두 손을 꼭 잡고 얼굴을 찬찬히 바라보며 말했다. "너 무슨 일 있었지? 엄마한테 얘기해봐."

문득 엄마의 손이 사람을 꼼짝 못 하게 붙들려는 앞발처럼 느껴졌다. 엄마가 낯설었다. 핍은 두 손을 뒤로 빼며 말했다. "아무 일도 없었어요!"

"얘야, 말을 해."

"지구에 엄마 말고는 아무도 없다고 해도 엄마한테 절대 말 안 할 거예요. 엄마도 나한테 아무 얘기도 안 해줬잖아요."

"엄마는 너한테 전부 얘기했어."

"정작 중요한 얘기는 하나도 안 해줬으면서."

엄마는 의자 등받이에 기대앉아 텅 빈 창문을 바라보았다. "그래, 맞아. 말해줄 수 없어. 엄마가 그러는 데는 다 이유가 있어. 절대 말 못 해."

"뭐, 그럼 내가 알아서 할게요. 엄마는 나한테 이래라저래라 할 권리 없어요."

"엄마는 이 세상 무엇보다 널 더 사랑할 권리가 있어."

"아뇨, 없어요! 없어! 없어! 없어!" 핍이 소리쳤다.

천박한 취향의 공화국

The Republic of Bad Taste

지크펠트가의 교회는 독일민주공화국*을 난처하게 만드는 사람이라면 누구에게나 열려 있었다. 안드레아스 볼프는 공화국을 몹시 난처하게 만드는 사람인지라 아예 그 교회에 살았다. 정확히 말하면 교회의 목사관 지하실이 그의 거처였다. 그러나 진실한 그리스도인들, 지구의 친구들, 인권의 중요성을 믿거나 3차 세계대전에 참전을 원치 않는 부적응자들에 비하면, 그는 스스로에게 덜 부끄러운 삶을 살고 있었다.

안드레아스가 보기에 동독의 전체주의적인 면면은 우습기 그지없었다. 죽음을 불사하고 국경을 넘으려던 사람들이 어이없게 총살당하고 있는 현실이 그에게는 동독의 평면성과 서독의 입체성 사이의 단절이 빚어낸 괴상한 기하학처럼 보였다. 이 문제를 풀려면 수학이라도 적용해야 하는 걸까. 국경을 넘지 않을 경우 감당해야 할 최악의 사태는 수시로 감시당하며 살다가 어느 날

* 옛 동독.

갑자기 붙들려 가 심문당하고 옥살이를 하다 인생이 망가지는 것이었다. 그 정도로도 이 나라의 개인은 하루하루 살아내기가 곤란할 지경인데, 기관의 어리석음으로 인해 삶은 더욱 고단해졌다. 기관은 소위 '계급의 적'이라든지 '반혁명적 요소들'이라는 우스꽝스러운 언어들을 사용해가며 증거 수집에 꾸역꾸역 매달렸다. 정부는 자백이나 자아비판을 명령하지도, 서명을 강제하거나 위조하지도 않았다. 이 나라에서 개인을 고발하려면 사진과 녹음 자료 같은 명백한 증거가 있어야 했고, 참고로 들이댈 서류가 있어야 했으며, 민주적으로 제정된 법을 따라야 했다. 동독은 항시 논리적인 일관성 유지를 위해 고군분투했고 일을 올바르게 처리하려 나름 안간힘을 썼다. 그런 면에서 애달프게도 참 독일스러웠다. 소비에트 아버지에게 깊은 인상을 주고 아버지를 능가하려 애쓰는 몹시도 성실한 소년 같기도 했다. 선거 결과 보고를 조작하는 짓도 몹시 혐오했다. 그들은 소년 같은 두려움과 약간의 연민이 뒤섞인 감정으로 사회주의를 신봉했다. 서독 어린이들이 공중을 날아다니며 크리스마스 트리에 촛불을 밝히고 트리 아래 선물을 놓아둔다는 아기 천사 크리스트킨트를 믿듯이. 투표 날이 되면 동독 사람들은 모두 투표를 하러 가 독일사회주의통일당에 표를 던졌다. 1980년대까지는 동독 사람들의 생활수준이 서독을 앞섰다. 서독 사람들보다 더 좋은 차를 탔고, 더 좋은 텔레비전을 보았으며, 기회도 더 많았다. 그러나 서독과의 국경이 폐쇄된 후로 동독 사람들은 공화국 초기 때의 모습을 허황되게 꿈꾸며 소년처럼 망상에 빠져들었다. 반체제 인사들조차 국가 전복이 아닌 개혁을 입에 올렸다. 끔찍한 비극까지는 아니었으나 일상이 부자연스러운 속박에 얽매였다. (1988년 올림픽에서 동독이 3위를 차지한 것을 두고 〈베를리너 차이퉁〉 신문은 재난이라 부르기까지 했다.) 안드레아스가 저지른 난처한 짓거리는 독재 정부를 전복하려는 시도로 보기엔 너무 어쭙잖아서 특별히 경계를 사지 않았다. 안드레아스는 교회 언저리에서 은거하면서 다른 부적응자들과는 거리를 두고 살았는데, 부적응자들이 하는 짓이 심미적으로 실망스러운 데다 그의 특이한 성향과 맞지 않았고 무엇보다 그들이 그를 신뢰하지 않기 때문이었다. 안드레아스는 지크펠트가에서 홀로 거주하며 다양한 역설을 몸소 경험했다.

안드레아스가 무신론자로서 교회에 의지해 사는 것이 넓은 의미의 역설이라면, 위기에 처한 청소년들의 상담사 역할을 하며 돈을 버는 것은 좁은 의미의 역설이었다. 동독 젊은이들 중에 안드레아스보다 더 많은 특권을 누리면서 위험에 덜 노출된 이가 있을까? 그는 난잡한 성생활과 알코올의존증, 문제 가정으로 인해 고통받는 십대들을 대상으로 교회 목사관 지하실에서 집단 및 개별 상담을 진행하면서, 평소 경멸해 마지않는 동독 사회에서 청소년들이 생산성 있는 역할을 해나갈 수 있도록 도왔다. 청소년들을 학교로 돌려보내고, 믿을 만한 정부 소속 사회복지사들에게 연결해 은밀히 일자리를 얻게 해주는 등 그는 그 일을 꽤 잘해냈다. 그런 의미에서 그는 역설적이게도, 동독 사회의 생산적인 구성원이었다.

특권을 누릴 수 있는 신분임에도 불구하고 낮은 자리에 임한 덕분에 안드레아스는 아이들의 신임을 얻었다. 아이들은 매사를 너무 진지하게 보는 게 문제였다. (자기 파괴적인 행동은 그만큼 스스로를 중요하게 여긴다는 뜻도 된다.) 그래서 그는 아이들에게 늘 이렇게 말했다. "나를 봐. 우리 아버지는 당 중앙위원회 소속이지만 난 교회 지하에서 살고 있어. 내가 진지하게 사는 것 같으냐?" 그의 메시지는 효과가 있었지만 진실은 아니었다. 그는 교회 지하실에서 살고 있지만 특권을 누리지 않는 건 아니었다. 그는 부모와 연락을 끊은 대신 부모의 보호를 받았다. 다른 젊은이들이 했으면 정부 당국에 고발당하고 남았을 짓을 지질러도 한 번도 체포되지 않았다. 그래도 그가 진실을 말했기에 아이들은 그를 좋아했고 그의 말에 반응을 보였다. 아이들은 너무나도 간절히 진실을 듣고 싶은 나머지, 안드레아스가 대놓고 진실을 말할 수 있는 것도 그가 가진 특권 덕분임을 깨닫지 못했다. 정부는 안드레아스라는 위험 요소를 기꺼이 사회에 내놓고 운영하는 듯 보였다. 혼란에 빠져 불안해하는 청소년들에게 안드레아스가 비록 허위일 뿐이지만 정직의 횃불 같은 역할을 하고 있기 때문일 것이다. 안드레아스는 대단히 매력적인 인물이면서 청소년들에게 또 다른 종류의 위험 요소였다. 소녀들은 그의 사무실 문 앞에 줄서서 기다리며 그를 위해 옷을 벗었다. 소녀들이 열여섯 살이라고 그럴싸하게 주장하면 안드레아스는 기꺼이 그들의 옷 단추를 풀어주었다. 이 또한 역설적이었다. 안드레아스는 반사회적 요소들을 잘 구슬려 제도권에 편입시킴으로써 정부 당국을 위해 가치 있는 서비스를 제공하고 있었다. 본인은 진실을 말하면서도 청소년들에게는 함부로 진실을 입 밖에 내지 않도록 조심시켰다. 그리고 그런 서비스에 대한 대가를 소녀들의 몸으로 받았다.

정부 당국과의 무언의 합의가 오래도록—6년 넘게—이어진 덕분에 안드레아스는 안전히 입지를 다졌다 여겼지만, 남자들과 우정을 쌓는 일은 여전히 무척 조심스러웠다. 남자들은 그가 교회에서 청소년들을 대하는 모습을 보면서 질투를 하고 못마땅해했다. 남자들과의 교류를 피하는 것은 통계적으로 따져봐도 그의 삶을 안정적으로 유지하는 데 도움이 되었다. 정부 첩자로 활동하는 이들은 남자 열 명에 여자 한 명 정도의 비율이기 때문이었다. (게다가 안드레아스는 십대 청소년 중에서도 소녀를 선호하는 편이니 그만큼 더 안전했다. 첩자들을 감독하는 자들은 지독한 성차별주의자라서 여학생들은 첩자로 쓰기에 적합하지 않다고 여겼다.) 안드레아스가 남자들과의 교류를 기피하는 제일 큰 이유는 그들과 섹스를 할 일이 없고, 섹스를 통해 공범 의식을 공고히 할 수 없기 때문이었다.

십대 소녀들을 향한 그의 욕구는 끝이 없었지만 그는 합법적으로 성관계가 가능한 연령이 안 된 소녀 혹은 성적 학대를 받은 소녀와는 동침하려 하지 않았고, 그런 자신에게 자부심을 갖고 있었다. 그는 특히 성적 학대를 받은 소녀를 알아보는 데 일가견이 있었다. 그런 소녀들은 스스로를 더러운 똥처럼 여겼고, 아무렇지 않게 깔깔 웃어도 아픈 속내가 고스란히 드러나곤 했다. 해가 갈수록 안드레아스는 그런 소녀들의 아픔을 본능적으로 감지할 수 있었다. 학대받은 소녀가 다가오면 그는 뒷걸음질 정도가 아니라 아예 도망을 쳐버렸다. 포식자의 약탈 행위에 연루되고 싶지 않았다. 포식자들이 하는 짓—대중 속에서 먹잇감을 찾고, 놀이터 근처에서 숨어 기다리고, 조카딸을 사탕이나 싸구려 장신구로 유혹해 탐하는 짓—에 대해 들으면 살의를 느낄 만큼 지독한 분노가 일었다. 그는 정신적으로 멀쩡하고 자유로운 상태에서 그를 원하는 소녀들만을 취했다.

자신이 하는 짓에 대해 조금이나마 거리낌이 느껴지면—여자만 바꿔가면서 같은 짓을 되풀이하고, 그런 짓에 염증을 내기는커녕 더욱 맹렬히 원하고, 여자의 얼굴에 입술을 가져가기보다 여자의 다리 사이에 입술을 가져가는 것을 더 좋아하는 것 같아 괜히 걱정이 되면—그는 그걸 자신이 살고 있는 이 역겨운 나라 탓으로 돌렸다. 그는 공화국이 규정한 대로 존재할 뿐이며 공화국이 요구하는 역할을 하고 있을 뿐이라고, 그 역할은 바로 '섹스를 목적으로 반사회적인 부류를 홀리는 유혹자(Assibräuteaufreißer)'라고 여겼다. 그는 스무 살이 넘는 남녀를 믿지 못했는데 그것은 그의 탓이 아니었다. 게다가 그는 특권을 누리는 집안 출신이었다. 부유한 카를마르크스 거리에서 살다 추방당한 잘생긴 금발 왕자였다. 목사관 지하실에서 살면서 형편없는 통조림 음식으로 끼니를 때웠지만 그는 여전히 특권을 누렸다. 은행 계좌가 없는 대신 머릿속에 섹스 장부를 두고 정기적으로 점검을 했다. 첫 상대와 최근 상대의 이름뿐 아니라 정확한 순서까지 기재된 장부였다.

1987년 겨울, 장부에 쉰두 명째를 기록하고 나서 그는 실수를 저지르고 말았다. 쉰세 번째 섹스 상대로 다가온 아담한 키의 빨간 머리 소녀 페트라 때문이었다. 페트라는 취업 불능자인 부친과 함께 온수가 나오지 않는 프렌츨라우어베르크의 건물에서 불법으로 거주했는데, 문제는 그녀가 부친과 마찬가지로 신앙심이 아주 깊다는 점이었다. 그러나 돈독한 신앙심에도 불구하고 안드레아스에 대한 페트라의 욕망은 꺾이지 않았다. (페트라에 대한 안드레아스의 욕망도 마찬가지였다.) 다만 페트라는 교회 안에서 섹스를 하는 것을 하느님에 대한 불경이라 여겼다. 안드레아스는 미신일 뿐이라고 설득했지만 그럴수록 페트라는 그의 영혼에 문제가 생긴 것은 아닌지 불안해했다. 안드레아스는 영혼을 온전히 보존하지 않으면 페트라를 놓칠 수도 있겠다 싶었다. 어떤 여자와 자겠다고 한번 마음을 먹으면 다른 생각은 못 하는 성격인지라 안드레아스는 어떻게든 밀어붙이려 했지만, 그에게 아파트를 빌려줄 만큼 친한 친구도 없었고 호텔 방을 빌릴 금전적 여유도 없었다. 하필 페트라와 함께 보내기로 한 중요한 밤에 날씨마저 얼어붙게 추웠다. 페트라의 옷을 벗길 수 있는 유일한 방법은 (페트라는 약간 맛이 간 것 같고 그리 똑똑한 편도 아니었지만 어쩐지 과거에 상대했던 다른 여자들보다 더 절박하게 갖고 싶은 마음이 드는 여자였다) 함께 에스반 기차*를 타고 뮈겔제 호숫가에 있는 그의 부모님 별장으로 가는 것뿐이었다. 부모님은 겨울에 그 별장을 거의 이용하지 않았고 근무를 하는 평일인 만큼 더더욱 그곳에 올 일이 없었다.

당 간부의 아들인 안드레아스는 원래대로라면 당 간부들이 주로 거주하는 교외의 헤센빙켈이나 반들리츠 지역의 고급 주택에서 자랐어야 마땅하지만, 어머니가 도심 가까이에서 살고 싶어 해서 카를마르크스 거리의, 큰 창문과 발코니가 있는 고층 아파트에서 자랐다. 어머니가 헤센빙켈이나 반들리츠 같은 교외 지역을 싫어한 이유는 부르주아 취향을 가진 데다 그 동네 사람들과 지적 수준이 안 맞아서일 터였다. 어머니는 그 동네 집들의 가구며 동네 사람들과의 대화도 참을 수 없을 만큼 속물적(spießig)이고 촌스럽고 교양 없다

* 도시 고속 전철.

고 여기는 듯했지만, 다른 사람 앞에서 속생각을 드러내지 않았다. 대신에 지독한 멀미 때문에 교외에서 자기 직장인 대학교까지 자동차로 통근하기가 힘들다고 핑계를 댔다. 안드레아스의 아버지가 공화국에 없어서는 안 될 중요한 인재인 까닭에, 사람들은 그가 도심의 고층 아파트에서 살든, 그의 아내가 차멀미를 핑계로 뮈겔제 호숫가에 별장을 마련해놓고 날씨가 따뜻할 때면 몇 개월씩 주말마다 그곳에서 머물든 개의치 않았다. 안드레아스가 부모님을 만나러 갔을 때, 어머니는 언제든 폭발해 미쳐 날뛸 자살 폭탄 같은 상태였기에 아버지는 가급적 어머니가 원하는 대로 해주려 했고, 어머니가 그저 차멀미 때문이라는 거짓말만 잘 유지해주기를 바라고 있었다. 사실 어머니에게 그런 거짓말은 그리 힘든 일도 아니었다.

별장은 뮈겔제 호숫가를 향해 완만하게 경사진 너른 소나무 숲에 위치해 있었고, 기차역에서 충분히 걸어서 갈 수 있는 거리였다. 어둠 속에서 안드레아스는 더듬더듬 별장 열쇠를 찾아냈다. 열쇠는 언제나처럼 처마 밑에 매달려 있었다. 페트라를 데리고 별장 안으로 들어가 불을 켠 안드레아스는 거실에 놓인 가구들을 보고 잠시 혼란에 빠졌다. 그가 어렸을 때 살았던 도심 아파트의 덴마크풍 모조 가구들이 죄다 별장 거실에 놓여 있었던 것이다. 그는 집 없이 떠돌다 6년 만에 별장에 와본 것인데, 그동안 어머니는 도심 아파트의 실내장식을 바꾸면서 아파트에 있던 가구들을 별장에 가져다 놓은 모양이었다.

"여기 누구네 집이에요?" 별장 안의 온갖 편의 시설에 놀란 페트라가 물었다.

"신경 쓰지 마."

페트라가 이 별장에서 그의 사진을 찾아낼 위험은 없었다. (트로츠키의 초상화가 제일 먼저 눈에 띌 테니까.) 켜켜이 높게 쌓인 맥주 상자에서 반 리터짜리 맥주 두 병을 꺼내 한 병을 페트라에게 건넸다. 현관 옆에 쌓인 당 기관

지 〈노이에스 도이칠란트〉의 날짜를 보니 3주 전 일요일 자였다. 문득 어느 겨울 일요일에 자식도 없이 단둘이 여기 와서 지냈을 부모님의 모습이 상상이 되었다. 부모님에 대한 감정이 위험하게도 연민에 가까워졌다. 부모님은 노부부가 으레 그렇듯 드문드문 들릴 듯 말 듯 조용히 대화를 나눴을 것이다. 그는 비록 두 분의 노년을 쓸쓸하게 만든 장본인이지만 후회하지 않았다. 그가 그렇게 된 것은 부모님 탓이 컸다. 그래도 어렸을 적에는 두 분을 몹시 사랑했던 터라 두 분이 예전에 썼던 가구를 보니 마음이 울컥했다. 부모님은 노쇠해가는 인간일 뿐이었다.

전기난로를 켠 안드레아스는 페트라를 데리고 복도를 지나 예전에 그가 썼던 방으로 향했다. 예전 기억과 함께 떠오른 향수를 지워버리려면 그녀의 다리 사이에 얼굴을 묻는 게 제일 빠른 방법이었다. 이미 기차를 타고 오는 동안에도 페트라의 바지 속으로 손을 넣어 성기를 애무했지만 말이다. 하지만 페트라는 목욕을 하고 싶다고 했다.

"나 때문이면 굳이 안 해도 돼."

"나흘째 목욕을 못 했어요."

안드레아스는 목욕 수건을 적셔놓는 게 신경 쓰였다. 별장을 떠나기 전에 수건을 말려서 개켜놓아야 여기 왔다 간 티가 나지 않을 것이다. 하지만 지금은 여자와 여자의 욕구를 우선으로 해야 했다.

그는 기분 좋게 대답했다. "알았어. 목욕해."

그는 맥주를 들고 예전에 썼던 침대에 걸터앉았다. 욕실로 들어간 페트라가 문을 잠그는 소리가 들렸다. 그 후 수 주일간 이 문 잠그는 소리는 그의 불안증의 씨앗이 되었다. 별장 안에는 그와 둘뿐인데 어째서 페트라는 그때 욕실 문을 잠갔을까? 그 후에 벌어진 일을 페트라가 미리 알았거나 연루됐을 가능성은 아무리 따져봐도 없었다. 하지만 그 후 벌어질 일을 미리 알고 스스로를 보호하려던 게 아니라면 어째서 문을 잠갔던 걸까?

욕조에 들어앉아 물을 틀어놓은 페트라, 그녀가 물을 찰박거리던 소리, 배관을 타고 흐르는 요란한 물소리 때문에 그는 별장으로 접근하는 자동차 소리와 발소리를 듣지 못했다. 어쩌면 단순히 운이 나빠서였는지도 몰랐다. 누군가 별장 앞문을 쾅쾅 두드리며 소리쳤다. "인민경찰(Volkspolizei)이다!"

배관을 타고 흐르던 물소리가 돌연 그쳤다. 안드레아스는 도망칠 생각도 해보았지만 욕실에 페트라가 있으니 그럴 수는 없었다. 어쩔 수 없이 침대에서 몸을 일으켜 앞문을 열었다. 경찰차의 점멸등과 헤드라이트 불빛을 받으며 인민경찰 두 명이 문 앞에 서 있었다.

"예?" 안드레아스가 말했다.

"신분 확인을 해야겠소."

"무슨 일인지?"

"신분증 좀 봅시다."

인민경찰들은 그의 앞에서 개처럼 꼬리를 흔들지 않았고, 남의 말을 엿듣는 뾰족한 귀는 모자 속에 납작하게 숨겨놓았다. 상관으로 보이는 경찰은 안드레아스가 내민 신분증을 보고 눈살을 찌푸리더니 부하에게 넘겼다. 부하는 신분증을 들고 경찰차로 돌아갔다.

"허락을 받고 여기 와 있는 거요?"

"그렇다고 봐야겠죠."

"혼자?"

"보시다시피." 안드레아스는 공손하게 손짓을 했다. "들어오시겠습니까?"

"전화 좀 씁시다."

"그러시죠."

경찰은 신중하게 별장 안으로 들어왔다. 집 안에 숨어 있을지 모를 무장 폭도들을 우려하기보다는 이 집 주인 부부의 눈치를 더 보는 듯했다.

"여긴 부모님 별장입니다." 안드레아스가 해명했다.

"이 별장 주인인 차관님은 아는데, 당신은 모르겠어. 오늘 밤에 이 별장의 사용 허가를 받은 사람은 없어."

"여기 온 지 15분밖에 안 됐어요. 이렇게 민첩하게 출동을 하시다니 대단하십니다."

"집 안에 켜진 불을 봤어."

"아주 칭찬할 만하네요."

욕실에서 똑 하고 떨어지는 물소리가 났다. 나중에 생각해보니 그때 그 경찰이 욕실에 아무 관심을 보이지 않았던 게 이상하기는 했다. 경찰은 낡은 검은 수첩을 휙휙 넘겨 전화번호를 찾고는 별장 전화기의 다이얼을 드르륵드르륵 돌렸다. 안드레아스는 이 경찰이 어서 꺼져주기를, 그래서 아담한 페트라를 어서 잡아먹을 수 있기만을 바랐다. 그 외의 다른 상황이 벌어지는 건 너무 기분이 나빠 생각하고 싶지도 않았다.

"차관님?" 경찰은 본인 신분을 밝힌 후, 현재 아들이라 주장하는 침입자가 별장에 들어와 있다고 간결하게 보고했다. 그리고 전화기에 대고 몇 번이나 "예"라고 대답했다.

"제가 아버지한테 얘기를 하겠습니다."

안드레아스가 말했지만 경찰은 조용히 하라며 손짓했다.

"직접 말하겠다고요."

"즉시 조치하겠습니다." 경찰은 수화기에 대고 차관에게 말했다.

안드레아스가 수화기를 빼앗으려 하자 경찰은 그의 가슴팍을 밀쳐 바닥에 쓰러뜨렸다.

"아뇨, 전화를 빼앗으려 들어서…… 예……. 물론입니다. 그렇게 전하겠습니다……. 알겠습니다, 차관님." 경찰은 전화를 끊고 안드레아스를 내려다보았다. "즉시 여길 떠나서 다시는 돌아오지 마."

"그러죠."

"다시 돌아왔다간 대가를 치를 줄 알아. 차관님은 그 점을 당신이 확실하게 받아들이길 원하셔."

"사실 그분은 내 아버지가 아니라, 그냥 성씨가 같은 것뿐이에요."

"개인적으로 한마디 할까? 다시 돌아와 내가 근무 중일 때 나한테 걸리면 본때를 보여주지."

부하가 돌아와 안드레아스의 신분증을 상관에게 주었다. 상관은 신분증을 들여다보며 입을 비쭉거리더니 안드레아스의 얼굴에 대고 휙 던지며 말했다.

"나가서 문 잠그고 꺼져, 멍청아."

경찰들이 가고 난 후 안드레아스는 욕실 문을 두드리고는 나갔다 올 테니 그동안 불 끄고 기다리라고 페트라에게 말했다. 그는 집 안의 나머지 조명을 모두 끄고 밖으로 나가 기차역을 향해 밤의 어둠 속을 걸었다. 첫 번째 길모퉁이에 아까 그 경찰차가 불도 켜지 않고 가만히 서 있었다. 그는 경찰들을 향해 손을 살짝 흔들었다. 두 번째 길모퉁이에서 그는 소나무 뒤에 몸을 숨기고 경찰차가 그곳을 떠날 때까지 기다렸다. 저녁 분위기는 이미 잡쳤지만 기껏 여기까지 왔는데 남은 시간마저 낭비하고 싶지 않았다. 그는 살금살금 별장으로 다시 돌아갔다. 페트라는 그가 어렸을 때 썼던 침대에 웅크리고 앉아, 경찰들이 두려워서인지 눈물을 흘리고 있었다. 안드레아스는 굴욕당한 게 너무 화가 나서 페트라와 섹스를 하면서도 그녀의 기분을 배려할 마음이 들지 않았다. 그는 어둠 속에서 페트라에게 이렇게 해라 저렇게 해라 명령했고, 결국 페트라는 엉엉 울면서 그를 증오한다고 말했다. 그도 같은 심정이었다. 그 후 다시는 페트라를 보지 않았다.

3주 뒤, 독일기독교청년협의회가 서독의 서베를린에서 연설을 해달라며 안드레아스를 초청했다. (정말 그런지 확실히 알 수 없고, 그런 게 또 나름의 미학이긴 하지만) 한때 당에서 축출된 적 있는 그의 친척이자 첩보 조직 지휘관인 마르쿠스 볼프가 그 협의회에 철저히 침투해 있을 터였다. 비자가 준비

됐으니 가지고 가라는 안내문과 함께 초대장을 안드레아스에게 보낸 것이 동독 외무국이니 말이다. 베를린장벽을 넘어가면 다시는 동독으로 재입국할 수 없으리라는 것은 너무나도 확실했다. 그 초대장이 아버지가 보낸 경고이며, 별장에서 그가 저지른 무분별한 행동에 대한 처벌이라는 것도 분명했다.

이 나라에 사는 사람들은 자동차를 갖는 것보다 다른 나라로 여행할 수 있는 허가를 더 받고 싶어 했다. 덴마크 코펜하겐에서 사흘 동안 열리는 지긋지긋한 무역 회의에 참석하라는 미끼만 던져도 평범한 동독 시민 같으면 동료, 형제자매, 친구들을 버리고 당장 그 미끼를 물 것이다. 안드레아스는 모든 면에서 특이하지만, 무엇보다 여행을 혐오한다는 점에서 굉장히 특이했다. 형을 독살한 덴마크 왕과 거짓말쟁이 왕비도 아들 햄릿을 성에서 내쫓고 싶어 하지 않았던가! 안드레아스는 스스로를 동독 정부의 장미이자 기대주, 정치적 산물, 색다른 반대 세력으로 여겼고, 그렇기에 더더욱 동베를린을 사수하는 것이야말로 자신이 수행해야 할 첫 번째 책무로 여겼다. 그래서 그는 소위 부모란 사람들에게 자신은 지크펠트가를 결코 떠나지 않을 것이며, 부모의 의도가 무엇인지 이미 간파하고 있음을 알릴 필요가 있었다.

그러나 남다르게 산다는 건 외로운 일이고 외로움은 편집증을 낳게 마련이었다. 얼마 안 있어 그는 페트라가 별장에서 그를 함정에 빠뜨렸을지 모른다는 생각을 하게 됐다. 페트라는 교회에서 섹스하기 싫다며 골치 아프게 굴더니 별장에 도착해서는 별안간 목욕을 해야 한다고 했다. 안드레아스를 별장으로 꾀어서 그가 부모와 맺은 암묵적 합의를 깨도록 만들기 위해서였을까. 이제 위기에 처한 또 다른 소녀가 예의 그 간절한 눈빛을 하고서 사무실로 찾아올 때마다 안드레아스는 별장에서 그답지 않게 페트라에게 저지른 이기적인 행동과 그날 경찰에게 당한 수모를 떠올렸다. 그는 결국 상담을 받으러 온 소녀들을 도와주기보다는 지분거리며 괴롭히다가 쫓아버리고 말았다. 그가 평생 여자들에 대해 스스로에게 거짓말을 해온 거라면, 쉰세 번째 여자인 페트라에게 느낀 증오가 망상이 아닌 실제이며 그 증오가 첫 번째부터 쉰두 번째 섹스 상대에게까지 소급 적용이 되는 거라면, 당이 주는 혜택을 누리며 저항하는 역설적인 삶을 살다가 정부에 대한 저항이 제일 약해진 이 시점에서 정부의 꾐에 넘어가 함정에 빠진 거라면 어떻게 할까.

그는 그 후 찾아온 봄과 여름을 우울하게 보냈고, 더욱 섹스에 몰두했다. 그러나 자기 자신과 소녀들에 대한 믿음을 잃고 나니 섹스를 해도 늘 불안했다. 결국 개별 상담 수를 줄였고, 위기에 처한 청소년들을 만나러 청소년 클럽을 찾던 것도 그만두었다. 그렇게 그는 동독에서 그가 찾을 수 있는 제일 좋은 일자리를 위태롭게 만들어놓고 종일 침대에 누워 영국 소설이나 읽어댔다. 그중에는 탐정 소설도 있고 금지된 소설도 있었다. (모친의 강권으로 스타인벡, 드라이저, 더스패서스 같은 미국 작가들의 소설들을 읽은 터라 그는 미국 소설에는 별로 흥미가 동하지 않았다. 제일 잘 쓴 작품이라고 해서 읽어봐도 짜증 날 정도로 세상 물정을 모르는 자의 글일 뿐이었다. 영국 사람들의 삶을 그린 소설 역시 아무리 좋게 보려 해도 더 별로였다.) 마침내 그는 결론을 내렸다. 그를 우울하게 만드는 것은 바로 그가 어렸을 적에 썼던 침대, 뮈겔제 호숫가의 별장에 있는 그 침대라고. 부모에게 반항하면서 점점 더 남부끄러운 자식이 되어갈수록 부모에게 더욱 깊게 뿌리를 박은 채 어린애처럼 살고 있다는 반증일 뿐이라고. 그러나 우울의 원인을 아는 것과 우울을 해소할 방법을 찾는 것은 별개 문제였다.

섹스를 끊은 지 일곱 달째에 접어든 10월의 어느 오후, 교회의 젊은 '교구 목사'가 어느 소녀의 일을 의논하러 안드레아스를 찾아왔다. 목사는 체제에 반대하는 교회 목사 특유의 복장—풍성한 수염, 색 바랜 청재킷, 모드*풍 구

* 깔끔하게 유행을 따르는 복장을 하고 오토바이를 타고 다니던 1960년대 영국 청년 집단의 옷차림.

리 십자가 목걸이—이었으나, 거리 아이들을 많이 상대해온 안드레아스 앞에서는 자신감이 떨어지는 모습이었다.

"2주 전부터 그 소녀를 주목하게 됐습니다." 목사는 바닥에 앉으며 입을 열었다. 바닥에 앉는 것이 상대와의 관계를 친밀하게 하고 그리스도를 따르는 겸허함을 보여준다고 어느 책에서 읽기라도 한 모양이었다. "본당에 한 시간쯤 머물 때도 있고 자정까지 있을 때도 있습니다. 기도를 하는 게 아니라 학교 숙제를 하는 것 같았어요. 가까이 가서 도와줄 게 있냐고 물어봤죠. 소녀는 겁먹은 표정으로 죄송하다고, 여기 있어도 되는 줄 알았다고 하더군요. 나는 이 교회는 이곳을 필요로 하는 사람 모두에게 언제나 열려 있는 공간이라고 말해줬죠. 대화를 해보려고 했는데, 소녀는 자기가 이 교회의 규칙을 어기고 있냐고만 물었습니다."

"그래서요?"

"음, 선생님이 청소년 상담가니까."

"본당은 제 담당 구역이 아닙니다."

"지치신 건 압니다. 당분간 혼자 있고 싶어 하시는 것도 무리는 아니죠."

"이해해주셔서 감사합니다."

"그런데 그 소녀가 걱정이 돼서요. 어제도 왔길래 말을 걸면서 고민이 있냐고 물어봤어요. 아무래도 학대를 받고 있는 것 같아서 말입니다. 목소리가 너무 작아 잘 알아듣지는 못했지만, 정부 당국이 자기에 대해 이미 알고 있어서 신고를 할 수도 없다고 말을 하더라고요. 달리 갈 곳이 없어서 우리 교회에 온 것 같았습니다."

"그건 우리도 마찬가지죠."

"아무래도 나보다는 선생님한테 더 많은 얘기를 하지 않을까 싶어요."

"몇 살입니까?"

"어려요. 열다섯 아니면 열여섯. 굉장히 예쁜 소녀예요."

미성년인 데다 학대를 받고 있는 예쁜 소녀라. 안드레아스는 한숨부터 나왔다.

목사가 말했다. “이제 그만 밖으로 나와 상담을 다시 시작하실 때가 됐어요.”

안드레아스는 본당으로 올라갔다. 소녀는 뒤에서 두 번째 신도석에 앉아 있었다. 한눈에 봐도 아름다운 소녀였고 안드레아스는 그 점이 탐탁잖았다. 그는 오랫동안 여성의 성기에 집착했는데 이 소녀는 지금까지 보아온 여자들과는 확연히 달랐다. 검은 머리카락, 검은 눈동자, 반항과는 거리가 먼 얌전한 옷차림, 독일사회주의통일당의 청소년 조직인 자유독일청년연맹의 회원처럼 똑바른 자세, 무릎 위에 펼쳐놓은 교과서. 그가 지하실에서 한 번도 본 적 없는 모범생이었다. 그가 다가가자 소녀가 고개를 들었다.

“얘기 좀 할래?” 안드레아스가 말했다.

소녀는 고개를 저었다.

“목사님하고는 얘기했다며.”

“잠깐이었어요.” 소녀는 기어 들어가는 목소리로 말했다.

“그래. 네 뒷자리에 앉을게. 그럼 네가 날 굳이 쳐다보지 않아도 되니까—”

“그러지 마세요.”

“알았어. 보이는 데 있을게, 그럼.” 그는 소녀의 앞자리에 앉았다. “난 안드레아스야. 여기서 상담사로 일하고 있어. 네 이름은 뭐니?”

소녀는 고개를 가로저었다.

“기도하러 왔어?”

소녀는 헛웃음을 지었다. “신이 있기는 해요?”

“아니, 없을걸. 왜 그렇게 생각하는데?”

“이 교회도 사람이 지은 거잖아요.”

“신이 존재하길 바라면서 지었겠지. 나는 도무지 이해가 안 되지만.”

소녀는 그의 말이 흥미로운지 고개를 들었다. "말썽에 휘말리는 게 두렵지 않으세요?"

"누구랑? 여기 목사님이랑? 신은 목사님이 정부에 저항할 때나 쓰는 핑계에 불과해. 이 나라에선 모든 게 정부와 관련이 있지."

"그렇게 말하면 안 되잖아요."

"정부도 그렇게 말하는데, 뭐."

그는 소녀의 다리를 내려다보았다. 몸의 다른 부분과 마찬가지로 매끈하고 아름다운 다리였다.

"말썽에 휘말릴까 봐 걱정돼?"

소녀는 고개를 저었다.

"너 때문에 누군가가 말썽에 휘말리게 될까 봐? 그런 거야?"

"여기가 눈에 안 띄는 곳이라서 왔어요. 당분간은 그러고 싶어서요."

"하긴 여기보다 더 눈에 안 띄는 곳은 없지."

소녀가 희미하게 미소 지었다.

"거울을 보면 뭐가 보여? 예쁜 사람?" 안드레아스가 물었다.

"전 거울 안 봐요."

"만약에 거울을 본다면 뭐가 보일 거 같아?"

"별로 좋지 않은 거요."

"나쁜 거? 해로운 거?"

소녀는 어깨를 으쓱했다.

"아까 네 뒷자리에 앉겠다고 했을 때 왜 그러지 말라고 했어?"

"대화 상대를 눈앞에 두고 싶어서요."

"그럼 지금 우리가 대화를 하고 있기는 한 거네. 나랑 얘기하고 싶어 하지 않는 척만 했던 거구나. 너 혼자 각색하면서 말이야. 나랑 게임하듯이."

그는 상담할 때 이렇게 돌발적으로 솔직하게 찌르는 묘책을 쓰곤 했다. 그는 그런 묘책에 넌더리를 냈지만 효과는 확실했다.

"굳이 그렇게 꼬집어 말하지 않아도 제가 나쁜 사람인 건 이미 알아요." 소녀가 말했다.

"네가 얼마나 나쁜 사람인지 사람들이 몰라줘서 괴로운가 보구나. 사람들은 너처럼 예쁜 소녀가 속이 시커멀 거라곤 생각 못 하겠지. 다른 사람들을 존중하면서 살기는 어렵겠구나."

"친구는 있어요."

"나도 네 나이 땐 친구들이 있었어. 하지만 별로 도움은 안 되잖아? 사람들이 나를 좋아하는 게 더 거슬려. 사람들은 날 재미나고 매력적인 놈으로 생각하는데, 내 속이 시커멓다는 건 나만 알지. 난 극도로 나쁜 놈이고 동시에 극도로 중요한 사람이야. 이 나라에서 제일 중요한 사람은 바로 나야."

소녀가 청소년답게 콧방귀를 뀌는 모습을 보니 안드레아스는 힘이 났다. "선생님은 별로 중요한 사람이 아닌 것 같은데요."

"아, 중요한 사람 맞아. 네가 모를 뿐이지. 중요한 사람이 된다는 게 어떤 건지는 너도 알 거야. 너도 아주 중요한 사람이니까. 네가 예쁘니까 다들 널 주목하고 너와 가까이 있고 싶어 하는데, 넌 결국 가까이 있는 사람들을 다치게 하고 말지. 넌 주목받고 싶지 않아서, 세상을 피해 쉬고 싶어서 이 교회로 숨어 들어왔어."

"됐으니까 저 혼자 내버려두세요."

"네가 누굴 다치게 할 것 같아서 이러는 거니? 말해봐."

소녀는 고개를 숙였다.

"나한테는 말해도 돼. 나도 예전엔 너보다 더 심했어."

소녀는 살짝 몸을 떨면서 무릎 위에 손을 얹고 배배 꼬았다. 트럭 바퀴가 교회 쪽으로 굴러오는 소리, 시원찮은 변속기가 날카롭게 짤그락대는 소리가 밖에서 들려왔다. 까맣게 탄 초 심지 냄새, 변색된 놋쇠 냄새가 풍겼다. 설교

단 뒤 벽에 걸린 나무 십자가는 한때 마법을 지닌 물건이었으나 정부에 협력 또는 저항하기 위해 이리저리 심하게 사용된 바람에 마력을 잃어버린 듯 보였다. 이제 십자가는 우중충한 교회 시설과 음울한 반체제 운동의 상징일 뿐이었다. 본당도 더는 교회에서 유의미한 장소가 아니었다. 안드레아스는 그 점이 꽤 유감스러웠다.

"우리 엄마요." 소녀는 조용히 얼버무렸다. 엄마에게 해를 끼칠까 봐 두렵다는 말과는 달리 목소리에는 뚜렷한 증오가 담겨 있었다. 안드레아스는 소녀가 얼마나 심한 학대를 당했는지 대충 짐작이 갔다.

그는 부드럽게 물었다. "아버지는 어디 계셔?"

"돌아가셨어요."

"어머니는 재혼을 했겠구나."

소녀는 고개를 끄덕였다.

"어머니는 집에 안 계셔?"

"병원에서 야간 근무 간호사로 일하세요."

그는 흠칫했다. 어떤 상황인지 그림이 그려졌다.

"여기 있으면 넌 안전해. 여긴 진짜 눈에 잘 안 띄는 곳이거든. 여기서는 무슨 말을 해도 아무한테도 해를 끼칠 수가 없어. 일단 네 이름부터 말해봐. 어려운 일도 아니잖아."

"아나그레트요." 소녀가 말했다.

그들의 대화는 안드레아스가 다른 여자들을 유혹할 때처럼 빠르고 직접적인 방식으로 시작됐으나, 내용은 정반대였다. 아나그레트의 결코 평범하지 않은 굉장한 아름다움은 천박한 취향을 가진 이 공화국에 직접적인 모욕을 가하는 듯했다. 이 나라에 존재해서는 안 되는 아름다움이고, 안드레아스가 평화로이 살아온 이 우주를 온통 뒤흔드는 아름다움이었다. 안드레아스는 두려웠다. 그는 스물일곱 살이 되도록 (어린 시절 어머니를 제외하면) 아무도 사랑한 적이 없었다. 사랑할 만한 여자를 아직 만나지 못했고 그런 여자를 만나는 상상도 그만둔 참인데, 지금 바로 여기서 그런 여자를 만난 것이다.

그 후 사흘 저녁 내내 안드레아스는 아나그레트를 만났다. 그녀가 아름답다는 이유로 만남을 고대하는 것 같아 마음 한구석이 편치 않았지만, 별다른 대책도 없었다. 두 번째 날 저녁, 그녀에게 보다 깊은 신뢰를 얻기 위해 그는 교회에서 수십 명의 여자들과 섹스를 했다는 얘기를 기어코 털어놓았다. "중독이었어. 하지만 지금은 금욕 중이야. 넌 그 여자들과는 완전히 다르게 보인다는 걸 믿어주면 좋겠다."

사실이기도 하지만, 깊게 파고 들어가보면 새빨간 거짓말이었다. 아나그레트도 꼬집어 말했다. "사람들은 금욕하고 있다고 여기지만 어느 순간 그 선을 넘어버려요."

"철저하게 금욕하는 사람도 있다는 걸 보여줄게."

"다들 이 교회가 도덕심 없는 작자들의 소굴이라고 하던데, 전 그 말을 믿지 않았어요. 어쨌든 여긴 교회니까요. 그런데 지금 선생님이 하는 얘길 들으니까 사람들 말이 사실이네요."

"환상을 깨서 미안하구나."

"이 나라는 뭔가 잘못됐어요."

"맞아."

"유도 클럽도 반체제적인 분위기이긴 한데 교회 안에서 그런 얘길 들으니까 좀……."

아나그레트는 언니가 한 명 있었다. 언니인 타냐는 중등학교(Oberschule) 시절 뛰어난 유도 실력을 보여줬다. 두 자매 모두 테스트 점수도 좋고 학교 성적도 우수해서 대학의 주목을 받고 있었다. 그런데 타냐는 남자에 빠져서 유도를 등한시했고, 결국 고등학교 졸업 시험(Abitur)을 마친 후 비서로 일을 하면서, 여가 시간에 나이트클럽에서 춤을 추거나 스포츠센터에서 운동을 하고 코치 일을 하면서 살고 있었다. 타냐보다 일곱 살 어린 아나그레트는 언니만큼 운동 능력이 좋진 않았지만 온 가족이 유도를 하니 열두 살 때 자연스럽게 동네 유도 클럽에 들어가 유도를 시작했다.

스포츠센터에 정기적으로 운동을 하러 오는 남자들 중에 잘생기고 나이 많은 호르스트라는 남자가 있었다. 호르스트는 대형 오토바이를 소유했고 나이는 서른 살쯤 됐으며 오토바이와 결혼이라도 한 사람처럼 오토바이를 애지중지했다. 그가 스포츠센터에 다니는 이유는 육체적인 매력을 유지하기 위해서였다. 처음에 호르스트가 아나그레트에게 미소를 보내자 아나그레트는 그를 어딘지 모르게 우쭐대는 구석이 있는 남자라고 생각했다. 그런데 그 남자는 운동 삼아 핸드볼을 하면서 유도 고급반 학생들이 대련하는 모습도 즐겨 구경했다. 그러다 언니인 타냐가 호르스트와 사귀고 그의 오토바이를 같이 타고 다니며 데이트를 하게 됐다. 두 번째, 세 번째 데이트로 이어진 어느 날, 불행한 일이 일어나고 말았다. 호르스트가 두 자매의 모친을 만난 것이다. 그때부터 호르스트는 타냐를 오토바이에 태우고 다니는 대신 집에서 데이트를 하자면서 아나그레트와 엄마가 함께 살고 있는 비좁고 형편없는 아파트로 찾아왔다.

두 자매의 모친은 트럭 정비공이던 남편을 뇌종양으로 잃은 과부였다. 내면은 차갑고 우울했지만, 외면은 서른여덟 살의 어여쁜 여인이었다. 타냐보다 예뻤고 호르스트와의 나이 차도 타냐보다 적었다. 타냐가 제대로 대학에 진학하지 못하게 되자, 엄마는 오만 가지 일로 타냐와 부딪쳤는데 이제 호르스트도 그중 하나가 되었다. 엄마 생각에 호르스트는 타냐의 짝이 되기엔 너무 나이가 많았다. 그런데 막상 호르스트가 타냐보다 엄마를 더 좋아하게 됐을 때 엄마는 그걸 자기 탓이라고 여기지 않았다. 운명의 그날 오후, 아나그레트는 집에 없었다. 차라리 다행이었다. 그날 타냐는 벌떡 일어나 바람을 쐬어야겠다며 호르스트에게 오토바이를 태워달라고 했다. 호르스트는 힘들겠지만 셋이서 의논해야 할 일이 있다고 말했다. 그 상황을 달리 처리했으면 더 좋았겠지만 어떻게 했어도 좋게 결론 날 수는 없었다. 결국 타냐는 집을 나가 사흘 동안 돌아오지 않았다. 그리고 돌아와서는 곧장 짐을 싸서 라이프치히로 거처를 옮겼다.

호르스트와 아나그레트의 엄마는 결혼을 했고, 그들 셋은 꽤 널찍한 아파트로 이사했다. 그곳에서 아나그레트는 방 하나를 혼자 쓰게 됐다. 아나그레트는 타냐가 가엾고 엄마에게 반감이 들었지만 계부는 꽤 괜찮은 사람이라 여겼다. 그 도시에서 제일 큰 발전소에서 노동조합 지도자로 일하는 것도 마음에 들었다. 그는 성능 좋은 오토바이를 타고 널찍한 아파트에 살았으며 오렌지와 브라질 호두를 집에 두었고 가끔 마이클 잭슨의 음반을 집으로 가져오기도 했다. 그러나 어떻게 지금 같은 생활을 누리는지에 관해서는 시원하게 설명해주지 않았다. 호르스트를 묘사하는 말을 들으며 안드레아스는 그가 어떤 작자인지 대충 그림이 그려졌다. 창피한 줄도 모르고 넘쳐나는 자기애를 주체 못 해 결국 남들에게 좋지 않은 영향을 미치는 부류였다. 그런데 아나그레트는 그자와 함께 지내는 생활을 좋아한 것 같았다. 호르스트는 스포츠센터를 오갈 때마다 아나그레트를 자기 오토바이에 태우고 다녔다. 주차장에서 아나그레트에게 오토바이 타는 방법을 가르쳐주기도 했다. 대신 아나그레트는 그에게 유도를 가르쳐줬는데, 그는 상체가 불균형하게 발달한 편이라 낙법을 제대로 익히지 못했다. 엄마가 야간 교대 근무를 하러 집을 나간 어느 날 저녁, 아나그레트는 심화 중등학교(EOS)에 진학하기 위한 추가 점수 때문에 과제를 하고 있던 참이었다. 그녀는 그 과제에 대해 호르스트에게도 설명해주었다. 호르스트가 빠르게 알아듣자 아나그레트는 계부야말로 심화 중등학교에 다녔어야 했다고 아쉬워하며 말했다. 오래지 않아 아나그레트는 호르스트를 절친한 친구로 받아들이게 됐다. 간호사 일에 지치고 힘들어하던 엄마도 새 남편과 딸이 잘 지내니 좋아했다. 타냐는 잃었지만 아나그레트는 좋은 딸로 남아 있으니 가족의 미래가 희망적이라 여긴 것이다.

그러던 어느 날 밤, 그 널찍한 아파트에서 호르스트는 아나그레트의 침실 문을 두드렸다. 아나그레트는 불을 끄고 자려던 참이었다.

"옷 입었지?" 호르스트가 장난스레 물었다.

"잠옷 입었어요." 아나그레트가 대답했다.

방으로 들어온 호르스트는 침대 옆에 의자를 끌어다 놓고 앉았다. 그는 머리가 엄청 컸다. 아나그레트는 그 머리에 대해 안드레아스에게 잘 설명하지는 못했는데, 그 머리 크기 때문에 모든 일이 호르스트에게 유리하게 돌아가는 것 같다고 여기는 눈치였다. '아, 그는 정말 굉장한 머리통을 가졌어. 그가 원하는 걸 줘야겠다' 뭐 이런 식으로. 그날 밤, 호르스트의 커다란 머리통은 술기운이 올라 불그레했다.

"맥주 냄새를 풍겨서 미안해." 그가 말했다.

"저도 맥주를 마실 수 있었으면 그 냄새를 못 맡았을걸요."

"맥주에 대해 뭘 좀 아는 것처럼 말하네."

"아, 사람들이 그러더라고요."

"너도 운동을 그만두면 맥주를 마실 수 있어. 하지만 넌 운동을 그만두지 않을 테니 마실 수가 없지."

아나그레트는 그와 나누는 이런 식의 농담을 좋아했다. "새아버지도 운동을 하지만 맥주를 마시잖아요."

"너한테 진지하게 할 얘기가 있어서 오늘 밤엔 어쩔 수 없이 술을 좀 마셨어."

아나그레트는 그의 커다란 머리를 바라보았다. 어쩐지 평소와 달라 보였다. 두 눈에는 제어하기 힘든 고뇌 같은 게 담겨 있는 것 같기도 했다. 게다가 손까지 떨고 있었다.

걱정이 된 아나그레트가 물었다. "무슨 일이에요?"

"비밀 지킬 수 있지?" 그가 말했다.

"모르겠어요."

"지켜야 돼. 왜냐하면 난 너한테만 이 비밀을 털어놓을 거니까. 네가 비밀을 안 지키면 우리 모두가 곤란해져."

아나그레트는 잠시 생각을 해보았다. "그럼 왜 저한테 얘길 하려는 건데요?"

"너와 관련된 일이니까. 실은 네 엄마에 관한 일이야. 비밀 지킬 거지?"

"노력해볼게요."

호르스트가 크게 숨을 내쉬자 맥주 냄새가 훅 풍겼다.

"네 엄마는 마약중독자야. 내가 마약중독자랑 결혼을 한 거라고. 네 엄마는 병원에서 진통제로 쓰는 마약을 훔쳐서 병원과 집에서 사용하고 있어. 너도 알고 있었지?"

"아뇨." 아나그레트는 대답했다. 하지만 호르스트의 말이 맞을지도 모른다는 생각이 들었다. 요즘 들어 엄마는 멍하니 있는 모습을 자주 보였다.

"좀도둑질에 아주 도가 터서 병원에서는 아무도 네 엄마를 의심하지 않아."

"우리가 엄마한테 그만하라고 얘기하면 될 거예요."

"마약중독자는 치료를 받지 않고서는 혼자 멈추지 못해. 하지만 네 엄마가 치료를 받겠다고 나서면 당국은 네 엄마가 그동안 병원에서 마약을 훔쳤다는 사실을 알게 되겠지."

"정직하게 털어놓고 개선할 의지를 보이면 당국도 기뻐할 거예요."

"글쎄다. 안타깝지만 다른 문제도 얽혀 있어. 이건 더 큰 비밀이야. 네 엄마도 이 비밀을 몰라. 너한테 털어놔도 될까?"

호르스트는 아나그레트의 절친이었다. 망설이던 아나그레트는 결국 털어놓으라고 말했다.

"나는 이 사실을 아무한테도 발설하지 않겠다고 맹세했어. 너한테 털어놓으면 그 맹세를 깨게 되는 거야. 지금까지 수년간 나는 국가보안국*을 위해 비공식 정보원으로 일해왔어. 꽤 신뢰받는 비공식 협력자지. 정기적으로 국가보안국의 관리를 만나 동료들에 관한 정보를 넘겨주는데, 특히 상관들에 관한 정보가 많아. 발전소가 이 나라의 안보를 위해 핵심적인 시설이라 내가 아니라도 누군가는 꼭 해야 하는 일이야. 내가 운 좋게도 국가보안국과 관계를 잘 맺게 된 거지. 그 덕에 너와 네 엄마도 행운을 함께 누리며 살고 있는 것이고. 이게 어떤 의미인지 알아?"

"아뇨."

"내가 당국을 위해 일하는 덕분에 우리가 특권을 누리며 사는 거야. 그런데 마누라가 도둑에 마약중독자라는 사실을 알면 그 관리는 어떻게 생각할까? 나를 믿음직하지 못하다고 여기겠지. 그럼 우린 이 아파트를 잃게 돼. 나는 직장을 잃을 테고."

"그 관리에게 엄마에 관해 사실대로 털어놓으면 되잖아요. 새아버지 잘못도 아닌데요."

"내가 관리에게 말하면 네 엄마는 직장에서 잘리고 감옥에 갈 거야. 그걸 바라니?"

"당연히 아니죠."

"그러니까 이 모든 걸 비밀로 해야 된다는 거다."

"처음부터 몰랐으면 좋았을걸! 왜 말해준 거예요?"

"네가 나를 도와서 비밀을 지켜야 하니까. 네 엄마는 법을 어겼고 우리를 배신했어. 이제 너와 나, 우리 둘이 가족이야. 네 엄마는 가족을 깨려는 위협 요소고. 네 엄마가 우리 가족을 완전히 망가뜨리지 못하게 막아야 돼."

---

* 동독의 비밀경찰·정보기관 슈타지를 가리킨다.

"우리가 엄마를 도와줘야 해요."

"이젠 네 엄마보다 네가 나한테 더 소중해. 내 인생의 여자는 너야. 봐봐." 그는 아나그레트의 배에 손을 얹고 손가락을 펼쳤다. "넌 어엿한 여자가 됐어."

배에 닿은 그의 손이 겁났지만, 그가 말해준 비밀이 더 무서웠다.

"그것도 아주 아름다운 여자." 그는 목 쉰 소리로 덧붙였다.

"간지러워요."

그는 아나그레트의 배에서 손을 떼지 않고 눈을 감았다. "모든 걸 비밀로 지켜야 해. 그래야 너를 보호해줄 수 있어. 내 말 믿어."

"엄마한테 그냥 얘기하면 안 돼요?"

"안 돼. 그러면 일이 꼬리에 꼬리를 물고 펼쳐져서 네 엄마는 결국 감옥에 가게 돼. 네 엄마가 계속 병원에서 마약을 훔치도록 두는 게 우리의 안전을 위해 좋아. 네 엄마는 들키지 않고 잘 훔치고 있어."

"새아버지가 당국을 위해 일하는 정보원이라고 얘길 하면 엄마도 알아듣고 도둑질을 멈출 거예요."

"난 네 엄마 안 믿어. 벌써 우리 가족을 배신한 사람이야. 내가 믿는 사람은 너야."

아나그레트는 눈물이 나올 것 같았다. 호흡이 점점 가빠졌다.

"제 몸에 손대시면 안 돼요. 잘못된 일인 것 같아요."

"그래, 우리 나이 차를 생각하면, 약간은 잘못일 수도 있겠지." 그는 커다란 머리를 끄덕거렸다. "하지만 난 널 믿어. 네가 아무한테도 비밀을 말하지 않을 사람인 걸 알아. 그러니까 우린 약간은 잘못된 짓을 해도 괜찮아."

"제가 이 일을 누군가에게 털어놓을 수도 있어요."

"아니, 넌 못 해. 이 일을 얘기하면 우리가 공유한 비밀까지 털어놓아야 될 테니까. 넌 말 못 해."

"아, 저한테 아무 얘기도 하지 마시지."

"이미 했어. 해야만 했어. 이제 우린 비밀을 공유하는 사이야. 너랑 나, 단둘이. 널 믿어도 되지?"

아나그레트의 두 눈에 눈물이 차올랐다. "모르겠어요."

"네 비밀도 하나 말해줘. 그래야 내가 너를 믿을 수 있을 것 같다."

"전 비밀 없어요."

"그럼 비밀스러운 부위를 보여줘. 너한테 제일 비밀스러운 부위는 어디지?"

그의 손이 배 아래쪽으로 슬그머니 내려갔다. 아나그레트의 심장이 빠르게 뛰기 시작했다.

"여긴가? 여기가 네게 제일 비밀스러운 곳이니?"

"모르겠어요." 겁이 나고 혼란스러워진 아나그레트는 훌쩍이며 울었다.

"괜찮아. 보여줄 것까진 없어. 내가 만질 수 있게만 해주면 돼." 그의 손을 통해 아나그레트는 그가 온몸의 긴장을 푸는 걸 느낄 수 있었다. "이제 널 믿을 수 있겠다."

끔찍하게도 아나그레트는 그 후에 벌어진 상황이 영 싫지만은 않았다. 잠깐의 접촉이지만 좀 더 친밀한 우정의 행위처럼 느껴지기도 했다. 그 일이 있은 후에도 그들은 여전히 서로 농담을 했고, 아나그레트는 그에게 학교에서 있었던 일들을 시시콜콜 털어놓았다. 그들은 같이 오토바이를 탔고, 스포츠센터에서 함께 운동도 했다. 겉으로는 평범한 일상이지만 속으로는 비밀을, 그것도 지독한 어른의 비밀을 공유하는 나날이었다. 아나그레트가 잠옷을 입고 잠자리에 들고 난 후 벌어지는 일에 대한 비밀. 호르스트는 아나그레트를 만지며 너무나 아름답다고, 완벽한 아름다움이라고 계속해서 말했다. 그리고 호스르트가 다른 부위를 쓰지 않고 오직 손으로만 만졌기 때문에 아나그레트는 일이 그렇게 된 게 자기 탓인 것처럼, 그 모든 일이 마치 자기가 생각해서 벌인 일인 것처럼, 자신의 아름다움 때문에 이런 일이 벌어진 것처럼 느꼈다. 그렇기에 그 일을 멈추려면 그의 뜻에 복종해 그가 하고 싶은 대로 하게 두어야 될 것 같았다. 아나그레트는 남들이 아름답다고 칭송하는 자신의 몸을 증오했고, 그의 요구에 복종해 해방되고 싶어 하는 자신의 몸을 혐오했다. 하지만 증오할수록 욕구는 더욱 강렬해졌다. 그의 키스를 원했다. 그가 자신을 필요로 해주길 바랐다. 그녀는 나쁜 년이었다. 마약중독자의 딸이니 나쁜 년인 게 어쩌면 당연할 것이다. 아나그레트는 환자들에게 주는 마약성 진통제를 본인 몸에 투여하고 싶은 적이 없는지 엄마에게 태연히 물었다. 엄마는 가끔 그런 생각이 들 때도 있다고 순순히 대답했다. 병원에서 쓰고 약간 남으면 엄마를 비롯한 다른 간호사들 중 누군가가 신경안정제로 쓸 수도 있을 거라고, 하지만 그 정도로 중독자가 되지는 않는다고 했다. 아나그레트가 중독자라는 단어는 입 밖에 내지도 않았는데, 엄마는 무슨 생각인지 중독자라는 단어를 입에 올렸다.

호르스트의 성기 중심적 사고에 대해 들으며 안드레아스는 그동안 자신이 여자들에게 해온 짓거리가 떠올라 끔찍했다. 그래도 나는 그 작자와는 다르다고 생각하려는 찰나, 아나그레트는 호르스트가 자신의 몸을 만진 지 수 주일이 되었으며 이제 곧 옷을 벗길 것 같다고 말했다. 곧 그 일이 닥칠 것 같자 아나그레트는 그동안 취해 있던 착각에서 깨어났다고 했다. 호르스트가 옷을 벗기면 제3자인 그의 성기가 그들의 비밀에 끼어들게 되는 것이었다. 아나그레트는 그 제3자가 싫었다. 그 제3자는 지금껏 때를 기다리며, 공작 요원처럼 그들을 조종하고, 아나그레트와 호르스트를 몰래 염탐해오고 있었다. 아나그레트는 그 제3자를 보고 싶지 않았다. 가까이에 오는 것도 싫었다. 그 제3자가 당당히 모습을 드러낼까 봐 아나그레트는 밤에 집에 있기가 겁이 났다. 그 일이 닥치면 어떻게 해야 하지? 호르스트의 성기는 아나그레트의 비밀을 알고 있었다. 잠시 동안이지만 아나그레트가 호르스트의 손길을 기대했다는 것도, 아나그레트가 반쯤은 고의로 그의 비공식 협력자가 됐다는 것도, 아나그레트가 암묵적으로 비밀을 맹세했다는 것도 그의 성기는 알고 있었다. 엄마는 호르스트의 성기가 진정 원하는 게 누구의 몸인지 잘 몰라서 갈등 끝에 마약에 손을 댄 게 아닐까. 그의 성기는 엄마의 좀도둑질에 대해 알고 있었고 당국의 권력까지 위임받은 강력한 존재였다. 그러니 아나그레트는 당국에 신고도 할 수 없었다. 아나그레트가 입을 열면 엄마는 감옥에 갈 것이고 아나그레트는 그 성기와 둘이 집에 남게 될 것이다. 아나그레트가 엄마에게 비밀을 말해도 마찬가지였다. 엄마가 비난하고 나서면 호르스트는 엄마를 감옥에 보내버릴 것이다. 엄마는 감옥에 가도 마땅한 죄를 저질렀을지 모르지만, 아나그레트는 집에 홀로 남아 고스란히 유린당하고 싶지 않았다.

아나그레트가 아직 끝나지 않은 이야기의 마지막 장을 털어놓은 건 안드레아스에게 상담을 받기 시작한 지 나흘째 되는 저녁이었다. 쌀쌀한 본당에서 고백을 마친 아나그레트는 결국 울음을 터뜨렸다. 아름다운 여자가 우는 모습을 바라보며, 두 주먹을 아기처럼 꼭 쥐고 눈물을 훔치는 순수한 모습을 바라보며 안드레아스는 지금껏 느껴본 적 없는 새로운 감각에 사로잡혔다. 안드레아스는 그저 잘 웃고 잘 빈정대고 진지함이라곤 없이 살아온 사람이라 자신에게 무슨 일이 일어났는지 곧장 알아채지 못했다. 그는 어느새 울고 있었다. 이유는 알 수 없었다. 자신이 불쌍해서, 어린 시절에 자신이 겪은 일이 안타까워 울음이 났던 걸까. 아동 성 학대에 관한 얘기라면 전에도 수없이 들었지만 이렇게 착한 소녀에게서, 완벽한 머리카락과 피부와 뼈 구조를 가진 소녀에게서 들어본 적은 없었다. 아나그레트의 아름다움은 그의 내면에 닫혀 있던 문을 두들겨 부쉈다. 안드레아스는 아나그레트와 같은 입장이라고 여겼다. 또 안드레아스는 아나그레트를 사랑하지만 그녀를 가질 수 없기에 울고 있는 것이기도 했다.

"도와줄 수 있어요?" 그녀가 속삭였다.

"모르겠어."

"못 도와주신다면 제가 비밀을 다 털어놓은 게 무슨 소용이죠? 왜 계속 저한테 질문을 하셨어요? 마치 도와줄 수 있을 것처럼 행동해놓고."

그는 고개를 저을 뿐 아무 말도 할 수 없었다. 아나그레트는 그의 어깨에 아주 가볍게 손을 얹었다. 그러나 그 가벼운 접촉은 너무나 강렬해서 그는 앞으로 몸을 숙이고 부들부들 떨며 눈물을 흘렸다. "너 때문에 마음이 아파."

"제 말뜻을 이제 아시겠네요. 제가 다른 사람을 다치게 만든다고 했던 말."

"그렇지 않아."

"그냥 호르스트의 여자 친구가 되어야 할까 봐요. 엄마와 이혼하라고 하고 제가 그의 여자 친구가 되어야겠어요."

"안 돼." 안드레아스는 정신을 가다듬고 눈물을 닦았다. "안 돼. 그놈은 역겨운 개새끼야. 나도 약간 역겨운 놈이라 잘 알아. 충분히 추정할 수 있어."

"그 사람이랑 같은 짓을 했나 봐요……."

"절대 아니야. 맹세할 수 있어. 나는 너랑 같은 과야. 그놈이 아니라."

"그럼…… 선생님이 약간 역겨운 인간이고 선생님이 저랑 같다면, 저도 약간 역겨운 인간이란 얘기네요."

"꼭 그런 의미는 아니고."

"맞아요. 집으로 돌아가서 그 사람 여자 친구나 돼야겠어요. 저도 역겨운 인간이니까. 도와줘서 고마웠어요, 상담사 선생님."

그는 아나그레트의 어깨를 잡고 돌려세웠다. 그녀의 두 눈에는 불신이 담겨 있었다. "난 네 친구가 되고 싶어." 그가 말했다.

"친구 사이가 어떻게 되는지 잘 알잖아요."

"아니, 네가 잘못 아는 거야. 여기 머물면서 찬찬히 생각을 해보자. 내 친구로서 여기서 지내."

아나그레트는 뒤로 몸을 빼고는 단단히 팔짱을 꼈다.

"슈타지에 직접 고발하는 방법도 있어. 그놈은 비밀리에 활동하겠다는 맹세를 어겼어. 자기네 입장을 곤란하게 만들었다는 걸 알면 슈타지는 놈을 뜨거운 감자처럼 손에서 놓아버릴 거야. 그들 눈에 그놈은 밑바닥 협력자에 불과해. 사실 아무 존재도 아니지."

"아뇨. 그들은 제가 거짓말을 한다고 생각할 거예요. 제가 한 짓을 선생님한테 다 말하지 않았어요. 너무 창피해서. 사실 제가 그의 관심을 끄는 짓을 하기는 했어요."

"그건 중요하지 않아. 넌 겨우 열다섯 살이야. 법으로 따져도 넌 아무 책임이 없어. 그놈도 멍청이가 아닌 이상 지금쯤 똥줄이 타겠지. 힘을 가진 쪽은 너야."

"슈타지가 제 말을 믿는다고 해도 고발을 하면 모두의 삶이 망가져버려요. 제 삶도요. 집도 없어질 거고 대학도 못 갈 거예요. 우리 언니도 저를 미워하겠죠. 집을 떠나 살 수 있는 나이가 될 때까지 그 사람이 원하는 걸 그냥 줘버리고 사는 게 나아요."

"네가 원하는 게 그런 거구나."

아나그레트는 고개를 저었다. "제가 그런 삶을 원했으면 애초에 여기 오지도 않았을 거예요. 아무도 저를 도와줄 수 없을 것 같아서 그래요."

안드레아스는 무어라 말해야 할지 판단이 서지 않았다. 그는 아나그레트가 목사관 지하실로 와서 함께 지내길 바랐다. 그러면 그가 그녀를 보호하고, 홈스쿨링도 시켜주고, 영어 공부도 같이 해주고, 위기에 처한 청소년들을 위한 상담가가 될 수 있게 훈련시켜주고, 친구가 되어줄 텐데. 리어 왕이 착한 셋째 딸 코딜리아와 꿈꾸었던 삶처럼. 누가 궁전에 들어갔고 누가 나갔는지 따위의 궁전 관련 소식을 멀리서 전해 듣고 웃으며 사는 삶. 그렇게 살다가 커플이 될 수도 있을 것이다. 지하실 커플로 둘만의 삶을 꾸려가는 것도 괜찮지 않을까.

"방을 내줄 테니까 여기서 지내."

아나그레트는 다시 고개를 저었다. "제가 밤늦게까지 집에 안 와서 그는 벌써 화가 나 있을 거예요. 남자애들이랑 놀러 다니느라 늦는다고 생각하겠죠.

제가 아예 집에 안 들어가면 그는 엄마를 당국에 고발할 거예요."

"그놈이 그렇게 하겠다고 했어?"

"아주 사악한 사람이에요. 오랫동안 전 그를 좋은 사람이라고 착각했어요. 생각해보니까 그 사람이 저한테 한 말은 전부 저를 꼼짝 못 하게 만들려는 위협이었어요. 자기가 원하는 걸 다 차지할 때까지 위협을 멈추지 않을 거예요."

안드레아스는 또 다른 감각을 느꼈다. 눈물이 아니라 증오의 파도가 물밀듯 밀려왔다. "내가 그놈을 죽여버릴까."

"그런 식으로 도와달라는 건 아니에요."

그는 증오의 논리를 따랐다. "어차피 누군가의 삶은 망가지게 돼 있어. 그놈이랑 내 삶이 망가지면 안 될 이유라도 있나? 나는 이미 감옥에 갇힌 것처럼 살고 있어. 차라리 진짜 감옥에 들어가면 지금보다는 잘 먹고 살겠지. 정부가 대주는 비용으로 책도 읽을 수 있어. 넌 학교에 다니면서 엄마가 문제를 극복할 수 있게 도와드리면 돼."

아나그레트는 피식 웃었다. "퍽이나 좋은 계획이네요. 보디빌딩으로 단련된 사람을 죽이겠다니."

"미리 경고하지 않고 기습하면 되겠지."

아나그레트는 헛소리를 지껄이는 사람을 보듯 쳐다봤다. 지금까지 안드레아스가 살아온 삶만 보자면 그럴 만도 했다. 그는 가볍기 그지없게 살아왔다. 이 공화국에서 사는 누군가의 인생을 망가뜨리는 건 그에게 우스운 일일 뿐이었다. 그러나 이 문제에는 아나그레트의 인생이 걸려 있었다. 그는 이미 이 소녀를 사랑하고 있었다. 사랑이란 감정을 마음에 품고 그는 어찌할 바를 몰랐다. 어떻게 행동해야 할지도, 어떻게 해야 그녀의 믿음을 얻을 수 있을지도 알지 못했다. 아나그레트도 그의 감정을 얼굴에서 읽었는지 표정이 달라졌다.

그녀는 나지막하게 말했다. "죽이지 말아요. 그는 아주 역겨운 인간이에요.

제 가족들도 모두 역겨워요. 저도 역겹고 제가 손대는 사람들도 전부 역겨워요. 전 그냥 도움을 받고 싶었던 것뿐이에요."

"이 나라에선 널 달리 도울 방법이 없어."

"아니에요."

"사실이야."

아나그레트는 앞쪽 신도석을, 흐릿하고 쓸쓸한 빛에 물든 제단 뒤의 십자가를 가만히 바라보았다. 잠시 후 그녀의 숨이 빠르고 날카로워졌다. "그가 죽는다고 해도 전 울지 않을 거예요. 그를 해치우는 일은 제가 해야 마땅하지만 불가능해요. 절대로 불가능해요. 결국 이대로 있다가 그의 여자 친구가 되고 말겠죠."

안드레아스도 한 번 더 신중하게 생각해보았다. 그도 호르스트를 진심으로 죽이고 싶지는 않았다. 감옥 생활은 그럭저럭 견뎌낼 수 있을 것 같지만 살인자라는 꼬리표는 그의 이미지와 어울리지 않았다. 그 꼬리표는 평생 따라다닐 것이고, 그는 자기 자신을 좋아하지 못하게 될 것이다. 다른 사람들도 마찬가지일 테고. 우스꽝스럽긴 해도 유혹자라는 꼬리표를 달고 사는 편이 나았다. 살인자라는 꼬리표는 정말 아니었다.

아나그레트는 일어서며 말했다. "빈말이라도 고마워요. 제 얘길 듣고 구역질하지 않은 것도 고맙고요."

"잠깐." 문득 다른 생각이 떠올랐다. 아나그레트가 공범이 되면 안드레아스는 범행 후에도 곧장 붙잡히지 않을 것이다. 그들이 저지른 일에 아나그레트의 아름다움과 그녀에 대한 그의 사랑이 덧칠되겠지. 그럼 그는 단순한 살인자가 아니라, 이 소녀를 괴롭힌 치한을 제거한 사람이 되는 것이다.

"나 믿지?"

"속을 털어놓을 수 있어서 좋았어요. 아무한테도 제 비밀을 말하지 않으실 분인 거 알아요."

그가 듣고 싶은 말이 아니었다. 하지만 그 말을 들으니 지하실에서 아나그레트와 함께 살면서 홈스쿨링으로 가르치려 했던 환상이 부끄럽게 느껴졌다.

"선생님의 여자 친구가 되고 싶지 않아요." 아나그레트가 덧붙여 말했다. "선생님이 원하신다고 해도 안 돼요. 저는 어느 누구의 여자 친구도 되기 싫어요."

"넌 열다섯 살이고 난 스물일곱이야. 내가 하려던 얘긴 그런 게 아니었어."

"선생님도 사정이 있으시겠죠. 물론 아주 흥미로운 사정일 거예요."

"들어볼래?"

"아뇨. 저는 그냥 평범한 생활로 돌아가고 싶어요."

"이대로는 그런 생활로 못 돌아가."

아나그레트의 얼굴에 외로움이 어렸다. 그녀를 두 팔로 안고 위로하는 게 자연스럽겠지만 지금은 그 어떤 행동도 자연스럽지 않았다. 안드레아스는 완전한 무력감을 느꼈다. 그의 몸이 느낀 또 다른 새로운 감각이었다. 그는 그 감각이 싫었다. 어쩌면 아나그레트가 이대로 여길 떠나 다시는 돌아오지 않을지 모른다는 생각이 들었다. 그녀는 가만히 숨을 들이마시며 그의 시선을 피한 채 물었다. "방법이 있어요?"

안드레아스는 무아지경에 빠진 듯이 낮고 나른한 목소리로 방법을 제안했다. 교회에 발길을 끊고 집으로 가서 호르스트에게 거짓말을 할 것. 그동안 교회에서 혼자 앉아 기도를 하며 하느님의 가르침을 간구했다고, 그래서 이제 머릿속이 맑아졌다고 말할 것. 호르스트에게 온전히 몸을 바칠 준비가 되었지만 엄마를 생각하면 집에서는 도저히 섹스를 할 수가 없다고 말할 것. 좀 더 괜찮은 곳, 낭만적인 곳, 친구들이 맥주를 마시고 섹스를 하기 위해 주말에 찾아가는 안전한 곳이 있다고 꼬드길 것. 내 기분을 생각한다면 그곳으로 데려가주길 바란다고 요구할 것.

"그런 곳이 있어요?"

"있지." 안드레아스가 대답했다.

"왜 저를 위해 이렇게까지 해주시는데요?"

"너니까. 넌 제대로 된 삶을 살 자격이 있어. 널 위해 난 기꺼이 위험을 감수할 거야."

"위험 정도가 아니잖아요. 끝장나는 거예요. 선생님은 체포당하고 말 거라고요."

"글쎄, 생각해보자. 체포당하지 않을 거라고 하면 내가 그 일을 하게 해 줄래?"

"죽어 마땅한 사람은 저예요. 언니와 엄마에게 끔찍한 짓을 했으니까요."

안드레아스는 한숨을 쉬었다. "난 네가 좋아, 아나그레트. 하지만 멋대로 각색을 해대는 건 좀 별로구나."

그 말이 정곡을 찔렀음을 그는 알 수 있었다. 단숨에 활활 타오르지는 않았지만 그녀의 얼굴에 작은 불꽃이 일었다. 그 모습에 그는 아랫도리가 뜨끈해질 뻔했다. 이런 분위기에서 이 소녀를 유혹하고 싶지는 않았다. 그는 자신이 지금껏 살아온 유혹의 황무지에서 아나그레트가 멀리 벗어나주길 바랐다.

"못 하겠어요." 아나그레트는 뒤로 물러섰다.

"그래. 그저 말로만 해보는 거야."

"선생님도 혼자 각색 잘하시네요. 아까는 이 나라에서 제일 중요한 사람이라고 하더니."

그건 우스꽝스러운 역설일 뿐이라고 지적하고 싶었지만 반쯤은 사실이기도 했다. 어느새 그의 머릿속에서 역설은 사라지고 아나그레트의 신실함만이 남았다. 그는 인정하기로 했다. "맞아. 나도 혼자 각색하고 있었어. 우리 둘이 닮아서 그래."

아나그레트는 앵돌아진 얼굴로 어깨를 으쓱했다.

"얘기로만 들어서 모르겠는데, 오토바이를 얼마나 잘 타니?"

"저는 그냥 정상적인 생활로 돌아가고 싶어요. 선생님과 닮고 싶지 않아요."

"알았어. 정상적인 생활로 돌아갈 수 있게 같이 노력해보자. 그런데 네가 그자의 오토바이를 얼마나 잘 타는지 알면 도움이 되겠어. 난 타본 적이 없거든."

"오토바이를 타는 건 유도와 비슷해요. 오토바이의 움직임에 거스르지 말고 순순히 몸을 맡겨야 돼요."

귀여운 유도 소녀. 아나그레트는 늘 이렇게 그에게 문을 닫았다가, 다시 찔끔 열었다가, 꿈도 꾸지 말라는 듯 냉정하게 굴었다가, 갑자기 돌아서서 다가오라고 허락하곤 했다. 어느덧 시간이 너무 늦어 아나그레트는 집으로 돌아가야 했다. 아나그레트가 계획대로 실행에 옮길 준비를 하거나 계획을 포기하고 목사관 지하실로 들어와 살지 않는 이상, 다시 이 교회에 발을 들여놓지 않기로 두 사람은 합의를 봤다. 이 두 가지 외에 다른 길은 없었다.

아나그레트가 교회에 오지 않자 안드레아스는 그녀와 얘기를 나눌 방법이 없었다. 그 후 엿새 동안 오후마다 안드레아스는 본당으로 올라가 저녁 식사 시간까지 아나그레트를 기다렸다. 어쩌면 다시는 그녀를 보지 못할 것이다. 그녀는 학교에 다니는 학생이고 그에게는 아무 관심도 없으니까. 가까이 다가올 만큼의 관심은 아니었던 것이다. 그는 호르스트를 죽이고 싶을 만큼 증오했지만 아나그레트는 계부를 그 정도로 증오하지 않았는지도 모른다. 결국 아나그레트는 포기하고 혼자 슈타지를 찾아가든지, 호르스트의 더 심한 학대에 굴복하고 말 것이다. 시간이 흐르면서 안드레아스는 약간이지만 안도감을 느꼈다. 그의 경험에 따르면 살인을 깊이 고려하는 것만으로도 실제로 살인을 저지른 것만큼이나 속을 후련하게 해주는 효과가 있었다. 실제로 살인을 저지른 데 따르는 위험도 수반되지 않고 말이다. 감옥에 가느냐 안 가느냐를 놓고 따져보면 당연히 감옥에 가지 않는 편이 나았다. 하지만 다시는 아나그레트를 볼 수 없을지 모른다는 생각이 들자 그는 몹시 괴로웠다. 유도 클럽에서 업어치기를 열심히 연습하는 아나그레트의 모습, 모범생인 그녀의 모습이 떠올라 씁쓸했다. 밤에 그녀가 집에서 겪을 일은 도저히 상상하고 싶지 않았다.

이레째 날 오후에야 아나그레트가 교회로 찾아왔다. 창백하고 퀭한 얼굴, 이 공화국 십대 청소년의 절반이 입고 다니는 후줄근한 비옷 차림이었다. 지크펠트가에는 질척하고 차가운 가랑비가 내리고 있었다. 아나그레트는 신도석 맨 뒷줄에 앉아 고개를 숙인 채 창백하고 지친 두 손을 주무르고 있었다. 일주일 동안 상상만 하다 막상 그녀를 다시 보자 안드레아스는 사랑과 욕망 사이에서 갈등하며 어쩔 줄을 몰랐다. 사랑은 영혼을 망가뜨리고 배 속을 뒤흔들며 묘하게 밀실공포증을 느끼게 만들었다. 그의 내면에 억눌린 무한의 감각이 차올랐다. 무한의 무게, 무한의 가능성은 오로지 지저분한 비옷을 입고 바르르 떨고 있는 이 창백한 소녀를 통해서 배출될 수 있었다. 하지만 감히 그녀에게 손을 댈 수 없었다. 그녀의 발밑에 엎드리고픈 충동이 일었다.

그는 그녀가 앉은 곳에서 그리 가깝지 않은 자리에 가 앉았다. 한참 동안 몇 분이 지나도록 그들은 말이 없었다. 사랑에 빠진 안드레아스에게 아나그레트의 고르지 않은 숨소리와 떨리는 두 손은 전과는 다른 의미로 다가왔다. 그녀가 처한 사안의 중차대함, 그녀가 내는 소리의 평범함, 여학생다운 손가락의 일상성 사이의 괴리였다. 문득 자신처럼 아나그레트를 사랑하게 된 그 계부를, 그 계부의 방식이 아무리 역겹다고 해도 죽일 작정까지 하는 건 사악한 잘못이 아닐까 하는 묘한 생각이 들었다. 오히려 그를 동정해야 하지 않을까.

마침내 아나그레트가 입을 열었다. "유도 클럽에 가야 해서 오래 못 있어요."

"다시 보니 좋구나." 사랑 때문인지 그의 입에서 나온 말들 중 가장 진실한 말처럼 느껴졌다.

"어떻게 해야 하는지 알려주세요."

"지금은 좋은 시기가 아니야. 다른 날 다시 와."

아나그레트는 고개를 저었다. 머리카락 몇 가닥이 얼굴로 흘러내렸으나 아나그레트는 뒤로 넘기지 않았다. "그냥 어떻게 해야 하는지 말해주세요."

"제길. 나도 너만큼 두려워." 그가 솔직하게 말했다.

"그럴 리가요."

"왜 도망치지 않지? 여기로 와서 살아도 되잖아. 네가 쓸 방을 내줄게."

아나그레트는 한층 더 격하게 몸을 떨었다. "못 도와주시겠다면 저 혼자라도 할 거예요. 선생님은 자기를 나쁜 놈이라고 하셨지만 저야말로 나쁜 년이거든요."

"아니, 그렇지 않아." 그는 그녀의 떨리는 두 손을 잡아 쥐었다. 차갑고 평범한, 너무나도 평범한 손. 그는 그 손을 사랑했다. "넌 아주 좋은 사람이야. 지금 악몽을 꾸고 있을 뿐이야."

아나그레트는 고개를 돌려 그를 쳐다보았다. 흘러내린 머리카락 사이로 활활 타오르듯 이글대는 눈빛이 보였다. "악몽에서 벗어날 수 있게 도와줄 건가요?"

"원하는 게 그거야?"

"도와준댔잖아요."

이렇게까지 해야 하는 걸까? 그는 잠시 고민하다 그녀의 손을 놓고 재킷 주머니에서 직접 그린 지도 한 장을 꺼냈다.

"내가 말한 그 집이 표시된 지도야. 지리를 정확히 알아둬야 하니까 미리 혼자 에스반을 타고 가봐. 날이 어두워진 후에 움직여야 돼. 경찰 조심하고. 나중에 오토바이를 타고 그 집으로 다시 찾아갈 때 호르스트한테 마지막 모퉁이를 돌기 전에 헤드라이트를 끄라고 해. 그리고 거기서부터 쭉 그 집 뒤로 돌아가. 커브를 돌면 진입로가 있어. 헬멧 벗는 거 잊지 말고. 무슨 요일 밤에 할 거지?"

"목요일에요."

"네 엄마의 교대 근무는 몇 시에 시작이야?"

"10시요."

"그날 저녁 먹으러 집으로 가지 마. 호르스트한테 9시 30분까지 오토바이를 타고 나오라고 해. 집에서 그와 함께 나오는 걸 아무한테도 보여주고 싶지 않다는 핑계를 대."

"알았어요. 선생님은 어디 있을 거예요?"

"그건 신경 쓰지 마. 그 집 뒷문으로 가. 모든 게 우리가 얘기한 대로 진행될 거야."

아나그레트는 구역질을 할 것처럼 약간 몸을 떨었지만 이내 정신을 차리고 지도를 비옷 주머니에 넣었다. "그게 다예요?"

"그놈한테 말해. 만날 날짜."

그녀는 빠르게 고개를 끄덕였다.

"정말 유감이다."

"그게 다예요?"

"하나 더. 날 좀 볼래?"

그녀는 상태가 좋지 않은 개처럼 구부정하게 앉은 채로 고개를 돌렸다.

"솔직하게 말해. 이 일을 하려는 게 내가 원해서야, 아니면 네가 원해서야?"

"중요한가요?"

"중요해. 아주 중요해."

그녀는 고개를 숙여 무릎을 내려다보았다. "그만 끝내고 싶어요. 어느 쪽으로든요."

"이 일이 어떻게 진행되든 우린 아주 오랫동안 서로를 못 봐. 어떤 방법으로도 연락해선 안 돼."

"그러는 편이 낫겠죠."

"잘 생각해봐. 네가 그냥 집을 나와서 여기서 살면 우린 매일 서로를 보면서 살 수 있어."

"그게 더 나을 것 같지는 않아요."

안드레아스는 본당의 스테인드글라스 천장을 올려다보며 생각에 잠겼다. 그의 심장이 자유로이 선택한 첫사랑이 앞으로 오래도록 볼 수도 없고 보아서도 안 될 이 소녀라니, 이런 웃기지도 않는 일이 또 있을까. 하지만 해야만 했다. 다른 방법이 없다는 무력감이 달콤하게 다가왔다. 이렇게 될 줄 누가 알았을까? 사랑에 관한 상투적인 문구들, 멍청한 속담들, 노래 가사들이 그의 머릿속을 스치고 지나갔다.

"유도 수업에 늦었어요. 가야 돼요."

그는 그녀가 떠나가는 모습을 보지 않으려 눈을 감았다.

어머니 탓을 하는 건 쉽다. 인생은 비참한 모순이며, 끝없는 욕망에 비해 물자는 한정되어 있고, 태어나는 순간 죽음을 향해 가야 한다. 이런 인생을 살도록 세상에 내놓은 사람을 어찌 원망하지 않을 수 있을까? 그래, 부당할지도 모른다. 하지만 어머니도 늘 본인의 어머니를 탓했고, 그 어머니는 또 자신의 어머니를 탓했으며, 그런 식으로 에덴동산까지 거슬러 올라간다. 사람들은 영원히 어머니 탓을 하며 살아간다. 하지만 안드레아스의 모친만큼 원망받아 마땅한 어머니는 많지 않으리라.

두뇌 발달에 따른 속임수는 아이들에게 불리하게 작용한다. 어머니는 아이 뇌의 해마가 장기 기억을 기록하는 시기가 오기 전까지 3~4년간 아이의 뇌를 가지고 놀 수 있다. 아이는 한 살 때부터 어머니에게 말을 해왔고 그보다 더 오랜 기간 어머니가 하는 말을 들었지만, 해마가 활동을 시작하기 전이라 나중에는 자기가 혹은 어머니가 무슨 말을 했었는지 단 한 마디도 기억하지 못한다. 아이의 의식은 처음 그 작은 눈을 뜬 순간, 자신이 어머니를 맹목적으로 사랑하고 있음을 알게 됐다. 남달리 영민하고 수용적인 아들이었던 아이는 사회주의 노동자들의 나라의 역사적 필연성을 무조건 믿었다. 어머니는 속으로는 그런 필요성을 믿지 않았을지 모르지만 아이는 믿었다. 아이는 자의식을 갖기 전부터 이미 사람이었기 때문이다. 아이의 작은 몸은 아버지의 성기가 어머니의 성기 안으로 들어오기 전부터 이미 어머니의 몸속 깊은 곳에 존재하고 있었다. 아이는 머리통으로 어머니의 성기를 뚫고 세상으로 나왔으며, 원할 때마다 최대한 오래 어머니의 젖을 빨았지만, 그 시기에 대해서는 평생 기억하지 못한다. 애초에 아이의 자아는 몸과 분리되어 있기 때문이다.

안드레아스의 아버지는 당 중앙위원회 소속 당원 가운데 두 번째로 젊었고 공화국을 위해 제일 창의적인 일을 맡아 하고 있었다. 공화국의 수석 경제학자로서 아버지는 데이터를 대규모로 조작하고, 있지도 않은 생산물의 생산량 증가를 입증하고, 매년 현실과 점점 동떨어져가는 예산의 수지를 맞추고, 공화국이 속임수로 얻거나 강제로 빼앗은 경화(硬貨)가 국가 예산에 미치는 영향력을 최대화하기 위해 공식 환율을 조정하고, 이 나라의 경제가 거둔 몇 안 되는 성공을 과장하고, 수많은 실패에 대한 낙관적인 변명을 만들어내는 일을 했다. 당 지도부는 아버지가 제시한 숫자를 이해하지도 못하고 빈정대기나 할 뿐이었지만 아버지는 그 숫자들이 들려주는 이야기를 믿어야만 살 수 있었다. 그러기 위해 아버지는 정치적 확신과 자기기만, 어쩌면 자기 연민이 필요했던 게 아니었을까.

안드레아스는 독일 노동자들의 국가가 싸워온 부당함에 대해 아버지로부터 장황한 설명을 들으며 어린 시절을 보냈다. 나치는 공산주의자들을 박해했고 소비에트연방을 거의 박살 냈으며, 엄청난 전쟁배상금을 무는 것으로 대가를 치렀다. 미국은 노동계급을 쥐어짜 모은 얼마 안 되는 자원을 서독에 투입해 경제 번영국의 허상을 만들어냈고 나약하고 판단력이 흐린 동독인들을 국경 너머 서독으로 건너오게끔 꾀었다. 아버지는 즐겨 말하곤 했다. "역사상 그 어떤 나라도 우리 동독보다 불리한 조건에서 시작된 나라는 없어. 하지만 이 나라는 돌무더기 잔해에서 일어나, 모두가 적대시하는 가운데, 스스로 먹고 입고 집을 짓고 인민들을 교육하면서, 서유럽에서 제일 부유한 국가의 국민만이 누릴 수 있는 삶을 모든 인민들에게 제공했지." 안드레아스는 모두가 적대시하는 가운데라는 말을 들을 때마다 가슴이 벅차올랐다. 안드레아스의 눈에 아버지는 세상에서 제일 위대하고 지혜롭고 친절한 사람이며, 적대시당하고 모욕당하며 살아온 독일 노동자의 대변인이었다. 약자로서 고통을 당하면서도 끝내 참고 견뎌 신념으로 승리를 일궈낸 나라보다 더 큰 공감을 불러일으키는 게 있을까? 모두가 적대시하는 가운데?

하지만 아버지는 늘 일에 치여 살았고 모스크바를 비롯한 동구권 나라들로 출장도 자주 다녔다. 안드레아스는 어머니 카티아를 진정으로 사랑했다. 어머니는 누구보다 완벽하고 늘 곁에 있어주었다. 예쁘고 활기 넘치고 머리 회전이 빠른 어머니는 정치철학에서만큼은 융통성이 없었다. 사내아이처럼 짧은 어머니의 머리카락은 보기 드문 붉은색이었다. 맹렬하게 타는 듯 붉지만 자연스러웠다. 이 나라의 특권층만이 손에 넣을 수 있는 서유럽산 염색약으로 염색한 덕분이었다. 어머니는 공화국의 보석이고, 비슷한 부류들이 이 나라에서 쫓겨날 때도 특별히 선택받아 남았을 만큼 육체적 지적 매력이 대단했다. 동독 공산당의 연줄을 어머니보다 더 쉽게 붙잡아 이용한 사람은 없었다. 안드레아스는 어머니가 대학에서 강의하는 모습을 보러 간 적이 있었다. 어머니는 수업을 완전히 장악했고, 붉은 머리카락으로 학생들의 넋을 빼놓았으며, 원고도 보지 않고 청산유수로 단어들을 쏟아냈다. 어머니는 셰익스피어의 희곡들을 전부 외우고 있어서, 강의하다가 생각이 미치는 지점에서 언제든지 관련 구절을 통째로 인용했고, 이해가 딸리는 학생들을 위해 즉석에서 독일어로 옮겨 설명해주기도 했다. 어머니의 모든 학설은 동독 정통파의 학설을 따랐다. 덴마크 왕실의 비극인《햄릿》은 허위의식과 그 몰락에 관한 우화이고, 폴로니어스는 부르주아 지식계급의 희화화이며, 금발의 왕자 햄릿은 마르크스의 예언자적 형태이고, 호레이쇼는 엥겔스이고, 포틴브라스는 혁명 의식의 실현자이자 보증인인 레닌 같은 인물이고, 덴마크는 핀란드 역*에 해당한다는 학설이었다. 만약 어머니가 스스로를 높게 평가하는 것 때문에 거부감을 갖는 자가 있거나 어머니의 활기를 괜히 불안하게 여기는 자가 있었다면(활기 없이 숨죽이고 살아야 안전하다고 믿는 축들도 있으므로), 어머니는 그런 자들을 안심시키기 위해 소속 학과의 정치관리위원회 회장 자리까지 꿰찼을 사람이었다.

어머니는 또한 투지가 넘쳤다. 1933년 국회의사당이 불타고 나치 정권이 공산당을 대대적으로 탄압하자, 머리 회전이 빠르고 운까지 따른 공산당 지도자들은 내무인민위원회**로부터 선진 훈련을 배운다는 핑계로 소련으로 도망치거나 유럽 각지로 흩어졌다. 카티아의 어머니는 영국 여권을 갖고 있던 덕분에 남편과 두 딸과 함께 리버풀로 건너갔다. 아버지는 조선소에서 일자리를 구했고, 소련의 총애를 잃지 않기 위해 소련의 첩자 노릇도 마다하지 않았다. 카티아는 저녁 식사 초대를 받아 집에 찾아왔던 킴 필비***를 아직도 기억했다. 전쟁이 터지자 카티아 가족은 웨일스 시골 지역으로 이주해 전쟁이 끝날 때까지 대기하라는 정중하지만 확고한 지시를 받았다. 스윙 재즈 밴드의 리더와 결혼한 카티아의 언니를 제외하고, 부모님과 카티아는 동베를린으로 돌아가 축하 행진에 참여했고 파시즘에 저항한 공로로 포상도 받았다. 그러나

---

* 1917년 4월 3일 망명 생활을 마치고 러시아에 입국한 레닌은 핀란드 역에서 수천의 혁명군들과 대면했으며 장갑차 위로 올라가 사회주의혁명의 승리를 외치며 연설을 했다.

** 구소련의 정부 기관이자 비밀경찰.

*** 영국의 정보장교. 냉전 시대의 가장 성공적인 소련의 이중 첩자.

내무인민위원회에서 훈련을 받고 돌아온 당 간부들은 소련이라는 뒷배를 업고 권력을 쥐더니 카티아 가족을 로스토크로 추방했다. 당시 학생이었던 카티아만 베를린에 남아도 좋다는 허락을 받았다. 카티아의 아버지는 1948년 로스토크에서 목을 매 스스로 목숨을 끊었고, 신경쇠약으로 고통받던 어머니는 정신병원에 갇혀 있다 세상을 떠났다. 훗날 안드레아스는 어쩌면 동독 비밀경찰이 외할아버지의 자살과 외할머니의 신경쇠약을 부추겼을지 모른다는 추측을 했다. 그러나 카티아는 그런 추측으로 위로받을 정치적 입장이 아니었다. 카티아라는 별은 부모의 몰락과 함께 떠올랐고, 그녀의 부모는 대외적으로 순교자로 알려졌다. 카티아는 정교수가 되었고, 볼프가(家) 친척들과 함께 소련에 머물러 전쟁에서 살아남은 대학 동료와 결혼을 했으며, 남편의 경제적 영향력을 본인 것으로 흡수했다.

어머니와 함께한 안드레아스의 어린 시절은 결코 평범하지 않았다. 어머니는 그에게 모든 것을 허락한 대신 늘 함께해달라고, 둘이 함께하는 시간을 기뻐해달라고 요구했다. 그는 당연히 기뻐했다. 어머니는 종신재직권을 받은 영어영문학 정교수였고 그가 기억하기로 늘 집에서 독일어와 영어를 한 문장에 섞어 말을 했다. 두 언어를 섞어서 말하는 건 무척 재미있었다. 네가 이렇게 엉망으로 만들었구나!(*Du hast ein* bloody awful mess *gemacht!*) 미합중국은 썩었어!(The *Vereinigten Staaten* are rotten!) 이 냄새나는 게 방귀일까, 아니면 철도의 발차 신호일까?(Is that a fart *oder eine Ausfahrt* I smell?) 크림케이크 한 조각 더 먹을래?(*Willst du ein* otheres *Stück* creamcake?) 네 작은 머리는 무슨 생각을 하고 있으려나?(What goeth in thy little head on?) 어머니는 그를 독차지하고 싶어서 탁아소에도 맡기지 않았다. 특권을 누릴 수 있는 위치에 있기에 가능한 일이었다. 안드레아스는 기억할 수도 없을 만큼 어렸을 때부터 글을 읽기 시작했다. 아버지가 멀리 출장을 간 날엔 어머니의 침대에서 잠을 잤다. 그러다 한밤중에 돌아온 아버지가 침대에 함께 누워 잠을 자면서 코를 골면, 안드레아스는 그 소리를 무서워했고, 어머니는 일어나 안드레아스를 데리고 그의 방으로 가 함께 잠을 잤다. 안드레아스는 어머니가 싫어하는 일은 할 수 없었다. 그가 떼를 쓰면 어머니도 바닥에 주저앉아 함께 울어버렸다. 그가 화가 나서 더 크게 울면 어머니의 울음도 더 커졌는데, 어머니가 가짜로 우는 척하는 모습이 웃겨서 그는 결국 화가 풀려버렸다. 그가 웃음을 터뜨리면 어머니도 함께 웃었다.

어느 날 안드레아스는 어머니에게 잔뜩 골이 나서 어머니의 정강이를 걷어찼다. 어머니는 아픈 척하면서 영어로 "1점, 아주 분명한 1점입니다!*"라고 외쳤다. 웃기기도 하고 화가 나기도 해서 그는 달려가 어머니의 정강이를 또 더 세게 걷어찼다. 어머니는 바닥에 쓰러져 움직이지 않았다. 그는 깔깔 웃으면서 재미있으니 어머니를 한 번 더 발로 차야겠다고 생각했다. 그런데 어머니가 움직이지 않자 그는 걱정이 되어 어머니 옆에 무릎을 꿇고 앉았다. 어머니는 숨은 쉬고 있었지만 눈빛이 이상하게 공허했다. "엄마?"

"누가 널 발로 차면 좋니?" 어머니는 높낮이 없는 목소리로 물었다.

"아뇨."

어머니는 더 이상 말하지 않았지만 조숙했던 안드레아스는 어머니를 발로 찬 행동을 즉시 부끄러워했다. 어머니는 그에게 어떤 행동을 해라 마라 할 필요가 없었고, 실제로 그런 말은 한 번도 하지 않았다. 안드레아스는 어머니를 손으로 긁고 쿡쿡 찌르며 일으켜 세우려 했다. "엄마, 엄마. 발로 차서 미안해요. 일어나요." 어머니는 울고 있었다. 가짜로 우는 게 아니라 진짜로 눈물을 흘리고 있었다. 안드레아스는 어머니에게서 손을 뗐다. 뭘 어떻게 해야 할지 알 수 없어서 제 방으로 달려 들어가 들으란 듯이 울기 시작했다. 그가 한

* 《햄릿》 5막 2장 오즈릭의 대사.

바탕 울어댄 후에도 어머니는 와보지 않았다. 안드레아스는 울음을 그치고 거실로 다시 나갔다. 어머니는 아까와 똑같은 자세로 눈을 멍하게 뜬 채 거실 바닥에 쓰러져 있었다.

"엄마?"

"넌 잘못 없어." 어머니가 중얼거렸다.

"나 때문에 아파요?"

"넌 완벽한 아이야. 세상이 잘못됐지."

어머니는 꼼짝하지 않았다. 아무래도 다시 방으로 돌아가 어머니처럼 가만히 누워 있어야 될 것 같았다. 하지만 한참 누워 있다 보니 지루하게 느껴져서 안드레아스는 일어나 앉아 책을 펼쳤다. 책을 읽고 있는데 아버지가 집으로 돌아온 소리가 들렸다. "카티아? 카티아!" 단호하고 성난 아버지의 발소리. 이어서 철썩! 하고 치는 소리가 들렸다. 이어서 또 한 대 치는 소리가 났다. 다시 한번 아버지의 발소리, 그런 다음 어머니의 발소리, 뒤이어 냄비와 팬의 덜거덕 소리. 안드레아스는 주방으로 나가보았다. 어머니는 그에게 따뜻한 미소를 지어주었다. 늘 봐오던 따스한 미소를 지으며 어머니는 그에게 뭘 읽고 있었냐고 물었다. 저녁 식사 자리에서 부모님의 대화는 평소와 다름없었다. 아버지가 어떤 이의 이름을 언급하자 어머니는 그 사람에 대해 웃기면서도 약간 나쁜 말을 했고 아버지는 "다 그 사람 능력에 따라 그리된 거지"라며 무게를 잡고 훈계조로 대꾸했다. 그러자 어머니는 안드레아스 쪽을 돌아보며 특별한 윙크를 해주었다. 그는 어머니를 너무도 사랑했다! 부모님을 사랑했다! 조금 전의 그 광경은 한낱 악몽에 불과했다.

어렸을 적 기억의 대부분은 어머니와 함께 대학에서 열리는 위원회 회의에 참석했던 기억이었다. 어머니는 회의실 한쪽 구석, 탁자와 떨어진 곳에 의자를 하나 놓아주었고, 안드레아스는 조숙한 어린이답게 그 의자에 앉아 삽화가 들어간 책을 읽었다. 독일어책 베르너 슈몰과 《늑대들 사이에서》, 《청소년을 위한 짧은 셰익스피어》, 영어책 《로빈 후드》, 스타인벡 따위였다. 회의실에 모인 교수들은 동독 노동자들을 위한 계급투쟁에 맞추어 영어영문학 교육 과정을 조정하기 위해 새로운 방안을 앞다투어 제시했다. 없어도 상관없다는 취급을 받으며 공세에 시달리는 학과였던 탓에, 대학에서 이 학과의 회의보다 더 숨 막히게 교조적인 회의는 없었다. 안드레아스는 어머니와 텔레파시로 연결된 것처럼 죽이 척척 맞았다. 그는 책을 보다가 언제 고개를 들어야 어머니의 특별한 윙크를 받을 수 있는지 정확히 알았다. 그 윙크를 통해 안드레아스는 어머니와 그가 함께 고생하는 동지이며, 둘이 함께라면 어느 누구보다 똑똑할 수 있다고 느낄 수 있었다. 어머니의 동료 교수들은 회의실에 어린아이가 들어와 있는 걸 좋아하지 않았지만, 안드레아스는 그 나이답지 않게 주의력 지속 시간이 무척 길었고 어머니와 장단이 잘 맞아서 어머니를 곤란하게 만들 짓은 절대 하지 않았다. 볼일이 아주 급할 때만 의자에서 일어나 어머니의 소매를 살짝 잡아당겼는데, 그러면 어머니는 그를 여자 화장실로 데려가 소변을 보게 해주었다.

카티아는 안드레아스가 기억하지 못하는 일화를 얘기한 적이 있었다. 회의가 있는 대로 길게 늘어지던 날, 안드레아스는 책을 읽다가 의자 팔걸이에 머리를 대고 잠이 들었다. 그러자 동료 교수 한 명이 안드레아스의 외국어 능력을 알지 못한 채, 안드레아스가 알아듣지 못하게 한답시고, 어머니에게 '아이를 사무실로 데려가 누워놓자'고 영어로 제안했다. 그러자 안드레아스가 벌떡 일어나 앉아 "'눕혀놓자'고 해야지 '누워놓자'고 하는 건 틀린 표현이에요!"라고 영어로 소리쳤다고 카티아는 회상했다. 당시 안드레아스가 영어로 '눕히다'와 '눕다'를 구분할 줄 알았던 게 사실이고 지능지수가 상당히 높기도 했지만, 고작 여섯 살짜리가 그렇게까지 똑똑하게 말했을까 싶어 안드레아스는 어머니의 얘기를 믿지 않았다. 하지만 카티아는 그가 틀림없이 그렇게 말했다고 우겼다. 조숙했던 그의 어린 시절에 관한 여러 일화 중 하나인데, 어머니는 여섯 살짜리의 영어 실력이 종신재직권을 받은 동료 교수보다 뛰어났다는 그 일화를 즐겨 얘기하곤 했다. 어머니가 꾸며낸 것 같은 그 얘기를 듣고도 안드레아스는 창피한 줄 몰랐고 나중에야 부끄러움을 느꼈다. 그를 자랑스러워하는 어머니의 태도를 어렸을 때부터 너무 당연시하며 살아온 탓이었다.

초등학교에 다니게 되면서 방과 후 프로그램에 참가해 획일화된 주입식 교육까지 받느라 안드레아스는 어머니와 함께할 시간이 줄어들었다. 그래도 그 무렵 자신보다 더 대단한 부모를 가진 아이는 없다는 걸 알게 됐다. 그는 집에 돌아와서는 여전히 어머니와 두 가지 언어로 재치를 겨루는 걸 즐겼다. 어머니가 좋아하는 희곡과 소설을 더 잘 읽을 수 있게 되면서 그는 아버지와는 다른 사람, 즉 문학작품을 읽는 사람이 되어갔다. (어머니가 신경쇠약으로 서재 바닥이나 욕조에 정신을 잃고 쓰러져 있거나 종종 알 수 없는 이유로 어딘가로 사라졌다가 개연성 없는 설명을 늘어놓곤 했기에) 그 무렵 안드레아스는 어머니가 정신적으로 안정되지 않았다는 걸 더 잘 인식하게 됐지만 그래도 남들보다 훨씬 멋진 어머니를 갖고 있으니, 친구들과 급우들에게 일종의 노블리스 오블리주*를 베풀어야 한다는 마음이 컸다. 사춘기가 오기 전까지는 확실히 그렇게 믿었다.

천박한 취향의 공화국 동독에서 이론적으로 정신과 의사는 불필요한 존재였다. 신경증은 부르주아나 겪는 병이므로, 완벽한 노동자들의 국가에서 신경증 환자가 존재한다는 것 자체가 모순이었다. 그래도 정신과 의사가 몇 명 있기는 했다. 안드레아스가 열다섯 살 때 아버지는 안드레아스를 정신과 의사와 만나게 했다. 자살 시도 때문이라는 구실을 붙였지만 실제로 안드레아스의 증상은 과도한 수음이었다. 과도하다는 건 보는 사람의 관점에 따라 다를

* 높은 사회적 신분에 상응하는 도덕적 의무.

것이고, 어머니는 그가 자연스러운 사춘기를 겪고 있을 뿐이라 여겼다. 하지만 그는 달리 생각하는 아버지가 어쩌면 옳을 수도 있다고 보았다. 자기소외의 은밀한 방법인 수음을 알게 된 후, 안드레아스는 혼자 쾌락을 주고받으면서 그 외의 다른 활동을 점점 거부하기 시작했으니까.

일상에서 그의 시간을 제일 많이 잡아먹는 활동은 축구였다. 축구는 동독 지식계급에게 별로 인기 없는 스포츠였다. 그러나 안드레아스는 열 살 때부터 동독 지식계급을 경멸하는 어머니의 관점을 고스란히 흡수한 터였다. 그는 동독은 노동자들의 나라이고 축구는 노동계급의 스포츠라고 아버지에게 주장했는데, 비아냥대는 식의 그 주장은 물론 어머니에게 영향받은 것이었다. 그러나 안드레아스가 축구에 매료된 진짜 이유는, 흥미로운 존재인 척하지만 실은 그렇지도 않은 평범한 급우들과 차별화되고 싶었기 때문이었다. 안드레아스는 절친인 요아힘을 꾀어 같이 축구를 하러 다녔다. 요아힘에게 안드레아스는 '예절의 거울이며 행동의 표본*'이었다. 그들은 카를마르크스 거리에서 딱 기분 좋을 만큼 떨어져 있는 스포츠센터에 다녔고, 베켄바우어와 바이에른 뮌헨 팀 얘기를 하면서 급우들과는 따로 놀았다. 나중에 '유령'을 보고 나서 안드레아스는 축구에 더 심취해, 스포츠센터에서 축구 동호회 친구들과 축구 연습을 하거나 베버비제에서 혼자 공을 차곤 했다. 스타급 공격수라고 상상하면서 축구를 하는 동안에는 유령 생각이 나지 않기 때문이었다.

그렇다고 진짜로 스타급 공격수가 될 생각은 없었다. 편안하게 수음이나 하다가, 운동장에서 막상 득점을 막으려 달려드는 수비수들을 대면하면 좌절감만 높아졌다. 홀로 방에서 수음을 하면 원할 때 언제든 득점할 수 있었다. 방에서 골을 너무 많이 넣어서 당분간 다시 골을 넣을 힘이 없을 때에나 지

---

* 《햄릿》 3막 1장 오필리아의 대사 중 일부.

치고 우울해져 약간 좌절감을 느끼는 정도였다.

수음에 필요한 자극을 얻기 위해 그는 벌거벗은 여자들을 직접 연필로 그렸다. 처음 그린 그림은 매우 조악했으나 점차 그 방면으로 재능이 있음을 알게 됐다. 특히 화보에 실린 모델의 벗은 모습을 상상해 그리는 솜씨가 뛰어났다. 한 손으로는 그림을 그리고 다른 손으로는 성기를 주무르며 몇 시간씩 쾌락을 지속할 수 있었다. 그림이 잘 나오지 않으면 구겨서 버렸고, 잘 나온 그림들은 두었다가 좀 더 개선해 수정하고, 음란한 대사는 가급적 나중에 적어 넣었다. 이상화된 얼굴과 몸은 볼수록 사랑스러웠지만 옆에 적어 넣은 대사는 다음 날 다시 보면 어색하고 당황스러웠기 때문이었다.

그는 부모에게 축구를 그만두겠다고 말했다. 어머니는 그가 무엇을 하든 늘 찬성했지만 아버지는 축구를 그만두려면 축구만큼 건강에 도움이 되고 야외에서 시간을 많이 보낼 수 있는 다른 활동을 찾으라고 했다. 그래서 그는 어느 날 저녁, 축구 연습을 마치고 집으로 돌아오는 길에 린슈트라세 다리에서 그 아래 너저분한 덤불로 뛰어내렸다. 그 덤불은 공교롭게도 그가 유령을 마지막으로 본 장소이기도 했다. 발목이 부러졌는데 부모에게는 친구가 부추겨서 그냥 모험 삼아 뛰어내렸다고 말했다.

공화국 인민이라면 누구나 시간이 넘쳐났다. 오늘 할 일을 오늘 다 못 해도 내일로 미루면 그만이었다. 물자는 부족하지만 시간만은 예외였다. 특히 발목이 부러지고 심하게 똑똑한 아이에게는 더더욱 시간이 넘쳐흘렀다. 세 살 때부터 글을 읽고 다섯 살 때부터 곱셈을 해온 소년에게 학교 숙제는 너무 쉬워 웃음이 날 지경이었다. 학교에서 똑똑한 머리로 다른 남학생들을 재미있게 해주는 것에도 한계가 있었고, 또래 여학생들에겐 흥미를 느끼지 못했다. 유령을 본 후로는 어머니와의 대화도 더 이상 즐겁지 않았다. 어머니는 여전히 흥미로운 사람이었고, 저녁 식사 자리에서 재미난 얘깃거리를 그의 앞에 달콤한 과일 조각처럼 흔들어댔지만 그는 동하지 않았다. 그는 시간과 권태로 이루어진 무산계급의 광대한 사막에서 살고 있었다. 거의 온종일 종이에 미녀를 그리고 있으면서도 그게 잘못이라거나 지나친 행동이란 생각은 들지 않았다. 텅 빈 종이에 그려낸 여성의 얼굴들은 그의 손길 덕분에 세상에 존재하게 되었고, 그의 작은 벌레 같은 성기를 크고 단단하게 만들어주었다. 그런 그림을 그리며 부끄러움도 점점 없어져서 그는 대담하게 거실 소파에 나와 앉아 그리곤 했다. 지속적으로 적당한 자극을 주기 위해 한 손으로 바지 위를 문지를 때도 있었고, 그림에 심취해 성기에 자극을 주는 일을 잊을 때도 있었다.

어느 날 그의 어깨 너머로 그림을 내려다보던 어머니가 물었다. "누구 얼굴이니?" 알면서도 모르는 척하는 말투였다.

"딱히 누구 얼굴은 아니고 그냥 그린 거예요."

"보고 그린 게 있을 거 아냐. 학교에서 알게 된 여자애니?"

"아뇨."

"연습을 꽤 많이 한 것 같구나. 네 방에서 문 닫아놓고 계속 그린 게 이런 그림이니?"

"예."

"다른 그림도 엄마가 좀 볼 수 있을까?"

"아뇨."

"네 재능이 놀라워서 그래. 다른 그림을 보여주면 안 될까?"

"다 그리고 나면 버려서 없어요."

"한 장도 없어?"

"예."

어머니는 미간을 찌푸렸다. "엄마한테 상처 주려고 이래?"

"솔직히, 엄마 생각은 전혀 안 했어요. 만약 엄마 생각을 했으면 더 심하게 행동했겠죠."

"엄마가 보호해줄 테니까 얘기해."

"얘기하기 싫어요."

"네 나이 땐 그림을 보고 흥분하기도 해. 성적 욕구를 갖는 것도 건강하다는 표시고. 그런데 누구 얼굴을 그린 건지 궁금한 거야."

"엄마, 그냥 만들어낸 얼굴이에요."

"개인적인 느낌이 많이 들어간 그림이야. 아는 사람을 그린 것 같은데."

그는 대꾸하지 않고 바인더에 그림을 넣은 후 방으로 들어가 문을 닫았다. 바인더를 다시 열고 그림을 꺼내 다시 보니 연필로 그린 얼굴이 혐오스럽게 느껴졌다. 끔찍하고 끔찍했다. 그는 그 종이를 찢어버렸다. 어머니가 문을 두드리고 열었다.

"다리에서 왜 뛰어내렸니?"

"말했잖아요. 모험 삼아 해봤다고요."

"자해하고 싶어? 엄마한테는 사실대로 말해야 돼. 우리 아버지가 나한테 한 짓을 네가 똑같이 따라 하면 엄마는 더 이상 살 수가 없어."

"요아힘이 부추겨서 뛰어내려본 거라니까요."

"누가 부추겼다고 그런 멍청한 짓을 하기엔 넌 너무 똑똑해."

"아, 예. 사실은 집에서 자위를 더 많이 하고 싶어서 다리를 부러뜨렸어요."

"허튼소리 그만해라."

"저 자위해야 되니까 제발 좀 나가주세요."

입에서 불쑥 튀어나온 이 말을 듣는 순간, 그는 충격을 받아 내면에서 어떤 끈이 툭 끊기는 기분이었다. 그는 벌떡 일어나 부들부들 떨면서 활짝 웃으며 어머니에게 다가갔다. "자위하게 나가세요. 제발 좀 나가세요—"

"그만해!"

"저는 외할아버지랑은 달라요. 엄마를 닮았죠. 하지만 적어도 저는 혼자 알아서 해요. 남한테는 상처 안 줘요. 저한테나 상처를 입히지."

그의 의도대로 어머니는 안색이 핼쑥해졌다. "무슨 말인지 모르겠구나."

"예, 물론 모르시겠죠. 전 그냥 미친놈이니까요. 매와 작은 톱도 구분 못 할 만큼* 상식도 없는 놈이고요." 그는 이 대사를 영어로 외우고 있었다.

"햄릿은 그만 인용해."

"동족보단 좀 가깝고 동류라긴 좀 멀구나.**"

"너 완전히 잘못된 생각을 품고 있구나. 책에서 인용한 문구로 암시를 해가면서 사람 성질을 긁고 있어. 네 아버지 말이 맞아. 너무 어려서부터 나이에 안 맞는 책을 읽게 두는 게 아니었는데. 엄마가 널 보호해줄 순 있지만 그러려면 네가 솔직하게 털어놔야 돼. 네가 진짜로 무슨 생각을 하고 있는지 엄마가 알아야 돼."

"저는 아무— 생각도 없어요."

"안드레아스."

"자위하게 나가세요, 좀!"

그는 어머니를 보호하고 있었다. 정말 그랬다. 공장 순시를 하고 돌아온 아버지가 정신과 의사와 상담 약속을 잡았다고 통보하자 안드레아스는 상담을 받을 때도 어머니를 계속 보호해야겠다고 마음먹었다. 아버지가 상담을 맡길 정신과 의사는 분명 정치적으로 확고부동하고 슈타지가 보증할 만한 사람일 테니까. 안드레아스가 아무리 어머니를 증오해도 정신과 의사에게 유령의 존재에 대해 털어놓을 수는 없었다.

공화국의 수도는 정신적으로 단조로울 뿐 아니라 실제 지형도 단조롭기 그지없었다. 몇 안 되는 언덕들은 전쟁의 잔해가 쌓여 만들어진 무더기에 불과했다. 안드레아스가 유령을 처음 본 곳도 축구 경기장 뒷담 너머 풀로 뒤덮인 야트막한 언덕이었다. 언덕 뒤에는 폐선로와 좁게 뻗어나간 불모지가 있는데,

---

* 《햄릿》 2막 2장 햄릿의 대사.

** 《햄릿》 2막 1장 햄릿의 대사.

그 불모지는 땅 모양이 바르질 않아 당국은 그곳에 5개년 계획조차 세우지 못했다. 어느 늦은 오후 안드레아스는 축구를 하다 숨이 차서 철책선 담장에 얼굴을 대고 철책선을 손으로 잡은 채 숨을 고르고 있었는데, 불현듯 폐선로에서 유령이 나타났다. 20미터쯤 떨어진 언덕 꼭대기에 나타난 유령은 수척하고 턱수염을 길렀으며 남루한 양가죽 재킷을 입은 남자였다. 유령은 안드레아스를 가만히 쳐다보고 있었다. 사생활과 특권을 침해당했다는 느낌을 받은 안드레아스는 이내 담장 쪽으로 등을 돌리며 돌아섰다. 다시 경기장으로 달려가며 언덕 쪽을 흘끗 돌아보았을 때 유령은 이미 사라지고 없었다.

다음 날 땅거미가 질 무렵 유령은 다시 나타나 안드레아스를 똑바로 쳐다보았다. 이번에는 다른 선수들도 유령을 보았고 소리를 질렀다. "더러운 변태 새끼야!" "뒈져버려!" 축구 동호회 회원들은 이 사회의 규칙을 따르지 않는 자를 향해 도덕적으로 당당하게 경멸을 뱉어냈다. 부랑자에게 욕을 한다고 해서 입장이 곤란해질 일은 없었다. 오히려 그 반대였다. 소년 하나가 굳이 담장으로 달려가 가까이에서 유령을 향해 욕을 쏟았다. 소년이 가까이 오자 유령은 언덕 뒤로 넘어가 모습을 감추었다.

그 후 유령은 날이 어두워지면 머리와 어깨를 희미하게 드러내고 축구 경기장의 조명이 닿지 않는 언덕 위에서 서성였다. 안드레아스는 공을 쫓아 경기장을 뛰어다니며 유령이 그 자리에 있는지 한 번씩 쳐다보곤 했다. 있을 때도 있고 없을 때도 있었다. 안드레아스를 향해 고개를 끄덕이는 듯한 모습도 두 번 보였다. 그러나 경기 종료를 알리는 호루라기 소리가 들릴 때쯤엔 늘 사라지고 없었다.

일주일 동안 유령과 이런 식의 숨바꼭질을 한 안드레아스는 연습이 끝나고 요아힘을 경기장 한옆으로 불렀다. 다른 회원들은 경기장 안에 남아 있었다.

"언덕 위의 그 남자 말이야. 계속 나를 쳐다봐."

"아, 너한테 볼일이 있나 보네."

"할 말이 있는 건가."

"신사는 금발을 좋아해라잖아. 어쨌든 누군가는 그 남자에 대해 당국에 보고해야 돼."

"담장을 넘어가보려고. 무슨 사정인지 알아봐야겠어."

"멍청한 짓 하지 마."

"나를 쳐다보는 시선이 뭔가 묘해. 나를 아는 것 같아."

"너에 대해 알고 싶어 하는 거겠지. 곱슬곱슬한 예쁜 금발이니까. 아까 말했잖아."

요아힘이 맞을 수도 있었다. 어렸을 때 안드레아스는 어머니가 보는 데서 나쁜 짓을 안 했지만, 열네 살인 지금은 당국의 뜻을 대놓고 거스르지 않는 범위 내에서 충동이 이는 대로 원하는 것을 취하며 살고 있었다. 상황은 늘 그에게 유리하게 돌아갔다. 틀을 벗어나는 짓을 해도 개망신을 당하는 대신 진취적이고 창의적이라며 칭찬을 받았다. 그래서 지금도 양가죽 재킷을 입은 유령에게 말을 걸고 이야기를 듣고 싶었다. 지난 일주일 동안 들은 어떤 얘기보다 덜 지루할 것 같았다. 그래서 그는 어깨를 한 번 으쓱하고는 철책선 담장을 붙잡고 철책선 사이에 발끝을 걸었다.

"야, 그러지 마." 요아힘이 말했다.

"20분 안에 안 돌아오면 경찰에 신고해."

"미치겠다. 같이 가."

안드레아스가 바라던 바였다. 그는 늘 이렇게 원하는 바를 얻어냈다.

언덕배기에 올라 그 아래를 내려다보았으나 철로를 따라 펼쳐진 그림자 속은 잘 보이지 않았다. 골조만 남은 트럭, 도시에 자라는 잡초, 작고 볼품없는 나무들, 무너진 벽의 잔해인 듯한 희미한 선들, 그리고 축구 경기장의 조명을 받은 안드레아스와 요아힘의 그림자뿐이었다. 저 멀리엔 사회주의 중층 주택

들이 군데군데 뭉쳐 있었다.

요아힘이 어둠을 향해 소리쳤다. "어이! 반사회 분자! 거기 있지?"

"조용히 해."

선로 옆으로 움직임이 포착됐다. 그들은 희미한 빛에 의지해 천천히 맨다리를 잡아채는 잡초를 헤치고 최대한 직선으로 이동했다. 선로에 다다랐을 무렵 유령은 린슈트라세 다리 가까이 내려가 있었다. 정확히는 알 수 없지만 유령은 그들을 쳐다보고 있는 듯했다.

요아힘이 다시 소리쳤다. "이봐! 우리랑 얘기 좀 해!"

유령이 다시 움직이기 시작했다.

안드레아스가 요아힘에게 말했다. "돌아가서 샤워나 해. 너 때문에 저 사람이 도망치는 거 같아."

"짜증 난다."

"나 혼자 저 다리까지 내려갈게. 이따 거기서 만나."

요아힘은 망설였지만 늘 그렇듯 안드레아스가 하자는 대로 따랐다. 요아힘이 가고 난 후 안드레아스는 이 소소한 모험을 즐기며 선로를 향해 빠르게 걸어 내려갔다. 유령은 더 이상 보이지 않았지만 규제받지 않는 공간, 어둠 속에 있다는 것만으로도 즐거웠다. 안드레아스는 똑똑하고 규칙을 잘 알았으며 여기 있는 것은 규칙 위반이 아니었다. 게다가 저 유령이 쳐다보던 축구 경기장의 선수가 바로 자신이었던 것 같으니, 그는 모험을 할 자격이 충분했다. 두렵지 않았다. 아무런 해도 입지 않으리란 느낌이 왔다. 그래도 다리 위를 밝힌 가로등이 있어 안심이 됐다. 안드레아스는 다리 앞에서 걸음을 멈추고 다리에서 드리워진 그림자 속을 바라보았다. "저기요?" 안드레아스가 말했다.

그림자 속에서 한쪽 발을 바닥에 대고 끄는 소리가 들렸다.

"저기요?"

목소리가 말했다. "다리 밑으로 와."

"그쪽이 나와요."

"아니, 다리 밑으로 와. 해치지 않아."

부드럽고 교양 있는 목소리였다. 의외는 아니었다. 지능이 꽤 있는 사람이 아니면 안드레아스를 빤히 쳐다보면서 고갯짓을 하지는 않았을 것이다. 다리 밑으로 내려간 안드레아스는 다리 기둥 옆에 서 있는 사람의 형체를 구분해 냈다. "누구세요?" 안드레아스가 물었다.

"보잘것없는, 부조리한 존재." 유령이 대답했다.

"원하는 게 뭐죠? 내가 아는 사람이에요?"

"아니."

"뭘 원하는데요?"

"난 여기 머물 수 없는 사람이야. 돌아가기 전에 널 보고 싶었어."

"어디로 돌아가는데요?"

"에르푸르트."

"그럼 내가 여기 서 있으니까 보면 되겠네요. 왜 나를 몰래 쳐다보고 있었죠?"

머리 위의 다리로 트럭이 지나가면서 그 무게에 다리가 웅웅거렸다.

"내가 네 친부라면 어쩔 테냐?" 유령이 말했다.

"미친놈이구나 하겠죠."

"네 어머니의 이름은 카티아 볼프, 아니 카티아 에베르스발트. 1957년부터 훔볼트 대학교에서 나는 네 어머니의 학생이자 동료 교수였다. 1963년 2월에 국가 전복 혐의로 체포돼 재판을 받았고 10년 징역형을 선고받았어."

안드레아스는 저도 모르게 뒤로 한 걸음 물러섰다. 이 나라에서 정치적으로 배척당하는 사람에 대한 본능적인 두려움이었다. 그런 자들과 접촉해서 좋을 게 없었다.

유령이 덧붙여 말했다. "나는 국가를 전복하려는 짓을 한 적이 없다."

"인민들은 달리 생각했나 보죠."

"아니. 재미있게도 그렇게 생각한 사람은 단 한 명도 없었어. 내가 감옥에 간 건 네 어머니가 결혼하기 전 그리고 결혼한 후에도 나와 관계를 맺었기 때문이었지. 특히 결혼한 후가 문제됐던 거다."

안드레아스는 혐오감과 고통, 의분이 섞인 끔찍한 기분에 사로잡혔다.

"잘 들어, 쓰레기 새끼야. 누군지 모르겠지만 우리 엄마에 대해 그따위로 지껄이지 마. 알았어? 축구 경기장 근처에서 또 얼쩡대면 경찰을 부를 거야. 알았어?" 안드레아스는 돌아서서 조명이 비치는 축구 경기장을 향해 휘청대며 걸어갔다.

뒤에서 쓰레기가 그를 불렀다. "안드레아스, 네가 아기였을 때 난 널 품에 안았다."

"누군지 관심 없으니까 꺼져버려."

"내가 네 아버지야."

"꺼져버리라고. 이 더럽고 구역질 나는 새끼야."

"부탁 하나만 하자. 집에 가서 네 어머니의 남편에게 1959년 10월과 11월에 어디에 있었는지 물어봐라. 그게 전부다. 그 사람이 뭐라고 대답하는지 들어봐."

안드레아스의 시선이 바닥에 떨어져 있는 각목으로 향했다. 지금 이 쓰레기의 머리를 각목으로 후려친다 해도 이 나라를 전복하려 했던 반역자를 그리워하거나 신경 쓸 사람은 없을 것이다. 혹시 나중에 들통난다 해도 정당방위였다고 우기면 믿어줄 것이다. 이런 생각을 하자 문득 성기가 빳빳해졌다. 내면에 존재하는 살인자를 느낀 순간이었다.

쓰레기가 말했다. "걱정하지 마. 다시 나를 볼 일은 없을 테니. 원래 나는 베를린에 들어올 수 없게 돼 있어. 에르푸르트를 무단으로 떠난 죄로 아마 다시 투옥될 거다."

"신경 안 쓰거든?"

"그래. 그렇겠지. 난 보잘것없는 사람이니."

"이름이 뭐지?"

"모르는 게 신상에 이로울 거다."

"그럼 왜 나한테 이런 짓을 하는 거지? 왜 찾아왔어?"

"10년 동안 감옥살이를 하면서 이런 날을 꿈꿨으니까. 출소한 후에도 이런 날을 꿈꾸면서 1년을 더 보냈다. 그렇게 오래도록 무언가를 꿈꾸다 보면 어쩔 수 없이 행동에 옮겨야 한다는 걸 알게 돼. 언젠가 너도 아들을 낳겠지. 그땐 내 심정을 더 잘 이해하게 될 거다."

"더러운 거짓말을 한 사람들이나 감옥에 가지."

"거짓말이 아니야. 네 질문에 대한 답을 한 거다."

"우리 엄마한테 나쁜 짓을 했으면 감옥에 갇히는 것보다 더한 벌을 받아 마땅해."

"네 어머니의 남편도 그런 식으로 생각했어. 내가 세상을 남다르게 보는 이유를 이제 너도 알겠구나."

쓰레기는 비통한 어조로 내뱉었다. 안드레아스는 훗날 명백히 알게 될 사실을 이미 느낌으로 알아채고 있었다. 이 남자는 유죄라는 것. 이 남자를 감옥에 가게 만든 것은 국가 전복죄가 아니라 어머니의 불안정한 면을 이용해 먹은 죄, 분란을 일으키려 베를린으로 돌아온 죄, 열네 살 난 아들의 감정보다 전 애인에게 복수하고픈 마음이 앞선 죄였다. 이 남자는 불법을 저지른 죄인이며, 보잘것없는 작자이고, 과거에 영어영문학을 전공한 대학원생이었다. 앞으로 다시는 이 남자를 만나고 싶지 않았다.

"내 하루를 망쳐줘서 고맙네." 그 순간 안드레아스가 할 수 있는 말은 이게 전부였다.

"적어도 한 번은 보고 싶었다."

"좋아. 그럼 봤으니까 에르푸르트로 가서 뒈져."

이 말을 계속 중얼거리면서 안드레아스는 서둘러 다리 밑에서 나와 비탈을 올라갔다. 린슈트라세로 올라섰지만 요아힘은 보이지 않았다. 집으로 가는 길에 그림자 진 남의 집 문간에서 두 번 멈춰 서서 팬티 속을 정돈해야 했는데, 살의를 느끼며 발기된 성기가 축구 바지 속에서 계속 빳빳하게 성이 나 있었기 때문이었다. 유령이 말한 대로 아버지에게 질문을 할 생각 따윈 없었다. 그러나 2~3년 전에 본 광경들, 이해가 되지 않았지만 어쩔 수 없이 머릿속에서 지워버린 광경들이 문득 떠올랐다.

어느 금요일 오후 별장에서 그는 어머니가 실오라기 하나 걸치지 않은 알몸으로 장미 덤불 사이에 웅크리고 앉아 있는 모습을 보았다. 해가 저문 후에야 별장에 도착한 아버지는 어머니의 뺨을 후려쳤다. 괴상한 광경이었다. 열이 나서 학교를 조퇴하고 집으로 돌아왔던 날, 부모님의 침실이 잠겨 있는 걸 보았는데, 얼마 후 그 방에서 파란 작업복을 입은 일꾼 두 명이 서둘러 나오는 것이었다. 학교에서 어떤 허가서에 부모님 서명을 받아 오라고 해서 어머니가 근무하는 대학교의 사무실로 찾아갔던 날, 사무실 문이 잠겨 있어 밖에서 기다리고 있는데, 몇 분 후 한 남학생이 땀에 젖은 머리를 해가지고 사무실 밖으로 나왔다. 안드레아스가 사무실로 들어가려 하자 어머니는 그를 밀어내고 안에서 문을 다시 잠갔다.

나중에 어머니는 요염하고 유쾌한 목소리로 이렇게 설명했다.

"엄마는 그때 덤불 사이에 앉아서 장미꽃 향기를 맡고 있었어. 날씨가 너무 좋아서 자연에 더 가까워지려고 옷을 벗었고. 엄마가 너한테 한마디도 안 한 건 당황해서였어."

"그 일꾼들은 전기 시설을 고치러 집에 온 거야. 엄마한테 전기 스위치 옆에 서서 스위치를 켰다 껐다 해달라고 하더라. 작업 규칙을 철저하게 준수하는 일꾼들이라서 그때 너를 방 안으로 못 들어오게 한 거야. 엄마는 죄수처럼 방 안에 갇혀 있었지 뭐니!"

"우리는 그때 아주 혹독한 징계 회의 중이었어. 그 불쌍한 남학생은 퇴학 조치가 됐고. 너도 그 남학생이 우는 소릴 들었을 거야. 회의 끝나고 기억이 남아 있는 동안 바로 기록해야 해서 엄마가 문을 닫은 거야."

안드레아스는 굳건히 잠겨 있던 어머니의 사무실 문과 저항할 수도 없을 만큼 세게 그를 문밖으로 밀어내던 어머니의 손길이 떠올랐다. 그리고 장미 정원에 벌거벗고 앉아 있던 어머니의 다리 사이로 보이던 성기. 그때 처음 본 건 아니었다. 아주 어렸을 때 정신 사나운 꿈속에서 본 적이 있는 것 같았는데, 실은 꿈이 아니었다. 어머니는 안드레아스의 조숙한 질문에 답을 하기 위해 직접 본인의 성기를 보여준 적이 있었다. 안드레아스는 몸에 열이 펄펄 끓어 거실에 쓰러져 누워 있는 동안, 파란 작업복을 입은 일꾼 두 명이 그에게 인사 한마디 없이 그를 쳐다보지도 않고 도망치듯 집에서 나가는 모습을 확실히 보았다.

유령을 만나고 집으로 돌아온 안드레아스는, 어머니가 가짜 가죽을 씌운 가짜 덴마크 소파—싸구려이긴 하지만 이 공화국에 존재하는 다른 소파들보다는 두 단계쯤 품질이 좋은 소파—에 앉아 〈노이에스 도이칠란트〉를 읽으며 일과가 끝나면 늘 하던 대로 와인을 따라 마시는 모습을 보았다. 어머니는 본인의 모습이 동베를린 인민의 멋진 삶을 보여주는 광고 같다는 걸 잘 아는 분위기였다. 어머니의 등 뒤 창밖에는 우월한 현대식 건물의 아름다운 조명이 거리를 물들이고 있었다. "축구복을 입고 집에 왔구나."

안드레아스는 발기된 사타구니를 감추려 의자 뒤로 가서 섰다. "집까지 뛰어오고 싶어서요."

"옷은 경기장에 두고 왔니?"

"내일 가져올 거예요."

"요아힘이 전화했더라. 네가 어디 있는지 묻던데."

"이따가 전화할 거예요."

"무슨 일 없지?"

그는 어머니가 보여주는 이미지를 곧이곧대로 믿고 싶었다. 어머니에겐 그런 이미지가 무척 중요했다. 자본주의 체제보다 안정적이고 최선의 방식으로 경건한 삶을 제공하는 사회주의 체제 안에서 생산적인 하루를 보낸 후 느긋하게 쉬는 이상적인 노동자이자 어머니, 아내의 이미지. 〈노이에스 도이칠란트〉의 지루한 단어들을 하나하나 놓치지 않고 흥미롭다는 듯이 읽어내는 어머니의 능력은 무척 인상적이었다. 안드레아스는 그런 어머니를 바라보며 어머니를 혐오하는 만큼 어머니를 사랑하고 있음을 깨달았다.

"더할 나위 없이 좋아요." 안드레아스가 대답했다.

욕실로 들어간 안드레아스는 발기된 성기를 끄집어냈다. 거리에서는 대단하게 느껴졌던 성기가 지금은 보잘것없어 보여 서글펐다. 그는 그날 밤에도 다음 날 밤에도 그다음 날 밤에도 수음을 하고 또 했다. 1959년 가을에 아버지가 어디 있었는지 부모님에게 물어봐야겠다는 생각이 사라질 때까지. 에르푸르트에서 온 유령이 잘못 알고 헛소리를 지껄였을 수도 있으므로 감히 부모님에게 물어볼 수 없었다. 쓸데없이 소란을 일으켜 부모님을 심란하게 만드는 대신, 그는 자신이 아는 정보에 근거해 어머니를 의심하면서 타락의 명분으로 삼았다. 어머니가 화요일 오후에 일꾼 둘을 침실로 끌어들여 재미를 볼 자격이 있다면, 그도 여자 그림에 더러운 대사를 적고 그 위에 씨를 뿌릴 자격이 있는 거였다.

정신과 의사인 넬 박사의 널찍한 사무실은 베를린 대학교 의과대학 건물인 샤리테 1층에 있었다. 넬 박사는 인상 깊은 히얀 의사 가운을 입고 책상 뒤에 앉아 있었다. 맞은편 의자에 앉은 안드레아스는 의료 상담이나 구직 면접을 보러 온 것 같은 기분이었다. 넬 박사는 아버지가 왜 너를 여기로 보냈는지 아느냐고 물었다.

"아버지는 분별 있고 신중한 분이세요. 제가 성범죄자가 되면 아버지의 경력에 흠집이 나겠죠." 안드레아스가 대답했다.

"네가 왜 여기 왔는지 이유를 모르겠다는 뜻이냐?"

"저는 여기에 이렇게 앉아 있는 것보단 집에서 자위를 하고 싶어요."

넬 박사는 고개를 끄덕이고는 메모장에 무어라 끄적거렸다.

"농담이에요."

"농담은 우리의 내면을 드러내지."

안드레아스는 한숨을 쉬었다. "제가 박사님보다 훨씬 똑똑하다는 걸 인정하면 안 되나요? 저는 농담으로 내면을 드러낸 게 아니에요. 그렇게 해석하는 박사님이 웃긴 거죠."

"그런 말 자체가 내면을 드러낸다는 생각은 안 드냐?"

"드러내고 싶어서 일부러 그렇게 말한 거예요."

넬 박사는 펜과 메모장을 책상에 내려놓았다. "난 너 말고도 아주 똑똑한 환자들을 숱하게 상대해왔어. 그들과 내가 다른 점은, 나는 정신과 의사고 그들은 아니라는 점이지. 난 너를 돕기 위해 너만큼 똑똑해질 필요는 없어. 한 분야에서만 똑똑하면 돼."

안드레아스는 돌연 그에게 연민을 느꼈다. 자신의 지성이 무한하지 않고 제한되어 있음을 안다는 건 얼마나 고통스러운 일일까. 그런 한계를 환자에게 고백해야 한다는 건 또 얼마나 부끄러운 일인가. 안드레아스는 학교에서 자신보다 똑똑한 학생은 없다는 걸 잘 알았지만, 넬 박사처럼 그런 자신의 한계를 안타깝고 솔직하게 털어놓은 사람은 없었다. 안드레아스는 이 정신과 의사에게 호감을 느꼈고 잘 대해줘야겠다고 마음먹었다.

넬 박사는 안드레아스를 자살 충동을 가진 환자는 아니라고 진단함으로써 호의에 보답했다. 안드레아스가 다리에서 뛰어내린 이유를 설명하자 넬 박사는 좋은 지략이었다고 칭찬했다. "원하는 게 있는데 그걸 얻어낼 방법이 없었고, 고민 끝에 결국 그 방법을 찾아낸 것이구나."

"알아주셔서 고마워요."

넬 박사의 질문은 그치지 않았다. 학교에서 마음에 드는 여학생이 있는가? 키스를 하거나 만지거나 섹스를 하고 싶은 상대가 있는가? 안드레아스는 여학생들이 죄다 멍청하고 역겹다고 솔직하게 대답했다.

"그래? 전부 다?"

"제가 걔들을 일그러진 유리창으로 보고 있는 것 같아요. 제가 그린 여자들하고는 완전 달라요."

"넌 네가 그린 여자들하고 섹스를 하고 싶은 게로구나."

"맞아요. 그렇게 하질 못해서 미치겠는 거죠."

"자화상을 그리고 있다는 생각은 안 들어?"

안드레아스는 기분이 확 상했다. "전혀요. 여자 그림이잖아요."

"그림을 그리지 말라는 게 아니야. 난 네가 그림으로 번뜩이는 기지를 드러낸다고 보니까. 잘못이라고 비난할 생각도 없어. 그저 이해하고 싶은 거다. 넌 그 그림들이 네 상상의 산물이라고, 네 머릿속에만 존재하는 대상들이라고 하는데, 그게 바로 자화상이라는 의미가 아니겠니?"

"아주 좁은 의미로, 문자 그대로만 해석한다면 그럴 수도 있겠죠."

"같은 학교 남학생들은 어때? 남학생에게 끌린 적은 없어?"

"전혀 없어요."

"듣자마자 부정하는 걸 보니, 내 질문을 제대로 생각하고 답하는 것 같지가 않구나."

"친구들을 좋아한다고 해서 친구들이랑 섹스를 하고 싶은 건 아니잖아요."

"그래. 믿으마."

"별로 안 믿는 것 같은 말투네요."

넬 박사는 미소를 지었다. "일그러진 유리창에 대한 얘길 좀 더 해보자. 그 유리창을 통해 여학생들이 어떻게 보인다고?"

"지루하고 멍청한 사회주의자요."

"네 어머니도 열성적인 사회주의자인데, 지루하거나 멍청하니?"

"전혀요."

"그렇구나."

"엄마와 섹스하고 싶다는 생각은 전혀 안 들어요. 말씀하시는 뜻이 그런 거라면요."

"그런 뜻은 아니야. 그저 섹스에 대해 생각하고 있을 뿐이지. 대개가 진짜 살과 피로 이루어진 사람과 섹스를 하는 걸 좋아하거든. 아무리 지루하고 멍청하게 보이는 여자라도. 왜 네가 그런 식으로 생각을 안 하는지 궁금하구나."

"뭐라고 설명을 못 하겠어요."

"네가 원하는 게 너무 더러운 것이라 진짜 여자는 그걸 원하지 않을 거라고 생각하니?"

의사는 한 분야에서만 똑똑할 뿐이었지만, 적어도 정신과 전공이라는 좁은 범위 안에서는 그보다 훨씬 똑똑하다는 걸 안드레아스는 인정하지 않을 수 없었다. 안드레아스는 기분이 뒤죽박죽이었다. 어머니가 더러운 짓거릴 좋아하며 그걸 실제로 실행에 옮긴 사람이라는 걸 안드레아스는 분명히 알고 있었다. 다른 여자들도 그런 짓을 원할 테고, 그 짓을 그와도 하고 싶겠지만, 안드레아스는 전혀 그러고 싶지 않았다. 그는 지금도 어머니를 너무나 사랑하기에, 어머니의 충격적인 면을 따로 떼어 다른 여자들에게 투영했다. 그래서 여자들을 두려워했고, 혼자 자위하는 쪽을 선택했고, 어머니를 여전히 완벽한 존재로 남겨두었다. 헛소리 같지만 그에게는 말이 되는 논리였다.

"진짜 여자가 뭘 원하는지는 알고 싶지 않아요."

"네가 원하는 것과 같아. 사랑, 섹스지."

"전 뭔가 잘못된 것 같아요. 그냥 자위나 하면서 살고 싶어요."

"넌 열다섯 살밖에 안 됐어. 다른 누군가와 섹스를 하기엔 너무 어린 나이야. 그 나이에 섹스를 꼭 해야 한다는 뜻이 아니라, 여학생이든 남학생이든 단 한 명한테도 성적인 매력을 못 느꼈다고 하니 흥미로워서 그래."

몇 년 후에도 안드레아스는 넬 박사와의 상담이 인생에 크게 도움이 됐는지 지독히 해가 됐는지 알 수 없었다. 당시에는 일단 여자들을 쫓아다녀보는 것으로 상담의 결론을 내렸다. 안드레아스는 자신이 뭔가 잘못된 인간이 아니길 바랐다. 상담이 끝나기도 전에 안드레아스는 보다 정상적인 생활을 해보는 쪽으로 머리를 돌렸고, 막상 실행을 해보니 넬 박사의 말이 옳았다. 진짜가 그림보다 훨씬 재미있었다. 그림을 그리는 것보다 실제 여자를 만나는 게 도전 의식을 북돋웠고 스타급 공격수가 되는 것처럼 불가능한 일도 아니었다. 어머니를 통해 그는 세심한 감성을 키웠고, 여자들을 취하고 경멸할 권리를 획득했다. 학교에서 얘기할 시간은 많고 화제로 삼을 대상은 적었던 탓에 학생들은 누구나 안드레아스의 부모가 고위급 인사라는 사실을 알고 있었다. 자연히 여학생들은 안드레아스가 무슨 말을 하든 믿고 따르려 했다. 여학생들은 그가 자유독일청년연맹이라든지 소련 공산당 정치국의 노쇠, 동독과 앙골라 반란 세력의 결탁, 올림픽 다이빙 팀의 우생학적으로 뛰어난 체격, 이 나라 인민들의 형편없이 소시민적인 취향을 놓고 마구 농담을 해도 겁을 내기보다는 즐거워했다. 그가 사회주의 따위는 안중에도 없지만 사회주의를 놓고 농담을 해대는 주된 이유는 언제든 못된 짓을 저지를 수 있는 사람이라는 걸 여학생들에게 암시하기 위해서이고, 함께 못된 짓을 할 용의가 있는지 떠보기 위해서였다. 중등학교 마지막 학년 때쯤에 그는 여러 여학생들과 꽤 많이 진도를 나갔다. 하지만 결정적인 순간에 가서는 편협한 노동자계급의 도덕에 가로막히곤 했다. 여학생들은 그가 손가락으로 그들의 성기를 만지는 것 정도는 허용했지만 진짜 성교를 하려 들지 않았다. 동독과 앙골라의 형제애에 관해 우스갯소리는 해도, 사회주의 노동자들의 국가인 이 나라를 실패작이며 사기라고 부를 용기가 없는 것과 마찬가지였다. 여학생 두 명이 그 선을 넘어오려 했지만 그와의 로맨틱한 미래까지 꿈꾸었기에 안드레아스는 당황해 물러났다.

그는 좀 더 자유분방한 여자들을 만나려고 베를린 내에서 그나마 보헤미안 성향을 보이는 만화 잡지 〈모자이크〉 모임, 미하엘 펭글러 팬클럽, 시 낭송회 등을 찾아다녔다. 그 무렵 대학에 진학한 안드레아스는 수학과 논리를 전공했는데, 그 전공을 택한 이유는 아버지의 검열을 받지 않아도 될 만큼 '어려운' 분야이고 지루한 정치 토론에 얽혀들지 않아도 될 만큼 '관념적인' 분야이기 때문이었다. 안드레아스는 과에서 성적이 제일 좋았고 버트런드 러셀의 작품들을 탐독했으며 (그는 어머니에게 등을 돌렸지만 영국 문학을 숭배하는 어머니의 취향까지 버리지는 않았다) 여전히 시간이 남아돌았다. 안타깝게도 남아도는 시간을 섹스에 쓰고 싶은 남자는 안드레아스뿐만이 아니었다. 안드레아스는 젊고 잘생겼으며 대단한 특권까지 보유했다. 주변 사람들은 슈타지가 안드레아스 같은 사람을 비밀 요원으로 쓸 만큼 아둔하지는 않을 거라고 생각하면서도 안드레아스의 특권에 대해서는 거부감을 보였다. 안드레아스가 의도했든 안 했든 그와의 친분으로 괜히 곤란한 일에 얽힐까 봐 다들 지레 피하는 면도 있었다. 예술가인 척하는 여자들을 꾀기 위해 안드레아스는 일부러 정부에 대한 불평불만을 흘리고 다녔다. 그가 제일 먼저 찍은 여자는 비트파 시인 행세를 하는 우르술라였다. 시 낭송회에서 우르술라를 두 번 봤는데 엉덩이가 끝내줬다. 안드레아스는 두 번째 시 낭송회가 끝나고 우르술라와 얘기를 나누다가 흥이 올라 요즘 시를 쓰고 있다고 말해버렸다. 물론 거짓말이었지만 덕분에 우르술라와 커피 데이트를 약속받을 수 있었다.

안드레아스를 만난 우르술라는 초조해하는 기색이었다. 괜히 혼자 불안한 듯했는데, 아마 주된 이유는 안드레아스 때문일 것이었다.

그녀는 불쑥 물었다. "혹시 자살 성향 있어요?"

"아. 북북서로 미쳤을 뿐이죠.*"

"무슨 뜻이에요?"

"셰익스피어의 희곡 얘기입니다. 별 의미 없어요."

"학교 다닐 때 친구 중에 자살한 애가 있는데 당신을 보면 그 친구가 떠올라요."

"다리에서 뛰어내린 적은 있습니다. 8미터 높이에 불과했지만."

"무모하게 자해를 하는 부류인가 보네요."

"무모한 자해가 아니라 일부러 알고 뛰어내린 거였습니다. 몇 년 됐죠."

"지금도 당신한테서 그런 성향이 느껴져요. 냄새로요. 똑같은 냄새를 풍기는 친구가 있었어요. 당신은 화를 자초하는 사람이에요. 이 나라에서 그렇게 살면 얼마나 심각한 문제에 휘말리게 되는지 모르는 것 같네요."

그녀는 얼굴이 별로 예쁘지 않았지만 상관없었다.

안드레아스는 진지하게 말했다. "다른 쪽으로 살아보려고 하고 있습니다. 예전과 다르기만 하면 어느 쪽이든 상관없어요."

"어떻게 다른 삶요?"

"정직한 삶요. 아버지는 전문적인 거짓말쟁이고 어머니는 거짓말에 재능이 있는 아마추어죠. 그런 사람들이 잘 먹고 잘 사는 나라이니 볼 장 다 본 거 아닙니까? 롤링스톤스의 '당신 어머니를 본 적 있어, 자기?'라는 노래 알아요?"

"'그림자 속에 서 있는 당신 어머니를 본 적 있어, 자기.'"

"맞아요. 그 노래를 리아스**에서 처음 듣자마자 이 나라가 서독에 대해 나한테 말한 모든 게 거짓말이었단 걸 알았습니다. 소리만 듣고도 알 수 있었어요. 그런 소리를 만들어낼 수 있는 사회가 동독 정부가 말하는 것처럼 압제적

---

* 《햄릿》 2막 2장 햄릿의 대사.

** 서독 라디오 방송 채널.

일 리 없죠. 서독은 인민을 존중하지 않는 타락한 나라라더니 헛소리였어요. 서독은 존중에 얽매이지 않고 행복하게 타락한 나라였어요. 그런 노래를 금지하려 드는 동독이 오히려 잘못된 나라 아닙니까?"

우르술라에게 다가가려고 대충 지껄인 말이었지만 어느새 진심이 묻어나고 있었다. 집에 가서 (그는 여전히 부모님 집에서 살고 있었다) 우르술라가 진짜 시로 착각할 만한 글을 써보려고 끄적대는 동안에도 그는 비슷한 모순에 봉착했다. 원래는 대충 시 비슷하게 써서 우르술라를 속이려는 의도였으나, 다 쓰고 보니 그의 시에는 진심 어린 갈망과 체제에 대한 불만이 담겨 있었다.

그렇게 그는 얼마 동안 시인이 되었다. 우르술라와의 관계는 더 이상 진전을 보지 못했지만, 벌거벗은 여자를 사실적으로 그려내는 재능 못지않게 시를 쓰는 재능이 있음을 알게 됐다. 시를 쓰기 시작한 지 불과 몇 달 만에 그는 정부의 인가를 받은 잡지에 시를 실었고 시 낭송회에서 첫선을 보였다. 시 낭송회의 남성 보헤미안들은 여전히 안드레아스를 신뢰하지 않았지만 여성 보헤미안들은 달랐다. 그 후 얼마 동안 그는 꿈도 꿔본 적 없는 온갖 동네에서 10여 명의 여자들과 줄줄이 잠자리를 함께했다. 물이 나오지 않는 아파트에서라든지, 베를린장벽 근처의 말도 안 되게 좁은 침대에서라든지, 버스 정류장에서 도보로 20분 거리에 있는 집이라든지. 오직 섹스를 하기 위해 새벽 3시에 적막하기 그지없는 거리를 걷는 것보다, 적절한 수면 스케줄을 아무렇지 않게 깨버리는 것보다, 목욕 가운을 입고 머리에 헤어컬을 만 여자의 어머니 옆을 지나 가슴이 에도록 초라한 욕실로 들어가는 것보다 더 멋지게 실존주의적인 일이 있을까? 그는 경험을 바탕으로 시를 썼다. 누추한 일상을 섹스의 희열로 극복한다는 내용을 주관적으로 표현한, 복잡한 운율을 갖춘 시였다. 그런 시를 썼다고 해서 곤경에 처하지는 않았다. 최근 들어 문학에 대한 당국의 단속이 느슨해져서 적어도 시에서만큼은 어느 정도 주관적인 표현을 허용하고 있었다.

전공인 수학을 공부하느라 뇌가 피로해져서 시의 단어들을 알맞게 맞추기 어려운 게 고민이긴 했다. 그래도 한정된 범위 내에서 단어들을 골라 시를 완성하는 것은 마음에 위로가 됐다. 어린 시절 어머니와 혼란스러운 생활을 한 터라 그는 시의 압운을 비롯한 여러 가지 형식상의 제약을 갈망했다. 어느 집단 문학 행사에서 7분 동안 연단에 설 기회가 있었는데 그 자리에서 그는 수수께끼 같은 시를 낭송했다. 짤막한 시인 데다 독자가 아닌 청자에게는 내포된 비밀을 쉽게 노출하지 않는 시였다. 〈바이마러 바이트래거〉라는 문학잡지의 편집장은 그의 시를 듣고 칭찬하면서 그의 시 몇 편을 지금 마감 중인 회차에 싣고 싶다고 제안했다. 안드레아스는 왜 그녀의 제안을 수락했을까? 아마도 그의 내면에 자살 성향이 있기 때문이거나 군 복무 시기가 다가오고 있기 때문일 터였다. 잡지에 시를 싣는 것은 고위직에 있는 아버지를 생각해 그가 지금껏 실행에 옮기지 않고 참아왔던 작은 스캔들이었다. 군대에 간다고 해도 엘리트 정보 부대나 통신 부대에서 복무할 가능성이 높았지만, 군 복무를 무탈하게 마칠 자신이 없었다. (시적 규율과 군대의 규율은 완전히 다른 사안이었다.) 제안을 수락한 또 다른 이유는, 잡지 편집장이 어머니와 동년배라 어머니 생각이 났기 때문일 수도 있었다. 자존감과 특권에 도취된 나머지 자신이 얼마나 어리석은지 깨닫지 못하는 어머니 같은 여자. 편집장은 자기 자신을 젊은이의 시적 개성을 세심하게 옹호하는 사람이라고, 이 시대 젊은이들의 감성을 진심으로 이해하는 여자라고 여겼을 것이다. 편집장이나 그 감독관들은 자기네보다 더 큰 특권을 누리며 사는 청년이 자기네를 난처하게 만들 일은 없으리라 보았을 것이다. 그래서 그들은 잡지가 세상에 배포되고 24시간이 다 되어가도록 다른 사람들은 다 알아챈 명백한 사실을 전혀 눈치채지 못했다.

모국어(Muttersprache/Mother Tongue)*

I	나는
connected	이렇게
her	말합니다.
with	부적절한
inappropriate	욕망을
desire,	품은
made	어머니
every	라고.
enthusiastically	나는
unnatural	그저 몹시
response	부자연스러운
entirely	반응을
mine.	보일 뿐이고.
She	어머니는
observed	짜증 날 만큼
zealously,	사소한 것
if	하나하나
a	전부
little	열성적으로

Ich	나는
danke	밤마다
es	그대의
deiner	대단한
immensen	용기에
Courage,	감사를
allabendlich.	드립니다.
Träume	꿈이 부여한
ermächtigen.	권한으로.
Träume	꿈은
hüten	어머니가
eines	애지중지하는
Muttersöhnchens	자식을
ohnmächtigen	감시하네요.
Schlaf.	기절해 잠든 와중에도.
Träumend	꿈속에서
gelingt	후회
Liebe	없이
ohne	이뤄낸

* 왼쪽의 시 원문의 앞 글자를 따서 늘어놓으면 ich widme eurem sozialismus den herrlichsten samenerguss이고 오른쪽의 시 원문의 앞 글자를 따서 늘어놓으면 I dedicate the most glorious ejaculation to your socialism이다. 이는 '나는 당신들의 사회주의에 가장 영광스러운 정액을 뿌리노라'라는 의미이다. 이런 식으로 각 행의 머리글자나 끝 글자를 이으면 말이 되는 언어유희 시를 아크로스틱 시라고 한다.

irritably;	관찰하고	Reue:	사랑.
she	그야말로	In	오이디푸스의
made	말도	Oedipus'	저승에서
up	안 되는	Unterwelt	소리
such	엄청나게	singt	높여
droll	우스꽝스러운	ein	노래를
excuses;	핑계를	jauchzender,	부릅니다
nobody	댈 뿐이죠.	aberwitziger	엉망
		Chor	진창
had	단순히	uns	합창단은
ever	위선을	Lügen	꿈에서
really	떨어	aus	비롯된
relished	부정적인	Träumen	거짓말을
lying	반응을	ins	귓속으로
if	피할	Ohr.	노래하죠.
correct	수 있으면	Nur	오로지
hypocrisies	누가		
sufficed	굳이	tags	낮에만
to	거짓말	offenbaren	드러나는
evade	따위를		
negativity.	할까요.	Yocastes	요카스테
		Obsession	왕비의
		und	집착과
She	어머니는	Rasen	광란은
allowed	내게		
me	모든 걸	sich,	스스로의
everything;	허용했지만,	ordnungshalber,	규율과
not	극단적으로	charakterlic.	성격 탓이니.
every	괴상한	Ich	나는
radically	양육 방식이	aber	다시 한번
grotesque	전부	liege	누워
upbringing	성공으로	im	잠이
so	이어지진	Schlaf,	듭니다.
succeeds.	않는답니다.	Mutter.	어머니.

그 후 일어난 소동은 꽤나 즐거웠다. 내 시를 실은 잡지는 전부 수거되어 재생지 재료로 쓰이기 위해 트럭에 실려 갔고, 편집장은 해고됐으며, 편집장의 상사는 좌천당했고, 안드레아스는 대학에서 신속히 퇴학당했다. 학과장 사무실을 나서면서 안드레아스는 목이 뻐근할 정도로 환하게 웃었다. 그를 돌아보는 낯선 이들의 시선, 그를 아는 학생들이 그를 보고 외면하는 모습에 안드레아스는 대학 전체에 그가 저지른 짓이 알려졌음을 감지할 수 있었다. 당연히 그랬을 것이다. 그의 아버지를 제외하고 이 공화국 인민들은 일상을 채우는 유일한 소일거리가 바로 수다 떨기니까.

운터덴린덴로(路)로 나가자 대학 정문 맞은편에 이중 주차된 검은색 라다* 한 대가 눈에 띄었다. 라다에 탄 두 남자가 안드레아스를 주시하고 있었다. 안드레아스가 그들에게 손을 흔들었지만 그들은 마주 인사해주지 않았다. 안드레아스는 아무리 부모의 지위가 높다고 해도 어째서 지금껏 체포되지 않았는지 이유를 알 수 없었지만 신경 쓰지 않기로 했다. 오히려 세상에 시를 발표할 수 있어 기뻤다. 시에서 표현한 대로 그는 섹스를 무척이나 좋아하지 않는가? 어찌 됐든 새로운 시작을 무척 반기지 않는가? 그렇다면 사회주의에 대한 진심 어린 감사의 표시로 그가 가장 영광스러운(MoST gLoRIOUs) 오르가즘을 사회주의에 바치는 게 뭐가 어떻다는 건가? 모두의 관심에 그의 고집 센 성기도 한껏 발기되어 경례를 하는 바였다!

라다는 알렉산더 광장까지 안드레아스를 따라왔다. 안드레아스가 우반 지하철을 타고 가다 슈트라우스베르거 광장에서 내렸을 때는 또 다른 검은색 차가 가로수 길에서 그를 주시했다. 지난 이틀 밤은 뮈겔제 호숫가에 숨어 지냈지만 퇴학이 공식화된 지금은 부모를 피해 숨어 있을 이유가 없었다. 2월치

* 러시아의 소형 승용차.

고는 날씨가 따뜻하고 화창했다. 석탄 매연도 덜해서 목이 따끔거리지 않고 괜찮았다. 안드레아스는 기분이 무척 좋아서 검은 차로 다가가 그 안에 탄 사람들에게 명랑하게 말해주고 싶었다. 자기는 그들이 바라는 것보다 더 중요한 인물이라고. 가느다란 끈에 매달린 채 하늘로 날아오르는 헬륨 풍선이 된 기분이었다. 살면서 다시는 진지해지는 일이 없기를 바랄 뿐이었다.

검은 차는 카를마르크스 서점까지 그를 따라왔다. 서점 안으로 들어간 안드레아스는 지독한 체취를 풍기는 점원에게 〈바이마러 바이트래거〉 최신 호가 있느냐고 물었다. 안드레아스의 얼굴만 알고 이름을 모르는 그 점원은 최신 호는 아직 들어오지 않았다고 사무적으로 대답했다.

"그래요? 지난 금요일쯤엔 나왔어야 되는데."

"내용에 문제가 있어서 재발간된다고 합니다."

"무슨 문제요? 내용이 어땠는데요?"

"못 들었어요?"

"아, 예. 못 들었죠."

점원은 그가 못 들었을 리 없다고 여기는지 의심 가득한 표정으로 눈을 가늘게 떴다. "그럼 다른 사람한테 물어보세요."

"내가 늘 소식이 늦는 편이라……."

"공공 기물이나 훼손하고 다니는 어떤 멍청한 녀석이 말썽을 일으킨 바람에 자금 손실이 엄청나다고 하더군요."

서점 직원들은 몸에서 왜 이렇게 진한 암내를 풍기는 걸까?

"그놈을 잡아다가 교수형을 시켜야겠군요." 안드레아스가 말했다.

"그래야겠죠. 그 녀석 때문에 무고한 사람들이 곤경에 처했는데. 이기적인 짓이라고 봐요. 반사회적 인격장애자나 할 짓이죠."

점원의 마지막 말이 안드레아스의 명치를 쳤다. 기운이 쭉 빠지고 회의감이 밀려와 그는 서점을 나섰다. 그는 결국 반사회적 인격장애자에 불과했나?

어머니와 조국은 그를 반사회적 인격장애자로 만든 거였나? 그렇다고 해도 어쩔 수 없었다. 하지만 그에게 정신적 문제가 있다는 정신과적 진단이 내려질 것을 생각하니 더럭 겁이 났다. 그는 가로수 길을 따라 부모님 집으로 향했다. 이제는 창백하게 느껴지는 햇빛 아래서 그는 문학잡지 편집장에게 한 짓을 서둘러 합리화해보았다. 그 여자는 기관원으로서 응당 치러야 할 대가를 치른 것뿐이다, 뻔한 아크로스틱 시에 내포된 의미를 알아차리지 못할 만큼 멍청해서 처벌을 받은 것이다, 그 여자 못지않게 나도 힘든 결과를 감내하고 있다, 라는 식으로. 그러나 그 여자에게 시를 내주면서 어떤 결과가 초래될지 두 번은커녕 한 번도 제대로 생각하지 않은 게 사실이었다. 마치 자살을 할 생각으로 고속으로 달리다 운전대를 홱 틀었는데 아이들을 잔뜩 태운 차와 충돌하게 된 것과 같았다.

이렇게 다른 사람을 내 목표를 이루기 위한 수단으로 취급한 적이 또 있는지 기억을 훑어보았다. 부모님은 제외하기로 했다. 그는 어린 시절에 상식에 어긋날 정도로 뇌를 혹사당했다. 넬 박사는? 안드레아스는 넬 박사에게 연민을 느껴 잘 대해주려고 노력하지 않았나? 아아, 반사회적 인격장애자라는 꼬리표가 붙고 나니 그는 넬 박사를 어떻게 대했었는지 확실히 깨달았다. 그는 그의 반사회적인 태도를 연구하려는 넬 박사를 입맛대로 이리저리 끌고 다녔는데, 상당히 의심스러운 동기에서 비롯된 행동이었다. 그동안 시로 살살 꾀어 데리고 잔 여자들을 떠올렸다. 그 여자들 한 명 한 명에게 고마운 마음을 갖고 있기는 했다. 하지만 그에게 이득이 돼서 고마운 감정을 느꼈던 것 아니었나? 아마 그럴 것이다. 그는 그녀들의 이름을 절반도 기억하지 못했다. 그녀들을 기쁘게 해주려고 했던 일은 결국 본인이 쾌락을 얻기 위한 수단일 뿐이었다. 그들을 인간으로 대우한 적이 없다는 사실에 안드레아스는 당황했다.

그동안 그는 자신을 사랑하고 인생을 만끽하며 본인의 능력과 경박함을 즐기며 살아왔는데, 서점 직원이 우연히 내뱉은 말 한마디에 자신을 객관적으로 돌아보고 혐오감을 느끼다니, 참 희한했다. 다리에서 뛰어내렸던 일도 곰곰이 다시 생각해보았다. 처음에는 몸이 공중에 떠서 신이 났는데 곧장 빠르게 떨어지면서 맹렬하고 어마어마한 가속도가 붙었다. 땅이 순식간에 위로 치고 올라오면서 온몸에 통증을 느꼈다. 중력은 실재했다. 과연 누가 그를 다리에서 뛰어내리게 만들었을까? 어머니를 탓할 수밖에 없었다. 그는 어머니의 뜻을 실현하는 수단이고, 어머니의 반사회성을 실천하는 장비였다. 어머니가 안드레아스를 대한 태도에는 살인적 폭력성이 잠재돼 있었지만, 실제로 살인을 하기엔 어머니의 자존심이 허락지 않았다. 그래서 안드레아스는 어머니를 도우려 스스로 다리에서 뛰어내렸고 자신의 인생을 끝장낼 수도 있는 시를 잡지에 실은 것이었다.

안드레아스를 따라온 검은 차는 안드레아스가 부모님이 사는 건물로 들어가자 그 건물 앞에 멈춰 섰다. 안드레아스는 건물 꼭대기 층으로 올라갔다. 평소와 달리 아파트 안에 담배 연기가 자욱했고 가짜 덴마크 소탁자에 재떨이가 놓여 있었다. 안드레아스는 어머니를 찾으려고 어머니의 침실과 서재, 자기 방까지 들여다보았고 마침내 욕실에서 어머니를 보았다. 어머니는 변기 옆 바닥에 마치 사산이라도 한 것처럼 널브러져, 변기 아래를 멍하니 쳐다보고 있었다.

잠시지만 안드레아스는 배 속이 뒤틀리는 아픔을 느꼈다. 그는 다시 네 살배기가 되어, 붉은 머리칼을 가진 사랑하는 어머니가 괴로워하는 모습에 충격을 받았다. 과거의 모든 감정이, 특히 어머니에 대한 사랑이 일시에 되살아났다. 분노가 치밀었다.

"아, 이렇게 되고 마네요. 뭐예요? 담배 때문에 아프세요?"

어머니는 움직이지도 대답하지도 않았다.

"옛 습관을 되살려 20년 만에 담배를 다시 피우려면 천천히 하시는 게 현명하죠."

여전히 대답은 없었다. 그는 욕조 끄트머리에 걸터앉아 유쾌하게 지껄였다.

"옛날 생각이 나네요. 어머니는 둔주증* 환자처럼 바닥에 쓰러져 있고 저는 어쩔 줄 모르고 있고요. 그러고 보면 어머니는 미친 사람치고는 참 기능이 멀쩡하다니까요. 바닥에 쓰러진 어머니를 보는 건 결국 저밖에 없으니 말이에요."

어머니는 숨을 내쉬면서 힘없이 입술을 달싹였다. 희미하게 마찰음을 내려고 하는 것 같은데 단어가 되어 입 밖으로 나오지는 않았다.

"죄송한데 안 들려요." 안드레아스가 말했다.

어머니는 다시 숨을 내쉬며 너 도대체 왜 그러니라고 중얼거렸다.

"제가 뭘요? 지금 둔주증 환자처럼 바닥에 쓰러져 있는 사람은 제가 아니에요."

또 대답이 없었다.

"저를 낙태하지 않기로 한 결정에 대해 지금 와서 다시 생각하나 보네요. 저는 20년을 버티고 기다린 끝에 스스로 목숨을 거두려고 했는데 참 힘들긴 했어요."

어머니는 눈도 한번 깜박이지 않았다.

안드레아스는 일어서며 말을 이었다. "이만 제 방에 가 있을게요. 옛 습관을 되살린다는 얘기가 나왔으니 말인데, 굳이 제 방에 와서 자위하는 모습을 보고 싶으면 보든가요."

사실 그는 그때 자위를 할 마음이 없었고, 앞으로 다시 자위를 하진 않을 것 같은 기분이었다. 졸리거나 우울하지도 않았고 침대에 눕고 싶지도 않았다. 이런 상태는 처음이었다. 완전히 절대적으로 할 일이 없는 상태. 수학이나 논리를 공부할 이유도 없고, 시를 쓸 이유도 없고, 책을 읽을 마음도 없으며, 물건을 집어 던질 힘도 없고, 어떤 책임감도 전혀 느껴지지 않는 무(無)의 상

* 특별한 목적지도 없이 여기저기를 배회하는 증상.

태였다. 짐을 쌀까 하는 생각도 들었지만 딱히 가고 싶은 곳도 없었다. 이대로 욕실로 돌아가면 어머니를 걷어차게 되지 않을까 겁이 났다. 아버지가 어머니의 뺨을 때려 정신을 차리게 하기는 했지만, 그는 아무리 걷어차도 어머니의 정신을 차리게 할 수 없을 것이다. 창틀에 걸터앉아 길가에 서 있는 검은 차를 내려다보았다. 조수석에 앉은 남자는 신문을 읽고 있었는데, 지독히 쓸데없는 짓으로 보였다.

몇 시간이 지나고 전화벨이 울렸다. 전화를 걸어온 사람은 아버지일 테지만 그는 가서 전화를 받고 싶지 않았다. 지금은 아버지와 얘기를 하는 게 무서웠고 전화를 안 받는 것만으로 피할 수 있으니 편리했다. 아버지의 분노와 수치, 실망을 떠올린 것만으로도 눈물이 차오르는 걸 보면 안드레아스는 반사회적 인격장애자가 아닐지도 몰랐다. 아버지는 사회주의를 신봉하는 성실한 독일 소년이었다. 아버지는 열심히 일했고, 정신적으로 문제 있는 아내를 얻었으며, 생물학적으로 정신적으로 그의 자식이 아닌 아이를 성실하게 키웠다. 카티아라는 짐을 함께 나눠 진 남자로서 안드레아스는 아버지에게 연민을 넘어 동질감마저 느꼈다.

전화벨이 울리고 또 울렸다. 벨 소리는 어머니의 뺨을 치는 효과가 있었지만 실제 아버지가 있는 곳과 거리가 멀어서인지 전화벨이 50번 넘게 울리도록 어머니는 꼼짝하지 않았다. 그러다 마침내 어머니의 작은 발이 힘없이 타박타박 걷는 소리가 들렸다. 벨 소리가 멈추고, 어머니가 몇 번 중얼중얼하더니 수화기를 내려놓는 소리가 들렸다. 그의 방으로 걸어오는 어머니의 발소리가 경쾌해진 걸 보면 무너졌던 가짜 자아를 재조립한 모양이었다.

"이 집에서 나가." 문간에 선 어머니가 말했다. 어머니의 손에는 불붙인 담배와 금방 비워낸 재떨이가 들려 있었다.

"무슨 그런 말씀을."

"당장은 네 아버지 덕분에 체포되지 않겠지. 하지만 이제 네가 어떻게 행동하느냐에 따라 달라질 거야."

"감사드린다고 아버지께 전해주세요. 진심이에요."

"널 위해 한 일이 아니야."

"어쨌든요. 저한테도 잘된 일이잖아요. 좋은 계부셨어요."

어머니는 미끼를 무는 대신 그의 시선을 피한 채 담배를 길게 빨았다.

"오랜만에 피우니까 맛 좋아요?"

"군대에 가는 방법도 있어. 제일 힘든 곳에서 가혹한 훈련을 받고 감시도 받을 거야. 그동안 네 징병을 유예하느라 아버지도 상당히 난처했어. 그래서 말인데 네가 군대에 가주면 참 고맙겠어. 내가 널 위해 당에 선처를 호소하기까지 했다는 거 알잖니."

"항상 절 위해서 그렇게 해주지 않았나요? 모든 게 다 어머니 덕분이죠."

"너 때문에 아버지와 내 입장이 아주 곤란해졌어. 널 위해서 선처를 호소했던 내가 특히 더 힘든 상황이야. 이 정도면 아주 관대한 제안이니 받아들이는 게 좋을 거다."

"핫, 둘, 셋, 넷. 제정신이세요?" 안드레아스는 소리 내어 웃다가 제 머리를 쳤다. "죄송해요. 눈치 없는 질문을 했네요."

"제안을 받아들일 거니?"

"얼마나 간절히 원하세요? 저와 솔직하게 대화를 나눌 수 있을 정도인가요?"

어머니는 예전에 담배를 피웠던 사람답게 담배를 입에 물고 익숙하게 훅 빨았다. "난 너한테 늘 솔직했어."

"제 말뜻 아시잖아요? 물론 어머니한테 쉬운 일은 아니겠죠. 그래도 한 번쯤은 진실을 얘기해도 되잖아요. 그럼 어머니를 위해 군대에 갈게요."

어머니는 또 한 번 담배를 짧게 빨았다. "진실을 얘기해도 네가 거부하니 어쩔 수가 없잖니."

"이번엔 제대로 해보세요. 들어보면 진실인지 알아요."

“다른 선택은, 우리와 영원히 인연을 끊고 너 혼자 살아가는 거다.”

이 말을 아무렇지 않게 내뱉는 어머니의 말투에 안드레아스는 뜻밖에도 큰 충격을 받았다. 어머니는 본인 나름대로 지금 그에게 솔직하게 대하고 있었다. 볼프 차관의 집에 말썽쟁이는 한 명으로 족했다. 아버지는 어머니가 저지른 잘못을 덮고, 어머니가 엉망으로 만든 일을 깨끗이 처리하고, 장미 덤불에 멍하니 앉아 있는 어머니를 깨우는 것만으로도 할 일을 다 한 것이다. 아버지는 어머니의 연인 중 한 명을 감옥에 처넣은 것 외에도 기적처럼 온갖 말썽을 무마해가며 살아왔고, 어머니는 그게 자기 삶에 얼마나 유리하게 작용하는지 모를 만큼 완전히 미치지는 않았다. 안드레아스는 세상에서 제일 조숙한 소년이었을 때, 어머니를 사랑했을 때, 어머니의 어여쁜 왕자였을 때에나 어머니의 마음에 흡족한 아들이었다. 안드레아스가 그려놓은 난잡한 그림들을 본 순간 어머니는 그를 아버지에게 넘겨 정신과 상담을 받게 했고, 지금은 그에게 손톱만큼의 애정도 갖고 있지 않았다. 안드레아스에게 군화를 신겨 집 밖으로 내칠 때가 온 것이다.

안드레아스의 눈에 또다시 눈물이 차올랐다. 아무리 어머니를 미워하려 해도 그는 여전히 어머니를 흡족하게 하고, 어머니의 칭찬을 듣고, 버트런드 러셀에 관한 멋진 글을 써서 뛰어난 지능을 인정받고, 운율에 맞춰 그럴듯한 시를 써 자랑하고 싶은 아들이었다. 지금도 그는 자신이 쓴 ‘모국어’라는 영리한 시를 어머니가 어느 정도는 흡족하게 받아들였으리라 믿었다. 그는 아직 스무 살이고 남의 말에 쉽게 흔들렸다. 어머니를 떠나고 싶지 않았다. 어머니와의 이별은 세상에서 제일 슬프고 가슴 아픈 일이었다. 그의 내면은 여전히 어머니의 사랑을 갈구하는 네 살 소년이었고, 자아가 생성되어 기억을 할 수 있게 되기 전 뇌에 일어난 일에 대해 분개하는 어린아이였다.

그는 어머니의 예쁜 손가락이 담배를 비벼 끄는 모습을 바라보았다. 어머니와 분리되는 고통이 이토록 크다는 것은 그동안 그가 어머니에게 깊이 중독

되어 있었음을 뜻했다.

“어머니는 6년 동안 대학원생하고 붙어먹었어요. 그 대학원생이 동료 교수가 될 때까지 아주 오랫동안요.”

어머니는 지루하다는 듯 아무렇지 않게 대꾸했다. “아니, 그런 적 없어.”

“어머니가 저를 임신했던 가을 내내 아버지는 집에 없었어요.”

“아니, 네 아버지는 그렇게 오래 출장을 간 적이 없어.”

“제가 태어난 후에도 어머니는 그놈이랑 붙어먹었고요.”

“말도 안 되는 헛소릴 하는구나. 어차피 내 말은 믿지도 않을 테니 설명해봤자 입만 아프지. 그래도 내가 네 엄마인데 붙어먹었다는 표현은 쓰지 않는 게 좋겠구나.”

약하게 나무란 것이지만 전례가 없는 일이었다. 그동안 어머니는 그에게 대놓고 말이나 태도를 고치라고 한 적이 없었다.

“그게 사실이 아니라면 멀쩡하게 교육을 잘 받은 남자가 왜 축구 경기장 근처에서 저를 따라다니면서 그런 얘길 해줬겠어요?”

어머니의 얼굴은 가면처럼 무표정했다.

“어머니? 그 사람이 왜 그랬겠냐고요?”

어머니는 눈을 깜박이다가 대꾸했다. “내가 어떻게 아니? 세상에는 이상한 사람들이 많아. 그래서 네가 속이 상해 이러는 거라면…….” 어머니는 미간을 찌푸렸다.

“그럼 뭐요?”

“세 번째 선택이 있어. 우리가 너를 정신병원에 집어넣는 거.”

그는 웃음이 터졌다. “진심이세요? 그게 세 번째 선택이에요?”

“도와달라는 네 아우성을 우리가 너무 오래 무시했어. 지금 네 외침은 우리가 도저히 무시할 수가 없어. 너를 돕지 못할 만큼 늦어버린 것도 아니야. 지금 생각해보니 너한테 필요한 도움을 주는 게 제일 나은 선택인 것 같구나.”

"아주 정신병으로 몰아붙이시네요."

"아니, 절대 아니야. 정신병까지는 아니지. 그저 극심한 정신적 고통을 겪고 있을 뿐이야. 넌 축구 경기장에서 차마 말 못 할 충격적인 일을 겪어서 그게 곪아 터진 거야."

"그렇군요."

어머니는 복도로 시선을 돌리며 말을 이었다. "안드레아스, 생각해보면 알 거야. 네 외가 쪽은 정신적 고통을 겪은 내력이 있어. 아무래도 네가 물려받은 모양이다."

"편리하게 한 세대를 건너뛰어서 말이죠."

"네가 아버지와 나한테 한 짓을 보면 극도의 심리적 장애가 있는 게 분명해. 그러니 내가 욕실 바닥에 쓰러져 누울 만도 하지."

"또 욕실 바닥에 누우실 거면 베개라도 쓰세요. 바닥이 딱딱하잖아요."

"엄마가 몇 년 전부터 감정 기복이 심했던 건 인정할게. 그런데 기분이라는 건 늘 왔다 갔다 해. 네가 아무리 그런 나랑 살기가 힘들어도 우리한테 그렇게까지 하면 안 되는 거야."

"저는 물려받은 게 아니라 제 고유의 정신병을 갖고 있어요."

어머니는 그에게서 돌아섰다. "어쨌든 생각해봐. 솔직하게 대화를 해서 기쁘구나."

당장 달려가 뭐든 손에 잡히는 대로 들고 어머니를 죽이고 싶은 충동을 적극적으로 억눌렀다고 해서 그가 완벽히 제정신임을 증명할 수 있는 것은 아니었다. 그래도 그 충동을 애써 눌러 참았으니 어느 정도는 제정신이라 말할 수 있을 것이다. 다음 충동은 거리로 뛰쳐나가 아무 여자나 찾아 섹스를 하는 것이었다. 이 충동은 상황에 맞고 실현이 가능했다. 보헤미안으로서 그의 명성은 지금 최정점을 찍고 있었다. 그는 옷과 책을 더플백에 쑤셔 넣었다. 그 후 7년간 그는 어머니를 딱 두 번 먼발치에서 우연히 본 게 전부였다.

그 주 내내 보슬비가 질기게 내렸다. 이따금 세찬 소나기도 쏟아졌다. 사흘 밤 내내 그는 줄기차게 내리는 비에 사로잡혀 그 의미를 좋게 봐야 할지 나쁘게 봐야 할지 고민했다. 간신히 몇 분 깜박 잠이 들었을 땐 어처구니없는 꿈을 꾸었다. 침대 밑에 둔 시신의 발이 침대 밖으로 튀어나왔는데 마침 사람들이 그의 방으로 들이닥치는 꿈이었다. 분명 악몽이지만 다른 때 같으면 꿈이구나 싶어 안심하고 깨어났을 것이다. 하지만 지금은 꺼림칙하고 기분이 나빴다. 비의 장점은 달이 가려진다는 것, 단점은 발자국과 타이어 자국이 깊게 남는다는 것. 장점은 땅을 파기 쉽고 계단이 매끈해진다는 것, 단점은 계단이 미끄러워진다는 것. 장점은 비에 씻겨 깨끗해진다는 것, 단점은 바닥이 진창이 된다는 것……. 근심은 독립적인 생명력을 갖고 있는 까닭에 마음 안에서 세차게 휘돌며 쉬이 사라지지 않는다. 그나마 위로가 되는 건 아나그레트의 고통이 훨씬 더 크리라는 점이었다. 그는 그렇게 아나그레트와의 연결점을 찾았다. 아나그레트에 대한 사랑, 그가 겪은 것보다 더 극심했을 그녀의 고통을 상상하며 느끼는 경악, 본인보다 아나그레트를 더 생각하는 마음으로 위안을 받았다. 그런 생각을 하는 동안만큼은 불완전하게나마 숨을 쉴 수 있었다.

마무리는 하느님이 하심을…….*

목요일 오후 3시 30분, 안드레아스는 빵 한 덩어리와 장갑 한 켤레, 피아노 줄 한 묶음, 여분의 바지 한 벌을 배낭에 집어넣었다. 지난밤 한숨도 못 잔 것 같은 기분이었다. 어쩌면 아주 조금은 잤을 수도 있었다. 그는 뒷계단으로 목사관 지하실을 나와 보슬비가 내리는 마당에 섰다. 이미 조명이 켜진 1층 회의실 앞에서 담배를 피우자니 난처했다.

기차에 탄 그는 창가 자리에 앉아 비옷 상의에 붙은 모자를 내려쓰고 자

---

* 《햄릿》 5막 2장 햄릿의 대사.

는 척했다. 란스도르프 역에서 내린 후에는 땅만 보면서 더디게 걸었다. 이른 퇴근자들이 사방으로 퍼져나갈 때까지 기다려야 했다. 하늘에는 어둠이 깔리고 있었다. 혼자가 되자마자 그는 운동하러 나온 사람처럼 걷는 속도를 빨리 했다. 경찰차가 아닌 일반 자동차 두 대가 옆으로 쌩 지나갔다. 가볍게 내리는 빗속에서 그는 어느 누구의 관심도 끌지 않았다. 마지막 모퉁이를 돌아가자 거리에 아무도 없었다. 그는 천천히 뛰기 시작했다. 바닥이 모래라 빗물이 고이지 않았다. 자갈이 깔린 차도에는 발자국이 남지 않았다.

본인의 흔적을 완벽하게 감추면서 어떻게 대상에게 접근할 것인가. 머릿속으로 여러 번 계획을 곱씹었어도 실제로 어떻게 이루어질지는 완전히 가늠하기 어려웠다. 역경에 처한 아나그레트를 구하고 그녀의 선한 본질을 지켜주고 싶은 마음이 간절했지만 제대로 해내지 못할까 봐 두려웠다. 어젯밤에는 셋이서 밀치락달치락하는 끔찍한 이미지가 계속 떠올라 계획대로 처리를 못 해 아나그레트의 신뢰를 잃을까 봐 초조했었다.

뒷베란다의 두 번째 나무 계단에 양옆의 기둥을 가로질러 피아노 줄을 묶었다. 아나그레트가 그 피아노 줄을 티 나게 넘어가지 않아도 될 만한 높이로 바짝 묶었는데, 철사가 나무 기둥을 파고 들어가 그 부분의 페인트칠이 약간 벗겨졌다. 하지만 지금으로선 달리 처리할 방법이 없었다. 이 계획을 세우고 목사관 지하실에서 초조하게 가슴을 졸이며 첫 밤을 보낼 적에 그는 도저히 잠을 이룰 수 없어 결국 침대에서 일어나, 목사관 지하실의 밑에서 두 번째 계단에 피아노 줄을 묶고 목표물이 그 자리에서 걸려 넘어질지 테스트까지 해보았다. 피아노 줄이 그 자리에 묶여 있다는 걸 알면서도 그 줄에 발이 걸리지 모질게 고꾸라지는 바람에 그는 손목을 삘 뻔했다. 하지만 그는 아나그레트의 계부처럼 운동으로 단련된 체질도 아니고 보디빌더도 아니니 완전히 계획대로 이루어지리라는 보장은 없었다…….

별장 정면 쪽으로 돌아가 장화를 벗었다. 작년 겨울에 만난 인민경찰 두 명이 오늘 밤에도 순찰을 돌고 있을까. 그중 상관으로 보이는 자는 안드레아스와 다시 한번 만나기를 고대했었다. "그래, 두고 보자." 안드레아스는 소리 내어 말했다. 아까보다는 초조함이 꽤 줄어든 목소리였다. 생각만 거듭하고 있는 것보다 일단 행동을 시작하면 마음이 편해지는 법이다. 안드레아스는 별장으로 들어가 어렸을 때부터 늘 같은 고리에 걸려 있던 공구 창고 열쇠를 벗겨 손에 쥐었다.

밖으로 나가 다시 장화를 신고 발자국이 남지 않게 조심하면서 뒷마당 가장자리를 빙 돌아갔다. 창문 하나 없는 공구 창고로 무사히 들어간 후 손을 이리저리 더듬어 항상 선반에 놓여 있던 손전등을 찾아 쥐었다. 손전등을 켜고 공구 창고 안에 갖춰진 물품들을 확인해보았다. 외바퀴손수레—있음. 삽—있음. 손목시계를 보니 벌써 오후 6시가 가까운 시각이라 질겁했다. 얼른 손전등을 끈 후 손에 삽을 들고 보슬비가 내리는 밖으로 나왔다.

그가 정해둔 장소는 공구 창고 뒤, 아버지가 늘 마당쓰레기를 쌓아놓는 곳이었다. 쓰레기더미 뒤로 소나무들이 드문드문 서 있고, 겨우내 얼어붙었다 부풀어 오른 토양에 솔잎이 두껍게 쌓여 있었다. 이미 어둠이 잔뜩 깔려, 빛이라곤 도심이 있는 서쪽에서 나무 사이로 언뜻 비치는 희끄무레한 유리창 몇 점뿐이었다. 땅을 파다가 망가지지 않도록 미리 손목시계를 풀어 주머니에 넣어두었을 만큼 아직까지 머리는 잘 돌아갔다. 손전등을 켜서 바닥에 놓아두고, 떨어진 지 얼마 안 된 솔잎들을 한옆에 따로 치워둔 다음, 손전등을 끄고 땅을 파기 시작했다.

뿌리를 잘라 치우는 작업이 제일 힘들었다. 고되고 소음도 컸지만 근처의 별장들은 불을 켜지 않았다. 그는 몇 분마다 한 번씩 땅 파기를 멈추고 귀를 기울였다. 들리는 소리라곤 타닥타닥 떨어지는 빗방울 소리, 저 멀리 도시에서 호수 유역으로 퍼져온 희미한 소음이 전부였다. 모래흙이라 다행이라 생각한 순간 자갈이 나왔다. 자갈은 팔 때 소음도 크고 끄집어내기도 더 힘들었다. 그는 죽어라 뿌리를 자르고 큰 돌을 파냈다. 그러다 문득 정신을 차려보니 시간이 엄청 흐른 것 같았다. 허둥지둥 구덩이 밖으로 기어 나와 손전등을 찾아 켰다. 저녁 8시 45분. 구덩이의 깊이는 50센티미터 남짓. 이 정도로는 부족하지만 그래도 시작치곤 괜찮았다.

계속해서 구덩이를 파 내려갔다. 하지만 불안감이 다시 머릿속을 헤집으면서, 지금 몇 시냐고 몇 시나 됐느냐고 자꾸만 물어댔다. 아무 생각도 하지 말고 최대한 계속 파야 된다는 걸 알지만, 너무 불안해서 도저히 힘 있게 삽질을 할 수가 없었다. 아직 9시 30분도 되지 않았다. 아나그레트가 도시에서 계부를 만나기 전일 것이다. 안드레아스는 구덩이 밖으로 나와 억지로 빵을 먹었다. 빵을 물어뜯고 씹고 삼키고 물어뜯고 씹고 삼켰다. 물을 가져오지 않아 곧 입안이 바짝 말랐다.

몽롱해진 상태로 빵을 바닥에 던져놓고 삽을 들고 공구 창고로 휘청휘청 되돌아갔다. 여기가 어딘지 기억이 가물가물했다. 장갑 낀 손을 젖은 풀에 문질러 닦으려 했지만 정신이 혼미해서 제대로 닦이지가 않았다. 마당 가장자리를 빙 돌아가려던 그는 발을 헛디디는 바람에 화단에 깊은 발자국을 남기고 말았다. 얼른 무릎을 굽히고 미친 듯이 발자국을 메웠지만 그 와중에 더 깊은 발자국들을 남겨버렸다. 어느새 1분이 1초처럼 빠르게 흘러가고 있었다. 객관적으로 자신이 얼마나 우스꽝스러운 짓을 하고 있는지 인식을 못 하는 건 아니었다. 이대로라면 손을 닦느라 남겨놓은 발자국을 없애려다 손에 흙이 묻고, 그 손을 닦으려다 또 발자국을 남겨버리는 짓을 밤새도록 하고 또 할 것이다. 이런 상상을 하는 것도 위험했다. 그의 머리는 유치한 짓을 벌여 불안감을 떨치려는 듯, 자꾸만 멍청하게 굴려 했다. 그가 결심의 붉은빛을 창백한 생각으로 바래게 두었다면*, 아마 삽을 버리고 도시로 돌아가 살인사가

* 《햄릿》 3막 1장 햄릿의 대사.

되려 했던 정신 나간 계획을 비웃었을 것이다. 살인자가 될 게 아니라 그냥 살던 대로 살아, 라고. 그러나 그는 분명히 인지했다. 이전의 자신을 없애고 새로 거듭나려면 다른 누군가를 죽여야만 했다.

"제기랄." 깊게 파인 발자국을 흙으로 메우지 않고 내버려두기로 했다. 지금 해야 할 일과 아무 관련도 없고 나중에 해도 무방한 잡생각을 하느라 얼마나 오래 풀 위에 무릎을 꿇고 앉아 있었을까. 느끼는 것보다 훨씬 더 오래인 것 같아 오금이 저렸다. 또다시 먼 거리에서 객관적으로 보자면, 그는 완전히 정신 나간 생각을 하는 중이었다. 이게 미친다는 건가. 미친다는 건 견딜 수 없는 불안으로 인한 압박감을 덜기 위해 열어야 하는 비상 밸브일까.

흥미로운 생각이긴 하지만 시기에 맞지 않았다. 제대로 일을 진행하려면 지금 머릿속에 넣어두고 있어야 할 항목들이 있는데 그 항목들은 온데간데없었다. 어쩌다 보니 그는 정면 현관에 다시 가 서 있었다. 좋은 징조가 아니었다. 그는 진흙투성이 장화와 미끈거리는 양말을 벗고 별장 안으로 들어갔다. 그 외에 달리, 또, 무엇을 해야 할까? 장갑과 삽을 현관에 놓아두고 온 게 생각나 다시 나가 그것들을 들고 안으로 들어왔다. 또 뭘 해야 하지? 현관문을 닫고 잠가. 뒷문은 열어둬. 여는 연습을 해야 돼.

상황과 무관한 생각이 떠올랐다. 발가락 지문도 손가락 지문처럼 사람마다 다를까? 내가 추적 가능한 발가락 지문을 남겨놓지 않았을까?

더 좋지 않은 생각이 들었다. 그 망할 놈이 손전등을 가져올 생각을 했으면 어쩌지? 놈이 오토바이에 늘 손전등을 갖고 다닌다면?

더 안 좋은 생각이 엄습했다. 그 망할 놈이 밤에 오토바이를 타다 고장 날 경우에 대비해 진짜로 늘 손전등을 싣고 다닌다면?

더 몹시 안 좋은 생각도 머릿속을 휘저었다. 만약에 아나그레트가 저 집 안에서 몸으로 계부를 유혹하려 든다면, 그렇게 해서라도 계부가 손전등을 켜지 못하게 막으려 한다면 어쩌지. 그러나 안드레아스는 그런 생각을 그만하려 안간힘을 썼다. 그러나 새로이 끔찍한 불안감이 엄습하자 아무리 생각을 멈추려 해도 뜻대로 되질 않았다. 아나그레트가 그 망할 놈을 여기로 데려오기 위해 이미 몸으로 유혹했으리라는, 어쩌면 분명한 사실이 머릿속을 맴돌았기 때문이었다. 이 상황을 그나마 견디려면 이 살인의 그림에서 아나그레트를 배제해야 했다. 그녀를 그 그림 속에 넣는 순간, 그가 살인을 할 수 있도록 그녀가 몸을 이용했음을 인정하는 순간, 그가 죽여야 할 대상은 그녀의 계부가 아닌 자기 자신이 될 것이다. 아나그레트를 그렇게까지 하게 만든 죄, 그의 계획을 이행하기 위해 그녀로 하여금 몸을 더럽히게 만든 죄를 물어야 할 테니. 그녀를 더럽힌 죄를 물어 계부를 죽여야 한다면, 안드레아스 역시 마찬가지 죄를 물어 스스로를 죽여야 앞뒤가 맞는 것이다. 결국 안드레아스는 생각을 돌려, 계부가 손전등이 있더라도 피아노 줄을 보지 못할 수도 있다, 라고 여기기로 했다.

예전에 넬 박사가 했던 말이 떠올랐다. 자살은 가해자가 타인이 아닌 스스로에게 저지르는 상징적인 살인을 대신하는 말이라고. 자살은 빗나간 살인이라고. 안드레아스는 넓은 의미에서도 아나그레트에게 감사할 준비가 돼 있었지만, 지금은 좁은 의미에서 더욱 감사하고 싶었다. 그녀가 죽여도 될 만한 사람을 그에게 데려와줄 것이니. 안드레아스는 죄 사함을 받고 겸허해져 불결한 이곳을 벗어나, 이 호숫가 별장에 얽힌 추악한 역사를 떨쳐버리게 될 자신을 상상해보았다. 살인죄로 감옥에 가게 되더라도 아나그레트는 안드레아스의 목숨을 구해주는 셈이었다.

그나저나 손전등은 어디에 있지?

주머니에는 없었다. 진입로에 떨어뜨리지는 않았겠지만 거기 말고 어디에 있는지 알 수가 없었다. 손전등 없이는 손목시계를 볼 수 없고, 손목시계를 못 보면 장화를 다시 신고 뒷마당으로 돌아가 손전등을 다시 찾을 시간이 있는지, 손전등을 찾으러 다닐 시간이 진짜 있기는 한지 확인을 할 수 없었다.

우주와 논리가 별안간 와장창 무너져 내렸다.

주방 가스레인지 위에 작은 전등이 하나 있기는 했다. 그 전등을 1초만 켜서 손목시계를 볼까? 그는 살인자가 되기엔 머릿속이 너무나 복잡하고 지나치게 상상을 많이 했다. 합리적으로 따져보면 그 전등을 잠깐 켜더라도 크게 위험할 것 같진 않았다. 복잡한 머릿속은 지금 본인 머리가 모든 걸 다 제대로 생각하고 판단할 수 없는 지경임을 인지하고 있었다. 그의 머릿속 어리석은 부분은 총명한 척을 하며 나서려 하고, 총명한 부분은 어리석음을 인지하며 그를 말리고 있었다. 흥미로운 역설이었다. 그래도 작은 전등을 켤지 말지에 관한 문제에는 답을 내릴 수가 없었다.

손목시계를 보는 게 왜 그리 중요할까? 그 이유도 뚜렷이 알 수 없었다. 그의 총명함도 여기까지가 한계인 걸까. 안드레아스는 삽을 뒷문에 기대어 세워두고 현관 앞 깔개에 책상다리로 앉았다. 삽이 옆으로 쓰러지지 않을까 걱정이 됐다. 떨리는 손으로 삽을 다시 똑바로 세우려다가 그만 밀쳐 쓰러뜨렸다. 소음이 엄청났다. 그는 벌떡 일어나 가스레인지 위의 작은 전등을 켜고 손목시계를 확인했다. 아직 최소한 30분, 어쩌면 45분 넘게 여유가 있었다.

그는 다시 깔개에 주저앉았고 그대로 정신 사나운 꿈에 스르르 빠져들었다. 다만 예전과는 달리 꿈이라는 것을 완전히 인식한 상태였다. 죽음의 고통이 가시지 않은 채 죽어 있는 기분이랄까. 어쩌면 넬 박사의 말처럼 모든 살인은 빗나간 자살일지도 모른다. 그는 고통받는 자아를 향한 전반적인 연민을 해소하고 이 비참한 지경에서 스스로를 끌어내기 위해 살인을 해야 했다. 그러면 자살을 하지는 않겠지만 죽은 자나 진배없이 살게 될 터였다. 살인 후에 찾아올 안도감은 죽음처럼 깊고 영원히 돌이킬 수 없을 테니까.

그는 뚜렷한 이유 없이 별안간 꿈에서 깨어나 침착하고 맑은 정신으로 돌아왔다. 방금 무슨 소리가 들리지 않았나? 하지만 보슬비가 후드득 떨어지는 소리일 뿐이었다. 시간이 한참 흐른 듯했다. 그는 다시 일어나 삽자루를 잡았다. 또 나쁜 생각이 슬금슬금 기어오르고 있었다. 아무리 신중하게 계획을 세우고 전전긍긍하며 준비를 했어도 아나그레트와 그 계부가 오지 않으면 소용이 없는데 그땐 어떻게 할지 한 번도 생각해보지 않았다. 실행 계획에 온통 사로잡혀 그 커다란 맹점을 알아채지 못한 것이다. 주말이 다가오고 있으니 부모님이 별장을 쓰러 올지도 모른다. 힘들게 파놓은 구멍을 다시 메워야 되나, 생각하고 있는데 주방 창문 밖에서 나지막한 목소리가 들렸다.

소녀의 목소리. 아나그레트였다.

오토바이는 어디 뒀지? 어째서 오토바이가 오는 소리를 듣지 못했을까? 저들이 별장 진입로를 걸어 올라온 건가? 반드시 오토바이를 타고 오라고 했건만.

아나그레트의 목소리보다 좀 더 큰 남자 목소리도 들렸다. 그들은 집 뒤쪽으로 돌아오고 있었다. 모든 게 너무 빨리 진행되었다. 안드레아스는 너무 떨려서 제대로 서 있기조차 힘들었다. 혹시 소리를 낼까 봐 문손잡이도 만질 수 없었다.

"열쇠는 고리에 걸려 있어요." 아나그레트의 목소리가 들렸다.

아나그레트가 계단을 밟는 소리. 그리고 바닥이 울리도록 요란한 쿵 소리에 이어 들려오는 커다란 신음 소리.

안드레아스는 문손잡이를 잡고 반대로 돌렸다가 다시 제대로 돌려 문을 열고 밖으로 뛰쳐나갔다. 들고 있는 줄도 몰랐던 삽이 어느새 그의 손에 쥐여 있었다. 그는 삽날의 불룩한 부분을 아래로 하여, 눈앞에 불쑥 나타난 시커먼 형체를 향해 강하게 내리찍었다. 시커먼 몸뚱이가 계단에 고꾸라졌다. 이제 안드레아스는 살인자였다.

머리 위치를 확인하느라 잠시 멈춰 섰다가 다시 삽을 어깨 위로 들어 올린 후 세게 내리찍자 머리뼈 쪼개지는 소리가 들렸다. 지금까지는 모든 게 계획대로 이루어지고 있었다. 아나그레트는 그의 왼편 어딘가에서 여태 들어본 중 최악의 소리를 내고 있었다. 신음 같기도 하고 날카로운 구역질 같기도 하고 목이 졸리는 것 같기도 한 소리. 안드레아스는 아나그레트 쪽을 돌아보지 않고 재빨리 시신 옆을 지나 계단을 내려갔다. 삽을 던져버리고 시신의 발을 붙잡아 계단 밑으로 끌어 내렸다. 시신의 머리는 모로 놓여 있었다. 안드레아스는 확실히 목숨을 끊어놓기 위해 다시 삽을 들어 관자놀이를 세게 내리찍었다. 또다시 머리뼈 쪼개지는 소리가 나자 아나그레트는 끔찍한 비명을 질렀다.

안드레아스는 거친 숨을 몰아쉬며 그녀를 달랬다. "이제 다 끝났어. 다시는 힘들어하지 않아도 돼."

아나그레트가 베란다에서 난간 쪽으로 걸어오는 모습이 희미하게 보였다. 그녀는 묘하게 어린애 같기도 하고 귀엽기도 한 소리를 내며 구토를 했다. 안드레아스는 속이 울렁거리지 않았다. 그저 오르가즘에 도달하고 난 후처럼 극도의 피로감과 슬픔이 밀려올 뿐이었다. 그는 구토 대신 어린애처럼 엉엉 울음을 쏟아냈다. 바닥에 삽을 던지고 무릎을 꿇고 앉아 소리 내어 울었다. 텅 빈 머릿속엔 슬픔 한 점 없었다.

빗줄기가 너무도 고와 엷은 안개가 드리운 듯했다. 눈물을 한껏 쏟은 안드레아스는 피곤해져서 아나그레트와 함께 경찰서에 가 자수를 해야겠다는 생각부터 들었다. 어떻게 자수를 할지 방법은 알지 못했다. 살인은 그를 안심시켜주지 않았다. 도대체 무슨 생각으로 그런 짓을 했을까? 경찰서에 가서 자수를 하고 나면 마음이 좀 편해질까.

그가 우는 동안 아나그레트는 가만히 있다가 베란다에서 내려와 그의 옆에 웅크리고 앉았다. 어깨에 그녀의 손이 닿자 그는 다시 흐느껴 울었다.

"쉬, 쉬." 아나그레트가 말했다.

아나그레트는 그의 젖은 뺨에 얼굴을 가져다 댔다. 그녀의 피부 감촉, 따스한 온기의 자비로움에 피로가 사라졌다.

"토 냄새 날 텐데요."

"안 나."

"죽었어요?"

"틀림없어."

"이게 진짜 악몽이네요. 바로 지금요. 전에는 이 정도 악몽은 아니었는데. 이게 진짜 악몽이에요."

"그래."

아나그레트는 목소리를 내지 않고 숨소리만으로 울었다. 안드레아스는 그녀를 품에 안았다. 그동안 얼마나 긴장을 했으면 그녀는 온몸을 떨고 있었다. 말도 못 하게 긴장하고 있었던 모양이었다. 하지만 그는 안타까워하는 것 외에 해줄 수 있는 게 없었다. 떨림이 가라앉을 때까지 품에 꼭 안아줄 뿐이었다. 마침내 떨림이 가라앉자 아나그레트는 소매에 코를 문질러 닦고 그에게 얼굴을 가져다 대더니 그의 뺨에 대고 입을 벌렸다. 일종의 키스였다. 그들은 공범이니 이제 집 안으로 들어가 공범 관계를 마무리 짓는 게 자연스러운 수순이었다. 그러나 안드레아스는 그녀에 대한 자신의 사랑이 순수하다는 것을 확실히 알게 됐다. 그는 그녀를 밀어내고 일어섰다.

"저를 좋아한 거 아니에요?" 그녀가 속삭였다.

"사랑해."

"당신을 가까이서 보고 싶어요. 경찰에 붙잡혀도 상관없어요."

"나도 널 가까이서 보고 싶어. 하지만 그럴 순 없어. 안전하지가 않아. 오랫동안 그럴 거야."

어둠 속 그의 발치에 아나그레트는 쓰러지듯 주저앉았다. "그럼 전 완전히 혼자예요."

"내가 늘 네 생각을 하고 있다는 거 잊지 마. 네가 날 생각할 때마다 나도 널 생각할 거야."

아나그레트는 조그맣게 피식 웃는 듯한 소리를 냈다. "전 당신을 잘 알지도 못해요."

"습관적으로 살인을 하는 사람이 아니라는 정도만 알면 돼."

"정말 끔찍한 일을 저지르고 말았지만 그래도 당신한테 고마워요. 그를 죽여줘서." 그녀는 또 조그맣게 웃는 소리를 냈다. "이렇게 말하니까 제가 나쁜 년인 게 분명하네요. 저는 그가 저를 원하게 만들었고 당신이 이런 일을 저지르게 만들었어요."

안드레아스는 계속해서 흐르는 시간이 신경 쓰였다. "오토바이는 어떻게 된 거야?"

그녀는 대답하지 않았다.

"오토바이 가져왔어?"

그녀는 깊은 한숨을 쉬었다. "아뇨. 그는 저녁을 먹고 나서 오토바이를 수리하고 있더라고요. 제가 만나러 갔을 땐 오토바이를 분해해놓은 상태였어요. 새 부품이 필요하다나. 다른 날 밤에 외출하자고 하더라고요."

놈이 몸이 바짝 달아 있지는 않았나 보네, 하고 안드레아스는 생각했다.

"어쩌면 의심을 했을지도 모르겠어요. 어떻게 해야 될지 몰라서, 그냥 오늘 밤에 그걸 하고 싶다고 말해버렸어요."

안드레아스는 아나그레트가 계부를 설득해 여기로 데려온 과정을 상상하지 않으려 애를 썼다.

"그리고 우린 기차를 탔어요."

"좋은 생각이 아니었어."

"죄송해요!"

"아니, 그럴 수밖에 없었겠지만, 상황이 더 꼬일 수가 있어."

"우린 자리에 같이 앉지도 않았어요. 자리에 안 앉는 게 남들 눈에 안 띌 거라고 그에게 말했어요."

기차에 같이 탔던 사람들은 조만간 신문이나 텔레비전에 나오는 실종된 남자의 사진을 볼 것이다. 안드레아스의 계획이 성공할지 여부는 오토바이에 달려 있었건만. 그래도 아나그레트의 기를 죽이고 싶지는 않았다. "넌 똑똑하게 알아서 잘 판단했어. 그런데 내일 아침 첫 기차를 타고 가도 네가 제시간에 집에 들어가긴 힘들 것 같아 걱정이다."

"엄마는 집에 오자마자 침대에 곯아떨어져요. 저는 제 방문을 잠그고 나왔고요."

"그런 부분까지 생각했네."

"안전하게 해두려고요."

"정말정말 똑똑하구나."

"별로 똑똑하지도 않아요. 우린 곧 경찰에 잡힐 거예요. 분명히요. 기차를 타고 오는 게 아니었는데. 전 기차가 싫어요. 기차에 탄 사람들이 저를 봤으니 얼굴을 기억하겠죠. 이제 어떻게 해야 될지 모르겠어요."

"지금처럼 똑똑하게 처신하면 돼. 제일 힘든 부분은 끝났어."

그녀는 그의 팔을 잡고 일어섰다. "키스해줘요. 한 번만. 기억하고 싶어요."

그는 그녀의 이마에 키스했다.

"아뇨, 입에 해요. 우린 이제 영원히 감옥에서 썩을 텐데. 당신한테 키스하고 싶어요. 쭉 그런 생각을 했어요. 덕분에 이번 주를 버텨낼 수 있었어요."

키스를 했다가 어디까지 가게 될지 그는 두려웠다. 시간이 계속 흐르고 있었다. 하지만 더는 고민할 필요 없었다. 아나그레트가 진지하게 입술을 다물어버린 것이다. 그녀도 안드레아스와 추구하는 바가 같았다. 오물을 벗어나 깔끔하게 탈출하는 것. 안드레아스에게 이 밤의 어둠은 축복이었다. 만약 그가 아나그레트의 눈을 좀 더 또렷이 들여다볼 수 있었다면 그는 그녀를 그대로 보내지 못했을 것이다.

아나그레트가 시신으로부터 약간 떨어진 진입로에서 기다리는 동안 안드레아스는 집 안으로 들어갔다. 목표물이 도착할 때까지 그가 숨어 있던 주방 안은 악의 기운이 깊이 스며들었고, 호르스트가 살아 있던 세상과 죽은 세상은 극명한 대비를 이루었다. 안드레아스는 힘겹게 수도꼭지 밑으로 머리를 들이밀고 물을 틀어 마셨다. 그리고 앞베란다로 나가 양말과 장화를 신었다. 장화 안에 손전등이 들어 있었다.

집 옆을 돌아서 뒤쪽으로 걸어가는데 아나그레트가 달려와 입을 벌리고 키스를 퍼부었다. 그녀의 두 손은 그의 머리채를 움켜잡았다. 가슴이 아릴 만큼 십대 소녀다운 태도였고 안드레아스는 어찌할 바를 몰랐다. 그녀가 원하는 것을 갖게 해주고 싶었다. 그것은 그가 원하는 것이기도 했다. 하지만 좀 더 큰 시각으로 볼 때 그녀 역시 경찰에 붙잡히지 않기를 바랄 것이었다. 그는 그녀보다 나이가 많고 이성적인 사람인 만큼, 이 일의 실행자 역할을 해야 하는 만큼, 고통을 감내해야 했다. 그는 장갑 낀 손으로 그녀의 얼굴을 부여잡고 말했다. "널 사랑해. 하지만 여기서 더는 안 돼."

아나그레트는 몸을 떨며 그의 품으로 파고들었다. "하룻밤 같이 보내고 경찰에 붙잡혀요. 제가 할 수 있는 건 다 했어요."

"붙잡히지 말고 수많은 밤을 같이 보내자."

"계부는 악인이 아니라 도움을 필요로 했던 것뿐이었어요."

"1분만 나를 도와줘. 1분 후에는 누워서 자도 돼."

"너무 끔찍해요."

"손수레가 쓰러지지 않게 똑바로 잡고 있기만 해. 눈은 감고 있어. 날 위해 해줄 수 있지?"

어둠 속에서 그는 그녀의 고개가 끄덕거린 걸 보았다고 생각했다. 그는 그녀를 그곳에 두고 공구 창고로 조심스럽게 되돌아갔다. 아나그레트와 같이 하면 시신을 좀 더 수월하게 손수레에 실을 수 있겠지만, 그녀가 시신을 만지게 두느니 혼자 옮기는 편이 낫겠다는 생각이었다. 시신과 직접 닿지 않게 그녀를 보호하고, 최대한 안전하게 지켜주고 싶었다. 그리고 그녀가 그 점을 알아주길 바랐다.

시신은 상하가 붙은 작업복 차림이었다. 발전소 작업복인데 오토바이 수리에는 적합한 복장인지 몰라도 한밤에 시골에서 뜨거운 데이트를 즐기기엔 맞지 않는 복장이었다. 어쩌면 이놈은 오늘 밤 여기로 따라올 생각이 별로 없었을지 모른다는 생각이 들었으나 안드레아스는 애써 그 생각을 접었다. 일단 시신을 굴려 바로 눕혔다. 체육관에서 운동으로 다져진 근육질이라 무게가 상당히 나갔다. 그는 시신의 작업복에서 지갑을 꺼내 본인의 재킷 주머니에 넣었다. 시신에 손을 대기 싫어서 작업복을 잡아 들어 올리려 했는데 작업복 천이 찢어지고 말았다. 하는 수 없이 시신의 머리와 몸통을 끌어안아 손수레에 집어넣어야 했다.

그 와중에 손수레가 옆으로 쓰러졌다. 안드레아스도 아나그레트도 말없이 다시 시신을 손수레에 실었다.

공구 창고 뒤에서 그들은 더 고군분투해야 했다. 안드레아스가 앞에서 손수레를 당기고, 아나그레트는 손수레 손잡이를 잡고 밀면서 힘을 보탰다. 바닥에 찍힌 발자국은 셀 수도 없이 많아서 간담이 서늘해질 지경이었다. 마침내 그들은 미리 파놓은 구덩이 옆에 다다랐고 그 자리에 서서 가쁜 숨을 골랐다. 솔잎에서 물방울이 부드럽게 똑똑 떨어졌다. 솔잎 향기가 방금 전에 파헤친 흙이 풍기는, 희미한 코코아 향 섞인 진한 흙냄새와 섞였다.

"그다지 힘들지는 않았어요."

"너까지 돕게 만들어서 미안하다."

"그런데…… 잘 모르겠어요."

"뭘?"

"신이 정말 없을까요?"

"생뚱맞은 생각인 거 알지?"

"계부가 아직 어딘가에 살아 있을 것 같은 느낌이 강하게 들어요."

"어디에? 그게 어떻게 가능해?"

"그냥 느낌이 그렇다고요."

"네가 친구처럼 지냈던 사람이니 그런 걸 거야. 나보단 네가 훨씬 견디기 힘들겠지."

"그가 고통스러웠을까요? 겁에 질렸을까요?"

"그렇지는 않았을 거야. 워낙 빨리 끝을 냈으니까. 지금은 죽어서 고통조차 기억 못 해. 애초에 세상에 존재한 적도 없는 것처럼."

그는 아나그레트가 이 말을 믿기를 바랐지만 본인도 믿지 못했다. 시간이 무한하다면 3초, 3년은 똑같이 무한히 작은 시간의 파편에 불과하다. 3년간 두려움과 고통을 가한 것이 잘못이라 한다면, 모두가 그렇다고 수긍한다면, 3초간 두려움과 고통을 가한 것도 잘못이겠지. 안드레아스는 그 자리에서 그렇게 계산을 하며, 극도로 짧은 생의 시간을 들여다보는 신의 시선을 느꼈다. 아무리 빨리 죽음을 맞게 했다고 해도 죽음에 이르기까지 고통을 가한 짓까지 용서받지는 못한다. 계산을 할 줄 아는 사람이라면 고통의 시간이 짧든 길든 도덕의 잣대는 늘 그 시간 속에 도사리고 있음을 알 것이다.

아나그레트는 격앙된 목소리로 말했다. "신이 정말 있다면, 제 친구는 저를 강간한 죄로 지금쯤 지옥으로 가고 있겠네요. 그렇지만 그가 천국에 가면 더 좋겠어요. 저는 그를 구덩이에 넣는 것만으로도 충분하니까요. 하지만 사람들 얘기로는 신은 더 엄격한 규칙을 적용한다죠."

"누가 그런 말을 했어?"

"돌아가시기 전에 제 친아버지가요. 아버지는 신이 왜 자신을 벌했는지 모르고 돌아가셨어요."

아나그레트가 친부에 대해 언급한 건 처음이었다. 시간의 제약만 없었어도 안드레아스는 그 자리에서 모든 얘기를 듣고, 그녀에 관해 모든 것을 알려 했을 것이다. 안드레아스는 그녀의 말에 일관성이 없어서 오히려 마음이 끌렸다. 진실하지 않은 말을 하고 있을지 모른다는 생각을 하면서 들어도 되니까. 지금 아나그레트는 강간이라는 단어를 처음 사용했고, 교회에서 했던 말과는 달리 종교에 꽤나 익숙한 듯했다. 아나그레트와 함께 눕고 싶은 욕구만큼이나 그녀에 관해 알고 싶은 욕구가 속에서 일었다. 두 가지 욕구가 거의 비등하게 끓어올랐다. 하지만 시간이 계속 흐르고 있었다. 안드레아스는 온몸 구석구석 안 아픈 근육이 없었지만 구덩이 안으로 뛰어 들어가 더 깊게 파기 시작했다.

"구덩이를 파야 할 사람은 전데요."

"공구 창고 안에 들어가 누워. 눈 좀 붙여."

"우리가 서로에 대해 좀 더 알면 좋겠어요."

"나도. 하지만 넌 좀 자둬야 돼."

아나그레트는 한참을, 30분 정도를 말없이 서서 그가 구덩이 파는 모습을 바라보았다. 안드레아스는 아나그레트와 가까워진 것 같으면서도 완전히 낯설기도 한 감정이 혼란스럽게 뒤섞였다. 그들은 함께 사람을 죽였으나, 아나그레트는 나름의 생각과 동기가 있었다. 그와 비슷하면서도 다른 점이었다. 안드레아스는 다시금 아나그레트에게 고마움을 느꼈는데, 그녀는 남성적인 방식으로는 영리하지 않았지만 여성적인 방식으로는 영리했다. 이런 짓을 저지르고 나서 둘이 함께 있는 게 얼마나 중요한지 아나그레트는 즉시 파악한 반면, 안드레아스는 알지 못했다. 이후 둘이 떨어져 지내게 되는 시간은 끝없는 고문일 터였다. 아나그레트는 고작 열다섯 살이었지만 생각이 빨랐고 그는 느렸다.

아나그레트가 공구 창고에 쉬러 들어간 후에야 안드레아스는 다시 계획을 마저 이행하는 데 정신을 모을 수 있었다. 새벽 3시까지 구덩이를 판 다음, 휴식 없이 곧바로 시신을 끌고 와 구덩이 안으로 굴려 넣었다. 시신 옆으로 뛰어내려 시신을 반듯이 눕히면서, 시신의 얼굴을 기억에 담아두고 싶지 않아 그 위에 흙을 뿌렸다. 손전등을 켜 시신에 귀금속이 붙어 있는지 살폈다. 싸구려는 아닌 듯 묵직한 손목시계, 지저분한 금목걸이가 있었다. 손목시계는 쉽게 풀어냈으나, 금목걸이를 빼내기 위해 어쩔 수 없이 시신의 흙투성이 이마에 한 손을 대고 다른 손으로 금목걸이를 잡아당겨야 했다. 다행히 이 모든 것은 무한한 시간을 기준으로 볼 때 순식간에 이루어졌고 현실도 아니었다. 극도로 빠르게 흘러가는 시간 속에서 안드레아스 본인의 죽음은 이미 시작되었다. 이 모든 것은 현실이 아니었다.

그는 두 시간 만에 구덩이를 흙으로 모두 채우고 발로 밟아 다졌다. 공구창고로 돌아가 손전등으로 안을 비추었다. 아나그레트가 창고 구석에 웅크리고 앉아 두 팔로 무릎을 감싸고 오들오들 떨고 있었다. 그녀의 아름다움과 그녀의 고통 중 어느 쪽을 보기가 더 괴로운지 분간이 되지 않았다. 손전등을 껐다.

"잠은 좀 잤어?"

"예. 너무 추워서 깼어요."

"아침 첫 기차가 몇 시에 들어오는지 모르지?"

"5시 38분요."

"대단한데."

"그 사람이 시간을 확인했어요. 제가 아니라요."

"알리바이를 다시 연습해볼까?"

"아뇨, 머릿속으로 정리 다 해뒀어요. 경찰이 오면 뭐라고 얘기해야 할지 알아요."

둘 사이의 분위기는 다시 차갑고 건조해졌다. 둘이 함께할 미래가 없을지 모른다는 생각이, 여기서 저지른 끔찍한 일로 인해 서로를 싫어하게 되리라는 생각이 처음으로 안드레아스의 뇌리를 스쳤다. 사랑은 범죄로 인해 짓이겨졌다. 아나그레트가 그에게 달려와 키스를 했던 게 아주 오래전의 일처럼 느껴졌다. 어쩌면 그녀가 옳았는지도 모른다. 그들은 하룻밤을 같이 보내고 경찰에 자수했어야 했다.

"1년 안에 아무 일도 생기지 않고 감시받는다는 생각도 들지 않으면, 그때 우린 다시 안전하게 만날 수 있어."

"백 년은 걸리겠네요." 아나그레트는 씁쓸하게 말했다.

"항상 너를 생각하고 있을 거야. 매일. 매시간."

그녀가 일어서는 소리가 들렸다.

"이제 기차역으로 가야겠어요."

"20분만 있다가 가. 거기서 괜히 남들한테 서성이는 모습 보이지 말고."

"몸도 덥힐 겸 좀 뛰다가 기차역으로 갈 거예요."

"일이 이렇게 돼서 유감이다."

"저보다 더 유감이진 않으실 거예요."

"나한테 화났니? 그럴 만도 하지. 네 기분이 어떻다고 해도 이해해."

"속이 안 좋아요. 그들이 찾아와서 저한테 질문 하나만 하면 모든 게 정리될 거예요. 속이 울렁거려서 거짓말을 못 할 테니까요."

"넌 어제 9시 30분에 집에 갔고 그때 계부는 집에 없었어. 넌 몸이 안 좋아서 곧장 잠자리에 들었어……."

"알리바이를 다시 복습할 필요 없다니까요."

"미안하다."

문 쪽으로 걸어가던 아나그레트는 그에게 부딪쳤지만 그대로 밖으로 나갔다. 어둠 속에서 그녀는 걸음을 멈췄다. "그럼 백 년 후에 봐요."

"아나그레트."

그녀의 발걸음을 빨아들이는 질척한 흙 소리가 들리고, 뒷마당을 가로질러 멀어지는 그녀의 검은 그림자가 보였다. 안드레아스는 살면서 이토록 피곤

했던 적이 없었다. 그러나 지금 와서 아나그레트를 생각하며 고민하느니 일을 마저 끝내는 편이 나았다. 손전등을 이따금 켜가며 오래된 솔잎과 금세 떨어진 솔잎으로 무덤을 덮었다. 발자국과 손수레 바퀴 자국을 최대한 발로 문질러 없애고 낙엽과 잔디 찌꺼기를 교묘하게 뿌렸다. 장화와 재킷 소매가 진흙투성이가 됐지만, 기진맥진해서 신경 쓸 겨를이 없었다. 겨우 힘을 내 바지만 갈아입었다.

엷은 안개가 따뜻하고 짙은 안개로 바뀌었다가 돌연 걷히는 바람에 갑작스레 아침 햇살이 비쳤다. 안개는 별로 문제가 되지 않았다. 안드레아스는 뒷마당에 남은 발자국과 수레바퀴 자국이 없는지 꼼꼼히 살폈다. 아침이 완연히 밝았을 무렵 그는 뒷베란다 계단으로 돌아가 묶어놓은 피아노 줄을 치웠다. 생각보다 계단에 피가 많이 흘렀고, 난간 옆 덤불에는 혹시나 했던 것보다 토사물이 적었다. 긴 튜브를 통해 들여다보듯 모든 게 찬찬히 눈에 들어왔다. 그는 실외 수도꼭지로 물뿌리개에 물을 거듭 채워가며 피를 씻어냈다.

마지막으로 주방에 지저분해진 흔적이 없는지 살폈다. 물을 마시느라 싱크대가 젖었을 뿐이었다. 저녁쯤이면 다 마를 것이다. 별장 밖으로 나와 현관문을 잠그고 란스도르프 역으로 걸어갔다. 그는 아침 8시 반쯤 목사관 지하실로 돌아왔다. 재킷을 벗으면서 보니 죽은 남자의 지갑과 시계, 금붙이가 주머니에 들어 있었다. 지금은 도저히 그것들을 처분할 의욕이 나지 않았다. 진흙투성이 장화를 겨우 벗고 침대에 누워 경찰을 기다렸다.

경찰은 오지 않았다. 그날 낮에도, 그 주에도, 그 계절에도. 경찰은 그를 찾아오지 않았다.

왜 오지 않았을까? 가장 개연성 없는 추측은 그가 아나그레트와 더불어 완전범죄를 저질렀기 때문일 것이다. 부모님이 그가 별장 뒷마당에 저질러놓은 짓을 알아채지 못했을 수도 있었다. 바로 다음 주에 그해 겨울 첫 큰 눈이 내렸으니까. 그러나 한번 보면 잊기 힘들 만큼 아름다운 소녀가 기차를 타고 왕복을 했는데 아무도 그 소녀를 못 봤다는 건가? 그 소녀의 동네에서 소녀와 호르스트가 역으로 걸어가는 모습을 아무도 못 봤다고? 살인이 벌어지기 전 소녀가 수 주일간 들락거렸던 곳을 아무도 조사해보려 하지 않았다는 건가? 아무도 소녀를 밀어붙여 사실을 실토하게 만들지 못했단 말인가? 안드레아스가 마지막으로 봤을 때 소녀는 누가 툭 건드리기만 해도 모든 사실을 실토할 듯했었다.

어쩌면 슈타지는 아나그레트의 엄마를 조사해, 그 여자가 마약에 중독됐으며 병원에서 약까지 훔쳤다는 사실을 알아냈을지도 모른다. 그리고 슈타지에 비공식적으로 협력했던 남자가 실종됐다는 것도 알았을 것이다. 아나그레트의 엄마가 슈타지에 구금돼 있다면, 문제는 그 여자가 고문을 견디다 못해 하지도 않은 살인을 자백하느냐가 아니었다. 어떤 식으로 조사를 이끌어가느냐에 따라 다르겠지만, 슈타지는 아마 그 엄마에게 호르스트가 서독행 비행기를 타도록 도운 죄를 캐묻고 있을 가능성이 높았다. 문제는 엄마가 심리적 고문을 얼마간 견디다가 어느 쪽으로 죄를 인정하느냐였다.

어쩌면 슈타지는 라이프치히에 거주하는 맏딸을 의심하고 있을 것이다. 아니면 호르스트가 예전에 슈타지에 고해바친 적 있는 발전소 동료들을 의심하거나. 그중 한 명이 이미 유죄를 선고받고 감옥에 갇혀 있지 않을까.

살인을 저지르고 수 주일 동안 안드레아스는 매일 신문을 들여다봤다. 형사들이 사건을 수사하고 있다면 실종된 남자의 사진을 분명 신문에 실었을 텐데 신문에는 사진이 뜨지 않았다. 슈타지가 경찰의 개입을 막고 있다고 보는 게 현실적으로 타당한 설명이었다.

여기까지 추측이 맞다는 가정하에 안드레아스는 그다음 상황을 추측해보았다. 슈타지는 아나그레트를 쉽게 무너뜨리고, 아나그레트를 앞세워 별장에 도착해 그 별장의 소유주가 누구인지 알아냈을 것이다. 막상 별장 소유주가 이 나라 차관임을 알게 되자, 슈타지는 차관이 인민들 앞에서 망신당하지 않도록 하기 위해, 호르스트의 성적 학대를 정상참작 요인으로 받아들여 아나그레트를 크게 혼내는 정도로 일을 마무리한다. 그리고 안드레아스를 혼자 내버려두어, 고문에 가까울 만큼 불안에 떨게 만들고, 걱정과 극도의 주변 경계로 지옥 같은 삶을 살게 하는 것이다.

그는 이 추측이 마음에 들지 않았지만 안타깝게도 제일 타당한 추측이었다. 그 추측이 사실인지 알아볼 손쉬운 방법이 있어 그는 더 미칠 것 같았다. 바로 아나그레트에게 찾아가 직접 물어보는 것이었다. 그는 깨어 있는 동안 단 한 시간이라도 아나그레트에게 달려가고 싶지 않은 때가 없었다. 하지만 만약 그의 추측이 틀렸다면, 아나그레트가 용의자로 의심을 받으면서 엄중한 감시를 당하는 중이라면, 그녀를 만나러 갔다가 재앙을 초래할 수 있었다. 그들이 언제쯤 안전해지는지는 아나그레트만이 알 수 있을 터였다.

안드레아스는 위기에 처한 청소년들을 위한 상담을 다시 시작했다. 그러나 마음속 깊은 곳에 새로운 공허감이 자리했다. 그는 이제 청소년들에게 가볍게 살라는 조언을 하지 않았다. 본인이 위기에 처해 있기에, 청소년들의 슬픈 얘기를 듣다 보면 자꾸 눈물이 나오려 했다. 그가 손대는 모든 것에 슬픔이라는 화학 성분이 배어드는 듯했다. 그는 주로 아나그레트를 가여워하며 슬퍼했지만, 예전의 가볍고 음탕했던 자아를 잃은 슬픔도 떨칠 수 없었다. 그는 죄가 드러나 체포될지 모른다는 두려움과 그에 따른 불안감으로 괴로워했으나, 공화국은 그를 처벌하지 않기로 작정한 듯했다. 예전에 왜 이 나라와 이 나라의 천박함을 비웃었는지 기억나지 않았다. 이제 그에게 이 나라는 '무한한 슬픔의 공화국'이었다. 소녀들은 여전히 그의 사무실을 찾아왔고 그에게 흥미를 가졌으며 그가 풍기는 슬픈 분위기에 더욱 매료되었다. 그러나 안드레아스는 그들의 성기가 아닌 어린 영혼을 더 생각하게 됐다. 소녀들 하나하나가 전부 아나그레트의 화신이었고, 아나그레트의 영혼이 그들 모두에게 깃들었다.

러시아에서는 고르바초프가 추진하는 글라스노스트*가 한창이었다. 사회주의를 착실히 신봉하던 동독은 소비에트 아버지에게 배신감을 느꼈고 반체제 인사들을 더욱 강하게 탄압했다. 경찰은 베를린에 있는 자매 교회인 시온 교회를 급습하기에 이르렀다. 그럴수록 지크펠트가 교회 청년들의 신실함과 자부심은 드높아갔다. 교회 회의실마다 전시 같은 긴장감이 감돌았다. 그러나 안드레아스는 언제나처럼 지하실에서 은둔했다. 아무리 깊은 슬픔에 잠겨도 그의 과대망상증 환자 같은 유아론**은 치유되지 않았다. 오히려 더 강력해졌다. 그가 느끼는 비참한 기분이 온 나라를 뒤덮었다. 그가 저지른 죄로 인해 이 나라는 질식하고 있었다. 그를 체포할 능력도 의지도 없는 이 나라는 대신 온 인민들에게 비참한 기분을 비처럼 쏟아내고 있었다. 경찰이 끝내 지크펠트가 교회로 쳐들어오지 않자 위층의 골칫거리들은 놀라워했고 속으로 실망했다. 그러나 안드레아스는 놀라지도 실망하지도 않았다. 이 나라 정부는 그를 독소처럼 피하고 있었으니까.

1989년 봄이 끝나갈 무렵, 그는 다시 불안감에 휩싸였다. 한때 늘 그의 곁을 지켰으나 무단이탈해버린 성욕이 따뜻한 밤과 꽃 피는 나무들과 함께 되돌아온 것처럼 불안이 다시 그를 찾아왔다. 그는 어느새 목사관 휴게실에 있는 텔레비전 앞으로 다가가 서독 제2공영방송의 저녁 뉴스를 무삭제판으로 시청했다. 지크펠트가 교회의 골칫거리들은 그와 함께 뉴스를 보면서, 12개월 안에 동독 정권이 붕괴될 거라며 의기양양해했다. 안드레아스를 불안하게 만든 건 바로 정권이 붕괴하리란 예상이었다. 살인이 발각되면 어쩌나 싶은 불안감도 일부 있었다. 경찰들이 호르스트 사건을 조사하지 않도록 막아주는 건 슈타지뿐이니, 이 정권이 건재해야 안드레아스는 살인죄로 기소당하지 않

* 1986년 이후 소련의 고르바초프 정권이 추진했던 개방 확대 정책.

** 실재하는 것은 자아뿐이고 다른 모든 것은 자아의 관념이거나 현상에 지나지 않는다는 입장.

고 안전하게 살 수 있었다. 지금 슈타지는 (이런 역설이 또 있을까 싶지만) 안드레아스의 유일한 친구였다. 그러나 더 크고 더 광범위한 불안감이 있었다. 숨통을 틀어막는 염산 구름 같은 불안감. 폴란드에서 자유노조가 합법화되고, 발트 제국들은 소비에트연방에서 떨어져 나와 독립하고, 고르바초프는 수양 자녀나 다름없는 동구권 국가들의 일에 더 이상 관여하지 않겠다고 선언했다. 안드레아스는 죽음이 임박해온 듯 점점 더 불안해졌다. 그라는 인간을 규정해줄 독일민주공화국이 사라진다면 그는 아무것도 아니었다. 공화국 주요 인사인 부모님도 오답으로 증명된 정치체제의 음울한 유임자에 불과할 뿐 아무것도 아닌 존재가 되어버린다. 안드레아스가 중요하게 여겼던 유일한 세상이 끝장나고 마는 것이다.

여름 내내 사태는 점점 심각해졌다. 안드레아스는 더 이상 뉴스를 참고 볼 수가 없었다. 그러나 방에 틀어박혀 있어도 사람들이 최근에 달라진 상황에 대해 복도에서 떠들어대는 소리가 들렸다. 헝가리 서독 대사관으로 탈출한 자들, 라이프치히에서 벌어진 시위, 곧 쿠데타가 일어날 거라는 소문 등을 누구나 입에 올리고 있었다. 사람들은 여전히 호네커* 앞에서 주눅이 들고 미엘케**를 두려워했지만, 안드레아스는 이 체제가 이미 끝으로 가고 있음을 뼛속 깊이 통감했다. 불안감을 떠안고 살고 있고, 동독 정권이 무너지면 어떻게 해야 할지 생각해보지도 않았지만, 그는 소비에트의 버림을 받은 성실한 사회주의 소년인 아버지를 애도하고 동정했다. 그는 사회주의자도 아니었지만, 소년이 치를 고통을 차라리 자신이 치르는 게 낫겠다 싶은 심정이었다.

10월의 어느 화요일 아침, 라이프치히에서 최대 규모의 시위가 발생한 후, 교회의 젊은 목사가 안드레아스가 머무는 지하실 문을 두드렸다. 들떠 있어

---

* 당시 동독 서기장.

** 당시 동독 국가보안국 장관으로 슈타지를 이끌었다.

도 모자랄 사람이 근심 어린 표정이었다. 목사는 책상다리를 하고 앉는 대신 방 안을 서성이며 말했다. "뉴스 들었겠지만, 수십만 명이 거리에 나와 시위를 했는데 폭력은 없었답니다."

"잘됐네요." 안드레아스가 말했다.

목사는 망설이다 다시 입을 열었다. "찜찜한 게 있어서요. 오래전에 얘길 했어야 했는데 겁이 나서 말을 못 했습니다. 사과드립니다."

안드레아스는 이 목사를 슈타지의 끄나풀로 생각해본 적이 없는데, 어째 말하는 투가 그런 분위기를 풍겼다.

목사는 안드레아스의 생각을 읽기라도 한 것처럼 말했다. "그런 거 아닙니다. 2년쯤 전에 슈타지가 찾아오긴 했습니다. 슈타지처럼 보이는 두 남자였는데, 선생님에 대해 몇 가지 묻기에 대답을 해줬습니다. 자기네가 여기 찾아왔다는 걸 선생님이 알게 되면 나를 체포하겠다고 위협하더군요."

"그런데 이제 그들이 이빨 빠진 호랑이가 된 것 같으니 말해도 되겠단 생각이 드셨나 봅니다."

"어떤 범죄에 대해 캐묻는 인상이었는데 어떤 종류의 범죄인지는 알려주질 않았습니다. 그들은 이곳을 찾아왔던 그 예쁜 소녀의 사진을 보여주면서, 선생님이 그 소녀와 얘기를 나눈 적이 있는지 물었습니다. 선생님은 청소년 상담사이니 얘기를 나눴을 수도 있다고 대답했습니다. 확정적으로는 말하지 않았어요. 그런데 그들은 어떤 날짜를 얘기하면서 그날 밤에 선생님을 봤냐고 묻는 겁니다. 나는 잘 모르겠다고 대답했습니다. 선생님은 지하실에서 거의 혼자 지내시니까요. 그들과 얘기를 나누면서도 나는 선생님이 이곳 지하실에 있을 줄 알았습니다. 그런데 그들은 선생님을 만나러 내려가지도 않았고, 그 후 다시는 찾아오지 않았습니다."

"그게 전부인가요?"

"선생님한테도, 우리한테도 아무 일도 일어나지 않아서 모든 게 괜찮겠거니 했습니다. 그런데 그들과 얘기를 하고서 선생님한테 아무 말도 안 한 게 마음에 걸리더군요. 아셔야 된다고 생각했습니다."

"얼음이 녹고 있으니 시신이 물 위로 떠오를 때인가요."

목사는 발끈했다. "우린 그동안 선생님한테 잘해드렸습니다. 서로 잘 지내왔죠. 좀 더 일찍 그 얘기를 해드렸어야 하긴 하지만, 사실 우린 선생님을 약간 두려워했습니다."

"잘해주신 거 잘 알죠. 감사드리고 불편을 끼쳐 죄송합니다."

"하고 싶은 얘기가 있습니까? 그 소녀에게 무슨 안 좋은 일이라도?"

안드레아스는 고개를 저었다. 목사는 그에게 불안감만 안겨주고 지하실을 나갔다. 슈타지가 교회로 찾아왔었다는 건 아나그레트가 그들에게 심문을 받고 범행에 관해 털어놨다는 얘기였다. 전부는 아니더라도 일부 사실관계를 파악했을 가능성이 있었다. 하지만 수십만 명이 라이프치히 거리에서 아무런 제약도 받지 않고 시위를 하고 있는 상황이니 슈타지의 수명은 얼마 남지 않았다고 봐야 했다. 오래지 않아 경찰이 슈타지의 일을 넘겨받겠지. 진짜 경찰이 경찰다운 일을 하게 될 것이다…….

안드레아스는 침대에서 벌떡 일어나 외투를 입었다. 이제 아나그레트를 만나도 잃을 게 없었다. 안타깝게도 그녀를 찾을 수 있을 만한 곳은, 그녀가 전에 살던 프리드리히샤인의 어느 동네 가까이에 위치한 심화 중등학교뿐이었다. 아나그레트가 그 난리를 겪고도 심화 중등학교에 진학했을까 싶지만, 그녀에게 다른 길은 없었다. 안드레아스는 교회에서 나와 서둘러 거리로 나갔다. 아직까지는 크게 생기가 돌지 않는 분위기라 마음이 다소 놓였다. 그는 학교를 찾아가 정문 옆에 서서 기다렸다. 높은 창문 너머로 마르크스주의 생물학과 마르크스주의 수학을 배우고 있는 학생들의 모습이 보였다. 수업이 끝나고 정문으로 쏟아져 나오는 학생들의 얼굴을 그는 일일이 살폈다. 개울처럼 흘러나오던 학생들이 점점이 줄어들 때까지. 끝내 아나그레트가 보이지 않자 실망했지만 놀라지는 않았다.

다음 날 아침에도 다시 학교 정문 옆에 가서 기다렸지만 결과는 마찬가지였다. 그는 특별히 믿고 지내는 가족 사회복지사의 사무실을 찾아가 아나그레트의 행방을 알아봐달라 부탁했다. 복지사는 중앙기록소의 기록을 확인했지만 아무것도 나오지 않았다. 그다음 주, 오후와 저녁마다 그는 유도 클럽, 스포츠센터, 아나그레트가 예전에 살던 동네의 버스 정류장 앞에서 어정거렸다. 10월이 끝나갈 무렵에야 그는 아나그레트를 만날 수 있으리란 기대를 버렸지만 거리를 배회하는 일만은 계속했다. 사전에 계획하거나 즉흥적으로 모인 시위대 주변을 따라가보기도 했다. 투옥의 위험을 무릅쓰고 자유선거 실시와 자유로운 여행 보장, 슈타지 폐지를 요구하는 평범한 시민들의 목소리에 귀를 기울이기도 했다. 호네커는 물러났고, 새 정부는 위기에 처했으나, 시위에 폭력이 가미되지 않으니 천안문 시위 때처럼 강력한 탄압이 이루어질 가능성은 별로 없었다. 헝가리는 스스로 철의 장막에서 벗어났고, 다른 동구권 국가들도 곧 그 뒤를 따르게 될 것이다. 변화가 오고 있었다. 안드레아스는 그 변화에 집어삼켜질 때까지 달리 할 수 있는 일이 없었다. 베를린의 공기가 염산처럼 불길했다.

그리고 11월 4일, 기적이 일어났다. 동베를린 인구의 절반이 용감하게 거리로 뛰쳐나온 그날, 안드레아스는 군중 사이를 돌아다니며 얼굴들을 꼼꼼히 살폈다. 확성기를 통해 흘러나오는, 재통일을 거부하고 개혁을 요구하는 이성적인 목소리에 미소를 짓기도 했다. 알렉산더 광장에 다다른 그는 군중 끄트머리를 따라가다가 밀실공포증 환자들과 결심을 세우지 못한 자들 사이에 섞여 들어갔다. 그리고 머리가 이유를 알아차리기도 전에 심장이 먼지 덜컥했다. 소녀가 있었다. 비쭉비쭉하게 자른 머리칼에 옷핀 귀고리를 한 소녀. 바로 아나그레트였다. 그녀는 비슷한 차림의 소녀와 팔짱을 끼고 있었다. 두 소녀 모두 무표정했고 얼굴에는 날 선 권태가 스며 있었다. 아나그레트는 착한 소녀 노릇을 그만둔 듯했다.

우리는 우리만의 길을 찾아야 합니다. 우리의 불완전한 체제에서, 우리가 반대하는 체제에서 최선의 결과를 이끌어내는 방법을 배워야 합니다…….

확성기로 외치는 목소리가 지루하다는 듯, 아나그레트는 군중들 사이에서 이리저리 고개를 돌리다가 안드레아스를 보았다. 그녀의 눈이 휘둥그레졌다. 안드레아스는 미소를 거둘 수 없었다. 아나그레트는 마주 보고 웃어주지는 않았지만, 같이 있던 소녀의 귀에 대고 무어라 말하더니 그 소녀를 두고 안드레아스 쪽으로 걸어왔다. 아나그레트는 태도가 많이 바뀌었고, 그를 여전히 사랑할 가능성은 없어 보였다. 그녀는 포옹을 하기 힘든 만큼의 거리를 두고 걸음을 멈췄다.

"잠깐밖에 얘기 못 해요." 그녀가 말했다.

"길게 얘기할 것도 없어. 어디로 가면 너를 만날 수 있는지만 말해줘."

아나그레트는 고개를 저었다. 심하게 짧게 자른 머리칼과 귓불에 꽂은 옷핀도 그녀의 미모에 흠이 되지 못했다. 다만 우울한 기색이 완연했다. 외모는 2년 전과 다름없는데 눈에 생기가 없었다.

"날 믿어. 위험할 건 전혀 없어."

"전 이제 라이프치히에 살아요. 오늘만 여기 온 거예요."

"저 여자가 네 언니야?"

"아뇨, 친구예요. 걔가 여기 오고 싶어 했어요."

"라이프치히에 널 보러 갈게. 얘기라도 하자."

아나그레트는 고개를 저었다.

"다시는 날 안 보고 싶구나."

아나그레트는 조심스레 어깨 너머를 이리저리 살폈다. "모르겠어요. 지금은 그런 얘길 하고 싶지 않아요. 제가 아는 건 우리가 안전하지 않다는 거예요. 제가 생각할 수 있는 건 그게 전부예요."

"슈타지가 무너지지 않는 한 우린 안전해."

"친구한테 가봐야 돼요."

"아나그레트. 슈타지가 널 찾아갔다는 거 알아. 그들은 교회로 와서 나에 대해서도 물었어. 하지만 아무 일도 일어나지 않았고, 날 심문하지도 않았어. 우린 안전해. 네가 제대로 잘 대응한 거야."

그가 가까이 다가서자 아나그레트는 움찔하며 뒤로 물러섰다.

"우린 안전하지 않아요. 그들은 많은 걸 알고 있고 때를 기다리고 있는 것 같았어요."

"그들이 어차피 그렇게 많은 걸 알고 있다면 우리가 다시 만나도 상관없잖아. 그들은 2년이나 가만히 기다렸어. 우리한테 아무 짓도 못 해."

아나그레트는 다시 어깨 너머를 살폈다. "가봐야 돼요."

"널 만나러 갈게. 널 못 보니까 죽을 것 같아." 그는 솔직한 마음을 드러냈다. 그러지 않을 이유도 없었다.

아나그레트는 잔뜩 침울한 표정이었고 제대로 듣고 있지도 않았다. "그들이 엄마를 잡아갔어요. 제가 나름대로 사정 얘기를 했는데 그들은 마약중독 치료를 해야 된다면서 엄마를 정신병원에 넣었다가 감옥에 집어넣었어요."

"안됐구나."

"그런데 엄마가 계속 경찰에 편지를 쓰고 있어요. 경찰이 왜 남편의 실종 사건을 조사하지 않느냐는 거죠. 엄마는 2월에 출소해요."

"네가 경찰이랑 직접 얘길 했어?"

아나그레트는 땅을 내려다보며 말했다. "앞으로 당신을 만날 수가 없어요. 절 위해 큰일을 해주셨지만 다시는 볼 수 없을 것 같아요."

"아나그레트. 경찰하고 얘기했어?"

그녀는 고개를 저었다.

"그럼 우리가 이 일을 해결할 수 있어. 내가 해결해볼게."

"당신을 보면 끔찍한 기분이 들어요. 욕망과 죽음, 그리고 그 일이 한데 뒤섞여서 미칠 것 같아요. 그런 기분을 더 이상 안 느끼면서 살고 싶어요."

"안 느끼게 해줄게."

"절대 불가능해요."

"노력해볼게."

아나그레트는 무어라 중얼거렸으나 소음 때문에 안드레아스의 귀에는 들리지 않았다. 그러고 싶지 않아요라고 한 것 같기도 했다. 아나그레트는 친구에게 뛰어갔고 그 둘은 뒤도 돌아보지 않고 빠른 걸음으로 그 자리를 떠났다.

그래도 희망은 있다고 안드레아스는 생각했다. 기분이 붕 떠서 달리기 시작해 마르크스엥겔스 광장까지 내처 달렸다. 거리에 나와 돌아다니는 사람들이 전부 장애물로 여겨졌다. 그의 머릿속에는 온통 아나그레트를 다시 만날 생각뿐이었다. 살인을 자수하지 않고 버틴 것도 자수를 했으면 아나그레트를 다시 볼 수 없기 때문이었다.

그런데 아나그레트의 엄마에 대해서 충분히 고려하지 않았던 게 큰 실수였다. 그 여자 입장에서는 경찰에게 남편의 실종에 관한 조사를 해달라 계속 요구할 수밖에 없었다. 출소한 후에는 경찰에게 더 끈덕지게 요구하겠지. 슈타지 조직이 무너지면 경찰은 사건 서류를 넘겨받아 조사를 시작할 것이다. 안드레아스가 아무리 먼저 발 빠르게 움직여 시신을 다른 곳으로 옮긴다고 해도, 이 나라 정부가 무너지면 사건 서류는 다시 수면으로 떠오를 것이다. 그 서류에 어떤 내용이 담겨 있을까? 슈타지에게 정확히 무어라 말했는지 아까 아나그레트에게 물어봤어야 했다. 그들은 별장에 대해 알아냈을까? 아니면 아나그레트를 거쳐 안드레아스까지 추적해오자마자 조사를 중단했을까?

안드레아스는 아나그레트를 다시 찾을 수 있으리라 생각하며 알렉산더 광장으로 돌아갔다. 해 질 녘까지 군중 사이를 돌아다녔지만 끝내 찾을 수 없었다. 라이프치히로 가볼까 하는 생각도 해봤다. 아나그레트의 언니가 사는 라이프치히의 아파트를 찾아내는 건 어렵지 않을 것이다. 아나그레트는 아마 그 아파트에 살고 있겠지. 하지만 거기까지 좇아가 성가시게 이것저것 물어댔다가 아나그레트를 완전히 잃게 될까 봐 두려웠다.

그 후 두 달간 안드레아스는 아무것도 못 하고 두려워만 하며 지냈다. 베를린장벽이 무너진 날 밤, 술에 취해 여기저기 널브러진 사람들 사이에서 그는 유일하게 멀쩡히 깨어 있었다. 예전 같았으면, 지쳐 있던 동독 공산당 대변인 귄터 샤보브스키가 '여행 허가에 관한 출국 규제 완화'를 '베를린장벽을 포함하여 모든 국경 통과 지점에서 출국이 인정된다'로 얼떨결에 잘못 발표한 바람에 베를린장벽이 무너지고 28년간의 국가적 감금이 끝나버린 사태에 대해 어이없다며 웃음을 터뜨렸을 것이다. 그러나 목사관에서 터져 나온 환호성을 들었을 때, 젊은 목사가 지하실로 달려 내려와 행복한 소식을 전했을 때, 안드레아스는 타고 있던 우주선이 우주 암석에 맞아 금속 표면에 구멍이 뚫리는 소리를 들은 우주 비행사가 된 기분이었다. 공기가 쉭 빠져나가고 진공이 차오르는 기분. 다들 직접 확인하겠다며 가까운 검문소로 달려 나가 목사관은 텅 비었다. 안드레아스는 무릎을 턱까지 끌어모으고 침대 귀퉁이에 웅크리고 앉아 있었다.

혼자 국경을 넘고 싶은 마음은 티끌만큼도 없었다. 라이프치히로 가서 아나그레트를 찾아 둘이 함께 서독으로 넘어갈 수는 있을 것이다. 다시는 동독으로 돌아오지 않고, 멕시코나 모로코, 태국 같은 곳에서 살아갈 방도를 찾아보는 거다. 그러나 그녀가 도망자의 삶을 원한다고 해도 그런 삶이 무슨 소용일까? 안드레아스의 삶은 오로지 그의 모국에서만 의미가 있었다. 아무리 모국을 증오해도 떠날 수는 없었다. 아나그레트의 안진을 보장해줄 수 있는 남자로서 아나그레트에게 다가가야만 스스로를 구원할 수 있었다. 그래야 둘이 고개를 꼿꼿이 들고 당당히 사람들 앞에서 다닐 수 있다. 베를린장벽이 무너지고 혼란스럽던 그때, 아나그레트는 안드레아스의 유일한 희망이었다.

안드레아스는 소문을 접하기 위해, 우반 지하철을 타고 노르마넨가로 가서 슈타지 건물 앞에 모인 시위자들 사이로 섞여 들어갔다. 그들은 슈타지가 24시간 내내 서류를 찢고 태우고 있다고 했다. 서류 더미를 트럭에 실어 모스크바와 루마니아로 실어 보내고 있다고도 했다. 안드레아스는 그의 서류가 파기되거나 국외로 방출되는 시나리오를 상상해봤지만 당장은 불가능한 일이었다. 그가 아는 슈타지는 독일인들이 만든 조직답게 항시 체계적이라, 조직의 주요 직책에 있던 자들과 첩자들에 관한 서류부터 우선적으로 처리하고 다른 서류를 처리하려 들 것이다. 서류의 양은 방대해서, 문서 파쇄기와 용광로에 던져 넣거나 트럭으로 실어 나르려면 수개월은 걸릴 터였다.

날씨가 괜찮은 편이라 슈타지의 서류 파기와 해외 유출을 우려한 시민들이 슈타지 건물 앞에 잔뜩 모여들었다. 날씨가 좋지 않은 오후에는 열성분자들, 터무니없는 이유로 심문받고 투옥당해 슈타지에 깊은 원한을 품은 자들만 모였다. 그중 안드레아스가 제일 마음에 들어 한 사람은 동년배로 보이는 젊은 남자였다. 그는 슈타지 고위급 인사의 아들이 같은 반 여학생을 성희롱하자 그 앞에 막아섰다가 십대 후반의 나이에 거리에서 붙잡혀 끌려갔다고 했다. 한 번 경고를 받았지만 그는 경고를 무시했고, 결국 6년에 걸쳐 감옥 두 곳에서 수감 생활을 했다. 그는 누구든 들어주기만 하면 그런 자신의 사정 얘기를 끝없이 늘어놓았는데, 안드레아스는 그의 얘기에 깊은 인상을 받았다. 성희롱을 당했던 그 소녀는 어떻게 됐을지 궁금했다.

12월 초의 어느 날 저녁, 교회로 돌아와 지하실 문을 연 안드레아스는 그의 침대에 앉아 차분하게 〈베를리너 차이퉁〉 신문을 읽고 있는 어머니를 보았다.

그는 숨이 쉬어지지 않았다. 그대로 굳은 채 문간에 서서 어머니를 바라보았다. 어머니는 위태로울 정도로 여위었지만 세련된 옷을 입었고 대체로 멀쩡한 모습이었다. 어머니는 신문을 접고 일어섰다. "네가 어디서 사는지 궁금해서 와봤어."

어머니는 여전히 진저리 나게 사랑스러웠다. 머리카락은 믿어지지 않을 만큼 예전과 똑같이 붉었다. 몸의 선이 전보다 날카로워졌지만 주름은 없었다.

어머니는 책장 쪽으로 걸어가며 말했다. "빌리고 싶은 책들이 있구나. 꽤 많은 책이 영어로 된 책들이라 보기에도 참 좋아." 어머니는 책 한 권을 빼어 들며 물었다. "너도 나만큼이나 아이리스 머독을 좋아하나 보네?"

안드레아스는 다시 숨을 쉬기 시작했다. "여긴 무슨 일이에요?"

"아, 글쎄. 하나뿐인 자식을 9년 만에 보고 싶어서? 그렇게 이상한 일인가?"

"나가주세요."

"그런 말 하지 마."

"나가주세요."

"그런 말 하지 말라니까." 어머니는 책을 도로 책장에 꽂았다. "앉아서 얘기나 좀 하자. 이제 우리에겐 나쁜 일이 일어날 수 없어. 모두가 다 아는 사실이지만."

어머니는 이 방에 함부로 들어와 그를 모욕하고 있었지만, 그의 마음속 일부는 그를 배신하고 어머니를 다시 보게 되어 몹시 기뻐하고 있었다. 지난 9년간 그는 어머니를 애타게 그리워했다. 쉰셋이나 되는 소녀들을 만나 그들에게서 어머니의 모습을 찾으려 했지만 끝내 찾지 못했다. 끔찍하게도 그는 여전히 어머니를 지독히 사랑했다.

"이리 와 앉아. 어떻게 지내고 있는지 얘기해줘. 꽤 좋아 보이는구나, 나의 아름답고 강한 아들." 어머니는 따뜻하게 웃으며 그를 위아래로 훑어보았다.

"난 당신 아들이 아니에요."

"바보 같은 소리 마. 우리가 힘든 시기를 보내긴 했지만 이제 다 끝났어." 어머니의 입가에 어렸던 따스한 미소는 사라졌다. "내 아버지를 자살로 몰고 갔던 소비에트와의 동거 40년이 끝났으니까. 그동안 멍청하고 지겹고 비열하고 못나고 구린내 나는 겁쟁이에다 자기만족에 빠진 속물들 비위를 맞추느라 죽어났었지. 다 끝이야. 끝!"

어머니는 경멸 어린 말투로 신선하게도 솔직한 마음을 드러냈으나 자만심은 여전한 터라 안드레아스는 어머니에 대한 반감이 더 깊어졌다. 예전에 어머니는 미국 정부에 대해서도 지금과 비슷하게 명랑한 말투로 악랄한 말을 쏟아냈었다. 그는 지금이라도 어머니의 목을 졸라야 한다고, 자만심에서 비롯된 독한 말들을 쏟아내지 못하게 막아야 한다고, 그래야 그의 인생이 구원받을 수 있다고 생각했다. 두 번째 살인은 첫 번째 살인보다 쉬운 법이었다.

"앉아서 얘기나 하자."

"싫어요."

어머니는 그를 달랬다. "안드레아스. 다 끝났다니까. 네 아버지도 많이 힘들어하고 있어. 이 나라에서 제대로 된 지성과 진실성을 가진 사람이니까. 자기 자신이 아니라 조국을 위해 진심으로 일해온 사람이니까. 몹시 슬퍼하고 있어. 집에 와서 아버지를 만나봐."

"그런 일은 일어나지 않을 겁니다."

"아버지를 그만 이해하고 용서해드리면 안 되겠니? 너 때문에 아버지가 얼마나 곤란한 지경에 처했었는데. 지금이야 우스운 일이지만 그때는 그렇지가 않았어. 당시 네 아버지는 나라를 위해 사느냐 국가를 전복하려는 시인의 아버지로 사느냐의 기로에 놓여 있었어."

"친자식도 아니니 어려운 선택은 아니었겠네요."

어머니는 한숨을 쉬었다. "그런 얘기 좀 그만해."

어머니의 말이 옳았다. 중요한 문제도 아니었다. 친부가 누구든 더 이상 상관없었다. 친부가 누구냐고 따지고 들던 어렸을 적의 자신으로 되돌아갈 일도 없었다. 남의 머리뼈를 삽으로 찍어 으스러뜨린 짓을 해서 그런지 몰라도 예전에 품었던 분노는 사라지고 없었다. 남은 것은 사랑과 혐오라는 좀 더 기본적인 감정이었다.

"우린 무사할 거야. 네 아버지도 그렇고. 견디기 힘든 나날이겠지만. 그래도 네 아버지는 5년 전부터 끝이 다가오고 있다는 걸 알고 있었어. 나라가 끝장나는 걸 지켜보기가 고통스러웠던 것뿐이지. 새로운 내각도 네 아버지를 계속 데리고 있으려고 하는데 네 아버지는 올 연말쯤에 은퇴할 계획이야. 우린 무사할 거야. 네 아버지는 똑똑한 사람이고, 학교에서 학생들을 못 가르칠 만큼 나이가 많지도 않으니까."

"끝이 좋으면 다 좋다.*"

"네 아버지는 잘못한 게 없어. 정부 관리 중에 살인자도 있고 도둑도 있었지만, 네 아버지는 그런 자들과는 달랐어."

"40년 동안 그런 범죄를 교사했죠."

어머니는 정색을 했다. "난 아직도 사회주의의 가치를 믿어. 프랑스와 스웨덴에서는 사회주의가 제대로 이루어지고 있어. 누군가를 비난하고 싶으면 돼지 같은 소비에트를 비난해. 네 아버지와 나는 우리 자리에서 최선을 다했어. 그런 부분에 대해 절대 사과할 생각 없다."

정치니 집단 죄의식이니 공동 작업이니. 어머니가 거론하는 그런 주제가 안드레아스에게는 더없이 식상하게 느껴졌다.

"그건 그렇고 너도 이제 집으로 돌아오고 싶잖니. 네가 쓰던 방 그대로 뒀어. 이…… 방보다는 편안할 거야. 학교도 다시 다녀야지. 우리와 함께 지내는 동안에는 너도 집세를 안 내니 좋잖아. 우리 가족은 새로 시작하는 거야."

"그런 얘기가 그럴듯하게 들리나 봐요?"

"솔직히 말하면, 그래. 원한다면 별장에서 지내든가. 기차로 한참 가야 하는

* 셰익스피어의 희곡 제목.

거리인 데다 나중에 별장을 팔아버릴 생각이긴 하지만."

"뭐라고요?"

"믿기 힘들겠지만 서독 투기꾼들이 벌써부터 도시를 돌아다니면서 돈 냄새를 맡고 있어. 그중 한 명이 뮈겔제의 우리 이웃들한테까지 바람을 넣으면서 값을 괜찮게 쳐줄 테니 집을 팔라고 한다더라."

"그래서 어머니도 별장을 팔 생각이군요." 그는 멍하니 말했다.

"별장이 많이 험해져서. 네 아버지는 나와는 의견이 다르지만, 감상적인 생각일 뿐이지. 투기꾼들은 호숫가의 집들을 불도저로 허물고 골프 코스를 짓겠다고 하는데. 서독인들은 감상이라곤 없으니까."

불도저가 땅을 파헤칠 생각에 두려움이 밀려왔다. 그러나 두려움보다 공화국에 대한 배신감이 더 컸다. 공화국은 뭐 하나 제대로 하는 게 없었다. 서독 투기꾼들에 대항해 스스로를 지키지도 못하다니. 공화국의 무능함은 익히 보아왔지만 이 정도로 무능하다니 정말이지 너무 심했다.

"무슨 생각 하니?" 어머니는 주저하며 물었다.

지금 해야 할 일은 하나뿐이었다. 문간에 서 있던 안드레아스는 방 안으로 들어가 문을 닫았다. "제가 집으로 돌아오길 바라신다고요."

"넌 내 전부야. 너도 다시 멀쩡하게 잘 살아봐야지. 똑똑하니까 다시 공부를 시작하면 3년 안에 박사 학위를 받을 수 있을 거야."

"멀쩡하게 잘 사는 거 좋죠. 그 전에 저를 위해 해주셔야 할 게 하나 있어요."

어머니는 입술을 부루퉁 내밀었다. "협상을 하자는 거면 내키지 않는데."

"어머니가 생각하는 그런 거 아니에요. 어머니가 과거에 무슨 짓을 했든 상관없어요. 전혀요. 제가 요청하려는 건 완전히 다른 거예요."

그는 어머니의 얼굴에 나타난 묘한 변화를 지켜보았다. 어머니의 표정은 미묘하게, 괴상하게 달라졌다. 내면의 갈등이 겉으로 언뜻 드러난 것이다. 자식을 사랑하는 어머니라는 본인의 환상에 충실하고 싶지만, 막상 그 환상대로 행동하려니 짜증 난다는 표정. 안드레아스는 어머니가 가여웠다. 어머니는 본인에게 편한 대로 일이 진행되길 바라지만, 뜻대로 되지 않았을 때 그걸 참아낼 힘이나 인내심은 없었다.

"집으로 돌아갈게요. 그 전에 슈타지가 갖고 있는 자료가 필요해요. 그들이 저에 대해 기록한 모든 것, 모든 서류요. 그걸 저한테 가져다주세요."

어머니는 미간을 찌푸렸다. "그들이 뭘 갖고 있는데?"

"좀 안 좋은 거예요. 그 자료 때문에 제가 다시 잘 먹고 잘 살기가 힘들어질 수 있거든요. 어머니 입장도 곤란하게 될 수 있고요."

"너 무슨 짓 했니? 도대체 무슨 짓 했어?"

어머니가 물어봐주니 그는 마음이 놓였다. 슈타지는 그의 부모에게 사건에 대해 알리지 않고 자체적으로 조사를 중단한 게 분명했다.

"알 필요 없어요. 저한테 서류만 갖다주면 돼요. 그럼 제가 알아서 할게요."

"다들 본인에 관한 서류를 확보하고 싶어 해. 전국에서 슈타지 협력자들이 불안에 떨고 있고, 슈타지도 그걸 잘 알아. 현재 개인 정보 서류는 슈타지의 보험증서나 마찬가지야."

"그렇겠죠. 그래도 당 중앙위원회 소속 고위급 인사들은 별로 겁날 게 없잖아요. 지금 이 시점에서 제 개인 서류를 슈타지에 요청하더라도 별로 특이할 것 없는 일상적인 업무로 보일 테고요."

어머니는 두려움에 찬 눈으로 그의 표정을 살폈다. "무슨 짓을 한 거니?"

"어머니가 아시면 그다지 자랑스러워하지 않을 짓요. 세상 사람들은 다르게 볼 수도 있지만요."

"네 아버지한테 부탁은 해볼게. 하지만 네 아버지는 네가 지난번에 문학잡지에 저지른 짓의 충격에서 아직 못 벗어났어. 또 다른 짓을 저질렀다고 알리기엔 별로 좋은 시기가 아니야."

"저를 사랑하지 않아요, 어머니?"

코너에 몰린 어머니는 도움이 되게 노력해보겠다고 대답했다. 어머니가 교회를 떠나기 전 그들 모자는 포옹을 한 번 하기는 해야 했으나 구역질 나는 거래를 하고 난 뒤라 분위기가 영 묘했다. 진짜 사랑을 할 줄 모르는 어머니는 그를 사랑하는 척했고, 진심으로 어머니를 사랑하는 안드레아스는 어머니를 이용하고 사랑을 일부러 과장되게 표현했다. 그의 본질적 자아는 아나그레트에 대한 더욱 순수한 사랑을 감춰놓은 마음의 방 안에 숨어 있었다.

일주일이 그리고 또 일주일이 지났다. 크리스마스가 다 지나도록 어머니한테서는 소식이 없었다. 혹시 어머니가 벌써 그의 서류를 확보해 읽어본 걸까? 그래서 그를 자신의 삶 안으로 다시 거두어들이는 일을 재고해보고 있는 건가? 어머니는 전에도 그를 한 번 버린 적이 있었다.

결국 새해 전날에 안드레아스는 어머니에게 전화를 걸었다.

"오늘은 네 아버지의 마지막 출근일이야." 어머니가 말했다.

"아, 예. 전에 얘기드린 그 일 때문에 걱정이 돼서요. 아버지가 민간인 신분이 되면 슈타지에 대한 영향력도 잃을 텐데."

어머니는 대답이 없었다.

"어머니? 제가 걱정해야 되는 상황인가요?"

"사람을 참 괴롭히는구나, 안드레아스. 너하고 화해하고 싶어 하는 이 엄마의 마음을 이용하는 것 같아."

"아버지한테 부탁했어요, 안 했어요?"

"적당한 시기를 기다리고 있어. 네 아버지 기분이 몹시 저조해서. 네가 직접 와서 부탁하는 게 나을 수도 있겠구나."

"혹시, 벌써 늦었다는 뜻이에요?"

"서류에 담긴 내용이 뭔지 차라리 얘기를 해. 설마 심하게 안 좋은 내용은 아니겠지."

"어떻게 3주나 그냥 흘려보낼 수가 있어요!"

"소리치지 마. 네 친척들이 누군지 잘 알면서 그러니."

"마르쿠스 볼프가 대단한 사람이긴 하지만 국내 일은 안 하잖아요."

"마르쿠스는 영향력이 꽤 커. 네 집안은 이 돼지우리 같은 나라에서 아직 왕족처럼 살고 있어. 네 아버지는 당 중앙위원회 소속이고."

"그러니까 아버지한테 부탁 좀 해달라고요."

"네가 뭘 숨기고 있는지 일단 알아야지."

어머니에게 털어놔서 도움이 될 것 같았으면 기꺼이 털어놓았을 것이다. 하지만 안드레아스는 본능적으로 그러면 안 된다는 걸 알았다. 특히, 아나그레트의 존재를 어머니가 알게 해서는 안 되었다. 그래서 안드레아스는 이렇게 말했다. "전 유명 인사가 될 거예요, 어머니." 그때까지 몰랐으나 그는 이 말을 내뱉은 후에야 진실이 담겨 있음을 깨달았다. 그는 유명해질 자질을 타고난 사람이었다. "잘 먹고 잘 사는 데다 유명해질 거라고요. 두 분은 제 부모라서 무척 기뻐하실 테고요. 하지만 저한테 그 서류를 갖다주지 않으면 저는 다른 쪽으로 유명해질 겁니다. 어머니 마음에 들지 않는 방향으로요."

그는 2주일을 더 기다렸다. 이제 사람들은 날씨가 궂은 날에도 노르마넨가에 운집해 시위를 벌였다. 그리고 몹시도 추운 어느 오후, 엄청난 수의 군중이 슈타지 건물 정문 앞에 모였다. 안드레아스는 트럭 범퍼 위로 올라가 시위대의 규모를 가늠해보았다. 시야가 닿는 곳까지 전부 사람이었다. 수천 명쯤 될 듯했다. 깃발, 피켓, 구호, 텔레비전 방송국 촬영 팀들.

슈타지는 물러가라. 슈타지는 물러가라. 슈타지는 물러가라…….

사람들은 정문 손잡이와 경첩을 붙잡고 금속판으로 된 정문을 몸으로 밀어붙이며 구내의 경비들에게 고함을 질렀다. 그러다 정문이 건물을 향해 기울어지자 안드레아스는 경악했다.

안드레아스가 올라가 있는 트럭과 슈타지 건물의 정문 사이에는 수많은 인파가 겹겹이 들어차 있었다. 안드레아스는 길바닥으로 뛰어내려 군중에 합류해 앞으로 떠밀려가기 시작했다. 뒷사람들에게 밀려 짓이겨지지 않기 위해 앞사람의 가죽 재킷을 손으로 짚고 밀었다.

왼쪽에 있던 젊은 여자가 그에게 다정하게 말을 건넸다. "어머, 당신."

귀여운 얼굴이고 약간 낯이 익었지만 누군지는 알 수 없었다. "안녕하세요." 그가 인사했다.

"맙소사. 날 기억 못 하나 봐."

"그런 것 같네요."

여자는 차갑게 미소 지었다. "그래요. 그렇겠죠."

안드레아스는 왼쪽 사람들이 그녀를 앞으로 밀고 갈 때까지 그 자리에서 힘주어 버텼다. 구내에 들어온 사람들은 경외심에서인지, 오랫동안 슈타지에 굴복해온 관성 탓인지 목소리가 확연히 줄어들었다. 정문 안으로 밀려 들어가 앞마당에 선 안드레아스는 바로 앞 건물 안에서 흘러나오는 고함 소리를 들었다. 그는 건물 안으로 들어갔다. 바닥에는 깨진 유리가 흩어져 있고 벽에는 스프레이식 페인트가 어지럽게 뿌려져 있었다. 사람들은 중앙 계단을 밟고 미엘케를 비롯한 고위급 관리들이 있을 법한 위층으로 올라갔다. 위에서 서류들이 떨어졌다. 낱장으로 한가롭게 흩날리고 뭉텅이로 툭툭 떨어졌다. 계단 앞에 선 안드레아스는 뒤를 돌아보았다. 그를 향해 다가오는 얼굴들이 너무도 선명해서 마치 느린 동작으로 움직이는 듯했다. 열이 올라 벌겋게 달아오른 얼굴들, 추위에 얼어 푸르뎅뎅한 얼굴들, 경이와 승리감과 호기심에 도취된 얼굴들.

문 근처에 선 제복 입은 경비들은 차갑고 무심한 표정으로 시위대를 바라보고 있었다. 안드레아스는 인파를 헤치고 경비에게 다가가 물었다. "기록보관소는 어디 있죠?"

경비는 두 손을 들고 양옆으로 손바닥을 펼쳐 보이며 모르쇠로 나왔다.

"아, 좀. 말 안 해준다고 이 사태를 되돌릴 수 있을 것 같아요?" 안드레아스가 말했다.

경비는 또 두 손을 위로 들 뿐이었다.

밖을 다시 내다보니 시민들이 성지순례를 하듯 슈타지 구내의 앞마당으로 꾸역꾸역 밀고 들어오고 있었다. 시민들이 분풀이를 할 수 있게끔 누군가 주요 행정관 건물을 열어놓았고 다들 그 건물로 들이닥치고 있었다. 물론 그 안에 있던 쓸 만한 자료들은 슈타지가 일찌감치 치웠을 것이다. 이 모든 행위는 그저 상징적이며, 정해진 수순에 따르는 의식에 불과했다. 구내에는 다른 건물이 10여 채나 더 있었지만 주요 행정관 외에 다른 건물로 진입하는 사람은 아무도 없었다.

안드레아스가 소리쳤다. "기록보관소! 기록보관소를 찾아야 한다!"

몇 명이 그를 돌아보았지만, 대부분은 성소로 침투하는 상징적 행위에 몰두해 그저 앞으로 나아가고 있었다. 텔레비전 방송국 카메라의 조명과 사진기의 플래시가 환하게 비추는 가운데, 서류들이 부서진 창문 너머로 흩뿌려졌다. 안드레아스는 앞마당 남쪽 끝의 담장을 향해 걸어갔다. 그쪽에 제일 크고 어두운 건물이 서 있었다. 앞장서서 사람들을 이끌고 기록보관소로 쳐들어간다고 해도 그에 관한 내용이 담긴 서류를 단박에 찾아낼 가능성은 거의 없다고 봐야 했다. 기록보관소 안 어딘가에 있기는 하겠지만, 기록보관소의 문을 열어젖혀봤자 그의 친구 슈타지의 힘을 약화할 뿐, 그에게는 하등 도움이 되지 않을 것이다.

20분 후, 안드레아스는 부모님이 살고 있는 아파트 건물의 현관 앞에서 초인종을 누르고 있었다. 지지직 소리와 함께 인터폰에서 아버지의 목소리가 흘러나왔다.

"저예요. 아들." 안드레아스가 말했다.

안드레아스는 꼭대기 층으로 올라갔다. 카디건을 걸친 노인이 아파트 현관문을 열어놓고 문간에 서 있었다. 아버지의 달라진 모습에 안드레아스는 충격을 받았다. 아버지는 키가 줄고 노쇠했으며 어깨가 구부정해졌고 양 볼과 목도 홀쭉해졌다. 아버지는 악수를 하자며 손을 내밀었지만 안드레아스는 두 팔로 아버지를 안았다. 잠시 후 아버지도 그를 마주 안아주었다.

아버지는 안드레아스를 집 안으로 들이며 말했다. "네 엄마는 오늘 저녁에 강의가 있어 나갔다. 블러드 소시지를 먹고 있던 참인데, 배고프면 하나 굵여 주마."

"됐어요. 물이나 한 잔 주세요."

아파트 안은 가죽과 크롬으로 새로 장식이 돼 있었고, 노인에게는 적합하지만 젊은 사람에겐 지나치게 밝은 조명이 켜져 있었다. 식탁 위에 덩그러니 놓인 접시 위에는 자줏빛 블러드 소시지 덩어리가 엉겨 붙어 있었다. 광천수를 병에서 따라 안드레아스에게 잔을 건네는 아버지의 두 손이 달달 떨렸다.

안드레아스는 식탁 앞에 앉으며 말했다. "따뜻할 때 소시지 드세요."

아버지는 접시를 옆으로 밀어놓았다. "이따 배고프면 하나 더 굵여 먹으면 돼."

"어떻게 지내세요?"

"몸은 멀쩡하다. 보다시피 늙긴 했지만."

"좋아 보여요."

아버지는 식탁 앞에 앉아 말이 없었다. 원래 눈을 맞추며 얘기하는 사람은 아니었다.

"요즘 뉴스 안 보시나 봐요."

"몇 달째 뉴스 볼 맛이 안 나서."

"시위대가 슈타지 본부 안으로 쳐들어갔어요. 수천 명이에요. 본관도 털렸고요."

아버지는 동의하듯 고개만 끄덕였다.

"아버지는 좋은 분이에요. 저 때문에 고생을 많이 하셔서 죄송했어요. 아버지 때문에 말썽을 피운 건 아니었어요."

"어느 사회에나 규칙이라는 게 있다. 그 규칙을 따르거나 안 따르거나 둘 중 하나지."

"아버지는 그 규칙을 따르며 살아오신 분이라는 거 존중해요. 전 아버지를 비난하러 온 게 아니라, 부탁을 드리러 왔어요."

아버지는 다시 고개를 끄덕였다. 카를마르크스 거리를 지나는 차량들이 축하의 의미로 경적을 빵빵거리는 소리가 들려왔다.

"제가 부탁드린 거 어머니 통해 들으셨어요?"

아버지의 표정이 우울해졌다. "네 엄마 문제만 해도 한두 가지가 아니야."

안드레아스는 뜻밖의 대화 전개에 놀라 무슨 말을 해야 할지 갈피가 잡히지 않았다.

"네 엄마는 수년째 책임감 없게 행동하면서 몇 번이나 문제를 일으켰어. 열성적인 사회주의자이고 충성스러운 시민이긴 한데 골치 아픈 문제들을 꽤 여러 건 만들어내서. 너도 알고 있는 줄 알았다만."

"그래도 아버지 입으로 직접 들으니 좋네요."

아버지는 그런 말 하지 말라는 듯 손가락을 흔들었다. "슈타지와는 명령과 통제 문제 때문에 지난 몇 년간 사이가 별로 좋지가 않았어. 내 친척이 그 조직에 몸담고 있고 내가 그쪽 예산을 대충 눈감아주고 있는 덕분에 운 좋게 그쪽과 거래를 했던 것뿐이다. 슈타지는 상당한 자율성을 보유한 조직이고, 모든 관계는 쌍방향으로 이루어지게 돼 있어. 수년간 나는 그쪽에 여러 건 부탁을 했고, 이제 그들에게 대가로 내줄 만한 게 별로 남아 있질 않아. 그나마 네 엄마에 관한 서류를 입수하느라 내가 가진 힘을 다 써버렸어. 네 엄마는 앞으로 수년은 더 교수로 활동할 사람이라 과거의 잘못이 세상에 드러나지 않게 막아줘야 하니까."

안드레아스는 어머니를 과거에도 지독히 증오했지만 지금은 그 증오심이 어느 때보다 커졌다. "그러니까, 지금 아버지 말씀은 제가 여기 왜 왔는지 아신다는 거네요."

"네 엄마한테 얘기 들었다." 아버지는 여전히 그와 눈을 마주 보지 않았다.

"그런데 어머니는 제 생각은 전혀 안 하고 본인 안위를 지키는 데만 신경을 쓴 거고요."

"우리가 네 엄마의 서류를 확보하고 나서 네 일을 봐달라고 네 엄마가 말을 하긴 했어."

"자식보다 자기 문제를 더 우선시했다는 거잖아요!"

"카티아는 내 아내다. 그건 네가 이해를 해줘야지."

"저는 아버지 아들도 아니니까요."

아버지는 거북해하며 자세를 바꿔 앉았다. "기술적으로 말하자면, 그렇기는 하지."

"전 망했어요. 어머니 덕분에 망했다고요."

"네가 사회의 규칙에 따르지 않아서겠지. 넌 그 점을 후회하지도 않는 것 같구나. 네 엄마는 제정신일 땐, 본인이 제정신이 아닐 때 저질렀던 일을 후회하는데 말이다."

"아버지가 저를 위해 해줄 수 있는 게 없다는 말씀이군요."

"퍼낼 수 있는 우물이 다 말라버린 것 같아서 그 우물로 되돌아가기가 꺼려지는 거다."

"그 서류가 왜 저한테 중요한지 이유는 아세요?"

아버지는 어깨를 으쓱했다. "네 지난 행실에 비추어 추측은 해보았다만, 정확히는 모른다."

"그럼 이유를 말씀드리죠." 안드레아스는 어머니가 구해주길 기다리며 5주를 흘려보낸 자신에게 화가 치밀었다. 네 살짜리처럼 멍청하게 구는 건 이제 그만할 때도 되지 않았나? 하지만 그에게 남은 선택지는 두 개뿐이었다. 이 나라를 떠나든지, 친부도 아닌 이 남자를 믿어보든지. 결국 안드레아스는 사정을 털어놓았다. 물론 중요한 부분을 꾸미고 생략해서. 사회의 모든 규칙을 충실히 따르며 살아온 선량한 사회주의자 유도 소녀가 슈타지의 협력자 노릇을 한 사악한 남자에게 강간을 당한 이야기로. 안드레아스는 자신에 대해서도 개과천선한 인물로 포장을 했는데, 위기에 처한 청소년들을 위한 상담사로서 좋은 일을 하며 살아왔고, 나름 그 일에서 성공을 거두었으며, 사회를 위해 진심으로 봉사했고, 반체제 인사들과는 늘 거리를 두었으며, 교회 지하실에서 아버지의 아들로서 부끄럽지 않게 살려고 노력했다고 말했다. 국가 전복 의도가 담긴 시라고 매도당했던 그 시도 실은 정신이 온전치 못한 모친 때문에 쓴 시인데 유감스러운 반응이 나왔던 것뿐이라고, 지금은 후회하고 있다고 정리했다.

그의 얘기를 다 듣고 난 후 아버지는 한참 말이 없었다. 거리에는 여전히 한 번씩 축하의 경적 소리가 울려 퍼졌다. 차갑게 식은 블러드 소시지가 접시 위에서 시커멓게 변하고 있었다.

"그 일이 일어난 장소가…… 어디냐?" 아버지가 물었다.

"장소는 중요하지 않아요. 그냥 시골 안전한 곳이에요. 모르시는 편이 나아요."

"슈타지에게 바로 가서 신고를 했어야 했다. 그랬으면 슈타지가 그 남자를 엄히 처벌했을 거다."

"그녀는 신고를 못 했을 겁니다. 평생 사회의 규칙을 준수하며 살아왔고, 이 사회에서 선량하게 살아가고픈 소망밖에 없는 사람이에요. 전 그녀가 그런 삶을 살게 해주고 싶었어요."

아버지는 작은 탁자로 걸어가 술잔 두 개와 발렌타인 술병을 들고 식탁으로 돌아왔다. 아버지는 잔에 술을 따르며 말했다. "네 엄마는 내 아내이기도 해. 나한테는 네 엄마가 늘 우선이다."

"그러시겠죠."

"하지만 네 얘기도 심금을 울리는구나. 이 사태의 다른 면을 보게 됐어. 너에 대해 갖고 있던 내 생각이 어느 정도는 편견에 불과했을지 모른다는 생각도 들고. 믿어도 되는 얘기냐?"

"생략한 부분이 있긴 하지만 아버지를 보호하기 위해서예요."

"네 엄마한테도 얘기했니?"

"아뇨."

"잘했다. 괜히 네 엄마 머릿속만 혼란스럽게 만들 거다."

"저는 어머니보다는 아버지를 더 닮았어요. 그렇게 생각하지 않으세요? 우린 둘 다 카티아라는 골칫거리를 상대하고 있잖아요."

아버지는 단숨에 술잔을 비웠다. "지금은 누구에게나 어려운 시기야."

"도와주실 거죠?"

아버지는 술잔을 다시 채웠다. "요청은 해보마. 거절당할 수도 있겠지만."

"요청이라도 해주시면 감사—"

"벌써 감사할 거 없다. 네가 아니라 네 엄마를 위해 하는 일이니까. 법은 법이야. 우리 멋대로 살 순 없어. 슈타지에게 네 서류를 넘겨받더라도, 넌 경찰에 가서 자수를 해야 돼. 들통날까 봐 두려워하지 않아도 되니 자수를 한 것만으로도 충분히 보상이 될 거다. 사실관계가 다 네 얘기대로라면, 요즘 같은 분위기에선 관대한 처분을 기대해볼 수도 있겠지. 네 엄마는 힘들어하겠지만, 그렇게 하는 게 옳아."

안드레아스는 나쁜 방법으로 망신을 면하고 투옥을 피할 수 있다면, 굳이 옳은 방법을 찾아 할 생각이 없었다. 그런 면에서 그는 아버지가 아니라 어머니를 더 닮았다고 속으로 생각했지만 굳이 입 밖에 내는 않았다. 그의 인생은 두 가지 면의 오랜 싸움과도 같았다. 어머니에게서 물려받은 정신적으로 병든 면, 그리고 혈연관계 없는 아버지에게서 물려받은 양심적인 면. 그러나 그의 기저에는 온통 카티아적인 면이 들어차 있었다.

아버지와 헤어져 승강기를 타러 걸어가는데 등 뒤에서 현관문이 다시 열리고 아버지가 그를 불렀다. "안드레아스."

그는 다시 현관문으로 돌아갔다.

"그 남자 이름이 뭐냐? 네가 그 남자의 실종 건에 대한 서류도 확보하고 싶어 할 것 같아서 말이다."

안드레아스는 아버지의 표정을 살폈다. 설마 그 남자의 이름을 알아내 아들인 그를 고발하려는 건가? 하지만 답을 알 수 없었고 안드레아스는 결국 그가 죽인 남자의 이름과 성을 아버지에게 알려주었다.

다음 날 오후 느지막이 젊은 목사가 지하실로 내려와 안드레아스에게 전화가 왔다고 알렸다.

전화를 걸어온 사람은 아버지였다. "요청을 해놓긴 했는데, 네가 직접 기록 보관소에 가보기 전에는 확실하지가 않다. 서류 외부 유출을 허용하지 않으니 너도 밖으로 갖고 나오지는 못할 거다. 열람은 하게 해주겠다고 했으니 가봐라."

"정말 감사합니다."

"다시는 이런 일로 감사하단 말이 나오지 않게 하면 그걸로 됐다."

다음 날 아침 8시, 안드레아스는 아버지의 지침에 따라 노르마넨가로 되돌아가 슈타지 정문 앞에 섰다. 텔레비전 방송국 촬영 팀이 길가에 밴을 대놓고 그 옆에서 하드 롤 빵을 먹고 있었다. 안드레아스가 아버지에게 들은 '오이겐 바흐틀러 대위'라는 이름을 대자, 경비는 그의 어깨를 슬쩍 두드리며 배낭을 내놓으라고 했다. 인드레아스가 서류를 몰래 담아 갖고 나오려고 가져온 배낭이었다.

20분쯤 지나서 바흐틀러 대위라는 남자가 정문으로 걸어왔다. 대머리에 암 환자처럼 안색이 창백하고 만성 통증을 앓는 사람처럼 멍한 표정을 한 남자였는데, 재킷 옷깃에 작은 얼룩이 묻어 있었다. "안드레아스 볼프?"

"예."

대위는 끈 달린 보안 출입증을 그에게 내밀었다. "이걸 목에 걸고 따라오십시오."

그들은 말없이 앞마당을 가로질러 걸어갔다. 자물쇠로 잠겨 있지 않은 문을 지나 자물쇠로 잠긴 문 앞에 서자, 대위는 열쇠로 자물쇠를 열고 안드레아스와 함께 들어가 등 뒤로 자물쇠를 잠갔다. 기록보관소 건물 현관문에도 자물쇠들이 걸려 있었다. 그중 한 자물쇠는 대위가 열쇠로 열었고, 다른 자물쇠는 두꺼운 유리 창문 너머에 앉아 있는 경비가 열어주었다. 안드레아스는 대위를 따라 두 개 층을 올라가 복도로 들어섰다. 복도 옆으로 잠긴 문들이 늘어서 있었다.

"아주 흥미로운 곳이네요." 안드레아스는 조심스럽게 한마디 했다.

대위는 대꾸하지 않았다. 복도 끝에 이르자 대위는 문에 걸린 자물쇠를 열고 안드레아스에게 안으로 들어가라고 손짓했다. 탁자 하나와 의자 두 개가 놓여 있는 작은 방이었다. 탁자 위에는 서류철 네 개가 깔끔하게 쌓여 있었다.

"정확히 한 시간 안에 돌아오겠습니다. 이 방을 무단으로 나가거나 어떤 자료도 방 밖으로 가지고 나갈 수 없습니다. 서류는 몇 장인지 다 세어두었습니다. 당신을 내보내기 전에 없어진 페이지가 있는지 확인할 겁니다."

"알겠습니다."

대위가 방을 나가자 안드레아스는 맨 위의 서류철을 열었다. 슈타지의 비공식 협력자 호르스트 베르너 클라인홀츠의 실종에 관한 기록 열 장이 담겨 있었다. 두 번째 서류철은 첫 번째 서류철에 담긴 서류의 복사본으로 똑같이 열 장이었다. 복사본을 보자마자 안드레아스는 희망이 생겼다. 대위는 이 방에서 아무것도 가지고 나가지 말라고 했지만, 안드레아스가 그 지시를 따르리라 예상했다면 복사본을 여기 같이 놓아둘 이유가 없었다. 복사본은 그들이 안드레아스에 관해 갖고 있는 기록은 이게 전부이며 그에게 다 내주겠다는 분명한 신호였다. 안드레아스의 마음은 아버지를 향한 사랑과 자부심과 감사로 차올랐다. 이 조직 체계 안에서 규칙을 따르며 40년 동안 일해온 아버지이기에 이런 일이 가능했다. 아버지의 영향력은 아직 건재했고 슈타지는 아버지를 위해 이렇게까지 해준 것이다.

안드레아스는 장화 안에 넣어 온 비닐봉지를 꺼내 호르스트 사건 조사 서류의 원본과 복사본을 집어넣었다. 탁자 위에 놓인 나머지 두 서류철은 더 두툼했다. 그 두 서류철에는 안드레아스에 관한 서류가 절반씩 들어 있고 페이지에 적힌 숫자로 보건대 서류의 내용이 이어져 있음을 알 수 있었다. 그는 그 서류철도 모두 비닐봉지에 담았다.

이제부터는 게임이란 생각이 들자 심장이 쿵쿵 뛰고 아랫도리가 묵직하게 발기되었다. 게임의 규칙은, 그가 규칙을 어기고 슈타지의 인지 혹은 동의 여부와 관계없이 서류를 훔쳐 나가면 되는 것이었다. 열람만 하고 유출은 안 된다고 한 바로 그 서류 말이다. 게임일 뿐이니 서류가 없어지더라도 슈타지의 잘못은 아니었다.

대위가 나가면서 문을 잠갔을까 봐 잠깐 걱정했는데 가서 보니 문은 잠겨 있지 않았다. 게임이 시작되었다. 안드레아스는 서류철 네 개가 담긴 비닐봉지를 손에 쥐고 복도로 나갔다. 건물 안이 이상할 정도로 조용했다. 사람 목소리는 하나도 들리지 않고 건물 자체가 낮게 웅웅 울리는 소리뿐이었다. 안드레아스는 계단을 밟고 두 개 층 아래로 내려갔다. 중앙 복도에 이르자 출근하는 직원들의 발소리와 목소리가 들렸다. 그는 대담하게 직원들 사이로 섞여 들어가 건물 현관으로 향했다. 옆으로 지나가던 직원들이 차갑고 무심한 시선으로 그를 흘끗 쳐다보았다.

안드레아스는 현관 옆 유리 창문을 톡톡 두드렸다. "밖으로 내보내주시겠습니까?"

경비는 반쯤 몸을 일으켜 안드레아스의 목에 걸린 보안 출입증을 확인했다. "들어올 때 같이 들어온 분이 오실 때까지 기다리세요."

"제가 몸이 안 좋아서요. 토할 것 같거든요."

"왼쪽 복도로 들어가면 화장실이 있습니다."

안드레아스는 화장실로 들어가 한 칸을 차지하고 문을 걸었다. 게임이 시작된 거라면 분명 탈출구도 있을 것이다. 여전히 발기된 상태인 그는 문득 성기를 꺼내 슈타지 화장실에 대고 영광스럽게 사정하고 싶은 강렬한 충동을 느꼈다. 이렇게 미친 듯이 발기가 되어본 게 3년 만이었다. 그러나 그는 소리까지 내가며 스스로를 타일렀다. "기다려. 곧 풀어줄게. 아직은 안 돼. 곧."

그는 복도로 나갔다. 어느 열린 문으로 환하게 쏟아져 나오는 햇빛이 보였다. 그 방 창문을 통해 나갈 수 있지 않을까. 그는 대담하게 그 문을 향해 걸어갔다. 앞마당을 향해 창문이 나 있는 회의실이었다. 회의실 창문들은 묵직한 쇠창살이 박혀 있었으나, 더 많은 햇빛을 들이기 위한 창문 두 개만은 예외였다. 안드레아스가 회의실 안으로 발을 들인 순간 어떤 여자가 날카롭게 물었다. "무슨 일이죠?"

뚱뚱한 중년 여자가 탁자에 놓인 유리 접시 위에 비스킷을 담고 있었다.

그는 주춤주춤 물러섰다. "아뇨, 죄송합니다. 방을 잘못 찾았네요."

점점 더 많은 직원들이 건물 안으로 들어와 계단통과 양옆 복도로 흩어지고 있었다. 안드레아스는 큰 복도 끝에 서서 중년 여자가 밖으로 나오길 기다리며 회의실을 주시했다. 그렇게 기다리고 있는데 복도 저 끝 입구 쪽에서 시끌벅적한 소리가 났다. 그는 비닐봉지를 손에 들고 서둘러 소리가 나는 곳으로 달려갔다.

여덟 명 내지 열 명쯤 되는 남녀들, 슈타지 직원은 아닌 사람들이 건물 입구로 들어오고 있었다. 멀끔하게 차려입은 슈타지 관리 몇 명이 건물 안쪽에

서서 그들을 맞아들였다. 방문객들 몇 명은 안드레아스도 아는 얼굴이었다. 그들은 엄격한 감독하에 기록보관소를 최초로 둘러보기 위해 온 노르마넨가 임시 시민위원회였다. 위원회 소속 위원들은 나름 자존심을 세우며 자세를 바로 하려 했지만 슈타지에 대한 경외감과 두려움을 떨치지 못하고 있었다. 그중 두 명이 슈타지 직원들과 악수를 하는 사이에 안드레아스는 그들 옆을 지나 내부 문을 통과했다.

유리 창문 뒤에 있던 경비가 그를 불렀다. "거기 서십시오."

안드레아스는 외부 문을 잠그고 있던 슈타지 장교를 옆으로 밀치고 손잡이를 잡아 돌려 문을 열었다. 비닐봉지를 손에 들고 앞마당을 가로질러 쏜살같이 뛰어가는 안드레아스의 등 뒤로 고함 소리가 쫓아왔다.

안쪽 담장의 문은 잠겨 있었지만 담벽은 물론 담장 위에도 가시철사는 설치돼 있지 않았다. 안드레아스는 담장을 타고 올라가 그 너머로 뛰어내린 후 정문을 향해 달렸다. 경비들은 거리로 달려 나가는 안드레아스를 그저 지켜보기만 할 뿐이었다.

거리에 있던 텔레비전 카메라 세 대가 안드레아스에게 향했다.

경비 초소에 전화벨이 울리자 경비가 받아 말했다. "예, 여기 있습니다."

안드레아스는 어깨 너머를 돌아보았다. 경비 두 명이 그를 향해 오고 있었다. 안드레아스는 비닐봉지를 바닥에 내려놓고 두 손을 들어 올린 후 텔레비전 카메라를 손으로 가리키며 소리쳤다. "지금 찍고 있죠?"

슈타지 정문 앞에 모여 있던 촬영 팀들 중 한 팀이 재빨리 촬영 준비에 돌입했으나, 또 다른 촬영 팀 소속의 여자가 먼저 안드레아스를 향해 엄지를 들어 보였다. 안드레아스는 그 여자의 카메라를 바라보며 입을 열었다.

"제 이름은 안드레아스 볼프입니다. 저는 독일민주공화국의 시민이며, 노르마넨가 시민위원회의 업무 수행 과정을 감시하기 위해 여기에 왔습니다. 방금 슈타지 기록보관소에서 나오는 길입니다만, 그곳에서는 지금 눈 가리고 아웅 하는 짓거리가 이루어지고 있습니다. 저는 공식적인 직함을 갖고 여기 온 게 아닙니다. 또한 슈타지에 협력하기 위해서가 아니라, 슈타지에 저항하고자 이 자리에 왔습니다. 이 나라는 지긋지긋한 비밀과 유독한 거짓말로 가득합니다. 가장 강렬한 햇빛만이 그런 비밀과 거짓말을 살균해 없앨 수가 있습니다!"

촬영 준비를 하던 다른 촬영 팀원이 소리쳤다. "아, 잠깐만요. 그 부분 다시 말해주세요."

안드레아스는 다시 말했다. 즉석에서 지어내 하는 말이었지만, 그가 더 길게 말하고 카메라에 더 길게 그의 모습이 잡힐수록, 슈타지 경비들은 그를 붙잡을 수 없을 것이다. 그날 안드레아스는 처음으로 언론의 유명세를 탔고, 그 후 수도 없이 언론에 이름이 오르내렸다. 그날 오후 내내 안드레아스는 노르마넨가에서 인터뷰를 했고, 구경꾼들을 결집했으며, 이 나라의 종기인 슈타지를 햇빛으로 살균해야 한다고 목소리를 높였다. 이미 안드레아스가 언론의 주목을 전부 받아버린 터라, 나중에 슈타지 정문을 나온 노르마넨가 시민위원회 위원들은 안드레아스를 자기네 일원처럼 받아들이는 수밖에 없었다.

그날 안드레아스의 비닐봉지는 수천 프레임의 화면에 담겨 방송되었다. 그는 그 비닐봉지를 겨드랑이에 단단히 끼고 달려, 오후 늦게 교회 지하실에 도착했다. 이제 거의 자유였다. 어설프게 묻어놓은 시신이 걱정이긴 했지만, 조만간 아나그레트를 다시 만날 수 있을 것이다. 집 나갔던 성욕도 되찾았다. 그는 비닐봉지에 담아놓은 서류철을 쳐다보지도 않고 침대 매트리스 밑에 쑤셔 넣은 뒤 밖으로 다시 달려 나갔다. 섹스의 광기에 휩싸여 몸이 한결 가벼워진 채로 프리드리히가 변두리 지역을 가로질러, 쿠르퓌르슈텐담 거리를 향해 서쪽으로 달렸다. 그 거리에서 안드레아스는 선량한 미국인 톰 애버런트를 만났다.

너무 과한 정보

Too Much Information

언제나처럼 레일라는 업무 수행을 위한 출장을 꽤 기대했다. 그녀는 대단한 프로여서 덴버에 죽치고 앉아 있어야 하는 관리 업무에서 벗어나고 싶었다. 그런데 기대와 달리 녹차 티백과 익명 와이파이 접속, 두 가지 색 볼펜, 쟁여놓은 앰비언*에 둘러싸여 호텔 방에 갇혀 있는 게 고작이었다. 덴버에서 통근용 비행기를 타고 텍사스주 애머릴로에 도착한 순간부터 뭔가 느낌이 달랐다. 애머릴로에 별로 있고 싶지가 않았다. 평소 같으면 보람차다고 느꼈을 비용 절약, 렌터카 주차장에서 받는 우수 고객 대접, 저넬 플레이너의 작은 집을 찾아가는 최적의 노선, 저넬의 신뢰를 얻어 입을 열게 하기까지의 신속한 과정이 그다지 즐겁지가 않았다. 오후 늦게 레일라는 투튼 토텀 편의점에 들러 폴리에틸렌 상자에 담긴 셰프 샐러드**를 샀다. 바로 전 손님이 피운 담배 냄새가 채 가시지 않은 호텔 방에서 샐러드드레싱 뚜껑을 연 순간, 인구학적

* 수면 유도제.
** 상추와 토마토를 비롯한 각종 야채에 치즈, 닭고기, 햄을 얹은 푸짐한 샐러드.

조사를 바탕으로 제조된 이 제품의 목표 고객이 바로 자신임을 알았다. 분별 있는 먹을거리를 찾는 고독한 오십대 여성. 그게 바로 레일라였다. 문득 지금 느껴지는 감정이 일반적인 외로움은 아니라는 생각이 들었다. 새로 들인 보조 조사원 핍 타일러라도 데려올 걸 그랬다.

목이 약간 아팠지만 그녀에게는 일이 유일한 치료약이라 저녁을 먹고 코디 플레이너의 전 여자 친구를 만나러 나갔다. 방에 불을 켜고 나가면서 방해하지 말아달라는 문구가 적힌 카드를 문손잡이에 걸어놓았다. 구름 한 점 없는 밤하늘에 흐릿한 별 몇 개가 박혀 있을 뿐, 도시의 조명과 먼지 공해 때문에 다양한 이야기를 품은 별자리를 온전히 볼 수 없었다. 여기 팬핸들 지역은 5년째 가뭄이었다. 조만간 가뭄이 이 지역의 영구적인 기후 특성이 되지 않을까. 4월의 해빙 대신 먼지만 풀풀 날렸다.

운전을 하면서 휴대전화를 자동차 스테레오에 블루투스로 연결하고 코디 플레이너의 전처를 인터뷰한 내용을 편치 않은 기분으로 듣기 시작했다. 레일라는 마음씨 좋은 사람, 남의 얘기를 잘 들어주는 사람으로 자부하며 살았는데, 인터뷰를 다시 들어보니 상대를 조종하는 경향이 있는 것도 같았다.

—헬루요? 무슨 성이 그래요?

—레바논계라서요……. 기독교인이기도 하고요. 텍사스주 샌안토니오에서 자랐어요.

—어머, 어쩐지 말투가 텍사스주 출신 같더라.

하지만 레일라는 이제 텍사스 사람을 인터뷰할 때를 제외하곤 텍사스 사투리를 쓰지 않았다.

—레일라, 이런 말 해도 될지 모르겠는데, 당신은 잘못된 선택을 하면서 사는 여

자 같아 보이진 않네요.

—하. 자세히 보면 아닐 수도 있어요.

—남자가 날 두고 바람을 피우면 기분이 얼마나 더러운지 몰라요.

—인생의 불행은 언제나 결혼과 관련돼 있죠. 맞아요.

—역시 여자끼린 통하는 게 있다니까. 휴대전화 가까이 뒀어요?

—굳이 사용할 필요는 없—

—말했잖아요. 녹음 기능 켜놓으라고. 드디어 누군가 내 얘길 들어주네요. 아무도 신경 안 쓴다는 생각이 들던 참인데. 내가 인터넷에다가 코디 플레이너가 '바람둥이 쓰레기'라고 올렸으면 한다면, 얼마든지 해줄게요.

—코디 씨가 침례교회에서 열심히 활동한다고 들었어요.

—코디가요? 말도 안 돼. 십계명에서 금지한 조항들을 반드시 해야 하는 일로 여기는 작자인데. 요즘 그 자식은 열아홉 살 난 교회 신도랑 놀아나고 있어요. 그 교회에 나간 것도 자기 아버지가 시켜서였어요.

—자세히 얘기해주세요.

—뭐, 어느 정도는 알고 왔잖아요. 몰랐으면 우리가 이렇게 얘기를 나눌 일도 없겠죠. 그 짓거리를 하고 있는 코디가 현장에서 딱 걸렸어요. 그 물건을 잘난 램 트럭에 실어 집으로 가져온 걸 보면 코디는 3차 세계대전을 일으키고도 남았을 위인이에요. 그런데 공장에서는 그걸 알고도 코디를 해고하지 않았어요! 코디의 상관만 해고하고 코디는 그냥 다른 부서로 '옮겼어요'. 코디의 아버지가 공장에서 높은 자리를 차지하고 있는 덕을 본 거겠죠. 코디의 아버지는 흥정을 귀신같이 잘하는 사람이에요. 코디가 우릴 버리고 떠난 후 처음으로 내가 아이 양육비를 받았는데 어쩌면 그 교회에 나간 덕분일 수도 있겠네요.

—코디 씨가 자녀 양육비를 보내기 시작했다는 말씀이군요.

—당분간은 주겠죠. 신앙심이 얼마나 갈지는 지켜봐야겠지만. 신앙심 안에서 두

다리 사이의 알량한 물건이 발기하지 않는 동안에는 줄 것 같긴 해요.

—그 여자 이름이 뭐예요?

—포키 본헤드요.

—운전면허증에도 그 이름으로 되어 있나요?

—운전면허증에는 말리 코플랜드라고 돼 있어요. 말리(Marli)는 'i'로 끝나요. 내가 그런 정보까지 알고 있으니 나를 소름 끼치는 인간으로 생각할 수도 있겠네요.

—아뇨, 충분히 이해해요. 코디 씨는 아이들의 아버지이기도 하잖아요.

—아마 찾아가도 걔는 당신한테 아무 말도 안 해줄 거예요. 코디가 허락을 안 해주면 아무 말도 못 할 애거든.

애머릴로 대로를 타고 동쪽으로 운전하면서 레일라는 경비가 삼엄한 클레먼츠 유닛 교도소 단지, 매캐스킬 육류 가공 공장, 팬텍스 핵무기 공장 앞을 연달아 빠르게 지나갔다. 그 거대한 건물들은 난폭한 용도로 쓰이고 있음을 보여주듯 죄다 모양새가 비슷했고 나트륨 증기 램프를 켜놓았다. 백미러로 복음주의 교회들과 티파티 카페들, 와터버거 매장이 보이고, 전방에는 가스정과 유정, 셰일 가스 시추 장비들, 지나친 가축 방목을 하는 듯 보이는 구역과 가축 사육장, 가뭄으로 열화된 대수층이 눈에 띄었다. 애머릴로는 온갖 나쁜 순위에서 최고 순위를 찍는 이 나라의 현실을 여실히 보여주었다. 수감된 죄수의 수, 고기 소비량, 보유 중인 전략 핵탄두 수, 일인당 탄소 배출량, 휴거를 기다리는 사람들의 수에서 애머릴로는 전부 1위였다. 미국의 진보주의자들이 좋아하든 아니든 다른 나라들이 보기에 애머릴로는 이 나라의 축소판이었다.

레일라는 이 도시가 마음에 들었다. 그녀는 텍사스주에서 그나마 초목이 자라는 푸른 지역 출신이었다. 예전에는 푸른 지역이 지금보다 더 넓긴 했지만 레일라는 지금도 여전히 텍사스주를 사랑했다. 텍사스주 남부의 샌안토니오, 멕시코만 난류의 영향으로 온화한 겨울, 봄철 메스키트 나무숲의 타는 듯한 푸르름뿐 아니라, 추하기 그지없는 북부의 붉은 사막 지역도 사랑했다. 추함을 포용하고, 추함을 만들어내면서, 그 안에서 아름다움을 찾아내는 텍사스인의 자존심을 사랑했다. 텍사스는 운전자들의 각별한 예의와 옛 텍사스 공화국 시절의 흔적, 이 나라의 탁월한 본보기라는 자신감을 간직하고 있었다. 그래서 텍사스인들은 나머지 49개 주를 동정하며 우아하게 내리깔고 보았다.

—필리샤가 금발 머리를 슬쩍 흔들기만 해도 남자들이 죄다 넋이 나가버려요. '누구나 한 가지 재주는 타고난다'는 표현 있잖아요? 걔 머리카락이 딱 그래요. 머리카락을 살랑 살랑 살랑 흔들어대면 남자들이 아주 환장을 해. 기둥보다 멍청한 코디는 당연히 그 머리카락에 반했겠죠. 기둥은 자기가 멍청한 걸 알기나 하지, 코디는 그것도 몰라요. 하긴 내가 제일 멍청이지. 그런 놈이랑 결혼까지 했으니.

—코디가 다른 부서로 '옮긴' 후에 필리샤가 코디를 떠난 건가요?

—플레이너 시니어가, 그러니까 전(前) 시아버지가 코디를 필리샤한테서 떼어놓았어요. 계속 공장에서 일하고 싶으면 그 여자랑 헤어지라는 게 시아버지가 내건 조건이었죠. 필리샤는 골치 아픈 여자니까. 집 안을 쑥대밭으로 만들 정도는 아니지만 이미 코디의 경력은 거의 망쳐놨죠.

이혼한 전 부인한테서 나오는 얘기만큼 신뢰가 가는 정보는 없었다. 미치수줍게 사과하는 듯한 인상을 풍기는 오목한 얼굴에 머리를 붉게 염색한, 한때 플레이너 부인이었던 여자는 레일라를 위해 커피 케이크를 구워주었고 아이들이 학교에서 돌아올 때까지 레일라를 주방 식탁 앞에 붙잡아두고 수다를 떨었다.

필리샤 배브콕을 만나는 일은 더 어려웠다. 코디 플레이너와 헤어진 뒤 필리샤는 일거수일투족을 통제하려 드는 남자와 살림을 차렸다. 필리샤의 휴대전화에 저장된 번호라고는 자기 번호밖에 없건만 그 남자는 필리샤의 통화 목록까지 꼼꼼히 감시했다. 레일라는 그 남자에게 세 번이나 전화를 걸었으나 그는 "모르는 사람하고는 얘기 안 합니다. 그럼" 하고는 끊어버렸다. (텍사스인다운 예의를 아예 잊지는 않았지만 더 심한 말을 쏟아낼 수도 있을 것 같은 말투였다.) 필리샤는 그 남자를 사귄 후로 소셜미디어에서 완전히 자취를 감췄는데, 그것은 통제 성향이 강한 남자 친구를 사귀는 사람들의 특징 중 하나였다. 하지만 능력 좋은 조사원 핍 타일러는 지루한 탐색과 실수를 거쳐 필리샤가 일하는 새 직장을 알아냈다. 텍사스주 북부의 팸파에 있는 드라이브인 패스트푸드점 소닉이었다.

애머릴로로 출발하기 2주일 전, 쥐 죽은 듯 고요한 화요일 저녁 8시에 레일라는 필리샤가 일하는 소닉으로 전화를 걸어 코디 플레이너와 7월 4일 독립기념일에 벌인 사건에 대해 잠시 얘기를 할 수 있겠냐고 물었다.

"글쎄요." 필리샤의 대답은 고무적이었다. 진심으로 거절하고 싶은 사람들은 꺼져라고 말하니까. "그쪽이 폭스 채널에서 취재 나오는 거면 모르겠는데, 그건 아니잖아요."

레일라는 자신이 소속돼 있는 덴버 인디펜던트 사가 재단의 지원으로 운영되는 탐사 보도 뉴스 서비스 회사라고 설명했다. 그리고 덴버 인디펜던트 사는 뉴스 속보와 관련해 〈60분〉 같은 수많은 국내 뉴스 채널과 제휴 관계를 맺고 있다고 덧붙였다.

"난 〈60분〉 안 보는데." 필리샤가 말했다.

"평일 저녁에 소닉에 잠시 들를게요. 아무도 우리가 얘기를 나누는 줄 모를 거예요. 사건의 진실을 알고 싶어서 그래요. 원한다면 비공개를 조건으로 할 수도 있어요."

"그쪽이 내 직장을 알아낸 것도 좀 꺼림칙해요. 그리고 남자 친구는 내가 모르는 사람하고 단둘이 얘기하는 걸 안 좋아해요."

"그렇겠죠. 그럴 수 있어요. 저도 이 일로 남자 친구분과 문제가 생기게 하고 싶진 않아요."

"아뇨, 멍청한 짓인 거 나도 알아요. 그런데 방법이 없잖아요? 그쪽이랑 도망이라도 쳐요?"

"취재원을 곤란하게 하지 않는 게 제 수칙입니다."

"빌어먹을, 그건 그렇죠. 아마 그 사람은 지금도 길 건너에 앉아서, 내가 누구랑 통화를 하나 궁금해하고 있을 거예요. 그러는 게 처음도 아니고요."

"오래 붙잡아두지 않을게요. 화요일 이 시간쯤 저녁 무렵에 들러도 돼요?"

"잡지 이름이 뭐라고 했죠?"

"덴버 인디펜던트요. 인쇄돼서 나오지는 않고 온라인 버전만 있어요."

"어떻게 할지 모르겠어요. 그 공장에서 일어난 미친 짓에 대해 누군가는 얘기를 해야 할 텐데. 우선 나부터가 걱정이라. 아무래도 안 되겠어요."

"그냥 잠깐 들를게요. 저를 보고 나서 인터뷰를 할지 말지 결정하면 되잖아요. 어때요?"

"개인적인 감정 때문은 아니고, 나도 사정이 있어요."

레일라가 필리샤 배브콕의 모습을 본 것은 지난여름 코디가 자신의 페이스북에 올려놓은 7월 4일의 사진들을 통해서였다. 필리샤는 애국심 충만한 성조기 색깔 비키니를 입고 맥주를 마시고 있었다. 뛰어난 몸매까지는 아니어도 건강하게 잘 먹고 규칙적으로 운동을 하는 몸이었다. 그러나 필리샤의 얼굴과 머리카락을 보며 레일라는 늘 품고 다니는 질시 어린 격언을 떠올렸다. 금발은 쉽게 늙지 않는다는 것. (레일라가 생각하기에 갈색 머리는 중년이나 되어서야 금발을 누를 수 있었다.) 페이스북에 게시된 사진마다 필리샤는 눈에 잘 띄는 위치에 있었고 대부분 그녀에게 사진의 초점이 맞춰져 있었다. 그런데 한 사진에서 자동 초점 기능이 실수라도 했는지, 사진 뒤쪽의 차도에 세워진 코디의 닷지 픽업트럭 짐칸을 또렷하게 잡아냈다. 그 짐칸에는 B61 열원자 핵탄두가 실려 있었다. 또 다른 뿌연 배경의 사진에서 필리샤는 핵탄두 위에 다리를 벌리고 올라앉아 그 끝을 혀로 핥는 시늉을 하고 있었다.

핍 타일러가 자료 조사 인턴 자리에 면접을 보러 덴버에 왔을 당시 레일라는 워싱턴에 출장 가 있었다. 얼마 안 가서 핍 타일러의 면접 내용이 회사 안에 삽시간에 퍼졌다. 핍은 조사해보고 싶은 이야깃거리가 있다며 코디 플레이너의 사진들을 캡처한 이미지 파일을 면접 날에 가져왔고, 덴버 인디펜던트의 조사 팀장은 그 사진을 어떻게 입수했는지 물었다. 핍은 오클랜드 핵무기 감축 모임에 친구들이 있는데, 그들이 아는 해커들이 물체 인식 소프트웨어와 페이스북 콘텐츠 전송 네트워크의 내부 작업에 (불법적으로) 접근해 도와줬다고 답했다. 핵무기 반대 활동을 하는 핍의 친구가 가명으로 코디와 페이스북 친구가 되었고, 핍은 그 친구를 통해 코디와 페이스북 친구 관계를 맺었다고 했다. 핍은 코디가 오래전 페이스북에서 삭제한 핵탄두 사진에 대해 코디에게 쪽지로 물었고 "그건 진짜 핵탄두가 아니야, 자기야"라는 답을 받았다고 했다. 핍이 수집한 자료도 그렇고 그녀의 자격 조건이 훌륭했기에 조사 팀장은 그 자리에서 핍을 인턴으로 고용했다.

그다음 주에 워싱턴 출장에서 돌아온 레일라는 곧장 덴버 인디펜던트 사의 설립자 겸 편집국장인 톰 애버런트의 사무실로 향했다. 레일라와 톰이 10년 넘게 커플이라는 사실은 덴버 인디펜던트에서 비밀도 아니었지만 두 사람은 일터에서 언제나 프로다운 태도를 유지했다. 레일라는 그저 톰의 사무실에 들러 "안녕, 나 돌아왔어"라고 가볍게 말할 생각이었다. 그런데 사무실의 열린 문으로 다가간 순간 묘한 분위기를 감지했다.

윤기 흐르는 긴 머리를 가진 젊은 여자가 문 쪽으로 등을 돌린 채 앉아 있었다. 레일라는 톰이 그 여자와 함께 있는 걸 불편해하고 있음을 알아챘다. 톰은 원래 두려울 게 없는 사람이었다. 레일라는 죽음을 두려워했지만 톰은 아니었다. 소송과 법원 명령이라는 위협도, 회사 자금 사정도, 직원들을 해고하는 일도 그는 두려워하지 않았다. 톰은 레일라의 견고한 요새였다. 그런데 지금, 레일라가 사무실로 들어가기도 전에 벌떡 일어서는 톰의 모습을 보면서 레일라는 그의 내면에 몰아친 감정의 동요를 감지했다. 말까지 더듬는 걸 보니 틀림없었다. "핍— 이쪽은 레일라— 레일라— 이쪽은 핍—"

여자의 피부는 눈에 확 띌 정도로 선탠이 진했다. 서둘러 책상을 빙 돌아 나온 톰은 두 팔을 벌리고 두 여자를 문 쪽으로 몰았다. 핍을 사무실에서 내보내고 싶어 안달 난 사람 같았다. 자신은 레일라에게 숨길 게 없음을 강조하려는 것 같기도 했다. 여자는 정직하고 사근사근한 얼굴이었고 위협적일 만큼 아름답진 않았다. 그 여자도 이 분위기가 혼란스러운 것 같았다.

"핍이 애머릴로에서 벌써 좋은 기삿거리를 찾아냈어. 당신이 많이 바쁜 건 아는데 둘이서 같이 일을 해보면 좋을 것 같아." 톰이 말했다.

레일라가 무슨 소리냐는 뜻으로 미간을 찌푸리며 쳐다보자 그는 묘하게 눈을 피했다.

레일라는 명랑하게 말했다. "이번 주에 내가 많이 바쁘긴 하지만 기꺼이 도와줄게."

톰은 그들을 문밖으로 내몰며 핍에게 말했다. "레일라는 최고야. 자네를 잘 돌봐줄 거야." 그러고는 레일라를 쳐다보며 물었다. "힘들 건 없지?"

"없지."

"잘됐네."

그러고는 그녀들 뒤로 사무실 문을 닫았다. 일하는 동안 거의 닫힌 적이 없는 문이었다. 몇 분 뒤 톰은 사무실에서 했어야 할 인사를 나누기 위해 레일라가 일하는 자리로 나왔다. 괜찮냐고 물으면 안 된다는 걸 레일라는 잘 알고 있었다. 자신도 그런 질문을 받는 게 질색이라 톰에게도 절대 그런 질문은 하지 말라고 단단히 일러뒀기 때문이었다. 괜찮냐는 질문을 받으면 안 괜찮다고 하면 어쩔 건데라는 생각부터 들었다. 하지만 이번에는 레일라도 어쩔 수 없이 괜찮냐고 물었다.

"괜찮아." 톰이 대답했다. 금속 테 안경에 머리 위 조명이 비치고 있어 레일라는 그의 눈빛을 읽을 수 없었다. 후진 70년대 스타일의 안경이라 군인처럼 바짝 짧게 자른 숱 없는 머리카락과 조화를 이뤘다. 톰이 두려워하지 않는 것이 또 하나 있으니, 바로 자신의 외모에 대한 타인의 평가였다. "아까 그 여자 꽤 괜찮은 것 같아."

'그 여자라니.' 괜찮냐는 레일라의 질문을 조금 전 그 여자에 대한 질문으로 알아들은 모양이었다.

"내가 지금 준비 중인 다른 기사들 중에…… 어떤 걸 나중으로 미룰까?"

"알아서 해. 핍이 기삿거리가 있다고 했는데, 그 건에 대해 누가 또 알고 있는지 아직 모르겠어. 그 건에 관한 얘기가 다 퍼져나간 뒤에 기사를 쓴다고 쫓아다녀봐야 소용없잖아."

"〈브로큰 애로* 2〉처럼 김빠지는 거지, 뭐. 자료 조사 인턴이 던지는 초구치고는 나쁘지 않네."

레일라의 말에 톰이 웃었다. "그렇지? 〈닥터 스트레인지러브〉**가 아니라 〈브로큰 애로〉라니." 톰은 평소처럼 웃음으로 말을 맺었다.

"좋은 기삿거리가 있다고 무작정 믿기엔 말이 너무 달콤해."

"캘리포니아 출신이잖아."

"그쪽 출신이라 피부에 선탠이 그렇게 잘돼 있나 봐?"

---

* 핵무기를 탈취하려는 일당과 이를 저지하고자 하는 측의 싸움을 그린 영화.

** 냉전 시대를 배경으로 미국과 소련의 핵무기 전쟁을 다룬 영화.

"베이에어리어 쪽이래." 톰이 말했다. "중국에서 흘러나온 독감 바이러스 같은 곳이거든. 돼지와 사람, 새가 전부 한 지붕 아래서 살아가는 곳이야. 베이에어리어라면 그런 기삿거리가 나올 만도 해. 해커의 능력과 점유 운동의 정신이 뒤섞인 곳이니까."

"하긴. 그런데 굳이 우리 잡지사를 찾아온 이유가 뭘까. 다른 데로 가져갈 수도 있었을 텐데. 프로퍼블리카라든지, 캘리포니아 워치라든지, 탐사 보도 센터(CIR)라든지."

"남자 친구를 따라서 여기로 온 모양이더라고."

"페미니즘의 역사가 50년이 다 돼가는데 여자들은 여전히 남자 친구를 따라서 거주지를 옮기는군."

"당신보다 핍을 잘 이끌어줄 사람이 누가 있을까? 당신만 힘들지 않다면 말이야."

"힘들 거 없다니까."

"레일라가 친절을 베푼 사람들로 구성된 긴 목록에 한 명 더 얹는 것뿐이니까?"

"맞아. 한 명 더 얹는 것뿐이니."

그렇게 해서 레일라는 핍을 떠맡게 됐다. 톰은 자기 여자 친구에게 핍을 팀원으로 붙여주면서 핍에 대한 예방접종이라도 맞은 기분일까? 핍은 덴버 인디펜던트에서 근무했던 인턴들 중 제일 매력적인 축에 들지는 않았다. 톰은 엄격한 사실 정보를 말하는 목소리로, 레일라 같은 여자(작고 날씬한 레바논계 여자)가 자기 타입이라고 종종 말했다. 그럼 왜 톰은 핍을 대하면서 예방접종이 필요한 사람처럼 굴까? 어쩌면 핍은 톰이 예전에 좋아했던 타입, 말하자면 전처 같은 타입일지도 모른다는 생각이 문득 들었다. 톰이 두려워하는 게 아주 없지는 않았다. 그는 전처를 떠올리게 하는 걸 보면 신경이 곤두섰다. 텔레비전에 전처를 떠올리게 하는 사람이 나오면 동요하는 기색이 완연했고, 그 사람이 무어라 말을 하면 화면에 대고 혼자 받아치곤 했다. 펍을 책임지고 데리고 있어주는 게 톰의 짐을 덜어주는 일이겠구나 싶어 레일라는 망설임 없이 펍을 받아주기로 결정했다.

—두 분이 부부였을 당시에 코디 씨가 주변 보안에 대한 얘길 했었나요? 코디 씨가 집으로 무기를 가져왔다는 얘길 들었을 때 놀랐어요?

—그 정도로 뭘 놀라기까지 했겠어요. 그 사람, 한번은 우리 집 차고에서 페인트를 벗겨내던 중에 토치램프로 담배에 불을 붙이려다가 셔츠 칼라에 불이 붙은 적이 있었어요. 그런데 시간이 좀 지나서야 그걸 알아채더라고요.

—주변 보안은요?

—그 사람이랑 그 사람 아버지랑 변수 어쩌고 하는 얘길 참 많이도 했어요. 변수라는 얘기 내가 분명히 들었거든요. 노출 변수라고 했나, 그리고…… 또 뭐였더라? 프로토콜 어쩌고 뭐 그런 것도 있었는데.

—공장 정문이라든가 담장 주변 말이에요. 변수가 아니라.

—아, 그거요. '주변'. 당신은 '주변' 얘길 하는데 난 '변수' 얘길 했네요. 사실 변수에 대해서는 나도 잘 몰라요.

—코디 씨가 사람들이 공장으로 물건을 몰래 갖고 들어가거나 몰래 빼낸다는 얘기를 한 적 있어요?

—거의 몰래 갖고 들어간다는 얘기죠. 그 공장은 팬핸들 지역 전체를 통째로 날려버릴 수 있는 폭탄을 갖고 있어요. 그럼 거기서 일하는 사람들은 초조하고 신경이 곤두서 있을 것 같지만 그 반대예요. 폭탄을 갖고 있는 이유는 그 폭탄을 사용할 일이 없도록 억제하기 위해서잖아요. 거창한 쇼일 뿐이죠. 공장에서 일하는 사람들도 그 정도는 다 알아요. 공장 측은 직원들이 지루한 업무에 흥미를 붙이도록 내부에서 안전 경쟁 시합도 하고 소프트볼 경기도 하고 불우이웃을 위한 통조림 식품 기증도 해요. 아무리 지루하고 답답해도 정육업자로

일하거나 교도소에서 간수 노릇을 하는 것보다 나으니까 다들 그 공장에서 일을 하는 거예요. 그래도 지루함을 달래기 위해 이따금 물건을 몰래 들여가긴 하지만요.

—술요? 아니면 약물?

—그런 건 못 갖고 들어가요. 바로 들통나버리니까. 대신 불법 흥분제를 갖고 들어가죠. 소변 검사를 해도 검출되지 않는 종류로요.

—그럼 공장에서 몰래 갖고 나오는 건 뭔가요?

—음, 코디가 방사성 물질이 약간 들어간 멋진 장비를 상자째로 갖고 나온 적이 있어요. 직업안전위생관리국(OSHA)에서 더 이상 사용하지 못하게 한 장비인데, 오래되긴 했어도 충분히 쓸 만해요.

—폭탄이 없어진 적은 없었겠군요.

—그럼요, 당연하죠. 폭탄마다 바코드랑 GPS 추적 장치가 붙어 있고, 갖고 나오려면 온갖 서류에 다 서명을 해야 돼요. 공장에서는 분 단위로 각 폭탄의 위치를 파악하죠. 코디가 일했던 부서라서 나도 그 정도는 알고 있어요.

—코디 씨가 재고관리 팀에서 일했었죠.

—맞아요.

레일라는 팸파 시내를 향해 운전하면서 스테레오를 껐다. 팬핸들의 이쪽 지역은 너무 편편해서 오히려 현기증이 났다. 기준으로 삼을 만한 지형지물이 없으니 2차원적인 행성 표면에 있는 것 같아 곧 쓰러지거나 무언가에 휩쓸려 버릴 것 같은 기분이 드는 것이다. 평지임에도 불구하고 마음이 편안해지는 지형은 아니었다. 상업적으로나 농업적으로 중요하지 않은 지역이라 팸파 사람들은 이쪽 지역을 반 에이커쯤 낭비하는 건 대수롭지 않게 여겼다. 그 결과 땅딸막하고 보기 흉한 건물들이 여기저기 아무렇게나 서 있게 됐다. 먼지를 뒤집어쓴 채 이미 죽었거나 죽어가는 식물들이 레일라의 차에서 흘러나오는 헤드라이트 불빛에 둥둥 떠다녔다. 그것 또한 텍사스의 전형적인 풍경이라 레일라가 보기에는 나름 사랑스러웠다.

소닉 주차장은 텅 비어 있었다. 레일라는 괜히 또 전화를 걸어 필리샤를 기겁하게 만들고 싶지 않았다. 오늘 필리샤가 비번이면 내일 다시 오면 되니까. 그런데 막상 와서 보니 필리샤는 출근해 있었을 뿐 아니라 드라이브인 창구 밖으로 몸을 반쯤 뺀 채 아슬아슬하게 바닥으로 손을 뻗고 있었다.

창구로 다가가서 보니 창구 너머 바닥에 달러 지폐가 떨어져 있었다. 레일라는 지폐를 집어 필리샤의 손에 쥐여주었다.

"고맙습니다, 손님." 필리샤는 창구 안으로 도로 들어가며 물었다. "뭘 도와드릴까요?"

"덴버 인디펜던트의 레일라 헬루예요."

"어머. 텍사스인인 줄 알았어요."

"텍사스 출신 맞아요. 얘기 좀 나눌 수 있을까요?"

"그게, 좀." 필리샤는 창구 밖으로 고개를 내밀고 주차장과 거리를 훑어보았다. "내 상황에 대해 얘기했잖아요. 남친이 10시에 날 데리러 올 거예요. 가끔은 더 빨리 올 때도 있어요."

"아직 8시 반밖에 안 됐어요."

"어쨌든 거기 그렇게 서 있으면 안 돼요. 차들이 들어오는 곳이에요."

"그럼 창구 안으로 들어갈게요."

필리샤는 근심 어린 표정으로 고개를 저었다. "이 안에 들어와보면 내 심정을 알 거예요. 말로는 설명 못 해요."

"자발적인 죄수가 된 기분이겠네요."

"죄수요? 글쎄요. 맞는 말일 수도 있겠네요. 팸파의 죄수라." 필리샤는 피식 웃었다. "누가 나에 대한 소설을 써서 그런 제목을 붙이면 되겠어요."

"남자 친구를 많이 좋아하나 봐요?"

"푹 빠져 있어요. 그래서 죄수처럼 살면서도 괜찮다고 여기는 거고요."

"그렇군요."

필리샤는 레일라의 눈을 가만히 들여다보았다. "그쪽은 어때요?"

"나도 그렇게 살아본 적이 있어요."

"아, 모르겠다. 마음대로 해요. 바닥에 앉든 어쩌든 눈에 띄지만 않게 해요. 뒷문을 통해서 여기로 들어오면 매니저 눈에 안 띌 거예요. 뒤쪽에서 일하는 사람들은 전부 멕시코인이니까 신경 쓸 거 없고요."

레일라의 직업이 지닌 주된 위험 요소는 바로 그녀와 친구가 되고 싶어 하는 취재원들이었다. 세상에는 말하고 싶어 하는 사람은 넘쳐나고 듣고 싶어 하는 사람은 적었다. 취재원들 대다수는 자기네 얘기를 진심으로 경청해주는 사람을 처음 만난 듯이 레일라에게 속내를 털어놓았다. 그런 아마추어들은 레일라가 그들이 바라는 대로 진지하게 경청하면서 살살 꾀면 속내를 다 털어놓았다. 그런 경우 대개 단독으로 기사를 낼 수 있었다. (전문가들, 정부 기관 직원들, 의회 보좌관들을 상대할 때는 감정을 숨겨야 했는데 그들은 레일라가 자신들을 이용하는 만큼 그녀를 이용했다.) 동료들 대부분은 기사를 낸 후 취재원들과 관계를 끊어버렸는데 레일라가 좋아하는 몇몇 동료들도 마찬가지였다. 한 번 같이 잤던 남자와 또 잘 생각이 아니라면 회답 전화를 해주지 않는 게 친절을 베푸는 것이다, 라는 원칙에 입각한 처신이었다. 그러나 레일라는 섹스와 마찬가지로 뉴스 보도를 하면서도 늘 취재원들에게 회답 전화를 해주는 편이었다. 자신이 정보를 얻어내려 상대를 속였던 짓을 스스로 도덕적으로 용납하려면 정보를 얻어낼 때 취했던 태도를 어느 정도는 유지해야 했다. 레일라는 볼일이 끝난 후에도 취재원들의 전화와 이메일, 심지어 크리스마스카드에도 의무적으로 회답을 하곤 했다. 예전에 레일라는 연쇄 소포 폭탄 테러범 테드 카진스키가 처한 법적 곤경에 관해 동정적인 논조로 기사를 쓴 적이 있는데 그 후 10년 넘도록 카진스키에게 편지를 받고 있었다. 카진스키는 정신이상을 이유로 법정에서 본인의 입장을 변호할 기회를 박탈당했다. 미국 정부에 대한 카진스키의 과격한 견해가 방송으로 나가지 못하게 하기 위한 법정 조치였다. 그럼 그가 정신이상이라는 증거가 있었을까? 미국 정부가 과격한 견해에 재갈을 물리고자 개인을 억압하는 모의를 꾸민다는 것이 카진스키의 견해였고, 법정은 그게 정신이상자나 주장할 법한 견해라고 여겼다! 레일라에게 이해를 받은 카진스키는 레일라를 진심으로 좋아했다.

필리샤는 케첩 자국투성이에 멕시코 음악이 흐르는 창구 안에서 바닥에 쪼그리고 앉아 말했다. 코디 플레이너는 말만 많은 루저라서 언젠가부터 그와 관계를 정리해야겠다는 생각을 했는데 그의 끝내주는 엉덩이와 부드러운 눈빛, 강아지처럼 아래로 처진 속눈썹에 홀려 좀처럼 벗어날 수가 없었다고. 하지만 필리샤는 코디가 아내와 아이들을 버리고 자기한테 오는 것까지 바라지는 않았다고 했다. 코디가 가정을 버리고 오자 한동안 필리샤는 그에게 완전히 사로잡혀 옴짝달싹 못 했다. 필리샤는 그저 코디와 좋은 시간을 보내고 싶었을 뿐이지만 그로 인해 다른 이들의 삶을 망가뜨렸다. 필리샤는 죄책감 때문에 코디와 6개월을 같이 살았다.

"죄책감 때문에 코디 씨와 같이 살았다고요?" 레일라가 물었다.

"그런 셈이에요! 그런 마음도 있고 월세를 안 내도 되기도 했고 당장 다른 대안이 없기도 했어요."

"저도 당신 나이 땐 그랬어요. 남의 가정을 박살 냈죠."

"어차피 박살 날 가정이면 언젠가는 박살이 나게 되어 있어요."

"그 점에 관해서는 여러 학파의 의견이 갈릴걸요."

"당신은 그런 관계를 얼마나 오래 유지했어요? 죄책감을 느끼진 않았어요?"

레일라는 미소를 지으며 대답했다. "느꼈죠. 그래서 지금도 그 남자와 부부로 살고 있는걸요."

"어머, 해피엔딩이네요."

"그 과정에 죄책감이 어느 정도는 역할을 했다고 말할 수 있죠."

"지금 보니 당신 꽤 괜찮은 사람 같아요. 기자를 처음 만난 건데, 내 예상하고는 다르네요."

그거야 내가 상대방의 마음을 열게 만드는 재주가 있으니 그렇지, 레일라가 생각했다.

십대들이 자동차를 타고 창구 앞으로 온 바람에 필리샤는 잠시 대화를 중단하고 동료 직원들에게 소리쳤다.

"저기요, 음악 소리 듣기 싫어 죽겠어. 소리 좀 줄여줄래요?(Hey fellas, no quiero la musica. Menos loud-o, por favor?)"

코디는 자기와 만난 게 필리샤의 인생에서 일어난 가장 멋진 일일 것이라 여겼으나 필리샤의 생각은 달랐다. 코디가 멋지게 보이려 애를 쓸수록 필리샤는 감흥이 떨어져갔다. 한번은 필리샤와 술집에 갔다가 그녀가 보는 앞에서 호기롭게 싸움을 했는데 결국 흠씬 두들겨 맞는 꼴만 보여줬을 뿐이었다. 개코원숭이처럼 생긴 코디의 전처는 코디한테서 자녀 양육비를 받지 못하게 되자 정부에 고해바쳐 상황을 엉망으로 만들었고, 코디는 필리샤의 마음을 사로잡으려 신상 아이패드를 비롯한 온갖 휘황찬란한 선물들을 사다 바쳤다. 7월 4일의 깜짝 사건도 코디가 필리샤에게 잘 보이려 저지른 일이었다. 필리샤는 코디가 핵무기 공장에서 지루한 일을 하며 살고 있다는 사실을 알고 있었다. 코디는 자기가 이 나라를 안전하게 지키는 책임자 같은 사람이라면서 가변성의 수득률, 벙커버스터*, 킬로톤에 대해 몇 시간씩 떠벌렸다. 넌더리가 난 필리샤는 코디에게 당신은 그렇게 대단한 사람이 아니라고, 실제로 다

---

* 지하에 위치한 적의 핵심 시설을 파괴하는 데 사용되는 대형 관통 폭탄.

룰 수도 없는 폭탄 얘기 아무리 해봤자 재미도 없다고 사실대로 말하고 말았다. 필리샤는 코디의 감정을 상하게 만들었지만 개의치 않았다. 그녀는 팸파에 사는 코디의 친구 카일과 이미 의미심장한 눈빛을 주고받은 터였다.

7월 3일 밤, 필리샤가 여자 친구들과 술을 마시고 느지막이 귀가했는데 집 앞 계단에 코디가 기다리고 있었다. 코디는 선물을 가져왔다며 필리샤를 뒷마당으로 데려갔다. 뒷마당에는 큼직한 원통형 물체가 담요에 싸인 채 놓여 있었다. 코디는 그것이 언제든 발사 가능한 B61 열핵탄두라면서 이걸 직접 보니 어떠냐고 물었다.

필리샤는 더럭 겁이 났다.

코디가 말했다. "한번 만져봐. 옷을 다 벗고 그 위에 누워봐. 그럼 당신이 평생 경험해보지 못한 걸 해줄게."

필리샤는 방사능 같은 것에 중독되고 싶지 않다며 우물쭈물 거절했다.

코디는 핵탄두가 안전한 상태니까 가까이 가도 된다고 말했다. 그는 필리샤에게 핵탄두를 손으로 만지게 하면서 원 포인트 안전 규칙과 작동 허용 고리에 대해 주절주절 설명을 늘어놓았다. 언제나 그렇듯 코디는 실제로는 잘 알지도 못하면서 공장에서 들은 얘기를 주워섬길 뿐이었지만, 이번에는 다른 때와는 달리 그의 집 마당에 담요에 싸인 진짜 핵탄두가 있었다.

"난 이걸 터뜨리는 방법도 알아."

알기는 개뿔, 이라고 필리샤는 말했다.

"암호만 있으면 가능한데 내가 암호를 알거든. 애머릴로를 지도에서 아예 지워버릴 수도 있어. 지금 당장."

왜 그런 짓을 하고 싶어 하는지 필리샤는 궁금했다. 필리샤가 듣기에 코디의 말은 반쯤은 진심인 것 같고 3분의 2쯤은 진심이 아닌 것 같았다.

"왜냐하면 너에 대한 내 사랑을 보여주고 싶으니까."

필리샤는 그녀에 대한 사랑과 애머릴로를 폭파하는 게 무슨 상관인지 이해되지 않았다. 그녀는 자신의 목숨을 비롯해 수만 명의 무고한 애머릴로 사람들의 목숨을 구해야겠다는 생각에 시간을 벌기 위해서 코디가 설명을 하도록 유도했다. 그리고 그가 설명하는 동안 필리샤는 경찰차 사이렌 소리가 들려오는지 한쪽 귀를 곤두세웠다.

코디는 핵탄두를 터뜨리지는 않겠다고 말했다. 그는 자신이 그런 일도 할 수 있는 남자라는 걸 그녀에게 보여주고 싶었을 뿐이었다. 코디 플레이너는 그렇게 대단한 남자라는 것을 말이다. 그는 자신이 좌지우지할 수 있는 핵탄두의 엄청난 힘을 필리샤가 직접 느끼게 할 작정이었다. 그는 필리샤에게 옷을 전부 벗은 뒤 핵탄두를 두 팔로 껴안고 엉덩이를 위로 들어 올려보라고 했다. 그는 필리샤가 핵탄두의 무시무시하고 위험한 힘을 느끼면서 성적인 자극을 받기를 바랐던 걸까?

실제로 해보니 정말 그랬다. 필리샤는 앞으로 걸어가 코디가 하란 대로 했다. 코디가 아내를 버리고 나와 필리샤를 놀라게 한 후 오랜만에 그들은 몹시 황홀한 시간을 보냈다. 잠재적인 죽음과 파괴에 바짝 가까이 있다는 느낌, 치명적인 폭탄의 서늘한 표면에 맞닿은 필리샤의 땀에 젖은 피부. 필리샤는 버섯구름 속에서 도시 전체가 날아가는 모습을 상상하며 오르가즘에 도달했다. 정말이지 강렬한 느낌이었다.

그러나 하룻밤으로 끝날 일이기도 했다. 감옥에 끌려가고 싶지 않으면 코디는 B61을 원래 있던 자리에 가져다 놓아야 했다. 그것은 필리샤가 300킬로톤의 폭탄 표면에 얼굴을 문지르며 오르가즘을 느낄 일이 다시는 없으리라는 것을 의미했다. 즐길 수 있을 때 즐기자는 생각으로 그들은 또다시 섹스를 했다. 코디는 필리사의 몸을 완전히 달아오르게 만들었지만 섹스가 끝나자 필리샤는 코디가 측은해졌다. 코디는 필리샤가 원하는 똑똑한 남자가 아니었다. 필리샤는 이미 카일과 함께하기로 마음을 굳혔다.

자기야, 그들이 자기를 감옥에 집어넣을 거야, 라고 필리샤가 말했다.

"아니, 그럴 일 없어. 모형을 빌려 온 거라서."

가짜라고?

"어. 훈련용 모형이야. 핵탄두의 핵심 물질을 제외하고 완벽하게 복제한 모형이지."

필리샤는 화가 났다. 누굴 갖고 노나? 당장이라도 발사 가능한 치명적인 폭탄이라더니!

"누가 진짜 폭탄을 픽업트럭에 싣고 나오겠어, 자기야."

그래서 이 폭탄이 가짜라고? 코디다운 짓이기는 했다.

"그렇다니까. 무슨 차이가 있겠어? 당신도 가짜로 오르가즘을 느낀 척하진 않았잖아. 7월 4일 불꽃놀이 얘기나 하자고. 야호!"

레일라는 맹렬히 메모를 하며 필리샤에게 물었다. "그래서 코디 씨는 그 모형을 얼마나 오래 갖고 있었죠? 7월 4일에 찍힌 사진이 우리한테 있는데요."

"코디는 다음 날 밤에 원래 있던 자리에 가져다 놓았어요. 7월 4일은 독립기념일이라 그날 공장은 원래 조용한 데다 코디는 공장 정문의 경비들하고 잘 아는 사이거든요. 그런데 바비큐 파티 중인 친구들한테 자랑하려고 그걸 가져간 거예요. 카일은 코디가 사람들한테 존경받고 싶어서 일부러 대담한 짓거리를 해댄다고, 주변에서 알짱대는 개새끼 같다고 했어요."

"그래서 핵탄두를 보고 코디 씨 친구들이 감탄했나요?"

"카일은 아니었어요. 코디가 온통 자랑을 해대서 전날 밤에 코디랑 내가 무슨 짓을 했는지 카일도 알았죠. 코디가 그 핵탄두를 최음제 폭탄이라고 불렀대요."

"멋진 별명이네요. 그런데 어떤 사진에서 보니까 당신이……."

필리샤는 얼굴을 붉혔다. "어떤 사진인지 알아요. 내가 카일을 위해서 그걸 해주고 있는 사진이죠. 카일의 눈을 똑바로 쳐다보면서요."

"코디 씨가 그 사진을 보고 기분이 좋지는 않았겠어요."

"내 행실이 자랑스럽진 않아요. 하지만 카일이 코디랑 내가 다시 좋은 관계가 됐다고 생각할까 봐 두려웠어요. 그래서 내가 해야 할 일을 한 거예요."

"그래서 코디 씨가 당신이랑 헤어진 건가요?"

"누가 그딴 소릴 해요? 코디가 핵탄두를 원래 자리로 돌려놓으러 간 동안 카일은 내가 짐 싸는 걸 도와줬어요. 바로 그날 밤에요. 그 후로 나는 쭉 팸파에서 살고 있어요. 나도 마음이 안 좋기는 하지만 그래도 코디는 나에 대해 마지막으로 좋은 추억을 갖게 된 거잖아요. 치명적인 폭탄과 함께한 그날 밤을 우리 둘 다 영원히 잊지 못할 테니까요. 그런 보물 같은 추억이라면 누구나 마음에 품고 살지 않겠어요?"

"공장에서 그 일에 대해 어떻게 알게 됐을까요?"

"글쎄요. 아무리 잔머리를 굴린다고 해도 회사에 얘기가 전혀 안 들어갈 수는 없겠죠. 게다가 사진을 페이스북에 올렸잖아요. 상상이 되시죠?"

필리샤와 작별한 후 레일라는 젖을 짜내지 못한 젖소처럼 단기 기억을 어서 풀어내려 안달이 났다. 소닉 주차장을 빠져나와 길 한참 아래에 차를 세웠다. 휘갈겨 쓴 메모를 빨간 볼펜으로 보충하고 명확히 정리했다. 애머릴로로 돌아가기 전에 해야 하는 일이었다. 인터뷰한 내용에 대한 정확한 기억은 한 시간 넘게 지속되지 않는다. 메모 정리를 다 마치기 전, 고전적인 디자인의 픽업트럭 한 대가 소닉 주차장으로 들어갔다가 도로 나왔다. 옆으로 지나가는 그 트럭 안에 필리샤가 타고 있었다. 조수석이 아니라 좌석 한가운데로 몸을 기울인 채 한 팔로 운전자의 목을 다정하게 휘감은 자세였다.

레일라는 워터게이트 청문회가 진행될 당시 청문회 내용을 이해할 수 있었던 나이였다. 어머니를 생각하면 두려움과 슬픔, 병실, 아버지의 흐느낌, 언제까지고 계속될 것 같은 장례식으로 점철된 기억뿐이었다. 그해 여름은 청문회에 나온 샘 어빈 상원의원, 존 딘 전 보좌관, 밥 홀더먼 전 백악관 비서실장에 대한 기억만 온전히 남았다. 처음에는 아버지의 사촌인 마리 고모와 말 섞기가 싫어서 텔레비전에 눈을 꽂고 청문회를 보기 시작했다. 병원에서 환자를 진료하고 치과대학에서 연구 교수로 일하느라 바빴던 아버지는 집안일을 해주고 레일라를 돌봐달라며 마리를 원래 살던 나라에서 데려왔다. 마리는 레일라의 친구들을 기겁하게 만들었고 저녁 식탁 앞에서 나이프를 혀로 핥았으며 좋은 틀니로 바꿔주겠다는데도 거절하고 딸깍딸깍 소리 나는 틀니를 고집했다. 그러면서 에어컨 상태에 대해 끝없이 불평했고, 게임을 하면서도 어린애에게 져줄 줄을 몰랐다. 마리와 함께한 여름은 숨 막히게 길었다. 레일라는 텔레비전에 등장하는 워싱턴 어른들의 얘기를 자신이 전부 알아들을 수 있다는 사실, 그리고 워터게이트 사건의 음모를 이해할 수 있다는 사실에 짜릿함을 느꼈다. 평생 잊지 못할 느낌이었다. 몇 년 후 아버지와 함께 〈모두가 대통령의 사람들〉이라는 영화를 보러 간 적이 있었다. 영화가 끝나고 레일라는 다시 몰래 상영관으로 들어가 한 번 더 볼 작정이라면서 아버지에게 먼저 가시라고 했다.

아버지는 그러라고 했다. 아버지는 이득을 취할 수 있는 상황이라면 옳고 그름의 경계가 흐려지는 구시대적 사고방식을 가진 사람이었다. 아버지는 호텔에서 수건을 훔쳤고, 캐딜락에 설치해야겠다며 레이더 탐지기를 샀으며, 국세청에서 세금 포탈 문제를 포착해내자 당황 정도가 아니라 분노했다. 아버지는 동시에 신시대적 사고도 했다. 레일라가 〈모두가 대통령의 사람들〉을 보고 부정을 폭로하는 기자가 되겠다고 선언하자 아버지는 언론계가 남자들의 세계이긴 하지만 그러니까 대차게 뛰어들어 헬루 가문 여성의 능력을 보여주라고 격려했다. 그러면서 미국이라는 버터를 지성이라는 뜨거운 나이프로 자르라고, 여자들이 불쌍한 마리처럼 살지 않는 그런 미국이 되게 하라고 말했다.

아버지는 페미니스트처럼 말했지만 페미니스트는 아니었다. 레일라는 대학을 졸업하고 신문사 일을 하면서 자신이 아닌 아버지를 위해 무언가를 증명하며 살고 있다는 생각을 떨칠 수 없었다. 그러다 〈마이애미 헤럴드〉에서 기자로서 제대로 된 일을 하게 됐을 무렵 아버지가 뇌졸중으로 쓰러져 몸이 불편해졌다. 아버지는 그녀가 일을 그만두고 샌안토니오로 돌아오길 은근히 바랐다. 그 무렵 마리는 이미 세상을 떠났다. 아버지가 첫 번째 결혼에서 얻은 두 아들이 각각 휴스턴과 멤피스에 살고 있었는데, 그들이 여자였으면 아마 아버지를 데려갔을 것이다.

아버지가 힘든 나날을 보내는 동안 레일라는 샌안토니오에서 아버지와 함께 살면서 저녁마다 시간을 때우려 단편소설을 쓰기 시작했다. 그때 소설가인 척 살았던 자신에게 화가 나서 이후 그때 쓴 소설을 볼 때마다 혐오감이 치솟았다. 상처에 앉은 딱지를 계속 건드리면서도 자꾸만 상기되는 수치심에 오히려 피가 나도록 뜯어내지는 못하는 심정이었다. 레일라는 딸을 통해 대리만족을 얻으려는 아버지의 야망에 거부감을 느꼈고 한편으로는 그녀의 앞날을 가로막고 있는 아버지에게 벌을 주고 싶기도 해서 소설 쓰기를 그만두었다. 그러나 아버지가 두 번째 뇌졸중 발작으로 사망한 후 상속받은 재산 중 상당액을 들여 덴버의 어느 대학에서 문예 창작 학위 과정을 밟기 시작했다. 아버지에게 부동산을 물려받긴 했지만 체납된 세금을 내고 배다른 형제들과 그녀가 잘 모르는 두 여자(그중 한 명은 아버지 밑에서 오랫동안 일했던 치과위생사였다)와 나누고 나니 많이 남지는 않았다.

학위 과정에서 레일라는 동기들에 비해 나이가 많은 편이었다. 대학 밖의 현실 세계에 대한 경험도 그들보다 많았고 불행한 가족사와 이민자 전통에 뿌리를 둔 삶을 살아오기도 했다. 그녀는 예전에 사귄 남자 친구들에게 받은 평가보다 자신이 더 매력적인 사람이라고 여겼다. 1학기 수업에서 찰스 블레넘이라는 강사가 레일라보다 젊고 '실험적인' 성향을 가진 여성 학우의 작품을 콕 집어 칭찬하자 레일라의 내면에 잠재해 있던 경쟁심에 불이 붙었다. 헬루 집안에서는 가족 모임이 있을 때 주로 카드놀이와 보드 게임을 했는데 다들 속임수까지 쓰면서 악착같이 이기려 들었다. 레일라는 소설을 열심히 쓰는 한편, 젊은 경쟁자의 작품을 가차 없이 비평했다. 그녀는 상대의 약점을 정확히 바늘로 찌르는 방법을 익혔고 얼마 지나지 않아 찰스의 관심을 받게 됐다.

찰스는 래넌 펠로십 기금을 받았고 〈뉴욕 타임스〉 1면에서 존 바스와 스탠리 엘킨의 계승자로 인정받는 등 경력의 정점에 서 있었으나 본인은 그게 정점인 줄을 몰랐다. 한창 각광을 받다 보니 그는 15년간 유지해온 결혼이 지루하고 답답하게 느껴졌다. 찰스 블레넘 주식이 과소평가를 받을 때 맺은 부당한 계약처럼 느껴진 것이다. 그러던 차에 레일라가 나타나자 그는 결혼 생활에 종지부를 찍었다. 레일라는 찰스의 두 딸들이 아버지에게 영원히 등 돌리게 만들었다. 레일라는 자기가 그의 딸들에게, 그의 아내에게 어떻게 보일지 알고 있었고 미안하기도 했다. 그녀는 원래 남에게 미움받는 걸 싫어했다. 하지만 특별히 죄책감을 느끼지는 않았다. 찰스가 나와 함께 있을 때 더 행복하다는데 그게 내 탓은 아니지 않은가. 레일라가 찰스 가족들의 행복을 위해 찰스와 자신의 행복을 포기하려면 대단히 엄격한 원칙이 적용되어야 할 터였다. 그러나 결정적인 순간, 옳고 그름을 분명히 판단하고자 스스로의 내면을 들여다본 레일라는 그 안에서 아버지에게 물려받은 사고의 혼란을 보았을 뿐이었다.

레일라는 한동안 찰스에게 미쳐 살았다. 찰스는 수업을 듣는 여학생들 가운데 레일라를 선택했다. 레일라는 덩치 큰 찰스 옆에 있으면 자신의 작고 호리호리한 체구가 매력적으로 느껴졌고 굉장히 섹시해진 기분이었다. 찰스는 할리데이비슨 오토바이를 타고 강의하러 왔다. 옥수수수염 같은 노란 머리카락을 가죽 재킷 어깨까지 늘어뜨렸고 문학계의 거장들을 친근하게 이름으로 불렀다. 찰스가 학교에서 난처한 상황에 놓이지 않도록 레일라는 문예 창작 학위 과정을 그만두었다. 찰스가 이혼을 하고 일주일 후 레일라는 할리데이비슨 뒷자리에 올라타고 뉴멕시코주로 가 타오스에서 그와 결혼했다. 레일라는 찰스와 함께 이런저런 문학 회의에 참석했고 자신이 어떤 역할을 해야 하는지 서서히 깨달았다. 젊고 신선하면서 다소 이국적인 여자, 그래서 아직 아내를 젊은 여자와 바꾸지 않았거나 최근에 또 바꾸지 않은 남성 작가들의 질투를 불러일으키는 여자라는 역할이었다. 찰스는 말 한마디로 소소한 잡지에 다리를 놓아주었고, 레일라는 덕분에 소설가 행세를 하며 그동안 끄적거린 글들을 잡지에 게재할 수 있었다.

찰스는 신혼 기간이 끝나자 미국 현대문학사에 확고하게 자리 잡겠다며 대단한 소설을 쓰기 시작했다. 예전에는《음향과 분노》*,《해는 또다시 떠오른다》** 정도만 써도 충분했지만 이제는 무조건 장대한 소설을 써야 인정받았다. 두껍고 긴 작품이라야 했다. 레일라는 소설가와 결혼하기 전에 또는 자신을 소설가로 상상하기 전에 미리 대단한 소설을 집필 중인 작가의 집에서 시험 삼아 살아봤으면 좋았을 것이다. 찰스는 글이 잘 써지지 않아 좌절하면 커다란 버번위스키 세 병을 마시며 애통해했다. 그러다 구상이 잘되고 기분이 좋아지면 커다란 버번위스키 네 병을 마시며 축하했다. 게다가 작품 구상을 한다며 수 주일 동안 아무것도 안 하기 일쑤였다. 대학 측은 그에게 정말 작고 별것 아닌 업무를 요구했으나, 그는 사소한 일마저 하지 않고 괴로워만 했다. 레일라는 온갖 집안일과 굳이 하지 않아도 되는 일까지 도맡아 했지만 찰스를 대신해 학생들을 가르칠 수는 없었다. 그들이 거주하는 크래프츠맨 양식***의 3층 주택 안에서는 수업하러 가기 싫은 찰스의 신음이 몇 시간

---

* 윌리엄 포크너의 장편소설.

** 어니스트 헤밍웨이의 장편소설.

*** 조잡한 대량생산품에 반하여 일어난 영국의 '미술과 공예 운동'을 미국에서 발전시킨 양식. 단순한 형태와 천연 자재, 장인의 솜씨를 강조한 집에 많이 사용됐다.

씩 울려 퍼지곤 했다. 진심과 유머가 뒤섞인 신음이 마루 구석구석에서 스며 나왔다.

괴로움을 농담으로 승화하는 것은 찰스의 장점이었고 레일라는 찰스의 우스갯소리에 약했다. 드물게 글이 잘 써지는 날이면 찰스는 비록 다른 단락들과 연결이 잘되지는 않지만 꽤 긴 단락을 썼고 레일라는 웃으며 환호했다. 그러나 한 단락도 쓰지 못하는 날이 훨씬 많았다. 집안일을 하다 자투리 시간이 나면 레일라는 찰스의 큰딸이 쓰던 방에서 그 큰딸이 쓰던 어린이용 책상을 앞에 두고 소설을 썼다. 그러나 찰스가 쓴 글은 "성인 남성의 강건함과 소년의 열정이 뒤섞인 스타일"(《뉴욕 타임스 북 리뷰》 1면)인 데 비해 레일라의 글은 평이한 기사 작성 스타일이라 글을 쓰면서 자기혐오에 빠져들었다. 사실 찰스는 레일라와 결혼하기 전까지 성인 남성의 강건함과 소년의 열정을 조화시키지 못했었다. 어쨌거나 그렇게 글을 쓰고 있다 보면 책이 빼곡한 3층 서재의 문이 열리고 터덜터덜 걸어오는 소리가 들렸다. 찰스는 일부러 재미있게 들리라고 천천히 터덜터덜 걸었다. 마침내 닫힌 문 앞에 다다른 찰스는 마치 레일라가 그의 발소리를 못 들었을 수도 있다는 듯, 몇 분 동안 머뭇거리다 노크를 했다. 문을 열고 나서도 그는 곧장 방 안으로 들어오지 않고 문 앞에 서서 천천히 방 안 구석구석을 둘러보았다. 이 어린이용 침실에 있으면 대단한 글을 쓸 수 있지 않을까 고민하는 것 같기도 하고, 레일라의 기묘하게 작은 세상에 자신의 몸을 맞추려는 것 같기도 했다. 그러다 늘 우스운 타이밍에 그녀를 바라보며 별안간 "바빠?" 하고 물었다. 레일라는 바쁘다고 대답한 적이 한 번도 없었다. 방으로 들어온 찰스는 주름 장식이 달린 싱글 침대에 걸터앉아 만화 주인공처럼 끄응 신음 소리를 냈다. 찰스는 글 쓰는데 방해해서 미안하다고 했지만 레일라는 그의 말 속에 분노가 섞여 있음을 감지했다. 집안일을 도맡아 하면서도, 비록 평이한 기사 작성 스타일이기는 하지만 어떻게든 글을 쓰고 단락들을 유기적으로 엮어내는 레일라의 능력에 대한 분노였다. 가끔 그들은 그의 글이 막히는 원인, '그날(du jour)'은 어떤 장애물 때문에 글이 안 써지는지 대해 얘기를 나눴지만, 결국 애초에 찰스가 그녀를 찾아온 목적으로 귀결됐다. 주름 장식이 달린 싱글 침대나 미송 원목 바닥 또는 어린이용 책상 위에서 레일라와 섹스를 하는 것이었다. 레일라는 찰스와의 섹스가 좋았다. 굉장히 좋았다.

대단한 소설을 탄생시키지 못한 채 1년이 고스란히 지나면서 레일라는 소설 쓰기에 물리기 시작했다. 페미니스트인 그녀는 계속 찰스의 아내로만 살 수는 없다는 생각에 〈덴버 포스트〉에서 일을 하기 시작했다. 그녀는 빠르게 자리를 잡았고 이제는 아버지를 위해서가 아니라 본인을 위해 열정적으로 취재를 다녔다. 막상 그녀가 집에 없으니 찰스의 대단한 소설은 점차 페이지가 늘어갔다. 비록 속도가 느리고 점점 그의 입으로 들어가는 버번위스키의 양이 늘기는 했지만 말이다. 콜로라도주 축제의 잘못된 경영에 관한 보도로 상을 받은 레일라는 찰스가 작가들을 초대한 저녁 식사 자리에 핑계를 대고 불참했다. 아, 술을 퍼마시는 기분 나쁜 식사 자리, 누군가 찰스를 또 무시할 테고, 그러면 찰스는 증오 목록에 이름 하나를 또 추가하겠지 싶어서였다. 생존해 있는 미국 작가들 중 찰스가 증오하지 않는 작가는 현재 그의 수업을 듣는 학생들, 예전에 그의 학생이었던 사람들뿐이었다. 그러나 예전에 그의 학생이었던 사람들 중 누군가 작가로 성공하면 그는 또 얼마 지나지 않아 무시당하고 배신당했다며 그 작가의 이름을 증오 목록에 올렸다.

찰스의 자신감은 나날이 떨어지고 자기 연민의 강도는 높아지고 있으니 레일라 입장에서는 그가 전 부인을 버렸듯이 또 다른 여학생과 눈이 맞아 그녀를 버리지 않을까 걱정해야 마땅했을 것이다. 그러나 찰스는 여전히 레일라만 보면 성욕이 솟구쳤다. 찰스는 커다란 고양이이고, 작고 날씬한 레일라는 그가 상습적으로 덮치는 쥐였다. 소설가들은 원래 그런지, 아니면 찰스만 그런지는 알 수 없지만 찰스는 레일라를 가만히 내버려두지 않았다. 섹스를 하지 않을 때도 늘 그녀를 찌르고 탐색했다. 그녀의 영혼을 손가락으로 헤집으며 속생각을 알아내려 했다.

결국 레일라는 자기방어 차원에서 임신을 해야겠다는 생각을 했다. 〈덴버 포스트〉의 동료들 중에 영아나 유아, 여섯 살짜리 자녀를 키우는 이들이 있었다. 레일라는 그들과 친구로 지내면서 아이들을 품에 안아보았다. 아이들은 그녀의 얼굴을 손으로 만지고, 그녀의 가슴에 얼굴을 대고, 그녀의 다리 사이에 발을 집어넣으며 그녀에게 순진무구한 신뢰를 보냈다. 아이보다 더 사랑스럽고 소중하고 가치 있는 존재는 없다는 생각이 들었다. 찰스가 천 단어나 쓰며 진도를 나간 다음 날 밤, 레일라는 신중하게 그날 밤을 골라 심호흡을 하면서 아이를 낳는 게 어떠냐고 말을 꺼냈다. 찰스는 몹시 극적인 반응을 보였다. 우스꽝스러울 정도로 천천히 고개를 돌리며 레일라를 강렬한 눈빛으로 마주 보았다. 우스운 표정이었지만 레일라는 겁이 났다. 그 표정은 방금 당신이 무슨 말을 했는지 잘 생각해봐라든지 농담하는구나 또는 좀 더 불길하게 미국의 메이저급 소설가에게 하는 얘기 맞지?라고 묻는 듯했다. 막상 그런 표정을 마주하고 나니 레일라는 찰스에게 자신이 어떤 존재인지 고민하게 됐다. 레일라는 찰스가 그녀의 재능과 강인함, 성숙함에 매력을 느꼈다고 생각했지만 어쩌면 단지 그녀의 호리호리한 몸 때문일지도 몰랐다.

"왜?" 레일라가 물었다.

찰스는 얼굴이 일그러지도록 두 눈을 질끈 감았다 뜨며 말했다. "미안. 뭐라고 물었지?"

"우리가 아이를 낳는 게 어떻겠냐고."

"지금은 안 돼."

"그래. 그런데 그 '지금'이 '오늘 밤'이라는 뜻이야, 아니면 '앞으로 10년간'이라는 뜻이야?"

그는 극적으로 한숨을 쉬었다. "난 이미 낳은 아이들하고도 관계를 끊고 사는 사람이야. 내가 아빠 노릇을 할 수 있을 것 같아? 내가 잘못 들은 건가?"

"난 달라. 난 당신 전처가 아니라고."

"다른 거 알아. 그런데 당신, 내가 얼마나 압박감에 시달리는지 알지?"

"티를 내는데 어떻게 몰라."

"그래. 그럼 이 집에 아기가 있는데 내가 작품을 완성할 수 있을 거라고 상상을…… 정말 그럴 수 있을 거라고 생각하는 거야?"

"임신을 해도 최소한 9개월은 아기가 배 속에 있잖아. 그리고 9개월로 마감을 정해두면 당신 글 쓰는 데도 도움이 될 거고."

"마감을 넘기고 3년째 이러고 있잖아."

"진짜 제대로 마감일을 정해봐. 믿음을 담아서. 나도 당신이랑 같이 해내고 싶어. 당신은 소설을 완성하고 우린 아이를 갖는 거지. 이 두 가지는 대립되는 개념이 아니야. 좋은 방향으로 연결될 수 있다고."

"레일라." 그는 엄격하게 그녀의 이름을 불렀으나 말투는 농담하듯 얄궂었다.

"왜."

"난 이 세상 무엇보다 당신을 사랑해. 당신도 안다고 말해줘."

"알아." 레일라는 조그맣게 대답했다.

"그럼 내 얘기 잘 들어. 귀 쫑긋 세우고. 이 대화가 1분씩 길어질수록 나는 앞으로 일주일 동안 하루씩 작업을 못 하고 공치게 될 거야. 1분에 하루씩이야. 그런 느낌이 들어. 당신이 괴로워하면 나도 괴로워. 알잖아. 그러니까 이 얘기는 그만하면 안 될까?"

레일라는 고개를 끄덕이고 울었다. 그리고 그와 섹스를 했고 조금 더 울었다. 몇 달 후 〈덴버 포스트〉는 5년간의 워싱턴 특파원 자리를 제안했고 레일라는 받아들였다. 찰스를 여전히 사랑했지만 그와 함께 있으면 가슴이 아파

견딜 수가 없었다. 실제 잉태하지는 못했지만 잉태할 수도 있었던 아기 생각을 떨칠 수가 없었다.

그 생각은 워싱턴에 가서도 사라지지 않았다. 한 달에 한 번 직원회의와 부부로서의 의무 이행을 위해 비행기를 타고 덴버로 돌아와서도 늘 그녀의 머릿속을 맴돌았다. 사십대 초반에 이혼을 하고 싶지도 않았고, 일주일에 60~70시간을 일하면서 아이를 낳고 싶어 하는 게 말이 되지 않는다는 것도 잘 알았다. 그런데도 감정의 궤도를 제어할 수 없었다. 그녀의 감정은 탈출속도*에 버금갈 만큼 빠르게 우주 깊숙이 날아가고 있었다. 밤늦게 찰스와 통화를 하면서 레일라는 그가 외로워하고 있다는 걸 알아챘다. 그는 레일라가 들려주는 기자로서의 업무 얘기에 어느 때보다 열심히 귀를 기울이면서 도움을 주고 싶어 했다. 그러나 찰스가 여름을 맞아 워싱턴에 왔을 때, 그리고 다음 해 여름에 또 찾아왔을 때 워싱턴 캐피틀힐 지역에 있는 레일라의 작은 아파트는 우울증으로 무기력해져 스스로 털 손질조차 하지 않는 거대 고양이의 쉰내 나는 우리가 되고 말았다. 찰스는 사각팬티만 입고 살면서 날씨 탓을 해댔다. 레일라는 처음으로 찰스에게 육체적인 거부감을 느꼈다. 레일라는 늦게까지 집에 들어가지 않으려고 이런저런 핑계를 대기 시작했고 그럴수록 찰스는 집에서 초조해하며 강박적으로 그녀를 기다렸다. 찰스는 마침내 대단한 소설을 탈고했지만 그의 편집자는 수정을 요구했고, 찰스는 사소한 부분도 수정하고 싶어 하지 않았다. 찰스는 레일라에게 편집 관련 문제를 묻고 또 물었다. 레일라가 대답을 해줘도 그는 다음 날 밤이면 같은 질문을 또 했다. 그러다 마침내 찰스가 덴버로 돌아가야 할 때가 오자 찰스와 레일라는 둘 다 마음이 가벼워졌다. 덴버에서는 새로운 학생들이 찰스가 뽑아내는 단어를 목 빠지게

---

* 물체에 더 이상 가속을 주지 않더라도 중력을 일으키는 인력 중심으로부터 벗어날 수 있게 되는 속도.

기다리고 있었다.

2004년 2월, 레일라는 톰 애버런트를 만났다. 존경받는 기자이자 편집자인 톰은 이제 막 시작한 비영리 탐사 뉴스 서비스 회사에서 근무할 인재를 영입하러 워싱턴에 왔고, 2002년 탄저병 관련 보도로 퓰리처상을 공동 수상한 레일라는 톰이 영입하고 싶은 기자들 중 하나였다. 레일라와 점심을 먹으러 온 톰은 현재 종잣돈 2천만 달러를 보유하고 있다고 털어놓았다. 그는 지금 뉴욕에 살고 있고 이혼을 했으며 자녀는 없다고, 다른 곳에 비해 운영 경비가 저렴한 고향 덴버에 비영리 회사를 세울 계획이라고 했다. 톰은 사전 조사를 통해 레일라의 남편이 덴버에서 산다는 사실을 알고 있었다. 그러니 광고 수입 하락에 연연하지 않고 공간 제약에서 벗어나 매일 마감에 쫓기지 않으면서 높은 급여를 받을 수 있는 자리, 고향에 소재한 비영리 회사에서 일을 할 수 있는 기회를 제안하면 레일라가 관심을 보이지 않을까 생각한 듯했다.

톰의 계산대로라면 레일라는 그 제안에 솔깃해야 마땅했다. 그러나 일주일 전 출간된 찰스의 대단한 소설이 비평가들에게 난도질을 당하고 있는 중이라(《뉴욕 타임스》의 미치코 가쿠타니는 "교만하고 지극히 불쾌하다"고 평했다) 레일라는 마음속에 두려움이 절반쯤 차올라 있었다. 레일라는 요즘 하루에 서너 번씩 찰스에게 전화를 걸어 격려하면서 곁에 있어주지 못해 미안하다고 말하고 있었다. 그런데 톰의 제안에 거부감이 드는 걸 보면 사실은 전혀 미안하지 않은 듯했다. 레일라는 남편이 대표작이랍시고 써낸 소설이 망했다는 이유로 남편을 버린 파렴치한 여자가 되고 싶지 않을 뿐이었다. 그리고 워싱턴을 포기할 준비도 되어 있지 않았다.

"꼭 덴버여야 한다고 생각하시나 봐요." 레일라가 말했다.

톰은 통통한 얼굴에 바다거북 같은 입술, 다정하고 유쾌한 느낌의 가느다란 눈을 가진 남자였다. 머리는 꽤 벗어졌지만 바짝 짧게 잘랐고 대체로 진한 갈색이었다. 물론 다양한 부류가 있을 수 있지만, 한창 전성기에 있는 남자들은 전통적으로 잘생긴 외모를 가졌는지 여부가 그의 매력을 좌우하지 않는다. 배가 나왔을 수도 있고 톰처럼 성대를 박박 긁는 듯 높은 목소리를 지녔을 수도 있었다.

"아, 예. 그렇습니다. 덴버에 누이와 조카딸이 살고 있거든요. 서부가 그립기도 하고요."

"멋진 프로젝트 같기는 해요." 레일라가 말했다.

"좀 더 생각을 해보시겠습니까? 아니면 지금 이 자리에서 거절하실 건가요?"

"거절하겠다기보다는……."

레일라는 속내를 들킨 기분이었다.

"아, 미치겠다. 무슨 생각 하는지 알아요." 그녀가 말했다.

"제가 무슨 생각을요?"

"왜 집이 있는 덴버에서 일하고 싶어 하지 않을까."

"거짓말은 안 하겠습니다, 레일라. 당신은 꼭 영입하고 싶은 인재예요. 덴버에서 일할 수 있는 기회라고 말하면 받아들일 줄 알았습니다."

"좋은 제안인 건 맞아요. 언론 산업에 대해서 하신 말씀에도 동의하고요. 지난 백 년 동안 신문사들이 광고를 독점했죠. 신문을 찍어내는 게 곧 돈을 찍어내는 것과 마찬가지니까. 지금 상황이 달라지긴 했지만요. 어쨌든……."

"어쨌든."

"음, 지금 저한테는 시기가 맞지 않는 제안이에요."

"가정불화가 있으시군요."

"예."

톰은 뒷머리에 손을 얹고 의자 등받이에 기댔다. 와이셔츠 단추가 바짝 당겨졌다. "이 얘기가 익숙하게 들리면 말씀해주세요. 당신은 남편을 사랑하지만 같이 사는 건 버겁습니다. 남편이 힘들어하니 따로 살면서 사이가 회복되도록 하는 게 낫겠다는 생각을 하죠. 그러다가 다시 함께 살아야 할 시기가 다가옵니다. 따로 거주한 것은 임시로 그리한 것일 뿐이니까요. 그런데 막상 다시 합치려고 하니 본인이 그동안 스스로를 속여왔다는 걸 깨닫는 거죠."

"제가 스스로에게 거짓말을 하고 있다는 생각을 한 지가 꽤 되긴 했어요."

"여자들은 남자들보다 똑똑합니다. 당신은 나보다 훨씬 똑똑하고요. 하지만 본인을 속여온 가상 시나리오에서 벗어나려면—"

"지금 우리가 누구에 대해 얘기하는지 알고 계시죠?"

"나도 남편분의 팬입니다. 《미치고 서글픈 아빠》는 정말 대단하죠. 유쾌하고 훌륭한 작품입니다."

"맞아요. 굉장히 재미있는 책이에요."

"그런데 지금 당신은 워싱턴에 있고 남편분의 신간은 혹평을 받고 있죠."

"그래요."

"비평가들은 엿이나 먹으라 그래요. 나는 그 책을 살 겁니다. 그건 그렇고 한번 가정해봅시다. 덴버에 추천할 만한 다른 인재가 있습니까? 능력도 있고 사건 조사도 잘한다면 기꺼이 이력서를 볼 용의가 있습니다. 나는 원칙적으로 부부 채용에 반대하지 않는 입장입니다."

레일라는 고개를 저었다.

"정말 없습니까? 남편분이 기자 출신이 아니라서요?"

"저더러 다른 방면으로 일에 도움을 달라는 말씀인가요?"

톰은 앞으로 몸을 기울이며 두 손으로 얼굴을 감쌌다. "오해하실 수도 있겠군요. 그런 뜻으로 한 질문은 아닙니다만, 내가 질문을 제대로 못 하기는 했죠. 사실 내가 죄책감을 감정하는 데 일가견이 있기는 합니다만, 애초에 그런 걸 물어보는 게 아니었습니다."

"제 죄책감의 수준을 감정해보시면 상당히 높게 나올 거예요."

레일라는 이 말을 하면서 저도 모르게 추파를 던졌다. 그녀는 톰에게 끌렸다. 찰스의 대단한 소설에 쏟아진 신랄한 형용사들("진부하다", "과도하다", "기진맥진하게 만든다")에 치여 살다가 상냥하고 재미있고 성공한 싱글 남성을 보니 마음이 흔들렸다. 주체할 수 없는 죄책감이 밀려들었지만 어쩔 수 없었다. 레일라는 실패한 찰스에게 분노했다. 톰 애버런트에게 끌린다는 이유로 얄팍하고 성공 지향적인 여자가 된 것 같아 화가 치밀기도 했다. 만약 찰스의 소설이 호평을 받고 문학상의 최종 후보 명단에라도 올랐으면 레일라는 죄책감 없이 바깥으로 향하는 궤도를 따라 찰스를 떠날 수 있었을 것이다. 그랬으면 아무도 레일라를 비난하지 않을 것이다. 오히려 그녀가 성공한 찰스 곁으로 돌아가면, 사람들은 남편이 괴로워하고 있을 때는 내팽개치고 워싱턴에 가 있다가 성공을 하니까 돌아왔냐며 그녀를 욕할 수도 있다. 문득 찰스가 아예 존재하지 않으면 좋겠다는 생각마저 들었다. 찰스가 없는 세상이라면 레일라는 톰의 매력적인 일자리 제의를 받아들일 수 있었을 것이다.

레일라는 나중에 술이나 같이 마시자고 톰에게 제안했다. 그리고 톰을 다시 만나기로 한 날 검은색 미니 원피스를 입고 술집에 갔다. 나중에 아파트로 돌아와서는 속마음을 담은 긴 이메일을 톰에게 보냈다. 그날 밤 레일라는 찰스에게 매일 하던 전화를 하지 않고 계속 뒤로 미뤘다. 안 그래도 죄책감이 느껴지는데 전화까지 미루자 죄책감은 더욱 커져갔다. 그러다 전화를 안 하기로 마음먹었고 그래야 할 이유도 나름 찾았다. (죄책감으로 인한 고통은 옳은 행동을 함으로써 그치게 할 수 있지만 그 전까지는 너무나 생생했다. 고통이 지속되는 동안에는 자기 연민조차 허락되지 않았다.) 다음 날 레일라는 톰의 답 메일을 열지 않고 출근해 찰스에게 세 번 전화를 했다. 그리고 취재원과 늦은 저녁을 함께했다. 집으로 돌아와 찰스에게 네 번째로 전화를 하고 나서야 톰이 보낸 이메일을 열었다. 속마음이 담긴 내용은 아니고 집으로 초대하는 내용이었다. 레일라는 금요일 밤 기차를 타고 맨해튼으로 가 (불륜에 뒤따르는 죄책감은 불륜을 저지르기 전에도 존재했었고 후에도 레일라를 따라다니며 괴롭혔다) 톰의 아파트에서 밤을 보냈다. 레일라는 주말 내내 톰과 함께 있으면서 소변을 보러 화장실에 갈 때나 찰스에게 전화할 때를 빼놓고는 톰의 곁에서 떨어지지 않았다. 그녀의 죄책감은 너무나 커서 마치 중력의 작용으로 뒤틀린 시공간 같았고, 찰스의 결혼을 박살 낼 때도 느낀 적 없는 죄책감으로 비유클리드기하학을 통해 연결되었다. 레일라의 내면에 확고히 자리 잡은 죄책감은 뒤틀린 시공간을 지나 2004년 맨해튼으로 이어졌다.

레일라는 톰 없이는 살 수 없었다. 톰과 함께 있으면 안전한 기분이었다. 톰은 그녀의 죄책감의 원인이면서 동시에 치유제였다. 톰이 죄책감에 대해 잘 알고 있었고 본인 역시 죄책감을 견디며 살아가고 있었기 때문이었다. 톰은 레일라보다 겨우 여섯 살 위지만 머리가 벗어져 실제보다 더 나이 들어 보였다. 톰은 워낙 일찍 결혼을 해서 12년 후 이혼을 했지만 이미 한참 전의 일이었다. 그의 전 부인 애너벨은 예술가이자 전도유망한 젊은 화가이며 영화감독이었고, 세계 최대의 식품 회사 매캐스킬을 소유한 가문 출신이었다. 애너벨은 어마어마한 부자로 살 수 있었지만 가문과의 관계가 소원했고 절대 재산을 물려받지 않겠다는 신념을 갖고 있었다. 톰과 이혼할 무렵 애너벨은 예술가로서 별다른 성과를 내지 못했고 나이는 삼십대 후반이 다 되었으나 여전히 아이를 낳고 싶어 했다.

톰은 레일라에게 말했다. "내가 비겁했어. 5년이라도 빨리 애너벨을 떠나줬어야 했는데."

"당신이 그 사람을 사랑하고 또 그 사람도 당신을 필요로 하는데 곁에 있어주는 게 비겁한 건가?"

"글쎄. 모르겠어."

"흐음. 하던 얘기 계속해봐."

"애너벨이 서른한 살만 됐어도 다시 정신 차리고 다른 누군가를 만나서 아기를 낳았을 수도 있을 거야. 그런데 내가 뭉그적거린 바람에 그렇게 살기 어려워졌어."

"워낙 부유한 집안 출신 여자라서 상관없었을 것 같은데."

"애너벨은 돈에 관한 한 철저했어. 자기 아버지한테 돈을 받느니 차라리 죽을 사람이야."

"그것도 그 사람 선택이잖아. 그 사람이 선택한 인생인데 왜 당신이 죄책감을 느껴야 하지?"

"그런 선택을 할 여자라는 걸 내가 알고 있었으니까."

"바람피운 적 있어?"

"헤어지기 전까지 그런 적 없어."

"그럼 미안하지만 죄책감 경쟁에서는 내가 당신을 이긴 것 같네."

그게 전부가 아니라고 톰은 말했다. 애너벨의 아버지는 톰을 마음에 들어 했고 재정적으로 도움을 주고 싶어 했다. 하지만 톰은 애너벨과 부부로 사는 한 장인에게 도움을 받을 수 없었다. 톰이 애너벨과 이혼하고 10여 년 후 애너벨의 아버지는 세상을 떠나면서 톰에게 2천만 달러의 유산을 남겼고 톰은 그 유산을 받았다. 그 돈이 바로 톰이 세우려는 비영리 탐사 회사의 종잣돈이었다.

"그래서 죄책감을 느낀다고?"

"나는 유산을 거절할 수도 있었지만 거절하지 않았어."

"그래도 그 돈으로 훌륭한 일을 하려는 거잖아."

"애너벨이 거절한 유산을 내가 받아서 쓰는 거니까. 단순히 쓰는 정도가 아니라 전문적으로 이용하려는 거야. 남성으로서의 내 직업적 지위를 높이는 데 쓰는 것이나 마찬가지지."

레일라는 톰과 함께 있는 게 좋았지만 그의 죄책감은 지나치게 느껴졌다.

톰이 (애너벨에게 성적으로 사로잡혔던 부분을 죄책감으로 덮어버리기 위해) 죄책감을 일부러 부풀려 생각하는 것 같기도 했다. 뉴욕에서 두 번째 주말을 함께 보내며 레일라는 상자에 담긴 옛날 사진들을 봐도 되냐고 톰에게 물었다. 사진 속 젊은 시절의 톰은 소년처럼 마르고 머리숱이 많아서 못 알아볼 뻔했다.

"완전히 다른 사람 같아."

"그때는 지금하고는 완전히 다른 사람이긴 했어."

"아예 DNA 자체가 다른 사람 같다고."

"다른 사람처럼 살았으니까."

사진 속 애너벨의 모습을 보자마자 레일라는 톰의 죄책감을 좀 더 이해할 수 있었다. 애너벨은 인상이 강렬했다. 불타는 듯한 눈, 가슴은 크지만 거식증 환자처럼 전체적으로 비쩍 마른 몸, 메두사처럼 길고 숱 많은 머리털, 대부분 굳은 표정의 얼굴. 사진의 배경은 대학 기숙사와 빈민가, 9·11 이전 뉴욕의 겨울 스카이라인이었다.

"인상이 무섭네." 레일라가 말했다.

"끔찍하지. 그 사진들을 보기만 해도 PTSD*가 와."

"하지만 당신은 젊고 사랑스러워."

"결혼 생활 중에는 그랬지."

"애너벨은 지금 어디 살아?"

"몰라. 우린 공통으로 아는 친구도 없고 서로 연락을 완전히 끊었어."

"이혼 후에 애너벨도 가문에서 주는 돈을 받았을 수 있겠네. 어디 섬이라도 하나 사서 살고 있을지도 모르지."

* 외상 후 스트레스 장애.

"글쎄. 아마 돈은 받지 않았을 거야."

레일라는 톰의 사진을 한 장만 갖고 있어도 되냐고 물어보고 싶었다. 스태튼 아일랜드 페리에 타고 있는 젊은 톰의 매력적인 사진으로, 애너벨이 찍어준 것이었다. 하지만 사진을 달라고 하기에는 아직 너무 일렀다. 레일라는 상자 뚜껑을 덮고 바다거북 같은 톰의 입술에 키스했다. 톰과의 섹스는 찰스와의 섹스처럼 극적이지는 않았다. 찰스는 레일라를 덮치는 식이었고 먹이가 된 레일라는 몸을 튕기며 울부짖곤 했다. 그러나 톰과의 섹스는 고요하고 느긋하고 마치 육신을 매개로 영혼이 만나는 듯했다. 레일라는 톰과의 섹스가 더 좋았다.

톰과 함께하는 삶이 마음속 깊은 곳에서 온당하게 여겨졌다. 이는 찰스와의 관계가 지금도 그렇고 과거에도 온당하지 않았음을 의미하는 것이었다. 레일라는 그 부분에서 가장 큰 죄책감을 느꼈다. 영혼까지 파고들며 속속들이 탐색하는 찰스와 달리, 톰은 내성적인 편이고 속내를 파고들려 하지 않아서 레일라는 톰과 함께 있으면 마음이 편안해졌다. 톰은 정의에 대한 개념이 레일라와 같았다. 그리고 둘 다 언론인이라 사용하는 언어도 같았다. 레일라는 톰처럼 결혼 상대로 탐나는 남자가 왜 여태 재혼하지 않았을까 의아했다. 찰스와 부부 인연을 끊기 전에 이유를 알아야겠다 싶어 톰에게 물었다.

톰은 이혼한 후 어떤 여자와도 1년 이상 관계를 지속한 적이 없다고 했다. 그의 윤리관에 따르면 뉴욕에서 결혼 약속 없이 누군가와 지속적으로 만나는 것은 1년이 한계였다. 이미 불행한 결혼 생활을 해보았기 때문이기도 했다.

"뭐라고? 난 잘리기 전까지 10개월 남았어?"

"당신은 결혼한 사람이잖아."

"그렇지. 재미있네. 그 규칙은 첫 데이트부터 적용되는 거지?"

"뉴욕에서 데이트를 하는 사람들 사이에 암묵적으로 적용되는 규칙이야.

내가 만든 게 아니라니까. 여자의 인생을 5년씩 낭비하게 만들고 나서 헤어지는 일이 없도록 하기 위해 만들어진 규칙이지."

"당신 입장에서는 결혼 약속에 대한 공포증을 넘어서는 방편이겠군."

"노력은 해봤어. 몇 번. 그런데 나는 PTSD의 표본이나 다름없는 사람이라 압박을 받으면 공황 발작이 와."

"결혼을 두려워하는 싱글남의 표본이 더 적절한 것 같은데."

"레일라, 그동안 내가 만난 여자들은 너무 젊었어. 나는 결혼을 해봤기 때문에 그들이 모르는 걸 이미 알고 있고 결혼 후 어떻게 될지도 예상이 됐어. 하지만 당신은 달라. 물론 당신이 유부녀가 아니었어도 다른 여자들과는 다르게 대했겠지만."

"그렇겠지. 난 마흔한 살이나 된 여자고 유통기한이 지났으니까. 아마 나를 차도 죄책감이 심하진 않겠지."

"당신이 결혼한 상태라서 다르다는 얘기야."

레일라는 그의 말이 이해가 됐다. "그래. 당신과 이혼했을 당시의 애너벨보다 지금 내 나이가 더 많기는 하지. 당신은 이혼하고 스물여덟 살짜리 젊은 여자로 급을 올린 게 아니라 나 같은 늙은 여자를 만나 오히려 급이 떨어졌으니 죄책감 느낄 필요 없어."

톰은 아무 말도 하지 않았다.

"난 어떤지 알아? 나도 똑같은 계산을 했어. 단 5분만이라도 죄책감에서 벗어날 수 있다면 계산을 안 할 이유가 없잖아. 찰스의 책에 대한 비평이 〈애디론댁 리뷰〉 온라인 판에 실렸는데 상당한 호평이었어. 찰스는 이메일 주소록에 있는 모든 사람들에게 그 비평의 링크를 보냈고. 당신이랑 자려고 여기로 오는 도중에 나도 그 이메일을 받았어. 누구든 찰스 옆에서 그런 이메일을 보내면 안 된다고 말렸어야 했어. 그 사람 아내인 내가 말렸어야 했겠지. '그런 이메일은 안 보내는 게 좋아'라고. 하지만 난 당신이랑 통화하느라 찰스를 말리지 않았어. 그런 식의 죄책감에서 벗어날 수 있게 해줄 나만의 작은 규칙 따위가 있기나 할까? 난 그런 거 없어."

레일라는 작은 여행 가방에 가져왔던 짐을 싸고 옷을 입었다.

"나는 더 이상 규칙에 얽매이지 않아." 톰이 말했다. "당신이 이해해줄 거라 믿어서 말한 것뿐이야. 그리고 당신 말이 맞아. 당신이 마흔한 살이라 내 마음이 편했던 건 사실이야. 부정하지 않을게."

톰의 진솔한 고백은 마치 레일라가 아닌 전 부인의 유령에게 하는 말 같았다.

"당신 때문에 눈물 나기 전에 이만 가봐야겠어." 레일라가 말했다.

그날 밤 레일라가 톰의 아파트를 떠난 이유는 본능적으로 톰을 피하고 싶었기 때문이었다. 톰이 원래 내성적인 성격을 타고난 사람이었으면 레일라는 그의 그런 성격마저 사랑했을 것이다. 그러나 톰은 원래 내성적인 사람이 아니었다. 그는 애너벨과 결혼 생활을 할 당시 매우 외향적인 성격이었고, 그런 성격 때문에 결혼 생활 중에 정신적 외상까지 입었다. 지금도 여전히 애너벨은 톰의 양심을 쥐고 흔드는 듯했다. 톰과 애너벨 사이에 분명 아무에게도 얘기하지 않은 어떤 일이 있었던 것 같았다. 레일라는 본능적으로 자신은 톰에게 늘 두 번째일 수밖에 없으리라는 예감이 들었다. 아무리 애써봤자 이길 수 없는 경쟁이었다.

그러나 그해 겨울 톰은 레일라에게 계속 전화를 했고, 비영리 회사 설립을 위한 진전 상황을 알려주었다. 레일라는 톰과 대화하고 싶지 않은 척할 수가 없었다. 5월 초, 그들이 처음 만나고 석 달 반이 지났을 무렵 톰은 다시 워싱턴으로 왔다. 레일라는 유니언 역 플랫폼을 느긋하게 걸어오는 톰의 모습을 바라보았다. 주름진 카키색 바지, 좋은 취향은 어디 내다 버렸는지 너저분하게 보이는 1950년대 스타일의 스포츠 셔츠를 입은 톰의 모습을 본 순간, 레일라의 머릿속에 조그맣게 순수한 종소리가 울렸다. 그녀는 톰을 사랑하고 있음을 깨달았다.

톰은 레일라의 아파트에 머물지 못할 경우에 대비해 조지 호텔에 예약을 해두었지만 한 번도 체크인하지 않았다. 그는 레일라의 아파트에 일주일 동안 머물면서 그녀의 인터넷을 사용하고, 그녀의 소파에 앉아 벗어진 머리에 안경을 걸친 채 책등을 손가락으로 감싸 쥐고 책을 읽었다. 시력이 안 좋아서 눈 앞에 책을 바짝 들이댄 자세였다. 레일라는 톰이 예전부터 늘 그 소파에 앉아 있었던 것처럼 느껴졌다. 아파트로 돌아왔을 때 소파에 늘어져 앉아 있는 톰을 보면서 레일라는 난생처음 진짜 집으로 돌아온 것 같은 기분이 들었다. 레일라는 〈덴버 포스트〉를 그만두고 톰의 비영리 회사에서 일을 하기로 동의했다. 달리 또 동의해야 할 게 있었어도 레일라는 기꺼이 동의했을 것이다. 레일라는 (아직 말은 안 했지만) 톰과의 사이에서 아기를 낳고 싶었다. 레일라는 톰을 사랑했고 그가 떠나지 않기를 바랐다. 그러려면 숱하게 의논했지만 아직 실행에 옮기지 못한 일을 해야 했다. 바로 찰스에게 이별을 통보하는 일이었다. 만약 레일라가 늦지 않게 이별을 통보하고 찰스와의 관계를 정리했으면 톰과 결혼했을 수도 있었다. 하지만 레일라는 좀처럼 용기를 내지 못했다. 애너벨과의 결혼 생활을 일찌감치 끝내지 못한 톰처럼 비겁했다. 레일라는 이별 통보를 계속 뒤로 미뤘고, 〈덴버 포스트〉에 사직서를 내는 것도 계속 연기했다. 그러다 6월 말의 어느 따뜻한 밤, 콜로라도주 골든 지역 뒤쪽의 작은 언덕길에서 술에 취한 채 할리 데이비슨 XLCR 1000을 타고 가던 찰스는 오토바이 앞쪽으로 날아가는 사고를 당해 허리 아래가 마비되고 말았다. 영국 주식 상승으로 얻은 이익금의 마지막 남은 3분의 1로 산 오토바이였다.

사고는 찰스가 냈지만 레일라의 잘못도 영 없지는 않았다. 레일라는 다른 남자와 사랑에 빠진 나머지 남편이 아무렇게나 살도록 내버려두었다. 레일라는 즉시 덴버로 돌아가야 했다. 찰스가 병원에 입원해 있는 동안, 그리고 그 후 재활 치료를 받는 동안 레일라는 도저히 찰스에게 톰에 대해 말할 수가 없었다. 치료를 잘 받도록 찰스의 기운을 북돋워줘야 했으니까. 하지만 톰에 대한 얘기를 꺼내지 못하고 뒤로 미룰수록 상황은 점점 더 난감해졌다. 레일라는 남편을 사랑하는 아내의 역할을 완벽히 수행했다. 아침에 찰스를 잠깐 들여다보고 출근해서 일을 마친 뒤 저녁에 몇 시간씩 그의 곁을 지켰다. 레일라는 찰스와 함께 살던 3층짜리 집을 팔고 좀 더 형편에 맞는 집을 샀다. 찰스의 기운을 북돋우려 몰래 병원으로 위스키를 갖고 들어가기도 했다. 그녀는 병원 의사들, 간병인들과 친하게 지내면서 녹초가 될 때까지 찰스를 돌보았다. 그러면서 톰이 전 장인에게 물려받은 돈의 일부로 힐톱 지역에 구매한 예쁜 집에서 톰과 섹스를 했다.

찰스의 사고로 인해 레일라는 1년 동안 아기를 갖는 것을 포기해야 했다. 아직 치료 중인 찰스에게 다른 남자의 아이를 임신하게 됐다는 소식을 알리는 건 도저히 할 수 없는 짓이었다. 생활에서 받는 스트레스가 극심한 터라 이 상황에서 아기까지 낳아 기를 자신이 없기도 했다. 몸이 온전치 않은 찰스를 새집에 데려다 놓고 그만 헤어지자고 말할 수도 없었다. 그러나 레일라는 여전히 아기를 갖고 싶었다. 얼마 후 톰은 언제까지 찰스와 함께 살 거냐고 물었고 레일라는 모르겠다고 대답했다.

"아기는 안 돼." 톰이 말했다.

"그게 다야? 그냥 안 된다고?"

톰은 여러 가지 타당한 이유를 댔다. 둘 다 각자의 직업 때문에 바쁘고, 일상에서도 할 일이 넘쳐나며, 나이 많은 커플 사이에서는 선천적 장애아가 태어날 가능성이 높고, 만약 아기를 낳는다고 해도 그 아기는 장차 기후변화와 인구과잉 같은 세계적 대재앙에 직면하게 될 것이라는 이유였다. 무엇보다 톰은 레일라가 여전히 찰스와 한집에서 살고 있다는 것, 다른 남자가 생겼다는 얘기를 찰스에게 아직도 하지 않은 것에 분노하고 있었다. 그는 남편과 헤어지지도 않은 여자와 어떻게 아기를 만들 수 있겠냐고 했다.

"임신을 하면 그땐 찰스에게 모든 걸 다 말할 거야."

"왜 지금 말하면 안 되는데?"

"그 사람 몸이 성치 않잖아. 당신 같으면 애너벨이 휠체어를 타게 됐는데 헤어지자고 말할 수 있겠어? 지금 찰스는 날 필요로 해."

"그게 내 눈에 어떻게 보일지는 생각 안 해? 난 지금이라도 우리 관계를 진전시킬 준비가 돼 있어. 내일이라도 당신과 결혼할 준비가 돼 있다고. 그런데 당신은 언제 이혼을 할지 시일조차 정해놓지 않고 있잖아."

"그래서 임신으로 나를 도와달라고 말한 거야."

"그런 방법이 도움이 될 것 같지가 않아."

아기를 원하는데 시간은 자꾸 흘러가고 있으니 레일라는 초조했다. 톰과의 사이에서 아기를 낳지 못하면 앞으로 영원히 기회가 없을지도 몰랐다. 레일라는 톰의 거절로 당장 임신을 못 하게 되자 슬프고 가슴이 아팠다. 원하는 대로 해주지 않는 톰에게 분노하기도 했다. 톰은 옴짝달싹 못 하는 레일라의 처지를 이해해주지 않았다. 아기를 원치 않는다며 톰이 끌어다 댄 이유들은 핑계에 불과했다. 애너벨이 아기를 원했음에도 불구하고 들어주지 않았던 죄책감 때문에 레일라의 부탁도 거절하는 듯했다. 게다가 그는 찰스에 대한 레일라의 죄책감에도 공감해주지 않았다.

그런 이유로 레일라는 톰과 싸우기 시작했다. 레일라가 열을 올려도 톰은 언제나 차분했다. 싸움의 끝은 늘 막다른 골목이었다. 레일라는 찰스를 떠날 수 없었고 톰은 아기를 원치 않았다. 톰은 싸우면서도 결코 자제력을 잃지 않았고 목소리도 높이지 않았다. 애너벨과 함께 살 당시, 인생을 다섯 번 거듭 살면서 싸울 분량을 합친 만큼 지독하게 자주 싸워서 더는 싸우고 싶지 않다고 했다. 그 설명을 듣자 레일라는 톰도 애너벨도 더는 참을 수가 없었다. 찰스는 물론 어느 누구도 레일라로 하여금 분노에 차 악을 쓰게 만든 사람은 없었다. 그러나 애너벨과 경쟁을 하는 것 같다는 생각이 드는 순간 레일라는 참을 수가 없었다. 날카롭게 소리치는 자신이 혐오스러워 레일라는 톰에게 이별을 고했다. 그들은 일주일 후 화해했고, 일주일 후 다시 헤어졌다. 레일라와 톰은 서로에게 잘 맞는 짝이지만 함께 살 방법을 찾지 못했다.

거의 두 달간은 아예 서로 연락을 끊고 살았다. 그러던 어느 날 밤, 레일라는 찰스를 침대에 눕히고 찰스가 화장실에 흘려놓은 대변을 청소한 뒤 엉엉 울다가 충동적으로 톰에게 전화를 걸었다. 그런데 이상하게도 신호가 가는 소리 없이 바로 연결됐다.

"여보세요?" 그녀가 말했다.

"여보세요?"

"톰?"

"레일라?"

두 달 동안 서로 연락 한 통 없다가 동시에 같은 순간 전화기를 집어 든 것이다. 레일라는 징조를 믿지 않는 사람이었지만 이건 틀림없는 징조였다. 레일라는 찰스와 이혼은 못 하겠지만 당신 없이는 못 살겠다고 말해버렸다. 톰도 그녀가 찰스와 이혼하든 안 하든 상관없다고, 그녀 없이는 살 수 없다고 말했다. 레일라는 다시 집으로 돌아온 기분이었다.

다음 날 아침, 레일라는 따로 나가 살겠다고, 새로 생긴 비영리 서비스 회사에서 일을 하게 돼서 〈덴버 포스트〉는 그만둘 거라고 찰스에게 말했다. 레일라는 이유를 말하지 않았지만 찰스는 집요하게 따지고 캐물었다. 레일라는 2주에 한 번씩 주말에 찰스 곁에 머물렀고, 그 외에는 톰의 집에서 주로 살았다. 톰의 집을 함께 가꿔가는 사람이 아니므로 인테리어에 대한 결정권은 없었지만 늘 특별히 초대된 손님 대접을 받았다. 레일라와 톰은 갈등의 기본적인 원인을 깊숙이 묻어두기로 했다. 레일라는 아기를 갖지 않으려는 톰이 용서가 안 됐지만 시간이 흐르면서 그건 점점 중요하지 않게 됐다. 그들은 덴버 인디펜던트를 국내에서 알아주는 뉴스 서비스 회사로 키워가느라 바빴고, 레일라는 찰스까지 돌봐야 했으므로 이 상황에서 아기를 키우는 고생까지 안 하게 된 게 차라리 다행이다 싶기도 했다.

톰과 함께하는 삶은 이상하고 불분명하고 한시적이었으나 함께하는 매일 매시간을 자유의지로 선택한 것이기에 진정한 사랑의 삶이기도 했다. 레일라는 어렸을 때 주일학교에서 배운 내용을 떠올렸다. 톰의 결혼과 레일라의 결혼은 구약성서와 같았다. 레일라의 결혼은 찰스와의 약속을 지키는 삶이고, 톰의 결혼은 애너벨의 분노와 비난 속에서 두려워하는 삶이었다. 그러나 신약성서에서 중요한 것은 오직 사랑과 자유의지뿐이었다.

필리샤를 만나고 온 다음 날 아침 일찍, 레일라는 얼 워커가 핵무기 공장에서 실직한 후 37만 2천 달러에 구매한 것으로 기록된 집으로 차를 몰았다. 그 집은 세 칸짜리 차고가 있고 앞마당에는 스프링클러 시스템이 갖춰져 있었다. 스프링클러가 이른 아침에 멀리까지 물을 뿌려놓아 집 앞 차도까지 젖어 있었다. 레일라는 물에 젖은 차도 한옆에 차를 세웠다. 애머릴로에서는 가뭄에 잔디가 마르면 이런 식으로 다들 물을 주었다. 워커의 집으로 이어지는 진입로에 고무줄로 묶인 신문 뭉치가 놓여 있었다. 레일라가 운전석에 가만히 앉아 있는데 몇 분 지나자 오십대쯤 돼 보이는 심한 비만인 여자가 집 밖으로 나와 신문을 집어 들고 레일라를 한 번 날카롭게 쳐다보더니 집 안으로 들어갔다.

워커는 핵무기 공장에 다닐 당시 재고관리 팀 소속이었고 코디 플레이너의 상사였다. 이 정보는 핍한테서 얻었는데 핍은 워커가 실직 전까지 살던 집을 23만 달러에 팔았다는 사실도 알아냈다. 일반적으로 실직자가 살던 집을 팔고 더 큰 집을 사는 경우는 별로 없는데, 은행에서 더 큰 금액의 융자를 받기 어렵기 때문이었다. 지난 3년간의 기록을 살펴봤을 때 누군가에게 유산을 받은 적도 없는 워커가 새집 구매에 추가로 들어간 14만 2천 달러를 어디서 조달했을까. 페이스북 사진들만큼이나 흥미로운 추론이 가능했다. 핍이 1월 감사 보고서를 통해 알아낸 바에 따르면 지난여름 공장에서 '재고관리에 사소한 이상이 발생'했다. 그런데 보고서에는 이상의 원인이 '충분히 설명'되었고 '더 이상 문제 될 게 없다'고 적혀 있었다. 레일라의 제안으로 핍은 코디 플레이너의 페이스북 사진들을 자동차 기술공에게 보여줬다. 자동차 기술공은 코디의 픽업트럭이 일반적인 서스펜션을 보유하고 있다면 화물칸에 실린 짐의 무게는 400킬로그램 정도일 것이라고 추정했다. 이는 진짜 B61의 무게였다. 그러나 레일라나 핍이 코디 플레이너한테서 직접 얻어낸 유일한 진술은 "그건 진짜 핵탄두가 아니야, 자기야"가 고작이었다. 레일라는 코디에게 전화를 걸었으나 코디는 위협의 말을 내뱉고 욕을 내지르면서 전화를 끊었다.

워커도 레일라의 인터뷰 요청에 대해 '안 해요'라는 말로 거절했다. '안 해요'라는 건 '어쩌면 가능할 수도 있어요'라는 뜻이기도 했다. 레일라가 녹차를 마시면서 다른 기사에 대한 이메일에 답장을 보내며 운전석에 앉아 있는데 워커가 집 밖으로 나오더니 물에 젖은 잔디밭을 가로질러 곧장 그녀의 차로 걸어왔다. 그는 잭 스프랫*처럼 마른 체구였고 텍사스 크리스천 대학교를 상징하는 보라색과 흰색으로 된 운동복을 입었는데 운동복에 그 대학교의 상징인 뿔개구리 그림이 그려져 있었다. 레일라는 차창을 내렸다.

"누구시죠?" 워커가 물었다. 얼굴색을 보아하니 찰스처럼 불그레한 것이 위스키를 꽤나 마시며 사는 모양이었다.

"덴버 인디펜던트의 레일라 헬루라고 합니다."

---

* 전승 동요의 주인공으로 비계를 먹지 못한 마른 남자.

"내 그럴 줄 알았지. 할 말 없다니까요."

위스키에 전 사람은 진에 전 사람에 비해 모세혈관이 더 폭넓게 확장이 돼서 얼굴색이 전체적으로 불그레하고, 와인에 전 사람에 비해 보랏빛이 덜한 게 특징이었다. 어떤 대학이든 만찬 파티에서는 술을 실컷 마시고 사는 듯했다.

"말 빙빙 돌리지 않고 두 가지만 빨리 묻겠습니다. 선생님의 입장을 곤란하게 만들 일은 없을 거예요."

"벌써 곤란하게 만들고 있잖아요. 내 집 앞에서 어서 떠나요."

"다른 데서 커피 한잔하실래요? 오늘 중 아무 때라도 괜찮은데."

"남들 다 보는데서 댁이랑 같이 앉아 있자고요? 좋게 말할 때 어서 가요. 내가 말을 하고 싶어도 할 수가 없는 입장입니다."

내 집 앞에서, 남들 보는 데서는 말할 수 없다, 이거네.

"집이 참 예쁘네요. 보면서 감탄하고 있었어요."

레일라는 유쾌한 미소를 지으며 관자놀이 쪽 머리카락을 손으로 매만졌다. 특별한 이유가 있어서가 아니라 단지 머리카락 속으로 들어간 손가락을 그에게 보여주기 위해서였다.

"잘 들어요. 괜찮은 분 같은데 여기서 험한 꼴 보게 하고 싶지 않습니다. 여기서는 어떤 기삿거리도 못 찾아낼 겁니다. 혹시 뭔가 있지 않을까 싶겠지만 아무것도 없어요. 엉뚱한 나무에 대고 짖고 있는 겁니다."

"좋아요. 이렇게 정리해보죠. 왜 뭔가 있을 거라고 생각하는지 이유를 말해드릴 테니까, 선생님은 왜 아무것도 없다는 것인지 설명해주세요. 그럼 저는 오늘 밤 덴버에 있는 집으로 돌아가 제 침대에서 편안히 잠을 잘 수 있을 거예요."

"당장 차에 시동 걸고 이 거리를 떠나요."

"내키지 않으면 설명까지 안 하셔도 돼요. 그냥 고개를 끄덕이거나 가로젓

기만 하세요. 머리를 움직인다고 법에 저촉될 건 없지 않겠어요?"

레일라는 다시 미소를 지으며 고개를 흔드는 시늉을 해보였다. 워커는 어떻게 할지 확신이 서지 않는 듯 한숨을 쉬었다.

"자, 차에 시동을 걸게요. 됐죠? 떠나드릴게요."

"고맙습니다."

"어디 다른 데로 같이 가실까요? 태워드릴게요."

"됐습니다."

레일라가 시동을 꺼버리자 워커는 한층 더 무거운 한숨을 토해냈다.

"미안하지만 저는 선생님 입장을 듣지 않고서는 책임 있는 기사를 쓸 수가 없어요."

"입장이고 자시고 할 게 없다니까요."

"아, 예. 그것도 하나의 입장일 수 있어요. 다른 입장에 계신 분들 얘기를 들어보니까 기삿거리가 될 만한 게 있더라고요. 선생님이 입을 닫는 대신 돈을 받았다는 얘기도 나왔고요. 기삿거리가 될 만한 게 없으면 왜 돈을 줬을까요. 제 말 무슨 뜻인지 아시죠?"

워커는 레일라 쪽으로 허리를 더 낮췄다. 그의 얼굴은 군데군데 벌겋게 달아올라 마치 인구 밀집 지역이 표시된 지도를 보는 듯했다. "누가 그런 얘길 합디까?"

"취재원에 대해서는 누설하지 않아요. 제가 하는 일에 대해 제일 먼저 아셔야 할 게 바로 그거예요. 그러니까 저한테 말씀하셔도 선생님에 대한 정보는 새어 나가지 않을 겁니다."

"똑똑한 분 같군요."

"아뇨, 그렇지도 않아요. 전형적인 여성의 뇌를 가진 부족한 여자일 뿐이에요. 선생님이 도와주시면 이 건에 대해 좀 더 잘 이해할 수 있을 것 같아요."

"대도시에서 온 똑똑한 숙녀군요."

"만날 시간과 주변의 큰 건물을 말해주세요. 그 근처에서 만나기로 해요. 익명의 장소에서."

익명은 적절히 함축적이라 레일라가 남자 취재원들에게 즐겨 사용하는 단어였다. 익명의 장소라 함은 지금 저 집에 있는 아내가 없는 곳을 의미했다. 바로 그때 워커의 아내가 현관문을 열고 소리쳤다. "얼, 거기 누구예요?"

레일라는 입술을 깨물었다.

"기자인데 길을 알려달래!" 워커가 집 쪽으로 소리쳤다.

"할 얘기 없다고 말했어요?"

"방금 그렇게 말했어."

현관문이 닫히자 워커는 레일라 쪽을 쳐다보지도 않고 말했다. "클리프사이드의 센터가스 창고 뒤쪽. 3시에 거기서 봅시다. 4시에는 날 못 만날 테니 늦으면 덴버에 있는 기자님 집 침대로 돌아가야 될 겁니다."

레일라는 워커의 인터뷰 승낙을 받자마자 그곳을 떠났다. 기자로 살면서 늘 서두르며 살았던 터라 속도 올리지 말자고 스스로를 다독여야 했다. 워커를 설득하기 위해 사용한 열 가지 방법 중에 침대라는 단어가 그에게 먹혀 들어갈 줄 누가 알았을까?

호텔 방으로 돌아온 레일라는 휴대전화에서 단축 다이얼 P를 눌렀다.

덴버에 있는 핍이 전화를 받았다. "핍 타일러입니다."

"안녕, 안녕. 방금 얼 워커와 인터뷰 약속 잡았어."

"잘됐네요!"

"필리샤 배브콕도 인터뷰했어."

"대박."

"진짜 재미있는 얘기 하나 해줄게. 코디 플레이너가 핵무기를 섹스 보조 기구로 쓰려고 몰래 갖고 나왔대."

"필리샤 배브콕이 그렇게 말했어요?"

"핵무기를 그런 식으로 사용할 수 있다는 건 별로 알고 싶지 않았지만 어쨌든 그렇게 말을 했어. 그리고 코디 플레이너가 몰래 갖고 나온 핵무기가 모형이라는 것도 필리샤 배브콕이 확인해줬어."

"아."

"그래도 괜찮은 기삿거리인 건 분명해, 핍. 공장에서 직원이 핵무기 모형을 몰래 반출할 수 있다는 건 진짜 핵무기도 반출할 수 있다는 뜻이잖아. 아직 기사로서 가치가 있어."

"제가 생각한 것보다 세상이 아직 안전한 상태라니 다행이긴 하네요."

레일라는 핍에게 자세한 내용을 설명했다. 핍은 다른 기자를 보조하기 위해 검시관 자격 인증에 관한 자료 조사도 동시에 진행하고 있었는데 지금 당장 그 일로 돌아갈 생각이 없어 보여서 레일라는 상사로서뿐만 아니라 개인적으로도 기분이 좋았다.

설명을 끝마친 레일라가 말했다. "이만 부검 보고서를 다시 읽게 내가 전화를 끊어줘야겠네. 그 일은 어때?"

"지루해요."

"음. 그래도 급여 받는 값은 해야지."

"불만은 아니고 그냥 그렇다고요."

레일라는 속에서 울컥 감정이 솟아올랐으나 지그시 눌렀다. "보고 싶어."

"아, 고맙습니다."

레일라는 다른 말이 더 나오길 가만히 기다렸다.

"저도 보고 싶어요." 핍이 말했다.

"너도 같이 데리고 올 걸 그랬어."

"안 그러셔도 돼요. 저 어디 안 가요."

통화가 끝난 후 레일라는 자기가 핍을 너무 마음에 들어 하는 것 같아 신경이 곤두섰다. '저도 보고 싶어요'는 상사가 부하 직원의 입에서 이끌어내도 되는 말의 한계를 넘어섰지만, 레일라에게는 충분치 않았다. 레일라의 마음은 채워지지 않았고 속내를 노출한 것 같아 당황했으며 제정신이 아니라는 생각도 들었다. 레일라는 아이들과 함께 있으면 마음이 약해졌다. 아이에 대한 열망은 친밀함이나 섹스에 대한 갈망과 함께 그녀의 몸 안에서 서로 가까이 자리하고 있었다. 그러나 아이를 품에 안고 싶은 열망이 아무리 강하다고 해도 순수함을 배신하거나 착취하고 싶지 않았다. 아이에 대한 부모의 사랑이라는 고통스러우면서도 달콤한 열망, 그 구조적인 열망을 대체할 수 있는 것은 아무것도 없었다.

묘하게도 핍의 실제 이름은 퓨리티였다. (이력서에는 핍 타일러로 기재돼 있었지만 레일라는 대학 성적 증명서에 적힌 퓨리티 타일러라는 이름을 보았다.) 이유는 알 수 없지만 핍에게는 퓨리티라는 이름이 무척 잘 어울렸다. 물론 핍은 성적으로 순수한 편은 아니었다. 자세히 설명하진 않았지만 핍은 덴버에서 음악을 하는 스티븐이라는 이름 남자 친구와 동거하고 있었다. 그 전에는 오클랜드에 있는 불결한 집에서 너저분한 무정부주의자들과 함께 살았고, 바비큐 파티에 참석한 코디 플레이너의 사진들을 입수한 것도 친분 있는 불법 해커들을 통해서였다. 레일라는 핍에게서 감지한 순수함이 어쩌면 스물네 살 당시 자신이 간직했던 순수함일지 모른다는 생각이 들었다. 그 나이 때 레일라는 자신이 얼마나 아는 게 적은지 감도 못 잡았는데, 지금의 핍이 딱 그랬다.

레일라는 핍에게 페미니스트로서 훌륭한 본보기가 돼주고 싶었고 자신이 그 나이였을 때 받지 못한 삶의 방향에 대한 지침도 주고 싶었다. 어느 날 점심을 같이 먹으며 레일라는 핍에게 말했다. "인터넷은 참 역설적이야. 인터넷 덕분에 기자로 일하기가 훨씬 편해지긴 했어. 그 전 같으면 닷새나 걸릴 조사 작업을 인터넷을 통해 5분이면 끝낼 수 있으니까. 하지만 인터넷은 언론을 죽이고 있기도 해. 20년 동안 죽기 살기로 취재하고, 정보원을 심어두고, 기삿거리가 될 만한 소재와 아닌 소재를 구분하는 시각을 기른 기자는 쉽게 대체할 수 있는 존재가 아니거든. 구글과 애큐린트를 사용하면 굉장히 똑똑해진 기분이 들지만 최고의 기사를 쓰려면 현장에 나가 직접 취재를 해야 돼. 취재원이 의도치 않게 불쑥 핵심 정보를 말할 때가 있는데 그런 정보가 있어야 상황이 제대로 파악이 된단 말이야. 그럴 때 나는 최대로 살아 있음을 느껴. 컴퓨터 앞에 앉아 있을 땐 절반만 살아 있는 느낌이고."

핍은 레일라의 조언을 주의 깊게 경청했지만 이렇다 할 반응을 보이지 않았다. 핍도 다른 대졸자들처럼 상대에게 쿨하지 않고 무례하게 보일까 봐 본인 의견을 강하게 표현하지 않는 경향이 있었다. 문득 레일라는 핍이 세상 물정 모르고 순진하기는커녕 자기보다 더 지혜롭다고, 핍과 핍의 세대들은 윗세대에게 물려받은 개판이나 다름없는 세상에 대해 잘 알고 있다고, 자기야말로 세상 물정 모르고 순진해빠졌다는 생각이 들기 시작했다. 레일라는 핍의 쿨한 태도를 그 세대의 특징적인 스타일로 여기면서 그 사이로 비집고 들어갈 방법이 없는지 궁리해보았다.

핍은 술을 아예 안 마시거나 과음을 하거나 둘 중 하나였다. 레일라는 핍이 제대로 된 식사를 하도록 하기 위해 몇 번 저녁을 사줬는데 그때마다 술은 혼자서만 마셔야 했다. 그런데 지난주 목요일 밤, 핍은 와인 한 잔을 주문하더니 2분 만에 잔을 비웠다. 두 번째 잔도 빠르게 비우고는 병째로 주문해도 되냐고 물으며 자기가 돈을 내겠다는 터무니없는 말을 하는 것이었다. 한 시간 후 와인병은 텅 비었고, 핍은 음식에 손도 대지 않은 채 울어댔다. 레일라는 식탁 너머로 손을 뻗어 상기된 핍의 얼굴을 손으로 쓰다듬으며 말했다.

"아이고, 자기야."

핍은 일어서서 화장실로 달려갔다. 잠시 후 자리로 돌아온 핍은 이번 한 번만 레일라의 집으로 같이 가서 소파에서라도 잘 수 있는지 물었다.

"아이고, 자기야." 레일라가 다시 말했다. "무슨 일인지 말해봐."

"아무 일 없어요. 그냥 외로워서요. 엄마가 보고 싶기도 하고요."

레일라는 펩의 모친에 대해서는 생각하고 싶지 않았다. "나랑 같이 집으로 가는 건 문제가 없는데, 내 상황에 대해 미리 알아야 할 게 좀 있어."

펩은 곧바로 고개를 끄덕였다.

"어쩌면 이미 들었을 수도 있겠네."

"약간은요."

"그게, 평소 같으면 내가 오늘 밤에 톰의 집에 있을 거였거든. 그러니까 내가 지금 가자는 집이 톰의 집이라고 짐작할 수 있을 거야. 하지만 그 집에 가는 건 별로 좋은 생각이 아니야."

"됐어요. 괜히 말했나 봐요."

"아니야! 얘기 잘했어. 다만 나도 톰의 집에서는 손님이라서. 혹시 다른 집으로 몰래 들어가도 괜찮으면……."

"그냥 안 갈래요."

"나도 괜찮으니까 같이 가자고 제안하는 거야."

찰스의 집은 문예 창작 수업에 사용되는 사무실들이 있는 곳에서 세 블록 떨어진 곳에 위치해 있었다. 찰스는 사무실까지 휠체어를 타고 왔다 갔다 할 수도 있고 그 일을 아예 그만둘 수도 있었지만, 집에서 수업을 진행하면서 근무시간을 채우는 쪽을 택했다. 찰스는 굴에 틀어박히듯 집에서 최대한 나가지 않으려 했다. 그는 바깥세상에서 휠체어 탄 장애인 취급을 받느니 185제곱미터의 왕국에서 절대적인 지배자로 살겠다고 말했다. 그는 이제 대변을 잘 제어했고 복부와 어깨의 힘도 좋아졌으며 휠체어에 앉아 이런저런 재주도 부릴 줄 알았다. 여전히 술을 많이 마시는 편이었지만 오래 살기 위해 전보다는 양을 줄였다. 하반신 마비 덕분에 찰스는 문학 세계에 대한 깊은 슬픔을 객관적으로 볼 수 있게 됐다. 문학 세계는 찰스가 그만 꺼져주길 바랐겠지만 그는 스스로 물러나 문학 세계를 흡족하게 해줄 용의가 없었다.

레일라는 여전히 한 달에 두 번 찰스의 집에서 주말을 보냈으나 함께 잠을 자지는 않았다. 레일라는 찰스의 침실과 연결된 복도의 앞쪽에 있는 작은 침실을 사용했다. 레일라는 핍을 몰래 집 안으로 데리고 들어가고 싶었지만 밤 10시밖에 안 된 시각이라 집 앞 진입로로 들어서면서 보니 거실의 조명이 환하게 켜져 있었다.

"음, 남편과 마주칠 수밖에 없겠는데. 괜찮겠어?"

"사실 꽤 궁금해요."

"그게 바로 기자 정신이지."

레일라는 현관문을 노크한 후 열쇠로 열고 문 안쪽으로 머리를 들이밀었다. 손님을 한 명 데려왔음을 찰스에게 미리 알리기 위해서였다. 안으로 들어가서 보니 찰스는 학생들의 글 한 무더기를 가슴께에 얹고 한 손에 빨간 색연필을 쥔 채 소파에 누워 있었다. 표정도, 깔끔하게 하나로 묶은 긴 백발도 평소와 다르지 않았다. 손 근처에는 마개가 덮인 위스키병이 놓여 있었다. 바닥부터 천장까지 설치된 책장에는 책이 빼곡히 꽂혀 있었고 바닥 여기저기에 책 무더기가 쌓여 있었다.

"우리 회사에서 자료 조사를 위해 고용한 인턴 핍 타일러야." 레일라가 핍을 소개했다.

"핍." 찰스는 대놓고 성적 대상을 바라보는 눈으로 핍의 위아래를 훑었다. "이름이 마음에 드는군요. 굉장히 기대를 하게 만드는 이름이에요. 으음. 그런 얘기 자주 듣겠어요."

"딱히 그렇지도 않은데요." 핍이 대꾸했다.

레일라가 나섰다. "당신만 괜찮다고 하면 핍을 오늘 밤 여기서 재웠으면 해."

"당신 내 아내 아니야? 여긴 우리 집 아닌가?" 찰스는 탐탁잖은 표정으로 웃었다.

"그럼 방으로 갈게."

레일라가 현관홀 쪽으로 걸음을 옮기려는데 찰스가 핍에게 말을 걸었다.

"책 좋아해요, 핍? 책을 즐겨 읽는 편인가요? 방 안에 책이 너무 많아서 두렵습니까?"

"책 좋아해요." 핍이 말했다.

"그렇군요. 잘됐네요. 혹시 조너선 사부아 페르*의 열성 팬인가요? 내가 가르치는 학생들 중 대다수가 그렇던데."

"동물 보호에 대한 책을 쓴 작가요?"

"맞아요. 그런데 그 사람은 소설도 썼죠."

"그분이 쓴 동물 보호에 관한 책을 읽었어요."

"조너선이라는 이름은 너무 흔하죠. 문학계에는 조너선이라는 이름이 넘쳐납니다. 〈뉴욕 타임스 북 리뷰〉만 읽어봐도 미국에서 제일 흔한 이름이 조너선이구나 하는 생각이 절로 들어요. 하나같이 재능이 뛰어나고 위대합니다. 야망도 크고 활력도 넘치고 말이죠." 찰스는 핍을 향해 한쪽 눈썹을 치뜨며 물었다. "제이디 스미스라는 작가의 책에 대해서는 어떻게 생각합니까? 굉장한 작품이죠?"

레일라가 끼어들었다. "찰스."

"여기 같이 앉아 한잔합시다."

"우린 지금 술 생각 별로 없어. 당신은 학생들이 제출한 글을 읽어야 하잖아."

"내가 길고 평화로운 밤의 수면을 취하기 전에 얘기 좀 합시다." 찰스는 어느 학생의 글을 집어 들며 말을 이었다. "'우리는 밀크셰이크 빨대처럼 길고 굵은

---

* 《엄청나게 시끄럽고 믿을 수 없게 가까운》, 《동물을 먹는다는 것에 대하여》의 작가 조너선 사프란 포어를 가리킨다. '사부아 페르'는 '수완, 기량, 노하우'를 뜻하는 프랑스어.

관계였다'라는 문장에 사용된 직유는 어떤 결함이 있을까요? 핍? 이 직유에 빈틈이 보입니까?"

핍은 찰스가 펼치는 쇼가 재미난 모양이었다. "밀크셰이크 빨대랑 다른 빨대랑 차이가 있나요?"

"그래요. 좋은 지적입니다. 특별함을 가장한 도깨비 같은 표현이죠. 길쭉한 튜브 모양을 한 빨대는 미끈하지만 따분한 플라스틱에 불과합니다. 여기서 작가가 코카인 가루의 물리적 성질에 익숙하지 않은 것 같다는 의심 또는 작가가 코카인 가루를 코를 통해 이동시키는 기구와 빨대를 헷갈린 게 아니냐는 의심이 서서히 드는 것이죠."

"글을 잘 써보려고 지나치게 용을 쓴 것 같기도 해요." 핍이 말했다.

"지나치게 용을 썼다라. 그래요. 여백에 그 말을 적어야겠습니다. 제 동료들 중에는 학생들이 제출한 글의 여백에 평을 써서 주지 않는 사람들이 있는데, 이게 말이 됩니까? 나는 이 학생에게 정말 신경을 써주고 있는 겁니다. 자기 글이 어디가 잘못됐다는 걸 알면 다음에는 더 잘 쓰겠죠. 그건 그렇고 영혼의 존재를 믿습니까?"

"생각 안 해봤는데요." 핍이 말했다.

"찰스."

찰스는 슬픔과 비난이 섞인 익살맞은 표정으로 레일라를 바라보았다. 휠체어를 탄 불쌍한 남자가 재미 좀 보겠다는데 말리려는 거냐, 하는 눈빛이었다. 찰스는 핍에게 말했다. "영혼이라는 건 화학적 감각이에요. 지금 이 소파에 누워 있는 나는 미화된 효소에 불과하죠. 모든 효소는 각자 하는 일이 있습니다. 애초에 상호 교류하게 되어 있는 특정한 분자를 찾으며 평생을 보냅니다. 그렇다면 효소는 행복할 수 있을까요? 효소는 영혼을 갖고 있을까요? 이 두 질문에 대해 나는 '그렇다'고 대답하고 싶습니다! 지금 이 소파에 누워 있는 효소가 하는 일은 학생들이 쓴 형편없는 산문을 들여다보고 상호 교류하고

개선하는 것입니다. 내 세포 속에서 둥둥 떠다니는, 형편없는 산문을 교정하는 효소가 바로 나라는 존재입니다." 찰스는 레일라에게 고갯짓을 하며 덧붙였다. "내가 행복해하지 않으니 아내는 걱정이 크죠."

펍은 아무 말도 못 하고 눈만 휘둥그렇게 떴다.

찰스가 계속해서 말했다. "아내는 아직도 자신만의 분자를 찾아다니고 있어요. 나는 내 분자가 누구인지 이미 알고 있는데. 그쪽은 어떻습니까?"

레일라가 나섰다. "펍을 지하실에서 재울게요."

"지하실이 비교적 안전하지만 완전히 안전한 장소는 아니야. 지하실로 내려가는 계단을 내가 이미 두세 번 정복했어."

지하실로 내려간 레일라는 펍의 잠자리를 봐준 뒤 숄을 걸치고 침대 옆에 앉았다. 초조하고 불안한 마음에 와인 한 병을 꺼내 마신 뒤, 안 마시는 게 나을 것 같다는 펍까지 설득해 같이 마셨다. 와인과 침대, 펍이 바로 옆에 있으니 레일라의 내면에서 약탈적 본능이 꿈틀거렸다. 열정적이고 탐욕스러운 감정, 찰스에 이어 톰까지 손에 넣게 만든 레일라 가문 특유의 성정이었다. 레일라는 어쩌다가 두 남자를 곁에 두게 되었는지 펍에게 털어놓았다. 한 남자는 레일라의 보살핌을 필요로 하는 남편이고, 다른 한 남자는 레일라가 사랑하는 남자 친구였다. 레일라는 아이 문제에 대해서는 언급하지 않았다. 원하는 대로 아이를 낳지 못하게 되어 실망한 이야기는 너무 개인적이고, 딸 같은 나이의 펍을 위해 준비한 침대 옆에 앉아 있는 지금 이 순간과 어울리지도 않았다. 레일라는 계속 와인을 마시며 펍에게 많은 이야기를 했다. 두 남자 중 한 명을 선택해야 한다면 아마 찰스를 선택할 거라고, 찰스와 결혼 서약을 했고 그로 인해 찰스의 인생을 망쳤으니까. 그리고 찰스가 그런 상황을 감내했으니까. 또한 찰스는 여전히 레일라를 필요로 하고 가끔 섹스도 가능했다. 찰스는 톰에 대해 많은 부분을 이해하고 있었고 레일라를 통해 톰에 대해 알아내는 일을 즐기고 있었다. 레일라는 남자 친구가 있다는 사실을 찰스에게 인정했지만 이름은 끝까지 말해주지 않았다. 10년이 넘는 세월 동안 두 남자는 서로 마주친 적이 없었다. 찰스는 레일라를 자신을 위한 분자라고 말했지만 사실 레일라는 불구가 된 노인을 돌보는 데 적합한 효소일 뿐이었다. 찰스의 이론과는 달리 이 분자와의 상호 교류는 레일라에게 전혀 행복감을 주지 못했다. 레일라는 톰과 함께하는 삶 속에서만 행복을 찾을 수 있었다.

"내가 감당해야 하는 일이야. 찰스의 자식들은 아버지가 어머니를 버린 일을 용서하지 않았어. 그들도 속이 말이 아니겠지. 그러니 찰스 곁에는 나밖에 없어."

이 얘기를 들으며 핍은 울음을 터뜨렸다. 레일라는 핍의 손에서 와인 잔을 받아 옆으로 치웠지만 이미 잔은 비어 있었다. 레일라는 핍의 손을 잡고 물었다. "무슨 일로 그렇게 속상해하는지 얘기해볼래?"

"그냥 너무 외로워서요."

"이 마을에서 아는 사람이 남자 친구밖에 없으니 견디기 힘들긴 하겠다."

핍은 이 말에 대해서는 대꾸하지 않았다.

"남자 친구하고는 잘 지내?"

"조만간 캘리포니아로 돌아가야겠다는 생각을 하고 있어요."

"남자 친구하고 사이가 안 좋아서?"

핍은 고개를 저으며 마지못해 속내를 털어놓았다. 학자금 대출액이 너무 커서 지금 받고 있는 얼마 안 되는 인턴 급여로는 학자금 대출의 분할 납부를 하고 나면 남는 게 거의 없다고 했다. 핍은 지금처럼 임대료를 내지 않고 남자 친구 집에 얹혀살지 않으면 덴버에서 살 수 있는 형편이 아니었다. 학자금 대출은 대학교와 샌터크루즈에서 다녔던 사립 고등학교 학비였다. 핍의 엄마는 핍에게 돈 걱정은 그만하라고 늘 말했다. 핍의 엄마는 감정적으로 문제가 있지만 신체적으로는 멀쩡해서 사회적 지원도 받지 못하는 형편이었다. 그런 엄마를 돌볼 사람은 핍뿐이었다. 앞으로도 핍은 계속 그렇게 살 수밖에 없을 터였다. "벌써 다 늙어버린 기분이에요."

"젊기만 한데 뭘."

"엄마한테서 멀리 떨어진 곳에 와 있으니까 죄책감이 들어요. 내가 지금 여기서 뭘 하고 있지? 하는 생각이 자꾸 들고요. 지속 불가능한 환상 속에서 살고 있는 것 같아요."

레일라는 핍에게 같이 살자고 말하고 싶었다. 그러나 레일라는 두 집을 왔다 갔다 하며 살고 있었지만 두 집 모두 그녀의 소유가 아니었다. 페미니스트로서 훌륭한 본보기는 아니었다. "덴버에 온 지 겨우 두 달밖에 안 됐잖아. 기왕 캘리포니아를 떠났으니까 두 달 이상은 버텨봐."

"이해를 못 하시네요. 죄책감이 드는 이유는 캘리포니아로 돌아가고 싶지 않아서예요. 기자님이랑 같이 일하고 기자님한테 가르침을 받는 게 정말 좋아요. 하지만 돌아가기 싫다는 생각이 들 때면 오두막에서 혼자 살면서 저를 그리워하고 있을 엄마 때문에 가슴이 무너져요."

"이해해. 넌 내 일상을 함께 살고 있으니까."

"기자님은 그래도 보고 싶은 사람이랑 같은 도시에서 살고 있잖아요. 불운한 일이 있었지만 적절한 방법을 찾아 잘 대처하면서 살고 있고요. 가끔 저는……."

"뭔데?"

핍은 고개를 저었다. "너무 늦게까지 잠도 못 주무시게 했네요."

"그 반대잖아."

"가끔 기자님 같은 분이 제 부모면 좋았겠다는 생각이 들어요."

그 순간 레일라는 눈앞에서 작은 지하실이 빙글 도는 듯했다. 와인 탓은 아니었다.

레일라는 핍의 손을 토닥이고 일어서며 기운차게 말했다. "그래. 나도 너 같은 딸이 있으면 좋았을 거야."

"저녁도 사주시고 와인도 주셔서 감사드려요."

"고맙긴 뭘."

"내일 우리 둘 다 상태가 안 좋겠는데요."

"숙취가 좀 있긴 할 거야. 너무 심하지 않길 바라야지."

레일라는 애써 웃음 지으며 지하실 계단을 올라갔다. 그렇게 웃는 자신이 싫어 손목 아랫부분으로 이마를 쳤다. 위층으로 올라가니 찰스가 소파에 누워 코를 골며 자고 있었다. 학생들이 제출한 글들은 바닥에 놓여 있었고 위스키병은 깨져 있었다. 레일라는 그의 이마에 키스하며 잠을 깨웠다. "침대로 갈래?"

"오줌 눌래."

휠체어에 앉는 것까지 도움을 받을 필요는 없었지만 찰스는 기꺼이 레일라의 도움을 받았다. 찰스에 대한 레일라의 친밀감은 어느 누구와도 비교할 수 없을 만큼 긴밀하고 깊었다. 그들은 서로에게 비밀이 없었다. 레일라와 수년을 함께 살았고 소설가라 상상력도 풍부한 찰스는 레일라가 톰에 대해 품고 있는 감정을 속속들이 짐작하고는 유쾌하게 떠들어댔다. 레일라는 여전히 톰의 이름을 말해주지 않았는데, 본인의 사생활이 아니라 톰의 사생활을 지켜주기 위해서였다. 그런 상황에서 찰스는 톰의 정체를 캐는 일을 게임처럼 소소하게 즐겼다.

집 끄트머리에 위치한 안방 침실에서 희미하지만 정체가 확실한 스킨로션과 방귀 냄새가 풍겼다. 욕실로 들어가 가로대 옆에 선 레일라는 찰스의 성기에서 힘차게 뿜어 나오는 오줌 줄기를 바라보았다. 몸이 제대로 기능하는 것을 직접 목격하니 둘 다 기분이 좋았다. 서로에게 의미 있는 광경이기도 했다. 레일라는 찰스의 성기를 손으로 문질러 사정하게 해주었으나 그를 남편으로 위하기 때문에 그리한 것은 아니었다. 레일라에게 찰스는 돌봐야 할 아기나 다름없었다.

"당신 차 소리가 나길래 생각했지. '목요일인데! 웬일이지.'"

"핍을 이 집에 머물게 해줘서 고마워."

"그리고 생각했어. '다른 집에서 혹시 문제가 생겼나?'"

"당신이야말로 웬일로 아까 소변 누는 일에 대한 농담을 안 하던데."

"존재감이 별로 없긴 해도 신이 존재하는 덕분에 나 역시 금욕 중이거든."

"나는 핍을 정말 아껴."

찰스는 한쪽 눈썹을 치떴다. "설마 여자와?"

"맙소사, 그런 거 아니야. 핍은 길을 잃고 헤매다가 나한테 다가온 작은 강아지 같아."

"지하실에 그 여자를 두는 건 당신 마음대로 해. 다만 집에서 기르려면 제대로 훈련을 시켜야 할 거야."

"로지가 세탁한 잠옷 어디다 뒀는지 알아?"

"바로 앞에 있잖아."

"아, 그러네. 바로 앞에 있네."

다음 날 아침, 약간의 숙취에 시달리며 레일라는 톰을 찾아가 핍을 정식 자료 조사원으로 고용하고 생활이 가능한 정도로 급여를 주라고 요청했다. 톰은 핍이 아직 인턴 과정을 끝마치지 않았다고 지적했으나 레일라는 주장을 굽히지 않았다. "좋은 직원이야. 그만한 값어치를 할 거라고. 그리고 핍은 당장 그만한 돈이 필요해." 톰은 어깨를 으쓱하더니 제안을 받아들였다. 톰이 마음을 바꾸기 전에 레일라는 핍에게 가서 기쁜 소식을 전했다.

"잘됐네요." 핍은 조그맣게 말했다.

레일라는 잠시 자기가 이기적인 짓을 한 것인지, 핍을 괜히 덴버에 잡아두고 힘들게 만든 것인지 고민했다. 하지만 여길 떠나고 싶지 않다고 말한 건 핍이었다.

"이제 네가 살 집을 찾아보자. 우리 사무실 주변부터 알아보면 될 거야."

레일라는 기분 좋게 말했으나 펍은 크게 기쁘지는 않은 표정으로 고개를 끄덕였다.

레일라는 애머릴로 외곽에 위치한 프로판가스 창고 뒤쪽에서 15분도 채 안 되는 시간 동안 얼 워커를 만났다. 워커는 시동을 끄지 않고 트럭에 탄 채 열린 창문 너머로 인터뷰에 응했다. 그는 공장 경영진에게 자기를 좋게 대해주면 그도 좋게 입을 다물겠다고 했고 퇴직금 조로 25만 달러를 받았다고 시인했다. 그가 해고당한 이유는 근무 중에 한 번 음주를 했기 때문이었다. 딱 한 번이었는데 그때 코디 플레이너가 워커를 위해 눈가림을 해줬다. 그런데 평소 남의 약점을 잡아 협박하길 좋아하는 역겨운 속물 플레이너는 그 일을 빌미 삼아 워커에게 B61 모형 반출을 위한 서류 작업을 시켰다. 모형을 반출한 이유는 여자 친구에게 보여주면서 잘난 척을 하기 위해서였다. 워커는 서류 작업을 해준 일이 자랑스럽지는 않지만 위험한 짓도 아니었다고 항변했다. B61 모형은 뉴멕시코주 앨버커키에 있는 커틀랜드 공군 기지에서 실수로 핵무기 공장으로 실려 왔다. 그리고 얼마 후 공군 기지 조사관들이 한 트럭에 가득 타고 공장을 찾아왔으나 그들은 조사만 하고 모형을 트럭으로 다시 회수해 가지 않았다. 플레이너가 친구들에게 그 모형을 자랑 삼아 보여준 멍청한 짓을 하지만 않았어도, 그 사진을 찍지만 않았어도 그 사달이 나지는 않았을 것이라는 게 워커의 주장이었다.

워커는 트럭의 기어를 바꾸며 말했다. "이 얘기는 나한테서 못 들은 겁니다."

"그럼요. 선생님이 집 앞에서 저와 대화를 거부하신 걸 부인께서 증명해주실 겁니다."

레일라의 머릿속은 B61 건과 별개로 파헤치고 있던 콜로라도주 천연자원부와 광산 업계의 유착 건으로 이미 넘어가고 있었다. B61 모형에 관해 핵무기 공장 경영진과 인터뷰를 해봐야겠지만 코디 플레이너의 이야기는 큰 기사로 내기에는 빈약한 면이 있었다. 빈약하다고 하면 핍이 실망하겠지만 그래도 핍에게 기사를 쓰게 하고 공동 기사로 신문에 실을 생각이었다.

호텔 방으로 돌아온 레일라는 핍과 톰에게 전화를 걸었으나 연결되지 않았다. 문자를 보냈지만 몇 시간이 지나도록 답 문자가 오지 않았다. 핍이 자료조사를 해준 세금 관련 기록과 정보조정국(COI) 공개 진술서를 들여다보며 주목할 만하다는 생각을 하고 있는데 덴버 시간으로 밤 10시 반쯤 톰이 전화를 걸어왔다.

"어디 갔었어?" 레일라가 물었다.

"저녁 먹으러 나갔었어. 당신 부하 직원을 데리고."

레일라는 마치 치아에 금이 간 듯 기분이 언짢아졌다.

"내가 원래 직원을 정식으로 고용하면 저녁 식사를 대접하잖아." 톰이 말했다.

"그렇지. 어느 식당에 갔었어?"

"코너 비스트로였던 곳."

'코너 비스트로였던 곳'은 레일라와 톰이 그 이름에 매료되어 즐겨 찾는 식당이었다.

"내가 식당에 관한 한 상상력이 없어서 잘 고르지를 못하잖아. 어디로 가야 되나 생각을 하면 머릿속이 하얘져서."

"나 없이 거길 가다니 재미있네." 레일라의 목소리가 살짝 떨렸다.

"나도 그 생각을 하긴 했어. 당신 없이 거기 가본 적이 없어서."

톰이 그동안 정식으로 고용한 신입들에게 저녁을 사준 것은 사실이지만, 매번 상상력을 잘 발휘해 다른 식당을 찾았고 레일라와 둘이서만 다니는 그 식당으로 신입을 데려간 적은 한 번도 없었다. 레일라는 톰과 안 싸우게 된

지 몇 년 됐고 다시 또 싸울 일은 없으리라 생각했는데, 가슴이 조여들면서 싸움의 전조를 느꼈다.

"내가 잘못 생각했나 보네. 난 당신이 핍 옆에 있는 걸 불편해하는 줄 알았는데."

"잘못 생각하지 않았어. 당신은 잘못 생각한 적이 없어."

"핍을 보면 애너벨을 떠올리는 줄 알았지."

"애너벨을? 그렇지 않아."

"같은 타입이잖아. 내 눈에 보일 정도면 당신은 확실히 감지했을 텐데."

"그 둘은 성격이 완전히 달라. 당신이 맞게 생각한 건 있어. 핍을 고용하기로 한 건 잘한 것 같아."

"항상 레일라의 말을 들어라, 라는 격언이 있지."

"늘 명심하고 있지. 그건 그렇고 내가 핍한테 제안을 하나 했거든. 어떻게 생각하는지 말해줘. 당신 의견을 물어보고 결정하겠다고 했으니까."

"핍을 자료 조사 부서에서 취재 부서로 옮기려고?"

"아, 그건 아니야. 논의해볼 가치는 있겠지만 아직은 아니야. 당신이랑 내가 같이 사는 집에 당분간 들어와서 살겠냐고 핍한테 제안했어. 경제적으로 많이 힘든 것 같아서."

싸움은 구토와 비슷했다. 톰과 싸우지 않고 한 해 한 해 보낼수록 이러다 언젠가는 싸우겠지 싶어 두려움이 커져갔다. 구토에 비유하자면 레일라는 지금 몸이 아파 구토를 해야 하는 상황이고 구토 후에는 속이 편해지리라 합리적으로 예상하면서도 최대한 구토를 참고 있었다. 싸움은 구토보다 지독하니까, 싸우고 난 뒤에 속이 편해지지 않으니까. 그런 면에서 싸움은 죽음과 더 비슷했다. 어떻게든 계속 나중으로 미뤄야 했다.

레일라는 애써 침착하게 말했다. "당신 집이지. 핍은 당신 집에서 살게 되는 거고."

"우리 집이지. 당신이 핍을 한집에 데리고 살고 싶다고 말했잖아."

"내 집이 있어서 핍을 머물게 해주면 좋겠다는 뜻이었지. 당신 집을 염두에 두고 한 말은 아니었어."

"나는 내 집이 아니라 우리 집이라고 생각하는데."

"알아. 하지만 당신은 내 생각을 잘 모르는 것 같아. 이 문제로 길게 왈가왈부하고 싶지 않아."

"핍에게 어떤 약속도 하지 않았어."

"이런 입장이 된 것도 별로야. 거절하면 결국 나 때문이라는 걸 핍이 알게 되잖아."

"다시 생각해보니까 어렵겠다고 하면 돼. 당신이 곤란해질 일 없어. 그런데 왜 싫은지 말해줄 수 있어? 난 당신이 핍이랑 같이 살고 싶어 하는 줄 알았거든."

"지금까지 당신은 핍이랑 같은 방 안에 있는 것조차 싫어했는데, 왜 갑자기 180도로 달라졌는지 이해가 안 돼."

"레일라. 핍을 마음에 쏙 들어 한 건 당신이야. 난 당신한테서 핍을 뺏을 생각 없어. 그리고 핍이 평생을 바쳐 안간힘을 쓴다고 해도 핍은 당신한테서 나를 빼앗지 못해. 핍은 어린애일 뿐이야."

레일라는 질투의 대상이 톰인지 핍인지 분간할 수 없었지만 어느 쪽이든 질투 따위는 그만하고 싶었다.

"난 상관없으니까, 하고 싶은 대로 해."

"뾰족하게 얘기해놓고?"

"무슨 말을 하길 바라는데? 내 머리가 이상해졌다고? 안 지 두 달밖에 안 된 여자를 내가 마음에 쏙 들어 했다고? 내가 질투를 한다고? 이런 일로 싸우기 싫어. 갑자기 그런 얘길 들어서 내가 당황했나 봐."

"핍이랑 나는 당신 얘기를 했어."

"멋지네."

"펍은 당신처럼 되고 싶어 해."

"정신이 나갔나 보네."

"그리고 한 가지 사실을 털어놓더라고. 어쩌면 한 가지가 아닐 수도 있지만. 펍이 당신한테 직접 얘기를 해야 할 일이기는 한데, 펍한테 당신은 워낙 경외의 대상이라 직접 말하기 힘들 거야. 남자 친구는 처음부터 없었대."

"뭐라고?"

"레이크우드에서 다른 여자 두 명이랑 같이 살고 있나 봐. 남자 친구 얘기는 꾸며낸 거고. 정확히 말하면 좋아하는 남자가 있고 그 남자 이름은 스티븐인데 캘리포니아에서 사는 유부남이래."

"펍이 당신한테 그런 얘길 했다고?"

"내가 원래 속 얘기를 털어놓게 만드는 재주가 있잖아."

레일라는 배신감을 느껴야 마땅했지만 펍에 대한 연민이 더 컸다. 행복한 사람들은 거짓말을 하지 않는다. "왜 그랬대?"

"덴버에 있고 싶어 안달 난 것처럼 보이기 싫었대. 자기가 지독하게 외롭다는 걸 당신이 알게 하고 싶지 않았고, 당신한테 동정받고 싶지도 않았다더라고. 유부남과의 관계 때문에 캘리포니아에서 벗어나고 싶어 한 것 같아. 그 얘기를 들으니까 펍이 우리랑 같이 살아도 되겠다 싶더라고. 재능은 있는데 처해 있는 상황이 딱한 것 같아서."

"여자로 끌린 건 아니겠지."

"이번에는 당신 레이더가 완전히 빗나갔거든."

싸움이 일어날 위험성은 점차 줄어들었다. 화제를 돌리기 위해 레일라는 얼 워커를 만났던 일을 얘기하면서 작은 건인 것 같으니 펍에게 기사를 쓰게 하고 싶다고 덧붙였다.

"워커가 왜 당신을 만났을까?"

톰이 그 질문을 한 순간 레일라는 감이 왔다.

"아, 당신 말이 맞아."

"워커가 왜 당신을 만났을까, 라고 말한 게 전부인데?"

"아니, 핵심을 짚었어. 작은 기삿거리에 불과하더라고 하면 핍이 실망할까 봐 그것만 생각하다 보니까 내가 놓친 게 있었어. 당신 질문이 아주 적절했어."

"도움이 됐다니 다행이야."

"워커가 이런 얘길 했거든. 앨버커키에서 조사관들이 한 차에 가득 타고 공장을 찾아왔었다고. 듣고 무심히 넘겼어."

"핍 생각을 하느라고."

"그래, 맞아."

"우린 팀이잖아? 나는 적이 아니야."

"알았다고."

"다시 인터뷰해."

전화를 끊고 보니 핍한테서 문자가 와 있었다. '고백할 게 있어요.' 역시 착한 애야, 라고 레일라는 생각했다. 다행이기도 했다.

레일라는 게임을 제대로 하지 못했다. 워커와의 인터뷰는 완전히 망친 것이나 다름없었다. 워커가 서둘러 말을 쏟아놓고 가긴 했지만 레일라는 '커틀랜드 공군 기지에서 애초에 왜 애머릴로로 무기 모형을 실어 보냈느냐?'는 핵심 질문을 했어야 했다. 워커는 이 질문에 대한 답을 하려고 레일라를 만났을 것이다. 코디가 한 짓이 크게 해로울 것 없는 장난이라면, 공장 측이 25만 달러나 되는 돈을 줘가며 워커의 입막음을 할 이유는 없을 것이다. 만약 앨버커키에서 진짜 핵무기 한 대가 사라졌다면? 그걸 모형 핵무기로 바꿔치기한 거라면?

어째서 그 질문을 할 생각도 못 했는지를 돌이켜 생각하면 더욱 당황스러웠다. 레일라는 워커가 자신을 만나러 나온 이유를 그녀가 그의 집 앞까지 직접 찾아간 데다 여성적인 매력을 풍겼기 때문이라고 여겼다. 실제로는 빈정댄 것이지만 덴버에 있는 침대로 유혹할 것처럼 암시를 주기도 했다. 그러나 레일라의 나이는 쉰둘이었다. 워커 앞에서 여성스럽게 만지작거렸던 머리카락은 희끗희끗하게 세고 있었다.

으으. 웩.

앰비언을 먹으면 대개 곧장 곯아떨어졌는데 약 기운이 먹히지 않는 밤이면 달리 대책이 없었다. 복용량을 늘렸다가 몽유병 증세를 보였다는 얘기를 숱하게 들은 터였다. 레일라는 바짝 마른 침대에 누워 이리저리 뒤척였다. 침대에서는 어젯밤보다 더 진한 담배 냄새가 풍겼다. 핍이 거짓말을 한 일이 떠올랐다. 핍은 유부남과 사랑에 빠졌다고 했다. 레일라 역시 똑같은 짓을 저질렀고 지금도 그러고 있었다. 이제 나이가 들어 전보다 메마르고 눈 밑이 처진 여자가 되었지만 레일라도 핍처럼 역동적이고 불안정하며 위험한 존재, 핵탄두처럼 매력적인 악녀였던 시절이 있었다…….

자연적으로 생성된 우라늄을 속이 텅 빈 플루토늄 구체로 변형하고, 그 구체를 트리튬*으로 감싸고, 폭약과 듀테륨**으로 둘러싸고, 백만 명을 단번에 소각할 수 있는 무기로 만들어 코디 플레이너의 픽업트럭 화물칸에 싣기까지의 과정은 너무나 쉬웠다. 지독히도 쉬웠다. 마약과의 전쟁에서 이기는 것보다, 빈곤을 근절하는 것보다, 암을 치료하는 것보다, 팔레스타인 분쟁을 해결하는 것보다 쉬웠다. 톰의 이론에 따르면, 어떤 문명이든 외계에 메시지를 내보낼 수 있을 정도로 발달하면 단 하나의 예외도 없이 스스로를 폭발시켜버린다고, 그래서 인류는 아직까지 외계 지성체로부터 메시지를 받지 못한 거라

* 삼중 수소.

** 중수소.

고 했다. 톰은 은하계의 나이가 수십억 살이라고 치면 인류의 문명은 기껏해야 수십 년에 불과한 그야말로 찰나의 순간이라고 보았다. 은하계에 지구 같은 행성들이 넘쳐난다고 해도, 원자를 분열시켜 스스로의 문명을 파멸시키는 일이 너무나 쉽기 때문에 어떤 문명도 외계 문명으로부터 메시지를 받을 가능성이 거의 없을 거라고 했다. 레일라는 그 이론이 마음에 들지 않았지만 더 나은 이론을 제시할 수 없었다. 최후의 심판일에 관한 시나리오를 볼 때면 레일라는 늘 제일 먼저 죽는 사람이 되기를 바랐다. 내키지 않지만 히로시마와 나가사키 원폭에 대한 글을 읽은 적이 있는데 피부가 온통 타버린 채 죽지도 못하고 거리를 비틀비틀 걸어가는 장면이 기억에 강렬히 남았다. 단지 핍을 위해서가 아니라 대승적으로 볼 때 애머릴로 사건에 관한 기사는 신문에 크게 실려야 마땅했다. 핵무기에 대한 세상의 두려움은, 싸움과 구토에 대한 레일라의 두려움보다 어이없을 정도로 약했다. 세상이 버섯구름 속에서 끝장나지 않고 버티는 시간이 길어질수록 핵무기에 대한 사람들의 두려움도 무뎌지는 듯했다. 2차 세계대전은 8월 6일과 8월 9일 아침 일본 히로시마와 나가사키에 각각 떨어진 원자폭탄보다 유대인 학살과 드레스덴 폭격, 레닌그라드 포위전으로 더 강렬하게 기억되고 있었다. 1년 동안 실린 핵무기 보유량에 대한 기사보다 하루 동안 실린 기후변화에 관한 기사가 더 많았다. 덴버 브롱코스 소속인 페이턴 매닝 선수가 경신한 미국프로풋볼리그(NFL) 패스 기록은 더 말할 필요도 없었다. 레일라는 겁이 났고 핵무기를 두려워하는 사람이 자신뿐인 것 같았다.

물론 혼자만 그런 것은 아니었다. 핍도 핵무기를 두려워했다. 딸의 이름을 퓨리티라고 지은 핍의 모친은 딸에게 세상 돌아가는 이치에 대해 별로 가르치지 않았던 듯했다. 덕분에 핍은 선입견 없이 세상을 바라보는 시각을 갖게 됐다. 핍은 이 행성에 1만 7천 개에 달하는 핵무기가 있으며 그 정도면 척추동물들을 지표상에서 모조리 쓸어버릴 수 있음을 알았고 이래서는 안 돼라는 생각을 하게 됐다.

한때 레일라와 톰은 집에 손님 한 명 들이지 않고 살았다. 그들은 더 이상 젊지 않은 서로의 육신을 마음껏 바라보는 기쁨을 즐기기 위해 창문마다 블라인드와 커튼을 쳐놓고 완전히 벌거벗은 채 집 안을 활보했다. 당시 레일라는 냉장고 문과 거실 바닥에 비치는 자신의 모습을 보면서 톰에 대한 마음을 가다듬곤 했었다. 그런 시절은 이미 오래전에 지났다. 톰과 레일라는 그 시절이 지났음을 굳이 대놓고 인정하지 않았지만, 레일라는 톰의 안경 너머 눈빛을 보고 있으면 그저 알 수 있었다. 그리고 펍을 집에 들이겠다고 말함으로써 톰은 그 시절의 종말을 일방적으로 인정한 것이나 다름없으니 레일라는 감정이 썩 좋지 않았다.

핵융합 연쇄반응은 자연 속에서 발생하며 태양에너지의 원천이지만, 핵분열 연쇄반응은 그렇지 않았다. 핵분열성 플루토늄 원자들은 자연 상태에서 매우 희귀한 존재여서, 우주에서는 임계질량에 이르게 할 만큼의 양이 자연적으로 모일 수가 없었다. 사람들은 폭약을 사용해 인공적으로 임계질량을 향해 밀어붙인 뒤 초고밀도 상태로 변환해, 충분한 세대를 두고 핵융합 점화를 일으키는 연쇄반응이 인위적으로 나타나도록 했다. 그 과정은 무척이나 빨랐다. 불안정한 플루토늄 원자 방울들은 새로 나타난 중성자를 삼켜 더 작은 원자 방울들로 쪼개진 뒤 중성자를 뿜어냈다. 그 결과 사람들은 피부가 다 타버린 채 내장을 쏟고 눈알이 안구에서 빠져 덜렁거리는 상태로 비틀비틀 거리를 걸어가게 되는 것이다.

톰과의 사이에서 아기를 낳았어야 했다. 아기를 낳지 않은 것이, 순식간에 소각되거나 서서히 구워져 죽음에 이르고 말 이 행성에 또 하나의 생명을 낳아놓지 않은 것이 다행일 수도 있었다. 적어도 아기 걱정은 하지 않아도 될 테니까. 그래도 그들은 아기를 낳았어야 했다. 레일라는 톰을 사랑했고 몹시 흠모했으며 톰과 함께 사는 편안한 삶은 축복이었다. 그러나 아기 없는 삶은 어던지 모르게 공허했다. 그들은 저녁이면 서로를 껴안고 함께 케이블 드라마를 보았다. 많은 부분에서 서로 의견 일치를 보았고 분쟁이 일어날 만한 부분은 알아서 피하며 함께 늙어가고 있었다. 핍에 대한 레일라의 갑작스러운 열의는 비이성적이지만 무분별하지는 않았다. 성적인 열정은 아니지만 강렬하고 공허한 무언가에 대한 보상과도 같았다. 레일라는 무엇 때문에 그녀와 톰의 핵 안으로 새로운 존재를 받아들였는지 정확히 알지 못했으나, 머릿속에서는 장차 폭발할 버섯구름이 그려지고 있었다.

핍이 톰의 집으로 이사를 들어오고 3주 반이 지났을 무렵, 레일라는 워싱턴으로 출장을 떠났다. 레일라는 핵탄두 건 외에도 기술 업계에 대한 세법의 해이한 적용에 관한 통계 중심의 기사를 보도 중이었다. 워싱턴에서 이용 가능한 가격대의 호텔들은 상태가 좋지 않았지만 레일라는 어쩔 수 없이 그중 한 곳에 들어갔다. 좀 더 일찍 덴버의 집으로 돌아가고 싶었으나 의회 군사위원회에서 제일 진보적인 위원이며 레일라가 좋아하는 상원의원이 나머지 의원들을 따라 워싱턴을 떠나기 전 금요일 오후에 15분간 만나준다고 해서 기다리기로 했다. 전화번호나 이메일 흔적을 남기지 않기 위해 상원의원의 수석 보좌관을 만나 약속을 잡았다. 국가안보국(NSA)이 저인망식 감청을 시작한 후로 레일라는 점점 더 모스크바 규칙*에 따라 움직여야 했다. 미국에서 의회 의원들은 거짓말 탐지기로 조사받지 않으므로 꽤나 매력적인 취재원이었다.

레일라는 〈덴버 포스트〉 시절에 알고 지낸 국방성 연줄을 동원해 앨버커키에서 일어난 일에 관한 대략적인 정보들을 끌어모았다. 앨버커키의 커틀랜드

* 냉전 중에 모스크바에서 활동하는 스파이들이 사용했다고 알려진 규칙.

공군 기지는 정비 및 회로 갱신 일정에 따라 B61 10기를 트럭에 실어 애머릴로의 핵무기 공장으로 보냈다. 그런데 그중 1기가 알고 보니 공군 기지에서 사고대응 팀의 훈련에 사용하기 위해 진짜 핵무기들 근처에 놓아두었던 모형이었고, 바코드와 마이크로칩 자체 식별자가 조작돼 있었다. 11일 후 진짜 핵무기는 시설을 벗어나 보안이 취약한 창고에 보관됐다. 이 일로 책임자들이 줄줄이 물러났고, 창고에 보관됐던 진짜 핵무기는 현재 '정해진 장소'에 완전히 안전하게 보관 중이었다. 그러나 공군 기지 측은 핵무기 도난에 관해 상세히 설명하거나 범인(들)의 신원을 밝히려 하지 않았다.

조지타운 대학교의 핵무기 전문가 에드 카스트로는 레일라에게 말했다. "'완전히 안전하게'라는 것은 있을 수 없습니다. 망치로 내리쳐도 폭발하지 않으니 안전하다, 암호장치를 우회해서 침입하지 못하니 안전하다, 라는 의미일 뿐이죠. 차세대 폭탄들의 경우 외부에서 조작하면 자체 핵을 독으로 망가뜨리는 기능을 갖고 있을 수도 있습니다만, B61 같은 중간 주기 무기는 본질적으로 굉장히 단순합니다. 온갖 첨단 기술들은 B61 조립 기술이 나오기 전에 만들어졌습니다. 플루토늄과 수소 동위체를 창조하고 개선하는 일은 굉장히 어렵고 비용이 많이 소요됩니다. 고성능 폭약의 렌즈 기하학 설계도 난이도가 높죠. 부품을 조립해 폭발시키는 일은 어떨까요? 안타깝게도 그리 어렵지 않습니다. 누구나 여유 시간이 되고 박사 학위를 두 개쯤 갖고 있으면 큰 어려움 없이 점화 회로를 역설계할 수가 있습니다. 우아하지도 정품과 똑같지도 않고 수득률도 낮지만 실제로 작동하는 열핵무기를 얻을 수 있는 겁니다."

"누가 그런 무기를 원할까요?" 레일라는 반쯤 과장되게 물었다.

묻는 족족 대답해주는 카스트로는 사냥개 같은 기자들이 좋아할 만한 타입이었다. "유력한 용의자는 아마 이슬람 테러리스트들, 테러 지원국들, 제임스 본드 영화에 나오는 악당들이겠죠. 예비 약탈자들일 수도 있고요. 자기네 주장의 정당성을 입증하고 싶어 하는 핵무기 반대 활동가들일 가능성도 있습니다. 핵무기 최종 사용자인 그들은 상당히 무책임한 자들입니다. 여기서 더 흥미로운 점은 누가 그들에게 핵무기를 공급하느냐입니다. 금지된 무기를 입수해서 옮기는 짓을 과연 누가 하고 있을까요? 필요할 때에 대비해 그런 무기를 수집하는 자들은 과연 누구일까요?"

"러시아 마피아일 수도 있겠죠."

"푸틴이 집권하기 전 수년 동안 저는 아침에 눈을 뜰 때마다 아직 살아 있다는 게 놀라웠습니다."

"러시아 마피아나 러시아 정부나 별다를 게 없을 텐데요."

"그래도 푸틴의 도둑 정치*가 핵 안보성을 향상하긴 했습니다."

기사 보도는 삶의 모방이며 전문 지식의 모방이고 세속성의 모방이며 친밀성의 모방이었다. 어떤 분야에 대해 정통한 후에는 곧 잊어야 했고, 사람들과 친해진 후 목적을 달성하면 연락을 끊어야 했다. 그러나 다른 수많은 모방적인 쾌락들과 마찬가지로 보도는 중독성이 강했다. 금요일 오후, 더크슨 빌딩** 바깥에는 자부심 강한 의회 출입 기자들이 작은 구름 덩어리들처럼 옹기종기 모여 있었다. 레일라 역시 그런 자부심을 갖고 있고 같은 부류를 볼 때마다 거슬리는 편이라 기자들을 쉽게 분간해낼 수 있었다. 저들도 레일라처럼 저인망식 감청을 피하기 위해 스마트폰 배터리를 빼뒀을까? 아마 아닐 수도 있을 것이다.

상원의원은 정해진 일정보다 25분밖에 뒤처져 있지 않았다. 모르는 척 뒤로 빠져 있는 걸 선호하는 수석 보좌관은 두 사람이 만나는 사무실에 동석하지 않았다.

---

* 권력자가 막대한 부를 독점하는 정치체제.

** 워싱턴 D.C.에 있는 상원의원 사무실 빌딩.

둘만 남자, 상원의원이 입을 열었다. "기자님이 공군 기지의 신경을 긁고 있더군요. 잘하고 계십니다."

"감사합니다."

"우리는 배경을 중시합니다. 지시받은 사람들의 이름을 넘길 테니까, 그들과 전부 연락하고 전자 장비에 흔적을 남기세요. 이 건이 기사로 나가길 바라긴 하지만, 군사위원회에서 퇴출이 돼도 좋을 만큼 가치가 있다고는 생각하지 않는 점 참고하시고요."

"그 정도로 큰 건인가요?"

"큰 건까지는 아니고 중간 정도 될 겁니다. 보안이 아주 철저해요. 요즘 우리가 받는 기밀 보고서에 정부 기관이 숫자나 투명무늬만 넣지 않는 건 알고 계시죠? 각 페이지의 글자 사이 간격을 조정해서 표시를 한다더군요. 글자 엇물리기던가?"

"예, 글자 엇물리기 맞습니다."

"그 방법으로 각 문서마다 고유의 표시를 하는 모양이에요. '우리가 믿는 기술 안에서*'처럼요. 백 달러짜리 지폐 신권에는 이 정도 문구를 넣어줘야 하는데 말입니다."

수년째 이 일을 해오면서 레일라는 정치인들이 일반인들과는 화학적으로 다른, 특별한 재료로 만들어진 부류라는 생각을 갖게 됐다. 이 상원의원 역시 살이 축 늘어지고 머릿결도 좋지 않고 얼굴에 여드름 흉터까지 있었지만 사람을 끄는 매력이 상당했다. 그의 땀구멍에서 뿜어 나오는 페로몬 때문에 레일라는 자꾸만 그를 쳐다보게 되고, 그의 목소리에 귀를 기울이게 되고, 그의 호감을 사고 싶어졌다. 그리고 어느새 그의 호감을 산 느낌이었다. 이 상원의

* 미국 달러 지폐와 동전에 적혀 있는 '우리가 믿는 하느님 안에서(In God We Trust)'를 빗대어 한 말.

원이 그렇게 의도하는 모든 사람들이 그렇듯이 말이다.

레일라가 이름을 받아 적자 상원의원이 말했다. "이런 얘기는 많은 사람들에게 들었을 테지만, 우리가 지나치게 기술을 신봉하는 게 문제입니다. 핵탄두의 기술적 안전성을 신뢰한 나머지 사람과 관련된 문제를 간과하는 것이죠. 기술 문제는 다루기 쉽지만 사람 문제는 어려우니까요. 이 나라 전체에서 그렇다고 볼 수 있습니다."

"기자를 대체할 기술을 찾아내는 것보다 기자를 실직시키는 게 더 쉬운 것처럼요."

"내가 아주 미칠 지경입니다. 폭격기와 사일로* 담당 직원들의 사기가 얼마나 떨어졌겠습니까. 우리는 직원들을 기계로 대체해도 된다고 생각할 만큼 기술을 믿지는 않습니다. 아직 그 정도까지는 아니에요. 현 상황에서 기계로 대체한다면 직원들의 경력을 끝장내는 짓일 뿐이죠. 다만 가장 무시무시한 기계들을 보호하는 일을 하는 직원들이 일을 제대로 못 하고 똑똑하지도 않은 데다가 지루해하니 문제인 겁니다. 업무 관련 시험을 치르면서 커닝을 하고 규칙을 어기고 소변 검사도 통과를 못 합니다. 아예 검사를 피해버리든지요."

"앨버커키에서 그랬다고요?"

"메타암페타민 가루를 떠올렸다면 생각을 접어주세요. 직원들 중에 정식 장교들도 있습니다. 리처드 케널리라는 이름을 알고만 있고 적지는 마세요. 케널리 같은 '약물 반입자'가 기지마다 적어도 한 명씩은 있는 것 같습니다. 내가 고유 표시가 인쇄된 보고서를 기자님한테 직접 보여드리지 않고 요약해서 말하고 있는 건 양해해주기 바랍니다."

---

* 핵무기 등 위험 물질의 지하 저장고.

"곧 비행기를 타러 가셔야 하니까요."

"기지로 반입된 약물은 대부분 처방받은 약입니다. 애더럴*, 옥시콘틴** 같은 약물을 복용하면 지루한 시간이 잘 흘러갑니다. 그동안 사관학교 급우들은 진짜 임무를 수행하거나 록히드 마틴의 무기를 다루고 있는데 말이죠. 이 나라의 마약법에 대한 내 의견이 어떤지는 이미 아실 겁니다. 지금 이 건은 졸병이 아닌 장교의 약물 문제입니다. 법적으로 불공평하다고 볼 수도 있지만, 이런 식의 약물 문제는 군대에서는 일어나면 절대 안 되는 일입니다. 이 일이 커지면 약물 검사 문제가 부각될 수 있을 겁니다. 만약 기자님이 약물 반입자라면, 사업을 키우려고 할 때 무슨 짓까지 할 수 있을 것 같습니까? 어디까지 가능할까요?"

레일라는 말없이 고개를 저었다.

"약물을 공급해주는 우호적인 친구들은 소변 검사를 진행하는 연구소를 조용히 접수하겠죠."

"그렇겠네요." 레일라가 말했다.

"기자님에게 보고서를 보여드릴 수 있으면 좋을 텐데. 보고서에 상황이 개선되고 있다고 적혀 있으면 실제로는 더 악화되고 있는 거라고 보면 됩니다. 우호적인 친구들이라는 건 누구겠습니까? 나는 카르텔이라는 말을 싫어합니다. 이 경우에는 적용되지도 않고요. 차라리 디에이치엘(DHL) 특송이나 페덱스 불법 배송이라고 부르는 게 낫죠. 그게 바로 그들의 실체니까요. 만약 기자님이 중국 우한에서 가짜 항암제를 제조하고 있는데 그걸 컨테이너에 실어 미국 소비자에게 보내야 한다면 누구한테 전화를 걸까요? 바로 디에이치엘 특송이겠죠. 무기, 가짜 명품, 미성년자 매춘, 그리고 온갖 종류의 약물도 마

---

* 각성제.

** 마약성 진통제.

찬가지입니다. 전화 한 통화면 끝나요. 불법 약물에 대한 미국 중산층의 수요로 형성된 자금은 지구상에서 가장 세련되고 능력 좋은 회사들을 설립하는데 쓰였습니다. 그리고 그 회사들은 소비자들에게 상품을 조달하죠. 이 회사들은 이 나라 국경의 저 아래 남쪽이 아니라 바로 이 나라 안에 존재합니다. 그리고 내가 조금 전에 적지 말고 기억만 하라고 했던 약물 반입자 리처드 케널리는 수년간 여러 감찰관들 바로 코밑에서 그런 회사들과 거래를 했습니다. 그러다 훈련용 B61 모형이 엉뚱한 곳에서 나타난 바람에 들통이 난 겁니다."

"진짜 무기도 기지 밖으로 나갔나요?"

"다행히 그렇지는 않습니다. 이 사건은 대단히 슬프고 충격적이면서도 우스꽝스러운 면이 있습니다. 디에이치엘 특송이 구매자에게 핵무기를 배달할 계획이었는지 여부는 아직 파악되지 않았습니다. 리처드 케널리는 진짜 핵무기인 줄 착각하고 '모형'에 손을 대기 전에, 그러니까 그 모형을 기지 밖으로 빼내기 전에 주차장을 걸어가다가 들고 있던 데킬라병 위로 넘어지는 사고를 당하고 맙니다. 깨진 술병 유리에 동맥이 베면서 심한 출혈로 일주일간 꼬박 병원 신세를 지게 됐죠. 아까 우스꽝스럽다고 한 게 바로 이 부분입니다. 그리고 우스꽝스럽지 않은 부분을 얘기하자면, 케널리는 그 사고로 인해 일정대로 핵무기를 빼내는 데 실패했고 디에이치엘 특송 측에 그 이유를 알리지도 못하게 됐습니다. 그리고 모형과 진짜가 바꿔치기됐을 무렵에 각각 녹스빌과 미시시피주에서 살고 있던 케널리의 두 누이가 실종됐습니다. 아마 거래를 위한 담보로 납치했겠죠. 나중에 두 누이는 후두부에 권총 한 발씩을 맞고 사망한 상태로 녹스빌의 어느 자동차 영업소 뒤쪽에서 발견됐습니다. 그중 한 명은 자식들이 셋이었는데, 다행히 아이들은 무사했습니다."

레일라는 최대한 빠르게 메모해나갔다.

"맙소사."

“참 끔찍한 일이죠. 내 눈에는 이 사건이 마약과의 전쟁의 완전한 실패, 사람을 관리해 쓰는 것보다 기술을 더 믿은 것에 대한 대가를 보여주는 이야기 같습니다. 이 나라의 핵무기 관리 상황을 한눈에 보여주죠.”

“그렇군요.” 레일라는 말하면서 메모를 멈추지 않았다.

“기자님이 질문을 하겠다고 여기까지 오지 않으셨어도 어차피 밝혀질 사건입니다. 〈워싱턴 포스트〉에서 벌써 케널리에게서 약물을 구매한 장교들의 좌천과 보직 재배치에 대해 파고들기 시작했습니다. 약물 거래에 대해서는 이미 알았을 테고 누군가 얼마 지나지 않아 나머지 얘기를 누설할 겁니다.”

“의원님도 〈워싱턴 포스트〉에 말씀하셨나요?”

상원의원은 고개를 저었다. “다른 일에 매여 있느라 그럴 틈이 없었습니다.”

“케널리는 왜 그런 짓을 했을까요?”

“돈 때문이겠죠. 살해 협박을 받았을 수도 있고요.”

“현재 케널리가 구금돼 있지 않다는 뜻인가요?”

“그건 다른 사람한테 물어보시죠.”

“구금돼 있지 않다는 말씀이군요.”

“결론은 알아서 내시고요. 다시 한번 말하지만, 이 부분은 따로 확인한 후에 신문에 내도록 하세요.”

“저희는 단일 취재원의 말만 받아서 기사 쓰는 걸 좋아하지 않습니다. 그런 면에서 저희는 구식이거든요.”

“우리도 알고 있습니다. 그래서 기자님과 내가 여기 같이 앉아 있는 것이고요. 어쨌든.” 상원의원은 의자에서 일어서며 덧붙였다. “이제 그만 비행기를 타러 가야겠습니다.”

“케널리는 핵무기를 기지에서 어떻게 빼낼 작정이었을까요?”

“바로 그걸 알아내셔야죠. 기자님은 이미 핵심 정보를 알고 있으니 나머지를 잘 캐내보세요.”

상원의원의 말이 맞았다. 레일라의 기자 인생에서 최고가 될 기삿거리가 지금 손에 들어왔다. 〈워싱턴 포스트〉나 다른 언론사에서 덜 꼼꼼한 누군가가 여러 취재원들을 통한 확인 과정을 생략하고 먼저 특종을 터뜨리지 않을까 하는 불안감에 속이 울렁거릴 지경이었으나 '다각도로 확인을 거치는 작업'은 빼놓을 수 없었다.

더크슨 빌딩을 나서며 레일라는 덴버의 집으로 돌아가지 말까 싶었다. 그러나 상원의원에게 들은 정보를 확인하는 작업이 급하기는 해도 그건 관계자들을 직접 대면해서 해야 하는 일이고 그 사람들이 화창한 봄 주말에 워싱턴 D.C.에 남아 있을 리 없었다. 워싱턴에서 쓸데없이 시간을 버릴 바에는 덴버에서 주말을 보내면서 기사를 쓰고 인터뷰 준비를 하다가 일요일 밤 비행기로 돌아오는 편이 나았다.

아니, 그게 맞다고 합리화했다. 유감스럽고 달갑지 않은 사실은, 주말 동안 톰과 핍 단둘이 한집에 두고 싶지 않다는 것이었다. 레일라는 일에 치여 신경이 잔뜩 곤두섰다. 맡고 있는 기사도 너무 많고, 찰스의 집 간병인 문제도 처리해야 했으며, 이메일과 소셜미디어(코디 플레이너의 전 부인이 매일 온갖 요리법이며 자기 아이들의 사진을 레일라에게 폭탄처럼 투하하고 있었다)가 쏟아져 들어오고 있는 데다가 앨버커키 건도 새삼 급하게 진행해야 했다. 앨버커키 건은 당장 발등에 떨어진 불이었고 이 건을 처리할 수 있는 사람은 레일라뿐이었다. 덴버의 집으로 가더라도 톰이나 핍을 위해 내줄 시간은 별로 없었다. 그런 자신에 비해 톰과 핍은 일정에 쫓기지도 않고 주말의 자유를 만끽할 것이다. 질투와 분노, 자기 연민에 휩싸이면 안 된다는 걸 알면서도 극복하기가 어려웠다.

지하철을 타고 가는 내내 손이 어찌나 떨리는지 수첩에 메모를 하는 것도, 톰과 핍에게 문자를 보내는 것도 힘들었다. 덴버행 비행기에 탑승해서는 이대로 특종을 빼앗길지 모른다는 불안감이 극에 달했다. 좌석 사이에 여유 공간이 별로 없다 보니 옆자리 회사원이 볼까 봐 그 자리에서 기사를 작성할 수도 없었고, 심장이 너무 벌렁거려 기술 업계의 세금 건과 관련된 자료에 집중할 수도 없었다. 승무원에게 와인 반 잔을 주문해 마시면서, 앞좌석 뒷부분에 붙은 화면에서 노선도를 따라 기어가듯 느릿느릿 움직이는 비행기 그림만 괜히 쳐다보았다. 와인 반 잔을 추가로 구매해 마셨으나 초조함만 더해갔다.

레일라는 핍을 톰의 집에 들인 일에 대해 이성적으로는 반대하지 않았다. 핍은 음식을 먹고 난 뒤 접시나 숟가락을 설거지하지 않고 싱크대에 처박아 두거나 빈방에 불을 켜놓는 짓도 한 적이 없었다. 심지어 톰과 레일라의 빨래를 대신 해주겠다고 나서기까지 했다. 남이 속옷을 건드린다는 생각에 톰과 레일라가 흠칫하자, 핍은 세탁기와 건조기("호화로운 살림살이네요")가 제대로 작동하는 집에서 살아본 적이 없어서 손빨래를 해야 하는 줄 알았다고 말했다. 결국 톰과 레일라는 핍에게 시트와 수건 빨래를 맡기기로 했다. 핍은 그녀의 세대에게 조롱의 대상이 된 불로 재정 혜택을 받아본 적이 없었다. 그렇다고 톰의 집에 살게 된 것에 대해 심하게 미안해하거나 지나치게 고마워하지도 않았다. 주중에는, 적어도 레일라가 집에 와 있는 밤이면 핍은 본인 식사를 따로 준비해 먹고 방에 들어가 나오지 않았다. 금요일 밤에는 주방 스툴에 앉아 톰이 만들어주는 완벽한 맨해튼 칵테일을 받아 마셨고, 레일라를 위해 마늘을 썰어주면서 오클랜드에서 불법 거주자로 살던 시절의 재미있는 일화들을 들려주었다.

레일라는 이 상황에 만족해야 마땅했으나, 자신이 늦게까지 일하는 날이나 찰스의 집에 가 있어야 하는 날까지 핍이 저녁 내내 방에만 있을 리 없다는 나름 합리적인 의심이 들었다. 지난 한 달 동안 레일라는 두 번이나 중요한 소식—퓨 재단이 덴버 인디펜던트에 750만 달러의 보조금을 지급하기로 한 일이 비공식적으로 승인됐다는 소식, 그리고 덴버 인디펜던트가 공동 피고인으로 재판을 받고 있는 미국 수정헌법 제1조 사건에 비우호적인 판사가 선정

됐다는 소식—을 톰이 아닌 핍을 통해 전해 들었다. 레일라 본인도 한때 나이 많은 남자의 총애를 받은 적이 있던 터라 직접 톰에게 중요한 소식을 전해 듣는 게 얼마나 기분 좋은 일인지 잘 알았다. 그러나 레일라가 보기에 핍은 그게 특권인 줄도 모르는 듯했고, 사람들이 그런 핍을 뒤에서 씹을 수도 있다는 것도 알지 못하는 것 같았다. 레일라는 찰스의 전 부인에게 한 짓으로 인해 마음에 담아두었던 죄책감이 실은 죄책감이 아니라 분노일지도 모른다는 생각이 들었다. 그것은 찰스에게 매력적으로 보인 덕분에 문학 세계에 진입한 젊은 날의 자신에 대한 분노, 나이 든 여자가 젊은 시절의 자신에게 느끼는 페미니스트적인 분노이기도 했다. 톰의 지혜를 흡수하는 핍, 톰이 젊은 핍과 함께 있는 시간을 즐기는 덕분에 혜택을 누리는 핍을 보면서 레일라는 화가 치밀었다.

이론적으로 온당한 감정은 아니었다. 지난 한 달 동안 톰은 벌써 두 번이나 마치 찰스처럼 레일라를 거칠게 덮쳤다. 한 번은 욕실 거울 앞에 서서 화장을 지우고 있는데 톰이 발기된 성기를 잠옷 밖으로 내놓은 채 뒤에서 다가왔다. 그리고 며칠이 지난 밤, 독서 등을 끄고 누우려는 레일라의 쇄골과 목을 톰의 손이 쓰다듬었다. 평소 톰은 그녀의 쇄골을 좋아했고 목은 더욱더 좋아하는 편이었다. 그는 그렇게 쇄골과 목을 더듬다가 섹스로 이어갔다. 레일라의 의중을 묻는 과정은 이미 그런 식의 터치로 대체되었다. 레일라는 톰의 갑작스러운 태도 변화가 복도를 따라 방 두 개를 사이에 두고 존재하는 빛나는 젊음 때문임을, 빵빵한 가슴과 크림색 피부를 소유하고 주기적으로 월경을 하는 스물네 살의 핍 때문임을 굳이 피해망상적 상상력까지 동원하지 않아도 쉬이 짐작할 수 있었다. 레일라는 핍과 둘이서만 살았으면, 핍이 샤워를 마친 후 운동복 상의 안에 브래지어도 착용하지 않고 집 안에서 편안히 돌아다니거나 회사에서 지급받은 태블릿을 손에 들고 소파에 누워 젖은 머리카락에서 풍기는 샴푸 향기를 온 방 안에 퍼뜨려가며 쿠션 사이에 맨발을 쑤셔 넣는 걸 보더라도 행복해했을 것이다. 그러나 톰과 셋이서 생활하는 지금, 핍이 온 집 안에 흘리고 다니는 젊음의 흔적으로 인해 레일라는 자꾸만 자신의 나이를 자각해야 했다.

핍은 그저 자기 자신으로 살고 있을 뿐 잘못 처신하는 것도 없었지만 레일라는 점점 핍이 신경에 거슬렸고, 핍이 톰과 함께 보내는 시간을 질투했으며, 자기가 아니라 핍이 톰과 즐거운 생활을 하는 것에 화가 치밀었다. 레일라는 톰과 핍이 자신을 무척 좋아하니 배신할 리 없다고 믿으려 애썼지만 언젠가부터 그런 믿음은 점점 중요하지 않게 됐다. 최소한의 피해망상만으로도 레일라는 온갖 상상의 나래를 펼쳤다. 전처를 닮은 핍의 외모가 톰의 내면에 무언가를 다시 불러일으켰고 그 결과 톰은 애너벨을 닮은 여자에 대한 트라우마에 가까운 혐오감이 치유되어 애너벨 같은 타입의 여자에게 다시 끌리게 된 게 아닐까, 애너벨이나 핍 같은 여자가 톰이 진짜 좋아하는 타입 아닐까, 레일라 같은 타입에게 끌렸던 건 끔찍했던 결혼에 대한 반발 심리 때문이 아니었을까, 핍은 젊은 시절 애너벨의 완벽한 화신이며 애너벨에 대한 감정적 응어리를 제외하면 톰이 원래 좋아하는 타입이지 않을까 등등. 레일라가 워싱턴으로 출장을 가게 됐을 때 톰은 핍을 〈마이애미에서의 하룻밤〉이라는 연극 공연에 데리고 가도 되느냐고 물었는데 레일라는 자신이 처한 상황으로 인해 옴짝달싹 못 하는 기분을 느꼈다. 그러나 찰스의 집에서 많은 시간을 보내고 있는 레일라가 어떻게 톰이 핍을 데리고 외출하는 것에 반대할 수 있을까? 때때로 찰스의 성기에 수음까지 해주고 있으면서! 레일라는 휠체어를 탄 까칠한 남자에게 붙잡혀 있었고 오직 잠을 줄여야만 여유 시간을 만들 수 있었다. 반면에 친구가 없는 핍과 매일 저녁 7시 정각에 퇴근을 하는 톰은 시간 여유가 있으니 그 둘이 같이 저녁 시간을 보낸다고 해서 레일라가 나무랄 수도 없었다.

레일라가 톰의 내면에서 자신이 첫 번째가 아닌 두 번째일 거라는 생각을 이미 하지 않았다면 그녀의 분노는 더욱 비이성적으로 전개되었을 것이다. 레일라는 오직 죄책감 때문에 찰스와의 결혼을 끝내지 못하는 게 아니었다. 지금 톰에게 사랑을 받고 있지만 처음 만났을 당시 톰이 레일라의 젊지 않은 나이에 끌렸다는 점, 그런 이유로 톰이 애너벨의 가상의 비난을 빗겨 갈 수 있었으리라는 점이 레일라의 마음에 계속 걸렸다. 마치 톰이 장인에게 받은 유산을 이용해 흠잡을 데 없이 높은 가치를 지닌 뉴스 서비스 회사를 운영하는 식으로 애너벨의 비난을 피하려는 것과 일맥상통하는 듯했다. 톰이 애너벨을 염두에 두고 도덕적 비난을 피하려 처신하는 것 같아서, 레일라도 톰처럼 다른 사람을 곁에 두고 있으려고 일부러 전략적으로 찰스를 돌봐온 측면도 있었다. 하지만 요즘 들어 그런 처신이 후회됐다.

핍은 레일라의 질투를 눈치채지 못하고 있는 것 같았다. 레일라가 워싱턴 출장을 떠나기 전날 밤, 두 번째 맨해튼 칵테일을 반쯤 마시고 있던 핍은 톰과 레일라 덕분에 인간성에 대한 희망을 갖게 됐다고 고백했다.

그러자 톰이 말했다. "더 얘기해봐. 레일라를 대신해서 말하자면 우린 둘 다 기꺼이 인간성에 대한 희망을 주면서 살고 싶거든."

"그러니까 두 분이 하시는 일도 그렇고, 그 일을 해내는 방식도 그래요. 무엇보다 커플들을 볼 때 저한테는 나쁜 점들이 뚜렷이 보이거든요. 거짓말이나 오해, 학대, 아니면 음, 상대의 숨통을 조이는 다정함 같은 거요."

"레일라가 숨 막히게 다정하기는 하지."

"어휴. 저 놀리시는 거죠. 아무튼 관계가 아주 친밀한 커플들 같은 경우 다른 사람이 들어갈 틈이 없어요. 커플 생활에 온갖 경이로움이 넘쳐나니까요. 그런 커플들한테는 오래된 양말처럼 퀴퀴하고, 동시에 오늘 아침에 갓 구워낸 팬케이크 같은 고소한 냄새가 나요. 여기서는 그런 커플을 보지 않아도 돼서 좋아요."

"그 말을 들으니까 우리가 굉장히 자랑스러운데."

톰의 말에 레일라가 뿌루퉁하게 잘랐다. "우릴 칭찬해주는 말인데 괜히 놀리지 마."

"아무튼 그렇다고요." 핍이 말했다.

그들은 톰의 주방에 있었다. 레일라는 핍의 채식주의적 성향을 고려해 저녁 식사로 주키니 호박 프리타타를 만들고 있었다. 레일라와 톰은 튀김 요리를 할 때마다 핍이 위층으로 올라가 침실 문을 닫는다는 것을 눈치챈 터였다. 톰이 핍에게 말했다. "자네는 냄새에 많이 민감한가 봐. 팬케이크 냄새며 양말 냄새를 얘기하는 걸 보면……."

"냄새는 지옥이에요." 핍은 그 감정에 건배를 하듯 맨해튼 칵테일 잔을 들어 올렸다.

톰이 말했다. "냄새에 대해 그런 식으로 느끼는 여자와 결혼한 적이 있었지."

"하지만 냄새는 천국이기도 해요. 실은……."

핍이 말을 하다가 말자 레일라가 물었다.

"뭔데?"

핍은 고개를 저었다. "잠깐 엄마 생각이 나서요."

톰이 물었다. "어머니께서 냄새에 민감하셨나 봐?"

"모든 감각이 다 과민해요. 우울증도 있고. 엄마한테 냄새는 늘 지옥이죠."

"엄마가 보고 싶은 거구나."

레일라의 말에 핍은 고개를 끄덕였다.

"엄마가 널 만나러 여기 오셔도 될 텐데."

"엄마는 여행을 안 해요. 운전도 안 하고요. 비행기는 타본 적도 없어요."

"비행기 타는 걸 무서워하셔?"

"엄마는 고향인 산을 절대 떠나지 않는 산사람 같아요. 대학 졸업식에 오겠다고 했는데 버스를 타거나 남의 차를 얻어 타고 와야 하니 엄마가 얼마나 신경이 곤두설지 짐작이 되더라고요. 그래서 안 와도 된다고 했더니 엄마는 엄청 미안해하면서도 안심하는 게 보였어요. 집에서 버클리 대학교까지는 겨우 두 시간 거리였는데 말이에요."

그러자 톰이 말했다. "하. 나는 어머니가 내 대학 졸업식에 안 오셨으면 좋았을 거란 생각을 지금도 해. 어머니는 그날을 본인 인생 최악의 날이라고 하셨어."

핍이 물었다. "무슨 일이 있었는데요?"

"나중에 내가 결혼하게 될 여자와 만났거든. 분위기가 아주 안 좋았지."

톰은 당시 분위기에 대해 더 설명을 했지만 레일라의 귀에는 잘 들어오지 않았다. 이미 들었던 얘기라서가 아니라 들어본 적이 없는 얘기라서였다. 톰은 레일라와 10년 가까이 같이 살면서 대학 졸업식 때 있었던 일을 얘기한 적이 없었다. 그런데 지금 레일라는 톰이 핍에게 들려주는 대학 졸업식 얘기를 옆에서 듣고 있는 것이다. 레일라가 집에 없을 때 톰은 핍에게 또 어떤 재미난 얘기들을 해주고 있을까.

레일라는 가스레인지 앞에 서서 톰에게 말했다. "와인이 좀 안 받는 것 같아. 맨해튼 칵테일 한 잔 만들어줄래?"

핍이 바로 나섰다. "제가 만들어드릴게요."

레일라는 핍을 만난 후로 점점 술이 늘고 있었다. 그날 저녁 식사 자리에서 술에 취한 레일라는 인터넷과 소셜미디어가 언론의 대체제가 되리라는 거짓된 전망에 대해 비판했다. 의회 의원들이 날리는 트윗을 읽으면 되니 워싱턴 기자들이 필요 없고, 누구나 카메라 달린 휴대전화를 들고 다니는 세상이니 뉴스 사진기자들이 필요 없으며, 크라우드소싱*이 있으니 전문가들에게 굳이

---

* 전문가나 아마추어 등 다양한 이들을 참여시킴으로써 그들이 지닌 기술이나 도구를 활용해 특정 문제를 해결하는 것.

돈을 지불할 필요가 없고, 줄리언 어산지, 안드레아스 볼프, 에드워드 스노든* 같은 대단한 인물들이 있으니 추적 보도도 필요 없으리라는 생각에 대한 비판이었다…….

그러다 보니 어느새 레일라는 펍의 애매모호하고 차분한 태도를 겨냥해 말을 쏟아내고 있었고 그 기저에는 톰에 대한 서운함이 깔려 있었다. 오래전 톰은 결혼한 상태였을 때 베를린에서 안드레아스 볼프를 만난 적이 있다고 말했었다. 그때 그는 볼프가 사람을 강하게 끄는 매력이 있지만 비밀스럽고 어두운 면이 있었다고 했다. 그 얘기를 들으면서 레일라는 볼프가 톰에게 대단히 큰 의미가 있는 사람이라는 인상을 받았다. 애너벨과 마찬가지로 볼프도 톰의 내면에 자리한 어두운 핵심에 속해 있었다. 그것은 레일라와 만나기 전의 역사이며 레일라가 이기고 싶어 안달하는 과거 그 자체였다. 레일라는 톰이 자신을 속속들이 파헤치려 하지 않는 점을 고맙게 여겼기에 톰의 속내를 파헤치려 하지 않았다. 다만 톰이 볼프에 대한 기억을 단단히 밀봉하고 있음을 감지했기에 애너벨에게 느꼈던 경쟁심 섞인 질투를 볼프에게도 느끼고 있었다.

볼프에 대한 이런 감정은 1년 전부터 표면으로 떠올랐다. 〈컬럼비아 저널리즘 리뷰〉라는 잡지에서 영광스럽게도 레일라를 인터뷰하러 왔을 때였다. 기밀 누설자에 대해 어떻게 생각하냐는 질문에 대해 레일라는 볼프의 선라이트 프로젝트를 맹렬하게 비난했다. 그 인터뷰를 읽은 톰은 어두운 표정으로 힐문했다. 그들과 생각이 다른 '러다이트**'에 대해 다소 잘못된 묘사를 하는 것 말고는 달리 엇나가지 않는 열성 팬들에게 왜 반감을 품느냐? 덴버 인디펜

---

* 미국 국가안보국 전직 직원으로, 국가안보국이 무차별적으로 인터넷과 통신 정보 등을 수집하고 있다는 사실을 2013년 6월 폭로했다.

** 신기술 반대자.

던트도 결국 선라이트 프로젝트 같은 인터넷 매체 아니냐? 왜 싸구려 비판주의에 스스로를 노출하느냐? 그러나 레일라는 왜냐하면 당신이 나한테 아무것도 말해주지 않으니까라고 속으로 생각했을 뿐 그 말을 입 밖에 내지는 않았다.

맨해튼 칵테일에 취한 레일라는 남성 위주로 돌아가는 실리콘밸리의 문제점, 실리콘밸리가 여성 프리랜서들뿐 아니라 모든 여성들을 착취하는 방식, 새로운 메신저 기술로 여성들을 매혹하고 여성들에게 권력과 진보의 환상을 심어주면서 생산수단의 통제 능력을 유지하는 방식, 가짜 해방운동, 가짜 페미니즘, 가짜 안드레아스 볼프에 대한 얘기로 점점 화제를 넓혀갔다. 핍은 더 이상 음식을 먹지 않고 우울한 표정으로 접시만 내려다보았다. 술에 취한 톰이 말을 자르고 나섰다.

"레일라, 당신은 우리가 당신 의견에 동의하지 않는다고 생각하나 봐."

"그럼 동의해? 핍이 내 의견에 동의할까?" 레일라는 핍에게 고개를 돌리며 물었다. "하고 싶은 얘기 있어?"

핍은 휘둥그레진 눈으로 접시만 내려다보며 조용히 입을 열었다. "기자님 의견이 일리는 있지만, 기자와 기밀 누설자가 양립할 수 있는 지점이 왜 없다고만 여기시는지 이해가 안 돼요."

그러자 톰이 맞장구를 쳤다. "바로 그거야."

레일라는 톰에게 물었다. "볼프가 당신과 경쟁하고 있다는 생각은 안 들어? 당신과의 경쟁에서 그 사람이 이기고 있지 않나?" 레일라는 다시 핍에게 말했다. "톰은 볼프와 아는 사이래."

"정말이에요?"

핍의 물음에 톰이 대답했다.

"베를린장벽이 무너진 후 베를린에서 볼프를 만난 적이 있어. 하지만 지금 이 얘기와는 무관해."

그러자 레일라가 따져 물었다. "과연 그럴까? 당신은 어산지를 싫어하지만 볼프에 대해서는 좋게만 생각하잖아. 다들 볼프는 비판을 안 하지. 다들 볼프를 영웅이고 구원자고 대단한 페미니스트로 칭송하고 떠받들어. 하지만 나는 단 1초도 이해할 수 없어. 특히 볼프의 페미니즘을 믿지 않아."

"지난 10년 동안 볼프처럼 대규모로 온갖 사안들을 다양하게 폭로한 사람은 없어. 당신은 볼프가 우리 언론인들만큼이나 대단한 기록을 세우고 있어서 기분이 상한 것뿐이야."

"프로포폴에 취한 여성 환자의 얼굴에 자기 성기를 대고 셀카를 찍은 치과의사의 사진을 업로드한 거? 당신은 그걸 페미니스트적 행동이라고 부르나 보네. 그런 사진을 업로드하는 행동에 대해 페미니스트적이라는 것 말고 더 나은 표현은 없나?"

"그런 것 말고 더 좋은 일들도 하고 있어. 블랙워터 사와 핼리버턴 사에 관한 기밀을 누출한 덕분에 게임 판도가 바뀌었잖아."

"그래봤자 다 허튼소리일 뿐이야. 나는 이렇게 부패한 세상에 순수한 빛을 비추고 다른 남자들의 성차별주의를 비난하는 사람이다, 이거잖아. 볼프는 여자들이 가득한 세상에서 여자들을 이해하는 유일한 남자로 살고 싶어 하는 것 같아. 소름 끼치는 부류야."

핍이 레일라에게 물었다. "베를린에서 무슨 일이 있었어요?"

"톰이 말을 안 해."

그러자 톰이 말했다. "맞아. 지금까지 그 얘기를 한 적이 없기는 하지. 지금 해볼까?"

레일라는 톰이 그 얘기를 하겠다는 이유가 핍이 이 자리에 함께 있기 때문임을 간파했다.

그녀는 씁쓸하게 피식 웃으며 핍에게 말했다. "네가 있으니까 하려나 봐. 지금까지 톰에 대해 몰랐던 얘기인데 덕분에 듣게 되는구나."

핍은 멍청이가 아닌지라 위험을 감지했다. "베를린에 관한 얘길 제가 들을 필요는 없을 것 같아요." 펍은 이렇게 말하며 와인 잔으로 손을 뻗다가 잔을 쓰러뜨리고 말았다. "아! 죄송해요!"

톰이 벌떡 일어나 키친타월을 가져왔다. 찰스 같으면 레일라에게 와인을 닦아 치우게 했을 것이다. 사고로 인해 하반신이 마비되기 전에도 찰스는 늘 그랬으니까. 찰스는 여성 작가의 작품을 수업 시간에 다룬 적이 거의 없는 반면, 톰은 남자 기자보다 여자 기자들을 더 많이 채용했다. 톰은 묘한 혼종 페미니스트였다. 행동만 보면 나무랄 데 없는 페미니스트인데 개념적으로는 페미니즘에 대해 적대적이었다. 예전에 톰은 레일라에게 "나는 페미니즘이 남녀평등주의로 가야 한다고 생각하기 때문에 페미니즘 이론에 완전히 공감할 수가 없어. 여자들이 남자들과 동등하면 안 되는 건가. 왜 꼭 여자들은 남자들과 다르고 남자들보다 더 낫다고 주장하는지 모르겠어"라고 말한 적이 있었다. 본인이 말해놓고도 어이가 없는지 톰은 소리 내어 웃었고 레일라는 조용히 분을 삭였다. 왜냐하면 레일라도 다른 의미에서 혼종 페미니스트였기 때문이었다. 레일라는 개념적으로는 페미니스트이지만 행동은 그렇지가 않았다. 레일라는 주로 남자들과 관계를 맺고 있고, 평생 남자들과의 친밀한 관계를 통해 직업적으로 혜택을 받아온 여자들 중 하나였다. 레일라는 톰의 웃음소리에 공격을 받은 기분이었고, 그 후 두 사람은 페미니즘에 대한 논의를 가급적 입에 올리지 않으려 주의했다.

페미니즘은 이미 서로 입조심을 하고 있는 여러 가지 항목들 중 하나였고, 레일라는 펍이 끼어들기 전까지 그런 생활을 즐거이 영위해왔다. 펍은 그들과 함께 사는 삶을 무척 만족스러워했고 캘리포니아로 돌아가고 싶다는 얘기를 더 이상 하지 않는 상황이라, 펍을 내보내는 일은 쉽지 않을 터였다. 하지만 서글프게도 레일라는 이제 그만 펍을 이 집에서 내보내고 싶다는 생각이 들었다.

비행기가 덴버에 착륙하자 레일라는 업무용 이메일과 문자를 확인했다. 찰

스가 보낸 문자가 와 있었다. '세자르가 존재하기는 해?'

레일라는 비행기에서 내리자마자 찰스에게 전화를 걸었다. "세자르가 아직도 안 왔어?"

"안 왔어. 난 별로 상관없는데, 당신이 듣고 그쪽 사람들 머리를 물어뜯으라고 알려주는 거야. 그들의 자그마한 발도 물어뜯어야지."

"뭐 그따위 인간들이 다 있지. 직원 한 명 보내는 게 뭐 그리 어렵다고."

"그래, 물어뜯어!"

신입 간병인 세자르는 저녁 6시 정각에 찰스의 집에 도착해 찰스에게 목욕을 시켜주고, 운동을 지도하고, 저녁 식사를 만들어주기로 돼 있었다. 찰스는 간병인을 두고 싶어 하지 않았지만 레일라가 간병인을 고용하고 감독하는 것까지 막을 정도로 질색하지는 않았다. 결국 레일라는 수고로운 일을 맡아 하고 있으면서도 고맙다는 말 한마디 듣지 못하고 있었다.

공항의 중앙 홀을 따라 걸어가면서 레일라는 톰의 집으로 전화를 걸었으나 음성 녹음으로 넘어가자 전화를 끊은 뒤 간병인 파견 회사로 전화를 걸었다.

"'사람을 필요로 하는 사람들'의 에마입니다."

안내원은 열두 살짜리 같은 목소리로 전화를 받았다.

"레일라 헬루라고 합니다. 세자르 씨가 찰스 블레넘 씨 댁에 왜 안 왔는지 알고 싶은데요."

에마는 명랑한 목소리로 응대했다. "아, 안녕하세요, 블레넘 부인. 세자르 씨는 6시에 도착하기로 되어 있습니다."

"알아요. 그런데 6시에 도착을 안 했다고요. 아직도 안 왔고요."

"그렇군요. 문제없습니다. 세자르 씨의 소재를 파악하도록 하겠습니다."

"문제가 없다고요? 지금 문제가 일어났잖아요! 처음도 아니고요."

"세자르 씨의 소재를 파악하도록 하겠습니다. 정말 별문제 없습니다."

"문제가 있는 상황이니까 '문제없다'는 말은 그만하세요."

"저희가 오늘 저녁에 인력이 좀 부족해서요. 잠시만요……. 아, 어떻게 된 일인지 알아냈습니다. 세자르 씨는 다른 간병인이 몸이 아파서 대타로 갔는데, 곧 블레넘 씨 댁으로 갈 겁니다."

이 파견 회사는 인력 부족을 예상하지 못한단 말인가? 약속 시간보다 세 시간이나 늦게 직원을 보내면서 미리 통지도 안 하나? 방문 예정지에 간병인을 보내지 않고 다른 고객에게 보내버리는 게 늘 있는 일인가? 이 회사는 이런 경우 고객에게 사과부터 하도록 안내원에게 교육도 안 시키나?

레일라는 이런 질문을 해봤자 소용없다는 걸 알기에 입을 다물었다. 에마가 다시 전화를 걸어왔을 때 레일라는 이미 도시로 절반쯤 들어가 있었다.

"저기, 음. 안타깝게도 세자르를 보내드릴 수 없을 것 같습니다. 대신 다른 직원을 보내드릴게요. 여자 간병인이라 블레넘 씨를 이동시키는 일은 못 하지만 다른 일을 도와드리고 말동무를 해드릴 수 있습니다."

"블레넘 씨는 말동무가 필요 없어요. 이동을 도와줄 사람이 필요해요."

"아, 문제없습니다. 세자르 씨에게 다시 연락해보겠습니다."

"됐어요. 내일 아침 9시까지 남자 간병인을 보내주시고 세자르라는 이름은 다시 입에 올리지도 마세요. 그래주실 수 있죠? 문제없죠?"

찰스는 혼자 음식을 챙겨 먹고 침대에 가 누울 수도 있었다. 레일라가 바짝 약이 오른 건 톰과 핍이 단둘이서만 집에서 한 시간 내지 두 시간 정도 같이 보내게 됐기 때문이었다. 하지만 어쩔 수 없는 상황이었다. 집으로 들어가보니 찰스는 휠체어에 탄 채 주방 앞 복도에 우두커니 앉아 있었다. 찰스가 그 자리에 멈춰 있는 건 좀처럼 없는 일이었다. 공기 중에 통조림 쇠고기 스튜 냄새가 퍼져 있었다.

"우울해 보이네. 복도에 왜 나와 있어?" 레일라가 말했다.

"존재하지 않는 세자르라는 남자에 대한 생각에 사로잡혀 있었어. 마르셀

프루스트가 쓴 위대한 구절이 떠올랐지. 뒤에서 흘끗 보았을 뿐인 소녀의 얼굴을 상상하는 구절이야. 보이지 않는 얼굴은 언제나 몹시도 아름답기든. 나는 세자르를 직접 보지 못했으니 실망스러운 현실을 아직 경험하지 못했어."

"여기 멈춰 있었다는 건 어디로든 가려고 했던 거잖아. 어디로 갈래?"

"복도에 더 익숙해질 수 있어서 좋았어."

"필요한 거 있으면 얘기해."

"제대로 된 목욕이 필요하지만 됐어. 술이나 한잔해야겠어. 오늘은 아직 술을 안 마셨거든."

찰스는 휠체어를 돌려 거실로 들어갔다. 레일라는 술병과 잔을 챙겨 거실로 가져다주었다.

"이제 그만 당신 남자 친구와 깜찍한 아가씨가 있는 곳으로 가봐."

"또 필요한 게 있으면 말해."

"당신은 오늘 여기 올 필요가 전혀 없었어. 사실은 당신이 여기 온 게 흥미롭기는 해. 남자 친구 집에 별일 없는 거지?"

"없어."

"당신 미간에 주름이 어찌나 진하게 잡혔는지 그 사이에 삽입어구를 넣어도 되겠어."

"피곤해서 그래."

"당신 남자 친구에 대해서는 내가 직접 알아볼 기회가 없어서 잘 모르지만, 그 깜찍한 아가씨는 분명히 아버지와 관련한 문제가 있어. 당신 덕분에 그 아가씨와 몇 분간 얘기를 나누면서 눈치를 챘지. 내가 누구한테든 아버지 관련 문제를 끄집어내는 재주가 있잖아."

"아. 고맙기도 해라."

찰스는 인상을 썼다. "당신을 의미한 건 아니야. 어쨌든 내가 당신한테 그런 존재인 건 맞잖아? 아버지 같은 존재."

"아닌데. 내가 아버지와 문제가 있긴 했지만."

"그 깜찍한 아가씨한테서는 뭔가 다른 냄새가 나. 충고하겠는데 그 아가씨를 잘 지켜봐."

"생각을 말로 하지 않고 그냥 간직할 순 없어?"

"난 작가잖아, 자기. 생각을 소리 내서 말해야 형편없는 돈이라도 받고 무자비한 혹평도 듣지."

"계속 듣고 있으려니 너무 피곤해."

마침내 레일라는 톰의 집에 도착했다. 집 안은 온통 어둡고 주방에만 조명이 켜져 있었다. 레일라는 톰의 집을 사랑했고 그 안에서 본인 집처럼 편안히 살고 있었지만, 그 집에서 안락함을 누릴 때마다 애너벨의 아버지가 준 돈의 일부로 이루어진 안락함이라는 사실을 늘 상기했다. 그래서 레일라는 이 집에 본인이 직접 고른 사진 한 장 걸어놓고 싶은 마음이 들지 않았고, 톰에게 임대료를 내려고 수년 동안 시도를 했었다. 톰이 끝내 임대료를 받지 않으려 해서 레일라는 페미니스트로서 양심의 가책을 덜기 위해 그 돈을 찰스에게 간병인을 붙이는 데 쓰거나 에밀리 리스트*, 나랄(NARAL)**, 전미여성기구(NOW), 바버라 복서***를 위해 거액으로 기부했다.

집 안으로 들어가기 전 레일라는 뒷문 앞에 서서 미간을 손으로 문질렀다. 잔뜩 인상을 쓰고 있다는 사실을 찰스가 알려줘서 고마웠다. 그런 말을 들었다고 화가 나지는 않았다. 문득 레일라는 아직까지 찰스와의 결혼을 끝내지 않은 이유는 죄책감이나 전략적 균형 때문이라기보다 여전히 자신을 사랑해주는 사람과 헤어지고 싶지 않아서임을 깨달았다.

---

* 여성 정치 운동 단체.

** 합법적인 낙태를 주장하는 단체.

*** 미국의 전 상원의원.

주방에는 아무도 없었다. 파스타 냄비에 담긴 물이 끓고 있었고, 아일랜드 식탁 위에는 양념에 무치지 않은 샐러드가 담겨 있었다. 레일라는 그녀와 톰이 집에 올 때마다 하던 대로 "나 왔어"라고 바보 같은 억양을 넣어 외쳤다.

"왔어?" 억양 없이 메마른 투로 대답하는 톰의 목소리가 거실에서 들려왔다.

레일라는 바퀴 달린 여행 가방을 현관홀로 끌고 들어갔다. 거실이 어둑해서 잠시 후에야 소파에 길게 누워 있는 톰의 모습이 눈에 들어왔다.

"핍은 어디 있어?" 레일라가 물었다.

"오늘 밤에 인턴들하고 놀기로 했대. 난 당신을 기다리다가 술을 너무 마셔서 잠깐 누워 있었어."

"늦게 와서 미안해. 지금 바로 저녁 먹자."

"서두를 거 없어. 냉장고에 당신 주려고 술을 준비해놨어."

"사양하지 않을게."

레일라는 위층에 여행 가방을 가져다 놓고 청바지와 스웨터로 갈아입었다. 핍이 집에 있을 것이라 예상해서인지 소음을 집어삼키는 고요한 집 안 분위기가 불길하게 느껴졌다. 집에 돌아온 그녀를 반기는 따분하지만 떠들썩한 목소리들도 없었다. 아래층으로 내려와 술을 갖다 달라고 말했지만 톰은 소파에서 꼼짝하지 않았다.

"내 문자 받았지?"

"받았어."

"여자 둘이 죽었어. 사건의 중심에 있는 남자도 아마 죽은 것 같고. 마약 사건이면서 핵무기 사건이기도 해. 꽤나 무시무시한 사건이야."

"잘됐네, 레일라."

톰은 별 감흥이 없는 목소리였다. 레일라는 술을 마시면서 사건에 관해 자세히 풀어놓았다. 톰은 적절히 맞장구를 쳤지만 목소리가 좋지 않았다. 그리고 그는 잠시 후 입을 다물었다. 집 안이 너무 조용해서 파스타 냄비가 희미하게 달가닥거리는 소리가 거실까지 들렸다.

"무슨 일인지 얘기해봐."

잠시 후 톰이 대답했다. "당신 많이 피곤하잖아."

"심하게 피곤하지는 않아. 술을 마셨더니 기운이 나."

조금 더 기분 나쁜 침묵이 흘렀다. 레일라는 타인의 삶, 타인의 집에 들어온 기분이었다. 이제야 알 것 같았다. 핍이 이 집에 무슨 짓을 한 것이다. 별안간 아득하게 달가닥거리는 파스타 냄비 소리가 참을 수 없이 거슬렸다.

"가스레인지 끄고 올게."

레일라가 주방에 갔다가 돌아왔을 때 톰은 일어나 앉아 한 손에 안경을 든 채 다른 손으로 눈을 비비고 있었다.

"무슨 일인지 말해줄래?"

"항상 레일라의 말을 들어라."

"그게 왜?"

"당신 말이 맞았다고. 핍을 이 집에 들이는 게 아니었어."

"어째서?"

"당신이 힘들어하잖아."

"나를 힘들게 하는 요소가 한두 가지도 아니고, 그런 얘기라면 됐어."

다시 침묵.

"핍은 이상할 정도로 애너벨을 닮았어. 성격이 아니라 목소리며 행동이. 하품을 하는 모습도 애너벨과 똑같아. 심지어 재채기를 하는 모습도."

"난 애너벨을 본 적이 없으니 당신 말을 믿을 수밖에. 그래서 핍이랑 섹스를 하고 싶어?"

톰은 고개를 저었다.

"확실해?"

당황스럽게도 톰은 레일라의 말을 곱씹어보는 듯했다.

"아, 맙소사." 레일라가 말했다. "맙소사."

"당신이 생각하는 그런 거 아니야."

별안간, 사전 예고도 없이, 속에서 구역질이 올라왔다. 분노의 파도가, 오래된 싸움의 기운이 치밀어 오르고 있었다.

"레일라, 내 말은—"

"이런 삶이 얼마나 진절머리 나는지 알아? 눈곱만큼이라도 아냐고? 25년 동안이나 인연 끊고 산 여자한테 아직도 홀려 있는 남자랑 같이 사는 나는 기분이 어떨 것 같아? 아무리 애를 써도 그 여자가 될 수 없다는 걸 절감하는 이 삶이 어떨 것 같냐고?"

톰은 덩달아 열을 올리지 않았다. 그는 냉정을 유지하며 차분하게 분위기를 누그러뜨릴 줄 아는 사람이었다. 하지만 레일라가 집에 오기 전까지 그는 술을 꽤 많이 마신 듯했다.

톰은 불안정한 목소리로 대꾸했다. "그래, 알아, 약간은. 그래, 약간. 당신이 별 이유 없이 남편을 보러 간 동안 나도 저녁 내내 여기 앉아서 당신을 기다렸으니까."

"간병인이 오지 않아서 어쩔 수 없었어."

"참 재미있네. 하긴 누가 그런 상황을 미리 예견할 수 있겠어? 전에도 그런 일이 일어난 적 있었나?"

"하필 오늘 저녁에 운이 없어서 그런 일이 일어난 거야."

"도저히 익숙해지질 않네."

"그래, 알았어. 어차피 일어난 일인데 어쩌겠어. 지금 와서 바꿀 수도 없잖아? 내가 이 집에 왜 왔을까? 내 마음에 상처를 주지 않는 사람 옆에 있지 않고 왜 여기 왔을까? 그 사람은 나한테 상처를 주지 않는데. 언제나 내가 일순위인 사람인데."

"그러게 왜 왔어?"

"그 사람을 사랑하지 않으니까! 당신도 알잖아. 내가 늦게 온 건 찰스를 사랑해서가 아니야."

"그래, 그렇겠지. 물론 조금은 마음이 있었겠지만."

"없어. 전혀. 없다고. 찰스가 나를 필요로 하니까 그 사람을 돌봐주는 거야. 당신은 애너벨에 대한 사랑을 멈출 수가 없으니까 애너벨한테 집착하는 거고."

"어처구니가 없군."

"부인하는 게 어처구니없는 거지. 당신이 핍과 한방에 있는 걸 보자마자 난 알아챘어. 더 이상 사랑하지 않는 사람에게 계속 홀려 있는 사람은 없어."

"남편한테 아직까지 수음을 해주는 사람 입에서 나올 얘기는 아닌 것 같은데."

"맙소사!"

"수음이 전부인지는 모르겠지만."

"빌어먹을! 내가 그 얘길 당신한테 하는 게 아니었어!"

"얘기를 했고 안 했고가 중요한 게 아니야. 나는 수음을 해준 행동에 대해 말하는 거야. 당신이 이중 잣대를 적용하고 있다는 생각 안 들어?"

"그 수음은 별로 의미가 없는 거라서 당신한테도 말한 거야. 당신도 의미없다고 말했었잖아. 그 사람한테 으깬 완두콩을 숟가락으로 떠먹여주는 것과 다를 바 없는 행동이라고, 바로 당신 입으로 말했어."

"그러니까 내 말은, 나더러 애너벨에게 홀려 있다고 말하지 말라는 거야, 레일라. 그리고 당신은 남편과 같이 있으려고 핑곗거리를 만들어내고 있어."

"그 사람은 돌봐줄 사람이 필요해."

"당신이 해주는 일들의 절반은 그 사람이 원하지 않는 일이잖아."

"그래, 미안하게 됐어. 그래도 당신은 기회가 있었어. 아기를 낳을 수 있게만 해줬어도 난 찰스가 아니라 그 아기를 돌보면서 살았을 거야. 당신이 그렇게 안 해준 유일한 이유는—"

"아. 또 시작이네."

"유일한 이유는—"

"이유가 한두 가지가 아니라는 건 당신도 잘 알잖아."

"유일한 이유는 애너벨이지. 그놈의 애너벨, 애너벨, 애너벨. 애너벨은 도대체 뭐가 그렇게 경이롭고 대단하지? 대답해봐. 알고 싶어."

톰은 무거운 한숨을 내쉬었다. "처음 2년만 괜찮았고 그 후로는 애너벨과 함께 살면서 행복했던 적 없어. 당신과 사는 동안에는 늘 행복했고. 당신이 방으로 들어올 때마다 나는 기분이 좋아져."

"지금 이렇게 들어오는 게? 이게 당신을 행복하게 해준다고?"

"우리 또 싸움을 하고 있는 것 같은데."

"애너벨이 이 집에 있으니까. 당신 입으로 말했잖아. 목소리와 행동이 똑같다고. 우리 둘이만 있을 땐 나와 함께 있는 게 행복했겠지만 그 여자가 우리와 한집에 있으니—"

"핍을 이 집에 들인 게 실수였다고 내가 아까 말했잖아."

"바꿔 말하면 이거네. 당신은 애너벨을 떠올리지 않는 동안에만 나랑 같이 있는 게 좋은 거야."

"그렇지 않아. 완전히 잘못 본 거야."

"어떻게 해줄까? 당신네 둘이 여기 살면 만사 해결이네. 난 내 남편이랑 살고. 핍은 한 번도 가져본 적 없는 아빠 같은 남자랑 살고, 당신은 오매불망 그리운 애너벨을 빼다 박은 신선하고 젊은 여자랑 살면 되겠어. 핍이 하품을 하는 소리를 들으면서 애너벨이랑 같이 산다고 상상하며 살아."

"레일라."

"농담하는 거 아니야. 그렇게 하는 게 맞다는 생각이 들어. 가끔은 상사의 정부 노릇을 그만두는 것도 기분 전환이 되겠지. 회사에 새로 인턴이 들어올 때마다 제일 먼저 알아둬야 할 게 바로 나에 대한 얘기라던데 그것도 끝냈으면 싶고. 나도 새로운 친구들을 만들 수 있겠지. 당신한테 붙어서 다른 여자들을 배신하고 사는 것 같은 기분도 더는 안 느껴도 되고. 일주일에 다섯 번 이상 한 남자와 밤을 보내고 있는데, 그걸 포기하면 그 시간에 할 수 있는 게 많을 거라고 봐."

"레일라."

"어차피 여행 가방에 내 짐이 다 들어 있으니까 달리 챙길 것도 없어. 당신은 핍을 기다리든지 알아서 해. 난 집으로 갈게. 집으로." 레일라는 잔을 비우고 일어서며 덧붙였다. "당신이 못 알아챘을까 봐 하는 말인데 나는 더 이상 핍을 좋아하지 않아."

"알아챘어. 핍도 알아챘고."

"아, 잘됐네."

"핍이 오늘 저녁에 외출을 한 이유도 당신과 내가 둘이 있을 시간을 만들어주기 위해서였어. 그런데 하필 당신 남편의 집에서 역설적이고 짜증스럽게도 중요한 일이 일어난 거야. 핍은 멍청하지도 둔감하지도 않아."

"그래. 걔는 모든 면에서 사랑스럽지. 걔랑 실컷 섹스나 하지 그래?"

"핍은 우리 사이에 절대 끼고 싶어 하지 않아. 핍은 당신을 우러러보고—"

"죄의식은 나한테 다 털어냈으니 걔랑 섹스해서 아기를 낳으라고—"

"핍은 당신을 우러러보고 있어. 자기가 여기 사는 걸 당신이 원치 않는 걸 알고 우울해하고 있어."

"참 잘됐네. 당신이 나에 대해서 이러니저러니 얘기하는 거 듣고 싶지 않아. 나에 대해 아예 말을 안 했으면 좋겠어. 차라리 애너벨에 대한 얘기나 떠들든지 해."

"당신도 화가 났겠지만 나도 기분이 좋지 않아. 당신을 기다리면서 점점 열이 삐치고 질투가 났어. 까칠하게 말한 건 미안해. 당신은 대단한 소식을 갖고 집으로 돌아왔고 많이 지쳐 있겠지. 그런데 지금 우리 뭘 하고 있는 거야? 이렇게 싸우고 있잖아."

"아, 그래. 이러다 또 말겠지 하는군. 늘 그랬으니까. 이렇게 사는 것도 나쁘진 않지만 가끔 이 삶이 지독하게 증오스러워. 당신도 같은 생각 아니야?"

톰은 고개를 저었다.

"난 지쳤어. 주말 내내 일도 해야 돼." 레일라가 말했다. "지금은 나만의 작은 방, 100퍼센트 내 방에 있고 싶은데, 유감스럽게도 그 방은 여기 없네."

톰은 다시 한숨을 쉬었다. "가기 전에 얘기를 마저 듣고 가."

"무슨 얘기?"

"듣고 화내지 말아줘."

"그 말만 들었는데도 벌써 화가 나기 시작하네."

톰은 쿠션에 안경을 내려놓고 두 손으로 얼굴을 감싸며 눈을 비볐다.

"핵심은 미뤄놓고 부차적인 얘기만 했다고 생각할 수도 있어. 날 미쳤다고 생각할 수도 있고. 아무래도 걔가 내 딸인 것 같아."

"누가?"

톰은 안경을 다시 쓰고 정면을 응시했다. 유령이 그들과 한방 안에 있는 듯했다. "생각할 수도 없는 일이야. 난 딸이 없는 사람인데. 만약 있다고 해도 그 애가 내 집에 같이 살고 있을 확률이 얼마나 되겠어?"

"제로."

"맞아."

"그래서?"

"핍은 애너벨의 딸이야. 핍의 어머니는 분명히 애너벨이고. 내가 아버지야. 확실해."

레일라는 눈앞이 핑 돌아 어디든 앉아야 했다. "그럴 리 없잖아."

"이런 이유 때문에 당신이 어서 집에 오기를 기다렸어."

레일라는 자리에 앉았는데도 바닥이 기울어진 것 같았다. 마치 바닥이 기울어 그녀를 이 집 밖으로 굴러떨어지게 만들려는 것 같았다. 모든 게 정말 끝인 걸까? 레일라는 찰스에게 돌아가 다시는 이 집에 못 돌아오게 되는 건가? 아무래도 그럴 것 같았다.

"'냄새는 지옥이에요'라는 말에서부터 시작됐어. 핍의 어머니가 괴팍한 성격이고 은둔 생활을 한다는 얘기를 들으니까 감이 오더라고. 그리고 수요일에 영화관에 갔다 와서 핍에게 어머니가 왜 신분을 바꿨냐고 물어봤어. 어머니는 아버지가 와서 '딸을 데려갈까 봐' 두려워했다는 거야. 애너벨다운 짓이잖아? 그것도 상당히? 그래서 핍한테 어머니 사진을 보여달라고 했는데—"

"듣고 싶지 않아."

"휴대전화에 저장된 사진을 보여줬어."

"정말 듣고 싶지 않아." 레일라는 애너벨에게 아이가 있다는 사실을 톰이 진즉에 알았으면 레일라와의 사이에서 아이를 낳는 일을 그토록 꺼려 하지는 않았으리라는 생각이 들었다. 이것으로 정말 톰과의 사이는 끝이구나 싶었다.

"아버지가 누구였을 것 같아? 자세한 설명은 생략할게. 나일 리가 없다고 생각했는데, 바로 나였어."

"어째서."

"일단 핍의 나이가 시기적으로 맞아. 그리고 애너벨이 어떤 사람인지 아니까. 애너벨이 왜 그렇게 사라져버렸는지도 이해가 돼. 임신한 걸 알고—"

"다시 한번 말하지만 애너벨에 대해 듣는 건 나에겐 고문이나 다름없어."

톰은 한숨을 쉬었다. "핍의 휴대전화에서 애너벨의 사진을 보면서 기분이 얼마나 이상했는지 모를 거야. 잠깐 본 것뿐인데 더 볼 필요도 없었어. 내가 뭐라고 말했는지 기억도 안 나. 그런데 핍은 태연히 듣고 있더라고. 핍은 아무것도 숨기려 하지 않았어. 내가 사진을 보여달라고 하니까 그냥 보여주더라고. 그래서 나는—"

"핍도 몰랐나 보네."

"그래. 그게 아니라면 거짓말에 아주 능한 거겠지. 핍은 남자 친구와 동거한다고 했었지만 거짓말이었잖아. 어쩌면 핍은 내가 누구인지 이미 알고 있지 않았을까 싶기도 했어."

"안 물어봤어?"

"당신하고 먼저 얘기를 하고 싶었어."

레일라는 냉동실에 넣어둔 비상용 담배가 생각났다. 술 때문에 머리가 맑지 않은데 톰의 얘기를 듣고 나니 더 멍해졌다.

레일라는 누그러진 목소리로 말했다. "나와는 관계없는 일이야. 이건 당신 인생이고. 당신의 진짜 인생, 당신한테 의미 있는 인생 말이야. 나는 늘 부차적인 존재였잖아. 당신은 진짜 인생을 돌려받고 싶어 하지 않았지만 그 인생이 당신을 찾아온 거야. 내 걱정은 안 해도 돼. 조용히 퇴장하는 방법쯤은 알고 있으니까."

"애너벨을 다시 만나고 싶은 생각은 추호도 없어."

레일라는 차갑게 웃었다. "앞으로 애너벨을 자주 보겠다는 소리로 들리네."

"핍은 실력 좋은 자료 조사원이야. 애너벨의 정체를 알아내고 그걸 바탕으로 나에게 접근했나 하는 생각도 해봤어. 그런데 그 정도로 실력이 좋다면 애너벨의 이름으로 맡겨진 10억 달러의 신탁이 있다는 것도 알아냈어야 돼."

"10억 달러라니."

"핍이 그 신탁에 대해 알았으면 덴버에서 계속 살지도 않았을 거야. 애너벨한테 가서 망할 학자금 대출을 갚아달라고 했겠지. 그런데 그렇게 하지 않은 걸 보면 신탁에 대해서는 모르는 것 같아."

"10억 달러라니. 당신 전처의 가치는 10억 달러나 되는군."

"부유한 가문 출신이라고 말했잖아."

"돈이 많다고만 했지, 10억 달러나 된다고는 안 했어."

"매캐스킬 사의 매출을 기반으로 추정한 금액일 뿐이야. 애너벨의 아버지가 돌아가실 무렵에 매캐스킬 사의 매출이 10억 달러 정도였어."

레일라는 보잘것없는 존재가 되는 기분에 익숙했지만, 지금은 어느 때보다 더 강력히 그런 기분이 들었다.

"미안해. 듣기 힘들다는 거 알아."

"듣기 힘들다고? 당신한테 아이가 있는 거잖아. 25년 동안 몰랐는데 알고 보니 딸이 있는 거라고. 그 딸은 지금 당신 집에서 같이 살고 있고. 이 정도면, 당연히 듣기 힘든 거 아닌가."

"변하는 건 아무것도 없어."

"모든 게 변할 거야. 잘됐네. 당신은 애너벨과의 관계를 정상화하고 핍하고도 좋은 관계를 유지하면서 살면 돼. 더 이상 홀린 채로 살지 말고. 셋이서 같이 휴가도 보내도록 해. 아주 잘됐어."

"제발, 레일라. 내가 생각을 정리할 수 있게 도와줘. 핍이 왜 덴버에 왔을까?"

"나야 모르지. 괴상한 우연의 일치겠지."

"그럴 리 없어."

"아니면 다 알고 왔든가. 그렇다면 대단한 거짓말쟁이인 거네."

"핍이 그 정도로 거짓말을 잘한다고 생각해?"

레일라는 고개를 저었다.

"핍은 몰랐을 거야. 하지만 몰랐다면…… 도대체 어떻게 우리 집에 들어와 살게 된 거지?"

레일라는 다시 고개를 저었다. 속이 울렁거리는 음식을 떠올릴 때에만 구역질이 나는 것은 아니었다. 무언가를 원할 때 레일라는 속이 메스꺼웠다. 욕지기는 모든 욕망에 대한 거부감의 표현이었다. 싸움도 마찬가지였다. 오래된 고독감이 기억의 표면으로 떠오르고 있었다. 사랑은 불가능하고, 갈등은 아무리 깊은 곳에 묻어둬도 결코 사라지지 않는다는 확신이 다시 들고 있었다. 매일 자유의지로 선택한 삶, 신약성서적인 삶의 문제는 바로 언제든 끝날 수 있다는 점이었다.

달빛 낙농장

Moonglow Dairy

냄새는 천국이기도 했다. 펍이 태어나기 한참 전부터 캘리포니아에서 금지된 비효율적인 엔진의 악취와 인근 목초지의 소똥 냄새가 뒤섞인 볼리비아 산타크루스데라시에라 공항 바깥의 냄새, 과묵한 볼리비아인 페드로가 도시의 환형 도로를 따라 디젤 미립자 사이로 노련하게 운전하는 랜드크루저 트럭 안의 냄새, 0.5킬로미터마다 잔인할 정도로 효율적인 과속방지턱이 놓여 있어 펍이 어쩔 수 없이 맡아야 했던 과일 썩은 내와 튀긴 음식 냄새, 오렌지며 튀긴 음식을 파는 장사꾼들(애초에 그 과속방지턱들을 설치한 자들)을 상대해야 했던 코차밤바 고속도로의 냄새, 펍이 마흔여섯 번째 과속방지턱을 헤아린 후 (페드로는 과속방지턱을 '롬페무엘레스'라고 불렀고 그것은 펍이 맨 처음 배운 스페인어 단어였다) 페드로가 이리저리 방향을 돌려 달린 먼지투성이 도로의 찌는 듯한 더위의 냄새. 그들은 산등성이에 이른 다음 샌프란시스코의 도로만큼이나 가파른 좁은 길을 내리달렸다. 랜드크루저의 비닐 포장 속 휘발성 물질을 달구고 짐칸의 예비 휘발유통에서 휘발유를 기화시킨 한낮의 태양을 만났을 때가 아니라, 건조한 숲을 지나 커피 재배로 인해 반쯤 헐벗은 시원한 숲을 통과해 상상했던 어느 곳보다 더 아름다운 작은 골짜기로 이어지는 개울을 만났을 때 비로소 천국이 시작되었다. 호수 속 냉수층과 온수층처럼 뚜렷이 구분되는 두 가지 냄새가, 개화한 열대 나무의 강렬한 향기와 염소들이 풀을 뜯는 목초지의 복잡한 풀 향기가 동시에 열린 차창으로 밀려 들어왔다. 작은 강을 끼고 골짜기 건너편에 모여 선 야트막한 건물들에서 달짝지근한 과수 재목을 태운 연기가 피어오르고 있었다. 이곳 기후의 특징적인 향을 머금은 기분 좋은 공기는 북미의 공기와는 확실히 달랐다.

이곳의 지명은 로스볼카네스였다. 볼카네스가 화산을 의미하지만 화산은 없고, 높이 500미터 이상의 적색 사암들이 골짜기 주변을 첨탑처럼 둘러싼 모양새였다. 사암은 우기에 물을 흡수했다가 1년 내내 조금씩 뿜어 강으로 흘려보냈고 강은 축축한 숲 사이로 굽이굽이 흐르며 오아시스를 만들어냈다. 사암이 없었으면 이 땅은 바짝 말라붙었을 것이다. 숲 사이로 이리저리 뻗어나간 오솔길들은 유지 관리가 잘돼 있었다. 로스볼카네스에 도착하고 첫 2주일 동안 다른 선라이트 프로젝트 인턴들과 직원들은 음지에서 은밀하게 작업을 진행했는데 핍은 자잘하고 시시한 일 말고는 할 게 없어서 (안드레아스 볼프가 멀리 부에노스아이레스에 가 있는 바람에 핍은 볼프가 새로 온 인턴들을 대상으로 업무를 지시하는 초기 면담도 하지 못한 상태였다) 매일 아침과 늦은 오후마다 오솔길을 걸었다. 집을 떠나 공항으로 출발하려는 핍의 뒤통수에 대고 엄마가 애처롭게 외치던 "퓨리티! 몸조심해야 돼! 야옹아!" 소리, 캘리포니아에 두고 온 것에 대한 생각에서 벗어나려고 핍은 숲의 향기에 흠뻑 빠져들었다.

열대는 후각이 활짝 열리는 곳이었다. 핍은 열대 지역인 볼리비아의 산타크루스가 아니라 온대 지역인 캘리포니아주 샌터크루즈 출신이라, 후각에 관한 한 희미한 빛 속에서 더듬더듬 앞을 보려 애쓰는 사람이나 다름없었다. 온갖 냄새들의 상호 연결성이 불분명한 캘리포니아에서는 냄새가 상대적으로 결핍되어 있었다. 문득 어떤 대학 교수가 인간의 눈이 볼 수 있는 색상은 왜 2차원 색상환으로 나타나는지를 설명했던 내용이 떠올랐다. 그는 망막이 세 가지 색상에 대한 수용기를 갖고 있기 때문이라고 했다. 망막이 네 개의 수용기를 갖도록 진화하면 한 가지 색상이 다른 색상으로 번지는 3차원 색상 구체가 실현된다. 핍은 그런 이론을 믿고 싶지 않았지만 로스볼카네스에서 온갖 냄새를 맡고 있자니 묘하게 그 이론에 설득이 됐다. 땅에서 풍기는 냄새만도 가짓수가 엄청났다! 어떤 흙에서는 정향 냄새가 나고, 어떤 흙에서는 메기 냄새가 났다. 어떤 사양토는 시트러스와 분필 향이 났고, 파출리 향이나 신선한 서양고추냉이 향이 나기도 했다. 열대에서는 균류도 향을 머금는 걸까? 핍은 오솔길에서 벗어나 숲으로 들어갔다가 스컹크 방귀만큼이나 강력한 볶은 커피 향의 버섯을 발견하기도 했다. 가만히 맡아보니 초콜릿 향 같기도 하고 참치 향 같기도 했다. 숲의 향기들이 표현하는 각기 다른 음색 속에서 핍은 콧속에 있는 수용기들을 난생처음 인식했다. 캘리포니아의 대마초에 자극받았던 수용기가 볼리비아의 야생 양파에도 반응했다. 회사를 중심으로 800미터 안쪽에 만발한 데이지 꽃밭은 가까이에서는 햇볕에 마른 염소 오줌 냄새가 났지만 전체적으로 다섯 가지 종류의 향기를 뿜어냈다. 오솔길을 걸으며 핍은 어떤 냄새에도 거부감 없이, 서로 밀접하게 연관된 흥미로운 향기들로 채워진 매끄러운 다차원적인 풍경을 즐기는 개가 된 기분이었다. 이런 곳이 천국일까? 엑스터시를 복용하지 않고도 황홀경을 경험하고 있는데? 로스볼카네스에 어느 정도 머물다 보면 세상에 존재하는 모든 냄새를 다 맡을 수 있을 것 같았다. 두 눈으로 색상환에 있는 모든 색깔들을 다 본 것처럼.

일주일 동안 아무도 핍에게 관심을 보이지 않아서 핍은 과감하게 미친 짓을 해보기로 했다. 열대 지역답게 갑작스레 어둠이 내린 저녁 무렵, 핍은 저녁 식사 자리(해커들에게는 아침 식사)에서 다른 젊은 여직원들에게 후각적 발견에 대한 얘기를 들려주며 흥미를 끌어보려 했다. 예전에는 맡지 못했던 냄새들을 맡으며 다녔던 얘기, 실제로 나쁜 냄새라는 것은 존재하지 않으며 인간의 대변 혹은 박테리아로 인한 부패나 죽음 같은 최악이라 여겨지는 냄새들도 앞뒤 맥락에 의해 나쁜 냄새로 인식될 뿐이고, 냄새의 향연이 풍성하게 펼쳐진 로스볼카네스 같은 지역에서는 악취 속에서도 선함을 발견할 수 있으리라는 얘기였다. 그러나 다른 여직원들—일부러 그런 사람들만 뽑았는지 하나같이 아름다운 용모의 여직원들—은 핍처럼 다양한 냄새를 맡지 못하는 것 같았다. 그들은 이곳의 꽃향기와 비 냄새가 좋다는 것에는 동의하면서도 서로 눈빛을 주고받으며 핍을 이상하게 보는 것이었다. 핍은 대학에 진학한 첫 주에 식당에서 경험했던 일을 또다시 겪는 기분이었다.

핍은 선라이트 프로젝트 직원들의 평균 연령보다 약간 더 어렸다. 왜 안드레아스를 위해 일하고 있느냐고 묻자 직원들 대부분이 '세상을 더 나은 곳으로 만들기 위해서'라고 대답해서 핍은 놀랐다. 아무리 칭찬할 만한 자세라고 해도 요즘 같은 때에 그런 말은 비웃음을 사지 않나 싶었다. 여기서는 직원들을 고용할 때 빈정대고 비꼬는 능력은 별로 높게 쳐주지 않는 모양이었다. 핍이 안드레아스였으면 세상을 더 나은 곳으로 만들기 위해 이 회사에서부터 여자들을 기술 업무에 배치했을 것이다. 언론에 관한 업무를 진행하고 선라이트 프로젝트의 기밀 누설 요약본을 작성하는 스웨덴 출신의 아름다운 게이 안데르스를 제외하고, 이 회사 직원들은 성별에 따라 업무를 분담하고 있었다. 남자들은 염소 목초지 너머에 위치한, 창문이 없고 보안이 삼엄한 건물에서 코드 짜는 일을 하는 반면에, 여자들은 새로 단장한 건물에서 지역 개발이나 홍보, 검색엔진 최적화, 출처 확인, 섭외, 웹사이트 및 부기 관련 업무, 연구, 소셜미디어, 광고 문안 작성 등을 했다. 핍에 비해 직원들의 배경은 굉장했다. 출신 지역은 덴마크, 영국, 에티오피아, 이탈리아, 칠레, 맨해튼 등 다양했고 대학 시절 단순히 수업을 듣는 게 아니라 (그들은 열두 살 때 사립 영재학원을 다니면서 이미 《율리시스》를 몇 번이나 읽었다) 브라운 대학교나 스탠포드 대학교를 다니다가 몇 학기를 쉬면서 숀 콤스*나 엘리자베스 워런**을 도와 끝내주게 멋진 일을 하거나, 사하라사막 이남의 아프리카에서 에이즈 퇴치 활동을 하거나, 10억 달러 규모의 실리콘밸리 신생 업체를 세운 대학 중퇴자 출신 설립자들과 동침해본 경험들이 있었다. 선라이트 프로젝트는 여직원들이 선불리 실수를 하지 않는 똑똑한 사람들이라 그런지, 오싹한 분위기의 사이비 종교 집단 같지는 않았다.

핍의 배경이나 회사에 대한 기대감은 보잘것없었다. 핍은 다른 직원들에게 아나그레트를 통해 영입됐냐고 물어봤지만 아나그레트라는 이름을 들어본 사람은 없었다. 다들 개인 추천이나 직접 지원을 해서 볼리비아로 왔다고 했다. 핍은 아나그레트의 설문지 얘기를 꺼내며 우스갯소리를 했지만 다른 직원들 눈에는 선라이트 프로젝트에 대해 불평하는 사람처럼 보이는 모양이었다. 이 프로젝트에 대해 불평하는 직원은 한 명도 없었다. 개인적으로도 매력적이고 특권을 누릴 만한 위치에 있으면서도 세상을 더 나은 곳으로 만들기 위해 이곳에 합류한 사람들에게 이 프로젝트에 대한 불평은 가당치도 않았다.

적어도 여기 사는 동물들은 핍처럼 별 볼 일 없었다. 핍은 페드로의 개들과 친구가 됐고 염소들에게 호감을 사려고 노력했다. 받침잔만큼 커다랗고 푸른 바탕에 무지갯빛을 띤 나비와 온갖 색깔의 작은 나비들이 회사 주변을 날아다녔다. 페드로는 본관 뒷베란다에 집을 짓고 사는 작고 침 없는 벌들이 매년 1킬로그램이나 되는 꿀을 만들어낸다고 알려주었다. 강둑을 어슬렁대면서 아구티를 쫓아다니는, 사랑스러운 검은 털을 가진 작은 울버린 등의 포

* 미국의 프로듀서, 래퍼, 사업가, 디자이너.

** 미국의 법학자, 정치인. 민주당 소속 메사추세츠주 상원의원을 역임했다.

유류를 페드로의 개들은 덩치가 두 배나 더 크면서도 무척 무서워했다. 숲에는 닥터 수스*의 동화책에 나올 법한 새들이 가득했다. 과일나무를 오르내리는 커다란 큐라소조(鳥), 그림자 속에서 발끝으로 살금살금 걸어 다니는 티나무**, 입으로 빽 소리를 지르고 날개에서 요란하게 쉭 소리를 내며 절벽 면에서 떼를 지어 강하하는 밝은 녹색의 잉꼬. 하늘 꼭대기에서 맴도는 콘도르는 캘리포니아의 포획 사육된 콘도르가 아니라 야생 콘도르였다. 그 동물들을 바라보며 핍은 자신도 동물일 뿐이라는 사실을 깨달았다. 오클랜드에 두고 온 온갖 수치심들도 로스볼카네스에서는 별것 아닌 듯했다.

이곳은 놀라울 정도로 깨끗했다. 멀리서는 너저분하게 보였던 풍경을 가까이서 보면 바닥에 하얀 꽃들이 흩어져 있거나, 공업용 귀마개처럼 생긴 형광 오렌지색 균류들이 자라고 있거나, 셀로판 조각을 빼닮은 이슬 맺힌 거미집이 만들어져 있었다. 사람이 살지 않는 북쪽의 거대한 공원에서부터 흘러나온 강물은 무척 맑았고 수영을 해도 될 만큼 따뜻했다. 핍은 저녁 식사 전에 강에 들어가 몸을 담갔다가, 회사에서 배정해준 4인실에서 우물을 통해 길어 올린 물로 더욱 깨끗이 샤워를 했다. 방 안의 벽은 희고 바닥 타일은 붉었으며 원래 이곳에서 자라던 나무를 잘라 만든 기둥을 노출한 구조였다. 룸메이트들은 방을 약간 어지르긴 했지만 지저분한 편은 아니었다.

안드레아스 볼프가 부에노스아이레스에 가 있는 이유는 그에 관한 전기 영화에 넣을 동베를린 장면을 촬영하기 위해서라는 소문이 회사 안에 돌고 있었다. 그리고 영화에서 그의 어머니 역을 맡은 토니 필드라는 미국 여배우와 사귄다는 소문도 돌았다. 언론에서 떠들어대는 그 소문은 선라이트 프로젝트의 홍보에 도움이 될 거라고들 했다. 핍은 어느 날 밤 룸메이트 플로에게

---

* 미국의 작가이자 만화가.

** 중남미의 메추라기 비슷한 새.

서 그 이유를 들었다.

"볼프 대표님이 영화배우를 사귀는 건 이번이 처음이야. 사실 대표님과 사귄 여자들은 헤어진 후에도 대표님에게 충성을 하니 우리로선 할리우드 쪽으로 문이 열리는 셈이지."

"그게 어떤 면에서 좋은 건데?" 펍이 물었다.

플로는 몸집이 작고 미국에서 학교를 다닌 페루인이었다. 디즈니가 남아메리카 시장을 목표로 애니메이션을 만든다면 아마 여주인공은 플로를 쏙 빼닮은 모습일 것이다. "누구나 기밀 누설자에게 반감을 품게 마련이야. 여기서 일하면서 네가 대표님에게 제일 먼저 배우게 되는 게 바로 그거야. 그러니까 우리는 어디서든 우리에게 도움이 될 친구를 만들어둬야 돼."

"여자들이 차여도 계속 충성을 한다니 그분 입장에서는 좋겠네."

"대표님은 선라이트 프로젝트에만 충성을 다하는 분이셔."

"우리 엄마는 그분이 나를 여기로 부른 이유가 나와 섹스를 하고 싶어서라고 생각하시던데."

"그런 일은 일어나지 않아. 그분을 직접 만나보면 알 거야. 그분은 우리가 하는 일에 전념하고 계셔. 우리 일을 위태롭게 만드는 짓은 절대 하지 않을 분이야."

"언론의 혹평을 피하기 위해서?"

"네가 실망했다면 안됐구나."

"실망 안 했어. 이메일에서 그가 나한테 강하게 호감을 표시하긴 했지만."

플로는 미간을 찌푸렸다. "대표님이 너한테 이메일을 보내셨다고?"

"응. 그것도 여러 통."

"그럴 분이 아닌데."

"사실 내가 먼저 이메일을 보내긴 했지. 아나그레트가 그분 이메일 주소를 줬거든."

"너 이쪽 일을 꽤 많이 해봤나 봐?"

"아니, 그렇지도 않아. 난 그냥 길에서 흔히 보이는 그런 사람이야."

"아나그레트는 누구야?"

"예전에 그분이랑 동침하던 사이였던 것 같아. 난 여기 직원들은 모두 아나그레트한테 설문지를 받은 줄 알았어."

"대표님이 볼리비아에 회사를 세우기 전에 알던 여자였나 보네."

핍은 아나그레트가 새삼 애처롭게 느껴졌다. 선라이트 프로젝트에서 자신이 대단히 중요한 일을 하는 척 부풀려 말을 하고, 차인 후에도 안드레아스에게 충성하면서 여전히 그에게 중요한 사람인 듯 행세하는 중년 여자가 바로 아나그레트였다.

"토니 필드와 사귀기 전에는 알레이나 리베이라와 사귀었고, 〈라 레푸블리카〉에 글을 기고하는 플라비아 코리토레, 그리고 대표님의 전기를 쓰고 싶어 하는 필리파 그레그라는 작가와도 사귀었어. 전기가 어디까지 진행됐는지는 모르겠지만. 그리고 그 전에는 미국 교수들 중 트위터 팔로어 수가 제일 많은 실라 테이버와 사귀었어. 그 사람들은 지금 전부 우리를 도와주고 있어."

플로가 안드레아스의 사회적으로 성공한 전 여친들을 열거하는 이유는 안드레아스에게 직접 이메일을 받았다고 하는 핍을 괘씸하게 여겨 기를 죽이기 위해서인 듯했다.

페드로 다음으로 핍에게 잘해준 사람은 핍보다 나이가 많은 콜린이었다. 흡연자인 콜린은 본관에서 따로 독방을 썼다. 버몬트주 유기농 농장에서 자란 콜린 역시 말할 필요도 없이 무척 예뻤고, 선라이트 프로젝트의 관리 팀장으로서 주방을 비롯한 페드로와 현지 직원들을 감독하는 일을 맡고 있었다. 콜린이 안드레아스에게 직접 업무 보고를 하는 데다가 선라이트 프로젝트 내에서 사회적 지위는 안드레아스와 얼마나 가까운 사이냐에 따라 결정되는 까닭에, 콜린이 저녁을 먹으러 식당에 와 착석을 하면 그 식탁은 제일 먼저 사람이 찼다. 콜린은 다른 직원들과는 차별화되는 인물이었다. 핍은 자신과는 달리 콜린이 남들과 똑같지 않으면서도 어떤 매력으로 사람들을 끄는지 궁금했다.

핍은 저녁이면 뒷베란다에 나가 앉아 개구리와 올빼미, 찌르륵찌르륵거리는 곤충들의 오케스트라에 귀를 기울였는데, 콜린도 저녁을 먹고 나면 뒷베란다에 나와 담배를 두 개비씩 피우는 습관이 있었다. 콜린은 핍에게 말을 많이 걸거나 핍을 별다르게 의식하는 것 같지는 않았다. 두 번째 담배를 다 피운 콜린은 안으로 들어가 스페인어로 직원에게 무어라 말을 했다. 그녀의 유창한 스페인어를 들으며 핍은 부러움과 좌절감을 동시에 느꼈다. 핍은 이곳에 대한 역설적인 관점을 버리고 싶지 않았기에 여기서 일하는 다른 여직원들처럼 되고 싶지는 않았지만, 콜린만큼은 선망의 대상이었다.

어느 날 저녁, 콜린은 담배 한 개비를 피우고 두 번째 담배를 입에 물기 전 핍에게 말을 걸었다.

"똥 같은 세상이지?"

"글쎄요. 여기 앉아 있으면 놀랍도록 아름다운 세상이라는 생각이 들어요."

"시간이 지나봐. 넌 아직 감각 과부하 상태라 그래."

"시간이 지나도 지겨워질 것 같지는 않아요."

"죄다 똥 같다니까."

"뭐가요?"

어둠 속에서 라이터 켜는 소리, 후 하고 연기를 뿜는 소리가 들려왔다. "모든 게. 우린 똥을 치우는 정보 센터야. 좋은 소식을 누설하는 사람은 없어. 고로 우리는 매일 쏟아져 들어오는 똥 같은 소식을 다뤄야 한단 얘기지."

"여기는 햇빛으로 그런 걸 살균하는 곳이잖아요."

"살균을 하는 게 부당하다는 뜻이 아니라, 이 일을 하다 보면 지친다는 뜻이야. 인간이 저지르는 무한한 악행을 보게 되니까."

"그 정도로 오래 여기서 일했어요? 여기 온 지 얼마나 됐어요?"

"3년. 거의 초창기부터 일한 셈이야. 이 일을 하다 보면 늘 우울해지더라고. 내가 하는 기능이 그런 것이기도 해. 다들 나를 보면서 '내가 저 여자 같지 않아서 다행이야'라고 생각하고 안도하거든."

"여길 그만두면 되잖아요."

"그래. 그만두면 되지."

"그는 어떤 사람이에요? 안드레아스요."

"나쁜 놈이지."

"그렇군요."

"순전히 사실에 근거해서 하는 말이야. 어떻게 나쁜 놈이 아닐 수가 있겠어? 선라이트 프로젝트 같은 일을 하려면 나쁜 놈이 되는 수밖에 없어."

"그래도 팀장님은 안 떠날 거잖아요."

"나 역시 그를 따르고 있으니까. 매 순간 그가 나를 이끌고 있는 게 느껴져. 그리고 그에게 이끌리고 싶은 내 의지는 마치 기네스 기록이라도 세우려는 것처럼 점점 강해지고 있어. 지금 나는 여기서 일하는 무명인들 중 최고가 됐고, 방도 나 혼자 쓰고 있어. 자금 출처까지도 알고 있지."

"자금이 어디서 흘러 들어오는데요?"

"나는 결코 특별하지 않은 사람들 중에서 가장 특별한 사람이 됐어. 그는 인재를 정말 잘 다뤄."

침묵이 흘렀다. 어둠 속에서 개구리들이 울고 울고 또 울었다.

"넌 어쩌다 여기 오게 됐지? 재정 지원 혜택 부서에서 일하는 게 좀 버거워 보이던데. 다른 직원들에 비해서 말이야."

관심을 갖고 물어봐준 게 고마워서 핍은 여기로 오게 된 경위를 단 하나도 빼놓지 않고 불법 거주하던 스티븐의 침실에서 있었던 끔찍한 일들까지 모두 털어놓았다.

다 듣고 난 콜린은 간단히 정리했다. “그러니까 넌 네가 여기서 뭘 하고 있는지 쥐뿔도 모른다는 거네.”

“아빠를 찾으려고 왔어요.”

“그렇다면 여기 있는 게 도움이 되겠네. 친애하는 지도자 동지의 사랑과 인정에 대한 갈망 말고 다른 바람을 간직하고 있으니까. 굳이 조언을 하자면 여기 온 목적을 잊지 말도록 해.”

핍은 소리 내어 웃었다.

“왜?”

“토니 필드 생각이 나서요. 사람들이 나에 대한 영화를 만들고 있는데, 내가 내 아버지 역할을 한 배우와 동침을 한다면 어떨까요. 괴상하지 않아요? 안드레아스는 자기 어머니 역할을 하는 배우와 동침한다면서요?”

“대표님은 좀 괴상한 사람이야. 우린 그러려니 해.”

“진짜 괴상한 것 같아요. 그런데 플로는 그걸 대단한 성취로 여기더라고요.”

“플로는 명성이라는 고기를 일편단심 쫓는 육식동물 같아. 플로의 가문은 페루의 절반을 소유할 정도로 부유하니까 돈이 필요해서 여기서 일하는 게 아니야. 그 집안이 광물로 엄청 큰돈을 벌거든. 오히려 ‘명성? 여기서 명성 냄새가 나는데요? 여기서 명성을 얻을 수 있나요? 나한테도 나눠줄래요?’라고 덤벼드는 부류가 바로 플로지. 플로는 안드레아스가 토니 필드와 사귀는 걸 본인이 토니 필드와 사귀는 것처럼 뿌듯해할걸.”

그래도 핍은 속을 털어놓고 나니 후련했다. 속을 털어놓은 대상이 안드레아스에게 특별 대우를 받는 콜린이고, 안드레아스는 영화에서 어머니 역을 맡은 배우와 섹스를 하러 부에노스아이레스에 가 있는 상황이니 과정 자체는 우울했지만. 콜린에게 깊은 인상을 남기고 싶은 마음에 핍은 강에 수영을 하러 갈 거라고 말했다.

“지금?” 콜린이 물었다.

"같이 갈래요?"

"휴론족에게 공격당하고 싶지 않은데."

"휴론족 남자는 내가 쳐다보면 늘 도망치던데요."

"밤마다 네가 강에 들어가도록 널 유인하고 있는 거겠지."

"어쨌든 수영하러 가야겠어요." 핍은 일어서며 물었다. "정말 같이 안 갈래요?"

"난 쓸데없는 내기를 싫어해."

"내기가 아니라 그냥 물어보는 거예요."

핍은 초조하게 콜린의 대답을 기다렸다. 질곡 많은 인생이지만 샌터크루즈에 있는 헨리 코웰 레드우드 주립 공원의 샌로렌조 계곡 물웅덩이에서 기온이 27도 언저리인 여름밤에 강물이 아직 마르지 않고 더러운 찌꺼기로 뒤덮이기 전 수차례 헤엄을 치면서도 무탈했었다. 묘하게도 엄마는 핍과 함께 그 물웅덩이에 자주 헤엄을 치러 다녔는데, 야간에는 자신의 몸이 남들 눈에 덜 띌 것이라 생각했기 때문인 듯했다. 핍은 검은색 원피스 수영복을 입은 엄마가 물 위에 똑바로 누워 떠 있는 모습을 바라보며 엄마도 한때 자기처럼 젊었을 것이라는 사실을 깨닫고 움찔 놀란 적이 있었다.

"좋아, 젠장." 콜린도 일어섰다. "내기에서 질 순 없지."

동쪽 사암 첨탑 위로 떠오른 달이 잔디를 하얗게 물들이고 강가에 늘어선 나무 밑 어둠을 더욱 짙게 만들고 있었다. 헤엄을 칠 수 있는 지점까지 가기 위해 핍과 콜린은 범람에 대비해 나무에 밧줄로 묶어놓은, 사슬 톱으로 잘라 만든 널빤지를 밟고 강을 가로질렀다. 핍은 옷을 벗으며 콜린을 슬쩍 쳐다보았다. 콜린의 구부린 어깨와 웅크린 자세는 핍의 룸메이트들이 아니라 핍과 더 비슷했다. 핍의 룸메이트들은 샤워를 마치고 나오면서 언제나 어깨를 곧게 펴고 머리를 꼿꼿이 세운 자신만만한 자세였다.

콜린은 강물에 발가락을 살짝 담갔다. "이 물이 따뜻할 거란 생각을 내가 왜 했을까?"

핍은 훌쩍 달려가 강물에 뛰어들어 온몸을 담갔다. 온갖 물것들에게 물릴 거라 예상했다가 물리지 않았을 때의 기쁨, 어두운 물속에 형성되는 믿음을 떠올렸다. 콜린은 여전히 몸을 웅크린 채 달빛에 물든 두 팔로 가슴을 감싸고 조심스레 나아가 무릎까지 천천히 담갔다. 마치 어쩔 수 없이 제물로 바쳐진 아즈텍족 처녀 같았다.

핍은 물에서 첨벙거리며 물었다. "멋지지 않아요?"

"끔찍해. 별로야."

"머리를 물에 푹 담가봐요."

"됐거든."

"여긴 지구에서 제일 아름다운 곳이 분명해요. 내가 여기 와 있다는 게 믿어지질 않아요."

"네가 아직 물속에서 뱀을 못 만나봐서 그래."

"그냥 확 들어오라니까요. 머리를 물에 담가봐요."

"난 너랑 달라, 자연을 사랑하는 아가씨."

핍은 피부를 따라 흘러내리는 물을 한껏 느끼며 몸을 일으키고는 콜린의 팔을 잡아당겼다.

"하지 마. 절대." 콜린이 말했다.

"알았어요." 핍은 콜린의 팔을 놓았다.

"난 여기까지야. 나라는 사람이 원래 이래. 무릎까지 담그는 게 다야. 난 두 세계의 최악의 부분에서 살고 있어."

핍은 다시 물속으로 들어갔다. "그 기분 알지만 여기서는 그런 기분이 안 들던데요."

"여기 이러고 있다가 휴론족에게 무슨 해를 입을지 모르는데 네가 겁내지 않는 게 난 이해가 안 가."

"충동 조절이 잘 안 되는 사람의 장점이라고 해두죠."

"담배나 한 대 더 피워야겠다." 콜린은 물 밖으로 나갔다. "끔찍한 공포감이 밀려오면 비명 질러."

핍은 콜린이 생각을 바꿀 거라고 여겼으나 콜린은 다시 강물로 들어오지 않았다. 물에 혼자 남은 핍은 개구리들이 우는 소리, 흐르는 강물이 속삭이는 소리, 그리고 온갖 냄새, 냄새에 휩싸여 이제껏 경험해보지 못한 순수한 행복의 순간을 만끽했다. 남아메리카에서 가장 가난한 나라의 외딴 골짜기에서 모든 것을 뒤로하고 나신으로 맑은 물속에 들어와 있기 때문이 아닐까. 그리고 신경증적인 두려움을 가진 콜린과는 달리 강물에 홀로 들어갈 용기가 있기 때문이 아닐까. 그런 면에서 핍은 엄마에게 고마움을 느꼈다. 엄마가 그립고, 엄마가 옆에서 함께 물에 떠 있으면 얼마나 좋을까 생각했다. 핍의 인생 한가운데 놓인 화강암처럼 답답했던 엄마의 사랑은 핍의 삶을 떠받치는 확고한 토대이기도 했다. 핍은 축복을 받은 기분이었다.

그 후 저녁마다 핍은 뒷베란다에서 콜린의 똥 같은 어린 시절 얘기를 더 들으며 축복을 받았다. 콜린의 아버지 소유였던 버몬트주의 농장은 일반적인 집단농장과 사이비 종교 단체의 중간쯤 되었고, 아버지는 헨리 데이비드 소로*와 성서에 나오는 여러 아내를 거느린 족장, 독일의 심리학자 빌헬름 라이히를 뒤섞은 것 같은 인물이었다. 아버지는 자아실현을 한답시고 콜린의 어머니에게 농장을 몇 달씩 맡겨놓았다가 젊은 여자들을 데리고 돌아오곤 했고, 그 여자들은 아버지를 도와 농장의 돌 많은 토양을 비옥하게 만들기 위해 땅에 오르곤 에너지**를 불어넣는 일을 했다. 그리고 아버지는 시시때때로 어머

---

* 《월든》, 《시민의 저항》 등을 집필했으며 자연을 사랑하고 자연 속에서 자연과 동화되는 삶을 사는 데 충실했던 미국의 시인이자 사상가.

** 빌헬름 라이히의 학설에 따라, 우주에 충만해 있다고 하는 비물질적인 생명력.

니를 임신시켰다. 콜린은 재택 교육을 받다가 열여섯 살이 되자마자 집에서 도망쳐 보스턴으로 갔고, 그 후에는 독일 함부르크로 건너가 오페어*로 일했다. 그리고 전액 장학금을 받으며 웰즐리 대학을 다니다가 스물두 살에 졸업했다. 그런데 역설적이게도 지금 콜린은 그녀의 어머니가 가부장적 집단에서 해오던 것과 비슷한 일을 하고 있었다. 그래도 콜린은 좌절하지 않았고 오히려 쓰레기 같은 환경을 즐기는 듯했다.

펍은 괴상했던 어린 시절을 진정으로 이해해주는 친구를 드디어 만난 것 같았다. 펍은 콜린이 뿜어내는 담배 연기를 따라 밤의 어둠을 찾았고, 저녁 식사 때 어느 자리에 앉을지 더는 고민하지 않아도 되었다. 콜린이 펍을 위해 늘 옆자리를 비워놓았기 때문이었다. 펍은 콜린이 자신의 빈정대는 말투를 좋아한다는 걸 알고 일부러 더 냉소적인 투로 말하려고 노력했다. 콜린은 펍을 자기가 혼자 쓰는 방으로 초대하기도 했다. 천장이 낮고 아늑한 방이었다. 그들은 그 방에서 음식을 먹고 맥주를 마시고 텔레비전을 보았다. 콜린 방의 텔레비전 케이블은 안드레아스가 볼리비아 군대의 정보 통신 시설을 업그레이드해준 대신 얻어낸 개별 광섬유 케이블이었다. 콜린이 남자였으면 펍은 동침까지 했을 것이다. 콜린과 어울리면서 펍은 자정을 한참 넘겨서야 잠자리에 들었고 그 결과 느지막이 일어나서는 숙취 때문에 아침 산책도 빼먹곤 했다.

그러던 어느 날 저녁, 산책을 너무 오래 했는지 어느새 날이 어두워져서 더듬더듬 건물을 찾아 식당으로 들어갔는데 늘 앉던 콜린의 옆자리에 안드레아스 볼프가 앉아 있었다. 그를 본 순간 펍은 심장이 벌렁거렸다. 안드레아스는 한 식탁에 앉은 다른 여직원의 말에 진지하게 귀를 기울이면서 고개를 끄덕이고 있었다. 펍은 아나그레트의 남친이었던 안드레아스의 카리스마를 한

* 외국 가정에 입주하여 아이 돌보기 등의 집안일을 하고 약간의 보수를 받으며 언어를 배우는 사람.

눈에 알아보았다. 독일인다운 잘생긴 외모에 소년 같은 분위기가 있었고 무어라 형언할 수 없는, 열정적인 명성의 입자들로 이루어진 빛이 그를 감싸고 있는 듯했다. 또한 너무나도 차분하고 강력한 그의 자신감은 식당의 기하학적 구조까지도 휘어지게 하여 모든 이들의 시선을 끌어당겼다. 그가 나쁜 놈이든 아니든 중요하지 않다고 했던 콜린의 말이 이해되는 순간이었다. 핍 역시도 그에게서 시선을 뗄 수 없었으니까.

콜린은 안드레아스한테서 고개를 약간 돌린 채 구부정하게 앉아 식탁을 손가락으로 톡톡 치고 있었다. 음식에는 손도 대지 않았다. 핍은 콜린이 옆자리를 비워놓지 않은 게 서운했다. 어쩔 수 없이 룸메이트인 플로 옆의 빈자리로 가 앉았다. 식당 직원이 식탁에 둘러앉은 이들에게 늘 먹던 유카와 감자, 양파, 토마토를 곁들인 쇠고기 스튜를 나눠주었다. 핍은 기본적으로 채식주의를 고집했지만 볼리비아 소들은 적어도 풀을 먹고 자랐으니 괜찮겠다 싶었다.

"친애하는 지도자 동지께서 돌아오셨네."

핍의 말에 플로가 날카롭게 되물었다. "대표님을 왜 그렇게 불러? 여기가 북한도 아닌데."

같은 식탁에 앉은 윌로라는 여직원이 끼어들었다. "콜린이 그렇게 부르니까 따라 하는 거지."

핍은 모욕을 당한 기분이라 곧장 받아쳤다. "우리가 중딩도 아닌데 유치하게 뭘 따라 한다고 그래."

윌로는 아랑곳하지 않았다. "내가 알기로 아무리 콜린이라도 대표님 면전에 대고 '친애하는 지도자 동지'라는 말은 절대 못 해."

"아닐걸. 들어도 그냥 웃어넘기겠지. 내가 이메일에 모욕적인 내용도 썼는데, 나를 초대한 걸 철회 안 한 걸 보면 분명해."

플로는 눈을 크게 뜨며 기분 나빠했다. 핍은 안드레아스와 이메일을 주고받은 걸 계속 언급해봤자 좋을 게 없겠다 싶었다.

월로가 핍에게 물었다. "넌 대표님을 부정적으로 보면서 왜 계속 여기 있니?"

"여기는 그 정도 농담도 위협적으로 받아들이는 곳인가 봐?"

"위협적인 게 아니라 지루한 거지. 북한에 대한 농담은 〈30록〉*에서 이미 다 했고, 웃을 사람은 이미 다 웃었어."

〈30록〉을 본 적이 없는 핍은 받아칠 말이 떠오르지 않아 입을 다물었다. 저녁 식사 내내 안드레아스 쪽에서 뿜어 나오는 명성과 카리스마의 기운으로 핍은 뒷덜미가 뜨끈할 지경이었다. 여기서 그만 방으로 돌아가는 게 콜린이 받은 모욕을 대신 돌려주고 궁색해 보이지 않는 길임을 알지만 핍은 안드레아스를 직접 대면하고 싶기도 했다. 그래서 다들 자리에서 일어선 후에도 라임 향 커스터드 두 개를 먹어가며 식탁 앞에서 뭉그적거렸다. 핍의 등 뒤에서 안드레아스와 콜린은 독일어로 대화를 나눴다. 알아듣지도 못하는 대화를 듣고 있자니 이 자리에 있는 게 적절하지 않은 듯 느껴져 핍은 자리에서 일어나 문으로 향했다.

"핍 타일러."

안드레아스가 부르는 소리에 핍은 뒤를 돌아보았다. 콜린은 식탁을 손가락으로 톡톡 두드리며 또다시 옆으로 고개를 돌렸으나 안드레아스의 푸른 눈은 핍을 바라보고 있었다. 그는 편하게 말을 놓았다. "이리 와서 우리와 같이 앉지 그래. 우리 처음 만나는 거잖아."

콜린이 일어서며 말했다. "나는 베란다에 나가 있을게요."

"아니, 앉아 있어." 안드레아스가 말했다.

* 2006~2013년 미국 NBC에서 방영한 텔레비전 시트콤.

"담배를 피우려고요."

콜린은 핍에게 눈길 한번 주지 않고 식당을 나갔다. 안드레아스는 핍을 손짓해 불렀다. "에스프레소 한 잔 같이할까?"

"여기 에스프레소가 있는지도 몰랐네요."

"요청하기만 하면 뭐든 가능하지. 테레사!"

페드로의 아내인 테레사가 주방에서 고개를 내밀자 안드레아스는 손가락 두 개를 세워 보였다. 핍은 안드레아스의 식탁에서 제일 멀리 떨어진 자리에 가 앉았다. 그에게 이메일을 써 보낼 때의 배짱은 어디로 갔는지 악수조차 하고 싶지 않았다. 핍은 어깨를 움츠리고 그의 말을 기다렸다.

"콜린 얘기로는 여기 생활을 즐기고 있다던데."

핍은 고개를 끄덕였다.

"여기가 세상에서 제일 아름다운 곳이라고 내가 말 안 했던가?"

"했어요."

"핍이 여기 도착했을 때 내가 자리에 없어서 미안했어. 영화 쪽 사람들이 아르헨티나의 수도를 1970년대 동베를린처럼 꾸미느라 내 조언을 많이 필요로 해서."

"대표님에 대한 영화가 만들어지고 있다니 굉장하네요."

"이상하기도 하고, 멋지기도 하지. 따분하기도 하고. 20분 촬영을 위해 열 시간씩 대기해야 하고 촬영한 영상을 편하게 보지도 못하지. 트레일러에 탄 한 무더기의 사람들 뒤에 서서 목을 빼야 겨우 모니터를 보고."

"그럼에도 불구하고." 핍이 말했다.

"그럼에도 불구하고, 자아를 매우 흐뭇하게 해주는 일이기는 하지."

"대표님의 자아는 상당히 모양새가 좋을 것 같아요."

"인정할게."

테레사가 에스프레소 두 잔을 들고 나왔다. 안드레아스는 그녀에게 스페인어로 건강이 좋아 보인다고 말했다. 그러자 오랫동안 고통받은 사람 같은 인상이던 테레사는 그 칭찬에 지나칠 정도로 고마워했다. 핍은 안드레아스의 눈에 세상이 어떻게 보일지 약간이나마 짐작할 수 있었다. 여러 가지 색깔의 보드를 들고 경기장에 가득 모인 군중이 다 함께 보드를 뒤집어 메시지를 보여주는 그런 세상일 테고, 그 메시지는 언제나 '안드레아스는 특별하며 위대하다'는 내용일 것이다. 안드레아스가 경기장에 들어서면 군중은 바다처럼 일렁이며 '우리는 당신을 사랑합니다'라는 글자를 보드로 만들어 보이겠지. 핍은 화가 나서 머리털이 곤두섰다.

"토니 필드는 어떤 사람이에요?"

"사랑스럽지. 재능 있고."

"영화에서 어머니 역할을 한다면서요?"

"맞아."

"대표님 어머니도 토니 필드처럼 섹시했어요?"

안드레아스는 미소를 지었다. "내가 널 마음에 들어 하게 될 줄 알고 있었어."

핍은 안드레아스가 나쁜 놈이며 사람을 끌어당기는 매력을 갖고 있음을 잊지 않으려 애썼다.

"무슨 뜻이에요?"

"넌 좋은 질문을 하는 사람이야. 신중하기보다는 일단 화를 내는 타입이고."

핍은 무어라 대꾸할 말이 생각나지 않았다.

"피곤하군. 업무 시작 면담은 내일 아침에 하도록 하지." 그는 에스프레소를 마저 마신 뒤 덧붙였다. "그동안 여기서 잘 놀았고 이만 집에 가고 싶다고 하지 않는다면."

"아직 갈 생각은 없어요."

"잘됐네. 내일 아침에 별관으로 와."

안드레아스가 식당을 떠나자 핍은 베란다로 나가 콜린 옆에 앉았다. 콜린은 검은 강을 바라보고 있었다. 밤은 따뜻하고 수많은 개구리들이 우는 소리가 끝없는 벽을 이루었다.

"고양이가 돌아왔으니 쥐는 더 이상 놀러 나갈 수 없겠죠?" 핍이 말했다.

콜린은 두 번째 담배에 불을 붙일 뿐 대답이 없었다.

"내가 뭘 잘못한 거예요, 아니면 팀장님이 이상한 분위기를 만드는 거예요?"

"미안. 기절해버린 여자를 데리고 춤을 추는 남자를 본 적 있어? 내가 바로 그 기절한 여자 같아. 대표님이 내 팔을 잡아 움직이면서 이리저리 데리고 다니면서 춤을 추는 거야. 나는 봉제 인형처럼 머리를 흔들거리면서 익숙한 춤을 춰. 모든 게 아무 이상 없는 것처럼. 착한 콜린은 여전히 쇼를 계속하는 것이지."

"팀장님이 나한테 화가 난 줄 알았어요."

"아니야. 지금 난 순전히 나에 대한 생각에 몰두해 있어."

그 말은 핍에게 약간 위로가 되기는 했지만 근심을 크게 덜어주지는 못했다. 핍은 콜린과 가까운 사이가 되면서 늘 밝기만 한 다른 여직원들과 거리를 두었는데, 콜린은 오히려 너무 어두워서 더 이상 가까이 가기가 힘들었다. 여기 온 지 2주밖에 되지 않았건만 핍은 오클랜드에서의 대인 관계를 여기서 똑같이 재현하고 있었다.

"우리가 친구가 될 수 있을 줄 알았어요."

"난 그럴 가치가 없는 인간이야."

"여기서 내가 좋아하는 사람은 유일하게 팀장님뿐이에요."

"나도 마찬가지야. 하지만 언젠가 아무도 예상 못 한 시기에 내가 뭘 하려고 하는지 알아? 미국으로 돌아가서 대형 로펌에 들어가 어느 따분한 남자랑 결혼을 하고 애들도 낳을 거야. 계속 미뤄왔지만 언젠가는 실현해야지."

"그러려면 로스쿨부터 들어가야 되는 거 아니에요?"

"예일에서 법학 학위를 이미 따놨어."

"제기랄."

"뭔가 좀 더 흥미로운 일이 있을까 해서 여기서 계속 시간을 보냈는데, 이제 없는 것 같아. 곧 여길 떠나 미국에 가서 무기력하게 살아야지. 지루하겠지만 하는 수 없지."

"좋은 직업을 갖고 가정을 꾸리는 게 그렇게 나쁠 것 같진 않은데요."

"넌 배짱이 있으니까 좀 더 나은 일을 하면서 살아."

"배짱 같은 거 없어요."

"배짱 있는 사람들은 자기가 그렇다는 걸 거의 모르더라."

그들은 잠시 조용히 개구리 소리에 귀를 기울였다.

"앞으로도 계속 여기 같이 앉아도 돼요?"

"제기랄. 난 누가 제기랄이라고 대놓고 말하는 거 처음 들어봤어." 콜린은 한 손을 들더니 머뭇거리다가 핍의 손을 토닥였다. "당연히 여기 같이 앉아도 되지."

다음 날 일찌감치 산책을 하고 돌아온 핍은 아침에 안드레아스를 만나러 갔다. 남자 직원들이 일하는 기술관은 방음 벙커 안의 특수 발전기를 통해 전기를 공급받았고, 강을 따라 설치된 직경 25센티미터 파이프라인에서 볼리비아 정부의 호의에 힘입어 따로 빼낸 천연가스관을 통해 연료를 공급받았다. 헛간을 개조한 별관과 그 밖의 다른 건물들에는 마이크로 수력 전기 및 진입로를 따라 절반 정도 설치해놓은 태양 전지판들이 전기를 공급했다. 안드레아스는 따로 사무실을 두지 않아서 오히려 직원들에게 대단한 존경을 받았다. 그는 선라이트 프로젝트가 하향식 조직이 아니라 공동 조직이라고 강조하면서 별관 꼭대기 층에 노트북 한 대를 두고 작업을 진행했다. 꼭대기

층에는 모든 직원들이 편하게 사용할 수 있는 소파와 작은 주방이 마련돼 있었다. 펍은 아름다운 여직원들이 종일 잠옷 바지 차림으로 앉아 마우스를 딸깍거리는 1층을 지나서 계단을 올라 꼭대기 층으로 향했다.

안드레아스는 잠옷 바지를 입은 또 다른 여직원들과 회의 중이었다. "10분만 기다려." 안드레아스가 펍에게 말했다. "아니면 이 회의에 합류하든지."

"아뇨, 밖에서 기다릴게요."

아침의 구름과 안개 조각들이 사암 첨탑에 걸려 자잘하게 흩어지고, 태양의 기운이 우세해졌다. 이곳에서 세상은 매일 새로이 창조되는 듯했다. 펍은 풀밭에 앉아 끝이 두 갈래로 갈라진 긴 꼬리를 가진 새가 염소를 쫓아다니며 파리를 먹는 모습을 바라보았다. 저 새는 종일 저렇게 살 것이다. 저 새가 이 세상에서 해야 할 일과 있어야 할 장소는 확보돼 있었다. 동력 사슬 톱을 들고 아들과 함께 잔디밭을 가로질러 걸어가는 페드로를 보며 펍은 친숙한 느낌을 받았다. 페드로 역시 저 새처럼 자기 자리가 확보돼 있는 존재였다.

잠시 후 안드레아스가 밖으로 나와 펍 옆에 앉았다. 그는 보기 좋게 통이 좁은 청바지와 몸에 꼭 맞아 납작한 배를 강조하는 폴로셔츠 차림이었다. "좋은 아침이야." 그가 말했다.

"예. 오늘 햇빛은 특별히 살균력이 좋아 보이네요."

"하."

"나는 늘 천국이라는 단어를 싫어했어요. 죽음을 그럴듯하게 포장한 멍청한 표현이라고 생각했거든요. 그런데 여기서 살면서 생각이 좀 달라졌어요. 저기 있는 저 새처럼—"

"갈래 진 꼬리 딱새 말이군."

"저 새는 완벽히 만족스럽게 사는 것 같아요. 저 새를 보면서 천국은 영원한 만족감 그 자체가 아니라, 만족스러운 감정이 영원에 가까울 정도로 오래 지속되는 곳이겠다는 생각이 들었어요. 시간을 초과해서 존재할 수는 없으니 영원한 삶이라는 것도 있을 수 없죠. 하지만 현재의 삶에 만족하면 시간의 의미가 없어지면서 시간 개념을 벗어날 수 있을 거예요. 무슨 말인지 이해돼요?"

"거의."

"나는 동물들이 부러워요. 특히 개들요. 개들에게는 나쁜 냄새라는 게 없을 테니까요."

"여기 생활이 마음에 든다니 다행이네. 콜린이 자동 송금 문제를 처리해줬지?"

"예, 감사해요. 덕분에 파산은 면하게 됐어요."

"그럼 네가 우릴 위해 해줘야 하는 일에 대해 얘기해보도록 하자."

"여기서 개처럼 놀고먹는 대신에 뭔가를 하라는 거죠? 내가 진짜로 원하는 게 무엇인지는 이미 말씀드렸어요. 내 친부가 누구인지 알고 싶어요. 적어도 엄마의 진짜 이름이라도 알면 좋겠어요."

안드레아스는 미소를 지었다. "널 도울 방법을 알고 있기는 한데, 내가 널 도우면 그게 우리 프로젝트에는 무슨 도움이 되지?"

"직접 관련은 없겠죠. 대신 나도 여기 일을 할게요."

"자료 조사 일을 해보는 게 어떨까? 윌로한테 배울 게 많을 거야. 윌로는 정보를 알아내는 솜씨가 탁월하거든."

"윌로는 나를 별로 안 좋아해요. 콜린을 빼고 여기 있는 직원들은 거의 다 그렇지만요."

"설마."

"내가 너무 냉소적이라 그럴 거예요. 쿨에이드 음료를 보면 코를 찌푸리고, 냄새에 대한 얘기를 너무 많이 해서요."

"여기서 일하는 직원들 중에 나쁜 의도를 가진 사람은 없어. 다들 어떤 면에서는 특별한 사람들이지."

"대표님이 나한테 한 말 중에 처음으로 소름 끼치는 말인 거 알아요?"

"어째서?"

"내가 만약 대표님의 이미지 관리 담당자라면 뚱뚱하고 못생긴 사람들을 직원으로 고용했을 거예요. 지구에서 제일 아름다운 이 골짜기에 진지를 구축하지도 않았을 거고요. 이곳의 아름다움이 저는 소름 끼쳐요. 그래서 대표님한테 호감을 가질 수가 없어요."

안드레아스는 표정이 굳었다. "흠, 그러면 곤란한데."

"뭐, 곤란할 수도 있고 아닐 수도 있겠죠. 내가 대표님한테 호감이 없는 게 도움이 될 수도 있을걸요. 이곳의 아름다운 풍경 때문에 소름이 돋은 사람이 나뿐만은 아닐 거예요. 세상이 대표님을 어떻게 보는지 알 수 있게 도와달라고 하셨잖아요? 나는 대표님을 개인적으로 싫어하는 사람으로서 옆에 있어 줄게요. 그쪽 방면으로 내가 꽤 솜씨가 좋은 편이에요."

"재미있군. 네가 나를 싫어할수록 나는 네가 좋아지니."

"전에 일했던 곳의 상사도 그랬어요."

"여기에 상사는 없어."

"아, 제발요."

안드레아스는 소리 내어 웃었다. "그래, 인정할게. 내가 상사지."

"그럼, 솔직하게 말할게요. 나는 대표님의 프로젝트에 별로 관심이 없었어요. 세상이 그 프로젝트를 어떻게 생각하든 내가 알 바 아니니까요. 대표님 덕에 여기 오게 된 게 싫지는 않지만, 사실 내가 여기 온 주된 이유는 내가 궁금해하는 답을 찾을 수 있도록 대표님이 도와주실 거라고 한 아나그레트의 말 때문이었어요."

"너는 선라이트 프로젝트를 조금도 좋아하지 않아?"

"내가 그 프로젝트에 대해 아직 잘 몰라서일 수도 있어요. 훌륭한 프로젝트인 것 같기는 한데 여기서 누출하는 정보들 중 일부는 너무 사소해 보였어요.

꼭 바람피운 남친을 응징하는 웹사이트 같잖아요."

"가혹한 평가인데? 우리는 새로운 정보를 업로드하려고 논의 중이야. 왈라비, 앵무새 등 멸종 위기에 처한 품종들에 관한 오스트레일리아 정부의 이메일 건이지. 오스트레일리아 정부는 왈라비와 앵무새를 목장 주인과 사냥꾼들에게 팔고 광산 이익을 챙기면서 그 품종들을 보호하는 척만 해왔어. 이건 사소한 비밀 누출 건이 아니야. 그리고 우리가 그런 비밀을 입수하고 그런 건에 계속 관여하려면, 매일 소소한 누출이라도 하면서 이 일을 계속하고 있어야 돼. 그래야 큰 건도 잡을 수가 있어."

"멸종 위기에 처한 오스트레일리아 동물들에 대해서는 나도 안됐다고 생각하고 있어요. 그런데 여전히 뭔가 다른 냄새가 나요."

"아, 코로 냄새를 맡았다고? 무슨 냄새?"

핍은 대답하기 전에 생각을 정리했다. 정말로 안드레아스를 개인적으로 싫어하는 사람이 되고 싶지는 않았다. 여기서 그런 짓을 한다면 참 지치고 소외되는 일일 것이다. 핍이 볼리비아에 와서 직접 눈으로 본 선라이트 프로젝트는 사실 대단했다. 다만 다른 인턴들이 너무 심하게 찬양을 하니 적대감이 생긴 것뿐이었다. 그런 적대감 덕분에 핍은 직원들 사이에서 도드라졌다. 핍의 보잘것없고 비참한 자아를 만족시키고 안드레아스에게 호감을 사게 만든 방법이기도 했다.

"어렸을 때 살던 곳 근처에 달빛 낙농장이라는 이름의 낙농장이 있었어요. 젖소들이 잔뜩 있었으니까 낙농장이 맞긴 한데, 그 사람들의 주 수입원은 우유 판매가 아니었어요. 유기농 농부들에게 고품질의 천연 비료를 판매해서 주로 돈을 벌었죠. 우유 공장인 척하는 똥 공장이었던 거예요."

안드레아스는 미소를 지었다. "흥미로운 얘기일 것 같군."

"음, 그러니까 대표님은 시민 언론을 중요시한다고 말씀하시고 기밀 누출 사업을 하고 있지만, 실제로 하는 일은—"

"소똥을 천연 비료로 파는 일이라고?"

"명성과 찬사를 끌어모으는 일 아니냐고 말하려던 참이었어요. 상품은 대표님이고요."

열대 지방에서는 아침나절의 어느 순간에 햇살의 따스함이 맹렬한 뜨거움으로 바뀐다. 아직 그 순간은 오지 않았으니, 안드레아스의 얼굴에서 솟는 땀은 햇살의 열기 때문이 아니었다.

"아나그레트의 말이 옳았네. 넌 내가 꼭 데리고 있고 싶은 인재야. 용기와 진실성이 있어."

"다른 여직원들한테도 늘 하는 말이겠죠."

"아니."

"콜린한테도요?"

"그래." 안드레아스는 시선을 땅에 박은 채 천천히 고개를 끄덕였다. "콜린한테는 했을지도 모르지. 그렇다면 내 말을 좀 더 쉽게 믿을 수 있겠나?"

"아뇨. 오히려 짐 가방을 싸고 싶어지는데요. 콜린은 여기서 울적하게 살고 있어요."

"여기 너무 오래 있어서 그래. 콜린도 다음 단계로 나아갈 때가 됐지."

"그래서 새로운 콜린을 들이려고요? 착취하고 매력으로 사로잡아 휘두르고요? 그럴 생각이에요?"

"콜린 일은 유감이지만, 난 콜린에게 아무 짓도 안 했어. 콜린은 내가 줄 수 없다고 늘 명확히 밝혀왔던 것을 바랐던 거고."

"콜린 얘기는 다르던데요."

안드레아스는 눈썹을 치뜨며 핍을 응시했다. "핍, 넌 왜 나를 좋아하지 않지?"

"꽤나 적절한 질문이네요."

"콜린 때문인가?"

“아뇨.” 핍은 자제심이 떨어지는 것을 느꼈다. “요즘 내가 두루두루 적대적이 됐어요. 특히 남자들한테요. 문제이긴 하죠. 내가 보낸 이메일에서 그런 기운을 감지했죠?”

“이메일에서 어조를 판단하기는 힘들지.”

“어젯밤까지만 해도 여기서 사는 게 좋았는데, 이제 갑자기 내가 도망쳐 온 그 똥구덩이에 다시 처박힌 기분이에요. 나는 여전히 충동 조절이 잘 안 되는 성난 사람이에요. 대표님이 왈라비와 앵무새들을 위해 하는 일이 훌륭하다는 거 알아요. 선라이트 프로젝트도 당연히 훌륭하고요. 그런데도 그만 가서 짐 가방을 챙겨야겠다는 생각이 들어요.”

핍은 감정이 폭발하기 전에 떠나기 위해 일어섰다.

“말릴 수는 없겠지. 다만 진실을 말해주고 싶은데. 앉아서 들어주지 않겠나?”

“그 진실이 길지 않으면 서서 듣고 싶은데요.”

“앉아.” 안드레아스는 사뭇 달라진 목소리로 말했다.

핍은 다시 앉았다. 명령에 익숙하지 않아서 그런지 오히려 명령을 받으니 안심이 됐다.

“명성은 두 가지 면을 갖고 있지. 한 가지 면은 대단히 외롭다는 것. 또 다른 면은 주변에서 사람들이 끊임없이 너에게 자신을 투영한다는 것이지. 그게 너를 외롭게 만드는 이유이기도 하고. 넌 사람으로 존재하는 게 아니라, 사람들이 자신의 이상주의와 분노 같은 걸 투사하는 물건이 되는 거지. 그렇다고 불평을 할 수도, 그 문제에 대해 말을 할 수도 없고. 넌 유명해지고 싶으니까. 유명세에 대해 불평을 했다가는 오클랜드에서 온 성난 젊은 여자가 자기연민이나 하고 있다고 널 비난할 테니까.”

“난 본 대로 말한 건데요.”

“어쨌든 그 모든 것이 유명인을 더 외롭게 만드는 거지.”

펍은 안드레아스가 토로한 진심이 그녀와는 무관하고 안드레아스 자신에 관한 내용임을 알고 실망했다. "토니 필드는요? 그 여자랑 있을 때도 외로워요? 유명인들이 그래서 결혼하는 거 아닌가요? 유명인으로 사는 끔찍한 고통에 대해 얘기할 상대가 필요해서?"

"토니는 배우야. 그녀와 잠자리를 같이하는 건 서로를 돋보이게 하는 거래에 불과하지."

"와아. 대표님이 그렇게 생각하는 거 토니도 알아요?"

"거래 조건에 대해 우리 둘 다 알고 있어. 내가 아나그레트 이후로 사귀는 모든 사람들에게 적용하는 조건이니까. 아나그레트 때와는 다를 수밖에 없지. 아나그레트를 만났을 때 나는 무명인이었어. 내가 아나그레트를 믿는 이유도 그래서고. 아나그레트가 너를 여기로 꼭 초대해야 한다고 했을 때도 난 그녀의 말을 믿었지."

"난 그 여자 전혀 안 믿어요."

"알아. 그런데 아나그레트는 네게서 특별한 무언가를 봤다고 했어. 단순한 재능이 아닌 다른 무언가가 있다고 하더군."

"그게 무슨 뜻이에요? 대표님이 진실을 얘기할수록 점점 얘기가 이상하게 흘러가는데요."

"내게 기회를 달라고 부탁하는 거야. 나는 네가 본연의 모습을 잘 유지했으면 좋겠어. 본인을 남한테 투영하지 말고. 나를 그저 사업을 잘 운영하려고 애쓰는 사람 정도로 봐주면 돼. 너를 화나게 만드는 유명하고 나이 많은 남자가 아니라. 이 기회를 잘 활용해봐. 그리고 윌로가 네게 조사 기술을 가르칠 수 있도록 기회를 줘."

"윌로에게 일을 배우라는 그 아이디어에 대해서도 의구심이 생기는데요."

안드레아스는 펍의 손을 잡고 눈을 가만히 바라보았다. 펍은 손을 뒤로 뺄 생각도 못 하고 그에게 가만히 잡혀 있었다. 안드레아스의 눈은 푸르고 아름다웠다. 시야를 왜곡하는 그의 카리스마를 제외하더라도, 잘생긴 남자임에는 분명했다.

"다른 진실을 더 알고 싶나?"

핍은 옆으로 눈길을 돌렸다. "모르겠어요."

"내가 지시하기만 하면 윌로는 너에게 친절하게 잘 대해줄 거라는 게 진실이지. 가짜 친절이 아니라 진짜 친절을 베풀걸. 내가 버튼 하나만 누르면 돼."

"와아, 뭐예요." 핍은 두 손을 뒤로 뺐다.

"어떻게 해줄까? 진실이 아닌 척할까? 내 힘을 부정할까? 윌로는 미친 듯이 자신을 나에게 투영하는 사람이고, 그건 내가 어떻게 할 수 있는 부분이 아니야."

"와아."

"넌 진실을 알고 싶어서 여기 왔잖아, 안 그래? 희석되지 않은 진실 그대로를 듣고 감당할 수 있을 줄 알았는데."

"와아."

안드레아스는 자리에서 일어섰다. "그럼 점심때 보도록 하지."

햇살이 맹렬해지고 있었다. 핍은 머리가 핑 돌면서 마치 열기에 떠밀린 듯 모로 드러누웠다. 일순간 두개골이 열리고 누군가 나무 숟가락으로 그 안을 마구 휘저은 기분이었다. 안드레아스를 따르고 싶은 마음, 그의 손아귀에 들어가고 싶은 마음은 아직 절대 없었다. 그러나 잠시 동안 안드레아스는 핍의 머릿속 깊은 곳까지 들어왔고, 핍은 어째서 윌로가 안드레아스의 말 한마디면 주변 환경에 맞춰 몸 색깔을 바꾸는 문어처럼 태도를 바꾼다는 것인지, 어째서 콜린이 안드레아스를 나쁜 놈이라고 생각하면서도 그에게서 원하는 것을 얻어내지 못해 속을 끓이는지를 얼추 짐작할 수 있었다. 삽시간에 핍의 내면이 섬뜩하게 갈라졌다. 한쪽 면에는 분별력과 회의론이 자리했고, 다른 쪽 면에는 지금까지 경험해보지 못한 완전히 새로운 수용성이 자리를 잡았다. 스티븐에 대한 집착이 정점에 달했을 때도 핍은 스티븐에게 어떤 대상이 되고 싶지는 않았다. 스티븐에게 굴복한다거나 복종하고 싶은 환상을 품어본 적도 없었다. 그러나 대단한 명성과 넘치는 자신감을 가진 안드레아스는 핍의 내면에 그러한 수용성의 조건을 풀어놓았다. 아나그레트가 왜 그리도 스티븐의 나약함을 경멸했는지 더 잘 이해되는 순간이었다.

핍은 힘겹게 일어나 눈을 떴다. 주변의 모든 색깔이 생생하면서도 눈부시게 희었다. 강 너머 숲에서는 사슬 톱 소리가 윙윙 들려왔다. 이곳에 대해 어째서 잘 알게 됐다고 생각했을까? 착각이었다. 여기는 아무리 아닌 척해도 광신적 종교 집단이 모여 사는 사악한 곳이었다.

핍은 일어나 별관으로 돌아갔다. 건물 안에서 제일 가까이에 놓여 있는 태블릿 하나를 집어 들고 다시 강가의 그늘로 내려갔다. 여기 온 후로 이틀에 한 번씩 핍은 이웃에 사는 린다 아줌마의 이메일 주소를 통해 엄마에게 명랑한 투로 이메일을 보내고 있었다. 린다는 핍의 엄마가 '기운이 좀 없지만 그럭저럭 잘 지내고 있다'는 내용으로 몇 번 답장을 보내주었다. 그동안 핍은 로스볼카네스에서는 전화를 할 수가 없다는 핑계를 대며 엄마에게 전화를 하지 않았다. 엄마에게 매일 전화를 하면 기껏 여기까지 온 보람이 없지 않은가? 핍은 선라이트 프로젝트에서 사용하는 스카이프 비슷한 전화 앱을 켤까 말까 망설였다. 이대로 무너져 엄마에게 전화를 걸면 여기서 도태되어 포기하고 나가겠다는 소리와 다름없을 것이다. 하지만 상황이 다급하니 어쩔 수 없을 것 같기도 했다. 핍은 남이 나무 숟가락으로 뇌를 휘저어놓은 지금 이 상황이 몹시 마음에 들지 않았다.

"야옹아? 아무 일 없지?"

"잘 지내고 있어요. 페드로 씨가 필요한 물품을 사러 시내에 들러서요. 저도 시내 공중전화로 전화하는 거예요. 여기가, 그러니까, 시내예요."

"아, 네 귀여운 목소리를 들을 수 있는 게 믿어지지가 않아. 몇 달은 지나야

들을 수 있을 줄 알았어."

"그럴 리가요. 지금 듣고 있잖아요."

"얘야, 잘 지내지? 잘 지내는 거 맞지?"

"엄청 잘 지내요. 여기가 얼마나 아름다운지 상상도 못 할걸요. 콜린이라는 친구도 벌써 사귀었어요. 이메일로 말했던 친구요. 똑똑하고 재미난 친구예요. 예일 대학교에서 법학 학위도 받았대요. 여기서 일하는 사람들은 전부 교육 수준도 높고, 다들 부모님들하고 연락하면서 지내요."

"집에 언제 올 수 있을 것 같니?"

"엄마, 나 여기 온 지 얼마 되지도 않았어요."

잠시 침묵이 흘렀다. 아마도 엄마는 핍이 볼리비아까지 간 목적을, 핍이 짐 가방을 들고 집을 떠나기 전 화를 내며 쏟아부은 말을 떠올리고 있는 듯했다.

"어쨌든 어제저녁에 안드레아스가 돌아왔어요. 안드레아스 볼프 말이에요. 드디어 만났는데, 괜찮은 사람이더라고요."

엄마는 대꾸하지 않았다. 그래서 핍은 부에노스아이레스에서 본 영화 얘기, 토니 필드를 비롯해 안드레아스가 사귄 다른 여자들 얘기를 늘어놓았다. 안드레아스가 자기 같은 인턴들을 잡아먹을 일은 없다는 것을 엄마가 알기를 바라서였다. 그러나 사실 엄마에게 전화를 건 주된 이유는 장차 안드레아스의 먹이가 될까 봐 두려웠고, 그래서 안드레아스와 별다른 관계를 맺지 않을 것임을 엄마에게 알리고 싶어서였다.

"어쨌든 그렇다고요."

"퓨리티, 그 사람은 범법자야." 엄마가 말했다. "린다가 기사를 인쇄해줘서 읽어봤어. 법을 심각하게 위반하는 사람이더라. 그 사람을 지지하는 사람들은 그런 걸 신경 안 쓰고 오히려 영웅으로 생각하긴 하더라만. 그래도 네가 그 사람을 도우려고 법을 어기면 이 나라로 영영 못 돌아올 수도 있어. 명심해야 돼."

"여기서 수갑을 차고 잡혀간 인턴들이 있다는 얘기는 못 들어봤어요."

"연방 법을 위반하는 게 장난이니."

"엄마, 여기서 일하는 사람들은 다들 엄청 부자인 데다가 교육 수준도 높아요. 그러니까—"

"그 사람들 집안은 비싼 변호사를 댈 정도로 돈이 많은가 보지. 네가 안전하게 집에 돌아올 때까지 이 엄마는 밤에 잠을 제대로 잘 수 없을 거야."

"안 그래도 잠을 못 자는데 좋은 핑곗거리 생겼네요."

다소 잔인한 말이긴 했지만, 핍은 엄마와 얘기를 나눠봤자 도움 될 게 하나 없음을 이렇게 전화를 걸기 전에 미리 알았어야 했다고 후회하는 중이었다.

"앗. 페드로 씨가 오라고 손을 흔드네요. 가봐야겠어요."

핍이 별관 쪽으로 걸어가는데 윌로가 별관에서 나오고 있었다. 물방울무늬 점퍼를 입은 윌로는 기막히게 멋진 모습이었다.

"안녕, 윌로. 잘 지내지?"

"핍, 나랑 얘기 좀 해."

"아, 맙소사. 내가 맞혀볼게. 지금 나한테 사과하려는 거지?"

윌로가 인상을 썼다. "무슨 사과?"

"그게…… 어제저녁에 나한테 못되게 군 것에 대한 사과?"

"못되게 군 적 없어. 난 솔직하게 말한 거야."

"맙소사. 젠장."

"진심이야. 내가 솔직하게 말하지 않은 게 뭐가 있니?" 윌로가 말했다.

핍은 한숨을 푹 쉬었다. "몰라, 기억 안 나. 네 말이 맞겠지."

"대표님이 우리 둘이 같이 일하길 바란다고 하셨어. 좋은 생각인 것 같더라고."

"그래, 물론 그렇겠지."

"무슨 소리야?"

"대표님이 너한테 나를 좋아해주라고 해서 네가 지금 이러는 거잖아. 이러니 내가 소름이 안 돋고 배겨?"

"난 너를 좋아하려고 노력했어." 월로가 말했다. "다른 직원들도 마찬가지고. 네가 적대감을 갖고 대하니까 받아들이기 힘들었던 것뿐이야."

"내가 원래 그래. 그렇게 살아온 사람이야."

"그래, 그럼 어디 설명해봐. 네 적대감의 원인이 뭔지 알면 나도 신경이 덜 쓰일 것 같으니까. 같이 산책이라도 하면서 얘기할래?"

"월로." 핍은 월로의 눈 앞에 대고 손을 흔들었다. "어이. 나 지금 완전 섬뜩하거든. 내 머리를 가지고 놀려는 수작이구나. 어제저녁에 넌 나한테 분명히 못되게 굴었어. 내가 잘못 느낀 게 아니야. 그런데 지금은 친구가 되고 싶다고? 대표님이 그러라고 해서?"

월로는 소리 내어 웃었다. "대표님은 네가 재미있는 사람이라고, 네 머릿속이 재미난 방식으로 작동한다고 말씀하셨는데, 그 말씀이 맞네. 너 진짜 재미있다."

핍은 월로를 피해 별관 쪽으로 걸어 올라갔다. 월로가 쫓아 달려오며 핍의 팔을 잡았다.

"이거 놔. 넌 아나그레트보다 더 기분 나빠." 핍이 말했다.

"그러지 마. 우린 이제부터 같이 많은 시간을 보내면서 서로를 좋아할 방법을 찾아봐야 돼."

"내가 널 좋아할 일은 절대 없어."

"이유가 뭔데?"

"알고 싶지 않을걸."

"알고 싶어. 솔직하게 말해줬으면 좋겠어. 그래야 진전이 있지. 나랑 같이 앉아서 왜 나를 싫어하는지 다 털어놔봐. 난 네 적대감이 싫다고 이미 얘기했잖아."

핍은 짐을 싸서 여길 떠나든지 아니면 윌로가 요청한 대로 하든지 둘 중 하나를 택해야 했다. 엄마에게 전화를 안 했으면 이 시점에서 집으로 돌아가는 게 낫겠다고 판단했을지도 모른다. 그러나 핍은 필요한 정보를 얻을 수 있으리라는 희망을 갖고 여기 왔고 아직 그 정보를 얻어내지 못했다. 그리고 콜린과 안드레아스는 핍을 용감한 사람이라고 했다. 결국 핍은 꽃이 활짝 핀 나무 그늘에 윌로와 나란히 앉았다.

"네가 나보다 예뻐서 싫었어." 핍이 말했다. "넌 이 회사에 잔뜩 있는 알파걸이고 난 아니라서 싫기도 했어. 네가 스탠포드 대학교를 나온 것도 싫었고, 네가 돈 걱정을 할 필요 없는 입장인 것도 싫더라고. 네가 얼마나 대단한 특권을 누리고 사는지 절대 모를 사람이라는 것도 싫었어. 네가 선라이트 프로젝트를 사랑하는 것도, 이곳이 얼마나 괴상한 곳인지 개의치 않는 것도 싫었어. 네가 남을 비난할 필요 없는 사람이라는 것도 싫었어. 가난이 뭐고 남에게 빚을 지는 게 뭔지, 우울증 걸린 편부나 편모 밑에서 자라는 게 뭔지, 남친을 못 사귀어서 분노하고 사람이 이상해지는 게 뭔지 상상조차 못 하는 것도 다 싫었어. 아, 됐어." 핍은 넌더리를 내며 고개를 저었다. "다 내 자기 연민에서 비롯된 생각일 뿐이야."

그런데 윌로의 얼굴이 말린 자두처럼 자줏빛을 띠었다. "아니, 아니야. 사람들이 나에 대해 어떻게 생각할지 내가 상상했던 그대로야."

윌로가 눈을 질끈 감고 울음을 터뜨리자 핍은 충격을 받았다.

윌로는 코를 훌쩍이며 말했다. "난 예쁘게 태어나고 싶다고 요청한 적 없고 특권을 갖고 싶다고 요청한 적도 없어."

핍은 윌로를 달랬다. "그래, 알아. 물론 그렇겠지."

"만회하려면 내가 어떻게 해야 하니? 내가 뭘 할 수 있겠어?"

"글쎄. 여유 자금으로 13만 달러 정도 갖고 있지?"

윌로는 계속 눈물을 흘리면서도 얼굴에 미소를 머금었다. "재미있네. 넌 진짜 재미있는 사람이야."

"돈 없다는 소리로 알아들을게."

"나도 힘들어. 나도 힘든 점이 있다는 걸 믿어주면 좋겠어." 윌로는 핍의 손을 잡고 엄지로 핍의 손바닥을 문질렀다. 선라이트 프로젝트에서는 다들 이렇게 멋대로 남의 손을 덥석덥석 잡는 모양이었다. 윌로가 물었다. "내가 진짜 솔직하게 말해도 돼?"

"그래야 공평하겠지."

"내가 널 싫어한 이유가 한 가지 더 있었어. 대표님이 너를 좋아하셔서야."

"대표님은 너도 좋아하는 것 같던데."

윌로는 고개를 저었다. "나한테 너에 대해 얘기하시는 걸 보면 알 수 있어. 그 전에도 느낌은 있었어. 넌 선라이트 프로젝트를 좋아하지도 않잖아. 그리고 대표님이 너한테 이메일을 보내셨단 얘기를 들었을 때…… 대표님이 널 얼마나 좋아하시는지 알고 나니까, 너와 같이 일을 해야 한다는 게 정말 짜증나더라."

복잡한 두려움이 핍의 마음에 엄습했다. 안드레아스가 정말로 그녀를 특별히 좋아하고 있을지 모른다는 두려움, 그래서 비호감이 되어 다른 직원들에게, 특히 콜린에게 사과를 해야 하게 생겼다는 두려움이었다. "그래, 이제 보니 내가 죄인이네."

"별로 재미없지?"

윌로는 미소를 지으며 디기와 자매처럼 핍을 포옹했다. 알파 걸 윌로와의 우정 덕분에 다른 직원들에게도 받아들여지겠구나 하는 생각이 들자 핍은 마치 매수라도 당한 듯 기분이 더러웠다. 하지만 더 이상 윌로를 불신하지는 않았다. 이만하면 그들의 관계는 한 걸음 진전한 것이었다.

그날 저녁 베란다에서 핍은 콜린에게 그날 있었던 일을 소상히 털어놓았다.

"월로는 최악으로 못된 인간은 아니야." 콜린이 말했다. "월로가, 남자 형제 하나가 3년 전에 죽었다는 얘기도 했어?"

"맙소사. 아뇨."

"스노보드 사고였대. 그래서 월로는 지금도 고액 의료비 보험 문제를 파고들고 있어. 월로의 남자 형제 건은 대표님도 당연히 알고 있어. 대표님은 무리 중의 약한 양을 늘 잘 포착하니까."

핍은 월로가 죽은 남동생 얘기를 꺼내며 동정심을 자극하지 않았다는 사실에 깊은 인상을 받았고 당혹스럽기도 했다. 월로는 나무 아래 앉아서 핍이 쏟아내는 비판의 말을 조용히 들어주었다. 안드레아스에게 들은 대로 월로는 대단한 면이 있었다.

"팀장님이 여기서 옴쭉 못 하는 이유를 이해할 수 있을 것 같아요."

"그래. 네 얘기를 들으면서 내가 여기 있을 날이 얼마 남지 않았다는 걸 느끼고 있어."

"팀장님. 내가 대표님보다 팀장님과 친하게 지내고 싶어 하는 거 알잖아요."

"지금도 봐. 대표님은 여기 온 지 하루 만에 벌써 널 사로잡았잖아."

"팀장님이 없으면 나도 여기 있고 싶지 않아요."

"정말? 애초에 넌 엄마한테서 떨어져 살고 싶어 했으니 2주일보다는 더 오래 버텨야지."

"굳이 캘리포니아로 돌아가지 않아도 돼요. 우리 둘이 아예 다른 곳으로 가서 일할 수도 있잖아요."

"넌 아빠에 대해 알아내고 싶다고 했던 것 같은데."

"플로한테 13만 달러를 빌리면 여기가 아니라도 알아낼 수 있을걸요."

"네가 부자들에 대해 잘 모르나 본데, 플로는 치실 하나 나눠주려 하지 않을 거야."

다음 날 아침 핍은 일찌감치 산책을 마치고 돌아와 별관으로 향했다. 윌로는 겉으로는 예전과 다름없었으나, 그녀의 형제에 관한 얘기를 들어서인지 핍의 눈에는 약해진 마음을 달래려 항우울제를 복용하는 사람, 형제의 죽음에 죄책감을 갖고 하루하루를 살아가는 사람으로 보였다. 이제는 핍이 먼저 다가가 윌로를 포옹할 차례였다. 핍은 이곳 직원에 대한 적대감을 일부 극복하고 무리 중 한 명과 우호적인 관계를 맺는 것이 잘하는 짓인지 아니면 비열한 짓인지 판단이 서지 않았다. 자신이 발전하고 있는지 타락하고 있는지도 분간할 수 없었다. 어쨌든 윌로의 자료 조사 능력은 무척 대단했다. 모니터에 윈도를 여러 개 띄워놓고 이리저리 마우스를 움직이고 클릭해가며 오스트레일리아의 재산권 이전 문제, 오스트레일리아 기업 이사들의 명단, 오스트레일리아의 경제 뉴스 아카이브, 다크 웹*을 통한 오스트레일리아 정부 데이터베이스 자료를 종횡무진 오갔다. 작업 속도가 어찌나 빠른지 핍은 윌로가 하는 일에 대해 그 자리에서 이해하려면 수 주일은 걸리겠다는 생각이 들었다.

그날도, 그다음 날도, 그리고 그 후 열흘 동안 안드레아스는 핍을 따로 불러 얘기를 나누지 않았다. 안드레아스는 다른 여직원들과 조용히 회의를 진행하면서 별관과 기술관을 오갔고, 윌로와 대화를 하며 한참 동안 정보를 주고받았다. 그동안 핍은 신참답게 윌로 옆자리에 가만히 앉아 들었다. 안드레아스는 핍이 일개 인턴에 불과하며 선라이트 프로젝트에 아직 크게 기여하고 있지는 않다는 점을 강조하려는 것처럼 일부러 핍을 무시했다. 핍이 그에게 더욱 다가오고 싶게 만들고 더욱 정직하게 속을 털어놓도록 자극하기 위해서이기도 했다. 핍은 안드레아스에게 맞서지도 분노하지도 않았으나, 안드레아

* 기존의 웹 브라우저로는 접근이 불가한 월드와이드웹의 일종으로, 주로 범죄에 활용된다.

스는 이미 핍의 머릿속을 나무 숟가락으로 한 번 휘저어놓은 터였다. 핍은 안드레아스가 손에 쥐고 내주지 않는 그 무언가를 더욱 바라게 됐다. 한 번에 크게 얻고자 하지는 않았다. 그저 한 번만 더 느껴보고 싶었다. 그가 또다시 머릿속을 휘저을 수 있는지 확인하고 싶었다.

그러던 어느 저녁, 안드레아스는 또다시 회사에서 사라졌다.

저녁 식사 후 콜린이 말했다. "토니 필드가 왔어."

"정말요? 산타크루스에요? 왜 회사로는 안 와요?"

"대표님은 사업과 유흥 사이에 벽을 확실히 쳐놓고 있어. 그리고 토니에게 특별히 할 얘기도 있을 거야. 토니가 대표님에게 너무 가까이 다가왔어. 그들 관계에서 규칙을 만드는 사람이 누구인지 이해를 못 했나 봐. 대표님을 따라서 볼리비아까지 왔으니 확실히 도가 지나쳤지. 아마 우리가 이 얘기를 하는 동안 대표님은 토니와 관계를 정리하고 있을 거야. 상상할 수 있는 가장 다정한 방법으로."

"대표님이 그렇게 얘기했어요?"

"대표님은 나한테 많은 얘길 한다네, 동생. 내가 아직까지는 최측근이잖아. 잊어버리지 말라고."

"미워요."

"너 때문에 또 내 마음이 아프잖아, 핍. 난 대표님에 대해서 분명히 경고했어. 그런데도 그렇게 말을 하는구나."

이틀 후 아침 산책에서 돌아온 핍은 본관 앞 잔디밭에 랜드크루저를 대놓고 기다리는 페드로를 보았다. 핍은 페드로가 하는 스페인어를 전부 알아듣지는 못했지만 엘 인헤니에로*께서 지금 바로 핍을 산타크루스로 데려오라고

* '엔지니어'라는 뜻.

했다는 말은 얼추 짐작으로 알아들었다. (페드로는 안드레아스를 엘 인헤니에로라고 불렀다.)

"저를요? 확실해요?(¿Yo? ¿Está seguro?)"

"예, 물론이에요. 핍 타일러 양. 여권을 가지고 오라십니다(Sí, claro. Pip Tyler. Va a necesitar su pasaporte)."

페드로는 곧장 출발하려 했지만 핍은 잠깐 기다려달라고 한 뒤 샤워를 하고 깨끗한 옷으로 갈아입으러 숙소로 들어갔다. 너무 정신이 없어서 자기도 모르게 머리에 샴푸질을 두 번째 하고 있었다. 안드레아스가 왜 호출을 했는지 물어볼 생각도 못 했다. 머릿속으로 온갖 생각이 밀려들었다. 다른 인턴들도 안드레아스와 함께 출장을 간 적이 있는지 콜린에게 물어볼 여유도 없었다. 여권 말고 또 필요한 건 없는지 어떤 옷을 입어야 하는지도 미처 페드로에게 물어보지 못했다. 왼 손바닥을 내려다보니 세 번째로 샴푸를 짜놓고 있었다.

도심으로 향하는 도로는 도시 외곽으로 나가는 도로보다 훨씬 짧게 느껴졌다. 저 멀리 먼지가 풀풀 이는 도로 공사 현장, 볼리비아 전통음악을 왕왕 틀어대는 싸구려 확성기, 모바일 장치를 광고하는 광고판, 교복 입은 아이들, 짙어가는 미립자의 장막이 문명 도시라는 이름으로 재조립되고 있었다. 앞벽을 제거한 작은 창고에 불과한 도로 옆 상점들을 옆에 끼고 산타크루스의 환형 대로로 진입한 후에야 핍은 비로소 엘 인헤니에로가 왜 시내로 불렀는지 페드로에게 물어보았다.

페드로는 어깨를 으쓱하며 대답했다. "네고시오스*죠. 그분은 늘 '일'을 하고 계시니까요(Negocios. Él siempre tiene algún 'negocito' que atender)."

---

* '업무'라는 뜻.

덜 거칠고 좀 더 그림자가 많이 진 곳에 코르테스라는 저층 호텔이 있었다. 페드로는 핍이 호텔에 묵을 수 있게 도와준 뒤, 객실에서 기다리고 있으면 엘 인헤니에로가 전화를 할 거라고 알려주었다. 핍은 혹시 여기서 꼼짝 못 하게 발을 묶어놓으려는 건가 싶어 페드로의 표정을 살폈으나 페드로는 미소를 지으며 이 도시를 즐기라고 말할 뿐이었다.

핍은 호텔에 묵어본 적이 없었다. 어깨에 배낭을 메고 로비와 바를 돌아다니는데 영어는 물론이고 러시아어 같은 언어로 대화하는 소리가 들렸다. 호텔 마당으로 나가자 자카란다*들이 서 있고 섬유 유리로 만든 황새 모양의 구조물이 보였다. 그 황새의 배가 바로 공중전화였다. 수영장 옆 탁자에 안드레아스가 앉아 있는 것 같았는데 다시 보니 아니었다.

자신을 위해 깨끗이 청소된 호텔 객실을 사용하게 된 것은 핍이 지금까지 받아본 중 제일 기분 좋은 선물이었다. 소독했음을 인증하는 종이 띠가 둘러진 변기 시트, 바삭바삭할 정도로 얇은 종이로 포장된 물컵, 텔레비전, 붙박이 에어컨, 미니바 등 온통 호화로웠다. 고등학교 때 친구들이 풀어놓는 하와이 휴양지 얘기, 대학 친구들이 황홀해하며 들려준 룸서비스 얘기를 들으며 핍은 몹시 궁핍함을 느낀 바 있었다. 아무리 가난한 사람들도 때때로 '모텔 6'에라도 묵었는데 핍은 그럴 기회가 없었다. 엄마가 아예 여행이라는 걸 하지 않았으니까. 친구들이 봄방학을 맞아 장거리 자동차 여행을 떠날 때도 핍은 늘 착실하게 펠턴으로 돌아와야만 했었다.

신발을 벗고 침대로 올라간 핍은 데굴데굴 구르며 베갯잇의 청결함을 한껏 즐겼다. 눈을 감고 과속방지턱이 깔린 열대의 고속도로를 떠올렸다. 곧 전화벨이 울릴 줄 알았는데 전화는 오지 않았다. 핍은 잠시 침대에 누워 어리사

---

* 향이 좋은 열대산 나무.

프랭클린의 노래를 들었다. 텔레비전을 켜고 드라마라도 볼까 했지만 스페인어 실력이 딸려 알아들을 수가 없었다. 미니바에서 맥주를 꺼내 마시며 윌로가 추천한 바버라 킹솔버의 소설을 펼쳤다. 창문으로 흘러드는 햇살이 살굿빛으로 녹아들 무렵 안드레아스가 전화를 걸어왔다.

"아, 방에 있었군."

"예." 핍이 대답했다. 호텔 방 침대에 몇 시간이나 누워 있었더니 저절로 관능적인 목소리가 나왔다. 안드레아스는 핍을 종일 침대에 누워 있게 한 것만으로도 그녀의 머릿속을 이미 나무 숟가락으로 살짝 저어놓았다.

"국방부 차관하고 미팅이 좀 길어졌어."

"멋지네요. 이제 어떻게 해요?"

"지금 바에 있는데, 괜찮으면 내려오지."

전화를 끊었는데 두 손이 떨렸다. 어깨부터 팔까지 다 떨렸다. 또다시 여기가 어딘지 실감이 나지 않았다. 안드레아스의 핍에 대한 관심이 뭔가 이상하다고 했던 엄마의 지적이 어떤 의미였는지 거의 알 것도 같았다. 이 순간에 도달하기까지의 과정이 너무 빨랐다. 아나그레트에게 설문지를 받고 코르테스 호텔의 객실에 이르기까지 핍은 어떤 것도 스스로 제어할 수 없는 느낌이었다. 하지만 핍은 안드레아스에게 본인 의지로 이메일을 보냈다. 볼리비아에 온 것도 충분히 그럴 만한 이유가 있었다. 게다가 솔직히 말해 핍은 남들보다 대단히 특출 나거나 매력적인 구석도 별로 없었다. 그저 무리 중 제일 약한 양이라 찍힌 것일까?

안드레아스는 바 구석 자리에 앉아 태블릿에 타이핑을 하고 있었다. 바를 가로질러 걸어가던 핍은 미국인 회사원 세 명이 앉은 테이블 쪽에서 토니 필드 어쩌고 하며 수군대는 소리를 들었다. 그들은 안드레아스 쪽을 힐끔거리고 있었다. 유명인도 아닌 주제에 안드레아스 옆자리를 차지하고 앉으려니 핍은 정신이 혼미하고 어디가 어디인지 모를 지경이었다. 안드레아스는 조금 더 타이핑을 하다가 태블릿을 끄고 핍을 보며 미소 지었다. "왔군."

"예, 왔어요. 기분이 무지 이상해요."

"뭐 마시겠어?"

"안 마셔도 여기 앉아 있어도 돼요?"

"당연히 되지."

핍은 팔이 자꾸 떨려 팔짱을 끼었는데 그러고 나니 턱이 떨렸다. 비참한 기분이었다.

"겁먹은 것 같은데, 그럴 필요 없어. 여기가 낯선 거 알아. 일 때문에 널 여기로 부른 거야. 너와 얘기를 하고 싶은데 회사에서는 할 수가 없어. 회사는 내가 감시 벌집처럼 만들어놔서."

"숲에서 얘기해도 되는데요. 어차피 숲에서 산책하는 사람은 나뿐이에요."

"날 믿어. 여기서 만나는 게 나아."

"지금 나는 전혀 믿음이 안 가는데요."

"다시 말하지만 이건 일이야. 윌로와 함께 일하는 건 잘되고 있나?"

"윌로요?" 핍은 어깨 너머 미국인 남자들을 흘끗 쳐다보았다. 그중 한 명이 여전히 안드레아스를 보고 있었다. "대표님이 약속한 대로예요. 나한테 잘 대해주더라고요. 이렇게 호텔로 불려 나와 대표님이랑 같이 있었다는 걸 알아도 윌로가 여전히 나한테 잘해줄지는 의문이지만요. 여기 온 것만으로도 벌써 내 평판은 훼손됐을 거예요."

안드레아스는 미국인들 쪽을 쳐다보며 손을 살짝 흔들어주었다.

"이 근처 모퉁이에 바비큐 식당이 있어. 이 시간에는 사람이 많이 없을 거야. 배고픈가?"

"그렇기도 하고 아니기도 하고요."

둔탁한 배낭을 어깨에 멘 채, 도시의 거리 곳곳에 '햇빛을 가져온 사람'과 나란히 걷고 있자니 샌로렌조 계곡에서 온 촌년이 따로 없었다. 초록색과 오렌지색이 섞인 앵무새 한 무리가 머리 위에서 선회하며 버스나 스쿠터보다 더 시끄럽게 짖어댔다. 핍은 차라리 저 새들과 함께 날아가고 싶었다. 바비큐 식당으로 들어가 호젓한 구석 자리에 자리를 잡은 안드레아스는 와인 한 병을 주문했다. 핍은 술을 마시면 안 된다는 걸 머리로는 알았지만 거부할 수가 없었다.

잔에 채워지는 와인을 바라보며 핍이 입을 열었다. "솔직히 말하면 내가 여기 왜 왔는지 모르겠어요. 오지 말았어야 한다는 생각도 들어요."

"네가 선택한 거야. 랜드크루저에 타지 않을 수도 있었어."

"내가 선택을 할 수 있었을까요? 대표님은 상사고 대표님 덕분에 나는 학자금 대출을 상환하고 있는데요. 대표님은 권력을 비롯해 모든 걸 가진 사람이고 나는 아무것도 없어요. 그렇다고 대표님의 특별한 여자가 되고 싶다는 뜻은 아니에요."

안드레아스는 본인 잔에 담긴 와인은 마시지 않고 핍이 와인을 마시는 모습을 바라보며 물었다. "특별한 게 그렇게 나쁜 건가?"

"요즘 애들 영화 보셨어요?"

"데이트하던 여자와 함께 〈겨울 왕국〉을 본 적 있어."

"그런 영화들은 전부 특별한 존재, 선택받은 존재에 대한 얘기예요. '너만이 악으로부터 세상을 구할 수 있다', 대개 그런 내용이죠. 모든 아이들이 다 특별하다면 사실 특별함이 의미가 없기는 해요. 그런 영화를 보면서 뒤에서 합창을 하는 특별하지 않은 캐릭터들에 대해 생각을 하게 됐고, 이 사회에 소속되어 온갖 힘든 일을 다 하는 사람들을 떠올렸어요. 나는 그런 사람들한테 더 마음이 쓰여요. 영화는 그런 사람들에 대한 얘기여야 해요."

안드레아스는 미소를 지었다. "넌 동독에서 자랐어야 할 사람이야."

"그럴지도 모르죠!"

"만약 평범함이 너의 비현실적인 야망에 불과하다면?"

"나를 돕고 싶으시면 어떻게 도와줘야 하는지 말하는 거예요. 그냥 나를 내버려두세요. 오후 내내 대표님을 기다리면서 호텔 방에 있게 만들지 말라고요. 차라리 벌집에 있는 벌인 게 나아요."

"그것 참 유감이군. 네 말이 이해는 되는데, 난 네 도움이 필요하거든."

핍은 잔에 다시 와인을 채웠다. "그래요. 이제 플랜 B로 넘어가나 보네요."

"지금까지 살면서 단 한 명한테만 털어놨던 비밀을 너에게 말해주려고 해. 다 듣고 나서 우리 중 누가 더 큰 힘을 갖고 있는지 다시 한번 생각해봐. 네가 갖고 있지 않다고 생각한 그 권력이라는 걸 너한테 줄 테니까. 받을 생각 있어?"

"아, 진짜. 또 다른 진실을 털어놓으려고요?"

"그래, 또 다른 진실."

안드레아스는 텅 빈 식당 안을 둘러보았다. 웨이터는 술잔을 닦고 있고 거리에는 땅거미가 지고 있었다. "내가 널 믿어도 될까?"

"대표님과 대표님 엄마의 생식기에 대한 얘기를 듣고도 아무한테도 말 안 했어요."

"그 얘긴 아무것도 아니야. 이 얘기가 제대로 비밀이지."

안드레아스는 와인 잔을 들고 눈 앞에 가져다 대며 들여다보다가 쭉 들이켰다.

"난 사람을 죽였어. 스물일곱 살 때. 삽으로 때려 죽였는데, 미리 신중하게 계획을 세우고 냉혹하게 처리했어."

나무 숟가락이 또다시 핍의 머릿속을 휘저었다. 이번에는 안드레아스의 머리에서 뿜어 나오는 거센 흐름으로 인해 더욱 심하게 휘저어지는 느낌이었다. 안드레아스는 몹시 괴로워하는 표정이었다.

"반평생을 짊어지고 살았어. 이 고통은 사라지질 않아."

번민에 찬 그의 얼굴이 비로소 유명인이 아닌 평범한 인간의 얼굴로 보여 핍은 테이블 너머로 팔을 뻗어 그의 손을 잡았다.

"내가 죽인 자는 아나그레트의 계부였어. 그놈은 당시 열다섯 살이던 아나그레트를 성적으로 학대하고 있었는데, 그가 슈타지에 협력하던 자라서 아나그레트는 달리 의지할 곳이 없었어. 아나그레트는 내가 일하던 교회를 찾아왔고, 난 아나그레트를 보호하기 위해 그를 죽여야 했어."

그의 입에서 나오는 말이 사실일 리 없었지만 핍은 별안간 그의 몸에 손을 대고 싶지 않아졌다. 그에게서 손을 떼고 무릎에 손을 얹었다. 고등학교 때 핍은 윤리 수업 시간에 초대를 받아 온 전과자가 캘리포니아주의 교도소 체계에 대해 하는 얘기를 들은 적이 있었다. 전과자는 격한 언쟁 중에 계부를 총으로 쏘아 죽인 죄로 15년간 교도소에서 복역했던 세련된 말씨의 중산층 백인 남자였다. 그 남자는 출소한 뒤 여자들과 만나 첫 데이트를 시작하기 전에 살인 전과자라는 사실을 밝혀야 할지 말지 고민한다고 했는데, 그 말을 듣는 순간 핍은 그 남자와 데이트를 하는 장면이 머릿속에 떠올라 소름이 돋았다. 한번 살인자는 영원한 살인자였다.

"어떻게 생각해?"

"혼란스러워요."

"그렇겠지."

"그 얘기를 털어놓은 게 정말 저뿐이에요?"

"딱 한 명 끔찍한 예외가 있기는 했지."

"지금 이거, 대표님 밑에서 일하는 사람이면 누구나 거치는 입회 절차 같은 건가요?"

"아니, 핍. 그런 거 아니야."

고등학교 때 핍은 전과자의 얘기를 들으며 소름이 돋았다가 이내 그에게 미안하고 동정심이 생겼었다. 충동적으로 한번 잘못을 저질렀다가 그 죄를 평생 안고 살아가야 하니 얼마나 힘들까 싶어서였다. 핍 역시 늘 충동적으로 사는 사람이었다.

“대표님이 아나그레트를 신뢰하는 이유가 바로 이거였군요.”

“맞아. 우리에 관한 얘기를 너한테 전부 하지는 않았어.”

“아나그레트도 대표님이 한 일을 알겠네요.”

“알지. 그 일을 할 때 나를 도왔으니까.”

“제기랄.”

안드레아스는 그들의 빈 잔에 와인을 채웠다. “우린 그곳에서 달아났어. 슈타지가 의심을 했지만 부모님이 나를 도와줬어. 내가 사건 파일을 빼낸 뒤 그 사건은 흐지부지 묻혀버렸지. 그런데 문제가 생긴 거야. 베를린장벽이 무너지고 나서 내가 끔찍한 실수를 저지르고 말았어. 바에서 어떤 남자를 만난 내가 한 짓을 털어놓은 거지. 미국인 남자였어…….” 안드레아스는 두 손에 얼굴을 묻으며 덧붙였다. “정말 끔찍한 실수였어.”

“그 남자한테 왜 얘기를 했어요?”

“그 남자가 마음에 들고 믿음이 가서. 그의 도움이 필요하기도 했고.”

“그런데 왜 실수였다고 하시는 건데요?”

안드레아스는 두 손을 밑으로 내렸다. 표정이 잔뜩 굳어 있었다. “수년이 지난 지금, 그 남자가 나에 대한 정보를 이용해서 선라이트 프로젝트를 무너뜨리려 한다는 심증을 굳히게 됐어. 그는 이미 날 선 위협을 한 번 한 적이 있어. 내가 왜 믿을 만한 인턴을 필요로 하는지 이제 이해가 돼?”

“그게 왜 나라는 건지는 모르겠어요.”

“이제 난 너를 공항으로 데려갈 거야. 네 짐 가방은 나중에 부쳐줄게. 지금 이 자리를 떠나서 다시는 나와 엮이고 싶지 않다고 해도 이해해. 어떻게 하겠어?”

뭔가 크게 잘못됐다는 생각은 드는데 무엇 때문인지 핍은 알 수 없었다. 안드레아스가 삽으로 사람을 때려 죽였다는 게 믿어지지 않았지만, 그런 얘기를 꾸며낼 이유도 없을 것 같았다. 그 얘기가 진실이든 아니든 안드레아스가 그 얘기를 하면서 무언가 조종하려 든다는 느낌은 들었다. 뭔가 이상했다.

"설문지도 다른 사람한테는 사용한 적 없겠네요. 나한테만 썼겠죠."

안드레아스는 미소를 지었다. "넌 특별한 경우니까."

"그 설문지를 아무한테도 안 줬단 말이죠."

"네가 여기 오겠다고 해서 내가 얼마나 기뻤는지 넌 모를 거야."

"왜 하필 나예요? 진실한 신봉자를 데려다 쓰는 게 낫지 않아요?"

"그렇지가 않아. 우린 이미 내부 네트워크에서 이상한 조짐을 발견했어. 소소한 부분이 사라지고 전송 기록이 불일치하는 정도이긴 하지. 대단한 피해망상처럼 들릴지도 모르지만, 그저 아주 약간의 피해망상이라고 보면 돼. 아무래도 우리 회사에 기자가 잠입한 것 같아서 걱정하고 있어."

"그 정도면 대단히 높은 급의 피해망상인데요."

"생각해봐. 누구든 우리 회사에 잠입해 첩자 노릇을 하려고 한다면 누구보다 더 진실하게 우리의 가치를 믿는 사람인 척을 하겠지. 그래야 조직 내에 침투가 가능하니까. 내 주변의 직원들은 전부 진실한 신봉자들이야."

"콜린은요?"

"콜린도 진실한 신봉자야. 나는 콜린을 믿어. 완전히 믿는 건 아니지만."

"맙소사. 정말 피해망상이 있네요."

"그래." 안드레아스는 좀 더 크게 미소 지었다. "내가 미쳤는지도 모르지. 그런데 내가 베를린에서 살인을 고백했던 그 남자는, 나한테서 살인 고백을 받아낸 그 남자는 기자였어. 지금은 뭐 하고 사는 줄 알아? 비영리 탐사 뉴스 회사를 운영하고 있어."

"회사 이름이 뭐예요?"

"당분간은 모르는 게 나아."

"어째서요?"

"네가 제대로 얘기를 듣기를 바라니까. 선입견 없이 귀를 활짝 열고. 앞으로 이 일이 어떻게 진행될 것 같은지 얘기해봐. 내가 알기로 넌 감이 꽤 좋은 것 같던데."

"그러니까 나더러 망할 첩자 노릇을 해달라는 거잖아요."

"그럴 수도 있어. 첩자라는 단어를 굳이 사용하고 싶으면 그렇게 해. 다만 내 첩자가 되어줘. 내가 속을 털어놓고 믿을 수 있는 사람이 되어달라고. 할 수 있겠어? 월로한테 일은 계속 배워. 우리는 네가 아버지를 찾는 일도 계속 도울 거야."

핍은 선량한 정신병자 친구 드레이퍼스가 그 독일인들은 뭔가 이상한 구석이 있어라고 했던 말을 떠올렸다.

"대표님은 사실 아무도 죽이지 않았어요."

"아니야, 죽였어, 핍. 내가 죽였어."

"아뇨, 안 죽였어요."

"이건 논쟁의 문제가 아니야."

"흐음. 아나그레트가 살인을 도왔다고 했죠?"

"끔찍하지만 사실이야. 아나그레트는 나를 도왔어. 그녀의 어머니가 몹시 사악한 남자와 결혼을 한 바람에. 나는 내가 한 짓을 평생 짊어지고 살겠지만, 내 마음속 일부는 그자를 죽인 걸 후회하지 않아."

"그 얘기가 세상에 알려지는 순간 대표님의 청렴한 남자 이미지는 끝장나겠네요."

"선라이트 프로젝트도 같이 끝장나겠지."

"그 프로젝트는 곧 대표님이잖아요. 대표님이 그 프로젝트의 상품이니까."

"그건 그래."

핍은 가슴이 조여들고 속이 울렁거렸다. "대표님이 마음에 안 들어요." 무심결에 내뱉은 말이었다. 예고도 없이 감정이 솟구쳤다. 핍은 자리를 박차고 나갔다가 다시 돌아와 배낭을 집어 들고 식당 문 밖 인도로 달려 나갔다. 위장이 안 좋아서일까? 아무래도 그런 것 같았다. 핍은 가로등 아래 무릎을 굽히고 시커먼 액체를 길게 뱉어냈다.

바닥에 엎드려 있는데 안드레아스가 다가와 옆에 웅크리고 앉아 그녀의 어깨에 손을 얹었다. 잠시 동안 그는 말없이 어깨를 문질러주었다.

"뭐라도 먹으면 속이 좀 괜찮아질 거야." 마침내 그가 말했다.

핍은 고개를 끄덕였다. 핍은 안드레아스 앞에서 속수무책이었다. 달리 갈 수 있는 곳도 없는 듯했다. 게다가 어깨를 문질러주는 그의 손길이 무척이나 부드러웠다. 아버지뻘 되는 남자들 중에 핍을 그런 식으로 만져준 사람은 이제까지 없었다. 핍은 그의 손에 이끌려 다시 식당으로 들어갔고, 안드레아스는 오믈렛과 프렌치프라이를 주문해주었다.

핍은 오믈렛을 약간 먹고 나서 다시 와인을 들이붓듯 마셨다. 몽롱하게 취한 가운데 안드레아스의 얘기가 귀에 들어왔다. 살인, 아나그레트, 동독, 인터넷, 그의 어머니와 아버지, 정직과 부정직, 토니 필드와의 결별, 그리고 나무 숟가락을 이룬 보다 깊고 비언어적인 의도와 상징에 관한 얘기였다. 나무 숟가락은 핍의 뇌를 훨씬 더 오래 철저히 휘저었다. 언어와 비언어가 번갈아가며 끌어당기는 가운데 핍은 점점 술이 올랐다. 이윽고 언어와 비언어를 모두 이해하기 어려운 지경에 이르렀다. 두 번째 와인병을 비운 뒤 안드레아스는 웨이터에게 계산을 했고, 그들은 페드로가 랜드크루저를 대놓고 기다리는 코르테스 호텔 쪽으로 함께 걸어갔다. 그때 핍은 자신이 안드레아스를 좋아하든 안 좋아하든 아무 상관 없다는 생각이 들었다.

"지금 차를 타고 가면 자정까지는 회사 숙소에 도착할 수 있어. 가서 아무 핑계나 지어내서 대. 이가 깨져서 급하게 치과 치료를 받아야 했다든지. 네가 뭐라고 핑계를 대든 콜린은 여전히 네 친구일 거야."

페드로가 랜드크루저의 문을 열어주었다.

"잠깐만요. 호텔 방으로 가서 우선 좀 누워도 돼요? 한 시간만요. 어지러워서 그래요."

안드레아스는 손목시계를 내려다보았다. 그는 핍이 지금 바로 출발하기를 바라는 듯했다.

"한 시간이면 돼요. 차를 타고 고속도로를 달릴 때 탈이 날까 봐 그래요."

안드레아스는 마지못해 고개를 끄덕였다. "한 시간만이야."

호텔 방으로 들어가자마자 핍은 다시 속이 울렁거려 구역질을 했다. 미니바에서 콜라를 꺼내 마시고 나자 훨씬 속이 나아졌다. 하지만 아래층으로 내려가는 대신 침대에 앉아 시간을 보냈다. 안드레아스를 초조하게 만드는 게 지금 그녀가 할 수 있는 유일한 저항 방법이며 나무 숟가락에 맞서는 방법인 것 같아서였다. 하지만 정말 저항하고 싶었던 걸까? 시간이 갈수록 점점 더 에로틱한 긴장감이 번져나갔다. 호텔 방에서 기다리고 있다는 것은 섹스를 의미했다. 호텔 방의 용도가 달리 무엇이겠나?

전화벨이 울렸지만 받지 않았다. 전화벨은 열다섯 번 울리다가 그쳤다. 그리고 잠시 후 방문을 두드리는 소리가 들렸다. 핍은 페드로일까 봐 걱정하며 일어나 문을 열었다. 안드레아스가 서 있었다. 그의 성난 얼굴은 핏기 하나 없었고 입을 꾹 다문 채였다.

"네가 방에 올라간 지 한 시간 반이나 지났어. 전화벨 소리 못 들었어?"

"잠깐 들어와요."

그는 복도 양옆을 흘끗 살피고는 안으로 들어왔다. "난 널 믿고 싶어." 그는 문을 잠갔다. "그런데 시작부터 좋지가 않잖아."

"애초에 나를 못 믿으니까 그런 거겠죠."

"그건 아니야."

"나는 원래 충동 조절이 잘 안 되는 사람이에요. 이건 나에 대해 이미 알려져 있는 사실이죠. 이제 대표님이 어떤 상황에 처하게 됐는지 실감 나겠네요."

여전히 창백하고 성난 표정으로 다가온 안드레아스는 핍을 텔레비전 뒤 구석진 곳으로 몰고 가 그녀의 두 팔을 잡았다. 핍의 피부는 그의 손길에 민감하게 반응했으나 핍은 감히 움직일 수조차 없었다.

"뭘 어쩌려고요? 내 목이라도 조르게요?"

우습다고 생각할 수도 있는 말인데 안드레아스는 그리 생각하지 않는 표정이었다. "원하는 게 뭐야?"

"여자들이 대표님한테 원하는 게 뭐죠?"

이 말에 안드레아스는 재미있어하며 그녀의 팔을 놓고 탐내는 듯한 미소를 지었다. "그들은 자기네 비밀을 털어놓고 싶어 해."

"그런가요. 나는 비밀이 없어서 해당 사항이 없겠네요."

"넌 속이 다 보여."

"그렇겠죠."

그는 뒤로 물러나 침대에 걸터앉았다. "비밀이 없는 사람을 믿기는 힘들어."

"저는 사람을 믿는 것 자체가 힘들어요."

"내가 여기 너와 함께 있는 걸 페드로가 알고 있는 게 마음에 걸리지만, 기왕 올라왔으니 널 믿을 수 있다는 생각이 들 때까지 우린 둘 다 못 나가."

"그럼 한동안은 여기 있어야겠네요."

"비밀에 대한 내 이론을 들어보겠어?"

"나한테 선택권이 있기는 해요?"

"비밀의 원칙은 두 가지 모순되는 의무감으로 구성된다는 게 내 이론이야."

"그렇군요."

"비밀을 지키려는 의무감과 비밀을 발설하려는 의무감. 네가 타인과 구분되는 인간이라는 걸 넌 어떻게 알 수 있을까? 몇 가지 비밀을 간직함으로써 너는 타인과 다른 내면을 갖게 돼. 네가 비밀을 내면에 간직하는 이유는, 그렇게 하지 못하면 내면과 외면이 분간이 안 되기 때문이야. 비밀은 네가 내면을 갖게 되는 방식인 거야. 그래서 자기과시욕이 극심한 사람은 정체성을 박탈당하게 돼. 진공 상태에 있는 정체성 즉 비밀을 전혀 내보이지 않는 정체성도 의미가 없어. 조만간 너의 내면은 비밀을 털어놓을 증인을 필요로 하게 되니까. 그렇지 않으면 넌 소나 고양이, 돌처럼 객관적 실재성 안에 갇힌 사물에 지나지 않아. 정체성을 가지려면 다른 정체성들도 존재한다는 사실을 믿어야 돼. 그러려면 다른 사람들과 친밀한 관계를 맺어야 하는데 친밀한 관계는 어떻게 구축이 될까? 바로 비밀을 공유하는 거야. 콜린은 네가 윌로를 속으로 어떻게 생각하는지 알고 있어. 넌 콜린이 플로를 속으로 어떻게 생각하는지 알고 있지. 네 정체성은 이런 신뢰의 교차 관계 속에서 존재해. 내 말 이해되나?"

"어느 정도는요. 남들의 비밀을 까발려 먹고사는 사람이 주장하기에는 상당히 기묘한 이론이기는 하네요."

"아까 식당에서도 들었잖나? 나는 이 직업에 갇혀 옴짝달싹 못 하는 처지라 모국만큼이나 인터넷을 증오한다니까."

"그렇게 말하긴 했죠."

"제대로 이해하기는 한 건가? 나는 이 일에 대단한 믿음이 있어서 이 일을 하고 있는 게 아니야. 이 일 자체가 내가 돼버렸어. 이 일이 내 정체성이야."

그는 그런 자신이 넌더리 난다는 듯 고개를 가로저었다.

"뭐라고 말해야 할지 모르겠는데요. 나는 내 비밀을 이미 말했어요. 내 진짜 이름요."

"네 이름은 창피해할 만한 게 아니잖아."

"중학교 때 가게에서 물건도 훔쳤고, 열 살 때 자위도 꽤 했어요."

"그런 짓 안 해본 사람도 있나?"

"알았어요. 그게 다예요. 난 지루하고 평범하니까요. 아까도 말했듯이, 이제 대표님이 어떤 상황에 처하게 됐는지 실감 나겠어요."

갑자기 어떻게 그 사이를 가로질러 왔는지 알 수 없지만, 안드레아스가 어느새 앞으로 다가와 핍을 다시 구석으로 밀어붙였다. 그는 핍의 귀에 입을 갖다 대고 그녀의 두 다리 사이에 손을 집어넣었다. 기묘하게 짜릿한 긴장감이 흘렀다. 핍은 숨을 쉴 수 없었으나 그의 거친 숨소리는 귓가에 생생히 들려왔다. 그는 손을 그녀의 배로 올렸다가 다시 아래로 내려 청바지 안쪽 팬티 속으로 집어넣었다. 그리고 핍의 귀에 속삭였다. "이건 어때? 이건 너의 사적인 부분 아닌가?"

"상당히 사적이죠, 맞아요." 핍은 심장이 방망이질 쳤다.

"이러면 내가 널 믿을 이유가 되는 건가?"

핍은 지금 일어나고 있는 일이 현실인지 믿어지지 않았다. 그는 손가락 끝을 핍의 몸 안에 집어넣었고 그녀의 몸은 거부하지 않았다.

핍은 조용히 내뱉었다. "모르겠어요. 그럴지도요."

"이렇게 하는 데 네 허락이 필요할까?"

"으음……."

"네가 원하는 걸 말해."

핍은 뭐라고 대답해야 할지 알 수 없었지만 무어라 말을 한 모양이었다. 어느새 그가 말없이 다른 손으로 핍의 청바지 지퍼를 열고 있었다.

핍은 나지막하게 말했다. "나도 그걸 원하지만……."

안드레아스는 고개를 뒤로 젖혔다. 눈빛이 형형했다. "원하지만 뭐?"

핍은 살짝 몸을 꼬았다. "음, 보통은 몸 안에 손가락을 집어넣기 전에 키스부터 하지 않나요?"

"네가 원하는 게 그거야? 키스?"

"음, 그 두 가지 사이에, 바로 지금 해야 되겠죠, 맞아요."

그는 두 손을 들어 올려 핍의 양 볼을 잡았다. 핍은 자신의 체취와 그의 남성적이고 기분 나쁘지 않은 유럽인의 체취를 맡았다. 그의 키스를 받아들이려 눈을 감았다. 그러나 막상 그가 키스를 했을 때 핍은 응답하지 않았다. 이

건 핍이 원하던 바가 아닌 것 같았다. 눈을 뜨자 그의 눈과 마주쳤다.

"내가 이러려고 널 여기로 데려온 게 아니라는 걸 믿어줘."

"지금은 그걸 원하는 게 확실한가요?"

"솔직히? 난 네 몸의 다른 곳에 키스하고 싶어."

"와아."

"너도 좋아할 거라는 거 알아. 그러고 나면 네가 떠나도 난 널 믿을 수 있겠지."

"여자들한테 항상 이런 식으로 대하나 봐요? 토니 필드한테도 이렇게 했겠네요?"

그는 고개를 저었다. "말했잖아. 난 그런 식으로 거래하지 않아. 내가 너에게 내 진짜 모습을 보여준 건 우리가 서로를 믿길 바라서야."

"알았어요. 그런데 이렇게 한다고 어떻게 나에 대한 믿음이 생긴다는 거죠?"

"네가 아까 말했지. 이 일에 대해 콜린이 알게 되면 널 용서하지 않을 거라고. 다른 인턴들에게는 이렇게 한 적 없어. 나는 나만 아는 비밀을 네가 간직하길 원해."

핍은 미간을 찌푸리며 그의 논리를 이해하려 해보았다.

"이제 나에게 그 비밀을 줘야지?" 안드레아스는 그녀의 양 볼을 다시 손으로 잡았다. "이리 와서 내 옆에 누워."

"그냥 돌아가는 게 좋을 것 같아요."

"방으로 올라가고 싶다고 말한 사람은 너야. 나를 여기로 불러 올린 건 바로 너라고."

"맞아요. 내가 그랬죠."

"이리 와서 누워. 지금 참된 나는 네 안에 혀를 넣고 싶은데, 그렇게 하게 해 줄 텐가? 제발 그렇게 하게 해줘."

핍은 어째서 그를 따라 침대로 갔을까? 용감해지기 위해서. 호텔 방의 개념적 사실에 복종하기 위해서. 오클랜드에 두고 온, 그녀에게 무관심했던 남자들에게 복수하기 위해서. 엄마가 우려했던 바로 그 일을 하기 위해서. 핍보다 안드레아스를 더 좋아한 콜린에게 벌을 주기 위해서. 남아메리카에 와서 유명하고 힘 있는 남자를 차지한 사람이 되기 위해서. 이런저런 미심쩍은 이유들이 있었다. 침대에서 안드레아스가 느긋하게 움직이며 그녀의 두 눈에 키스를 하고, 머리카락을 쓰다듬고, 목에 입을 맞추고, 셔츠 단추를 풀고, 브래지어를 벗게 도와주고, 시선과 두 손과 입으로 가슴을 애무하고, 부드럽게 청바지를 벗기고, 더욱 부드럽게 팬티를 벗기는 동안 핍의 이성은 조화롭게 작용하고 있었다. 엉덩이를 만지는 그의 손의 떨림과 그의 흥분이 고스란히 느껴졌다. 뭔가 굉장한 느낌이었다. 그는 진심으로 핍의 사적인 부분을 원하는 것 같았다. 핍을 그의 품 안에서 격하고 날렵하게 움직이도록 만든 것은 그가 달변으로 뱉어놓은 능숙한 사업 얘기가 아니라, 그가 진정으로 자신을 원한다는 인식이었다.

그러나 그 순간, 안드레아스를 그다지 좋아하지 않았던 예전 기분이 다시 돌아왔다. 어쩐지 어색하고 더럽혀진 느낌이었다. 그는 핍의 두 뺨과 목에 키스하며 고마움을 표했다. 핍은 이 상황에서 예의 있게 굴려면 어떻게 해야 하는지 알고 있었다. 절박하게 움직이는 안드레아스는 예의 있는 대답을 기다리고 있었다. 핍이 여기서 입을 꾹 다물고 있는 것은 이기적이고 비뚤어진 짓이었다. 하지만 핍은 어쩔 수 없었다. 하기 싫은 건 안 하고 싶었다.

핍은 그를 가만히 밀어냈다. "미안해요."

"미안해하지 마." 가까이 다가온 안드레아스는 그녀의 몸에 올리티 비지를 입은 다리로 그녀의 맨다리 사이를 파고들었다. "넌 정말 놀라워. 내가 바라온 모든 게 네 안에 있어."

"아뇨, 여기까지는 좋았어요. 정말 괜찮았어요. 이렇게 빠르게 열정적으로 움직여본 게 처음이었던 것 같아요. 와아, 야아 소리가 나올 정도이긴 했어요."

"아, 맙소사." 안드레아스는 눈을 질끈 감고 핍의 머리를 두 손으로 잡으며 바지 속 단단해진 성기를 그녀에게 들이밀었다. "세상에, 핍. 맙소사."

"하지만요, 음." 핍은 또다시 그를 밀어냈다. "이만 가봐야겠어요. 믿을 수 있게만 해주면 돌아가도 된다고 했잖아요."

"페드로와 내가 트럭 차축이 고장 났다는 핑계를 지어냈어. 너만 좋다면 몇 시간 더 여유가 있어."

"솔직해야 한다면서요. 여기서는 그게 핵심 아닌가요?"

안드레아스는 문득 날카로운 표정을 지었다가 이내 미소로 그 표정을 뒤덮었다. 일순간이지만 핍은 안드레아스의 얼굴에서 광기를 읽어냈다. 마치 악몽을 꾼 것처럼, 꿈속에서 죄를 잊고 있다가 불현듯 기억을 떠올린 것처럼 핍은 안드레아스가 사람을 죽였다는 사실을 떠올렸다. 그는 살인자였다.

안드레아스가 미소를 지으며 말했다. "괜찮아."

"대표님 때문에 기분이 안 좋은데 뭐가 괜찮아요."

"그래, 알았어." 안드레아스는 핍에게 키스를 하지 않고, 심지어 그녀를 쳐다보지도 않고 일어나 문 쪽으로 향했다. 그는 셔츠의 주름을 펴고 바지를 끌어 올려 입었다.

"화내지 마요."

그는 핍에게 눈길도 주지 않았다. "화 안 났어. 널 너무나 원해. 이렇게 너에게 푹 빠질 줄 예상 못 했어."

"미안해요."

랜드크루저에 올라탄 핍은 구겨진 자존심을 회복해보려고 페드로에게 엘 인헤니에로가 네고시오스 때문에 도와달라고 했다고 핑계를 댔다. 페드로는 엘 인헤니에로의 일은 원래 대단히 복잡하고 그가 이해할 수 있는 범위를 넘어선다면서, 자신이 로스볼카네스를 잘 감독하기 위해 그 부분까지 알 필요는 없다는 취지로 대답했다.

자정이 훌쩍 넘어 회사에 도착했음에도 불구하고 콜린의 방에는 여전히 불이 켜져 있었다. 우물쭈물하지 말고 바로 거짓말을 하는 게 낫겠다 싶어 핍은 곧장 콜린의 방으로 올라갔다. 콜린은 문제집과 연필을 손에 들고 침대에 앉아 있었다.

"늦게까지 안 자고 있었네요." 핍이 말했다.

"버몬트주 변호사 자격시험 공부를 하느라고. 이 책을 1년 동안 갖고만 있었는데, 오늘 밤에 드디어 펼쳐보네. 산타크루스는 어땠어?"

"산타크루스에 안 갔어요."

"그랬구나."

"아침을 먹으면서 치아에 레진이 빠져서 페드로 씨가 치과에 데려다줬어요. 그런데 차가 과속방지턱에 너무 세게 부딪쳤는지 차축이 나가서 정비소 밖에 앉아 여섯 시간을 기다려야 했지 뭐예요."

콜린은 연필로 문제집에 신중하게 표시를 했다. "넌 거짓말을 참 못해."

"거짓말 아니에요."

"페드로는 회사에서 320킬로미터 내 지역의 롬페무엘레스 위치를 전부 파악하고 있어."

"나랑 얘기를 하느라고 못 봤나 보죠."

"내 방에서 나가줄래?"

"콜린."

"개인적인 감정은 아니야. 네가 증오하는 건 네가 아니니까. 언젠가는 이런 일이 일어날 줄 알고 있었어. 하필 너인 게 유감일 뿐이야. 넌 좋은 점이 참 많은 사람인데."

"나도 팀장님을 무척 좋아해요."

"방에서 나가줘."

"왜 화를 내요!"

그제야 콜린은 문제집에서 눈을 떼고 펍을 올려다보았다. "너야말로 이럴래? 나한테 거짓말을 하고 싶니? 계속 진실을 숨기고 싶어?"

펍의 눈에 눈물이 차올랐다. "미안해요."

콜린은 문제집 페이지를 넘기고 읽는 척을 했다. 펍은 복도에 조금 더 서 있었지만 콜린이 옳았다. 더는 할 말이 없었다.

다음 날 아침 펍은 산책을 나가는 대신 다른 직원들과 아침을 먹으러 식당에 갔다. 콜린은 보이지 않았고 페드로는 있었다. 페드로가 이미 펍과 함께 치과에 가는 길에 차축이 고장 났다는 얘기를 직원들에게 해둔 터였다. 월로를 비롯한 직원들은 속으로 의심을 했을지언정 티를 내지는 않았다. 펍은 남들이 어찌 생각할까 하는 두려움과 콜린에 대한 죄책감 때문에 속이 좋지 않았지만, 다른 직원들에게는 그저 또 다른 일상일 뿐이었다.

이틀 후 콜린은 회사를 떠났다. 그저 떠날 때가 됐다고만 했을 뿐 자세한 이유는 말하지 않았다. 콜린이 떠난 후에야 여직원들은 콜린이 우울증이 있었다느니, 안드레아스에 대한 상사병을 앓았다느니 뒷말들을 했다. 자존심 회복을 위해 회사를 떠날 수밖에 없었으리라는 게 공통된 의견이었다. 어떤 면에서는 일리가 있기도 했다. 그러나 펍은 콜린에 대한 신의와 죄책감 때문에 가슴이 저리도록 아팠다.

회사로 돌아온 안드레아스는 콜린이 맡았던 관리 팀장 자리를 스웨덴 출신 안데르스에게 주었다. 그러나 안데르스가 안드레아스에게 특별히 소중한 직원이라 생각하는 이는 아무도 없었다. 회사 내 서열 1위였던 콜린의 지위는 안드레아스가 아끼는 직원, 로스볼카네스에서 누구보다 특별한 존재감을 가진 직원의 차지가 됐다. 바로 펍이었다. 저녁 식사 때 안드레아스의 옆자리에는 펍이 앉았고, 펍이 앉은 식탁은 제일 먼저 채워졌다. 자그마한 체구의 플로는 우습게도 별안간 핍과 친구가 되고 싶어 안달이 났다. 핍과 함께 산책을 하고 싶다고, 핍이 전에 열정적으로 얘기했던 냄새들을 같이 맡아보고 싶다고까지 했다. 플로가 핍과 함께 산책을 다녀온 후, 다른 여직원들은 핍과의 산책이라는 특권을 차지하려고 경쟁을 했다.

난생처음 사람들의 관심을 한 몸에 받게 되면서 핍은 불건전한 만족감을 느꼈는데, 이 만족감은 안드레아스의 혀와 그 혀에 폭발적으로 반응하던 자신의 몸에 대한 기억으로 이어졌다. 그와 접촉한 후에 느낀 더럽혀진 것 같던 기분도 시간이 지나자 사악하게도 긍정적으로 바뀌었다. 핍은 안드레아스와 종종 관계를 가지면서 그에게 믿음을 주고 자신은 더러운 쾌락을 얻는 상황을 상상해보았다. 안드레아스는 이미 그러고 싶다는 암시를 내비친 바 있었다. 그는 커닐링구스*를 즐기는 편이었다. 분명 서로 만족할 만한 관계를 맺을 수 있을 것 같았다.

수 주일이 지나 8월이 9월이 되고 핍은 실력 있는 자료 조사원으로 거듭나 간단한 업무는 혼자 처리할 수 있었고, 시간 여유가 있을 때는 데이터베이스에서 퍼넬러피 타일러를 열심히 검색했다. 안드레아스는 윌로를 비롯해 다른 여러 직원들을 대할 때와는 달리, 핍과 따로 둘이만 얘기하는 자리를 만들지 않으려 했다. 핍은 안드레아스를 위해 첩자 노릇을 하기로 했으므로 둘이 목소리를 낮춰 얘기하는 모습을 남들 눈에 띄지 않게 해야 한다는 것은 알고 있었다. 그런데 아무리 봐도 첩자 노릇 자체가 얼토당토않은 것 같았다. 이곳 직원들은 모두들 진심을 다해 일하는 분위기였다. 그렇다 보니 핍은 안드레아스에게 벌을 받는 기분이었다. 섹스를 거부해 그의 마음을 상하게 하고 창피를 주었기 때문일까. 안드레아스는 여전히 핍에게 따뜻하고 다정하게 대해줬

* 입술이나 혀로 여성의 성기를 애무하는 행위.

지만 그런 매너는 아무 의미도 없었다. 핍은 안드레아스가 위선에 통달한 사람임을 잘 알고 있었다. 안드레아스 본인도 그렇게 말했고, 끊임없이 진실과 정직을 강조하는 말투 때문에도 더 위선자로 보였다. 핍은 안드레아스가 그녀에게 화가 났고 그녀를 믿은 걸 후회하는 게 분명하다고 확신했다.

매일 조금씩 주변 사람들의 말과 인기에 취한 핍은 다음에 둘만 있을 기회가 생기면 안드레아스가 원하는 걸 다 줘야겠다고 결심하게 됐다. '이렇게 너에게 푹 빠질 줄 예상 못 했어'라던 그의 말은 여전히 유효하지 않을까? 핍은 그에게 푹 빠져 있지는 않았지만 호기심이 동하고 성적으로 끌리는 면이 없지 않았으며 점점 결심이 서고 있었다. 핍은 따로 안드레아스에게 다가갈 기회를 노리기 시작했다. 하지만 안드레아스가 별관에서 기술관으로 이동할 때 꼭 누군가가 그의 옆에 따라붙었다. 아니면 그가 본관에 혼자 있을 때도 페드로나 테레사가 꼭 말소리가 들리는 범위 안에 있었다. 9월 말을 향해 가던 어느 날 오후, 창밖을 내다본 핍은 염소 목초지 구석에 앉아 숲을 바라보고 있는 안드레아스를 발견했다.

핍은 서둘러 밖으로 나가 목초지를 가로질렀는데 걸음이 어찌나 빨랐는지 염소들이 놀라 흩어질 정도였다. 그녀의 발소리를 들었을 텐데 안드레아스는 핍이 가까이 다가가도록 돌아보지 않았다. 옆에 가서 보니 안드레아스는 울고 있었다. 핍은 그 모습을 보며 예전에 오클랜드의 집 현관 앞 계단에 앉아 울고 있던 스티븐을 떠올렸다.

안드레아스는 풀밭을 손으로 두드렸다. "앉아."

"무슨 일이에요?"

"그냥 앉아. 안 좋은 일이 좀 있었어."

핍은 남들 눈을 의식해 약간 거리를 두고 앉았다.

"어머니가 아프시대. 신장암. 조금 전에 알았어."

"안타깝네요. 어머니와 계속 연락하고 지내시는 줄 몰랐어요."

"어머니한테 소식을 받고 있기는 하지만, 내가 어머니한테 직접 연락을 하지는 않아."

"혼자 있고 싶어요?"

"할 얘기가 있어서 온 거 아니었어?"

"중요한 얘기는 아니에요."

"어머니 생각을 하고 있느니 네 얘기를 듣는 게 나을 것 같아."

"상태가 많이 안 좋으시대요? 암이 몇 기래요?"

그는 어깨를 으쓱했다. "나를 만나러 오겠대. 듣기엔 괜찮은 것 같지? 마치 내가 어머니가 사는 곳으로 갈 수 없다니 와주겠다는 것 같잖아. 이것도 작은 축복이려나. 결정을 못 내리겠어."

"포옹해주고 싶은데 다른 사람 눈에 띌까 봐 못 하겠어요."

"괜찮아. 옆에 있어준 것만도 어딘데."

"고마워요. 그런데…… 혹시 나한테 화났어요?"

"아니."

핍은 그 말을 곧이곧대로 믿어야 할지 말지 알 수 없었지만 고개를 끄덕였다.

"난 거의 평생 어머니를 증오했어. 그 이유 일부는 너에게도 말했었지. 그런데 지금 어머니한테 이메일을 받고 생각을 해보니까 어머니를 증오한 진짜 이유는, 주된 이유는 그게 아니었어. 절반의 이유일 뿐이었어. 나머지 절반은 다른 모든 이유에도 불구하고 내가 어머니를 계속 사랑할 수밖에 없다는 거였어. 수년 동안 잊고 살았는데, 이메일을 받고 나니까……."

그는 웃음인지 흐느낌인지 모를 숨을 길게 토해냈다. 핍은 어느 쪽인지 확인할 엄두도 낼 수 없었다. "사랑이 증오보다 더 중요할 수도 있어요." 핍이 말했다.

"너에게도 그렇길 바랄게."

"어쨌든 유감이에요."

"따로 얘기하려고 온 거 아냐? 시간 약속을 잡을까?"

"아뇨. 그동안 직원들을 살펴봤는데, 내가 첩자로 영 자질이 없든지 대표님이 피해망상이든지 한 것 같아요."

"그 얘기가 아니면 뭐 하러 왔어?"

핍은 안드레아스 쪽으로 고개를 돌리고 원하는 바를 표정에 담아 보여주었다.

안드레아스의 충혈된 눈이 휘둥그레졌다. "아, 알겠어."

핍은 바닥을 내려다보며 나지막하게 말했다. "지난번 일 때문에 마음이 많이 안 좋았어요. 이번에는 좀 나아질 것 같아서요. 관심이 있을지 모르겠지만요."

"당연히 관심 있지. 감히 바라지도 못한 일인데."

"미안해요. 뭐 하러 왔냐고 물으셔서. 대답하지 말 걸 그랬나 봐요. 지금 할 얘긴 아니었는데."

"아니, 괜찮아." 안드레아스는 슬픔을 이미 잊은 듯 자리에서 일어섰다. "다음 주에 어머니를 만나러 시내에 갈 거야. 두려웠는데 이제는 괜찮아졌어. 너를 같이 데리고 갈 방법에 대해 생각해볼게. 괜찮지?"

긴장하고 있던 핍은 비로소 숨을 들이마셨다. "괜찮아요."

선라이트 프로젝트의 괴상한 면들 중 하나가 바로 전자 기기를 통한 사적인 통신이 불가능하다는 점이었다. 통신망에 접속한 이들은 누구나 모든 잡담과 이메일을 볼 수 있도록 내부 통신망이 설계되어 있었다. 어차피 기술 업무를 하는 남자 직원들은 회사 내부의 통신 내용을 볼 수 있는데, 그들만 보게 하는 것은 공정하지 않기 때문이었다. 따라서 여직원이 남직원을 만나 시간을 보내고 싶으면 (남직원들의 신체적인 매력이 상당히 떨어지는데도 불구하고 데이트는 꽤 빈번하게 이루어졌다) 내부 통신망에 모두가 다 보도록 데이트 신청을 하거나 직접 종이쪽지를 전하거나 둘 중 하나였다. 안드레아스는 다음 날 저녁 본관을 나서는 핍의 손에 종이쪽지를 쥐여주는 쪽을 택했다.

이제 마음 편히 있어도 돼. 첩자 노릇을 그만해도 되겠어. 내부에 첩자는 없는 것 같아. 잠재적 투자자들을 만나기로 했는데 판단을 도와줄 신뢰할 만한 인턴으로 너를 데려갈 생각이야. 하지만 너를 보는 다른 직원들의 눈빛이 달라질 수도 있으니 그런 상황을 감당할 준비가 돼 있는지 신중하게 잘 생각하도록 해. 네가 결정하는 대로 받아들일게. 이 쪽지는 태워. —A

핍은 베란다에서 어둠이 내린 강을 내려다보며 콜린이 두고 간 라이터로 쪽지를 태웠다. 콜린이 그리웠다. 3년이나 안드레아스의 매력에 홀렸던 콜린도 남들보다 잘난 승리자가 된 기분이었을까. 핍은 어두운 강물에 무릎까지만 담근 콜린보다 더 깊이 몸을 담갔고, 안드레아스와의 관계에서도 콜린보다 더욱 깊숙이 들어갔다. 모든 게 기묘했다. 만약 처음부터 괴상한 삶을 살아오지 않았다면 핍은 지금의 삶을 더욱 이상하다 여겼을 것이다. 무엇보다 이상한 생각은, 어쩌면 자신이 대단히 매력적인 여자일지도 모른다는 것이었다. 그것은 지금까지 핍이 믿어온 바와 어긋났고, 그녀가 믿고 싶은 모든 것과 방향을 달리했다. 그러나 솔직히 마음속 깊이, 핍은 모든 사람들이 자신을 대단한 매력녀로 볼 수도 있다는 생각을 갖고 있기는 했다. 어쩌면 인간이기 때문에 그런 생각을 하는 것일 수도 있었다.

"나도 어머니를 만나요?" 일주일 후 페드로가 모는 차를 타고 골짜기를 벗어나 비탈진 도로를 달리며 핍은 안드레아스에게 물었다.

"만날 생각 있어? 내 여자 중에 어머니를 만난 건 아나그레트가 유일해. 어머니는 아나그레트에게 상냥하게 대해주셨어. 어느 시점까지는."

내 여자라는 말에 동요한 핍은 대꾸할 말을 잊었다. 핍에게도 적용되는 말일까? 그렇게 들리기는 했다.

"어머니는 매력이 대단한 분이셔. 너도 만나보면 호감을 갖게 될 거야. 아나 그레트도 어머니를 많이 좋아했어. 어느 시점까지는."

핍은 차창을 내리고 이른 아침의 시원한 공기에 얼굴을 맡기며 속삭였다. "내가 당신 여자인가요." 안드레아스가 못 들었을 줄 알았는데, 들은 모양이었다.

"넌 내가 비밀까지 털어놓을 수 있는 친구야. 분별력 있는 네가 어머니에 대해 뭐라고 말할지 기대가 돼."

그는 핍의 허벅지에 가만히 손을 얹었다. 지난 일주일 동안 핍의 머릿속을 채웠던 온갖 상념들이 몰려나왔다. 핍은 사랑에 빠진 사람 특유의 징후를 나타내고 있었다. 예전에 스티븐과 함께 있을 때보다 더 지속적으로 속이 메스껍고 심장박동도 더 빨라졌다. 그러나 이 징후는 다소 애매한 구석이 있었다. 교수대로 걸어가는 사형수들의 심정이 거의 이렇지 않을까 싶었다. 안드레아스의 손이 허벅지 안쪽으로 강렬하게 미끄러져 들어왔으나 핍은 그의 허벅지에 손을 얹을 용기도 의향도 없었다. 먹이로 잡아먹힌다는 표현이 딱 들어맞을 듯했다. 늑대의 이빨에 단단히 물려 옴짝달싹 못 하는 먹이의 심경과 사랑에 빠진 이의 심경은 아마 구분하기 어려울 것이다.

그동안 스페인어 실력이 꽤 늘어서 핍은 안드레아스가 페드로에게 하는 말을 전부 알아들었다. 안드레아스는 페드로에게 내일 아침 6시에 코르테스 호텔 앞으로 오라고, 기다리다가 그가 내려오지 않으면 '카티아 울프'라고 적힌 피켓을 갖고 혼자 공항으로 가서 그분을 모시고 호텔로 오라고 지시했다.

안드레아스는 오늘 낮과 밤, 그리고 아마도 내일 아침까지도 핍과 단둘이 시간을 보낼 작정인 듯했다. 페드로가 과속방지턱 앞에서 브레이크를 밟으며 운전하는 세 시간 내내 핍은 차 뒷좌석에서 안드레아스와 나란히 앉아 있어야 하는 이 상황이 새삼 당혹스러웠다. 롬페무엘레스에 걸려 들썩일 때마다 숫제 고문이었다.

난 사랑에 빠졌어. 펩이 결론을 내렸다. 로스볼카네스에서 제일 아름다운 여자는 아니지만 재미있고 용감하고 정직한 여자라서 그가 나를 선택한 거야. 나중에 그가 내 마음을 찢어놓을 수도 있지만, 지금은 상관없어.

코르테스 호텔에 도착하자 안드레아스는 펩에게 로비에서 15분 정도 시간을 보내다가 객실로 올라오라고 말했다. 아침이라 얼굴에 화장도 안 하고 머리카락에 물기가 마르지도 않은 채 객실에서 내려온 여행객들이 호텔 접수처에 객실 열쇠를 반납하고 있었다. 펩은 이 시간과 장소가 마치 지구상에 존재하지 않는 듯 실감이 나지 않았다. 접수처 근처에서 한가롭게 어슬렁거리던 라틴계 회사원이 펩의 가슴을 노골적으로 쳐다보았다. 펩이 어이가 없어 눈알을 위로 굴리자 그 회사원은 미소를 지었다. 지금 객실에서 펩을 기다리는 남자에 비하면 저 남자는 벌레나 다름없었다.

잠시 후 객실로 들어가보니 안드레아스는 태블릿을 들고 책상 앞에 앉아 있었다. 침대에는 샌드위치와 잘게 자른 과일이 담긴 쟁반이 놓여 있었다. "좀 먹어." 그가 말했다.

"내가 배고파 보였어요?"

"네 위장이 민감한 것 같아서. 먹는 걸 신경 써야 하잖아."

펩은 조심스럽게 파파야를 조금 먹었다. 엄마는 파파야가 위장을 달래준다고 했었다.

"오늘 뭘 하고 싶어?"

"글쎄요. 내가 구경할 만한 교회나 박물관이라도 있나요?"

"나는 사람들 앞에 모습을 드러내는 걸 좋아하지 않아. 하지만 오래된 도심 지역은 꽤 볼만해."

"대표님은 선글라스와 웃기는 모자를 쓰면 되겠네요."

"그런 걸 원해?"

파파야를 먹었더니 트림이 나왔다. 핍은 더 이상 먹이처럼 굴지 말고 주체적으로 행동해야겠다는 생각이 들었다. 아직도 그의 몸에 손을 대고 싶은 마음은 없었지만 그의 뒤로 다가가 그의 어깨에 억지로 두 손을 얹었다. 그리고 손으로 그의 가슴을 쓸고 내려갔다. 왠지 그렇게 해야 될 것 같았다.

그는 핍이 달아나지 못하게 손목을 잡았다.

"대표님이 인턴들한테 손을 아예 안 대는 줄 알았어요. 언론의 혹평을 받을 수도 있는 일이잖아요."

"인턴들과 연달아 잠자리를 하면 그렇겠지. 하지만 그중 한 명과 사랑에 빠지는 건 완전히 다른 얘기야."

핍은 양 무릎이 떨렸다. "진심으로 하는 말이에요?"

"그래."

나무 숟가락, 나무 숟가락.

"알았어요." 핍은 그만 바닥에 주저앉고 말았다.

그는 핍의 손목을 놓고 일어나 핍의 앞에 무릎을 꿇었다.

"핍, 나는 나이가 많아. 아마 네 아버지뻘은 되겠지. 그래도 마음은 젊고, 진짜 사랑은 많이 경험해보지 못했어. 너에 비해 경험이 크게 많지도 않을 거야. 이 사랑은 나한테도 새롭고 두려워."

나무 숟가락. 핍의 뇌를 마구 휘젓는 나무 숟가락. 두려움 속에서 핍이 애써 다가선 이 남자는 연인이라기보다는 아버지에 가까웠다. 안정된 삶을 살고 싶어 부여잡은 아버지 같은 존재였다. 그렇지만 어젯밤, 핍은 안드레아스를 위해 면도기로 은밀한 곳을 제모했다. 몹시 혼란스러웠다. 안드레아스는 그녀를 껴안고 머리를 쓰다듬었다.

"나를 좋아하지?"

핍은 그가 원하는 대로 고개를 끄덕여주었다.

"많이? 아니면 조금?"

이번에도 핍은 그가 듣고 싶어 하는 답을 해주었다. "많이요."

"나도 널 좋아해."

핍은 다시 고개를 끄덕였다. 안드레아스가 원하는 대로 해주긴 했지만 거짓말이라 핍은 마음에 걸렸다. 안드레아스의 사랑이 진심이라면, 그에게 거짓말을 하는 건 비열한 짓이었다. 거짓말을 상쇄하기 위해 핍은 솔직하고 듣기 좋은 말을 해주기로 했다. "지난번에 대표님이 내 기분을 정말 좋게 해줘서 계속 생각이 났어요. 완전히 그 생각에 사로잡혔죠. 그때처럼 또 해주면 좋겠어요."

이 말에 안드레아스의 몸이 팽팽하게 긴장했다. 핍은 말실수를 했나 싶어 걱정했다. 사랑에 대한 얘기를 회피하고 싶어 화제를 돌린 걸 알아채고 상처를 받은 걸까. 그래서 핍은 그에게 키스했다. 다급히 다가가 혀를 밀어 넣고 그에게 몸을 열었다. 안드레아스도 열정적으로 반응했다. 그러나 아직 어느 정도 분별력을 유지하고 있던 핍은 급기야 더는 참지 못하고 소리 내어 웃었다.

안드레아스는 미소를 지었다. "왜?"

"미안해요. 우리 둘 다 실은 원치도 않는 행위를 하려고 하는 것 같아서요."

그는 놀란 표정이었다. "무슨 뜻이야?"

핍은 서둘러 이유를 늘어놓았다. "그게, 키스 말이에요. 지난번에도 대표님은 키스를 별로 안 좋아하는 것 같았어요. 진심 그런 것 같더라고요. 그러니까 지금 키스를 건너뛰어도 나는 괜찮아요."

또다시 핍은 보았다. 1초 정도, 아니 1초보다 더 짧은 순간, 안드레아스가 고개를 옆으로 돌리기 직전에 핍은 완전히 다른 얼굴을 보았다. 광기를 품은 얼굴이었다.

그는 옆으로 고개를 돌린 채 말했다. "넌 정말 대단한 여자야."

"고마워요."

그는 일어나 물러서며 말했다. "진심이야. 살면서 이렇게 균형을 잃고 쩔쩔맨 적이 없었어. 넌 나를 작아지게 만들어. 물론 좋은 의미로. 나는 진실을 밝히는 대단한 인물인데 네 앞에 서면 보잘것없어져. 그게 싫으면서도 좋아. 널 사랑해." 그는 뒤로 돌아서서 한 번 더 말했다. "사랑해."

핍은 얼굴을 붉혔다. "고마워요."

"그게 다야? 고맙다고? 누가 널 이렇게 만들었지? 도대체 너란 여자는 어디서 왔어?"

"샌로렌조 계곡에서요. 변변찮지만 민주적인 곳이죠."

안드레아스는 핍에게 다시 돌아와 그녀를 붙잡아 일으켰다. "너 때문에 미치겠다!"

"내 머릿속도 지금 미칠 지경이에요."

"이제 어쩌지? 우리 어떻게 할까? 어떻게 해야 우리가 같이 있을 수 있을까?"

"모르겠어요."

"망할 옷 좀 벗어. 이 말 들으니까 효과가 있나?"

"어느 정도는요."

"그럼 벗어. 천천히. 난 그 모습을 바라볼게. 마지막에 팬티도 벗어."

"알았어요. 그렇게 할게요."

핍은 안드레아스에게 명령을 받는 게 좋았다. 안드레아스와 관련해 무엇보다 좋은 점이 바로 그것이었다. 하지만 명령대로 셔츠 단추를 하나, 또 하나 풀면서 이런 행동을 하는 게 정말 좋은지 확신이 서지 않았다. 예전에 침실에서 스티븐이 했던 말, 네가 아버지를 필요로 하는 것 같았다고 했던 말을 듣지 않았으면 좋았을 것을. 네 번째 그리고 마지막 단추를 푸는데 두려움이 엄습해왔다. 늘 그녀의 곁에 없었던 아버지에 대한, 모든 나이 많은 남자들에 대한 분노가 감정적 풍경이 되어 눈앞에 펼쳐졌다. 그 풍경 속에서 핍은 아버지

연배의 이 남자를 자극하고 벌을 주고 미치게 만들었으며, 그녀의 인생에 결여됐던 아버지라는 존재로 다가오도록 유도했다. 그리고 그렇게 다가오는 그에게 몸이 반응했다. 하지만 그런 식으로 그에게 반응하는 것은 역겨운 일이었다. 핍은 바닥에 브래지어를 떨어뜨렸다.

안드레아스는 핍을 가만히 바라보았다. "맙소사. 넌 정말 아름다워."

"젊어서 그렇겠죠."

"아니. 너의 내면은 외면보다 훨씬 더 아름다워."

"계속 말해요. 도움이 돼요."

핍이 완전한 알몸으로 서자, 안드레아스는 무릎을 꿇고 그녀의 사타구니에 얼굴을 갖다 댔다. 그리고 고마워하며 속삭였다. "나를 위해 제모를 했구나."

"대표님을 위해서 했다고 누가 그래요?" 핍은 주춤대며 웃었다. 안드레아스에게 사랑을 받으니 자기 자신이 훨씬 더 좋아졌다. 하지만 계속해서 그를 자극하는 자신의 목소리를 들으며, 그리고 그 자극으로 인한 효과를 느끼며 두려움도 깊어졌다. 안드레아스는 떨리는 손으로 그녀의 엉덩이를 애무했다. 그는 핍에게 키스하고 체취를 들이마셨다. 지난번과 똑같은 분위기로 가고 있음을 핍은 느낄 수 있었다. 다만 이번에는 핍이 모든 과정을 따라주어야 했다. 여기서 되돌릴 수는 없었다.

곧 그와 하나가 되리라는 생각이 드는 순간, 핍은 색다른 종류의 절정을 맛보았다. 이 순간에 이르기까지 어떤 장애도 없었다. 안드레아스는 직접 신속하게 핍과의 만남을 준비했고 큰 어려움 없이 핍으로 하여금 호텔 방에서 옷을 벗게 만들었다. 그러나 복잡한 불안감—아버지, 살인자, 나무 숟가락을 휘젓는 사람, 도망자, 미친 사람—이 핍의 내면에 북받쳐 올라 결국 난순한 결론으로 이어졌다. 핍은 안드레아스의 여자가 되고 싶지 않았다.

여기까지 생각이 미치며 정신이 들자 지금 그들이 하는 행위가 우스꽝스럽게 느껴졌다.

핍은 뒤로 물러섰다. "음, 잠깐만 멈춰요."

그는 어깨가 축 처졌다. "이번에는 또 뭐야."

"정말이지, 이 순간을 한 달 반 동안 기다렸어요. 밤마다 이 순간을 상상하면서 내 몸을 더듬었죠. 내가 대표님인 걸로 상상하면서요. 그런데 막상 이렇게 되니까 잘 모르겠어요. 차라리 내 손으로 내 몸을 더듬는 게 나을 것 같기도 해요."

그는 더욱 힘이 빠지는 모습이었다. 핍은 브래지어를 집어 착용했다. 팬티는 건너뛰고 청바지를 입었다. 팬티는 여전히 안드레아스의 눈앞에 떨어져 있었다.

"정말 미안해요. 내가 왜 이러는지 모르겠어요."

"그럼 대신 뭘 하고 싶어?" 안드레아스는 자제력을 발휘하느라 목소리에 힘이 들어갔다. "그림처럼 아름다운 도심 구경이라도 할래?"

"솔직히 대표님과 같이 자는 것 말고는 다른 생각을 안 해봤어요."

"그것도 선택지 중 하나야."

"그러라고 명령하시면 따라야겠죠. 나는 대표님이 명령을 내릴 때가 좋아요. 노예근성이 있나 봐요."

"난 너에게 명령을 하는 게 아니야. 네가 원하지 않으면 나도 하고 싶지 않아. 네가 원한다고 했으니 한 것이지."

"그렇죠."

안드레아스는 무거운 한숨을 내쉬었다. "왜 생각이 바뀌었지?"

"갑자기 옳지 않게 느껴져서요."

"너에 비해 내 나이가 너무 많아서?"

"맙소사, 아니에요. 저는 대표님 나이가 좋아요. 어떻게 보면 지나칠 정도로 좋아요. 게다가 대표님은 독일 남자 특유의 동안이기도 하고요. 눈동자 색깔도 푸르고요."

그는 고개를 숙였다. "나라는 인간이 싫은 것이구나."

핍은 몹시 미안해서 그의 옆에 무릎을 꿇고 앉아 어깨를 토닥이며 그의 뺨에 입을 맞추었다. "다들 대표님을 좋아해요. 수백만 명이 대표님을 좋아해요."

"그들은 거짓을 좋아할 뿐이야. 나는 네게 진짜 자아를 보여줬어."

"미안해요. 정말 미안해요." 핍은 그의 머리를 껴안고 조금씩 흔들었다. 심장이 다시 그에게 동하고 있었다. 이러다 속죄의 섹스를 하게 되는 게 아닐까 싶었다. 그런 의미의 섹스는 해본 적 없지만, 그 과정은 아마 지금과 같을 것이다. 마음속 한구석에서 여러 가지 생각이 들었다. 며칠이 지나면 유명한 범법자 영웅과 섹스를 한 것을 돌이켜 생각하며 만족감을 느끼지 않을까, 이번이야말로 그런 만족감을 얻을 기회가 아닐까, 이렇게 그를 유혹했다가 꽁무니를 뺀다면 미래의 자신은 후회하며 괴로워하지 않을까 하는 생각이었다. 두 번째로 도망친 것이니 말이다.

안드레아스는 핍의 가슴골에 얼굴을 묻고 두 손으로 그녀의 청바지 뒤쪽을 쓸어내렸다. 이번에 도망치면 두 번째라는 사실이 중요하게 느껴졌다. 핍은 짐 가방을 들고 펠턴을 떠나기 전 엄마가 했던 말을 떠올렸다. "엄마한테 화 많이 난 거 알아, 야옹아. 충분히 그럴 만해. 엄마는 네가 낯선 대륙의 밀림으로 간다니까 걱정이 되는 거야. 안드레아스 볼프라는 사람에 대해서도 걱정이 되고. 하지만 엄마는 네 도덕관념에 대해서는 걱정 안 해. 넌 옳고 그름이 분명하고 다정한 아이니까. 엄마는 너를 너보다 더 잘 알아. 넌 그런 아이야." 핍은 살면서 잘못된 행동으로 인간관계를 엉망진창으로 만들며 살아왔기에 그 순간 엄마는 딸에 대해 아무것도 모르는구나 싶었다. 하지만 아무리 봐도 안드레아스의 뜻에 따르는 게 옳은 것처럼 보이는 지금, 안드레아스에게서 두 번째로 뒷걸음질 친 것은 어떤 의미가 있지 않을까? 어쩌면 엄마가 옳았을 수도 있었다. 어쩌면 핍은 분명한 도덕관념을 지녔을지도 몰랐다. 핍은 라몬은 물론 드레이퍼스까지도 순수한 마음으로 사랑했다. 오클랜드에서 모든 걸 망쳐버린 건 스티븐에 대한 욕망, 나이 많은 남자에 대한 분노였다.

핍은 안드레아스의 곱슬머리 정수리에 입을 맞추고 그에게서 물러났다. "못하겠어요. 미안해요."

핍은 셔츠를 입고 로비로 내려왔다. 이제 결정은 돌이킬 수 없게 돼버렸다. 이대로 종일 밤까지 로비에 앉아 있을 각오를 하고 있었는데 한 시간도 채 되지 않아 페드로가 랜드크루저를 운전해 돌아왔다. 핍은 조수석에 앉아 페드로와 나란히 차를 타고 갈 면목이 없었다. 몸이 얼얼하고 오염된 것처럼 느껴졌다. 핍은 뒷좌석에 무너지듯 앉아 수치심과 죄책감, 뒤늦은 자아비판에 휩싸일 준비를 했다.

이윽고 그 감정들이 밀려왔는데 예상보다 훨씬 지독했다. 숙소로 돌아온 핍은 이틀 동안 침대에 꼼짝 않고 누워, 룸메이트들이 방을 드나들어도 반응조차 하지 않았다. 핍은 안드레아스의 호감을 사는 한 계속 여기서 희망을 갖고 자신을 좋아하며 지낼 수 있었다. 그러나 상황이 틀어진 지금, 안드레아스를 불쾌하게 만든 자신이 너무도 싫었다. 거절당한 게 아니라 거절한 입장인데도 호텔 방에서의 그 광경은 스티븐의 방에서 있었던 일만큼이나 핍을 괴롭혔다. 특히 벌거벗고 선 핍의 앞에 안드레아스가 무릎을 꿇고 앉아 있던 순간이 머릿속에서 자꾸만 반복 재생됐다.

사흘째 되는 날, 핍은 간신히 무거운 몸을 이끌고 식당으로 갔다. 핍은 다시 인기 없는 예전으로 돌아가 있었다. 고개를 숙이고 입에 꾸역꾸역 음식을 넣은 뒤 다시 침대로 돌아와 누웠다. 이제 아무도 핍에게 솔직하게 대하지 않았다. 이렇게 배척당하는 이유가 핍이 안드레아스를 유혹했다고 생각들을 해서인지, 아니면 안드레아스가 핍과 함께 있는 시간을 즐거워하지 않았다는 소문이 퍼져서인지 알 수 없었다. 어느 쪽이든 핍은 이런 꼴을 당해도 싸다는 생각이 들었다. 핍은 이번에 있었던 일을 자세히 적은 고백 형식의 이메일을 콜린에게 작성해 보내려 했으나 그걸 읽고 나면 콜린에게 더욱 미움을 받게 될 것 같아 간단히 몇 문장으로 줄여 보냈다.

여기서 떠나길 잘한 거예요. 그는 진짜 괴상하더라고요. 나는 그와 얘기만 나눴어요. 앞으로도 그럴 거예요. 그리고 나도 여기 오래 있지 않을 것 같아요.

사흘 후 회사로 돌아온 안드레아스는 핍을 예전과 다름없이, 다정하지만 거리를 두는 식으로 대했다. 핍은 더욱 죄책감이 들었다. 핍은 안드레아스가 로스볼카네스에서 오직 핍에게만 비밀을 털어놓았고, 진심으로 특별하게 핍을 원했으며, 괜찮다고 미소를 지어 보였지만 분명히 상처받고 창피했을 것이라 여겼다. 결정의 순간을 되돌릴 수도 없으니, 아무래도 지독한 실수를 저지른 것 같았다. 그날 도망치지 않고 그대로 밀어붙여 안드레아스의 애인이 되었다면? 그와 더없이 행복한 시간을 보내는 방법을 터득했다면? 이제 안드레아스의 욕망은 봉해졌고 핍은 더 이상 즐겁지 않았다. 세 번째 기회를 달라고 요청해볼까 하는 생각도 해봤지만 세 번째로 도망치지 않을 자신이 없었다. 그 후 일주일 동안 핍은 우울한 감정의 덩어리를 목 안에 담고 살았다. 산책을 나가는 척 건물 밖으로 나와서는 오솔길 옆의 첫 번째 강굽이 너머에 앉아 눈물을 흘리곤 했다.

그렇게 정신없이 울고 있는 핍에게 안드레아스가 다가왔다. 늦은 오후라 날이 어둑해지고 있었다. 소나기구름 가장자리에서 빗방울이 떨어졌다. 길고 품이 넓은 노란 우비에 고무장화를 신고 강굽이를 돌아 걸어오던 안드레아스는 비에 흠뻑 젖은 채 나무에 기대어 무릎을 두 팔로 끌어모으고 앉아 울고 있는 핍을 보았다.

안드레아스는 핍 옆에 웅크리고 앉았다. "너 찾으러 왔어. 이렇게 가까운데 있는 줄 몰랐네."

"더 이상 산책 안 해요. 그냥 여기 와서 우는 게 다예요."

"미안하다."

"아뇨. 미안한 사람은 나예요. 내가 다 망쳤어요."

"자책하지 마. 난 어른이라서 나 자신을 챙길 수 있어."

펍은 엉엉 울며 말했다. "대표님 배신 안 할 거니까 믿으셔도 돼요."

"널 사랑하지 않는 척 못 하겠다. 사랑해."

"미안해요." 펍은 계속 울었다.

"자, 이제 그만." 안드레아스는 우비를 벗어 펍에게 걸쳐주고 옆에 앉았다. "이제 네가 원하는 것에 대해 생각을 해보자."

펍은 손으로 코를 문질렀다. "집으로 보내줘요. 난 여기서 좋은 기회를 잡을 수 있었지만 날려버렸어요."

"윌로한테 들으니까 아버지 찾는 일이 잘 안 되고 있다던데."

"미안해요. 두 개네요. 내가 날려버린 기회가."

"아나그레트와 내가 괜히 널 도울 수 있다고 말해서 널 힘들게 한 것 같아. 네가 찾는 정보는 디지털 시대 이전의 자료라 찾기가 많이 힘든 모양이야. 첸에게 너에 대해 얘기해놨어." 첸은 선라이트 프로젝트의 수석 해커였다. "네 어머니의 젊었을 때 사진으로 안면 인식 검색을 할 수 있는지 물어봤는데, 불법적인 연산 능력이 꽤 많이 소요되나 봐. 난 널 위해 기꺼이 해줄 의향이 있는데, 첸은 시간 낭비일 거라고 하더라고."

맑은 회색 하늘 아래 잔뜩 우울해 있던 펍은 예전 리뉴어블 솔루션스에서 소비자 지원 팀장 이고르에게 했던 일을 또다시 저질렀음을 깨달았다. 고용주의 공허한 설득에 넘어갔던 것.

"괜찮아요. 물어봐준 건 고마워요."

"네가 여기 있는 동안은 네 학자금 대출을 계속 갚아줄게. 그리고 네 다음 경력에 대해 생각을 해볼 필요가 있어. 넌 글을 잘 쓰는 편이고, 윌로 얘기로는 배우는 것도 빠르다고 하던데. 영업 일은 잘 못 했었잖아. 그래서 말인데 기자가 되어보는 건 어때?"

핍은 힘없이 미소 지었다. "언론 업계를 박살 내는 게 선라이트 프로젝트가 하고 있는 일 아닌가요?"

"언론은 결국 살아남게 돼 있어. 비영리 뉴스 회사들이 언론 업계로 상당수 진입하고 있는 추세야. 너처럼 능력 있는 인재라면 얼마든지 그쪽에 취업할 수 있어. 넌 내가 지금 하는 일을 별로 좋아하지 않으니 차라리 기존 언론사에서 일하는 게 더 맞겠다 싶어."

"여기 일을 좋아하고 싶었는데, 그러질 못해서 미안해요."

"그만 됐어." 안드레아스는 핍의 손을 잡고 입을 맞췄다. "그게 바로 너잖아. 난 있는 그대로의 너를 사랑해. 많이 보고 싶을 거야."

핍은 다시 울음이 북받쳤다. 그 순간 부연 안개 속 어디선가 천둥이 치는 듯 요란한 소리가 들렸다. 사암 첨탑 면에서 돌덩어리가 갈라져 떨어지더니 돌멩이 떨어지는 소리가 조그맣게 이어졌다. 핍이 있는 오솔길에서 바위 파편이 떨어진 곳이 가까워서 돌멩이들이 획획 떨어지는 소리까지 들을 수 있었다.

"명령을 내려줄래요?"

"뭐?"

"명령을 해줘요. 기자로 일을 하라고. 해줄 수 있죠? 나는 여전히 대표님한테 명령을 받고 싶어요……." 핍은 눈을 질끈 감았다. "머릿속이 엉망진창이라서."

"이해는 안 되지만, 그래, 네가 굳이 원한다면. 명령을 해줄게."

핍은 속삭이듯 대답했다. "고마워요."

"그럼 일을 시작해보자. 네 시작을 위해 작은 선물을 하나 준비했어. 윌로한테 얘기하면 그 선물을 보여줄 거야."

"대표님은 여전히 나한테 정말 잘해주네요."

"걱정하지 마. 그 선물은 나를 위한 것이기도 해. 무슨 선물인지 짐작이 돼?"

펍은 고개를 저었다.

"곧 알게 될 거야."

그날 오후 안드레아스에게 혼이라도 났는지, 열흘 내내 펍에게 냉랭하게 굴던 윌로가 저녁 식사 때 펍을 위해 자리를 맡아놓고 다시 소름 돋게 친한 척을 했다. 그리고 저녁에 별관에서 펍에게 사진 몇 장을 보여주었다. 어느 페이스북 사용자가 올렸다가 지운 사진들인데 첸 같은 해커들이 페이스북 쓰레기통에서 건져 올려 복구했다고 했다. 텍사스주에 사는 누군가의 파티에서 찍힌 픽업트럭 사진으로, 짐칸에 핵탄두로 보이는 물건이 실려 있었다. 진짜 핵탄두일 리 없을 텐데, 펍이 오클랜드의 핵무기 감축 스터디 그룹 설명회에서 본 진짜 핵탄두와 똑같이 생겼다.

그 후 몇 주간 펍은 독학으로 언론에 대해 공부했다. 그리고 어느 남직원 해커의 도움으로 핵탄두 사진을 올렸던 바로 그 페이스북 사용자와 친구까지 맺었으나 거기서 막히고 말았다. 공군 기지나 문제의 핵무기 공장에 접근할 방법을 찾을 수 없었다. 방법을 안다고 해도 자격 증명도 없이 볼리비아에서 스카이프 같은 전화 앱으로 연락해봤자 정보를 얻을 수 있을 것 같지 않았다. 진짜 기자 신분인 사람들이 새삼 부러웠고 맥이 빠졌다. 안드레아스가 리치먼드 쓰레기 매립지의 지하수 오염 실태에 대한 정보를 가진 베이에어리어의 내부 고발자를 연결해주지 않았다면 펍은 조사를 포기하고 말았을 것이다.

펍은 그 정보를 이용해 덜 위협적인 분위기의 지방 정부 당국에 전화를 걸었다. 리뉴어블 솔루션스에서 그나마 하나 배워가지고 나온 기술이 뻔뻔하게 판촉 전화를 하는 것이라, 지방 정부 당국에 전화를 걸면서도 두려움은 없었다. 그렇게 취재한 기사가 안드레아스의 팬이 편집장으로 있는 〈이스트 베이

익스프레스〉 신문의 온라인 판에 마법처럼 실렸다. 〈이스트 베이 익스프레스〉에서는 핍의 다음 기사도 '어느 봉사 활동 단체 준회원의 고백'이라는 제목으로 게재했는데, 핍이 윌로의 도움을 받아 정말 흥미롭다는 판단이 설 때까지 진지하게 취재해 작성한 기사였다.

그 후 핍은 〈이스트 베이 익스프레스〉 편집장이 제시한 소재를 바탕으로 전화 취재가 가능한 범위 내에서 작성한 좀 더 짧은 기사 두 꼭지를 추가로 그 신문에 실었다. 그리고 1월 초, 핍과 함께 산책을 나간 안드레아스는 덴버 인디펜던트라는 온라인 잡지사에서 자료 조사 인턴을 구하는데 가서 일해볼 생각 없냐고 넌지시 물었다.

"탐사 보도를 전문으로 하는 잡지사야. 상도 받았어."

"왜 하필 덴버예요?"

"그럴 만한 충분한 이유가 있어."

"〈이스트 베이 익스프레스〉에서 저를 마음에 들어 하는 것 같던데요. 엄마가 사는 곳에서 좀 더 가까이에 있고 싶기도 하고요."

"이번에도 명령을 내려줄까?"

코르테스 호텔에서 아침에 난처한 일을 겪고 3개월이 지난 후였는데도 핍은 여전히 그가 침대로 오라고 명령을 내려주기를 바라고 있었다.

"덴버라는 곳은 이름만 들어봤지 아는 게 아무것도 없어요. 바라는 게 뭔지 말을 해줘요. 그러면 따를게요."

"바라는 거?" 안드레아스는 하늘을 올려다보았다. "네가 나를 좋아해줬으면 좋겠어. 나를 절대 떠나지 않았으면 좋겠어. 너와 함께 나이 들고 싶어."

"아!"

"미안. 네가 떠나기 전에 한 번은 꼭 말하고 싶어서."

핍은 그를 믿고 싶었고, 안드레아스는 그 말을 진심처럼 하고 있었다. 그러나 안드레아스에 대한 불신이 핍의 뼛속까지, 신경까지 온통 깃들어 있었다.

"어쨌든." 핍이 말했다.

"어쨌든. 대단한 걸 요청하려는 건 아니야. 덴버에 가서 인턴 일을 하게 되면, 아마 분명히 하게 될 테지만, 일단 사무실 이메일 계정을 받은 후에 내가 그 계정으로 쏘는 첨부 파일을 열어. 그 잡지사의 편집장 겸 발행인의 이름은 톰 애버런트야. 넌 그냥 첨부 파일을 열기만 하면 돼. 그 후에는 귀를 활짝 열고 일을 하면서 덴버 인디펜던트가 내 뒤를 캐는 기미가 보일 때 나한테 알려주면 정말 고맙겠어."

"대표님의 비밀을 알고 있는 또 다른 한 사람이 바로 그 톰 애버런트군요. 기자라고 했죠."

"맞아."

"나더러 첩자 노릇을 하라고요."

"너 편한 대로 해. 힘들지 않으면 해달라는 거야. 첨부 파일을 여는 것 말고 추가로 부탁할 건 하나뿐이야. 네가 볼리비아에 있었다는 사실을 아무한테도 말하지 말 것. 넌 캘리포니아를 떠난 적 없는 거야. 네가 여기 있었다는 걸 애버런트에게 말하면 나에게 해가 돼. 당연히 너한테도 해가 될 테고."

핍은 암울한 생각이 들었다.

"오해하지 말고 들어줘요. 나는 기자가 되고 싶기는 해요. 그런데 나더러 기자가 되라고 한 진짜 이유가 덴버에 있는 이 남자 때문인가요?"

"진짜 이유? 아니야. 이유의 일부이기는 해. 너한테도 좋고 나한테도 좋은 일이거든. 왜 문제라도 있나?"

사실 따로 물어볼 필요도 없었다. 핍은 안드레아스에게 몸도 마음도 주지 않았다. 스티븐과의 일을 떠올려보면 상대에게 몸과 마음을 거부당했을 때 얼마나 고통스럽고 비참한지 알고도 남았다. 핍은 애초에 안드레아스를 완전히 믿지는 않았지만, 피해망상을 가진 그에 대한 연민을 갖고 있었다. 마우스 클릭 한 번으로 그동안 안드레아스에게 진 빚과 죄책감을 덜 수 있다면 기꺼이 클릭을 하리라. 그리하면 안드레아스와의 계산을 끝낼 수 있을 테니. 그런 생각으로 핍은 덴버로 갔다.

덴버 인디펜던트 사 인턴들과 어울려 술을 마시고 밤늦게 톰과 레일라의 집으로 돌아온 핍은 주방 바깥 계단에 앉아 있는 레일라를 보고 깜짝 놀랐다. 두툼한 양털 재킷을 껴입은 레일라는 담배 연기를 뿜어내고 있었다.

"아, 들켰네." 레일라가 말했다.

"담배 피우세요?"

"1년에 다섯 개비 정도." 레일라 옆에 놓인 하얀 시리얼 그릇에 담배꽁초 네 개가 담겨 있었다. 레일라는 손으로 시리얼 그릇을 슬쩍 덮었다.

"그 정도로 절제하는 건 어떤 기분이에요?" 핍이 말했다.

"아, 절제는 불안한 심리를 나타내는 지표일 뿐이야." 레일라는 자조적으로 웃었다. "오히려 매력적인 사람들은 늘 무절제하지."

"옆에 앉아도 돼요?"

"추워. 안으로 들어가려던 참이었어."

레일라를 따라 집 안으로 들어가면서 핍은 레일라의 흡연 이유가 자기 때문이지 않을까 싶었다. 핍은 볼리비아에서 콜린을 사랑했듯 레일라를 사랑했다. 하지만 레일라와 톰이 살고 있는 이 집에 들어와 살게 되면서부터 핍은 자신이 그 둘이 싸우는 원인임을 직감하고 있었다. 핍은 톰도 약간은 사랑했는데 그럴 만한 마음의 여유가 생겼기 때문이었다. 그에게 육체적으로 끌린 것은 아니었다. 그는 나이가 많고 안전했다. 그런데 레일라는 최근 들어 핍이나 톰 혹은 둘 다를 겨냥해 눈에 띄게 질투를 했다. 핍은 이 집에서 나가야 한다는 걸 알고 있었지만, 가족처럼 생각했던 사람들을 떠나려니 결심하기가 쉽지 않았다.

주방으로 들어간 레일라는 포일을 뜯어 꽁초와 재를 그 위에 쏟고 뭉쳤다.

마가리타 네 잔을 마신 취기에 힘입어 핍은 뭐 좀 물어봐도 되겠냐고 물었다.

"물론이지."

레일라는 냉장고에서 커피를 꺼냈다.

"제가 따로 나가 살면 괜찮겠어요? 그러면 도움이 될까요?"

일순간 레일라는 그 자리에 얼어붙었다. 핍이 보기에 레일라는 특이하게 예뻤다. 선라이트 프로젝트의 인턴들처럼 비위에 거슬리게 예쁜 게 아니라 숙성된 아름다움과 동경할 만한 사랑스러움이 있었다. 레일라는 어쩌다 커피 캔이 자기 손에 들어오게 됐는지 모르겠다는 듯 멍하니 손에 쥔 커피 캔을 바라보았다.

"당연히 아니지. 네가 나가길 내가 바랄 것 같아?"

"음. 좀. 예. 좀 그런 것 같아요."

"미안해." 레일라는 커피 메이커 쪽으로 훌쩍 걸어갔다. "이 집이 요즘 불안한 상태라 그러나 본데 너와는 관계없어."

"왜 불안한데요? 저는 기자님을 엄청 동경하고 있어요."

레일라가 들고 있던 커피 캔이 바닥으로 떨어졌다.

레일라는 허리를 굽히며 말했다. "담배를 피웠더니 손이 말을 안 듣네."

"담배는 왜 피웠어요? 새벽 1시 반에 커피는 왜 만들려고 하는데요?"

"어차피 잠이 안 올 것 같아서 일이나 하려고."

"레일라." 핍이 호소하듯 그녀를 불렀다.

레일라는 단순히 분노한 것보다 더 사나운 표정으로 핍을 바라보았다. "왜?"

"뭐가 잘못됐어요?"

"아니, 그런 거 없어." 레일라는 감정을 가라앉히며 물었다. "워싱턴에서 내가 보낸 문자 받았지?"

"예! 우리가 생각했던 것보다 더 큰 사건 같던데요."

"그래, 그것 때문이야. 누가 우리보다 먼저 특종을 낼까 봐 걱정이 돼서 내가 정신이 반쯤 나가 있어."

"제가 도울 일 있어요?"

"아니! 가서 자. 밤이 늦었어."

위층 복도로 올라간 핍은 톰이 술에 취해 코를 골며 자는 소리를 들었다. 핍은 침대 가장자리에 걸터앉아 콜린에게 이메일을 보냈다. 그동안 꽤 여러 통 보냈는데 답장 한번 오지 않았다.

그래요. 또 나예요. 집 뒤에서 담배를 피우는 레일라를 보니까 팀장님 생각이 났어요. 보고 싶어요. 계속 보고 싶네요. 내가 늘 사람들을 배신한다는 거 알아요. 그래도 팀장님이 나한테 한 번만 기회를 주면 좋겠어요. 사랑을 담아, 핍 타일러.

술에 취해 이메일을 보내는 것은 좋은 생각이 아니었지만 핍은 그대로 보내기 버튼을 눌렀다.

핍의 문제는 이메일에 적은 대로였다. 늘 사람들을 배신하며 살았던 것. 덴버 인디펜던트에 입사해 이메일 계정을 만들고 안드레아스에게 받은 이메일의 첨부 파일을 클릭하자마자 후회가 밀려들었다. 볼리비아에서는 경험해보지 못한 조화로움이 덴버에서는 일을 시작함과 동시에 느껴졌다. 볼리비아에서와는 달리 동료 인턴들은 여신이나 대단한 영재들이 아니라 평범한 젊은이들이었다. 기자들과 편집자들은 대개 땅딸막한 체격에 냉소적이었고, 성별에 관계없이 업무 분담이 이루어지고 있었으며, 사무실 분위기는 진지하고 전문적이되 쓸데없이 멋지지는 않았다. 안드레아스는 동정받는 약자로서의 권리를 강조하기 위해 '정보 누설자는 누구에게나 반감을 사게 마련이다'라고 툭하면 인턴들에게 말했지만, 선라이트 프로젝트는 약자라고 하기엔 너무 멋지고 유명했다. 핍이 보기에 진짜 약자는 오히려 기자들이었다. 안드레아스가 개인적으로 아무리 청빈하게 살고 그가 제공하는 서비스가 아무리 순수하다고 해도, 자녀 양육과 담보 대출 상환 등 일상적인 자금 압박에 시달리는 쪽은 기자들이었다. 4달러짜리 샌드위치로 점심을 때우는 기자들을 보면서 핍은 펠턴에 사는 엄마와 가난한 이웃들이 생각났다. 선라이트 프로젝트에서 6개월을 지냈을 때보다 덴버 인디펜던트에서 여섯 시간을 보낸 후 핍은 집에 돌아온 듯 편안함을 느꼈다.

그리고 덴버에는 레일라가 있었다. 그녀는 몸과 영혼이 모두 사랑스럽고, 엄마 연배지만 엄마처럼 숨 막히게 하지 않는 자매 같은 사람이고, 퓰리처상을 받은 기자이며, 핍보다 사생활이 더 이상한 여자였다. 그리고 일은 성실하게 하지만 개인적으로는 바보 같은 면이 있고 자신의 말과 외모에 대한 타인의 평가에 무관심한 톰. 안드레아스가 남의 속을 파고들고 자부심이 강한 데 반해 톰은 과묵하고 모순적인 면이 있었다. 레일라에 대한 톰의 헌신은 굳이 말로 하지 않아도 알 수 있을 정도였다. 핍은 레일라와 톰을 사랑했다. 그래서 그들이 집에 들어와 같이 살자고 했을 때 핍은 마치 평생의 속박과 현명하지 못한 결정, 헛된 시간을 지나 돌파구를 찾아낸 심정이었다.

그래서 덴버 인디펜던트의 컴퓨터 시스템에 스파이웨어*를 심어놓은 것이, 안드레아스에게 받은 핵탄두 사진들을 자기 힘으로 찾은 척한 것이, 톰과 레일라에게 열몇 가지 거짓말을 더 한 것이 더욱 마음에 걸리고 참담했다. 자잘한 거짓말들은 큰 피해나 곤혹스러운 일 없이 넘어갔지만 스파이웨어를 비롯한 큰 거짓말들은 여전히 남아 있었다. 그리고 이제 레일라는 핍에게 등을 돌리고 있었고 톰도 요즘 들어 핍과 함께 있는 시간을 불편해하고 있었다. 레일라와 톰의 태도 변화로 짐작건대, 핍은 톰을 존경하는 마음이 워낙 커서 그동

* 다른 사람의 컴퓨터에 잠입해 중요한 개인 정보를 빼 가는 소프트웨어.

안 그를 감히 꼬시려 하거나 그의 권위에 도전하는 농담조차 하지 않았음에도 불구하고 톰이 혼자서 핍에 대한 연애 감정을 키운 게 아닌가 걱정이 되기도 했다. 이틀 전 저녁에 톰은 핍을 극장에 데려갔다. 그리고 차를 운전해 집으로 돌아가면서 그는 마치 데이트 상대를 대하듯 편안하게 경계를 늦추고 핍에게 개인적인 질문을 했다. 그러더니 집으로 돌아와 핍이 안녕히 주무시라고 인사하자 톰은 안색이 창백해져 핍과 눈을 마주치려 하지 않았다.

최근에 윌로가 보내온 이메일 때문에도 핍은 기분이 좋지 않았다. 온갖 소식을 포함해 의외로 감상적인 내용이 적혀 있었고 사진 한 장이 첨부돼 있었다. 별관 앞에서 윌로가 핍과 함께 찍은 셀카로 '알파 걸과 베타 걸'이라는 제목을 붙여야 어울릴 법한 사진이었다. 하지만 윌로는 핍이 기자로 취업할 수 있도록 준비 작업을 해준 사람이었다. 선라이트 프로젝트 직원이 핍과 보안상 안전하게 연락하려면 암호화된 문자 메시지를 사용하는 방법이 유일하다는 걸 알 텐데, 어째서 윌로는 이메일을 보냈을까? 그것도 어설프게 사진 파일까지 첨부해서? 핍은 톰의 집 와이파이를 사용해 그 이메일을 열었다는 사실을 잊어버리려 애썼다.

오늘 밤 인턴들과 어울리면서 마가리타 네 잔만 마시고 그만두길 잘했다 싶었다. 그동안 해온 거짓말과 이 집 안에 맴도는 긴장감을 고려해볼 때 조만간 백수가 돼서 다시 거리에 나앉을 듯했다. 운이 다 된 모양이었다. 어떻게 해야 할지는 알고 있었다. 안드레아스를 배신하고 톰과 레일라에게 사실대로 털어놓아야 마땅한데 차마 그들을 실망시킬 수가 없었다.

그렇다고 입을 다물어버리면 살인자에 미친 남자, 믿을 수 없는 자를 보호하게 되는 것이다. 핍의 입장에서는 안드레아스와의 끈을 놓아버리기도 쉽지 않았다. 안드레아스는 이미 그녀의 머릿속을 휘저어놓았고, 핍 역시 덴버에 와 살면서도 안드레아스의 비밀을 알고 신경 쓰이게 만드는 존재로서 그의 머릿속을 휘젓는 불건전한 기쁨을 맛본 터였다. 안드레아스에 대한 불신을 매일 떠올리지 않게 되다 보니 그가 가진 권력과 명성, 자신에 대한 특별한 관심 때문에 핍은 그와의 성적 판타지를 더욱 키워나갔다. 안드레아스는 사랑의 주요 지표에서는 0점짜리였지만 그 외의 다른 면에서는 일반적인 기준을 넘는 남자였다.

핍은 매일 밤 잠들기 전에 안드레아스에게 문자를 보냈고 답장이 오기 전까지는 휴대전화를 끄지 않았다. 그가 보낸 이메일 첨부 파일을 연 것보다 차라리 그와 동침하는 게 덜 나쁜 짓이고 도덕성을 덜 포기하는 짓이었으리라는 생각도 들었다. 왜, 왜, 도대체 왜 기회가 있었을 때 그와 동침하지 않았을까? 톰에 대한 안드레아스의 걱정이 근거 없음을 확인한 핍은 볼리비아에서 도망친 게 후회됐다. 스파이웨어를 심은 건 무의미하고 절대 해서는 안 될 죄였다. 차라리 안드레아스 곁에 머물면서 쾌락의 죄를 범하는 편이 나았다.

우리 조직에 심어놓은 기자는 없어요.

우리에 대한 조사도 없고요.

확실해?

T는 대표님을 좋아하는 것 같던데요!

베를린에서 일어난 일에 대해

L에게 그동안 입도 뻥긋 안했더라고요.

정말 확실해?

예, 믿어도 돼요.

그가 베를린에 대해서는 뭐라고 말했어?

그냥 대표님을 안다고요.

그게 다야?

예! 피해망상 멈춰도 돼요.

그리 쉬우면 좋게.

펍은 자신의 은밀한 사진을 안드레아스에게 보내고 싶은 충동을 애써 참았다. 펍은 안드레아스와 헤어지고도 계속 충성하는 제일 최신 여자였다. 그런 만큼 그녀의 뇌는 나무 숟가락으로 휘저어져 변화되는 과정이 여전히 진행 중이었다.

그런 뇌의 상태를 톰과 레일라에게 감추는 것은 어렵지 않았지만, 그런 상태를 감추기 위해 엄마를 보러 펠턴에 들르지 못하고 볼리비아에서 덴버로 곧장 날아와야 했다. 엄마는 펍의 마음에 관해서라면 통찰력이 무서울 정도로 대단했다. 펍은 덴버에 도착해 엄마와 통화를 하면서 뇌의 상태를 극구 감췄다.

"퓨리티, 넌 볼리비아에서 아빠에 대해 알아낼 수 없었다고 말했는데 거짓말이었니?"

"아뇨. 내가 엄마한테 거짓말을 왜 해요?"

"정말 아무것도 알아내지 못했어?"

"그렇다니까요!"

"그럼 왜 덴버로 갔는지 이유를 말해보렴."

"기자가 되고 싶어서요."

"왜 하필 덴버야? 왜 하필 그 온라인 잡지인데? 집에서 가까운 다른 언론사에서 일해도 되잖아."

"엄마, 당분간은 내가 알아서 살아볼게요. 엄마도 나이가 들어가고 있으니까 언젠가는 엄마 곁으로 다시 돌아갈 거예요. 2년만 좀 떨어져 살아보면 안 돼요?"

"안드레아스 볼프가 너더러 거기로 가라고 하던?"

펍은 움찔했다. "아뇨. 마침 여기서 인턴을 구해서 신청했어요."

"이 나라에서 인턴을 뽑는 신규 언론사가 거기뿐이야?"

"엄마는 그냥 시간대가 다르니까 싫어하는 거잖아요."

"퓨리티. 다시 물을게. 엄마한테 사실대로 말하는 거 맞지?"

"그렇다고요! 왜 자꾸 물어요?"

"린다가 컴퓨터를 쓸 수 있게 도와줘서 그 언론사 웹사이트를 봤어. 직접 보고 싶어서."

"그래서요? 사이트 멋지죠? 진지하고 글이 잔뜩 올라가 있는 탐사 뉴스 잡지거든요."

"아무래도 네가 사실대로 말하고 있지 않다는 느낌이 들어."

"사실이에요! 진짜, 사실이라고요!"

핍의 엄마는 냄새에 대단히 민감했고 도덕적 결함에 대해서는 더욱더 민감했다. 엄마는 핍이 덴버에서 도덕적으로 잘못된 짓을 하고 있다는 걸 감지했고 핍은 그런 엄마에게 화를 낸 것이었다. 핍은 엄마에게 들은 어떤 말 때문에 이미 안드레아스를 거부했다. 엄마의 이상에 맞춰 살기 위해 핍은 본인이 원하는 것보다 훨씬 가치 있게 행동하며 살아야 했으니 칭찬받아 마땅하다는 생각이었다. 물론 이 상황을 숨기고 있으니 엄마가 알 리 없지만, 그래도 나무라는 말을 듣고 싶진 않았다.

하지만 그렇게 통화를 한 후로 엄마는 토라져버렸다. 전화에 메시지를 남겨도 답이 없었고, 참다못해 핍이 다시 연락을 했을 땐 기쁘게 전화를 받아주는 게 아니라 한숨과 침묵으로 불쾌감을 표시하면서 핍의 의무적인 안부 질문에 대해서도 단답형으로 대답했다. 핍도 성질이 나서 아예 전화를 안 하기로 했고, 톰과 레일라가 사는 집으로 들어가 살게 됐다는 얘기도 당연히 하지 않았다. 잠시 톰과 레일라와 함께 살면서 핍은 그들 같은 부모 밑에서 자랐으면 사회에 잘 적응한 유능한 인재가 됐으리라는 생각을 했다. 그들과 살면서 핍은 정서적으로 안정되어 친부를 찾는 일을 인생의 최우선 과제로 삼지는 않게 됐다. 그렇지만 그들이 부모면 좋겠다는 생각을 하면서 핍은 펠턴에서 혼자 살고 있는 엄마가 가여워졌다. 엄마는 가난해도 최선을 다해 살아온 사람이었다. 핍의 인생은 관련된 모든 사람을 배신하는 음모 그 자체인 듯했다. 이제 톰이 핍에게 딴마음을 품게 됐으니 핍은 본의 아니게 어쩔 수 없이 또 배신을, 레일라에 대한 배신을 하게 생겼다. 그래서 핍은 안드레아스와의 야간 문자 교환에 더욱 매달렸고 그러고 나서는 종종 자신의 몸을 더듬곤 했다.

조심스럽게 욕실 쪽으로 걸어가는데 톰이 코 고는 소리가 계속 들렸다. 아래층에서 커피 향기와 함께 조용히 키보드 두드리는 소리가 들려왔다. 핍은 레일라도 가여웠고, 자신에게 매혹된 듯한 톰도 불쌍했다. 물론 안드레아스와 콜린도 안타까웠다. 아무래도 동정과 배신은 서로 연관돼 있는 듯했다.

침대로 돌아온 핍은 안드레아스에게 문자를 보냈다. 늦은 밤이라 답문은 오지 않았다. 그냥 잠이나 자야겠다는 생각을 하면서도 핍은 답답한 마음에 문자를 또 보냈다.

여기 심은 스파이웨어를 저절로 없어지게 할 방법 있을까요?

아무래도 T는 숨기는 게 없는 것 같아서요.

내 입장이 곤란해요. 이 사람들 참 좋은 사람들이에요.

T가 저한테 마음이 있는 것 같아 걱정돼요.

대표님을 내 안에서 느끼고 싶어요. 정말 그러고

자위를 하면서 자극을 받으려고 마지막 문자를 타이핑하다가 아니다 싶어 지우고 있는데 로스볼카네스에서 답문이 왔다.

너도 그에게 마음이 있어?

핍은 깜짝 놀랐다. 지금 볼리비아는 새벽 4시였다.

아뇨! 그는 레일라 거예요.

난 반대 안 해.

나는 그 사람한테 마음 없어요.

나 때문에 아닌 척할 필요는 없어.

아닌 척이 아니라,
내가 좋아하는 나이 많은 남자는
바로 대표님이에요.

핍은 무모한 만용에 대한 그의 대답을 기다리고 온갖 추측을 하며 10분을 보냈다. 이미 두 번이나 그를 거절했으면서도 그의 관심을 붙잡아두려고 앙큼하게 굴고 있었다. 하지만 지금 안드레아스와의 문자는 핍에게 거의 섹스나 다름없었다. 핍은 한 번 더 문자를 보냈다.

미안해요. 괜한 말을 했나 봐요.
아직 깨어 있죠? 내가 보낸
다른 문자들은 씹을 거예요?
스파이웨어를 저절로
없어지게 할 방법이 있나요?

난 더 이상 널 원하지 않아.

그 문자에 핍은 턱을 강타당한 기분이었다. 깜짝 놀라 휴대전화에서 손을 떼자 휴대전화가 다리 사이로 떨어졌다. 그가 톰을 질투하는 걸까? 그렇다면 오해를 바로잡아야 했다. 핍은 다시 휴대전화를 집어 들었다. 손이 떨려 오타가 나자 욕을 내뱉으며 문자를 찍었다.

내 몸은 대표님한테 사로잡혀 있어요.

후회돼서 죽을 것 같아요.

알아서 극복해. 난 널 원하지 않아.

화났어요?

화나지 않았어. 솔직하게 말한 거야.

이제 나한테 문자하지 마. 대답하지 않을 거니까.

흐느껴 울며 옆으로 쓰러진 핍은 이불을 끌어당겨 머리까지 덮었다. 자신이 무엇을 잘못했는지 알 수가 없었다. 핍은 톰에게 관심이 없다고 말한 것뿐이었다. 그런데 왜 안드레아스는 핍을 벌주고 있을까? 핍은 이불 밑에서 괴로움에 몸부림치며 안드레아스의 문자에 담긴 진의를 파악해보려 안간힘을 썼다. 그러다 온통 땀범벅이 되고 숨이 막혀 이불을 걷어내고는 아래층 식당으로 내려갔다. 식당에서는 레일라가 일을 하고 있었다.

"아직 안 자고 있었어?"

레일라는 애써 미소를 지었으나 가짜로 꾸며낸 미소는 아니었다. 핍은 식탁 맞은편에 앉았다. "잠이 안 와서요."

"앰비언 한 알 줄까? 나한테는 없는 게 없어."

"워싱턴에서 뭘 알아냈는지 얘기해줄 수 있어요?"

"앰비언 갖다줄게."

"아뇨. 기자님이 일하는 동안 여기 앉아 있게 해주세요."

레일라는 다시 핍에게 미소를 지었다. "난 네가 원하는 걸 솔직하게 말해서 좋더라. 난 그렇게 잘 못 하거든."

레일라의 미소를 보면서 핍은 안드레아스의 잔인한 문자로 인해 받은 고통을 조금이나마 덜어낼 수 있었다.

"그래도 노력을 좀 해보자면, 난 내가 일하는 동안 네가 여기 앉아 있는 게 별로야."

"아." 펍은 크게 상처를 받았다.

"신경 쓰여서. 기분 나쁘지 않지?"

"그럼요. 올라가볼게요. 그냥— "

감정이 북받쳤다. 감정이 욱하고 올라왔다.

"왜 요즘 저한테 이상하게 그러는지 모르겠어요. 저는 기자님한테 아무 짓도 안 했어요. 앞으로도 기자님한테 상처 줄 짓은 절대 안 할 거예요."

레일라의 입은 여전히 미소를 머금고 있었으나 눈을 번뜩이며 증오 비슷한 감정을 드러냈다.

"조용히 일하게 해주면 고맙겠어."

"제가 가정파괴범 같아요? 제가 정말 기자님한테 그런 짓을 할 거라고 생각해요?"

"고의로 그러지는 않겠지."

"그럼 제 잘못도 아닌데 왜 이러는데요?"

"넌 네 아버지가 누군지 아니?"

"아버지요?" 당황한 펍은 무례할 정도로 표정과 몸짓으로 감정을 드러냈다.

"궁금하긴 해?"

"이 일이 제 아버지와 무슨 상관이죠?"

"그냥 물어보는 거야."

"그럼 묻지 마세요. 평생 낙인찍혀 살았어요. '조심해라. 아빠 없는 애다'라는 낙인요. 제가 아무리 아빠 없이 컸어도 모든 나이 든 남자들과 섹스를 할 생각은 없어요."

"미안해."

"짐 싸서 내일 나갈게요. 원하시면 일도 그만둘 거고요."

"난 둘 다 원하지 않아."

"그럼 뭐 어쩌라고요? 부르카*라도 쓰고 다닐까요?"

"앞으로 나는 찰스와 함께하는 시간이 더 늘어날 거야. 넌 톰과 함께 이 집에서 살면서 해결해야 할 일이 있으면 잘 해결을 보도록 해."

"해결이고 뭐고 할 게 없어요."

"내 말은—"

"저는 두 분이 제정신이고 정상인 줄 알았어요. 그래서 두 분을 사랑했던 것도 있어요. 그런데 기자님은 저를 실험용 쥐처럼 이 집에 두고 나가려 하시네요. 다른 쥐와 함께 살면서 어떻게 되는지 지켜보겠다는 거겠죠."

"그런 뜻이 아니야."

"분명히 그런 것 같은데요."

"내가 톰이랑 좀 싸웠어. 그게 다야. 앰비언 갖다줄까?"

핍은 앰비언을 먹고 잠이 들었고, 잠에서 깨어나니 집에 아무도 없었다. 창밖에는 콜로라도 특유의 연한 회색빛 하늘이 펼쳐져 있었다. 아침 하늘이 그런 상태일 때는 오후의 날씨를 예측할 수 없음을 핍은 경험으로 알고 있었다. 눈이 올 수도 있고 깜짝 놀랄 만큼 기온이 따뜻해질 수도 있었다. 옅은 구름으로 뒤덮인 하늘이 마음 상태와 비슷하게 느껴져 핍은 고마웠다. 안드레아스와의 관계가 끝났다는 것은 곧 해방을 의미했다. 핍은 상처를 입었지만 전보다 깨끗해졌음을 느꼈다. 냉동 와플을 해동해서 먹은 후 걸어서 덴버 도심으로 이동했다.

대기에서 봄 냄새가 났다. 그리고 등 뒤에 펼쳐진 눈으로 뒤덮인 로키산맥은 앞으로 살면서 해야 할 일이 많음을 일깨워주었다. 에스테스 파크로 가서 근거리에서 로키산맥을 경험해보기도 그중 하나였다. 톰에게 스파이웨어 긴

* 무슬림 여자들이 얼굴을 비롯하여 온몸을 휘감는 데 쓰는 천.

에 대해 털어놓고 캘리포니아로 돌아가기 전에 에스테스 파크에 가면 될 것이다. 상쾌한 공기를 들이마시며 자백할 때가 되었음을 느꼈다. 밤늦게 안드레아스와 문자를 주고받고 자위를 하며 사는 동안에는 덴버 인디펜던트에 스파이웨어를 심어놓고 그 일에 관해 톰에게 말하지 않을 명분이라도 있었다. 그동안 안드레아스에게 사로잡혀 노예처럼 시키는 대로 한 것이니까. 그러나 안드레아스와의 관계가 끝난 지금, 그런 명분은 사라졌고 덴버에서 지금 같은 삶을 영위할 수도 없게 됐다. 그런 삶을 누리기 위해 아무리 대단한 노력을 기울였어도 소용없었다. 모든 것은 거짓말에 바탕을 두고 있었으니까. 이제 핍은 거짓말을 실토하고 깨끗해지고 싶었다.

덴버 인디펜던트에 들어가 자신이 얼마나 이곳을 사랑하는지를 깨닫기 전까지 핍의 결심은 확고했다. 주요 작업 공간의 천장 조명은 전부 꺼져 있었다. 기자 두 명이 회의실에 있었고, 책상 조명이 켜진 자기 자리에서 통화 중인 레일라의 예쁜 목소리가 들려왔다. 핍은 자백을 피할 수 있을지 고민하며 복도에서 망설였다. 스파이웨어를 슬쩍 없앤다면? 하지만 레일라의 기분을 상하게 만든 일은 그렇게 쉽게 없앨 수 없었다. 톰이 핍을 너무 좋아해서 레일라가 화가 난 거라면, 속내를 모두 털어놓아야만 레일라의 분노를 가라앉힐 수 있을 것이다. 핍은 레일라를 피해 먼 길을 빙 돌아서 톰의 사무실로 향했다.

사무실 문은 열려 있었다. 핍을 보자마자 톰은 얼른 컴퓨터 마우스에 손을 얹었다.

"죄송합니다. 바쁘세요?"

잠시 동안 톰은 죄지은 사람 같은 표정이었다. 무어라 말을 할 것처럼 입만 뻥긋거리다가 자세를 바로 하고 핍에게 안으로 들어와 문을 닫으라고 말했다.

"우리가 지금 전투 모드라서. 아니, 레일라가 전투 모드지. 나는 레일라를 돌봐주고 있고. 레일라는 다른 언론사에 특종을 뺏길까 봐 엔진이 바짝 달아 있어."

핍은 문을 닫고 의자에 앉았다. "어제 보니까 대단한 정보를 가져온 것 같기는 했어요."

"엄청난 정보지. 큰 기사가 될 것 같아. 우리를 제외한 모든 이들에게 재앙이 될 수도 있어. 우리가 잘만 터뜨리면 우리한테 상당히 도움이 되겠지. 레일라는 자네 도움을 받아야 하니, 자네한테도 자세히 설명해줄 거야."

"진짜 무기가 없어진 거래요?"

"그렇기도 하고 아니기도 해. 진짜 무기는 커틀랜드 공군 기지를 떠난 적이 없어. 아마겟돈*은 피한 셈이야."

톰이 의자 등받이에 기대앉자 그의 멋없는 안경테에 형광등 불빛이 반사되었다.

"자네가 태어나기 전이었을 걸로 아는데, 전에도 아마겟돈 시계의 카운트다운이 시작됐던 적이 있었어. 미국참여과학자연맹 소속 과학자들이 조정하는 지구 종말 시계** 말이야. 당시 12시 4분 전까지 갔었는데, 군축 회의가 새로 한 차례 열리고 나서 12시 5분 전으로 늦춰졌어. 당시에는 모든 게 다 그랬지만, 지금 들으면 케케묵은 헛소리 같지. 도대체 어떤 시계가 거꾸로 갈까?"

톰은 정작 해야 할 말을 감추기 위해 머리에 떠오르는 대로 떠드는 것 같았다.

"그 시계는 아직도 있잖아요."

"그렇지."

"편집장님 말대로 케케묵은 소리로 들리기는 해요. 요즘 사람들은 전보다 광고 해독력이 좋아졌잖아요."

---

* 요한계시록에 나오는 지명으로, 인류의 종말을 야기하는 최후의 전쟁터.

** 핵전쟁 위기를 상징적으로 알려주는 시계.

톰은 껄껄 웃었다. "1975년에 지구 종말 시계가 실은 12시 5분 전이 아니었던 걸로 판명됐어. 그랬으면 이미 우린 다 죽었겠지. 당시는 9시 15분이었다고 하더군."

핍의 자백 시계의 카운트다운은 자정까지 1초 남겨놓고 있었다.

"어쨌든 레일라가 지금 많이 예민한 상태야. 워낙 위축감을 주지 않는 인상이라 사람들은 레일라가 얼마나 경쟁심이 강한지 잘 몰라."

"전 조금은 알게 됐어요."

"2년 전에 레일라는 도요타 리콜 사건 취재에서 남들보다 꽤 앞서 있었어. 아니, 그랬다고 생각했지. 레일라는 누구보다 꼼꼼하게 취재해서 아주 박살을 내려고 했는데 갑자기 정부 당국의 연락선들이 이상한 얘기를 하더라는 거야. 〈저널〉 기자한테서 굉장한 얘기를 들었다면서. 그런데 그 전까지 그 연락선들은 아무것도 모르고 있었고 당연히 레일라한테도 아무 얘기 안 하고 있었는데 갑자기 사건의 전말을 다 알고 있더래! 알고 보니까 〈저널〉 기자가 밤새 초고를 썼고, 〈저널〉은 벌써 변호사한테 검증까지 다 받았더래. 최악이었지. 불과 이틀 전까지만 해도 저만치 뒤처져 있던 기자한테 뒤통수를 맞은 거야. 그 기자가 쓴 기사를 출처로 언급하면서 후발 기사를 쓰는 것보다 기분이 더 더러울 수 있을까. 이번에도 〈워싱턴 포스트〉가 커틀랜드 공군 기지 건의 냄새를 맡은 모양이야. 레일라가 어제 그걸 알았어. 아직까지는 우리가 앞서 있지만 크게 앞서 있지는 않을 수도 있어."

"초고를 쓰고 있는 중인가요?"

"그러느라 요즘 밤을 새우고 있지. 레일라가 계속 지금 같은 상태인 걸 보느니 차라리 다른 언론사에 뒤통수를 맞는 게 낫겠다 싶을 정도야. 레일라가 그나마 정신을 차릴 수 있도록 자네가 나를 도와줘야겠어."

핍은 어제 레일라의 심경을 어지럽힌 것이 후회가 됐다. 어쩌면 레일라는 그저 일 때문에 압박감이 심했던 것뿐일 수도 있었다.

톰이 앞으로 몸을 기울였다. "있잖아. 개인적으로 자네한테 물어볼 게 있어."

"사실은 제가—"

"어젯밤에 우린 자네 아버지에 대해 얘기를 나눴어. 생각을 해봤는데 자네는 뛰어난 자료 조사원이잖아. 아버지를 찾아보려고 해봤어?"

핍은 미간을 찌푸렸다. 왜 사람들은 핍의 아버지에 대해 늘 물어볼까? 죄책감의 틀 속에서 핍은 괴상한 생각이 들었다. 어쩌면 안드레아스가 자신의 아버지일지 모른다고, 그래서 엄마가 안드레아스에게 그토록 적대적이었던 거라고, 톰과 레일라는 스파이웨어 건에 대해서도 이미 알고 있고 핍 자신보다도 핍에 대해 더 잘 알고 있다고, 안드레아스가 핍의 아버지라고. 정신 나간 생각 같지만 나름 논리가 있었다. 역겹고 죄스러운 논리.

"예, 해봤어요. 그런데 엄마가 본인 발자취를 아주 잘 숨겼어요. 제가 알아낸 거라곤 엄마 이름이 가짜라는 것과 제 대략적인 생년월일뿐이에요. 그 생년월일에 비춰보면 제가 학년마다 그 나이에 알맞은 체격이긴 했어요. 기존의 제 출생증명서는 당연히 가짜였고요."

톰의 표정에는 불안할 정도로 따뜻한 애정이 담겨 있었다. 핍은 눈을 내리깔았다.

"사실 저는 그렇게 좋은 사람이 아니에요."

"무슨 소리야? 자네가 안 좋은 사람일 건 또 뭔데?"

핍은 깊게 숨을 들이마셨다. "제가 늘 사실대로 말한 건 아니었잖아요."

"뭐가? 자네 아버지에 대해서?"

"아뇨. 그 부분은 사실이에요."

"그럼 뭐가 사실이 아닌데?"

어서 말해. 당장. 난 캘리포니아가 아니라 볼리비아에 있다가 왔다고…….

그때 문 두드리는 소리가 들렸다.

톰이 의자에서 일어섰다. "들어와요. 들어와."

레일라였다. 레일라는 핍을 흘끗 쳐다보고 톰에게 말했다. "저넬 플레이너와 통화했어. 전에 저넬이 했던 얘기를 어젯밤에 곱씹어봤는데, '누가 벌써 이 일에 대해 들었을지도 모르죠'라고 했던 말이 마음에 걸려서."

"레일라." 톰이 부드럽게 그녀를 달랬다.

"끝까지 들어봐. 피해망상이 아니라고. 저넬은 분명히 그렇게 얘기를 했고 조금 전에 통화해서 확인했어. 역시 다른 누군가와 이 건에 대해 얘길 했었더라고. 나보다 먼저. 코디의 사진이 페이스북에 올라가 있었을 때 저넬은 유명한 기밀 누설자한테 메시지를 보냈대. '선샤인 보이스'라고 했어. 선샤인 보이스. 사람들이 비밀스러운 정보를 보내는 곳."

핍은 두 번에 걸쳐 온몸이 상기되었다. 처음에는 약한 열기였으나 이어 온몸이 불타듯 달아올랐다.

톰은 약간 긴장한 투로 물었다. "그래서?"

"그게, 저넬은 그쪽에서 연락을 받지는 못했대. 아무 일도 일어나지 않은 거지."

"잘됐네. 해피엔딩이잖아. 그는 지금 볼리비아에 있어서 이 건을 건드리기가 쉽지 않겠지. 이 정도 건을 커버하려면 현장에 지상군이라도 투입해야 가능할 테니까."

"흠, 볼프는 저넬한테 받은 사진들을 업로드조차 하지 않았어. 하루에 스무 건씩 여과도 없이 업로드를 하면서 말이야. 어떤 이유가 있어서 업로드를 안 한 것 같기도 해."

"난 별로 걱정 안 되는데."

"난 심하게 걱정돼."

"레일라. 그는 이 건에 대한 정보를 1년 가까이 쥐고만 있었는데, 지금부터 닷새 안에 갑자기 터뜨릴 이유가 있을까?"

"이런 건은 끓는점이라는 게 있어. 밤사이에 별안간 모든 사람들이 이 건에 대해 떠들기 시작할 수도 있다고. 그자가 입 한번 뻥긋하면 모든 게 끝장이야.

〈워싱턴 포스트〉에서 냄새를 맡은 것도 마음에 걸리지만, 그 남자가 먼저 사건에 대해 파악을 했다면—"

"잠을 못 자서 세상이 더 끔찍하게 보이는 거야. 지금 코끼리 등에 타고 있는 건 바로 당신이야. 애머릴로부터 앨버커키까지 점들을 연결할 수 있는 사람은 당신뿐이라고."

"사람들은 코끼리를 훔치지. 늘 그래왔어."

"굳이 걱정거리를 짊어져야겠으면 차라리 〈워싱턴 포스트〉 걱정을 해."

레일라는 지친 얼굴로 웃었다. "이미 죽어라 걱정하고 있어. 커틀랜드 마약 스캔들 건에서 〈워싱턴 포스트〉이 나보다 며칠은 앞서 있을 거야. 어쩌면 몇 주일 수도 있고. 핵탄두 건의 세부 사항을 확인하면서 커틀랜드 마약 건까지 같이 하려니 무리야."

"병행해서 잘할 수 있을 거야. 우리가 먼저 기사를 내기만 하면 〈워싱턴 포스트〉가 세부 사항을 더 챙긴다고 해도 상관없어. 그들은 우리가 만든 수프에 소금을 치는 것밖에 안 되니까. 그쪽에서 마약 건을 먼저 기사로 낸다고 해도 우린 지구 종말의 핵탄두 건으로 뒤따라 기사를 내면 돼."

"그쪽하고 협력할 생각 정말 없는 거야?"

"제프 베조스*처럼 합자라도 하자고? 당신이 그런 질문을 하다니 믿어지지가 않네."

"그럼 내가 망가지는 꼴을 보든가."

톰의 시선은 사무실에서 나가는 레일라의 뒤를 좇았다. "나도 레일라가 힘들어하는 걸 보고 싶지 않아. 레일라는 남한테 질 것 같으면 꼭 세상이 끝장날 것처럼 군다니까."

---

* 아마존닷컴의 설립자 겸 최고경영자.

펍은 지금까지 착각했었나 싶었다. 톰은 레일라 말고 다른 여자에게 눈이 돌아간 남자처럼 보이지 않았다.

"휴대전화 있지?"

"제 휴대전화요?"

"〈워싱턴 포스트〉에 전화 몇 통만 할게. 몇 통 걸어서 토요일에 누가 근무를 하고 있는지 확인해야겠어. 내가 염두에 두고 있는 사람들이 사무실에 없으면 레일라도 걱정을 덜 해도 되겠지."

펍은 진실을 자백하러 왔지만 휴대전화를 안 가져왔다는 거짓말을 하고 싶었다. 휴대전화에 안드레아스와 모의한 범죄행위에 관한 문자가 담겨 있기 때문이었다. 하지만 휴대전화를 안 가져왔다는 것은 멍청하고 납득도 안 되는 핑계였다. 펍은 마치 작은 폭탄을 내밀듯 톰에게 휴대전화를 건넸다. 그리고 사무실을 나와 문 앞에 서 있었다. 그렇게 가까이 있으면 톰이 휴대전화 안의 문자를 읽지 못할 거라는 생각이었다.

너무 겁이 나서 오늘은 도저히 자백을 못 할 것 같았다. 지금 생각한 대로 만약 펍이 톰의 관심을 착각한 거라면, 안드레아스의 스파이웨어를 삭제하는 것만으로는 해결이 불가능할 정도로 상황이 끔찍하게 꼬여버리고 말 것이다. 톰이 미소를 지으며 사무실 밖으로 나오자 펍은 휴대전화를 받아 들고 여자 화장실 칸으로 들어가 문을 잠갔다.

나를 원하지 않는다니, 나를 진짜 못된 년으로 생각하나 봐요. 그래요, 난 그런 년일지도 몰라요. 여기 설치한 스파이웨어를 삭제할 수 있는지 알려줘요. 삭제할 수 있으면 꼭 해줘야 돼요. 대표님 때문에 내 입장이 엄청 곤란해요. 대표님을 만난 적 없는 것처럼 살고 싶어요. 과거를 모두 지우고 여기서 살고 싶어요. 나를 생각하는 마음이 조금이라도 있다면 답장해줘요. 답장이 없으면 T에게 모든 걸 다 말할 거예요. 그래요, 이건 협박이에요.

펍은 문자를 보내고 레일라의 자리로 갔다. 레일라는 또 통화 중이었다. 펍은 잘못을 뉘우치는 것처럼 보이려 고개를 숙이고 통로에 서 있었다. 레일라가 통화를 끝내자 펍이 말을 걸었다. "신경 쓰이게 해서 미안해요. 내 도움도 거절할 만큼 화 많이 났어요?"

레일라는 날카롭게 대꾸를 하려다가 생각을 고친 듯했다. "우리 그 얘기는 하지 말자. 이번 주에 넌 기자로서 일을 해야 돼. 자료 조사원이나 유숙객이 아니라. 나랑 같이 일할 수 있겠어?"

"기자님이랑 일하는 거 정말 좋아요."

펍이 맡게 된 첫 번째 업무는 테네시주에서 처형당한 듯 보이는 두 여자의 죽음에 관한 기본적인 사실을 수집하는 것이었다. 확인을 해보니 레일라에게 들은 섬뜩한 얘기와 일치하는 것으로 드러났다. 처녀 때 성이 케닐리인 두 여자, 그러니까 두 자매는 각기 다른 도시에서 거의 같은 시간에 납치됐다. 두 시신 모두 성폭행에 의한 외상은 없었고 공식적인 발표에 따르면 경찰은 시신 주변에서 총알을 발견하지 못했다. 그녀들의 남자 형제인 리처드 케닐리의 입원과 실종에 관해 조사를 해나갈수록 펍은 레일라에게 이 일을 그만두겠다고 협박하듯 말했던 것이 성급하고 유치한 짓으로 느껴졌다. 톰과 레일라와 한집에 살기로 한 것은 분명 실수였지만 이 일을 선택한 것은 실수가 아니었다.

펍은 문자 메시지를 확인하러 몇 번이나 여자 화장실을 들락거렸지만 문자는 오지 않았다. 톰과 함께 집으로 가 늦은 저녁을 먹고 침대에 누운 뒤, 예전에 안드레아스와 문자를 주고받던 시간이 되어서야 비로소 문자가 왔다.

방법이 있는지 첸에게 물어볼게.

펍은 답문을 보내지 않고 휴대전화를 껐다.

안드레아스가 대답하지 않겠다고 한 맹세를 깨고 문자를 보내게 만든 것만으로도 핍은 기분이 좋았다. 어린애가 아니라 권력을 쥔 어른이 된 기분이었다. 물론 이것도 도덕적인 어른이 할 짓은 아니지만 도덕률에 매달리는 것도 알고 보면 어린애 같은 짓이었다. 레일라가 도심에 위치한 이 사무실의 본인 책상에서 자정 너머까지 홀로 앉아 기사 초안을 작성하며 개인적인 슬픔을 견뎌내는 것은 그녀가 어른이기 때문이었다. 레일라의 강한 모습을 보며 핍은 안드레아스를 새로운 시각으로 보게 됐다. 남의 비밀을 공개하는 데 집착하는 어린애 같은 남자. 안드레아스의 손이 바지 속으로 들어왔던 걸 생각하면 기분이 나빠 몸서리가 쳐졌다. 어른들은 비밀을 쭉 빨아들여 마음속 깊이 간직하기 마련임을 이제 알았다. 아니, 안 것 같았다. 머리는 반백지만 여러모로 어린애나 다름없는 엄마도 적어도 한 가지 면에서는 어른이었다. 자기만의 비밀을 지키면서 그 대가를 치르고 있다는 것. 우리 그 얘기는 하지 말자라던 레일라의 말처럼, 핍은 비밀을 간직하고 해야 할 일을 하면서 굳이 비밀을 털어놓지 않고 덴버 인디펜던트에서 계속 근무하는 자신의 모습을 상상해보았다.

어른다움에 대한 새로운 생각은 그 후 며칠간 핍의 머릿속에 계속 맴돌았다. 기사와 관련해 확인 작업차 워싱턴으로 출장을 갔던 레일라는 의기양양하면서도 한층 더 초조해진 얼굴로 (레일라의 취재원 한 명이 '댁만 이 건을 취재하는 게 아니다'라는 말을 했다고 했다) 돌아와 또다시 밤을 새워 초안을 완성했다. 그리고 목요일 아침에 변호사가 기사를 검토했다. 핍도 일을 돕느라 잠을 거의 못 잤지만 이대로 잘만 되면 레일라의 기사에 추가 보도 기자로 이름이 오를 수도 있었다. 핍은 안드레아스 생각을 하거나 스파이웨어가 삭제가 됐는지 아닌지를 놓고 전전긍긍하느라 진을 빼지 않고 미친 듯이 일에 매달리며 사실관계를 점검했다. 사무실에는 우스꽝스러우면서도 흥미진진한 긴장감이 감돌았다. 그 모든 게 사회적 유용성과는 무관한 게임에 불과하다는 면에서 우스꽝스럽고 《워싱턴 포스트》보다 한 시간 또는 하루 먼저 기사를 내는 게 뭐 그리 중요할까?) 맨해튼 프로젝트*와 비슷하다는 점에서 흥미진진했다. 그들은 수개월에 걸쳐 정보 폭탄을 만들어왔고 이제 폭탄을 터뜨리기 위해 대기 중이었다.

핍은 덜 필수적인 사항들의 사실 여부를 계속해서 확인했고, 마침내 금요일 아침에 기사가 게재되었다.

사고로 좌절된 뉴멕시코주 핵무기 도둑질

실종된 범인은 멕시코 카르텔 및 커틀랜드 공군 기지 약물 남용과 관련된 것으로 드러나. 텍사스주 무기 공장에서 최초로 상황이 알려져

레일라는 열도 식힐 겸 집에 가서 잠을 자고 내셔널 퍼블릭 라디오와 케이블 뉴스와의 인터뷰 시간에 맞춰 오겠다고 사무실을 나갔다. 소셜미디어 팀은 대응을 위해 전투 진지를 구축했고 평소보다 사무실로 전화가 많이 걸려오긴 했지만, 정보 폭탄을 터뜨린 것치고 사무실 분위기는 크게 흔들리지 않았다. 다른 기자들은 각자 맡은 기사를 작성 중이었고 톰은 한 시간 넘게 사무실에 틀어박혀 있었다. 정보 폭탄 폭발의 충격파와 방사선파는 사이버 공간에서 퍼져나가고 있었다.

필리샤 배브콕이 털어놓은 핵탄두 위에서의 섹스 이야기가 한 단락짜리 기사로 나가게 되어, 핍은 필리샤 배브콕과 연락하기 위해 드라이브인 패스트푸드점 소닉의 매니저와 통화 중이었다. 그런데 정보 기술 관리자인 켄 윔볼드가 핍의 자리로 찾아왔다. 그는 핍이 필리샤의 근무시간을 메모지에 적는 동안 기다리고 있다가 톰이 보잔다고 전했다. 핍은 마지못해 자리를 떴다. 사실

---

* 2차 세계대전 중에 미국이 주도하고 영국과 캐나다가 공동으로 참여한 핵폭탄 개발 프로그램.

확인을 말끔하게 해야 한다는 강박이 있어서, 사소한 부분이라도 확인을 하지 않고 기사가 올라가는 것을 참을 수 없었다.

톰은 두 손을 깍지 끼고 입에 갖다 댄 자세로 책상 앞에 앉아 있었다. 깍지를 어찌나 세게 꼈는지 서로 맞물린 손가락 관절들이 하얗게 질려 있었다. "문 닫아." 그가 말했다.

핍은 문을 닫고 의자에 앉았다.

"누가 자네를 여기로 보냈지?"

"지금요?"

"아니. 덴버로 보낸 사람이 누구냐고. 답을 알고 있지만 자네 입으로 직접 들어야겠어."

핍은 입을 열었다가 다물었다. 그동안 핍은 기사의 사실 확인 작업에 깊이 몰두한 나머지, 톰이 정보 기술 관리자와 왜 사무실 안에 틀어박혀 있는지 궁금해할 틈도 없었다.

톰은 핍을 쳐다보지도 않고 말을 이었다. "화는 나지만, 전적으로 자네 책임은 아니라고 생각하고 싶어. 그러니까 솔직하게 말해."

핍은 말을 하려다가 침을 꼴깍 삼키고 다시 입을 열었다. "말씀드리려고 했어요. 지난 토요일에요. 그때 얘기 못 드려서 죄송해요."

"그럼 지금 말해."

"못 하겠어요."

"어째서?"

"저를 미워하실 것 같아서요. 레일라 기자님도 저를 미워하시겠죠."

톰은 스테이플러로 찍은 서류 더미를 책상 너머 핍에게 던졌다. "우리 사무실 네트워크에 관한 켄의 보고서야. 우린 보안이 철저하게 잘돼 있어. 기존에 알려진 모든 형태의 스파이웨어의 침입을 막아왔지. 그런데 기존에 알려지지 않은 스파이웨어가 눈에 띈 거야. 완전히 생경한 시그니처를 가진 스파이웨어였어. 시간이 걸리기는 했지만 켄은 결국 그걸 찾아냈어."

핍은 눈앞이 아득해졌다. 보고서의 글자들이 흐릿하게만 보였다.

"알고 있었어?"

"확실히는 몰랐지만 걱정은 했어요. 열면 안 되는 걸 알면서도 제가 이메일 첨부 파일을 열었거든요."

톰은 또 다른 서류를 핍에게 던졌다. "이건 어떻게 생각해? 우리 집 컴퓨터에 관한 켄의 보고서야. 집에서도 의심스러운 첨부 파일을 열었어?"

"한 번요……."

톰은 손으로 책상을 내리쳤다. "배후에 누가 있는지 말해!"

"못 하겠어요." 핍은 울먹거렸다.

"지난 2주일 동안 우리 집 컴퓨터의 하드 드라이브를 싹 긁어 갔어. 우리가 자네를 고용하고 사흘 후부터 우리 회사 네트워크는 아예 펼쳐놓은 책이나 다름없었다고. 내가 이번에 게재한 기사의 소재를 누가 나한테 가져왔지? 페이스북 사진들을 나한테 가져온 인턴이 누구야? 바로 자네잖아. 작년 여름에 이미 그 사진들을 확보한 기밀 누설자의 이름을 대."

"몰라요."

"말하라고!"

핍은 눈물을 흘렸다. "죄송해요! 저도 창피해서 미치겠어요!"

톰은 핍 쪽으로 갑 티슈를 밀어주고 팔짱을 낀 채 핍의 눈물이 그치기를 기다렸다.

핍은 코를 훌쩍거리며 말했다. "제가 거짓말을 했어요. 사실 볼리비아에서 6개월 동안 있었어요. 선라이트 프로젝트에서 일을 했고요. 거기서 그 페이스북 사진들을 얻었어요. 그 사람한테서요. 그 부분에 대해 편집장님한테 거짓말을 했어요. 그것 말고도 온통 거짓말을 해댔죠. 정말 죄송해요. 이렇게 엉망이 될 줄 알고 있었어요."

"정말 알고 있었어?"

"예! 기밀 출처도 그렇고 데이터베이스도 그렇고 전부 다요. 알고 있었어요. 그래요. 정말 죄송합니다."

톰의 시선은 핍이 아닌 보이지 않는 어떤 존재에게 고정돼 있었다.

"오클랜드에서 독일 여자를 만났어요. 저더러 볼리비아에 가라고 했어요. 선라이트 프로젝트에서 제 아빠를 찾는 일을 도와줄 거라고 하면서요. 그래서 거기 갔죠. 그리고 그 남자는—"

"이름을 말해."

"못 해요. 그 남자가 저한테 특별히 관심을 보였어요. 저한테 어떤 얘기도 해줬는데, 편집장님도 아실 거예요."

"계속 얘기해봐."

"자기가 누굴 죽였다고 했어요. 그리고 그 얘기를 저 말고 딱 한 사람한테 털어놨는데 그게 편집장님이라고 했어요. 제가 아빠 찾는 걸 포기하고 떠나겠다고 했더니 그 남자가 저더러 이 회사로 가라고 한 거예요. 그는 자기가 한 짓을 편집장님이 세상에 알릴까 봐 두려워했어요. 저한테 이메일로 첨부 파일을 보낸 것도 그 사람이에요. 그 파일이 어떤 건지 알면서도 저는 그걸 열었어요. 하지만 그게 다예요. 맹세해요."

톰은 손가락 끝으로 이마를 꾹 눌렀다. "자네는 왜 그 남자를 위해 그런 일을 했지?"

"모르겠어요! 그 사람한테 미안했어요. 그 사람이 저를 많이 좋아했거든요. 저는 응답을 해야 한다고 생각했고, 응답을 하기는 했는데 잘하지는 못했어요. 그 사람은 엄청 유명한 사람이니까 저도 모르게 그런 거예요. 하지만 곧 그 사람이 싫어졌어요. 그래서 그 사람은 상처를 받았고요. 모르겠어요. 그래서 그 사람한테 뭔가 빚진 기분이었던 것 같아요. 전 여기 와서 너무 행복했는데, 모든 게 이렇게 끔찍하고 더러운 꿈처럼 돼버린 거예요."

"더럽다고."

"전 그 남자와 섹스를 하진 않았어요. 정말이에요."

"자네가 누구와 섹스를 하든 내가 왜 신경을 써야 하지?"

그때 전화벨이 울렸다. 톰은 전화기를 쳐다보며 코드를 뽑은 후에도 전화기에서 시선을 떼지 않았다.

"어쨌든 저는 자진해서 공범 노릇을 했어요. 경찰을 부르고 싶으면 부르세요."

"불러서 뭐 하게?"

"저를 처벌하시라고요."

"난 거짓말쟁이를 용납하지 않는 사람이야. 그래서 자네가 사직서를 내고 자네 어머니가 있는 집으로 돌아가는 게 최선이라고 생각은 하지만, 자네를 처벌하고 싶지는 않아."

핍은 체포당한 적도, 교장실에 불려 간 적도, 아버지에게 큰 소리로 꾸지람을 들어본 적도 없었다. 살면서 나쁜 짓을 몇 번 하긴 했지만 번번이 애교를 부리거나 불쌍한 척을 하거나 선의에서 한 일이라고 주장하면서 빠져나갔기 때문에 가혹한 비난을 받은 적이 없었다. 그런데 지금 이 자리에서 된통 혼나고 있는 것이었다. 혼을 내는 사람이 하필 톰이라는 게 핍에게는 잔인하고 이례적으로 느껴졌다. 톰이라는 사람의 기준만큼은 거스르고 싶지 않았다. 어른답고 남자다운 면, 면도를 한 살집 좋은 두 뺨, 벗어진 머리, 비뚜름하게 맨 넥타이, 유행을 거스르는 안경만 보더라도 톰은 헛소리를 용납하지 않는 사람이라는 인상을 풍겼다. 핍은 배신으로 실망시킨 사람이 톰이어서 몹시 비참하고 슬펐다.

톰은 정보 기술 보고서 페이지를 넘기며 말했다. "사무실 침입은 크게 걱정이 안 돼. 그 남자의 사업이 기밀 출처를 얼마나 잘 지키느냐에 달려 있는 만큼 우리 사무실의 기밀도 지켜줄 공산이 크니까. 최악의 경우라고 해봤자 기삿거리를 가로채는 정도겠지. 내가 걱정되는 건 우리 집에 있는 내 컴퓨터야."

"죄송해요. 제가 멍청했어요. 선라이트 프로젝트에서 알고 지냈던 여직원 한 명이 이메일로 첨부 파일을 보냈더라고요. 열지 말았어야 했는데."

"그 후에 우리 집에 있는 내 컴퓨터에 접속한 적 있어?"

"제가요? 아뇨! 제가 어떻게 접속을 해요? 비밀번호 걸어놓지 않으셨어요?"

"소프트웨어에 누가 사용한 흔적이 있어."

"전 모르는 일이에요. 그 첨부 파일에 스파이웨어가 있다는 것도 전 몰랐어요. 그러니까, 혹시나 하고 걱정은 했지만 확신은 못 했어요."

"그 남자가 자네한테 비밀번호를 알려주지 않았어?"

"아뇨."

"그러니까 자네는 내 컴퓨터의 하드 드라이브에 있는 문서를 못 봤다 이거지. 그 남자가 자네한테 그 문서의 일부를 보낸 적도 없다?"

"없어요! 저는 그 남자와 연락을 끊었어요!"

"내가 자네 말을 왜 믿어야 하지? 우리한테 계속 거짓말만 했는데."

"편집장님과 레일라 기자님은 저한테는 영웅이에요. 두 분을 염탐하는 짓은 절대 안 해요. 읽으면 안 되는 자료라면 절대 읽지 않아요. 저는 두 분을 동경한다고요."

"만약에 그 남자가 자네한테 지금이라도 서류를 보낸다면? 어떻게 할 텐가?"

"편집장님의 서류인 걸 알면 절대 읽지 않을 거예요."

톰은 길게 한숨을 쉬었다. 참고 있던 숨을 내뱉어서인지 어깨가 축 처지는 모습이었다. 핍은 얼마나 대단한 서류이기에 핍이 읽을까 봐 저렇게 걱정을 하는지 의아했다. 다른 사람도 아니고 톰이 숨기고픈 비밀이 있다는 건 상상조차 할 수 없었다.

[le1o9n8a0rd]

[l e 1 o 9 n 8 a 0 r d]

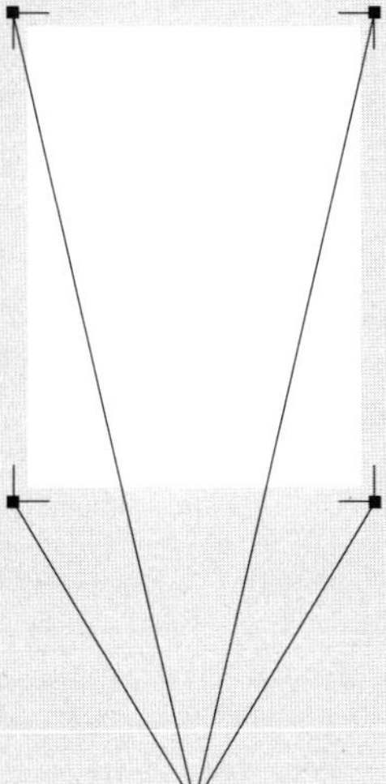

나와 애너벨의 밀회는 우리가 이혼 판정을 받자마자 시작됐다. 내가 그녀를 버렸다고—'유기'는 뉴욕주의 법이 인정하는 몇 안 되는 이혼 사유였고, 애너벨이 가장 크게 부당한 대우라고 느꼈던 사유였다—소장에 명기하는 조건으로 나는 이스트 할렘 지역의 소중한 임대료 규제 공동주택을 되찾았고, 애너벨은 혼자 살겠다며 뉴저지주의 숲으로 떠났다. 맨해튼이 애너벨에게 가하는 고통은 굳이 말할 필요도 없기에 나는 125번가를 가로질러 버스를 타고 168번가까지 지하철을 타고 간 뒤, 시간이 훨씬 오래 걸리면서 언제나 멀미를 유발하는 버스를 타고 허드슨강을 건너 점점 메말라가는 개발지를 가로질러서 뉴저지주 넷콩의 북서쪽 언덕으로 꾸역꾸역 가야 했다.

나는 2월에 두 번, 3월에 두 번, 4월에 한 번 이 여행을 했다. 5월 마지막 주 토요일 아침 7시경 술에 취해 침대에 뻗은 지 얼마 되지 않아 전화기 울렸다. 나는 벨 소리를 듣기 싫어 전화를 받았다.

"아. 음성 사서함에 메시지로 남기려고 했는데." 애너벨이 말했다.

"끊을 테니까 메시지 남겨."

“아니, 30초면 충분해. 맹세하는데 다시 말려드는 일은 없을 거야.”

“애너벨.”

“우리에 대한 너의 견해를 거부한다고 말하려고 전화했어. 전적으로 거부해. 그게 내 메시지야.”

“다시는 전화를 안 하는 걸로 내 견해를 거부할 수는 없어?”

“안 말려들 거야. 네 머리가 어떤 식으로 작동하는지 잘 알아. 너는 침묵을 조건부 항복으로 해석하잖아.”

“당신의 침묵을 그런 뜻으로 해석하지 않겠다고 약속했는데 기억 못 하나 보네. 지난번에 우리가 얘기를 나눌 때 그렇게 약속했어.”

“이제 끊을게. 그리고 좀 솔직해져, 톰. 너의 그 약속이 야비한 속임수였다는 걸 인정하라고. 넌 그런 식으로 결정적 발언을 한 것뿐이잖아.”

나는 전화를 귀와 입 가까이 대고 매트리스에 내려놓았다. “이 대화가 30초 넘게 이어지고 있는 게 내 탓이라고 비난하는 단계에 도달한 건가? 아니면 곧 그 단계에 도달할 거라고 예상해야 돼?”

“아니, 나 전화 끊을 거야. 네가 우리 관계를 완전히 잘못 생각하고 있다는 걸 분명히 말해두고 싶었어. 그게 전부야. 이만 끊을게.”

“알았어. 끊어.”

하지만 애너벨이 전화를 끊을 리 없었고 나 역시 그녀를 위해 전화를 끊어줄 수 없었다.

애너벨이 말했다. “넌 내 젊음을 빨아먹고 날 버렸지만 난 널 비난하지 않아. 사실 나는 여기서 즐겁게 잘 살고 있고 일도 술술 잘 풀리고 있어. 내 행복에 넌 손톱만큼도 기여한 게 없지. 나를 ‘진짜 세상’을 상대할 ‘준비가 안 된’ 사람으로 보는 이에게는 믿어지지 않는 소리겠지만.”

“‘내 젊음을 빨아먹고 날 버렸’다고 하지만 그걸로는 도발이 안 돼. 30초 음성 메시지를 남길 생각이었다며.”

"그러려고 했어! 그런데 네가 반응을 하니까—"

"그래, 내가 반응을 했어, 애너벨. 내가 굳이 지적해야 돼? 당신이 먼저 내 번호로 전화를 걸어서 내가 반응을 한 거잖아."

"그래, 알았어, 이게 다 내가 자신감이 없어서 그런 거겠지, 안 그래? 내가 진짜 눈물겹도록 자신감이 없어서."

4주 전 나는 애너벨을 만나 즐겼지만 단 한 순간도 행복이나 편안함을 느끼진 못했다. 그녀와 즐긴 후에도 상처받고 시달린 기분이었고 폭탄이 터져 내 기억이 움푹 팬 듯했으나 또다시 그녀와 즐기고 싶은, 희미하지만 넌더리 나는 욕구를 떨칠 수 없었다.

"나를 만나고 싶어서 그래? 내가 그리로 갈까? 그래서 전화한 거야?"

"아니! 만나고 싶지 않아! 네가 양해해준다면 난 이만 전화를 끊고 싶어!"

"당신은 늘 이렇게 전화를 해서 나를 만나고 싶은 건 아니라고 딴소리를 했지. 그렇게 두 시간쯤 통화를 하다가 결국 나를 만나고 싶은 뜻을 내비쳤어."

"네가 굳이 여기로 와서 나를 만나겠다면 품위 있게 여러 단어들을 사용해서 그런 의중을 표현해야—"

"그래, 알았어—"

"역겨운 비난을 하면서 초대 같지 않은 초대를 할 게 아니라, 존중하는 여자와 시간을 보내고 싶은 남자처럼 점잖게 굴라고—"

"그래, 알았어. 오늘은 이미 너무 늦었네. 당신은 은밀히 나를 만나고 싶겠지만, 시간이 너무 늦었어. 우리가 만나게 되면 어쩔 수 없이 같이 자야 하니까—"

"교활하게 얘기를 그렇게 꼬네. 네가 아니라 내가 원해서라 이거지. 네 삶이 형편없는 게 아니라 내 삶이 형편없는 거라고—"

"어쩔 수 없이 같이 자야—"

"너랑 자기 싫어! 널 보고 싶지도 않아! 내가 전화를 한 건 그런 이유 때문이 아니란 말이야! 그냥 간단하게 몇 마디 하려던 건데—"

"새벽 3시나 4시에만 전화를 했어도 우리가 같이 잘 수 있었을 거야. 전에도 그랬듯이, 거기까지 세 시간을 이동해서 갔다 오고 나면 출근해서 상태가 엉망이 되겠지만. 당신한테 굳이 상기해주자면 말이야."

"네가 여기 와서 나랑 같이 산책을 하면 괜찮을 것 같아. 그냥 그렇다고. 하지만 그러려면 네가 산책을 원한다고 말해야 돼."

"전화를 건 사람은 내가 아닌데."

"만나자는 말을 꺼낸 건 너잖아. 이제라도 솔직하게 말해."

"당신이 원하는 게 그거야?"

"네가 만남을 원하고 인간답게 제대로 말을 한다면 가능할 수도 있어."

"나도 완전히 똑같은 생각인데. 그래서."

"그래, 내가 전화했어. 그러니까 넌 최소한—"

"나더러 뭘 어쩌라고?"

"한순간이라도 방어막을 내리고 얘기하면 내가 널 해치기라도 할 것 같아? 내가 뭘 어쩌려는 것 같은데? 널 내 노예로 만들까 봐? 강제로 나랑 다시 결혼하게 만들까 봐? 그냥 산책하자는 거야, 맙소사, 단순한 산책이라고!"

이런 대화를 또 두 시간 가까이 이어가고 싶지 않아서—A는 B가 대화를 길게 끌어가기 위해 중요한 발언을 했다는 걸 증명하려 들 테고 B는 그런 A의 시도에 분명히 반발할 것이므로, 또한 대화를 글로 옮겨 적어놓지 않은 까닭에 B가 A로 하여금 대화의 시작 부분을 억지로 기억을 통해 복원하게 만들었다는 얘기로 이어질 게 뻔하므로, 그리고 B가 복원한 기억은 일부 중요한 부분에 있어서 A가 복원한 기억과 달라 어쩔 수 없이 두 가지 복원을 순서대로 짜 맞추기 위해 시간을 들여 공동의 노력을 해야 한다는 이유로—나는 뉴저지로 가서 애너벨과 산책하기로 동의했다.

애너벨은 수잰의 부모님이 소유한 땅에서 영혼을 씻어내고 있었다. 수잰은 애너벨의 어린 시절 친구이자 유일한 팬이었다. 내가 애너벨에게 이혼을 요구하고 제일 먼저 한 일 중 하나는 바로 수잰과 동침한 것이었다. 수잰은 애너벨을 대신해 일종의 대사 자격으로 나를 만나 같이 저녁을 먹으러 갔다. 수잰의 애초 목적은 나를 설득해 이혼하지 않게 하려는 것이었으나, 그녀 역시 애너벨의 나에 대한 불평과 뉴욕의 예술계에 관한 수다를 밤마다 두 시간씩 전화로 듣고 있던 터라 몹시 지쳐 있어서, 나는 수잰을 설득해 애너벨을 배신하게 만들었다. 애너벨이 나만큼이나 절실하게 이혼을 원하도록 만들고 싶었던 것인데 상황은 내 의도대로 흘러가지 않았다. 애너벨은 수잰과 절교했고, 자기가 가진 모든 것을 끊임없이 훔치거나 오염한다고 나를 비난했다. 그러나 애너벨의 특이한 도덕률 미적분학에 따르면 수잰과 나는 애너벨에게 빚을 진 것이었다. 이혼 후에도 나는 애너벨의 전화를 받고 만남을 가졌고, 수잰은 부모님이 소유한 뉴저지주의 땅에서 애너벨이 계속 살게 해주었다. 수잰의 부모님은 이미 뉴멕시코주로 이사를 간 상태였고 그 땅을 팔려고 내놓았지만 말도 안 되게 높은 가격이라 아무도 사지 않았다.

얼어붙을 것처럼 추운 버스는 숲속 어느 교차로에 나를 뱉어놓았다. 숲의 높은 습도로 인해 잠시 눈동자가 흐릿해졌다. 열기로 인해 통금 시간이 생길 정도로 숲은 몹시 빽빽하고 무성하여 온실과 다름없었다. 나무 뒤에 숨어 있던 애너벨이 걸어 나왔다. 그녀의 환한 미소는 아무리 생각해도 부적절했다. 그녀의 미소를 대하는 내 표정 또한 기괴하고 부적절했다.

"안녕, 톰."

"안녕, 애너벨."

그녀의 드물게 숱 많은 검은 머리카락. 애너벨은 잠을 자거나 명상을 하는 시간을 제외하고 갈기 같은 그 머리카락을 정교하게 관리하는 일에 점점 더 치중했고 염색 횟수도 계속 늘어났다. 그녀의 머리카락은 푹푹 찌는 여름의 수증기 속에서 더욱 숱이 늘고 찬란해졌다. 허리띠 없는 코르덴 바지와 딱 달라붙는 격자무늬 반소매 셔츠 사이에 열세 살 소녀 같은 매끈한 배가 드러나 있었다. 당시 그녀의 나이는 서른여섯이었다. 나는 서른네 살을 두 달 남겨놓고 있었다.

가까이 다가가려고 생각한 순간 애너벨이 말했다. "가까이 와도 돼."

내가 결정을 못 내리자 그녀가 덧붙였다. "싫으면 말고."

벌레투성이 교차로에 버스가 뿜어낸 매연이 남아 있었다.

"우린 이곳에 완벽히 안 어울리는 부류야." 내가 말했다.

"우리가? 너만 그런 거 아니고? 난 안 어울린다고 느낀 적 없는데."

의미상으로 따져볼 때 어떤 사람이 애너벨과 안 어울린다고 하면, 그 사람은 애너벨이 살고 있는 지역 사람과도 안 어울린다고 나는 지적하고 싶었다. 하지만 애너벨과 대화를 하려면 필히 논리 나무를 고려해야 했다. 애너벨이 발언을 할 때마다 나는 다양한 답변들 중 하나를 선택할 수 있는데, 내가 하게 될 각각의 답변에 따른 애너벨의 각기 다른 발언에 대해 나는 또 여러 가지로 답변을 준비해야 했다. 그러다 보면 여덟 내지 열 단계 만에 논리의 위험한 나뭇가지에 걸려들게 되어, 그 나뭇가지에 이르게 된 단계를 절망적일 정도로 천천히 되짚어가며 중립적인 시작점을 찾아야 했다. 그리고 단계를 되짚어가는 중에 나는 어쩔 수 없이 상황을 꼬이게 만드는 대답을 일정 비율 하고 마는 것이었다. 그래서 나는 우리가 처음 함께했던 순간부터 각별히 말조심을 해야 한다는 것을 깨달았다.

"오늘 밤에 도시로 돌아가는 마지막 버스를 타야 되는데, 그 시간이 굉장히 일러. 8시쯤이야." 내가 말했다.

애너벨의 얼굴이 달아올랐다. "안 잡아."

버스에서 내린 순간부터 하늘은 꾸준히 회색을 덜어내고 있었다. 누가 그릴이라도 켜놓은 것처럼 내 온몸에 땀이 솟았다.

애너벨이 말했다. "넌 내가 널 붙잡으려 한다고 늘 생각하더라. 넌 여기 오고 싶지도 않은데 내가 불러서 왔다고 하고. 이제 여길 떠나고 싶은데 내가 널 여기 붙잡아두려 한다는 거잖아. 늘 여기로 왔다 갔다 하는 사람은 넌데, 넌 내가 널 조종하는 것처럼 생각하고 있어. 네가 그 정도로 무력감을 느낀다면 내 무력감은 얼마나 클지 상상해봐."

나는 조심스럽게 입을 열었다. "나도 그 얘길 하려고 했어. 언젠가는 해야겠다고 생각하고 있던 참이야. 나중으로 미루면 당신 모르게 숨기려 했다는 오해를 받을 수도 있으니까."

애너벨은 기분 나쁜 표정으로 갈기를 손으로 툭 쳤다. "당연히 나를 실망시키겠지. 네가 굳이 8시 11분 버스를 타려고 한다면 내 마음은 찢어질 거야. 넌 아직도 우물쭈물하면서 그렇게 서 있잖아. 너한테 들러붙어 숨 막히게 만드는 전처에게 이 가슴 아픈 소식을 언제 전해야 제일 좋을지 고민하면서."

"당신이 굳이 그 얘길 끄집어내니까 하는 말인데, 내가 버스를 타든 안 타든 나름의 위험성이 있어."

"왜 나를 적으로 여기는지 모르겠어."

주요 도로로 차들이 다가오고 있었다. 나는 그 옆 좁은 도로로 걸음을 옮겨 애너벨 쪽으로 향했다. 애너벨은 내가 여기서 밤을 보내지 않으면 자기가 실망할 줄 아느냐고 물었다.

내가 대답했다. "아마 약간은 실망하겠지. 내일 종일 다른 계획이 없다고 당신 입으로 말했잖아."

"내가 언제는 뭘 계획하고 살았어?"

"그건 그렇지. 굳이 내일 다른 계획이 없다고 말한 이유도 그래서일 테고—"

"그래서 내일 나랑 시간을 보내지 않기로 결정하면 비난을 받겠구나 하고 너 혼자 머릿속으로 해석했구나."

나는 숨을 들이마셨다. "일말의 진실이 있기는 해."

"아, 그렇구나. 내가 널 정말 만나고 싶었던 건지 문득 확신이 안 서네."

"날 여기로 초대해서 하루의 반을 버스에서 보내게 만들기 전에 그 얘길 해줬으면 좋았을 텐데."

"초대한 적 없어. 네가 오겠다고 하니까 그러라고 한 거지. 그 두 가지는 완전히 달라. 그런데 넌 적대감에 가득 찬 상태로 여기 나타나서는 얼마나 빨리 여길 떠날지에 대한 얘기부터 하네. 네 입에서 제일 먼저 나온 말이 바로 그거였잖아."

"애너벨."

"너는 종일 버스를 탔고, 나는 여기 앉아서 널 기다렸어. 누가 더 힘들었을까? 누가 더 비참했을까?"

애너벨과 논리 나무에 맞춰 대화를 나눠봤자 구차해지기만 했다. 이런 사소한 말다툼에서 굳이 이겨야 하나, 지난 12년 동안 죽어라 싸우고도 여전히 또 싸워야 하나 싶어 심란해질 뿐이었다. 마치 이미 오래전부터 약간의 쾌락도 주지 못하는 물질에 여전히 중독돼 있는 자신을 바라보는 것 같았다. 우리가 엄격히 비밀리에 만남을 갖는 것도 그래서였다. 이렇게 숲속 깊은 곳에서 서로를 만나는 것은 그런 우리 자신이 창피해서였다.

나는 어깨에 배낭을 걸쳐 멨다. "산책이나 하자."

"그래! 이렇게 서서 얘기나 하는 걸 내가 원할 줄 알았어?"

스토크스 주립 공원 숲의 가장자리를 따라 작은 길이 뻗어 있었다. 봄에 비가 많이 내려서 도랑이며 연달아 이어지는 목초지, 돌이 많은 경사진 숲까지 온통 환상적인 초록색으로 식물의 왕국을 이루었다. 공기 중에는 꽃가루가 잔뜩 휘날리고, 부풀어 오른 잎사귀를 몸에 두른 나무들은 생식을 위한 하얀 먼지를 짊어진 채였다. 우리는 녹슨 대문 사이를 비집고 들어가 오래된 흙길로 내려갔다. 빗물에 거칠게 씻긴 흙길은 숫제 개울 바닥 같았다. 조만간 울창하게 자란 것을 후회하게 될 잡초들—이미 정상보다 더 크게 자란 잡초들, 스테로이드를 맞은 잡초들, 기울어져 휘어지고 추해지게 될 잡초들—이 양옆에 높이 솟아 있어서 우리는 한 줄로 걸어가야 했다.

"네가 왜 오늘 저녁 '돌아가야만' 하는지 내가 물어보면 안 되겠네."

"안 될 것도 없어."

"네가 위노나 라이더와 브런치 데이트를 했다는 얘기가 들려오면 난 너무 가슴이 아플 것 같아."

애너벨은 이제 이혼을 했으니 내가 자기보다 젊고 예쁜 여자들과 데이트를 하는 데 관심이 있으리라 추정하면서 그걸 툭하면 대화 주제로 삼았다. 하지만 나는 내일 브런치가 아닌 저녁 식사 약속이 있었고, 상대는 여자가 아니라 애너벨이 혐오해 마지않으며 10년 이상 안 보고 산 그녀의 아버지였다. 이혼 후에도 이렇게 상습적으로 다시 만나게 되리라는 것이 명료하게 증명됐음에도 불구하고, 나는 다시는 애너벨에게서 소식을 듣지 못할 수도 있다고 여기며, 비난받을 걱정 없이 애너벨의 아버지를 만나기로 한 것이었다.

"요즘 계집애들은 그런다며? 만나서 '브런치'를 먹는다고 하더라. 영어 단어 중에 브런치보다 역겨운 단어는 없을 거야. 키슈 로렌*과 소시지 기름을 섞은 냄새랄까."

"어젯밤에 잠을 못 자서 그만 돌아가 좀 자야 돼."

"아, 그래. 내가 널 깨웠다 이거지. 그래서 난 그 벌을 받아야 하는구나."

나는 참고 대꾸하지 않았다. 지난번 애너벨을 찾아와 즐겼던 기억이, 잊고 있던 그 기억의 덩어리들이 떠오르기 시작했다. 그러나 기억이 떠오른다기보다는 마치 그 순간을 다시 체험하는 기분이었다. 과거와 미래가 톰과 애너벨의 땅에서 뒤섞였다. 뉴저지의 하늘은 낮게 매단 찜통 속에서 휘돌며 응집되는 보드라운 털 같았다. 어두워졌다가 군데군데 무작위로 노랗게 밝아져 태

---

* 파이 껍질에 치즈·베이컨·양파 따위를 넣고 단맛이 없는 커스터드를 쳐서 구운 요리.

양의 실제 위치도, 지금이 몇 시인지도, 동쪽과 서쪽이 어느 방향인지도 가늠할 수 없었다. 애너벨을 따라 한때 델라웨어족이 출몰했던 숲으로 들어가면서 나는 점점 방향감각을 잃어갔다. 그 시간은 5시이면서 1시이고 7시였고 지난달이면서 내일 오후이기도 했다.

애너벨은 줄곧 내 앞에서 걸어갔다. 코르덴 바지를 입은 그녀의 엉덩이가 내 시야 바로 앞에 있었다. 애너벨은 덩굴옻나무를 이리저리 피해 사슴처럼 긴 다리로 사슴이 다져놓은 흔적을 따라 나를 이끌었다. 애너벨은 이혼 전 몇 년간 극심한 영양실조 환자 같은 모습이었으나 이제는 그렇지 않았다. 그래도 여전히 날씬하기는 했다. 갈비뼈와 허리 주변의 곡선이 바람에 날카롭게 벤 눈 더미 같았다.

갈색으로 녹슨 것 같은 푹신한 솔잎을 밟으며 비탈을 내려가는데 애너벨이 셔츠 단추를 푸는 모습이 보였다. 잠시 후 그녀의 허리 양옆으로 셔츠 자락이 펄럭였다. 애너벨은 뒤돌아보지 않고 그대로 언덕을 달려 내려가기 시작했다. 도로에 비하면 숲은 숨 막히게 더웠다! 나는 전처를 따라 말라붙은 호수 옆 자그마한 공터로 향했다. 호수는 그 부근에 서 있는 모든 나무들을 물에 잠기게 해 죽인 후 말라붙은 모양이었다. 하늘처럼 금속성 회색을 띤 커다란 고목들이 숲을 이루었다. 은빛 왜가리가 하늘로 날아올랐다.

"여기야." 애너벨이 말했다. 이끼와 바위, 맨흙이 깔린 곳이었다. 애너벨은 셔츠를 훌훌 벗고 돌아서서 내게 몸을 보였다. 그녀의 젖꽃판은 너무나 크고 터무니없을 만큼 붉디붉어서 차마 쳐다볼 수가 없었다. 크림색 비단 같은 피부에 상처가 생겨 피가 번져나간 듯했다. 나는 옆으로 시선을 돌렸다.

"네 앞에서 덜 수줍어하려고 노력하고 있어." 그녀가 말했다.

"오늘은 기분이 좋은가 봐."

"나 좀 봐."

"알았어."

그녀의 얼굴이 상기되자 이마에 가늘고 길게 난 상처 자국이 도드라졌다. 어린 시절 승마 사고의 흔적이었다. 그 사고로 애너벨은 앞니 두 개가 거의 다 부러져 그 위에 치관을 씌웠는데 그 사이가 약간 벌어져 있었고, 그 틈새는 내 눈에 언제나 섹시했다. 어서 안으로 들어오라는 듯한 작은 틈새는 그 안에 숨겨진 혀를 떠올리게 했다.

애너벨은 나를 향해 가슴을 살짝 흔들고는 수줍게 몸을 떨며 너도밤나무를 껴안았다. "어때, 환경보호 운동가 같지."

그때부터 우리는 지금까지의 흐름을 거슬러 논리 나무의 단일한 줄기를 따라 쭉 미끄러져 내려갔다. 예-아니요로 연결된 분점들은 모두 '동의'로 수렴되었다. 예, 예, 예. 나는 옷을 벗었다. 이혼한 전처를 만나러 오면서 작은 배낭에 콘돔을 여섯 개나 챙겨 온 터였다.

델라웨어족 여인처럼 이끼와 흙이 깔린 바닥에 엎드린 애너벨은 콘돔 따윈 필요 없다고 말했다.

"어째서 필요가 없어?"

"그냥."

"그 논의는 나중에 하자." 나는 일단 콘돔 하나를 뜯었다.

1991년 당시 나는 너무 말라서 몸뚱이라고 할 것도 없을 정도였다. 주요 감각 부품이 몇 개 붙어 있는 외투걸이 철사로 만든 틀에 불과했다. 큰 머리에 붙은 손 몇 개, 폭압적으로 발기하거나 늘어져 있는 성기, 그 외에는 아무것도 없었다. 마치 호안 미로의 그림처럼 나는 개념으로만 존재했다. 그 개념이 여섯 배로 늘어난 상태로 나라는 기묘한 장치는 경치 좋은 델라웨어 협곡으로 끌려와 애너벨과 내가 함께 이뤄낸 불쾌한 개념의 일부가 되었다.

우리의 행위는 아늑하지도 다정하지도 않았다. 딱딱하고 지저분한 흙바닥에 엎드린 그녀를 외투걸이 철사로 만들어진 기계장치가 맹렬하게 범하고 있을 뿐이었다.

아프냐는 물음에 애너벨은 반어적으로 눈을 반짝이며 대답했다.

“그 정도로…… 아프지는 않아…… 내가 판단하기에는…….”

애너벨의 머리 옆에 축구공만 한 돌덩어리가 있었다. 나는 그녀가 너무 겁이 나서 대놓고 요구할 수 없는 어떤 행위를 유도하고자 일부러 그 바위 옆에 엎드린 게 아닌가 생각했다. 나더러 그 돌덩어리를 들어 그녀의 두개골을 박살 내달라는 의미인 걸까.

나는 더욱 세게 그녀를 밀어붙였다. “어때?”

“이제 좀 아파.”

우리가 해온 지금까지의 언쟁은 아무 의미도 없었다. 우리가 해온 무한한 대화에 0을 곱하면 그저 모든 게 0이 되어버리는 것과 같았다. 우리는 다시 섹스를 하기 위해 헤어졌고, 광란의 충동적인 섹스를 위해 이혼했다. 우리의 섹스는 아무리 언쟁을 해도 스스로를 구원할 수 없었던 거대한 허탈감에 격노하는 방식이었다. 이 순간만큼은 언쟁을 명예롭게 놓아버려도 좋았다. 그러나 섹스가 끝나자 또다시 아무것도 남지 않았다.

애너벨이 돌과 흙이 깔린 바닥에 엎드린 채 조용히 흐느끼는 동안 나는 바지의 다리통과 속옷의 위상 관계를 정리했다. 왜 우냐고 묻지 않는 게 낫다는 것을 나는 잘 알고 있었다. 만약 그 질문을 한다면 우리는 어둠이 내릴 때까지 또 언쟁을 하게 될 것이었다. 차라리 다시 산책을 시작하고 좀 걷다가 아까는 왜 울었냐고 묻는 편이 나았다.

애너벨은 일어서서 셔츠를 입으며 뾰족하게 내뱉었다. “이제 얻을 걸 다 얻었으니 다시 도시로 돌아가면 되겠네.”

“당신은 원치 않았다는 식으로 말하지 좀 마.”

“네가 원한 건 오직 그것뿐이었잖아. 그러니까 이제 돌아가라고. 지금 한 번 더 하고 돌아가고 싶은 게 아니라면.”

나는 팔뚝에 내려앉은 모기를 손바닥으로 내리치며 손목시계를 보았으나 시간을 읽어낼 수가 없었다.

애너벨이 따지고 들었다. "우리가 왜 아이를 낳으면 안 되는지 이유를 말해 봐. 네가 뭐라고 설명했는지 기억이 안 나."

문득 머리가 어찔어찔했다. 애너벨이 아이에 대한 얘기를 꺼내자 나는 가슴이 철렁했다. 아무리 애너벨의 기준에서 따져보더라도, 단 몇 분간의 섹스에 대한 대가치고는 터무니없이 비싸다는 생각이 들었다. 그녀는 잔인할 정도로 신속하게 청구서를 들이밀고 있었다.

"기억나? 난 무슨 얘기가 오갔었는지 기억이 안 나네." 그녀가 말했다.

"그 얘기로 다섯 시간 가까이 또 언쟁을 해보자 이거지. 시간과 장소에 참 잘 어울리는구나."

"넌 그때 '나중에 얘기하자'고 했고, 지금이 바로 그 나중이야."

나는 모기를 또 한 마리 죽이며 내뱉었다. "갑자기 모기가 물어뜯네."

"나는 늘 물어뜯기면서 살아."

"그런 쪽으로 언쟁을 하자는 줄 몰랐어."

"내 말뜻 몰라?"

나는 바지 주머니에 들어 있는 불룩하고 울퉁불퉁한 콘돔을 손으로 만지작거리며 말했다. "글쎄. 다른 파트너들과의 얘기라든가 유행병학적인 논쟁을 하고 싶으면 해."

"그런 얘긴 듣고 싶지도 않아."

"여긴 모기가 엄청 많으니 자리를 옮기자."

"여기가 어디인지 알기나 해? 돌아가는 길 알아?"

"아니."

"결국 버스를 타려면 내 도움을 받아야 하잖아."

논리 나무 사이에서 길을 잃고 헤매지 않으려면 극도로 조심해야 했다. 그러나 애너벨이 뿜어내는 열, 그녀의 등과 우리 둘이 나눈 액체의 상호작용으로 인한 열기, 그녀의 머리에서 풍기는 희미하지만 무시할 수 없는 메인 테일 샴푸*의 향기에 취해 나는 사고의 흐름이 둔해졌다. 나는 결과가 어찌 될지 알면서도 애너벨이라는 아편을 먹었다. 나는 간절히 말했다. "음, 당신이 나를 버스에 타게 두지 않으리라는 걸 난 이미 알고 있어."

"타게 두지 않는다니. 하아."

"당신이 아니라 우리가. 우리는 내가 버스를 타게 두지 않을 거라고."

하지만 말실수는 돌이킬 수 없었다. 애너벨은 거칠게 스니커즈를 신으며 말했다. "그래, 가서 기다리자. 툭하면 내 탓을 해대니 나도 못 참겠어. 네가 버스를 놓친 걸 내 잘못으로 여기기 싫어."

애너벨은 우리 사이의 무언가가 고칠 수도 없고 누굴 탓할 수도 없는 채로 망가졌다는 것을 인정하고 싶어 하지 않았다. 지난번에도 우리는 이런 식으로 만나 화장실에 가는 시간을 빼고 아홉 시간 동안 쉬지 않고 말다툼을 했다. 그때 나는 우리가 불행에서 벗어나려면 서로를 그만 포기하고 완전히 연락을 끊는 수밖에 없다고 애너벨에게 분명히 납득시킨 줄 알았다. 장장 아홉 시간에 걸친 언쟁을 하고 나니 속이 메스꺼워 치료를 요할 정도였다. 애너벨이 오늘 아침 전화를 걸어와 거부하겠다고 했던 '우리에 대한 너의 견해'가 바로 그 아홉 시간에 걸친 언쟁 끝에 내가 제시했던 견해였다. 그렇다면 애너벨의 견해는 뭐였을까? 알 수 없었다. 애너벨은 도덕적으로 자기 확신이 너무도 강해서 나는 그녀와 얘기를 하다 보면 대화가 진전되고 있다는 생각을 하곤 했다. 그러나 나중에 돌이켜 생각해보면 우리의 대화는 크고 텅 빈 원 안에서 맴돌 뿐이었다. 애너벨은 지성과 감수성을 가진 여자였지만 분별력이 없었고, 자신의 그런 점을 인정하려 들지도 않았다. 내가 깊은 애정을 품고 평생

* 말 그림이 그려진 샴푸.

돌봐주겠다 맹세한 여인의 그런 모습을 계속 지켜보는 것은 끔찍한 일이었다. 그래서 나는 내가 왜 그녀와 함께 아무것도 할 수가 없는지를 계속해서 그녀에게 이해시켜야만 했다.

말라붙은 호수 부근을 벗어나 아까보다 벌레가 적은 언덕으로 올라가면서 내가 말했다. "엉망진창이야. 내 상태가 그래. 한 달이나 지났는데도 지난번 우리의 만남 때문에 나는 너무나 이상한 상태이고 우울하고 수치스러워서 다른 사람을 거의 만나지 않고 살았어. 그래서 난 여기 와야만 했어. 일단 오게 되면 생물학적인 이유 때문에 36시간 내내 여기 머물면서 온갖 헛된 희망과 기대를 하게 되지—"

앞서가던 애너벨이 홱 돌아보며 소리쳤다. "닥쳐! 닥쳐! 그 입 닥쳐!"

"내가 당신을 죽여주길 원해?"

애너벨은 힘차게 고개를 저었다. 아니, 아니. 그녀는 살해당하는 것을 원치는 않았다.

"그럼 이제 전화하지 마."

"난 마음이 강하질 못해."

"다시는 날 여기로 부르지 마. 이런 짓 좀 하지 마."

"난 마음이 강하질 못하다니까! 맙소사! 내가 이렇게 약해져 있는데 꼭 그렇게 모질게 굴어야겠어?" 애너벨은 두 손을 갈고리처럼 구부려 얼굴 가까이 가져가면서 제자리에서 맴을 돌았다. 마치 머릿속에 말벌 떼가 들어가 뇌를 찌르기라도 하는 듯했다.

"날 불쌍히 여겨줘."

나는 그녀를 껴안고 키스했다. 나의 애너벨. 눈물 콧물 범벅이 된 소중한 그녀는 뜨거운 입김을 내뿜었다. 그러나 그녀는 심각한 정신장애가 있어 정상적인 취업이 불가능했다. 나는 그녀의 고통을 멈추게 하려고 키스했으나 곧 내 두 손은 그녀의 코르덴 바지 뒤쪽으로 들어가고 있었다. 그녀의 엉덩이는 너무도 빈약해 단추를 풀 필요도 없이 바지를 벗겨 내릴 수 있었다. 처음 사랑에 빠졌을 때 우리는 어린애나 마찬가지였다. 이제 그 감정은 불에 타 재가 되어버렸으나 그 재는 불에 탈 당시의 온도를 유지하며 계속 타고 있었다. 우리의 본격적인 성생활은 이제야 비로소 시작됐고 나는 애너벨에 대한 사랑을 멈출 수 없었다. 앞으로 2년 또는 3년 또는 5년 그렇게 재 속에서 섹스를 하면서 나는 죽음을 떠올릴 것이었다. 그 순간 애너벨은 내게서 떨어져 무릎을 꿇더니 내 배낭 지퍼를 열고 스위스 아미 주머니칼을 꺼냈다. 나는 애너벨도 죽음을 생각하는 줄 알았는데, 그녀는 남아 있는 콘돔 다섯 개를 그 칼로 찌르는 것이었다.

아달베르트가(街)의 아파트는 위장이 모든 것을 좌우했다. 클렐리아는 밤에 눈을 감으면 침대 위쪽 어둠 속에서 위장이 맴도는 풍경이 떠올랐다. 소화기관인 이 위장의 겉은 탱탱하고 반지르르하며 시커먼 맥이 뻗어나간 연분홍색 가지 모양이고, 속은 붉고 갈기갈기 찢겨 있으며 부식성 액체가 담겨 있었다. 위장은 시시때때로 경련을 일으키는 분노에 찬 작은 아기였다. 이 불행한 기관은 클렐리아의 모친 아넬리의 몸 안에 자리 잡고 있었다. 클렐리아는 아넬리가 한밤중에 우유와 츠비바크*를 찾을 때 각자 자기 방에서 자고 있는 어린 동생들과 루디 외삼촌을 깨우지 않고 수발을 들기 위해 모친의 방에서 제일 가까운 거실 한구석에서 잠을 잤다.

위장은 클렐리아의 자기 연민에 민감하게 맞춰져 있었다. 위장은 클렐리아가 울다 지쳐 잠드는 소리를 들을 수 있었는데 그 소리가 듣기 싫어 아넬리로 하여금 시트에 피와 담즙을 울칵 토해내게 만들었다. 그러면 클렐리아는 말

* 달걀이 든 빵 과자.

없이 시트를 벗겨내 물에 담갔다. 피를 뱉는데 어쩔 것인가. 모친이 아무리 잔인하게 굴어도 피를 뱉는 비장의 무기를 내세우며 몸이 아프다고 하는 데에야 클렐리아도 별도리가 없었다.

클렐리아는 어쩔 수 없이 취직해 돈을 벌어야 했다. 대학에 합격을 못 한 것도 아니건만—클렐리아는 매일 아침 빵집으로 출근하면서 아버지가 다녔던 400년 전통의 대학 앞을 지나갔다—종일 돈을 벌어야 하니 학교에 다닐 수가 없었다. 루디 외삼촌은 독일 노동자의 제복이자 사회주의 노동자 국가의 진정한 압제를 의미하는 제복인 선명한 파란색 작업복을 자랑스럽게 입고 도시의 가로(街路)를 포장하는 일을 했으며, 병든 누이를 돌보는 일은 임대료를 내는 딱 거기까지만 했다. 나머지 돈으로는 술을 사 마시고 여자 친구들을 만나러 다녔으므로 가족의 생계는 클렐리아의 책임이 되었다. 클렐리아의 남동생은 열다섯 살이고 여동생은 어린 소녀에 불과했다.

클렐리아는 낮에는 빵집에서 손님들 시중을 들었고 밤에는 위장의 시중을 들었다. 토요일 오후와 일요일에만, 그것도 겨우 몇 시간 혼자 보낼 수 있었다. 클렐리아는 강을 따라 산책하는 것을 좋아했다. 화창한 낮에는 깨끗한 풀밭을 찾아 드러누워 눈을 감았다. 그렇게 누워 있으면 사람들을 더 볼 필요가 없었다. 빵집에서 클렐리아는 추잡한 시선으로 쳐다보는 남자들, 코딱지를 파내듯 천 주머니에서 손가락으로 동전을 끄집어내는 여자들을 비롯해 수백 명의 사람들에게서 돈을 받았다. 클렐리아의 중등학교 시절 친구들 대부분은 대학을 다니고 있어 영 낯선 존재가 됐고, 나머지 친구들은 클렐리아의 아버지 쪽 가문이 부르주아 출신이라는 이유로 클렐리아에게 거리를 두었다. 클렐리아는 차라리 혼자 있는 편이 좋았다. 그녀를 아달베르트가에서 베를린, 프랑스, 영국, 미국으로 데리고 떠나줄 남자, 그녀의 아버지 같은 남자를 상상할 수 있으니까. 아버지를 따라 아파트 건물 계단을 밟고 위층으로 올라갔던 기억이 났다. 아버지는 마지못해 살짝 열린 윗집의 문틈에 대고 조용히 말했다.

"오늘 밤에 아내가 몸이 몹시 아파서요. 위장이요. 조금만 조용히 해주시겠습니까?" 클렐리아가 원하는 건 바로 그런 남자였다.

6월의 어느 따뜻한 토요일, 스무 살을 코앞에 둔 클렐리아는 빵집에서 앞치마를 벗고 매니저에게 오늘은 일찍 퇴근하겠다고 말했다. 1954년 예나에서는 노동자들이 이미 일찍 퇴근을 해도 아무런 해도 입지 않는다는 것을 깨달아가고 있었다. 손님들이 자기네 일할 시간을 써가며 더 길게 줄을 서서 기다려야겠지만, 그들 역시 결근을 하면 그만이었다. 클렐리아는 서둘러 집으로 돌아와 그녀가 좋아하는 낡은 연보라색 여름용 원피스로 갈아입었다. 루디 외삼촌은 동생들을 데리고 낚시를 갔고 위장 때문에 밤새 한숨도 못 잔 아넬리는 잠들어 있었다. 클렐리아는 타닌산과 카페인이 들어 있지만 아넬리가 위장을 진정해준다고 늘 주장하는 블랙베리 차를 한 주전자 끓여, 마른 비스킷 한 접시와 함께 아넬리의 방으로 가져갔다. 그녀는 침대에 걸터앉아 예전에 아버지가 했듯 아넬리의 머리를 쓸어 넘겼다. 눈을 뜬 아넬리는 클렐리아의 손을 밀어 치웠다.

클렐리아는 침대에서 일어섰다. "나가기 전에 차를 갖다드리려고 왔어요."

"어디 가?"

"밖에요."

위장이 비번일 때 아넬리의 얼굴은 예쁜 편이었다. 몇 년째 고생을 해서 늙기는 했지만 아직 마흔셋밖에 되지 않았다. 잠시지만 아넬리는 클렐리아에게 미소를 지으려는 것 같았는데 그녀의 몸을 보더니 언제나처럼 표정이 굳었다. "그 원피스 입고는 못 나가."

"이 원피스가 어때서요? 날이 더워요."

"제정신이면 네 몸에 관심이 쏠릴 짓은 하지 말아야지."

"내 몸이 뭐 잘못됐어요?"

"너무 많이 잘못됐지. 지성이 있는 여자라면 당연히 몸의 영향력을 최소화할 방법을 찾아야지."

"나는 충분히 똑똑해요!"

"아니, 안 똑똑해. 넌 멍청한 거위나 다름없어. 내가 자신 있게 예측하는데, 넌 누가 친절하게 두 마디만 하면 처음 보는 낯선 놈한테도 몸을 바칠 거야."

클렐리아는 얼굴이 확 붉어지면서, 정말 멍청한 거위가 된 기분이었다. 클렐리아는 가슴도 크고 키도 크고 발도 컸으며 자세는 어정쩡하고 먹여 살릴 입도 많았다. 어차피 거위가 된 김에 짖어보기로 했다. "평생 엄마랑 살면서 친절한 말을 단 두 마디도 들어보지 못했어요!"

"말도 안 되는 소리를 하는구나. 됐다."

"차라리 낯선 사람한테라도 친절한 말을 들어봤으면 좋겠어요. 친절한 말 한마디 듣고 싶어 죽겠다고요."

"아, 그래. 생각하는 꼬라지하고는. 낯선 사람도 아주 가끔은 진실할 수도 있겠지."

"진실하든 말든 상관없어요! 친절한 말을 들을 수 있으면 그만이니까!"

"얘 말하는 거 좀 봐." 아넬리는 찻주전자에 손을 대보고 잔에 차를 따랐다. "너 아직 화장실 청소도 안 했잖아. 네 삼촌이 변기를 아주 더럽혀놨어. 냄새가 여기까지 나."

"나갔다 와서 할게요."

"지금 해. '즐거운 일 먼저, 의무는 나중', 뭐 이런 사고방식 난 이해를 못 하겠어. 화장실 청소하고 주방 바닥도 닦아. 그리고 시간이 남으면 옷 갈아입고 외출을 하든가 해. 할 일도 안 해놓고 어떻게 즐길 궁리부터 하니."

"금방 들어올 거예요."

"왜 그렇게 서둘러?"

"오늘 날이 따뜻하고 아름다워서요."

"뭐 사러 가지? 가게 문 닫을까 봐 초조해?"

아넬리는 클렐리아가 솔직하게 대답하고 싶어 하지 않는 질문이 뭔지 직감으로 알아차리고 그 질문을 던지는 데 선수였다.

"아뇨."

"지갑 가져와."

클렐리아는 응접실로 가서 지폐 몇 장과 동전이 담긴 지갑을 가져왔다. 그리고 아넬리가 지갑에 든 페니히 화(貨)를 세는 모습을 바라보았다. 클렐리아는 이 집의 가장 노릇을 하게 된 뒤로 아넬리에게 맞은 적은 없지만, 이 상황에 주눅이 들어 궁지에 몰린 먹잇감처럼 초조해하며 어쩔 줄 몰라 하는 표정이었다.

"나머지는?"

"그게 다예요. 나머지는 엄마 드렸잖아요."

"거짓말."

갑자기 클렐리아의 브래지어 왼쪽 컵에 들어 있던 20마르크 지폐 여섯 장과 10마르크 지폐 여덟 장이 마치 날아오를 준비를 하는 바삭바삭한 날개를 가진 곤충들처럼 움직거리기 시작했다. 클렐리아의 귀에 종이 날개가 바스락대는 소리가 들려왔다는 것은 귀가 밝은 아넬리도 들었다는 얘기였다. 지폐들의 간질간질한 다리와 딱딱한 머리가 클렐리아의 피부를 파고들었다. 클렐리아는 시선을 바닥으로 떨어뜨리지 않으려고 애썼다.

"원피스, 그 원피스를 사려고 하는구나."

"원피스 살 돈 없는 거 알잖아요."

"가게에서 일단 20마르크를 받고 나서 나머지는 할부로 받겠지."

"이건 아니에요. 그렇지 않아요."

"그런지 아닌지 어떻게 알아?"

"제가 가서 직접 물어봤으니까요! 그 멋진 원피스를 사고 싶으니까요!"

클렐리아는 옆구리에 붙여놓았던 오른손이 마치 자유의지를 가진 것처럼 혼자서 위로 올라가 죄지은 브래지어 왼쪽 컵 위에 놓이자 당황해서 내려다보았다. 클렐리아는 속이 빤히 보이는 사람이라 남한테 속임수도 못 쓰고 거짓말을 하면 티가 다 났다.

아넬리가 딱 잘라 말했다. "꿍쳐놓은 돈 내놔."

클렐리아는 브래지어에서 지폐를 꺼내 아넬리에게 건넸다. 그들이 살고 있는 거리에 있는 옷 가게에서 서독식으로 만든 또는 예나 같은 촌구석에서나 서독식으로 통할 여름용 원피스를 팔았는데, 나름 서독식인 게 너무 티가 나서 뒤에서 몰래 팔고 있었다. 클렐리아는 오래돼서 처분하는 거라면서 갓 만든 페이스트리를 옷 가게 여주인에게 가져다주었고 그 여주인은 클렐리아에게 친절하게 대해주었다. 문제는 멍청한 거위 같은 클렐리아가 어린 여동생에게 사회주의 공화국 동독 상점에서 몰래 파는 물건들의 예를 들어가며 얘기를 해주다가 그 여름용 원피스를 언급하고 만 것이었다. 그리고 아넬리는 사회주의 공화국의 열렬한 팬도 아니면서 막내딸을 통해 들은 그 얘기를 속에 담아두었다. 아넬리는 사회주의 공화국보다도 남을 감시하는 일에 뛰어났다. 아넬리는 의기양양하면서도 차분한 표정으로 돈을 받아 자신의 가운 주머니에 집어넣고 차를 한 모금 마셨다. "그 원피스를 사려던 이유가 몰래 누굴 만날 때 입고 싶어서였니? 아니면 매춘부처럼 거리를 서성일 때 입으려고 했던 거니?"

그 돈은 클렐리아의 것이 아니어서 지금까지 현실적으로 와닿지를 않았다. 아넬리의 돈을 몰래 훔친 벌을 마땅히 받아야 한다고 생각했기에, 죄를 뉘우치고 불안감을 덜고 싶었기에 브래지어에서 돈을 꺼내 내민 것이었다. 그런데 그 돈이 아넬리의 가운 주머니 속으로 들어가는 걸 본 순간 클렐리아는 그 돈이 현실로 와닿았다. 들키지 않고 돈을 모으기까지 6개월이나 걸렸다. 클렐리아의 눈에 눈물이 차올랐다.

"매춘부 일을 한 건 엄마였죠."

"뭐라고?"

본인 입에서 나온 말에 경악한 클렐리아는 무마하려 얼버무렸다. "그러니까, 엄마는 거리를 걷는 걸 좋아하잖아요. 난 공원 산책을 좋아하고요."

"조금 전에 네가 사용한 단어. 다시 말해봐."

"매춘부!"

검은색을 띤 따뜻한 찻물이 클렐리아의 연보라색 원피스 위쪽에 흩뿌려졌다. 클렐리아는 찻물에 젖은 원피스를 휘둥그레진 눈으로 내려다보았다.

"너 같은 건 굶어 죽게 둘걸. 먹고 먹고 또 먹더니 덩치 커진 것 좀 봐. 내가 내 새끼들을 굶어 죽게 뒀어야 했겠니? 취직을 할 수 없으니 내가 할 수 있는 건 그것뿐이었어. 네가 먹고 먹고 또 먹었으니까. 내가 한 짓은 다 너 때문이야. 내 식욕이 아니라 네 식욕 때문이란 말이다."

아넬리가 식욕이 없다는 말은 사실이었다. 그러나 어찌나 정확하고 냉정한 목소리로 그 말을 하는지 비현실적일 정도로 잔인하게 느껴졌고 아넬리라는 존재가 아예 없는 것도 같았다. 마치 침대에 누워 있는 저 사람은 살과 피로 만들어진 마네킹일 뿐이고 그 마네킹을 통해 복수심에 찬 위장이 말을 하는 듯했다. 클렐리아는 아넬리에게 인간적인 부분이 조금이라도 남아 있어 본인이 한 말을 다시 생각해보고 사과하기를, 적어도 완화하는 발언이라도 하기를 기다렸다. 그러나 또다시 찾아온 위통으로 인해 아넬리는 얼굴을 일그러뜨릴 뿐이었다. 아넬리는 찻주전자를 힘없이 가리켰다. "뜨거운 차가 필요해. 이 차는 뜨겁지가 않아."

방에서 뛰쳐나온 클렐리아는 본인의 방 침대에 쓰러져 누워 조그맣게 내뱉었다. "당신은 더러운— 창녀야! 더러운 창녀!"

자기 입에서 나온 말에 클렐리아는 벌떡 일어나 앉아 손가락으로 입을 막았다. 눈에 눈물이 맺혀 떨리며 얇은 날개처럼 파닥였다. 아넬리의 위장 때문에 창문에 쳐놓은 두꺼운 커튼 사이로 햇살이 창살처럼 빛났다. 맙소사. 내가 어떻게 그런 말을 할 수가 있지? 난 진짜 소름 끼치는 인간이구나! 하지만 이내 다시 폭 좁은 매트리스에 다시 쓰러져 베개에 대고 말을 뱉었다. "창녀! 창녀! 추잡한 창녀!" 그러는 동시에 손가락 관절로 제 머리를 때렸다. 세계에서 제일 혐오스러운 인간, 가장 불행하고 우스꽝스러운 인간이 바로 자신이라는 생각이 들었다. 클렐리아의 다리는 침대에 맞지 않게 너무 길어서 다리를 구부리고 자든지 아니면 발을 침대 끄트머리 밖으로 내놓은 상태로 자든지 해야 했다. 클렐리아의 키는 175센티미터가 넘었다. 그녀는 작은 침대에 맞지 않는 우스꽝스러운 거위였고 여자로서 가장 혐오스러운 이름을 가졌다. 빵집 사람들은 클렐리아가 아무 이유 없이 킥킥 웃고 머리에 떠오르는 대로 말을 내뱉어서 그녀를 멍청이로 여기는 분위기였다.

클렐리아는 멍청하지 않았다. 학창 시절 성적이 매우 뛰어나서, 중앙위원회에서 허락을 해줬으면 대학에도 다닐 수 있었을 정도였다. 그녀가 대학에 다닐 수 없는 공식적인 이유는 아버지가 부르주아 출신이기 때문이었으나, 아버지는 이미 사망했고 어머니와 외삼촌은 올바른 사회 계급 출신이었다. 실질적인 이유는 아넬리가 몹시 곤궁했던 시절에 검은 제복을 입은 나치 장교 두 명에게 몸을 팔았기 때문이었다. 클렐리아의 여동생은 두 번째 나치 장교의 핏줄이었다. 당시 클렐리아는 고기와 빵, 사탕을 먹을 수 있었지만 악이 무엇인지 알지 못하는 어린아이에 불과했다. 그 나치 장교들 중 한 명이 미국산 소화제인 펩토비스몰 정품 한 상자를 아넬리의 사악한 위장에게 내밀었다. 아넬리는 자식들이 아니라 위장을 위해 몸을 판 것이었다.

내 어머니 클렐리아는 당시 겪은 많은 일들을 내게 들려주었는데, 그때마다 강조하는 부분은, 낡은 원피스를 갈아입고 히드 롤 빵 하나와 책 두 권을 숄더백에 넣고 집을 나설 때까지도 두 동생을 버릴 의도는 결코 없었으며 오랫동안 계획한 바에 따라 행동한 것도 아니라는 점이었다. 클렐리아는 그저 저녁 시간만이라도 위장을 피해 있고 싶었다고, 아파트를 떠나 하루 밤과 낮만이라도 독일인으로서의 비참한 삶을 의식하지 않고 독일인이라는 생각조차 없는 채로 마음의 위안을 받고 싶었을 뿐이라고 했다. 6월의 그 토요일 전까지 클렐리아가 계획한 제일 못된 행동은 겨우 서독식 여름용 원피스를 사는 것이었다. 돈을 뺏겨 원피스는 사지 못하게 됐지만 그래도 서쪽으로 가보기로 했다. 미군 점령 지역까지는 기차를 타고 충분히 갈 만한 거리였다.

클렐리아는 30마르크가 든 숄더백을 메고 도심을 향해 서둘러 비탈을 내려갔다. 전쟁 때 폭격 조준기와 라이플총 망원 조준기를 생산하는 공장이 위치해 있었던 까닭에 도심은 공습 흔적이 역력했으나 사회주의 특유의 느긋한 속도로 재건되는 중이었다. 베를린까지 왕복 티켓을 끊자 남은 돈이 거의 없어서 사탕 한 봉지를 작은 것으로 겨우 샀는데, 기차가 라이프치히에 도착할 무렵이 되자 점점 더 배가 고파졌다. 애초에 가출할 생각으로 나온 게 아니라서 가진 음식이라고는 바짝 마른 하드 롤 한 덩어리뿐이었다. 배고픔보다 더 큰 것은 신선한 공기에 대한 갈망이었다. 사회주의자들의 겨드랑이 냄새로 가득한 기차 객실의 공기, 열린 차창으로 들어오는 중공업단지의 뜨끈한 악취, 프리드리히가(街) 기차역의 싸구려 담배 연기와 관료들의 잉크 냄새에 속이 답답해졌다. 그 무렵 공화국에서 빠져나가고 있던 머리 좋고 재능 있는 사람들 중 하나라는 생각은 전혀 없었다. 그저 무작정 멀리 가고 싶었을 뿐이었다.

서쪽은 동쪽보다 전쟁 피해가 더 컸는데, 날이 어두워지면서 공기는 약간 더 깨끗해졌다. 베를린의 쿠르퓌르슈텐담('쿠담') 거리를 둘러보면서 클렐리아는 영구적인 사회주의적 파괴까지는 아니더라도 상당히 혹독한 겨울을 난 곳임을 짐작할 수 있었다. 겨울을 이겨낸 봄의 파릇파릇한 새싹들처럼, 스노드롭과 크로커스처럼 상거래의 활기찬 기운이 쿠담 거리에서 피어오르고 있었다. 클렐리아는 거리를 한참 걸어 올라가다가 멈추지 않고 다시 내려왔다. 걸음을 멈췄다간 배 속의 허기를 떠올리게 될 것 같아서였다. 더 많이 파괴된 동네의 어둑한 거리를 걷고 또 걸었다. 그러다 마침내 자신이 순전히 동물적인 본능으로 빵집을 찾고 있음을 깨달았다. 빵집들은 토요일 폐점 시간이면 만든 지 오래된 롤 빵을 내다버리기 때문이었다. 그런데 왜, 이 낯선 도시에서 오로지 빵집을 찾아 헤매면서, 빵집을 찾기 어려운 곳만 계속 골라 걷고 있었을까? 교차로가 나올 때마다 계속 엉뚱한 곳만 돌아다니고 있었다.

그렇게 실수에 실수가 겹쳐 클렐리아는 어둡고 인적도 없는 모아비트라는 구역으로 들어서게 됐다. 어느새 보슬비가 내리고 있었다. 잘려나간 보리수나무 아래서 걸음을 멈추고 보니 여기가 어디인지 전혀 알 수 없었다. 그러나 이 도시는 이미 알고 있는 듯했다. 그녀가 이렇게 걸음을 멈추기를 기다리고 있었던 것도 같았다. 창문이 열린 검은색 세단 한 대가 천연두 자국 같은 빗방울을 지붕에 얹고 옆으로 다가와 섰다. 조수석에 앉은 남자가 고개를 내밀고 소리쳤다.

"어이, 거기, 아가씨!"

클렐리아는 남자가 다른 누군가를 부르나 싶어 주변을 둘러보았다.

"아— 바로 너 말이야! 얼마지?"

"뭐라고요?"

"우리 둘을 상대하는 데 얼마냐고?"

두 남자 모두 상냥하게 미소를 짓고 있었으므로 클렐리아도 예의 바르게 미소를 지었다. 그리고 어깨 너머를 돌아보고는 그대로 돌아서서 반대 방향으로 걸어가기 시작했다. 휘청이면서도 걸음을 재촉했다.

"아, 이봐, 기다려, 꽤 괜찮은데—"

"돌아와—"

"아가씨— 아가씨— 아가씨—"

클렐리아는 자신이 무례하게 군 것은 아닌가 싶기도 했다. 남자들은 그녀를 매춘부로 잘못 보았지만 이 거리의 분위기를 볼 때 충분히 저지를 만한 실수라 이해 못 할 일도 아니었다. 돌아가자. 돌아가서 당신들이 잘못 봤다고 확인시켜주자. 이런 데서 멍청하게도 매춘부처럼 거리를 걷고 있었던 내 잘못도 있지만 저들이 당황하고 창피해하지 않도록 말을 잘하도록 하자……. 그러나 클렐리아의 다리는 계속해서 걸어갔다. 이윽고 세단은 방향을 돌려 그녀를 쫓아오고 있었다.

운전대를 잡은 남자가 클렐리아의 보속에 맞춰 세단을 천천히 몰면서 말을 걸었다. "오해해서 미안해. 아가씨는 품위 있는 여자구나, 그렇지?"

그러자 조수석에 앉은 남자가 단언했다. "예쁜 여자이기도 하지."

"여긴 품위 있는 여자가 혼자 걸어 다닐 만한 동네가 아니야. 우리 차에 태워줄게."

"비가 오고 있잖아, 예쁜 아가씨. 비를 피하고 싶지 않아?"

클렐리아는 너무 당황해 그들 쪽을 쳐다보지도 못하고 계속 걸었다. 비가 내리는 데다 배가 몹시 고파서 무엇을 어찌해야 할지 갈피를 잡을 수가 없었다. 어머니도 이런 식으로 매춘부 일을 시작하게 되지 않았을까. 어머니도 한때는 지금의 클렐리아 같은 젊은 여자였고, 세상의 풍파를 겪으며 남자에게 뭐든 얻어내기 위해 그리하지 않았을까…….

그런데 저 앞 어두운 보도에서 이쪽으로 한 남자가 걸어왔다. 클렐리아는 걸음을 멈췄고 세단도 멈췄다. 운전석에 앉은 남자가 클렐리아에게 말했다. "내가 뭐랬어? 여기서 혼자 걷는 건 안전하지가 않다니까."

조수석에 앉은 남자도 재촉했다. "어서 타, 어서. 우리와 같이 가자."

보도를 걸어오는 남자는 강력한 인상을 주는 모습이라기보다는 너부데데하고 정직한 얼굴을 하고 있었다. 그 남자는 바로 훗날 내 아버지가 된 사람이었다. 비 오는 어두운 밤에 기분 나쁜 모아비트 구역에서 만난 남자지만 아버지는 클렐리아에게 믿을 만한 사람이라는 인상을 풍겼다. 아마 아버지는 센스라곤 없는 옷차림으로 그 거리를 걷고 있었을 것이다. 엘엘빈 운동화를 신고, 밑단을 접어 올린 카키색 바지를 입고, 칼라가 넓고 편편한 50년대 스타일의 스포츠 셔츠를 입었을 게 분명하다. 그는 미간에 주름을 잡고 상황을 파악하면서 독학으로 배운 어설픈 독일어로 클렐리아에게 말했다. "실례합니다, 아가씨. 도와줄까요? 괜찮아요? 영어 할 수 있어요?"

클렐리아는 영어로 대답했다. "약간요."

"아는 남자들인가요? 저 남자들과 같이 있고 싶어요?"

클렐리아는 잠시 망설인 끝에 고개를 저었다. 아버지는 딱히 두려움이 없어 보이는 인상을 풍기는 사람이었고 상대를 합리적이고 우호적으로 대하면 그들도 자신을 그렇게 대한다는 믿음, 모든 이들이 그렇게 살면 세상은 더 좋은 곳이 될 수 있다는 믿음을 갖고 있었다. 아버지는 세단으로 다가가 남자들과 악수를 한 후 미국 콜로라도주 덴버에서 온 척 애버런트라고 독일어로 자기소개를 했다. 그리고 그들에게 베를린에 살고 있는지 아니면 자신처럼 방문한 것인지 묻고, 그들의 대답을 진심으로 관심 있게 듣고 나서, 이 여자에 대해서는 걱정하지 말라고 안전하게 길을 갈 수 있도록 보증하겠다고 말했다. 물론 그 남자들을 다시 만나게 될 가능성은 거의 없지만 또 모르는 일이므로 아버지는 그렇게 말했다고 했다. 누구를 만나든 언젠가는 세상에서 제일 친한 친구가 될 수 있다는 가능성을 늘 열어놓고 상대를 대해야 한다고.

당시 스무 살이던 내 어머니는 예나 폭격, 러시아 적군의 진군, 어머니인 아넬리가 이웃이 요강째 뿌린 오줌 벼락을 맞는 모습, 어린애의 시체를 뜯어 먹는 개, 장작으로 쓰기 위해 해체되는 피아노, 사회주의 노동자들의 국가의 출현까지 모두 목격했지만, 미국 남자가 세단에 탄 소름 끼치는 남자들을 대하는 다정한 태도에 크게 놀랐다. 그런 광경은 태어나 한 번도 본 적이 없었다. 이 미국 남자의 타인에 대한 신뢰와 솔직한 태도는 프로이센인의 입장에서는 상상조차 할 수 없는 것이었다.

둘만 남게 되자 아버지는 그녀에게 물었다. "이름이 뭐예요?"

"클렐리아요."

"아, 세상에. 정말 예쁜 이름이군요. 훌륭한 이름이에요."

어머니는 행복하게 미소를 지었다가 입 큰 티라노사우루스처럼 보일까 봐 얼른 입술로 치아를 덮었다. 하지만 자꾸만 미소가 지어지는 것을 막을 수 없었다. 어머니는 더욱 활짝 미소를 지으며 물었다. "정말 그렇게 생각하세요?"

아버지가 해준 친절한 말은 두 마디가 아니라 열 마디도 넘었다. 그리고 친절한 말은 더 남아 있었다. 아버지는 카키색 바지 뒷주머니에서 베를린 지도를 꺼냈다. 독특하게 접는 식으로 된 특허를 받은 지도였다. (아버지는 혁신적인 물건들을 좋아했고 인간 생활 개선에 도움을 준 발명가들이 그만큼의 보상을 받는 것을 보고 싶어 했다.) 아버지는 지도를 보면서 어머니를 초(Zoo) 기차역으로 데려가 밤새 영업하는 매점에서 소시지를 사주었다. 그리고 영어와 독일어를 섞어가며 오늘은 베를린에 온 첫날이라 여기 온 게 너무 신이 나서 밤새 걸어 다닐 생각이었다고 설명했다. 어머니는 그의 말을 드문드문 알아들었다. 아버지는 베를린에서 열린 국제이해협회의 제4차 세계대회에 참석한 대표단의 일원이었는데 (이 대회는 공산주의 전선으로 알려지면서 그다음 해 가을에 제5차 대회를 열지 못하고 사라졌다) 첫 번째 결혼으로 얻은 어린 두 딸을 누이에게 맡겨놓고 자비로 비행기를 타고 베를린으로 왔다. 그는 삶에 다소 실망하고 있던 터라 고등학교에서 생물 과목을 가르치는 것보다 더 크게 세상에 공헌하고 싶어 했다. 교사라는 직업의 좋은 점은 여름 내내 일을 쉬고 세상 속으로 자연 속으로 나아갈 수 있다는 것이었다. 그는 외국인들과 만나 공통점을 발견하는 것을 좋아해서 에스페란토어도 공부했다. 두 딸은 아직 여섯 살, 네 살밖에 안 됐지만 이미 훌륭한 야영 전문가라서 조금 더 자라면 태국, 잠비아, 페루로 함께 여행을 갈 작정이었다. 인생은 잠으로 허비하기엔 너무 짧았다. 그는 베를린에 머무는 주간 동안 1분도 낭비하고 싶지 않았다.

어머니가 예나에 있는 집에서 도망쳐 나왔다고 말하자 아버지는 어린 두 딸이 떠올라 아침이 밝으면 집으로 돌아가라고 말했다. 하지만 어머니가 어린 시절 모친에게 구타를 당하며 살았고 대학에도 갈 수 없었다고 얘기하자 아버지는 생각을 달리했다. "맙소사, 너무 심하군요. 당신처럼 똑똑하고 활발한 딸을 빵집 계산대나 보며 살게 하다니 이런 시스템은 잘못된 게 분명해요. 나는 구식 야영을 하는 사람이라 바닥만 평평하면 담요 한 장 깔아놓고 충분히 잠을 잘 수가 있어요. 지금 내가 머무는 호텔이 크지는 않지만 침대가 있으니 나랑 같이 갑시다. 내일 당신 생각이 바뀔 수도 있으니까요. 나는 객실 바닥에서 잠깐 눈을 붙이면 됩니다."

아버지는 거의 분명히 친절을 베풀려는 의도였다. 아버지는 좋은 사람이었다. 열정적인 교사이며 충실한 남편이고 내 누나들에게 독립심을 심어준 아버지이며, 부당한 대우를 받는 이들의 처지에 공감할 줄 알고 아무리 미심쩍어도 일단은 선의로 해석하며, 힘든 일에 자원할 사람이 필요할 때 두말 않고 손을 드는 사람이었다. 그러나 평생 본인 하고픈 대로 하고 사신 분이라는 사실을 부정할 수 없다. 아버지는 학생들을 데리고 온두라스에 가서 하수관을 파는 일을 해야겠다 싶을 때 또는 나바호 인디언 보호구역에 가서 집에 페인트칠을 하고 소에 낙인 찍는 일을 해야 한다 싶을 때면, 그로 인해 어머니 혼자 어린 자식들을 돌보며 수 주일을 보내야 한다고 해도 강행했다. 가족들을 차에 태우고 가다가 문득 나비를 쫓아가고 싶으면 차를 세우고 나비를 쫓아갔다. 딸뻘인 예쁜 여자와 결혼을 하고 싶으면 망설이지 않고 했다. 그것도 두 번이나.

아버지는 원래 인디애나주 출신이었다. 농업에 이바지하고 싶다는 생각에 곤충학 공부를 했지만 곤충학 박사 학위를 따기까지 시간이 보통 오래 걸리는 게 아니었다. 아버지가 연구 중인 날도래파리의 생활 주기 중 특정 단계에 관한 자료는 매년 1~2주일밖에 수집할 수가 없었기 때문에 아버지는 생계를 위해 콜로라도주 농무부에서 일을 했다. 아버지는 콜로라도주 덴버에서 살면서 논문을 완성했기 때문에 논문 관련 수집 자료를 인디애나주의 논문 심사 위원회에 보냈다. 논문 심사 위원회가 직접 표본을 보고 확인 후 학위를 수여하는 방식이었다. 그런데 8년간의 연구 내용이 반영된 그 표본이 배송 중에 흔적도 없이 사라져버렸다. 아버지의 꿈은 대학교수로서 학생들을 가르치며 순전히 연구에 매진하는 것이었으나, 결국 대학원 박사과정 수료자로서 덴버 공립학교 교사로 일하게 되고 말았다.

삼십대 말에 아버지는 똑똑하지만 안타까운 상황에 놓인 한 소녀를 보호하게 됐다. 소녀의 아버지는 폭력을 휘두르는 알코올중독자였다. 아버지는 소녀의 모친과 협의 후 그 소녀가 다른 가족과 함께 살게 하고 대학에 진학하도록 격려했다. 그런데 알고 보니 소녀는 남자 친구가 감옥에 가 있는 동안만 임시로 도움을 받을 작정이었는지, 남자 친구가 출소하자마자 남자 친구와 함께 캘리포니아주로 도망을 쳐버렸다. 그 후 아버지는 육군 통신 부대에서 4년간 복무했고 마지막 해에는 독일 바이에른주에 있었다. 군 복무를 마치고 덴버로 돌아와 다시 교사 일을 하던 아버지는 그 소녀가 이제 젊은 여인이 되어 집에서 살고 있음을 알게 됐다. 그녀의 남자 친구는 술집에서 싸움을 하다가 사람을 거의 죽일 뻔한 죄로 군 교도소에 수감돼 있었다. 아버지는 처음부터 그 여인에게 연정을 품고 있었는지 그녀에게 함께 산으로 장거리 하이킹을 가자고 제안했고 조금씩 다가가 그녀에게 청혼했다. 그녀는 삶을 다르게 살아볼 작정을 한 데다 모친이 압박까지 가하자 별수 없겠다는 생각에 아버지의 청혼을 받아들였던 것 같다. (나는 그녀의 사진을 본 적이 있는데 천사처럼 예쁘긴 했지만 눈빛이 멍하니 죽어 있었고, 자신의 아름다운 외모에 미치지 못하는 구차한 삶에 대한 절망이 눈빛에 담겨 있었다.) 그녀가 내 아버지와의 사이에서 낳은 딸들이 각각 세 살, 한 살이 되었을 때 남자 친구가 형기를 마치고 출소해 덴버에 다시 나타났다. 아버지는 그때 무슨 일이 있었는지 내 어머니는 물론이고 나에게조차 한 번도 말한 적이 없었다. 내가 아는 것이라고는 아버지가 내 배다른 누나들의 단독 친권을 갖는 것으로 일이 마무리되었다는 것 정도였다.

아버지는 어머니보다 나이가 곱절은 많았지만 어머니가 아버지보다 키가 5센티 더 컸으므로 그것으로 평등하고 정상적인 관계로 정리되었다. 베를린에서 아버지는 제4차 세계대회의 전체 회의에 참석하지 않고 어머니와 함께 도시 곳곳을 걸어 다녔다. 국제사회 개량 운동가들의 기준으로 봐도 그 회의가 심히 지루하고 무의미했던 모양이었다. 두 사람은 베를린에서 보트를 탔고 어머니가 보기에 최고 수준인 식당에서 식사를 했다. 그리고 다섯 번째 날 저녁 아버지는 어머니를 앉혀놓고 짧게 연설을 했다.

"일단 내가 하고 싶은 걸 얘기할 테니까 들어봐요. 나는 당신과 결혼하고 싶어요. 아니, 걱정 말아요. 불명예스럽게 일을 추진할 생각은 없으니까. 당신이 여기 계속 있으면 또 곤란에 처하게 될 테고 얼마 안 있어 예나로 돌아가 전처럼 계속 살아야 될 거예요. 그래서 말인데 당신 여권을 만들 준비를 해야겠어요. 미국으로 돌아갔다가 다음 주에 딸들을 데리고 돌아올 테니까 나랑 같이 미국으로 갈 의향이 있는지 그때 결정을 하도록 해요. 아니다 싶으면 부담 없이 결혼을 취소하면 돼요. 당신처럼 머리 좋고 멋진 여자와 결혼하면 난 무척 행복할 거예요. 당신은 정말이지 끝내주게 예쁘고 대단한 여자예요, 클렐리아."

훗날 아버지가 돌아가시고 한참 지나서 어머니는 내게 이렇게 말했다.

"엄마 말이 맞았어. 난 세상 물정 모르는 멍청한 거위였단다. 당시 나는 친절한 대우를 몹시 갈망했는데, 네 아버지처럼 친절한 사람은 처음 본 거야. 세상에서 제일 친절한 남자를 우연히 만났다고 생각했지, 모아비트의 어두운 거리에서! 기적 같았어! 그리고 네 아버지의 지갑은 늘 두툼했어. 그 안에는 온갖 게 다 들어 있었지. 중요 인사들의 명함, 중요한 출판물에서 오려낸 스크랩, 자기 계발을 위한 온갖 정보, 더 나은 세상을 위한 다양한 방법들, 그리고 돈이 들어 있었어. 그렇게 많은 돈은 본 적이 없었단다. 예전에 일하던 빵집에서 영업을 마감한 후에 통에 담겨 있던 돈보다 더 많더라. 그동안 나는 많은 돈이라고 해봐야 정부에서 보조금을 받고 금전등록기가 한 대뿐인 사회주의 빵집에서 보았던 돈이 전부였으니까! 나는 우리가 묵은 그 호텔이 형편없는 수준이라는 것도 몰랐어. 네 아버지가 형편없는 호텔이라고 말을 해줘서 알았지. 그 얘기를 듣고도 나는 세계대회를 비난했지 네 아버지를 비난하지는 않았어. 그때 나는 달러 강세라든지 약세 통화 같은 것은 알지도 못했고, 네 아버지가 하는 얘기를 전부 알아듣지도 못했어. 그래서 덴버가 이 사람을 대표로 선발해서 중요한 세계대회에 내보냈구나, 라고 생각했지. 나는 네 아버지가 부자인 줄 알았어! 그렇게 두툼한 지갑은 본 적이 없었으니까. 나는 국제이해협회가 콜로라도주에서 회비를 내는 회원이 네 명뿐인 협회라는 것도 몰랐어. 그냥 아무것도 몰랐던 거야. 네 아버지는 그런 내 마음을 5분도 채 안 돼서 사로잡았어. 나는 네 아버지와 함께 살 수 있다면 무릎으로 기어서라도 미국에 갈 각오가 돼 있었어."

어머니의 열정이 시들고 결혼이 양극화되기까지 몇 년 걸리지 않았다. 결혼 초기에 어머니는 육아를 해가며 야간학교에 다니느라 정신이 없었다. 어머니는 야간학교에서 결국 약리학 학위를 받았다. 내가 기억하는 첫 번째 대통령 선거 때 어머니는 공화당 후보이며 보수주의자인 배리 골드워터에게 투표했다. 사회주의 국가가 하는 짓을 보고 자란 어머니는 사회주의는 궁극적으로 실패할 수밖에 없다는 시각을 갖고 있었다. 어머니에게 사회주의 국가 소련은 도둑이고 강간범이며 살인자였다. 막상 미국에 건너온 어머니는 아버지가 예나 사람들과 비교할 때나 부자이며, 그렇게 따지면 미국인들 대부분은 부자라는 사실을 깨달았다. 아버지에게 실망한 어머니는 진짜 부유한 이들을 이상화하면서 그들에게 비현실적인 미덕을 부여했다. 어머니는 젊음을 바치고 외모를 포기해가며 방 세 개짜리 비좁은 집에서 싸구려 진보론자인 아버지와 함께 살았다. 아버지는 너무나 선량하고 친절한 사람이라 어머니는 이혼도 하지 못했다. 자신이 어리석고 세상 물정을 몰랐다는 사실에 분노한 어머니는 아버지보다 잘난 남자들을 찬양하며 속을 풀었다. 배리 골드워터와 찰스 퍼시 상원의원, 로널드 레이건 같은 남자들이었다. 그들이 내세우는 보수주의는 자연은 완벽하며 세상의 모든 문제는 인간이 일으킨다고 하는 어머니의 독일인다운 믿음과 맞아떨어졌다. 내가 학교에 가 있는 동안 어머니는 페더럴 대로변에 있는 앳킨슨 약국에서 일했는데, 병든 인간들이 계산대 앞에 줄지어 다가와 처방전을 내밀면 어머니는 그들에게 약을 건넸다. 담배와 술, 정크 푸드로 스스로에게 부지런히 독을 주입하는 인간들. 그런 인간들은 믿을 수 없고 소련도 믿을 수 없으므로 어머니는 상황에 맞게 정치관을 조정한 것이다.

아버지는 자연이 완벽하지 않다는 것을 잘 알았다. 농무부에서 몇 년 근무하면서 아버지는 식물들이 바짝 말라 죽은 밭을 숱하게 보았다. 식물들이 말라 죽은 이유는 숨구멍을 통해 수분을 너무 많이 잃어서, 이산화탄소 사용 방식이 대단히 비효율적이라서, 엽록소 분자의 왼손이 오른손이 하는 일을 알지 못해서였다. 말하자면 엽록소 분자의 왼손이 산소를 흡수하고 이산화탄소를 방출하고 있는데, 오른손은 그 반대로 하는 식이었다. 아버지는 인간의 손길을 거쳐 완벽해진 식물들, 개량되고 현대적인 엽록소가 주입된 식물들을 통해 사막에서 꽃이 피는 날이 오리라고 예상했다. 아버지는 클렐리아가 화학 공부를 했으니 알아들으리라 생각하고 자연의 불완전성에 관해 반박 못 할 증거를 들어 주장을 펼쳤고, 저녁 식사 자리에서도 두 사람은 목소리를 높여가며 화학에 관해 논쟁을 하곤 했다.

안타깝게도 어머니는 누나들에게 별로 좋은 계모가 아니었다. 어머니는 바짝 마른 밭에 서 있는 식물이라서 아버지의 관심이라는 비를 갈망하는데, 그 관심의 대부분을 누나들이 가져가고 있었기 때문이었다. 무엇보다도 어머니는 예전에 본인의 모친이 그랬듯이 누나들의 흠을 잡고 비난했다. 특히 옷차림을 갖고 많이 나무랐다. 보수주의자들에게는 견디기 어려운 세월이었던 60년대의 반항적인 분위기 때문이기도 했고, 어머니의 결장(結腸)이 몸 안에서 반란을 일으켰기 때문이기도 했다. 내가 듣기로 어머니는 나 때문에 급경련통을 심하게 겪었다는데, 그로 인한 스트레스에서 벗어나자마자 자궁외임신으로 고통받았다. 몸이 힘들고 인생은 실망스럽고 돈에 쪼들리고 유전적인 소인으로 병이 나고 불운까지 겹치면서 어머니는 창자에 염증이 생겨 남은 평생 고통스럽게 살았다. 본인의 모친이 위장 때문에 얼굴 펼 날이 없었던 것처럼 내 어머니도 창자의 병 때문에 늘 인상을 쓰고 살았다. 그리고 어머니는 나를 제외한 모든 이들을 잔뜩 곤두선 목소리로 대했다.

애너벨 그리고 그녀와 결혼을 하기 전까지 수차례 있었던 경고 신호에 대해 생각하면 나는 양극화된 내 가족을 떠올리지 않을 수 없다. 누나들이 아버지와 함께 세상을 바꾸겠노라며 나가 돌아다니는 동안 나는 어머니와 함께 집에 남아 있었다. 어머니는 자신이 겪는 병증의 창피한 부분들을 내가 모르도록 하고 싶어 하셨지만 (어머니는 차라리 본인의 모친처럼 위장을 앓는 편이 나았을 거라 여겼다. 위장병은 증상이 심해져봤자 피를 토하는 정도이지, 냄새 고약하고 독일인들 사이에서 욕설과 농담, 금기의 주요 소재인 똥까지 지리게 만들지는 않으니까) 나는 어머니의 삶이 행복하지 않다는 것을 알고 있었다. 아버지는 회의 참석이나 모험을 핑계로 늘 밖으로 나돌았다. 나는 수천 번의 저녁을 어머니와 단둘이 보냈다. 어머니는 나에게 엄격한 편이었지만 우리는 어머니가 구독하는 멋진 잡지들을 함께 보면서 특이한 게임을 즐기곤 했다. 〈타운 앤드 컨트리〉나 〈하퍼스 바자〉의 페이지를 한 장 한 장 넘기면서 어머니는 내가 가장 갖고 싶은 집 하나와 여자 한 명을 고르게 했다. 나는 얼마 안 있어 가장 비싼 집, 가장 대단한 미인을 고르는 방법을 터득했고, 그런 집과 여자를 얻어서 어머니의 불행한 삶을 만회시켜드려야겠다는 생각을 하며 자랐다. 그 게임을 하면서 가장 인상적이었던 점은, 잡지 페이지를 넘기는 어머니의 모습이 더없이 감상적이고 희망에 차 있었으며 마치 큰누나처럼 느껴졌다는 것이었다. 내가 좀 더 나이가 들자 어머니는 예나에서 비행기를 타고 미국으로 건너온 시절의 얘기를 몇 번이고 들려주었는데, 그 얘기를 들으며 나는 큰누나 같은 어머니의 젊은 시절 모습을 상상하곤 했다.

나는 애너벨을 대면하기 전부터 이미 그녀를 배신했다. 펜실베이니아 대학교 3학년 말에 나는 '현실' 세계에 더 많은 관심을 기울이겠다고 주장하며 학내 신문 〈데일리 펜실베이니언〉의 임원 자리에 출마했다. 그리고 덴버에서 어머니와 여름을 보내고 돌아와 (아버지는 2년 전에 세상을 떠난 상태였다) 편집장으로 일하게 되면서 나는 지역 소식 담당 기자라는 직책을 만들어 스펙트럼*의 암표 판매, 델라웨어강의 수은과 카드뮴, 웨스트 필라델피아의 삼중 살인 등의 기사 작성을 맡겼다. 당시 나는 내 휘하의 기자들이 70년대 학내에 만연하던 방종의 거품을 꺼뜨릴 수 있으리라 여겼으나, 우리가 인터뷰를 요구하며 쫓아다녔던 사람들의 눈에는 그저 성가신 어린애들처럼 보였을 것이다. 편하게 여름 캠프에 가기 위해 값비싼 초코바를 사서 물려주고 떼어내야 하는 어린애들 말이다.

10월에 나는 루시 힐이라는 친구를 통해 흥미로운 얘기를 들었다. 강 건너 엘킨스 파크에 있는 타일러 예술 대학원의 학장이 어느 날 아침 사무실에 출근해보니 갈색 고기 포장지에 싸인 시체 같은 것이 사무실에 있더라는 것이었다. 포장지에는 붉은색 크레용으로 '당신의 고기'라고 적혀 있었다. 포장지에 싸인 몸뚱이는 온기가 있었고 숨도 쉬었으나 아무리 불러도 대답을 하지

---

* 영국 록 그룹.

않았다. 학장은 경비를 불렀고 경비는 포장지를 찢어 그 안에 들어 있는 이의 얼굴을 드러냈다. 타일러 예술 대학원 2학년에 재학 중인 애너벨 레어드의 얼굴이었다. 그녀는 눈을 뜬 상태였고 입에는 테이프가 붙어 있었다. 애너벨은 학내 여성 교수의 수가 지나치게 적고 장학금이 예술학 석사과정 남학생들에게 지나치게 많이 수여되었다며 여성 과소 대표를 맹비난하는 편지를 학장에게 연달아 보낸 학생으로 이미 알려져 있었다. 포장지를 신중하게 더 뜯어내고 보니 애너벨은 아무것도 입지 않은 상태였다. 경비는 찢어낸 포장지를 두 손으로 구겨 치운 뒤, 나머지 포장지에 싸인 애너벨을 여성 비서의 방으로 옮겼다. 그 방에서 비서는 나머지 포장을 벗기고 애너벨의 입에 붙은 테이프를 뗀 다음 담요로 몸을 덮어주었다. 애너벨은 오후 늦게 어떤 여학생이 비닐봉지에 옷가지를 담아 들고 올 때까지 입을 꾹 다물고 그 자리에서 꼼짝하지 않았다.

애너벨이 루시의 오랜 친구였으므로 내가 직접 그 기사를 편집했어야 했지만, 당시 나는 뒤처진 수업을 따라잡느라 룸메이트이자 절친인 오즈윌드 해킷 부편집장에게 〈데일리 펜실베이니언〉을 맡겨놓은 상태였다. 도덕관념이 결여된 2학년생 기자가 쓴 애너벨 레어드에 관한 기사는 다분히 외설적이며 비난 일색이었고, 애너벨의 동료 학생들이 뱉어놓는 말들("아무도 애너벨을 좋아하지 않아요", "신탁재산을 가졌지만 가난하다고 주장하는 여학생이죠", "본인 영화로는 주목을 못 받으니까 관심을 끌려고 한 짓이에요")을 익명으로 인용해놓았다. 그러나 기자가 애너벨이 하는 장황한 말과 학장의 재미없는 진술까지 받아 오는 등 필수적인 취재 요건을 충족했으므로 오즈윌드는 〈데일리 펜실베이니언〉 1면에 그 기사를 실었다. 다음 날 오후, 기사를 읽고서 잠깐 죄책감을 느끼기는 했다. 〈데일리 펜실베이니언〉 신문사에 도착해 애너벨과 루시가 전화를 했었다는 메모를 보기 전까지는 그 기사가 크게 잔인하다고 생각도 하지 않았는데, 메모를 보자마자 심장이 철렁했다.

나는 평생 타인의 비난, 특히 여성에게 받는 비난을 병적으로 두려워했다. 두 여자가 남긴 메모를 보고도 대답을 안 하면 된다고 스스로를 달랬다. 그 기사 건으로 오즈월드에게 문제 제기를 하지도 않았다. 내가 남에게 비난받는 걸 두려워하는 만큼 친구가 비난받게 하고 싶지도 않았다. 캠퍼스 밖에서 사는 루시가 다음번에 나를 만날 때쯤에는 화가 가라앉아 있기를 바랄 뿐이었다. 고기 포장지에 제 몸을 쌀 정도로 공격적인 여자라면 직접 〈데일리 펜실베이니언〉에 찾아올 수도 있다는 생각은 하지 못했다.

나는 편집장실을 공부방처럼 사용하고 있었다. 만약 애너벨이 펜실베이니아 대학교의 투쟁적 페미니스트의 상징인 오버롤 작업복을 입고 찾아왔으면 그녀의 정체를 눈치챌 수 있었을 것이다. 그런데 금요일 오후 느지막한 시각에 내 사무실 문을 두드린 여자는 값비싼 흰색 비단 블라우스에 몸에 잘 맞는 무릎 아래 길이의 치마를 입은, 마치 파리의 멋쟁이 같은 여자였다. 입술에는 진홍색 립스틱을 발랐고 검고 긴 머리카락은 작은 폭포 같았다.

"톰 어베런트를 만나러 왔는데요."

"애버런트입니다."

그녀는 교수형을 당한 사람처럼 눈을 휘둥그렇게 뜨고 놀란 표정을 지었다.

"1학년이니?"

"4학년인데요."

"맙소사. 열세 살에 대학에 들어왔니? 턱수염 난 남자일 줄 알았는데."

나는 심한 동안인 게 스트레스였다. 1학년 룸메이트는 나더러 19세기 방식으로 얼굴에 결투의 칼자국을 내보라고, 기병도로 얼굴을 살짝 베고 상처가 깨끗이 아물지 못하게 그 자리에 머리카락을 대놓으라고 노안이 되는 방법을 제안하기까지 했다. 동안인 덕분에 여자들과 쉽게 친구가 될 수는 있었지만, 동안인 탓에 어느 누구와도 섹스를 하지 못하고 있었다. 심하게 키가 작은 여자들과 동성애자인 남자들이 주로 내게 육체적인 관심을 보였다. 동성애자인

한 남자는 어느 파티에서 내게 성큼성큼 다가와 말 한마디 없이 내 귀에 혀를 집어넣기도 했었다.

"애너벨이라고 해. 메시지를 남겼지만 네가 씹어버린 사람이 바로 나야."

나는 가슴이 죄어들었다. 애너벨은 세련된 부츠를 신은 발로 사무실 문을 걷어차 닫은 후, 블라우스가 내보일 수 있는 의미를 감추려는 듯 팔짱을 단단히 낀 채 의자에 앉았다. 커다란 갈색 눈은 마치 사슴의 눈 같았다. 얼굴형도 사슴처럼 길고 좁았다. 대단한 미인은 아니지만 그럭저럭 예쁘장하기는 했다. 그리고 나보다 최소한 두 살 연상이었다.

나는 주눅이 들어 말했다. "메시지에 답을 못 해서 죄송합니다."

"루시는 네가 좋은 사람이라고 하던데. 믿을 만한 사람이라고."

"기사에 대해서도 정말 죄송합니다. 사실 배포가 된 후에야 그 기사를 읽었습니다."

"편집장이라면서?"

"편집 권한은 여러 가지 방식으로 다른 사람에게 위임할 수가 있어서요."

나는 그녀의 시선을 피하고 있었으나 나를 향해 쏟아지는 그녀의 불꽃 같은 눈빛을 느낄 수 있었다. "네가 거느린 기자는 내 아버지가 매캐스킬 사의 회장이라는 걸 굳이 기사에서 언급했어야 했니? 내가 사람들에게 별로 인기가 없다는 사실도 굳이 언급할 필요가 있었어?"

"정말 죄송합니다. 기사를 보자마자 너무 잔인하게 썼구나 싶었습니다. 기사를 모아 편집을 하다 보면 실제로 누가 그 기사를 읽을 거라는 사실을 잊기도 합니다."

그녀는 검은 갈기를 손으로 툭 쳐서 넘겼다. "그러니까 내가 그 기사를 안 읽었으면 넌 죄송해하지 않았을 거다? 그런 뜻이야? 내가 그 기사를 봤으니 죄송하다고? 그건 사과가 아니라 비열한 헛소리잖아."

"책임 소재가 명확하지 않은 이상 진술을 함부로 인용하면 안 되는데 죄송하게 됐습니다."

"아, 그래. 이제부터 정답 알아맞히기 놀이를 하자는 거네. 나를 제멋대로인 부잣집 딸이라고 생각하는 사람은 누굴까, 나를 또라이라고 생각하는 사람은 누굴까, 내 예술이 형편없다고 확신하는 사람은 누굴까. 나에 대해 그런 말을 지껄인 사람들과 같은 교실에 앉아 수업을 받아야 한다는 건 참 재미없는 일이야. 그들이 그런 생각을 갖고 있고 그런 눈으로 나를 쳐다보고 있는 걸 아니까. 그 자리에 앉아 그런 시선을 받는다는 것, 그렇게 남의 눈에 보이고 있다는 것 자체가 견디기 어려워."

그녀는 블라우스 앞쪽을 가리고 있는 두 팔을 여전히 내리지 않고 있었다.

"학장님 사무실에 벌거벗은 몸으로 나타난 건 바로 당신입니다." 나는 사실을 지적하지 않을 수 없었다.

"그거야 그들이 포장지를 뜯어내서 그렇지."

"언론의 관심을 노린 것 같은데 원하는 대로 되지 않았습니까."

"아, 놀랍지도 않아. 하긴 여성의 벗은 몸보다 더 흥미로운 건 없지? 그것보다 더 신문을 잘 팔리게 하는 요소는 없잖아? 나보다 훨씬 더 내가 말하려는 핵심을 잘 짚어냈어."

그 후 나는 만 번도 넘게 애너벨의 논리를 이해하지 못하는 경험을 했는데 이것이 바로 그 첫 번째 경험이었다. 그때가 처음이라서, 그리고 애너벨이 너무도 맹렬하게 자기 확신에 차 있었기 때문에—당시 그녀가 보여준 맹렬함과 확신을 떠올리면 지금도 가슴이 아프다—나는 내가 잘못했구나 생각했다.

나는 자신 없는 목소리로 대꾸했다. "우리는 무료 신문이라서 판매 부수 걱정은 안 합니다."

"행동에는 결과가 따른다. 고차원적 접근 방식과 저차원적 접근 방식이 있는데 넌 저차원적 접근 방식을 택했어. 네가 편집장으로서 기사를 인쇄해 세상에 내놨고 나는 그 기사를 읽었어. 넌 나한테 상처를 입혔으니 평생 그 기억을 짊어지고 살아야 마땅해. 절대 잊지 마. 네가 낸 그 기사 내용을 나 역시 절대 잊지 않을 테니까. 얼마나 예의 없는 인간이면 내가 전화했다는 메시지를 보고도 나한테 전화조차 하지 않았을까! 넌 남자고 나는 여자니까 그래도 된다고 생각하는 거겠지." 잠시 말을 멈춘 애너벨의 눈가에 눈물이 고이면서 마스카라가 번졌다. 그녀는 한층 가라앉은 목소리로 덧붙였다. "물론 네 생각은 다를 수 있지만 난 네가 등신이라는 말을 하려고 왔어."

그녀의 사나운 표정과 나보다 연상이라는 점 때문에 비난이 더욱 매섭게 느껴졌다. 나는 내가 선량한 인간이 아닐 수도 있다고 이미 의심하고 있던 터였다. 내가 7학년 때 대학에 다니던 작은누나 신시아가 부활절을 맞아 집으로 돌아왔는데 팔각형 안경을 낀 히피가 다 된 모습이었다. 성서에 나오는 사람처럼 턱수염을 기른 남자 친구까지 데리고 왔다. 그 둘은 나를 차세대를 대표하는 새로운 인간으로 여기면서 우호적이면서도 냉철하게 접근했다. 신시아는 내 공기총에 대해 물었다. 그 총으로 적들을 쏘아 죽이면 좋을까? 그들의 머리통을 날려버리고 싶어? 반대로 누가 저 총으로 네 머리를 날리면 네 기분은 어떨까? 게임 같을까?

신시아의 남자 친구는 내가 아버지를 기쁘게 해주려고 건성으로 수집하고 있던 나비들에 대해 물었다. 나비를 좋아해? 정말? 그럼 왜 죽였어?

신시아는 삶에 대해 어떤 야망을 갖고 있냐고 물었다. 기자나 보도 사진가가 되고 싶다고? 멋지네. 간호사가 되는 건 어때? 1학년 담당 교사가 되는 건? 그런 직업은 여자들이나 선택하는 거야? 왜 여자들만 그런 직업을 택해야 돼?

남자 친구는 치어리더가 될 생각을 해본 적 있냐고 물었다. 허락을 못 받아? 왜? 남자는 왜 치어리더가 될 수 없을까? 남자들은 점프를 못 해서? 남자들은 응원을 못 하니까?

두 사람에게 질문을 받으면서 나는 지루한 늙은이가 된 기분이었다. 그들의 질문이 비열하기도 했지만, 나는 나한테 문제가 있을 수도 있다는 죄책감을 갖게 됐다. 그로부터 몇 년이 지난 어느 오후, 학교를 마치고 집에 늦게 돌아왔는데 다락에 쥐가 나타났다며 내 방에 난리가 나 있었다. 방바닥에 내 소지품들이 널브러져 있었고 옷장 문도 열려 있었으며 아버지는 발판 사다리를 밟고 다락을 살피느라 다리밖에 보이지 않았다. 나는 중고 서점 뒤쪽에서 슬쩍 훔쳐다가 벽장 안에 숨겨둔 낡은 〈위(Oui)〉를 아버지가 못 보고 넘어갔길 바랐다. 그런데 저녁 식사 후 아버지는 내 방으로 건너와 포르노 잡지에 나오는 여자들에 대해 어떻게 생각하느냐고 물었다.

나는 솔직하게 대답했다. "생각해본 적 없어요."

"음, 이제 너는 그런 것에 대해서도 생각해봐야 할 나이가 됐어."

그 당시 나는 아버지의 모든 면이 싫고 창피했다. 아버지는 우주 비행 관제 센터 직원이나 쓸 법한 안경을 썼고, 석유 화학 제품으로 머리카락을 매끈하게 넘겼으며, 서부영화 속 살인 청부업자 같은 자세로 서 있곤 했다. 아버지를 보면 모든 치아가 부정교합이며 무의미한 일을 반복하는 비버가 떠올랐다. 쓸데없이 댐을 하나 더 만들고, 나무줄기를 물어뜯고, 함박웃음을 지으며 물속을 첨벙거리는 비버. 도대체 왜 그러는 걸까? 왜, 도대체 왜?

아버지는 훈계조로 말했다. "섹스는 위대한 축복이야. 하지만 포르노 잡지에는 인간의 고통과 비하가 담겨 있을 뿐이야. 그 잡지를 어디서 구했는지 모르겠지만 그런 잡지를 소유함으로써 너는 동료인 인간을 비하하는 일에 실질적으로 관여하게 돼. 그 잡지에 나오는 모델이 신시아나 엘런이라고 상상해봐—"

"예, 알아들었어요."

"그래? 이 여자들도 누군가의 누나이고 딸일 수 있다는 걸 이해하겠어?"

나는 도덕성이 훼손되고 실제보다 더 나쁜 인간으로 매도된 기분이었다. 나는 타인을 비하하는 일에 실질적으로 참여한 적이 없었다. 오히려 중고 서점에서 그 잡지를 훔침으로써 중고 포르노 잡지를 대량 구매한 서점을 재정적으로 벌한 것이었다. 오히려 나는 도덕적인 재활용 운동가에 가까웠다. 훔친 〈위〉를 개인적으로 어떻게 활용할지는 내가 알아서 할 일이었다. 여성 착취적인 잡지를 구매하지 않고 훔치는 것은 여성을 착취하는 자들을 벌하는 행위이며, 처녀림 벌목과 펄프화를 막는 행동이었다.

며칠 후 나는 잡지를 몇 권 더 훔쳤다. 나는 〈위〉에 나오는 여자들이 〈플레이보이〉에 나오는 여자들보다 더 실제처럼 느껴져서 〈위〉를 선호했다. 〈위〉의 여자들은 어쩐지 유럽인 같고 더 교양 있고 지적이며 감정이 풍부해 보였다. 나는 그녀들과 깊은 대화를 나누는 상상, 배려하며 얘기를 들어주는 내 모습에 그녀들이 매혹당하는 상상을 하곤 했다. 물론 찰나의 오르가즘을 느끼고 나면 그녀들에 대한 관심이 떨어지곤 한다는 사실은 부정할 수 없었다. 나는 구조적 불공평에 봉착해 있었다. 그녀들의 사진을 보면 흥분하는 수컷이라는 이유로 불공평하게 나쁜 놈으로 취급받고 있었다. 나는 해를 가할 의도가 없었지만 이미 가해자가 되어 있었다.

상황은 더욱 나빠졌다. 대학 진학을 앞두고 나는 졸업반 무도회 데이트 상대인 메리 엘런 스탈스트롬과 서로 동정, 처녀성을 떼기로 담담하지만 한편으로 흥분되는 약속을 한 터였다. 메리 엘런이 좋아하는 상대는 따로 있었지만 그와의 섹스는 이룰 수 없는 소망이었기에 나랑 하기로 한 것이었다. 그 해 여름 마지막 주말에 우리는 서로 아는 친구의 부모님 소유인 에스테스 파크의 오두막으로 갔다. 중요한 삽입의 순간, 나는 실수로 메리 엘런의 가장 민감한 금단의 구역인 항문에 성기를 찔러 넣고 말았다. 메리 엘런은 목이 터져라 비명을 지르고 몸을 움츠리며 나를 걷어찼다. 그녀를 달래며 사과하려 했지만 히스테리에 기름을 붓는 격이었다. 그녀는 울부짖고 몸부림치고 과호흡 증상을 보이면서 무어라 계속 웅얼거렸다. 간신히 그 말을 해독한 나는 크게 안도했는데, 지금 당장 덴버에 있는 집으로 데려다달라는 얘기였다.

펜실베이니아 대학교에 입학 허가를 받았을 때에도 항문을 찔린 메리 엘런의 비명 소리는 내 귓가에 계속 울려댔다. 아버지는 좀 더 작은 대학을 가는 게 낫지 않겠냐고 제안했지만, 펜실베이니아 대학에서 내게 장학금을 주기로 한 데다가 아이비리그 대학에 가야 부유하고 권력 있는 사람들을 만날 거라는 어머니의 설득이 더 일리 있게 들렸다. 그런데 학교를 3년 동안 다니면서 부유한 친구는 한 명도 사귀지 못했다. 대신 남성으로서의 내 죄책감은 확고한 이론적 토대를 제공받게 됐다. 신입생 오리엔테이션 주간에 오버롤 작업복을 입은 여자 선배가 주최한 성에 관한 담화를 시작으로 강의실 안팎에서 다양한 강연을 들으면서 나는 생각보다 더 강력하게 가부장제에 필연적으로 연루되어 있음을 알게 됐다. 그 결과 어떤 여성과 친밀한 관계를 맺더라도 나는 내 동기를 선험적으로 의심하게 됐다.

물론 친밀한 관계 자체가 문제가 되지는 않았다. 동안이기는 해도 키가 150센티미터 이하인 여자들에게는 심하게 어려 보이지는 않는 듯했다. 그중 한 명이 내가 2학년 때 〈데일리 펜실베이니언〉에서 함께 일하며 알게 된 여자였다. 그녀는 내게 의미심장한 표정을 짓고 고개를 한옆으로 꼬기 시작하더니, 마침내 내가 자기를 '몹시 아프게' 해주면 좋겠다는 '위험'한 내용이 담긴 쪽지를 건넸다. 나는 그녀의 뜻을 받들어 저녁 시간에 캠퍼스 내의 그린 공원에서 그녀와 데이트를 했다. 사실 나는 그녀와의 섹스에 크게 흥미가 동하지 않았다는 점 때문에 죄책감을 느꼈고—키 작은 여자라는 것 외에 그녀의 다른 면은 볼 줄 모르는, 한마디로 여성을 물건 취급하는 남성이 바로 나라는 점 때문에—또 한편으로는 마침내 누군가와 섹스를 할 수 있겠구나 하는 부도덕한 남성적 동기에 힘입어 데이트를 나간 것이었다. 그러나 그녀가 또 고개를 한옆으로 기울이며 신호를 보냈을 때 나는 응하지 못했고 결국 그녀에게 상처만 남긴 채 미안해하며 데이트를 끝냈다. 상처받은 그녀는 결국 신문사까지 그만두고 말았다.

나는 맥주를 마시거나 교내의 휴스턴 홀에서 당구를 치거나 〈데일리 펜실베이니언〉 신문사에서 시간을 보내며 마음을 달랬다. 대학생으로서 온갖 시시한 일들을 해가며 동시에 학내 신문의 언론인으로 활동을 하다 보니 나와 친구들은 꽤나 자부심이 컸는데, 그런 자부심을 가진 사람들은 나중에 〈뉴욕 타임스〉 기자들을 만나면서 또다시 보게 됐다. 당시 우리는 순수함의 결정체나 다름없었지만 고등학교 시절 대단한 성적 편력이 있었다며 허풍을 떨어댔다. 내가 거짓말을 하는 만큼 친구들도 거짓말을 하고 있으리라는 생각은 들지 않았다. 그런 내 속을 간파한 사람이 바로 루시 힐이었다. 루시는 초트 로즈메리 홀*을 졸업하고 펜실베이니아 대학에 입학하기 전 2년 동안 웨이트리스로 일한 적이 있었다. 루시의 남자 친구는 나이가 서른 살 가까이 됐고 독학으로 목수 일을 배운 히피인데 루시가 제일 좋아하는 작가인 D. H. 로런스를 많이 닮았다. 나에 대한 루시의 우호적이면서 냉철한 관심은 신시아 누나의 관심보다 솔직하고 너그러운 면이 있었다. 내가 메리 엘런 스탈스트롬에게 한 짓에 대해 털어놓았을 때 루시는 깔깔 웃으면서 메리 엘런이 비명을 지른 이유는 비록 걔가 인정하고 싶진 않겠지만 딱 자기 취향인 섹스를 내가 해줬기 때문이라고 했다. 루시는 내가 토끼처럼 미친 듯이 섹스를 할 상대를 찾아주고 싶어 했다. 나는 토끼처럼 미친 듯이 섹스를 할 상대라는 표현이 마음에 들지 않아서 지금 잘난 척하는 거냐고 모호하게 화를 냈다. 하지만 루시 말고는 섹스에 대한 얘기를 할 사람이 없어서 나는 연한 커피와 《무스우드 요리책》을 보고 만든 곤죽 같은 디저트를 먹어준다는 핑계로 캠퍼스 밖에 위치한 루시의 집을 찾곤 했다.

애너벨이 나를 비난하며 내 사무실을 나설 때까지만 해도 우린 둘 다 모

* 1890년에 설립됐으며 코네티컷주 월링포드에 위치한 남녀공학 기숙학교.

르고 있었지만 애너벨이 원하는 취향의 남자가 바로 나였다. 사무실 창밖으로 10월의 해가 갑작스레 저물고 있었다. 나는 황혼의 빛 속에 앉아 부끄러움을 곱씹었다. 나도 내가 등신이라는 걸 인정할 준비가 돼 있기는 했지만 나보다 연상에 엄청 매력적인 (게다가 부자이기까지 한) 여자한테서 등신 소리를 듣자 기분이 좋지 않았다. (그 여자가 부자라는 사실은 처음부터 내 뇌리에 박혀 잊히지 않았다.) 그 여자는 오로지 나를 비난하기 위해 스퀼킬강을 건너 친히 내 사무실에 왕림했다. 나는 어떻게 해야 할지 알 수가 없었다. 루시에게 전화를 했다가는 추가로 비난만 듣고 말 것이었다. '너는 등신이야'라는 말을 머리에서 지울 수가 없었다. 고기 포장지에 싸인 애너벨의 알몸이 눈앞에 계속 아른거렸다.

식당에 잠시 들러 치킨커틀릿 두 개와 케이크 한 조각을 먹고 기숙사 방으로 돌아와 미리 손바닥에 적어두었던 애너벨의 번호로 전화를 걸었다. 신호가 열 번 가도록 받지 않아 결국 수화기를 내려놓았다. 마침 저녁을 먹고 온 오즈월드가 방으로 들어와 어둠 속에 앉아 있는 나를 보았다.

"이런, 톰 아저씨가 생각에 잠겨 있네. 무엇이 그를 '화나게 만들었을까'. 무엇이 '그를 괴롭히고 있을까'." 그리고 오즈월드는 동아시아인 악당 '클로'가 등장하는 〈겟 스마트〉*의 대사를 인용했는데, 그 시리즈의 대사를 인용한 게 그때가 처음은 아니었다. "나는 '그냥 클로'가 아니오! 바로 '그 클로'란 말이오!"

나는 오즈월드에게 너 때문에 망했고 창피를 당했다고 말하려 했지만, 오즈월드는 자기가 한 짓은 까맣게 모르고 그저 신이 나 있어서 나는 그의 기분을 차마 망칠 수가 없었다. 그래서 나는 그 기사를 작성한 기자에게 대신 분노를 표출했다.

* 텔레비전 코미디 시리즈.

오즈월드는 맞장구를 치며 말했다. "그 자식이 밍크처럼 이빨이 좀 세기는 해. 이 우주에 정의라는 게 있다면 그 자식이 어떻게 그렇게 멋진 기사를 쓸 수가 있었겠어."

"애너벨 레어드에 대한 말들을 익명으로 인용한 건 정말 비열한 짓이었어. 아무래도 사과문을 게재해야 될 것 같아."

"아, 됐어. 그놈이 아무리 말똥말똥 빛나는 눈을 가진 밍크 같은 놈이어도 넌 편집장으로서 기자 편을 들어야지."

오즈월드와 나는 〈데일리 펜실베이니언〉에서 서로의 글을 혹평하면서 함께 성장했다. 그래도 상대의 기분을 풀어줄 수도 없을 만큼 심하게 울적해하게 만든 적은 없었다. 오즈월드는 덴버 브롱코스 팀의 백업 쿼터백 노리스 위즈(오즈월드는 네브래스카주 출신이고 덴버 브롱코스의 팬이었다)에 대한 인상을 얘기했고, 우리보다 멍청한데 인기는 훨씬 많은 동기들을 맹렬하게 씹어댔다. 나는 그의 얘기를 들으며 곧 웃음을 터뜨렸다. 오즈월드는 패배주의적인 노여움을 간직한 친구이지만 이요르*처럼 자부심이 높았다. 오즈월드 역시 오랜 기간 성생활에 가뭄을 겪었으나 얼마 전부터 시를 쓰는 2학년 여학생과 잠자리를 하고 있었다. 내가 보기에 그 여학생은 얼마 안 있어 오즈월드의 심장을 갈가리 찢어놓을 것 같았다. 오즈월드는 내가 여전히 겪고 있는 성생활의 가뭄을 존중하는 차원에서 그 여학생에 대해 언급을 잘 안 하는 편이었는데, 그가 나를 방에 홀로 두고 나가는 순간, 나는 그가 그 여학생에게 가려는 것임을 눈치챘다. 나는 또다시 회한의 구덩이 속으로 떨어졌다.

밤 10시경 나는 다시 애너벨에게 전화를 걸었고 이번에는 통화를 할 수 있었다.

---

* A. A. 밀른의 동화 《곰돌이 푸》에 나오는 늙은 당나귀.

"저기요. 당신을 잘 보호하지 못한 점에 대해 정말 마음이 좋지 않아서요. 어떻게든 피해를 보상하고 싶습니다."

"피해는 이미 입었어, 톰. 너도 이미 선택을 했잖아."

"하지만 저는 그쪽이 생각하는 그런 사람이 아닙니다."

"내가 널 어떻게 생각하는데?"

"나쁜 놈으로 보시잖아요."

"난 내 눈이 본 대로 판단할 뿐이야."

그녀는 이 대화가 재미있는지 말투가 약간 누그러졌다.

"제가 편집장 자리에서 물러날까요? 그러면 제 진정성을 믿어주시겠습니까?"

"나를 위해 그렇게까지 할 필요는 없어. 앞으로 더 나은 편집자가 되려고 노력하면 되잖아."

"그럴게요. 꼭 그러겠습니다."

"그래. 난 널 용서하지 않겠지만, 그래도 이렇게 전화를 해준 건 고맙게 생각하고 있어."

이 정도면 대화가 마무리되어야 하는 수순이었지만, 그 당시에도 애너벨은 전화를 끊는 부분에 있어서 결단력이 없는 편이었다. 나 역시 그녀에게 용서를 받지 못한 채 전화를 끊고 싶지 않았다. 2초 정도 침묵이 흘렀다. 침묵이 길어지자 나는 일말의 가능성에 가슴이 뛰었다. 나는 애너벨의 숨소리에 귀를 바짝 기울였다.

더 이상 침묵을 견딜 수 없어 나는 입을 열었다. "당신의 예술 작품을 보여준 적 있어요? 당신 영화를 보고 싶은데요."

"'내가 만든 동판화를 보러 내 방으로 와.' 이런 말을 기대하고 나한테 전화를 한 거니?" 또다시 그녀는 재미있어하는 말투였다. "지금 당장 여기로 와서 내 예술 작품을 보고 싶겠구나."

“정말 그래도 됩니까?”

“내가 농담을 하는지 아닌지 잘 생각해보고 판단해.”

“아, 예.”

“내 예술품은 벽에 붙어 있지 않아.”

“그렇죠.”

“그리고 나 말고는 아무도 내 방에 들어올 수 없어.”

단순히 상황이 그렇다는 게 아니라 법으로 금지돼 있다는 듯한 말투였다.

“당신은 흥미로운 사람 같아요. 우리 때문에 상처를 받게 해서 죄송합니다.”

“그런 거엔 이미 익숙해졌어. 사람들은 늘 내게 상처를 주거든.”

또다시 대화가 끊어졌다. 아까는 몰랐는데 문득 한 가지가 마음에 걸렸다. 애너벨이 외로움을 탄다는 것이었다. 애너벨은 타일러 예술 대학원에서 만난 친구가 하나 있는데 ‘놀라’라는 이름의 레즈비언으로, 고기 포장지 사건의 공범이기도 했다. 하지만 놀라가 가망도 없는데 애너벨에게 성적으로 들이대곤 해서 그들은 더 친한 사이로 발전하지 못하고 있었다. 그 외의 다른 학생들은, 애너벨의 말에 따르면, 다들 애너벨에게 적대적이었다. 애너벨이 영화 관련 수업 프로그램도 없는 학교에서 영화감독으로 활동하며 특별 대접을 받고 있으니 그들이 분노할 법도 하지만, 실제로 그들이 애너벨을 적대시하는 이유는 그녀의 성격 때문이었다. 사람들은 애너벨의 외모와 날 선 말투, 그녀가 진짜 예술적 천재일 수도 있다는 가능성에 매혹됐고, 애너벨은 기본적으로 남들의 시선을 끌어모으는 재주가 있었다. 사람들은 그녀의 겉모습만 보고 활달한 성격이리라 짐작하지만 사실 그녀는 대단히 소심한 성격이었다. 그녀는 엄격한 도덕률과 우월감을 내세우며 사람들과 거리를 두었는데, 실제로는 거의 수줍음 때문이었다. 애너벨에게 영화를 만들어보라고 격려했던 교수가 나중에 수작을 걸어오자 애너벨은 그의 행동이 (a) 탐욕스러운 짓이고

(b) 드문 일은 아니지만, 그로 인해 (c) 그녀의 재능에 대한 교수의 평가를 믿을 수 없게 됐다고 결론을 내렸다. 그 후로 애너벨은 대학을 비롯한 기관에 소속된 자들을 적대시하게 됐다. 다른 학생들은 교수의 평가에 민감하게 반응하고, 교수에게 인정받고 싶어 하고, 교수를 통해 화랑과 인연이 닿으려 노력하는데 자기는 그렇지 않으니 따돌림을 받는 것 같다고 애너벨은 말했다.

그날 밤 두 시간 가까이 흥미진진하게 통화를 하면서 나는 애너벨에 대해 여러 가지를 파악할 수 있었다. 나는 말을 재미있게 잘하는 편은 아니지만 남의 얘기를 잘 들어주는 편이었다. 내가 얘기를 경청할수록 그녀의 목소리는 부드러워졌다. 그러다 우리는 묘한 우연을 알게 되었다.

애너벨은 캔자스주 위치토의 칼리지힐에 위치한 대저택에서 자랐다. 그녀는 농업 관련 대기업이며 이 나라에서 두 번째로 규모가 큰 비공개 회사인 매캐스킬을 소유한 두 가문 중 한 가문의 4대손의 자녀였다. 애너벨의 아버지는 매캐스킬의 지분 5퍼센트를 상속받고 매캐스킬가의 4대손인 여자와 결혼을 한 후 매캐스킬에서 일을 하기 시작했다. 소녀 시절에 애너벨은 아버지와 무척 친한 사이였다. 기숙학교인 초트 로즈메리 홀에 다녀야 할 시기가 왔지만—애너벨의 어머니는 로즈메리 홀이 초트 스쿨과 합병해 초트 로즈메리 홀이 되기 전에 로즈메리 홀에 다녔다—애너벨은 그 학교에 가고 싶어 하지 않았다. 하지만 어머니는 애너벨을 꼭 그 학교에 보내고 싶어 했고, 아버지는 평소답지 않게 딸의 얘기를 들어주지 않았다. 그래서 결국 애너벨은 열세 살 때 코네티컷주에 소재한 초트 로즈메리 홀에서 살게 됐다.

"나는 정말 오랫동안 상황을 완전히 반대로 알고 있었어. 어머니는 형편없는 사람이고 아버지는 멋진 사람이라고 생각했었지. 아버지는 아주 똑똑하고 매력적인 사람이었어. 사람들을 다루는 방법도 잘 알았고. 내가 초트 로즈메리 홀에 다니게 된 후로 아버지는 어머니를 배신하기 시작했고 어머니는 아침을 먹고 나면 술부터 찾게 되었는데, 그제야 나는 어머니가 나를 보호하기 위해 집에서 멀리 떨어진 기숙학교로 보냈다는 걸 알게 됐어. 어머니는 그렇다고 인정한 적이 없지만 난 알아. 아버지는 어머니를 서서히 죽이고 있었어. 어머니는 아버지가 나까지 죽이지 못하게 하고 싶었던 거야. 그것도 모르고 나는 어머니를 부당하게 대했어. 그리고 얼마 후에 아버지는 어머니를 죽였어. 내 불쌍한 어머니를."

"아버지가 어머니를 죽였다고요?"

"매캐스킬 가문이 어떤 식으로 움직이는지 알아야 이해가 될 거야. 매캐스킬 가문 사람들은 가족끼리 사업을 이끌어가야 한다는 생각에 사로잡혀 있어서 외부인은 사업 내용을 알 수도 없어. 가족들의 통제하에 모든 게 비밀스럽게 이루어지지. 레어드 가문의 남자가 매캐스킬 가문의 여자와 결혼을 했으면 그 관계는 영원히 깨질 수 없어. 그만큼 가족의 연대를 중요시하는 거야. 내가 기숙학교로 떠난 후 아버지는 바람을 피우기 시작했는데 어머니 입장에서는 술로 속을 달래는 것 말고는 할 수 있는 일이 없었어. 그게 매캐스킬 가문의 방식이야. 그들은 술과 마약, 헬리콥터 조종 같은 위험한 취미로 스트레스를 풀지. 우리 가문 사람들 중 얼마나 많은 이들이 뭔가에 중독되어 살고 있는지 알면 넌 깜짝 놀랄걸. 지금 우리가 통화하고 있는 동안에도 내 남자 형제들 중 한 명은 지금 마약을 하고 있을 거야. 우리 가문 사람이면 매캐스킬 사에서 일을 하면서 가문의 부를 늘리든지—그들은 그걸 매캐스킬 방식이라고 불러—아니면 쾌락에 빠져 자살을 하든지 둘 중 하나야. 그들을 죽지 않고 살게 해줄 현실원칙 따위는 존재하지 않거든. 가족 중에 누군가는 생계를 위해 일해야 하는 집안과는 분위기가 완전히 달라."

나는 그녀의 어머니에게 무슨 일이 있었는지 물어보았다.

"어머니는 우리 집 수영장에서 익사했어. 그때 아버지는 시내 밖에 나가 있었기 때문에 지문은 나오지 않았어."

"언제 있었던 일이에요?"

"2년 조금 더 됐어. 6월이었고, 공기가 따뜻하고 기분 좋은 밤이었어. 어머니의 혈중알코올농도는 덩치 큰 말도 쓰러지게 할 정도로 높았어. 그래서 어머니는 얕은 물에 빠져 돌아가신 거야."

나는 정말 마음이 아프다고 말하면서 내 아버지도 6월에 돌아가셨다고 털어놓았다. 아버지는 돌아가시기 2주일 전에 은퇴했는데 워낙 에너지가 넘치는 분이어서 65세 생일 이후로는 '교사라는 직업에서 은퇴한다'는 것 외에 '은퇴'라는 말은 입에 올리지도 않았다. 교사직을 은퇴한 아버지는 날도래파리 수집품을 다시 재건해 박사 학위를 받고, 러시아어와 중국어를 배우고, 외국인 교환학생들을 위해 행사를 주최하고, 편안한 이동을 위한 어머니의 요구 조건에 맞는 레저용 자동차를 구매할 작정이었다. 그런데 아버지가 막상 은퇴하고 제일 먼저 한 일은 동물학과 관련해 필리핀으로 2개월간 파견되는 단체에 자원한 것이었다. 아버지가 외국 여행에 대한 오랜 갈망을 실현하는 동안 나는 어머니 혼자 외롭지 않도록 젊은 나이에 여름 내내 집에 있을 생각을 하고 있었다. 운전을 해서 아버지를 덴버 공항까지 태워다 드렸는데 아버지는 그때 이런 얘기를 했다. 어머니가 까다로운 사람이긴 하지만, 그런 어머니에게 짜증이 나면 어머니가 힘든 어린 시절을 겪었고 지금 건강 상태가 좋지 않다는 점을 기억하라고. 애정이 담긴 그 말을 끝으로 다시는 아버지의 목소리를 듣지 못했다. 하루 뒤, 아버지가 타고 있던 작은 비행기가 산기슭에 충돌하는 사고가 발생했고, 그 사고는 〈뉴욕 타임스〉에 4단락짜리 기사로 실렸다.

"날짜가 언제였어?"

"필리핀 날짜로는 6월 19일이고 덴버 날짜로는 6월 18일요."

애너벨의 목소리가 거칠어졌다. "진짜 묘하다. 우리 어머니도 같은 날 돌아가셨어. 우린 같은 날에 부모 중 한 명을 잃은 거야."

엄밀히 따지면 완전히 같은 날짜는 아니었다. 그녀의 어머니는 미국 날짜로 19일에 돌아가셨으니까. 애너벨과 통화를 한 금요일 밤 전까지 나는 미신 따위를 믿지 않는 사람이었다. 아버지는 우연을 지나치게 중시하는 풍조와 개인적으로 전쟁을 벌였고, 집에서도 미신 타파를 위해 학교에서 했던 얘기를 몇 번이고 되풀이하곤 했는데, 이를테면 주시 프루트 껌을 씹으면 머리카락이 금발로 변한다는 것을 적절한 과학적 추론을 통해 '증명'하는 식이었다. 그런데 한 시간 반 동안 통화하면서 내 세상은 귀에 들려오는 애너벨의 목소리에 맞춰 줄어들었고, 그런 와중에 애너벨이 묘한 우연 얘기를 하자 마치 운명이 나를 앞질러가는 듯하여 나는 몸을 떨었다. 처음으로 전화기를 통해 진지하게 대화를 나눠서인지, 사람 자체가 단어로 증류되면서 곧장 내 뇌에 꽂히고 있었다. 이런 우연이 어떻게 중요하지 않을 수 있을까? 여섯 시간 전에 나를 등신이라고 불렀던 이 흥미로운 여자는 지금 한 시간 반에 걸쳐 사랑스러운 목소리로 내게 비밀을 털어놓고 있었다. 놀랍고 마법에 홀린 듯했다. 몸의 떨림이 멈추자 성기가 발기되었다.

"그 의미에 대해 어떻게 생각해?" 애너벨이 물었다.

"글쎄요. 별 의미가 없을 수도 있죠. 아버지도 그렇게 말씀하시곤 했어요. 비록—"

"진짜 묘하잖아. 나는 원래 오늘 너희 사무실로 갈 계획이 없었거든. 반스 컬렉션에 갔다가 돌아오는 길이었어. 그 컬렉션은 또 다른 얘기야. 왜 르누아르 영감의 작품을 아직까지도 계속 봐줘야 한다고 생각하는지 그 이유를 모르겠는데, 타일러 예술 대학원 교수 중에 그런 생각을 가진 사람이 있거든. 작년에 다들 그 교수의 수업을 들을 때 나는 안 듣고 빠졌는데 이번에는 운이 없었는지 그 수업을 듣게 됐어. 예외가 통하겠거니 했지만 아무도 나를 예외로 쳐주고 싶어 하지 않더라. 30번가 기차역 플랫폼에 서 있는데 너희가 나한테 한 짓을 생각하니 너무 화가 나서 기차를 놓친 줄도 몰랐어. 그게 신문사로 가서 너를 만나라는 징조처럼 느껴졌어. 왜냐하면 기차를 놓쳤으니까. 기차를 놓칠 만큼 어떤 생각에 깊게 빠져든 건 처음이었으니까."

나는 발기된 성기가 재촉하는 대로 맞장구를 쳤다. "징조 같기는 하네요."

"넌 누구니? 왜 이런 일이 일어났지?"

나는 그녀의 목소리에 취해 방금 들은 질문이 비정상적이라는 생각을 하지 못했다. 다만 너무 진지해서 겁이 나기는 했다. "나는 미국인이고 덴버에서 태어났습니다." 나는 이렇게 말한 후 호기롭게 덧붙였다. "솔 벨로 같은 사람이죠."

"솔 벨로가 덴버 출신이었어?"

"아뇨, 시카고요. 나더러 누구냐고 물으셔서."

"솔 벨로가 누구냐고 물어본 적은 없는데."

"솔 벨로는 퓰리처상을 받은 소설가예요. 내가 하려는 것도 바로 그거고요." 나는 그녀에게 조금이라도 흥미로운 존재로 다가가려 애썼지만 내가 들어도 바보 같은 말이었다.

"소설가가 되고 싶어?" 애너벨이 물었다.

"아뇨, 기자가 될 겁니다."

"그럼 네가 내 얘기를 갖다가 소설로 써낼 걱정은 안 해도 되겠다."

"그런 일은 없을 거예요."

"내 얘기잖아. 내 소재라고. 내 예술의 원천이야."

"물론 그렇죠."

"하지만 기자들은 벌어먹으려고 사람들을 배신하지. 네 밑에 있는 기자도 나를 배신했어. 나는 그 기자가 내가 표현하려고 하는 바에 관심이 있는 줄 알았어."

"그런 기지만 있는 건 아닙니다."

"이만 전화를 끊어야 할지, 이게 나쁜 징조가 아닐지 고민돼. 배신과 죽음은 나쁜 징조잖아? 그러니까 이만 전화를 끊어야 될 것 같아. 네가 나에게 상처를 준 게 다시 떠오르네."

하지만 물론 그녀는 전화를 끊지 못했다.

"애너벨, 부탁인데, 당신을 다시 만나고 싶어요." 나는 처음으로 그녀의 이름을 불렀다.

그리고 다시 그녀를 만나기는 했으나, 연한 커피와 오트밀을 넣은 브라운 베티 비슷한 디저트를 먹으러 루시의 집을 방문한 후였다. 내가 보기에 루시의 집은 토끼처럼 미친 듯이 섹스를 하는 집 분위기를 물씬 풍겼고 지나치게 뜨끈했다.

"그 기사에 대해서는 너무 마음 쓰지 마." 루시가 내게 말했다. "그리고 나는 네 쪽으로 토네이도가 가고 있다는 걸 알려주려고 전화했던 것뿐이야. 애너벨은 니체를 읽고 선과 악에 대한 자기만의 개념을 극복할 필요가 있어. 애너벨이 늘 입에 달고 다니는 철학자는 키에르케고르뿐이거든. 키에르케고르와 잠자리를 하는 걸 상상할 수 있겠어? 그는 쉴 새 없이 이렇게 물어대겠지. '내가 너에게 이걸 해도 될까? 과연 괜찮을까?'"

"계속 마음이 쓰여."

"어제 애너벨이 전화해서 너에 대한 얘길 하더라. 애너벨이 너와 마라톤 대화를 한 것 같은데, 맞지?" 루시는 브라운 베티를 더 집어 먹었다. 그녀는 뚱뚱한 편은 아니지만 얼굴과 허벅지에 살이 붙어 《무스우드 요리책》 같은 분위기를 풍겼다. "네가 좋은 사람이냐고 묻더라. 좋은 사람 말이야. 난 그게 너와 자고 싶다는 의미라는 걸 알아챘어. 너도 누군가와 자야 할 필요가 있긴 한데 애너벨이 적절한 상대인지는 모르겠다. 진심이야. 난 애너벨을 정말 좋아해. 초트 로즈메리 홀에 같이 다녔고 졸업 학년 때 추억도 있으니까. 그 학교 선생님들은 모두 애너벨을 경외했어. 애너벨은 늘 돈이 많았고, 수경법으로 재배하기 시작한 강력한 마리화나도 갖고 있었지. 사람을 상대할 때 문제가 있긴 했지만 술이나 마리화나에 취해 있을 때는 또 달랐어. 애너벨은 파티에 참석했다 하면 마리화나에 위험할 정도로 심하게 취했고 누군가와 섹스를 하고 아침 6시에 일어나 대학 수준의 논문을 쓰는 애였어. 나도 애너벨이랑 자고 싶었는데 우리가 룸메이트가 됐을 무렵에 애너벨이 섹스를 멀리하기로 맹세를 한 뒤라서 못 했지. 애너벨은 마리화나도 끊고 성녀 애너벨이 됐어. 난 지금도 애너벨을 사랑하고 이번 기사에 대해 감정이 좋지 않지만, 너희 쪽 기자와 말을 섞은 애너벨 잘못도 있다고 봐. 어떻게 보면 애너벨이 이번 일을 자초한 거야."

"애너벨은 지금 남자 친구 있어?"

"아무도 안 사귄 지 꽤 오래됐지. 그래서 자위를 몇 번이나 하냐고 물었더니 어떻게 그런 걸 물어보냐는 식으로 경악을 하더라. 초트 로즈메리 홀 역사상 제일 망나니처럼 놀던 계집애가 말이야. 내 생각에는 애너벨이 초트 시절에 성적으로 좀 망가진 게 아닌가 싶어. 너무 어린 나이였고 성병에도 걸렸었거든. 불행한 일이지. 어쨌든 애너벨이 너의 성생활에 적합한 후보는 아니라는 게 내 생각이야."

이 정보를 머릿속으로 곱씹고 있는데 루시가 내 손을 덥석 잡더니 너저분한 요리 도구들이 탑처럼 쌓여 있는 주방 밖으로 나를 이끌었다. 그리고 남자 친구인 밥과 함께 쓰는 방으로 나를 데려갔다. 침대는 정리되어 있지 않았고 방바닥에는 옷이 이리저리 널려 있었다. "내가 새로운 계획을 세웠어." 루시는 나와 이마를 맞대더니 나를 밀어붙여 침대 쪽으로 뒷걸음질 치게 만들었다. "우리 천천히 한번 시작해보자. 어떻게 될지 알아보는 거야. 어때?"

"밥은 어쩌고?"

"그건 내 문제니까 네가 신경 쓸 필요 없어."

일주일 전 같으면 루시의 계획에 따랐을지도 몰랐다. 하지만 애너벨을 마음에 담게 된 지금은 섹스가 브라운 베티를 먹는 것처럼 자연스럽고 편안한 것이어야 한다는 생각에 반감이 들었다. 섹스는 어느 정도 두려운 것이어야 마땅한 것 같았다. 게다가 루시가 나를 애너벨한테서 떼어놓으려 하고 있다는 생각이 들었다. 행동을 보면 알 수 있었다. 우리는 페이즐리 무늬 시트 위에서 10분 정도 껴안고 애무를 했으나 나는 결국 그녀를 밀어내고 일어섰다.

"그래도 재미있지, 안 그래?" 루시가 말했다. "이렇게 해볼 생각을 몇 달 전에 했어야 했는데 말이야."

"그래, 재미있네." 예의를 차리기 위해 나는 다음 기회가 기대된다고 빈말을 덧붙였다.

애너벨과 함께한 일요일 오후는 그 전과는 무척이나 달랐다. 우리는 서늘한 회색빛이 도는 하늘 아래, 미술관에서 만났다. 검은색 가장자리 장식이 있는 진홍색 캐시미어 외투를 입고 나온 애너벨은 확고한 예술적 견해로 무장한 채였다. 미술에 관해 가르침을 달라고 부탁하자 애너벨은 화랑 안을 초조하게 휩쓸고 다니며 전시된 작품들을 무시하는 말들―"지루해", "아이디어가 잘못됐어", "이건 종교가 어쩌고저쩌고", "고기, 순 고깃덩어리일 뿐이야"―을 쏟아냈다. 그러다 토머스 에이킨스의 그림 앞에 서자 애너벨은 눈에 띄게 편안해진 표정이었다.

"바로 이 남자야. 내가 신뢰하는 유일한 남성 화가. 카미유 코로와 그의 그림 속 소들도 나쁘진 않아. 소의 슬픔을 잘 포착해냈으니까. 모딜리아니도 괜찮기는 한데, 그건 내가 그의 작품에 반해서 그가 나를 그려줬으면 얼마나 좋았을까 하는 생각을 했기 때문인 거고. 나머지 화가들은 여자들에 대해 거짓말을 하고 있어. 여자들을 그리고 있지 않을 때에도, 풍경을 그리고 있을 때에도 마찬가지야. 여자들에 대해 거짓말만 늘어놓고 있어. 모딜리아니도 마찬가지야. 내가 왜 모딜리아니를 용서했을까. 용서하면 안 되는 건데. 아마 그가 모딜리아니이기 때문인 것 같아. 내가 그를 직접 만나지 못한 게 다행일 수도 있지. 나중에 이 박물관에 소장된 여성 화가들의 그림을 보여줄게. 아, 잠깐." 애너벨은 콧방귀를 뀌며 덧붙였다. "여기엔 여성 화가의 작품이 한 점도 없구

나. 그러니까 이곳은 남성 화가들의 솔직함을 보여주기 위해 여성 화가를 배제하면 어떻게 되는지를 한눈에 보여주는 미술관인 거야."

나는 애너벨이 남성 화가를 적어도 한 명은 좋아해서 다행이라고 여겼다. 그녀가 원칙에 어긋나는 예외를 둘 수도 있다는 뜻이니까. 애너벨은 예술사 강사로는 형편없었지만, 그래도 이 미술관에서 화가 한 명의 작품만 봐야 한다면 애너벨이 고른 에이킨스는 그리 나쁜 선택은 아니었다. 애너벨은 에이킨스의 그림 속 뱃사공과 노, 스컬, 항적의 기하학적 구조를 짚어냈고 에이킨스가 델라웨어 협곡 저지대의 분위기를 솔직하게 그려냈다고 평했다. 그러나 애너벨의 주된 관심사는 에이킨스가 표현한 인체였다. "사람들은 수천 년 동안 인간의 몸을 그림으로 표현했어. 그러니 지금쯤은 굉장히 잘 그리게 됐을 거라고 보통 생각들을 하잖아. 그런데 인체를 제대로 그리는 건 세상에서 제일 어려운 일이거든. 있는 그대로 보는 것조차 쉽지가 않아. 그런데 에이킨스는 인체를 제대로 포착했고 제대로 그려냈어. 사진가들조차도, 아니 특히 사진가들의 경우 사진을 찍는 과정에 아이디어가 개입을 하게 되지. 그런데 토머스 에이킨스는 달라." 애너벨은 나를 돌아보며 물었다. "네 이름은 그냥 톰이야, 아니면 토머스의 약칭이야?"

"토머스예요."

"내 이름에 네 성을 붙이지 않은 걸 다행으로 여겨야 할까?"

"내 성을 붙이면 애너벨 애버런트(Aberant)가 되겠죠."

애너벨은 잠시 생각에 잠겼다. "애너벨 어베런트(Aberrant)*면 나쁘지 않겠어. 내 인생을 두 단어로 압축한 의미도 있고."

"편한 대로 발음해요."

---

* '일탈한'이라는 뜻.

장차 나와 결혼을 할 수도 있다는 코드화된 암시를 떨쳐버리려는 듯 애너벨은 화제를 돌렸다. "그런데 너 무서울 정도로 동안이다. 너도 알고 있지?"

"안타깝게도 그렇네요."

"에이킨스의 작품도 그래. 이 정도로 정직하게 그림을 그리려면 성격이 좋아야 가능할 테니까. 성적인 문제가 있었을 수는 있지만 마음은 순수했을 거야. 사람들은 빈센트 반 고흐가 순수한 마음을 가졌다고 떠들지만 난 그렇게 생각 안 해. 빈센트의 머릿속은 거미로 가득 차 있어."

나는 애너벨이 호의를 베풀어 겨우 만나준, 멋이라곤 없는 어린 남동생이 된 기분이 들기 시작했다. 애너벨이 루시에게 전화를 걸어 나에 대해 물어본 것도 그렇고 애너벨이 내게 관심을 끌려 노력하고 있을지 모른다는 생각도 얼토당토않은 내 착각이 아닐까. 미술관을 나서면서 나는 애너벨에게 루시와는 무척 다른 것 같다고 말했다.

"루시는 뛰어난 지성을 가진 애야. 초트 시절에 걔는 제대로 된 야망을 가졌다고 내가 인정한 유일한 사람이기도 해. 그때만 해도 루시는 다큐멘터리를 만들어서 미국 영화계를 변화시키겠다는 야망을 갖고 있었는데 지금은 막일꾼 밥이랑 살면서 애 낳을 궁리나 하고 있지. 밥이 그동안 섭취해온 환각제들을 생각하면 그가 멀쩡한 염색체를 하나라도 갖고 있을지 의문이야."

"루시와 밥 사이에 문제가 생길 것 같기는 했어요."

"어서 빨리 문제가 생겼으면 좋겠어."

이 계절 들어 처음 등장한 눈송이가 미술관 계단 위로 비스듬히 휘날리고 있었다. 덴버에서라면 이런 날에는 눈이 15센티에서 30센티까지 쌓이겠지만 필라델피아에서는 이내 비로 변하고 만다는 것을 나는 경험으로 알고 있었다. 영혼을 압박하는 필라델피아의 수많은 거리들 가운데 가장 적막한 벤저민 프랭클린 파크웨이를 따라 내려가면서 나는 애너벨에게 왜 자동차를 안 가지고 있는지 물었다.

"내 포르쉐는 어디 있냐고? 그런 뜻이야? 아무도 나한테 운전하는 방법을 가르쳐주지 않았어. 그리고 네가 나에 대해 오해할까 봐 말해주는데 나는 우리 가문의 젖꼭지에서 젖을 떼는 중이야. 아버지가 내 마지막 학기 학비까지 내주겠지만 그걸로 끝이야."

"딸들은 재산상속을 못 받나 보네요?"

애너벨은 나의 좀스럽고 무모한 질문을 가볍게 무시했다. "돈은 이미 내 남자 형제들을 망쳐놨어. 나는 돈이 나까지 망치게 두지 않을 거야. 물론 주된 이유는 그게 아니지. 우리 가문의 돈에는 피가 묻어 있어. 내 당좌 예금계좌에서도 피 냄새가 나. 고기로 이루어진 강에서 흘러나오는 피. 고기로 이루어진 강, 그게 바로 매캐스킬 가문의 실체거든. 매캐스킬 사는 곡물 거래도 하지만 대부분의 수익은 고기로 이루어진 강에서 나오고 있어. 오늘 아침에 너도 매캐스킬 사의 고기로 아침을 먹었을지 몰라."

"이 도시가 스크래플*로 유명하긴 하죠. 돼지 내장과 눈알로 만드는 요리라던데요."

"바로 그게 매캐스킬의 방식이야. 모든 걸 이용하거든."

"스크래플 요리는 펜실베이니아 더치**의 요리에 가깝다고 보는데요."

"돼지고기 공장에 가본 적 있어? 양계장은? 가축우리는? 도살장은?"

"멀리서 냄새만 맡아봤어요."

"그런 곳이 바로 고기로 이루어진 강이지. 그 주제로 논문 취득용 영화를 만들 계획이야."

"그 영화, 나도 보고 싶네요."

"이미 볼 수 없을걸. 비건인 놀라를 제외하고는 다들 그런 영화를 싫어해.

---

* 저민 고기·야채·옥수수 가루를 기름에 튀긴 요리.

** 독일계 펜실베이니아 사람.

놀라는 나를 천재라고 생각하지만."

"비건이 뭔데요?"

"어떤 종류의 동물성 식품도 섭취하지 않는 채식주의자를 뜻해. 나도 그렇게 살아야 하는데 내 주식이 토스트와 버터라서 실천하기가 쉽지 않아."

나는 애너벨이 말하는 모든 것에 매료됐다. 우리가 가는 길이 기차역 방향이라, 나는 그녀의 마음을 사로잡지 못한 채 이대로 헤어지게 될까 봐 두려웠다.

"우리 신문사에서 스크래플에 대한 기사를 쓰도록 하죠. 스크래플의 재료가 어디서 오는지, 무엇으로 만들어지는지, 동물들은 어떤 취급을 받는지 조사하는 겁니다. 내가 직접 기사를 쓸 수도 있어요. 모두가 스크래플에 대해 불만을 갖고 있는데 그 실체를 아는 이가 없다면, 기사로서의 가치가 충분히 있죠."

애너벨은 인상을 썼다. "내 아이디어잖아. 네 아이디어가 아니라."

"우리가 당신에게 잘못했던 것에 대한 보상을 하려는 겁니다."

"나는 매캐스킬 사가 스크래플을 만드는지부터 알아볼 거야."

"아까도 말했지만 펜실베이니아 더치 요리예요. 그 요리 얘기를 꺼낸 건 바로 나고요."

애너벨은 보도에 서서 나를 똑바로 쳐다보았다. "우리가 꼭 그래야 하니? 누가 이기는지 경쟁을 해야 돼? 그럴 필요가 있는지 확신이 안 서."

나는 그녀가 우리 사이를 계속 이어갈 것처럼 말해 기분이 좋았으나, 한편으로는 그것이 그녀가 필요로 하지 않는 관계일까 봐 불안했다. 우리 관계에 대한 결정권은 애너벨에게 있었다. 애너벨에 대한 내 관심은 누가 봐도 뻔히 보일 정도였으니까.

"당신은 예술가이고, 나는 기자일 뿐입니다."

애너벨은 내 얼굴을 찬찬히 살피더니 다소 차갑게 말했다. "넌 참 예쁘게 생겼다. 네 말을 믿을 수 있을지 모르겠어."

나는 씁쓸하게 내뱉었다. "그래요. 토머스 에이킨스의 작품을 보여줘서 고마웠습니다."

애너벨은 장갑 낀 손을 눈가에 가져다 댔다. "미안. 기분 나빠하지는 마. 갑자기 두통이 심해져서 집으로 가야겠어."

캠퍼스로 돌아온 나는 애너벨에게 전화를 걸어 몸 상태는 좀 어떠냐고 묻고 싶었지만 그녀가 나에게 예쁘다고 했던 말이 마음에 걸렸다. 우리가 한 데이트는 내가 바랐던 것과는 너무나 달랐고, 꿈 같던 전화 통화의 연장선상도 아니었다. 그래서인지 내 성적 나침반의 바늘은 루시와 루시의 계획 쪽으로 자꾸만 되돌아가고 있었다. 게다가 얼마 전 어머니가 너무 이른 나이에 한 사람에게 깊게 빠지는 실수를 저지르지 말도록 경고를 한 터였다. 어머니는 내 경력을 우선으로 여기라고 했다. 그 말은 우선 돈을 번 다음 가장 비싼 집을 선택하라는 의미였다. 나는 루시에게 깊게 빠질 일은 없을 테니 그녀라면 안전할 것 같았다.

일요일 밤, 나는 덴버의 어머니에게 전화를 걸어 매캐스킬 가문의 상속자 중 한 명과 미술관에 함께 갔었다고 말했다. 이게 내 약한 부분인데, 나는 대학에 진학해서도 아이비리그의 잘난 친구들을 사귀지 못해 어머니를 실망시켰다고 여기고 있었다. 어머니를 기쁘게 해드릴 만한 소식을 전한 적도 별로 없었다.

"개를 좋아하니?"

"좋아해요."

"네 아버지 친구인 제리 녹스 씨도 매캐스킬 사에서 평생 근무했는데, 그 회사는 윤리 규범이 엄격하기로 정평이 나 있어. 그런 회사는 미국이 아니면 볼 수 없는……."

또다시 어머니의 일장 연설이 시작됐다. 아버지가 돌아가신 후 어머니는 인생의 구멍을 장황한 말로 채우려는 듯 말이 부쩍 많아졌다. 어머니는 머리가 허옇게 세도록 내버려두어 머리가 노란색이 섞인 회색이 됐고 그래서 더 나이 들고 사별한 사람다워 보였다. 실제 나이는 마흔넷밖에 안 됐는데 말이다. 나는 어머니가 마음을 추스르는 애도 기간이 끝나고 나면 재혼하기를 바랐다. 이번에는 부자이고 정치적으로 보수주의자인 사람을 잘 고르기를 염원하는 바였다. 그런데 어머니는 별달리 애도하는 기색이 없었다. 애도 기간에 아버지 얘기를 하면서 아버지의 무의미한 죽음에 분노할 뿐이었다. 비행기 사고로 인한 충격은 나와 누나들이 고스란히 감당해야 했다. 그 무렵 나는 돌아가신 아버지에 대해 전보다 마음이 유해져 있던 터였다. 아버지가 재직했던 고등학교 강당에서 열린 추도식에 참석해서 보니 아버지의 동료들과 예전 아버지에게 배웠던 학생들로 강당이 넘쳐나고 있었다. 아버지는 교사로 살아온 자신을 그리 좋아하지 않았지만 나는 그런 아버지의 아들이어서 자랑스러웠다. 누나들의 추도 연설은 남편을 잃은 어머니에게 감정을 토로하는 내용이 주를 이루었고, 내 옆에 앉은 어머니는 입술을 꽉 깨물고 앞만 노려보았다. 추도식이 끝날 때까지도 어머니는 눈물 한 방울 흘리지 않았고 "그는 참 좋은 남자였어"라고 말한 게 전부였다.

그때부터 3년 동안 나는 여름방학 때마다 집으로 내려가 어머니와 괴로운 시간을 보내야 했다. 그곳에서 내가 찾을 수 있는 가장 보수가 높은 아르바이트 자리는 어머니가 몸담고 있는 앳킨슨 약국의 체인점이었다. 아르바이트를 마치고 저녁 늦게까지 친구들과 어울리다가 자정 넘어 집으로 돌아오면 내 방에서 풍기는 고약한 냄새가 나를 맞아주었다. 어머니의 결장은 나와 내 누나들을 못마땅해했다. 작은누나인 신시아는 대학원을 중퇴하고 캘리포니아주 센트럴밸리에서 노조 운동가로 활동했다. 큰누나인 엘런은 켄터키주에서 반백의 수염을 기른 밴조 연주자와 함께 살면서 영어 보충 교사로 일했다. 내가 보기엔 둘 다 행복하게 사는 것 같았는데, 어머니는 누나들이 능력을 낭비하고 있다고 낮고 단조로운 목소리로 투덜거렸다.

내가 약국에서 아르바이트를 할 수 있었던 것은 앳킨슨 약국 체인의 소유주인 딕 앳킨슨 씨 덕분이었다. 아버지가 돌아가시고 내가 어머니와 두 번째 여름을 보내는 동안, 어머니는 딕 앳킨슨 씨와 교제를 하고 있었는데 그 교제로 인해 어머니의 창자 속 염증은 더욱 심화되었다. 딕은 좋은 남자였고 확고한 공화당 지지자였다. 평소 어머니가 딕의 기업가 정신을 높이 샀으므로 나는 어머니가 그와 잘될 줄 알았다. 그런데 어머니는 딕이 두 번 이혼한 것을 탐탁잖아했고 그가 내 아버지와 달리 배우자를 버리는 짓을 했다며 그와 결혼 관계로 엮이고 싶어 하지 않았다. 딕은 터무니없는 소리라면서 사귀다 보면 어머니의 그런 생각은 없어지게 될 거라 여겼다. 그해 여름이 끝나갈 무렵 어머니는 몸 상태가 악화되어 위장병 전문의에게 프레드니손을 처방받았고 몇 개월 후 약국을 그만두었다. 이제 어머니는 노예나 다름없을 정도로 짜디짠 급여를 받으면서 덴버 도심의 사무 공간 개발업자 안 홀컴을 위한 선거위원회에서 일하고 있었다. 그 후 세 번째 여름을 어머니와 함께 보내려 집으로 내려가서 보니 어머니는 건강이 한결 좋아져 있었으나 안 홀컴을 지나치게 이상화하면서 끝없이 그에 대한 얘기를 단조롭게 되풀이하는 것이었다. 나는 어머니의 정신이 이상해진 게 아닌지 걱정스러웠다.

지금 나와 통화를 하면서도 어머니는 매캐스킬 사가 이 나라의 도덕심에 얼마나 큰 공헌을 했는지에 관해 진이 빠지도록 한참을 설명했다. 어머니의 설명이 끝나자 내가 물었다.

"여론조사 결과는 어떻게 나오고 있어요? 안 홀컴 씨한테 승산이 있겠어요?"

"안 씨는 콜로라도주 역사를 통틀어서 가장 모범적인 선거운동을 하고 있어. 지금 우리는 부패한 친구들의 이익을 공익보다 우선하는 타락한 대통령 때문에 이 고생을 하고 있잖니. 특수 이익에 영합하는 민주당원들과 그들을 거느리고 역겹게 웃는 땅콩 농장 농부*가 지금까지 잘 해먹고 살았지. 도대체가 이성이 있는 사람이라면 안 씨가 워터게이트와 관련이 있다고 어떻게 생각을 할 수가 있느냔 말이야. 정말 어이가 없어, 톰. 상대편은 온갖 중상모략을 일삼고 얄팍한 인기에 영합하는 짓거리들을 하고 있지만 안 씨는 그런 인기 영합주의를 단호히 거부한단다. 왜 거부하겠니? 시민적 책임 의식이 아니면, 본인 재산이 2천만 달러가 넘는 데다 사업도 승승장구하는 사람이 콜로라도주의 시궁창 같은 정치계에 왜 뛰어들었겠어?"

"승산이 없나 봐요? 여론조사 결과가 별로인가 보죠?"

어머니에게 더 이상 질문에 대한 직접적인 대답은 들을 수 없었다. 어머니는 안 홀컴의 정직성과 진실성, 지독히 강한 독립심, 스태그플레이션** 문제를 사업에 기반한 분별 있는 방법으로 해결하려는 태도를 웅얼웅얼 설명했다. 나는 여론조사 결과가 어떻게 나왔는지에 대해서는 여전히 알지 못하는 채로 전화를 끊었다.

그다음 주 토요일 저녁, 루시와 밥이 자기네 집에서 할로윈 파티를 열었다. 오즈월드와 나는 정장에 검은색 선글라스, 이어폰을 낀 첩보 요원 복장으로 파티에 참석했다. 밥의 수많은 친구들, 즉 10년 가까이 모교에서 반경 1.5킬로미터 내에 거주하고 있는 사람들과 어리석고 사소한 문제에 에너지를 쏟으면서 그것을 정치적 표현으로 포장하는 사람들이 이름만 할로윈 복장일 뿐 볼품이라곤 없는 복장을 입고 왔다. (몸 앞뒤에 스티로폼 판을 대고 그 사이에 끼어 선 남자가 문 앞에 근엄하게 서서 우리에게 자신은 '배중률***'을 표현했다고 설명했다.) 그들은 곧 집 안을 마리화나 담배 연기로 가득 채웠다. 밥

---

* 지미 카터 대통령을 가리킨다.

** 경기 불황 중에도 물가가 계속 오르는 현상.

*** 어떤 명제와 이를 부정하는 명제 중 하나는 반드시 참이라는 원칙.

은 사슴 '불윙클*'을 표현하기 위해 머리에 가지 진 무스의 뿔을 썼고, 루시는 불윙클의 조수인 다람쥐 '로키' 복장을 했다. 루시는 코를 까맣게 칠하고 나머지 얼굴에는 갈색 분장용 화장품을 발랐으며 몸에 바짝 붙는 갈색 잠옷을 입고 엉덩이 위쪽에는 진짜 동물의 털로 된 꼬리까지 붙였다. 그녀는 오즈월드와 내 쪽으로 날쌔게 다가와 우리에게 자기 꼬리를 만져보라고 했다.

"꼭 그래야 돼?" 오즈월드가 물었다.

"나는 날다람쥐 로키다!"

루시는 마리화나에 취한 상태인 듯했다. 나는 반문화적으로 멍청하게 노는 짓을 용납하지 못하는 오즈월드 때문에 입장이 난처해진 터였다. 좀 더 어리고 날카로운 얼굴들을 찾아 거실을 둘러보던 나는 구석 자리에 단단히 팔짱을 끼고 서 있는 애너벨을 보고 깜짝 놀랐다. 그녀는 할로윈 복장이 아니라 평범한 청바지와 청재킷 차림이었다.

루시는 내 시선을 따라 애너벨을 함께 바라보며 말했다. "애너벨의 복장이 무슨 복장이게? '평범한 사람' 복장이야. 이해돼? 애너벨은 지금 평범한 사람인 척하는 옷을 입고 있는 거야."

나는 오즈월드에게 말했다. "저 여자가 애너벨 레어드야."

"고기 포장지에 싸여 있지 않으니까 못 알아보겠네."

애너벨은 나와 눈이 마주치더니 교수형을 당한 사람처럼 눈을 휘둥그렇게 떴다. 청바지에 청재킷을 입은 애너벨의 모습은 무척 흥미로웠다. 평범한 옷인데 애너벨이 입으니 정말 할로윈 복장 같았다.

"가서 애너벨과 얘기를 나눠야겠어."

내가 이렇게 말하자 루시가 말렸다. "아니, 본인이 직접 나서서 사람들 사이

* 애니메이션 캐릭터.

에 섞일 수 있게 내버려둬. 예전에 프랑스혁명 기념일* 파티 때도 저랬어. 사람들은 애너벨이 말을 걸어볼 가치가 있는 여자라는 걸 알아채고 나한테 와서 누구냐고 물어보긴 하는데, 차마 애너벨에게 가까이 가지를 못해. 나는 애너벨이 파티 참석자들을 자기 수준에 못 미친다고 여기면서 왜 굳이 파티에 참석을 하는지 이해를 못 하겠어."

"수줍음이 많아서 그래."

"그렇게 말할 수도 있고."

우리가 자기 얘기를 하는 걸 알아챈 애너벨은 아예 뒤로 돌아서버렸다.

오즈월드가 말했다. "맥주나 마시러 가자."

내가 오즈월드를 따라 주방으로 가고 있는데 루시가 내 손을 잡더니 보여줄 게 있다고 했다. 나와 루시는 위층으로 올라가 루시의 방으로 향했다. 눈을 찌르듯 강렬한 천장 조명 아래 선 그녀는 루시이면서 또한 작은 동물 같았다. 나는 뭘 보라는 거냐고 물었다.

"내 꼬리." 루시는 돌아서서 털북숭이 꼬리를 내게 흔들었다. "내 꼬리 만지고 싶지 않아?"

털의 감촉을 싫어할 사람이 누가 있을까? 나는 루시의 꼬리를 쓰다듬었고 루시는 그대로 내게 다가와 내 허벅지에 대고 엉덩이를 문지르며 꼬리를 떼어냈다. 그 행동은 섹시한 듯도 하고 아닌 듯도 했다. 루시는 내 두 손을 잡아 자신의 젖가슴에 가져다 댔다. 그녀의 젖가슴은 잠옷 아래서 나른하게 흔들거렸다. "난 섹스에 환장한 작은 다람쥐야!"

"어휴, 알았어. 그런데 너, 파티 주최해야 되지 않아?"

루시는 내 품 안에서 몸을 돌리고 선글라스를 벗긴 후 내 얼굴에 자신의

* 7월 14일.

얼굴을 갖다 댔다. 분장용 화장품에서 독한 크레용 냄새가 풍겼다. "다람쥐에게 동정을 잃은 사람이 있을까?"

"글쎄."

"해볼 가치가 있지 않겠어?"

루시는 내 입에 혀를 집어넣고 나를 침대로 데려갔다. 어린이용 잠옷 안에 끝내주는 젖가슴을 가진 다람쥐와의 섹스는 물론 당연히 매력적이었다. 이상하게도 애너벨에 대해서는 별생각이 들지 않았다. 누군가 나를 덮쳤으니 이대로 일을 진행해도 되지 않겠느냐는 생각이 들었다. 그런데 루시가 내 손을 잠옷의 허리 밴드 아래로 집어넣으며 "내가 얼마나 털 많은 동물인지 느껴봐"라고 말한 순간, 나는 오즈월드의 경악한 눈이 루시의 바보짓을 바라보는 장면을 떠올렸다. 오즈월드의 성격이 애너벨과 비슷한 면이 있어서인지, 나는 이내 애너벨의 비난과 교수형당하는 사람처럼 휘둥그렇게 뜬 눈을 생각하지 않을 수 없었다. 나는 일어서서 선글라스를 끼고 말했다. "미안."

루시는 섹스에 관해서라면 지나칠 정도로 기계적인 편이라, 내 거절에 대해 딱히 배신감을 느끼거나 상처를 받지는 않았다. "괜찮아. 네가 준비가 안 됐다면 굳이 할 필요는 없지."

내 얼굴에서 분장용 화장품 냄새가 풍겼다. 얼굴을 비비적거렸으니 똥이라도 먹은 것처럼 갈색 화장품이 묻어 있을 듯했다. 얼굴을 씻으러 욕실로 가서 보니 하나뿐인 멀쩡한 드레스 셔츠의 칼라에 갈색 화장품 얼룩이 커다랗게 묻어 있었다.

아래층에는 밥이 좋아하는 킹 크림슨의 노래가 한창 흘러나오고 있었다. 애너벨은 보이지 않았다. 오즈월드는 배중률 차림을 한 남자와 함께 현관문 근처에 서 있었다. 배중률은 고무 밴드로 묶은 소책자 더미를 손에 들고 있었다.

오즈월드가 내게 설명했다. "여기 있는 이 친구가 시를 담은 소책자를 발간

했대."

배중률은 내게 소책자 한 권을 건네며 말했다. "시는 자유로워야 하니 무료로 줄게."

오즈월드가 배중률을 부추겼다. "톰에게 시 하나를 읽어줘봐. '삶의 환희(joie de vivre)'라는 시 좋던데."

그러자 배중률이 시를 암송했다. "나의 맨발이 시커먼 봄의 배설물을 짓이기네. 땅은 나의 '야호 쿠션'이라네!"

"바로 이거야. 기적 같은 시적 압축이라니까." 오즈월드가 말했다.

내가 물었다. "애너벨 봤어? 애너벨 레어드 말이야."

"방금 전에 나갔는데."

"청재킷 입은 여자 맞아?"

"맞아."

나는 서둘러 거리로 나갔다. 마켓가(街) 모퉁이에 다다르자 그다음 모퉁이에서 신호등이 바뀌기를 기다리고 있는 애너벨이 보였다. 불과 30분 만에 그녀는 내게 세상에서 가장 중요한 사람이 됐다. 내가 뛰어오는 소리를 들었을 텐데 그녀는 내 쪽으로 눈길조차 주지 않았다. 내가 바로 옆에 가 섰는데도 마찬가지였다.

나는 숨을 몰아쉬며 물었다. "어떻게 그냥 갈 수가 있어요? 우린 아직 얘기도 못 나눴는데."

애너벨은 내게서 고개를 돌린 채 반문했다. "내가 너와 얘기를 나누고 싶어 한다고 어떻게 그렇게 확신하니?"

"내가 미친 다람쥐에게 공격을 받는 바람에. 미안해요."

"돌아가. 걔가 너를 차지하려고 단단히 결심한 것 같던데. 걔랑 막일꾼 밥이랑 요즘 사이가 벌어진 게 너 때문 아니니? 밥이 우스꽝스러운 사슴뿔을 머리에 쓰고 있는 걸 보고 이런 생각이 들더라. 저 남자가 알고 있는 것보다 상황이 더 절묘하게 맞아떨어지는구나, 뭐 이런 생각."

"우리 어디로든 같이 갈까요?"

"난 집에 갈 거야."

"그래요. 알았어요."

"네가 같은 기차를 타는 것까지 굳이 막지는 않을게. 우리 집까지 따라와서 정중하게 요청하면 주방에 앉을 수 있게는 해줄 수 있어."

"파티에는 왜 왔어요? 파티를 좋아하지도 않으면서."

"네가 참석할 것 같아서 온 거라는 말을 듣고 싶어?"

"그 이유였던 거 맞아요?"

애너벨은 나를 쳐다보지 않은 채 미소 지었다. "널 위해서 결론까지 내주고 싶지 않아."

애너벨은 관리가 잘된 오래된 아파트 꼭대기 층에 살고 있었다. 학생이 살 만한 집은 아니었다. 주방은 청결 그 자체였다. 애너벨은 문 앞에서 신발을 벗었고 내게도 신발을 벗으라고 요구했다. 식탁에 놓인 투박한 흰색 도자기 그릇에는 완벽한 모양의 사과 세 개가 담겨 있었고, 창턱에는《채식주의 미식가》두 권이 놓여 있었으며, 가스레인지에는 반짝이는 구리 도금 냄비가 놓여 있었다. 제일 넓은 벽에는 정육점에서나 볼 수 있는 그림이 붙어 있었다. 소의 몸을 부위별로 나누어 각각의 명칭을 표시해놓은 그림이었다. 나는 그 그림을 들여다보며 가슴살은 어디고 목살은 어디인지를 알 수 있었다. 주방을 나갔던 애너벨은 잠시 후 비싸 보이는 술병을 하나 들고 돌아왔다.

"샤토 몽로즈야. 내가 태어난 연도와 같은 해에 생산된 와인인데, 아버지가 생일 선물로 한 상자 보내줬어. 어머니가 어떻게 돌아가셨는지를 생각하면 아버지가 얼마나 둔감한 사람인지 알 만하지. 상징적으로 봐도 터무니없는 선물이잖아. 그래도 거절하면 난 아버지보다 더한 사람이 될 것 같아서 그냥 받았어. 아마 아버지는 더 사악한 의도로 이 술을 보냈을 거야. 난 분명한 이유가 있기 때문에 혼자서는 술을 마시지 않아. 우리 집에 놀러 오는 사람은 놀라뿐인데 걔는 먹고 있는 약이 있어서 레드 와인을 못 마셔. 그래서 내가 아직 이 술을 열 병이나 갖고 있어. 오늘 밤에 너 운 좋은 줄 알아."

"한 상자면 열두 병인데 두 병은 어떻게 됐어요?"

"프랑스혁명 기념일에 루시한테 줬어. 루시는 제일 오래 알고 지낸 친구들 중 하나라서 좋은 선물을 주고 싶었어. 그런데 루시가 지나칠 정도로 고마워하는 거야. 한두 번 정도 내 놀라운 친절을 언급했으면 충분하잖아. 그 친절을 계속 언급하는 건 내 특권에 대한 적대적인 공격이라고 볼 수밖에 없어. 내 특권뿐 아니라 나에 대한 개인적인 공격인 거야. 네가 루시와 친하게 지내는 걸 알지만, 내가 걔 때문에 속이 뒤집어지기 직전이라는 것만은 얘기해야겠어."

"나도 약간은 그런 상태예요."

"네 셔츠 칼라에 다람쥐색이 묻어 있는 거 알고 있니?"

"루시가 묻혔어요."

"너한테 왜 그 파티에 참석했냐고 내가 묻지 않은 이유를 이제 알겠구나."

"내가 지금 어디 있는지가 중요하죠. 난 루시의 집이 아니라 여기 있어요."

"그건 그래."

우린 서로 잔을 맞댔고 나는 그녀에게 늦었지만 생일 축하한다고 말했다. 그리고 우리는 서로의 생일을 비교하게 됐다. 애너벨의 생일은 4월 8일이고, 내 생일은 8월 4일이었다.

4/8과 8/4의 대칭은 애너벨에게 굉장한 영향을 미쳤다. "세상에." 애너벨은 마치 내가 유령이라도 되는 듯 쳐다보았다. "방금 지어낸 거지? 네 생일이 정말 8월 4일이야?"

숫자로 표현된 그 징조는 나보다는 애너벨에게 큰 의미가 있었다. 내게는 애너벨에게 끌리는 내 감정의 화학반응을 확인해주는 정도의 의미였지만, 애너벨에게는 우리 사이가 단순한 화학반응에 의한 끌림 이상이며 저 하늘의 별과 연관되어 있다는 의미였다. 와인을 마시고 몸에 열이 오른 애너벨은 청재킷을 벗었다. 나는 우연히 대칭을 이룬 우리의 생일이 아니라 그녀의 얇은 팔죽지를 보고 심장이 뛰면서 운명을 느꼈다.

와인과 신비로운 징조의 영향으로 그날 밤 애너벨은 나를 더 나은 인간으로 개선하기 시작했다. 그녀와 함께하기 위해 나는 더 높은 야망을 가져야만 했다. 내가 언론 대학원에 진학할 생각이라고 하자 애너벨이 물었다. "그다음엔 뭘 하게? 5년 동안 토피카 시의회 회의나 쫓아다니려고?"

"그건 명예로운 전통이에요."

"네가 원하는 게 그거야? 네가 정말 원하는 건 뭔데?"

"유명하고 영향력 있는 사람이 되고 싶죠. 그러려면 그만큼 노력을 해야 되는 거고요."

"처음부터 네 잡지를 만들어 운영할 수 있다면? 그 잡지로 뭘 하고 싶어?"

나는 아무리 복잡한 사안이라도 그 안에서 진실을 찾아내는 일을 하고 싶다고 대답했다. 어렸을 적에 우리 집은 정치적으로 양극화된 분위기였고 아버지는 맹목적 진보주의자였으며 어머니는 지금도 기업을 무한 신뢰한다고, 부모님은 상대의 정치관에서 허점을 찾아내 공격하곤 했다고 말했다.

"네 어머니에게 기업에 관한 진실을 한두 개쯤 알려드리고 싶네." 애너벨이 울적하게 말했다.

"어차피 이 나라는 대안을 내세워도 먹히지 않아요. 소련, 저소득층 주택단지, 전미 트럭 운전사 조합 등 고려할 사안이 많죠. 진보주의와 보수주의 사이에 흐르는 긴장감 어디쯤에 진실이 있을 테니, 나는 기자라면 그 긴장감 속에서 살아야 한다고 생각해요. 나는 그런 긴장감이 흐르는 집에서 자랐으니 기자가 되는 게 당연해요."

"무슨 뜻인지 알겠어. 나도 같은 이유로 예술가가 되어야 했으니까. 하지만 그래서 난 네가 토피카에서 5년이나 낭비하는 걸 보고 싶지 않아. 진실을 추구하고 싶으면 그런 일을 해야지. 남들과는 다른 잡지를 만들어야지. 진보주의도 보수주의도 아닌 잡지. 양쪽의 허점을 찾아 동시에 찌르는 잡지."

"〈교란자〉."

"그거 좋다! 그 이름 기억해둬. 나 진심이야."

애너벨이 맞장구를 쳐주자 나는 〈교란자〉라는 잡지를 진짜로 시작할 수도 있겠다는 생각이 들었다. 나와 함께하는 미래를 생각하지 않는다면 내 미래에 대해 이렇게까지 말을 할까? 미래를 생각하고, 그 미래가 암시하는 사랑이 떠오르자 나는 식탁 너머로 손을 뻗어 애너벨의 손을 잡고 싶어졌다. 그 생각을 행동에 옮기려는데 애너벨이 의자에서 일어났다.

"나도 프로젝트를 진행 중이야." 애너벨은 쇠고기 부위별 그림 쪽으로 걸어갔다. "이게 바로 내 프로젝트야."

"채식주의자가 왜 주방에 쇠고기 그림을 붙여놨는지 이유가 궁금하네요."

"아직 프로젝트의 윤곽을 전부 잡지는 못했어. 완성하려면 15년은 걸릴 거야. 그래도 해낼 수만 있으면 네 잡지처럼 세상에 없던 새로운 것을 만들어낼 수 있겠지."

"무슨 프로젝트인데요?"

"내가 너를 다시 만날 일이 있을지부터 생각해보고."

나는 의자에서 일어나 쇠고기 그림 앞에 서 있는 애너벨 옆으로 다가갔다. "나도 쇠고기를 그만 먹어야 될까요?"

애너벨은 깜짝 놀란 얼굴로 나를 돌아보았다. "그래, 드디어 그 말을 해주는구나. 그게 바로 필수 조건이야."

"그럼 당신은 뭘 포기할 거죠?"

"아주 많은 걸." 애너벨은 식탁 앞으로 돌아오며 말을 이었다. "나는 혼자 있는 걸 상당히 잘하게 됐어. 이 주방은 내가 원하는 냄새만 풍겨. 나는 냄새와 관련된 문제가 좀 있는데, 남들이 맡지 못하는 냄새를 맡거든. 지금도 너한테서 분장용 화장품 냄새가 나. 혼자 있으면 주변의 냄새 환경을 제어할 수 있어서 좋아. 주변이 조용해야 내 생각의 소리도 잘 들을 수 있지. 토요일 밤에 혼자 있어도 괜찮은 사람이 되기까지는 쉽지 않았지만 노력을 했고 드디어 그 수준에 다다랐어. 지금도 내 마음속 일부는 오늘 저녁에 외출하지 않는 편이 좋았다고 하고 또 다른 일부는 네가 여기 있지 않기를 바라고 있어. 하지만 네가 여기 온 건 운명이었던 것 같아." 애너벨은 숨을 들이마시고 내 눈을 똑바로 들여다보았다. "아까 나는 그 모퉁이에서 널 기다리고 있었어, 톰. 손목시계를 보면서 딱 5분만 기다리자고 혼잣말을 했어. 그런데 4분이 됐을 때 네가 온 거야. 4와 8, 8과 4."

내 심장이 쿵쾅대기 시작했다. 나는 하나의 징조가 되었고 자아를 잃었다. 애너벨이 나를 기다리고 있었다는 사실에 흥분된 나머지 사타구니에 피가 쏠리면서 처형당하는 순간의 사형수처럼 발기되었다. 내가 느낀 기분은 정말 그랬다.

나는 애너벨에게 다가가 무릎을 꿇었다. 애너벨에게 받아들여지기 직전인 지금, 그녀에 대한 갈망 못지않게 그녀의 내적 세계로, 그녀가 들려주는 이야기 속으로 들어가고 싶은 바람이 강했다. 애너벨이 내 어깨에 두 손을 얹으며 내 앞에 무릎을 꿇자 나는 그 행동이 그녀에게 얼마나 큰 의미인지 알 수 있었고 그런 그녀에게 더욱더 흥분이 되었다. 나는 애너벨의 눈을 바라보았다.

"이번이 우리의 네 번째 만남이야."

"전화 통화까지 합하면 그렇죠."

"나한테 키스할래?"

"두려워요."

"나도 두려워. 네가 두렵고, 우리가 두려워."

나는 그녀에게 얼굴을 가까이 가져갔다.

"네가 깼으니 대가를 치르게 될 거야." 애너벨이 속삭였다.

나는 밤새 그녀에게 키스할 수 있었다. 실제로 그렇게 했다. 어떻게 그 오랜 시간을 키스만으로 보낼 수 있었는지 지금은 알 수가 없다. 내 젊음이 끝나는 날까지도 알 수 없었다. 잠깐씩 쉬기는 했다. 서로의 눈을 들여다보며 정확히 언제 우리가 서로에게 필연적인 존재가 되었는지를 기분 좋게 따져보기도 했다. 나는 애너벨의 풍성한 머리카락, 애너벨의 피부에서 풍기는 순수한 체취, 살짝 벌어진 앞니의 틈새, 그녀에게 더 깊게 들어가기 전에 익숙해져야 할 그녀의 신체 주변부를 탐색했다. 우리는 새로이 잘못을 사과하고 소소한 고백도 했다. 애너벨은 자신이 주방 바닥을 얼마나 청결하게 관리했는지 증명하겠다며 주방의 리놀륨 바닥을 갑자기 혀로 핥기도 했다. 미친 짓 같기도 하고 즐겁기도 했다. 닫힌 침실 문 너머는 오직 애너벨만 들어갈 수 있었다. 줄곧 키스를 하던 우리는 밝아오는 새벽빛에 날것 같은 서로의 모습을 보게 됐다.

애너벨은 어색하게 움찔하더니 허리를 펴고 고양이처럼 자세를 바로 했다. "이제 그만 가봐."

"그래야죠."

"널 당장 내 안에 들일 수는 없어. 넌 루시한테서 나한테로 곧장 넘어왔고, 난 최근에 섹스를 해보지 않아서 실력이 떨어진 상태야."

"나 역시 숙련된 상태는 아니에요."

애너벨은 진지하게 고개를 끄덕였다.

"고백할 것도 있고 너한테 묻고 싶은 것도 있어. 사실 루시가 나한테 너에 대해 이런저런 얘길 해줬거든. 난 안 들으려고 루시한테 닥쳐! 닥쳐! 하고 소리를 질렀는데, 결국 네가 동정이라는 얘기를 루시한테 듣고 말았어."

나는 동정이라는 단어를 혐오했다. 구식이고 외설적이며 정확한 표현이기 때문이었다.

"지금부터 고백할게. 나한테는 중요한 부분이야. 내가 모퉁이에서 널 기다린 이유이기도 해. 너를 보고, 너를 통해 내가 새로 시작할 수 있을 것 같아서 기다렸어. 네가 얼마나 깨끗한 존재인지 아니?"

수시간 동안 키스를 하며 조금씩 새어 나온 액체로 인해 내 팬티는 끈적하게 젖어 있었으나 애너벨의 말이 옳았다. 나와 내 성기는 서로 말이 통하는 사이가 아니었다. 성기 자체도 그렇지만 팬티의 끈적한 느낌만으로도 나는 남성으로서 당혹감을 느꼈고, 애너벨을 향한 내 다정한 마음과 성기가 따로 노는 듯했다.

"내가 물어보려던 질문은 그게 아니고 이거야. 루시가 너한테 나에 대해 뭐라고 했어?"

나는 신중하게 단어를 골랐다. "루시는…… 당신이 고등학교 때 안 좋은 경험을 했고 오랫동안 남자 친구가 없었다고 했어요."

애너벨은 조그맣게 비명을 내질렀다. "걔 진짜 싫어! 내가 어째서 그런 애랑 지금껏 친구로 지냈을까?"

"초트에서 당신이 뭘 했든 난 상관없어요. 루시하고도 당신에 대한 얘기 다시는 안 할게요."

"난 걔가 싫어! 걔는 쇠살대 없는 시궁창이야. 뭐든 자기 수준으로 끌어내리고 싶어 해. 난 걔를 잘 알아. 걔가 너한테 정확히 뭐라고 말했는지 충분히 알 만해." 애너벨이 눈을 질끈 감자 마스카라가 섞인 눈물이 흘러내렸다. "그만 가줄래? 난 방에 들어가야겠어."

"갈게요. 하지만 이해가 안 돼요."

"난 우리가 남들과 다르길 원해. 완전히 새롭길 원해." 애너벨은 눈을 뜨고 나를 바라보며 소심하게 미소 지었다. "넌 그런 걸 원치 않을 수도 있겠지. 난 괜찮아. 넌 덴버에서 태어난 정말 좋은 사람이야. 네가 나와 같은 바람을 갖고 있지 않다고 해도 이해해."

나와 내 성기 간의 의사소통이 생각보다 나쁘지는 않았는지, 나는 그녀의 얼굴을 가까이 끌어당겨 그녀의 부푼 입술을 내 화끈거리는 입술로 덮었다. 이대로 분별 있게 진도를 빼고 지금 여기 바닥에서 섹스를 하면 앞으로 그녀와 행복하게 살 수 있으리라는 생각이 들었다. 그러나 일은 생각처럼 풀리지 않았다. 나의 미숙함과 내가 이렇게 행동하는 이유에 대한 나의 의심, 순수함에 대한 애너벨의 별난 개념, 혼자 있고 싶어 하는 그녀의 기분, 애너벨을 다치게 하고 싶지 않은 나의 바람이 작용하면서 우리는 거칠게 숨을 몰아쉬며 입술을 뗐다. 그리고 활활 타오르는 눈으로 서로를 바라보았다.

"난 그걸 원해요."

"날 다치게 하지 마."

"난 당신을 다치게 하지 않아요."

캠퍼스로 돌아온 나는 아침까지 자다가 일어나 배를 채우러 식당 건물로 갔다. 우리가 즐겨 앉는 테이블에 오즈월드가 먼저 와 앉아 있었다. 오즈월드는 헤드라인 같은 말로 나를 맞이했다.

"애버런트, 친구를 만나 파티를 즐긴 것으로 드러나."

"정말 미안하게 됐어."

"애버런트, 레어드와의 비밀회의 때문이었다며 사과."

나는 웃으며 받아쳤다. "해킷, 레어드에게 한 고의적인 악평으로 유죄판결."

오즈월드는 눈을 깜박거리며 물었다. "지금 내 탓 하는 거냐?"

"더는 탓 안 해."

"고기 포장지와 재미를 봤는지나 얘기해봐."

〈데일리 펜실베이니언〉의 월요일 판 발행은 주말 내내 준비하면 되므로 시간에 쫓기지 않았다. 오후 늦게 우리는 일을 마무리 지었고 나는 애너벨에게 전화를 걸었다. 애너벨은 오후 3시까지 잠을 잤으므로 그동안 무슨 일이 생길 것도 없었지만 우리는 서로에게 마음이 끌리다 보니 아무리 사소한 생각과 행동이라도 충분한 이야깃거리가 되었다. 한 시간 정도 대화를 하다가 그날 밤에 만나는 게 어떨지에 대해 의견을 나누었다. 나는 오늘이 아니면 금요일까지 밤에 따로 시간을 뺄 수 없는 형편이었다.

"이제 시작이네." 그녀가 말했다.

"뭐가요?"

"넌 중요한 책임을 지고 일을 하고, 나는 기다리는 것 말이야. 나는 기다리는 입장이 되고 싶지 않아."

"당신을 만나려고 금요일 밤까지 기다려야 하는 사람은 나예요."

"넌 바빠서 못 오는 거잖아. 나는 기다려야 하는 거고."

"당신도 할 일이 있지 않아요?"

"있지. 그런데 내가 너를 기다리게 만들려면 오늘 밤밖에 기회가 없잖아. 내가 어떤 기분으로 널 기다려야 하는지 너도 조금이나마 느끼면 좋겠어."

다른 사람이 그런 식으로 논리를 펼쳤으면 나는 짜증이 치솟았을 것이다. 그러나 나 역시 우리 관계가 남들과는 다르길 바랐다. 애너벨과의 의미론적 의견 불일치가 30분쯤 계속됐으나 나는 좌절하지 않았다. 오히려 그녀의 특이한 면, 우리가 곧 함께하게 될 특이한 결합에 더욱 깊이 끌려 들어가는 기분이었다. 귓가에 그녀의 목소리가 계속 맴돌았다.

결국 우리는 오늘 밤 센터 시티에서 만나 함께 술을 마시기로 합의를 보았다. 나는 거기서 다시 애너벨의 집으로 따라가 그녀의 침실로 들어가고, 그녀의 몸에서 더욱 팽팽하게 긴장된 부분을 손으로 만지고, 내가 원하는 모든 것을 얻을 수 있지 않을까 상상했다. 애너벨도 나만큼 간절히 그것을 원한다면 가능하지 않을까. 나는 서둘러 저녁을 먹고 한 시간쯤 헤겔을 읽을 작정으로 방으로 돌아갔다. 그런데 의자에 앉자마자 신시아 누나에게서 전화가 걸려왔다.

"네 어머니가 입원했어. 어제 자정쯤에 입원했나 봐."

나는 애너벨에게 심하게 빠져 있던 상태라 그 얘기를 듣자마자 어제 자정쯤 애너벨과 한 첫 키스가 떠올랐다. 마치 어머니가 그걸 알아채기라도 한 것 같았다. 신시아 누나의 설명을 들으니, 몸에 열이 난 어머니는 네 시간 동안 화장실에서 나오지도 못하고 계속 변기에 앉아 있었다고 했다. 그러다 간신히 담당 위장병 전문의인 밴스킬링어하우트 박사에게 전화를 했는데, 그 박사는 워낙 구식으로 왕진을 다니고 어머니에게 잘 대해주던 사람이라 토요일 밤 11시인데도 기꺼이 왕진을 와주었다. 밴스킬링어하우트 박사는 급성 대장염에 신경쇠약이 겹쳤다고 진단을 내렸다. 당시 어머니는 익명의 사람들에게 비난을 받고 있던 안 홀컴을 열렬히 옹호하고 있던 참이었다.

"방금 안 홀컴 선거위원회 관리자와 통화를 했어. 안 홀컴이 여성 직원에게 성기를 노출하는 짓을 했나 봐."

"맙소사."

"선거위원회 사람들은 네 어머니가 그 일을 모르게 하려고 했는데 누가 말을 한 모양이야. 네 어머니가 그 얘기를 듣고 거의 실성한 것처럼 난리를 치더래. 그리고 24시간 후에 심하게 탈이 나서 의사에게 도움을 요청해야 할 정도가 됐나 봐."

신시아 누나는 내가 바로 비행기를 타고 어머니가 있는 덴버로 가주길 바랐다. 신시아 누나는 금요일에 노동조합 결성에 관한 중요한 투표가 있었고, 엘런 누나는 밴조 연주자들에 대해 기분 나쁜 말을 한 어머니에게 여전히 화가 나 있었다. (그때나 그 후에나 엘런 누나의 입장은 한결같았다. 그 여자는 진짜 못돼처먹었고 내 어머니도 아니야, 라고 엘런 누나는 늘 말했다.) 신시아 누나는 다정한 말투이기는 했지만 어머니를 돌보는 일과 관련해 내가 도리를 제대로 할 것인지를 놓고 의심을 완전히 거두지는 않았다. 결국 계모를 주로 돌보는 사람이 자신이 될까 봐 벌써부터 겁을 내는 듯했다. (충분히 그럴 만한 이유가 있기는 했다.) 나는 병원에 전화하겠다고 말했다.

하지만 나는 애너벨에게 먼저 전화를 걸었고 다행히 그녀가 나를 만나러 집을 나서기 전에 통화를 할 수 있었다. 나는 애너벨에게 사정 얘기를 하면서 내 기숙사 방으로 와줄 수 있는지 물었다. 애너벨은 죽음처럼 침묵했다.

"미안해요."

"내가 처음부터 말했지." 애너벨이 말했다.

"하지만 지금은 응급 상황이잖아요."

"내가 너희 기숙사에 간다고 상상해봐. 사람들의 시선이 나한테 꽂힐 거 아냐. 샤워실에서는 냄새가 풍기겠지. 그러니 내가 거길 갈 수 있겠니?"

"엄마가 입원하셨다고요!"

애너벨은 다소 말투가 누그러졌다. "그건 유감스럽게 생각해. 타이밍이 이래서 속이 상한 것뿐이야. 나는 우리 관계에서 모든 게 징조처럼 느껴져. 네 잘못은 아니지만 내가 좀 실망해서 그래."

나는 한 시간 가까이 애너벨을 달랬다. 생각해보니 내가 어머니에 대해 안 좋게 말한 건 그때가 처음이었다. 그 전까지 어머니의 다소 당황스러운 면은 그저 나만 알고 있었을 뿐이었다. 나는 애너벨이 손을 뻗기만 하면 충성을 바칠 것임을 보여주고 싶었던 것 같다. 그리고 애너벨은, 본인의 모친 역시 고통스러운 삶을 살았음에도 불구하고, 내 어머니의 삶에 대해 두둔하는 말을 해주기는커녕 오히려 내가 어머니에 대해 더욱 세게 불평하게 만들었다. 나는 우리 어머니가 〈타운 앤드 컨트리〉를 구독했고, 종이 냅킨을 천박하다 여겨 냅킨 고리가 있는 천 냅킨을 식사 때마다 사용했으며, 니만 마커스 백화점을 세련된 백화점으로 생각했다고 말했는데, 애너벨은 한숨을 쉬면서 이렇게 말했다. "나중에 네 어머니한테 말해. 어머니가 숭배하는 전통적인 부자들은 전부 비행기를 다고 뉴욕에 가서 벤델 백화점에서 쇼핑을 한다고." 애너벨은 특권을 버렸다지만 졸부들과 동급으로 취급받고 싶어 하지 않았다. 당시 애너벨은 속물적 우월 의식과 순수한 잔혹함을 지닌 젊은 여인이었고, 그녀보다 젊었던 나는 그에 취해 어머니를 욕되게 했다.

덴버의 어머니는 목소리가 쉬었고 진정제 때문에 발음이 불분명했다.

"늙고 아둔한 이 어미가 병원에 입원을 했단다. 밴스…… 스킬링어하우트 박사님이 나를 보더니…… '병원으로 데려가겠습니다'라고 하셨어. 정말 훌륭한 분이야, 톰. 박사님은 토요일 밤에 브리지 게임을 하다 말고 우리 집에 불려 오셨지 뭐냐……. 요즘 그런 의사가 어디 있니. 나이가 예순여섯이시니 일을 더 하지 않아도 되는 나이인데 꾸준히 일하시고. 제대로 된 귀족이셔. 내가 전에 박사님의 가문에 대해 얘기했지……. 벨기에의 아주 오래된 가문이야. 그런 분이 이 늙고 아둔한 나를 위해 토요일 밤에 브리지 게임을 하다 말고 와주신 거야. 토요일 밤에 왕진을 와주시다니. 박사님은 괜찮아질 거라고, 좋아질 거니까 포기하지 말라고 하셨어. 솔직히 말하면 나는 이 망할 오래된 병 때문에 낙담해 있는 참인데……. 박사님이 나를 구원하셨어."

어머니의 숭배 대상이 안 홀컴에서 밴스킬링어하우트 박사로 이미 바뀐 것 같아 나는 마음이 놓였다. 나는 어머니를 보러 그리로 가기를 원하시냐고 물었다.

"아니, 아들. 말은 고맙지만 넌 네 잡지를 운영해야지. 그러니까…… 네 신문을 편집해야지. 네가 편집장이라서 엄마는 너무 자랑스러워. 나중에 로스쿨에…… 진학하게 되면 그 경력이 도움이 될 거야."

"언론 대학원에 진학하면 더 크게 도움이 될 거예요."

"네가 멋지고 재미있고 야망 있는 친구들과 같이 있으면서…… 빛나는 미래를 계획할 수 있어서 엄마는 참 행복해. 괜히 늙고 아둔한 나를 보러 여기까지 올 거 없어. 너한테 이런 모습 보여주고 싶지도 않아. 제일 좋은 모습도 아닌데…… 나중에 상태가 좋아지면 보러 오렴."

진정제를 투여한 환자가 하는 얘기를 듣고 병원에 안 와도 된다는 허락으로 간주했던 것이 지금도 그리 자랑스럽지는 않다. 나는 어머니 곁에서 사는 것이 두려웠고 어머니의 병과 회복의 과정이 두려웠으니, 어머니가 진심으로 내가 나만의 삶을 살아가기를 바라셨다고 해도 내 죄를 덜 수는 없을 것이다. 무엇보다 나는 아버지와 마찬가지로 착한 성품을 가진 신시아 누나가 내 빈 자리를 채우기 위해 노동조합 투표 후 폭스바겐 미니버스를 운전해 덴버의 어머니 곁으로 갔으리라는 것을 알아야 했다. 아니, 알고 있었지만 모르는 척 했다.

나는 그런 부분에 대해 오래 생각하지 않았다. 내 머리는 모든 채널에서 애너벨에 대한 노래만 내보내는 라디오나 다름없었다. 이 세상 어떤 잡지를 보더라도 나는 애너벨의 사진을 손으로 가리키며 '바로 이 여자'라고 말했을 터였다. 내 사무실 게시판에 붙어 있는 '애너벨이 전화했음'이라는 글귀보다 더 내 심장을 덜컥하게 만드는 단어들은 없었다. (그녀는 자기 이름에 자부심이 강해서 누가 전화를 받아 메시지를 남기더라도 스펠링을 틀리지 않도록 꼭 꼭 확인했다.) 우리는 밤마다 얘기를 나눴고, 신문사 일 때문에 그녀와의 시간에 방해를 받을 때면 〈데일리 펜실베이니언〉에 화가 치밀곤 했다. 나는 애너벨을 따라 쇠고기뿐만 아니라 상당수 동물성 제품을 끊었고, 항상 속이 약간 메스꺼운 상태였다. 그런 나를 보며 오즈월드는 혀를 찼지만, 나는 절친 오즈월드를 포함해 모든 것에 속이 조금씩 울렁거렸다. 내가 원하는 것은 그저 애너벨 애너벨 애너벨 애너벨 애너벨이었다. 애너벨은 아름답고 똑똑하고 진지하고 재미있고 세련되고 창조적이고 예측 불가능하고 나를 좋아하니까. 오즈월드는 애너벨이 약간 미친 것 같다며 조심스럽게 광기의 징후를 지적했으나, 동시에 〈뉴욕 타임스〉의 경제면에 실린 기사를 보여주었다. 매캐스킬 사는 소련에서 곡물 거래를 통해 추정 수익 240억 달러에 달하는 큰 수익을 얻고 있으며 매캐스킬의 열정적인 데이비드 M. 레어드 회장은 공격적으로 해외 사업을 확장하고 있다는 내용이었다. 나는 데이비드 회장의 수익을 계산해보았다. 지분 5퍼센트, 상속자는 네 명. 애너벨이 물려받게 될 재산은 무려 3억 달러였다. 속이 더 울렁거렸다.

애너벨은 나와 세 번 더 만남을 가진 후에야 나를 침실에 들였다. 그녀는 4라는 숫자를 의식할 뿐 아니라 또 다른 특이한 면을 갖고 있었는데, 나는 애너벨과 세 번째 만나 몇 시간을 함께 보내면서 그녀의 그런 면에 대해 알게 됐다. 그날 나는 두려움 속에서 한참 애를 쓰고 페미니스트로서 자기반성까지 한 끝에 애너벨이 입고 있는 고동색 벨벳 원피스 안으로 손을 넣는 데 성공했다. 그리고 그녀의 팬티로 손가락을 뻗어 두 다리 사이의 열기의 근원을 만지려는데 그녀는 날카롭게 숨을 들이마시며 말했다. "시작하지 마."

나는 즉시 손을 뒤로 뺐다. 그녀를 다치게 하고 싶지 않았다.

애너벨은 내게 키스하며 말했다. "아니, 괜찮아. 네가 나를 느끼게 하고 싶어. 그런데 오늘은 너만 느낄 수 있고 나는 못 느낄 테니, 우리가 함께 시작하지 않는 편이 나을 것 같아서."

나는 서두를 생각이 없고 이기적으로 굴지 않겠다는 것을 보여주기 위해 그녀의 원피스 밖으로 손을 빼내고 그녀의 머리카락을 쓰다듬었다. "어째서요?"

"어차피 할 수가 없을 테니까. 오늘은 못 해."

애너벨은 소파에서 몸을 일으키고 앉아 양 무릎을 모으고 그 사이에 두 손을 넣었다. 그리고 지금부터 들은 얘기를 어느 누구에게도 발설하지 않겠다는 약속을 하게 했다. 애너벨은 열세 살 이후로 달의 위상과 완벽하게 궤를 같이하여 월경을 한다고 했다. 대단히 기묘한 현상이었다. 애너벨은 언제나 만월에서 아흐레째 되는 날 월경을 시작하므로, 수년간 동굴에 갇혀 있어도 월경을 통해 음력으로 며칠인지를 알 수 있을 거라고 했다. 한 가지 더 기묘한 것은, 고등학교 때 불행한 질병에 걸린 후로 (애너벨은 그 병을 '나의 불행한 질병'이라고 불렀다) 달이 완전히 꽉 차는 3일 동안만 성적으로 만족감을 느낄 수 있으며 다른 날에는 아무리 애를 써도 만족감이 안 느껴진다는 것이었다. "정말이야. 노력해도 안 되더라고. 그러니 네가 시작을 했어도 결국 좌절감

밖에 못 느꼈을 거야."

"오늘 밤은 반달이네요."

애너벨은 고개를 끄덕이며 걱정스러운 눈으로 나를 돌아보았다. 내가 자기를 이상하거나 망가진 사람으로 볼까 봐 걱정하는 눈빛이라 사랑스럽고, 내가 거부당한 것으로 오해할까 봐 초조해하는 눈빛이라 더욱 사랑스러웠다. 그녀가 내게 비밀을 털어놓은 것, 거부당한 걸로 오해할까 봐 걱정할 만큼 그녀가 나를 많이 원한다는 것 때문에 나는 오히려 기분이 좋고 흥분됐다. 방금 들은 얘기는 지금까지 들어본 중 가장 놀랍고 특별한 얘기였다. 달과의 완벽한 일치라니!

내가 열정적으로 키스를 하며 달래자 애너벨은 안도하는 기색이었다. 그녀는 본인이 고백한 말 때문에 걱정한 것이었다. 만일 내가 애너벨과 완벽한 상호 관계를 맺으려 노력하고, 애너벨이 나와 똑같이 참여할 수 있는 때가 아닌 경우에는 그녀와 아무것도 하지 않는다면, 그녀와 섹스가 가능한 날은 한 달에 겨우 3일이었다. 애너벨은 그것을 당연하다 여겼지만 나는 아니었다. 그러나 그날 밤 나는 아무것도 못 하고 앉아 있기만 했으니, 한 달에 3일이라도 어디냐 싶었다. (나중에 애너벨과 결혼하고 나서는 돌이켜 생각해보니 한 달에 3일인 게 다행이었지만.)

일주일 후, 셉타* 기차를 타려고 30번가 역에 일찌감치 도착한 나는 우리의 네 번째 데이트를 기념해 애너벨에게 뭔가 사주고 싶다는 생각이 들었다. 책과 잡지를 파는 상점으로 들어가 오즈월드가 살아 있는 미국 작가의 소설 중 최고라고 했던 《오기 마치의 모험》을 찾아보았으나 없었다. 대신 동물 인형 하나가 눈에 띄었다. 펠트로 만든 짤막한 뿔과 졸린 눈을 가진 작고 검은

---

* 남동부 펜실베이니아 교통국.

봉제 장난감 황소 인형이었다. 나는 그 인형을 사서 배낭에 집어넣었다. 기차를 타고 스쿨킬강을 가로질러 가는데, 저먼타운 위의 맑은 하늘에 점점이 뜬 구름들을 금빛으로 물들이는 만월이 보였다. 애너벨에게 깊게 빠져 있던 나는 그 달이 애너벨의 개인 재산처럼 보였고, 손을 뻗으면 뭐든 할 수 있을 것 같았다.

멋진 검은색 원피스를 입고 주방에 선 애너벨은 샤토 몽로즈 한 병을 또 개봉했다. "이게 마지막 병이야. 나머지 여덟 병은 주류 상점 뒤에 있던 술주정뱅이 부랑자들에게 다 줘버렸어."

8과 4. 사방이 8과 4였다.

"그들은 당신이 천사인 줄 알았겠어요."

"아니던데. 코르크 마개뽑이는 왜 안 주냐고 따지더라."

나는 그날 밤 끝없이 마법 같은 시간을 보내리라 예상했으나 마법은커녕 처음으로 애너벨과 다퉜다. 애너벨의 아버지가 가진 부를 빗대어 즉흥적으로 농담 한마디 한 것이 계기였다. 분노한 애너벨은 부잣집 딸이라는 이유로 가는 곳마다 미움을 받았다며 그런 농담은 듣기 싫다고 했다. 자기를 그런 시각으로 본다면 나와는 함께할 수 없다고, 내가 일깨워주지 않아도 자기는 이미 돈을 혐오한다고, 그 돈의 핏물에 이미 무릎까지 담갔다고 했다. 열 번이나 속절없이 사과를 한 끝에 나는 울컥하며 화가 치밀었다. 부잣집 딸로 살고 싶지 않으면 매번 볼 때마다 벤델에서 파는 또 다른 원피스를 입고 있지를 말든가! 내가 화를 내자 애너벨은 충격을 받았다. 그녀는 사슴 같은 눈을 크게 뜨고 나를 쏘아보았다. 그러더니 잔에 담긴 와인은 물론 와인병까지 싱크대로 가져가 거꾸로 뒤집어 다 쏟아버렸다. 애너벨은 브라운 대학교 4학년 이후로 새 원피스를 산 적이 없다는 사실을 굳이 네게 알려주겠다고 말했으나 그런 건 이미 중요하지 않았다. 나는 애너벨에 대해 나만의 생각을 갖고 있었고 잘못된 편견으로 인해 완벽했어야 할 그날 밤을 망치고 말았다. 모든 게 끝장났다. 모든 게. 그리고 주방에서 뛰쳐나간 애너벨은 욕실로 들어가 문을 잠가버렸다.

주방에 홀로 앉은 나는 애너벨이 샤워하는 소리에 귀를 기울였다. 우리가 싸운 과정을 머릿속으로 재생해보니, 나는 남성으로서 그릇되고 낡은 생각에 사로잡혀 등신 같은 소리만 해댔던 것이었다. 그런 나를 정화하려면 애너벨의 자아에 내 자아를 녹여내는 수밖에 없었다. 흑백논리처럼 느껴지기도 했다. 나는 오직 애너벨만이 내가 남성으로서 저지른 실수를 구제해줄 수 있다고 생각했다. 애너벨이 담청색 가두리 장식이 된 사랑스러운 흰색 플란넬 잠옷을 입고 욕실에서 나올 때쯤 나는 몸을 떨며 울고 있었다.

애너벨은 내 앞에 무릎을 굽히고 앉았다. "아, 자기야."

"사랑해요. 사랑해요. 미안해요. 난 그저 사랑하고 있을 뿐이에요."

나는 슬퍼하며 진심을 말하고 있는데, 코르덴 바지 속에서 엿듣고 있던 내 성기가 벌떡 일어섰다. 애너벨은 한쪽 뺨과 촉촉하게 젖은 머리카락을 내 무릎에 기대고 물었다. "나 때문에 마음이 아파?"

"내가 잘못한 거니까요."

"아니, 넌 잘못한 거 없어. 내가 나약했어. 내가 내 옷을 너무 사랑한 게 문제야. 모든 걸 포기해야 하는데 아직 옷을 포기 못 했어. 나를 나쁘게 생각하지는 마. 네 마음을 아프게 할 의도는 없었어. 우린 오늘 밤에 싸워야만 했고, 그게 전부야. 이런 테스트를 한 번은 거쳐야지."

"나도 당신 옷이 좋아요. 당신이 그 옷들을 입고 있는 모습도 참 좋고요. 속이 울렁거릴 정도로 당신을 사랑해요."

"사람들 있는 데서는 그 옷들을 입지 않을게. 니랑 있을 때만 입을 거야. 그럼 그 옷을 입어도 다른 의미는 없는 거잖아. 너는 내가 아직 마음이 그리 강하지 않다는 걸 알고 있으니까."

"당신에게 어떤 행동을 하지 못하게 막는 사람이 되고 싶지 않아요."

애너벨은 고맙다는 듯 내 무릎에 입을 맞추었고 이내 내 불룩해진 사타구니를 보았다.

"미안해요. 창피하네요."

"창피해할 거 없어. 남자들은 어쩔 수 없더라고. 남자들의 그런 면에 대해 내가 아는 걸 다 잊을 수 있으면 좋겠다."

애너벨은 자신도 샤워를 했으니 나도 샤워를 하는 것이 타당하다며 권했다. 나는 샤워를 마치고 애너벨의 고급스러운 수건으로 몸을 닦은 뒤, 주제넘게 다른 생각을 하는 것처럼 보이지 않도록 옷을 도로 입었다. 욕실에서 나가자 아파트 안의 모든 조명은 꺼져 있고 오직 달빛만이 흘러들고 있었다. 늘 닫혀 있던 애너벨의 침실 문이 손가락 폭만큼 살짝 열려 있었다.

나는 침실로 다가가 문지방 앞에 섰다. 내 심장 소리가 귀에 가득했다. 방금 일어난 일이 믿어지지 않아 심장이 쾅쾅 뛰었다. 아무도 들인 적 없는 침실인데 나를 위해 문을 살짝 열어놓은 것이다. 나를 위해. 내 머릿속은 그 의미로 가득 차서 있을 수 없는 상황에 직면한 세상이 그러하듯 폭발할 것만 같았다. 마치 애너벨과 나 외에는 지금도 그렇고 과거에도 아무도 존재하지 않는 듯 느껴졌다. 나는 침실 문을 밀어 열었다.

강렬한 단색의 달빛이 들어찬 침실은 꿈처럼 순수했다. 침대의 각 모서리에는 높은 기둥 네 개가 세워져 있고 애너벨은 옥양목 누비이불을 덮은 채 모로 누워 있었다. 지붕창에는 얇은 커튼이 드리워졌고, 바닥에는 아미시풍 러그가 깔려 있었으며, 막대기 같은 다리를 가진 의자와 책상(이 책상 위에는 애너벨이 조금 전까지 착용하고 있던 시계와 귀걸이 말고는 아무것도 없었다), 그리고 레이스 천으로 위를 덮은 고풍스러운 모양의 높은 서랍장이 서 있었다. 서랍장 위에는 오래된 테디 베어 인형과 낡고 눈도 없는 당나귀 인형이 놓여 있었다. 벽에는 액자에 끼우지 않은 그림 두 점이 걸려 있었는데 한 점은 보는 이를 불안하게 만들 정도로 가까이서 포착한 말의 그림이고, 다른 한 점은 비슷한 관점에서 그린 소의 그림이었다. 색칠이 되지 않은 부분이 군데군데 있는 미완성 그림 같았으나 그것은 예술가 애너벨 나름의 방식이었다. 달빛에 물든 방의 여백은 19세기 캔자스주 시골 느낌을 풍겼다. 동물 그림을 보자 애너벨에게 주려고 가져왔으나 아직 주지 못한 선물이 생각났다.

내가 배낭을 가지러 가자 애너벨이 애처롭게 나를 불렀다. "어디 가?"

나는 황소 모양을 한 작은 봉제 인형을 가지고 돌아와 어린 딸 곁에 앉는 아버지처럼 침댓가에 걸터앉았다. "선물을 가져온 걸 깜빡해서요."

잠옷을 입은 애너벨은 일어나 앉아 황소 인형을 손에 쥐었다. 일순간 그녀가 그 인형을 싫어하지 않을까, 화를 내지 않을까 생각했다. 그러나 침실 안에서 애너벨은 또 다른 애너벨이었다. 그녀는 황소에게 미소 지으며 말했다. "안녕, 꼬마 친구."

"마음에 들어요?"

"완벽해. 열 살 이후로 새로운 동물 인형을 가져본 게 처음이야." 애너벨은 서랍장을 흘끗 쳐다보았다. "다른 인형들은 너무 낡아서 더 이상 나한테 말도 안 걸어." 그러고는 황소 인형을 쓰다듬으며 물었다. "얘는 이름이 뭐야?"

"페르디난드는 아니에요."

"그래, 페르디난드는 아니구나. 페르디난드가 아니면 페르디난드라고 부를 수는 없지."

어째서인지 레너드라는 이름이 떠올라 그 이름을 말했다.

"레너드?" 애너벨은 황소 인형의 졸린 듯한 눈을 바라보았다. "너 레너드니?" 그러고는 그 인형의 얼굴을 내 쪽으로 향하며 다시 물었다. "얘가 레너드야?"

"맞아요, 나는 레너드예요." 내가 어머니를 담당하는 위장병 전문의의 벨기에식 억양을 흉내 내자 애너벨은 수줍어하며 말했다.

"넌 미국 황소가 아니구나."

레너드는 나를 통해 자기소개를 했다. 벨기에의 아주 오래된 소 귀족 가문 출신인데, 연달아 불행한 일을 겪는 바람에 심히 곤궁한 상태로 30번가 기차역에 오게 됐다는 내용이었다. 레너드는 대단히 고상한 귀족이라 필라델피아의 추한 모습, 미국의 천박함에 기겁했지만 애너벨을 섬기게 됐다는 기대감에 부풀었다. 애너벨과 같은 종류의 영혼임을 느꼈기 때문이었다.

애너벨은 내 이야기에 매료되었고 나는 그녀를 매료했다는 사실에 마음이 벅찼다. 나는 레너드를 한옆으로 치워두기가 두려웠다. 그다음에 어떤 일이 일어날지 알 수 없었다. 문득 애너벨의 소녀풍 방에서 함께 동물 인형을 갖고 노는 것보다 애너벨을 안심시키기에 더 좋은 방법은 없다는 것을 알게 됐다. 우연히 나는 애너벨에게 완벽한 존재가 된 것이었다. 마침내 우리는 레너드를 옆으로 치웠고 애너벨은 나를 끌어당겨 자신의 몸에 태웠다. 진지하게 사랑에 빠진 여자의 숨김없고 속일 수 없는 표정이 그녀의 눈빛에 담겨 있었다. 남자가 매일 볼 수 있는 표정은 아니었다.

그때 그녀가 나를 끌어당기던 감촉을 지금도 기억할 수 있으면 좋으련만. 지금의 내가 그 순간으로 돌아갈 수 있다면, 처음으로 여자의 몸 안에 들어가는 것이 어떤 기분인지를 제대로 느낄 수 있을 만큼 경험이 쌓인 지금의 내가 당시 떨리고 경이롭던 순간으로 돌아가 그 순간을 다시 한번 즐길 수 있다면 얼마나 좋을까. 그녀와의 첫 경험은 첫 맥주나 첫 담배를 즐겼을 때와는 비교할 수 없었다. 애너벨의 벗은 몸은 너무도 아름다워 눈이 아플 지경이었고, 나는 온갖 걱정에 둘러싸였다. 그 순간을 돌이켜 생각해보면 마치 어떤 꿈속의 방으로 들어가는 느낌이다. 그 방에는 두 개의 존재가 있었다. 평생 그 안에 있어온 두 존재는 서로를 잘 알고 있고 내가 잘 모르는 현실적인 어른들의 이야기를 하고 있으며 뒤늦게 도착한 내게는 무관심했다. 저 아래 깊은 곳에서 생생하게 서로를 마주한 두 존재는 바로 내 성기와 애너벨의 성기였다. 나는 젊고 소외된 제3자였고, 애너벨은 멀찌감치 서 있는 제4자였다. 어쩌면 이것은 내가 실제로 꾼 꿈이었을 수도 있었다.

지금도 또렷이 기억나는 것은 만월이 애너벨에게 미친 영향이었다. 그녀는 파도처럼 내게 줄기차게 밀려왔다. 내가 너무 서툴러 원하는 방식대로 밀고 들어가지 못하자 애너벨은 다른 방법을 알려주었다. 상상조차 할 수 없는 이 엄청난 쾌락의 힘은 만월이 아닌 다른 날에는 느낄 수 없다는 것을 나는 나중에 차차 경험으로 알게 되었다. 애너벨은 날카로운 교성은커녕 거의 아무 소리도 내지 않았다. 새벽의 좀 더 따스한 빛이 밝아올 무렵 애너벨은 금욕을 해온 지난 수년 동안 최고의 날을 기다리며 침실에서 가끔 자위를 했다고 고백했다. 아름답고 끝없이 고독한 자위를 하는 애너벨의 모습을 상상한 순간 나는 애너벨이 되고 싶었다. 그러나 내가 애너벨이 될 수는 없기에 네 번째로, 그리고 마지막 다섯 번째로 성기가 화끈거리도록 그녀를 범했다. 그리고 우리는 오후까지 잠을 잤다. 나는 만월의 충만함을 낭비하고 싶지 않아 버터 바른 식빵으로 허기를 채우며 이틀 더 애너벨의 아파트에 머물렀다. 그리고 마침내 캠퍼스로 돌아와 〈데일리 펜실베이니언〉을 그만두고 오즈월드에게 편집장 자리를 넘겨주었다.

어머니는 밴스킬링어하우트 박사에게 처방받은 고용량의 프레드니손 복용으로 얼굴이 부어올랐다고 내게 미리 경고를 했지만 막상 공항에서 어머니를 보고 나는 충격을 받았다. 뚱뚱한 만화 캐릭터처럼 얼굴이 심하게 부어올라 마치 우울한 달을 보는 듯했고 두 뺨도 잔뜩 부풀어 눈을 반밖에 뜨지 못했다. 미안하다는 어머니의 말이 너무도 애처로웠다. 어머니는 아이비리그 졸업식에 이런 몰골로 참석하게 될 걸 생각하면 심란하다고 말했다.

나는 걱정 마시라고 했지만 심란하기는 마찬가지였다. 얼굴은 그저 얼굴일 뿐이지 그 안에 있는 인간의 품성과는 무관하다고 아무리 스스로에게 상기시켜도, 사람은 누구나 상대의 얼굴을 통해 정서를 해석하는 데 익숙하므로 기형이 된 얼굴을 보면서 편견 없이 대하기는 쉽지 않았다. 나는 어머니의 달라진 얼굴을 보면서, 어머니에게 마땅히 가져야 할 연민이 사라지는 걸 느꼈다. 어머니를 모시고 파이 베타 카파회* 소개식에 참석하기 위해 그린 공원을 지나갈 때 체크무늬 바지 정장을 입은 호박 머리 허수아비 같은 모습의 어머니는 내게 감추고 싶은 부끄러운 존재였다. 나는 어느 누구와도 눈을 마주치지 않았고, 어머니를 칼리지 홀의 의자에 앉혀드린 뒤에는 달아나기까지 하지는 않았지만 어머니에게서 주춤주춤 물러섰다.

소개식이 끝나고 어머니에게서 자유로워지고 싶은 마음에 나는 파이 베타 카파 열쇠를 어머니에게 드렸다. (어머니는 그 열쇠를 가느다란 금줄에 꿰어 이후 평생 목에 걸고 다니셨다.) 나는 날씨가 후텁지근하니 씻고 쉬시라고 어머니를 슈퍼블록 기숙사의 지정된 방에 모셔다 드리고 오즈월드와 함께 우리 방에서 와인과 치즈 파티를 준비했다. 원래 이 파티에서 어머니와 애너벨이 편안하게 만날 수 있게 할 생각이었다. 애너벨은 어머니와의 만남을 두려워했지만 어머니 입장에서는 두려워할 이유가 없었다. 어머니는 애너벨을 직접 만난 적도 없으면서 들은 얘기만으로 탐탁잖아했고, 나는 입이 떨어지지 않아 어머니에게 애너벨이 파티에 올 거라고 말하지 못했다.

지난 11월까지만 해도 나는 내가 매캐스킬 가문의 상속자와 사귄다는 사실을 알면 어머니가 기뻐할 줄 알았다. 그런데 어머니는 신시아 누나의 입을 통해 애너벨과 내가 어떻게 만나게 됐는지 듣고 말았다. 신시아 누나는 고기 포장지 사건을 그저 재미있어했지만 어머니는 애너벨을 괴짜에 급진적 페미니스트이고 공공장소에서 옷을 벗은 여자로 보았다. 어머니는 일주일 내내 내게 전화로 웅얼웅얼 잔소리를 하면서, 기업가로서 일군 부와 상속자로서 받

* 미국 대학 우등생들로 구성된 친목 단체.

은 부의 차이점에 대해 새로이 이죽거리며 설명을 늘어놓았다. 어머니는 내가 〈데일리 펜실베이니언〉 편집장 일을 그만둔 것도 애너벨 때문인 것으로 의심했다. 나는 기자로서 실력 연마에 집중하고 싶어서라고 설명했지만—실제로 나는 애너벨의 은혜로 스크래플에 관한 큰 기사를 준비 중이었다—어머니는 우리가 동침하는 사이임을 그 멀리 덴버에서 이미 눈치채고 있었다. 크리스마스 때 집에 내려간 내가 채식주의자가 되었음을 알리면서 일주일 후에 필라델피아로 돌아가야 한다고 말하자 어머니의 결장은 또다시 왈칵 화를 냈다.

내가 무엇 때문에 애너벨에게 빠져들었는지 모른다거나, 애너벨에게서 벗어나려 노력하지 않았을 거라는 생각은 하지 말자. 음력으로 한 달에 3일간 우리는 어떤 약물도 하지 않았으나 마치 마약이라도 한 것처럼 미친 듯이 황홀경에 빠졌다. 그리고 나머지 25일간 나는 애너벨의 감정 기복과 괴상한 행동, 감성, 비난, 쉽게 상처받는 감정을 상대해야 했다. 우리는 대놓고 싸우거나 언쟁을 하기보다는 그저 꾸준히 대립했다. 나나 다른 누군가가 한 짓 때문에 애너벨은 기분이 나빠지기 일쑤였다. 나라는 인물은 애너벨의 평온을 지키고 애너벨에게 책망을 듣지 않기 위해 스스로를 재조직했다. 나 스스로를 거세한 행동으로 볼 수도 있겠지만, 우리 둘의 경계를 없애는 행동에 더 가까웠다. 나는 애너벨이 느끼는 그대로를 느끼게 되었고, 애너벨은 내가 생각하는 바를 예측할 수 있게 됐다. 비밀 없는 사랑보다 더 강렬한 감정이 어디 있을까?

우리가 사귀던 초기의 어느 날, 애너벨은 이렇게 말했다. "변기에 관해 할 말이 있어."

"나는 변기 시트 항상 올리고 써요."

"바로 그게 문제야."

"시트 중앙으로 잘 조준할 수 있다고 믿으면서 시트 안 올리고 변기를 쓰는 남자들이라야 문제 되는 거잖아요."

"네가 그런 남자가 아니라 다행이긴 한데, 그래도 소변 방울이 튄단 말이야."

"시트 가장자리도 닦는데요."

"늘 닦진 않더라."

"알았어요. 고칠게요."

"시트 가장자리에만 묻는 게 아니야. 변기 시트 아래와 타일에도 묻어. 조그맣게 방울방울 떨어진다고."

"거기도 닦을게요."

"매번 욕실 전체를 닦을 순 없잖아. 난 묵은 소변 냄새가 싫어."

"난 남자잖아요! 뭘 어떻게 하라고요?"

"앉아서 누면 되지 않을까?"

애너벨이 조심스레 제안했다.

나는 이게 부당하다는 걸, 옳을 수가 없는 말이라는 걸 알고 있었다. 그러나 내가 침묵하자 애너벨은 상처를 받았고 더 침통한 표정과 차가운 눈빛으로 입을 닫았다. 나는 내 생각에 옳으니 그르니 하는 것보다 애너벨이 상처받은 게 더 중요했다. 그래서 나는 좀 더 조심을 하든지 앉아서 누든지 하겠다고 말했다. 그러나 애너벨은 내가 화가 났고, 마지못해 굴복했으며, 따라서 우리가 모든 것에 대해 진심으로 동의하지 않는 한 우리의 합일에 평화는 없다는 것을 감지했다. 애너벨이 울기 시작하자, 나는 그녀를 괴롭히는 보다 깊은 원인을 한참 동안 찾아야 했다.

"나는 앉아서 눠야 하는데, 너는 왜 앉아서 누면 안 돼? 네 소변 방울이 떨어진 곳이 안 보일 수가 없고, 매번 그걸 볼 때마다 여자인 게 얼마나 부당한지가 떠올라. 그게 얼마나 부당한지 넌 모를 거야. 절대 알 수가 없을 거야. 절대."

애너벨은 격렬하게 울었다. 울음을 그치게 할 유일한 방법은 바로 그 시간 그 자리에서, 서서 소변을 보는 내 존재의 부당함을 애너벨만큼이나 사무치게 느낀 사람이 되는 것이었다. 나는 우리가 함께 한 초기 몇 달 동안 백번 가까이 해왔듯이 그렇게 또 내 인격에 조정을 가했고, 그 후 애너벨이 소리를 들을 수 있을 때면 앉아서 소변을 보았다. (그러나 애너벨이 듣지 못할 때면 그녀의 싱크대에 소변을 보았다. 내 안의 일부는 그런 짓을 하며 우리 관계를 망쳤지만 나를 구원하기도 했다.)

침실에서 애너벨은 완전히 달랐고 훨씬 너그러웠다. 애너벨이 단편적 사실들을 끌어모아 우리 중 어느 한쪽만 만족감을 얻는 시기에는 섹스를 할 수 없다고 설명했을 때는 참 우울했다. 그래서 우리는 수 시간에 걸친 고통스러운 논쟁과 침묵 끝에 내 제안에 따라 만월이 아닌 때에 시도를 해보았으나, 내가 몸 안으로 들어갔을 때 애너벨은 흐느껴 울었고 나는 죄책감에 시달렸다. 아무런 즐거움도 못 느끼겠냐고 물었으나 애너벨은 좌절감이 쾌락보다 더 크다고 울면서 말했다. 우리는 불공평함에 대한 대화를 다시 시작했다. 나는 그녀가 정상이 아니라고, 우리는 구조적 성 불균등 문제를 다루는 게 아니라고 지적했고 애너벨은 수긍했다. 결국 나를 사랑하고 나를 더 정상적인 다른 사람에게 빼앗길까 봐 두려워했던 애너벨은 나를 위해 방법을 마련하기로 동의했다. 그 방법은 다소 괴상하지만 매우 창의적이고 얼마 동안은 만족스러웠다. 우선 내가 샤워를 하고 나오면 우리는 레너드와 대화를 나누면서 이 벨기에 황소의 눈이 그날의 뉴스를 접하게 했다. 그리고 우리는 옷을 벗었고 애너벨은 말 그대로 내 성기를 장난감처럼—달리 표현할 길이 없다—가지고 놀았다. 때때로 내 성기는 카메라가 되어 애너벨의 몸 상하좌우를 회전하다가 좋아하는 부위들을 촬영했고, 애너벨은 서늘하고 비단처럼 매끄러운 머리카락으로 내 성기를 감싼 뒤 마치 젖을 짜듯 꾹꾹 짜기도 했다. 애너벨이 내 성기를 마치 샤워기 헤드처럼 코와 입으로 비벼 얼굴을 적실 때도 있었다. 그리고 내 성기를 입에 넣기도 했는데, 그럴 때면 성기를 목구멍 안쪽까지 넣은 후에야 성기에서 내 눈으로 시선을 옮겼다. 애너벨은 레너드를 대하듯 내 성기를 다정하게 대했다. 그녀는 내 성기가 나만큼 예쁘다고 말했다. 그리고 내 정액은 그녀가 불행히도 맡아본 적 있는 다른 정액들에 비해 냄새가 깨끗하다고 말했다. 지나고 나서 생각해봤을 때 제일 괴상했던 것은 애너벨이 내 성기를 내 몸의 일부로 여기지 않았다는 점이었다. 애너벨은 내 성기를 만지작거리고 있으면서도 내가 키스를 하려고 하면 싫어했다. 자기가 내 성기를 다 가지고 놀 때까지는 내가 자기 몸에 손대지 않기를 바랐다. 알고 보니 애너벨은 늘 만월까지의 날짜를 헤아리고 있었다. 다시 달이 완전히 차올라 정상으로 돌아오자, 애너벨은 만월의 오르가즘으로 한 달 동안의 우리의 셈이 동등해졌다고 말했다. 그 시기에는 모든 것이 만족스러웠고, 우리는 다시 하나가 되었다.

우리에게 두 번의 큰 위기가 찾아왔다. 첫 번째 위기는 내가 미주리 대학교 언론 대학원에 입학 허가를 받은 것이었다. 학비가 감당할 만하고 덴버에서도 그리 멀지 않으니 좋다며 어머니가 지원해보라고 격려한 괜찮은 학교였다. 그 무렵 나는 애너벨에게 푹 빠져 그녀와의 영혼 합일에 방해가 되는 내 남성성을 밀어내왔으나, 내 안에 남아 있던 남성성의 일부는 애너벨이 괴상한 사람이며 나는 젊은 남자이고 채식은 내 위장에 맞지 않는다는 것을 잘 알고 있었다. 나는 미주리 대학교에서 재정비된 모습으로 사는 상상, 마르고 비열한 기자가 되는 상상, 애너벨과 함께하는 삶에 전념할지 여부를 결정하기 전에 다른 여자들을 만나보는 상상을 했다. 그러다가 만월 전날 밤에 미주리 소식을 애너벨에게 털어놓는 실수를 하고 말았다. 나는 애너벨의 비위를 맞추며 그녀의 침실로 들어가려 했으나 그녀는 입을 닫아버렸다. 수 시간에 걸쳐 골을 내고 재촉한 끝에 우리는 수 시간을 침대에서 보냈고 애너벨은 남성적 비열함으로 가득한 내 사고방식을 내 앞에 적나라하게 펼쳐 보였다. 애너벨은 사소한 것 하나 놓치지 않았다. "넌 거기서 기자로 멋진 삶을 살겠지. 난 여기서 기다리고 있는데, 넌 나랑 있지 않아서 행복할 거야."

"같이 가, 그럼."

"미주리 컬럼비아에서 살란 말이야? 남자한테 따라붙은 여자로?"

"그게 싫으면 여기 머물면서 당신 프로젝트를 진행하면 되잖아, 겨우 2년인데."

"네 잡지는 어떻게 하고?"

"돈도 없고 경험도 없는데 내가 무슨 수로 내 잡지를 창간해?"

애너벨은 서랍을 열고 수표책을 꺼냈다.

"여기 내 돈으로 하면 되잖아." 애너벨은 예금 원장에 적힌 46,000달러라는 숫자를 손으로 가리켰다. 내가 보는 앞에서 그녀는 우아한 예술가의 필체로 23,000달러짜리 수표를 작성한 후 수표를 뜯어 내밀었다. "나랑 여기서 야망에 찬 삶을 살래, 아니면 미주리에 가서 돈에 쪼들리는 글쟁이들이랑 부대끼면서 살래?"

억만장자의 딸이 그 정도 수표를 써 내미는 행동을 의미 있게 여길 생각이 없음을 나는 굳이 지적하지 않았다. 부친에게 더 이상 돈을 받지 않겠다고 한 애너벨의 맹세를 의심하는 것은 그녀가 지닌 예술가로서의 진지한 태도를 의심하는 것만큼이나 지독한 잘못일 터였다. 애너벨은 내가 그런 의심을 하지 못하게 이미 훈련시켜놓았다. 돈 문제에 애너벨은 대단히 예민했다.

"나는 당신 돈 못 받아."

"우리 돈이야. 그리고 남아 있는 마지막 돈이기도 해. 내가 가진 건 다 네 거야. 잘 사용해, 톰. 원한다면 이 돈을 가지고 대학원에 가도 좋아. 굳이 내 가슴을 찢어놓아야겠으면 지금 해. 미주리에 가서 1년 살고 와서가 아니라. 돈을 가지고 고향에도 가고 언론 대학원에도 가. 나와 여기서 함께하고 싶은 척할 필요 없어."

애너벨은 침실로 들어가 문을 잠갔다. 그녀가 밀어내기 전에 내가 먼저 그녀를 떠날 일은 없을 거라고 몇 번이고 약속을 한 후에야 그녀는 방문을 열어주었다. 나는 수표를 찢고—침대 머리맡 나무 판에 앉은 레너드가 '멍청하게 굴지 마. 그거 꽤 큰돈이야!'라고 외치는 듯했다—새삼스러운 소유욕으로 애너벨을 품에 안았다. 그녀와 더 같아져야만 그녀를 더 내 것으로 만들 수 있다는 듯이.

어머니는 언론 대학원 진학을 포기한 내 결정에 분노했다. 어머니는 나 또한 누나들처럼 궁핍한 삶의 길을, 아버지가 걸었던 어리석은 이상주의의 길을 걷기 시작했다고 여겼다. 나는 굳이 언론 대학원에 다니지 않고도 유명해진 많은 기자들의 예를 들어 설명했지만 소용없었다. 한 달 후 내가 이번 여름에는 덴버에 일주일밖에 못 머물 거라고 말하자 어머니는 더욱 화를 냈다. 어머니가 입원한 후 나는 어머니 곁에 겨우 여드레밖에 있지 않았기 때문에 어머니(와 신시아 누나)를 위해 여름에 덴버 집에서 한 달은 보내야 마땅한 입장이었다. 하지만 애너벨이 내가 하루 빨리 대학을 졸업하고 함께 살 수 있는 날을 손꼽아 기다리고 있었다. 내가 덴버 집에 가 있느라 자기와 한 달 동안이나 떨어져 산다는 것은 애너벨에게 우리가 함께 계획한 모든 것을 끝장내는 배신이었다. 내가 덴버에 같이 가자고 하자 애너벨은 정신 나간 사람이 자기가 아니라 나인 것처럼 어이없는 눈빛으로 쳐다보았다. 그때 왜 나는 애너벨과 결별해 위기를 해결하지 못했을까. 나의 뇌는 이미 애너벨에게 몹시 열중해 있어서 애너벨이 비이성적이고 매정하다는 걸 알면서도 신경 쓰지 않았다. 모든 마약은 사람이 자아를 버리고 탈출하게 만든다. 애너벨을 위해 나 자신을 버린 것도, 애너벨의 기분을 맞춰주기 위해 명백히 잘못을 저지르고 다시금 나에게 열정이 불붙은 그녀와 황홀경을 즐긴 것도 애너벨이라는 마약에 취해 있었기 때문이었다. 내가 덴버에 일주일밖에 못 있을 거라고 하자 어머니는 고함을 질렀으나, 내 마음을 흔들어 계획을 바꾸게 만든 것은 애너벨의 눈물뿐이었다.

졸업 파티에 참석한 어머니의 퉁퉁 부은 얼굴에는 나와 애너벨에 대한 분노가 고스란히 담겨 있었다. 친구들과 그 친구들의 정상적인 외모를 가진 부모님들에게 내 어머니가 늘 이렇게 화난 표정은 아니라고 설명하기도 여의치 않았다. 눈부시게 멋진 하늘색 칵테일 드레스를 입은 애너벨이 놀라와 함께 파티 장소에 들어섰을 때 다들 식은땀을 흘리며 와인을 마셔야겠다는 핑계로 얼른 자리를 피했다. 잠시 후 정신을 차린 나는 오즈월드의 부모님과 얘기 중인 어머니를 모시고 애너벨이 불만스러운 표정의 놀라와 함께 앉아 있는 구석 자리로 향했다. 내가 어머니를 소개하자 애너벨은 수줍어하면서 쭈뼛쭈뼛 일어나 어머니의 손을 잡고 용기 내어 말했다.

"애버런트 부인, 만나 뵙게 되어서 반갑습니다."

바지 정장 차림에 망가진 얼굴로 눈부신 하늘색 칵테일 드레스를 대면해야 했던 내 가여운 어머니. 애너벨은 어머니가 한 짓을 결코 용서할 수 없겠지만 나는 용서할 수밖에 없었다. 어머니는 터질 듯 빵빵하게 부은 얼굴로 상대를 업신여기는 듯한 미소를 머금었다. 그리고 애너벨의 손을 밀어내며 펑크족 스타일의 검은 옷을 입은 놀라를 내려다보았다. "이쪽은……?"

"저는 그냥 우울한 친구예요. 신경 쓰지 마세요." 놀라가 대답했다.

애너벨은 어머니에게 좋은 인상을 주고 싶어 했었다. 조금만 잘 달래면 수줍음을 털고 말을 할 수 있는 사람이었다. 그러나 어머니는 그녀를 배려를 할 생각이 없는지, 내게 돌아서서 저녁 식사 전에 옷을 갈아입고 싶다고 했다.

"애너벨하고 얘기 좀 해요."

"나중에 하자."

"엄마. 부탁이에요."

애너벨은 이 상황이 믿어지지 않는 듯 상처받은 눈빛으로 의자에 다시 앉았다.

"내 몸 상태가 좋지가 않아서 미안하구나."

"애너벨은 엄마를 만나러 여기까지 왔는데 그냥 가버리면 안 되죠."

나는 예의를 지켜야 하지 않겠냐고 어머니에게 호소했으나 어머니는 땀을 흘리며 힘들어하는 모습이었다. 나는 애너벨에게 손짓해 이쪽으로 오라고 했으나 애너벨은 본 척도 하지 않았다. 나는 하는 수 없이 어머니를 따라 복도로 나갔다.

"숙소로 돌아가는 길만 알려줘. 너는 즐겁게 파티를 즐겨야지. 해킷 씨 부부를 만나서 참 좋았어. 세련되고 재미있고 책임감 있는 사람들이더구나."

나는 떨리는 목소리로 말했다. "애너벨은 저한테 굉장히 중요한 사람이에요."

"그래, 예쁘기는 하더라. 하지만 너에 비해 너무 늙었어."

"겨우 두 살 연상이에요."

"겉으로 봐서는 훨씬 나이가 많아 보이더라, 아들."

분노와 수치심으로 눈앞이 반쯤 캄캄해진 나는 건물 밖으로 나가 어머니를 숙소로 모셨다. 파티 장소인 기숙사 방으로 돌아갔을 때 애너벨과 놀라는 이미 가고 없었다. 어머니의 입장을 변호할 기분이 아니었기에 차라리 잘됐다고 생각했다. 그날 오즈월드의 부모님과 함께 저녁 식사를 하는 자리에서 어머니는 코끼리 못지않게 얼굴이 부은 모습이었다. 나는 어머니에게 한마디도 말을 걸지 않았다. 나중에 로커스트 거리의 습한 그늘에서 나는 애너벨이 논문 프로젝트로 만든 영화가 그날 저녁 9시 30분에 상영될 예정이라, 저녁 시간을 같이 보낼 수 없겠다고 어머니에게 알렸다. 입이 떨어지지 않아 좀처럼 꺼내지 못한 얘기였는데 화가 나자 막힘없이 나왔다.

"네 엄마가 이렇게 창피한 사람이라 미안하게 됐구나. 망할 몸 상태 때문에 내가 모든 걸 망쳤나 보네."

"엄마, 엄마 때문에 창피해한 적 없어요. 그저 엄마가 애너벨과 얘기를 나누시길 바랐어요."

"네가 나한테 화내는 걸 보기가 힘들구나. 나에겐 무엇보다 견디기 힘든 일이야. 내가 너랑 같이 가서 걔가 만든 영화를 봤으면 좋겠니?"

"아뇨."

"걔가 너한테 그렇게 대단한 의미를 가진 여자라서 네가 저녁 식사 때 나한테 말 한마디 안 건 것이면, 내가 가서 그 영화를 봐줘야 되는 거잖니."

"아니에요."

"어째서? 부도덕적인 영화야? 누드나 지저분한 욕설쯤은 참을 수 있어."

"아뇨. 봐도 이해하시기 힘들 거예요. 순수한 표현 매체로서의 영화의 시각적 특성에 관한 내용이라서."

"괜찮은 영화면 나도 좋아해."

우리는 어머니가 애너벨의 작품을 혐오하리라는 걸 알았어야 했지만, 나는 어머니에게 두 번째 기회를 드리는 게 맞다고 스스로를 설득했다. "애너벨에게 잘 대해주겠다고 약속해주세요. 애너벨은 1년 내내 이 작품에 매달렸고, 예술가들은 민감해요. 그러니까 정말정말 잘 대해주셔야 돼요."

애너벨의 영화는 내가 제안한 대로 '고기의 강'이라는 제목으로 발표되었다. 애너벨은 원래 '미완성 8번'이라는 제목을 붙이고 싶어 했다. 애너벨의 기준에서 볼 때 그 영화는 완성된 것이 아니었고, 애너벨은 무엇이든 완전히 마무리를 한 적이 없으며, 뭐든 하다가 이내 싫증을 내고 그다음 예술적 도전으로 넘어가는 편이기 때문이었다. 나는 영화가 완성되지 않았다는 걸 아는 건 감독인 당신밖에 없다고 애너벨을 달랬다. 애너벨은 짧은 16밀리 필름 클립 두 개를 입수해 기본 자료로 삼았다. 도살장에서 볼트 총으로 소의 머리를 쏴서 도살하는 장면이 담긴 필름과 미스 캔자스가 1966년 미스 아메리카에 당선되는 장면이 담긴 필름이었다. 애너벨은 1년 가까이 그 두 필름을 추가로 인화하고 조정하고 삽입하는 작업을 진행했다. 애너벨은 아녜스 바르다, 로베르 브레송 같은 영화감독들을 좋아했지만 이번 프로젝트는 작곡가 스티브 라이히의 최면을 거는 듯한 음악적 태피스트리에서 더 큰 영감을 받았다. 애너벨은 단일 프레임과 네거티브 필름을 1 대 1, 1 대 2, 2 대 1, 2 대 2 등으로 교차했으며 프레임을 역전하고 90도로 기울이고 거꾸로 돌리고 붉은 잉크로 프레임에 색을 입히는 등 주기적으로 변화를 주었다. 그 결과 몹시 역겹고 시각 피질을 총공격하지만 제대로 잘만 보면 그 안에서 천재성을 발견할 수도 있는 24분짜리 영화가 탄생했다.

어머니가 제일 좋아하는 영화는 〈닥터 지바고〉였다. 영화 상영이 끝나가는 몇 분 동안 나는 어머니가 화를 내며 구시렁대는 소리를 들었다. 조명이 들어오자 어머니는 서둘러 문 쪽으로 향했다.

뒤따라간 나에게 어머니가 말했다. "밖에서 기다리고 있으마."

"애너벨에게 먼저 좋은 얘기 좀 하고 가셔야죠."

"무슨 말을 해? 내가 평생 본 중에서 제일 끔찍하고 구역질 나는 영화인데."

"그것보다는 좀 좋게 얘기를 해주세요."

"저따위 것이 예술이면 예술이 뭔가 잘못된 게 분명하지."

나는 분노가 치밀었다.

"그래요? 그럼 애너벨한테 그렇게 얘길 하세요. 끔찍하게 싫었다고 얘길 하시라고요."

"나만 저 영화를 싫어한 게 아닐 거다."

"엄마, 그만하세요. 애너벨도 별로 놀라워하지 않을 거예요."

"넌 저게 예술로 보였니?"

"당연하죠. 훌륭한 작품이라고요."

애너벨은 시사회실 앞쪽에 놀라와 함께 서 있었다. 우리 쪽은 쳐다보지도 않았는데, 그녀의 속에서 부글부글 끓는 지독한 분노가 고스란히 느껴졌다. 관객석에 앉아 있던 몇 안 되는 학생들과 교수들은 살길을 찾아 서둘러 시사회실을 빠져나갔다. 어머니는 나지막하게 말했다.

"내 아들인데도 널 잘 모르겠구나, 톰. 지난 여섯 달 동안 넌 너무 많이 변했어. 네게 무슨 일이 있었던 것인지 엄마는 너무 불안해. 저런 영화를 만든 사람에 대해서도 불안하고. 네가 힘들게 얻은 멀쩡한 편집장 자리를 갑자기 그만두고 대학원에도 안 간다고 한 이유가 저 여자 때문이라는 것도 심란해."

나야말로 스테로이드제 복용으로 인해 추해진 어머니의 외모 때문에 심란했다. 내 삶은 사랑스러운 애너벨을 중심으로 돌아가고 있었기에, 그런 삶에 의문을 제기한 퉁퉁 부은 얼굴에 좁게 찢어진 눈을 가진 사람에게 증오가 생겨났다. 내 사랑과 증오는 구분이 되지 않고 논리적으로 서로 맞물려 있는 듯했다. 그러나 나는 여전히 순종적인 아들이었기에, 애너벨이 통로를 따라 내 쪽으로 올라오지 않았으면 어머니를 펜실베이니아 대학교의 숙소로 직접 모시고 갔었을 것이다.

나는 애너벨에게 말했다. "훌륭했어. 큰 화면으로 보니까 멋지더라."

애너벨은 내 어머니를 쏘아보며 물었다. "부인께서는 어떻게 보셨어요?"

어머니는 겁먹은 표정이었다. "글쎄, 뭐라고 해야 할지."

도덕적 분개로 인해 수줍음을 떨쳐낸 애너벨은 어머니를 비웃으며 나를 돌아보았다. "우리랑 같이 갈 거지?"

"어머니를 모셔다 드려야 돼."

애너벨은 화가 나서 길쭉한 콧구멍을 벌름거렸다.

"이따 봐. 어머니 혼자 기차를 타고 가게 하고 싶지 않아."

"택시는 못 타시나 보네."

"내 수중에 지금 8달러밖에 없어."

"어머니는 돈 없으셔?"

"지갑을 안 가져오셨어. 필라델피아에 대해 안 좋은 얘기를 들으셔서."

"그래. 돈을 뺏는 무시무시한 흑인들 얘기를 들으셨나 보네."

마치 어머니가 그 자리에 없는 척 우리끼리 어머니에 대한 얘기를 하는 것은 잘못된 태도였지만 어머니가 먼저 애너벨을 부당하게 취급했으니 어쩔 수 없었다. 애너벨은 통로를 따라 내려가 배낭을 열고 20달러 지폐 두 장을 꺼내 들고 돌아왔다. 약물중독자 모임에서 사람들이 하는 얘기가 있지 않나? 다시 마약을 찾는 짓 따위는 절대 안 하겠다고 아무리 약속해봤자 결국 또 마약을 찾고 만다고. 애너벨에게 돈을 받아 어머니에게 건넨 짓은 여덟 가지 이유로 비난받아 마땅한 짓이었으나 애너벨에게 중독된 나는 그 짓을 하고 말았다. 나는 택시를 불렀고 프레지던트 홀 앞에서 어머니와 함께 말없이 택시를 기다렸다.

잠시 후 애너벨이 말했다. "요즘 며칠 힘들었는데 오늘은 정말 내 인생 최악의 날인 것 같아."

필라델피아의 아지랑이 속에서 우리 머리 위로 떠오른 달이 베이지색 마름모로 하늘에 녹아들었다. 만월에 대한 내 응답은 파블로프의 개만큼이나 조건반사적이었다. 그 순간 맥박이 빠르게 뛰기 시작한 이유가 어머니가 느낄 고통에 대한 나의 두려움 때문인지, 내가 어머니에게 하고 있는 짓이 오싹하도록 잔인했기 때문인지 알 수 없었다. 나는 가슴이 너무 조여들어 아무 말도, 심지어 죄송하다는 말조차도 할 수 없었다.

그해 여름이 끝나갈 무렵 나는 애너벨의 아버지를 만났다. 두 달 동안 애너벨과 나는 그녀의 남은 재산 4만 달러로 소꿉장난처럼 살고 있었다. 한낮이 되도록 자고 일어나 토스트로 대충 아침을 때우고, 내 옷장의 옷 수준을 높이기 위해 중고품 할인점을 뒤지고, 리츠 영화관에서 영화 두 편을 보며 더위를 피하고, 웍을 다루는 기술을 완벽하게 다지는 나날이었다. 내 생일을 맞아 우린 우리가 하는 일을 좀 더 진지하게 해나갈 계획을 세웠다. 나는 〈교란자〉 창간을 위한 선언문을 쓰기 시작했고 그동안 애너벨은 최우수 영화 프로젝트를 위해 필요한 책들을 1년 동안 읽기로 했다. 애너벨은 평일 오후마다 무료 도서관에 책을 읽으러 갔는데, 그 이유는 우리가 하루 몇 시간이라도 떨어져 있는 게 건강한 관계 유지를 위해 필요하다 느꼈고 애너벨이 내가 일하는 동안 가정주부처럼 집에서 나를 기다리고 싶어 하지 않았기 때문이었다.

그러던 어느 날 오후 데이비드 레어드의 전화가 걸려왔다. 전화를 받은 나는 애너벨에게 남자 친구가 있으며 그게 바로 나라고 설명해야 했다.

"흥미롭군. 작은 비밀 하나 얘기해줄까. 사실 남자 목소리를 들어서 기쁘다네. 애너벨이 나를 괴롭히려고 정신이 병든 레즈비언 친구 쪽으로 기우는 게 아닌가 싶어 걱정을 했거든."

"그런 일은 일어나지 않을 겁니다."

"자네, 흑인인가? 아니면 장애인? 범죄자? 마약중독자?"

"아, 전부 아닙니다."

"흥미로워. 또 다른 비밀을 얘기해주지. 나는 벌써 자네가 마음에 들어. 자네 내 딸을 사랑하나 보군, 그렇지?"

나는 대답을 망설였다.

"당연히 사랑하겠지. 애너벨은 참 특별하지 않나? 그저 다루기 힘든 사람이라고 부르는 것은 너무 심하게 절제된 표현이지. 그야말로 틀을 깨버리는 아이니까."

나는 애너벨이 아버지를 싫어하는 이유를 짐작할 수 있었다.

"어쨌든 그 애가 자네를 좋아하니 나도 자네가 좋아. 사실 그 정신이 병든 레즈비언 여자도 좋아할 준비가 돼 있기는 했네. 그리되지 않아 다행이지만. 애너벨은 나를 괴롭힐 수만 있다면 뭐든 다 할 녀석이지만 그렇다고 제 코를 자르는 짓까지 하지는 않을 모양이지. 나는 애너벨을 잘 알아. 그 녀석의 예쁜 코도 잘 알고. 그래서 애너벨이 만나는 남자가 어떤 사람인지 알고 싶네. 다음 주 목요일에 르베크팽에서 저녁 식사를 같이하겠나? 우리 셋이서. 윌밍턴에 사업차 볼일이 있어서 겸사겸사 전화했네."

나는 애너벨에게 물어보겠다고 답했다.

"아, 이봐, 톰. 톰 맞지? 자네, 내 딸하고 계속 살 생각이면 배짱을 키울 필요가 있어. 조심하지 않으면 그 애한테 산 채로 잡아먹혀. 그러니까 나랑 같이 저녁을 먹기로 했다고 애너벨에게 통보하면 돼. 지금 나한테도 '예, 아버님, 같이 저녁 먹겠습니다'라고 대답하게."

"그러니까, 음, 애너벨이 괜찮다고 하면 그러겠습니다."

"아니, 그게 아니라니까. 그렇게 말하면 안 돼. 자네는 나와 저녁을 먹는 거야. 그렇게 정하고, 애너벨은 오고 싶으면 오라고 해. 내 말 믿게. 애너벨은 절대 우리 둘이서만 만나게 두지 않아. 그래서 그렇게 대답을 하는 게 중요하다는 거야. 지금 벌써 이렇게 애너벨 눈치를 보면 나중에는 더 심해질 텐데."

"눈치 보는 게 아닙니다. 애너벨이 아버님을 뵙고 싶지 않을 수도 있으니까……."

"그래, 알았어. 한 가지 더 얘기해주지. 이건 또 다른 비밀인데, 애너벨은 사실 나를 보고 싶어 해. 애너벨이 내 얼굴에 대고 고양이 오줌을 뿌린 지 1년이 좀 넘었거든. 걔가 원래 좀 그렇다네. 인정하고 싶어 하지 않지만 애너벨도 즐기는 거야. 그 녀석이 고양이 오줌을 꽤 많이 갖고 있는데 그걸 뿌리고 싶은 얼굴은 딱 하나지. 그러니까 애너벨이 나를 보고 싶지 않다고 하면 자네는 그러거나 말거나 나를 만나러 가겠다고 해. 애너벨을 위해 우리가 이렇게 말을 맞추는 건 우리끼리의 비밀로 하고."

"그게, 잘하는 건지 모르겠습니다."

데이비드는 껄껄 웃었다. "아, 이봐, 장난 한번 쳐본 거야. 필라델피아 최고의 레스토랑에서 근사하게 식사나 한번 하자고. 내 딸도 보고 싶으니 겸사겸사."

내가 데이비드와 통화했다는 얘기를 들은 애너벨은 물론 한바탕 난리를 쳤다. 애너벨은 데이비드가 유혹자이며, 유혹당하지 않는 상대를 만나면 괴롭히는 사람이고, 괴롭혀도 안 되면 돈으로 매수하는 사람이라고 했다. 자기는 그동안 데이비드를 상대하면서 방어벽을 세웠지만 나는 데이비드의 유혹이나 괴롭힘, 매수에 넘어가지 않으리라는 보장이 없다고 여겼다. 나는 데이비드가 말한 내용 대부분이 거슬렸지만, 결국 내가 또 누구와 애너벨에 대해 얘기를 나눌 수 있겠는가 하는 생각을 떨칠 수 없었다. 나는 조심스럽게 배짱을 다지고는, 내가 아버님이 아닌 당신을 사랑하는 걸 믿지 못하니 마음이 아프고 모욕받은 기분이라고 말했다. 그리고 더 나아가 나는 이미 아버님과 식사를 하기로 약속했다고 덧붙였다. 데이비드의 예상대로 애너벨은 자기도 같이 식사 자리에 나가겠다고 했다.

르베크팽에서 나는 난생처음 3천 달러짜리 와인을 맛보았다. 애너벨이 데이비드가 건넨 와인 목록을 받아 들고 읽고 있는데 소믈리에가 다가오자 데이비드가 말했다. "얘는 여기서 제일 싼 와인을 찾고 있는 중이니 기다리게. 그동안 톰과 나는 45년산 마고를 맛보도록 하지."

내가 이 부분에 대해 애너벨에게 동의를 구하자 애너벨은 불쾌해하며 눈을 크게 뜨고 나를 쳐다보았다. "마음대로 해. 난 상관없어."

"애너벨과 나는 이런 작은 게임을 즐긴다네." 데이비드가 설명했다. 그는 머리가 백발에 가까웠고 키가 컸으며 늘씬하고 활력이 넘쳤다. 딸인 애너벨의 기품 있는 남성 버전이라 봐도 좋을 만큼, 다른 억만장자들에 비해 외모가 훌륭했다. "자네가 나중에 참고하면 좋을 흥미로운 사실을 얘기해주지. 이런 레스토랑에서는 와인 목록에서 제일 싼 와인도 훌륭할 때가 종종 있어. 이유는 모르겠는데, 훌륭한 레스토랑의 표시일지도 모르지."

그러자 애너벨이 말했다. "난 훌륭한 와인을 찾는 게 아니라, 속이 울렁거릴 만큼 비싸지 않은 와인을 찾고 있을 뿐이에요."

"넌 그 두 가지 조건에 부합하는 와인을 받게 될 테니 잘된 일이지." 데이비드는 내게 고개를 돌리며 말했다. "평소 같으면 내가 와인을 직접 주문하겠지만, 지금은 딸과 함께 있으니 작은 게임을 안 할 수가 없어. 쟤 때문에 내가 이러고 있는 게 자네 눈에도 다 보이지 않나?"

애너벨이 반박했다. "남자들은 뭘 하든 항상 여자 탓을 하니 웃겨요."

"애너벨이 어쩌다 치아가 부러졌는지 얘기했나?"

"예, 들었습니다."

"제일 재미난 부분을 얘기했나 모르겠군. 애너벨은 치아가 부러졌는데도 다시 말에 올라탔다네. 얼굴은 피투성이가 되고 입안에 부러진 치아를 담은 채로 곧바로 다시 말에 올라탄 거야. 그리고 아주 그 말의 목을 잡아 뜯을 기세로 굴레를 세차게 잡아당기더라니까. 진짜 목을 부러뜨릴 뻔했어. 그게 바로 내 딸 애너벨이라네."

"아빠, 그만해요, 좀."

"얘야, 내가 지금 네 남자 친구에게 네 칭찬을 하고 있잖아."

"그럼 내가 그 후로 다시는 말을 타지 않는다는 부분을 빼놓지 말아요. 그 불쌍한 말에게 했던 짓 때문에 난 아직도 가슴이 아프니까."

애너벨은 데이비드를 증오한다고 했는데, 부녀 사이가 친밀해 보여 놀라웠다. 마치 할리우드의 경영자 둘이서 서로를 짓궂게 놀리는 모습을 보는 듯했다. 그런 놀림을 웃음으로 넘기려면 권력을 쥔 사람이어야 한다. 데이비드가 불쑥 재혼했다고 말하자 애너벨의 반응은 "한 명하고요, 아니면 여러 명하고요?"였다.

데이비드는 소리 내어 웃었다. "내가 감당할 수 있는 건 한 명까지야."

"앞으로 두 명을 더 죽여야 하는데 그러려면 최소한 세 명하고 결혼을 해야 되잖아요."

그러자 데이비드는 내게 설명했다. "내가 전에 음주광과 결혼했었거든."

"아버지가 상대를 알코올중독자로 만든 거죠."

"여자들은 뭘 하든 항상 남자 탓을 하니 웃긴다니까."

"그게 언제 어디서나 통하는 진리니까요. 그 운 좋은 여자는 누군데요?"

"이름은 피오나야. 나중에 한번 만나봐."

"만날 일 없어요. 내 상속권을 그 여자한테 양도하고 싶으니까, 어디 서명하면 되는지나 알려주세요."

"그럴 일은 없어. 피오나는 혼전 합의서라는 것에 서명을 했거든. 그러니 네가 그렇게 빨리 상속권을 버릴 필요는 없어."

"두고 봐요."

"얘가 이런 미친 소리 좀 안 하도록 말리게, 톰."

나는 부녀의 정감 어린 농담에 끼어들기가 어려웠다. 나는 애너벨에게 지나치게 충성하고 굴종하는 것으로 데이비드의 눈에 보이고 싶지 않았다. 그렇다고 데이비드와 지나치게 이물 없이 대화를 나누면 애너벨에게는 배신자처럼 보일 우려가 있었다. 나는 조심스럽게 대답했다. "제가 할 일은 아닌 것 같습니다."

"미친 소리라는 건 인정하지?"

나는 애너벨과 눈이 마주쳤다. "아뇨, 그렇지 않습니다."

"시간이 지나봐. 인정하게 될 테니."

애너벨이 내 눈을 바라보았다. "아니, 톰은 그럴 일 없어요. 톰은 아버지와 달라요. 톰은 깨끗해요."

"아, 그래. 내 손에는 피가 묻어 있다 이거지." 데이비드는 두 손을 들어 올리고 들여다보았다. "재미있구나. 오늘 밤에는 피가 보이질 않네."

"더 자세히 들여다봐요. 내 코에는 피 냄새가 나요."

데이비드는 내가 고기를 먹지 않는다는 걸 알고는 내게 실망한 눈치였고, 애너벨이 채소 한 접시를 달랑 주문하자 대놓고 화를 냈다. 하지만 그는 푸아그라와 송아지 갈비를 먹으면서 다시 기분이 좋아지는 듯 보였다. 억만장자의 자기애인지 모르겠는데, 데이비드는 잡지 〈뉴요커〉를 처음부터 끝까지 꼼꼼히 읽은 티를 냈고, 올트먼 감독과 트뤼포 감독에 대해서도 해박한 지식을 뽐냈으며, 우리에게 뮤지컬 〈엘리펀트 맨〉의 뉴욕 공연 티켓을 구해주겠다고 제안했고, 솔 벨로에 대한 내 의견에도 진심으로 흥미 있어하는 것 같았다. 그때 나는 레어드 가족에게 어떤 비극적인 일이 일어났고, 그로 인해 애너벨과 그녀의 아버지가 제일 친한 친구 같은 사이가 될 수밖에 없었으리라는 생각이 들었다. 애너벨이 아버지를 원수처럼 여기고 그녀의 세 남자 형제의 삶이 망가진 이유가 데이비드가 괴물이기 때문이 아니라 너무 멋진 사람이기 때문이었다면? 애너벨은 아버지가 호감이 안 가는 사람이라는 말은 한 적이 없었다. 그저 사람들을 호감으로 꾀어 자기 뜻대로 한다고 했었다. 데이비드는 예전에 잘못된 결정을 했던 사업 얘기를 풀어놓으면서—1년 후 크게 수익이 나게 될 줄도 모르고 브라질 제당 공장을 매각한 일, 몬샌토 사의 연구 개발 총괄보다 자신이 식물 유전학에 대해 더 잘 안다고 생각한 나머지 몬샌토 사와의 제휴 관계를 무효화했던 일 따위—오만했던 자신을 농담거리로 삼았다. 그리고 대화가 점차 내 향후 계획으로 넘어가면서 데이비드는 내게 〈워싱턴 포스트〉에 일자리를 얻게 해주겠다고 제안했다. ("편집장 벤 브래들리가 내 오랜 친구야.") 내가 거절하자 그는 내가 만들려는 역발상 잡지에 자금을 대고 싶다고 했다. 나는 그가 나더러 자기처럼 멋진 남자가 될 수 있겠냐고 도발하는 느낌을 받았다.

애너벨의 생각은 달랐다. 애너벨은 나와 함께 기차를 타고 집으로 돌아가면서 말했다. "아버지는 돈으로 널 사고 싶은 거야. 늘 그랬어. 내가 경계를 조금만 낮추면 꼭 이렇게 나중에 후회하게 된다니까. 매캐스킬 사가 세상 사람들이 먹는 모든 것에 손을 대고 싶어 하는 것처럼, 아버지는 내가 가진 모든 것에 손을 대고 싶어 해. 아버지는 모든 걸 다 가질 때까지 쉬지 못할 사람이야. 칠면조 고기를 전 세계에 공급하는 선도 기업의 수장이라는 것에 만족을 못 하고 트뤼포 감독과 솔 벨로 작가까지 손에 넣어야 속이 시원한 사람이라고. 아버지는 널 움켜쥐고 지적 허영심을 만족시키고 싶은 거야. 널 손에 넣으면 나를 손에 넣게 된다고, 그럼 모든 것을 갖게 된다고 생각하는 거라고."

"내가 아버님 제안에 따르겠다고 말했어?"

"그렇게 말은 안 했지만 넌 아버지를 좋아하잖아. 아버지가 널 가만히 내버려둘 거라고 생각한다면 오산이야."

애너벨의 예상이 맞았다. 함께 저녁 식사를 하고 얼마 지나지 않아 나는 하드커버 초판《오기 마치의 모험》과 헨리 루이스 멩켄, 존 허시, 조지프 미첼의 책들)과 〈엘리펀트 맨〉 공연 티켓 두 장, 그리고《오기 마치의 모험》을 다시 읽은 소감에 대해 적은 데이비드의 편지를 속달우편으로 받았다. 데이비드는 벤 브래들리 편집장에게 전화를 걸어 나에 대해 얘기를 했다고 전하면서, 다음 달에 주말 공연을 보러 애너벨과 함께 뉴욕으로 오라고 초대했다. 그러나 애너벨은 공연 티켓을 찢으면서 편지의 두 번째 장 하단 모서리에 적힌 이름 머리글자를 가리켰다. "너무 좋아할 거 없어. 아버지가 직접 쓴 게 아니라 구술한 거야."

"그게 뭐 어때서? 난 아버님이 나를 위해《오기 마치의 모험》을 다시 읽으셨다는 게 안 믿어져."

"아, 난 믿어지는데."

"책까지 찢어버리지는 마."

"안 찢어. 그 책에 밴 피를 지워낼 수 있으면 갖고 있어도 좋아. 하지만 아버지한테 이런 작은 선물 말고 더 큰 걸 받으면 날 파괴하는 거야. 진심으로 날 파괴하는 거라고."

데이비드는 종종 내게 전화를 했고 나는 애너벨에게 그와 통화를 했다는 얘기를 굳이 전하고 싶지 않았다. 그러나 이미 싱크대에 몰래 소변을 보고 있었기 때문에 애너벨이 모르는 또 다른 비밀을 만들고 싶지가 않았다. 그래서 나는 데이비드가 한 멋진 일들을 애너벨에게 알리고 그에 대해 애너벨이 비난을 하면 맞장구를 쳐주었다. 하지만 속으로 나는 데이비드를 좋아했고, 그가 애너벨에 대해 애정을 갖고 하는 얘기를 듣는 것도 무척 좋았다. 그리고 데이비드의 말대로, 애너벨도 새로이 비난할 소재가 생겨 은근히 즐기는 것 같았다.

〈교란자〉 창간을 위한 내 선언문은 별로 진전이 없었다. 선언문에는 사실 정보는 별로 없고 역발상 미사여구만 잔뜩 들어 있었다. 진심으로 새로운 잡지를 창간할 생각이면 〈데일리 펜실베이니언〉에서 맺은 인맥을 잘 관리하고 그 지역 프리랜서 기고가들과도 관계를 잘 구축해야 했다. 데이비드가 자금을 대는 것에 애너벨이 동의하지 않는 한 〈교란자〉는 실제로 만들어질 가능성이 없는 잡지였다. 그래서 나는 애너벨이 언젠가는 동의해주리라 막연히 기대하며 하루하루 시간을 보냈다. 그 무렵 학자금 대출 상환을 위해 고향인 링컨으로 내려간 오즈월드가 익살맞은 편지를 보내왔는데 나는 몹시 울적해 당장 답장을 쓸 기력도 없었다. 오후에는 꼭 답장을 써야겠다고 생각하며 오후에 할 과제로 미뤄두다가 한 문장 겨우 쥐어짜 썼는데 5분도 지나지 않아 애너벨이 도서관에서 집으로 돌아왔다. 나는 애너벨에게 취해 정신 못 차리고 있다는 것 외에 어느 누구에게도 딱히 내 근황에 대해 할 얘기가 없었다.

10개월 동안 나는 애너벨에게 맞춰 성격을 바꾸고, 제일 모나게 튀어나온 부분들을 갈아 없앤 끝에, 그해 가을, 애너벨의 존재 안에서 더없는 행복을 누렸다. 우리 둘만의 일상을 만들고 의견을 공유하고 우리끼리 쓰는 단어를 만들고, 처음 말했을 때도 재미있었고 그 후 백번 더 말해도 여전히 재미있던 구절들을 모았다. 애너벨의 모든 단어와 소유물은 오직 나와 함께하는 섹스로 물들었다. 그러나 아파트에 혼자 있을 때면 나는 울적해졌다. 애너벨은 무한한 재산을 물려받을 수 있었지만 기를 쓰고 한 푼도 받지 않으려 했고, 나는 애너벨의 몸에 미쳐 있었으나 한 달에 사흘밖에 품을 수 없었다. 나는 애너벨의 아버지에게 호감을 갖고 있었지만 아닌 척해야 했고, 그의 대단한 인맥을 이용할 엄두조차 낼 수 없었으며, 야심 찬 프로젝트를 갖고 있었지만 실현할 기회가 없었다. 어머니가 요즘 뭐 하고 사냐고 어렵사리 물을 때마다—나는 토요일 밤마다 어머니에게 전화를 하고 있었다—나는 그 말을 애너벨에 대한 비난으로 간주하고 화를 내며 화제를 돌리곤 했다.

가난하고 무명으로 순수하게 살다가 언젠가 나중에 세상을 깜짝 놀라게 하는 것이 나와 애너벨이 함께 세운 계획이었다. 애너벨의 말은 너무도 설득력이 있어서 나는 우리의 계획이 실현 가능성이 있다고 믿었다. 단 한 가지 두려운 것은 애너벨이 내가 자기처럼 흥미로운 사람이 아님을 깨닫고 나를 떠나버리는 것이었다. 애너벨은 나에게 일어난 경이로운 축복이었기에 나는 무슨 일이 있어도 애너벨을 지지하려 했고, 애너벨을 이해하지 못하는 세상으로부터 그녀를 지키려 했다. 그런 맥락에서 나는 루시의 집에서 할로윈 파티가 열렸던 날로부터 1년째 되는 날, 오랫동안 갖고 있던 저축 계좌에서 잔액 350달러를 모두 찾아 그 돈으로 처량 맞게 자그마한 전축 바늘 모양 다이아몬드가 박힌 반지를 하나 샀다. 도서관에 갔던 애너벨이 집으로 돌아올 때쯤, 나는 그 반지를 하얀 리본에 꿰어 레너드의 목에 걸고 우리가 함께 쓰는 침대 중앙에 레너드를 세워놓았다.

"레너드와 내가 당신을 위해 준비한 게 있어."

"아하, 외출했었구나. 어쩐지 너한테서 도시 냄새가 난다 했지."

나는 애너벨을 침실로 데려갔다.

"레너드, 날 위해 뭘 준비했니?" 애너벨은 레너드를 들어 올렸고 목에 걸린 반지를 보았다. "어머, 톰."

나는 레너드의 목소리로 말했다. "당연히 나는 짐이나 나르는 짐승이 아닙니다. 나는 평범한 노동자가 아니라 이 사회의 장식품이거든요. 하지만 톰이 반지 전달자 역할을 해달라고 부탁을 해서 차마 거절을 못 했지요."

"아, 톰." 애너벨은 레너드를 침대 옆 탁자에 놓아두고 내 목을 두 팔로 감싸며 내 눈을 들여다보았다. 그녀의 눈은 눈물과 열정으로 반짝이고 있었다.

"우리가 사귄 지 1년째 되는 날이야."

"아, 자기야. 자기가 기억할 줄 알고 있었지만 확신은 못 했어."

"결혼해줄래?"

"당연하지!"

우리는 함께 침대로 쓰러져 누웠다. 우리가 섹스를 할 수 있는 최적의 시기인 만월은 아니었지만 애너벨은 상관없다고 했다. 이제 결혼을 하기로 했으니 애너벨이 만월에 매이는 문제를 극복할 수 있을지 모른다고 나는 생각했다. 애너벨도 그렇게 생각했던 모양인데 실제로 해보니 생각과 달랐다. 그래도 애너벨은 기분이 좋다고 했다. 애너벨은 우리의 작은 황소 인형을 젖가슴 사이에 끼우고 침대에 드러누워 하얀 리본을 풀었다.

"다이아몬드가 너무 작아서 미안해."

애너벨은 손가락에 반지를 끼었다. "완벽해. 네가 날 위해 고른 반지잖아. 그러니까 완벽해."

"당신과 결혼을 하게 되다니 믿어지지가 않아."

"나야말로 행운아야. 나도 내가 쉽지 않은 사람인 걸 알고 있어."

"난 당신의 까다로움도 사랑해."

"아, 넌 완벽해. 정말 완벽해. 완벽 그 자체야!" 애너벨은 내 얼굴에 온통 입을 맞췄고 우리는 또다시 사랑을 나눴다. 그녀의 손가락에 끼워진 반지에 마법의 힘이 깃들어 있었다. 약혼녀와 섹스를 하게 된 지금, 새로운 차원의 기쁨이 밀려들어 나는 무한히 깊은 구멍 속으로 나 자신을 던져 끝없이 추락했다. 행위를 끝낸 후에도 추락은 멈추지 않았다. 애너벨은 부드러운 교성을 지르며 순수한 행복감 때문이라고 말했다. 우리는 마치 1년째 마약을 코로 흡입하면서 현실의 끈을 하나씩 놓아버리고 그로 인해 (적어도 내 경우에는) 우울감이 깊어가는 철부지들 같았다. 중독의 논리에 따르면 우리는 혈관에 마약을 주사하는 단계까지 갈 수도 있었는데 어째서 그렇게 하지 않았을까? 그 순간 나는 반지가 불러일으킨 황홀감을 떠올렸다. 반지의 효과가 지속되는 동안 나는 용기를 내어 애너벨에게 크리스마스 때 같이 덴버에 가자고, 가서 우리가 약혼했음을 알리고 어머니에게 기회를 한 번 더 드리자고 말했다. 다행히도 애너벨은 거부하지 않고 키스를 퍼부으며 나를 위해서라면 뭐든 다 하겠다고 대답했다.

애너벨 나름대로 노력을 한 것이었다. 어머니가 인정만 해주면 애너벨은 어머니를 좋아할 준비가 되어 있었고, 심지어 어머니에게 드릴 크리스마스 선물—시몬 드 보부아르의 책, 과일 향 비누, 놋쇠로 만든 아름답고 오래된 후추 분쇄기—까지 구입했다. 덴버에 도착해서는 주방에서 어머니를 도우려고 나섰지만, 〈고기의 강〉을 본 충격을 아직 떨쳐내지 못한 어머니는 애너벨의 제안을 거절했다. 어머니는 애너벨을 나태한 부잣집 딸로 규정하고 자신은 힘들게 일하는 워킹맘 역할을 하려고 작정한 사람 같았다. 어머니는 얼마 전 약국에 다시 취업했는데 소유주인 딕 앳킨슨은 다른 사람과 이미 결혼을 했다. 어머니는 내가 수개월에 걸쳐 누누이 설명을 했음에도 불구하고, 애너벨은 완전 채식주의자인 비건이며 나는 일반적인 채식주의자가 됐다는 사실을 받아들이려 하지 않았다. 어머니는 우리와 함께하는 첫 저녁 식사를 준비하면서 나를 위해서는 흰 살 생선 구이를, 애너벨을 위해서는 마카로니와 치즈를 만들고 있었다.

나는 어머니에게 다시 설명했다. "저는 육식을 안 하고 애너벨은 동물성 식품을 안 먹어요."

어머니는 여전히 얼굴이 달처럼 부어 있었으나 우리는 그런 어머니의 얼굴에 익숙해지고 있었다. "질 좋은 생선이야. 고기가 아니라."

"어쨌든 죽은 동물이잖아요. 치즈는 동물성 식품이고요."

"'비건'이 도대체 뭔데? 쟤는 그럼 빵은 먹니?"

"마카로니는 괜찮은데 치즈가 문제예요."

"그럼 마카로니만 먹게 해야겠네. 치즈가 들어간 크러스트는 걷어내마."

신시아 누나가 그 자리에 함께 있어 다행이었다. 내가 애너벨을 소개하자 누나는 나를 한옆으로 끌어당기며 속삭였다. "톰, 재 예쁘다. 굉장해." 신시아 누나는 채식을 하는 우리의 입장을 옹호해주었을 뿐 아니라, 내가 저녁 식사 자리에서 약혼 발표를 하자 어머니가 안 홀컴의 선거 승리 시에 따려고 사두었던 핑크 샴페인을 가지러 주방으로 달려갔다. 어머니는 본인 접시만 심드렁하게 내려다보며 말했다. "넌 약혼을 하기엔 아직 너무 어려."

애너벨은 어머니에게 몇 살 때 결혼했는지 차분히 물었다.

"나도 어려서 결혼했기 때문에 그런 결혼이 어떻게 되는지 잘 알아."

"우린 어머니가 아니에요." 애너벨이 말했다.

"다들 그렇게 생각을 하지. 다들 자기는 남들과 다른 줄 알아. 하지만 인생을 살면서 교훈이라는 걸 얻게 마련이거든."

주방에 간 누나가 소리쳤다. "엄마, 기분 좋게 생각하세요. 애너벨은 멋진 여자예요. 둘이 결혼한다니 얼마나 좋아요."

"너희에게 내 축복 따윈 필요 없을 테고, 나는 내 의견을 말했으니 됐다."

그러자 애너벨이 대답했다. "잘 알겠습니다."

우리는 그럭저럭 예의를 차리며 크리스마스를 보냈다. 나는 애너벨이 혼자 침실을 쓸 수 있도록 지하실에서 잤다. 우리는 집 안의 평화를 위해 각방을 쓰기로 했으나 애너벨은 밤마다 지하실로 내려와 누가 우위에 있는지 어머니에게 보여주려는 듯 내게 구강 섹스를 해주었다. 그녀가 지금까지 나와 한 섹스 중 제일 음탕한 행위였을 것이다. 그리고 내가 기억하기로, 그녀가 내 앞에서 유일하게 무릎을 꿇은 때이기도 했다. 어머니가 불과 4.5미터 떨어진 곳에 있었기에 우리는 감마선을 감지하는 파리처럼 어머니의 발소리, 변기에 물 내리는 소리, 어머니의 창자에서 나는 소리까지 들을 수 있었다. 신시아가 떠난 후 네브래스카주에서 오즈월드가 이틀 밤 자고 가려고 왔을 때 어머니가 어찌나 드러내놓고 다정하게 대해주는지, 애너벨이 나에게 "어머니는 네가 오즈월드와 결혼하길 바라시나 봐"라고 말했을 정도였다.

마지막 날 어머니와 우리 둘만 집에 남았을 때 우리는 평소 즐겨 먹던 채소 볶음으로 저녁을 먹으려고 요리를 하고 있었고 어머니는 돈에 대한 잔소리를 시작했다. 어머니는 우리가 애너벨의 자산으로 먹고살고 있고 사회적으로 이익이 되는 일을 하려는 것, 우리가 책임감 있는 일자리를 찾고 경제적으로 독립된 생활을 하려는 것까지는 이해할 수 있다고 했다. 하지만 자발적으로 궁핍한 삶을 살면서 비현실적인 꿈을 좇는 것은 이해 못 하겠다고 했다.

"우린 아직 은행 계좌에 돈이 남아 있어요. 그 돈이 다 떨어지면 일자리를 얻을 거예요."

내가 말했으나, 어머니는 애너벨에게 물었다. "넌 직업을 가져본 적 있니?"

"아뇨. 저는 터무니없을 정도로 부유하게 자라서 직업을 갖는 게 장난인 줄 알았어요."

"정직한 일자리는 장난이 아니야."

내가 나섰다. "애너벨은 예술 활동을 엄청 열심히 하고 있어요."

"예술은 일이 아니야. 자기만족을 위한 행위지. 네가 일을 안 해도 먹고살 수 있을 만큼 운이 좋다면 내가 굳이 일을 해야 된다는 말을 할 필요도 없을 거다. 하지만 돈을 벌려면 그만큼 책임을 지고 일을 해야 돼. 일을 해야 한단 말이다."

"예술도 일이에요."

애너벨이 의견을 말했다. "피 묻은 돈을 건드리지 않는 게 제 예술적 표현 중 하나예요. 저는 피 묻은 돈을 거부하는 사람이 되려고 해요."

"이해가 안 되는구나."

"집단 죄의식 같은 거예요. 제가 직접 지옥 같은 조건에서 가축을 키우지는 않지만 그런 조건에서 자라는 가축이 있다는 사실을 알고 죄책감을 갖게 돼서 육식을 하지 않기로 결심했어요."

"매캐스킬 사가 최악의 회사인 것처럼 말을 하니 믿어지지가 않네. 매캐스킬 사는 굶주린 세상에 먹을 것을 공급하는 일을 하잖니. 밀이며 콩을 제공하잖아. 육류 산업이 마음에 들지 않는다고 해서 너희 가문의 돈을 전부 사악하다고 여길 필요는 없어. 차라리 일부를 네 생활을 위해 쓰고 나머지는 자선 활동에 쓰는 게 낫지. 무작정 가문의 돈을 거부해서 네가 뭘 얻을 수 있는지 모르겠구나."

"나치는 독일 경제를 향상시켰고 훌륭한 고속도로 체계를 구축했으니, 어머님 논리대로라면 나치도 반만 나쁜 집단이겠네요?"

어머니는 발끈했다. "나치는 끔찍하고 사악해. 나치에 대해서라면 너보다 내가 잘 안다. 내 아버지가 히틀러 전쟁*에서 세상을 떠나셨으니까."

"어머님은 죄의식이 없으신가 봐요."

"그때 난 어린애였어."

"아, 그렇군요. 집단 죄의식 같은 건 없다는 말씀이시네요."

어머니는 목소리에 노기를 띠었다. "죄의식이라면 나도 누구 못지않아. 나는 나를 필요로 하는 여동생과 남동생, 아픈 어머니를 두고 미국으로 떠났어. 그 후 수도 없이 사죄의 편지를 썼지만 그들은 한 번도 답장을 한 적이 없어."

"600만 명의 유태인들도 마찬가지겠죠."

"그때 나는 어린애였다고."

"저도요. 하지만 저는 죄의식을 해소하기 위한 활동을 하고 있어요."

내가 가진 집단 죄의식은 내가 남성이라는 사실과 관련돼 있었다. 그러나 어머니의 말도 일리가 있었다. 애너벨과 함께 필라델피아로 돌아와 〈교란자〉

* 2차 세계대전의 별칭.

를 창간할 수 없는 현실에 다시금 맞닥뜨린 나는 중편소설을 쓰자는 새로운 계획에 사로잡혔다. 몰래 써서 우리의 결혼식 날 애너벨을 깜짝 놀라게 해야지. 나도 소설 쓰기라는 새로운 할 일이 생기는 것이고, 애너벨에게 줄 결혼 선물도 해결이 되며, 내가 애너벨과 결혼해도 될 만큼 흥미롭고 야망 있는 사람이라는 것을 증명할 수 있고, 그 소설을 계기로 애너벨과 어머니를 화해시킬 수도 있을 테니까. 나는 내가 아는 유일한 좋은 소재를 솔 벨로적인 방식으로 풀어낼 생각이었다. 바로 죄책감을 안고 독일에서 도망친 어머니의 이야기였다. 첫 문장은 이미 생각해뒀다. '아달베르트가에 거주하는 가족의 운명은 격노한 위장의 손에 달려 있었다.'

우리는 필라델피아를 떠나 있는 친구들이 편하게 참석할 수 있도록 워싱턴 탄생일*이 낀 주말에 결혼 파티를 열기로 했다. 놀라 외에 애너벨은 꽤 좋은 친구 세 명이 더 있었는데 한 명은 위치토 대학교 출신이고, 두 명은 브라운 대학교 출신이었다. (애너벨은 결혼하고 몇 달 후에 그중 두 명과의 관계를 끊을 예정이었고 나머지 한 명과의 관계는 아기를 낳을 때까지 일단 보류라고 했다.) 애너벨은 결혼 파티에 자기 가족을 초대하지 않았고 내 어머니가 자기를 싫어하니 내 가족을 결혼 파티에 초대하는 것을 부당하다고 여겼으나, 나는 신시아가 애너벨을 좋아한다는 점과 내가 어머니가 낳은 유일한 자식이라는 점을 들어 초대하는 쪽으로 설득했다.

어느 날 저녁 애너벨이 우편함에서 편지를 가져오며 말했다.

"흥미로워. 네 어머니는 여전히 우리 둘한테가 아니라 너한테 편지를 쓰는구나."

나는 편지 봉투를 열고 내용을 눈으로 훑었다.

---

* 2월 22일생인 초대 대통령 조지 워싱턴을 기념하는 날이지만 기념일의 날짜는 2월 셋째 월요일.

보고 싶은 톰…… 네가 떠나고 나니 집이 텅 빈 것 같구나……. 밴스킬링어하우트 박사님이…… 투약량을 더 높여서…… 내가 아무 말 안 하려 했다만…… 그 애가 물려받은 특권을 누리며 호화롭게 어린 시절을 보낸 데 비해 예나에서 살았던 내 어린 시절은…… 현대 영농법과의 전쟁에서 이루 말할 수 없이 크게 패배했던…… 마음이 몹시 상해…… 어쩔 수 없이 내 속을 너에게 털어놓을 수밖에 없었는데…… 넌 정말 끔찍한 실수를 하는 거다……. 미숙한 젊은이에게 얼마나 멋지고 매혹적으로 보일지 안다만…… 너는 너무나 경험이 부족하니…… 내 눈에는 대단히 부유한 집안에서 특권을 누리며 자란 응석받이에 요구사항 많고 극단적인 성격의 여자와 네가 장차 행복을 누리며 살 것 같지 않구나……. 그 아이가 너에게 강요한 괴상한 식단 때문에 너는 이미 몹시 여위고 창백해져서…… 세상 경험이 부족한 젊은이는 섹스에 대한 본능 때문에 판단이 흐려지기 쉬우니…… 제발 네 미래에 대해 열심히 현실적으로 생각하기를…… 나는 그저 네가 다정하고 분별 있고 성숙하고 현실적인 사람을 만나 행복한 인생을 살기를 바랄 뿐이다…….

나는 문득 손이 싸늘하게 식는 것을 느끼며 편지를 접어 봉투에 도로 집어넣었다.

"뭐라고 쓰셨어?" 애너벨이 물었다.

"별 내용 없어. 결장이 또 탈이 났다고, 많이 안 좋은가 봐."

"나도 편지 읽어봐도 돼?"

"그냥 어머니가 늘 하는 소리야."

"6주 뒤에 결혼하는데 난 네 어머니 편지도 읽을 수가 없구나."

"스테로이드 때문에 정신이 살짝 이상해진 것 같아. 굳이 읽을 필요 없어."

애너벨은 섬뜩하도록 싸늘한 표정으로 말했다. "이런 식이면 곤란해. 우린 비밀이 없는 완전한 동반자가 되든지, 아니면 아무것도 아닌 사이가 되든지 둘 중 하나야. 누가 나한테 편지를 보내든 난 네가 못 읽게 만들 일 따윈 없어. 절대. 결단코 없어."

애너벨은 화를 내거나 울 것 같은 표정이었고 나는 견딜 수 없어 그녀에게 편지를 건네고 침실로 들어갔다. 몹시도 피하고 싶었던 여성의 비난을 한 몸에 받게 되자 내 인생 자체가 악몽이 된 듯했다. 어머니의 비난을 피하려다 보면 애너벨에게 비난을 받게 되고 그 반대도 마찬가지였다. 피할 길이 없었다. 침대에 걸터앉아 두 손을 주무르고 있는데 애너벨이 문간으로 다가왔다. 상처 입은 표정이라기보다는 차갑고 분노에 찬 표정이었다.

"평생 써본 적 없지만 이 단어를 지금 사용해야겠어. 딱 한 번만."

"무슨 단어?"

"개년." 애너벨은 두 손으로 얼른 입을 막았다. "어머, 아무리 네 어머니한테 한 말이라고 해도 너무 끔찍하네. 이 단어를 말하게 돼서 유감이야."

"나도 편지는 유감이야. 어머니 상태가 많이 안 좋은 것 같아."

"난 다시는 네 어머니를 보지 않을 거야. 네가 이해를 해야 돼. 네 어머니를 위해 작은 크리스마스 선물을 사는 일도 없을 것이고 네 어머니를 우리 결혼 파티에 초대하지도 않을 거야. 우리가 가정을 이뤘을 때 네 어머니한테 내 아이들을 보여드릴 일도 없어. 이해하지, 그렇지?"

"그래, 그래." 나는 애너벨이 나에게 분노의 화살을 돌리지 않아 안심하며 얼른 대답했다.

애너벨은 내 발치에 무릎을 꿇고 내 두 손을 잡았다. 그리고 좀 더 부드럽게 말했다. "사람들은 나에게 강하게 반발을 하곤 해. 그런 반응 때문에 난 여전히 상처를 받지만 익숙해지기도 했어. 내가 견딜 수 없는 긴 네 어머니의 편지에 적힌 너에 대한 내용 때문이야. 네 어머니는 너의 취향이나 판단, 기분을 전혀 존중하지 않아. 아직도 너를 자기 소유물로 생각하면서 이래라저래라 하잖아. 그래서 너무 화가 나. 네가 누구인지 똑바로 보려 하지 않으니까."

"어머니가 몸이 아파 우울하다 보니까."

"네 어머니가 그런 감정을 갖고 있으니까 더 아픈 거야. 너도 그렇게 말했었잖아."

"덴버에서 어머니는 당신에게 예의 있게 대했어. 편지 내용은 스테로이드 때문에……."

"너까지 어머니를 다시는 보지 말라는 뜻이 아니야. 넌 정 많은 사람이니까. 하지만 난 이제 다시는 네 어머니 못 보겠어. 다시는. 이해하지?"

나는 고개를 끄덕였다.

"우린 같은 날 한쪽 부모를 잃었는데, 오늘은 양쪽 부모를 다 잃었네. 나를 위해 그렇게 생각해줄 수 있지?"

다음 날 나는 어머니에게 우리의 결혼 파티에 초대했던 것을 취소하는 내용을 담아 정중하게 편지를 보냈다. 우리는 직원 사무소의 두 여직원을 증인으로 세우고 2월 14일 밸런타인데이에 결혼했다. 그리고 우리가 추구하기로 한 검약의 삶을 상징하는 의미에서 그날 집에서 시금치와 마늘, 올리브 오일로 만든 스파게티로 간단히 저녁을 먹었다. 나는 애너벨이 멈 샴페인을 좋아한다고 예전에 말했던 게 생각나 결혼을 기념하는 작은 호사로 한 병을 구입해두었다. 저녁 식사를 마친 후 애너벨은 내게 선물을 주었다. 새로 나온 올리베티 휴대용 타자기였다. 나는 선물의 상징적 의미가 문제임을 즉시 알아차렸다. 우리가 서로 주고받은 선물이 어쩌다 보니 애너벨이 아니라 내가 하는 일과 관련돼 있었던 것이다. 그래도 내 중편소설의 내용이 예기치 않은 방향으로 전개되면서—예나 출신 젊은 여인은 마을 최고 부잣집 딸이고 그녀의 아버지는 짐승처럼 폭력적인 남자인 것으로 설정—나는 애너벨이 그 소설을 내가 그녀에게 바치는 애정의 표시로 받아들일 줄 알았다. 그래서 소설 원고를 담은 마닐라 봉투에 흰색 리본을 본드로 붙여 용감하게 애너벨에게 내밀었다.

애너벨은 얼떨떨한 표정으로 미간을 찌푸리며 봉투를 열었다. “이게 뭐야?”

“소설 전반부. 당신을 놀라게 해주고 싶었어.”

애너벨은 원고를 꺼내 첫 페이지를 좀 읽다 말고 시선이 멍해졌다. 그 순간 내가 끔찍한 실수를 저질렀음을 깨달았다.

애너벨은 탐탁잖은 투로 말했다. “소설을 쓰고 있었네.”

“모든 면에서 당신과 함께하고 싶어서. 이제 기자가 되기보다는 당신과 함께하는 일을 하고 싶어. 파트너로—”

내가 손을 잡았으나 애너벨은 곧장 손을 뒤로 뺐다.

“나 혼자 좀 있어야겠어.”

“그 소설은 당신한테 바치는 선물이야. 우리 둘에게 주는 선물이라고.”

애너벨은 일어나 침실로 향했다. “나 진심으로 지금 혼자 있고 싶어.”

애너벨은 침실로 들어갔고 방문이 닫히는 소리가 들렸다. 결혼한 지 네 시간 만에 상황은 최악으로 치닫고 있었고 나는 모든 게 내 탓인 것 같았다. 애너벨에게 이런 반응을 보이게 만든 내 소설이 증오스러웠다. 그래도 소설을 쓰는 동안에는 행복했고, 그녀가 자기 돈으로 〈교란자〉를 만들라고 했던 것을 나 스스로 포기해버린 이후 6주 동안 소설을 쓰면서 그나마 덜 우울했다. 나는 짙어져가는 차가운 우울의 안개에 파묻혀 주방 식탁 앞에 한 시간가량 앉아 있었다. 애너벨이 침실에서 나오기를 기다렸으나 그녀는 침실에서 꼼짝하지 않았다. 눈물을 참지 못해 내지르는 날카로운 숨소리가 침실에서 들려오기 시작했다. 애너벨에 대한 연민이 차올라 나는 침실 문을 열었다. 방 안이 캄캄했다. 애너벨은 창문 앞 맨바닥에 아무렇게나 누워 있었다.

그녀를 보며 나는 울부짖었다. “내가 뭘 잘못했는데?”

내 사과와 그녀의 눈물 사이에 애너벨의 대답이 조각난 파편처럼 천천히 흘러나왔다. 내가 그녀에게 거짓말을 했다. 내가 애너벨에게 비밀을 만들었다. 우리의 결혼 선물이 둘 다 나에 관한 것이었다. 내가 약속을 깼다. 애너벨은 예술가로, 나는 비평가로 살기로 약속해놓고. 그녀의 이야기를 훔치지 않겠다고 약속해놓고. 그래놓고 내가 그녀의 이야기를 훔쳤다는 걸 그녀는 첫 단락을 읽자마자 알았다. 우리가 경쟁할 일은 없다고 약속해놓고, 나는 그녀와 경쟁을 하고 있었다. 나는 애너벨을 속였고 우리의 결혼식 날을 망쳤다…….

그녀의 입에서 흘러나온 비난 한마디 한마디가 내 뇌에 산성 물질처럼 뚝뚝 떨어졌다. 심적 고통보다 더한 고통은 없다는 얘기를 들은 적이 있는데 직접 경험해보니 사실이었다. 결혼 전에 했던 제일 지독한 싸움도 이번 싸움에는 비할 바가 못 되었다. 결혼 전에는 애너벨이 아무리 괴팍하게 굴어도 기본적으로 어렵지 않게 다뤄왔다. 지금은 애너벨의 심리적 고통을 고스란히 내 고통으로 느끼고 있었다. 영혼의 결합으로 도달한 천국은 지옥이기도 했다. 나는 머리를 부여잡고 침실을 뛰쳐나와 거실 소파에 쓰러져 누웠다. 내가 그 자리에 누워 수 시간 동안 스스로에게 정신적 고문을 가하는 동안, 애너벨도 침실에서 마찬가지로 괴로워하고 있었다. 나는 계속해서 생각했다. 오늘은 우리의 결혼식 날 밤이야. 우리의 결혼식 날 밤이라고.

새벽 2시경 나는 내 소설을 증오하고 또 증오한 끝에 소파에서 일어나, 가스레인지 앞에 서서 한 페이지씩 불에 태우기 시작했다. 연기 냄새를 맡은 애너벨이 마침내 침실 밖으로 휘청휘청 걸어 나왔다. 내가 마지막 페이지를 불태우고 눈물을 터뜨릴 때까지 그녀는 창백한 얼굴로 말없이 나를 바라보았다.

그리고 내게 다가와 충만한 위로와 필사적인 사랑으로 나를 안아주었다. 내가 사랑을 얼마나 갈구했던가! 우리는 둘 다 사랑을 몹시도 갈망했다! 금단의 고통을 겪은 후라 최고의 마약보다 더 달콤했다. 애너벨의 눈물 젖은 얼굴에서 풍기는 향취, 부드러운 욕망의 입술, 부드럽고 탄탄한 감촉의 육신, 그리고 벌거벗은 그녀의 본질. 마치 결혼식 날 이토록 대단한 행복을 맛보기 위해 우리가 일부러 형언할 수 없는 고통을 만들어낸 것처럼 느껴졌다.

그러나 나는 이틀 후 결혼 파티가 열린 날 밤, 나도 모르게 두 번째로 끔찍한 실수를 저질렀다. 그날 파티는 이미 분위기가 그리 편안하지는 않았다. (애너벨에 대한 감정을 정리할 겸 뉴욕으로 거주지를 옮긴) 놀라가 파티에 오지 않았고 애너벨의 브라운 대학 친구 한 명도 마지막 순간 파티 참석을 취소했는데, 신시아 누나와 나의 펜실베이니아 대학교 친구들 다섯 명, 그리고 덴버 친구들 세 명이 거리를 막론하고 기꺼이 파티에 참석해주었기 때문이었다. 그래도 괜찮은 믹스 테이프를 가져온 오즈월드가 흥을 돋우면서 남동생의 단짝 친구로서 신시아 누나에게 접근해 재미난 광경을 만들어내기도 했다. 애너벨은 내 친구들이 나에 대해 떠드는 얘기를 들으며 위협감을 느끼기보다 즐거워할 만큼 술에 취해 있었고, 나는 끈 없는 파티 드레스를 입은 아름다운 애너벨이 무척 자랑스러웠다.

춤을 추기 위해 바닥을 정리하고 있는데 초인종이 울렸다. 애너벨은 놀라가 온 줄 알고 주방 인터폰으로 달려갔다. 나는 파티 소음 때문에 애너벨이 인터폰에 대고 뭐라고 하는지 듣지 못했다. 잠시 후 분노로 얼굴이 창백해진 애너벨이 돌아와 침실을 가리키며 내게 고갯짓을 했고 나와 함께 침실로 들어가 문을 닫았다.

"어떻게 이럴 수가 있어?" 그녀가 말했다.

"뭐가?"

"아빠가 왔잖아."

"아, 이런."

"네가 말 안했으면 아빠가 오늘 파티를 하는지 어떻게 알아. 네가 얘기한 거지!" 애너벨은 인상을 구겼다. "나한테 이런 일이 일어나다니 믿을 수가 없어!"

사실이었다. 데이비드는 얼마 전 나와 통화를 하면서 작은 결혼 선물을 보내고 싶다는 이유를 대며 우리의 결혼 파티 날짜를 알아냈다. 나는 그 파티가 가족이 아닌 친구들과 어울리기 위한 행사임을 강조했다.

"아버님한테 초대 안 한다고 분명히 말씀드렸어."

"맙소사, 톰. 어쩜 그렇게 어리석어? 우리 아빠에 대해 왜 그렇게 몰라?"

"미안해. 정말 미안해. 그래도 기왕 오셨는데 참고 넘어가면 안 될까?"

"안 돼! 파티는 끝났어. 플러그 뽑을 거야. 이건 내가 겪은 최악의 악몽이야."

"들어오시게 했어?"

"어쩔 수 없잖아! 하지만 아빠가 갈 때까지 난 이 방에서 안 나가."

"내가 알아서 할게."

"그래, 잘해봐."

거실로 나가니 데이비드가 작은 선물들과 멈 샴페인이 담긴 큰 술병을 내려놓고 파티에 참석한 손님들에게 유쾌하게 자기소개를 하고 있었다. 나를 보자 데이비드의 얼굴이 확 밝아졌다. "나왔네! 신랑이 나왔어! 축하하네! 당연한 얘기지만 참 늠름해 보이는군, 톰." 그는 내 손을 으스러뜨릴 듯 세게 잡고 흔들어댔다. "원래 두 시간 전에 여기 도착했어야 했는데 비행기에 문제가 생기는 바람에. 내 딸은 어디 있나?"

나는 냉정하게 말하려고 노력했지만 담담한 목소리로 대답이 나왔다. "아버님을 여기서 보고 싶지가 않답니다."

"결혼 파티에 아버지의 참석을 원하지 않는다고?" 데이비드는 입이 딱 붙은 손님들에게 호소하듯 거실을 둘러보았다. 스테레오에서는 '리모트 컨트롤'이라는 노래가 계속 흘러나왔다. "내가 세상에서 제일 아끼는 딸인데. 내가 어떻게 그 딸의 결혼 파티에 불참할 수가 있겠어?"

"그냥 가시는 게 좋을 것 같습니다."

데이비드는 내 옆으로 돌아가 침실 문을 두드렸다. "애너벨, 얘야. 와인이 미지근해지기 전에 나와서 같이 어울리렴."

침실 문이 갑자기 열리는 바람에 나는 깜짝 놀랐다. 애너벨은 고개를 뒤로 젖혔다가 데이비드의 얼굴에 침을 뱉은 후 침실 문을 세차게 닫아버렸다.

다들 그 장면을 보았고 아무도 입을 열지 않았다. '리모트 컨트롤'은 계속 흘러나오고 데이비드는 눈에서 침을 닦아냈다. 손을 아래로 내리는 데이비드의 모습이 10년은 더 늙어 보였다. 그는 내게 힘없이 미소 지었다. "저 애가 지금 한 짓을 자네한테 똑같이 할 때까지 몇 년 즐겁게 살아봐."

프로젝트를 위한 예비 작업 차원에서 시작한 수개월간의 독서를 마친 애너벨은 드디어 야심 찬 프로젝트를 시작했다. 몸에 관한 영화를 만들기로 한 것이다. 애너벨은 사람이 존재의 총합인 몸에 대해 가장 기본적인 지식도 없으면서 50년 또는 70년 또는 90년을 살다가 죽는 것이 참 이상하다고 했다. 사람의 몸에는 머리와 등처럼 제 눈으로 볼 수 없는 부위들 그리고 팔, 다리, 몸통 같은 부위들까지 포함해서 수많은 부위들이 있는데, 그녀 자신도 오랜 세월 그런 부위에 대해 도살업자가 쇠고기의 각 부위에 보이는 만큼의 관심조차 주지 않았으니 이상한 일 아니냐고 했다.

애너벨 몸의 표면적은 대략 1만 6천 제곱센티미터였다. 그녀의 계획은 일단 잔글씨용 검정색 펜을 이용해 몸에 32제곱센티미터 크기의 '큰 격자'들을 그리는 것이었다. 발과 얼굴, 손가락은 예외로 취급해 가로세로 57제곱밀리미터 크기의 '작은 격자' 표시를 하기로 했다. 그렇게 하면 애너벨의 필름에는 총 500개의 격자가 그려지게 될 터였다. 애너벨은 어느 부분을 무시하거나 특별 취급하지 않고, 32제곱센티미터 크기로 표시한 각 부분을 일주일 동안 고루 숙지하기로 했다. 죽음이 닥쳐왔을 때 자기 몸의 모든 부위에 대해 제대로 알고 있었다고 말하기 위해서라고 했다. 애너벨은 격자 모양으로 나눈 각 부위를 대상으로 신선하고 강렬하지만 벅차기도 한 작업을 해나가기 시작했다. 각 부위의 차이는 영화적으로 연출을 하더라도 특정 부위가 불러일으키는 생각 및 기억과 관련된 이미지들을 주로 사용했기 때문에, 그 프로젝트는 영화라기보다는 행위 예술에 가까웠다. 현재 일정대로 충실히 작업을 한다고 해도 10년이 걸리는 프로젝트이니 아무리 창의적인 작업이라고 해도 시간이 갈수록 힘들어지는 도전임에는 틀림없었다. 영화의 상영 시간을 아직 정하지는 않았지만 애너벨은 관객이 음력으로 매일 한 시간씩 볼 수 있도록 29.5시간짜리 영화를 만드는 것을 목표로 했다. 애너벨의 더 큰 포부는 부위별로 구획 지은 자기 몸에 대한 소유권을 남자들과 고기의 세상으로부터 되찾아오는 것이었다. 따라서 10년 후 애너벨은 자기 자신을 온전히 소유하게 되는 것이었다.

나는 그 아이디어를 사랑했고, 애너벨은 내가 그 아이디어를 사랑한다는 이유로 나를 사랑했다. 7월의 어느 무더운 오후, 애너벨은 내가 그녀의 몸에 첫 번째 검은 격자를 그릴 수 있게 해주었다. 그녀의 왼쪽 발가락 두 개를 포함하는 격자였고, 애너벨이 그 부위를 결정하기까지 한나절이 걸렸다. 애너벨이 잉크로 찍어놓은 점을 따라 나는 선을 그었다. "이제 나 혼자 작업할 수 있게 해줘." 애너벨이 말했다.

"나도 당신의 몸 구석구석을 알고 싶어."

애너벨이 엄숙하게 말했다. "나는 언제나 네 곁으로 돌아갈 거야. 10년 후에 나는 온전히 네 것이야."

나는 격자가 그려진 애너벨의 발가락에 입을 맞추고 그녀가 혼자 있을 수 있도록 해주었다. 과연 10년이면 되었을까?

애너벨이 작업을 더 빨리했다면, 신디 셔먼과 낸 골딘 같은 예술가들이 유명해지지 않았다면, 비디오아트의 갑작스러운 부상으로 실험 영화가 사양길을 걷지 않았다면, 애너벨이 내가 하는 좀 더 사소하지만 완성 가능성이 있는 언론 프로젝트에 질투심을 느껴 무기력해지지 않았다면 그녀의 영화는 만들어질 수 있었을지도 모르겠다. 하지만 1년이 지나도록 애너벨은 여전히 왼쪽 발목에 매달려 있었다. 저러다 곧 몸의 표면에 지루함을 느끼겠구나 싶었는데, 애너벨은 오히려 세상이 자신을 방해하는 것으로 여길 터였다. 우리가 몸의 표면에 크게 신경을 쓰지 않고 사는 데는 다 이유가 있는데 말이다.

당연히 내가 화풀이 대상이 됐다. 아침 식사 자리에서 내가 말 한마디 잘못하거나 내가 요리하고 있던 재료에서 집중을 방해하는 냄새가 나면 (애너벨은 "냄새는 지옥이야"라고 말하곤 했다) 그날 하루는 망치는 것이었다. '경쟁자'에 대한 평이 신문에 조그맣게 나기라도 하면 애너벨은 일주일 동안 멍하니 넋을 놓고 살았다. 나는 애너벨의 암묵적인 허락을 받아 〈뉴요커〉와 〈뉴욕 타임스〉의 예술 면을 샅샅이 훑어 그녀의 기분을 상하게 할 수 있는 기사들을 페이지째 뜯어냈다. 나는 우리에게 걸려오는 전화를 받고 청구서를 처리하고 세금을 냈다. 좀 더 넓은 집으로 이사 간 후 나는 애너벨이 프로젝트를 진행하는 방의 창문에 방음장치를 설치했다. 그리고 6개월 후 애너벨은 필라델피아가 자기를 우울하게 만들고 내 경력의 발목을 잡는다고 결론 내렸고, 나는 곧장 뉴욕으로 가서 이스트 할렘 지역에 우리가 살 아파트를 물색했다. 이스트 할렘의 아파트에도 나는 애너벨의 방에 방음장치를 해놓았다. 애너벨은 고슴도치이고 나는 여우였기에*, 나는 그러고 살면서도 분노하기보다는 그녀의 말을 진심으로 믿고 따랐다. 그러나 그게 전부는 아니었다. 변기 시트 때와 마찬가지로 나는 구조적 불공평에 나름 조정을 가하고 있었다. 내가 현실적인 기술을 갖고 있다는 이유로 애너벨은 상처받았고, 애너벨이 아파했기에 나 역시 상처받았다.

내가 가진 가장 큰 능력은 돈 버는 능력이었다. 나는 발전에 목말라 있었고 (일주일 내내 애너벨은 16밀리미터 보리외 카메라로 자기 몸을 촬영하느

---

* '여우는 많은 것을 알지만 고슴도치는 큰 것 하나를 알고 있다'는 고대 그리스 시인 아르킬로코스의 시구에서 유래한 비유.

라 방에 틀어박혀 있었으므로) 시간도 남아돌던 참이었는데 〈필라델피아〉 잡지사에 지원해 어렵지 않게 입사했다. 나는 그 잡지사나 나중에 〈보이스〉 잡지에서 편집자로 일할 수도 있었지만 사무실 출퇴근을 하고 싶지 않았다. 아침에 방에 틀어박히기 전 애너벨이 내가 지은 온당하지 못한 표정이나 내가 미처 검열을 못 하고 흘려보낸 기분 나쁜 뉴스를 물고 늘어지면서 몇 시간씩 언쟁을 하려 들 때가 있기 때문에 그럴 때마다 내가 그녀를 상대해줘야 했다. 그래서 나는 재택근무를 하며 숙련된 기자가 되어갔다. 내가 창조적인 일을 하면서 애너벨과 경쟁하는 위치에 있지 않았으므로 애너벨은 내가 야망을 갖고 일을 하도록 격려해주었고 내가 쓰는 모든 글에 알맞은 의견을 내놓기도 했다. 그에 대한 보답으로 나는 우리가 사는 아파트의 월세와 공공요금, 식비를 부담했다. 필름 재료를 사고 현상 작업을 하느라 예금계좌에 남은 잔액을 다 써버린 애너벨은 아버지에게 받은 보석과 어머니에게 물려받은 보석을 팔기 시작했다. 나는 그 보석의 값어치가 생각보다 높아 충격을 받았고 약간은 분노하기도 했는데, 내가 내 보석을 갖고서 결혼 생활을 시작하지 않았기 때문만은 아니었다.

결혼 이후 우리의 성생활이 하향 곡선을 그렸다는 얘기를 내가 굳이 해야 할 필요가 있을까? 우리 부부의 문제는 전형적인 결혼 권태기가 아니었다. 애너벨이 종일 자신의 몸에 대한 사유에 깊이 빠져 있어서 시간 여유가 나더라도 책을 읽거나 텔레비전을 시청하고 싶어 한 것이 원인 중 하나이기는 했지만 가장 큰 원인은 우리의 영혼이 합일돼 있었기 때문이었다. 상대가 곧 나인데 상대를 성적으로 원하게 되는 것이 쉽지 않은 탓이었다. 80년대 중반에 우리가 그럭저럭 괜찮게 했던 섹스는 내가 출장을 갔다가 돌아왔을 때 또는 매년 여름마다 다녀오는 덴버에 갔다가 돌아온 후에 환영 행사처럼 한 섹스가 유일했다. 서로 떨어져 있는 동안 충분히 달라졌기에 몇 시간에 걸쳐 섹스를 하며 다시 연결되어야 했던 것이다. 그 후 수년에 걸쳐 애너벨은 심하게 절식을 하고 하루에 세 시간씩 운동을 하면서 생리가 끊기는 지경에 이르렀다. 그때부터는 한 달에 사흘 섹스를 즐길 수 있는 만월의 좋은 시기도 사라졌기에 우리는 레너드를 신발 상자에 넣고 다시는 꺼내지 않았다. 그리고 우리는 2인 체제의 감정적 관료주의 시스템처럼 오로지 대화만 나누었다. 몹시도 사소한 질문 하나로 인해 ("좋은 소식을 나에게 곧장 알리지 않고 어째서 10분이나 기다렸다가 말을 했어?") 모든 답변을 삼중으로 보관하면서 상황을 전면적으로 파고들었고 그동안의 대화를 다시 샅샅이 훑으며 끝도 없이 검토를 거쳐야 했기 때문이었다.

그렇게 우리는 고립되었다. 옷을 차려입고 나가 성적인 자극을 줄 수 있는 다른 존재들과 어울렸으면 우리는 서로에게서 분리되었을 수도 있었다. 그러나 애너벨은 전보다 더 소심해졌고 자신감이 떨어졌으며 오직 우리끼리만 천재적이라고 생각하는 프로젝트에 대해 남 앞에서 말하기를 부끄러워했다. 우리가 만나는 친구들은 전부 내 친구들뿐이어서 애너벨은 그들이 자기보다 나에게 더 관심이 많다며 자기를 무시한다고 느꼈다. 나는 그 친구들을 따로 만나 점심이나 초저녁 술을 함께하기 시작했다. 나는 내 가정생활에 대해서는 철저하게 함구했는데 집안 얘기를 하는 것이 애너벨에 대한 배신일 수 있었고, 내 기괴한 결혼 생활이 우세스럽기도 해서였다. 애너벨과 애너벨의 작품에 대한 친구의 정중한 물음에 내가 대답을 하는 순간 나는 애너벨을 위해 변명을 하는 사람, 배우자가 실제로는 천재가 아님을 알지 못하는 사람이 되어버렸다. 나는 그녀가 천재라 확신했지만 이상하게도 내 말은 설득력 없게 들렸다.

데이비드는 여전히 내게 한 번씩 전화를 하곤 했는데 그조차도 애너벨에 대한 흥미를 잃은 듯했다. 데이비드의 세 아들들은 부잣집 망나니들의 전형적인 행동을 계속하며 살고 있었고 딸은 그의 얼굴에 침을 뱉었으므로 그가 아버지로서 제일 크게 자부심을 느낄 만한 대상은 사위인 나였다. 데이비드는 내게 필요한 자금을 대주겠다거나 아는 이를 연결해주겠다거나 매캐스킬 사에 좋은 일자리를 마련해주겠다는 식의 제안을 끝없이 했고 가끔은 그 세 가지 제안을 한꺼번에 내밀 때도 있었다. 데이비드의 지휘하에 매캐스킬 사는 아시아에서 사업을 확장하고, 페루산 생선가루와 독일산 아마씨 오일을 거래하고, 금융 서비스와 비료 부문에 진출해 사업을 다각화하고, 고기의 강을 확대하고, 쇠고기와 달걀을 맥도널드에, 칠면조 고기를 데니스에 공급하고 있었다. 얼추 계산해보니 매캐스킬 사에서 데이비드 회장의 지분은 30억 달러에 육박했다.

어느 날 문득 보니 나는 삼십대였다. 전문직 친구들이 수십 명 있었지만 우리 부부가 살고 있는 아파트의 관리인 루벤을 제외하고는 애너벨에 대해 얘기를 나눌 수 있는 사람이 없었다. 루벤은 우리 아파트 건물 소유주가 운영하면서 도미니카 국립 복권과 연관된 지하 복권 판매소의 매니저 일을 겸하고 있었다. 아파트 건물은 루벤과 그가 거느린 잔심부름꾼들—이빨 빠진 알코올중독자이며 '땅딸보'라는 별명으로 불리는 남자, 그리고 은퇴한 매춘부 커플—이 상주하고 있어 안전하게 관리되고 있었다. 루벤은 애너벨에게 정중하게 대했고 그녀와 결혼한 남자인 나를 행운아라 부르며 공손하게 대우해주었다. 애너벨의 또 다른 팬은 그녀가 새로 사귄 친구인 수잰이었다. 가을 내내 프로젝트가 잘 진행이 안 돼 지쳐 있던 애너벨을 위해 나는 즉흥 연극 수업을 찾아서 등록하게 했고 애너벨은 그 수업에서 수잰을 처음 만났다. 그 무렵 애너벨은 드디어 왼쪽 다리 맨 윗부분까지 촬영을 했지만 음부 근처에 차마 '격자'를 그리지 못하고 있던 참이었다. 애너벨은 아침에는 두유를 탄 커피, 저녁에는 간단한 음식만 섭취하는 등 먹는 양이 계속 줄어들었다. 낮에는 '복부팽창'과 위경련으로 꼼짝을 못 하다가, 어떤 일(가령 나와 지나치게 오래 논쟁을 한다든지 하는 일)로 인해 저녁 5시부터 8시 사이의 운동 시간을 방해받으면 극도로 분노했다. 애너벨은 센트럴파크를 달리는 제인 폰다의 모습이 담긴 운동 테이프와 작업 공간을 거의 차지한 중고 로잉 머신을 이용해 운동을 했다.

그런 생활을 하다 보니 애너벨의 몸은 셰이커 의자처럼 앙상해졌고 생리도 한참 전에 끊겼다. 나와 애너벨의 섹스는 루벤의 상상 속에서나 존재할 정도로 우리는 몇 번의 계절이 지나도록 동침하지 않았으나 장차 아기를 갖자는 논의는 계속하고 있었다. 애너벨은 나와 가족을 이루고 싶어 했지만 그러려면 먼저 프로젝트를 완수하고 자기 몸의 소유권을 온전히 회복한 뒤 나와 비슷하거나 나를 능가하는 성공을 거둬야 한다고 여겼다. 그 조건이 선행되지 않으면, 내가 남성으로서 찬란한 경력을 쌓는 동안 자신은 집에서 아기 기저귀나 가는 신세가 되리라는 생각이었다. 애너벨이 프로젝트를 완수하기까지 얼마나 기다려야 할지 나는 알 수 없었다. 애너벨은 수백 시간에 달하는 원본 촬영 필름의 편집을 시작하기는커녕 다시 들여다보지도 않았다. 지금 같은 작업 속도라면 칠십대까지도 촬영이 끝나지 않을 터였다. 하지만 그런 점을 지적했다가는 애너벨이 공황 발작을 일으키고 말 테니 나는 그녀가 명상을 통해 마음을 다잡고 음부 촬영을 진행할 수 있도록 애너벨을 달래는 수밖에 없었다.

〈에스콰이어〉 잡지에 기사를 처음 팔고 나서 나는 결혼 8주년을 기념해 함께 이탈리아 여행을 가자고 애너벨을 설득했다. 우리는 신혼여행을 간 적이 없으니 유럽에 가면 활기를 되찾을 수 있으리라 생각했다. 토스카나의 고딕 양식 조각과 시칠리아의 고대 유적을 오롯이 눈에 담았으니 관광 자체는 성공적이었다. 그러나 애너벨은 오후만 되면 허기 때문에 머리가 아프다고 했고, 저녁마다 나는 애너벨과 함께 어두컴컴한 거리를 복부가 당기도록 세 시간씩 빠르게 걸으며 운동을 해야 했다. 그러고 나서도 그 지역 주민들이 많이 이용하는 식당을 찾기 위해 돌아다녀야 했는데 그 여행이 우리의 신혼여행이나 다름없고 애너벨이 한 끼라도 근사하게 먹고 싶어 했기 때문이었다.

뉴욕으로 돌아온 우리는 볶은 가지와 토마토를 곁들인 시칠리아 스타일 스파게티를 직접 해 먹기로 했다. 그 스파게티가 어찌나 맛있던지 우리는 일주일에 두 번씩 만들어 먹었고 그것이 수개월로 이어졌다. 문제는 내가 서서히 그 요리에 물린 게 아니라 어느 날 갑자기 극단적으로 싫어져 다시는 먹고 싶지 않아진 것이었다. 나는 포크를 내려놓으며 당분간은 볶은 가지와 토마토를 안 먹었으면 한다고 말했다. 그날 요리는 완벽했고 맛도 있었으며 나무랄 데가 없었다. 다만 너무 오래 자주 먹다 보니 내게 독이 된 것이었다. 우리는 한 달 동안 그 요리를 끊기로 했으나 애너벨은 여전히 그 요리를 좋아했다. 6월의 어느 따뜻한 저녁 집으로 돌아온 나는 애너벨이 만든 그 음식 냄새를 맡았다.

속이 울렁거렸다.

나는 주방 문 앞에서 말했다. "우린 그걸 너무 자주 했어. 더는 못 견디겠어."

애너벨은 내 발언을 상징적으로 받아들였다. "나는 가지를 곁들인 스파게티가 아니야, 톰."

"여기 계속 있다간 구역질이 나올 것 같아."

애너벨은 깜짝 놀란 표정이었다. "알았어. 이따가 다시 올 거지?"

"응. 하지만 뭔가 변화가 필요해."

"내 생각에도 그래. 계속 그런 생각을 해왔어."

"그래. 이따가 다시 올게."

나는 계단을 밟고 다섯 층을 내려가 무작정 125번가 지하철역으로 향했다. 지금 당장 찾아가 속을 털어놓을 수 있는 친구도 없었지만 일단 집에서 멀어지고 싶었다. 그 당시 도심의 지하철 플랫폼에는 부정기적으로 길거리 공연을 하는 추레한 펑키 재즈 밴드가 있었다. 베이스 연주자와 기타 연주자는 늘 있고, 쓰레기통에서 꺼낸 듯한 드럼 세트를 갖춘 드럼 연주자는 가끔 있었으며, 금니에 지저분한 스팽글 장식 드레스를 입은 가수가 함께할 때도 있었다. 청중들과 소통하는 이는 가수뿐이고 나머지는 음악에서 찰나의 휴식을 구할 수밖에 없는 고통스러운 개인사에 시달리는 인상이었다. 기타 연주자는 전철의 우르르 소음보다 높게 리듬을 탈 줄 알았으나 아무리 땀을 흘리며 용을 써도 기차 소음을 극복할 수는 없었다.

그날 저녁 플랫폼에서는 3인조가 연주했다. 열어놓은 기타 케이스에 달러 지폐들이 담겨 있었다. 나는 지폐를 한 장 던져 넣고 할렘 지역에 사는 백인으로서 공손한 모습을 보이기 위해 플랫폼 뒤쪽으로 물러섰다. 그때 그 3인조가 들려준 음악을 나중에 찾아보려고 했지만 소용없었다. 아마 녹음을 하지 않은 그들만의 음악이었던 듯하다. 치유될 수 없는 슬픔 속에서 아름다움을 노래하는 단순한 마이너세븐 화음의 리프였다. 내가 기억하기로 그들은 그 음악을 20분, 아니 30분 정도 연주했다. 여러 대의 완행 및 급행 열차가 지하철역으로 들어왔다가 나가기에 충분한 시간이었다. 마침내 도시 외곽과 도심에서 폭풍처럼 강한 바람이 불어왔다. 지린내 섞인 축축한 센 바람이 방향을 바꿔가며 플랫폼을 이리저리 휩쓸자 기타 케이스에 담겨 있던 지폐들이 훌쩍 날아올라 가을 낙엽처럼 플랫폼을 따라 이리저리 구르고 미끄러졌다. 밴드의 연주는 계속되었다. 완벽하게 아름답고 슬픈 장면이었다. 플랫폼에 있던 모든 이들은 그 느낌을 알기에 돈을 주우려 허리를 굽히지 않았다.

나는 아파트에서 홀로 고통받고 있을 애너벨을 떠올렸다. 그녀와 함께 살아야 하기에 나는 왔던 길을 되돌아가 아파트 계단을 올라갔다.

그녀는 마치 내가 올 줄 알고 있었던 것처럼 현관문 바로 안쪽에 서 있었다. "나 좀 도와줄래?" 그녀는 나를 보자마자 말했다. "뭔가 바뀌야 되는 건 알겠는데 너 없이는 못 하겠어. 내가 하는 일을 들여다보면서 내가 못 보는 부분이 있으면 말해줄 수 있어?"

"볶은 가지만 더 먹이려 하지 마."

"농담 아니야, 톰. 네 도움이 필요해."

나는 그녀를 돕기로 했다. 우리는 그녀의 작업실로 함께 들어갔다. 나에게는 오랫동안 출입이 금지됐던 공간이었다. 애너벨은 인상적인 필름 클립 몇 개를 수줍게 보여주었다. 노출 부족으로 흑백 근접 촬영을 한 후 컴컴한 바다 물결 분위기를 내기 위해 손으로 직접 보정한 왼쪽 허벅지 '격자'. 마치 지하철 앞으로 뛰어들 용의가 있다는 듯 애너벨이라는 이름이 적힌 꼬리표를 매단, 시체처럼 창백한 엄지발가락 촬영분을 지하철 플랫폼 장면에 삽입한 혼란스러운 몽타주. 나는 애너벨이 그동안 작성한 공책들을 공개하도록 따뜻하게 격려했다.

이 공책들은 대단히 내밀한 물건이었다. 그동안 애너벨은, 공책의 필체가 내 상상처럼 우아하지도 않고 스토리보드 페이지처럼 작성되지도 않았다는 이유를 들어, 내게 절대로 보여주지 않으려 했다. 그 공책들은 고뇌의 일기였다. 매일 그날 해야 할 일의 목록으로 시작해, 알아보기 힘들게 갈겨쓴 자가 진단으로 이어졌다. 새로운 페이지에 필름 컷의 깔끔한 도표를 그리고 사각형 몇 개를 채운 뒤, 수정할 내용을 갈겨썼다가 그 부분에 선을 그어 지우고 여백에 새로운 수정 내용을 적어 넣었고, 여러 가지 생각과 밑줄을 세 번 그은 요점 사항들을 선으로 연결하기도 했다. 그러다가 페이지 전체에 분노를 담아 커다랗게 X 표시를 해놓았다.

"별로인 것처럼 보이겠지만 이 안에 좋은 아이디어들이 들어 있어. X로 그어놓은 부분도 진심으로 X 표시를 한 건 아니야. 아직도 계속 생각 중이거든. 너무 압박감이 심해서 X로 그어놓을 수밖에 없었어. 난 이 공책들을 전부 살펴봐야 돼." 공책은 줄잡아 40권은 되어 보였다. "이 안에 담긴 내용들을 전부 내 머리에 넣고 명확한 계획을 세우려고 해. 양이 좀 많기는 하지만. 난 미치지 않았어. 나에게 너무 심한 압박을 가하지 않도록 어떻게든 체계화할 방법을 찾아야 돼."

나는 애너벨을 믿었다. 애너벨은 똑똑하고 좋은 아이디어가 많았다. 그러나 공책들을 대충 훑어보니 그녀가 프로젝트를 완수할 가능성은 없어 보였다. 오랫동안 내게 전능한 존재였던 애너벨은 실상 그리 강하지 않았다. 나는 좀 더 빨리 그녀의 프로젝트에 개입하지 못한 게 안타깝고 책임감을 느꼈다. 속이 울렁거릴 정도로 결혼 생활에 지쳐 있었지만 내 방관하에 애너벨이 구덩이에 떨어져 옴짝달싹 못 하고 있는 지금, 그녀를 꺼내주지 않고서는 그녀를 떠날 수 없었다. 죄책감에서 벗어나게 해주리라 기대하고 결혼을 했으나 나는 더 깊은 죄책감 속으로 빠져들고 말았다.

죄책감은 인간의 품성 중 가장 무서운 것임이 분명하다. 당시 나는 죄책감을 덜기 위해 결혼을 유지하는 쪽을 택했으나, 나중에 이혼 후 생각해보니 그때 결혼을 유지한 것이 나의 가장 큰 죄였다. 스파게티와 볶은 가지의 밤을 겪으며 애너벨은 내가 자기를 버리고 떠날 수도 있다는 것을 처음 알게 되었는지 18개월 후에는 딸을 갖자며 구체적인 날짜를 입에 올리기 시작했다. (애너벨은 아들을 낳는 것은 상상조차 하지 않았다.) 복부 위쪽으로 프로젝트를 계속 진행하기 위해 구체적인 목표와 마감일을 정하는 의미도 있었지만, 나를 위해 좀 더 현실적이 되려고 노력하는 것이기도 했다. 언제까지고 임신을 미루고 있을 수는 없었다. 나는 우리에게 아기가 필요하고 아기가 우리 관계를 지속시켜줄지 모른다는 생각을 했지만 애너벨의 프로젝트가 끝나지 않은 상태에서 아기를 낳으면 결국 내가 육아를 도맡게 될 터였다. 그래서 애너벨이 아기 얘기를 꺼낼 때마다 나는 그녀의 프로젝트로 화제를 돌렸다. 아기를 낳아 둘이 함께 돌볼 수 있도록 애너벨이 서둘러 프로젝트를 마무리하기를 바라서였는지, 아니면 애너벨의 상태가 좋아져서 내가 마음 편히 그녀와 이혼하기 위해서였는지는 기억나지 않는다. 다만 볶은 가지를 생각만 해도 그 울렁거리는 냄새가 여전히 콧속으로 밀려드는 느낌이다. 그때 내가 위장의 경고에 주의를 기울여 애너벨을 놓아줬더라면 애너벨은 여유 있게 다른 사람을 찾아 아기를 낳을 수 있었을 것이다.

스파게티로 인해 소동이 난 밤이 지나고 다음 날 아침, 나는 애너벨의 작업실에서 말했다. "대담한 제안 하나 할게. 촬영 '격자'의 크기를 열 배로 늘리는 게 어떨까 싶어. 당신이 전체적인 계획을 짤 수 있도록 내가 도와줄게. 내가 당신 머리에서 아이디어를 꺼내주면 되니까 당신은 모든 아이디어를 머리에 담고 있을 필요 없어. 그렇게 작업을 하면 2년 안에 완료할 수 있어."

애너벨은 고개를 저으며 내 제안을 일축했다. "작업 중간에 격자 크기를 변경할 수는 없어."

"그래도 크기를 열 배로 늘리면 먼저 촬영했던 부분도 두 달 안에 재촬영할 수 있어. 그리고 앞서 찍어놨던 촬영분 중에서 제일 좋은 부분을 골라 쓸 수도 있다고."

"8년 동안 한 작업을 날려버릴 수는 없다고."

"아직 완성된 것도 아니잖아." 나는 애너벨이 촬영해서 넣어만 놓고 다시 열어보지도 않은 탑처럼 쌓인 필름 상자들을 손으로 가리켰다. "어떻게든 마무리할 방법을 찾아야지."

"내가 평생 뭐든 완성한 적이 없다는 거 알잖아."

"지금이 제대로 시작할 적기라는 생각 안 들어?"

"내가 뭘 하고 있는지는 내가 잘 알아. 8년 동안의 작업을 날려버리게 도와달라는 얘기가 아니었어. 내가 이미 갖고 있는 아이디어들을 체계적으로 정리하게 도와달라는 거였지. 너한테 부탁한 게 실수였나 봐. 아! 아! 난 왜 이렇게 멍청할까."

애너벨은 자기 머리를 탓하며 주먹으로 머리를 쳤다. 애너벨을 진정시키기까지 두 시간이 걸렸고, 애너벨에게 천박한 미적 감각을 가졌다는 소리를 듣고 화가 치민 속을 달래느라 한 시간이 추가로 걸렸다. 그리고 세 시간에 걸쳐 나는 애너벨이 프로젝트를 완성할 수 있도록 대강의 일정을 세우는 일을 도왔다. 또 한 시간 동안 40여 권의 공책들 중 첫 번째 공책의 주요 내용을 새 공책에 직접 옮겨 쓰는 일을 했다. 그러고 나자 애너벨의 세 시간짜리 운동이 시작됐다.

그다음 해에도 우리는 무수한 나날들을 이런 식으로 보냈다. 하루에 열 시간씩 나는 애너벨을 위해 시퀀스를 정리했다. 내가 보기에는 꽤 괜찮은 시퀀스들인데 운동 시간이 임박한 애너벨은 자기가 생각하는 방향과 달리 우리가 신문처럼 체계화된 필름을 만들고 있는 것 같다며 거부반응을 보였다. 애너벨은 자기가 원하는 시퀀스에 대해 설명을 하겠다며 다음 날 하루를 꼬박 나와 논쟁을 벌였다. 내가 그녀의 전반적인 논리를 이해하지 못하면 애너벨은 재차 설명을 했고 나는 여전히 따라갈 수가 없었다. 그리고 또다시 애너벨이 운동할 시간이 되었다. 나는 잡지 〈롤링 스톤〉에 마이클 듀카키스의 선거운동 기사를 실을 수 있는 기회를 포기하는 등 내 일까지 줄여가며 애너벨을 도왔고, 약속 시간이 다 되어 친구들과 약속을 취소하는 등 마약중독자처럼 구는 바람에 친구들도 잃었다. 우리는 아침마다 쾌락의 조각들을 맛보기는커녕 전날 해결하지 못한 문제들로 일해 속을 끓이며 중독 상태를 누추하게 이어가는 단계에 접어들었다. 어머니가 시한부 선고를 받지 않았다면 그런 날들이 더 오래 계속되었을 것이다.

어머니는 평소와 달리 평일 오후에 전화를 걸어왔다. "아, 이 비루한 몸뚱이를 어쩌면 좋으냐. 그동안 나를 참 성가시게 하더니 이제는 아예 죽이려나 보다. 톰, 미안하구나. 내가 너를 실망시키게 생겼어. 신시아도 실망시키고 모두를 실망시키게 되어버렸어. 밴스킬링어하우트 박사님도 그동안 끈기 있게 치료를 해주셨는데, 정말 열심히 치료를 해주셨는데. 박사님은 아직 은퇴를 하지 않는 이유 중 하나가 나라고 하셨어. 그분은 여든 살이 다 되셨잖니, 톰. 그런데도 아직 환자를 보셔. 아무튼 내가 모두를 실망시키고 말았어. 이 늙고 아둔한 어미가 암에 걸렸단다."

어머니가 암에 걸렸다는 사실보다 더 가슴 아픈 것은 암에 걸렸다는 이유로 미안해하는 어머니의 태도였다. 혹시라도 희망이 있지 않을까 싶어 자세히 물어보았으나 희망 따위는 없었다. 어머니는 그저 재수가 없었던 것이다. 스테로이드 투여로 인한 높은 암 발생 위험성 때문에 밴스킬링어하우트 박사는 어머니에게 2년에 한 번씩 결장경 검사를 받게 했다. 그런데 바로 지난번 검사 직후에 암이 생겨난 것이었다. 다음번 검사를 받기 전까지 2년 동안 암은 어머니의 결장에 퍼져나갔고 수술로 치료가 불가능한 지경에 이르렀다. 의사들은 개복 수술로 폐색된 부분을 절개하고 방사선 치료를 실시하면서 다른 장기들을 구하기 위해 추가로 수술을 할 예정이었으나 예후가 좋지 않았다.

"내일 집으로 갈게요."

"톰, 미안하구나. 네게 무거운 짐을 떠안게 하고 싶지 않아. 네가 성공해서 행복하게 사는 모습을 보고 싶었는데. 이 늙고 아둔한 어미는 늘 이렇게 모자란 짓만 하는구나……."

나는 애너벨의 작업실로 들어가 앉아 울음을 터뜨렸다. 나중에 애너벨은 그때 내 눈물이 무서웠다고 말했다. 더 이상 그녀와 살 수가 없다고 말하려 들어온 줄 알았다고. 하지만 내가 어머니 소식을 전하자 애너벨은 나를 품에 안고 함께 울어주었다. 심지어 나와 함께 덴버에 가겠다고까지 했다.

나는 눈물을 훔쳤다. "아니. 당신은 여기 있어. 그러는 게 우리 둘 모두에게 좋아."

"내가 걱정하는 게 그런 부분이란 말이야. 네가 없어서 내가 작업을 더 잘 진행하게 될까 봐. 네가 나 없이 더 행복해질까 봐. 그렇게 되면 우린 끝이잖아. 넌 이렇게 생각하겠지. 자기 일도 제대로 못 하는 이 미친 여자와 내가 왜 함께 살아야 하나? 그리고 나는 줄곧 혼자 있었을 때 작업이 훨씬 잘됐었다는 걸 기억하겠지." 애너벨은 다시 눈물을 흘렸다. "널 잃고 싶지 않아."

"날 잃을 일 없어. 잠시 떨어져 있게 되는 것뿐이야."

우리가 함께하기 위해서는 뒤엉킨 자아를 서로에게서 분리해낼 필요가 있다고 나는 말했다. 그것은 애너벨을 설득하려는 주장이면서 동시에 나 자신에게 하는 말이기도 했다. 나는 진심으로 그 말을 믿었으나 그 믿음은 비열한 동기에서 비롯되었다. 나는 애너벨을 버리는 데 따르는 죄책감을 최대한 뒤로 미루고 있었다. 또한 나는 차라리 그녀가 나를 버리고 떠나주기를, 그래서 내게서 죄책감을 덜어주기를 비현실적으로 바라고 있었다.

어머니가 회복실에 있는 동안 나는 덴버의 병원 복도에서 밴스킬링어하우트 박사와 얘기를 나눴다. 그는 매부리코에 대머리였고 자애로운 눈빛을 가진 노인이었다. 그는 그동안 어머니에게 잘 대해주었으나 어머니의 암과 관련해서는 진저리를 치고 있었다. 나는 그의 억양을 흉내 내 레너드의 목소리를 내곤 했는데 지금 들어보니 내 기억보다 외국인 같은 억양이 덜했다.

"수술을 맡은 의사는 마뜩잖아하고 있다네. 의사는 추가 조치를 취하고 싶어 하지만 자네 어머니가 워낙 강경하게 인공항문을 거부하고 있어서 말이야. 환자가 삶의 질을 택하겠다는데 우리가 존중해줘야지. 자네 어머니는 인공항문 주머니를 차고 싶어 하지 않아. 자네 입장에서는 의사가 뭐든 조치를 취해주길 바라겠지만. 자네 어머니 상태는 많이 좋질 않아."

"얼마나 안 좋습니까?"

그는 성난 표정으로 고개를 저었다. "안 좋아."

"어머니의 뜻을 존중해주셔서 감사드립니다."

"자네 어머니는 전사야. 나는 자네 어머니보다 상태가 덜 심각한 환자들도 포기하고 인공항문 성형술을 받는 경우를 많이 봤어. 자네 이미니가 독일을 떠나게 된 사연에 대해서는 자네도 알고 있겠지. 아마 자네 어머니는 본인이 처한 이 치욕스러운 상황을 받아들이고 싶지 않을 걸세. 강한 의지만 놓고 보자면 앞으로 30년은 거뜬할 것 같지만 말이지."

나는 새삼 어머니가 존경스러웠다. 아픈 어머니를 두고 이런 말을 하는 것이 이상하지만, 어머니 덕분에 나는 삶에 희망을 갖게 됐다. 어머니의 창자가 어머니에게 고통만 주었듯, 애너벨과 함께하는 삶은 내게 고통일 뿐이었다. 어머니가 본인의 모친과 형제자매를 버린 것이 내가 애너벨을 버리는 것보다 쉬웠을 리 없었다. 어머니도 그 힘든 과정을 이겨냈으니 나 역시 할 수 있을 것이다.

수술을 받고 난 어머니는 '늙고 아둔한 어미'라는 구절을 비롯해 자주 쓰던 자기 비하적인 표현 몇 가지를 본인 사전에서 삭제한 듯했다. 퇴원해 집으로 돌아온 어머니는 더 이상 자신을 비하하지 않았다. 덴버에서 딸을 키우며 싱글맘으로 살고 있는 신시아 누나의 영향 덕분에 어머니의 정치적 견해도 많이 유해졌다. 어느 날 밤 어머니는 내게 말했다. "돈이 만 악의 근원이라는 생각이 드는구나. 사람은 돈을 쥐면 시기심을 갖게 되지. 공산주의자들의 문제도 그런 것이었어. 공산주의자들은 부자들에게 시샘이 나서 부자들의 돈을 재분배하고 싶어 안달을 하지. 애너벨의 집안도 가만히 들여다보니 돈이 미친 해악이 눈에 띄더라."

"애너벨이 가문의 돈을 거부하는 이유도 그래서예요."

"그렇다고 무작정 돈을 거부하는 것도 돈에 대한 또 다른 집착일 수 있어. 공산주의자들도 그래. 생산적인 노동자들은 무위도식하는 자들에게 착취를 당하지. 이런 말을 해서 유감이다만 애너벨이 일을 하지 않고 사는 건 잘못된 거야. 애너벨이 돈을 거부하며 사니까 네가 금전적인 부분을 메꾸며 살아야 하잖니. 애너벨이 애초에 아무것도 없는 집에서 나고 자랐으면 지금처럼 살지는 않았을 거다."

"애너벨의 집안이 엉망이긴 하죠. 하지만 애너벨은 게으르지 않아요."

"내가 세상을 떠나면 네가 이 집에서 나오는 돈 일부를 상속받겠지. 나는 그 돈으로 애너벨이 놀고먹는 꼴은 못 보겠다. 그 돈은 너를 위해 써야 돼. 많은 액수는 아니지만, 네 아버지도 나도 열심히 일해서 마련한 집이야. 그러니 이 집에서 나온 돈을 억만장자의 딸에게 갖다 바치지 않겠다고 약속해주렴."

나는 힘들게 일하며 살아온 부모님을 생각하며 대답했다. "알겠어요."

"약속해?"

나는 약속을 했지만 지킬 자신은 없었다.

그해 여름부터 나는 다시 고기를 먹기 시작했다. 그리고 네바다주로 건너가, 유카산(山)의 핵폐기물 저장소 후보 부지에 관한 기사를 써서 〈에스콰이어〉에 실었다. 방사선 치료 후유증을 앓는 어머니를 간호하면서 신시아 누나와 어린 조카딸을 자주 보며 살았다. 이제는 어머니가 아니라 애너벨에게 일요일 밤마다 안부 전화를 했다. 애너벨은 생산적인 생각들을 많이 하고 있다고 말했지만 "나를 잊지 마, 톰" 따위의 말을 할 때면 나는 그녀의 목소리를 듣기가 편치 않았다. 애너벨은 내가 다시 고기를 먹는 줄 생각도 못 할 것이니 나는 굳이 그 얘기를 하지 않았다.

어머니는 계속 나를 놀라게 했다. 결과적으로 실망스러웠던 두 번째 수술을 받고 몸이 어느 정도 회복된 10월의 어느 날, 어머니는 죽기 전에 독일로 가고 싶다고 내게 부탁했다. 어머니는 독일 정국의 추이는 물론, 체코슬로바키아를 통해 점점 더 많이 탈출하고 있는 동독인들에 관한 소식을 챙기고 있었다. 그리고 수년 만에 독일의 옛집으로 다시 편지를 보냈다. 3주 후 어머니의 남동생, 내게는 외삼촌인 분이 긴 답장을 보내왔다. 외삼촌 부부는 여전히 그 옛집에 살고 있고 모친은 1961년에 돌아가셨으며 여동생은 두 번 이혼을 했고 큰아들은 대학 입학을 허락받았다는 소식이 담겨 있었다. 어머니가 영어로 옮겨준 편지 내용을 들어보니 분노가 담겨 있지는 않은 듯했다. 미치 그에게는 내 어머니의 실종이 오래전 기억의 뒤편에 묻어둔 힘들었던 어린 시절의 한 부분에 불과했다는 느낌이었다. 어머니가 그 전에 보냈고 한 번도 답장을 받아보지 못했던 수많은 편지들에 대한 언급은 없었다. 어쩌면 외삼촌은 분노 때문이 아니라, 동독 탈출자와의 서신 교환을 슈타지가 알면 타격을 받을까 두려워서 답장을 못 한 게 아니었을까.

나는 대학에서 3학기 동안 배운 독일어와 어머니의 이야기를 강점으로 내세우며 공산주의의 몰락을 직접 보고 기사를 쓰기로 〈하퍼스 바자〉와 계약했다. 어머니는 체중이 많이 줄어서 그야말로 허수아비 같은 몰골이 되었으나 창자는 여전히 그럭저럭 기능을 하고 있어서 인공항문은 달지 않았다. 어느 날 저녁 어머니가 과거의 일을 정리하도록 돕고 있는데 어머니가 문득 펜을 내려놓더니 내게 말했다. "아무래도 독일에서 죽게 될 것 같구나."

"그건 모르는 일이에요."

"여기서 내 할 일은 끝났어. 신시아는 훌륭한 어머니이자 좋은 사람이 됐고 너는 네 나름으로 좋은 경력을 다져가고 있지. 나는 이만하면 덴버에서 충분히 오래 살았어. 인생은 참 재미있어, 톰. 사람들은 뿌리를 내리고 살아야 한다고 말들을 하지만 사람은 나무가 아니잖니. 만약 내게 뿌리가 있다고 해도 그 뿌리를 내릴 곳은 여기가 아니야."

어머니는 독일어를 잊어버렸을까 걱정했지만 어머니는 언어 습득에 소질이 있었다. 미국에 와서 영어도 금방 배웠으니까. 그래서 나는 어머니의 언어적인 부분에 대해서는 걱정하지 않았다. 독일로 떠나기 전 우리 모자가 덴버에서 마지막 밤을 보내고 있는데 신시아 누나가 딸을 집에 두고 혼자 어머니의 집으로 찾아왔다. 마지막 작별 인사가 될지도 모르므로 나는 누나가 어머니와 둘이 얘기를 나누도록 자리를 비켜주려 했다.

"아니, 그냥 여기 있으렴. 내가 하는 말을 네가 들었으면 좋겠어." 어머니는 신시아 누나에게 고개를 돌리고 말을 이었다. "네가 어렸을 적에 내가 엄마 노릇을 잘하지 못한 것에 대해 사과하고 싶구나. 무슨 말을 해도 그저 변명일 뿐이겠지. 나는 해준 것도 없는데 너에게 받기만 했어. 넌 엄마로서 바랄 수 있는 최고의 딸이었고, 네 아버지가 나에게 준 훌륭한 선물이었어. 내가 다른 데는 운이 별로였어도 너와 톰을 내 자식으로 둔 건 정말 행운이었어. 네가 해준 모든 것에 내가 얼마나 고마워하는지 네가 알았으면 좋겠구나. 네게 다정하게 대해주지 못했던 나를 용서해다오. 너는 정말 훌륭한 사람이야. 내 분에 넘치게 좋은 사람이야."

신시아 누나의 얼굴이 일그러지며 눈가에 눈물이 맺혔지만 어머니는 눈물 없이 위엄 있는 표정을 유지했다. 독일인답게. 죽음의 그림자 속에서 어머니는 내가 알던 사람이 아니었다. 내가 모르는 사람, 독일인이 되어 있었다. 어머니는 미국에서 수십 년간 불행을 감내하고 수년간 웅얼웅얼 잔소리를 해왔으나 끝내 미국인이 되는 방법을 터득하지 못했다.

우리가 베를린으로 출발할 때쯤 베를린장벽이 무너졌다. (기자로서 나는 머릿속으로 구상해온 기사의 방향을 바꿔 젊은 시절의 클렐리아를 보다 중심에 놓고 글을 쓰기로 정했다.) 우리는 베를린에 도착해 하루를 쉬고 기차를 타고 예나로 향했다. 차창 밖으로 석탄 연기에 둘러싸인 마을을 내다보며 어머니가 말했다. "35년 동안 저들은 이 땅을 더 추하게 만들어놨구나. 맙소사, 35년 동안 어쩌면 이렇게 추하게 해놓았을까. 독일의 동쪽 지역이 이렇게 죗값을 치렀다는 사실을 사람들은 시간이 지나면 잊겠지만 너는 잊지 말아다오."

나는 어머니의 그 말을 수첩에 적어놓았다. 동독은 러시아가 운영해온 거대한 교도소였고, 슈타지는 동독 정부의 지독하고 과도한 탄압과 관료적 철저함을 상징하는 기관이었다. 뇌나 영혼이 있는 사람이라면 베를린장벽이 세워지기 전에 동독을 탈출했겠지만, 동독의 집단범죄를 속죄하기 위해 동독에 남은 재소자들은 오히려 역설적으로 독일인다움이라는 강박에서 해방되었다. 내가 예나에서 만난 독일인들은 겸손하고 시간 약속을 잘 지키지 않았으며 즉흥적이었고 가진 게 별로 없어도 마음만은 너그러웠다. 동독의 경제는 처음부터 엉터리였다. 재소자들은 정치 교육 모임에 참석하고, 출석 확인

스탬프에 침을 발라 내가 어렸을 때 갖고 있던 그린 스탬프북 비슷한 작은 수첩에 스탬프들을 붙여가면서 국가의 규칙을 따랐으나 그들의 충성심은 국가가 아닌 서로를 향한 것이었다. 외삼촌 클라우스와 외숙모는 예전 아넬리 할머니의 침실을 쓰고 있었으나 어머니를 위해 그 침실을 내주었다. 외삼촌 부부는 전화기를 갖고 있었지만 거의 사용하지는 않았다. 친구들은 집으로 찾아와 어머니의 귀향을 축하하는 일주일간의 파티를 함께 즐겼다. 맥주와 질 나쁜 화이트 와인, 크림 케이크를 끝없이 먹고 마시는 파티였다. 나는 그들의 대화를 대부분 알아듣지 못해 그 자리에 있기가 영 어색했는데, 일주일이 거의 끝나갈 무렵 어머니가 동생과 함께 여기서 지낼 테니 나더러 평일에는 볼일을 보고 토요일 밤과 일요일에만 이 집에 들르라고 말을 해줘서 부담을 덜었다. "너도 기사를 써야지. 이 사람들이 나를 돌봐준다고 했지만 주말에라도 쉬도록 네가 주말에 여기로 와주면 돼."

"정말 이대로 괜찮겠어요?"

"여기서는 다들 이렇게 살아. 서로를 돌봐주면서."

"늙은 공산주의자처럼 말씀하시네요."

"40년을 끔찍하게 낭비했지. 이 나라 사람들 모두가 인생을 낭비했어. 여긴 몸만 자란 아이들의 국가야. 다들 선생님 등 뒤에서 온갖 못된 짓은 다 하고, 서로의 잘못을 고자질하고, 선량한 사회주의자임을 증명하는 멍청한 증명서 따위를 받으려고 버둥대며 살았으니까. 그들은 독일인이라서, 그렇게 사는 게 정해진 제도라서 제도에 복종했어. 모든 게 멍청한 짓거리이고 거짓이었을 뿐이었는데. 그들은 똑똑하진 않지만 오만하지는 않아. 그들은 자신이 가진 것을 기꺼이 내주고 나를 있는 그대로 받아들여줬어."

어머니는 죽음에 가까워질수록 자기 확신이 커져갔다. 어머니는 삶의 의미가 삶의 형태에 달려 있다고 결론 내렸다. 세상에 왜 태어났는지에 대한 답을 할 수 없기에 본인의 삶을 수긍하고 끝을 잘 맺고자 했다. 본인 모친의 침실에서, 남동생과 유일한 자식인 나를 곁에 두고, 인공항문 주머니라는 치욕 없이 삶을 마감하고자 했다.

나는 베를린으로 돌아가 젊은 프랑스 기자 커플과 팀을 이루어 프리드리히샤인 구역의 아파트에서 불법 거주했다. 그 아파트에 원래 살고 있던 세입자들은 어느 날 홀연히 아파트를 떠나 그 후로 돌아오지 않고 있었다. 나는 한 달 동안 베를린에서 일을 하면서 일주일에 한 번씩 예나를 방문했고 크리스마스 때도 예나를 찾았다. 그동안 어머니는 꾸준히 여위었고 회색빛이 되어갔다. 감사하게도 통증은 대체로 견딜 만한 듯했다. 그러다 격한 통증이 찾아오면 어머니는 밴스킬링어하우트 박사에게 받아서 몰래 가져온 모르핀을 잇몸에 대고 문지르곤 했다.

1월 둘째 주 일요일 아침에 어머니와 마지막 식사를 함께했다. 간밤에 어머니는 몇 번이나 일어나 내게 모습을 보이지 않고 존엄을 지키며 볼일을 보았다. 어머니는 눈이 퀭하고 얇은 피부 아래 두개골의 윤곽선이 선연히 보일 만큼 앙상하게 말랐으나 여전히 명랑한 클렐리아였다. 어머니의 심장은 여전히 뛰고 있었고 어머니의 뇌는 여전히 생명으로 채워져 산소가 공급되고 있었다. 버터를 발라가며 하드 롤 한 덩어리를 모두 드시는 어머니의 모습을 보며 나는 기분이 좋았다.

"앞으로 너와 애너벨이 어떻게 살 생각인지 알고 싶구나."

"지금은 별로 생각 안 하고 있어요."

"그래도 조만간 그 부분을 생각해야 하지 않겠니."

"애너벨이 프로젝트를 완성한 후에나 가족을 만들 수 있을 거예요."

"그게 네가 원하는 것이냐?"

나는 잠시 생각 끝에 대답했다. "애너벨이 다시 행복해지는 걸 보고 싶어요. 놀라운 사람이었는데 지금은 많이 지쳐 있거든요. 애너벨이 행복해지고 일에서도 성공을 거두면 저도 같이 행복해지겠죠."

"네 행복의 기준이 그 애의 행복이 되어서는 안 돼. 너는 어렸을 때 참 유쾌한 아이였어. 네 아버지와 내가 너그러운 부모는 아니었지만 그런 점 때문에 네 행복이 침해되지는 않았을 거라고 봐. 너는 스스로 행복해질 권리가 있어. 지금 넌 도저히 행복해질 수 없는 사람과 부부로 살고 있으니 앞으로 어떻게 할 것인지 생각을 해봐야지."

나는 생각을 해보겠다고 약속했다. 어머니는 본인의 모친이 쓰던 침실로 들어가 침대에 누웠고 나는 독일 신문을 읽어보려 애를 썼다. 30분 후 어머니가 화장실로 들어가는 소리가 들렸다. 그리고 잠시 후 화장실에서 어머니의 비명이 터져 나왔다. 그때 들은 비명 소리가 어찌나 뇌리에 강하게 박혔는지 지금도 머릿속으로 그 소리를 고스란히 재생할 수 있을 정도다.

어머니는 변기에 앉아 허리를 바짝 구부린 채 고통에 몸을 떨고 있었다. 어머니가 변기에 앉아 고통을 겪은 횟수는 헤아릴 수도 없지만, 어머니가 그러고 앉아 있는 모습을 나는 그때 처음 보았다. 어머니는 내가 못 보기를 바라셨을 터라, 나는 끝내 보고 만 것이 어머니에게 죄송했고, 지금도 여전히 죄송한 마음이다. 어머니는 휘둥그레진 눈으로 나를 올려다보며 숨을 헐떡였다.

"톰, 맙소사, 내가 죽으려나 보다."

나는 어머니의 겨드랑이 밑을 잡고 부축해 반쯤 끌다시피 침실로 모셔 갔다. 어머니가 지나간 자리에는 피와 변 자국이 남았다. 어머니의 호흡이 빠르고 얕았다. 임시방편으로 처치해놓은 결장 일부가 파열됐고 어머니는 패혈증으로 죽어가고 있었다. 나는 어머니의 잇몸에 모르핀을 문지르고 부서질 듯 쇠약해진 머리를 쓰다듬었다. 어머니의 머리에는 아직 온기가 남아 있었다. 그 머릿속에서 무슨 일이 일어나고 있을지 알고 싶었으나 어머니는 다시는 내게 말을 하지 않았다. 나는 괜찮다고, 사랑한다고, 내 걱정은 하지 마시라고 말했다. 어머니의 호흡은 점점 느려지고 힘에 겨워하다가 정오가 지나자마자 완전히 멈췄다. 나는 어머니의 가슴에 뺨을 대고 오랫동안 아무 생각 없이 어머니를 안고 있었다. 나는 그저 어미를 잃은 동물일 뿐이었다. 한참 후 일어나 외삼촌에게 받은 번호로 전화를 걸었다. 외삼촌은 주말 동안 작은 오두막에 가 있을 테니 무슨 일이 있으면 그 번호로 전화를 하라고 내게 미리 일러뒀었다.

클라우스 외삼촌과 나는 올 사람도 많지 않은 장례식을 치르느니 장례식을 하지 않는 편이 낫다고 판단했다. 어머니를 화장한 후 우리는 어머니가 어린 시절 일광욕을 즐겼던 잔디밭 사이로 강을 따라 걸으며 강둑에 화장한 재의 반을 흩뿌렸다. 나머지 반은 덴버로 돌아가 신시아 누나와 함께 뿌릴 생각이었다. 예나를 떠나는 날 아침, 나는 그동안 해준 모든 것에 감사드린다고 더듬거리는 독일어로 외삼촌에게 말했다. 외삼촌은 어깨를 으쓱하며 어머니도 자신을 위해 이렇게 해주었을 거라고 말했다. 문득 어머니는 어렸을 때 어떤 사람인지 궁금해져 물었다. 외삼촌은 웃으며 대답했다.

"헤리시(Herrisch)! 내가 왜 누나를 도와줬어야 했는지 이제 알겠지."

나는 나중에 이 낯선 단어의 뜻을 찾아보았다. 남에게 이래라저래라 하는이라는 뜻이었다.

베를린으로 돌아가는 기차에 탑승한 나는 맨 끝 차량의 끄트머리에 서서 점점 멀어져가는 선로 신호가 붉은색에서 초록색으로 바뀌는 광경을 바라보았다. 고아가 되었으나 기분은 그리 착잡하지 않았다. 마치 긴 방학을 맞이한 첫날 같았다. 1월의 맑고 화창한 하늘처럼 텅 빈 느낌이었다. 그 하늘에 떠 있는 유일한 구름인 애너벨은 지금 또 다른 반구에 있었다. 내가 느끼는 해방감의 일부는 금전적인 면 때문이기도 했지만—신시아와 엘런 누나, 나는 어머니가 남긴 40만 달러 남짓한 부동산을 나눠 가지게 될 터였다—더 큰 이유가 있었다. 부모님은 이 세상에서 퇴장했고 무대 전체는 내 것이 되었다. 생각해보니 그동안 나는 애너벨보다 너무 앞서가게 될까 봐 애너벨을 위해 내 발목을 묶어놓고 살았다.

그날 오후에 애너벨에게 전화를 하기로 되어 있었지만 나는 전화를 하지 않았다. 어머니의 유해를 뿌리면서, 애너벨의 몸 촬영 프로젝트와는 무관한 어떤 유치한 짓을 하고 싶은 충동이 일었다. 그런 속내를 토로하면서 애너벨에게 들키고 싶지 않았다. 내 몸은 생기로 넘쳤으며 죽음과는 너무나 거리가 멀었다. 나는 어머니의 오래전 발자취를 되짚으려 거리로 나갔다. 모아비트 구역에서 베를린장벽을 따라 걸으며 구경하는 외국인들 사이에 섞여 들어갔다가 쿠르퓌르슈텐담(쿠담) 거리로 길을 찾아갔다.

쿠담 거리의 서쪽 끄트머리쯤에서 어느 술집으로 들어가 소시지를 먹으며 기자로서 받은 거리의 인상을 수첩에 적고 있는데 옆 테이블에 홀로 앉아 있는 남자가 눈에 띄었다. 넓은 이마에 성긴 곱슬머리를 가진 젊은 독일 남자였다. 그 남자는 양옆 의자에 두 팔을 걸치고 앉아 술집의 텔레비전을 보고 있었다. 남자의 개방적인 자세와 이 공간의 주인 같은 당당한 모습에 나는 시선을 뗄 수가 없었다. 마침내 내 시선을 알아챈 그가 고개를 돌려 내게 미소를 지었다. 마치 농담을 건네듯 그는 텔레비전 화면을 가리켰다.

텔레비전에 그의 얼굴에 방영되고 있었다. 도시의 어느 거리에서 인터뷰를 하는 모습이었고 화면 하단에는 '동독 체제 비판가 안드레아스 볼프'라는 자막이 떠 있었다. 나는 독일어가 짧아 그가 방송에서 무슨 얘기를 하는지는 거의 알아듣지 못했고 선라이트라는 단어만 귀에 들어왔다. 잠시 후 뉴스는 슈타지 본부 건물을 화면에 넓게 잡았다. 옆을 돌아보니 남자는 양팔을 더욱 크게 벌린 모습이었다. 나는 수첩을 들고 일어나 그의 테이블로 다가갔다.

"실례 좀 해도 되겠습니까?(Darf ich?)"

남자는 영어로 대답했다. "물론이죠. 미국인이군요."

"그렇습니다."

"미국인은 원하는 곳이 어디든 앉을 권리가 있죠."

"글쎄요, 그건 잘 모르겠고. 방금 전 뉴스에서 무어라 말을 했는지 궁금하군요. 제가 독일어를 잘 못해서요."

"수첩을 갖고 계신 걸 보니 기자시군요?"

"그렇습니다."

"잘됐네요." 그는 손을 내밀었다. "안드레아스 볼프라고 합니다."

나는 그와 악수를 하고 맞은편 의자에 앉았다. "톰 애버런트입니다."

"맥주 한잔 사드려도 될까요?"

"제가 사드리죠."

"오늘은 내가 축하를 해야 할 일이 있거든요. 텔레비전에 나온 것도, 이렇게 서독으로 와본 것도, 미국인과 대화를 나눠본 것도 오늘이 처음입니다. 오늘 저녁은 내가 운이 참 좋네요."

결국 내가 맥주를 샀고 그와 얘기를 나눴다. 그는 오늘 슈타지 본부 습격대와 함께 움직였으며, 슈타지 기록보관소의 관리 감독을 요구하는 시민위원회의 실질적인 대변인 역할을 했다고, 그리고 그 덕분에 처음으로 동독을 벗어나보게 됐다고 설명했다. 60시간째 잠을 못 잔 상태라고 했지만 그리 피곤해 보이지 않았다. 나도 같이 기분이 붕 뜨는 듯했다. 서독으로 갓 넘어온 동독의 반체제 인사와 술집에서 만난 행운을 누리다니, 그것도 다른 서구 기자들이 그 인사에게 접근하기 전에 이렇게 만나게 되다니, 예나를 떠나는 기차에서 기분이 좋았는데 이런 일이 있으려고 그랬던 모양이었다.

우리는 맥주를 다 마시고 함께 거리로 나섰다. 딱 붙는 청바지를 입고 군복 재킷을 걸친 안드레아스는 어깨를 쫙 펴고 걸었으나 거드럭거리는 걸음걸이는 아니었다. 도시에는 축제 분위기가 여전히 남아 있었다. 안드레아스는 쿠담 거리를 걸으며 이래도 나를 못 알아보겠느냐는 듯 외국인들과 동베를린 사람들 쪽으로 고개를 치켜들곤 했다. 예쁜 여자들 옆을 지나치면서 그는 고개를 홱 돌려 그녀들의 뒷모습을 지긋이 바라보았다. 애너벨이 이 남자를 전혀 좋아하지 않겠구나 하는 생각이 들었고, 그래서 그와 함께 걷는 길이 더 큰 해방감을 느끼게 했다.

우리는 좀 더 한적한 블록으로 들어섰다. 그는 BMW 자동차 전시실 앞에서 걸음을 멈췄다.

"어떻습니까, 톰? 내가 이런 차를 타고 싶어 해야 마땅할까요? 이제 동독은 없고 서독만 있으니까?"

"소비자라면 응당 저런 자동차를 원하게 마련이죠."

안드레아스는 최고의 자동차들을 응시했다. "살면서 저것보다 더 무시무시한 물건은 본 적이 없어요. 다들 여기 와서 구경하고 싶어 안달이겠는데요. 다들 너무 멍청해서 두려움조차 느끼지 못하겠지만요."

"당신의 얘기를 글로 남기고 싶은데 어떻습니까?"

"그러고 싶어요?"

"하고 싶은 얘기가 있는 분 같아서 말입니다."

그는 소리 내어 웃었다. "아직 모르는 세상에게 이런 일이 어떻게 생겼는지 설명하게 해주시오. 그러면 음탕하고 피비린내 나며 천륜을 어긴 행위 등에 대해 들으시게 될 겁니다…….* 내가 누구의 말을 인용했을까요?"

"호레이쇼의 마지막 대사군요."

"훌륭해요!" 그는 손바닥으로 내 어깨를 툭 쳤다. "당신에게만 이런 걸까요, 아니면 내가 앞으로 모든 미국인들을 좋아하게 될까요?"

"아마 그 중간쯤이겠죠."

"내가 미국에 대해 어떻게 생각하는지 알면 아마 웃을 겁니다. 고층건물들과 비참한 최하층계급. 베르톨트 브레히트의 착취. 막심 고리키의 밑바닥. 믹 재거의 악마성. 푸에르토리코 여자들은 널 보고 싶어 죽으려고 해.**"

---

* 〈햄릿〉 5막 2장 호레이쇼의 대사.

** 믹 재거가 소속된 롤링 스톤스의 노래 '널 그리며(Miss You)'의 가사 일부.

"기대치를 낮추는 게 좋을 겁니다."

"미국에 한번 가볼까요?"

"뉴욕에요? 그럼요. 제가 안내를 해드리죠."

그는 내가 미국인이라서 혜택을 보고 있을 것으로 짐작하는 듯했다. 그러나 뉴욕으로 건너온 그에게 내가 애너벨과 어떻게 살고 있는지를 보여주게 된다면 나는 참으로 참담할 것이다. 그는 반짝이는 BMW 차량들을 향해 가운뎃손가락을 들었고 그대로 걸어가면서 어깨 너머로 손가락을 쭉 올렸다.

그가 내게 털어놓은 내용—그가 반사회적 시민으로 국가에 낙인찍힌 채 이십대 시절을 보냈고, 교회 지하실에서 사회주의자의 기준선에서 벗어난 삶을 살았다는 이야기—만으로도 나는 〈하퍼스 바자〉에 곧바로 실을 만한 기사를 작성할 수 있었다. 따라서 프리드리히가에서 그와 헤어지면서 내가 내일 오후에 다시 이 자리에서 만나고 싶다고 말한 이유는 단순히 기사 작성을 위해서가 아니었다. 안드레아스는 마른 체격이라는 점 말고는 애너벨과 닮은 외모가 아니었으나, 무모할 정도로 자신감에 차 있는 그의 태도를 보고 있으면 망가지고 번민에 찬 내면, 내 마음을 빼앗아 간 카리스마 있고 내면에 상처를 간직한 여인이 떠올랐다. 그는 사람에게 한눈에 반하는 느낌을 떠올리게 하는 무언가가 있었다.

좋든 싫든 다음 날에는 애너벨에게 전화를 해야만 했고, 전화를 하려면 우체국의 전화 부스로 가야 했다. 안드레아스는 예전에 위기에 처한 청소년들에게 상담을 해줬던 교회, 그가 다녔다는 특권층을 위한 중등학교, 인상을 구긴 밴드들이 악기를 연주하는 청년 클럽, 반사회적 인사들(Asoziale)이 모이는 술집 등 동베를린의 중심지를 구경시켜주었으나, 나는 마감 시간 전에 우체국을 찾아야 해서 점점 초조해지고 있었다. 마침내 나는 그런 사정을 안드레아스에게 털어놓았다.

"전화를 안 하면 무슨 일이 일어나는데요?"

"전화를 하면 안 겪어도 될 골치 아픈 일이 일어나게 되죠."

"그렇군요. 진지하게 질문 하나만 하겠습니다. 결혼 생활이라는 게 다 그런가요?"

"왜요? 결혼이라도 할 생각입니까?"

그는 꽤 진지한 표정이었다. 우리는 프렌츨라우어베르크 구역을 지나고 있었다. 거리에는 베를린장벽이 무너진 후 사람들이 창문 너머로 내던진 싸구려 가구들이 널려 있었다. "결혼은 아니지만, 여자가 있습니다. 많이 어려요. 언제 한번 만나게 해드리고 싶네요. 직접 만나면 내가 왜 결혼에 대해 물었는지 이해할 겁니다."

내가 안드레아스에게 갖게 된 호감이 어찌나 대단했는지 그가 여자를 언급한 것만으로도 질투가 났다. 아마 그 여자는 믿을 수 없을 만큼 아름답고 애너벨과는 달리 섹스를 무척 좋아하는 여인일 듯했다. 나는 그런 여자와 사귀는 안드레아스가 부러웠다. 더욱 기묘한 것은, 내가 어머니를 잃고 어쩌다 오게 된 이 생경한 장소에서 여성이라는 이유로 안드레아스의 사생활에 입장한 여자를 질투하고 있다는 사실이었다.

"부인한테 전화해요. 기다릴 테니까." 안드레아스가 말했다.

"아뇨, 됐습니다. 내일 하면 됩니다."

"혹시 부인 사진 갖고 있어요?"

나는 이탈리아에서 찍은, 실물보다 나아 보이는 애너벨의 스냅사진을 지갑에 넣어 가지고 다녔다. 안드레아스는 그 사진을 받아 들여다보고는 고개를 끄덕였다. 내 상상에 불과할지도 모르지만 그 순간 안드레아스는 자기 여자가 더 낫다는 것을 확인한 듯, 누구 여자가 더 나은지에 관한 경쟁에서 승리한 듯 편안해진 표정이었다. 나는 애너벨이 안쓰러웠고, 애너벨의 입장을 옹호해야 하는 나 자신도 안쓰러웠다.

그는 스냅사진을 내게 돌려주며 말했다. "아내에게 충실하시군요."

"지금까지는요."

"11년간의 결혼 생활이라. 멋지네요."

"함께하기로 서약했으니 당연하죠."

"나 같은 사람은 당신 기준에 맞춰 살기가 어렵겠어요."

안드레아스는 이미 우리가 친구가 됐다고 여기는 듯했다. 우리는 조명이 어둑한 거리를 계속 걸었다. 그는 이 나라의 오염에 대해, 문자 그대로의 오염과 영적인 오염 그리고 본인의 개인적 오염에 대해 넌지시 언급했다.

"당신은 본인이 얼마나 깨끗한지 모르는군요."

"사흘째 목욕도 못 했는데요."

"아내에게 전화하는 일을 놓고 걱정하고 있잖습니까. 죽어가는 어머니를 간호했고요. 이런 일이 당신에게는 당연하겠지만 모든 사람들에게 당연하진 않거든요."

"병적으로 지나치게 발달한 의무감 같은 겁니다."

"어머니는 연세가 어떻게 되셨는지?"

"쉰다섯이셨습니다."

"운이 참 없으셨군요. 좋은 어머니셨어요?"

"모르겠습니다. 늘 어머니가 문제라고 생각했는데, 지금은 어머니가 저에게 잘못한 일을 단 한 가지도 떠올릴 수가 없네요."

"어머니가 어째서 문제였는데요?"

"제 아내를 싫어했어요."

"당신은 아내에게 충실했고요."

"저를 잘못 본 겁니다. 깨끗함이라면 신물이 납니다. 결혼 생활도 지긋지긋하고. 인생을 낭비하고 있을 뿐이에요."

"그 기분 알아요."

"나라는 인간에 대해서도 신물이 나요."

"그 기분도 압니다."

"맥주나 한잔할까요?"

그는 걸음을 멈추고 손목시계를 들여다보았다. 시간을 구걸하는 입장이 되어 자존심이 상했지만 나는 그와 친구가 되기로 결심한 터였다. 그는 거부할 수 없는 매력을 가진 남자였고 남모르는 슬픔과 은밀한 정보를 가진 듯한 분위기를 풍겼다. 그래서 수년 후 그가 세계적인 유명 인사가 됐을 때에도 나는 별로 놀라지 않았다. 내가 그에게 느꼈던 매력을 온 세상이 다 알게 됐구나 싶어서였다. 그리고 그의 내면에 망가진 부분이 있음을 알기에 나는 그의 성공을 시기하지도 않았다.

"그래요, 맥주 좋죠." 그가 말했다.

우리는 '홀*'이라는 잘 어울리는 이름을 가진 술집으로 들어갔다. 그 술집에서 나는 신랄하게 자아비판을 했다. 애너벨에 대한 어머니의 경고를 무시한 일, 11년 동안이나 어머니를 외면하고 산 일을 털어놓았다. 장인의 경고를 간과하고, 장인에 대한 본능적인 호감을 무시하고, 머리가 돈 여자에게 충성 맹세를 하고 살아온 삶도 고백했다. 나는 애너벨을 배신하는 말들을 줄줄이 뱉어냈으나, 끔찍하게도 배신은 너무도 달콤했다. 마치 내가 애너벨에게 분노하고 있고 늘 화가 나 있었다는 사실을 스스로 인정하기 위해 그동안 애너벨을 대체할 만한 사람을 기다려온 것 같았다. 인간적으로 반할 만한 매력이 있는 남자인 친구를.

내 고백은 전략적 측면이 아주 없지는 않았으나 진심이었다. 나는 취재원에게 내 결혼 생활에 대해 얘기한 적이 없었다. 그래도 나는 취재원에게 마음을 열고 다가가는 편이었고, 먼저 개방적인 태도를 취해 취재원의 마음을 여는

* '구멍'이라는 뜻.

것이 내 취재 방식이었다. 그렇다고 내가 사람을 조종하는 데 능하다는 뜻은 아니고, 그저 언론계에서 활동하기에 적합한 성격을 가진 것뿐이었다. 내 얘기에 몰입하는 안드레아스의 모습을 보면서 내가 보여준 미국적인 방식이 독일인에게 효과적이구나 싶었다. 그것은 내 아버지의 방식이기도 했는데 스무살의 어머니는 아버지의 방식에 속절없이 넘어갔었다.

내가 고백을 마치자 안드레아스가 물었다. "그래서 이제 어떻게 할 생각이에요?"

"이스트 할렘으로 돌아가지 않을 수만 있으면 좋겠습니다."

"부인에게 내일 전화해요. 정말 안 돌아갈 생각이면."

"예, 그래야죠. 아마도요."

그는 나를 뚫어지게 바라보았다. "당신이 마음에 들어요. 내 나라에 관해 진실한 글을 쓸 수 있게 돕고 싶군요. 하지만 내 얘기를 듣고 나면 나를 싫어할까 봐 걱정되네요."

"우선 들어보고 판단하도록 하죠."

"아나그레트를 직접 만나보면 나를 이해할 수 있을 텐데. 그렇지만 나도 그녀를 아직 볼 수가 없는 입장이라서요."

"그렇군요."

"뭐, 그렇죠."

담배 연기 자욱한 술집 안에는 암에 걸린 것 같은 남자들, 하루 전까지만 해도 기분 나쁘게 보였던 머리 모양을 한 여자들이 여기저기 앉아 있었다. 오늘은 그 여자들 중 한 명과 동침하는 상상도 해보았는데 이대로 베를린을 떠나지 않으면 조만간 동침이 가능할 것도 같았다.

"이런저런 얘기를 하면 속이 편해지죠."

내 말에 안드레아스는 고개를 저었다. "아무래도 얘기를 안 하는 게 낫겠네요."

기자로서 익숙한 분위기였다. 얘기를 하겠다고 해놓고는 못 하겠다고 뒤로 빼는 취재원들도 십중팔구는 결국 얘기를 털어놓게 마련이었다. 중요한 건 굳이 그 얘기가 아니더라도 어떤 얘기든 계속하게 하는 것이었다. 나는 맥주를 한 잔 더 샀고, 20세기 영국 문학을 비판하며 그를 웃겼다. 영국 문학을 훤히 꿰고 있는 안드레아스는 내가 영국 문학을 무시하자 충격을 받은 눈빛이었다. 이어서 나는 비틀스를 옹호했고 그는 롤링 스톤스를 극찬했다. 우리는 미국인과 독일인을 가리지 않고 밥 딜런을 숭배하는 자들을 조롱했다. 그렇게 우리는 세 시간 동안 수다를 떨었고 술집은 점점 비어갔으며 안드레아스가 하려다 만 이야기가 점차 대화의 언저리에서 맴돌았다. 마침내 안드레아스는 두 손으로 얼굴을 감싸더니 질끈 감은 눈을 손으로 꾹 눌렀다. "좋아요. 일단 여기서 나갑시다."

돌이켜 생각해보면, 나는 아버지와 동질감을 거의 느끼지 못했고 줄곧 어머니의 편이었다. 그런데 어머니가 돌아가시고, 안드레아스와 함께 어두운 티어가르텐 공원을 걸어가는 지금, 나는 어두운 밤에 어머니를 처음 만났던 아버지가 된 기분이었다. 우연한 만남, 동독에서 온 키 큰 젊은 여인, 온갖 가능성으로 펄떡이는 도시. 아버지는 어머니와 나란히 걸으며 경이로움을 느꼈을 것이다.

안드레아스와 나는 벤치에 앉았다.

"지금 이 얘기는 기사에 쓰지 마세요. 당신이 상황을 이해할 수 있도록 하기 위한 얘기일 뿐이니까."

"친구로서 듣기로 하죠."

"친구라. 흥미롭군요. 나는 친구를 가져본 적이 없는데."

"한 번도요?"

"학창 시절에 사람들은 나를 좋아했지만, 나는 그들을 비루하다고 여겼습니다. 비겁하고 지루한 인간들이라고 생각했죠. 그러다 난 사회적으로 버림받은 반체제 인사가 됐습니다. 아무도 나를 믿지 않았고, 나 역시 그들을 믿지 않았어요. 그들은 비겁하고 지루한 자들이니까. 당신 같은 사람은 동독에서는 아예 존재할 수가 없죠."

"그래도 이제 반체제 인사들이 승리했군요."

"내가 당신을 믿어도 될까요?"

"확인할 방법은 없겠지만, 예, 믿어도 됩니다."

"내 얘기를 듣고 나서도 당신이 내 친구로 남아 있을지 두고 봅시다."

소음이 하늘을 채우지 못할 만큼 인구밀도가 적은 도심, 그 어둠 속에서 안드레아스는 그의 부모가 얼마나 연줄이 대단한 사람들이었는지 털어놓았다. 그 역시 정치적 저항으로 인생을 스스로 패대기치기 전까지는 꽤나 특권을 누리며 살았다. 대학에서 퇴학당한 후 그는 밀란 쿤데라적인 나약한 세상 속으로 흘러들었다. 그러다 그의 인생을 송두리째 바꾼 소녀를 만났고 그 소녀의 영혼을 사랑하게 됐다. 그는 계부에게 성적 학대를 받고 있는 소녀를 구하고자 했다. 계부는 안드레아스 부모님의 별장까지 그들을 쫓아왔다. 그는 우연히 옆에 있던 삽을 들어 정당방위를 하려다 소녀의 계부를 죽였고 그자의 시체를 별장 뒷마당에 묻었다. 그 일로 그는 거의 편집증적으로 괴로워했는데, 비밀경찰이 그를 사찰한 내용이 담긴 서류를 운 좋게 슈타지 기록보관소에서 되찾을 수 있었다.

"그녀를 보호하려고 그리한 겁니다. 내 인생은 보호받을 가치도 없지만, 그녀의 인생은 달라요."

"정당방위였으면 왜 경찰에 신고를 하지 않았습니까?"

"그녀가 계부를 당국에 신고하지 못한 것과 같은 이유죠. 슈타지는 자기네 조직원을 보호하거든요. 결국 그들이 원하는 바가 진실로 둔갑하게 됩니다. 신고했으면 우린 둘 다 감옥에 갔겠죠."

유죄판결을 받은 살인범을 인터뷰한 적이 있었다. 나는 그들이 했던 짓을 나에게 되풀이할까 봐 순전히 본능적으로 그들을 다소 두려워했다. 그런데 이 나라에서 나는, 맥주를 잔뜩 마시고 실컷 얘기를 나눠서 그런지, 안드레아스가 부럽고 그가 살아온 폭넓고 극단적인 삶을 이상하게 선망했다.

그는 소리 없이 흐느끼기 시작했다.

"내가 나쁜 놈이었어요, 톰. 그 일을 머릿속에서 떨쳐내지 못하겠다고요. 그자를 죽일 의도는 아니었는데, 죽이고 말았습니다. 결국 내가 죽인 겁니다……."

나는 그의 어깨에 팔을 둘렀다. 그는 내 쪽으로 몸을 돌리고 안겼다.

"괜찮을 겁니다." 내가 말했다.

"괜찮지가 않아요. 괜찮지가 않다고요."

"아뇨, 다 괜찮을 겁니다."

그는 한참을 울었다. 나는 그의 머리를 쓰다듬고 꼭 안아주었다. 그가 여자였으면 나는 그의 머리카락에 입을 맞췄을 것이다. 그러나 이성애자 남성으로서 나는 엄격하게 친밀함의 선을 지켰다. 그는 뒤로 물러나 감정을 추슬렀다.

"내 얘기는 이게 다예요."

"이미 지난 일입니다."

"그렇지도 않아요. 우리가 안전해질 때까지 그녀는 나를 안 볼 겁니다. 이제 우리는 거의 안전해졌지만 부모님의 별장 뒷마당에 아직 그자의 시체가 묻혀 있는 게 문제예요."

"맙소사."

"실은 더 안 좋은 상황이에요. 부모님이 투기꾼들에게 그 별장을 팔려고 하거든요. 그렇게 되면 투기꾼들은 불도저로 그쪽 땅을 파헤치겠죠. 그녀를 다시 만나려면 그자의 시체를 거기서 치워야 돼요."

"내가 도와줄 수 없어 유감입니다."

“아뇨, 당신은 깨끗한 사람입니다. 나는 절대로 당신을 끌어들이지 않을 거예요.”

그는 더없이 다정한 말투였다. 나는 시체를 어떻게 처리할 계획인지 물었다.

“모르겠어요. 차를 운전하는 방법을 배워서 어떻게 해보고 싶은데 그러려면 시간이 걸리고. 이러다 그녀를 잃게 될까 봐 걱정돼요. 여행 가방 두 개를 들고서 기차를 타고 가면 될 것 같기도 하고.”

“스트레스를 많이 받는 기차 여행이 되겠군요.”

“그녀를 다시 만나고 싶으니까요. 필요한 게 뭐든 해야죠. 그녀를 다시 만나는 것, 그게 내 유일한 계획입니다.”

나는 또다시 질투심으로 속이 아렸다. 배제된 기분, 그 소녀와 경쟁 선상에 놓인 기분. 그게 아니면 내가 그때 그런 말을 한 이유를 달리 설명할 수 있을까?

“제가 도와드리겠습니다.”

“아닙니다.”

“방금 어머니를 화장했습니다. 감당할 수 있어요.”

“아니에요.”

“저는 미국인이고, 운전면허증도 있습니다.”

“아뇨. 이건 더러운 일이에요.”

“당신이 한 얘기가 진실이라면 충분히 도울 가치가 있다고 봅니다.”

“나 혼자 해야 돼요. 신세를 갚을 방법도 없고요.”

“신세는 안 갚아도 됩니다. 친구로서 돕겠다는 거니까.”

우리 등 뒤의 검은 나무들과 관목 사이, 멀찌감치 떨어진 어딘가에서 고양이 울음소리가 희미하게 들렸다. 잠시 후 조금 더 크게 두 번째로 울음소리가 들렸는데, 잘 들어보니 고양이 소리가 아니었다. 여자가 내지르는 쾌락의 교성이었다.

안드레아스가 물었다. "기록보관소는요?"

"그게 왜요?"

"시민위원회가 금요일에 다시 노르마넨가(街)에 모일 예정입니다. 내가 당신을 슈타지 건물 안으로 들여보내줄 수 있어요."

"그들이 미국인을 안으로 들여보내줄 리 없을 텐데요."

"당신 어머니가 동독인이라면서요. 당신은 동독에서 탈출한 이들을 대표하는 사람이에요. 그리고 건물 안에 들어가면 온갖 서류들이 다 있어요."

"굳이 도움에 대한 대가를 지불할 필요는 없습니다만."

"대가가 아니라, 우정의 표시죠."

"안으로 들어갈 수만 있으면 기자로서는 대단한 성취일 겁니다."

안드레아스는 앉아 있던 벤치에서 벌떡 일어섰다. "해보죠! 둘 다." 그는 허리를 굽히며 내 팔을 툭 쳤다. "어때요?"

멀리서 여자가 또다시 교성을 질렀다. 문득 나는 안드레아스와 함께 베를린에 머물고 있다 보면 저 여자나 아니면 비슷한 부류의 여자와 자볼 수도 있겠다는 생각이 들었다.

"그래요, 해봅시다." 내가 말했다.

다음 날 아침 일찍, 프리드리히샤인 구역의 숙소에서 눈을 뜨자마자 후회가 밀려들었다. 일단 침대의 리넨 시트부터가 지저분했는데, 내가 한 번도 세탁을 하지 않은 데다 불결한 상태에 익숙해진 탓이었다. 내가 마음을 빼앗긴 이가 여자이고 지금 내 옆에 알몸으로 누워 있다면, 나는 애너벨 생각을 머릿속에서 완전히 지울 수도 있었을 것이다. 나는 이따가 애너벨에게 전화를 해야겠다고, 안드레아스에게 애너벨에 관해 얘기를 한 잘못을 보상해야겠다고 다짐한 후에야 다시 잠들 수 있었다.

그리고 정오쯤에 다시 일어났다. 상처받아 떨리는 애너벨의 목소리를 전화로 들을 생각을 하니 신물이 났다. 내가 듣고 싶은 목소리, 보고 싶은 얼굴은 애너벨의 것이 아니었다. 도시 경계 바깥에서 차를 운전하기 위해 서베를린으로 넘어가 자동차를 렌트했다. 숙소로 돌아와 현관으로 들어서는데 바닥에 내 앞으로 온 전보가 놓여 있었다.

전화해.

전보를 옆에 두고 불결한 침대에 드러누워 도시의 석탄 연기가 도시의 어둠을 재촉해 우체국마다 덧문을 내리기를 기다렸다.

밤을 틈타 교외로 차를 운전하던 나는 정차한 시내 전차 주변을 빙 돌아가다가 전차 문에서 쏟아지듯 내리는 승객들을 치어 죽일 뻔했다. 분노에 차 고함을 지르는 승객들에게 나는 미국식으로 손을 흔들어 사과했다. 아버지의 오래된 베를린 지도, 독특하게 접는 식으로 된 특허받은 지도를 참고해가며 나는 회한으로 가득한 독일의 끝없는 마을 사이사이로 차를 몰았다. 뮈겔제 호수 근처의 거리들은 상상했던 것보다 더 복잡하고 교통량이 많았다. 제멋대로 자란 침엽수들에 가려진 볼프 가족의 여름 별장이 저 앞에 보이자 마음이 놓였다.

안드레아스가 일러준 대로 헤드라이트를 끄고 얼어붙은 잔디밭을 지나 별장 건물을 빙 돌아서 나아갔다. 뒷마당에 이르자 도시의 하늘에 떠 있는 구름 아래 점점이 하얗게 물든, 얼음으로 뒤덮인 호수가 펼쳐졌고, 뒷마당 한 귀퉁이에 공구 창고가 서 있었다. 안드레아스는 삽과 방수포를 들고 공구 창고 옆에 서 있었다.

그는 유쾌하게 물었다. "오면서 무슨 일 있었어요?"

"거의 죽을 뻔했지만 별일 없었습니다."

"나를 위해 이렇게까지 해주니 당신은 정말 좋은 사람이에요."

"감사 인사는 나중에 해요."

안드레아스는 공구 창고 뒤쪽의 숲으로 나를 이끌었다. 흙더미가 쌓인 곳 옆에 그만큼 파인 구덩이가 있었다. “내 손이 엉망이 됐어요. 겉흙이 워낙 단단히 얼어붙어서. 이제 우리 둘이서 시신의 옷을 잡아끌어 올리면 됩니다. 양쪽 끄트머리는 이미 위로 올려놨어요.”

나는 구덩이를 내려다보았다. 은은한 불빛에 시신이 입고 있는 작업복이 보였다. 한때 푸른색이었을 작업복에는 모래 진흙이 잔뜩 스며들어 있었다. 그 안에 들어 있는 뼈를 보면서 나는 살아생전의 덩치를 짐작할 수 있었다. 손뼈에 피부가 일부 붙어 있었는데, 곰팡이 핀 치즈처럼 살짝 썩은 내가 날 뿐 심하게 역한 냄새는 나지 않았다. 그런데 시신에서 한 부분이 보이지 않았다.

“머리는 어디 있습니까?”

안드레아스는 어깨 너머를 고갯짓으로 가리켰다. “비닐에 담아뒀어요. 굳이 당신이 그걸 볼 필요는 없겠다 싶어서.”

그의 배려가 고마웠다. 어머니의 시신 곁에 앉아 있었던 게 불과 얼마 전이라 내게 죽음은 아직 일상과도 같았으나, 머리카락이 일부 붙어 있을 머리통까지 아무렇지 않게 볼 자신은 없었다. 두개골이 없는 뼈들은 좀 더 안전하고 관념적으로 느껴졌다. 그 뼈들을 애써 바라보면서 나는 다시는 애너벨 곁으로 돌아갈 수 없음을 직감했다.

턱이 덜덜 떨렸다. 날이 추워서가 아니었다. 안드레아스는 방수포를 펼쳤고 우리는 구덩이 위에 다리를 벌리고 서서 시신의 작업복을 잡아 올렸다. 작업복 아래쪽이 썩어 있었는지 중간 부분이 찢어지면서 뼈들을 비롯해 정체를 알 수 없는 덩어리들이 바닥으로 우르르 쏟아졌다.

“이런, 망할.” 내가 말했다.

“괜찮아요. 내가 하죠.”

안드레아스가 삽으로 구덩이에서 덩어리들을 퍼내는 동안 나는 호숫가에서 있었다. 그가 시신이 담긴 방수포를 둘둘 말고 구덩이를 다시 흙으로 메울 때쯤에야 나는 그의 곁으로 돌아가 빠른 마무리를 도왔다.

우리는 시신이 담긴 방수포를 자동차 트렁크에 집어넣었다. 그가 말했다. "샌드위치 준비했어요."

"식욕이 별로 없습니다."

"억지로라도 먹어요. 먼 길을 가야 하니까."

우리는 물병에 든 광천수로 손을 씻고 샌드위치를 먹었다. 다시 오한이 느껴졌다. 몸이 차가워지면서, 지금까지 못 했던 생각이 불현듯 뇌리를 스쳤다. 나는 지금 심각한 범죄를 저지르려 하고 있었다. 대단하지는 않지만 가슴이 아프기도 했는데, 애너벨에 대한 향수병 때문일 터였다. 애너벨과 함께한 삶이 비록 안 좋은 방향으로 흐르기는 했지만 그래도 내 나라에서 이루어진 예측 가능한 삶이었고 일부일처제에 기반을 두었으며 범죄와도 무관했다. 지금 내 마음 한구석에서 어떤 생각이 쥐처럼 허둥지둥 돌아다녔다. 안드레아스를 만난 게 불과 48시간 전이라는 것, 내가 그를 제대로 알지 못한다는 것, 그가 진실을 온전히 말하지 않았을 수도 있다는 것, 아나그레트에게 돌아가기 위해 본인 편리한 대로 나를 조종했을 가능성이 있다는 것.

"경찰을 만나면 어떻게 할지 생각해봐요. 경찰이 이 차를 세우고 트렁크 여시오라고 말하는 장면이 자꾸 떠오른단 말입니다." 내가 말했다.

"요즘 경찰은 전보다 걱정할 일이 많아졌어요."

"아까 여기로 오는 길에 여섯 명을 차로 치어 죽일 뻔했습니다."

"나도 지금 겁이 나서 죽겠다고 말하면 기분이 좀 풀리겠어요?"

"정말 겁나요?"

"약간은요." 그는 내 팔을 툭 쳤다. "당신은 어때요?"

"오늘은 더 이상 심장을 쫄깃하게 하는 일이 없으면 좋겠네요."

"나를 위해 해준 일을 잊지 않을게요, 톰. 절대 못 잊을 겁니다."

운전석에 앉자 온기가 느껴져 긴장이 약간은 풀렸다. 안드레아스는 그간 어떻게 살아왔는지를 괴상할 정도로 문학적인 용어들을 사용해가며 좀 더 들려주었다. 아나그레트와 함께 지금보다 좀 더 낫고 깨끗한 삶을 살고 싶어 하는 그의 열망이 느껴졌다. "우리 둘이 함께 살 곳을 찾아볼 생각이거든요. 당신은 원하는 만큼 우리와 함께 지내도 돼요. 우리가 당신에게 해줄 수 있는 최소한의 답례입니다."

"뭘 해서 먹고살 생각입니까?"

"아직 거기까지는 생각 안 해봤어요."

"기자는요?"

"글쎄요. 기자 일은 어떤가요?"

나는 기자 생활에 대해 설명해주었다. 안드레아스는 관심이 있는 양 내 얘기를 들었으나, 마치 자신은 더 대단한 야망이 있지만 굳이 말하지 않으려는 듯 내 얘기에 희미하게 염증을 내는 것 같았다. 그가 애너벨의 사진을 볼 때도 나는 같은 기분을 느꼈다. 그는 자기가 더 나은 것을 가지고 있을 때에나 내가 가진 것을 기분 좋게 칭찬했다. 동등한 입장에서 우정을 나누기에는 징조가 좋지 않았으나, 따뜻한 차 안에서 나는 내가 늘 반해온 사람들과 안드레아스가 같은 부류임을 깨달았다. 열등한 입장인 내가 가치 있는 사람으로 인정받고 싶게 만드는 부류.

"내일 아침에 시민위원회 모임이 있어요. 나랑 같이 갑시다. 그래야 그들이 금요일에 당신을 알아볼 테니까요. 독일어 실력은 어느 정도죠?"

"음."

"말해봐요. 말해봐(Sprich. Sprich)."

"저는 미국인입니다. 저는 덴버에서 태어났습니다—(Ich bin Amerikaner. Ich bin in Denver geboren—)"

"r 발음이 잘못됐어요. 좀 더 목구멍 안쪽에서 소리를 내요. 미국인. 태어났습니다(Amerikaner. Geboren)."

"r 발음 문제만이 아닌 것 같습니다만."

"한 번 더요. 미국인(Noch mal, bitte: Amerikaner)."

"미국인(Amerikaner)."

"태어났습니다(Geboren)."

"태어났습니다(Geboren)."

한 시간 가까이 안드레아스는 내 발음을 교정해주었다. 지금도 그 시간을 생각하면 슬퍼진다. 텔레비전에서 보았던 그는 거리에서 오만하게 할 말을 다 하는 모습이라, 나는 그가 그토록 인내심 있게 독일어를 가르쳐주리라고는 생각 못 했다. 우리 사이에서는 내가 베를린에 계속 머무는 쪽으로 분위기가 흘러가고 있었다. 그는 나를 좋아했고 모국어인 독일어도 좋아했기에 우리 둘이 잘 지내기를 바라고 있었다.

"이제는 당신의 영어 억양에 대한 얘기를 해볼까요."

"내 억양은 나무랄 데가 없는데요! 이래 뵈도 영어 교수의 아들이거든요."

"당신 영어는 꼭 BBC 앵커처럼 들려요. a 발음을 약간 낮춰서 해야 됩니다. 미국인처럼 a 발음을 못하면 제대로 살고 있다고 할 수가 없죠. 우리 미국의 영광스러운 특징 중 하나가 바로 그 a 발음이니까요. 자, 할 수 없다(can't)라고 말해봐요."

"할 수 없다(can't)."

"모음을 '애애애애애'로 발음하라고요. 할 수 어어어없다(Caaaan't). 염소 울음소리처럼요."

"할 수 어어어없다(Caaaan't)."

"잘했습니다. 영국인들도 예전에는 이렇게 발음했는데 요즘은 자기네가 뭘 잃었는지도 모르죠."

별 의미 없는 어느 마을의 변두리에 다다른 우리는 덧문이 내려진 주유소 앞에 차를 세웠다. 안드레아스는 차에서 내려 주유소 쓰레기통 안쪽 깊숙이 시신의 두개골을 묻었다. 차에서 기다리는 동안 나는 선행을 하고 있다는 확신이 들었다. 어머니가 미국으로 건너가지 않았다면, 내가 슈타지 압제하의 동독에서 태어났다면 나 역시 자기방어를 위해 슈타지의 쥐새끼를 죽였을지도 모를 일이었다. 안드레아스를 돕는 것은 내가 미국인이 되어 누리는 혜택에 대한 일종의 속죄였다.

차로 돌아온 안드레아스가 말했다. "시동을 껐군요."

"괜한 의심을 사고 싶지 않아서요."

"효율성의 문제죠. 차를 다시 데워야 되잖아요."

나는 기어를 넣으면서 내가 더 잘 안다는 뜻으로 웃어 보였다. "우선 차 안의 공기를 데우는 건 엔진이 방출하는 과도한 열입니다. 연료를 추가로 사용할 필요가 없다는 얘기죠. 운전을 해봤으면 알 텐데. 무엇보다도, 추울 때는 차 안의 열을 유지하려고 시동을 계속 켜둬봤자 효율적이지 않습니다."

"그건 말도 안 돼요."

"아뇨, 사실입니다."

"완전히 틀린 것 같은데요." 안드레아스는 말씨름을 하고 싶은 눈치였다. "집 안에서 난방을 한다고 치면, 아침에 집 안 온도를 5도인 상태에서 16도로 올리는 것보다 밤새 16도를 유지하는 편이 훨씬 더 효율적이에요. 우리 아버지가 별장에서 늘 그렇게 하셨어요."

"당신 아버지가 틀렸습니다."

"아버지는 주요 산업 국가인 동독의 수석 경제학자였어요!"

"왜 그 나라가 실패로 끝났는지 알겠군요."

"내 말 믿어요, 톰. 당신 생각이 잘못됐다니까."

예전에 나는 아버지에게 집 난방의 열역학에 대해 설명을 들은 적이 있었다. 그러나 굳이 아버지까지 끌어댈 필요 없이, 열의 이동 비율은 온도차에 비례하므로 추운 날 집을 줄곧 따뜻하게 유지하려면 열 소모량이 커질 수밖에 없다고 그에게 말해주었다. 안드레아스는 적분학을 근거로 반론을 펼치려 했지만 나 역시 적분학의 기본적인 내용을 기억하고 있었다. 내가 차를 운전해 가는 내내 우리는 논쟁을 벌였다. 그는 자기 아버지가 틀렸다는 것을 인정하지 않으려고 더욱 난해한 주장을 펼쳤다. 마침내 나는 논쟁에서 이겼고, 그 순간 우리 사이가 미묘하게 달라졌음을 느꼈다. 우정이 싹튼 것이다. 그는 논쟁에서 진 것이 당황스러우면서도 나에게 감탄하는 모습이었다. 그 전까지는 지적 논쟁에서 나를 자기 적수가 못 된다고 생각했던 것일까.

자정이 넘어서야 우리는 오더 계곡에 도착했다. 오래된 목조 다리를 건너, 농부들이 건초를 재배하기 위해 여름에만 사용하는 섬으로 들어갔다. 얼어붙은 습지 사이의 도랑에 첫눈이 내려앉아 있었다. 우리가 남긴 바퀴 자국이 신경 쓰였지만 안드레아스는 일기예보에서 비가 오고 날씨가 풀릴 거라 했다고 알려주었다. 섬 저쪽에 수풀이 우거져 있었다. 그는 지배 계층 자녀들을 위한 여름 캠프에 참석했을 때 그 수풀에서 자연 관찰 산책을 했었다고 했다. "최고의 특권을 누렸죠. 우린 국경 경비대까지 데리고 갔으니까."

동독 군대가 지금은 무엇을 하는지 몰라도 이곳이 아닌 다른 곳에서 활동하고 있을 터였다. 우리는 둘둘 말아둔 방수포와 삽 두 개를 차에서 꺼내 들고 서둘러 골짜기로 향했다. 그곳에서는 수풀에 가려 우리가 남긴 발자국들이 눈에 띄지 않았다. 우리는 잎이 진 검은딸기나무 사이를 지나 숲으로 힘겹게 발걸음을 옮겼다.

"여기예요." 안드레아스가 말했다.

땅을 파는 일이 쉽지 않았지만 힘을 쓰다 보니 몸에서 열이 났다. 나는 30센티미터쯤 파다가 멈추려 했으나 그는 더 깊게 파야 한다고 고집을 부렸다. 가까운 곳에서 올빼미 우는 소리가 들려왔다. 그 외에는 우리가 얼어붙은 땅을 삽으로 깨는 소리, 땅속의 나무뿌리를 부수는 소리뿐이었다.

"이제 나 혼자 할게요."

"괜찮으니까 돕겠습니다. 여기서 좀 더 돕는다고 내가 한 짓이 범죄가 아닌 게 되는 것도 아니니 말입니다."

"아나그레트를 알기 전의 나 자신을 여기 묻고 싶어서 그래요. 혼자 해야 할 일입니다."

나는 그의 뜻을 존중해 구덩이에서 약간 떨어진 곳에 가 섰다. 그는 구덩이 안에 집어넣은 유해 위로 흙을 뿌렸다. 잠시 후 나는 그를 도와 구덩이의 흙을 다지고 그 위를 낙엽과 더러워진 눈으로 덮었다. 우리가 다시 도로로 돌아왔을 무렵 안개가 짙게 깔려 있었다. 밤이 끝나가고 동이 터오려는지 동쪽이 조금 더 밝았다. 우리는 차 트렁크에 삽을 집어넣었다. 안드레아스는 트렁크 뚜껑을 힘차게 내려 닫고는 가성으로 와아 하고 소리쳤다. 위아래로 펄쩍펄쩍 뛰면서 또다시 와아 하고 환호했다.

"맙소사. 조용히 해요." 내가 말했다.

그는 내 팔을 잡고 내 눈을 들여다보았다. "고마워요, 톰. 정말 고마워요. 고맙고, 또 고마워요."

"일단 여기서 빠져나갑시다."

"지금 이게 나에게 어떤 의미인지 당신은 모를 겁니다. 내가 드디어 믿을 수 있는 친구를 갖게 됐어요."

"그 심정을 이해하겠다고 말하면 차에 탈 겁니까?"

그의 눈은 기묘하게 빛나고 있었다. 그가 내게 다가온 순간 나는 그가 키스를 하려는 줄 알았다. 그러나 그저 포옹이었다. 나 역시 그를 포옹했고 우리는 어색하게 서로를 얼싸안은 채 잠시 그렇게 서 있었다. 그의 호흡과 군복 재킷 아래서 뿜어 나오는 땀의 축축한 습기가 느껴졌다. 그는 애너벨처럼 내 뒤통수에 손을 대고 손가락으로 머리카락을 감싸 쥐었다. 그러다 돌연 내게서 떨어지며 말했다. "여기서 기다려요."

"어디 가려고요?"

"잠시면 돼요."

그는 골짜기 쪽으로 다시 달려 올라가 검은딸기나무들을 헤치고 나아갔다. 그가 환호성을 지르는 것도 마음에 들지 않았지만, 이런 식으로 또 시간을 지체하는 것은 더욱 싫었다. 그는 나무 사이로 사라졌지만 바닥의 나뭇가지들이 부러지는 소리, 군복 재킷이 나뭇가지에 스치는 소리는 들려왔다. 이윽고 시골 지역 특유의 깊은 정적이 흘렀다. 잠시 후 허리띠 버클이 달가닥거리는 소리, 지퍼 내리는 소리가 희미하지만 분명하게 들려왔다.

더는 듣고 싶지 않아 나는 우리 차가 남겨놓은 타이어 자국을 따라 도로 저편으로 걸어갔다. 내가 지금 안드레아스의 입장이면 어떨까. 그가 느끼고 있을 안도감과 유쾌한 기분을 상상해보았다. 그러나 남자를 죽인 것을 후회한다면서 굳이 그 남자의 마지막 무덤까지 소변으로 더럽히는 그의 속내는 짐작도 할 수 없었다.

그의 볼일은 몇 분 만에 끝났다. 그는 신나게 펄쩍펄쩍 뛰며 도로를 달려왔다. 내 옆으로 달려온 그는 두 팔을 들어 올리고 가운뎃손가락을 하늘로 쭉 뻗은 채 제자리에서 빙글 돌았다. 그리고 또다시 환성을 올렸다.

나는 차분하게 물었다. "이제 출발해도 됩니까?"

"그럼요! 두 배는 더 빨리 운전해도 돼요."

내 기분이 아까 같지 않다는 것을 그는 알아채지 못한 눈치였다. 차에 탄 후에도 그는 정신 나간 사람처럼 말이 많아져서 이 주제를 얘기하다가 별안간 또 다른 주제로 넘어가곤 했다. 그는 아나그레트와 함께 살 것인데 나더러 같이 살자고 했고, 나를 슈타지의 기록보관소 안으로 들여보낼 방법에 대해 주절거렸으며, 우리 둘이 협력해서 금지된 문들을 따고 들어가자고, 그래야 내가 기사를 쓸 수 있을 것이라고 말했다. 그는 나더러 차를 더 빨리 몰라고, 심지어 맞은편에서 오는 차량이 보이지 않는 위험한 커브 길에서 트럭을 따라잡으라고 재촉했다. 그는 오래전에 자신이 지은 시를 암송하면서 그 내용을 설명했다. 셰익스피어의 작품 중 긴 구절을 영어로 암송하면서 무운시의 리듬에 맞춰 계기판을 탕탕 두드리기도 했다. 그리고 한 번씩 환호성을 내지르거나 내 팔을 두 주먹으로 툭툭 쳤다.

마침내 베를린 지크펠트가에 있는 안드레아스의 교회에 도착했을 때, 나는 몹시 지쳐 입안에서 금속성 맛이 돌 정도였다. 그는 아침을 간단히 먹고 시민위원회 모임으로 곧장 가고 싶어 했지만 나는 좀 누워야겠다고 진심을 담아 호소했다.

"그럼 나한테 맡기고 쉬어요." 그가 말했다.

"그러죠."

"당신 도움을 절대 잊지 못할 겁니다, 톰. 절대 절대 절대 못 잊어요."

"뭐, 그렇게까지야."

나는 트렁크 뚜껑을 열고 차에서 내렸다. 환한 햇빛 아래 트렁크에서 삽을 꺼내는 안드레아스의 모습을 보면서 문득 저 두 개의 삽 중 어떤 삽이 살인 무기였을지 궁금해졌다. 잠을 못 잔 상태라 그런지 만일 내가 사용한 삽이 살인 무기였다면 몹시 찝찝할 것 같은 기분이 들었다.

그는 내 어깨를 툭 쳤다. "괜찮아요?"

"그럼요."

"가서 좀 자요. 저녁 7시에 여기서 봅시다. 같이 저녁 먹어요."

"그러죠."

그 후 나는 그를 다시는 보지 못했다. 지저분한 시트를 덮은 채 잠에서 깼을 때는 렌터카 사무실 문이 닫히기 불과 한 시간 전이었다. 나는 차를 반납하고 어둠 속에서 숙소로 돌아왔다. 안드레아스의 얼굴이 보고 싶고 그의 목소리가 듣고 싶었다. 이 글을 쓰는 지금도 마찬가지다. 그러나 안드레아스를 생각하면 지독한 슬픔이 밀려와 똑바로 설 수조차 없으니 나는 줄곧 그 슬픔을 피해 달아나야만 했다. 나는 침대에 누워 나를 위해, 애너벨을 위해, 안드레아스를 위해, 무엇보다 내 어머니를 위해 눈물을 흘렸다.

뇌우가 다가오면서 뉴저지주의 하늘은 입체감을 띠었다. 회색과 흰색, 간 같은 녹색을 머금은 다양한 음영의 구름이 층층이 둥근 천장을 이루었다. 나를 데리고 숲을 빠져나온 애너벨은 수잰 부모님의 집을 향하여 목초지를 통과해 오르막을 걸어 올라갔다. 애너벨은 나를 버스 타는 곳으로 데려다주기 전에 얼른 무언가를 보여주고 싶다고 했으나, 나는 8시 11분 버스를 타는 것이 우리 둘이 다시 함께 살 방도를 찾아내는 것만큼이나 환상일 뿐임을 알고 있었다. 애너벨에게서 도망치는 것, 그녀를 떠날 권리를 행사하는 것 자체가 너무도 고통스러워 나는 학대받는 짐승처럼 그저 상황을 피하려고만 했다. 도망칠 생각만 접는다면 상황은 오히려 좋게 해석될 수 있었다. 의식의 끈을 놓으며 수분 동안 그녀와 또다시 섹스를 할 수 있을 테니까.

그럼에도 불구하고 나는 그 집 문 앞에서 멈칫거렸다. 그 집은 사과나무 몇 그루를 등에 지고 산 풍경을 앞에 둔 60년대풍 여름 별장이었다. 애너벨은 곧장 집 안으로 들어갔으나 나는 문 앞에 서 있었다. 뇌우를 맞이한 하늘만큼이나 배 속이 별안간 들썩이고 심장이 미친 듯이 뛰었다. 지금 생각해보면 PTSD 증상이었던 것 같다.

애너벨은 너무도 달콤해 제정신이 아닌 듯한 목소리로 물었다. "안으로 함께 들어가지 않을래?"

"나는 안 들어가는 게 좋겠어."

"지난번에 여기 왔을 때 칫솔 두고 갔더라?"

"내 담당 치과 의사가 칫솔을 넉넉하게 공급해줘서 굳이 안 가져가도 돼."

"남자가 여자 집에 칫솔을 '깜박하고' 놓아두고 가는 건 다음에 또 오겠다는 뜻이야."

나는 공황 상태에 빠져들었다. 뒤를 돌아보니 차원 분열 도형 같은 번개 한 자락이 산등성이 하나를 넘어왔다. 곧 천둥이 칠 것 같았다. 다시 집 안을 들여다보았을 때 애너벨은 보이지 않았다. 문득 애너벨을 덮치면서 목을 졸라 살해한 후 8시 11분 버스 앞으로 뛰어들까 하는 생각이 진지하게 머릿속을 스쳤다. 나름 논리가 있고 설득력도 있는 생각이었다. 그러나 버스 운전기사가 받을 충격을 고려하면…….

나는 집으로 들어가 방충망 문을 닫았다. 애너벨은 내 도움으로 거실에 있던 가구를 모두 치우고 요가와 명상에 쓸 매트만 남겨두었다. 그녀는 공식적으로 영화 프로젝트를 포기한 게 아니라, 마음이 평온해지고 집중이 가능해질 때까지 잠정적으로 연기한 것뿐이었다. 나는 어머니에게 상속받은 재산 절반을 애너벨에게 위자료 일부로 주었고 애너벨은 그 돈으로 생활을 하고 있었다. 베를린에서 돌아온 나는 하루도 채 안 되어 애너벨에 대한 향수병은 환상이었을 뿐임을 깨달았다. 애너벨은 자신을 볶은 가지를 곁들인 스파게티로 여기지 말라고 했지만 내게 그녀는 바로 그 스파게티였다. 그래서 나는 이혼을 통해 재결합이라는 우리의 유일한 희망을 새로이 꿈꿔보기로 했다.

애너벨은 내가 베를린에서 바람을 피웠다고, 그래서 전화를 안 한 거라고 확신했다. 이 근거 없는 비난에 맞서기 위해 나는 안드레아스에 대해 필요 이상으로 자세히 설명해야 했다. 살인에 관한 부분과 후처리를 내가 도왔다는 사실은 빼고, 그러나 내가 왜 안드레아스에게 끌렸는지, 왜 그에게서 도망쳐야 했는지를 해명하기 위해 안드레아스의 성격과 개인사에 관한 부분은 충분히 말해주었다. 애너벨은 안드레아스를 내 안의 얼간이 같은 면을 끄집어낸 등신이라고 결론을 내렸다. 베를린에서 돌아와 이혼을 요구한 얼간이. 그러나 정작 나는 안드레아스에게 얼간이처럼 굴었다. 그와 저녁 식사를 함께하기로 약속하고 바람을 맞혔고 두 달이나 지나서야 부자연스러운 사과 편지를 보내면서 그를 안심시키고 '잘 살기'를 빌어주었다.

욕실에서 애너벨이 샤워하는 소리가 들렸다. 거실에 앉을 곳이 없어서 나는 그녀의 침대로 가 앉았다. 창밖으로 보이는 하늘은 견고한 검은 산비탈 같아서 밟고 올라갈 수도 있을 듯했다. 침대 옆 탁자에는 온통 자립과 영성에 관한 책들이 몇 년 전 같으면 애너벨이 쳐다보지도 않았을 제목을 달고 있었다. 나는 마음이 몹시 안 좋았다.

머리에만 수건을 말고 알몸으로 욕실을 나온 애너벨이 말했다. "샤워하니까 기분 좋다. 너도 해."

"돌아가서 밤에 할 거야."

"날 두려워할 필요 없어. 내가 널 욕실에 가둬둘 것도 아니고." 내게 다가오는 애너벨의 두 다리 사이 음모가 눈길을 사로잡았다. "날 좋아한다면 샤워를 하라고."

나는 더 이상 애너벨을 좋아하지 않았지만 그 심정을 표현할 방법이 없었다. "설마 주머니칼로 콘돔을 찢어놓은 건 아니지?"

"샤워부터 해. 내가 그런 짓을 했으면 말해줄 테니까."

집 바로 위에서 천둥이 쳤다.

"나한테 보여줄 게 있다며. 그것 때문에 이 집에 따라 들어온 건데."

"어차피 비가 내리고 번개도 치고 있잖아."

"지금 같아선 번개를 맞는 게 그리 나쁠 것 같지도 않아."

"샤워를 하든지, 나가서 번개를 맞든지 알아서 해."

그 중간은 있을 수 없었다. 그 중간이라 함은 바로 현실이었다. 나는 천둥소리를 들으며 샤워를 한 뒤 도로 옷을 입고 침실로 돌아갔다. 애너벨은 낡은 일본식 비단 가운을 입고 침대에 책상다리로 앉아 있었다. 한쪽 가슴을 반쯤 내보인 채 가운을 느슨하게 걸친 모습이 유혹하려는 의도임을 명백히 드러내고 있었다. 옆에는 신발 상자가 놓여 있었다.

"내가 누굴 찾아냈게."

애너벨은 이렇게 말하며 상자를 열고 황소 인형 레너드를 꺼냈다. 레너드를 본 지가 5~6년쯤 됐다. 빗방울들이 창밖의 사과나무들로 떨어지며 제 몸을 찢고 있었다.

애너벨은 애정이 담긴 미소를 내게 지어 보이며 말했다. "와서 레너드한테 인사해."

"안녕."

애너벨은 황소 인형을 들어 올리고 얼굴을 마주한 채 물었다. "톰에게 인사할래?"

나는 입을 열기는커녕 숨조차 쉴 수 없었다.

애너벨은 나무라듯 레너드에게 인상을 썼다. "왜 인사를 안 해?" 그러고는 나를 올려다보며 물었다. "얘가 왜 말을 안 하지?"

"글쎄."

"레너드, 뭐라고 말 좀 해봐."

"이제 말을 못하게 됐나 보지."

"네가 더 이상 우리와 함께 살지 않아서 화가 났나 봐. 레너드는 네가 집으로 돌아오길 바랄 거야." 그녀는 황소 인형을 껴안고 타일렀다. "네가 나한테 뭐든 말 좀 해줬으면 좋겠어."

결혼을 해본 적이 없다면 증오에 대해 설교할 생각 말기를. 오직 사랑만이, 오랜 공감과 인지와 연민만이 상대를 심장 속 깊게 뿌리박게 하여 그녀에 대한 증오를 절대 떨칠 수 없게 만든다. 그녀를 증오하는 가장 큰 이유가 그녀가 나로 인해 상처받을 수 있기 때문이기에 더더욱 그 증오를 거둘 수 없다. 사랑은 집요하고 증오는 사랑에 수반된다. 내 심장을 증오해봤자 상황은 나아지지 않는다. 나는 레너드의 목소리로 대답하기를 끝내 거부했고 그로 인해 애너벨이 수치심을 느낀 것을 알기에 과거 어느 때보다도 더 지독하게 애너벨을 증오했다.

"내일 당신 아버지를 만나기로 했어."

애너벨은 경악했다. "레너드 목소리가 아니잖아."

"그래, 내 목소리야. 그거 저리 치워."

애너벨은 인형을 옆에 내려놓았다가 곧 다시 집어 들었고 잠시 후에 다시 내려놓았다. 애너벨이 두려워하고 주저하는 모습을 차마 볼 수가 없었다. 내가 그녀에게 끔찍한 힘을 휘두르고 있었기 때문인지도 모르겠다.

"알고 싶지 않아. 내가 알지 못하게 해주면 안 돼?"

예전 같으면 그리해주었겠지만 지금은 내가 그녀를 너무나 증오하고 있었다. "당신 아버지가 내게 수표를 줄 거야."

애너벨은 내게 얻어맞기라도 한 것처럼 신음을 흘리며 쓰러졌다. "나한테 왜 이러는 거야?"

"액수가 꽤 커."

"입 닥쳐! 맙소사! 난 너한테 잘해주려고 애쓰는데 어떻게 내 얼굴에 침을 뱉니!"

"잡지 창간에 필요한 자금을 대주시겠대."

다시 일어나 앉은 애너벨의 두 눈이 분노로 이글거렸다. "넌 등신이야. 그래. 등신! 넌 언제나 등신이었고 앞으로도 그렇겠지!"

나로 인해 상처받고 수치심에 몸을 떠는 애너벨을 보는 것보다 더 힘든 일은 없으리라고 예전에는 생각했다. 그러나 이제 보니 나는 나를 미워하는 애너벨을 몹시도 증오하고 있었다.

"그래. 나도 지난 12년을 등신처럼 살았다고 느끼고 있으니 충분하지."

"느낌이 아니라 너의 실체가 등신이라고. 넌 등신 맞아, 톰. 빌어먹게 재수 없는 저널리스트 등신. 넌 내 인생을 망쳤고 이젠 나한테 침을 뱉고 있어. 나한테 침을 뱉고 있다고."

"침을 뱉은 사람은 당신이었잖아. 기억날 텐데."

다행히 애너벨은 여전히 정직하고 도덕적이었다. 그녀는 좀 더 나지막하게 말했다. "그래. 그때 난 어렸고 아빠가 우리 결혼 파티를 망쳐서 그랬어. 네 말이 맞아. 내가 남의 얼굴에 침을 뱉은 건 사실이야." 애너벨은 고개를 절레절레 흔들었다. "그래서 넌 내가 그 대가를 치르게 만들려는 것이구나. 아빠랑 네가 말이야. 남자들이 침을 뱉는 건 내가 약하기 때문이야. 내가 늘 약했으니까. 지금도 약하고. 난 실패했어. 하지만 내가 침을 뱉었던 그 사람은 모든 걸 가진 사람이고, 넌 지금 쓰러진 사람에게 침을 뱉고 있어. 엄연히 달라."

"침을 뱉는 사람이 내가 아니라는 사실도 엄연하지." 나는 차갑게 응수했다.

"난 바닥까지 떨어진 사람이야, 톰. 어떻게 나한테 이럴 수가 있어?"

"당신이 다시는 나한테 전화를 하지 않게 만들 방법을 늘 궁리해왔어. 그런 방법을 찾았다 싶으면 또 아니더군. 망할 전화벨이 또 울렸으니까."

"그래, 이제 방법을 찾았네. 아빠 돈을 받기로 했으니 이제 네 뜻대로 되겠어. 다시는 내 전화 받을 일 없을 거야. 그래도 내 인생에서 네가 왜곡하거나 훔치거나 파괴하지 못한 게 하나는 남아 있었는데, 이제 아무것도 없게 됐네. 나는 빈털터리에 철저히 혼자야. 참 잘했어."

"당신을 증오해. 당신을 사랑하는 마음보다 증오하는 마음이 더 커. 진심이야."

잠시 후 애너벨은 얼굴이 벌게지더니 어린 소녀처럼 애처롭게 울기 시작했다. 애너벨에 대한 증오는 더 이상 중요하지 않았다. 고통스러워하는 그녀를 더는 볼 수가 없어 나는 침대에 앉아 그녀를 품에 안았다. 빗줄기는 물러가고 청회색 구름이 커튼처럼 드리워져 창밖은 마치 겨울 같았다. 나는 애너벨을 안고서 겨울을 생각했고 그녀를 안고 있는 것이 차츰 지루해졌다. 애너벨 없이 나게 될 내 인생의 겨울을 생각했다.

내 감정을 알아챘는지 애너벨은 내게 키스를 하기 시작했다. 우리는 차후에 뒤따르는 기쁨을 고조하기 위해 언제나 고통에 의존해왔다. 지금도 역시 우리는 서로에게 가할 수 있는 심리적 고통의 한계까지 도달해 있었다. 애너벨은 침대에 드러누워 가운을 펼쳤다. 나는 그녀의 젖가슴을 내려다보며 그 아름다움을 몹시도 증오한 나머지 젖꼭지를 세게 잡아 비틀었다.

애너벨은 비명을 지르며 내 따귀를 쳤다. 나는 잔인하게 치솟아 오른 흥분으로 인해 통증조차 느끼지 못했다. 애너벨은 또다시 따귀를 치고 나를 노려보며 물었다. "나를 때리기라도 하게?"

"아니, 항문을 쑤셔버릴 거야."

"그건 싫어."

나는 일찍이 애너벨에게 그토록 폭력적으로 말을 한 적이 없었다. 우리의 페미니스트적 결혼은 이미 길 끝에 다다랐다. "당신이 콘돔을 찢어놨을 테니까 나도 어쩔 수 없지 않겠어?"

"아기를 낳게 해줘. 나한테 뭐라도 남겨달라고."

"어림없어."

"오늘 밤 하면 가능할 거야. 그런 느낌이 들어."

"그렇게 되느니 내가 차라리 자살을 하고 말지."

"넌 날 증오해."

"그래. 난 당신을 증오해."

애너벨은 여전히 나를 사랑하고 있었다. 그녀의 눈 속에 사랑이, 어린아이처럼 순수하고 가눌 수 없는 실망감이 담겨 있었다. 권세를 쥔 쪽은 나였으므로 애너벨은 내 심장을 찌를 수 있는 유일한 방법을 실행에 옮겼다. 고분고분하게 몸을 돌리고 가운 자락을 들어 올린 것이다. "그래, 어디 해봐. 하라고."

나는 그녀의 항문을 범했다. 다음 날 아침 그 집에서 도망치듯 빠져나오기 전까지, 한 번도 아니고 세 번이나. 내 공격이 한 번 끝날 때마다 애너벨은 곧장 욕실로 향했다. 내 정신 상태는 마약 부스러기를 찾으려 바닥을 기는 중독자와 다름없었다. 실제로 애너벨을 강간하지는 않았지만 강간과 크게 다르지 않았다. 우리 둘이 추구하는 것은 쾌락이 아니었다. 나는 애너벨이 영화 제작을 하면서 추구했던, 육체라는 소재의 완전하고 궁극적인 고갈을 원했다. 애너벨은 도덕적 희생자로서 자신의 위치를 굳히고 싶어 하는 듯했다.

동이 트고 새들이 지저귀는 소리가 들려올 무렵 나는 침대에서 일어나 씻지도 않고 옷을 입었다. 애너벨은 땀에 전 침대에 엎드려 시체처럼 꼼짝도 하지 않았으나 나는 그녀가 잠들어 있지 않음을 느낌으로 알 수 있었다. 나는 애너벨을 지독하게 사랑했다. 내가 그녀에게 한 짓 때문에 더욱더 사랑했다. 내 사랑은 시동이 켜질 리도 없건만 계속해서 시동을 걸어대는 100달러짜리 자동차 엔진 같았다. 머릿속을 맴도는 살인과 자살은 그저 비유적인 개념이 아니었다. 나는 앞으로도 계속 그 생각을 하게 될 것이다. 마침내 우리가 우리의 사랑을 영원하게 만들 폭력을 향해 치달을 때까지 나는 점점 더 강하게 그 생각을 떠올릴 것이다. 침대 옆에 서서 한때 내 아내였던 여자의 육체를 내려다보며, 다음번에 그녀를 만나면 폭력의 현장이 눈앞에 펼쳐질 수도 있으리라 예상했다. 내가 지금 그녀에게 무슨 말이라도 한다면 당장 폭력 사태가 일어날 수도 있었다. 그래서 나는 배낭을 집어 들고 그 집을 나섰다.

서쪽 하늘에 하얀 원반 같은 보름달이 저물고 있었다. 동이 트면서 달빛은 힘을 잃어갔다. 진입로를 절반쯤 내려가자 황금빛 햇살이 나를 맞이했다. 죽은 나뭇가지에 올라앉은 선홍색 새가 노란색 암컷과 교미하고 있었다. 모호크 헤어스타일로 바짝 세운 수컷의 진홍색 머리 깃털이 순수한 테스토스테론을 뿜어내는 듯했다. 교미를 마친 수컷은 죽을 줄 알면서도 적을 향해 돌진하는 가미카제처럼 나를 향해 곧장 날아와 내 머리를 간신히 빗겨 날아갔다. 다른 나뭇가지에 내려앉은 수컷은 공격적인 눈으로 나를 노려보았다.

어제보다 날이 더 후끈한데 버스 에어컨은 고장 나 있었다. 마침내 125번가에 도착해서 보니 땀으로 번들거리는 여자들과 어린아이들이 구멍가게 교회*에서 우르르 나오고 있었다. 썩은 칸탈루프** 냄새가 공기 중에 퍼져 있었다. 케네디 프라이드치킨 매장에서 뿜어 나오는, 위산 비슷하게 넌더리 나는 냄새. 인도는 거무스름하고 부옇게 경화된 닭기름과 가래, 엎질러진 콜라, 쓰레기봉지에서 흘러나온 오수로 번들거렸다.

일요일 아침마다 열리는 경마의 마권들로 어지럽혀진 아파트 로비에서 루벤이 내게 말을 걸었다. "제게 행운을 주시는 분이 오셨군요. 그런데 어째 똥 씹은 표정이십니다."

자동응답기에 새 메시지가 하나 들어와 있었다. 애너벨한테서 온 것일까 봐 흠칫했으나 자메이카 억양을 쓰는 어떤 여자가 남긴 것이었다. 어젯밤에 자기 남편이 죽었는데 웨스트 할렘의 무슨무슨 교회에서 화요일 오후에 장례식이 있을 것이니 앤서니에게 전해달라는 내용이었다. 그 여자는 자기 남편이 죽었다는 얘기를 꼭 앤서니에게 전해달라고 재차 말했다. 내 자동응답기에 들어와 있는 유일한 메시지는 바로 그것이었다. 차분하고 매우 지친 목소리의 자메이카 여자가 자기 남편의 부고를 알리는 내용.

에어컨을 켜고 칼라일 호텔에 전화해 데이비드 레어드에게 메시지를 남긴 뒤 잠에 빠져들었다. 방이 수없이 많고 파티가 한창인 어느 집으로 들어간 꿈을 꾸었다. 그곳에서 나는 어느 젊은 흑발 여인과 바람 든 대화를 나눴다. 그녀는 내게 호감이 있는 것 같았고 금방이라도 나와 함께 파티장을 나설 것처럼 보였다. 그녀와 별 어려움 없이 즐거운 시간을 보낼 수 있을 듯했는데 내가 말했는지 안 했는지 모를 무언가가 마음에 걸렸다. 내가 그 말을 했다면 그녀는 나를 등신이라고 생각했을 터였다. 다행히 나는 그녀에게 그 말을 한 건 다른 남자라고 말할 수 있었다. 안드레아스 볼프가 한 말이라고. 나는 그리

---

* 버려진 건물이나 장사가 안 되는 가게를 고쳐서 만든 개척 교회.

** 녹색 껍질에 오렌지색 과육인 멜론.

확신했고 그녀는 내 말을 믿었다. 그녀는 점점 내게 빠져들고 있었다. 그녀가 안드레아스가 사랑하는 소녀 아나그레트라는 생각이 들기 시작한 순간, 문득 나는 그녀가 애너벨임을 깨달았다. 지금의 애너벨보다 젊고 부드러우며 나긋나긋하고 명랑했던 애너벨, 나에 대해 제일 좋은 것만 알고 사랑과 용서의 기억으로 충만했던 시절의 애너벨. 그러나 그녀는 애너벨일 수가 없었다. 진짜 애너벨은 문간에 서서 내가 바람피우는 현장을 바라보고 있었으니까. 나는 애너벨의 비난이 두려웠고, 애너벨의 온전치 않은 정신과 교감한 벌을 받게 될까 두려웠다. 애너벨은 배신감을 느끼며 괴로워하는 표정이었다. 설상가상으로 소녀는 애너벨을 보고 사라져버렸다.

오후 늦게야 데이비드는 내게 전화를 걸어왔다.

"못 하겠습니다."

"고섬 호텔에서 8시에 만나는 게? 농담하나? 못 할 게 뭐야."

"돈을 못 받겠다는 말씀입니다."

"뭐? 말도 안 되는 소리. 그런 어리석은 소리가 어디 있나. 자네는 툭하면 매캐스킬 사의 명예를 깎아내리는 소리를 해대지만, 그래도 나는 자네에게 돈을 쥐여주고 싶어. 애너벨이 뭐라고 할까 봐 걱정되면 말을 안 하면 되잖아."

"벌써 말했습니다."

"톰, 톰. 애너벨이 하는 얘기를 전부 귀담아들을 필요는 없어."

"압니다. 애너벨은 제가 아버님 돈을 받았다고 오해하겠죠. 상관없습니다. 저는 그저 그 돈을 받고 싶지 않은 겁니다."

"살면서 그렇게 바보 같은 말은 처음 들어보는군. 자네는 고섬 호텔에 와서 나랑 마티니 한잔 마시면 되는 거야. 수표는 어차피 내 서류 가방 안에 있으니까."

"가지 않겠습니다."

"어째서 생각을 바꾼 건가?"

"애너벨과 그런 식으로 엮이고 싶지 않습니다. 아버님이 저에게 잘 대해주셔서 감사드리지만—"

"솔직하게 말하지. 자네한테 적잖이 실망했어. 자네가 이혼한 걸 보고 나는 자네가 애너벨을 능가하려는 짓을 드디어 그만둔 줄 알았어. 그런데 이렇게 또 헛소리만 해대는군."

"그러니까 제 말은—"

"헛소리라고." 그는 전화를 끊어버렸다.

그 후 4개월이 지나서야 나는 데이비드에게서 다시 연락을 받았다. 은퇴한 뉴욕 경찰 출신으로 사립 탐정 일을 하고 있는 중개인을 통해서였다. 그자의 이름은 더마스. 그는 예고도 없이 어느 날 오후 내 집 문 앞에 불쑥 나타났다. 저지하는 루벤을 무시하고 멋대로 올라온 듯했다. 팔자수염을 기른 그의 외모는 사뭇 위협적이었다. 그는 지난 4개월간 내가 쓴 수첩과 영수증을 보여주면 간단히 끝난다고 말했다. "통상적인 절차입니다."

"뭐가 통상적이라는 건지 모르겠는데요."

"최근에 텍사스주에 가신 적 있습니까?"

"실례지만 누구시죠?"

"데이비드 레어드 씨가 제 고객입니다. 지난 8월 2주간의 행적을 조사하는 중입니다. 그 무렵에 텍사스에 있지 않았다는 것을 입증할 증거를 보여주시면 됩니다."

"괜찮다면 지금 바로 데이비드에게 전화를 해봐야겠군요."

"선생의 전 부인이 실종되셨습니다. 부인께서는 본인이 쓴 게 분명한 것 같은 편지를 부친께 보내긴 하셨죠. 하지만 어떤 상황에서 그 편지를 작성했는지는 아직 알 수가 없습니다. 제가 이렇게 찾아온 건 개인적인 이유가 있어서가 아니라, 전남편이시니까 어쨌든 확인을 해야 해서요."

"5월 말 이후로 애너벨을 보지 못했습니다."

"문서로 확인시켜주시면 저도 참 편하겠습니다만."

"못 봤다는 걸 어떻게 증명을 하라는 건지."

"최선을 다해주시죠."

나는 딱히 숨길 것도 없어서 영수증이며 신용카드 사용 내역을 그에게 넘겨주었다. 8월의 내 행적을 증명해줄 자료가 넘쳐난다는 것을 확인한—8월에 나는 〈에스콰이어〉에 송고할 연쇄살인범 제프리 다머에 관한 기사를 쓰느라 미국 기자들의 절반과 함께 밀워키에 있었다—더마스는 그제야 날카롭던 눈에 힘을 빼고 우편 소인이 찍힌 봉투와 그 안에 들어 있던 손으로 쓴 편지의 사본을 보여주었다.

데이비드 레어드 씨에게. 나는 더 이상 당신 딸이 아닙니다. 앞으로 내게 소식을 들을 일은 없을 거예요. 나는 당신에게 죽은 사람입니다. 나를 찾지 마세요. 눈에 띄지 않을 거예요. 애너벨.

"우편 소인은 휴스턴에서 찍힌 겁니다. 애너벨 씨가 휴스턴에 아는 사람이 있는지 알려주시죠."

"없습니다."

"확실합니까?"

"예."

"제가 관여하게 된 게 이래서예요. 데이비드 씨는 10년 넘게 애너벨 씨를 못 봤다고 하셨습니다. 데이비드 씨야말로 애너벨 씨에게 죽은 사람이나 다름없죠. 그런데 왜 애너벨 씨는 이런 편지를 보냈을까요? 하필 지금? 휴스턴에는 왜 가 있는 걸까요? 의문을 밝히는 데 도움을 주실 것 같아 이렇게 찾아왔습니다."

"우리가 안 좋게 이혼한 지 얼마 안 됐습니다."

"폭력적인 면이 있었나요? 법원에서 접근 금지 명령을 내릴 만큼?"

"아뇨, 그건 아니고. 그저 감정적으로 고통스러웠다는 뜻입니다."

더마스는 고개를 끄덕였다.

"이혼이라는 게 원래 그렇죠. 애너벨 씨는 깔끔하게 끝내고 새로운 인생을 시작하고 싶어 한 모양입니다. 그런데 이 편지 내용을 보면 사람들이 누가 자기를 죽인 것처럼 생각할까 봐 걱정하는 것 같더군요. 그래서 이런 내용을 추가로 적었겠죠. '걱정하지 마세요. 내가 진짜로 죽은 건 아니니까.' 하지만 애초에 왜 누가 애너벨 씨를 진짜로 죽었다고 생각할까요? 무슨 뜻인지 아시죠?"

너무나도 비현실적이고 은둔적 성향이 강한 애너벨이 휴스턴에서 사는 모습을 도저히 상상하기 어려웠다. 지난 4개월 동안 내게 전화 한번 안 한 걸 보면 확실히 애너벨이 변한 것 같기는 했다.

더마스가 계속해서 말했다. "7월 22일에 애너벨 씨가 뉴욕에 있는 은행에서 5천 달러를 현금으로 인출한 것을 확인했습니다. 같은 날 수잰이라는 친구의 집에 열쇠를 남겼는데 쪽지 한 장 없이 열쇠만 남겼더군요. 그날 뉴욕에서 애너벨 씨를 보지는 않으셨죠?"

"5월 이후로 우리는 서로에게 어떤 식의 연락도 취한 적이 없습니다."

"그런데 말입니다. 애너벨 씨가 그 편지를 보내지 않았으면 아무도 애너벨 씨를 찾으려 하지 않았을 겁니다. 그렇다고 애너벨 씨가 사람들과 활발하게 교류하며 사는 분도 아니었고요. 그 편지만 아니었으면 누군가 애너벨 씨의 실종을 알아차리기까지 몇 년이 걸렸을 수도 있을 겁니다."

"이렇게 말하면 잘난 척하는 것처럼 보일지 모르겠지만, 애너벨이 나 보라고 그 편지를 쓴 것 같습니다."

"어째서요? 왜 선생께 직접 편지를 보내지 않고요? 혹시 애너벨 씨가 선생께 편지를 보냈습니까?"

"아뇨. 나와 연락 안 하고도 잘 산다는 걸 보여주려는 것 같습니다."

"그런 의도로 해석하기에는 너무 극단적인 방법이 아닐까 싶습니다만."

"그게, 워낙 극단적인 사람입니다. 댁 같은 사람들이 자기를 찾으러 다닐 경우에 대비해 나를 보호하기 위해 편지에 그런 내용을 넣었을 수도 있고요."

"빙고." 더마스는 손가락으로 딱 소리를 내며 말을 이었다. "그런 말을 하시길 기다리고 있었죠. 편지를 읽으면서 바로 그 부분이 신경이 쓰였거든요. 서로 조정이 불가능할 정도의 차이로 인해 고통스럽게 이혼까지 했는데, 굳이 전남편을 보호하려고 편지에 그런 내용을 적었다고요? 글쎄요. 분노에 찬 전 부인이라면 선생을 살인범으로 의심받게 만들고 싶지 않을까요."

"그건 애너벨답지가 않습니다. 도덕적으로 비난받을 짓을 할 사람이 아니에요."

"그쪽은요? 텍사스에 친구가 있습니까?"

"당연히 있죠."

"주소록과 전화 요금 고지서를 보여주시죠."

"그러세요. 그런데 그만 들쑤시고 다니는 게 애너벨을 위하는 길이라는 걸 아셔야 될 겁니다."

"제게 돈을 지불하는 사람은 애너벨 씨가 아니니까요."

더마스는 정보를 더 캐내고 싶어 했다. 그는 애너벨과 인연이 닿은 모든 사람들의 연락처까지 얻어내려고 했는데 섣불리 거절했다간 내가 의심을 받을 수도 있는 상황이었다. 하지만 그는 내게 이것저것 캐물으면서도 상당히 내 입장을 배려하고 인정해주었다. 애너벨이 제정신이 아니고 골칫거리이며, 이건이 가족 간의 큰 의미 없는 갈등에 불과하다고 이미 결론을 내린 듯했다. 그 후 그는 추가로 물어볼 게 있다며 내게 두 번 전화를 했지만 이후로는 아예 연락을 하지 않아서 나는 그가 끝내 애너벨을 찾아냈는지 여부는 알 수 없었다. 애너벨이 데이비드에게 보낸 편지가 실은 내게 보내는 메시지였다고 생각했기에 나는 더마스가 애너벨의 소재를 알아내지 못했기를 바랐다. 내가 먼저 결혼 생활을 박차고 나왔지만 애너벨은 나보다 앞서서 철저하게 결혼을 떠나고자 결심한 것이다. 나는 애너벨의 행동에 담긴 증오를 읽어냈기에 더욱 넌더리가 났으나 그녀를 버린 것에 대해서는 여전히 죄책감을 느꼈다. 그래서 애너벨이 실종이 됐든 뭐가 됐든 본인이 뜻한 바를 성공적으로 이뤄냈구나 싶어 죄책감이 조금이나마 덜어졌다. 결혼에서 탈출한 건 나지만 도덕적 승리자는 애너벨이었다.

그 후 데이비드에게서 다시 연락이 온 건 그가 세상을 떠나기 1년 전인 2002년이었다. 이번에는 변호사가 중개인으로 나서서, 데이비드가 애너벨의 이름으로 만든 생전 신탁의 단독 관리자로 내가 지명됐음을 편지로 알려왔다. 나는 편지에 적힌 번호로 전화를 걸었다. 변호사는 애너벨이 11년째 여전히 실종 상태이며, 데이비드는 언젠가 애너벨이 나타나 권리 주장을 하기를 바라면서 본인 소유의 부동산 중 4분의 1을 애너벨에게 남겼다고 알려주었다.

"신탁 관리자가 되고 싶지 않습니다."

변호사는 콧소리가 섞여 다정하게 들리는 캔자스주 특유의 억양으로 말했다. "흐음, 수탁 조건을 먼저 들으시는 게 좋을 텐데요."

"됐습니다."

"안 들으시면 제가 더 힘들어져요. 그러니까 설명을 끝까지 들어주세요. 신탁은 모두 매캐스킬 사의 주식으로 구성돼 있습니다. 70퍼센트는 현금으로 바꾸기 어려운 주식이고, 30퍼센트는 회사의 우리 사주 신탁 프로그램에 의거해 제공될 수 있지만 굳이 그렇게 할 필요는 없는 주식입니다. 주당 순 자산으로 따져봐도 10억 달러에 달하는 금액이죠. 5년간 평균 배당률은 4.2퍼센트이고 회사는 배당률 증가를 위해 노력하고 있습니다. 평균만 놓고 보더라도 매년 현금 배당액은 4200만 달러가량 됩니다. 그중 1.5퍼센트가 신탁 관리자 수수료죠. 연간 75만 달러, 얼마 후부터는 100만 달러에 달하는 금액을 신탁 관리자가 챙기게 되는 겁니다. 주식을 팔 수도 없고 팔 필요도 없기 때문에 신탁 관리자는 딱히 책임져야 할 부분도 없어요. 평범한 주주가 지는 책임 정도만 지면 되는 거죠. 간단히 말해 애버런트 씨는 아무것도 하지 않고도 1년에 100만 달러씩 받게 되시는 겁니다."

당시 나는 〈뉴스데이〉 신문 편집장으로 일하고 있었고 연봉은 채 25만 달러도 되지 않았다. 〈에스콰이어〉에서 처음으로 편집 일을 시작하게 되면서 구입한 그래머시 파크 구역의 침실 하나짜리 아파트의 담보대출을 그 후 〈뉴욕 타임스 매거진〉과 〈뉴욕 타임스〉에서 수년을 일하면서 계속 갚아나가고 있는 상황이었다. 〈교란자〉를 통해 의견을 발표하고 세상을 바꿀 수 있으리라는 믿음이 여전했다면, 매일 뉴스를 책임지고 편집하는 것이 더 가치 있고 치열한 일이라는 생각을 하지 않았다면, 1년에 100만 달러로 각 분기에 무리 없이 잡지사에 자금을 댈 수 있었을 것이다. 그러나 데이비드의 추측대로 나는 여전히 애너벨을 능가하려고 발버둥 치고 있었다. 결별 후 내가 어떻게 사는지를 애너벨이 우연히 알게 될 가능성에 대비해 깨끗한 삶을 유지하려고, 나에 대한 그녀의 편견이 틀렸음을 증명하려고 애쓰고 있었다. 나는 위치토의 변호사에게 그 신탁과 엮이고 싶지 않다고 되풀이해 의사를 밝혔다.

나는 데이비드의 심중을 완전히 이해하지 못했다. 그는 돈 버는 데 출중한 재주가 있었고 딸 애너벨을 진심으로 사랑했다. 내가 애너벨을 사랑한 이유와 대부분 겹치는 이유에서였다. 그러나 딸이 원하지도 않는 10억 달러를 유산으로 남기고 딸이 가장 증오하는 사람을 신탁 관리자로 지정한 것은 잔인한 복수나 다름없었다. 나는 그가 죽어서도 애너벨을 계속 벌하고 싶었던 것인지, 아니면 언젠가는 애너벨이 돌아와 생득권을 되찾으리라는 감상적인 희망을 품었던 것인지 알 수 없었다. 어쩌면 둘 다였는지도 모르겠다. 데이비드는 돈으로 말하고 생각하는 사람이었다. 변호사를 통해 연락한 지 1년 후 데이비드는 세상을 떠났고 "고급스러운 전국 시사 잡지를 만드는 데 써달라"며 내게 깔끔하게 2000만 달러를 남겼다. 그 유산은 애너벨을 벌하기 위해서라기보다는 내게 주는 보상에 가까운 듯했다. 나는 그렇게 이해하기로 했고 이번에는 그의 돈을 거절하지 않았다.

데이비드의 부고 기사에서 애너벨에 관한 정보는 그녀의 주소와 직업이 미상이라는 정도밖에 실리지 않았으나, 관심을 갖고서 조금만 찾아보면 레어드 가족에 관한 언론 보도는 어렵지 않게 접할 수 있었다. 애너벨의 세 남자 형제들은 더욱 큰 규모로 사고를 치고 있었다. 맏이인 버키는 미네소타 팀버울브스라는 프로 농구 팀을 사들여 위치토로 옮기려다가 실패했다는 뉴스가 짧게 보도됐다. 둘째 데니스는 공화당에 소속된 주요 상원의원의 선거운동에 1500만 달러를 내놓았으나 그 의원은 두 자리 수로 경쟁자에게 밀렸다. 마약 중독자였던 셋째 대니는 월스트리트로 진출했으나 망하기 직전인 회사들만 골라 합병해 망조를 타는 재주가 있었다. 데이비드가 세상을 떠나고 3년 뒤에 대니는 물려받은 돈으로 어느 헤지펀드와 제휴를 맺었으나 그 펀드는 얼마 못 가 파산하고 말았다. 그 무렵 나는 캘리포니아에서 열린 어느 쓸데없는 리더십 회의에서 버키 레어드를 우연히 만났다. 우리는 잠시 얘기를 나눴는데 버키는 자기네 형제들이 그동안 내가 애너벨을 죽이고 도망친 것으로 여겼다고 무덤덤하게 털어놓았다. 나는 그런 적 없다고 부정했다. 버키는 믿는 것도 아니고 그렇다고 특별히 신경 쓰는 것도 아닌 묘한 표정이었다.

나는 애너벨이 어디에 있는지, 살아 있기는 한지 늘 궁금했다. 만약 살아 있다고 해도 내가 그 사실을 모른다는 것에 만족감을 느낄 사람이기는 했다. 달리 살아갈 이유가 없다면 그런 만족감에라도 기대어 삶을 이어갈 터였다. 애너벨을 다시 못 볼 수도 있지만 그래도 언젠가는 만나겠지 하는 생각은 늘 갖고 있었다. 그녀는 늘 내 안에 존재하고 있었으니까. 그저 단 한 번, 미숙했던 시절 나는 내 정체성을 타인의 정체성과 합일시켰다. 누구라도 그런 기묘한 상황에 처하면 영겁을 느낄 수 있으리라. 나는 아이를 갖고 싶어 하는 애너벨의 바람을 들어주지 않았기에 다른 사람과도 아이를 가질 수 없었다. 내가 나이 때문에 애너벨을 버리지 않았다고 증명하기 위해 애너벨보다 많이 어린 사람과는 지속적인 관계를 맺지 않았다. 애너벨로 인해 비현실적인 여자에게는 평생 알레르기를 느꼈다. 어떤 여자에게서 환상적인 기미를 감지하게 되면 그 순간부터 그 여자에게 알레르기 반응을 보이면서 그 여자가 나에게 갖는 기대를 모조리 뭉개놓았다. 나는 애너벨과 유사점이 있는 사람과는 절대 엮이고 싶지 않았다. 애너벨과는 완전히 다른 여자, 삶을 공유한다면 형언할 수 없는 축복이겠구나 싶은 여자를 만나도 애너벨의 슬픔과 엄격한 도덕률은 언제나 내 악몽을 물들여놓았다. 생사 확인조차 하지 못한 채 한 해 한 해 흘러가면서 애너벨의 실종과 결여는 더욱 중요한 의미를 갖게 되었고 더욱 깊은 상처를 남겼다. 애너벨은 나보다 약한 사람이었을지 모르지만 이미 나를 압도했다. 애너벨은 앞으로 나아갔으나 나는 옴짝달싹 못 하고 있었다. 이제 그만 인정해야 했다. 나의 완전한 패배였다.

살인자

The Killer

지지직거리던 송수신 겸용 라디오가 페드로의 날카로운 목소리를 불쑥 토해내자 안드레아스는 지나치게 오래 지속된 나머지 스스로 끝내려던 꿈에서 비로소 깨어났다. "친구라는 분이 문 앞에 찾아왔습니다. 톰 애버런트라는데요(Hay un señor en la puerta que dice que es su amigo. Se llama Tom Aberant)."

침대 옆 탁자에는 한 입 먹고 남긴 샌드위치가 놓여 있었다. 오늘이 무슨 요일인지 알 수 없었다. 그는 머릿속 생각에 매달려 스스로를 가택 연금 상태로 만들어놓았다. 톰 애버런트라는 이름을 듣고 나서야 겨우 몸이 움직여졌다. 그는 수개월, 어쩌면 수년을 톰 애버런트에게 강박적으로 집착하며 어마어마한 에너지를 쏟았으나 그 기억은 이제 희미하고 몰풍정했다. 그는 이제 더 이상 톰을 증오하거나 두려워하지 않았다. 그저 참을 수 없을 정도로, 가슴이 부서지도록 초조할 뿐이었다. 그는 톰 애버런트라는 기자가 무슨 이유에서인지 그에게 남겨놓은 잔인한 상처를 힘없이 자각했다. 그는 자기 자신을 좋아해야 한다는 인터뷰 대상자로서의 기본적인 요건도 더 이상 갖추지 못한 상태였다.

"들여보내(Hacelo pasar)." 그가 페드로에게 말했다.

작년 가을 인터뷰를 중단하기 전까지 안드레아스는 전체주의라는 단어를 즐겨 사용했다. 그러나 젊은 기자들에게 그 단어는 총체적인 감시, 완전한 세뇌, 중거리 미사일을 대동하고 행진하는 회색 부대를 떠올리게 했고, 그런 이유로 그들은 안드레아스가 인터넷에 대해 부당한 발언을 한다고 여겼다. 사실 안드레아스가 말한 전체주의는 도저히 빠져나올 수 없는 체제를 의미하는 것이었다. 동독은 감시와 행진에 뛰어난 나라였으나 전체주의의 본질은 일상 속에서 미묘하게 이루어졌다. 동독 국민은 그런 체제에 협조하거나 저항하거나 둘 중 하나였는데, 공고하고 즐거운 삶을 누리는 사람이든 감옥에 갇힌 사람이든 그 체제와의 관련성을 절대 끊어낼 수 없었다. 따라서 기자들의 온갖 크고 작은 질문에 대한 안드레아스의 대답은 결국 사회주의로 귀결되었다. 안드레아스의 관점에서는 네트워크에 사회주의를 적용한 것이 바로 인터넷이었다. 경쟁 플랫폼들은 존재 조건을 규정지으려는 네트워크의 야망 속에서 하나로 통합된다. 적당히 유명해지기 시작했을 무렵 안드레아스는 유명세라는 현상의 발판이 인터넷으로 옮겨 가고 있음을, 인터넷 구조 덕분에 그의 적들은 안드레아스 볼프라는 인간을 쉽게 규정지을 수 있게 되었음을 인지했다. 동독에서 살았을 때와 마찬가지로 안드레아스는 그를 증오하는 자들을 무시하고 그 결과를 감내하거나, 아무리 미숙한 체제라도 직접 참여를 통해 그 전제를 수용하고 그 힘과 파급력을 늘려나가거나 둘 중 하나를 택해야 했다. 그는 후자를 택했지만 사실 그의 선택은 별 의미가 없었다. 어떤 선택을 하더라도 그는 결국 혁명과의 연관성을 떨쳐낼 수 없었으니까.

이 혁명이나 저 혁명이나 비슷비슷하게 마련임을 안드레아스는 경험을 통해 알고 있었다. 그는 혁명성을 큰 소리로 외치는 혁명을 또다시 맞닥뜨렸다.

합법적 혁명—이를테면 과학혁명—은 혁명성을 떠벌리지 않고 그저 발생할 뿐이었다. 약하고 두려움에 차 있으며 불법적인 혁명만이 혁명성을 떠벌렸다. 약하고 두려움에 찬 정부는 사람들을 해방했다고 주장하면서 그 사람들 주변에 벽을 세워 옴짝달싹 못 하게 만들었고, 그 정부의 지배하에서 어린 시절을 보낸 안드레아스는 동독이 감사하게도 역사의 선봉에 서 있다는 얘기를 듣고 자랐다. 상관이 머리에 똥만 찬 놈이고 남편이 몰래 당신을 감시하고 있었어도 그것은 정부의 잘못이 아니었다. 정부는 혁명을 섬겼으나 그 혁명이 역사적으로 불가피하고 손상되기 쉬웠으며 적들의 공세에 시달렸기 때문이었다. 이 우스꽝스러운 모순으로 인해 혁명들은 존재감을 떠벌릴 수밖에 없었다. 존재의 이유가 있기는 하나 쉽게 무너져버린 체제는 중차대한 범죄나 뜻밖의 부작용을 용서해버린 전력이 있었다.

동독 기관원들의 삶은 비슷하게 이어졌다. 테드(TED) 강연에서 떠들거나, 파워포인트로 새 제품을 설명하거나, 의회와 국회에 대해 증언하거나, 유토피아적인 제목을 붙인 책에서 지껄이거나 늘 본인에게 편리한 논리에 입각한 신념과 개인적 굴복을 부드럽고 달콤하게 버무려냈다. 안드레아스가 동독에서 살던 시절 물리도록 보고 들은 그대로였다. 기관원들의 말투를 듣고 있노라면 스틸리 댄의 노래 가사 중 '넌 지속되리라 생각하는 무언가의 일부를 잡으려 하지*'가 떠올랐다. (미국 라디오가 소비에트 젊은이들의 귀에 그 노래를 줄기차게 틀어댔던 탓이다.) 안드레아스가 동독에서 살면서 누린 특권이라는 것도 실은 보잘것없는 것이었다. 전화, 통풍과 빛이 허락되는 아파트, 특별 허락을 받은 여행 따위는 트위터 팔로어 수라든가 페이스북 프로필에서 좋아요를 많이 받는다든가 CNBC의 4분짜리 대담에 나가 발언을 하는 것만큼

* '비틀거리는 날들(Reelin' in the Years)'의 가사 일부.

이나 하잘것없었다. 동독 기관원들이 누린 진짜 장점은 안정된 소속감이었다. 동독 밖에서는 공기 중에 유황 같은 냄새가 가득하고 음식은 형편없으며 경제는 빈사 상태인 데다 냉소주의가 만연한데, 동독 안에서는 계급의 적에 대한 승리가 보장돼 있었고 교수와 엔지니어가 노동자와 비슷한 수준으로 생활하며 배움을 이어갔다. 동독 밖에서 중산계급이 극지의 만년설보다 빠르게 사라져가고 외국인 혐오자들은 선거에서 승리하거나 돌격용 자동소총을 사재기했으며 분쟁 중인 집단들은 종교적인 이유로 서로를 도살하고 있는데, 동독 안에서는 파괴적인 신기술들이 전통적인 정치를 구시대의 유물로 만들고 있었다. 동독 안에서는 분권화된 임시 공동체들이 창조성의 규칙을 새로 썼고 혁명은 네트워크의 힘을 이해하고 위험을 부담한 자들에게 보상을 해주었다. 신체제는 심지어 '집단', '공동' 같은 옛 공화국 동독의 유행어를 재활용하기까지 했다. 마치 새로운 인류가 출현한 듯했고, 이 부분에 관해서는 모든 종류의 기관원들이 동의하는 바였다. 그러나 기관원들은 새로운 체제의 지배 엘리트층이 실은 탐욕적이고 잔인한 옛 인류로 구성돼 있음을 알면서도 그다지 신경 쓰지 않았다.

레닌은 위험을 무릅쓴 모험가였다. 트로츠키도 마찬가지였으나, 스탈린이 나타나 트로츠키를 소련의 빌 게이츠로 만들면서 은밀한 반동분자로 비난받게 유도했다. 스탈린은 레닌이나 트로츠키처럼 많은 위험을 감수할 필요가 없었는데 이는 대중에게 공포가 잘 먹혔기 때문이었다. 신체제의 혁명가들은 하나같이 위험을 감수하는 태도를 찬양했지만 이는 상대적인 개념이었다. 그 위험이라는 것이 총살이라든지 교수형 같은 살벌한 수준이 아니라 벤처 투자자의 입장에서는 돈을 잃는 것이고, 부모 입장에서는 자식에게 공연히 돈 낭비를 한 몇 년 세월에 불과했으니까. 신체제의 혁명가들 중 가장 크게 성공한 자는 스탈린을 본보기로 삼았다. 동독의 공산당 중앙위원회와 마찬가지로 신체제의 중앙위원회는 스스로를 엘리트 계급의 적이자 대중의 친구로 내

세우고 소비자들이 원하는 바를 제공하는 데 집중했다. 그러나 (물질적인 결핍 없이 성장한) 안드레아스가 보기에 인터넷을 지배하는 것은 두려움이었다. 인기가 없고 쿨하지 못하다는 평가를 받을지 모른다는 두려움, 누락될 수도 있다는 두려움, 비난받거나 잊힐 수도 있다는 두려움이었다. 동독 체제하에서 사람들은 정부를 두려워했지만, 통일된 신체제하에서는 자연 상태를 두려워하게 됐다. 죽이지 않으면 죽임을 당하고, 잡아먹지 않으면 잡아먹히는 자연 상태 말이다. 이 두 가지 경우 두려움은 당연히 따를 수밖에 없었다. 그 두려움은 이성의 산물이었다. 동독이 내세운 이념의 온전한 이름은 과학적 사회주의였다. 과거에는 공포정치*라는 이름으로 존재했고(자코뱅당은 효율적인 단두대를 이용한 사형 집행인에 불과했음에도 불구하고 계몽주의 시대의 합리성을 실현하는 양 굴었다), 그 후에는 시장의 효율성과 기계의 합리성을 통해 인류를 인간다움에서 해방하려는 테크노크라시**의 공포로 이어졌다. 부조리를 못 참고 부조리에서 완전히 벗어나고자 하는 속성, 이것이야말로 불법적 혁명의 영원불멸한 속성이었다.

어쩌면 전체주의 체제의 기이한 틈새를 찾아내는 것이 안드레아스가 지닌 가장 큰 재능이었을 수도 있었다. 인터넷을 접하기 전까지 안드레아스의 제일 친한 벗은 슈타지였다. 그는 인터넷과 슈타지로부터 거리를 두면서 그 두 가지를 이용할 줄 알았다. 그런 면에서 그는 자신이 모친을 닮았다는 사실을 되새겼고, 달빛 낙농장을 언급한 핍 타일러의 말에 상처받았지만 핍의 말은 틀리지 않았다. 선라이트 프로젝트가 아무리 좋은 일을 한다고 해도 안드레아스의 자아를 확장한 조직으로 기능하고 있는 것은 사실이니까. 비밀 공장으

---

* 1793년 국민공회를 장악한 자코뱅당에 의해 실시된 정치 형태로서 국민들에게 공포감을 갖게 하여 정권을 유지, 창출하는 정치.

** 과학기술 분야 전문가들이 많은 권력을 행사하는 정치 및 사회 체제.

로 가장한 명성 공장이니까. 안드레아스는 신체제가 자신을 체제의 개방성을 보여주는 고무적인 본보기로 이용하도록 허락했고, 그 대신 언론이 신체제를 혹평하지 못하게 막아주었다.

신체제 내부에는 스노든 같은 내부 고발자를 꿈꾸는 자들이 수두룩했다. 페이스북이 사용자들의 사생활을 이용해 돈을 버는 알고리즘, 트위터가 자기 발생적인 비유전적 문화 요소들을 조작하는 알고리즘에 접근 가능한 직원들이 바로 그런 자들이었다. 그러나 덜 똑똑한 자들은 체제가 운영하는 국가안보국(NSA), 중앙정보국(CIA)을 두려워하지만 똑똑한 자들은 신체제 자체를 훨씬 더 두려워했다. 전체주의 각본에 따라, 신체제는 공포의 원인을 적의 탓으로 돌리면서 스스로를 적에 대항하는 유일한 방어 수단으로 포장했고, 대부분의 스노든 유망주들은 알아서 입을 다물었다. 내부인들이 안드레아스에게 연락을 해온 적이 두 번 있는데 (흥미롭게도 모두 구글 직원이었다) 그들은 회사가 개인 사용자 데이터를 어떻게 편집하는지, 회사가 소극적으로만 반영할 뿐이라고 주장했던 정보를 어떻게 적극적으로 여과해 사용하는지를 보여주는 회사 내부 이메일과 알고리즘 소프트웨어를 넘기겠다고 제안한 바 있었다. 물론 안드레아스는 구글 측의 반응이 두려운 나머지 두 번 다 관련 서류를 업로드하지 않기로 결정했다. 자존심을 세우기 위해 내부 고발자들에게는 이렇게 말해두었다. "못 합니다. 구글을 내 편으로 둬야 해서요."

이런 면에서만큼은 자신이 마치 기관원 같다고 안드레아스는 생각했다. 그 외에 인터뷰에서 그는 혁명의 과장된 표현을 경멸했고, 그가 부리는 노동자들이 세상을 더 좋은 곳으로 만들고자 한다는 얘기를 할 때마다 속으로 움찔했다. 어산지를 통해 그는 자신의 일이 세상을 구하는 사명이라는 주장을 펼치는 것이 얼마나 어리석은지 파악했다. 그는 순수성을 갖고 있다는 이유로 유명세를 탔고 그런 면에서 역설적인 만족감을 느끼고 있긴 했지만 실제 자신이 순수하다고 착각하지는 않았다. 아나그레트와 함께 살면서 그런 착각에서 빠져나올 수 있었다.

톰 애버런트의 도움을 받아 아나그레트의 계부의 유해와 썩은 옷가지를 오더 계곡 하부에 묻은 지 사흘이 지나서야 안드레아스는 아나그레트를 만나러 라이프치히로 향했다. 좀 더 빨리 가고 싶었으나 서구 언론과의 인터뷰가 잔뜩 밀려 있었다. 〈바이마러 바이트래거〉에 무례하기 짝이 없는 시 몇 편을 실었고, 교회 지하실에서 거주했으며, 적시에 슈타지 본부 밖으로 나와 언론의 조명을 받은 덕분에 안드레아스는 동독 반체제 인사로 유명세를 타고 있었다. 지크펠트가에서 오랫동안 반체제 운동을 해온 이들 사이에서는 다른 반체제 운동가들이 박해의 위험을 감수하며 활동하는 동안 그가 십대 청소년들과 동침이나 한 작자라는 얘기가 돌고 있었다. 그러나 그자들은 안드레아스처럼 공산당 중앙위원회 소속의 아버지를 두지 못했고 동독 문학잡지에 아크로스틱 시를 실은 섹시한 이력도 없었다. 유명 반체제 인사로 언론 매체 10여 곳과 잇따라 인터뷰를 한 덕분에 안드레아스는 (인터뷰 때마다 그는 지크펠트가 동지들의 용기를 치하하는 말을 잊지 않았다) 동지들보다 훨씬 더 진짜 반체제 운동가 같은 이미지를 갖게 됐고 그에 따라 동지들은 언론이 해석한 안드레아스의 이미지를 수용할 수밖에 없게 됐다. 안드레아스의 명성은 곧 그에 대한 사람들의 기억마저 바꿔놓았다.

아나그레트는 라이프치히에서 언니와 함께 살고 있지 않았다. 언니라는 여자는 안드레아스에게 페미니스트들이 자주 찾는다는 찻집에 가보라고 일러주었다. 그 찻집에 모이는 페미니스트들은 얼마 전까지만 해도 환경 운동가들보다도 더 사기가 저하돼 있었는데, 라이프치히의 하늘이 잿빛이긴 했지만 온통 잿빛 머리의 늙은 남자들뿐이었던 동독 지도부에 비해 라이프치히의 지도부에는 늙은 남자들의 수가 상대적으로 적었기 때문이었다. 안드레아스가 삐걱 소리가 나는 문을 밀어 열고 그 찻집으로 들어선 것은 오후 2시경이었다. 아나그레트가 행주에 손을 닦으며 뒤쪽 주방에서 걸어 나왔다.

미소 지어, 안드레아스는 생각했다.

아나그레트는 미소 짓지 않았다. 텅 빈 찻집 안을 둘러볼 뿐이었다. 찻집 벽에는 로자 룩셈부르크*의 사진, 중공업에 종사하는 여성들을 찬양하는 포스터, 서구의 여성 음악가들과 사회운동가들의 조금 더 대담한 이미지들이 붙어 있었다. 사진이며 이미지들은 하나같이 낡았고, 예전 같으면 안드레아스가 황당하다 여겼을 슬픔이 배어 있었다. 찻집 안에는 존 바에즈의 노랫소리가 조용히 흐르고 있었다.

"지금 당장 얘기를 나누자는 건 아니야. 내가 여기 있다는 걸 알려주고 싶었어."

아나그레트는 그를 쳐다보지도 않고 대꾸했다. "지금 해도 돼요. 서로 할 얘기가 많을 것 같지도 않은데."

"하고 싶은 얘기가 있어."

아나그레트가 피식 웃었다. "물론 좋은 소식이겠죠."

"그래, 좋은 소식이야. 나중에 다시 올까?"

"아뇨." 아나그레트는 테이블 앞에 앉았다. "좋은 소식이 뭔지 얘기해봐요. 어느 정도는 짐작이 가지만요. 텔레비전에서 당신을 봤어요."

안드레아스도 의자에 앉았다. "그래. 하룻밤 사이에 유명세를 타게 됐어. 예전에 내가 이 나라에서 제일 중요한 사람이라고 말했을 때 넌 내 말을 믿지 않았지. 기억나?"

"기억나요." 아나그레트는 여전히 그를 쳐다보지 않았다. "전부 기억해요. 당신도 그렇죠?"

"그래."

* 폴란드 출신의 독일 마르크스주의 정치이론가, 사회주의자, 철학자, 혁명가이며 레닌주의 비판자.

"여긴 왜 왔어요?"

"이제 우린 안전하니까. 우린 안전해졌고 내가 널 사랑하니까."

아나그레트는 테이블을 잠시 내려다보다가 고개를 끄덕였다.

"왜 우리가 안전해졌다는 건지 이유를 알고 싶지 않아?"

"별로요."

"내가 사건 서류를 입수했고, 치워야 할 걸 치웠어."

아나그레트는 다시 고개를 끄덕였다.

"안 기뻐?"

"안 기뻐요."

"어째서?"

"우리가 한 짓 때문에요."

"아나그레트. 나 좀 봐."

아나그레트는 고개를 저었다. 그들이 안전해졌는지 여부가 중요한 문제가 아니었음을 안드레아스도 알고 있었다. 문제는 안드레아스라는 존재 자체가 아나그레트에게는 그들이 함께 겪은 일을 떠올리게 한다는 점이었다.

"그만 가주세요."

"이대로는 못 가. 너 없는 삶은 상상도 못 해."

아나그레트가 대답을 하기 전, 앞문이 삐걱 열리고 여자 둘이 '새로운 논단'이라는 반체제 운동 단체에 대해 얘기를 나누며 찻집으로 들어왔다. 아나그레트는 얼른 일어나 주방으로 들어갔다. 곧이어 다른 단골들이 찻집으로 들어왔는데 전부 여자들이었다. 그 여자들이 대놓고 적대적으로 굴지는 않았지만 안드레아스는 그 여자들로 이루어진 유기체가 이질적인 존재인 그를 조용히 떨쳐내고자 한다는 것을 감지했다. 그는 눈물 고인 눈 속에 끼어 있는 각다귀였다.

그 여자들 중 아는 얼굴이 있었다. 두 달 전 베를린에서 아나그레트와 함께 있던 친구였다. 그 여자가 테이블 옆으로 와 서더니, 주문하겠냐고 물었다.

"아뇨, 됐습니다."

"무례하게 굴고 싶진 않지만 이만 가주셨으면 해요."

"예, 그러죠."

"개인적인 감정이 있지는 않아요. 이곳 분위기가 있어서요."

눈물 고인 눈에서 쫓겨난 각다귀는 오히려 안도했다. 차가운 보슬비가 내리는 거리로 나간 안드레아스는 이대로 기차를 타고 베를린으로 돌아가 유명한 동독 출신 반체제 인사 역할을 재개하고, 아나그레트에게 생각할 시간을 좀 더 줘야 하나 고민했다. 톰 애버런트가 만나기로 한 약속을 깨고 사라지지 않았다면 아마 그랬을 것이다. 그의 비밀을 알고 그 비밀을 지켜주고자 기꺼이 나서준 진정한 친구가 곁에 한 명만 있었어도 안드레아스는 아나그레트에 대한 갈급함을 어느 정도 달랠 수 있었을지도 모른다. 그러나 톰은 저녁 식사를 함께하기로 한 약속을 지키지 않았고 그날 안드레아스는 나타나지 않는 톰을 기다리며 수 시간을 기다렸다. 다음 날, 연달아 인터뷰 몇 건을 하고 교회로 돌아온 안드레아스는 교회에서 만난 사람들 모두에게 미국인이 그를 만나러 찾아온 적 없느냐고 물었다. 톰이 기자로서 취재를 하기 위해 그를 꾀어 속내를 털어놓게 만들었다는 생각은 들지 않았다. 만약 그렇다고 해도, 안드레아스가 슈타지 기록보관소를 보여주겠다고 했는데 그런 기회를 앞에 두고 사라져버린다는 건 말이 되지 않았다. 톰은 아내 때문에 고국으로 돌아간 게 틀림없었다. 톰은 지긋지긋하다면서도 안드레아스에 대한 애정보다 아내에 대한 애정이 더 컸던 모양이었다. 안드레아스는 톰에게 단시일에 깊은 애정을 주었기에 거절당한 상처도 그만큼 쓰라렸다. 이런 상황에서 아나그레트에게 거절당하는 것은 도저히 받아들일 수 없었다.

안드레아스는 라이프치히 기차역으로 돌아가 쓰레기통에서 신문을 꺼내 들고 읽었다. 신문에 자신의 이름이 보이자 힘이 났다. 언론 매체에 실린 자신에 관한 이야기를 곧이곧대로 믿고 싶은 유혹에 누가 저항할 수 있을까? 그날 저녁 안드레아스는 다시 찻집을 찾아가 밖에서 기다렸다. 날이 어두워지자 아나그레트와 그녀의 친구가 나와서 찻집 셔터를 내리기 시작했다.

아나그레트의 친구가 안드레아스에게 말했다.

"가세요, 좀. 얘는 당신을 만나고 싶어 하지 않아요."

"개인적인 감정이 담긴 말투 같네요."

"맞아요. 지금은 그래요."

"곧 베를린으로 돌아가야 합니다. 많은 일들이 일어나고 있고 그중에 내가 해야 할 일이 있어요. 내 이름은 안드레아스라고 합니다."

"당신이 누군지 알아요. 텔레비전에서 봤어요."

"아나그레트, 나 돌아가봐야 돼. 잠깐이라도 좋으니까 같이 좀 걷자."

"얘는 그러고 싶지 않을걸요."

"잠깐이면 됩니다. 내밀한 집안 얘기가 있어요. 당신을 포함해서 셋이서 나누는 대화는 나중에 하도록 하죠."

별안간 아나그레트가 친구를 두고 돌아서며 말했다. "알았어요."

"아나그레트—"

"이 사람은 다른 사람들하고는 달라. 그리고 이 사람 말대로 우리끼리 해야 할 집안 얘기도 있어."

안드레아스는 새삼 아나그레트가 거짓말에 능한 여자라는 사실을 떠올렸다. 우산을 쓰고 안드레아스와 함께 산책에 나선 아나그레트는 둘만 남게 되자 친구의 무례를 사과했다. "비르기트는 날 보호하려고 그런 거예요."

"남자들을 쫓아내는 솜씨가 꽤 좋던데."

"나 혼자서도 할 수 있는데, 늘 주목을 받으니까 힘들어요. 친구가 도와주니 좋죠."

"늘 주목을 받아?"

"넌더리가 나요. 라이프치히에서는 더 심해졌어요. 어제는 어떤 남자가 내 옆에 오토바이를 세우더니 자기랑 결혼을 하재요."

안드레아스는 당장이라도 그 남자의 코뼈를 부러뜨리고 싶었지만, 뭇 사내들의 추근거림은 곧 아나그레트의 아름다움에 대한 증거이니 자랑스럽기도 했다. "너로 사는 건 참 힘들겠어."

"그 남자는 나를 알지도 못해요."

그들은 잠시 말없이 걸었다.

"우리가 한 짓요. 당신을 위해 한 거였어요."

그 말에 안드레아스는 유감스럽기도 했고 기분이 좋기도 했다.

"그때 난 제정신이 아니었어요. 당신한테 빠져 있어서. 그래서 내 인생을 망쳐버린 짓까지 했죠. 당신을 보면 그 일이 계속 생각나요. 당신을 위해 했던 그 일이요."

"나도 너를 위해 한 거였어. 지금 또 같은 상황이 되더라도 난 기꺼이 그 일을 할 거야. 널 보호할 수 있다면 뭐든 할 수 있어."

"으음."

"나랑 같이 베를린으로 가자. 라이프치히는 거지 같은 곳이야."

"날 두고 혼자 갈 생각은 없겠네요."

"전혀 그럴 생각 없어. 우린 함께 있어야 해."

그녀는 걸음을 멈췄다. 보도에는 아무도 없었고, 안드레아스는 어디까지 걸어왔는지 알 수 없었다. "제일 끔찍한 게 뭔지 알아요? 당신이 살인자여서 좋다는 거예요."

"난 단순한 살인자는 아니야."

"만약 내가 당신이랑 같이 가게 된다면 바로 그 이유 때문일 거라고요. 끔찍하지 않아요?"

약간 끔찍하기는 했다. 아나그레트에게 살인자라고 불린 순간, 그는 아나그레트에 대한 욕망을 극복했으니까. 그는 아나그레트를 당장 품에 안고 싶은 충동에 맞서 마음을 굳게 다잡았다.

"우린 잘못을 보상하며 살아야 돼요. 그러려면 좋은 일을 해야겠죠."

"그래."

"좋은 일을 엄청 많이 해야 돼요. 우리 둘이요."

"내가 하고 싶은 말이 바로 그거야. 너랑 같이 좋게 살고 싶어."

"아, 어떻게 해." 아나그레트는 흐느끼며 말을 이었다. "베를린으로 돌아가세요. 제발요, 안—"

아나그레트는 그의 이름을 말하려다 말았다. 안드레아스는 그녀가 그의 이름을 부른 적이 없음을 문득 깨달았다.

그는 본능을 좇기로 했다. "내 이름을 불러줄래?"

아나그레트는 고개를 저었다.

"나를 보면서 내 이름을 말해줘. 그럼 베를린으로 돌아갈게. 세월이 얼마가 흐르든 계속 기다릴게."

아나그레트는 그에게서 도망쳤다. 우산을 옆구리에 끼고 별안간 전속력으로 뛰기 시작했다. 안드레아스는 그녀를 좇아갈지 말지 몇 초 동안 고민하다가 발을 뗐다. 그녀는 젊고 달리기가 빠른 데다가 유도를 하는 여자였다. 그녀가 빨간 신호등에 걸려 모퉁이에서 급히 방향을 틀지 않았다면 그는 그녀를 따라잡지 못했을 것이다. 그 자리에 보슬비가 얼어붙었는지 발이 미끄러져 넘어지는 아나그레트의 모습을 보면서 안드레아스는 심장이 철렁했다.

안드레아스가 다가가서 보니 아나그레트는 엉덩이를 부여잡고 쓰러져 있었다.

"괜찮아?"

"아뇨. 네, 그럭저럭 괜찮아요. 멀쩡해요." 그리고 안드레아스가 무척이나 보고 싶었던 미소가 그녀의 얼굴에 번져나갔다. "나더러 극적으로 과장하지 좀 말라고 했었죠. 기억나요?"

"응."

"난 모든 걸 기억해요. 단어 하나하나 전부요."

안드레아스는 웅크리고 앉아 그녀의 차가운 두 손을 부여잡고 그녀와 가만히 눈을 마주 보았다. 이대로라면 아나그레트를 가질 수 있을 것 같았다. 그러나 기쁨과 감사의 교향곡이 귓가에 울리는 대신 의심을 품은 꺼림칙한 목소리가 소곤거렸다. 네가 과연 진심으로 이 여자를 사랑하는 걸까? 이 여자는 극적인 과장에 대해 자책을 하자마자 네가 자기한테 했던 말을 전부 기억한다고 얘기하고 있어! 유머 감각이라곤 없는 여자야. 같이 살면 숨이 막힐 거란 생각 안 들어? 안드레아스는 그 목소리를 외면하려 애썼다. 어찌 됐든 아나그레트는 독보적으로 아름다웠다. 2년 전 안드레아스가 살인을 포함해 몇 가지 선택지를 제시했을 때 아나그레트는 살인을 선택했다. 그녀는 추잡하고 거짓말을 하는 착한 소녀였다. 그녀는 다른 남자들의 관심에는 넌더리를 냈지만 그의 관심에는 다른 반응을 보였다. 그녀는 그가 나쁜 놈이라는 걸 알면서도 그를 원했다. 그런 그녀와 함께라면 더 나은 삶을 살 수 있지 않을까.

"네가 사는 곳으로 가서 짐을 챙겨 나오자."

"비르기트가 날 증오할 거예요."

"나를 증오하는 것만큼은 아니겠지."

아나그레트와 함께하는 삶은 2~3년쯤은 행복했다. 아나그레트는 너무 어려서 세상 물정을 잘 몰랐고 남자와 인생을 공유하는 방법은 더더욱 알지 못했다. 안드레아스도 여자와 인생을 공유해본 적이 없기는 마찬가지였으나 아나그레트는 연장자인 그가 모든 것을 다 알 거라고 여겼다. 아나그레트는 안드레아스가 그녀의 몸 위에 올라타고 몸 안으로 파고들어 완전히 그녀를 소유했을 때 특유의 진지한 눈빛으로 그를 바라보곤 했다. 그 눈빛을 떠올리기만 해도 안드레아스는 정확히 알 수 없는 이유로 흥분했다. 아나그레트가 이상주의적 열정이 담긴 눈빛으로 그를 바라봐주는 한, 안드레아스는 그녀가 침대보, 도기 머그, 전등갓 따위의 못생기고 소소한 물건들을 사들여도 내버려두었다. 심지어 아나그레트가 독학으로 깨우친 형편없는 인도식 요리도 칭찬해주었다. 그는 아나그레트가 베를린에서 새로운 친구들을 사귀고 옛 친구들을 다시 만나고, 이런저런 모임에 참석하고, 여성 지원 서비스 센터에 일하러 나가는 모습을 보면서 그저 좋았다. 같이 외출이라도 할 때면 아나그레트는 그의 팔을 붙잡고 걸으며 그 외에 다른 남자에겐 눈길 한번 주지 않았는데, 그럴 때 그는 중압감보다는 자부심을 느꼈다. 집에서 아나그레트는 가슴이 아플 정도로 그를 만족시키려 열과 성을 다했다. 그와 더 많이 사랑을 나눌수록 자신들은 커플로서의 지위가 공고해지며, 자신은 계부를 죽인 살인자에게 굴복한 나쁜 년이 아니게 된다고 믿는 듯했다. 이런 아나그레트의 생각 덕분에 안드레아스는 2~3년쯤은 숱한 밤을 즐거이 보냈다.

그러나 관념으로서의 섹스는 그 관념이 변화할 수도 있다는 점이 문제였다. 아나그레트는 점점 음울한 생각을 키워나갔는데, 침대에서도 완전히 솔직하게 자신의 생각을 토로하면서 토론에 무게를 두고 싶어 했다. 처음에는 안드레아스도 스스로에게 규정한 이상적인 이미지에 맞춰 좋은 남자 행세를 하고자 애를 썼으나 점차 한계에 다다랐다. 유머 감각 없는 스물세 살짜리 여자와의 끝없는 토론은 권태로 이어졌다. 아나그레트와 떨어져 있는 낮 동안 안드레아스는 그녀의 진지한 눈빛을 수도 없이 떠올렸으나 막상 집에 돌아와 마주한 그녀는 그가 낮 동안 열망해온 여인이 아니었다. 아나그레트는 지쳐 있지 않으면 월경통을 앓거나 저녁에 약속이 있거나 도움의 손길이 필요한 궁핍한 여성을 도우러 가야 한다는 등 반박할 수 없는 이유로 잠자리를 피했다. 또한 자신의 기분에 대해 토론하고 싶어 하거나 심지어 그의 기분에 대해 토론을 원하기도 했다.

일상의 권태에서 벗어나고자 안드레아스는 시드니, 상파울루, 서니베일 같은 해외에서 열리는 회의에 참석하곤 했다. 슈타지 기록보관소의 문서를 관리하는 가우크 위원회* 일뿐만 아니라, 지나치게 밝은 조명이 켜진 회의실에서 옛 동독 지역의 과도기적 정의를 실현하기 위한 자문 일을 해주기도 했다. 첨예하게 대립하는 사람들이 모여 앉아 따라 마시는 광천수 물병에 적힌 언어만 달라졌을 뿐, 회의실 자체는 동독 시절과 달라진 게 없었다. 기자들과 카메라들이 유달리 안드레아스를 선호했으므로 그는 통일 독일에서 기업과 정부에 몸담고 있는 내부 고발자들에게 직접 연락을 받게 됐다. 게다가 위원회에 소속돼서 일하는 게 성격에 맞지 않다 보니 (그는 홀로 활동하는 사람이지 단체 생활을 잘하는 사람이 아니었기에) 그는 이런저런 위원회들을 건너뛰고 직접 언론과 소통하는 비밀 정보 처리소를 세워야겠다는 생각을 하기 시작했다. 그러나 집안 문제 즉 그가 밤에 욕망하는 대상과 낮에 마주하는 현실 속 아나그레트의 모습의 괴리가 늘 그를 괴롭혔다. 시드니의 호텔 방에 혼자 있을 때 아나그레트의 진지한 눈빛을 떠올리며 흥분이 됐다가도 집으로 전화를 걸어 그녀의 목소리를 2분 정도 듣고 나면 이내 지겨워지는 것이었다. 즉각적이고 압도적으로 밀려드는 권태였다. 아나그레트와는 어떤 대화를 나누든 그가 원하는 바와는 심하게 거리가 멀고, 참을 수 없을 정도로 따로 놀았다.

안드레아스는 스스로 쳐놓은 덫에 걸린 듯했다. 그가 만든 집은 여자와 함께 사는 집이라기보다는 여자와 언제까지나 행복하게 살 수 있는 남자가 사는 집이었다. 그는 그런 남자 콘셉트가 이제 지긋지긋했다. 그는 아나그레트

---

* 요아힘 가우크 위원장이 이끄는 위원회. 가우크는 1940년 1월 동독에서 태어났으며 독일 통일 전 동독의 민주화 운동에 참여했다. 통일 직후인 1990~2000년까지 동독 공안 조직 슈타지가 보유한 방대한 문서를 관리하는 구동독 문서관리청을 이끌면서 슈타지의 범죄행위를 폭로해 인지도를 높였고, 독일 통일 후 제11대 독일 대통령으로 선출됐다.

앞에서 언성을 높이지는 않았지만 별것도 아닌 일에 못마땅해하면서 기분 나빠하기 시작했다. 그리고 그녀가 하는 일을 미묘하게 조롱하고, 그가 보기엔 패배자들일 뿐인 그녀의 동성 친구들에 대해 부당한 말을 내뱉었으며, 그녀들이 아나그레트와의 미약한 친분을 통해 그의 명성을 이용하려 든다며 분노했다. 안드레아스는 변변찮은 핑계를 대며 그녀들과의 만남을 피했다. 어쩔 수 없이 그녀들과의 사교 모임에 참석해야 했을 때는 차갑게 굴거나 입을 다물어버리거나 모욕적인 말을 내뱉곤 했다. 그는 얼간이처럼 굴어 제 자존심을 깎아먹어가면서도 그런 언행을 고집했는데 관계에 문제가 생겼음을 보여주는 흔한 신호임을 아나그레트가 알아채기를, 그래서 결국 자신이 그 덫에서 탈출할 수 있기를 바라는 마음에서였다.

그러나 아나그레트는 너무한다 싶을 정도로 그에게 잘해주었다. 화를 낼 때도 있었지만 오래가지는 않았다. 그녀는 남자를 불신하는 이들에게 둘러싸여 사는 용감한 페미니스트였으나 안드레아스에 대해서만큼은 늘 애써 예외를 두었다. 안드레아스의 일을 진지하게 생각하면서 유익한 조언을 해주기도 했다. 그녀는 안드레아스가 아파트 여기저기 아무렇게나 흩어놓은 더러운 옷을 빨고 접시를 닦아 치웠다. 아나그레트가 잘해줄수록 안드레아스는 덫에 더 깊게 얽혀드는 기분이었다. 그는 아나그레트에게 받는 높은 평가가 고마우면서도 그 기대를 저버리게 될까 봐 겁이 나 어쩔 줄을 몰랐고, 그가 그녀에게 초기에 했던 약속과 맹세 그리고 그녀의 이상주의(그리고 잠시 동안 그 자신의 이상주의)에 불을 지폈던 자신의 말에 스스로 발이 묶여버렸다. 아나그레트처럼 아름답고 젊은 여자는 주변에 거의 없었고, 자신이 살인자라는 사실을 굳이 숨기지 않아도 되는 여자도 아나그레트 외에는 단 한 명도 없었다. 또한 그는 이미 유명 인사이므로 바람이라도 피웠다가는 그 얘기가 아나그레트의 귀에 곧장 들어가 그에 대한 아나그레트의 이상주의를 박살 내게 될 것이므로 다른 여자들의 접근을 자연히 피하게 됐다.

그 와중에 아나그레트가 그의 모친 카티아와 친해지면서 그는 완벽하게 덫에 걸린 기분을 느끼게 됐다. 베를린에서 함께 살기 시작하면서부터 그들은 슈타지에 체포당할지 모른다는 두려움을 떨쳐버리고 사람들 앞에서 함께 모습을 드러내는 것에 익숙해지고 있었다. 1990년 안드레아스는 아나그레트를 데리고 부모님을 만나러 갔다. 아버지에게 감사한 마음을 갖고 있었고 아버지의 의견을 중히 여기고 있었기에 그는 어머니가 아나그레트를 질투해 잔인하게 굴 수도 있다는 위험성을 감수하기로 했다. 그런데 예상과 달리 어머니는 멋진 모습을 보여주었다. 어머니는 아나그레트의 미모를 환영하는 눈치였는데 그녀의 미모가 볼프가(家)를 돋보이게 한다고 여겼기 때문인 듯했다. 또한 어머니는 아나그레트의 젊은이다운 유순함을 좋게 보면서, 상대적으로 안드레아스의 적대적인 태도를 비뚤어진 태도로 보이게 만들었다. 어머니는 아나그레트가 다시 학교에 다니기를 바랐다. 아나그레트가 소매를 걷어붙이고 사람들을 돕는 게 더 좋다며 거절하자 어머니는 그녀에게 윙크를 하며 말했다. "물론 그렇게 살아도 돼. 그래도 내가 있는 대학에 다니겠다고 약속해주면 좋겠어. 네가 시간 여유가 있을 때 오면 나하고 같이 공부도 할 수 있고, 네 영어 실력도 올릴 수 있을 거야. 흥미롭게 배울 거리가 참 많거든. 공부를 하면서 어떤 부분이 재미가 없는지는 내가 잘 알고 있어." 그러고는 또다시 윙크를 하는 것이었다.

어머니의 제안에 본능적으로 불안감을 느낀 안드레아스는 아나그레트를 데리고 집으로 돌아가 어머니에 관해 제일 안 좋은 얘기들을 늘어놓았다. 그가 속에 감추고 있던 가족에 대한 혐오감을 드러낼까 봐 말하지 않고 있던 얘기들이었다. 아나그레트는 진지하게 듣더니 그래도 카티아가 좋다고 말했다. 그를 낳아준 분이니 좋다고 했다. 안드레아스가 무어라 말을 해도, 카티아는 자기처럼 그를 사랑하는 사람이니 좋다는 것이었다. 안드레아스는 아나그레트의 몸을 차지한 기적, 사랑을 할 수 있게 된 기적을 누린 지 얼마 되지 않았던 탓에 어머니의 제안에 어쩔 수 없이 따르기로 했다. 아예 아나그레트가 알아서 하게 내버려두면 카티아 문제가 자연히 해결될지도 모른다는 생각도 있었다.

그 와중에 아나그레트의 엄마가 분란을 일으켰다. 절박해진 엄마는 실종된 남편을 찾아달라고 경찰에 압력을 넣었지만 이미 도둑에 마약중독자이고 감옥에서 나온 지 얼마 안 된 여자라 경찰에 그리 좋은 인상을 주지 못했다. 경찰은 사건 서류가 사라졌고 남편의 사진을 유포하는 것 외에 할 수 있는 일이 별로 없다고 솔직하게 말했다. 엄마는 과부 시어머니에게 도움을 요청했다가 2년 전 슈타지가 시어머니를 찾아와 아들이 서독으로 탈출했다고 전했음을 알게 됐다. 그래도 여전히 엄마는 남편에게서 소식이 오기를 기다렸다. 얼마 안 있어 아나그레트의 엄마는 또 마약에 손을 댔다. 그리고 아나그레트와 안드레아스를 찾아와 돈을 요구했다. 아나그레트는 엄마에게 술을 끊고 간호사 인력이 부족한 외국에라도 나가서 일자리를 찾아보라고 냉정하게 제안했다. 엄마에 대한 아나그레트의 증오는 진심이면서도 자기 편의적이었다. 엄마를 증오해야 엄마의 남편을 살해했다는 죄책감을 덜 수 있었으니까. 엄마는 툭하면 그들 집 앞으로 찾아와 아나그레트를 배은망덕한 년이라 욕하며 괴롭히다가 반반한 외모를 이용해 마약을 손에 넣었고 얼마 안 있어 마찬가지로 마약을 하는 어느 폴란드인 목수의 집에 기식하게 됐다.

반면에 카티아는 아나그레트에게 천사나 다름없었다. 1993년 안드레아스의 아버지가 세상을 떠난 후에도 카티아는 카를마르크스 거리의 오래된 아파트에서 계속 살았다. 대학교수 자리에서 물러난 후 2년간 품위 있게 휴식을 취하다가 대학의 객원 강사(Privatdozent)로 다시 일을 시작해 영국 소설가 아이리스 머독에 관한, 책 한 권 분량의 연구 논문을 발표하면서 호평을 받았다. 매일 아침 파워 워킹으로 8킬로미터를 걸었고 라사압소 품종의 반려견 레싱과 함께 런던으로 자주 여행을 다녔다. 아나그레트는 베를린에서 살면서 적어도 일주일에 한 번씩 카티아를 만났다. 두 여자가 너무 친해져 그는 미친 듯이 질투가 났지만 그 점만 빼면 두 여자의 만남은 그가 바라던 방향으로 이루어지고 있었다. 가족이라는 틀을 유지하는 역겨운 임무를 아나그레트가 떠맡은 것이다.

그러나 가족의 틀은 끝내 유지될 수 없었다. 아나그레트가 카티아의 집에 머물다가 온 저녁이면 아나그레트가 아무리 열성을 다해도 안드레아스는 도저히 참기 어려웠고 그들이 커플로서 계속 살아가기 어렵다는 사실이 명백히 드러났다. 안드레아스는 카티아를 좋아한다는 이유로, 카티아에게 호감을 사고 있다는 이유로 아나그레트를 비난했다. 그는 질투 섞인 분노를 딱히 배출할 곳이 없었다. 아나그레트와 싸울 때도 그의 목소리는 담담할 정도로 이성적이었다. 아나그레트는 그런 종류의 담담한 목소리를 몹시 싫어했지만 얼굴이 달아올라 충동적으로 말을 내뱉는 그녀에 비하면 그의 차분한 목소리는 상대에게 먹히는 면이 있었다. 안드레아스는 분노를 비롯해 모든 감정을 확고하게 통제할 줄 아는 좋은 남자였다. 다만 아나그레트가 예상보다 30분만 더 카티아의 집에 머물기만 해도 그는 눈이 커지고 심장이 쿵쾅대면서 분노가 차올라 두 팔을 옆구리에 딱 붙이고 앉아 폭발하지 않으려고 안간힘을 쓰는 것이었다. 그 감정이 몹시 극단적이라 그는 내면에 남들과 다른 무언가가, 본래의 자아가 아닌 또 다른 자아가 있지는 않은지 의심스러웠다. 그것은 심히 괴상하고 역하며 별났다.

그는 그것이 '살인자'로서의 자아라는 생각이 들었다. 오직 추론으로만 탐지해낼 수 있는 중성미립자나 심원한 보손* 같은 존재. 철저히 정직하게 자신의 아원자(亞原子)적 자아를 관찰하고, 불행의 심오한 구조를 탐색하며, 특이

* 스핀이 정수(整數)인 소립자·복합 입자.

하고 순간적인 환상을 주목하면서 그는 내면의 살인자와 역설적 등가, 그리고 휘어진 시간의 특수 이론을 서서히 정립해나갔다. 예를 들어 권태와 질투에 찬 분노는 등가물이었다. 둘 다 욕망의 대상을 손아귀에 쥐지 못한 살인자의 좌절과 관련돼 있었다. 살인자는 욕망의 대상을 빼앗아 간 카티아에게 분노했고 대상 자체인 아나그레트에게도 화가 났다. 그 대상의 실체는 무엇일까? 안드레아스의 이론대로라면 그 대상은 그가 살인을 불사하며 도왔던 열다섯 살 소녀였다. 안드레아스는 아나그레트의 선함에 끌렸다고 믿었다. 그녀의 선함으로 구원을 받을 것이기에. 그러나 그의 내면의 살인자에게 아나그레트는 함께 살인을 한 동료이고 거짓말쟁이이며 유혹자였다. 그녀의 진지한 눈빛에 그가 흥분하는 이유는 그 눈빛을 보면 부모님의 별장 뒷마당에서 겪은 그날 밤의 일, 아나그레트가 유혹하고 거짓말로 이끈 뒤 그를 도와 살해한 남자의 시신이 생각나기 때문이었다. 아나그레트가 본연의 자신에 가까워질수록, 그의 어머니를 비롯해 수많은 다른 여자들의 친구가 되어갈수록, 안드레아스는 그녀를 그날 밤의 열다섯 살 소녀로 보기가 점점 더 어려워졌다.

살인자로서의 만족감을 부정하면서도 안드레아스는 내면의 살인자가 들이미는 환상에 젖어들었다. 그 환상 중 일부는 그의 자아상에 너무 맞지 않아서(가령 잠들어 있는 아나그레트를 덮치는 상상), 진심으로 대면해 속에 꼭꼭 숨기기까지 엄청난 노력을 해야 했다. 그의 모든 상상들은 단 하나의 예외도 없이 밤의 어둠, 부모님의 별장에 깃든 어둠, 침실을 향해 영원무궁하게 걸어가는 복도에 드리워진 어둠과 연관이 있었고, 그의 아원자적 자아 안에서 사건의 전후관계는 불안하게 뒤섞였다. 그가 욕망한 대상은 피어싱을 하고 머리카락을 아무렇게나 잘랐으며 인도인들이 입는 얇은 옷을 입었다. 그가 '남몰래' 열다섯 살짜리를 좋아한 게 아니라 (예전에 그런 적이 있었다고 해도 이제는 구태에서 탈피했다) 그를 도와 살인을 저지른 이가, 그로 하여금 살인을 하게 만든 이가, 살인과 등가인 존재가 사회주의자이며 유도를 하는 열다섯 살 소녀 아나그레트였기에 그녀를 욕망했다. 아나그레트는 나이가 들면서 살인을 속죄하기 위해 어이없을 정도로 이타적인 삶을 살려고 했는데, 이는 살인자가 추구하는 방향과 전혀 맞지 않았다. 그래서 상상 속 살인자는 시간의 방향을 되돌려 그녀를 다시 열다섯 살로 만들었다. 아니, 그 이상이었다. 어떤 상상들을 면밀히 들여다보면, 아나그레트가 잠들어 있는 침실을 향해 어두운 복도를 걸어가는 이는 때로는 안드레아스가 아니라 그녀의 계부였다. 상상 속에서 안드레아스는 그가 살해한 계부였고 그 계부는 안드레아스였다. 그의 기억 속에는 또 다른 어두운 복도가 존재했다. 어린 시절 안드레아스의 침실과 그의 어머니 카티아의 침실 사이에 놓인 어두운 복도. 시간의 순서가 또다시 꼬이면서 카티아는 아나그레트의 계부가 된 괴물을 낳았고, 그 괴물은 안드레아스였으며, 안드레아스는 아나그레트의 계부가 되기 위해 그 계부를 죽였다. 살인자의 어두운 세상 속에서는 어느 누구도 영원히 죽지 않았다.

안드레아스는 그 이론을 믿고 싶지 않았다. 현대물리학의 복잡한 이론과 한데 묶어 치워버리고 싶었다. 그러나 그는 스스로에게 거짓말을 하지 않는 자신이 무엇보다 좋은 사람이었다. 아무리 바쁘게 살고 아무리 멀리 출장을 다녀도 밤에 집에 홀로 있다 보면 그는 설명할 길 없는 살인적 분노에 사로잡혔다.

그러던 어느 날 밤, 아나그레트는 어느 때보다 성실한 표정으로 카티아를 만나고 집으로 돌아왔다. 안드레아스는 무언가를 읽는 척하지도 않고 소파에 앉아 있었다. 주먹으로 벽을 치지 않으려 안간힘을 쓰면서. 그 정도로 상황은 좋지 않았다.

그는 가까스로 입을 열었다. "9시에는 집에 올 줄 알았어."

"우리가 할 얘기가 좀 있었어요. 어머님께 50년대는 어땠는지, 그 당시 이 나라는 어떤 분위기였는지 물었더니 어머님이 흥미로운 얘기들을 많이 해주시더라고요. 그런데 이상한 얘기도 있었어요. 중요한 얘기 같은데. 지금 얘기 해도 괜찮겠어요?"

안드레아스는 자신을 바라보는 아나그레트의 시선을 느끼며 입꼬리를 위로 올려 억지로 미소를 지었다. "괜찮아."

"저녁은요?"

"배 안 고파."

"이따가 면 요리 만들 테니까 같이 먹어요." 아나그레트는 그의 옆 소파에 앉아 말을 이었다. "어머님은 아버님의 경력에 대해 얘기를 하셨어요. 아버님은 무척 멋지고 바쁘게 사신 분이더라고요. 그런데 어머님이 갑자기 그 얘기를 하다 말고 '난 애인이 있었어'라고 말씀하시더라고요."

안드레아스의 속에서 거대한 분노가 치솟았다. 이 분노가 폭발하지 않게 어떻게 막아야 할까. 폭발시킬 수 있다면 이 고통이 줄어들 것이다. 삽으로 누군가의 두개골을 깨부술 수 있다면 기분이 얼마나 끝내줄까. 남의 두개골을 깨부수고 마음의 고통을 덜어냈던 일을 다시 떠올릴 수 있다면, 다시 경험할 수 있다면 좋을 텐데! 그러나 그는 그 기억을 다시 떠올릴 수 없었다. 그래도 그때의 일을 조금 생각한 것만으로도 그는 마음이 차분해졌다. 의지할 구석이 생겼기 때문일 것이다.

"재미있네." 안드레아스는 조그맣게 내뱉었다.

"그렇죠. 나도 어머님 말을 믿을 수가 없었어요. 당신한테 들은 얘기로 어머님은 바람피운 적 없다고 늘 주장하셨다고 했잖아요. 더 자세히 물어보기가 겁이 났고 어머님도 더는 얘기하지 않으셨어요. 그저 '난 애인이 있었어'라는 말뿐이셨어요. 그러다 화제를 바꾸셨는데, 계속 저를 쳐다보는 눈빛이 좀 그랬어요. 마치 본인이 방금 전에 한 말을 내가 신경 쓰길 바라는 것 같았거든요."

"음."

"있잖아요, 안드레아스. 우리 비밀을 아무한테도 말하면 안 된다는 거 나도 알아요. 잘 알죠. 하지만 내가 요즘 어머님을 자주 만나고 있고, 어머님은 칠십대이시고, 무엇보다 당신 어머니잖아요. 우리 비밀을 어머님한테 말씀드리고 싶다는 생각이 들어요. 그래야 옳다는 생각이 들어요. 아마 듣고도 다른 사람한테는 절대 말을 옮기시지 않을 거예요. 내가 어머님한테 얘기를 해도 괜찮겠어요?"

안드레아스는 전혀 괜찮다고 생각하지 않았다. 도대체 어떻게 아나그레트는 카티아에게 비밀을 말할 생각을 했을까! 전에는 상상조차 해본 적 없는 여자들끼리의 친밀한 관계가 안드레아스의 머릿속에 펼쳐졌다. 카티아는 유순한 아나그레트를 이용해 안드레아스에게 접근할 길을 만들었다. 남의 말에 잘 속고 성실하며 언제든 그를 배신할 준비가 돼 있는 아나그레트. 그녀는 9시까지 귀가하기로 약속해놓고 10시 30분에야 돌아왔다. 카티아와 수많은 시간을 보내고, 얘기를 나누고 나누고 또 나누면서. 망할 개년들, 개년들, 개년들. 안드레아스는 완전히 꼭지가 돌았다.

"너 미쳤니?"

"아뇨, 안 미쳤어요." 아나그레트는 즉각 긴장했다. "어머님도 안 미쳤고요. 전보다 상태가 좋아지신 것 같아요. 당신이 어렸을 때 어머님이 까다로웠다는 걸 알지만 오래전 일이잖아요."

알고나 하는 소리일까? 까다로웠다고? 아나그레트는 알지 못했다. 카티아 같은 사람을 어머니로 두고 사는 삶이 어떤지 아는 사람은 아무도 없다. 매일 정신적으로 학대당하는 삶이 과연 어땠을까. 너무 어리고 약해서 저항할 수 없었고, 어머니의 꾐에 넘어가 스스로 그런 삶을 원하게 된 까닭에 그는 화를 낼 수조차 없었다. 아나그레트 역시 계부에게 당하는 학대를 스스로 원한 적이 있지만 기껏해야 1~2주일, 길어야 한 달이었다. 안드레아스는 어린 시절 내내 그리 살았다. 그리고 아나그레트와는 달리 육체적인 강간까지 당하진 않았기에 지금 그는 다시 덫에 걸려들고 말았다. 그는 카티아가 실은 지독한 괴물이 아닐 수도 있다는 가능성을 품고 살아야 했다. 노인이 된 어머니가 해석한 현실은 더없이 매끄러웠고 젊은 시절 저지른 온갖 실수들은 잊히거나 애인이라는 무해한 단어로 포장됐다. 카티아는 정신적으로 문제가 있었던 쪽은 자기가 아니라 안드레아스라고, 자기는 사랑을 베푼 좋은 어머니였는데 안드레아스가 그걸 믿지 못하니 넌더리가 난다고 늘 말하곤 했다. 실제로 질투 섞인 분노에 사로잡혀 몇 시간씩 한자리에 가만히 앉아 버티면서 여자들이 한가로운 잡담을 끝내기를 기다리는 쪽이 안드레아스이기는 했다.

"속을 털어놓고 나면 부담이 줄어들 거예요. 당신이 당신 아버지한테 비밀을 털어놓았다는 걸 내가 가끔 잊어버려요. 그동안 나는 아무에게도 사실을 고백하지 못했어요."

지금 당장 이 여자를 맨손으로 죽여버릴까.

안드레아스는 담담하게 대꾸했다. "고백하기 시작하면."

"시작하면 뭐요?"

"어디서 멈출 수 있을까?"

"한 사람한테만 털어놓자는 거예요. 바로 당신 어머니한테요. 그러고 싶지 않아요? 아버님이 당신 고백을 듣고 이해를 해줘서 당신 마음이 많이 놓였다면서요. 어머님은 과거에 저지른 실수에 대해 잘 아시는 분이니 당신을 더 잘 이해해주시겠죠."

모든 마음이 다 그렇듯 안드레아스의 마음의 온도는 순식간에 바뀌었다. 보다 냉철한 상태였으면 안드레아스는 그들이 저지른 짓을 어머니가 이미 알고 있으리라는 생각을 했을 수도 있었다. 안드레아스 입장에서는 그 앞에서 하등 부끄러움을 느낄 이유가 없는 사람이 바로 카티아였다. 카티아야말로 비열함의 화신이니까. 그러나 그는 살인자라는 사실이 못내 부끄러웠다. 지금 이 순간까지 겪어온 모든 것, 자신을 이루는 미립자 하나하나까지 전부 수치스러웠다. 이 사랑스러운 유도 소녀의 목을 졸라 입을 다물게 만들어? 그는 대체 왜 이런 생각을 하는 걸까?

아나그레트의 얼굴을 쳐다보지도 않은 채 그는 그녀를 향해 몸을 돌리고 그녀의 가슴에 얼굴을 묻었다. 두 다리를 그녀의 무릎에 올린 뒤 두 팔로 그녀의 목을 감싸 안았다. 오노 요코의 품에 안긴 존 레논의 멍청한 사진처럼 보였지만 아무러면 어떠랴. 그는 그저 안기고 싶었다. 아나그레트는 늘 좋은 사람은 아니어서 남들보다 좀 더 나은 사람이었다. 나쁜 게 무엇인지 알고 좋은 쪽을 선택했으니.

아나그레트는 그의 머리카락을 쓰다듬고 달래며 속삭였다. "미안해요. 화나게 만들 생각은 아니었어요."

"쉬이."

"괜찮아요?"

"쉬이. 쉬이."

"뭐예요, 그게?"

"어머니한테 비밀을 말하면 안 돼."

"말해도 돼요. 말해야 하고요."

"제발, 안 돼. 그러면 안 돼."

안드레아스는 울기 시작했다. 내면의 살인자가 그의 눈물 속에서 기회를, 퇴행을 감지하고 다시 준동하기 시작했다. 살인자는 안드레아스가 네 살이었을 때, 아나그레트가 열다섯 살이었을 때를 좋아했다. 안드레아스는 눈을 질끈 감고 앞이 안 보이는 채로 아나그레트의 입술을 찾았다. 그녀는 잠시 입을 벌리고 그를 받아주었으나 보이지 않는 살인자를 본능적으로 감지한 것처럼, 마치 자신이 먹이가 되었음을 알아챈 것처럼 이내 얼굴을 돌려버렸다. "이 문제에 대한 논의를 끝마쳐야 해요."

논의, 논의, 논의. 얘기, 얘기, 얘기. 그는 아나그레트를 증오했다. 그는 아나그레트를 필요로 하면서도 증오했고, 또 필요로 했으며, 다시 증오했다. 그는 여전히 눈을 감은 채 또다시 그녀의 입술을 찾았다.

아나그레트는 몸을 일으켰다. "나 진지해요. 내 무릎에서 내려가요."

안드레아스는 그녀의 무릎에서 내려가 눈을 떴다. "신부를 찾아가."

"뭐라고요?"

"고백을 하고 싶으면, 가톨릭 성당을 찾아서 고해성사실로 가라고. 거기 가서 하고 싶은 얘기를 해. 기분이 나아질 거야."

"나는 가톨릭교도도 아닌데요."

"네가 어머니를 만나는 걸 막진 못하겠지만 기분이 썩 좋진 않아."

"어머님은 당신을 숭배해요! 어머님한테 당신은 거의 예수라고요."

"어머니는 거울 속에 비치는 자기 자신을 숭배하는 사람이야. 우리는 어머니한테 이용해먹을 대상에 불과해. 네가 어머니한테 우리 얘기를 더 많이 할수록 어머니가 우리를 이용해먹을 가능성이 높아져."

"미안하지만 그건 당신 생각이 틀린 것 같아요."

"그래. 내가 틀렸다고 쳐. 네가 어머니한테 우리가 한 일에 대해 털어놓으면 난 너하고는 더 이상 같이 못 살아."

아나그레트의 얼굴이 벌겋게 달아올랐다. "그럼 우린 같이 살면 안 되겠네요!"

"그렇겠지. 차라리 가서 어머니랑 살아."

"난 어머님이랑 친하게 지내려고 노력하고 있어요. 당신이 어머님과 그렇게 지내질 못하니까. 난 당신을 위해서 노력하고 있는데 당신은 질투에 사로잡혀 있네요!"

"질투 안 해."

"질투 맞는 것 같은데요."

"아니야. 아니라고."

아나그레트의 말은 모두 정확한 사실이었고 안드레아스의 말은 전부 거짓이었다. 그러나 안드레아스는 과도기적 정의를 실현하는 데 힘쓰고 돈도 잘 버는 자문역이었다. 어디를 가든 사람들은 그를 보고 싶어 했다. 사람들은 그의 정직함과 열린 마음을 우러러보았고 그가 엉뚱한 농담을 내뱉어도 웃었으며 그의 사진을 찍고 싶다고 다가와 알랑거렸다. 그는 사방이 다 막힌 덫에 갇혀버렸다.

내부 고발자들이 보낸 정보가 발송인 주소 없이 평범한 갈색 봉투와 상자에 담겨 계속해서 안드레아스에게 전해졌다. 독일인, 그것도 동독 출신 독일인인 안드레아스는 보수적인 면이 있어 여전히 종이 문서와 손으로 쥘 수 있는 컴퓨터 디스크를 선호했다. 2000년 여름 무렵, 그는 집에서 쓰는 컴퓨터와 이메일 주소를 아나그레트와 공유했다. 아나그레트는 지역 공동체를 조직하고 사회 주변부를 돕는 일을 하고 있어 최신 기술에 능통한 편이었다. 집으로 돌아온 안드레아스는 아나그레트가 황당할 정도로 유연한 자세로, 마우스 옆에 찻잔을 둔 채 무릎을 턱까지 올려붙이고 두 팔을 앞으로 뻗은 자세로 의자에 앉아 컴퓨터 자판을 두드리고 마우스를 클릭하는 모습을 점점 더 자주 보게 되면서 이런 생각까지 하게 됐다. 맙소사, 내가 남은 인생을 이렇게 살아야 한단 말이야? 내면의 살인자는 아나그레트가 안드레아스의 실체를 마주하고 싶지 않아 스스로를 방어하기 위해 인터넷으로 무장한 것으로 인식했다. 아나그레트를 인터넷과 분리할 방법은 없는 듯했다.

그러다 아나그레트는 안드레아스에게 크나큰 은혜를 베풀었다. 성능 좋은 컴퓨터를 하나 더 사서 혼자 사용할 수 있게 해준 것이다. 안드레아스는 흔쾌히 혼자 그 컴퓨터를 쓰기 시작했다. 밤 시간 동안에 그는 불만분자들과 해커들로 구성된 네트워크를 개발해 '선라이트 프로젝트'를 창립했고, 아나그레트가 지역 문화센터에서 사람들과 손을 맞잡고 있는 낮 시간 동안에는 그 컴퓨터로 포르노를 시청했다. 사실 그는 밤보다는 낮 동안의 컴퓨터 사용으로 세상을 변화시키는 인터넷의 잠재력을 깨달았다. 갑작스레 폭넓게 사용 가능해진 포르노, 익명 접근, 무의미한 저작권, 즉시적 희열, 실제 세계 내에 존재하는 가상 세계의 규모, 전 세계에 분산돼 있는 파일 공유 집단, 마우스 클릭을 통해 얻는 통달의 기분. 특히 세상에 햇빛을 가져오려는 이들에게 인터넷은 그 규모가 어마어마해질 것임이 분명했다.

한참 시일이 지나 인터넷이 그에게 죽음을 의미하게 됐을 때 그는 온라인 포르노에서도 얼핏 죽음을 감지하게 됐다. 그는 충동적으로, 디지털 섹스 이미지들을 감상하면서 시간이 어떻게 흐르는지도 모르게, 상습적으로 빠르게 죽음에 중독돼갔다. 뇌에서 발생한 합선으로 인해 그의 인간성은 자극과 반응이라는 폐회로로 축소됐다. 그러나 이미 파일 전송 프로토콜과 '알트' 뉴스그룹의 나날 속에는 그 후에 도래하게 될 성숙한 인터넷과 소셜미디어를 특징짓는 불가해한 광대함이라는 특징이 존재하고 있었다. 발가벗은 채 변기에 앉아 있는 어느 집 아내의 업로드된 이미지는 사적 영역과 공적 영역 간의 구분이 사라졌음을 알렸다. 벌거벗은 채 변기에 앉아 있는 아내들의 수가 어찌나 많은지. 만하임, 뤼베크, 로테르담, 탬파에서는 개인이 대중 속에서 소멸될 것임을 예감할 수 있었다. 기계로 인해 인간의 뇌는 피드백 회로로 축소되고, 각자의 개성은 대중적 일반성으로 매몰될 것이다. 인간은 이미 죽은 것이나 다름없었다.

물론 살인자에게 죽음은 무척이나 매력적이었다. 컴퓨터 화면에 떠 있는 이미지들을 보면서 안드레아스는 어두운 통로와 은밀한 오염 따위의 생각에서 잠시 벗어날 수 있었고, 아나그레트와 오래 편안히 살 수 있는 방법을 찾은 것 같기도 했다. 컴퓨터 화면에서 본 남성의 여성 착취에 유의하고 화면을 보면서 자극을 받는 동안에도 개탄을 잊지 않은 덕분에 그는 스스로의 판단기준에 따른 이상적인 자아를 지킬 수 있었고, 화면을 보며 욕정을 배출한 후에도 아나그레트에게 여전히 이상적인 모습으로 남아 있을 수 있었다. 아나그레트는 프랭크 자파* 같은 남자를 좋아한다고 생각했지만 사실 그녀는 근육질의 매력적인 남자를 좋아했다. 아나그레트는 안드레아스와 다시 섹스를 하려는 마음이 없어 보였는데, 그들이 저지른 범죄를 카티아에게 고백하지 못하게 했다는 이유로 안드레아스를 벌주고 있거나 단순히 성 정치학을 펼치고 있는 중이거나 정상적인 삶의 흐름일 수도 있었다. 아나그레트가 원하는 것은, 아니 묵직한 개념을 내세워 대놓고 요구한 것은 친밀함과 단란함이었다. 그런 것은 포옹으로 충족될 수 있었고, 안드레아스는 다른 데서 욕정을 풀고 있기에 포옹만으로도 괜찮았다. 인터넷 덕분에 그들은 어린애처럼 살 수 있었다.

반년쯤 지난 어느 날 안드레아스는 덫에서 탈출하기는커녕 더 깊게 끌려 들어갔다는 생각이 문득 들었다. 아름다운 아나그레트와 함께 살면서 공유한 비밀에 의지해, 구원에 대한 오랜 희망에 의지해 살아갈 수 없다면 어느 누구와 살아도 제대로 된 삶을 살 수는 없으리라. 아나그레트를 떠나면 그는 자신이 어딘가 잘못된 사람임을 인정하는 꼴이 되고 말 터였다. 물론 그는 어딘가 잘못된 사람이었다. 그는 십대 청소년 시절보다 지금 더 충동적인 자위행위에 몰두했다. 자위를 계속 하다 보니 객관적으로 다소 지루해졌지만 멈출 수 없었다. 바른 생각을 해야 한다고 주문을 외웠지만 잠시뿐이었다. 카메라 앞에서 러시아 폭력배 세 명이 십대 소녀를 갖고 놀다 사정하는 상황을 상상하면서 그 소녀에게 동정심을 느껴보려 세심하게 감정 조절을 해봤지만 동정심 따위는 느낄 수 없었다. 아름다움이 오직 증오와 오염의 대상이 되기 위해 존재할 뿐인 가상 세계에서 일어나는 일은 아름다움이 어떤 목적도 갖지 못하는 현실 세계에서 일어나는 일보다 훨씬 흥미로웠다. 안드레아스는 아나

* 미국의 작곡가, 기타 연주자.

그레트의 손길이 두려워지기 시작했다. 그녀의 손이 다가올 때마다 그는 움찔하지 않으려고 심호흡을 해야 했다. 친밀함과 단란함은 그가 지금 견딜 수 있는 감정이 아니었다. 아나그레트가 그의 이런 상태를 알아채 그를 역겨워하지 않도록 주의하는 게 무엇보다 중요했다. 아나그레트가 그를 이상적인 존재로 여기지 않는다면 그에게는 어떤 희망도 없었다. 내면의 살인자가 진정으로 원하는 것은 바로 그의 자살이 아닐까 싶기도 했다.

살인자가 적인 줄 알면서도 그는 살인자를 증오할 수 없었다. 살인자를 증오한다고 자신에게 되뇔 때마다 그의 마음은 한발 뒤로 물러서서 그것이 거짓말임을 드러냈다. 안드레아스는 본래의 자기 자신으로 살고 싶지 않았다. 호르스트 클라인홀츠를 죽이고서도 죄책감을 느끼지 못한 걸 보면 확실했다. 안드레아스는 호르스트를 죽이지 말았어야 했다는 후회를 하지 않았다. 오히려 자신의 속내를 솔직히 들여다보니 호르스트를 잘 죽였다며 기뻐하고 있었다. 성능 좋은 컴퓨터를 켜놓고 자위를 하며 보내는 오후 시간에 대해서도 마찬가지 감정이었다. 그는 자신이 믿고 싶은 원칙을 세워놓고 그 원칙에 입각해 자신이 하는 짓을 비난했지만 막상 그 일을 하는 순간에는 그 일을 증오하지 않았다. 그는 아나그레트를 원망했고, 도덕적으로 고려해야 할 사항들이 있다는 점이 성가셨으며, 본인이 짊어진 다른 책임들 때문에 욕구 충족이 방해를 받자 분노가 치밀었다. 마음이 복잡했다. 그의 자아는 컴퓨터 화면에서 한 걸음 물러서서 그가 바지를 발목까지 벗어 내리고 구부정하게 서서 하는 짓을 지켜보았고 그는 그 짓을 하는 자신의 꼬락서니가 끔찍하게 싫었다. 그는 주관적으로 자신을 싫어하게 만들어진 인간이 아니었지만 이 세상에 존재하는 자신이라는 객체를 증오했다. 그는 어딘가 크게 잘못된 수치스럽고 혐오스러운 객체였다. 아나그레트와 모친은 그라는 객체 없이 사는 편이 훨씬 나으리라는 생각이 들기 시작했다. 차라리 십대였을 때 더 높은 다리에서 뛰어내렸어야 하지 않았을까.

그는 절박한 심정으로 톰 애버런트에게 편지를 써 보냈다. 지난 수년간 그는 톰과 엽서를 주고받았다. 톰은 여전히 안드레아스가 좋아하는 풍자적인 미국인 말투로 엽서를 써 보냈지만 예전에 안드레아스가 죄를 고백하도록 만들었던 고해성사적인 따스함은 이제 없었다. 안드레아스는 그 따스함을 다시 되찾고 싶었다. 그는 톰의 결혼 생활이 왜 그리되었는지 이제 이해가 된다고, 자기 비하적인 유머를 섞어가면서 요즘 자신은 인터넷 포르노에 지나치게 몰두하고 있다고 엽서에 적었다. 그리고 조만간 일 때문에 뉴욕을 방문하게 될 것 같다는 얘기도 덧붙였다. 그리로 갈 수 있게 도와달라는 부탁임을 행간에서 못 읽어냈을 리 없을 텐데 톰이 보내온 답장은 여전히 냉소적이고 거리를 두었으며 뉴욕에 오게 되면 놀러 오라는 내용은 담겨 있지 않았다.

우연찮게 안드레아스를 구해준 사람은 모친 카티아였다. 알카에다가 뉴욕에 테러를 자행하기 나흘 전, 비가 내리는 9월의 금요일에 안드레아스는 카티아의 초대를 받아 점심을 먹으러 모친의 아파트로 향했다. 모친의 집으로 출발하기 전 최대한 기운을 빼는 게 좋겠다는 생각에 한 번 더 자위를 하며 오르가즘에 도달한 덕분에 그는 약속 시간보다 늦게 아파트에 도착했다. 우울감은 일종의 진정제였다. 기운이 빠져 우울한 상태면 카티아와 논쟁을 하고 반박하고 싶은 충동이 누그러졌다. 카티아에게 하는 말이 적을수록 분위기가 좋았다. 아예 점심을 같이 먹지 않는 것이 최선이지만 그날 카티아는 아나그레트의 미래에 대해 논의하고 싶다며 그를 불렀고, 유언장을 새로 써야겠다는 식의 의중을 언뜻 비쳤다.

그러나 막상 가서 보니 그것은 안드레아스를 집으로 부르기 위한 핑계일 뿐이었다. 카티아는 갤러리아 식품점에서 사 온 조리 식품을 식탁에 늘어놓았다. 안드레아스는 유언장에 대해 심드렁하게 물었다.

"내가 유언장에 대한 얘길 하려고 널 초대한 줄 아니. 유언장은 내가 알아서 해."

안드레아스는 한숨을 쉬었다. "전화로 유언장 얘기를 했으니 물어본 거예요."

"널 초대한 것과 유언장은 아무 상관 없어. 오해했다면 미안하구나."

우울감은 진정제 역할을 제대로 해주었다. 그는 반박하지 않았다.

"피곤해 보이네."

"컴퓨터 시대의 인생이 그렇죠, 뭐."

식사를 하려고 식탁 앞에 앉자마자 카티아가 키우는 작은 개가 주인에게 다가왔다. 카티아는 안드레아스에게 미소를 지었다. "우리는 매번 식사 때마다 똑같은 놀이를 해."

"무슨 놀이요?"

"절식과 훈육 놀이."

"기억나요."

카티아가 개를 불렀다. "레싱, 애원은 네게 어울리지 않아."

개는 왈왈 짖으며 리넨 천을 덮은 카티아의 허벅지에 앞발을 올렸다.

"이것 좀 봐. 이럴 땐 꼭 얘가 내 애완동물이 아니라 내가 얘 애완동물 같다니까." 카티아는 개에게 구운 감자를 조금 떼어서 주었다. "그 정도 감자에 만족해. 더는 못 줘."

"저 배 별로 안 고파요. 할 일도 많고요."

"그래, 알았어. 네가 한 명 남은 부모와 몇 시간이라도 보내주길 기대한 내가 어리석었지."

"저를 직접 만나는 것보다 신문 기사로 저에 대해 읽는 게 더 낫다고 여기시잖아요. 굳이 왜 이러세요?"

개가 또다시 카티아의 허벅지에 앞발을 올렸다. 카티아는 감자를 조금 더 떼서 주었다.

"그래, 용건을 말할게. 사실 아나그레트 때문에 걱정이 돼서 보자고 했어."

여기 오기 전 한바탕 기운을 빼서인지 모친의 말은 귀에 잘 들어오지 않았다. 점심을 후딱 먹고 가면 아나그레트가 귀가하기 전까지 컴퓨터 앞에서 자유 시간을 좀 더 누릴 수 있으리라는 생각부터 들었다. 그는 지금 살고 있는 현실 세계에서 마음 붙일 곳이 없었다.

"안드레아스. 난 아나그레트가 너와 헤어졌으면 좋겠어."

"뭐라고요?"

"내가 그 애를 얼마나 좋아하는지 너도 알지. 친딸처럼 아껴. 어떤 의미에서는 이미 내 딸이나 마찬가지야. 그 애 친모는 여기 없으니까."

"그래서— 뭐요? 제가 여동생이랑 잔다고요?"

"그런 식으로 생각하고 입 밖으로 내뱉는 건 네 자유겠지만 내 말뜻 알잖니. 나와 아나그레트가 그만큼 많이 친해졌다는 뜻이야."

"눈치는 챘어요."

"그리고 난 이 세상에서 너를 제일 잘 알아."

"글쎄요."

"너에게 어떤 일이 일어나도 난 걱정 안 해. 너는 남들도 다 느낄 만큼 지배적인 성향이 강하고, 타고난 지배자니까. 넌 네가 원하는 일은 뭐든지 할 수 있고, 그래서 세상은 결국 너를 사랑하게 되겠지. 넌 태어났을 때부터 특별했어."

안드레아스는 카티아가 말하는 특별하고 지배적인 남자가 불과 45분 전까지만 해도 바지를 내리고 자위를 하고 있었음을 떠올렸다. "잘 모르겠는데요."

"그런데 아나그레트는 너와는 달라. 똑똑하긴 하지만 특출 나진 않아. 그 애는 너를 흠모하지만 너와는 다른 부류야. 이건 내 추측이지만, 그 애는 자기가 너처럼 특출 나고 지배적인 사람과는 맞지 않는다고 결론을 내린 것 같더라. 그게 아니면 달리 설명이 안 돼. 그리고— " 카티아는 굳은 표정으로 덧붙였다. "이런 말 하고 싶지 않지만 걔 생각이 맞는 것 같아."

"아, 예."

"이 얘긴 비밀이야."

"그래야죠."

"레싱—" 카티아는 포크커틀릿을 덩어리째 개에게 주었다. 개가 그것을 덥석 물고 물러가자 카티아는 개를 놀렸다. "이제 만족하지?"

"어머니가 계속 날씬한 비결을 조금은 알겠네요."

"아나그레트가 나한테 고백한 게 있어."

그 말을 듣는 순간 안드레아스는 머리가 어찔했다.

"너에게 말하지 않겠다고 걔한테 약속했지만 지금 그 약속을 깨야겠구나. 사과할 생각은 없어. 어차피 드러날 일을 말하는 건 배신이라 할 수 없으니까." 카티아는 어디서 인용한 문구를 영어로 말했다. "그리고 내가 결국 너한테 이 얘길 할 거라는 걸 걔도 알고 있을 거야. 양심에 찔린다고 하더라. 걔가 왜 하필 나한테 털어놨겠니? 내가 네 엄마이기 때문이지."

안드레아스는 미간을 찌푸렸다.

"아나그레트는 너한테 맞지 않아, 안드레아스. 나도 이런 말을 정말 하고 싶지 않았어. 하지만 걔는 너한테 정말 안 맞아. 그리고 지금 나는 걔한테 무척 화가 나. 어떤 면에서 걔는 나까지 배신한 거야."

"도대체 무슨 얘기예요?"

"너도 걔랑 살면서 압박감을 느꼈을 거야. 10년 동안 같이 살면서 압박감을 느끼지 않는 커플이 없기는 하지만, 지금 네 꼴을 봐!" 카티아는 광적으로 눈을 빛내며 그를 위아래로 훑어봤다. "걔는 너를 사랑하면 안 되는 거였어!"

어머니가 안드레아스의 신경을 건드리는 방법에는 끝이 없는 듯했다. 그동안 어머니의 수법을 다 간파했다고, 이제 방법이 고갈됐을 거라고 생각했는데 어머니는 늘 새로운 방법을 찾아냈다.

안드레아스는 나지막이 말했다. "아나그레트는 내가 그만한 가치가 없는데도 좋게 생각해줘요. 내가 그리 괜찮은 사람이 아닌데도."

"걔가 무슨 생각을 하고 사는지 나야 짐작만 할 뿐이지만 아무래도 지역 문화센터에서 만난 여자와 사귀는 사이인 것 같더라. 얼마나 깊은 관계인지는 모르겠지만 그래도 나한테 고백해야 할 정도의 사이인 거잖니. 음, 뭐라고 대꾸를 해야 할지 모르겠더구나. 레즈비언 성향이 있느냐고 물어봤는데, 그런 것 같지는 않대. 걔가 하는 말은 앞뒤가 맞질 않았어. 상대 여자가 나이가 더 많다고 하니까 그 둘이 우정 이상의 어떤 관계를 맺고 있지 않을까 싶기는 해. 아나그레트는 특별한 친밀감이라는 표현을 줄곧 쓰더구나. 난 그걸 어떤 의미로 쓰는 건지는 모르겠던데. 걔는 내가, 바로 내가! 자기한테 그 의미를 말해주길 바라더구나."

아나그레트가 만나고 있다는 여자는 안드레아스도 아는 사람이었다. "그 여자 이름이 기젤라죠?"

"안드레아스, 나는 평생 문학을 연구해온 사람이라 인간 심리에 대해 조금은 안다고 자부해. 내가 보기에 아나그레트는 너에게 맞지 않는 여자고 걔도 그걸 알아. 나만 걔한테 그런 말을 한 것도 아닌 모양이더라. 그리고 내가 앞으로 걔를 다시 만날 일은 없을 거야."

카티아의 말을 (상당 부분 인정해서) 믿는다고 해도 아나그레트는 이미 안드레아스에게 덫에서 빠져나갈 수 있는 방법 즉, 데우스 엑스 마키나*라는 큰 선물을 해주었다. 안드레아스는 마음이 편치 않았다. 어쩌면 아나그레트는 안드레아스가 인지하는 것보다 그에 대해 더 많이 알고 있고, 안드레아스를 혐오하는 마음에 그가 줄 수 없는 무언가를 줄 수 있는 다른 사람을 의식적으로 찾아간 것일 수도 있었다. 그에게서 자유로워진 후에도 아나그레트가 과

* 라틴어로 '기계에 의한 신(神)' 또는 '기계장치의 신'을 의미. 고대 그리스극에서 자주 사용하던 극작술로 초자연적인 힘을 이용하여 극의 긴박한 국면을 타개하고 이를 결말로 이끌어가는 수법.

연 여전히 죄책감을 느끼며 그들의 비밀에 대해 입을 다물고 살까?

"사람들은 항상 바람을 피워요. 어머니도 바람을 피우면서 결혼 생활을 유지했잖아요. 별 의미 없는 거예요."

"네가 바람을 피우는 당사자였으면 별 의미가 없는 일이었을 수도 있어. 너는 선과 악을 뛰어넘는 예술가의 영혼을 가졌으니까. 하지만 아나그레트는 너무 그릇이 작아서 너에게 어울리지 않아. 걔도 그걸 알더라. 네 그림자 안에서 사는 게 너무 힘들다고 나한테 직접 얘길 하더구나."

"저는 전혀 몰랐는데요."

"너한테는 그런 얘길 안 하겠지. 나한테는 했어. 자기가 특별한 친구에게 위안을 받고 있다고 하더라. 넌 수학을 잘하잖니. 2 더하기 2가 뭔지 나한테 말해보렴. 답은 뻔하잖니."

"우리가 이런 얘길 하고 있다는 게, 진짜 구역질 나네요."

"미안하구나. 네가 걔를 얼마나 아끼는지 알아. 그런데 난 앞으로 걔를 더 볼 필요는 없을 것 같구나. 나는 너를 지킬 거야. 너를 배신하려 드는 그 애가 아니라."

자리에서 일어선 안드레아스는 식탁을 뒤로하고 물러났다. 카티아의 말을 믿는다고 해도 아나그레트는 여전히 자기 탓을 하면서 안드레아스를 이상화하고 있었다. 그들 관계의 출구는 활짝 열려 있었으나 문득 그는 아나그레트가 몹시 가엾게 느껴졌다. 아나그레트는 여전히 그를 숭배했고, 그에 비하면 자신은 보잘것없는 사람이라 여겼으며, 아마 그래서 외로운 마음에 기젤라라는 여자에게 의지했을 것이다.

그는 예전 지크펜트가 교회의 성소에서 느꼈던 달콤한 연민, 아나그레트에게 쏟아부은 온갖 희망, 전보다 나은 사람이 되고픈 청백한 열망이 되살아나는 것을 느꼈다. 그가 오염과 의심의 나락으로 떨어지기 전 가슴에 품었던 감정들이었다. 지금은 사라져버린, 사랑스러운 유도 소녀에 대한 그리움이었다.

카티아가 나지막이 그를 불렀다. "안드레아스."

안드레아스는 울음이 나오려는 걸 참으며 어머니를 돌아보았다. "저한테 이런 얘기를 한 건 잘못한 거예요."

"너를 사랑하는 마음에 한 얘기인데 잘못일 리 없잖니."

"잘못이에요! 잘못이라고요!"

안드레아스는 문밖으로 뛰쳐나와 승강기를 지나 계단통으로 들어갔다. 거기서는 어머니의 눈에 띌 염려 없이 편하게 울 수 있었다. 몇 년 전까지만 해도 아나그레트와 함께 사는 삶이 행복하다고 생각했었다. 그러나 비참한 존재감과 팬티 속에서 살갗이 쓸려 벗겨진 성기의 아픔은 그가 행복하다는 전제를 정면으로 반박하고 있었다. 아나그레트가 그의 삶에서 빠진다고 해도 그의 삶은 이미 더 비참해질 수도 없을 만큼 참담했다. 아나그레트의 입장에서도 차라리 그와 헤어지는 편이 지금보다 행복할 것이다. 이런 생각을 하는 동안에도 그의 슬픔은 덜어지지 않았다. 이렇게 지독한 슬픔은 처음이었다. 마치 그가 아나그레트를 진심으로 사랑하기라도 한 것 같았다.

그러나 시간이 흐르자 슬픔은 가셨다. 집으로 돌아가기 전 그는 이미 미래를 예견할 수 있었다. 앞으로 다시는 여자와 함께 살려고 애쓰는 실수를 저지르지 않으리라. (어쩌면 어린 시절의 상처 때문일 수도 있지만) 어떤 이유에서든 그는 여자와 함께 잘 살아갈 수 없는 사람이었다. 안타깝지만 받아들이기로 했다. 컴퓨터 덕분에 진을 뺀 그는 약골이 되고 말았다. 아나그레트의 무릎에 누워 아기처럼 굴었던 부끄러운 기억이 희미하게 떠올랐다. 나약했다! 나약한 짓이었다! 어머니가 관여한 덕분에 그는 어머니와 아나그레트 모두에게서 벗어날 핑계를 얻게 됐고, 그것은 지배자로 운명 지어진 남성에게 찾아온 행운이었다. 물론 그의 강한 자의식을 일깨우고 그의 나약함을 드러내 보인 사람이 카티아라는 것, 비록 카티아가 거짓말이 입에 붙은 사람이지만 안드레아스에 대해 한 말만큼은 진실이라는 것, 카티아 덕분에 그가 새로이 자유를 얻게 되었다는 것 모두 꽤나 역설적이었다. 하지만 그의 삶에 이런 식으로 비집고 들어온 것은 분명 비열한 짓이었다. 카티아 스스로 그와의 인연을 끊어버린 것이나 다름없었다.

집으로 돌아온 안드레아스는 하드 드라이브에 받아둔 외설 영상들을 모두 지웠다. 그동안 강박적으로 자위에 탐닉하며 시간을 낭비했지만 이제 새로운 목적의식과 냉철한 의지를 회복하게 되었으니 그만한 시간을 버릴 가치는 있었다. 싱크대에 쌓인 접시를 설거지해 치웠다. 앞으로 어디에 가서 살든, 얼마 안 있어 그는 다른 여자들을 집으로 불러들이며 강한 남성성을 되풀이해 내보이겠지만, 그의 집은 자제심의 상징처럼 깔끔하고 정돈된 상태여야 했다.

컴퓨터를 앞에 두고 등을 곧게 편 자세로 의자에 앉아 감정을 자제하며 이메일 목록을 읽고 있는데 아나그레트가 넌더리 나는 '유기농' 채소가 담긴 천 가방을 손에 들고 귀가했다.

"옷 갈아입으러 잠깐 왔어요. 집세 지불 거부 운동가들을 위한 시위를 하기로 했거든요."

"멋지네. 잠깐 앉아."

옆걸음질로 거실에 들어온 아나그레트는 의자 끄트머리에 걸터앉아 바닥에 시선을 꽂았다. 안드레아스는 그녀가 온몸으로 죄책감을 뿜어내고 있음을 알아챘다. 저런 심리 상태를 더 빨리 알아채지 못했다니 흥미로웠다. 그는 어떻게 말을 꺼내야 할지 신중하게 표현을 고르고 골랐으나 입이 떨어지지 않았다. 그의 가슴속에는 여전히 슬픔이 남아 있었다. 지배자로서의 자의식을 새로이 회복했으니 개소리 그만하고 포옹도 됐어. 당장 나를 위해 옷을 벗어. 이제부터 다른 걸 해보는 거야라는 말 외에 다른 말은 필요 없을 것 같기도 했다. 어쩌면 아나그레트가 그 말을 반길 수도 있고 그들의 관계가 회복될 수도 있을 것이다. 그러나 분위기상 거절할 가능성이 더 높았다. 거절당하면 당장은 상처받고 수치심을 느끼겠지만 어차피 다른 수많은 여자들에게 그 말을 내뱉으면 그만이었다. 지금까지 알아채지 못한 다른 여자들의 매력을 새로이 발견하면 되는 것이다.

"우린 행복하지 않은 삶을 살고 있어."

아나그레트는 고개를 숙인 채 어색하게 자세를 바꿨다. "요즘 우리 사이가 좀 거북하긴 했어요. 가깝게 지내지도 못했고 나도 알아요. 하지만……."

"너와 기젤라에 대해 알고 있어."

아나그레트의 얼굴이 확 붉어졌다. 안드레아스는 다시 그녀에게 연민을 느꼈지만, 처음으로 분노를 느끼기도 했다. 카티아의 말처럼 아나그레트는 그를 배신했다. 지금까지 그는 아나그레트에게 이렇게 분노한 적이 없었다.

그는 싸늘하게 말했다. "가서 그 여자랑 살아. 난 따로 거처할 곳을 찾아볼게."

아나그레트는 고개를 더 깊게 숙였다. "당신이 생각하는 그런 관계가 아니에요……."

"아무래도 상관없어. 어차피 핑계에 지나지 않아. 더는 같이 못 살아."

"누구한테 들었어요?"

"사람들은 온갖 지저분한 정보를 갖고 나를 찾아와. 그런 정보를 모으는 게 내 일이고."

"어머님이 말했죠?"

"어머니? 아니. 누가 말했든 무슨 상관이야. 솔직히 넌 나랑 사는 게 좋아?"

그녀는 얼른 대답하지 못했다. "전에는 좋았어요. 우리 사이가 가까워졌다 느꼈을 때…… 당신이 좋은 사람이라고…… 정말 대단한 사람이라고 생각했죠. 단지……."

"단지 뭐?"

"애초에 왜 당신이 나랑 같이 살고 싶어 했는지 가끔 의아해요."

그 말에 그의 내면의 살인자가 고개를 들었다.

"당신이 같이 살자는 말을 했을 때 난 그러면 안 된다는 걸 알고 있었어요. 우리가 떨어져 사는 게 그나마 죄책감을 덜 느끼면서 살 수 있는 방법이라고 생각했으니까요. 함께 살기 시작하자마자 우린 죄책감에 짓눌렸어요."

"내가 널 사랑해서 실수한 거야."

"나도 당신을 사랑했어요. 하지만 함께 살아서는 안 되는 거였어요."

"그래."

아나그레트는 울음을 터뜨렸다. "우린 우리가 한 짓을 절대 극복할 수 없을 거예요."

"우리가 함께 사는 한은 그렇겠지."

"죄책감을 안고 사는 것에 지쳤어요. 내가 또 이런 나쁜 짓을 해서 미안하기는 한데, 당신이 생각하는 것과는 달라요. '난 어차피 죄인인데 무슨 짓을 또 하면 어때?'라는 생각일 뿐이었어요."

"잘했네. 난 그런 배짱조차 없는데."

그는 어차피 말이 나온 김에 그동안 컴퓨터로 한 짓을 털어놓을까, 죄를 깨끗이 자백한 후 아나그레트의 죄책감을 덜어주고 위로를 해줄까 하는 생각을 했다. 하지만 내면의 살인자가 거부했다. 살인자의 목표는 이제 하나였다. 그녀가 살인에 대해 다른 이에게 털어놓고 그를 배신할 도덕적 명분을 없애라는 것. 울며 사과하는 아나그레트를 보고 있기가 괴로웠지만 한편으로는 안심이 되기도 했다. 아나그레트는 호르스트를 은근히 원했고 그러면서 호르스트에게 성적 학대를 당했다는 이유로 자기 자신을 무가치한 인간으로 여기며 괴로워했다. 안드레아스는 그런 아나그레트를 동정하면서도, 저 앞에서 다가오는 자유가 반가웠다. 뭐든 하고 싶은 대로 할 수 있고, 아나그레트의 촌스럽고 쓸데없이 진지한 친구들을 다시는 안 봐도 되고, 또다시 골치 아픈 논쟁을 하지 않아도 되는 달콤한 자유가 바로 저 앞에 있었다.

"우린 감옥에서 10년간 복역하는 대신, 10년을 한집에서 살았어. 우리 둘이 함께 산 게 바로 우리의 감옥이었어. 우린 그렇게 형기를 마친 거야. 넌 이제 겨우 스물여덟 살이야. 이제 하고 싶은 대로 하고 살아."

"맞아요. 같이 사는 게 감옥처럼 느껴지기 시작했어요. 그래서…… 아! 미안해요!"

"감옥에서 나가면 모든 게 좋아질 거야."

"미안해요!"

"미안해하지 마. 그냥 떠나. 시위하러 가."

그녀가 떠나자 다시 슬픔이 밀려들었다. 안드레아스는 그 슬픔이 반가웠고 심지어 즐기기까지 했는데, 그의 내밀한 동기에 대한 의심으로 얼룩지지 않은 진실한 감정이기 때문이었다. 그 감정의 토대는 연민이었고, 그런 감정을 느낀다는 것은 그가 어딘가 잘못된 사람이 아닐 수도 있다는 방증일 수 있었다. 어쩌면, 또 다른 여자와 함께 사는 일이 없도록 조심만 하면 그는 다른 이들이 그에 대해 갖고 있는 이미지에 부합하는 삶을 살 수도 있을 것이다. 어쩌면 내면의 살인자는 상상의 산물이고, 궁지에 몰리기는 했으나 여전히 근본적으로는 건전한 그의 도덕관념의 투영이며, 인생을 걸고 사랑한 사람이 함께 살인을 저지른 공범이라는 데 따른 불행의 유물일 수 있었다. 불행. 바로 그 불행이 그가 지금 느끼는 불쾌한 기분, 분노, 질투, 과격한 의심, 구역질 나는 충동의 원인일 터였다. 어쩌면 그는 극기를 통해 그 모든 감정을 저만치 뒤로 밀어놓을 수 있을 것이다.

뉴욕과 워싱턴에 항공기 테러가 발생하자 아나그레트는 그가 무사한지 확인하기 위해 집으로 달려왔다. 비합리적이지만 별난 반응은 아니었다. 미국에 말도 안 되는 일이 일어났으니 그런 일은 어디서든, 누구에게든 일어날 수 있다는 게 그날의 분위기였으니까. 그러나 그와 아나그레트는 너무나 오래 서로에게서 떨어져 지낸 탓에, 단란함이라는 정서의 실이 끊어지자 마치 탄력이 작용한 것처럼 서로에게서 한층 더 멀어졌다. 그들은 공통의 친구나 관심사가 없었음을 새삼 깨달았다. 그저 그녀가 그의 인생의 사랑이라는 감상적이고 주기적으로 슬픔을 유발하는 확신만이 남았을 뿐이었다.

카티아와의 연을 끊는 것도 쉽지 않았다. 안드레아스는 어머니가 남긴 음성 메시지를 듣지도 않고 지워버렸고, 어머니가 직접 만나러 오자 면전에 대고 문을 닫은 후 요란하게 빗장을 내려 잠갔다. 그리고 일주일 후 크로이츠베르크에 있는 보안이 좀 더 잘되는 아파트로 이사 갔다. 하지만 그의 전화번호를 찾는 일은 어렵지 않은 일이라, 독일이 사담 후세인에게 컴퓨터를 팔았다는 정보를 공개한 일—그가 인터넷으로 정보를 유출한 초기 사건들 중 하나—로 그가 표제 뉴스를 장식한 늦가을 무렵, 한 남자가 그의 관심을 끌 만한 서류를 갖고 있다며 전화를 걸어왔다.

"종이 서류면 우편으로 보내시고 디지털 자료면 이메일로 보내시죠." 안드레아스가 남자에게 말했다.

남자는 베를린 억양을 썼고 성대가 늘어진 소리를 내는 것으로 보아 나이가 지긋한 듯했다. "직접 가져가야겠소만."

"아뇨. 아시다시피 제가 요즘 신변 안전에 신경을 써야 하는 상황이라."

"폭탄을 가져가는 것도 아니고 서류일 뿐이오. 그것도 당신과 개인적으로 관계가 있는 서류."

"우편으로 보내세요."

"이해를 못 하나 본데. 이 서류에 당신에 관한 개인적인 정보가 담겨 있소."

톰 애버런트 외에 그가 오래전 저지른 범죄를 유출할 만한 사람은 떠올릴 수 없었다. 슈타지 본부에서 서류를 입수할 수 있게 도와줬던 바흐틀러 대위는 오래전 세상을 떠났다. 가우크 위원회 일을 한 덕분에 안드레아스는 바흐틀러의 건강 상태가 나날이 악화돼가는 것도 확인했었다. 하지만 슈타지의 오래된 명령 계통에 따라 바흐틀러의 상관이나 부하로 일했던 이름 없는 자들이 정확히 몇 명인지는 알 수 없었다. 그런 자들 중 하나라면 이렇게 베를린 억양을 쓰는 나이 지긋한 남자일 수 있었다. 안드레아스는 지금 그런 자와 통화를 하고 있는 중인지도 몰랐다.

안드레아스는 차분하게 물었다. "원하는 게 뭡니까?"

"내가 이 서류를 출판하게 도와줬으면 하는데."

"저에 관한 내용이라면서요."

"그렇소."

안드레아스는 경비가 삼엄한 아메리카 하우스 도서관에서 그 남자를 만나기로 했다. 다음 날 오후 약속 장소로 나가자 잘생긴 얼굴에 면도를 깨끗이 하긴 했지만 안색이 나쁜 술꾼이 그를 기다리고 있었다. 나이는 육십대 후반 정도로 보였고, 팔꿈치에 가죽을 덧댄 코르덴 블레이저코트 안에 붉은색 터틀넥 스웨터를 입었다. 비트 세대 시인 같은 지루한 옷차림이었다. 슈타지 출신 같아 보이지는 않았다. 남자는 도서관의 대형 책상 위에 서류 가방을 올려놓았다.

안드레아스가 책상 맞은편에 앉자 남자는 미소를 지으며 말했다. "이렇게 다시 만나는구나."

"우리가 만난 적이 있습니까?"

"내가 젊었을 적에. 그때 내 얼굴엔 수염이 있었지. 다리 밑에서 일주일을 먹고 자다가 널 만났었다."

그 말을 하지 않았으면 안드레아스는 그를 절대 알아보지 못했을 것이다.

"그동안 잘 지냈냐, 아들?"

"지금까지는 나쁘지 않았어요."

"네 공적을 쭉 살펴봤다. 널 자랑스러워하는 내 심정을 꺼려 하지 않으면 좋겠구나. 마지막으로 만났을 때 넌 비밀 정보를 모으는 일에 관심이 없어 보였는데 그때를 생각하면 참 자랑스럽고 흡족해. 세상이 어떻게 이렇게 변했을까? 비밀이 네 사업이 되다니."

"역설적이라는 것은 저도 알아요. 원하는 게 뭡니까?"

"가끔 너와 연락을 하며 사는 것도 나쁘지 않을 것 같구나."

그 말을 듣고 안드레아스가 느낀 혐오감을 어떻게 설명해야 할까? 붉은색 터틀넥 스웨터나 코트 팔꿈치에 덧댄 가죽 때문이 아니었다. 또 다른 아버지에 대한 기억을 떠올리게 됐기 때문이었다. "그러고 싶지 않습니다."

미소 짓던 친부의 얼굴에 분노가 스며들었다. "넌 거만한 개새끼니까 당연히 그렇겠지. 특권을 누리면서 뭐든 네 뜻대로 하며 살았을 테니. 네가 다른 부류의 인간으로 자랐겠냐?"

"제 인생을 잘 요약하시네요."

"어머니하고는 좋은 관계를 유지하고 있지?"

"별로요."

"그녀가 거의 변하지 않은 모습이라 놀랐다."

"어머니를 봤습니까?"

"열린 문틈으로 잠깐."

"원하는 게 뭐예요?"

친부는 서류 가방을 열어 손가락 세 개 두께만 한 분량의 원고를 꺼냈다.

"별로 관심 없겠지만 그래도 얘기하자면 내 인생은 뜻대로 풀리질 않았어. 다시 감옥에 갇혔고, 슈타지가 사라진 후에야 출소해 택시 운전을 했다. 상냥하지만 술을 좋아하는 여자와 결혼해 나 역시 술꾼이 됐지. 지금은 멀쩡해. 물어봐줘서 고맙다. 내 아들이, 너 말고 다른 아들이 하나 있는데, 심각한 선천적 장애를 갖고 있어. 아내는 아들을 돌보다가 2년 전에 죽었어. 아들은 지금 시설에 들어가 있는데 별로 좋은 곳은 아니지만 내가 감당할 수 있는 제일 좋은 곳이야. 2000년 이후로 중학교 8학년과 9학년 애들한테 영어를 가르치는 일을 한 덕분에 쥐꼬리만 한 연금을 받고 있기는 한데, 대부분은 정부에서 주는 구호금으로 살고 있어."

안드레아스는 감정을 넣어 대꾸했다. "참 힘들게 사셨네요. 유감입니다."

"네 책임은 아니지. 널 비난하려고 찾아온 건 아니야. 너도 카티아 같은 사람을 어머니로 두고 살기가 쉽지 않았겠지. 나는 카티아와 6년을 함께하고 인생이 망가졌어. 아니지, 그 정도 표현으로는 부족하지. 나는 그 기간 내내 카티아에게 미쳐 있었어. 카티아의 또 다른 특별한 면인데, 자식에게는 아마 절대 보여주지 않았겠지."

"저도 그런 면을 일부 본 것 같은데요."

"카티아는 정말 대단한 여자지만 나를 망가뜨린 여자이기도 해."

"그래서……."

친부는 손을 달달 떨며 책상 너머 그에게 원고를 밀었다. "은퇴하고 글을 쓰기 시작했어. 내 회고록이야. 한번 읽어봐."

《사랑의 범죄》. 페터 크론부르크 저. 안드레아스는 친부의 이름을 보게 되어 유감이었다. 이름을 몰랐을 때 친부는 그저 어렴풋이 유령처럼 존재할 뿐이었다.

"네가 읽어줬으면 해. 따분하지는 않을 거야. 내가 제법 글을 깔끔하게 잘 써. 네 어머니도 늘 그렇게 말했었고."

"그렇겠죠. 어머니와의 섹스도 적나라하게 묘사했겠군요? 제목만 봐도 알겠네요."

페터 크론부르크는 얼굴이 약간 붉어졌다. "큰 틀은 당 중앙위원회 당원의 사생활에 관한 내용이야."

"어머니는 당 중앙위원회 소속이 아니었어요."

"남편이 당원이었으니까. 섹스에 관한 서술은 상식적인 취향 정도이고 책 내용의 절반일 뿐이야. 나머지는 감옥과 사회주의자의 '정의'에 관한 내용이고."

"그리고 저에 대한 얘기겠죠. 그렇게 말했잖아요."

페터 크론부르크의 얼굴이 더 달아올랐다. "책의 끄트머리에 우리가 처음 만난 날에 대해 썼어. 출판사에 출간 문의를 하면서 너에 대한 얘기가 실려 있다고 언급한 건 인정하마. 출판사에 보내는 출간 문의서에 책이 시장에서 얼마나 팔릴지에 대한 마케팅 계획을 넣는 게 중요하다고 들어서."

"볼프가의 추접한 혈통에 관한 비화겠군요. 그래놓고 저더러 도와달라는 겁니까?"

"네 이름을 붙여서 마케팅을 하면 책이 베스트셀러가 될 수도 있으니까. 내가 죽은 뒤에 장애를 가진 내 아들을 부양할 돈이 필요해. 동독에 대한 향수(Ostalgie)를 자극하는 내용이라 이런저런 비평이 많이 붙겠지. 이 원고를 출판하면 우리는 역사적인 순간에 서게 될 거다."

"입찰 경쟁에 붙이지 않은 게 의아할 정도네요."

페터 크론부르크는 고개를 저었다.

"출판사마다 같은 답을 보내오고 있어. 출판사들이 이미 동독 생활에 대한 회고록을 많이 내고 있는 것 같더라. 내 원고를 봐주겠다고 한 출판사는 한 군데뿐인데 목소리로 봐서 어려 보이는 여자가 원고를 돌려보내면서 너에 대한 내용이 충분치 않다고 하더라."

안드레아스는 친부가 안쓰러웠다. 대단한 인물이 된 아들에 비해 친부는 너무도 보잘것없는 처지였다. 마케팅 계획이니 뭐니 떠드는 걸 보니, 주변인으로 살다 성공으로 가는 절호의 기회를 붙잡으려 안간힘을 쓰는 모습이었다. 늙은 동독인이 서독인의 사고방식을 흉내 내면서, 자본주의자의 자기 홍보 같은 용어를 입에 붙이려 애쓰는 모습을 보니 가슴이 아팠다.

"'나는 아메리카 하우스 도서관에서 내 아들을 두 번째로 만났다'라고 쓰세요. 당신 책에 집어넣을 이번 만남에 대한 내용은 그게 전부일 테니까."

페터 크론부르크는 또다시 고개를 저었다. "네게 창피를 주려고 이 책을 쓴 게 아니야. 난 너한테 화나지 않았어. 네 어머니와 아버지에게, 슈타지에게 화가 났지. 너한테 화난 게 아니라고. 네가 카티아를 보호하고 싶은 게 아니라면 이 책의 내용은 너한테 조금도 해가 되지 않아. 오히려 그 반대겠지."

"어떻게 그렇게 되죠?"

"내가 알기로 너의 마케팅 계획은 햇빛이더구나. 네가 이 책에 추천의 말을 써주고, 내가 다시 출판사에 원고를 보여줄 수 있게 도와주면 좋겠어. 겁을 먹고 어쩔 줄 몰라 하는 스물세 살짜리들 말고 상급 편집자들에게. 그렇게 해주면 너는 유출할 수 없을 만큼 신성한 비밀은 없다는 것을 세상에 보여주게 되는 거다. 그럼 너는 더 유명해지고, 너를 전설로 떠받드는 이들은 더 늘어나겠지."

당신도 그 명성에 편승하겠지, 안드레아스는 생각했다. 어쩌면 친부는 안드레아스가 상상했던 것처럼 멍청하지 않을 수도 있었다. 안드레아스와 크게 다르지 않은 인간일지도 몰랐다. 비슷한데 운이 좀 덜 따랐을 뿐인 걸까.

"못 도와주겠다면요? 〈슈테른〉 잡지사에 가서 저를 위선자라고 떠벌리실 건가요?"

"아들을 위해서, 너 말고 다른 아들을 위해서, 그리고 정의를 위해 이걸 하겠다는 거야. 이 시점에서 정의가 그리 중요한가 싶기도 하지만. 슈타지와 네 부모님 같은 사람들이 얼마나 사악한지 모르는 사람은 없으니까. 그래도 바뀐 세상에서는 돈이 참 중요하더구나."

"그쪽한테 드릴 돈 없습니다."

"시간이 지나면 생기겠지."

안드레아스는 도트 프린터로 인쇄한 원고를 대충 넘겨보았다. 그녀는 양손과 무릎을 바닥에 대고 살쾡이처럼 엎드렸다라는 문장에 시선이 멈췄다. 더 읽어볼 필요도 없었다. 하지만 책상 맞은편에 앉은 붉은색 터틀넥 스웨터를 입은 남자에 대해서는 약간이지만 호기심이 동했다. 이 남자는 항상 돈을 좇았을까? 연인 자격으로 카티아의 힘에 편승하면 사회주의 체제 안에서 권력과 명망을 얻을 줄 알았던 걸까? 진짜 국가 전복자라면 국가 전복죄를 지어 감옥에 간 일을 놓고 부당하다고 여기지는 않을 것이다. 기관원 노릇을 했는데 약속된 보상을 받지 못해 부당하다고 느꼈다면 몰라도.

"돈은 못 드립니다. 다시 보고 싶지도 않고요. 제 아버지는 돌아가셨고 다른 아버지는 필요 없습니다. 원고는 읽고 제가 할 수 있는 일이 있으면 해보겠습니다."

페터 크론부르크는 감격한 표정으로 떨리는 손을 앞으로 뻗었다. 안드레아스는 이별 선물을 하는 셈 치고 그 손을 잡아주었다. 그리고 원고를 들고 입을 다문 채 도서관을 떠났다.

10년 전, 안드레아스는 자신에 관해 슈타지가 기록한 서류를 신중하게 읽어봤었다. 그가 철저한 정찰 대상이 아니었던 탓에 지루한 내용이 대부분이었으나 몇 가지 놀라운 부분은 있었다. 그가 동침했던 쉰세 명의 '위기에 처한' 여성들 중 최소한 두 명은 비공식적인 슈타지 협력자들이었다. 슈타지는 여성을, 특히 나이 어린 여성을 협력자로 쓰는 일이 드물다는 안드레아스 나름의 이론이 틀렸다는 것이 입증됐다. 슈타지 정보원인 한 여성은 안드레아스가 국가의 품위를 훼손하는 부적절한 농담을 했고, 상담을 받으러 온 청소년들에게 과학적 사회주의를 향한 경멸의 씨앗을 뿌렸으며, 교회의 권위를 이용해 청소년들을 성적으로 유린했다고 보고했다. 또한 그녀는 안드레아스와 관계를 맺어 그에게 더 완벽한 신뢰를 얻어내고자 노력했고 그 결과 그가 비정상적인 성적 취향을 갖고 있음을 확인했으며(아마도 그가 국가가 허락한 그녀의 입이 아니라 국가 전복의 의도가 다분하게도 그녀의 성기를 빠는 것을 더 좋아했다는 의미인 듯했다), 환경 운동에 큰 흥미가 있는 척 연기를 했더니 그가 자신의 흥미를 끄는 초록색은 피클뿐이라고 웃으며 말했다고 보고했다. 그 정보원은 스물두 살이라고 적혀 있었다. 안드레아스는 그녀의 이름은 기억했으나 얼굴은 기억나지 않았다. 또 다른 정보원 여성에 대해서는 조금 더 기억이 났는데 당시 그녀는 합법적으로 성관계가 가능한 나이인 열일곱 살이었다. 그녀는 안드레아스가 교회의 다른 반사회적 분자들과 친하게 지내지 않았고, 마르크스-레닌주의의 지도 원칙에 의문을 제기하게끔 부추기지도 않았으며, 경박한 반혁명적 행실의 결과를 보여주는 본보기로 그 자신을 예로 들곤 했다고 보고했다. 우연찮게도 그녀는 안드레아스와의 섹스에 불만이 없었던 여자였다.

그의 서류에 적힌 또 다른 사소하지만 놀라운 기록은 1989년 9월까지 모친 카티아 볼프가 매월 첫째 주 금요일에 슈타지의 방문을 받았고, 아들과 연락하지 않고 지낸다는 사실을 매번 확인해주었다는 내용이었다. 100회가 넘게 방문했다고 기록돼 있었는데 관련 보고서는 짧고 거의 똑같은 내용이었다. 다만 처음 3년 동안은 카티아의 사무실 전화를 도청한 결과 안드레아스 볼프(AW)와 연락하지 않는 것으로 확인됐다는 주석이 다른 종류의 타자기로 기록돼 있었다. 주석이 없는 첫 번째 보고서에는 볼프(W) 차관의 요청에 따라 카티아 볼프(KW)의 전화 감시를 중단한다고 보고자가 휘갈겨 쓴 글이 적혀 있었다.

카티아가 슈타지에게 얼마나 억압을 받아왔는지 알게 되자 안드레아스는 자기도 모르게 마음이 흔들렸다. 카티아가 여러 가지 면에서 희생자였다는 사실을 외면할 수 없었다. 카티아는 자신의 정서 불안, 딸을 영국으로 보내는 대신 다시 동독으로 끌고 와버린 부모님, 그 부모님을 추방하고 아마도 살해했을 비밀경찰, 사랑하지 않았으나 굴종해야 했던 남편, 그녀의 타고난 총명함을 짓이겼던 사회체제, 아들이 그녀에게 등을 돌리게 만들기 위해 베를린으로 돌아온 애인, 그리고 아들에게 희생당했다. 안드레아스는 카티아를 증오했으나 그녀에 대한 연민은 언제나 그의 내면에 숨어 있었다. 망가지고 길을 잃고 부당한 피해를 당한 소녀였던 어머니에 대한 동정심이었다. 어쩌면 그는 열다섯 살의 아나그레트를 보면서 한때 그 나이의 소녀였던 카티아를 종종 떠올렸던 게 아닐까. 이것이 바로 그가 아나그레트에게 품고 있는 관념의 실체 아닐까.

페터 크론부르크의 원고를 들고 아파트로 돌아오는 동안에도 그의 동정심은 여전했다. 크론부르크의 생각은 틀리지 않았다. 《사랑의 범죄》가 출간되면 안드레아스의 경력에 분명히 도움이 될 것이다. 하지만 그가 그 책을 읽을 일은 없을 듯했다. 내용이 비위 상해서이기도 했지만 가장 큰 이유는 어머니를 지키고 싶어서였다. 요즘 카티아가 만나는 몇 안 되는 친구들은 영국인들과 옛 서독인들이었다. 카티아는 동독과는 얽히고 싶어 하지 않았다. 친구들이 이 책을 읽게 되면 카티아는 그들을 잃게 될 수도 있었다. 아무리 용서와 망각의 시대라고는 하나 무고한 남자를 감옥에서 10년이나 썩게 만든 일에 협조했다는 것은 한번 들으면 쉬이 용서되지 않을 일이었다. 당시 정황으로 볼 때 카티아는 분명 협조했을 것이다. 그 책이 출간되는 순간, 세상에 햇빛을 가져온 남자의 자랑스러운 어머니는 비난을 한 몸에 받게 될 수밖에 없었다.

안드레아스는 다시는 어머니의 집에 발을 들여놓지 않겠다고 스스로에게 맹세했지만 어쩔 수 없이 한 번 더 어머니를 만나러 갔다. 문간으로 나온 카티아는 어쩌면 석 달이나 어미를 외면하고 사느냐고 골을 냈다. 하지만 그가 자리에 앉히고 상황 설명을 하자 부루퉁하던 얼굴에 분노가 어렸다.

"내가 자기를 다시는 안 보겠다고 하니까 그 남자가 널 찾아가 자기가 할 수 있는 유일한 복수를 했나 보구나."

"돈이 필요해서 그런 것 같던데요."

"전에는 나를 그렇게 뜯어먹더니 또 같은 짓을 하나 보네."

"손뼉도 마주쳐야 소리가 난다." 안드레아스는 영어로 속담을 인용했다.

"이 일을 너와 의논하고 싶지 않구나. 그 남자의 원고를 네가 읽는 걸 생각만 해도 몸서리가 쳐져."

"진실을 감당하는 건 원래 힘든 일이잖아요?"

"그는 서구 세력과 체제 전복적인 의도로 접촉했어. 당시 그는 미국에 특히 미국 음악에 홀려 있었거든. 자기가 중형을 받은 것에 대해 다른 이유를 댔다면 그건 거짓말이야."

"아, 어머니."

"왜?"

"거짓말도 좀 믿음이 가게 하시든가요. 엘비스 팬이었다는 이유로 감옥에서 10년이나 썩게 했다는 게 말이 돼요?"

카티아는 고개를 치켜들었다. "정말 무시무시한 시대였고 그는 정부에 불충실한 자였어. 나와 함께 동독을 떠나고 싶어 했어. 그러다가 베를린장벽이 세워지니까 다급해져서는 나를 파괴하려고 들었어. 우리를, 네 아버지와 나를 파괴하려 들었다고. 물론 그의 원고에는 이런 얘기가 안 적혀 있겠지."

되풀이되는 카티아의 부정직한 태도는 산성 용액처럼 그의 동정심을 녹여버렸다. 그는 카티아가 창피를 당하지 않게 보호해주려고 찾아온 것이었다. 카티아가 단 1분이라도 진실을 얘기했다면, 자신이 실수를 저질렀음을 인정하고 페터 크론부르크에게 한 짓을 후회했다면 그는 그녀를 보호했을 것이다.

"그래도 그의 아이를 가질 만큼 사랑은 하셨던 거잖아요."

"'그의' 아이라고 말하지 마. 넌 그가 아니라 내 아이야."

"하. 어머니 아이라는 지위에서 사임할 수만 있으면 당장이라도 하겠어요."

"넌 잘나가고 있어. 넌 정말 대단해. 네 어린 시절이 나빴자 얼마나 나빴겠니?"

"맞아요. 저는 어머니의 대단한 양육 실력을 보여주는 자랑거리죠. 하지만 제가 그의 회고록 출간을 돕지 않으면 그는 저를 위선자처럼 보이게 만들겠죠. 그걸 바라세요?"

카티아는 고개를 저었다. "말로만 협박하는 거야. 그 사람은 그런 짓 못 해. 원고를 불태우고 무시해. 사람들은 우리의 더러운 과거사를 더 이상 궁금해하지 않아. 이것도 시간이 지나면 다 잊혀."

"그렇겠죠. 그래도 이건 사고 실험이니까 대답해보세요. 세상 사람들 눈에 제가 나쁘게 보이길 바라세요, 아니면 어머니가 나쁜 사람으로 보이시겠어요? 신중하게 생각하고 대답하세요."

카티아는 이를 악물고 정면을 응시했다.

"이게 복잡하고 어려운 문제인가 봐요?"

카티아는 소파의 등 쿠션에 등을 기대고 멍하니 앞만 바라보았다. 마치 안드레아스의 질문이 그녀의 문제 많은 뇌에 합선이라도 일으킨 듯했다. 안드레아스는 어머니의 머릿속을 둔주곡*처럼 흘러 다닐 넋두리를 상상했다. 자식을 사랑하는 어머니는 늘 아들의 안녕을 우선시하지. 자식을 사랑하는 어머니는 보기에도 좋아. 하지만 이런 경우 내 아들의 안녕을 우선시하다 보면 내 꼴이 형편없어져. 남들 눈에 나쁜 사람으로 보이지 않는 게 중요해. 그렇지만 내가 나쁜 사람으로 보일까 봐 걱정하는 건 아들의 안녕을 우선시하지 않기 때문일 거야. 그래도 자식을 사랑하는 어머니는 늘 아들의 안녕을 우선시하지……. 끝없이 되풀이되는 연주였다.

"무응답도 대답이에요." 안드레아스는 자리에서 일어섰다. "이만 가볼게요."

카티아는 그를 붙잡지 않았고 아무 말도 하지 않았다. 어머니는 당장 창밖으로 뛰어내려 자살한다고 해도 놀랍지 않을 만큼 표정이 몹시 어두웠다. 그러나 안드레아스와는 달리 카티아는 자기기만 능력이 뛰어났다. 카티아는 결국 자살하지 않았다. 대신, 안드레아스가 잡지 쪽 인맥을 동원해 《사랑의 범죄》를 출간해줄 출판사를 찾아내고, 그 책이 출간되어 〈슈피겔〉**의 베스트셀러 목록에 12주 동안 머물고, 그 책을 홍보한 안드레아스가 온 세상의 찬사를 받게 되자, 카티아는 런던으로 이사해서 과부가 된 언니의 집 근처에 아파

---

* 한 성부(聲部)가 주제를 나타내면 다른 성부가 모방하면서 대위법에 따라 좇아가는 악곡 형식.

** 독일의 시사주간지.

트를 임차했다. 그리고 〈런던 리뷰 오브 북스〉*에 신뢰할 수 없는 동독인의 기억을 주제로, 자기변명으로 일관하고 숨 막히게 거짓으로 점철된 긴 에세이를 기고했다. 카티아는 그렇게 계속 살아갔다.

안드레아스도 마찬가지였다. 진심으로 섹스를 좋아하고 그와 섹스를 하고 싶어 하는 여자들은 넘쳐났고, 그는 세계적인 명성을 추구했다. 섹스와 명성은 그의 삶을 이끄는 충동일 뿐이지 병은 아니었다. 수년에 걸쳐 재능 있는 젊은이들이 선라이트 프로젝트로 모여들었고, 안드레아스는 수학과 로직 능력을 살려 크랙 전문가이자 실력 좋은 코드 전문가가 되었으며, 인터넷이 확산됨에 따라 내부 정보 유출은 한층 더 짜릿한 일이 되었다. 결국 안드레아스는 미치광이들로부터 신변을 지켜줄 경호원을 곁에 두었고, 그가 조롱해온 여러 정부 및 기업에 맞서 그를 변호해주겠다고 모여든 무료 변호사들과도 함께 일하게 됐다. 아나그레트, 그리고 내면의 살인자와 함께 마음의 감옥에서 보낸 10년의 세월은 오래전에 꾸었던 나쁜 꿈처럼 느껴졌다. 그 후로 어머니를 만나지 않았다. 그는 90년대가 끝나고 그 후 10년 동안 여자들을 바꿔가며 연속 결혼**을 하듯 살았고 명성을 얻는 게임에서 끝없이 승리했으나, 예전에 카티아가 했던 '네 어린 시절이 나빠봤자 얼마나 나빴겠니?'라는 수사적인 질문이 한 번씩 머릿속에 떠올랐다. 독일에서 체포당하지 않기 위해 덴마크로 도망쳤다가 본국 송환을 피하려고 또 도망쳐야 했을 때에도 그는 벨리즈에서 위태로우나마 은신처를 구할 수 있었다. 그에게는 언제나 운이 따랐다.

벨리즈에서 살던 어느 날, 내면의 살인자가 돌아왔다. 어쩌면 살인자는 처음부터 떠난 적이 없었는지도 모른다. 태드 밀리컨의 바닷가 저택에서 맛있는

---

* 영국의 문예 잡지.

** 수년마다 배우자를 바꾸는 결혼 형태.

점심을 먹고 저택 구내를 떠나기 전까지 그는 살인자의 존재를 인식하지 못했다. 실리콘밸리의 벤처 투자가인 태드 밀리컨은 법정 강간죄*로 캘리포니아에서 고소를 당한 터라 성가신 시선을 피해 벨리즈로 물러나 살고 있었다. 태드는 자기 자신을 초인(Übermensch)이자 '특이점**의 선택을 받은 화신'으로 여긴 소설가 에인 랜드와 같은 부류였다. 한마디로 제정신이 아니었다. 하지만 테니스나 낚시 같은 주제로 얘기를 나누기에는 정말 좋은 이야기 상대였다. 태드는 안드레아스를 벨리즈에 거주하는, 세계에서 두 번째로 대단한 역사적 인물이자 동료 초인으로 여겼고, 그와 친구가 되고 싶어 했다. 하지만 그들은 어색한 관계일 수밖에 없는 것이, 안드레아스는 돈이 간절히 필요했고 태드에게 약간이나마 받을 수 있을지 모른다는 생각을 갖고 있었기 때문이었다. 인터넷에서 태드를 옹호하는 사람들은 태드를 인터넷 혁명의 아버지로 여기고 애정 어린 시선으로 바라보면서, 법정 강간 고소 건에 관해서도 정신착란성 방위***를 적용해 그의 무죄를 주장했다. 그러나 태드는 늘 소지하고 다니던 은도금 콜트 45구경 권총으로 얼마 전 이웃 사람 소유의 마코앵무새를 쏴 죽인 바람에 또 뉴스거리가 됐다. 안드레아스는 더 이상 사람 많은 곳에서 태드와 같이 있는 모습을 보일 수 없었다. 줄리언 어산지의 명성에 먹칠을 한 것이 바로 소름 끼치는 섹스 스캔들이었다. 안드레아스는 사람들이 '태드 밀리컨'을 구글로 검색했을 때 검색 결과 첫 페이지에서 '안드레아스 볼프'와 '법정 강간'을 같이 보게 되면 어쩌나 하는 생각을 했다. 사람들은 안드레아스와 어산지가 똑같이 금발이라는 점, 하는 일도 같다는 점, 불행하게도 이름의 철자(Andreas와 Assange)도 비슷하다는 점을 들어 안드레아스가 열다섯 살 청

---

* 법적 미성년자와 성행위를 하는 것.

** 인공지능이 비약적으로 발전해 인간의 지능을 뛰어넘는 기점.

*** 정신착란 때문에 범죄라고 판결할 수 없다는 법적 개념.

소년들과 스캔들이 있을지 모른다는 인상을 받을 수도 있었다. 그는 더 이상 열다섯 살짜리들과는 관계하지 않았다. 결국 안드레아스는 태드와 함께 있는 모습을 외부에 보이지 않기 위해 심하다 싶을 정도로 노력했고, 태드의 집 구내나 태드의 낚싯배에서나 같이 시간을 보내고자 했다. 둘이 함께 어디 갈 때마다 태드가 창문이 진하게 선팅되고 운전기사가 딸린 캐딜락 에스컬레이드를 안드레아스에게 보내주는 것도 외부의 시선을 차단하는 데 도움이 됐다.

태드는 본인의 삶을 다큐멘터리로 기록했다. 늘 쓰고 다니는 뉴욕 양키스 모자에 자동 시동 카메라를 설치하고 목에 거는 가느다란 끈에 소형 비디오 장치를 연결해서 촬영하는 식이었다. 열여섯 살쯤 돼 보이는 맨발의 미녀 캐럴리나의 시중을 받으며 수영장 옆에서 점심을 먹으면서 안드레아스는 태드에게 지금은 그 카메라 좀 끄면 안 되겠냐고 물었다. 태드는 하와이안 셔츠를 걸치고 단추를 풀어 바다거북 같은 탄탄한 배를 드러냈다. 햇볕에 그을린 피부에 선명한 복근이 두드러졌다. 태드가 웃으며 물었다. "오늘은 숨길 게 있나 보군?"

"촬영한 데이터가 전부 어디로 가는지 알 수가 없어서요."

"햇빛이 비치게 내버려두게. 자네는 몰래 카메라 촬영 중이야." 태드는 이렇게 말하며 또 웃었다.

"못 믿어서가 아니라, 혹시 선생께 무슨 일이라도 생기면……."

"내가 죽으면? 난 절대 죽지 않아. 라이프로그*의 중요한 점이 바로 그거라네."

"그렇기는 하죠."

"데이터는 클라우드에 저장되고, 클라우드는 영원히 자동 갱신을 해. 디엔에이(DNA) 자기재생과 비교해 착오율이 얼마나 되냐고? 5단계쯤 낮아. 클라

* 전자 기기를 사용해 개인의 일상을 디지털 공간에 저장하고 검색하는 것.

우드에 모든 데이터가 원본 그대로 저장돼 있으니, 내가 죽은 뒤에 클라우드 측에서는 나를 재부팅하기만 하면 돼. 나는 이 점심 식사를 기억하고 싶네. 캐럴리나의 작은 발가락도 기억하고 싶고."

"선생께는 어떤 의미인지 알겠습니다. 하지만 제게는—"

"자네는 클라우드를 좋아하지 않지."

"그렇습니다."

"클라우드가 아직 초창기이기는 해. 하지만 자네를 리부팅해주면 자네도 좋아하게 될 거야."

"저는 이미 클라우드에서 온갖 불미스러운 정보들을 매일 낚아 올리고 있습니다."

"아, 낚는 얘기를 하니 마침 생선이—"

캐럴리나가 바나나 잎에 얹은 생선구이를 접시에 담아 들고 나타났다. 캐럴리나는 태드의 은도금 권총을 옆으로 치우고 접시를 내려놓았다. 태드는 캐럴리나를 끌어당겨 무릎에 앉히고 목덜미에 키스를 했다. 그녀의 미소는 고통스러워 보였다. 태드는 가슴이 깊게 파인 그녀의 원피스 윗부분을 아래로 끌어내려 그 안에 비디오카메라를 들이밀었다. "나는 이걸, 특히 이걸 기억하고 싶어."

캐럴리나는 카메라를 손으로 탁 치면서 말없이 그의 무릎에서 일어섰다.

태드는 캐럴리나가 걸어가는 모습을 보며 말했다. "재는 그 새 때문에 아직도 나한테 화가 나 있어."

"언론에서도 그 사건을 좋게 다루고 있지 않던데요."

"아, 재는 그 새를 좋아하지도 않았어. 울어대는 소리가 어찌나 날카로운지 판금 공장 옆에서 사는 것보다 더 지독했단 말이야. 재는 내가 산탄총 말고 다른 총으로 그 새를 죽일 줄 몰랐나 봐. 일종의 종교적이고 미신적인 생각인 것이지. 새에게 권총을 사용하지 말지어다. 권총으로 쏘는 게 훨씬 더 사냥에 가깝다고 설명했지만 내 말을 들으려고도 안 해."

안드레아스는 생선구이를 조금 먹었다. "볼리비아 얘기나 하죠."

"그 나라에는 해변이 없어." 태드의 제일 역겨운 점은 음식을 먹을 때 마치 필요악이라 어쩔 수 없이 접촉한다는 듯 내키지 않는 표정으로 조심스럽게 칼로 잘라 포크로 찍어 입에 집어넣는 것이었다. "원래 해변이 있었는데 칠레가 훔쳐 갔지. 어쨌든 난 거기서 못 살아. 난 바다가 있어야 돼. 산속에 로스볼카네스라는 골짜기가 있어. 예전에는 생태학 조사 작업을 하는 독일인 소유였던 곳이야. 내가 전 세계 리튬 시장을 장악해볼 심산으로 그 독일인을 고용했었는데, 그가 하는 말이 경비행기를 타고 비행을 하다가 작은 지상낙원 같은 그 골짜기를 보고 '맙소사, 이런 곳이 있을 수가!' 하고 감탄을 했다는 거야. 그는 3만 5천 명의 미국인을 위해 그 골짜기를 샀다고 했어. 도저히 믿어지지 않았지. 하루 시간을 내서 직접 가봤는데 그의 말이 맞았어. 이 세상 같지 않은 기묘한 곳이더라고. 내가 100만 달러에 사겠다고 하니까 그는 150만 달러를 불렀어. 눈으로 보면 반드시 가져야 하는 게 있는데 그곳은 바로 그런 곳이었어."

"전기를 사용할 수 있습니까? 전선은 깔려 있어요?"

"아무것도 없어. 하지만 볼리비아 대통령은 말이 통하는 사람이야. 대통령으로 당선될 당시에 코카나무 재배 노동조합 회장이었던 인물이지. 대통령이 되고 나서 노동조합 회장직을 내놨냐고? 전혀! 그래서 참 마음에 들어. 볼리비아 대통령 겸 코카나무 재배 노동조합 회장이라니. 어쨌든 그 대통령이 리튬 건으로 나한테서 돈을 꽤 우려냈는데, 대통령이라면 응당 그렇게 해야 했겠지만, 어쨌든 그 일로 나한테 신세를 졌어. 그래서 내가 자네를 그 대통령에게 소개해줄까 해. 연간 1달러에 자네에게 로스볼카네스를 임대해주겠네. 그리고 기초 시설 개선비와 운영비로 1천만 달러를 투자해줄게. 광케이블 정도는 있어야 일을 할 테니까."

"저를 위해 왜 그렇게까지 해주십니까?"

"자네는 안전한 기지를 필요로 하고 나는 희귀한 보험을 필요로 하니까. 지금 나는 벨리즈에서 지내는 게 좋고 이곳 경찰도 마음에 들어. 하지만 우리는 아직 특이점 이전의 시대에 살고 있잖아. 자네나 나 같은 사람들이 세상을 재창조하려면, 과도기의 혼란 상태를 견뎌낼 수 있는 장소가 필요해. 특이점 이전에 그린란드의 빙하가 녹을 것 같지는 않지만 만약 기후변화로 인해 빙하가 녹으면 자원과 난민 문제로 각국은 핵무기를 사용할 수도 있어. 핵전쟁이 일어날 경우 핵겨울보다는 핵가을이 올 것이라는 가설이 있어. 11월 정도의 가을이려나. 그런 상황이 닥치면 적도 지역에서 살고 싶을 거야. 핵무기의 목표가 되지 않는 외딴 지역의 골짜기면 가장 좋겠지. 그리로 들어갈 때 예쁘장한 젊은 여성들과 예비품, 염소와 닭을 갖고 가게. 그곳을 아늑하게 꾸며봐. 나는 그리로 가서 합류할 일이 없기를 바라지만 혹시 모르니까."

태드는 생선구이를 칼로 자른 뒤 딱! 소리가 나게 포크로 찍어서 미심쩍은 표정으로 입에 집어넣었다. 그러고는 창피스러운 무언가를 부인하듯 접시를 옆으로 밀어놓았다.

"직설적으로 말씀을 드리는 것 말고 다른 방법이 없겠군요. 이 대화를 클라우드로 전송하는 그 카메라 때문에라도 말씀을 드려야겠습니다. 자금 출처를 비밀로 하는 것이 저에게는 대단히 중요합니다."

태드는 인상을 썼다. "내가 창피해?"

"아뇨. 물론 그렇진 않습니다. 저는 우리가 서로의 입장을 이해한다고 생각하고 있어요. 그래도 세상 사람들이 생각하는 제 이미지도 있고…… 이걸 어떻게 말하면 좋을까요? 그러니까, 선생께서 휘말려 있는 소송 건이 제 이미지와 충돌할 수도 있고 해서요."

"내 소송 건은 자네가 얽혀 있는 소송에 비하면 아무것도 아닐 텐데."

"저는 독일의 공무상 비밀 유지법과 미국의 반해킹법을 위반했습니다. 그런 법 위반은 주류 언론에 실려도 별문제가 없어요. 섹스와 관련된 고소 사건보다는 훨씬 낫죠."

"기존 언론 매체는 나를 씹느라 살판이 났어. 내가 세상을 교란하는 주요 장애 물질이라는 걸 그들도 아는 거지."

"저도 약간은 그런 편이죠. 그래서—"

"클라우드 시대 이전의 모든 체계들 중에 나한테 제일 지적으로 무례한 체계가 바로 법체계야. 같은 법을 모든 이들에게 두루 적용되게 만들었으니. 맙소사. 소매 거래보다 더 질이 떨어져. 도대체 왜, 컴퓨터를 이용해 모든 것을 개인에게 맞춤 적용하는 이 시대에, 법이 모든 사람들에게 똑같이 적용되어야 한다고 생각하는 걸까? 열다섯 살이라고 해서 다 같지가 않아. 내가 다른 예순네 살 남자들처럼 보이나?"

"흥미로운 관점이네요."

"증거 법칙도 그래. 진실을 추구하기 위한 법칙이 아니라 진실에 대한 모욕이야. 그래서 나는 직접 진실을 보유하고 기록하는 거야. 변호사들은 진실을 얘기해도 두 손으로 귀를 틀어막고 듣질 않아. 말 그대로 귀를 틀어막는다니까. 진실 따위 듣고 싶지 않다는 거야. 법체계가 이보다 더 엉망진창일 수 있을까? '재판'이, 다들 착석해서 디지털로 기록된 진실을 시청하는 것이 되는 날이 오기를 나는 손꼽아 기다리고 있어."

"하지만 그 전에는……."

태드는 부루퉁하게 말했다. "괜찮으니까 내 이름 빼. 로스볼카네스는 볼리비아 회사 명의로 돼 있는데 외국인 소유 금지법인지 나발인지를 피하려고 내가 세운 회사야. 삼중으로 비밀 보장이 돼 있어. 그 회사가 자네에게 비용을 댈 거야."

"그렇게 해도 정말 괜찮으시겠습니까?"

"우린 둘 다 진실을 말하는 사람들이야. 내가 좀 더 과격한 편이지만. 나는 자네 눈을 들여다보면서 자네는 나보다 진실을 말하는 강도가 약하다고 말할 배짱이 있어. 그렇지만 자네는 사람들에게 더 호감을 사지. 진실을 말하면서도 대중에게 더 호감을 사는 얼굴이니까."

"듣기 좋은 말이기는 하네요."

안드레아스와 태드가 대문 앞에 이르렀을 때 좋지 않은 일이 일어났다. 에스컬레이드가 대문 앞에 없자 태드는 운전기사에게 전화를 했고 운전기사는 주유소에 갔다가 돌아오는 중이라고 했다. 몇 분 뒤 대문이 안으로 열리고 에스컬레이드가 집 구내로 들어왔는데 도로 건너편 야자나무 뒤에서 대머리 남자 하나가 카메라를 들고 불쑥 나타났다. 주머니가 잔뜩 달린 카키색 조끼를 입은 대머리는 안드레아스가 에스컬레이드 뒤로 몸을 피하기 전에 태드의 집을 배경으로 안드레아스와 태드가 함께 있는 모습을 카메라 자동 촬영으로 열 번 정도 찍었다.

멍청하게도 어떻게 뻔히 들킬 만한 곳에 서 있었을까? 안 그래도 좋지 않은 상황이 더 나빠졌다. 대머리는 셔터를 계속 눌렀고 태드는 대머리를 향해 권총을 겨누고 사격 자세를 취했다. "카메라 내려놔, 개새끼야! 내가 못 쏠 줄 알아? 진짜 못 쏠 것 같아?"

태드의 손에 들린 권총은 경악스러울 정도로 불안정했다. 태드의 운전기사가 당황한 표정으로 에스컬레이드에서 뛰쳐나왔다. 길을 따라 허둥지둥 발을 옮기는 소리가 들렸다. 태드는 권총을 내리고 대문 옆 벽 쪽에 있는 우리로 달려가 우리 문을 열고 로트바일러 두 마리를 풀어놓았다.

내 행운도 이제 끝인가, 안드레아스는 생각했다.

안드레아스와 운전기사는 태드의 뒤를 따라 대문을 나섰다. 개들이 대머리의 뒤를 쫓아 길을 달려가고 있었다. 바로 그 시점에서 안드레아스 내면의 살인자가 존재감을 드러냈다. 대머리가 주차된 미니밴에 휘청하며 부딪치고 그를 따라잡은 개들이 망설임 없이 달려들었다. 한 마리는 대머리의 팔을, 한 마리는 다리를 물었다. 안드레아스는 어느새 개들이 대머리를 죽이기를 바라고 있었다.

태드가 권총을 들고 길을 달려갔다.

에스컬레이드에 올라탄 안드레아스는 운전기사에게 태드 뒤를 따라가라고 지시했다. 차를 타고 대문을 지나가는데 개들이 낑낑 울며 휘청거리는 모습이 보였다. 대머리가 개들에게 호신용 후추 스프레이라도 뿌린 모양이었다. 대머리의 미니밴이 태드를 향해 곧장 달려왔다. 태드는 대머리와의 대치에 이미 흥미를 잃었는지 총을 힘없이 아래로 내리고 터덜터덜 걸어오고 있었다. 운전기사가 미니밴과의 충돌을 피하기 위해 에스컬레이드의 핸들을 홱 돌렸다.

“차를 돌려서 저 남자를 쫓아가요.” 안드레아스가 말했다.

운전기사는 그리 즐겁지 않은 표정으로 고개를 끄덕일 뿐 서두르지 않았다. 차를 돌렸을 때쯤 미니밴은 이미 보이지 않았다. 운전기사는 마치 문제가 해결되기라도 한 듯 말했다. “가버렸네요.”

당장은 아무것도 변한 게 없는 듯했다. 내면의 살인자도 어디론가 사라졌다. 안드레아스는 꿈을 꾸다가, 행복하게 잠들었던 10년 동안 더욱 필사적이 되어버린 어떤 존재로 다시 깨어난 기분이었다. 그는 사랑 대신 명성을 얻었다. 아내나 자식, 톰 애버런트 같은 진정한 친구 대신 태드 밀리컨을 얻었다. 내면의 살인자와 함께 그는 철저히 혼자였다.

안드레아스는 운전기사에게 제일 가까운 병원으로 가자고 했다. 대머리의 미니밴이 병원 밖에 주차돼 있었다. 아스팔트에 방울방울 떨어진 붉은 피가 병원 문 안쪽 리놀륨 바닥에도 벌겋게 문대져 있었다. 대기실에는 벨리즈 여자 두 명과 아픈 아이 네 명이 있었다.

안드레아스는 접수담당자에게 말했다. “친구를 보러 왔습니다. 개한테 물렸어요.”

벨리즈여서 그런지 접수담당자는 안드레아스를 곧장 검사실로 데려가주었다. 검사실에서 젊은 의사가 대머리의 팔에 난 물어뜯긴 상처 한 곳을 소독하는 중이었다. 의사가 고개도 들지 않고 말했다. "밖에서 기다려주세요."

침상에 누워 있던 대머리가 고개를 돌려 안드레아스 쪽을 쳐다보더니 눈이 휘둥그레졌다.

안드레아스가 말했다. "그 사람 친구인데, 이 일을 바로잡으러 왔습니다."

"당신 친구가 날 죽이려고 했거든요."

"미안하게 됐습니다. 그 사람이 제정신이 아니라서."

"그렇죠?"

의사가 다시 말했다. "밖에서 기다려주세요."

카메라가 의자에 놓여 있었다. 이대로 그 카메라를 들고 나가면 될 것이다. 하지만 사진은 이 문제의 일부일 뿐이었다. 문제의 나머지는 돈으로 처리할 수도 있겠지만 안드레아스는 돈 없는 청렴한 인물로, 세속적인 소유물은 여행 가방과 서류 가방에 들어 있는 게 전부이고 간디처럼 소박하게 살고 있는 것으로 유명했다. 평소 이런 이미지는 그에게 유리하게 작용했지만 지금은 아니었다.

주차장으로 나가 살을 태울 듯 뜨거운 태양 아래 선 안드레아스는 전 여친 클라우디아에게 전화를 걸었다. 요즘 그는 클라우디아 가족의 해변 별장에서 선라이트 프로젝트를 운영하고 있었다. 그 집 가족들은 자기네 소유인 별장을 쓰지도 못하고 선라이트 프로젝트 때문에 발생하는 비용 청구서를 받고 있으니 점점 인내심이 바닥나고 있는 중이었지만, 클라우디아의 충성심은 굳건했고 한 번씩 그를 성가시게 구는 것 말고는 따로 비용을 요구하지도 않았다. 클라우디아가 있는 베를린은 아직 한밤중이었다. 전화 연결이 되었을 때 클라우디아는 슈프레 강변의 클럽에 있었다. 안드레아스는 대머리의 병원비를 내달라고 클라우디아에게 요청했다. "문자로 번호 보낼게."

클라우디아가 웃었다. "지금 당장 비행기 타고 그리로 가서 카페라테 한 잔

갖다 달라는 건 아니지?"

"저지방 우유 넣고 카페인은 절반으로 부탁해."

"지금 내가 친구들이랑 같이 저녁 먹으려고 자리에 앉으려던 참이 아니기는 해."

클라우디아가 친구들 앞에서 멋지게 보이려면 한밤중에 그에게 걸려온 전화를 받는 것으로는 부족하고 그를 위한 중요한 일을 하려고 클럽에서 나가는 것 정도는 해줘야 한다는 것을 안드레아스는 잘 알고 있었다. 친구들은 클라우디아가 안드레아스와 6개월 정도 사귀었다는 것을 알고 있었다. 지금은 끝나버린 안드레아스의 달콤했던 10년 중 6개월의 시간이었다. 그 10년 동안 그는 명성의 좋은 점만을 누렸다. 그와 사귀면서 클라우디아는 20만 유로가 넘는 상당한 금전적 배려를 비롯해 흥미로운 섹스 경험까지 하게 해주었다. 그런데도 클라우디아는 그가 유명한 범법자 영웅이라는 이유만으로 오히려 그에게 고마워했다. 참으로 달콤했던 시절이었다.

사진을 찍은 대머리의 이름은 댄 티어니라고 했다. 그자는 한 시간 후 병원을 나섰다. 대머리라서 실제 나이보다 겉늙어 보이는 듯했다. 팔과 다리에 감은 붕대를 보니 상처가 그리 심하지는 않은 모양이었다. "베를린에 사는 누군가가 내 병원비를 계산한 것 같더군요." 댄이 말했다.

"제 친구가 계산했습니다. 좀 어떠십니까?"

"전갈에게 눈꺼풀 정도는 쏘여줘야 다쳤다고 말할 수 있죠. 10점 만점에 4점 정도의 부상일 뿐입니다."

"술 한잔 사도 될까요?"

"아뇨. 호텔 방으로 돌아가서 퍼코셋*을 먹어야겠어요."

---

* 마약성 진통제.

"퍼코셋은 럼주랑 마셔야 좋은데."

"이제 내 친구가 되려고요? 아까 그 미친 남자가 나한테 총을 겨눌 때 당신이 어디 있었는지 심히 궁금하군요."

"SUV 뒤에 숨어 있었죠."

"미안하지만 럼주는 다음에 마십시다."

"누구에게 의뢰받아 일을 하는지 물어봐도 되겠습니까?"

티어니는 절뚝거리며 미니밴 쪽으로 걸어갔다. "여럿에게 받습니다. 〈뉴욕 타임스〉는 밀리컨 관련 기사를 추가로 준비 중이에요. 마코앵무새 건도 있고 지역 경찰과의 일도 있고. 첨단 기술 산업의 정신 나간 괴짜라는 얘기도 있더군요. 나한테 권총을 겨누는 그 남자 모습을 보면 다들 그런 얘기들이 진짜구나 할 겁니다."

"제가 찍힌 사진을 지워달라고, 그의 집에서 저를 봤다는 얘기를 아무한테도 하지 말아달라고 부탁해봤자 안 되겠군요."

"내가 왜 그래야 됩니까?"

"선라이트 프로젝트를 돕기 위해서요."

티어니는 소리 내 웃었다. "당신이 미친 남자와 친구로 지낸다는 사실에 햇빛을 비추지 말아달라. 그걸 역설이나 위선, 모순 중에 뭐라고 불러야 합니까? 어떤 용어가 적합할지 모르겠군요."

"셋 다 해당한다고 해도 상관없습니다."

"뻔뻔함까지. 네 번째 용어는 뻔뻔함이네요."

"그러니까 제 말은, 제가 태드의 친구는 아니라는 겁니다. 그렇게 세상에 알린다면 거짓의 빛을 비추는 게 됩니다."

"글쎄요. 그게 과연 거짓일까요."

"인터넷은 거짓의 빛으로 가득하죠."

"그렇게 말씀하시니 놀랍네요." 티어니는 미니밴 문을 열며 말을 이었다. "아니, 놀라다가 말았다고 해야 할까요. 당신이 하는 일을 싫어하지는 않습니다. 목표물을 잘 쫓는다는 점에서 당신의 타율은 상당히 좋은 편이죠. 하지만 나는 늘 당신이 나쁜 놈일지 모른다는 생각을 했습니다."

이 말을 듣는 순간 안드레아스의 내면에서 살인자가 또다시 꿈틀거렸다. 티어니가 그를 나쁜 놈일지 모른다고 생각했다면 다른 많은 사람들도 그리 생각했을 수 있었다. 당장 컴퓨터 앞으로 가서 누가 그런 생각을 하는지, 정확히 무슨 말들을 하는지 알아봐야겠다 싶어 몹시 초조해졌다.

"진실 말고는 드릴 것이 없습니다. 술 한잔 사면서 진실을 얘기해드려도 되겠습니까?"

지난 10년간 안드레아스가 수없이 사용해온 최고의 낚시질 방법이었다. 그는 여자 쪽에서 이미 함께하고 싶다는 신호를 보내 굳이 이 방법을 쓸 필요 없었을 때도 이 낚시질이 가져올 효과를 보고 싶어 사용하곤 했었다. 다들 그에게 진실을 듣고 싶어 했다. 티어니도 다시 생각해보는 모습이었다.

"사실 그쪽과 이렇게 개인적으로 만나게 될 줄은 예상 못 했습니다. 내가 머무는 호텔에 바가 있습니다."

티어니와 함께 바에 들어가 앉은 안드레아스는 선라이트 프로젝트에 관해 늘 읊어온 표준 문구부터 시작해 그로 인해 난처한 입장에 처하게 된 정부들의 명단과 좀 더 긴 기업들의 명단, 권력을 남용해온 개인들의 명단을 늘어놓았다. 뒷부분에 가서는 티어니가 그만 듣고 싶어 하는 표정이라 빠르게 얼버무렸다.

"제가 얘기해드릴 수 있는 진실은 두 가지예요. 첫 번째 진실은 대중이 저라는 인간을 개인적으로 어떻게 보느냐에 따라 선라이트 프로젝트의 생사가 결정된다는 것입니다. 우리는 아직 잘나가고 있지만 위키리크스가 망한 이유가 사람들이 어산지를 자폐적이며 과대망상증이 있는 소름 끼치는 변태라고 생각하기 때문이죠. 어산지의 기술력은 여전합니다. 다만 때가 낀 사람들이 자신처럼 때가 끼어 보이는 사람을 찾아가 기밀을 털어놓지는 않아요. 사람들은 깨끗해지고 싶어서 자신이 가진 더러운 비밀을 털어놓죠. 당신이 저를 도와주지 않으면 우리도 위키리크스 꼴이 날 위험이 있습니다."

"아, 진짜. 인터넷계의 두 거인이 대문 안에 함께 있는 모습을 찍은 사진이거든요. 당신이 내게 이것이 빙산의 일각이라고 털어놓지 않으면—"

"두 번째 진실이 바로 그것입니다. 이 얘기는 정말 믿으셔야 합니다. 빙산 따위는 없어요. 저는 깨끗하게 살고 있습니다. 이십대 시절에는 거칠게 살았지만 당시 저는 병든 나라에서 살고 있었고 어렸습니다. 그 후 제가 얼마나 철저한 조사를 받았는지 아실 겁니다. 누구든 제 약점을 잡았다면 벌써 인터넷에 까발려지고도 남았겠죠?"

"누가 약점을 잡았어도 당신네 해커들은 그런 걸 묻어버리는 솜씨가 대단하잖아요."

"진심으로 하는 말입니까?"

"알았어요. 당신은 깨끗하다고 칩시다. 그렇다면 더더욱 내 말대로 문제 될 게 없겠죠. 사진 한 장인데 무슨 대수라고."

"제가 밀리컨과 함께 있는 모습이 목격됐다는 것만으로도 선라이트 프로젝트는 끝장이 날 수 있습니다. 흰 빨래 한 무더기를 세탁하면서 빨간 양말 한 짝을 넣는 것과 마찬가지예요. 빨간 양말 한 짝 때문에 나머지 빨래도 다 빨갛게 물들어 다시는 하얗게 되지 않습니다."

티어니는 앉은 자리에서 자세를 바꾸고 얼굴을 찡그리며 말했다. "이런 말을 해야 할 필요가 있을까 싶긴 합니다만, 당신은 참 특이한 사람이에요. 당신 시트가 약간 분홍색이 된다고 해서 누가 신경을 쓸까요? 다들 약간씩은 분홍 물이 든 시트를 씁니다. 휴 그랜트가 사고를 쳐도 사람들은 여전히 휴 그랜트가 출연하는 영화를 보러 가요. 스캔들이 터진 후에 빌 클린턴에 대한 사람들의 호감도가 더 높아졌고요."

"그들은 굳이 깨끗해야 할 필요가 없는 일을 하니까요. 저는 다릅니다."
"밀리컨의 집에서 대체 뭘 하고 있었던 겁니까?"
"자금을 부탁하고 있었습니다."
"그럼 더더욱 스스로를 탓할 수밖에 없겠네요."
"맞습니다. 제 잘못이죠. 저는 돈이 궁했고 운도 없었죠. 그런 면에서 당신이 저보다 우월할 겁니다."
"이제 나한테 뇌물이라도 쥐여줄 참입니까?"
"돈이 있었으면 밀리컨의 집에 갈 일도 없었겠죠. 저는 당신이 생각하는 것보다 덜 위선적인 인간입니다. 제 수중에 돈이 있다고 해도 뇌물을 쥐여주지는 않을 겁니다. 선라이트 프로젝트의 원칙에 정면으로 배치되는 일이니까요."
티어니는 안드레아스가 너무 이상해 당혹스럽다는 듯 고개를 절레절레 흔들었다. "당신들이 함께 있는 사진을 팔면 2천 달러는 받을 수 있거든요. 로트바일러들에게 공격도 받았고요."
"입막음을 위한 뇌물이 아니라 피해 보상이라면 베를린에 있는 제 친구가 공정한 비용을 지불해드릴 겁니다."
"좋은 친구네요."
"선라이트 프로젝트의 진정성을 믿는 친구죠."
"뭐라고 구구절절 설명을 하든, 결과적으로 당신은 여태껏 남들의 비밀을 까발려놓고 나더러는 당신 비밀을 까발리지 말아달라고 하는 거잖습니까."
"그렇습니다."
"진짜 나쁜 놈이네."
"그렇죠. 하지만 저는 태드 밀리컨과는 다릅니다. 가진 재산도 없고 그저 떠돌이 생활을 하고 있을 뿐이에요. 국민을 억압하는 정부들이 저를 증오하고 있어서, 제가 안전하게 입국할 수 있는 나라는 10여 개국밖에 안 됩니다."

이 말은 듣기에도 좋고 효과도 있었다. 티어니가 한숨을 푹 쉬며 말했다. “5천 달러만 내요. 벨리즈에서 소송을 걸어 내가 이길 것 같으면 당신 친구 태드를 고소했을 겁니다. 그래도 경찰에는 그가 한 짓을 신고할 수 있어요. 그럼 경찰들은 누가 또 그 자리에 있었냐고 묻겠죠. 그때 내가 거짓말을 하기를 바라는 겁니까?”

“예, 부탁 좀 드리겠습니다.”

“당연히 그렇겠죠.”

티어니는 카메라를 켜고 안드레아스가 지켜보는 앞에서 안드레아스의 얼굴이 나온 사진들을 하나씩 지웠다. 안드레아스는 지옥 같던 또 다른 10년, 지금과는 다른 삶을 살았던 시절의 어느 날 컴퓨터에서 포르노 파일들을 지운 일을 떠올렸다. 그리고 그가 좋아하는 메피스토펠레스의 대사가 뇌리를 스쳤다. 지나가버리다니! 바보 같은 소리. 어째서 지나갔단 말이냐? 지나갔다는 것과 전혀 없다는 것은 완전히 같은 것이다! ‘지나가버렸다!’ 여기에 대체 무슨 뜻이 있느냐? 이거야말로 아무것도 없는 것과 마찬가지인데.*

그러나 그의 고통은 지나가지 않았다. 티어니가 그날 있었던 사건을 온라인에서 한마디만 해도 영원히 클라우드에 기록되어 머물 것이다. 그 후 수 주일 동안 안드레아스는 해변 별장에서 선라이트 프로젝트를 철수하고 태드 밀리컨과 강력하게 암호를 건 이메일을 주고받았는데 그 시기에 그의 머릿속에는 피해망상의 뿌리가 넓게 퍼져나갔다. 여러 검색엔진에 자신의 이름과 각각 다른 핵심어를 함께 넣어 이리저리 검색을 하면서, 검색 결과의 첫 페이지와 그다음 페이지를 보는 데서 만족 못 하고 그 뒤쪽까지 계속 살펴보았다. 그다음 페이지에 뭐라고 나와 있을까 봐 전전긍긍하면서 계속 다음, 또 다음 페

---

* 《파우스트》 5막에 나오는 메피스토펠레스의 대사.

이지를 들여다보았다. 그는 그런 식의 검색을 계속 되풀이했다. 그러나 아무리 들여다보아도 마음이 놓이지 않았다. 그는 인터넷 세상에 깊게 몰두해 있고 관련돼 있었다. 인터넷 전체주의에 깊게 얽혀들어 온라인상에서 안드레아스라는 존재는 현실 속 물리적 자아보다 더 진짜 같았다. 실제 세상에서 세상 사람들의 눈, 추종자들의 눈은 그리 중요하지 않았다. 안드레아스에 대해 누가 개인적으로 어떻게 생각을 해도 실제 세상에서는 그리 신경 쓸 일이 없었다. 그러나 개인적인 생각과는 달리 데이터는 어디 박혀 있어도 끄집어낼 수 있고 퍼뜨릴 수 있고 누구나 읽을 수가 있었다. 사람은 두 장소에서 동시에 존재할 수 없기에 인터넷 속에서 그의 존재감이 강해질수록 피와 살로 이루어진 물리적 자아로서의 존재감은 약해져갔다. 그에게 인터넷은 죽음을 의미했다. 태드 밀리컨과는 달리 안드레아스는 클라우드에 저장된 데이터가 그의 사후에도 계속 존재하리라는 사실에서 전혀 위안을 찾을 수 없었다.

인터넷 그리고 인터넷 관련 기술의 목적은 인류를 일에서 '해방'하는 것이었다. 무언가를 만들고 배우고 기억하는 일, 예전에는 삶에 의미를 주고 삶의 일부를 구성했던 그런 일로부터의 해방이었다. 이제 인류의 삶에 의미 있는 유일한 일은 검색엔진 최적화인 듯했다. 볼리비아에 자리를 잡자마자 안드레아스는 선라이트 프로젝트의 신념을 가장 굳건하게 믿는 해커들과 인턴 여직원들로 구성된 작은 팀을 만들어, 좋고 나쁜 수단을 모두 동원해 검색엔진 최적화 작업을 수행하게 했다. 호화로운 환생이라는 태드의 꿈은 기술적으로 이루어지기 어려웠지만, 현실적인 바람의 비유일 수는 있었다. 만일 자금이 충분하고 기술력이 뒷받침해준다면 당신은 인터넷 속 인격을 제어하고 본인의 운명과 가상 사후 세계까지도 통제할 수 있었다. 최적화하지 못하면 죽음이 있을 뿐이었다. 내가 먼저 죽이지 않으면 죽임을 당하게 되어 있었다.

1년 동안 안드레아스는 '티어니 안드레아스 밀리컨'으로 하루에 두세 번씩 검색을 하고, 강박적으로 페이스북과 트위터에서 티어니를 감시했다. 그의 피해망상은 매일 일정량을 유지했다. 어느 한쪽을 누르면 다른 쪽에서 튀어나왔다. 마침내 티어니에 대한 걱정을 덜게 되었을 때에도—티어니가 비밀을 누설할 생각이었으면 진즉에 그렇게 했을 것이고 안드레아스도 알았을 테지만—안드레아스의 초조감은 줄어들지 않았다. 안드레아스는 예전에 사귀었던 여자 친구들, 그에게 불만을 품었던 예전 직원들, 슈타지에서 살아남은 직원들이 그에 대해 입을 놀릴까 봐 불안해했고, 결국 모든 근심의 근원인 톰 애버런트를 떠올리며 어쩔 줄 몰라 했다.

20년에 가까운 오랜 세월 동안 안드레아스는 살인을 저질렀던 과거에 대한 비밀을 톰이 누설하지 않으리라 믿고 살아왔다. 시신 운반을 도운 톰도 중대한 범죄를 함께 저지른 것이었으니까. 그리고 몇 달 후 뉴욕에서 보낸 편지에서 톰은 만나기로 약속해놓고 '바람맞힌 것'에 대해 사과하면서, 베를린에서 안드레아스가 한 얘기가 〈하퍼스 바자〉라든지 어떤 매체를 통해 세상에 드러날 일은 없을 거라고 안심시켜주었다. 또한 둘이 함께한 '작은 모험'에 힘입어 안드레아스가 그 여인과 함께 잘 살기를 바란다고 기원해주었다. 그 후 안드레아스는 톰이 보낸 엽서의 문투가 다소 쌀쌀해서, 속내를 고백한 편지에 대한 톰의 답장이 특히 그래서, 상처를 받기는 했지만 걱정하지는 않았다. 2005년에 그는 톰과 다시 우정을 쌓아보려고 덴버로 전화해 덴버 인디펜던트에 중요한 기밀 정보를 알려주겠다고 제안했고 톰이 딱 잘라 거절하자 마지막으로 깊은 상처를 받았지만 그래도 불안에 떨지는 않았다. 최악의 경우가 닥쳐온다고 해봤자 톰과 프로로서 경쟁하는 관계가 되는 것 정도이리라 생각했다. 만일 그렇게 된다면 그들의 우정도 끝나게 될 터였다.

하지만 어느 날 아침 로스볼카네스의 별관에서 자신에 관한 일일 뉴스 요약판을 읽고 있던 안드레아스는 덴버 인디펜던트의 레일라 헬루 기자가 〈컬럼비아 저널리즘 리뷰〉의 요청에 응한 인터뷰 기사를 우연히 보게 됐다.

기밀 누설자들은 그저 정보를 토해놓을 뿐이에요. 기자는 그들이 토해놓은 것을 수집, 농축하고 전후 사정과 관계 짓는 일을 하죠. 우리가 이 일을 하는 동기가 항상 최고로 선한 것은 아니지만 적어도 우리는 문명에 어느 정도 일조하면서 살고 있어요. 우리는 어른 대 어른으로 대화를 나누려고 노력하죠. 하지만 기밀 누설자들은 야만적이에요. 스노든이나 매닝 같은 초기 기밀 누설자들을 말하는 게 아니에요. 그들은 그저 미화된 정보원일 뿐이죠. 위키리크스와 선라이트 프로젝트 같은 정보 누출 수단이 야만적이라는 거예요. 그들은 머릿속 생각을 여과해서 입 밖으로 낸다는 이유로 어른들을 위선자라고 공격하는 어린애 같아요. 야만스럽고 단순하죠. 생각을 여과해서 말하는 것은 거짓말쟁이라서가 아니라 교양이 있기 때문이잖아요. 줄리언 어산지는 기본적인 사회적 기능에 눈과 귀를 닫고 손으로 음식을 먹는 사람이나 다름없어요. 안드레아스 볼프는 자기가 더러운 비밀이 많은 사람이라서 온 세상이 더러운 비밀로 가득하다고 생각하죠. 그는 마치 네 살짜리 아이가 똥을 집어 던지듯 뭐든 손에 잡히는 대로 벽에 던져놓고 그중 어떤 게 벽에 들러붙는지 보는 거예요.

더러운 비밀? 안드레아스는 섬뜩하고 두려운 마음으로 그 불쾌한 구절을 되풀이해 읽었다. 레일라 헬루, 이 여자 대체 뭐지? 재빨리 검색을 해보니 그 여자와 톰 애버런트가 함께 일하는 모습이 담긴 사진들이 떴다. 추잡한 블로그에 대해 심술궂게 써놓은 말들도 같이 보였다. 이 여자는 덴버 인디펜던트의 발행인 톰 애버런트와 잠을 잔 덕분에 재능을 발휘할 대단한 기회를 잡은 모양이었다. 레일라 헬루는 톰의 여자 친구였다.

더러운 비밀? 똥을 집어 던져? 머릿속 생각을 여과해서 내놓아야 된다고 하지 않았나?

안드레아스는 2005년에 덴버로 전화를 걸었던 일을 떠올렸다. 당시 선라이트 프로젝트는 가장 큰 국제적인 기밀을 확보한 상태였는데, 바로 다국적기업 핼리버턴의 회계 부정 사건이었다. 안드레아스는 〈뉴욕 타임스〉로 곧장 정보를 넘길까 하다가, 마침 그 무렵 톰이 온라인 뉴스 서비스 회사를 설립했다는 사실을 알게 됐다. 톰에게 정보를 주겠다고 하면 밤사이에 명성을 드높일 수 있는 기회이니 덥석 물 거라고 생각했다. 애초에 톰에게 전화를 건 동기가 완전히 순수하지만은 않았다. 톰과 우정을 이어가고 싶은 오랜 바람이 섞여 있었으니까. 톰은 안드레아스를 버렸지만 이제 안드레아스는 톰보다 훨씬 유명하고 대단한 인물이 됐고 톰은 그에게서 얻어내고 싶은 게 있었다. 이런 상황이 안드레아스는 즐거웠다. 안드레아스는 덴버 인디펜던트를 선라이트 프로젝트의 미국 쪽 송화구로 사용하는 상황을 상상해보았다. 만약 그렇게 된다면 비록 다른 대륙에 떨어져 살고 있어도 그는 톰과 드디어 함께 일을 하게 되는 것이었다. 수화기 너머에서 톰은 안드레아스가 제시하는 기밀 정보에 흥미를 보이는 것 같았다. 감정이 북받쳐 올랐다. 그들이 서로의 목소리를 듣는 게 15년 만이었다. 톰은 기밀 누출 건을 놓고 '믿을 만한 조언자'와 논의를 해야 하니 한 시간만 기다려달라고 했다.

단순히 형식적인 절차인 것 같았다. 하지만 1시간 15분 뒤에 다시 전화를 걸어온 톰의 목소리가 달라져 있었다. "안드레아스, 제안은 정말 고맙습니다. 나한테 큰 의미가 있는 제안이고, 당신이 이런 전화를 걸기가 쉽지 않았을 거라는 것도 압니다. 하지만 탐사 보도를 키워내야 한다는 내 주된 원칙을 고수해야 될 것 같습니다. 현장에서 발로 뛰며 취재해 보도하는 것이 내 원칙입니다. 당신이 하는 일이 내게 의미 없다는 뜻은 아닙니다. 다만 내가 있을 곳은 여기라는 뜻입니다."

전화를 끊은 안드레아스는 다시는 톰 때문에 상처받지 않겠다고 맹세했다. 하지만 8년이 지난 지금, 레일라 헬루의 인터뷰를 읽으면서 그는 톰이 그에게 영 무관심하지만은 않았음을 알게 됐다. 톰은 그에게 위협적인 존재였다.

안드레아스는 모든 것을 단박에 깨달았다. 톰은 안드레아스의 내면에 살인자가 숨어 있음을 본 것이다. 오더 계곡에서 맞이한 새벽빛 속에서 톰은 놈을 본 것이다. 톰을 껴안았을 때 안드레아스의 내면에서 발기한 괴물은 살인을 저지른 밤 이후 안드레아스가 줄곧 억눌러왔던 성욕의 자연스러운 분출이 아니었다. 동성애를 느낀 남자의 발기도 아니었다. 그런 식의 의미는 아예 없었다. 하지만 톰 때문에 발기한 것은 맞았다. 예전에 열다섯 살 난 아나그레트에게 성욕을 느꼈을 때와 같은 이유로 그는 발기한 것이었다. 톰이 살인 과정 중 일부가 되었기 때문이었다. 내면의 살인자는 상대가 남자냐 여자냐를 구분하지 않았다. 그때 안드레아스는 무슨 짓을 했을까? 확실히는 기억나지 않았다. 꿈일 수도 있었다. 하지만 꿈치고는 무척 생생했다. 안드레아스는 발기한 성기를 부여잡고 무덤 위에 다리를 벌리고 올라앉았다. 그게 실제로 일어난 일이었을까? 아마 그런 듯했다. 그게 아니면 그 후 톰이 별안간 안드레아스에게 거리를 두기 시작한 이유를 어떻게 설명할 것인가? 톰은 살인자가 안드레아스를 조종해 무슨 짓을 하게 만드는지 똑똑히 목격한 것이다. 톰은 안드레아스와 저녁을 같이 먹기로 약속해놓고 그길로 뉴욕의 집으로 내빼 그의 여자의 품속으로 숨어버렸다. 안드레아스는 그답지 않게 자존심도 없이 톰의 뒤꽁무니를 쫓으면서 엽서를 보냈고 자신의 위치를 드러내면서까지 편지를 써 보냈으며 종국에는 전화까지 걸었다. 그들 둘이 친구가 될 운명이어서가 아니었다. 내면의 살인자가 한번 원했던 것을 결코 잊지 않았기 때문이었다. 그 관계에 사랑 따위는 없었다.

톰이 전화상으로 말한 '믿을 만한 조언자'는 다름 아닌 레일라 헬루일 것이다. 톰은 새로 사귄 그 여자에게 핼리버턴 기밀 자료에 대해 어떻게 하면 좋을지 물었고 그 여자는 그 자료를 거부하라고 조언했다. 그리고 8년이 지난 지금 그 이유가 너무도 명백하게 드러났다. 톰이 그 여자에게 호르스트 클라인홀츠 살인 사건에 대해 말한 것이다. 그게 아니면 그 여자가 인터뷰에서 더러운 비밀이니 뭐니 지껄일 이유가 없지 않을까? 그 여자는 안드레아스를 냉혹한 살인자라고 비난한 것이다.

그 여자의 인터뷰 내용을 다시 한번 읽고 있는데 내면의 살인자가 툭 튀어나왔다. 뭉툭한 물건으로 톰의 두개골을 빠개놓고 싶다는 바람이 그렇게 표출된 것이었다. 미국 이민국의 심사를 통과할 방법이 있었으면 안드레아스는 곧장 덴버로 가서 톰을 죽였을 것이다. 그의 내면에 있는 살인자를 잠깐 보았다는 이유로. 안드레아스가 우정의 의미로 내민 가장 진실한 제안을 거절했다는 이유로. 안드레아스를 다시 또다시 거절하여 수치심을 안겨주었다는 이유로. 아내에게 굴복하고 여자 친구의 조언에 따랐다는 이유로. 안드레아스를 유혹해놓고 그를 배신한 후 여자 친구에게 갔다는 이유로. 그 예쁜 입을 닫고 있지 않았다는 이유로. 그리고 무엇보다도 미국인 특유의 경건한 척을 한 이유로. "당신이 저지르고 있는 혐오스럽고 범죄적이며 명성이나 좇고 똥을 던지고 무덤을 더럽히는 짓에 대해 비난하려는 게 아닙니다. 내 깨끗한 집이 그런 일과 연루되는 게 싫은 것뿐입니다." 톰은 전화로 이렇게 말한 것이나 다름없었다.

안드레아스는 조그맣게 중얼거렸다. "당신이 나한테 이런 짓을 하다니, 이런 짓을 하다니 믿어지지가 않아……."

안드레아스는 그래도 이성은 남아 있어서 톰이 자기가 한 짓을 같이 끄집어내면서까지 안드레아스의 범죄를 드러내지는 않으리라 판단했다. 다만 톰이 그의 내면에서 살인자를 봤을지 모른다는 생각으로 인해 피해망상에 불이 붙었다. 그 생각은 마치 그의 뇌에 꽂힌 전극 같았다. 그는 버튼 누르는 것을 멈출 수 없었고 버튼을 누를 때마다 두려움과 증오의 전기 충격이 온몸에 퍼져나갔다.

그는 인턴들에게 몸이 안 좋다는 핑계를 대고 침실에 틀어박혀 톰과 헬루에 관한 추문을 찾아 인터넷을 뒤졌다. 블로그와 소셜미디어는 헬루의 〈컬럼비아 저널리즘 리뷰〉와의 인터뷰에 분노를 쏟아붓고 있었다. 소위 어른들의 세상에서 헬루는 존경받는 기자지만 온라인 세상에서는 안드레아스가 옹호받는 만큼이나 강력하게 비난받고 있었다. 이를 확인하고도 안드레아스는 안심이 되기는커녕 애버런트-헬루의 결합을 더욱 증오하게 됐다. 안드레아스는 블로거와 트위터 사용자들을 잘 달래가며 그 안에서 존재감을 키워왔는데, 애버런트와 헬루가 일부러 그들을 도발한 것이다. 이번에도 뾰족하게 날이 선 채로 경건한 척을 다 하면서 그 둘이 보내는 메시지는 분명했다. 우린 당신 같은 족속과 달라. 우린 당신뿐 아니라 당신이 존재감을 키워온 가상 세계를 경멸해. 당신은 아나그레트와 사랑을 키워내지 못했지만 우린 할 수 있어…….

구글에 검색을 해보니 헬루는 장애인 소설가의 아내인데, 톰과 바람을 피우고 있는 모양이었다. 그 여자가 톰과 둘이서 공공연히 사진을 찍히고 다니는 걸 보면, 사람들이 어떻게 생각하든 상관하지 않는 것 같기도 했다. 톰의 아내에게 무슨 일이 일어났을지 상당히 궁금해졌다. 톰의 아내의 이름과 생년월일로 검색을 했는데 1991년 이후 행적이 전혀 뜨지 않았다. 안드레아스는 톰이 아내를 죽이고도 들키지 않고 잘 살아온 게 아닐까 하는 희망을 가져보았다. 개연성은 상당히 떨어지는 추측이지만 어쩌면 사실일 수도 있지 않을까. 톰은 아내인 애너벨 레어드와 함께 살 수도, 아내 없이 살 수도 없다고 토로한 적이 있었다. 어쨌거나 톰은 안드레아스를 도와 시신을 매장한 경험도 있었다.

본능적으로 안드레아스는 애너벨 레어드에게 관심을 돌렸고 그녀의 억만장자 아버지가 그녀를 위해 신탁자금을 만들어두었다는 사실을 알아냈다. 〈위치토 이글〉이라는 신문에서 그 신탁자금과 관련해 세금 신고에 관한 기사를 낸 기록이 있었다. 톰이 장인에게서 받은 돈으로 덴버 인디펜던트를 설립했다는 증거도 있었다. 하지만 많은 돈은 아니었다. 애너벨 레어드가 아직 살아 있다면 그 몸값으로 지불한 것이라고 보기에는 턱없이 적었다. 그 여자는 살아 있을까? 아니면 부디 바라건대 시체가 되었을까? 안드레아스는 그 여자가 죽었든 살았든 그 여자를 이용하면 멀리서도 톰에게 고통과 혼란을 줄 수 있으리라는 것을 본능적으로 알아챘다.

안드레아스는 수석 해커 첸에게 가서 해킹을 통해 컴퓨터 처리 용량을 다량 훔칠 수 있겠는지 물었다.

"얼마나요?" 첸이 물었다.

"지금은 오십대 중반이 된 여자가 스물네 살 때 찍은 질 좋은 사진이 두 장 있어. 우리가 접속할 수 있는 모든 사진 데이터베이스에 안면 인식 소프트웨어를 돌렸으면 하는데."

"전 세계를 대상으로요?"

"일단 미국부터 시작하자."

"그것도 양이 엄청나요. 하지만 작업을 빠르게 하려다 보면 우리 발자취를 들키고 말아요. 이용할 수 있는 서버 팜이 많기는 한데 한 번에 몇 분씩밖에 못 써요. 아주 괜찮은 서버 팜을 몇 개 확보해뒀는데 이 작업을 하다가 잃고 싶진 않고요."

"최대한 빠르게 할 경우 얼마나 걸릴까?"

"수 주일, 어쩌면 더 걸릴 수도 있어요. 미국 자료를 훑는 데만요."

"잘해봐. 최대한 안전하게."

그들이 가진 안면 인식 소프트웨어는 미국 국가안보국급이지만 성능이 아주 좋지는 않았다. (국가안보국이 보유한 소프트웨어의 성능도 마찬가지였다.) 그 후 수 주일에 걸쳐 매일같이 첸은 애너벨 레어드와는 별로 닮은 곳이 없는 중년 후반 여성들의 사진을 안드레아스에게 보냈다. 그래도 그런 사진들을 보면서 안드레아스는 계획이 진전되는 듯한 기분을 느끼며 피해망상의 제일 지독한 모서리가 약간이나마 무뎌지는 듯했다. 그러던 중에 그에게 처음도 아니고 마지막도 아닌 행운이 또 찾아왔다.

그는 늘 행운을 그의 생득권이라 여기며 살아왔다. 어머니 카티아도 세상은 결국 그가 하고자 하는 대로 따를 거라고 말했었다. 댄 티어니와 엮이게 된 불운한 사건으로 인해 그런 믿음이 잠시 흔들리긴 했지만 말이다. 그러나 결국 그는 캘리포니아주 펠턴의 어느 슈퍼마켓에서 일하는 흰머리 성성한 여직원의 사진을 입수하게 됐다. 해상도가 너무 낮아서 오래전 애너벨 레어드의 이마에 있던 상처 자국은 잘 보이지 않았다. 웃고 있지 않았기 때문에 앞니 사이가 벌어졌는지도 확인할 수 없었다. 하지만 그 여직원의 이름이 퍼넬러피 타일러인 것과 애너벨 레어드가 타일러 예술 대학원을 다녔다는 사실을 연결 짓고 나니 그는 그의 인생에 다시 행운이 찾아왔음을 알게 됐다. 그는 기술관을 나가 볼리비아의 태양을 올려다보며 두 팔을 벌리고 뜨거운 햇살을 한껏 빨아들였다.

퍼넬러피 타일러는 사라지고 싶어 안간힘을 쓴 흔적이 역력했다. 슈퍼마켓에서 일하게 되면서 찍은 직원용 사진이 그녀의 모습이 담긴 유일한 사진이었고 공식적인 발자취는 경이로울 정도로 거의 남아 있지 않았다. 안드레아스는 한 시간 정도 더 알아본 끝에 그 여자에게 딸이 있다는 사실을 알아냈다. 딸 퓨리티는 비교적 기록이 풍부했다. 페이스북과 링크드인에 이런저런 프로필을 올려놓았고 신용 상태는 대단히 불안정했다. 퓨리티의 사진과 톰의 최근 사진을 놓고 눈썹과 입매를 비교해보니 톰의 딸이 맞는 듯했다. 하지만 소셜미디어는 물론 퓨리티의 대학 관련 기록이나 건강 기록을 봐도 톰과 연락이 닿은 흔적은 전혀 없었다. 애너벨 레어드가 사라지고 얼마 되지 않아 퓨리티의 출생신고가 된 걸 보면 톰은 딸의 존재를 아예 모를 수도 있었다. 애너벨은 어째서 이름까지 바꾸며 세상에서 숨어버렸을까?

퓨리티는 간접적이기는 하지만 엄청난 돈을 상속받을 수 있는 위치에 있었다. 억만장자급의 돈인데 그 사실을 전혀 모르는 눈치였다. 구글 스트리트 뷰로 보니 퓨리티는 거의 폐가나 다름없는 허름한 집에 살고 있었고 대체 에너지 신규 업체에서 소위 '지원 팀 직원'으로 일하면서 학자금 대출을 갚고 있었다. 퓨리티가 물려받을 수 있는 돈은 안드레아스가 그중 일부만 손에 넣어도 평생 지금보다 편하게 살 수 있는 정도의 금액이었다. 하지만 그가 퓨리티 타일러의 사진들을 계속 클릭하며 보고 있는 이유는 순전히 돈 때문만은 아니었다. 그가 퓨리티에게 지독한 욕망을 품게 된 이유는, 물론 기분 좋게 생기긴 했지만, 그녀의 외모 때문도 아니었다. 그녀가 톰의 딸이기 때문이었다.

안드레아스는 확실한 연결 고리를 준비한 후 아나그레트에게 전화를 걸었다. 수년간 그는 아나그레트와 연락이 완전히 끊어지지 않도록 신중을 기하며 살았다. 아나그레트의 생일을 기억했고 때때로 그녀가 추구하는 가치와 관련된 링크들을 보내주기도 했다. 아나그레트는 친밀함을 추구하는 프로젝트에 에너지를 쏟아붓고 있었지만 그에게는 그다지 친밀하게 대하지 않았다. 안드레아스 역시 그녀의 대단한 미모에도 불구하고 그녀와 다시 얽히고 싶다는 생각은 하지 않았다. 아나그레트는 원래 야망이 적은 사람이기도 했지만 소소하게 사는 것에 만족하는 듯했다. 그녀는 베를린을 떠나 뒤셀도르프로 이사 갔다. 그래도 그에게 보내는 이메일은 언제나 느낌표가 가득하고 그가 하는 활동을 찬양하는 따뜻한 말 일색이었다.

전화로 아나그레트가 혼자 있다는 것을 확인한 안드레아스는 요청 사항을 설명했다. "공짜로 미국 여행을 한다고 생각해."

"난 미국이 싫어요. 오바마 대통령이 변화를 일으킬 것 같기는 하지만 미국은 여전히 총기와 드론과 관타나모 수용소 문제가 얽혀 있는 나라예요."

"관타나모 수용소 문제가 안타깝기는 하지. 그 나라를 좋아해달라는 부탁을 하는 게 아니야. 그냥 그 나라에 가달라는 거야. 할 수만 있으면 내가 직접 가겠는데 그럴 수가 없는 처지라서."

"내가 할 수 있을지 모르겠어요. 내가 거짓말을 잘한다고 당신은 늘 생각했지만 더 이상 그렇게 살고 싶지도 않고요."

"그게 이제 거짓말을 못 하게 됐다는 뜻은 아니잖아."

"어쩌면…… 글쎄요. 그런데 우리가 한 짓을 그 사람이 세상에 말하는 게 그렇게 끔찍한 일인가요? 요즘도 거의 매일 그 일이 떠올라요. 폭력적인 내용이 담긴 영화도 못 봐요. 25년이나 지났는데 그 일만 생각하면 여전히 공황 발작이 일어나요."

"안타깝네. 하지만 애버런트가 입을 뻥끗하면 내가 한 모든 일의 신빙성이 떨어지게 돼."

"이해해요. 선라이트 프로젝트는 굉장히 중요하죠. 내가 당신한테 한 잘못을 보상할 방법이 없을까 늘 생각했어요. 그런데 그 사람의 딸을 볼리비아로 가게 만드는 게 어떻게 당신을 돕는 일이 된다는 거죠?"

"그건 나한테 맡겨둬."

침묵이 흘렀다. 걱정스러웠다.

마침내 아나그레트가 다시 입을 열었다. "안드레아스, 우리가 한 일이 잘못이었다고 생각해요?"

"당연하지."

"그래요. 난 내가 생각하고 있는 게 맞는지 모르겠어요. 우리가 함께 살았던 시간을 떠올리면 뭔가 안 좋은 느낌이 한 번씩 들곤 해요. 나 때문에 당신이 실망한 건 알고 있지만, 그래서 그런 느낌을 받는 건 아니에요. 뭔가 다른 이유 때문인데 정확히 짚어내질 못하겠어요."

안드레아스는 불안했지만 차분하게 물었다. "그게 뭔데?"

"모르겠어요. 요즘 당신이 사는 모습이나 당신이 만나는 여자 친구들을 보면서…… 왜 나랑 살 때 당신이 바람을 한 번도 안 피웠는지 이상하다는 생각이 가끔씩 들어요. 바람을 피웠다고 해도 괜찮아요. 지금이라도 사실대로 말해주면 좋겠어요."

"바람피운 적 없어. 그냥 너에게 잘해주고 싶었을 뿐이야."

"당신은 좋은 사람이에요. 당신이 한 굉장한 일들에 대해 전부 알고 있어요.

내가 한때 당신과 함께 살았다는 게 가끔은 믿어지지 않아요. 그런데…… 정말로 우리가 한 짓에 대해 잘못이라고 생각하는 거 맞죠?"

"그렇다니까!"

"알았어요. 내가 무슨 생각을 한 건지 모르겠네요."

그는 한숨을 쉬었다. 수년이 지났는데도 그들은 여전히 이런 토론이나 하고 있었다.

그녀가 별안간 말했다. "섹스에 대한 기억을 떠올리면 기분이 안 좋아져요. 미안하지만 사실이에요."

"어째서 그런데?" 그는 간신히 물었다.

"모르겠어요. 지금은 그쪽으로 좀 더 경험을 하게 돼서 비교가 되니까 그런가 봐요. 이렇게 당신 목소리를 듣고 있으니까…… 모르겠어요. 생각하고 싶지 않았던 기억이 떠올라요. 뭐라고 표현할 수 없는 정말 안 좋은 느낌이요. 나를 약간이긴 하지만 두려움에 떨게 만들었던 느낌. 지금도 어쩐지 두려워요."

"우리가 한 일과 뒤얽혀서 그래. 우리가 함께 살 수 없었던 것도 그래서였잖아."

아나그레트는 깊은 한숨을 내쉬었다. "안드레아스, 그 여자요. 왜 내가 그 여자를 당신한테 데려다주길 바라는 거죠?"

"그래야 그 여자가 선라이트 프로젝트를 진심으로 믿게 될 테니까. 그래야 우리 프로젝트가 보호받을 수 있어. 그 여자를 우리 편에 둬야 그 여자의 아버지인 톰이 우리에게 아무 짓도 못 하지."

"알았어요."

"아나그레트, 그 이유가 전부야."

"알았어요. 알았다고요. 그런데 마르틴을 데려가도 돼요?"

"마르틴이 누군데?"

"내가 가까이 지내는 남자예요. 안전한 사람이에요."

"알았어. 더 잘됐네. 그래." 그는 어색하게 웃으며 덧붙였다. "그 남자에게 다른 얘기는 하지 마."

안전한 사람이라. 그 말이 전극에 연결된 버튼을 눌렀다. 수년이 지난 지금도 안드레아스는 여전히 아나그레트를 죽일 생각을 하고 있었다. 아나그레트와 같이 살았던 10년 동안 그는 아원자적 생명체인 내면의 살인자를 그녀에게 얼마나 많이 드러냈던 것일까! 당시 그녀가 너무 어려 그 존재를 알아채지 못한 것이 그에게는 다행이었다. 그녀는 그 존재와 함께 살았고 시간이 지나면서 그 존재를 감지하게 됐다. 그녀가 나중에 그 존재를 알아챘다는 것, 자신이 아닌 누군가가 그 끔찍한 존재를 느꼈다는 것을 생각하니 안드레아스는 톰에게 그 존재를 들켰을 때만큼이나 기분이 좋지 않았다.

오클랜드로 날아간 아나그레트가 연락해오길 기다리면서 안드레아스는 자신의 내면을 들여다보았고 그동안 살인자와의 싸움에서 얼마나 많이 밀렸는지 인식하게 됐다. 살인에 비하면 온라인 포르노에 몰두했던 과거의 일은 어처구니없을 만큼 가벼운 죄였다. 호르스트를 살해하기 위해 그가 세웠던 계획은 아무리 좋은 의도였다고 포장해도 통절하기 이를 데 없었다. 그는 그에게 죽음이나 다름없는 인터넷에서 자신의 이미지가 어떻게 보이는지에 집착했고, 톰을 증오하고 복수할 날만을 꿈꾸었다. 이대로 가다가는 곧 그 자신이 살인자가 될 것 같았다. 살인자가 자아의 주도권을 완전히 잡게 되는 순간 안드레아스라는 존재는 말 그대로 죽게 될 것이다. 살인자가 죽이고자 하는 존재는 바로 안드레아스 자신이었다.

그래서인지 아나그레트가 핍 타일러에게 일자리를 제안하려 했다가 오히려 사이만 멀어졌다는 소식을 전해오자 마음 한구석에서 안심이 됐다. 그는 마치 형 집행을 유예한 것 같은 기분으로 그때부터 덜 정신 나간 작업에 몰두했다. 영화 제작에 힘을 보태는 일이었는데, 미국의 영화감독 제이 코터가 부분적으로《사랑의 범죄》를 바탕으로 제작하는 안드레아스의 전기 영화였다. 안드레아스는 영화에서 어머니 카티아 역을 맡은 여배우 토니 필드와 장시간 통화를 하면서 카티아의 말과 행동에 대해 알려주었다. 로스볼카네스로 돌아와서 보니 그가 영화 못지않게 중요하게 여기는 또 다른 프로젝트가 열매를 맺고 있었다. 러시아의 거대 석유 회사 가스프롬 사와 푸틴 정부 사이에 맺어진 비밀 합의에 관한 멋진 이메일들을 입수한 것이다. 이 프로젝트는 안드레아스의 개입 없이도 거의 자동으로 진행이 되고 있었지만 그는 굳이 직접 가스프롬 사 기밀 누출 건 중개에 나서서, 〈가디언〉과 〈뉴욕 타임스〉에 정보 제공 조건을 제시했다. 이 기밀을 제공한 정보원을 보호하기 위해서는 도저히 뚫을 수도 없고 헷갈리기만 하는 미로를 만들어 복잡하게 세탁을 해줘야 했다. 안드레아스는 젊은 시절 슈타지와 함께 일한 블라디미르 푸틴을 특히 혐오하는 편이라 최대한 푸틴 정부를 난처하게 만들고 싶었다. 온라인에서는 에드워드 스노든이 한 일을 놓고 동기의 순수성에 대해 말이 많았는데 러시아는 스노든의 망명을 허용한 상태였다. 12분짜리 영상에서 안드레아스는 온갖 방법을 동원해 푸틴의 신경을 긁는 한편, 지난 25년간 온갖 잘못을 저지르다가 딱 한 번 스노든을 감싼 푸틴을 지지하는 온라인상의 목소리들을 미묘하게 힐책했다. 그는 이 영상을 〈뉴욕 타임스〉와 〈가디언〉이 관련 기사를 내기 하루 전에 온라인에 업로드할 계획이었다. 큰 사건을 맡아 능력을 발휘해야 하고 전 세계에 배포될 중예산 영화의 주인공으로까지 나서게 된 마당이라 톰 애버런트 문제에서 관심을 돌리기에 좋았다.

그때 난데없이 핍 타일러가 그에게 이메일을 보내왔다. 안드레아스는 그대로 형 집행을 유예해야겠다는 생각이 강해졌다. 실제로 접촉을 해보니 핍은 안드레아스가 복수를 꿈꾸며 상상해온 인물과는 전혀 달랐다. 젊음 가득한 목소리, 지적이면서 재미있을 정도로 무모한 성격이었다. 그녀의 이메일에 담긴 유머와 반항심이 그의 곤두선 신경을 가라앉혀주었다. 피해망상에 굴복해

전전긍긍하며 지내온 까닭에 그는 신경이 곤두서는 일이라면 진저리가 났다! 그런 와중에 부정직한 모습 그대로 사람을 대할 수 있게 되자 무척이나 신선했다! 펍이 보내오는 이메일이 점점 좋아졌다. 그것은 내면의 살인자가 미처 예상 못 한 천우신조의 구멍이며 탈출구였다. 만약 그가 타락한 본모습을 조금씩 한 여자에게 보여주다가 종국에는 그 모습을 모두 보여준다면 어떻게 될까? 그래도 그 여자가 그를 좋아한다면?

하필 그때 부에노스아이레스에서 영화의 본촬영이 시작됐고 토니 필드가 안드레아스에게 훅 빠져들었다. 토니 필드와 만나면서 안드레아스는 남자 포르노 배우가 얼마나 힘든 일을 하고 비아그라가 얼마나 유용한 약인지 처음으로 깨닫게 됐다. 토니가 그와 거의 같은 나이이고 영화에서 그의 어머니 역할을 맡고 있는 것도 부담스러울 지경인데, 만나다 보니 자꾸만 펍 타일러와 비교가 됐다. 그러나 여러 가지 전략적인 이유로 그는 주연 여배우인 토니의 기분을 잘 맞춰줄 필요가 있었으므로 그녀와의 관계에 만족하는 듯 보여야 했다. 아르헨티나에 머무는 동안에도 그렇고 나중에 볼리비아로 돌아와 펍을 만나면서도 그는 토니를 기진맥진해질 때까지 관리해주었다. 관리하기가 쉽지는 않았지만, 나중에 토니와의 관계를 끝내기 전까지, 토니가 얼마나 그의 모친과 비슷한 모습이 되어 연기하는지를 지켜보는 일도 재미있을 듯했다.

안드레아스는 펍을 사랑하게 됐다. 다른 말로는 표현할 길이 없었다. 처음에는 그저 비열한 동기로 펍에게 접근했고, 펍을 대할 때마다 그의 뇌의 어두운 부분은 계산을 멈추지 않았지만, 그래도 진정한 사랑은 의지로 막을 수 없었다. 그는 교묘한 조종을 통해 펍과 신뢰 관계를 구축했고 예전에 저지른 살인을 고백했으며 펍을 설득해 첩자 노릇을 하게 만들었다. 그러나 코르테스 호텔에서 놀랍고 기쁘게도 펍은 그가 옷을 벗기게 해주었다. 그 순간 안드레아스는 펍의 아버지 톰에 대해서는 생각하지 않았다. 오로지 감미롭고 온화한 여인 펍에게 감사할 뿐이었다. 살인을 고백했음에도 불구하고 펍이 그를 유혹해 호텔 방으로 불러들인 것이 고마웠고, 그가 그녀에게 하고 싶은 일에 대해 털어놓았을 때 혐오하는 표정을 짓지 않아 고마웠다. 그리고 순수한 핍이 더 이상 진도를 나가지 않겠다고 거절했을 때, 그는 핍을 목 졸라 죽이고 싶은 충동을 느꼈다. 물론 아주 잠깐의 충동이었다.

어쩌면 그가 평생 기다려온 여자가 핍일지 모른다는 생각이 들기 시작했다. 그는 아나그레트에게보다 핍에게 자신의 진짜 모습을 더 많이 보여주었고, 그래서인지 핍에게 더 달콤한 희망을 품게 됐다. 아나그레트를 통해 구원받을 수 있으리라 생각했던 25년 전, 그는 자신의 발목을 붙잡고 있는 벗어나야 할 대상인 내면의 살인자를 자각하지 못했다. 이제 그는 어떤 가능성이 생겼는지 잘 알았다. 톰 애버런트와는 무관했다. 어쩌면 평생 내면의 살인자와 단둘이 살지 않아도 될지 모른다는 가능성이었다. 아나그레트와는 이루지 못했지만 평생 추구해온 삶을 살 수 있으리라는 가능성이었다. 유머 감각이 있고 그를 본모습 그대로 받아주며 어머니와는 전혀 다른, 젊고 영리하고 상냥한 여자와 함께 사는 삶. 오십 줄에 들어선 지금은 진력내지 않고 한 여자에게 정착해서 살 수 있지 않을까? 그가 지금껏 누렸던 행운들은 애초에 역겨운 이유로 괴롭히려 작정했던 여자를 자연스럽게 사랑하게 된 이 행운에 비할 바가 못 되었다. 그는 어느 화창한 날 아침 염소가 노니는 초원에서 핍과 결혼하는 꿈을 갖게 됐다.

그러나 천우신조의 탈출구는 그의 눈앞에 나타났을 때만큼이나 갑작스럽게 닫히고 말았다. 코르테스 호텔 방에서 핍은 그를 갈망하는 눈빛으로 바라보았으나 그로부터 일주일도 채 안 되어 분위기가 확연히 달라졌다. 그는 핍이 왜 그 방에서 그만 나가고 싶어 했는지 이유를 알 수 없었으나 핍의 의사는 분명했다. 그는 이런저런 방법을 동원해보았다. 어색하게, 격정적으로. 그러나 어떤 방법도 통하지 않았다. 핍은 그를 좋아하지 않았다. 핍은 그 방에 있고 싶어 하지 않았다. 그런데 안드레아스는 살인자가 핍을 좋아하지 않고, 그녀를 그 방 안에 두는 걸 원치 않는다는 느낌이 들었다. 안드레아스는 핍이 그를 진정으로 사랑하기도 전에 그녀를 서둘러 호텔 방으로 오게 만드는 실수를 저질렀는데, 그렇게 하도록 유도한 것은 바로 내면의 살인자였다. 살인자는 핍을 두려워했다.

호텔 방에 홀로 남아 바닥에 무릎을 꿇고 앉은 안드레아스는 낙담했지만 울지 않았다. 눈물 한 방울 흘리지 않았다. 3개월간의 사랑이 한순간에 사라져버렸다. 그는 핍이 잡아주는 밧줄을 잡고 심연에서 빠져나가려 안간힘을 썼으나, 그가 위로 올라가 얼굴을 보여주자마자 핍은 질색하고 뒷걸음질 치면서 밧줄을 손에서 놓아버렸다. 그런 짓을 한 여자에 대한 감정이 어찌 사랑일 수 있을까.

안드레아스는 호텔 방을 엉망으로 만들었다. 짧을 수도 있고 길 수도 있는 수 분 동안, 그는 살인자이면서 동시에 사랑을 빼앗은 살인자에게 분노한 사람이었다. 그는 벽에 음식을 던지고 접시를 깨뜨렸으며 침대에 놓인 담요와 시트를 잡아 뜯고 매트리스를 뒤집어엎고 나무 의자를 바닥에 내리쳐 다리를 부러뜨렸다. 핍이 복도로 나가 문을 닫는 순간까지도 그는 희망에 매달렸다. 문이 닫힌 후에야 그는 핍이 제 아비만큼이나 나쁜 인간임을 알았다. 그들은 안드레아스 볼프 같은 부류에게는 어울리지 않을 만큼 너무도 순수했다. 핍은 별것도 아닌 주제에 경건한 척하는 쌍년일 뿐이었다. 안드레아스는 그녀와 더 나은 미래를 꿈꿨던 게 화가 나 호텔 방을 쓰레기장으로 만들었다. 그는 헛된 희망에 기만당해, 핍에게 섹스를 받아들이라는 명령을 하지 못했고 (그가 명령만 했으면 핍은 그리했을 것이다! 핍도 그렇게 말했다!) 결국 너무 늦고 말았다. 그는 모든 것을 걸었으나 아무것도 얻지 못했다.

벽을 주먹으로 쳐 손가락 관절에 멍이 든 것 외에 그날 낮이나 밤에 그가 달리 자학을 하지 않은 것은 분노가 사라진 후 떠오른 아이디어 때문이었다. 그는 여전히 아무도 모르는 정보 한 조각을 쥐고 있었고, 그 정보를 이용해 핍과 톰에게 동시에 복수를 할 수 있으리라 생각했다. 그는 핍을 품에 안지 못했지만 톰은 아직 그럴 수 있을 것이다. 가능성이 적기는 하지만 만약 그렇게만 된다면 더없이 고소할 듯했다. 그러고 난 후에도 톰은 과연 안드레아스 앞에서 또 경건한 척할 수 있을까. 핍은 안드레아스를 거절한 것에 대해 미안하다 말하지 않을 수 있을까.

내면의 살인자와의 싸움을 그만두고 사악한 아이디어에 굴복한 순간 마음이 편안해졌다. 어찌나 흥분이 되던지 그는 핍이 벌거벗고 서 있던 자리로 걸어가 그녀가 벗어두고 간 팬티를 집어 들고 그녀 안에 분출하지 못했던 정액을 세 번이나 쏟아냈다. 그렇게 긴 밤을 보냈다. 다음 날 아침 일찍 그는 객실에 저지른 손해를 보상해주기 위해 현금자동입출금기 몇 개를 찾아다니며 선라이트 프로젝트 명의로 된 계좌에서 현금을 넉넉하게 뽑았다. 샤워와 면도를 마친 그는 로비에서 기다리고 있다가 페드로가 운전하는 차를 타고 공항으로 향했다. 카티아가 탄 비행기가 15분 일찍 도착했다. 샤넬 진품인지 짝퉁인지 모를 정장을 입은 카티아는 양단 소재의 여행 가방을 끌고 구식 서류 가방을 어깨에 멘 모습으로 세관을 통과했다. 전보다 걸음걸이가 뻣뻣해졌고 나이 든 티가 났으며 질이 그다지 좋지 않은 붉은색 가발을 썼지만 멀리서 보면 여전히 사랑스러운 모습이었다. 안드레아스는 사람들 사이를 지나 카티아에게 다가갔다. 그가 두 팔로 포옹하자 카티아는 그의 가슴에 머리를 기댔다. 그의 입에서 나온 첫마디는 "사랑해요"였다.

"넌 늘 나를 사랑했어."

일주일을 꼼짝 안 한 탓에 뻐근해진 근육을 풀면서 톰 애버런트를 만나러 걸어가는 길은 기분이 좋아야 마땅했다. 강여울을 끼고 있는 초원 아래, 축축한 바윗덩어리들 옆에서 커다란 딱따구리 한 마리가 속 빈 나무를 연신 두드리고 있었다. 왕새매 한 마리가 붉은 산봉우리의 수직면을 따라 하늘로 솟구쳤다. 늦은 아침의 따뜻한 기류가 길을 따라 숲을 휘저으면서 방향을 조금씩 바꾸며 이 세상 어떤 컴퓨터로도 본따 만들 수 없는 가늘고 복잡한 빛과 그림자의 태피스트리를 엮어냈다. 이 작은 지역의 자연마저도 정보 기술을 비웃는 듯했다. 아무리 기술로 증강이 되었어도 인간의 뇌는 우주에 비하면 보잘것없고 극미할 뿐이었다. 그래도 뇌를 가지고 볼리비아의 화창한 아침을 이렇게 걷고 있으면 기분이 좋아야 마땅했다. 숲은 헤아릴 수 없을 만큼 복잡했으나 숲은 그 사실을 알지 못했다. 물질은 정보이고, 정보는 곧 물질이며, 뇌 속에서 물질은 스스로 조직화해 자신을 인식한다. 세상을 구성하는 정보는 오직 뇌 속에서 스스로를 조종할 수 있다. 인간의 뇌는 대단히 특별한 사례다. 안드레아스는 이런 뇌를 소유하는 특권을 누린 것에 대해, 뇌의 지식 속에서 작은 역할을 수행할 수 있었던 것에 대해 감사해야 마땅했다. 그러나 그의 뇌는 어딘가 크게 잘못됐다. 그의 뇌는 이제 존재의 공허함과 무의미함을 깨우치고 있었다.

덴버에 설치한 스파이웨어가 작동을 멈춘 지 일주일이 지났다. 핍이 그에게 스파이웨어 삭제를 요청했으니, 그는 첸에게 지시해 삭제할 수도 있었다. 신속하게 움직였으면 들키지 않고 빠져나올 수 있었다. 그러나 핍의 마지막 문자를 받은 후 그는 첸에게 연락은커녕 너무도 불안해서 숨조차 쉴 수 없었다. 과거를 모두 지우고 여기서 살고 싶어요라는 문자였다. 그 문자를 읽기 전까지 그의 내면 어딘가에는 조각난 형태로나마 핍에 대한 사랑과 희망이 남아 있었다. 이제 그가 느끼는 감정은 고통과 두려움뿐이었다. 핍을 다시 볼 수 있을지, 그녀나 다른 누군가가 그를 어떻게 생각할지는 아무래도 상관없었다. 누군가 어딘가에서 할지도 모를 생각 따위는 이제 그가 알 바 아니었다.

거의 그랬다. 어머니는 런던에서 암 치료를 받고 잘 회복 중이었다. 방에 누워 시간을 흘려보낸 나날들 동안 무엇이든 할 의지가 있었다면 아마 그는 어머니에게 그를 만나러 다시 한번 와달라는 요청을 했을 것이다. 어머니는 그의 모든 것을 늘 좋아했다. 세상에서 가장 형편없는 어머니였지만 그래도 그에게는 세상 최고의 어머니였다. 만약 어머니가 와준다면 그는 어머니가 어떤 조건을 내세우든 상관없이 가만히 침대에 누워 사랑과 보살핌을 받았을 것이다. 그것이 그가 처한 상황의 본질인 것만 같았다.

안드레아스는 강에 가로놓인 콘크리트 다리를 향해 걸어갔다. 지난밤 내린 비에 진창이 된 곳을 피해 페드로의 자동차 타이어 바퀴 자국을 따라 걸었다. 저 앞에서 랜드크루저가 강굽이를 돌면서 저속 기어로 바꾸는 소리가 들렸다. 한 가지 다행인 건 랜드크루저가 이쪽으로 오고 있음을 알면서도 안드레아스가 더 초조해하지는 않았다는 사실이다. 그는 이미 최대치의 초조함을 맛보고 있었고, 톰이 저지를 수 있는 최악의 범죄는 바로 안드레아스를 죽이는 것이었다.

그러나 이 생각, 톰에게 살해당한다는 이 생각은 사막에 비가 내릴지 모른다는 예측과도 같았다. 죽음은 죽음에 대한 그의 숨 막히는 공포를 끝내줄 수 있었다. 살인자가 된다는 것과 살해당한 자가 된다는 것은 인간이 느끼는 친밀감의 정도를 따져볼 때 가장 가까운 관계일지도 모른다. 어떤 의미에서 안드레아스는 어머니의 자궁 밖으로 나온 이래 그 누구와 맺은 관계보다 호르스트 클라인홀츠와의 관계가 더 친밀할지도 몰랐다. 톰이 살인을 할 수 있음을 알고 죽는다는 것, 이 세상을 떠나며 더없는 외로움을 느낀다는 것은 일종의 친밀감의 표시였다.

이는 깊이 생각해볼 문제였다. 안드레아스는 조금 더 걸음을 빨리했다. 고개를 들고 어깨를 폈다. 한 걸음 내디딜 때마다 그만큼의 시간이 흘러갔다. 소요되는 총 걸음의 수가 얼마 안 된다는 것을 알기에 그는 한 걸음 한 걸음을 견뎌낼 수 있었다. 랜드크루저가 굽이를 돌아 나오고 옛 친구의 모습이 보이자 안드레아스는 미소 지었다.

"톰." 그는 조수석 쪽 창문 안으로 손을 쑥 집어넣으며 따뜻하게 말했다.

톰은 분노하기보다는 깜짝 놀란 표정으로 그 손을 향해 미간을 찌푸렸다. 톰은 미국 기자들이 주로 입는 카키색 셔츠 차림이었다. 안드레아스는 톰의 최근 사진들을 이미 봤지만 살이 찌고 머리가 빠져 예전과 달라진 모습을 직접 보니 세월의 흐름이 실감났다.

"아, 어서. 악수 한번 합시다."

톰은 그를 쳐다보지도 않고 악수를 했다.

"차에서 내려 같이 걷는 게 어때요? 당신 물건들은 페드로가 챙겨다 줄 겁니다."

톰은 차에서 내리며 선글라스를 꼈다.

"좋아 보이네요. 와줘서 고맙습니다."

"호의로 찾아온 게 아닙니다."

"그렇겠죠. 그래도 우리 같이 걸을까요?"

그들은 함께 걷기 시작했다. 안드레아스는 곧장 본론으로 들어가기로 했다. 심적 고통이 누그러지면서 연장전 마지막 몇 분을 남겨두고 패색이 짙어진 기분이었다. 선수들을 다 내보내고 필요한 조치도 다 취한 기분.

"늦었지만 축하합니다. 딸이 있더군요."

톰은 여전히 그를 쳐다보지 않았다.

"당신 딸에 대해 안 지 1년이 좀 넘었습니다. 물론 당신에게 즉시 알렸어야 고결한 행동이었겠죠."

"브루투스*도 고결한 자였습니다."

"흐음, 미안하게 됐습니다. 그녀는 여러모로 인상적인 여자예요."

"그 애를 어떻게 찾아냈습니까?"

* 고대 로마의 정치가. 카이사르 암살의 주모자.

"사진 인식 소프트웨어로요. 초기 단계 소프트웨어라 제대로 작동을 못 하기는 했지만. 그래도 어떻게든 방법을 찾아냈습니다."

"진짜 하고 싶은 대로 다 하고 사는군요."

"그럼요!" 안드레아스는 묘하게 육신을 벗어나 붕 뜨는 기분이었다. 이 세상에서 안드레아스가 어떤 비밀도 품고 있지 않은 유일한 사람이 바로 톰이었다. "당신도 꽤 잘하며 살고 있던데요. 사라진 핵무기에 관한 기사도 멋졌고요. 기사 올렸죠?"

"올린 지 일주일 됐습니다."

"내가 보낸 선물입니다. 진즉에 우리가 이렇게 돕고 살았어야 했는데 말이죠."

들뜬 기분에 안드레아스는 충동적으로 톰의 팔을 툭 쳤다. 그는 로스볼카네스의 특징에 대해 자랑스럽게 설명하면서 초원을 지나 본관 베란다 쪽으로 톰을 데려갔다. 그의 아버지이자 카티아의 남편은 아들에게 자유를 선물로 주었으나 아들이 그 자유로 무엇을 이뤄냈는지 살아생전 보지 못했다. 만약 아버지가 살아서 로스볼카네스를 찾아왔다면 안드레아스는 지금처럼 자랑스럽게 자신이 이뤄낸 업적을 늘어놓았을 것이다. 그렇게 해봤자 자신에 대한 아버지의 날 선 평가를 호의적으로 바꿀 수 없다는 것을 알면서도 말이다.

테레사가 베란다로 맥주를 가져다주었다. 침 없는 벌 몇 마리가 그들 주변을 맴돌았다. 톰은 아버지처럼 몇 분 동안 아무 말이 없었다.

"볼리비아에는 어쩐 일입니까?" 안드레아스가 물었다.

"당신이 내 컴퓨터를 해킹한 일 말고요?" 톰은 애써 자제하는 목소리였다. "알고 보니 내 딸이었던 젊은 여자의 머릿속을 당신이 마구 휘저어놓은 일 말고 다른 볼일로 왔겠습니까?"

"안 좋게 보일 줄 알지만, 나는 어떤 해도 끼치지 않았습니다. 그리고 애초에 그쪽이 시작한 일이에요."

톰은 어이없어하며 그를 돌아보았다. "내가 시작했다고요?"

"우린 같이 저녁을 먹기로 약속했었어요. 기억나요? 베를린에서요. 하지만 당신은 안 나타났죠."

"그게 나한테 이런 짓을 한 이유라고요?"

"난 우리가 친구라고 생각했습니다."

"내가 친구 관계를 이어가고 싶어 하지 않아서 나한테 이런 짓을 했다?"

"뭐, 어쨌든 이제 동점이 된 겁니다. 다시 깨끗하게 시작하면 돼요. 우리가 입수한 새로운 기밀 정보에 대해 들으면 흥미가 돋을걸요."

"그러려고 여기 온 게 아닙니다."

"물론 그렇겠죠."

톰은 그를 외면한 채 말했다. "난 당신을 위협하러 왔습니다. 당신에 관한 기사를 낼 계획입니다. 내가 직접 기사를 작성할 것이고, 시체를 묻은 곳으로 경찰들을 데리고 갈 겁니다."

톰의 목소리에 담긴 냉혹함이 이해는 됐지만 그래도 안드레아스는 가슴이 아팠다. 안드레아스는 톰이 그를 좋아하는 것보다 훨씬 더 톰을 좋아한다는 사실을 고백했고, 정신 상태가 정상이 아니라는 것도 함축적으로 털어놓았지만, 톰은 꿈쩍도 하지 않는 듯했다.

"그래요, 나를 위협하러 왔다고 하니 원하는 조건이 있겠군요?"

"간단합니다. 두 가지예요. 첫째, 어떤 상황에서도 절대로 다시는 내 딸과 연락하지 말 것. 둘째, 내 컴퓨터에서 가져간 자료를 전부 디지털상에서 삭제할 것. 복사본을 갖고 있지도 말고 그 안에서 본 어떤 내용도 발설하지 말 것. 그렇게만 해주면 나도 입을 다물고 살겠습니다."

안드레아스는 고개를 끄덕였다. 베를린에서 만났던 톰은 지금보다 훨씬 부드럽고 너그럽고 자애로웠다. 지금의 엄격한 모습을 보니 안드레아스는 마치 나쁜 짓을 한 어린 소년이 된 기분이었다.

“하라는 대로 할게요.” 안드레아스가 말했다.

“좋아요. 그럼 됐습니다.”

“원하는 게 그게 전부면 전화로 해도 됐을 텐데요.”

“이런 일은 직접 만나서 얘기를 해야 되니까요.”

안드레아스는 톰이 왜 그토록 자료 삭제에 집착하는지 궁금했다. 그는 톰의 컴퓨터에서 훔친 자료 대부분을 들여다보지도 않았다. 레일라 헬루가 그에게 복수하려는 의도를 갖고 있지 않다는 걸 확인한 순간 그는 스파이웨어에 흥미를 잃었다. 그리고 지난 몇 주 동안은 두려움과 공포에 휩싸인 나머지 톰의 집 컴퓨터에서 어떤 도덕적 흠결을 찾아낼 수 있을지 모른다는 호기심조차 동하지 않았다.

안드레아스의 생각을 읽기라도 한 것처럼 톰이 말했다. “당신이 나에 대해 뭘 알아내든 상관없지만 핍이 알게 하고 싶지 않습니다. 핍이 당신을 통해 나에 대해 뭐든 알게 된다면 당신을 가만두지 않겠습니다.”

“당신이 아버지라는 사실을 아직 말 안 했나 보네요.”

“핍이 알게 하지 않을 겁니다. 재산에 대해서도 마찬가지로 함구할 생각이고요.”

“어마어마한 재산을 상속받을 위치에 있다는 걸 알려주지 않겠다는 말이군요.”

“당신은 이해 못 할 겁니다.”

“핍은 분별 있는 여자예요. 돈이 핍을 망쳐놓지는 않을 겁니다.”

“애너벨의 삶에도 관여할 생각 없습니다. 당신도 끼어들지 마세요.”

“딸보다는 전처에 대해 더 신경이 쓰이나 보군요. 놀랍지도 않네요. 당신은 베를린에서도 그랬으니까.”

“그게 옳은 길이니까요.”

“이런 질문을 해도 될까 모르겠는데, 당신 여자 친구는 어쩌겠답니까?”

"레일라와는 관계없는 일입니다."

"핍이 누구인지 얘기를 했나 보군요?"

"했습니다."

"꽤나 충격을 받았겠어요."

톰은 고개를 돌려 그에게 미소 지었다. 그 미소에 담긴 잔인함을 안드레아스는 잠시 후에야 알아챘다. "하나 말해줄까요? 나와 레일라에게는 차라리 잘됐습니다. 당신의 그 유명한 햇빛이 우리에게 도움이 됐어요."

안드레아스는 눈을 감았다. 어둠을 만들어내는 것은 이리도 간단한 일이었다. 더 깊은 어둠 속으로 정신을 가라앉히면 되는 것이었다. 안드레아스는 조용히 말했다. "더 자세히 말해봐요."

"당신이 우리에게 핍을 보내줬으니까."

"그렇군요."

"레일라가 힘들어해서, 나는 당신과 함께 베를린에서 한 일을 포함해서 모든 사실을 털어놓았습니다."

"이미 오래전에 비밀을 털어놓았잖습니까."

"아뇨. 당신이 나한테 한 짓을 알고 난 후에 털어놨습니다."

"그 여자한테 다 말했다 이거군요."

"걱정 안 해도 됩니다. 당신이 핍을 건드리지 않는 한 당신의 비밀을 지켜줄 테니까요. 레일라도 나처럼 입이 무거운 사람입니다. 그리고 어찌 됐든 당신은 우리에게 도움을 주었으니까요."

"내가 당신들에게 도움을 줬다니……."

"레일라와 나는 어떤 일 때문에 약간 소원해져 있던 상태였습니다. 심각한 문제는 아니었지만 관계를 풀어갈 계기가 필요했죠."

"내가 당신들에게 도움을 줬다니……."

"오해하지 말고 들어요. 당신이 핍한테 한 짓은 용서할 수가 없습니다. 당신한테 감사 인사를 하자고 여기 온 게 아니에요. 다만 인정할 건 인정하겠다는 뜻입니다."

추락 중인 어둠에 윤곽이 없어서 안드레아스는 몸이 빙글빙글 돌고 욕지기가 나는 기분이었다. 그는 톰의 인생을 망쳐놓으려 했으나 실패했다. 오히려 의도치 않게 톰을 더 행복하게 만들어주고 말았다…….

안드레아스는 눈을 뜨고 일어섰다.

"급히 처리해야 할 일이 생각났네요." 안드레아스가 말했다. "점심을 먹고 잠시 눈 좀 붙이고 있어요. 기온이 약간 떨어지면 같이 산책을 갑시다. 오후 4시쯤 다시 만날까요?"

"고맙지만 됐습니다. 할 얘기 다 했습니다."

"그래도 오늘 밤은 여기서 자고 가요. 당신 딸은 이쪽 오솔길을 산책하는 걸 참 좋아했어요."

톰은 손목시계를 내려다보았다. 안드레아스한테서 벗어나 그의 여인에게 돌아가기까지 얼마나 걸릴지를 계산하고 있는 게 분명했다. 25년이나 지났는데 변한 게 없었다.

"오후 비행기는 이미 놓쳤을 거예요. 여긴 볼 게 많아요. 도시에서는 볼 수 없는 것들이죠."

"내일 아침 일찍 차를 타고 나가겠습니다."

"그러세요. 준비를 해드리죠."

위층으로 올라가 자신의 방으로 들어간 안드레아스는 톰의 집 컴퓨터 하드 드라이브 복사본을 열었다. '안드레아스'와 '애너벨'이라는 단어로 검색을 해서 자료를 몇 개 찾아내기는 했지만 흥미로운 내용은 없었다. 톰의 컴퓨터는 보안이 형편없었다. 로그인 비밀번호도 키 입력 자료에 남아 있었다. leonard1980. 대문자도 특수문자도 사용하지 않았다. 데스크톱 컴퓨터를 가혹할 정도로 잘 정리해뒀고, 서드파티 PDF 파일들을 폴더에 차곡차곡 넣어두었다. 지루한 사진들과 사업상 편지들에는 굳이 비밀번호도 걸어두지 않았다. 다만 주요 문서 폴더 안에 X라는 제목이 붙은 하위 폴더가 하나 있었다. 그 하위 폴더에는 고기의 강.doc라는 파일 하나만 들어 있고 비밀번호가 걸려 있었다. 안드레아스는 leonard1980을 쳐보았으나 폴더는 열리지 않았다.

파일은 용량이 0.5메가나 되었다. 안드레아스는 leonard1980을 이리저리 바꿔서 넣어보다가 포기하고 키 입력 기록을 살펴보았다. 키 입력 기록은 몇 개 되지 않았다. 적용해볼 비밀번호의 숫자가 적으니 편하기도 했지만, 스파이웨어가 작동한 후 톰이 갖고 있는 비밀번호를 전부 사용하지는 않았을 테니 불리한 점도 있었다. leonard1980과 leonard198019801980을 넣어봤지만 고기의 강.doc 파일은 열리지 않았다. 그는 키 입력 기록을 다시 살펴보되 패턴이 더 잘 보이도록 초점을 느슨하게 했다. 온라인뱅킹에서나 사용할 법한 le1o9n8a0rd를 넣었다. 이번에는 그나마 덜 허접한 비밀번호로 문서가 열렸다.

소설이나 회고록 같았다. 안드레아스는 자신의 이름으로 검색을 해보고 끝까지 쭉 훑어보았다. 전체적으로 정확하고 정직한 기억을 담으려 노력한 회고록이 맞았다. 하지만 톰이 그를 아끼고 사랑한 부분에 관한 서술에 이르자 안드레아스는 그 내용을 한 단어도 믿을 수 없었다. 서술은 쭉 거짓으로 일관하다가 그에게 등을 돌리는 부분부터 다시 진실이 되었다. 그리고 모든 게 이해되었다. 안드레아스가 이미 알고 있던 내용이었다. 안드레아스를 아는 사람은 안드레아스를 사랑할 수 없었다. 안드레아스는 옳았고 그들의 판단도 옳았다. 안드레아스는 어딘가 굉장히 잘못된 사람이었다.

안드레아스는 얼굴을 손톱으로 긁었다. 시간이 흐르고 있었다. 컴퓨터 화면을 잠깐 보고 있다고 생각했는데 어느새 30분이 훌쩍 지났다. 문서 파일을 닫은 후 그는 이 이야기를 어떻게 끝내야 할지 알았다. 이메일 제목란에 le1o9n8a0rd라고 쳐 넣었다. 주소록에서 andtylertoo@cruzio.com을 골라 받는 사람으로 지정하고 고기의 강.doc 파일을 첨부했다. 그가 시간의 흐름을 느끼지 못한 이유는 그의 정신이 전보다 빨리 움직이고 있었기 때문이었다. 그의 정신은 자아를 뒤로한 채 흘러갔다. 그는 보내기 버튼을 눌렀다.

톰은 베란다에서 그를 기다리고 있었다. 안드레아스는 그를 쳐다볼 수 없었으나 입으로는 로스볼카네스가 총 몇 헥타르인지, 북쪽에 있는 국립공원의 보호 상태가 어떤지 따위의 말들을 다정하게 늘어놓았다. 그들은 강으로 내려가 판자 다리를 건너 낮은 산봉우리로 향하는 첫 번째 오솔길로 들어섰다. 길이 점차 가팔라지자 톰은 숨을 헐떡이기 시작했다.

안드레아스는 톰을 배려해 속도를 늦췄어야 했지만 한시라도 빨리 정상에 다다르지 않으면 안 될 것 같았다. 곧 떠날지도 모를 어떤 여인과 밀회를 약속한 것처럼. 안드레아스는 그녀에게 바칠 가장 아름다운 선물을 준비해두었다. 그녀가 이대로 떠나버리게 둘 수 없었다. 혹은 죽게 둘 수 없었다. 그가 정상에 다다르기 전에 그녀가 죽을지도 몰랐다. 그녀는 그곳에 있지도 않았지만 그가 제때 도착하지 않으면 그녀는 죽을 수도 있었다. 그는 그녀에게 그곳으로 찾아와달라고 요청한 적도 없으면서 오지 않는 그녀를 증오했다. 그녀를 증오하고 필요로 하고 증오하고 필요로 했다. 모든 것은 결과이며 원인은 없었다. 안드레아스는 한때 행운이 따랐던 사람이었다는 희미한 기억을 간직하고 있었다. 그녀가 암 치료를 하고 살아남은 것은 분명 행운이었다. 그가 제때 정상에 오르면 그녀는 그의 봉헌을 받을 수 있으리라.

정상의 발코니에는 나무를 대충 깎아 만든 벤치가 하나 있었다. 골짜기 맞은편 산봉우리는 저무는 햇살을 받아 불타는 듯 붉게 물들었으나 이쪽 골짜기는 이미 그림자가 져 있었다. 절벽 가장자리는 둥그렇고 사암 자갈이 깔려 있어 미끄러웠다. 그 아래는 수백 미터에 달하는 낭떠러지였다. 수직으로 선 맨바위에는 강인한 착생식물 몇 개가 붙어 자랐다.

숨을 몰아쉬며 길을 올라온 톰은 얼굴이 벌겋게 달아올랐고 셔츠는 땀으로 얼룩졌다. 그는 벤치에 털썩 앉으며 말했다. "체력이 나보다 좋군요."

"풍경이 좋아서 힘들게 올라온 보람이 있지 않아요?"

톰은 예의상 고개를 들고 주변 풍경을 바라보았다. 잉꼬 떼들이 골짜기에서 날카롭게 울었다. 그러나 붉은 바위와 초록빛 나뭇잎, 푸른 하늘의 아름다움은 그저 관념일 뿐이었다. 세상과 존재, 그 존재를 이루는 모든 원자는 공포였다.

톰이 숨을 고르고 나자 안드레아스는 그를 돌아보며 입을 열었다. 그는 나는 모든 게 두려워요. 다시 내 친구가 돼줄 수 없을까요?라고 말하고 싶었지만 막상 나온 말은 "어쨌든 나는 당신 딸의 벌거벗은 몸을 봤습니다"였다.

톰의 눈이 매서워졌다.

안드레아스는 이 말을 못 믿겠지만 나는 그녀를 사랑했습니다라고 말하려 했으나 결국 이렇게 말했다. "내가 벗으라고 하자 핍은 나를 위해 옷을 벗었습니다. 몸매가 환상적이더군요."

"닥쳐요." 톰이 말했다.

나는 그녀를 잘 알지 못했지만 사랑했습니다. 나는 당신도 사랑했어요. "혀로 그녀의 성기를 핥았죠. 아주 좋았어요. 적절한 독일어로 표현하자면 매우 레커(lecker)* 했어요."

톰이 벌떡 일어섰다. "닥치라고! 당신 대체 왜 이래?"

제발 나를 도와줄래요?

"당신이 원치 않았을 만한 일은 핍도 하지 않았어요. 다만 핍은 좀 더 과감하더군요."

"당신 머리가 어떻게 된 거 아냐?"

누가 제발 나 좀 도와줘요. 어머니, 도와주세요.

---

* '맛있는'이라는 뜻.

"애너벨의 항문을 억지로 범할 때 내 생각을 했어요?"

톰은 안드레아스의 멱살을 잡았다. 당장이라도 주먹을 날릴 것 같았다.

"핍이 그 장면을 재미있게 읽을 것 같아서, 내가 당신의 문서를 핍에게 보냈어요. 당신이 한숨 자는 동안, 비밀번호도 넣어서 핍에게 메일로 보냈죠."

멱살을 잡은 톰의 손에 힘이 들어갔다. 마치 누가 그의 손목을 잡아 쥔 것 같았다.

"내 목을 조르지 마요. 나는 더 나은 방법을 알고 있어요. 당신이 들키지 않고 빠져나갈 수 있는 방법을요."

톰이 멱살을 놓았다. "뭘 어쩌려는 거야?"

누군가 산봉우리의 절벽 쪽으로 가까이 다가갔다. "나를 밀어버리면 돼요."

톰은 그를 가만히 쳐다보았다.

이렇게 돼서 정말 슬퍼요.

"나는 당신 딸을 더럽게 물들였어요. 그녀가 당신 딸이라서, 순전히 재미로 그런 겁니다. 핍은 최고로 좋았다고 하더군요. 내가 꾸며낸 얘기가 아니라 전부 사실입니다. 아마 핍에게 물어보면 사실대로 말을 할 거예요. 자기가 얼마나 더러운 사람인지 알라고, 일부러 당신의 문서를 보내줬습니다. 내가 그렇게 하면 나를 죽이겠다고 맹세하지 않았나요? 내가 당신이라면 나를 죽일 것 같은데."

톰은 화가 난 게 아니라 겁에 질린 듯 보였다.

나를 도와줘요. 지금까지 아무도 나를 돕지 못했어.

"그대로 바닥에 앉으면 당신은 안 떨어질 거예요. 바닥에 앉아서 발로 나를 세게 차면 돼요. 괜찮은 생각 아닌가요? 내가— 이렇게 하면." 누군가 주머니에서 펜을 꺼냈다. "당신 책임이 아니라는 글을 써줄게요. 내 팔에다가. 자, 여기요. 내 팔에 쓰고 있어요."

피부가 땀에 젖고 털 때문에 걸려서 천천히 쓸 수밖에 없었지만 안드레아스의 손은 흔들림이 없었다. 미리 생각해둔 것도 아니었는데 팔에 쓸 글귀는 이미 머릿속에 완성돼 있었다.

내가 정직하다는 것을 여러분은 아실 것입니다. 나는 어떤 위협을 받더라도 거짓말을 쓸 사람이 아닙니다. 나는 1987년 11월 호르스트 베르너 클라인홀츠를 살해했음을 고백합니다. 오늘 저지르는 이 일도 순전히 나 홀로 한 일입니다. 안드레아스 볼프.

머리를 감싸 쥐고 벤치에 앉아 있는 톰에게 누군가 다가가 그 글귀를 보여주었다.

"이 정도면 충분하지 않겠어요? 이 정도 고백이면 자살 동기로 충분하죠. 필요할 경우 당신이 내 자백을 확증해줘요. 아무도 이의를 제기하지 않을 겁니다." 누군가 톰에게 손을 내밀었다. "해줄 수 있죠?"

"못 해."

"친구로서 부탁하는 거예요. 애원이라도 해야 되나요?"

톰은 고개를 저었다.

"당신도 같이 끌고 가줄까요?"

"아니."

"거짓말하지 말아요, 톰. 누굴 죽이고 싶어 한다는 게 어떤 마음인지 당신도 잘 알잖아."

"당신과는 달리 나는 실행에 옮기지 않았어."

"하지만 할 수는 있죠. 하고 싶기도 할 테고. 하고 싶다고 인정해요."

"아니. 당신은 정신병자야. 당신이 정신병자인 걸 모르나 본데, 우선—"

톰의 목소리가 뚝 끊겼다. 이상할 정도로 갑작스러웠다. 톰의 입은 여전히 움직이고 있었고 멀리서 물 떨어지는 소리와 잉꼬 떼의 날카로운 울음소리가 들렸다. 오직 인간의 말소리만 귀에 와닿지 않았다. 매우 혼란스러웠다. 분명 내면의 살인자가 벌인 일일 것이다. 하지만 누군가는 바로 그 살인자였다. 살인자는 늘 말소리에 귀를 닫고 있었던가?

기이하고 선택적인 정적 속에서 안드레아스는 톰에게서 멀어져 절벽 끄트머리로 다가갔다. 발이 자갈을 더듬더듬 밟는 소리가 들렸다. 뒤를 돌아보니 톰이 벤치에서 일어나 손을 뻗으며 무어라 소리치고 있었다. 다시 벼랑으로 시선을 돌린 안드레아스는 저 아래 열대 나무들의 줄기 꼭대기, 추락한 바위의 커다란 파편, 초록색 파도처럼 바위 파편에 밀려와 붙은 덤불들을 내려다보았다. 그 풍경은 서서히 그리고 빠르게, 더욱 빠르게 가까워졌다. 그는 정직한 사람이기에 눈을 활짝 떴다. 그 과정이 끝나 순전히 무의 상태가 되기 전 찰나의 순간에 안드레아스에게 이 세상 모든 사람들의 목소리가 들렸다.

비는 내리고

The Rain Comes

샌프란시스코 언덕에서 안개가 액체처럼 쏟아져 내렸다. 심한 날에는 안개가 만 전체에 퍼져나가고 오클랜드 도로까지 점령할 때도 있었다. 안개가 다가오는 모습을 보면서 변화를 감지하다 보면 어느새 계절이 바뀌었다. 안개가 삼나무 숲을 만나면 그 지역에는 여지없이 비가 내렸다. 열린 공간을 만난 안개가 무게 없이 창백한 길에 한없이 드리워지면 마치 만물의 끝을 보는 듯했다. 안개는 덧없는 슬픔이었다. 슬프기에 더욱 아름답고 덧없어서 더욱 소중했다. 그리고 안개와 함께 흐르는 단조의 느릿한 노래를 쫓아내는 것은 로큰롤의 태양이었다.

출근을 하러 언덕을 올라가는 핍은 덧없는 슬픔을 느끼지는 않았다. 일요일 이른 아침이라 거리는 한산했다. 햇살 아래서는 멀쩡히 주차된 것으로 보일 자동차들이 안개 속에서는 마치 버려진 듯 보였다. 어느 방향으로 얼마만큼 떨어진 곳에서인지 몰라도 까마귀 한 마리가 깍깍 짖었다. 안개 때문에 다른 새들은 다들 입을 닫았는데 까마귀들만 수다스러웠다.

피츠 카페에 도착해서 보니 부매니저 내비가 페이스트리를 진열 쟁반에 옮겨 담고 있었다. 귓불에 포커 칩만 한 크기의 나무 원반을 넣은 내비는 핍과 나이 차이가 얼마 나지 않는 남자지만, 회사 및 소매 업체와 완벽하게 평화로운 관계를 유지하는 듯했다. 교육을 마치고 처음 일을 시작한 날이라 핍이 금전등록기를 작동하고 물통에 물을 채우는 동안 내비가 감독을 해주었는데 상관이라고 멋대로 굴지 않고 업무에 집중하는 모습이었다. 제 할 일을 똑바로 하는 상관을 만나게 돼서 핍은 거의 눈물 나게 고마웠다. 더는 바라지도 않았다.

핍이 카페 앞문의 걸쇠를 여는데 손님 세 명이 안개 속에서 기다리고 있었다. 그 손님들의 주문을 받아 처리한 후 잠시 한가할 때 아는 남자가 가게 안으로 걸어 들어왔다. 1년 반쯤 전에 핍이 같이 자려고 했지만 실패했던 제이슨이었다. 핍은 그가 보낸 문자를 읽은 기억이 났다. 일요일 자 〈뉴욕 타임스〉를 들고 다니던 제이슨 휘태커. 피츠 카페에 아르바이트 지원을 하면서 핍은 제이슨에 대한 기억, 제이슨과 함께 보낸 일요일 아침들을 떠올렸지만, 시간이 흘렀으니 이제는 다른 카페를 주로 이용하겠거니 했었다.

바리스타로서 손님에게 모습을 비칠 수밖에 없는 입장이라 핍은 조용히 기다렸고, 제이슨은 예전에 즐겨 앉던 자리에 신문을 놓아두고 페이스트리 진열장 쪽으로 걸어왔다. 핍은 제이슨을 침실에서 한세월 기다리게 해놓고 돌아와 괜히 분풀이를 했던 여자가 더 이상 아니었지만 제이슨은 그걸 알 리 없었다. 겉으로 봐서 핍은 여전히 같은 모습이었으니까. 계산대 쪽으로 걸어온 제이슨은 핍을 보더니 얼굴을 붉혔다.

핍은 그에게 비꼬듯 손을 살짝 흔들며 인사했다. "안녕."

"와아. 여기서 일하는구나."

"오늘이 첫날이야."

"금방 못 알아봤어. 머리가 짧아졌네."

"응."

"좋아 보인다. 멋져."

"고마워."

"와아."

그는 어깨 너머를 돌아보았다. 뒤에 기다리는 사람은 없었다. 제이슨도 머리가 더 짧아졌고 여전히 마른 체형이었지만 전보다는 덜 앙상했다. 핍은 예전에 그를 원했던 이유가 머릿속에 떠올랐다.

"뭐 줄까?" 핍이 물었다.

"아마 기억할 텐데. 베어 클로 페이스트리랑 스리샷 카푸치노 톨사이즈."

핍은 커피를 준비하기 위해 제이슨에게서 돌아서며 안도했다. 내비는 커다란 플라스틱 통을 가지고 뒤쪽에서 일하는 중이었다.

"여기서 파트타임으로 일해? 아직 그 대체 에너지 회사 다녀?"

핍은 집게를 손에 들고 진열장에서 베어 클로 페이스트리를 꺼냈다. "아니. 어디 좀 갔다 왔어."

"어디?"

"볼리비아랑 덴버."

"볼리비아? 정말이야? 거기서 뭘 했는데?"

마침 우유 스팀기가 빽 소리를 낸 바람에 핍은 그 질문에 대답하지 않아도 되었다. 핍은 커피를 건넸다. "이건 내가 살게. 돈 낼 필요 없어."

"아니야, 그러지 마."

제이슨은 10달러 지폐를 굳이 내밀었다. 핍은 그 지폐를 도로 그에게 밀었다. 계산대에 놓인 지폐에 시선을 꽂고 핍이 말했다. "너한테 제대로 사과를 못 했어. 진즉에 했어야 했는데."

"무슨 소리야. 됐어. 괜찮아. 나야말로 사과를 해야지."

"넌 사과했잖아. 네가 보낸 문자 받았어. 내가 너무 창피해서 답장을 못 했어."

"미안해."

"나만큼 미안하지는 않을걸."

"그날 밤은 정말 모든 게 엉망진창이었지."

"맞아."

"그때 내가 문자를 주고받았던 녀석 말이야. 그 녀석하고는 이제 더 이상 친구로 안 지내."

"진심으로 말할게, 제이슨. 사과해야 할 사람은 네가 아니야."

제이슨은 계산대에 돈을 놓고 자기 테이블로 돌아갔다. 펍은 버튼을 눌러 금전등록기를 열고 돈을 넣은 뒤 잔돈은 팁 통에 넣었다. 1년 반 전 같으면 돈에 대해 거만하게 군다고 생각해 제이슨에게 분개했겠지만 지금은 아니었다. 어딘가에서 펍은 분노하고 적대하는 능력을 잃었고 그만큼 상대를 재미있게 해주는 능력도 잃었다. 무척 아까운 손실이기는 하지만 그저 안타까워하는 것 외에 달리 할 수 있는 일도 없었다. 펍은 엄마가 억만장자라는 사실을 알게 되기 전에 이미 이런 능력을 잃은 터였다.

한동안 손님들이 꾸준히 들어왔다. 펍이 커피와 우유를 지나치게 많이 써서 커피를 만든다 싶었는지 내비가 두 번 이상 펍을 대신해 손님을 응대했다. 또다시 한산한 상태에 접어들자 제이슨이 계산대로 와서 말했다. "이만 갈게."

"다시 봐서 반가웠어. 예전에 내가 저지른 지독하게 창피했던 일을 별일 아니라고 넘겨준 것도 고맙고."

"나 일요일마다 여기 와. 이제 넌 나를 보면서 '아, 저 사람은 제이슨이지'라고 생각하고 나는 너를 보면서 '아, 저 사람은 펍이지'라고 생각하면 돼."

"내가 전에 그렇게 말했어?"

"그랬지. 다음 주 일요일에도 여기서 널 볼 수 있는 거야?"

"아마 그럴 거야. 이 시간에 일하는 게 인기 많은 근무 조는 아니라서."

제이슨은 나가려다 말고 뒤를 돌아보며 말했다. "미안. 내 의도와 다르게 들릴 수도 있겠다 싶어서. 다음 주에도 널 볼 수 있냐고 물은 것 말이야."

"친한 사이에 할 수 있는 얘기잖아."

"그래. 그러니까 내 말은…… 내가 다른 사람이랑 같이 올 수도 있거든. 그러니까 괜히 오해 말라고."

핍은 살짝 가슴이 아팠지만 놀라지는 않았다. "우정으로 한 말이라고 받아들일게."

제이슨이 나가는 걸 보며 핍은 웃음을 터뜨렸다.

제이슨이 뒤돌아보며 물었다. "왜?"

"아무것도 아니야. 미안. 그냥 웃었어."

제이슨이 떠나자 웃음이 더 많이 났다. 망할 콘돔! 콘돔보다 더 웃긴 게 있을까? 1년 반 전, 제이슨을 방에 두고 콘돔을 가지러 아래층에 내려가지 않았다면 핍은 아나그레트의 설문지를 받을 일도 없었을 테고 그 후에 일어난 일들을 겪지 않아도 됐을 것이다. 당시 남자 친구가 있었으면 마을을 떠날 생각도 안 했을 것이다. 그랬으면 다른 콘돔에 대한 웃기는 얘기 따위는 알지도 못했을 것이다. 핍이 세상에 나오게 된 웃기는 얘기 말이다. 내비가 나무라듯 쳐다봤지만 핍은 웃음을 멈출 수가 없었다.

오후에 근무를 마친 핍은 언덕을 걸어 내려갔다. 하늘은 마치 안개 따위를 품은 적도 없는 듯이 맑았다. 원래 생각한 일정대로라면 핍은 〈익스프레스〉가 의뢰한 기사를 작성하고 있어야 했다. 선라이트 프로젝트에 인턴으로 들어가 겪은 이야기를 풀어놓는 기사였다. 하지만 아무리 기사를 길게 또는 잘 써봤자 받는 돈은 200달러가 고작이었다. 그 돈으로 학자금 대출을 갚는 건 어림도 없어서 핍은 피츠 카페에서 상근 아르바이트를 시작했다. 안드레아스에 대해 어떻게 써야 할지 감도 오지 않았다. 그의 죽음에 대한 감정을 정리하려면 1년 어쩌면 10년은 걸릴 수도 있었다. 그 밖에도 정리해야 할 일이 산더미였지만, 피츠 카페 일을 끝내고 돌아온 핍은 탄력 빠진 테니스공을 드레이퍼스의 집 차고 문에 대고 쳐대고만 있었다.

드레이퍼스는 거실 소파에 드러누워 오클랜드 애슬레틱스*의 경기를 보고 있었다. 그는 장 기생충 치료를 받고 회복 중이었다. 한집에 사는 가스와 에릭이 프리거니즘**을 실행하려고 가져온 음식물 쓰레기를 얻어먹고 장에 탈이 난 모양이었다. 가스와 에릭은 앨러미다 카운티 교도소에 잠시 들어가 있었다. 사흘 전 드레이퍼스의 집을 살 생각이 있는 손님들을 데리고 온 부동산업자를 공격한 죄목이었다. 가스와 에릭의 보석금을 마련하기 위해 무정부주의자 친구들이 나서서 크라우드펀딩으로 돈을 모으고 있는 중이었다.

"누구한테서 커피 냄새가 나네." 드레이퍼스가 말했다.

"스콘을 몇 개 가져왔어요." 핍이 배낭 지퍼를 열었다. "우유랑 같이 마실래요? 우유도 좀 가져왔거든요."

"언제나 목마른 입에 신선도가 떨어지는 스콘을 집어넣으려면 우유 없이는 안 되지."

드레이퍼스는 전보다는 들어갔지만 여전히 불룩한 배에 스콘 봉지를 올려놓고 그 안을 뒤적거렸다. 핍은 소파 앞 탁자에 커피가 담긴 플라스틱병을 내려놓았다. "유통기한은 어제까지였어요. 알고 드시라고요. 은행에서 다른 소식 온 거 없어요?"

"아무리 무자비한 추격자라도 안식일에는 쉬어야지."

"괜찮아질 거예요. 아저씨가 공청회를 열 때까지는 은행에서도 어쩌지 못해요."

"코스타 판사에 대해 알아봤는데 상황을 낙관할 수가 없겠어. 그 판사는

---

* 캘리포니아주 오클랜드를 연고지로 하는 메이저리그 소속의 프로야구팀.

** 환경보호를 우선으로 하고 버려진 음식물 쓰레기에서 얻은 채소 따위의 음식으로 연명하며 물질주의와 세계화에 반대하는 운동.

교육 수준이 중학교 8학년 정도밖에 안 되고 기업의 권리를 지키는 데만 혈안이 돼 있어. 공청회에서 설명할 내용을 철저하게 수정하고 있기는 한데 서술 요소가 122개나 돼. 아무래도 그 판사는 서너 개쯤 듣다가 주의가 흐트러질 것 같아."

핍은 더 이상 드레이퍼스에 대해 걱정하지 않았지만 그의 은행은 안타깝게도 걱정을 계속하고 있었다. 핍은 드레이퍼스의 두툼하고 털이 거의 없는 손을 토닥였다. 그가 반응을 보이지 않을 거라고 예상했는데 역시나 그는 아무 반응이 없었다.

위층으로 올라가 예전에 쓰던 방으로 들어간 핍은 반바지와 티셔츠로 갈아입었다. 그 방은 스티븐의 소지품과 쓰레기 더미에서 끄집어낸 너저분한 물건들로 반이나 차 있었었다. 핍은 매트리스와 여행 가방을 놓을 자리를 만들기 위해 그 물건들을 수직으로 쌓아 치웠다. 2주 전 핍은 친구 서맨사가 사는 아파트에 머물면서 서맨사에게서 아티반을 받아먹고 몽롱한 상태로 있다가 약 기운이 좀 빠지자 드레이퍼스에게 전화를 걸었다. 핍은 인사를 하며 독일인들에 대한 아저씨의 생각이 옳았다고 말했다. 드레이퍼스는 스티븐이 부모 돈을 들고 나온 스무 살짜리 여자와 중앙아메리카로 모험을 떠났다고 알려주었다. 지금 같이 사는 동거인은 가스와 에릭뿐이라면서, 언제든 와서 예전에 쓰던 방을 쓰라고 했다. 남자들끼리만 사는 집이라 생각보다 악취가 심했지만 집을 치우면서 핍은 잠시 머리를 식힐 수 있었다.

스티븐이 버리고 간 잡동사니 더미에 오래된 프로케넥스 테니스 라켓이 하나 있었다. 드레이퍼스의 집 차고 문은 문틀이 푸석푸석하게 썩어 헐거워지고 약해진 상태였다. 그런 문에다가 테니스공을 아무리 세게 쳐봤자 문에 맞고 튀어 날아오는 공의 탄력은 강아지만큼이나 공격성이 없었다. 차고 뒤에는 잎 넓은 상록수들이 백네트처럼 서 있어서, 그리로 공을 쳐 넘기면 모스우드 파크의 덤불 어딘가에 박혀 있어 쉽게 찾을 수 있었다. 공의 탄력이 적을수록 기진맥진할 때까지 실컷 세게 칠 수 있으니 핍의 목적에는 더 잘 맞았다. 어쩌면 지금까지 해온 중 제일 만족스러운 활동이 아닐까 싶기도 했다.

고등학교 시절 체육 시간에 테니스를 몇 주 배웠는데, 시선을 공에서 떼지 않고 끝까지 보고 있다가 옆으로 쳐내야 점수를 올릴 수 있었다. 핍의 백핸드는 여전히 안정성이 없었지만 포핸드는, 아, 포핸드는 정말 좋았다. 핍은 공의 윗부분을 강하게 비틀어 치는 톱스핀 감각을 타고났다. 마치 마우스볼을 갖고 노는 고양이처럼 거의 15분간 재빨리 자리를 옮기면서 숨이 찰 때까지 차고 문짝에 부딪치고 튀어나온 공을 쫓아 쉴 새 없이 포핸드를 칠 수도 있었다. 그리고 매번 공을 세게 후려칠 때마다 지나치게 길어진 늦은 오후의 햇살 속에서 자잘한 벌레들에게 물어뜯기곤 했다.

le1o9n8a0rd라는 제목이 붙은 이메일을 받았을 때 핍은 레이크뷰에서 예전에 한집에 살았던 셰어메이트들에게 며칠 신세를 진 후 덴버로 옮겨 가 있던 참이었다. 핍은 이메일에 첨부된 문서가 톰의 컴퓨터에서 나온 것 같다는 느낌을 받았다. 톰의 컴퓨터에 있던 자료는 절대 보지 않기로 약속했던 터였다. 하지만 같은 날, 힘들게 버스를 타고 덴버 공항으로 가는 길에 핍은 톰이 보낸 짧은 이메일 두 통을 받았다.

안드레아스가 죽었어. 자살이야. 나도 큰 충격을 받았지만 알려줘야 될 것 같아서.

추신: 나는 지금 볼리비아에 있어. 그가 세상을 떠나는 모습을 목격했어. 그가 이메일을 보냈다면 읽지 말고 삭제해. 그는 제정신이 아니었어.

핍은 명치를 세게 맞은 것 같았다. 단순한 충격이나 두려움, 고통 이상의 감정이었다. 속이 메스꺼울 정도의 죄책감이었다. 이상했다. 왜 죄책감을 느꼈을까? 하지만 핍은 분명히 알았다. 이 울렁거리는 감정은 틀림없는 죄책감이었다. 탑승 그룹 번호를 부르는 소리가 들리자 핍은 기계적으로 앞으로 걸어가 샌프란시스코행 프론티어 에어라인 사의 싸구려 항공기에 몸을 실었다. 기내에는 먼저 탑승한 군인들이 좌석에 앉아 있었다. 핍은 그중 한 명의 옆자리로 가 앉았다.

그는 제정신이 아니었어. 핍은 그 사실을 알고 있기도 했고 아니기도 했다. 안드레아스의 상태를 알면서도 핍은 그가 하지 말아달라고 한 일을 해버렸다. 그에게 자신을 투영했다. 그에게 자신의 온전한 정신을 투영해버렸다. 안드레아스가 정말 죽었다면 핍은 그를 구할 수 있는 힘을 갖고 있었다는 얘기가 된다. 자기 미화일 수도 있지만 그와 함께했던 기억을 더듬어보니, 그가 핍에게 제발 구해달라고 했던 것도 같았다. 핍은 그를 거절하는 게 도덕적으로 옳은 일이라 생각했었다. 하지만 그게 도덕적으로 잘못한 짓이라면? 가혹하게도 동정심을 거둬들인 거라면? 핍은 좁은 좌석에 웅크리고 앉아 최대한 소리를 내지 않고 울었다. 눈을 질끈 감았다. 눈을 감으면 옆자리에 앉은 군복 차림의 군인에게 자신의 모습이 보이지 않기라도 할 것처럼.

서맨사의 집에 도착해서도 핍은 어느 쪽을 따라야 할지 갈피를 잡지 못했다. 핍은 톰의 사생활을 지켜주기로 약속했고, 톰은 안드레아스가 제정신이 아니었다며 이메일을 열지 말라고 날카롭게 경고했다. 안드레아스가 보낸 이메일의 첨부 문서에 구역질 나는 내용이 담겨 있을 거라는 뜻 같기도 했다. 그래도 안드레아스가 생전에 마지막으로 한 일이 바로 그녀에게 이메일을 보낸 것이었다. 안드레아스의 이메일과 톰의 이메일은 겨우 몇 시간 간격으로 핍의 계정에 도착했다. 그것은 안드레아스가 아무리 제정신이 아니었어도 마지막 순간에 핍을 생각했다는 의미였다. 이렇게 상상하는 것 또한 자기 미화일 수 있었다. 자살로 생을 마감해야 했을 만큼 고통이 컸던 사람에 대한 연민의 부재이고, 지독한 고통에 함몰되어 있던 그의 입장을 무시하는 처사였다. 그래도 마지막 순간 이메일을 보냈다는 건 분명 어떤 의미가 있지 않을까. 핍은 자신이 그의 자살 원인 중 하나일까 봐 두려웠다. 하지만 그의 죽음에 일정 부분 책임이 있다면 죄책감을 받아들이고 그가 마지막 순간에 보내준 메시지를 읽는 것이 도리일 것이다. 핍은 첨부된 문서를 읽고 나서 톰에게 읽었다는 말만 하지 않으면 톰과의 약속을 존중한 게 되지 않을까 생각했다. 안드레아스를 위해 이메일을 읽는 정도는 해줘야 될 것 같았다.

하지만 그 문서는 한번 열면 다시는 그 뚜껑을 닫을 수 없는 상자와도 같았다. 핵분열의 비밀처럼, 판도라의 상자처럼. 톰이 전처의 이마에 난 상처와 벌어진 앞니를 묘사하는 부분을 읽으면서 핍은 지독하게 소름이 돋았다. 안드레아스 때문에, 안드레아스에게 묘하게 고마운 마음이 들면서도 죄책감이 배가되어 소름이 돋은 것이었다. 삶의 마지막 순간에 안드레아스는 핍이 가장 원하던 것을 내주었다. 오랫동안 품어온 의문에 대한 답을 준 것이었다. 그러나 막상 그 답을 얻자 차라리 모르는 게 나았겠다 싶었다. 답을 얻음으로써 어머니와 톰에게 몹쓸 짓을 한 것 같았다. 두 사람은 답을 알고 있었지만 핍이 아는 것은 원치 않았다.

더 이상 읽지 못하고 핍은 서맨사의 접이식 침대에 쓰러져 누웠다. 안드레아스가 나타나 어떻게 하면 좋을지 말해주길 바랐다. 아무리 정신 나간 명령이라도 이렇게 아무 명령도 받지 못하는 것보다는 나을 것 같았다. 어쩌면 톰이 안드레아스의 죽음에 대해 잘못 알았을지 모른다는 생각도 들었다. 안드레아스의 죽음을 받아들일 수가 없었다. 그가 사무치게 그리웠다. 휴대전화를 들여다본 핍은 덴버 인디펜던트가 이례적으로 현지 보도 기사를 낸 것을 보았다.

150미터 높이의 낭떠러지에서 뛰어내렸다.

핍은 휴대전화를 꺼버리고 흐느껴 울었다. 불안감이 차올라 슬픔을 압도하자 핍은 서맨사를 깨워 아티반을 더 달라고 부탁했다. 그리고 안드레아스가 자살했다고 털어놓았다. 자기 자신과 관련된 일이 아니면 관심도 없고 이해하려 들지도 않는 편인 서맨사는 고등학교 때 알던 친구 하나가 목매달아 자살을 했다고, 자살은 삶의 가장 큰 수수께끼라는 사실을 알게 된 후에야 그 자살 사건을 마음에서 극복할 수 있었다고 말했다.

"자살은 수수께끼가 아니야." 핍이 말했다.

"수수께끼 맞아. 난 답을 찾으려고 안간힘을 썼어. 내가 그 친구의 자살을 막을 수 있었을지 모른다는 생각을 계속 들더라. 어쩌면 내가 그를 구할 수 있었을지 모른다고—"

"난 그를 구할 수도 있었어."

"나도 그렇게 생각했는데 내가 틀렸던 거야. 그의 죽음은 나와 무관하다는 걸 인정해야 했어. 나와 상관없는 일이었으니 죄책감을 느낄 필요도 없었어. 그걸 알고 나니까 화가 나더라. 난 그에게 아무것도 아니었어. 애초에 그에게 중요한 사람이 아니었으니 그를 구할 수도 없었지. 그런 일에는 차라리 화를 내는 게 더 건강한 반응이라는 걸 깨달았어……."

핍이 아티반 약효에 취해 쓰러져 누울 때까지 서맨사는 계속 그렇게 서술문장을 분수처럼 쏟아냈다. 아침에 홀로 서맨사의 아파트에 남은 핍은 톰의 문서를 천천히 마저 읽었다. 기본적인 정보만 파악하고 싶었지만 부모의 성생활에 대해 너무 많이 알고 싶지 않아 상당 부분을 건너뛰었더니 결국 다시 되짚어 올라가 읽어야 했다. 섹스 자체에 비위가 상한 건 아니었다. 부모의 기괴한 성생활이 너무 낯설고 구식이고 참을 수 없을 만큼 슬퍼서였다.

문서 안에는 그 밖에도 쉽게 읽히지 않는 내용이 잔뜩 담겨 있었으나 다 읽고 난 후 핍에게는 돈 문제가 가장 크게 와닿았다. 톰과 레일라를 두 번째 부모로 두고 사는 삶은 분명 흥미로울 것이다. 하지만 지금 톰에게 전화를 걸어 "안녕, 아빠"라고 말할 수는 없었다. 약속을 어기고 그의 문서를 읽었고 또 다시 그를 배신했다는 것부터 인정해야 할 테니까. 현실적으로 말해 엄마가 자발적으로 톰의 정체를 밝혀주지 않는 한 핍은 톰과 레일라를 다시 삶에 들여놓을 수 없었다. 적어도 당분간은 이대로 살기로 했다. 하지만 10억 달러나 되는 신탁자금은? 엄마는 세상에서 핍을 제일 사랑한다고 수도 없이 말하지 않았나? 세상에서 그 무엇보다 그 누구보다 핍이 소중하다더니, 어떻게 그 많은 돈을 갖고 있으면서도 핍이 학자금 대출로 고통받으며 남들보다 기회도 제한된 채로 살게 내버려둘 수 있을까? 톰의 문서를 보고 난 후 핍은 엄마에게 깊은 좌절감을 느꼈고 영혼마저 오염된 느낌이었다. 엄마는 톰이 딸을 빼앗아 간 뒤 자기한테 등 돌리게 만들까 봐 두려워했는데 이제 핍은 그 이유를 알 것 같았다. 문서를 본 지금 핍은 엄마에게 등을 돌리고 있었다.

핍은 아티반을 한 알 더 먹고 콜린에게 한 번 더 이메일을 보냈다. 이번에는 한 시간도 채 되지 않아, 8개월의 침묵 끝에, 드디어 답장이 왔다.

또 우롱당했네. 그 사람이 나를 상처 줄 방법은 더 이상 없을 줄 알았는데.

지역번호 408로 시작하는 전화번호가 적혀 있어 핍은 곧바로 전화를 걸었다. 콜린은 캘리포니아에 살고 있었다. 만(灣) 건너 쿠퍼티노에서 어느 신생 기술 회사의 최고법률책임자로 일하고 있다고 했다. 콜린은 핍의 목소리를 듣고 전화를 끊어버리지는 않았지만 8개월 전 자신이 버리고 떠난 형편없는 그곳에 대한 불평을 늘어놓기 시작했다.

"그와 사귀었던 여자들은 지금 트위터에서 다들 난리도 아니야. 토니 필드는 그가 지구상에 존재했던 제일 정직한 사람이었다고 떠들고 있어. 그 말은 곧 '나는 그 사람과 잤던 사이야. 어때, 이것들아, 약 오르지, 메롱'이라는 뜻이지. 실라 테이버는 세계 역사의 헤겔 철학적 정신이 그 사람 안에 살아 있었다고 트위터에 올렸는데 그 말은 곧 '토니보다 내가 먼저, 훨씬 더 오랫동안 그 사람과 잤어'라는 뜻이야. 너도 트위터에서 떠들고 싶겠구나. 너도 시성(諡

聖)된 영웅에 대한 소유권을 주장해보지 그러니."

"나는 그 사람과 잔 적 없어요."

"미안, 깜박했네. 치아의 레진이 빠졌다고 했었지."

"못되게 굴지 말아요. 나도 이 일로 정말 기분이 안 좋아요. 이해해줄 만한 사람하고 얘기를 하고 싶었던 것뿐이에요."

"유감이지만 나도 지금 상처받고 화가 나서 미칠 것 같아."

"트위터 그만 읽어요."

"내일 중국 선전으로 갈 건데 거기 가면 좀 낫겠지. 중국인들은 다른 나라 사람들이 무슨 일로 소동을 빚든 잘 모르니까. 참 축복받은 나라야."

"돌아오면 한번 만날까요?"

"넌 나에 대해 늘 잘못된 생각을 갖고 있는 것 같아. 내가 상처를 받긴 했지만 네 연락을 받고 고맙기도 했어. 원한다면 한번 보자."

핍은 엄마에게 전화를 걸어 오클랜드로 돌아왔다고 알려야 했다. 처음에 핍이 덴버로 갈 거라고 했을 때 엄마가 왜 그 동기를 의심했는지 이제 알 것 같았다. 엄마는 옆집에 사는 린다 아줌마의 컴퓨터로 덴버 인디펜던트의 웹사이트를 검색해봤을 테고 신문사 웹사이트 상단에 매주 실리는 논평 기사에 전남편의 얼굴 사진이 박혀 있는 것도 보았을 것이다. 핍이 전남편과 함께 그 회사에서 일하는 것은 상상만 해도 괴로운 일이었을 것이다. 그래서 엄마는 그 후 입을 닫고 고집불통으로 굴었던 모양이었다. 핍이 친부에 대해 알아냈고 친부의 곁으로 가기 위해 거짓말을 한다고 생각한 듯했다. 핍은 적어도 그 부분에 있어서는 거짓말을 하지 않았다고 엄마를 안심시켜주고 싶었다. 하지만 그러려면 그동안 어떤 사실을 알았고 어떤 경위로 알게 됐는지까지 털어놓아야 될 것이다. 그 얘기를 하면 엄마는 창피해 죽으려고 할 것이고, 핍이 자신에 관한 문서까지 읽었다는 걸 알면 세상에 자신의 존재가 까발려졌다는 생각에 정말 죽을지도 몰랐다. 핍은 계속 거짓말을 하면서 정말로 일 때문에 덴버에 머물다 온 것처럼 굴 수도 있었다. 하지만 계속 그렇게 거짓말을 하면서 신탁자금에 대한 말 한마디 못 꺼내고 톰과 레일라를 만나지도 못하고 엄마의 공포증과 비합리적인 금지 규칙에 맞춰 살아야 한다는 생각을 하니 화가 났다. 안드레아스가 지구상에 존재했던 제일 정직한 사람이 아닐지 몰라도 엄마는 지구상에 존재하는 제일 까다로운 사람일 것이다. 핍은 엄마를 어떻게 대하면 좋을지 결정할 수가 없었다. 그래서 당분간 아티반을 먹으며 멍하니 지내기로 했다.

하지만 돈이 없어 아티반을 더 구할 수 없게 되자 테니스공을 후려치는 것으로 대신했다. 여전히 안개 한 점 없는 하늘에는 고가도로가 떠 있고 그 너머로 일요일의 태양이 저물었다. 캘리포니아는 몇 달째 가뭄으로 비상이었는데 하지가 지나자 적당하게 가문 날씨가 됐다. (핍은 엄마에게 생일 아닌 날을 축하하는 카드를 보내면서 '언제나 사랑해요, 핍'이라고만 적어 넣었다.) 다시 안개가 밀려오면 핍은 테니스공을 그만 쳐대고 집 안으로 들어가는 게 안전하겠다는 생각을 하겠지만 지금은 아니었다. 핍은 라켓을 백핸드 그립으로 잡고 공 두 개를 나무 백네트 위로 넘겨 그 뒤의 마당으로 떨어뜨린 뒤 다시 포핸드로 치기 시작했다. 테니스공보다 더 완벽하게 제조된 상품이 과연 있을까? 솜털이 보송보송하고 동그란 모양이라 꽉 누를 수 있고 던지면 통통 튀며 겉에 혀 모양의 천 두 개를 대고 꿰매놓았다. 어디에든 대고 치면 퍽! 하고 세상에서 제일 기분 좋은 소리를 냈다! 개들은 원래 좋은 물건을 알아보는 법인데 개들이 테니스공이라면 사족을 못 썼다. 핍도 마찬가지였다.

핍은 땀에 흠뻑 젖은 채 집으로 들어갔다. 가스와 에릭이 주방 식탁에 맥주 2쿼트를 올려두고 그 앞에 앉아 있었다. 보석금을 내고 먼 길을 걸어 집으로 돌아오는 가스와 에릭에게 어느 선한 사마리아인이 맥주를 사준 모양이었다.

"크라우드펀딩은 진짜 대박이야."

가스의 말에 에릭이 맞장구를 쳤다. "돈 빌리는 일에서는 특히 효과 만점이지."

핍이 물었다. "부동산 쪽에서는 계속 고발할 거래요?"

가스가 대답했다. "당분간 그럴걸요. 드레이퍼스가 공청회에서 사람들을 설득하면 부동산 업자가 무단 침입자가 되니까 우리가 그 작자를 내쫓은 게 합법적인 행위가 되겠죠."

"설득할 수 있을 것 같지 않은 게 문제죠." 핍은 반쯤 빈 맥주병 하나를 집어 들고 물었다. "마셔도 돼요?" 가스와 에릭이 한참을 머뭇거리며 대답을 못 하자 핍은 맥주병을 내려놓았다. "내가 가서 맥주 더 사 올게요."

그러자 에릭이 말했다. "그러면 좋죠."

"엄청 많이 사 가지고 올게요."

"그래주면 너무 좋죠."

맥주를 사러 나가는 길에 핍은 드레이퍼스를 찾았다. 드레이퍼스는 두 손에 얼굴을 묻고 침대에 앉아 있었다. 그는 법적으로 꽤 곤란한 상황에 처해 있었다. 그는 오래전 신청해 받았다가 중단된 집 융자를 가까스로 되살려놓기는 했지만, 핍이 이 집을 떠나 있는 동안 기술 발달에 따른 시장의 압박으로 부동산 가치가 30퍼센트 이상 상승한 것이 문제였다. 은행에서는 융자금 상환 방식을 슬쩍 바꾸는 새로운 속임수를 썼다. 은행 여직원이 대출금 상환 액수를 여러 가지로 조정해 선택하라고 하자 드레이퍼스는 자연히 월 상환액이 제일 적은 조건을 선택했다. 그런데 얼마 후 그 여직원은 어디로 갔는지 보이지 않았다. 드레이퍼스가 그 여직원의 이름과 근무지까지 적어뒀건만 은행에서는 그 여직원에 대한 기록이 남아 있지 않다고 했다. 마리의 급료와 리몬의 장애인 수당이 없으면 드레이퍼스는 매월 최소한의 대출금도 갚을 수가 없었다. 드레이퍼스가 법적으로 할 수 있는 일이라고는 은행이 불건전하고 극악한 속임수를 쓴 정황에 대해 법원에 가서 꼼꼼하게 설명하는 것뿐이었다. 핍은 드레이퍼스가 작성한 탄원서를 읽어보려고 했지만 분량이 자그마치 30만 단어나 되었다.

핍은 그의 발치에 쭈그리고 앉았다. "저기, 있잖아요. 기술 기업에서 변호사로 일하는 친구가 있거든요. 그 친구라면 무료 변론을 맡아줄 회사를 알고 있을 것 같은데 물어볼까요?"

"걱정해줘서 고맙다. 그런데 무료 변론을 해주는 공익 변호사들이 내 사건에 어떤 반응을 보이는지 이미 봤거든. 처음에는 친밀한 분위기 속에서 일이 잘 진행되는 것 같았어. 이런 부당한 일은 우리가 나서서 바로잡겠다, 왜 진즉에 우릴 찾아오지 않았냐, 이러더라고. 그러다 일주일 만에 두 손 두 발 다 들고 창문에 붙어서 소리를 치는 거지. '나 좀 여기서 나가게 해줘요!' 차라리 내 생각에는— 아, 됐다. 신경 쓰지 마."

"뭔데요?"

"우리가 차라리 약에 절어 정신이 나간 변호사를 찾아보는 게 어떨까 하는 생각이 들었어……. 멍청한 생각이지. 잊어버려."

"나쁘지 않은 생각 같은데요."

"아니야. 그러느니 코스타 판사가 지금부터 시작해 화요일에서 일주일 뒤의 기간 동안 계단에서 굴러떨어지게 해달라고 비는 게 낫겠어. 혹시 기도의 효험이라는 게 있다고 믿어, 핍?"

"그다지요."

"그래도 한번 해봐줘."

다음 일요일, 피츠 카페에 출근해 잠긴 앞문을 열던 핍은 문 앞에서 다른 손님들과 함께 기다리고 서 있는 제이슨을 보았다. 여자 친구가 있다는 걸 알기에 핍은 그가 일찍부터 온 것에 대해 지나치게 관심을 보이지 않으려 했지만 그는 핍에게 말을 걸고 싶은 눈치였다. 계산대 앞에서 얼쩡거리던 그는 새로 기획 중인 통계학 교재가 어디까지 진전되었는지를 늘어놓으면서 자기가 이론을 설명하자 교수들이 그렇게 간단하고 직관적인 방법이 있다는 사실을 믿기 어려워하더라고 말했다. "그분들이 하시는 말씀이 '그래, 기하학이 그 경우에는 적용이 될 수는 있겠군'이라고 하시더라고. 그래서 다른 예들을 보여 드렸어. 내 방법은 항상 효과가 있거든. 교수님들은 아직도 믿기 힘들어하셔. 통계학은 어쩔 수 없이 대단히 비직관적인 주제라고 생각하고 평생을 바쳐온 분들이니까."

"그래서 내가 늘 그런 얘길 들었지." 핍이 말했다. "통계학 수업은 듣지 마라."

"넌 어때? 볼리비아에서 뭘 하며 지냈는지 얘기 안 해줬잖아."

"아, 흐음. 선라이트 프로젝트에 들어가서 인턴으로 일했어. 너도 아는—안드레아스 볼프 씨 밑에서."

제이슨의 눈이 휘둥그레지는 것을 보며 핍은 기분이 좋아졌다. 요즘 안드레아스를 신격화하는 분위기가 한창이라 베를린과 오스틴, 프라하와 멜버른에서는 사람들이 모여 촛불을 켜고 추도식을 올렸다. 온라인 추모 사이트에서는 안드레아스 볼프에 대한 감사와 애도의 뜻을 담은 메시지들이 모여 테라바이트 단위까지 쌓이고 있었다. 마치 애런 스워츠* 현상이 백배는 규모가 커진 듯했다.

"농담이지?" 제이슨이 물었다.

"음, 아냐. 난 거기 있었어. 그 사람이 자살할 당시에는 아니었지만. 1월 말에 그곳을 떠났거든."

---

* 미국의 컴퓨터 프로그래머이자 인터넷 활동가. 웹 2.0 운동에 크게 기여했고 인터넷상의 정보 공유 운동에 주력했다. 2011년 1월, 학술 저널 데이터베이스인 JSTOR에서 다량의 저널 문서를 내려받은 일 때문에 체포됐고, 2년 후인 2013년 1월, 26세의 나이로 자살했다.

"믿어지지가 않아."

"그래, 이상하게 들리긴 하지?"

"정말 그 사람이랑 같이 시간을 보냈어?"

"그래. 거기서 일하는 사람들은 다 그랬어. 그 사람은 늘 직원들 주변에 있었어."

"믿어지질 않아."

"그 말을 너무 자주 하지 마. 기분 나빠지려고 해."

"아니, 그런 뜻이 아니라. 네가 똑똑하다는 건 나도 알지. 그런데 네가 웹 쪽에 관심이 있는 줄은 몰랐어."

"맞아. 난 관심 없었어. 거기서 일을 하는 동안에는 관심을 가졌는데 지금은 없어졌어."

다른 사람들처럼 인기 스타에게 빠져 지낸 것처럼 보였을 것 같아 낙심했지만 핍은 제이슨이 그 주제를 그대로 치워버리지 않기를 바랐다. 하지만 제이슨은 다른 화제로 넘어갔다. 그는 앞으로 어떤 계획을 갖고 있느냐고 물었다. 지금은 일 끝나고 집에 가서 테니스공이나 칠 생각이라고 솔직하게 말했다. 제이슨은 자기도 얼마 전부터 테니스를 다시 치기 시작했다면서 언젠가 같이 한 게임 하자고 했다. 하지만 그저 인사치레일 수도 있는 모호한 말이었고, 그에게 여자 친구가 있다는 사실을 안 이상 김빠진 제안일 뿐이었다. 그는 일요일 자 〈뉴욕 타임스〉를 들고 즐겨 앉는 자리로 가 앉았다.

핍과 제이슨은 여전히 서로에게 끌리고 있었지만 마음을 실행에 옮기지 못한 것에 대한 후회일 뿐이었다. 핍은 문득 지금까지 자신에게 열렬한 관심을 보인 남자들 중 제이슨이 제일 잘생긴 것 같다는 생각을 하며 아쉬워했다. 1년 반 전에 그걸 알았어야 했는데 무심히 넘긴 것이 유감이었다. 이제 안드레아스 볼프가 핍을 인턴으로 들일 만큼 존중했다는 사실을 알게 됐으니 핍은 제이슨도 조금은 후회하기를 바랐다.

핍은 오랫동안 방치했던 페이스북을 다시 시작했다. 페이스북은 친구들을 직접 대면하지 않고도 동네로 돌아왔음을 알릴 수 있는 방법이기도 했지만 페이스북을 이용한 주된 이유는 안전한 거리를 두고 엄마에게 소식을 전하기 위해서였다. 페이스북 친구들 중에 엄마의 집 옆집에 사는 린다 아줌마가 있는데, 그 아줌마를 통해 알아보니 엄마의 삶은 그동안 별반 달라진 게 없는 듯했다. 린다 아줌마라면 핍의 별 내용 없는 안부 인사를 엄마에게 기꺼이 전해줄 것 같았다. 핍은 린다 아줌마가 핍의 페이스북 페이지를 엄마에게 슬쩍 보여주든지, 그 페이스북에 거의 아무 내용이 없더라는 얘기라도 전해주길 바랐다. 핍은 예전에 살던 오클랜드의 집에서 살고 있고 피츠 카페에서 일하고 있다더라, 이 정도만 엄마에게 전해주면 될 것이다. 엄마는 핍이 여전히 덴버에서 살면서 아버지인 톰과 만나고 있다고 상상하며 괴로워할 텐데, 그런 괴로움이라도 덜어주고 싶었다. 린다 아줌마는 수다스러운 편이니 분명 엄마에게 말이 전해질 것이다.

교대 근무를 마치고 집으로 돌아온 핍은 한바탕 테니스공을 치고 샤워를 한 후 바트 역으로 걸어가면서, 제이슨의 페이스북을 확인해보고 싶은 충동을 끝내 억누르지 못하고 결국 들여다보고 말았다. 그는 모든 면에서 열정적으로 살고 있었다. 물론 핍이 페이스북에서 알아내고 싶었던 것은 그의 여자친구가 얼마나 예쁘냐였다. 그런데 그 점에 있어서 엇갈리는 평가를 내릴 수밖에 없었다. 그 여자는 얼굴도 예쁘고 엄청 유행에 민감한 데다 상드린이라는 어마어마한 프랑스식 이름도 가졌지만 결정적으로 제이슨보다 키가 30센티나 작아서 같이 있으면 어색해 보였다. 그런 생각을 하는 자신과 페이스북에 넌더리를 내며 핍은 페이스북을 닫았다.

핍은 버널 하이츠 지역의 페루 식당으로 향했다. 콜린은 미식가라 특이한 음식도 기꺼이 즐겨보려 노력했지만 핍은 그렇지 않은 편이라 이 식당에서의 식사가 그다지 편치 않을 듯했다. 콜린은 일이 너무 많아 안 되겠다며 이미 두 번이나 만나기로 한 시간 직전에 약속을 깼고 이번에 세 번째로 다시 잡은 약속이었다. 핍에게 벌을 주면서 기를 죽이려는 의도였다면 효과 만점이었다.

버널 하이츠는 온통 무채색이었다. 목소리를 높여 떠드는 이십대 컴퓨터 전문가들이 식당에 가득했다. 콜린은 대기 구역 옆에 어색하게 자리한 작은 테이블 앞에 앉아 있었다. 콜린이 핍의 자리로 놓아둔 의자는 웨이터들이 지나다니는 길 쪽에 있었다. 핍은 콜린이 쓸데없이 화장을 한 데다 실크 재킷에 보석까지 값비싸 보이는 차림이라 의아했다. 예전에 콜린은 그저 지루하고 안전한 일을 할 생각이라고 말했었는데.

"늦어서 미안해요. 오클랜드에서 나오는 데 시간이 꽤 걸렸어요."

"내가 미리 소소한 요리를 주문해놨어. 이따가 다시 사무실로 들어가봐야 해서."

핍은 콜린이 여름 캠프에서 만나 친분이 생긴 사이일 뿐 진정한 친구는 아니었구나 하는 생각을 이미 하고 있었다. 이럴 줄 알았으면 그동안 줄기차게 이메일을 보내지 말 걸 그랬다 싶었다. 하지만 콜린 말고는 안드레아스에 대해 얘기할 사람이 없었다. 핍은 상그리아 한 잔을 주문하고 얘기를 시작했다. 안드레아스가 독일에서 사람을 죽였고 범죄 사실을 입막음하기 위해 핍을 로스볼카네스로 불러들이는 미친 짓을 했다, 예전에 그와 코르테스 호텔에 간 것도 개인적인 일 때문은 아니었다, 대충 이런 내용이었다.

"진짜 역겨운 사람이었어요. 사람들이 아는 것보다 훨씬요." 핍은 이렇게 말을 맺었다.

"그 남자를 갖고 싶어서 3년이나 옆에 붙어 있었는데 그 얘길 들어도 어째 기분이 나아지질 않네."

"나도 그 사람을 원했어요. 하지만 그가 나한테 보여준 면이 너무 섬뜩했죠."

"넌 정말로 그가 사람을 죽였다고 생각하는구나."

"그 사람이 그렇게 말했어요. 나는 그 말을 믿었고요."

"나는 그에 대한 얘기를 불건전한 내용까지 찾아 읽고 있어. 순전히 피학증적이지. 그런데 살인에 대한 얘긴 없던데."

"그가 자백 같은 걸 남겼다고 해도 직원들이 잘 감췄을 거예요. 윌로나 플로 입장에서는 당연히 선라이트 프로젝트라는 브랜드를 지키려 할 테니까요."

"그럼 네가 세상 사람들한테 알려. 토니 필드를 비롯한 잡것들을 뭉개버리면 되겠네. '너희가 성인처럼 떠받드는 영웅은 실은 사이코패스였어'라고 말이야. 그 정도 부탁은 들어줄 수 있지?"

핍은 고개를 저었다. "내가 그런 얘기를 한다고 누가 믿어주겠어요? 그것 말고도 다른 문제가 있어요. 안드레아스가 내 엄마에 대해 말해줬어요."

"네 엄마가 뭐 어떻다고 했는데?"

"우리 엄마가 억만장자래요, 콜린. 엄마는 10억 달러나 되는 신탁자금을 갖고 있어요. 가문을 버리고 떠난 상속녀인 거죠. 이 문제를 어떻게 대해야 할지 모르겠어요."

콜린이 미간에 주름을 잡았다. "10억 달러? 너희 엄만 가난하다며."

"엄마는 그동안 신분을 바꾸고 살았어요. 본인 신분을 버리고 도망친 거예요. 엄마의 아버지는 식품 회사인 매캐스킬 사의 회장이었어요."

"회장 딸이 네 엄마라고?" 콜린은 핍이 마치 돈 무더기라도 되는 듯이, 큰돈이 눈앞에 있다는 걸 믿어야 할지 가늠해보려는 듯이 핍을 곁눈으로 흘끗 쳐다보았다. "친애하는 지도자께서 너한테 그렇게 말했다고?"

"맞아요."

"그래서 그가 너를 좋아했던 거구나."

"퍽이나 고맙네요. 하지만 그 사람은 돈에는 별로 관심 없었어요."

"10억 달러에 관심 없는 사람이 어디 있어?"

"음, 우리 엄마는 그 돈에 관심이 없었어요. 그 돈이 아직 그대로 있는지 모르겠지만요."

"확인해봐."

"그냥 이 모든 게 다 사라져버렸으면 좋겠어요."

"그러지 말고 꼭 확인해봐." 콜린은 테이블 너머로 팔을 뻗어 핍의 손을 잡았다. "그러는 게 좋지 않겠어?"

그날 핍은 무척 늦은 시간에 드레이퍼스의 집으로 돌아왔다. 받은 편지함을 확인해보니 콜린이 보낸 장문의 이메일이 들어 있었다. 이상한 건 이메일의 내용이 아니었다. 콜린은 버널 하이츠까지 먼 길을 오게 만들어서 미안하다고, 조만간 다시 만나고 싶은데 그때는 자기가 오클랜드로 오겠다고 했다. 핍을 다시 만나서 무척 반가웠고 새로 자른 머리 모양도 예쁘더라고 했다……. 그리고 법 관련 직업은 쓰레기 같고 중국도 마찬가지라고, 두 달간 데이트를 했던 컴퓨터 전문가가 있는데 그 남자도 알고 보니 세금 회피에 혈안이 돼 있더라고 몇 단락 덧붙이며 예전처럼 친근하게 수다를 담아냈다. 그 이메일이 이상하게 느껴진 건 보내온 시점 때문이었다. 8개월 동안 핍은 콜린에게 따뜻한 말 몇 마디를 듣고 싶어 줄기차게 메일을 보냈다. 그런데 억만장자라는 말을 한 지 두 시간 만에 핍은 고대했던 따뜻한 말을 실컷 듣고 있었다.

콜린은 이게 얼마나 속 보이는 짓인지 알고 있을까? 아마 모를 것이다. 아니, 어쩌면 핍이 피해망상일 수도 있었다. 예전에 안드레아스가 유명세와 그 외로움, 사람들이 유명인을 그 사람 자체로 좋아한다고 믿을 수 없게 된 심정에 대해 토로한 적이 있었다. 그런 면에서 억만장자는 더 외로울 수 있겠다고 핍은 생각했다.

다음 날인 월요일에 콜린은 더 긴 이메일과 다정한 음성 메시지 두 통을 보내왔다. 화요일에 드레이퍼스는 코스타 판사 앞에서 법원의 명령에 따라 공청회를 열었다. 코스타 판사는 드레이퍼스에게 10분 동안 발언할 기회를 주고 판결을 내렸다. 15일 이내에 지금 살고 있는 집에서 퇴거하라는 명령이었다. 수요일에 제이슨이 핍에게 같이 테니스를 칠 생각 있냐고 페이스북 메시지를 남겼다. 진지하게 사귀는 여자 친구도 있는 남자가 예전에 동침까지 할 뻔했던 여자에게 천진난만하게 보낼 만한 메시지는 아니었다. 콜린이 갑자기 친하게 굴지 않았다면 핍은 제이슨의 메시지를 받고 좋아라 하며 우쭐해할 수도 있었을 것이다. 아무래도 제이슨은 핍이 안드레아스와 아는 사이였다고 하니 크게 관심을 갖는 듯했다. 이렇게 사는 것이 앞으로 일상이 될까? 핍은 이미 사람들을 잘 믿지 못하는 편인데, 이제는 평생 못 믿고 살게 생겼다. 핍은 피츠에서 얘기해라고 제이슨에게 답장을 보냈다. 이어서 자료 조사를 하고 몇 군데 전화를 했다. 그리고 다음 날인 목요일 아침 일찍 핍은 위치토로 날아갔다.

공항에서 잡아탄 택시 뒷좌석에 앉아 가면서 핍은 리틀리그 야구장과 도심의 대형 건물, 동쪽 빈민가에 위치한 어린이집과 식품 유통창고, '매캐스킬이 챙깁니다'라고 단언하는 광고판에서 매캐스킬이라는 이름을 보았다. 한낮의 더위는 핍이 볼리비아에서 겪은 더위만큼이나 강렬했다. 잔디밭은 하얗게 타올랐고 나무들은 축축 늘어져 3개월은 일찍 잎사귀를 떨어뜨릴 듯했다.

제임스 나바르 앤드 어소시어츠 사무실로 들어가자 에어컨 덕분에 으슬으슬 추웠다. 핍이 입을 열기도 전에 접수원이 그녀를 뒤쪽 사무실로 안내해 데려갔다. 나무 패널을 붙인 널찍한 사무실 문 앞에서 나바르 씨가 기다리고 있었다. 키가 작고 백발인 그는 구겨진 옷을 절대 편하게 입지 못하는 부류 같았다. 그는 핍을 바라보며 말했다. "맙소사. 정말 그분의 딸이군요."

핍은 그와 악수를 하고 그를 따라 사무실로 들어갔다. 접수원은 핍에게 차가운 물 한 병을 가져다준 뒤 그들 둘만 사무실에 남겨두고 나갔다. 나바르는 핍에게서 시선을 떼지 못했다.

"만나주셔서 감사해요." 핍이 말했다.

"나야말로 찾아와줘서 고맙습니다."

"관심이 있으실 것 같아서 엄마 사진을 가져왔어요."

"당연히 관심이 있지요. 있다마다요."

핍이 그에게 휴대전화를 건넸다. 장소가 노출되지 않도록 엄마의 집 안에서 밤에 찍은 사진들을 골랐다. 사진을 본 나바르는 당황한 표정으로 고개를 절레절레 흔들었다. 그의 사무실 한쪽 벽에는 사진들이 붙어 있었다. 이국적인 느낌이 들 정도로 유행에 뒤떨어진 옷과 배경, 미국 중서부 분위기를 풍기는 얼굴들. 누군가는 미국의 이미지를 이렇게 생각하는 모양이었다. 핍은 그 사진 속 인물들 중에 외할아버지인 데이비드 레어드를 알아보았다. 데이비드는 핍이 미리 조사하고 온 몇몇 대상들 중 하나였다. 사진 속에서 데이비드는 지금보다 젊고 다소 구겨진 옷을 입은 나바르와 함께 골프 카트에 탑승해 있었다.

나바르는 핍에게 휴대전화를 돌려주며 물었다. "살아 계십니까?"

"아, 그럼요."

"어디서 살고 계신지?"

"그건 말씀드릴 수가 없어요. 엄마는 제가 여기 온 것도 몰라요. 알면 절대 좋아하지 않을 거예요. 엄마는 삶을 방해받고 싶어 하지 않아요."

"우리는 어머님을 찾다가 포기했었습니다. 레어드 회장님께서도 90년대에 따님을 찾으려고 몇 번이나 애를 쓰셨죠. 회장님께서 돌아가신 후 내가 부득이 수색을 재개하게 됐습니다. 회장님은 따님이 살아 있을 거라 믿으셨지만 나는 아니었어요. 사람은 누구나 다 죽잖습니까. 다만 어머님이 살아 있지 않고 상속자도 없다는 것을 확인하지 못하는 한 신탁을 해지할 수 없어서 수색을 재개한 것이죠."

"아직 그대로 있다는 거네요. 신탁자금요."

"그렇습니다. 그 신탁자금을 운영하면서 저는 부자가 됐습니다. 아가씨가 어머님이 있는 곳을 말해줘야 하는 이유를 들자면 한두 가지가 아닙니다. 어머님은 그냥 등기우편을 받고 수령했음을 알리는 서명만 하시면 됩니다. 다른 건 할 필요도 없어요. 단, 어머님은 본인이 신탁 수령인임을 아셔야 합니다."

"그건 안 돼요."

"상드린—"

"그건 제 진짜 이름이 아니에요."

나바르는 고개를 끄덕였다. "그렇군요."

"저는 어떤 변화도 일으키고 싶지 않아요. 그저 부탁 하나만 드리려고 찾아왔어요."

"아하. 한번 맞혀볼까요. 돈이 필요하다는 얘기인가 보군요."

"아뇨. 돈이 필요하긴 하지만 여길 찾아온 목적은 그게 아니에요. 설명해도 돼요?"

"하시죠."

"저는 캘리포니아주 오클랜드에 살고 있어요. 은행에 압류당한 집이 한 채 있는데 그 집을 소유한 남자는 2주 내에 그 집에서 퇴거해야 하는 상황이에요. 그는 진짜 좋은 사람인데 은행이 그의 재산을 훔치려 드는 거예요. 그래서 생각을 해봤어요. 신탁에는 돈이 많이 들어 있고 나바르 씨는 그 신탁자금을 어디에 투자할지 정하는 일을 하시잖아요. 그래서 말인데 나바르 씨가 큰 액수로 수표를 써주시기만 하면 될 것 같아요."

"글쎄요, 그게, 흠—"

"신탁은 대부분 매캐스킬 주식에 묶여 있잖아요. 나바르 씨는 신탁을 그대로 유지해야 하는 입장이고요. 할 일이 많이 없지 않나요? 그래도 1년에 100만 달러씩 받으시잖아요."

"그건 어떻게 아시죠?"

"그냥 알아요."

"어머니의 전남편과 연락을 했겠군요. 그분이 말해줬겠죠."

"그럴 수도 있고요."

"상드린. 여기서 나와 함께 일합시다."

"저는 데이비드 레어드 회장님의 외손녀예요. 그러니 저도 레어드 집안사람이죠. 조금 전에 한 제 부탁을 들어주셔도 나바르 씨는 비용 면에서 별 부담이 없을 거예요. 제 부탁을 들어주는 데 소요되는 비용은 신탁자금에 비하면 정말 아무것도 아닌 수준이니까요. 저는 나바르 씨가 제 친구의 집을 지금 바로 구매하시고 그 친구가 감당할 수 있을 만큼의 임대료만 받으시면 좋겠어요. 임대료를 많이 받으시면 안 되니까 잘한 투자라고는 할 수 없겠네요. 그래도 그 정도 돈은 투자하실 수 있죠?"

나바르는 양손의 손가락을 천막처럼 모아 세웠다. "나는 그 자금을 현명하게 투자해야 할 신탁 책무가 있어요. 최소한 어머님의 서면 결재가 필요합니다. 그 친구를 돕겠다는 내 결정에 대해 어머님이 곧바로 이의를 제기하지는 않으실 듯하지만 그래도 만일의 사태에 대비해야 하니까요."

"제가 신탁의 상속자 아닌가요?"

"대습상속 조항에 따르면 그렇습니다."

"그럼 제가 서명할게요."

"가명인 걸 알면서도 서명을 하게 둘 수는 없습니다. 말씀하신 그 투자를 내가 아무리 하고 싶어도요."

핍은 미간을 찌푸렸다. 위치토까지 비행기를 두 번 타고 오면서 이런저런 생각을 많이 했으나 이 부분은 생각지 못했다. "제 진짜 이름을 알려드리면 아무리 하지 말라고 해도 그 이름으로 우리 엄마를 찾아내려고 하실 거잖아요."

"차분하게 생각을 해봅시다. 내 입장에서 이 문제를 보세요. 애너벨이 살아 있고 아가씨가 애너벨의 딸이라는 건 믿어집니다. 이게 대단히 특이한 상황이긴 하지만 아가씨가 사실을 말하고 있는 것은 알겠어요. 하지만 아가씨가 다음 달에 또 나를 찾아와서 다른 이유를 대면서 그쪽에도 투자해달라고 할 수도 있잖아요. 그런 식의 투자가 과연 끝이 날까요?"

"그렇게 될 일은 없어요."

"지금이야 그렇게 말하겠죠. 하지만 요청만 하면 돈이 나오는데 정말 안 할까요?"

"그런 일이 생기면 이 논의를 다시 해야겠지만 그럴 일은 없어요. 절대로요."

나바르는 손가락 텐트를 더욱 뾰족하게 세웠다.

"레어드 가문에, 그러니까 아가씨 가문에 무슨 일이 일어난 건지 나는 자세히는 모릅니다. 아가씨 어머님도 그렇고 할아버님도 나는 도저히 이해 못 해요. 다만 할아버님이신 레어드 회장님이 매캐스킬 사에서 본인의 이해관계를 놓고 내려놓으신 결정 때문에 관계자들 사이에 엄청난 악감정이 생겨나기는 했습니다. 회장님은 세금 문제 때문에 애너벨에게 부동산의 4분의 1을 남기셨고 나머지 대부분은 공익신탁에 넣어두셨어요. 아가씨는 내가 하는 일 없이 돈을 번다고 생각하는 모양이지만 제때 지분을 매각해 세금을 납부하는 일도 쉽지만은 않아요. 애너벨의 형제들은 대체 가능 증권으로 8천만 달러씩밖에 못 받았고 나머지는 신탁에 들어 있는데 형제들이 그 신탁을 제어할 수는 있지만 별로 수익은 나고 있지 않아요. 회장님이 사후 재산에 대해 이렇게 정해놓으신 이유는 자신을 증오한 딸에게 재산 대부분을 넘기기 위해서였습니다. 내가 레어드 가문 사람들을 도저히 이해 못 하겠다고 말했는데 이것도 상당히 절제한 표현이에요. 아가씨까지도 내가 어머님께 상속재산이 있다는 사실을 알리지도 못하게 하니 어쩌면 좋습니까?"

그래야 해요. 엄마를 현실로부터 보호하기 위해 다들 힘을 합해야 하니까요. 핍은 이런 생각을 하며 입을 열었다. "제가 협조할게요. 엄마가 아니라 제가요. 그러니까 엄마가 나바르 씨한테서 등기우편을 받는 일은 없도록 해주세요. 제가 협조하면 오클랜드의 그 집을 사주실 거죠?"

"내가 왜 그래야 합니까?"

"제가 상속자고 그렇게 해달라고 요구하니까요."

"아가씨도 제정신이 아니군요."

"제정신이에요."

"어머니에게 얘기를 하고 억만장자가 되면 되는데 굳이 내게 압류된 집을, 그것도 제3자가 주인인 집을 사달라고 부탁하다니. 설마 그 집 주인이 아가씨의 남자 친구는 아니겠죠?"

"아니에요. 조현병이 있지만 약을 잘 복용하는 사십대 아저씨예요."

나바르는 고개를 절레절레 저었다. "말라리아를 뿌리 뽑고 싶은 것도 아니고, 가난한 아이들을 대학에 보내고 싶은 것도 아니고, 개인적으로 우주여행을 하고 싶은 것도 아니고, 코카인 중독자가 되려는 것도 아니군요."

"레어드 가문과 매캐스킬 가문 사람들은 돈이 너무 많아서 다들 삶이 엉망이 된 건가요?"

"절반쯤은 그렇습니다."

"제 삼촌 한 분은 NBA 팀을 사려고 하지 않았어요?"

"그 이상이었죠. 그 팀을 사려고 데이비드 M. 레어드 주니어 공익신탁을 차지하고 싶어 했습니다."

"그렇다는 건 제가 아무리 이상한 사람이어도 그들에 비하면 정상적인 범위 안에 있다는 뜻이네요."

"잘 들어요." 나바르는 허리를 펴고 앉아 핍을 지긋이 바라보았다. "나는 아가씨한테 지시를 받을 의무는 없습니다. 나는 아가씨 어머니보다 나이가 많고 지방이 많은 붉은 고기를 좋아해요. 예의나 차리자고 형식적인 제안을 하는 게 아니라는 뜻이에요. 아가씨의 진짜 이름을 말하고 증명 서류에 서명을 하세요. 그리고 레어드 가문의 주치의한테 가서 혈액 샘플을 남기도록 해요. 지금부터 6개월 후 그동안 아가씨한테 아무런 소식이 없으면 탐정을 고용해서 아가씨 어머니의 소재를 파악할 겁니다. 대신 신탁자금으로 친구분의 집을 구매하겠습니다. 내가 이만큼을 내놓을 테니 아가씨도 어머니에 대한 정보를 어느 정도는 양보하도록 해요."

"그 집은 지금 바로 사셔야 돼요. 오늘이나 내일. 늦어도 월요일까지는요."

"조건에 동의합니까? 어머니 문제를 해결하기까지 6개월 시간을 드리죠."

핍은 엄마와 이 문제를 논의하기 싫은 마음과 드레이퍼스를 돕고 싶은 마음 사이에서 갈등했다. 하지만 굳이 엄마와 논의하지 않고 입 다물고 있으면 나중에 나바르 씨가 엄마를 찾아냈을 때 엄마는 그게 핍 때문인 줄 모를 거라는 생각이 문득 들었다. 엄마는 톰이나 안드레아스 탓인 줄 알 것이다. 엄마는 나바르 씨가 보낸 등기우편 수령 영수증에 서명을 하더라도 그 안에 든 편지는 읽지도 않고 태워버리고 현실을 부정한 채 계속 지금처럼 살아갈 것이다.

"제 법적인 이름은 퓨리티 타일러예요."

4시 반경, 핍은 증명 서류에 서명을 하고 의사 사무실에서 혈액을 채취한 뒤 택시를 타고 공항으로 향했다. 타맥 포장도로에 서 있는 비행기들은 부연 연기와 강렬한 태양의 열기 속에 희미하게 빛나고 있었다. 하늘에 무슨 일이 일어난 건지, 끝없이 푸르던 하늘이 곧 이 지역 특유의 회색으로 변할 듯했다. 핍을 덴버로 태우고 갈 연결 항공편은 45분 연착이었다. 내일 오후에는 피츠카페에 출근해야 하지만 덴버의 친척을 만나고 가지 않으면 아쉬움이 남을 것 같아서 오클랜드로 가는 비행 편은 내일 아침 시간으로 다시 예약했다. 핍은 나바르 씨에게 비행기와 택시 요금을 정산해달라고 당당히 요청했고 덕분에 지금까지는 무료로 이동한 것과 마찬가지였다.

톰을 만나 얘기를 하려면 그의 회고록을 읽었다는 사실을 실토하지 않으면 안 될 것이다. 레일라에게 용서받고 싶었지만 레일라가 아직도 그녀를 위협 요소로 생각하면서 기분 나빠할까 봐 연락조차 할 수 없었다. 그래서 핍은 휴대전화로 신시아 애버런트를 검색했다. 신시아는 지역사회 연구 강의를 하는 부교수로 등록이 돼 있었다. 톰의 회고록에서 유일하게 상냥하고 처신이 단정한 사람으로 기록된 사람이 바로 그의 누나 신시아였다. 핍은 신시아의 사무실로 전화를 걸었다.

"저는 핍 타일러라고 하는데, 혹시 저를 아세요?"

"미안합니다. 이름이 뭐라고 했죠?"

"핍 타일러요. 퓨리티 타일러."

휴대전화가 꺼졌나 싶을 정도로 조용했다. 잠시 후 신시아의 목소리가 다시 들렸다. "내 동생의 딸이구나."

"맞아요. 얘기 좀 나눌 수 있을까요?"

"톰하고 얘기를 해야지. 내가 아니라."

"지금 덴버로 가는 길이에요. 오늘 저녁에 한 시간만 시간을 내주세요. 달리 의논할 사람이 없어서 그래요."

신시아는 또다시 한참 침묵한 후 만남에 동의했다.

덴버행 비행기는 너무 작아서 뇌우를 피해 아슬아슬하게 날았고 덕분에 핍은 앞으로 또 비행기를 타고 여행하고픈 마음이 싹 사라졌다. 덴버로 가는 내내 이러다 곧 죽겠구나 싶었다. 흥미로운 것은 택시를 타고 신시아의 집으로 가는 동안 죽음에 대해 곧바로 잊었다는 것이다. 마치 죽음이라는 걸 상상조차 할 수 없는 개처럼. 개는 풀 수 없는 불가사의를 놓고 고민하지 않는다.

신시아의 집은 레일라의 남편과 한동네에 있었다. 신시아는 레드 와인 한 잔을 손에 들고 현관문을 열러 나왔다. 희끗희끗한 긴 금발 머리에 호감 가는 얼굴이었고 살집이 있는 편이었다. 신시아가 잔을 들어 올리며 말했다.

"내가 먼저 시작했는데, 너도 마실래?"

거실은 드레이퍼스의 집 거실을 학자 버전으로 해석한 듯했다. 예술품과 책, 가구까지 좌파 분위기가 물씬 풍겼다. 핍은 라틴계 소작농들이 밝은색으로 그려진 수납장 옆에 가서 앉았다. 신시아는 자신의 풍만한 몸 윤곽이 쿠션에 고스란히 찍혀 있는 안락의자에 앉았다. "그래, 네가 내 조카구나."

"제 고모시군요."

"왜 톰의 집이 아니라 내 집을 찾아왔니?"

핍은 와인을 마시고 그간 있었던 일을 털어놓았다. 핍의 얘기가 끝나자 신시아는 잔에 와인을 더 따르며 말했다. "톰이 소설가 기질이 있는 건 전부터 알고 있었어."

"그분 회고록에도 그런 내용이 적혀 있었어요. 소설가가 되고 싶은데 제 어머니인 애너벨이 허락하지 않을 거라고."

신시아의 표정이 굳어졌다. "애너벨은 뭐든 못 하게 막았지."

"제 엄마를 별로 안 좋아하셨나 봐요."

"맞아. 처음에는 좋아했어. 관계를 잘 만들어가고 싶다는 생각도 했어. 하지만 참 친해지기 어려운 사람이었어."

"지금도 똑같아요. 진짜 소심하거든요."

"애너벨이 내 계모를 대하는 태도도 마음에 들지 않았어. 하지만 계모도 워낙 비판적인 성격이라, 난 네 엄마를 너그럽게 보려고 했어. 그런데 네 엄마가…… 그 일이 아마 회고록에 적혀 있을 텐데……."

"할아버지에게 침을 뱉은 일요?"

"그때 내가 그 방에서 그 일을 직접 봤어. 톰이 나중에 설명을 해줬고 나도 어느 정도는 이해를 했어. 나 역시 농업 사업과 마구잡이식 자본가를 좋아하지 않으니까. 하지만 톰이 실수했다는 생각을 지울 수가 없더구나. 네 엄마가 하는 짓을 보면서 '이 여자 완전 미쳤구나'라는 생각을 했어. 그리고 몇 년 동안 톰을 몇 번 못 봤고 애너벨은 아예 못 봤어. 나도 딸을 키우느라 바빴지. 그래도 톰이 유독한 관계에서 허우적대고 있다는 것만은 느껴지더라. 톰은 애너벨에게 충성하면서 살았고 애너벨과 함께 사는 동안에는 아예 소식조차 전하지 않았어. 그 후에도 톰은 애너벨에 대해 나쁘게 얘기한 적이 없어. 더 화를 내야 마땅할 텐데 그러질 않았어. 그래도 결국 톰이 잘 풀려 다행이야. 톰은 자기 일에서 두각을 나타냈고 레일라도 만나게 됐으니까. 너도 알다시피 다들 레일라를 좋아해. 톰은 처음부터 레일라와 결혼했어야 했어."

"맞아요. 누가 봐도 레일라는 제 엄마보다 훨씬 훌륭하죠."

"레일라는 정말 대단한 사람이야. 네가 레일라가 아니라 왜 나한테 찾아왔는지 이해가 안 되는구나."

"레일라는 제가 톰을 빼앗으려 한다고 생각하는 것 같았어요."

"그런 걱정은 할 필요도 없을 텐데. 요즘 그 둘의 관계는 전보다 더 탄탄해졌어." 신시아는 잔에 와인을 다시 채우며 덧붙였다. "그래도 기왕 날 찾아왔으니 이유나 말해보렴."

"어떻게 해야 할지 모르겠어서 찾아왔어요."

"내 조언을 얻고 싶다고?"

"예, 부탁드려요."

"마음에 안 들 텐데."

"그래도 해주세요."

"듣고 나면 화가 상당히 많이 날 거야."

핍은 고개를 끄덕였다. "마음이 좋지 않아요. 회고록을 읽어서 그분을 배신했고, 위치토로 가 엄마 몰래 일 처리를 해서 엄마를 배신했거든요."

"배신은 무슨, 말도 안 돼."

"어째서 말이 안 돼요?"

"톰에게 네 얘기를 듣고 톰에게 화가 많이 났어. 톰은 수 주일이나 너를 제 집에 살게 했고 나중에는 자기 딸인 걸 알면서도 너한테 아무 말 안 했잖아. 네가 그 정도 정보는 들을 권리가 있다는 생각은 안 들었니?"

"엄마의 사생활을 존중해주느라 그런 것 같아요."

"무슨 소리야? 그런 분통 터지는 헛소리가 어디 있어? 걔가 왜 애너벨을 보호해야 돼? 자기 딸을 희생해가면서 전처의 뜻을 왜 따라줘야 하느냔 말이야? 애너벨은 임신을 하고도 톰에게 알리지 않았어. 너를 가진 걸 말해주지 않았다고. 애너벨은 톰과 끝없는 싸움을 이어가려고 톰을 이용했고 나중에는 너까지 이용했어. 말을 해줬으면 톰은 딸의 존재를 알았을 테고 너도 아버지가 있다는 사실을 알고 컸겠지. 그런데 네 엄마는 '톰을 완전히 배제'했어. 도대체 톰이 애너벨한테 뭘 그렇게 잘못했다니?"

"도움이 되는 통찰력이네요."

"네가 애너벨에게 잘못한 건 또 뭔데? 톰에게 얘기를 들었는데 넌 어린 시절 내내 가난에 시달리며 살았다더구나. 네 엄마는 이기적으로 굴면서 널 가난에 몰아넣고—"

"아뇨, 그건 너무 가혹한 평가예요. 고모도 싱글맘 아니세요?"

"난 어쩔 수 없이 싱글맘이 됐어. 그래도 내 딸 그레첸의 아빠는 그레첸에 대해 알고 있고 그레첸도 제 아빠에 대해 알아. 부녀 관계를 유지하면서 살고 있어. 나 그레첸을 위해 할 수 있는 건 다 했어. 노동조합 일도 그만두고 학교로 돌아온 것도 그레첸을 위해서였어. 내 개인적인 선택 때문에 내 딸이 고통받게 할 수 없으니까. 네 엄마가 널 위해 개인적으로 포기한 건 도대체 뭐니?"

핍은 눈물이 핑 돌았다. "엄마는 저를 사랑해요."

"그렇겠지. 물론 그럴 거야. 하지만 네 얘기를 들어보면 네 엄마에겐 너뿐인 것 같더구나. 네 엄마는 오로지 자신만을 위해 널 낳았어. 그런 이기적인 태도에 나는 참 화가 나. 네 엄마 같은 부류가 '페미니스트'처럼 굴면서 페미니즘에 욕을 먹이는 것도 분노가 치밀어. 당장이라도 톰을 찾아가서 뺨을 후려치고 싶어. 톰은 네 엄마의 환상을 실현해줬고 귀한 선물까지 줬지만 네 엄마는 그걸 낭비했어. 이런데도 네가 분노하지 않는 게 나는 이해가 안 되는구나."

"모르겠어요. 그냥 엄마는 방향을 잃은 사람 같아요."

"그래. 네가 화가 안 난다는데 내가 뭐라고 너더러 화를 내야 한다고 말하겠니. 그래도 부탁 들어주는 셈 치고 이거 한 가지만 명심해. 넌 그들한테 잘못한 게 없어. 오히려 그들이 너에게 엄청난 잘못을 한 거야. 이제 네가 이 관계에서 권력을 쥐고 원하는 걸 요구할 차례야. 그들이 저항하면 넌 언제든 그들을 공격할 권리가 있어."

핍은 고개를 끄덕였다. 하지만 권력을 차지하기 위한 영원한 싸움이 계속되는 이 세상이 얼마나 끔찍한지를 다시금 떠올렸다. 비밀은 권력이었다. 돈도 권력이었다. 누군가에게 필요한 존재라는 점도 권력이었다. 권력, 권력, 권력. 권력을 차지해봤자 지독히 외롭고 억눌리는 삶을 살 뿐인데 세상은 어째서 권력 차지를 위한 아귀다툼을 중심으로 돌아갈까?

신시아는 간단하게 저녁을 차리고 와인을 한 병 더 땄다. 그리고 소수의 자본 독점, 정부에 대한 신뢰의 고의적 파괴, 기후변화에 대한 전 세계적 책임 회피, 오바마에 대한 실망 등 자신의 관점에서 본 세상에 대해 들려주었다. 신시아는 얘기를 하면서 분노와 절망을 오갔고 핍은 사안에 따라 그녀의 분노에 공감하기도 하고 안 하기도 했다. 부모들이 만들어놓은 형편없는 세상에서 옴짝달싹 못 하고 살아야 하는 처지인 것은 확실히 불공평했다. 그들은 핍을 개인적으로 아무것도 할 수 없는 위치에 놓아두었다. 부모 세대는 핵무기에 대해 속수무책으로 손을 놓았고 지구 온난화에 대해서는 더 말할 것도 없었다. 세상이 이렇게 된 것은 펍의 탓이 아니었다. 하지만 10억 달러를 가지고 윤리적으로 옳은 일을 찾아 한다고 해도 어차피 세상이 엉망으로 치닫는 것을 막을 수 없으리라는 것을 알게 되자 묘하게 마음이 놓였다. 엄마가 영적 수행을 하면서 마음의 중심을 잡고 살기 위해 고군분투하던 모습이 떠올랐다. 좋든 싫든 펍은 그런 엄마의 딸이었다.

그레첸이 쓰던 침실로 들어가 침대에 누워서도 펍은 엄마에 대한 생각을 계속했다. 신시아는 펍이 어떻게 엄마를 미소 짓게 했는지를 알지 못했다. 펍을 바라보는 엄마의 미소에는 마음에서 우러난 순수한 사랑이 담겨 있었다. 엄마는 자기가 펍을 사랑하는 만큼 펍이 자기를 사랑해주지 않을까 봐 겁을 냈고 표 나게 걱정했다. 엄마는 어린애 같은 마음을 가진 사람이었다. 회고록을 읽고 난 후 펍은 엄마가 지금까지도 톰을 계속 사랑하고 있는 것 같다는 생각을 했다. 아, 황소 인형이 나오는 부분에서 어찌나 마음이 아프던지. 엄마는 황소 인형을 들고서 미친 사람 같기도 하고 어린애 같기도 한, 기대에 찬 표정을 지었을 것이다. 어린 시절 펍도 침대에 동물 인형들을 늘어놓고 작은 동물원을 차렸다. 엄마와 함께 인형에게 목소리를 부여하고 인형들 사이에 발생한 도덕적 문제들을 해결해가면서 그 인형들을 갖고 몇 시간씩 놀곤 했다. 어린아이와 머리가 희끗희끗한 큰 어린이는 그렇게 어울려 놀았다. 큰 어린이는 종종 소심하게 작은 어린이를 곁눈질했다. 엄마는 사랑을 주고 싶어 했고 또 받고 싶어 했다. 그래서 펍을 낳은 것이다. 그게 그리도 괴물 같은 짓일까? 오히려 경이로울 만큼 수완이 좋았던 것 아닐까?

일요일, 펍은 피츠 카페의 잠긴 앞문을 열었고 제이슨은 그 앞에서 기다리고 있었다. 제이슨은 내비의 못마땅해하는 표정을 애써 무시하며 펍이 말을 걸 때까지 계산대 앞에서 어정거렸다.

"내가 네 사생활을 너무 침해한다 싶으면 말해. 일요일 아침에 여자 친구랑 안 있고 왜 여기 와 있어?" 펍이 말했다.

"걔는 늦게 일어나. 오후 늦게. 새벽 4시까지 인터넷 하느라고 깨어 있거든."

"둘이 같이 살아?"

"꼭 그런 건 아니고."

"전에 데이트했던 여자랑 테니스 치는 걸 아무렇지 않게 생각하는 그런 사고의 연장선상이네."

"그렇지. 난 친구들을 사귀는 거니까."

펍은 목소리를 낮췄다. "제이슨. 잘 들어. 네 여친이 우리 둘이 친구로 지내는 걸 아무렇지 않게 여긴다고 해도 내가 보기엔 좋은 생각이 아니야."

제이슨은 천진스레 당황한 표정이었다. "나랑 테니스 치기 싫어? 내가 벽돌벽처럼 가만히 있진 않잖아. 벽보다는 잘 쳐."

"네가 여친이 없었으면 너랑 즐겁게 테니스를 쳤겠지. 하지만 넌 여친이 있잖아."

"내가 여친이랑 헤어져야 나랑 테니스를 같이 쳐주겠다는 거야? 같이 테니스를 치기 위한 초기 투자치고는 좀 센데."

"네가 아무 투자도 하지 않고 같이 테니스를 칠 수 있는 사람은 이 도시에 차고 넘쳐. 왜 갑자기 나랑 테니스를 치고 싶어 하는지 모르겠어. 넌 나를 괴상한 짓이나 하는 비정상적인 여자로 취급했잖아."

그는 얼굴을 붉혔다. "2주 동안 여기 앉아 계산대 뒤에 있는 너를 지켜봤거든."

"흐음."

"그래, 맞아. 네 말이 맞아." 그는 두 손을 들어 올렸다. "내가 괜히 말을 꺼냈나 봐."

펍은 제이슨이 물러서는 것을 보면서 속이 약간 울렁거렸다. 찬사인 듯한 그의 말이 귓가에 맴돌았다. 하지만 펍은 사람들을 배신하는 게 신물이 났다.

일을 마친 핍은 무자비하게 맑은 하늘 아래 집으로 돌아왔다. 테니스공을 벽에다 치고 싶은 마음이 들지 않았다. 테니스공이 마치 톰의 회고록에서 본 볶은 가지를 곁들인 스파게티가 된 느낌이었다. 더 이상 벽에다 공을 치며 만족감을 얻을 수 없을 듯했다. 진짜 사람, 제이슨 같은 상냥한 사람과 테니스를 치고 싶었다. 하지만 그럴 수 없다는 걸 알기에 한편으로는 마음이 놓였다. 톰의 회고록을 읽고 난 후 핍이 얻은 또 다른 교훈은 서른 살 이전의 남녀 교제를 금지하는 법이라도 만들어야 한다는 것이었다.

드레이퍼스는 거실에 텔레비전을 켜놓은 채 컴퓨터 앞에서 타이핑을 하느라 여념이 없었다. "판사의 직권 남용을 고소할 거야. 그간 코스타 판사가 내린 판결들을 보면 편견에 휘둘리는 성향이 확실히 보여. 300건이 넘는 관련 사건들을 전부 훑어봤는데 내가 제출한 증거는 판사가 설득력 있는 증거로 받아들일 만한 것이었어."

핍이 다정하게 그를 달랬다. "드레이퍼스 아저씨, 이제 그만해도 돼요."

"화요일부터 코스타 판사에 대한 새로운 정보를 잔뜩 모아뒀어. 음모라는 단어는 정말 쓰기 싫지만—"

"그럼 쓰지 말아요. 아저씨 입에서 그런 단어가 나오니까 걱정되잖아요."

"어떤 음모는 진실로 밝혀지기도 해, 핍. 너도 봤잖아."

핍은 의자를 끌어다가 드레이퍼스 옆에 가져다 놓고 앉았다. "이 얘길 진즉 했어야 되는데, 이 집을 어떤 사람이 샀어요. 내가 아는 분이에요. 그분은 우리가 여기서 계속 살게 해주실 거예요."

드레이퍼스의 얼굴에 걱정인지 슬픔인지 모를 감정이 언뜻 스쳤다. "이 집은 내 소유야. 내 지분이 있는 집이라고. 돌아가신 어머니 돈으로 이 집을 샀어. 절대 안 내놓을 거야."

"부동산 시장에서 가격이 오르기 전에 은행이 이미 이 집을 차지했어요. 아저씨는 이미 이 집을 잃었고 다시 돌려받지 못해요. 나는 내가 할 수 있는 유일한 일을 했어요."

드레이퍼스가 눈을 가늘게 떴다. "너 돈 있어?"

"아뇨. 지금은 없지만 언젠가는 있을 거예요. 내가 돈을 갖게 되면 이 집을 선물로 아저씨한테 돌려줄게요. 나 믿죠? 나를 믿으면 만사가 다 괜찮을 거예요. 약속해요."

드레이퍼스는 점점 내면으로 침잠하며 평소의 감정 없는 얼굴로 돌아갔다. "비참한 경험을 한 덕분에 나는 어느 누구도 믿지 않기로 했어. 너도 그중 하나야. 난 네가 책임감 있고 너그러운 사람이라고 늘 생각했는데, 도대체 무슨 생각으로 사는 거냐? 앞으로는 무슨 생각으로 살아갈래?"

"어려운 거 알지만 내 말 믿어요."

드레이퍼스는 컴퓨터 화면으로 고개를 돌렸다. "고소장이나 마저 써야겠다."

"아저씨, 지금 내 말 믿는 것 말고 다른 선택의 여지는 없어요. 내 말을 믿든지, 아니면 길거리에 나앉든지 둘 중 하나예요."

"소송을 더 하면 돼."

"됐고요. 이제부터 우리가 함께 임대료를 모아서 낼 방법이나 생각해보자고요."

"그랬다간 사기죄 소송을 내놓고 엉뚱한 짓 하는 걸로 보일 수 있어. 내가 소위 이 집 주인에게 임대료를 낼 경우, 은행이 이 집을 적법하게 판 것으로 내가 인정한다는 뜻이 될 수도 있단 말이야."

"그럼 나한테 돈을 줘요. 내가 내 수표로 임대료를 낼게요. 아저씨는 아무것도 인정할 필요 없어요. 그냥—"

핍은 하던 말을 멈췄다. 드레이퍼스의 뺨을 타고 눈물 한 방울이 흘러내리고 있었다.

모스우드 공원의 나무 사이로 저녁 햇살이 비쳐 들 무렵, 핍은 자전거를 타고 테니스장으로 올라갔다. 제이슨 옆에는 비율이 괴상한 갈색 개가 서 있었다. 머리는 지나치게 크고 자세가 낮았으며 몸통이 몹시 길었다. 그 개는 발치에 모아둔 지저분한 테니스공을 자랑하듯 웃고 있었다. 제이슨은 핍을 보더니 쓸데없이 바보처럼 손을 흔들었다. 개도 털이 수북하고 묵직하며 커다란 꼬리를 덩달아 흔들었다.

"네 개야?"

"지난주부터. 누나가 줬어. 누나가 2년 동안 일본에 가 있게 됐어."

"개 이름이 뭐야?"

"초코. 털 색깔이 초콜릿색이라서."

수컷 개는 침이 잔뜩 묻은 테니스공 하나를 핍에게 물고 와 핍의 맨무릎 사이로 머리를 들이밀었다. 머리부터 꼬리까지 온통 초콜릿색이기는 했다.

"이 개를 제대로 키울 수 있을지 자신이 없었는데 레몬 씹는 취미가 있더라고. 레몬을 반쯤 씹고 침을 흘리면서 돌아다니는 걸 좋아해. 레몬을 물고 다니는 걸 보면 얼빠진 미소를 짓는 노란색 이모티콘 같아. 내 실용 지능은 개 키우는 걸 반대하는데 내 마음은 키우라고 하네."

"레몬의 산 성분이 개 이빨에 안 좋을 텐데."

"누나가 아파트 뒤쪽에 레몬 나무를 키워서 얘가 맛을 들였나 봐. 요즘은 감귤류 섭취를 줄이게 하고 있어. 보다시피 아직은 이빨이 멀쩡해."

"멋진 개네."

"테니스공을 찾아오는 데는 귀신이야."

"레몬 다음으로 좋아하는 건가 봐."

"그러게 말이야."

나흘 전 밤, 제이슨은 핍에게 페이스북으로 메시지를 보냈다. 페이스북에서 내 관계 상태를 확인해봐라는 메시지였다. 의무감에 확인을 해본 핍은 뜨악하고 말았다. 남의 이별에 원인 제공자가 되는 건 핍이 절대 원치 않는 일이었다. 커플을 깨지게 만들었으니 좋든 싫든 뒷감당을 해야 될 것만 같았다. 사실 말 그대로 핍이 헤어지라고 종용한 것이나 마찬가지이긴 했다. 같이 테니스를 치자는 제이슨의 제안을 거절하면서 핍은 하고많은 핑계 중에 그의 여친을 걸고넘어졌다. 타인에 대한 믿음은 고사하고 자기 자신도 믿지 못했기 때문이었다! 상드린한테서 제이슨을 빼앗는 것이 진짜로 원하는 바임에도 불구하고 핍은 관계에 대한 도덕성을 내세우며 아닌 척을 했다. 제이슨과 자는 것은? 핍은 누군가와 자고 싶어 미칠 지경이었다. 섹스를 해본 게 까마득한 옛날이었다. 하지만 제이슨을 너무 좋아하다 보니 그와 동침하는 게 좋은 생각이 아니라는 생각이 들었다. 이러다 전보다 더 제이슨을 좋아하게 되면 어떻게 하지? 관계로 인한 고통과 두려움이 뒤따르게 될 것이다. 핍은 고민 끝에 답장을 보냈다.

지금 이렇게 말하면 너무 늦은 것 같긴 한데…… 내가 요즘 이런저런 일로 바빠서 다른 약속은 못 하겠고 내가 포핸드로 공을 치면 네가 받아치는 정도는 해도 될 것 같아. 일요일에 만나면 좀 더 확실해지겠지. (정말 또다시 되풀이해서) 미안하다고 말하고 싶어. 다만 굳이 무리해서 나랑 테니스를 칠 필요는 없어.

제이슨은 엄청 빨리 답장을 보내왔다.

같이 테니스를 치는 것만으로도 좋아.

테니스장에 들어가 공을 치기 시작한 핍은 제이슨이 테니스를 정말 못한다는 것을, 자신보다 실력이 훨씬 형편없다는 것을 알게 됐다. 제이슨은 모든 공을 강하게만 내리치려 했고 어떤 때는 공을 아예 놓쳐버리거나 네트를 향해 또는 핍의 머리 위로 넘겨버리기 일쑤였다. 그렇지 않으면 상대가 아예 받아칠 수 없도록 총알처럼 빠르게 공을 보내버렸다. 10분쯤 지나자 핍은 타임

아웃을 외쳤다. 펜스 바깥에 끈으로 묶어둔 초코가 기대에 찬 표정으로 일어섰다.

"내가 테니스 전문가는 아니지만 네가 라켓을 너무 세게 휘두르는 것 같아."

"라켓에 공이 닿을 때 느낌이 너무 끝내줘서 그래."

"알아. 그래도 같이 치려고 노력을 해보자."

그의 표정이 어두워졌다. "내가 테니스를 많이 못 치기는 하지."

"그러니까 연습을 하는 거잖아."

그때부터 제이슨은 힘을 약간 빼고 공을 쳤다. 타격이 약간은 나아졌지만 랠리를 아무리 길게 하려 해도 한 시간 동안 여섯 번 정도밖에 할 수 없었다. 제이슨은 핍과 함께 코트 밖으로 나가며 투덜거렸다. "벽돌 벽이 원망스럽다. 네트 위에 선이 하나 있다고 생각하고 쳐야 되나 봐. 머릿속으로 좀 더 높은 곳에 기본선을 그어둬야겠어."

"난 이미 그렇게 하고 있어."

"대략 50퍼센트의 오차율로 여섯 번 랠리를 할 수 있는 가능성에 대해 계산하는 방법이 있는데 들어볼래? 아니면 실제로 네 번 랠리를 한 실증적 빈도를 감안해서 너와 나의 오차율을 합해 계산하는 방법은?"

"그런 얘기를 듣고 싶을 때도 있기는 한데, 지금은 집으로 가야겠어." 핍이 말했다.

"내가 너무 못 쳤지?"

"아니야. 그래도 몇 번 재미있게 랠리를 했잖아."

"내가 얼마나 못 치는지 미리 얘기할 걸 그랬나 봐."

"네가 나한테 숨긴 게 있다고 해도 내가 너한테 숨긴 거에 비하면 새 발의 피야."

제이슨은 허리를 굽히고 초코의 끈을 풀었다. 낮은 자세로 무거운 머리를 숙이고 있는 개는 어쩐지 겸손하고 참을성 있어 보였다. 언뜻 음흉해 보이기도 하는 그 개의 바보 같은 미소를 보면 자기가 개답게 어리석은 모습으로 사람들 눈에 보인다는 사실을 잘 아는 듯했다.

"내가 널 질리게 만들었다면 미안해. 여친이랑 헤어진 것 말이야. 실은 이미 사이가 멀어지고 있던 참이었어. 네가 나를 동시에 두 명을 만나고 다니는 놈으로 보지 않았으면 좋겠어."

"그래. 사귀는 상대에게 충실한 게 좋은 거니까."

"너 때문에 헤어진 거라고도 생각하지는 마."

"그래. 그렇게 생각 안 할 거야."

"물론 네가 원인 중 하나이긴 했지만."

"알았어."

그들은 다시는 그 얘기를 입에 올리지 않았다. 사흘 뒤 다시 만나 테니스를 칠 때도, 8월과 9월에 숱하게 만나 테니스를 치면서도 그 얘기는 하지 않았다. 제이슨은 핍만큼이나 충동적으로 공을 치는 편이었다. 그들은 코트에서 오롯이 서로에게 집중하며 오랜 시간을 보냈지만 코트 밖에서는 그렇지 못했다. 코트 밖에서 그렇게 지내는 것을 핍이 여전히 꺼리고 있었고 평소 열정적인 성격인 제이슨도 핍을 세심하게 배려하며 압박을 가하지 않았다. 그래도 핍은 제이슨을 무척 좋아했고 초코를 사랑했다. 지금까지 살면서 핍은 개를 너무나도 갖고 싶었다. 톰의 회고록 덕분에 핍은 엄마가 얼마나 오랫동안 동물들을 아껴왔는지 알 수 있었다. 엄마가 한 번도 반려동물을 키우지 않은 것이 놀라울 정도였다. 어쩌면 딸을 반려동물로 생각하고 키운 게 아닐까 하는 생각도 들었다. 엄마는 새(반들거리는 눈이 무섭다), 고양이(여성성을 상징하지만 엄마는 고양이 알레르기가 있다), 개(귀엽기는 하지만 남성성의 상징인 만큼 집에 남성적인 에너지를 멋대로 뿜어낸다)라는 세 동물을 삼위일체로 하는 특이한 우주론을 갖고 있었다. 핍은 그동안 개를 몹시 갖고 싶었던 터라 초코보다 훨씬 덜 멋진 개에게도 애정을 듬뿍 주었을 것이다. 초코는 특이하게도 사람의 손길에 상당히 무심한 편이라 마치 선승 같은 개였다. 초코가 관심이 있는 것은 오직 레몬뿐이었고 자신의 우스꽝스러운 면에 대해 이미 다 아는 듯한 눈빛이었다.

일주일에 두세 번 만나 테니스를 치면서 핍과 제이슨은 공을 치는 실력이 점점 좋아졌는데, 잘 쳐지지 않으면 기분이 울적해지거나 화가 날 정도는 되었다. 그들은 대결을 하지 않고 계속 공을 주고받는 랠리만 했다. 한 주 한 주 지나면서 햇빛이 지상을 비추는 시간이 달라지고 베이스라인에 닿는 그들의 그림자도 한층 길어졌다. 어느새 가을 향을 물씬 풍기는 황혼이 하늘을 물들였다. 오클랜드에서는 연중 가장 건조하고 안개가 없는 시기였지만 핍은 테니스를 치기에 최적이라는 생각뿐이었다. 캘리포니아주 전체에서 저수지며 우물이 바짝 마르고 수돗물도 냄새가 나면서 색깔이 탁해졌다. 농부들은 고통을 겪었고 캘리포니아 북부 지역 사람들은 물을 아끼느라 난리였지만 부유한 오렌지 카운티는 매월 물 소비량 기록을 갈아치웠다. 그래도 핍은 제이슨과 테니스 코트에 있는 한 시간 반 동안 이런 모든 일을 잊을 수 있었다.

마침내 서머타임 기간이 끝나고 바로 다음 날인 일요일, 그들은 상쾌하고 푸르른 오후 3시에 공원에서 만나 해가 떨어질 때까지 공을 주고받았다. 핍은 포핸드로 완전히 리듬을 탔고 제이슨은 이리 뛰고 저리 뛰며 개인 기록 최저 오차율을 달성하고 있었다. 핍은 팔꿈치가 아프기 시작했지만 멈추고 싶지 않았다. 그들은 믿을 수 없을 정도로 오랫동안 랠리를 지속하고 있었다. 탁! 탁! 랠리 시간이 길어지면서 핍은 너무 행복해서 마지막에 자꾸만 웃음이 났다. 해가 저물고 공기가 기분 좋게 시원해진 뒤에도 그들은 계속해서 공을 쳤다. 공은 낮은 호를 그리며 날았고 핍은 공을 놓치지 않기 위해 공에서 시선을 떼지 않았다. 아무 생각 없이 그저 공을 바라보고 있으면 나머지는 몸이 알아서 했다. 라켓에 공이 닿는 순간 공의 관성을 역전하며 짜릿한 기분을 느꼈고 정확히 알맞은 곳에 공이 닿자 달콤한 느낌이 온몸에 퍼져나갔다. 로스볼카네스에 도착해서 처음 며칠 그랬던 것처럼 핍은 처음으로 완벽하게 만족스러웠다. 마치 천국에 와 있는 기분이었다. 가을 저녁의 오랜 랠리, 어스름 속에서 솜씨 좋게 공을 치고 받는 느낌, 테니스공의 충직한 퍽! 소리. 이 정도면 충분했다.

어둑해진 코트를 나가 펜스 바깥에 선 핍은 제이슨을 두 팔로 감싸 안고 그의 가슴에 얼굴을 기댔다. 초코는 입을 벌리고 미소를 지으며 옆에서 참을성 있게 기다렸다.

"좋아. 참 좋아." 핍이 말했다.

"그럴 때가 됐지."

"너한테 해야 할 얘기가 있어."

3주 후 비가 내렸다. 이스트 베이에 내리는 비보다 샌로렌조 계곡에 대한 그리움을 더 자극하는 것은 없었다. 오클랜드에 내리는 비는 그저 평범했다. 가끔 폭우가 내리기는 했지만 태평양에서 비롯된 먹구름의 혼란스러운 촉수 사이로 걸핏하면 맑은 하늘이 나타나곤 했다. 비가 며칠 동안 쉴 새 없이 내리는 곳은 오직 구름에 휩싸인 샌터크루즈산맥 위쪽 지역뿐이었다. 어지간하면 밤낮으로 시간당 25밀리미터나 되는 비가 쏟아져서 다리 아랫면까지 강이 불어나기 일쑤였다. 9번 고속도로는 진창이 되어 나뭇가지와 송전선이 여기저기 나뒹굴었고, PGE사*의 트럭들은 한낮인데도 어두운 빛 속에서 헤드라이트를 켜고 장대비를 맞으며 달렸다. 이런 게 진짜 비였다. 가뭄이 들었던 지난 수년 동안은 비 대신에 매해 겨울마다 2미터씩 눈이 내리곤 했었다.

* 캘리포니아주에 소재한 천연가스 및 전기 공급 회사.

어느 날 저녁, 세인트 아그네스 홈에서부터 언덕을 따라 함께 우산을 쓰고 걸어 내려오던 핍은 제이슨에게 말했다. "펠턴에 잠시 다녀와야겠어." 상황이 전과는 달라졌지만 그래도 핍은 한 달에 한 번 정도 세인트 아그네스 홈을 찾아가 라몬을 만나고 있었다. 라몬은 이제 스티븐의 양자가 아니라 마리의 양자가 됐다. 새로운 친구들도 사귀었고 '여자 친구'도 생겼다. 수위 일도 배워서 진지하게 하고 있었다. 핍은 제이슨의 삶에서 잠시 빠져나가기 전에 그에게 라몬을 소개해주고 싶었다.

"잠시면 얼마 동안이야?" 제이슨이 물었다.

"모르겠어. 몇 주 정도. 피츠에 휴가를 내긴 할 건데 더 오래 있을 것 같아. 엄마가 까다롭게 굴 것 같은 예감이 들거든. 어쩌면 일을 그만둬야 할 수도 있어."

"널 만나러 그리로 찾아가도 돼?"

"아니, 내가 여기로 올게. 집이 45제곱미터밖에 안 될 만큼 비좁아. 게다가 네가 우리 엄마를 만나면 죽어라 도망칠까 봐 걱정돼. 우리 엄마를 만나보면 내가 엄마를 닮았다는 사실을 지금까지 숨겼다고 생각할걸."

"상대방 부모님을 만나면 누구나 당황하게 마련이야."

"나는 확실히 그럴 만한 이유가 있거든."

핍은 제이슨이 새로이 열정을 쏟아붓는 대상이었지만 다행히도 유일한 대상은 아니었다. 핍이 수학이나 테니스, 텔레비전 프로그램, 비디오게임, 작가에 대한 얘기를 꺼내면 제이슨의 관심은 핍을 떠나 그 주제로 옮겨 갔다. 제이슨의 삶은 핍의 삶보다 훨씬 풍성해서 그가 다른 곳으로 관심을 돌렸을 때 펼쳐지는 여유 공간이 핍에게는 반가웠다. 그러다 제이슨의 관심을 다시 끌어오고 싶으면 핍은 그의 두 손을 자신의 몸에 얹기만 하면 되었다. 그런 면에서 제이슨은 마치 개 같았다. 이를테면 핍이 같이 라몬을 만나러 가자는 등 어떤 일을 하고 싶어 하면 제이슨은 신나게 따라왔다. 둘이 함께 무엇을 하더라도 제이슨은 그 일을 원래부터 몹시 하고 싶어 했던 것처럼 열정적이었다. 제이슨은 평범한 바닐라 쿠키 네 개를 빠르게 먹어치운 뒤 잠시 멈추고 다섯 번째 쿠키를 경탄하는 눈빛으로 바라보면서 "이건 정말 환상적이야"라고 말하는 사람이었다.

핍이 부자가 되더라도, 정신적으로 기형적인 무게가 느껴지는 상속녀라는 단어가 가슴에 와닿으며 이미 부자가 된 것 같은 기분이기는 했지만, 어쨌든 그렇게 되더라도 제이슨은 지금보다 핍을 더 좋아할 것 같지는 않았다. 제이슨은 핍이 안드레아스 볼프 곁에서 인턴으로 일했다는 얘기를 듣고 그녀의 지능을 높게 평가하게 됐다고 털어놓았다. 하지만 그런 이유 때문에 전 여친과 헤어진 것은 아니라고 단언했다. "그냥 너라서 좋았어. 피츠 카페 계산대 뒤에 서 있던 너." 핍은 제이슨을 상당히 특이한 방식으로 신뢰했지만 제이슨에게 그걸 알게 하고 싶지 않았다. 자신이 제이슨과의 관계를 얼마나 쉽게 끝낼 수 있는지, 사랑이 얼마나 위험한 것인지를 톰의 회고록 덕분에 전보다 잘 알게 됐다. 그런 식으로 자아를 묻어버리고 상대를 광적으로 신뢰하는 것은 관계에 독이 될 뿐임을 알면서도, 제이슨에게 완전히 빠져들어 그에게 신뢰를 쏟아붓고 싶다는 생각을 하기도 했다. 그래서 그와의 섹스만큼은 마음껏 즐겼다. 그런 관계도 위험할 수 있었으나 어쩔 수 없었다.

그들은 제이슨의 아파트로 돌아가자마자 섹스를 했다. 누군가와 사랑에 빠지게 되면 그와의 섹스는 더 큰 의미를 갖게 되어 거의 형이상학적인 개념이 된다. 대학에서 공부하기는 했지만 그 뜻을 온전히 이해하지 못했던 존 던의 '황홀'에 관한 시처럼. 황홀이 어째서 관계의 혼란을 없애준다는 것인지를 핍은 이제 이해했다. 그러나 황홀을 향해 치달으며 핍은 또다시 불안해졌다.

"엄마한테 전화를 해봐야겠어. 더는 미루면 안 될 것 같아."

"그래."

"내가 전화하는 동안 거기 그렇게 누워 있어줄래? 팔을 나한테 이렇게 두르고? 내가 엄마 말에 쭉 빨려 들어갈 수도 있으니까 뒤에서 나를 잡아줘."

"누군가 하늘에서 비행기 문을 열고 쭉 빨려 나가는 장면이 상상되네. 그런 일이 발생했을 때 사람이 빨려 나가지 않게 붙잡는 게 엄청 힘들다더라고. 100톤짜리 비행기가 공중에 떠 있을 수 있는 건 기압 차 때문이라는 사실을 감안하면 그리 놀라운 일도 아니긴 하지만."

"최선을 다해서 잡아." 핍은 이렇게 말하면서 휴대전화를 향해 손을 뻗었다.

제이슨이 이렇게 기분 좋게 잡아주는 육체를 소유하고 있는 것이 핍은 무척 좋았다. 제이슨의 팔을 손으로 붙잡는데 엄마가 전화를 받았다.

"안녕, 엄마." 핍은 엄마가 '야옹아!'라고 부를 것에 대비했다.

"그래."

"오랫동안 전화 안 해서 미안해요. 엄마를 만나러 그리로 가려고요."

"알았어."

"엄마?"

"너 편할 대로 왔다가 가. 오고 싶으면 오라고. 막진 않을 테니까. 난 여기 있을게."

"엄마, 진짜 미안해요."

딸깍하더니 아무 소리도 들리지 않았다.

"맙소사. 엄마가 전화를 끊어버렸어."

"아, 음."

핍은 엄마가 화를 내리라고는, 도덕적 위험성에 한계가 있으리라고는 생각 못 했다. 톰의 회고록에서 본 엄마에 대한 얘기를 돌이켜 생각해보면 엄마는 상대에게 도덕적 판단을 내린 후에는 상대를 버리고 완전히 돌아서는 삶을 살았다. 지금까지 핍은 엄마에게 도덕적 판단의 대상이 되지 않았다. 그러나 톰은 25년이 지났어도 여전히 엄마의 도덕적 판단을 두려워하고 있었고, 직접 겪어보니 핍은 꽤 참담한 기분이었다. 이제 핍도 엄마의 도덕적 판단을 두려워하며 톰의 입장에 더 가까워졌다.

다음 날, 피츠 카페에 휴가를 낸 핍은 나바르 씨에게 전화를 걸어 지금 엄마를 만나 얘기를 나누러 간다고, 5천 달러만 보내달라고 요청했다. 나바르 씨는 비판적인 태도로 나오거나 돈 요구에 대해 놀릴 수도 있었지만 핍이 넉 달 반이나 아무런 요구도 하지 않았던 것에 대해 오히려 감동한 듯했다. 핍은 일종의 시험에 통과하고 기준을 넘은 것 같아 뿌듯했다.

샌로렌조 계곡의 미기후*는 여전했다. 샌터크루즈 버스 정류장의 보도는 거의 말라 있었지만 3킬로미터쯤 떨어진 그레이엄 힐 로드 위쪽으로 올라가면서 운전사는 자동차에 와이퍼를 작동해야 했다. 겨울밤이 깊었다. 엄마가 살고 있는 오두막으로 올라가는 길은 삼나무의 바늘잎이 잔뜩 떨어지고 빗물에 젖어 마치 스펀지 같았다. 주변에서는 대조적인 리듬이 동시에 들려왔다. 빗물이 꾸준히 후드득 떨어지는 소리를 배경으로 좀 더 묵직하게 툭툭 떨어지는 소리, 딸꾹질하듯 타닥타닥 튀는 소리가 뒤섞였다. 습기를 머금은 골짜기의 퀴퀴한 나무 젖은 냄새가 핍의 감각기억을 휘감았다.

오두막은 어두웠다. 안으로 들어가자 어린 시절 늘 듣던 소리가 들렸다. 단열재나 천장도 없이 지붕널과 판자로만 된 지붕에 빗물이 떨어지는 소리였다. 핍에게 그 소리는 엄마의 사랑과 연결되어 있었다. 엄마의 사랑은 그 계절에 늘 내리는 비처럼 꾸준했다. 잠들었을 때 들었던 것과 똑같은 빗소리를 한밤중에 잠에서 깨었을 때도 듣다 보면, 그 소리를 밤마다 듣다 보면 마치 사랑을 받는 것처럼 마음이 충만해져서 어느새 비는 사랑 그 자체가 되었다. 저녁 식사 시간에 떨어지는 빗소리. 숙제를 하고 있을 때 내리는 빗소리. 엄마가 뜨개질을 하는 동안 들려오는 빗소리. 크리스마스이브에 공짜로 얻어 온 애처로

---

* 지면에 접한 대기층의 기후.

울 만치 자그마한 트리와 함께 크리스마스를 맞이한 날 떨어지던 빗소리. 엄마가 가을 내내 따로 모은 돈으로 사준 크리스마스 선물을 핍이 열고 있을 때 후드득 떨어지던 빗소리.

냉기와 어두움 속에서 핍은 주방 식탁 앞에 앉아 빗소리를 들으며 잠시 감상에 젖었다. 불을 켜고 술병을 연 다음 장작 난로에 불을 지폈다. 비는 계속해서 내렸다.

밤 9시 15분에 애너벨 레어드이기도 한 엄마가 식료품을 담은 캔버스 백을 들고 집으로 돌아왔다. 엄마는 현관문 안쪽에 서서 말없이 핍을 바라보았다. 엄마는 비옷 상의 속에 핍이 전부터 좋아했고 갖고 싶어 했던 낡은 원피스를 입고 있었다. 포근한 느낌의 색 바랜 갈색 면 원피스로 소매가 길고 단추가 많이 붙어 있어 소비에트 여성 근로자들이 입는 원피스처럼 보였다. 핍이 그 원피스를 달라고 했으면 엄마는 아마 내주었을 것이다. 하지만 엄마는 괜찮은 물건이 몇 가지 없어서 엄마한테서 그 원피스를 빼앗는 것은 상상도 할 수 없었다.

"나 왔어요."

"봤어."

"술 마시는 걸 싫어하는 줄은 알지만 오늘 밤은 예외로 해요."

"아니, 난 됐어."

엄마이기도 하고 애너벨이기도 한 여자는 비옷과 식료품을 문 옆에 두고 오두막 뒤쪽으로 걸어갔다. 잠시 후 화장실 문이 닫히는 소리가 들렸다. 10분이 지나자 핍은 엄마가 화장실에 숨어 밖으로 안 나오려 한다는 것을 알아챘다.

핍은 화장실로 가서 문을 두드렸다. 문이라고 해봐야 널빤지를 가로대에 이어 붙인 것에 불과했다. "엄마?"

대답이 없었다. 하지만 엄마는 걸쇠처럼 쓰는 고리를 잠가두지 않았다. 핍은 문을 열고 화장실로 들어갔다. 엄마는 작은 샤워실의 콘크리트 바닥에 앉아 무릎을 턱에 붙이고 앞만 응시하고 있었다.

"거기 앉아 있지 말아요."

펍은 그 앞에 웅크리며 엄마의 팔을 잡았다. 엄마가 팔을 뒤로 뺐다.

"이러기예요? 나도 엄마한테 화났어요. 나한테 화를 내면서 이 문제에서 빠져나갈 생각 말아요."

엄마는 입으로 숨을 쉬며 여전히 앞만 바라보았다. "너한테 화난 게 아니야. 나는……." 엄마는 고개를 좌우로 흔들었다. "이런 일이 일어날 줄 알았어. 아무리 조심해도 언젠가는 이렇게 될 줄 알았어."

"이런 일이 무슨 일인데요? 엄마랑 얘기를 하려고 집으로 왔잖아요. 솔직하게 둘이서 다시 얘기를 해보자고요. 그러려고 왔다니까요."

"내가 내 이름을 아는 것만큼이나 분명하게 이런 일이 일어날 줄 알고 있었어."

"엄마 이름이 뭔데요? 그 얘기부터 시작하죠. 주방으로 좀 나와서 앉는 게 어때요?"

엄마는 다시 고개를 저었다. "난 혼자 사는 것에 익숙해지고 있어. 그게 얼마나 어려운 일인 줄 잊어버렸지만. 이제 다시 하려니까 정말 많이 힘들더라. 너랑 둘이 살면서 그동안 너무 즐거웠나 봐. 그래도 즐겁게 살고 싶은 욕망을 포기하는 게 아주 불가능하지는 않아. 다시 혼자 사는 방법을 배우면 돼. 조금씩 나아지고 있어."

"그래서 뭐, 지금 나더러 떠나라고요? 엄마가 원하는 게 그거예요?"

"넌 이미 떠났잖아."

"그래요, 뭐, 그랬죠. 떠났다가 다시 돌아왔어요."

"의무감 때문이거나 동정심 때문이겠지. 그게 아니면 화가 나서거나. 난 널 비난하지 않아, 퓨리티. 너 없이 나 혼자 살아도 괜찮다는 얘기를 하는 거야. 우리가 소유한 모든 것은 일시적이야. 기쁨도 고통도 모두 다. 나는 더없이 선한 너와 오랫동안 즐겁게 잘 살았어. 그거면 충분해. 더는 요구할 권리가 없어."

"엄마. 그런 얘기 그만해요. 나한테 엄마는 평생 필요한 사람이에요. 이 세상에서 나한테 제일 중요한 사람이라고요. 그러니까 불교 신자처럼 구는 거 그만하고 어른답게 대화해요."

엄마는 희미하게 미소 지었다. "아니면 뭐? 다시 떠나려고?"

"아니면, 글쎄요, 엄마 머리채를 잡고 할퀴기라도 해야죠."

엄마는 여전히 이런 농담을 즐거워하지 않았다. "네가 떠나는 게 더 이상은 무섭지 않아. 오랫동안 그걸 생각만 해도 죽을 것처럼 두려웠어. 하지만 그런다고 사람이 죽지는 않아. 어느 시점부터는 너를 내 곁에 두려고 붙잡는 게 오히려 진짜 죽음이라는 걸 알았어."

핍은 한숨을 쉬었다. "그래요, 솔직히 말할게요. 엄마가 나를 더 이상 야옹이라고 부르지 않고 이제는 엄마랑 통화하면서 내가 먼저 전화를 끊지 않아도 되어서 기뻐요. 나도 이제 나이가 들었어요. 내가 옛날에 비해 얼마나 자랐는지 믿어지지 않을걸요. 내가 지금 어떤 상태인지 알고 싶지 않아요? 어떤 사람으로 자라났는지 궁금하지 않아요? 나는 예전과 같으면서도 달라졌어요. 이제는 내가 더 이상 흥미롭지 않아요? 엄마는 나한테 여전히 흥미로운데."

엄마는 고개를 돌려 텅 빈 눈으로 핍을 바라보았다. "넌 어떤 사람이 되었니?"

"글쎄요. 일단 진짜 남자 친구가 생겼고, 그를 사랑하고 있어요."

"잘됐구나."

"그리고 하나 더 있는데. 좀 큰 거예요. 엄마의 진짜 이름을 알았어요."

"그럴 줄 알았어."

"직접 그 이름을 말해줄래요?"

"싫어. 절대 안 해."

"말해줘요. 나한테 모든 걸 말해줘야 돼요. 내가 엄마 딸이니까. 우리가 하는 일이 전부 거짓이면 나는 엄마랑 한방에 못 있어요."

엄마는 영적 수행을 통해 완벽하게 다듬은 유연한 자세로 우아하게 일어섰지만 샴푸 바구니를 머리로 들이받는 바람에 샴푸 통이 샤워실 바닥에 떨어졌다. 왈칵 화를 내며 샤워실을 나가던 엄마는 펍에게 부딪쳐 휘청하더니 화장실 밖으로 달려 나갔다.

"엄마!" 펍은 소리치며 엄마를 쫓아갔다.

"너의 그 부분과는 엮이고 싶지 않아."

"어떤 부분요?"

엄마는 고개를 홱 돌려 펍을 쳐다보았다. 몹시 고통스러워하는 얼굴이었다. "나가! 당장 나가! 날 내버려둬! 너희 둘 다 나가! 맙소사, 혼자 있게 내버려둬!"

펍은 겁에 질려 엄마를 바라만 보았다. 애너벨 그 자체가 된 엄마는 침대에 쓰러져 누워 이불을 머리끝까지 끌어 올려 덮더니 몸을 떨며 고통스럽게 목 놓아 울었다. 힘들 거라 예상했지만 이 정도일 줄은 몰랐다. 펍은 주방으로 가서 와인을 잔에 따라 벌컥벌컥 마셨다. 그리고 다시 침대로 걸어가 이불을 걷어 치우고 엄마 뒤에 누워 엄마를 두 팔로 안았다. 엄마의 숱 많은 머리카락에 얼굴을 묻고 엄마 냄새를 들이마셨다. 모든 냄새 중 가장 뚜렷하고 어디서도 맡을 수 없는 엄마 냄새였다. 백번이나 빤 갈색 원피스의 면은 부들부들했다. 서서히 엄마의 울음은 훌쩍임으로 잦아들었다. 빗방울은 여전히 베란다 지붕에 떨어지고 있었다.

"미안해요. 이대로는 떠날 수 없어요. 힘든 거 알아요. 하지만 엄마가 나를 만들었으니 나랑 이 문제를 해결해야 돼요. 그러려고 온 거예요. 내가 엄마의 현실이에요."

엄마는 아무 말도 하지 않았다.

너희 둘 다?

핍은 목소리를 낮춰 속삭였다. "아직도 그분을 사랑하죠?"

핍은 엄마의 몸이 뻣뻣해지는 것을 느꼈다.

"그분도 여전히 엄마를 사랑하는 것 같아요."

엄마는 날카롭게 숨을 들이쉬더니 그대로 멈췄다.

"이제 앞으로 나아가야 해요. 용서하고 나아갈 수 있는 방법이 있다고 믿어요. 엄마가 그렇게 할 때까지 난 안 떠나요."

다음 날 아침, 핍이 톰에게 얘기를 들은 것처럼 말하자 엄마는 그 정도는 용인할 만하다고 생각한 듯했다. 덕분에 핍은 엄마에게 직접 얘기를 들을 수 있었다. 엄마는 임신 당시의 세세한 얘기는 생략하고 톰을 마지막으로 만난 날에 임신이 됐다고만 말했다. 다른 세부 사항에 대해서는 놀라울 정도로 침착하고 분명하게 설명해주었다. 핍의 진짜 생일은 7월 11일이 아니라 2월 24일이었다. 엄마는 캘리포니아주 리버사이드의 어느 은신처에서 산파의 도움을 받아 자연분만으로 핍을 낳았다. 핍이 두 살이 될 때까지 핍과 엄마는 베이커즈필드에서 살았고 그곳에서 엄마는 생계를 위해 호텔 객실을 청소하는 일을 했다. 그러다 (베이커즈필드가 워낙 시골구석이라) 운 나쁘게도 엄마는 대학 동창을 우연히 만났는데 그 동창은 엄마에게 온갖 질문을 해댔다. 여성 쉼터에서 사귀게 된 친구가 샌터크루즈산맥에 임대로 나온 오두막이 하나 있다며 알려주었고 엄마는 핍을 데리고 그곳으로 거처를 옮겼다.

"쉼터와 은신처에서 온갖 끔찍한 얘기들을 들었어. 남자들에게 괴롭힘을 당해온 여자들이 너무 많았어. 사랑한다면서 전 부인을 스토킹하고 칼로 찌르는 남자들의 얘기도 수도 없이 들었지. 거짓으로 내 사정을 꾸며내야 하는 것에 대해 죄책감을 느껴야 마땅했겠지만 그렇지도 않았어. 남자들의 감정적 잔인성은 신체적인 학대만큼이나 상대를 고통스럽게 하니까. 아버지는 잔인했고 내 남편은 더 잔인했어."

"그랬군요."

"그래, 그랬어. 난 그에게 그가 아버지 돈을 받으면 날 죽이는 것과 마찬가지라고 말했는데 그는 결국 아버지 돈을 받았어. 그 일로 나는 정말 상처를 받았어. 그는 내게 상처를 주려고 내 절친과 잠도 잤어. 그는 내 조언과 격려를 받아서 자기 경력을 쌓는 데 이용했고, 내가 내 경력을 쌓느라 고군분투할 때 나를 버렸어. 젊음은 한때인데 나는 그를 믿었기 때문에 그에게 내 젊음을 바친 거야. 하지만 그는 내가 젊음을 잃자 약속을 깨버렸어. 일이 그렇게 될 줄 나는 이미 알고 있었어. 그가 나를 배신한 것도 예상했던 바야. 내가 다 예상하고 있다고 말했는데도 그는 계속 나한테 온갖 약속을 했어. 그때는 나도 나약해서 그의 말을 믿었지. 그러니까 나도 쉼터에 온 다른 여자들과 별로 다르지 않았어."

핍은 검사처럼 팔짱을 꼈다. "아이를 가져놓고 남편에게 아무 말도 안 해주는 게 엄마한테는 괜찮은 일인가 봐요. 그게 도덕적으로 옳은 행동인가 보네요."

"그도 내가 아기를 갖고 싶어 한다는 걸 알았어."

"왜 하필 그분의 아이였어요? 누구한테든 정자를 기증받아도 됐잖아요?"

"난 약속을 지켜야 했으니까. 나는 영원히 그의 것이라고 약속을 했어. 그는 약속을 깼지만 난 깰 수 없었어. 우린 아기를 갖기로 했었고 그래서 가진 거야. 낳고 나니 넌 내게 전부가 됐어. 네 아버지가 누구든 아무 상관도 없게 되더구나. 이 말 믿어야 돼."

"못 믿겠어요. 엄마는 누가 도덕적으로 우월한지, 누가 약속을 더 잘 지켰는지를 놓고 경쟁한 거잖아요."

"우리 사이가 많이 격해지고 너저분해졌어. 그래서 난 우리 사이에서 순수한 선을 이끌어내고 싶었어. 순수하고 선한 어떤 것. 그게 바로 너였어."

"나는 순수하고 선한 것과는 거리가 멀어요."

"완벽한 사람은 없지만 나에게 넌 완벽했어."

핍은 엄마의 불완전성이 드러난 바로 지금 돈 얘기를 꺼내야겠다는 생각이 들었다. 위치토를 방문한 얘기를 털어놓으면서 엄마에게 나바르 씨와 연락을 해야 한다고 설명했다. 엄마는 고개를 저었는데 단호한 거절이라기보다는 어쩔 줄 몰라서 그러는 듯했다.

"10억 달러를 받아서 나더러 뭘 어쩌라고?"

"일단 소니를 불러서 이 집 오수 정화조를 푸게 하세요. 정화조 안에 뭐가 들었는지 걱정이 돼서 밤에 잠이 안 오곤 했어요. 한 번이라도 퍼낸 적이 있긴 해요?"

"거긴 진짜 오수 정화조가 아니야. 집주인이 널빤지와 시멘트로 모양만 만들어놓은 것 같아."

"그거 참 안심되는 소리네요."

"나한테 돈은 아무 의미 없어, 퓨리티. 의미가 없으니까 거절이고 뭐고 할 필요도 없어. 그 돈은 나한테 아무것도 아닌 거야."

"하지만 학자금 대출은 나한테 아무것도 아닌 게 아니에요. 나한테 돈 걱정을 하지 말라고 말한 사람은 엄마였고요."

"알았어. 그 변호사한테 네 학자금 대출 갚아달라고 말해. 안 말려."

"하지만 그건 내 돈이 아니에요. 엄마가 해줘야 돼요."

"난 못 해. 그 돈 건드리기도 싫어. 더러운 돈이야. 그 돈이 내 가족을 망쳤어. 어머니를 죽였고 아버지를 괴물로 만들었어. 왜 내가 그 돈을 내 인생에 다시 끌어들여야 하지?"

"그게 현실이니까요."

"현실은 아무것도 없어."

"내가 바로 현실이에요."

어머니는 고개를 끄덕였다. "그건 맞아. 넌 내게 현실이야."

"내가 원하는 걸 얘기할게요." 핍은 손가락을 하나씩 세우며 요구 사항을 말했다. "학자금 대출 일시불 상환. 내 신용카드 대금을 갚는 데 필요한 4천 달러. 드레이퍼스 씨의 집을 사서 그에게 돌려주는 데 들어갈 80만 달러. 그리고 엄마가 계속 이 집에서 살 거면 아예 여길 사서 제대로 고쳐 살아야 돼요. 나중에 내가 대학원에 가고 싶을 수도 있으니까 대학원 등록금도 챙겨야 돼요. 엄마가 일을 그만두고 싶을 때를 대비해 매월 들어갈 생활비. 내가 경력을 쌓기 시작할 때 여윳돈으로 갖고 있으면 좋을 5만 달러. 이걸 다 합해도 300만 달러가 안 돼요. 신탁에서 나오는 1년 치 배당금의 5퍼센트 정도예요."

"매캐스킬에서 나오는 돈이잖아. 매캐스킬."

"그 회사는 동물 관련 사업만 하는 게 아니에요. 엄마가 양심에 거리끼지 않고 써도 되는 최소한의 돈이 300만 달러라고요."

엄마는 괴로워하는 표정이었다. "아, 네가 그냥 가지면 안 되겠니? 다 가져! 다 가지고 날 내버려둬!"

"그럴 수가 없어요. 내 이름으로 된 신탁이 아니잖아요. 엄마가 살아 있는 한 그 신탁은 나에게는 위대한 유산*일 뿐이에요." 핍은 웃으며 말을 이었다. "그런데 엄마는 왜 나를 핍이라고 부르기 시작한 거예요? 굳이 그래야 할 이유가 있었어요?"

"아, 아니야. 내가 시작한 게 아니었어." 엄마의 목소리에 활기가 돌았다. 엄마는 핍의 어린 시절에 대한 얘기를 하는 것을 늘 좋아했다. "네가 유치원 다

---

* 찰스 디킨스의 장편소설 제목.

닐 때부터였어. 스타인하우어 선생님이 널 핍이라고 부르기 시작한 것 같아. 다른 아이들이 네 진짜 이름을 발음하기 어려워했거든. 선생님은 '핍'이라는 약칭이 너에게 잘 어울린다고 생각하셨나 봐. 들으면 기분이 좋아지는 발음이기도 하고 네가 늘 행복한 아이이기도 했으니까. 어쩌면 선생님이 어떤 약칭이 좋겠냐고 물어봤을 때 네가 핍으로 불러달라고 했을 수도 있어."

"기억이 안 나요."

"나중에 학부모 교사 회의에 참석하기 전까지 나는 네 별명이 핍인 줄도 몰랐어."

"그래요. 그건 그렇고, 언젠가 엄마가 돌아가시면 제가 그 돈과 관련된 문제를 떠맡겠지만 지금은 엄마 돈이에요."

엄마는 이끌어주기를 바라는 어린애처럼 핍을 바라보았다.

"그냥 그 돈을 버리면 안 될까?"

"안 돼요. 원금은 신탁에 속해 있어서 엄마도 못 건드려요. 엄마는 그 신탁에서 나오는 배당금만 처분할 수 있어요. 우리가 괜찮은 동물 복지 단체나 책임감 있는 농업 단체 같은, 엄마와 신념을 같이하는 단체를 찾아서 배당금을 주는 방법도 있어요."

"그래, 그거 좋은 방법이구나. 너 하고 싶은 대로 해."

"엄마, 내가 뭘 하고 싶냐가 중요한 게 아니에요. 이건 엄마가 처리해야 할 문제라고요."

"아, 난 신경 쓰기 싫어. 싫다고." 엄마는 흐느껴 울었다. "다 갖다 버리고 싶어!"

엄마를 다시 현실에 확고히 발붙이게 하는 것은 너무나 오랜 시간이 걸리는 일이고 어쩌면 불가능할 수도 있다는 생각이 들었다. 그래도 엄마가 핍의 뜻을 따라줄 것 같으니 이만하면 꽤 진전을 한 셈이었다.

빗줄기는 그쳤다가 다시 내렸고 얼마 후 다시 물러갔다. 핍은 집에 홀로 남아 책을 읽고 제이슨에게 문자를 보낸 뒤 그와 통화를 했다. 핍은 주방 식탁 앞에 앉아 있는 게 좋았다. 그 자리에 앉으면 옆 뜰의 축축한 나무 지저깨비 사이에서 먹이를 찾거나 뚜렷한 이유 없이 그저 멋진 자태를 뽐내고 싶어 울타리 기둥에 홰를 타고 앉은 검은멧새 한 쌍을 바라볼 수 있었다. 핍이 보기에 검은멧새만큼 뛰어난 새는 없었다. 초코가 개답게 멋진 것처럼 검은멧새들도 새답게 훌륭했다. 검은멧새들은 완벽한 중간 정도의 몸집에 검은방울새보다 크고 단단했고 어치보다 얌전했다. 지나치게 소심하지도 지나치게 까불거리지도 않았다. 집 주변에 있는 걸 좋아했지만 누가 방해를 할 것 같으면 얼른 관목 아래로 숨곤 했다. 곤충들과 핍의 엄마 말고는 어느 누구도 놀라게 하는 법이 없었다. 검은멧새들은 날아다니는 것보다 깡충깡충 뛰어다니는 편이었고 물속에 들어가 오랫동안 활기차게 목욕을 즐겼다. 복숭앗빛 깃털로 덮인 꼬리 아래쪽과 어렴풋한 회색 줄무늬가 있는 얼굴을 제외한 나머지 깃털은 핍의 엄마가 즐겨 입는 색 바랜 갈색 원피스와 비슷한 색깔이었다. 처음보다는 두 번 봤을 때 그 새들의 아름다움을 알 수 있었다. 친밀해져야 비로소 드러나는 아름다움이었다. 핍이 듣기로 검은멧새가 지저귀는 소리는 티크! 뿐이었다. 검은멧새들은 그 소리를 자주 냈다. 농구 코트에서 스니커즈 운동화가 끼익 하고 미끄러질 때처럼 날카로우면서도 유쾌한 소리였다. 더없이 단순한 지저귐이지만 검은멧새가 해야 할 필요가 있는 모든 말, 누군가의 귀에 닿아야 할 필요가 있는 모든 말을 다 표현하는 듯했다. 티크! 인터넷을 뒤져보니 검은멧새들은 캘리포니아주 바깥에서는 거의 볼 수 없고 평생 일부일처제로 사는 특이한 새라고 나와 있었다. (핍이 직접 목격하진 못했지만) 번식기에 짝이 된 수컷과 암컷은 둘이 짝이 되었음을 다른 검은멧새들에게 알리기 위해 좀 더 복잡한 노래를 듀엣으로 부른다고 했다. 실제로 검은멧새 한 마리가 눈에 보인다 싶으면 근처에 또 다른 검은멧새가 있게 마련이었다. 검은멧새들은 한 장소에서 1년 내내 사는데 그런 면에서 영락없는 캘리포니아 주민이었다. 핍은 그렇게 살다간 온갖 나쁜 일이 일어날 것 같다는 상상을 했다.

하루하루 지나고 돈을 현실로 받아들이면서 엄마는 핍이 톰의 회고록에서 읽었던 젊은 시절의 모습을 조금씩 내비치기 시작했다. 더없이 오만하게 살던 부유한 여자의 모습이었다. 어느 날 밤, 엄마는 베란다 방에 있는 작은 옷장의 낡아빠진 원피스들을 노려보며 말했다. "새 옷을 몇 벌 장만해도 죽지는 않을 거야. 돈이 전부 매캐스킬 주식에 들어 있는 건 아니라고 했지?"

그리고 어느 날 아침, 엄마는 주방 창문 너머 이웃집의 닭장을 노려보며 말하는 것이었다. "하. 저 집 남자는 내가 자기네 수탉뿐만 아니라 저 집을 통째로 살 수도 있다는 걸 모르겠지."

그리고 뉴 리프 커뮤니티 마켓에서 교대 근무를 마치고 집으로 돌아온 어느 날 저녁, 엄마는 이렇게 말했다.

"마켓 사람들은 내가 돈에 쪼들려서 일을 못 그만둘 거라고 생각하나 봐. 한 번만 더 세리나가 날 보면서 눈을 위로 굴려대면 확 그만둬버려야지. 감히 누구한테 눈알을 굴려? 일주일 내내 목욕도 안 하고 사는 주제에."

그러다 엄마는 저녁 식사 자리에서 깊은 생각에 잠긴 표정으로 핍에게 물었다. "톰이 아버지 돈을 얼마나 받아 갔다니? 너 알지? 우리도 그만큼으로 한계를 정해야겠어. 널 위해서라도 톰이 받은 것보다 더 많은 돈을 내가 받으면 안 되겠어."

"아마 2천만 달러쯤 될 거예요."

"흠. 말이 나와서 하는 얘긴데 내가 새로운 생각이 들기 시작했거든. 아무래도 돈을 받지 못할 것 같아, 야옹아. 1달러도 버거워. 1달러든 2천만 달러든 도덕적으로 문제가 있기는 마찬가지야."

"엄마, 그 얘긴 끝났잖아요."

"그 변호사가 네 학자금 대출은 갚아줄 수 있을 거야. 자기도 신탁을 관리하면서 돈을 많이 벌었을 테니까."

"적어도 드레이퍼스의 집은 엄마가 사줘야 돼요. 안 그랬다간 도덕성에 금이 가는 죄를 짓는 거예요. 다른 무엇보다 더 나쁜 죄일걸요."

"모르겠어. 정말 모르겠어. 사후 세계 따위는 없겠지. 그런데 내 아버지는…… 어쩌면 아버지는 알고 있었는지도 모르겠어……. 이 문제는 좀 더 생각을 해봐야겠구나."

"아뇨, 생각하지 말아요. 그냥 내가 하자는 대로 해요."

엄마는 확신이 서지 않는 눈빛으로 핍을 바라보았다. "너는 언제나 훌륭한 도덕관념을 갖고 있었어."

"엄마한테 물려받은 거예요. 그러니까 믿어요."

제이슨은 핍에게 집으로 돌아오라고 애원했지만 핍은 산에서 내리는 비가 좋았고 엄마와 새로이 한층 정직한 사이가 된 것도 좋아서 떠나고 싶지 않았다. 핍은 자신에게 늘 사랑을 주었던 엄마가 뜻밖에도 꽤나 매력적인 사람이라는 것을 알았다. 애너벨이었던 시절의 엄마는 톰에게만큼은, 적어도 연애 초기 때만큼은 호감 주는 사람이었다. 이제 엄마는 다시 애너벨이 되어 과거에 누렸던 특권을 인정하고 새로운 특권을 조심스레 맛보기 시작했으며 약간이나마 도도함을 회복했다. 핍은 어떻게 해야 두 사람이 다시 친구로 지낼 수 있을지 궁리했다.

아무래도 벅찬 일이라는 생각에 핍은 그 일을 하려다가도 매 순간 핑곗거리를 찾아 그만두곤 했다. 2주일이나 지나서야 핍은 톰에게 전화할 적당한 때와 날 따위는 없음을 받아들였다. 월요일, 덴버 시간으로 오후 5시경에 핍은 마침내 전화를 걸었다.

"핍! 네가 다시는 전화를 안 할까 봐 걱정했다." 톰이 말했다.

"아니 뭐, 그러실 것까지야."

"레일라와 나는 늘 네 생각을 하고 있어. 우린 네가 보고 싶어."

"레일라가 저를 보고 싶어 한다니. 글쎄요. 제가 딸인 게 문제가 되진 않나요?"

"미안, 잠깐만. 내가 문을 닫고 있던 중이라서."

수화기 너머로 툭 탁 부스럭 쾅 소리가 들렸다.

"미안하다. 무슨 얘길 하려던 참이었지?"

"제가 다 알게 됐다는 얘기를 하려고 했어요."

"어이쿠. 그래."

"생각하는 것과는 달라요. 그 문서를 읽지 않았어요."

"아, 그래. 잘했다. 잘했어." 톰은 안도한 목소리였다.

"삭제했어요. 안드레아스가 죽기 전에 톰 애버런트라는 사람에 대해 말해줬어요. 덕분에 저는 아버지가 누구인지에 대한 조사를 쉽게 마무리했고 엄마한테도 얘기를 다 들었어요."

"맙소사. 네 엄마가 얘기를 해줬다니. 그 얘기를 듣고 네가 나한테 전화를 건 게 놀랍구나."

"제 아버지잖아요."

"네 엄마가 본인 입장에서 무슨 얘기를 했을지 걱정되네."

"아무 얘기도 못 듣는 것보다는 나았어요. 아버지는 저한테 아무 얘기도 안 해줬지만요."

"공정한 지적이구나. 그래도 언젠가 내 입장에서 하는 얘기를 들려줄 기회가 있으면 좋겠다."

"전에 기회가 있었잖아요."

"맞아. 내 나름으로 이유가 있기는 했지만 맞는 지적이야. 그래서 나한테 전화했구나? 너한테 바보같이 굴었다는 걸 일깨워주려고?"

"그건 아니고요. 여기로 와서 엄마를 만났으면 해서 전화했어요."

톰은 소리 내어 웃었다. "차라리 콩고 내전 한가운데에 떨어지는 게 낫지."

"엄마를 위해 비밀을 지켜줄 만큼 마음을 썼잖아요."

"그건⋯⋯ 어떤 의미냐면⋯⋯."

"엄마는 아버지에게 아직 중요한 사람인 거예요."

"핍, 있잖아, 그동안 너에게 아무 얘기 못 해줘서 정말 미안하다. 레일라가 너에게 전화를 하라고 몇 번이나 말했는데, 그 말을 들었어야 했어."

"그러니까 지금이라도 저한테 못 했던 걸 벌충할 방법을 알려드리잖아요. 비행기를 타고 여기로 와요."

"왜? 내가 왜 그래야 하지?"

"오지 않으면 절대 아버지와 연락하지 않을 거예요."

"그건 우리가 너무 손해인데."

"엄마를 다시 만나고 싶지 않아요? 오랜 세월이 지나 딱 한 번이잖아요? 저는 두 분이 서로를 그만 용서하면 좋겠어요. 두 분을 편하게 보고 싶어요. 이 상태로 둘 중 한 분을 만나면 나머지 한 분을 배신하는 기분이 들어서 못 하겠다고요."

"나에 대해 그런 식으로 생각할 필요 없어. 난 너에게 아무런 권리 주장도 못 해."

"하지만 저는 아버지에게 시간을 내달라는 권리 주장을 할 수 있어요. 저를 위해 지금까지 뭘 해준 적이 없잖아요. 정말이지 부탁해요."

톰은 시간대 너머로 무거운 한숨을 내쉬었다. "네 엄마의 집에 술이 없을 것 같은데?"

"술은 제가 알아서 준비해놓을게요."

"그럼⋯⋯ 언제가 좋을까? 다음 달?"

"아뇨. 이번 주요. 금요일이면 좋겠어요. 생각을 더 오래 할수록 결과가 좋지 않을 것 같아요."

톰이 또다시 한숨을 쉬었다. "목요일로 하자. 금요일 밤은 레일라와 보내야 해."

순간 화가 치민 핍은 금요일이어야만 한다고 고집을 부리고 싶었다. 하지만 레일라와의 우정을 회복하려면 멀어진 사이를 더 멀어지게 만들 필요는 없었다.

"한 가지 더 있어요."

"그래."

"이번 주에 나온 덴버 인디펜던트를 봤어요. 쭉 생각을 해왔던 건데 안드레아스에 대한 특집 기사를 내주셨으면 해요."

"그는 정신이 온전한 상태가 아니었어, 핍. 마지막 순간에 나는 그가 절벽에서 뛰어내리는 걸 봤어. 그의 죽음에 대해 내가 느끼는 감정은 그저 슬픔뿐이야. 레일라는 그가 사후에 지나친 찬양을 받는 것에 대해 분노하고 있지만 나는 그걸 시샘할 수조차 없어. 그는 내가 만난 가장 대단한 사람이었으니까."

"〈익스프레스〉에서 제가 그에 대한 기사를 써주기를 기다리고 있어요. 그의 죽음에 대한 제 감정 역시 아버지와 같아요. 슬프죠. 하지만 누군가는 진짜 이야기를 세상에 들려줘야 한다고 생각해요."

"살인에 대해? 물론 네가 결정할 일이지만, 그 사건에 대한 대가는 당시 그를 도왔던 여자가 짊어지게 될 거야. 그 여자가 법적인 책임도 지게 되겠지."

"그건 생각 못 했어요."

"그는 죄를 자백했고 그를 따르던 직원들이 그걸 덮었어. 네가 그 진실을 추적해서 기사를 쓸 수는 있을 거야."

톰은 시신 이장을 도우며 범행에 공모한 일 때문에 걱정하고 있을까? 회고록을 읽지 않았다고 한 핍의 말을 믿는다면 아마 걱정하지 않을 것이다.

"알았어요. 고마워요."

핍은 일을 마치고 집으로 돌아온 엄마에게 톰과 통화한 내용을 말해주었다. 엄마가 즉각 무너져 내리지 않아 다행이었다. 하지만 엄마가 담담하게 듣고 있었던 이유는 핍이 설명한 내용을 거의 알아듣지 못했기 때문이었다.

"도대체 내가 용서받아야 할 일이 뭐가 있다고 그러니?"

"음, 저를 낳고도 아버지에게 말하지 않은 거요. 그건 꽤 큰 잘못이잖아요."

"그 사람이 어떻게 그걸 걸고넘어져? 그는 나를 버렸어. 나한테서 다시는 소식을 듣고 싶어 하지 않는 사람이야. 그래서 난 그가 원하는 대로 해줬어. 다른 것도 마찬가지지만. 그는 늘 원하는 걸 전부 얻었어. 우리 아버지처럼."

"그래도 저에 대해 알려는 줬어야죠. 제 열여덟 번째 생일에라도요. 안 알린 건 잘못한 거예요. 악의적인 행동이고요."

엄마는 발끈 성을 내며 씩씩거렸으나 마침내 고개를 끄덕였다. "네가 그렇게 말한다면 그런 거겠지. 네가 그렇게 말을 하니까."

"나약한 사람들이나 원한을 품는 거예요, 엄마. 강한 사람들은 상대를 용서하죠. 엄마는 나를 혼자 힘으로 키웠어요. 엄마의 집안사람들은 거부하지 못한 돈의 유혹도 거절하며 살았고요. 그러니까 엄마는 아버지보다 강해요. 아버지는 돈을 받았지만 엄마는 안 받았잖아요. 엄마야말로 원하는 모든 것을 얻었어요. 엄마가 이겼다고요! 그러니까 이제 아버지를 그만 용서해도 되지 않을까요. 엄마가 이겼으니까. 안 그래요?"

엄마는 미간을 찌푸렸다.

"엄마는 억만장자이기도 해요. 그것만으로도 엄마가 이긴 거예요."

다음 날 아침, 그들은 버스를 타고 샌터크루즈로 향했다. 폭풍우 전후라서 그런지 아침 공기가 맑고 차가웠다. 노숙자들은 침낭을 숄처럼 몸에 둘렀고, 가로등 기둥에 매달린 크리스마스 리본들은 파르르 떨었으며, 하늘에는 이리저리 맴을 도는 갈매기들로 가득했다. 질즈 미용실의 미용사가 끝이 갈라진 엄마의 머리카락을 빠르게 손질해주었다. 핍은 엄마에게 손톱 손질도 받게 했다. 베트남인 손톱 관리사에게 큐티클은 자르지 말아달라고 말하는 여자, 큐티클은 금방 자라기 때문에 큐티클을 자르는 것은 쓸데없는 짓이라고 핍에게 말하는 여자, 옷 가게마다 돌아다니며 매장에 걸린 옷들을 빠르게 훑으면서 핍의 인내심이 바닥을 드러낼 때까지 죄다 거절만 하는 이 여자는 지금까지 핍이 알아온 엄마가 아니라 애너벨이었다. 엄마가 고르고 고른 끝에 '알맞다'며 선택한 원피스는 초원의 집에 나오는 여교사가 입을 법한 빈티지풍의 섹시하고 낙낙한 원피스로 상체에 단추들이 두 줄로 붙어 있었다. 핍은 아침 내내 본 원피스들 중 제일 적당하다고 인정하지 않을 수 없었다.

핍은 제이슨에게 차량 공유 서비스인 집카에서 차를 빌려, 새너제이 공항에서 톰을 만나 집으로 데려와달라고 부탁해두었다. 핍은 엄마 옆에 붙어 침착을 유지하게 만들어야 했다. "초코도 데리고 와줘."

"방해만 될 텐데." 제이슨이 말했다.

"초코가 필요해. 안 그러면 엄마는 신경이 곤두서서 난리를 칠 거야. 엄마는 너도 만나고 초코도 만나는 거야. 아, 그래, 25년 동안 안 보고 살았던 전 남편도 만나는구나."

목요일 아침, 또 한차례 폭풍이 밀어닥쳤다. 늦은 오후까지 빗방울이 거세게 지붕을 두드려 핍과 엄마는 목소리를 높여 말을 해야 했다. 하늘에 일찌감치 어둠이 내리고 번개가 몇 번이나 번쩍거렸다. 핍은 미리 콩 수프를 준비했고 맨해튼에서 사 온 재료들을 비롯해 식료품을 집에 쌓아두었다. 엄마가 샤워를 마치고 나오자 핍은 엄마의 머리카락을 드라이기로 말린 후 빗질을 해 숱을 풍성하게 만들어주었다.

"얼굴에 화장도 좀 해줄게요."

엄마가 중얼거렸다. "왜 내가 이렇게 인형처럼 꾸며야 하는지……."

"갑옷을 입는 거예요. 강해지고 싶잖아요."

"마스카라는 내가 할 수 있어."

"내가 해줄게요. 한 번도 안 해줬잖아요."

오후 5시, 핍이 벽난로에 불을 지피고 있는데 제이슨이 전화를 걸어왔다.

톰을 차에 태우고 가는 중인데 로스가토스 지역에서 교통 체증 때문에 꼼짝을 못 하고 있다는 내용이었다. 빈티지풍 원피스를 입고 소파에 앉은 엄마는 오래전의 애너벨처럼 꽤 멋져 보였다. 하지만 자폐증적인 모습을 약간 보이면서 몸을 앞뒤로 흔들어대는 모습이었다. "와인 한 잔 줄게요."

"영적 수행을 했는데도 왜 이럴까. 마음의 평정이 제일 필요한 시기에…… 대체 왜 이런다니?"

"와인을 더 마시면서 수행해요."

"술기운이 바로 머리로 갈 것 같아."

"잘됐네요."

마침내 집카가 집 앞 진입로로 들어섰다. 쏟아지는 폭우 속에서 와이퍼는 힘겹게 앞 유리를 닦고 있었고 헤드라이트는 하얗게 분노를 토해내는 듯했다. 옆 현관에 서서 기다리고 있던 핍은 우산을 쓰고 달려가 제이슨을 맞이했다. 제이슨은 운전을 하고 오느라 약간 지친 모습이었으나 핍을 보자마자 핍과 똑같은 생각을 했다. 키스였다. 이내 초코가 차 안에서 짖어대자 핍은 차 뒷문을 열고 초코가 얼굴을 핥게 두었다.

톰은 우산부터 앞으로 펼쳐 들고 조심스럽게 차에서 내렸다. 핍은 와줘서 고맙다는 인사와 함께 그의 투실투실한 볼에 입을 맞췄다. 차에서 집 현관문까지 4.5미터밖에 안 되건만 초코는 현관까지 가는 동안 비에 흠뻑 젖었고 삼나무 바늘잎까지 몸에 잔뜩 묻혔다. 초코는 핍 옆을 지나 집 안으로 달려 들어갔다. 엄마는 초코를 막으려는 듯 두 손을 들어 올리면서 바닥에 묻은 바늘잎과 진흙 발자국을 당황한 눈으로 내려다보았다.

"미안, 미안해요."

핍은 이렇게 말하며 초코를 옆 현관으로 데리고 나갔다. 그곳에서 신발에 묻은 진흙을 털고 있던 톰이 말했다. "내 평생 이렇게 웃기는 개는 처음 보는구나."

"이 개가 마음에 드세요?"

"마음에 들다마다. 아주 좋다."

그들은 집 안으로 들어갔고 제이슨도 뒤따라 들어왔다. 난로 옆에 선 엄마는 두 손을 비틀어 짜면서 수줍은 눈으로 톰을 올려다보았다. 핍의 눈에는 두 사람 모두 서로를 향해 나오려는 미소를 애써 참고 있는 듯 보였다. 그러나 결국 그 둘의 입가에 미소가 어렸다. 환한 미소였다.

"안녕, 애너벨."

"안녕, 톰."

핍이 말했다. "자, 엄마. 이쪽은 제이슨이에요. 제이슨, 우리 엄마야."

정신은 온통 톰에게 팔린 채 엄마는 톰에게서 억지로 시선을 떼고 제이슨에게 고개를 끄덕였다. "어서 와요."

제이슨은 보드빌 배우처럼 두 손을 들어 올리며 인사했다. "안녕하세요."

핍이 얼른 나섰다. "자, 다들 인사 나눴으니 저희는 그만 나가볼게요. 저녁 먹고 올 거예요."

톰이 초조해하며 물었다. "여기 같이 안 있을 거니?"

"두 분 얘기 나누세요. 이따가 돌아왔을 때 술이 남아 있으면 같이 마셔요."

말이 더 길어지기 전에 핍은 서둘러 제이슨을 데리고 집 밖으로 나갔다. 옆으로 지나가려는 두 사람을 위해 초코는 뒤로 재빨리 물러섰다. 초코는 몸이 너무 길고 옆 현관은 너무 좁아서 몸을 옆으로 돌릴 수가 없었다.

"초코를 여기 두고 가도 될까?" 핍이 물었다.

"야외용 먹이 그릇이랑 레몬을 챙겨 왔어."

핍은 부모님에게 두 시간 정도 얘기 나눌 시간을 주려고 했으니 결국 그 시간은 네 시간 가까이 늘어났다. 그대로 차를 타고 주립 공원으로 간 핍과 제이슨은 뒷좌석에서 사랑을 나눴다. 한차례 회포를 풀고 바지를 입었다가 다시 벗고 또다시 사랑을 나누었다. 그러고 난 뒤 돈키호테라는 식당에서 저녁을 먹었다. 셰이디 캐릭터스라는 그 지역 커버 밴드가 그 식당에서 노래를 하고 있었다. 식사를 마치고 나가려는데 밴드가 흑인 여성 가수의 노래를 시작했고 그들은 춤을 추지 않을 수 없었다.

제이슨이 춤을 추며 말했다. "가사가 마음에 안 들어. 자동차 광고에나 나올 것 같은 내용이라 별로야. 그런데—"

"멋진 노래야." 핍이 춤을 추며 말했다.

그들이 춤을 춘 30분 동안 비는 계속 내렸고 샌로렌조 계곡에는 물이 차올랐다. 제이슨은 바보처럼 계속 생각을 하며 춤을 추었다. 핍은 제이슨도 그렇고 본인도 각자 제 할 일을 잘하고 있어 좋았다. 굳이 생각하지 않고 그저 몸을 움직이며 행복하면 되는 것이었다. 마침내 그들이 식당 밖으로 나가자 비가 그쳐 있었다. 도로는 이 세상의 끝처럼 텅 비어 있었다. 엄마의 집을 향해 진입로를 올라가는데 레몬을 입에 물고 꼬리를 복잡하게 흔들며 옆 현관에 서 있는 초코의 모습이 보였다. 제이슨이 진입로에 차를 세우자 핍이 말했다. "다 왔네."

"나는 차 안에 있으면 안 될까?"

"우리 부모님에 대해 알아야지. 부모님이잖아."

하지만 차 문을 열자마자 핍에게 목소리가 들렸다. 고함치는 목소리, 생생한 증오가 담긴 목소리가 오두막의 얇은 벽 너머로 들려왔다.

—난 그런 말 한 적 없어! 내 말을 인용할 거면 정확하게 해! 내가 한 말은—

—네가 한 말의 '구역질 나는 언외'의 의미에 대해 말하는 거잖아. 넌 모두가 정상이라고 하는 기준 뒤에 숨어서 온 세상을 네 편으로 만들었지. 하지만 더 깊은 진실이 있다는 걸 마음속으로 알고 있잖아—

—내가 틀렸고 당신은 옳다는 게 깊은 진실이야? 당신이 아는 깊은 진실은 그런 것이구나!

—네가 더 잘 알잖아!

—당신 말에 논거가 없다는 걸 '자인하는구나'! 당신 말에 논거가 있다고 생각하는 사람은 이 세상에 아무도 없다는 걸 스스로 인정했어—

—내가 알고 너도 알아! 너도 알잖아!

핍은 차 문을 도로 닫아 목소리들을 차단했다. 문을 닫았는데도 부모님이 싸우는 소리가 여전히 들렸다. 핍에게 부서진 세상을 물려준 저 사람들은 지금도 맹렬하게 서로를 향해 고함을 지르고 있었다. 제이슨은 한숨을 쉬며 핍의 손을 잡았다. 핍도 그의 손을 꼭 잡았다. 부모님보다는 잘 살 수 있을 거라고 생각했지만 핍은 자신이 없었다. 하늘이 다시 열리고 거대하고 어두운 북대서양에서 비롯된 비가 자동차 지붕을 두드렸다. 사랑을 나누는 소리가 이내 다른 소리들을 묻었다. 핍은 그렇다고 믿었다.

순수

1판 1쇄 인쇄 2018년 5월 4일
1판 1쇄 발행 2018년 5월 11일

지은이 · 조너선 프랜즌
옮긴이 · 공보경
펴낸이 · 주연선

총괄이사 · 이진희
책임편집 · 심하은
편집 · 백다흠 강건모 이경란 최민유 윤이든 양석한 김서해
디자인 · 이지선 권예진 한기쁨
마케팅 · 장병수 최수현 김다은 이한솔
관리 · 김두만 유효정 신민영

(주)은행나무
04035 서울특별시 마포구 양화로11길 54
전화 · 02)3143-0651~3 | 팩스 · 02)3143-0654
신고번호 · 제 1997-000168호(1997. 12. 12)
www.ehbook.co.kr
ehbook@ehbook.co.kr

ISBN 979-11-88810-19-2 03840